革非 著

山东文艺出版社

第一章

001

1965 年春天一个旭日初升的早晨，中国大西南荒凉而寂静的万山腹地，火箭草丛生的山岗下，三块石头支起了一口锅，一顶孤零零的帐篷立在旁边。

二十九岁的陈国民穿着大城市流行的浅咖啡色卡其布夹克衫，配一双做工考究的深棕色鹿皮鞋，头上银灰色的真丝网格鸭舌帽歪斜着，半遮右侧的浓眉，浑身散发着一种大都会的时髦洋气，展现出大产业工人顶级工匠的帅气。

他和另外四个人站在帐篷旁，身后几步开外，便是数十米深的断壁。下面是水流湍急的金沙江。在裸露的巨大岩石上，铺开着的是川南钢铁一期工程的整体示意图。看到身边的副总工程师目光在图纸和山岗间几番流转，面露难色，他忍不住问："高工，怎么，不好弄？"

对方点点头，叹一口气。

陈国民一脸轻松地说："高工，这有什么难的！全都是孤石松土，好弄！这地方不是叫弄弄坪吗？弄弄就平了！"他觉得自己的这句话有趣，不禁笑了。

副总工程师笑不出来，说："国民哪，在如此恶劣的环境下，建造一个年产 300 万吨级的大型钢铁联合企业，全世界没有先例。"

陈国民意气风发地说："世界没有先例，我们就在金江创造一个中国奇迹！"

002

1965 年夏天，夏方舟去川南钢铁实习，他搭乘的轻便嘎斯卡车行驶在盘山公路上，崎岖的山路在重重大山之间宛如羊肠。

此前，他听到过各种各样关于川南钢铁的传说。这项刚刚启动建设的秘密工程，位于川滇交界处，是中国大三线建设的重中之重。参与这样的工程，是所有冶建工程师的梦想。

一路上骄阳似火，万壑千山。年轻的夏方舟对神秘的川南钢铁充满向往，试图勾画出它未来的模样。

行驶途中一路畅通，司机却有些不安。他告诉夏方舟，为建设大三线，从全国五个省抽调了五大车队，再加上铁道兵的军车，有上万辆车。大型设备用拖车和重型卡车，从另一条能走重车的路运到金江，卸货之后从这条路出来。他们这一路上，几乎没遇到什么车，工地肯定出大事了。

从有武装军人守卫的一号信箱总指挥部出去不远，就是二号信箱设备装卸场。场地紧邻金沙江，地形险要。虽属草创，已颇具大工业规模。

陈国民他们正试图把一台大型履带挖掘机从U型重型拖车上卸下来。他们的装卸设备只有一台12吨挖掘机改装的吊车和另一台5吨的汽车吊。

夏方舟提着简单的行李，被许多工人、干部和技术人员围站在中间。可以清楚地看到，在这台等待卸货的拖车后面，从装卸场入口处一路伸延，是一眼望不到头的重型拖车，每辆拖车上都是等待卸载的大型施工设备。

陈国民看到二号信箱总指挥赵殿楚朝他们走过来，忙迎上去。赵殿楚到了跟前说："国民，你们四大金刚有了上一次创造奇迹的经验，这一次再给我们二号信箱创造一个更大的奇迹！有信心吧？"陈国民心里不轻松，但还是笑着说："赵总，这次说不定就给你演砸了。"

赵殿楚说："这批设备要是卸不下来，整个运输大动脉就卡死了。"

陈国民深吸一口气说："没绝对把握，先试一下能不能吊起来。领导还是……"他做了个让赵殿楚离开的手势，又解释道："没别的意思，我们得保证现场的安全。"赵殿楚笑着说："好！不影响你们工作，我到边上去看着。"待赵殿楚离开，陈国民又一脸严肃，说："老规矩，安全第一。咱们再检查一遍所有的细节。"

夏方舟很快看明白了他们要干什么，立刻扔掉行李，不顾其他人的阻拦硬生生闯进现场说："你们这么干不行，绝对不行！"

众人都被这个穿着白衬衣、有些冒失的年轻人震了一下。一个工人师傅上去拦住夏方舟，把他往外推。

陈国民看到后喊了一声："付开田，让他过来。"那人这才放开夏方舟。

四大金刚打量着走过来的夏方舟，相互看了看。陈国民来到夏方舟面前说："半路里杀出个小程咬金！说说，怎么不行？"

夏方舟带着青年才子特有的傲气说："这台吊车是用12吨挖掘机改装的，那台汽车吊标称起重负荷5吨。所有的工业设计都会留有一定的冗余量，但是，即便把所有冗余量加起来，这两台设备的最大起重能力也不过22吨上下！这台挖掘机是抚顺产的，净重44吨！"夏方舟一口气说完，最后还不掩挑战意味地反问道："还用说吗？"

四大金刚不约而同地笑赞一句："好小子！"

陈国民笑着点头说："有点儿来头！我们这么干不行，你说怎么办？"夏方舟干脆地说："换一台50吨的履带吊。"在场的人都笑了。陈国民笑着说："要是有那个东西，我们还用费这个事吗？"

夏方舟愣了一下，说："那……那也不能不按技术规范操作！"陈国民顿生好感，问："哪个单位的？怎么没见过你？"对方说："我叫夏方舟，来实习的大学生。"

赵殿楚一直在不太远的地方观察，听到夏方舟的名字，对身边的工作人员说："过去，把那个年轻人叫过来。"

陈国民这边再次打量夏方舟，说："夏方舟？大学生？没看出来。"夏方舟有些着急地说："我真是来实习的大学生！"陈国民笑了起来，说："既然是大学生，那就到边上看着，看工人师傅给你上一课！"夏方舟不走，十分认真地说："各位师傅，你们得按操作规程来，这么干会出事的！"

工作人员过来喊夏方舟，做了一个手势，示意他过来。夏方舟被带到赵殿楚面前。

赵殿楚笑着看他说："夏方舟。我叫赵殿楚。"夏方舟脱口而出："赵总，我爸让我找你，这是我的介绍信。学校开的正规介绍信。"

赵殿楚接过，并没有看，用手势招呼一旁的工作人员说："小夏，来实习的大学生。你带他去安排一下。"

夏方舟不走，看着四大金刚那边说："赵总，你得制止他们，这是蛮干！"赵殿楚笑问："你知道他们四个是什么人吗？"夏方舟不解地说："是……工人师傅。"

赵殿楚一脸自豪地说："他们四个都是各自领域的顶级高手，在江汉冶建就被称为四大金刚。刚才和你说话的叫陈国民。四个人里他最年轻，可他是四大金刚之首，全国冶建系统的王牌施工队队长。"

夏方舟较真地说："要这样，他更不能蛮干！"赵殿楚笑着说："蛮干？上次进来的第一批大型设备，最重的单机 12 吨，只有一台 5 吨的汽车吊，必须卸下来。交给你，你怎么办？"夏方舟猜到了，话到嘴边，又忍住了。

陈国民那边现场布置妥当，让其他人都撤到安全区，只剩下四大金刚。陈国民问："哥几个，觉得怎么样？"其中一人回应："国民，说心里话，没大有底。"陈国民说："有底没底，试了才知道。上千辆车在后面顶着，箭在弦上！"三人不再说话，相互看过。陈国民上 12 吨吊车，另一位上汽车吊，其他两位含着哨子，分别走到和两台吊车各成 90 度的位置。

现场所有人的心都提了起来。

哨声响起。陈国民对汽车吊上的金刚做了个手势，两台吊车同步缓缓起吊，等把挖掘机吊到了预定高度，便随着哨音一同停下来。

陈国民舒了口气，笑着和对面又打了个手势，两人再次同步，开始慢慢地将挖掘机落下。就在人们松了口气的时候，汽车吊忽然开始倾斜，陈国民的吊车紧跟着侧倾。人们经过了刹那的惊愕，呼喊着涌了上去。

夏方舟不觉咬住了嘴唇。赵殿楚也脸色凝重。

在地面指挥的两大金刚厉声说道："不要过来！回去！都回去！"涌上去的人们停了下来，紧张地看着那边。陈国民和汽车吊上的金刚几乎同时从驾驶室里爬了出来，所幸都没有受伤。

夏方舟满脸认真地说："赵总，现代大工业是严谨的科学，在任何情况下都必须按规程操作。"赵殿楚看着这个青年学生说："先住下。去吧！"说完转身朝现场走去。

夏方舟跟着工作人员走过金沙江沿岸的施工道路。夏方舟问："弄弄坪在哪儿？"对方笑了，停下来说："远在天边，近在眼前。"夏方舟难以置信。

工作人员用手指着说："我们现在处在金沙江边，从这儿到上面山岗，就是弄弄坪，总面积2.5平方公里。"

夏方舟完全呆住了，他看着处在重重大山间的峡谷和脚下狭窄湍急的金沙江，以及面前布满火箭草、只有极小的施工面积的弄弄坪，脱口而出："这……这怎么可能呢？在这个2.5平方公里的山岗，建一个300万吨级的大型钢铁联合企业，怎么可能呢！"

003

天色近黄昏。已被扶正的两台吊车在那些重型拖车上的大型设备面前，显得越发单薄。四大金刚围坐在一起，默然不语。

赵殿楚一直在，他知道四大金刚心里没谱，越是这个时候越是要给他们鼓劲。赵殿楚说："我还是那句话，对你们四大金刚，我有信心！"等了片刻，也没有得到四大金刚的回应。

陈国民忽然想起来说："赵总，叫夏方舟的那小子呢？真让他那张乌鸦嘴说着了！还没给他安排实习单位吧？让他跟着我，今天就来报到！"

正说着，一个工作人员匆匆过来说："赵总，一号信箱总指挥……"见他欲言又止，赵殿楚心下了然，站起来对四大金刚说："上面的压力我顶着，你们轻装上阵，其他的不要考虑。好了！不耽误你们的时间了。"随后，他便和工作人员匆匆离开。

陈国民他们也站了起来，默默看着望不到尽头的卡车长龙。他们心里清楚，麻烦大了。

赵殿楚再回到装卸场时天已经黑了。四大金刚或蹲或坐，借着汽车的灯光，在地上反复画图推演。看得出来，他们还是没有想出办法。赵殿楚没有过去，而是站在装卸场办公室门外，看着那边。在他身后的办公室里，工程处处长程时风正与十几位身经百战的施工工程师召开紧急会议。工程师们围着图板苦思冥想，无人落笔。

刚才，在一号信箱，总指挥大发脾气："殿楚同志！火烧眉毛了，整个交通大动脉完全瘫痪！我刚接到北京的电话，必须尽快拿出办法，不惜一切代价！就是肩扛手抬也要把设备卸下来！这是命令！"

赵殿楚承受着巨大的压力，承诺道："总指挥，四大金刚一定能拿出办法。"

总指挥说："殿楚同志，我给你一天的时间，最多两天。两天之内解决不了问题，你跟着我一块儿听候上级处理！"

此刻，站在装卸场办公室外的赵殿楚很理解总指挥的心情。可是，200多台均重40多吨的重型设备，靠肩扛手抬是根本无法完成的。四大金刚不只是他赵殿楚，也是一号信箱总指挥，乃至整个金江手上唯一的王牌。四大金刚能不能想出办法，他心里没底。眼下他别无选择，只有等。

四大金刚琢磨着地上新出的图，没注意到走到跟前的夏方舟。

"陈队长，领导安排我跟着你实习。我来报到。"头顶传来一种陌生的声音，陈国民回过神，看了一眼换了工作服的夏方舟说："年轻的小程咬金来了！过来，一块儿出出主意。"

夏方舟坐到陈国民身边的枕木上，一眼看到了地上的图，瞬时投入，凝神思考。四大金刚相互看看，然后看着他。夏方舟很快有了结论，摇头说："这肯定不行。"

陈国民喝一声："别光说不行！说怎么行。"夏方舟顶回去："没办法。现在遇到的问题，不是工人师傅的问题。大型钢铁企业建设是现代工业，必须遵循现代工业的科学规律，人海战术那一套根本行不通。明知道将要有这么多大型设备进来，为什么不提前把重型起重设备运进来？这是典型的决策错误。"

陈国民打量着夏方舟，问："你今年多大了？"听到回答后，陈国民呵呵一笑，说："二十岁就对了！难怪这么大口气。去年刚上的大学吧！"

夏方舟略带骄傲地说："我十六岁上大学，再开学就上五年级了，明年毕业。"陈国民问："你学什么的？"

"五年制工建，冶建专业。"夏方舟毫不掩饰自豪之情。陈国民淡淡笑过，说："我看，有些东西你那个大学没教给你。兵马未动，粮草先行，这话没错。川南钢铁这样的大工业会战，重型起重设备应该提前进来，然而现实情况是，50吨以上的坦克吊，全国也没有多少。更何况，调也需要运输条件和场地条件，拖车上的这些大型施工设备不进来，运输和场地问题怎么解决，回过头去靠人海战术？"

夏方舟被问住了。陈国民笑了，说："天不早了，换换脑子，吃饭！谁在那边呢？把饭送过来！"话音未落，便见一人一手提着一小铁桶菜，一手提着一小铁桶的馒头和碗，身上还背着一个包，朝着他们走过来，四大金刚赶紧站了起来。"哟！梁师傅，怎么是你？伙夫团的炊事员呢？"陈国民一边招呼道，一边迎上前，从对方手上接过铁桶。

梁师傅叫梁钱广，笑着说："堂堂四大金刚，也有走麦城的时候。就你们几个的脾气，这时候谁敢伺候？我这个老六级工来伺候吧！饭菜可都凉透了，凑合吃吧！"

陈国民突然灵光闪现，说："等等，等等。"其他金刚立刻反应过来，问："有了？"陈国民用力地点了点头。其他金刚立刻来了劲，说："那得来点儿，彻底换换脑子。"梁钱广从背包里拿出两瓶酒说："早给你们预备好了，就等着你们叫唤呢！"四大金刚乐了。夏方舟在旁边看得有些发蒙。

陈国民从梁钱广手上接过酒瓶，倒上四个碗，就要碰杯的时候，忽然想起旁边的夏方舟来，一把把他拉到自己身边坐下，然后问："敢喝酒吗？得这个喝法，端起来一口干了！"夏方舟点头。陈国民把酒瓶给他，让他自己倒上。

夏方舟倒上了半碗酒，比其他人还要多一些。陈国民笑着说："他还真敢倒！"夏方舟迫不及待地问："陈队长，你刚才说有想法，能听听吗？"陈国民示意了下酒碗说："把酒干了，一口！"夏方舟真就二话不说端起酒来一口干了下去。

程时风站在赵殿楚身旁，看四大金刚开怀畅饮，实在有些气不过，说："整个金江都在等着，路上压着上千辆车，他们竟然喝上了！"

赵殿楚反而笑了，说："大半晚上了，我就在等着他们喝酒，酒是我让梁师傅预备的，只要他们敢喝，那就是成了。行了，让大家都回去吧，我们也回去！"

天亮了。群山寂静。盘山公路上阻塞的汽车长龙一动不动。

夏方舟和衣躺在地上，枕着一截工字钢，睡得很熟。陈国民到他身边说："夏方舟，起来！天亮了，起来！"夏方舟揉着眼坐起来，看看周围。陈国民撂下一句"跟我来"，便转身走了。夏方舟忙爬起来，跟上他。

这边地上有一幅装卸挖掘机的示意图，另外三大金刚站在旁边，显然他们反复研究过了。陈国民指着图说："我们的方案出来了，你帮我们仔细算算，什么设计冗余之类的全算进去。计算尺给你预备好了，在地上算就行。"

夏方舟刚才还睡眼惺忪，转瞬就进入了另外一种状态，没有理会陈国民从其他金刚手上接过来的计算尺，盯着图，全神贯注。

有金刚问："国民，他这是？"陈国民眼中闪过意外欣喜之色。"别出声！我听说过这种人，什么都不用，"他压着嗓音，用手指指太阳穴，"就在这儿算。"四大金刚屏住呼吸，一同看着进行头脑演算的夏方舟。

片刻，夏方舟得出结果，不行。陈国民喝一声："光一个不行就完了？把不行的道理说出来。"夏方舟沉着地说："这个方案解决了两台吊车承重比例的问题，从理论上讲，充分利用了设计冗余。不过，你们忽略了一个关键点，按照你们的方案，两台吊车必须完全同步，可人毕竟不是机器，这不实际。"

听完他的分析，四大金刚已经有了十分的把握，神色轻松。陈国民一脸得意地说："行不行，试试就知道了。除非你有办法，要不然就老老实实地给我边上看着去。先吃饭。"

四大金刚拿出方案的消息传得飞快。赵殿楚来到的时候，装卸场周围的空地上已经围满了人。

两台吊车到位，倒链把工字钢提升到和拖车相同的高度，旁边的钢架也被支起到相同的高度，拖车附近准备好了大量枕木。这次不只是四大金刚，每个位置上都有相应的工人在位，随时听候命令。四大金刚再次碰头，眼神交流，信心十足。

赵殿楚看着现场，笑着问身边的夏方舟："你还是不相信？"夏方舟直言："理论上可行，实践做不到。工程师不相信奇迹！"看他一副信誓旦旦的样子，反倒是赵殿楚被他说得动摇，担心起来。

四大金刚各就各位，陈国民和另外一位吊车上的金刚随着指挥的哨声，同时操作，稳稳地把挖掘机的一端吊起，然后同时停下。在另一金刚的指挥下，工人快速地把枕木垫在挖掘机履带下。两台吊车随着哨声，完全同步地缓缓落下。

全场的人都屏住了呼吸。吊车安全落下。人们顿时松了口气。

被枕木垫住的履带和拖车之间留出了空隙，倒链上预备好的工字钢旋转 90 度，刚好进入履带下的空隙。然后，松开倒链。待命的工人在金刚的指挥下用拖车两边由枕木支撑的千斤顶稳稳地支起工字钢。挖掘机的一端被稳稳地控制住了。每一个环节都惊心动魄。

夏方舟看得目瞪口呆。赵殿楚仍然不轻松。

四大金刚和工人们用同样的办法处理好另一端，大型挖掘机由两条被千斤顶支撑的工字钢固定在拖车上方，和拖车完全脱离。拖车在金刚的指挥下开动离开。工人们在挖掘机履带下垫上枕木。陈国民和另外一位金刚每人负责一个千斤顶，极为默契地同步降下千斤顶，挖掘机稳稳地落在了枕木上。

现场发出震耳欲聋的欢呼声。

陈国民很享受成功的快乐，颇有架势地向欢呼的工人们挥手。

赵殿楚这才舒心地笑了，问："小夏，有什么感受？"夏方舟还没完全回过神来，说："太神了！"一号信箱总指挥像从地下冒出来的，先闻其声："殿楚同志，你这四大金刚真是名不虚传！要表扬，不，要记功！记大功！"赵殿楚说："先别表扬记功。我要的那批重型坦克吊什么时候给？"总指挥笑着说："你这个老赵！我也是刚得到消息，已经在路上了！"

被困在大山之间的钢铁巨龙复活了，隆隆驶向金江。

004

一间干打垒宿舍里，四张用茶碗粗的原木支起的床两两相对，尽头的两张床之间有张同样用原木打成的极为简陋的桌子。桌上摆着一份食堂的大锅菜，两盒罐头，一瓶酒，两只碗。夏方舟和陈国民隔着桌子坐在床上。

陈国民笑眯眯地拿起酒瓶说："方舟啊，一转眼三个月了，明天你走人，今天晚上我专门给你饯行。菜虽是食堂的，这俩罐头可是我买的，还有这瓶酒，特意从赵总那儿拿的，好酒！"夏方舟笑着伸手接过酒瓶，倒上酒说："队长，敬你一杯！这三个月从你身上学到了很多……"

陈国民打断他："不说那个，来，先干一碗！方舟，我记得你说过，你爸是铁路工人，在他那个圈子里，他应该也是像我们四大金刚这样的顶尖高手吧？"夏方舟笑着说："差不多！"

陈国民端起碗说："再喝一口！方舟啊，咱们工人的孩子，要想有出息，就得像你这样，上大学，上名牌大学，出来当工程师。国家强盛靠什么，现代化大工业！大工业没我们四大金刚和你爸这样的高级技工不行，没有好的工程师，图纸都出不来，根本玩不转！你爸的观点是不是和我的一样？"

夏方舟笑着点头。陈国民开心地笑起来说："看看，看看不是！方舟啊，你要不是大学生，能在程时风那里给我挣那么大脸？你到我工地上头一天，我给你派的什么活？"夏方舟说："让我根据图纸要求做个工艺流程。"

陈国民手指点着他，笑着说："那张图纸你就看了一眼，就指出图纸有问题。我去了工程处，程时风给我摆架子，让我老老实实地按图纸施工。当时我就骂了回去，他一个三级工！你真给我争脸哪，图纸是描图员描错了。这叫什么，学问！所以呢，还是得上大学。方舟，不是我夸你，你有本事。明年毕了业，哪儿也别去，就到咱们金江来，我保你大有作为！"

夏方舟笑着摇头说："我不来，毕业后我要去江汉钢铁。"陈国民笑着说："我就是从江汉冶建过来的。好人好马上三线，不够格还不要呢。我看你是千里马，你不来谁来？"夏方舟诚实地说："队长，和江汉钢铁比起来，川南钢铁……怎么说呢……中国未来的钢都肯定在江汉，那是我实现梦想的地方。"

陈国民笑着说："不和你争！咱俩打赌，你肯定来。说好了，我在金江等着你！"

第二章

005

在一片干打垒的建筑群中，代号 13 栋的这座青砖青瓦、有着宽大阳台的小楼显得非常特别，它实际上是金江一号信箱内部招待所，与弄弄坪隔江相望，有全副武装的士兵守卫。

夏方舟没有去和赵殿楚道别，不过赵殿楚还是得知了他的情况，特意安排身边的工作人员为他联系车。换上了白衬衣的夏方舟来到 13 栋的时候，工作人员已经在这里等他了。两人刚聊了几句，就看到赵殿楚带着秘书匆匆朝这边走来。夏方舟以为赵殿楚是特意来为他送行的，很难为情。

赵殿楚笑着说："不是来送你的。小夏，怎么，我听国民说，你瞧不上我们金江？"夏方舟坦言道："不是瞧不上，看和谁比。赵总，反正我不会来。"赵殿楚拍着夏方舟的肩膀说："我说你小子，可别小看了川南钢铁。不服气？听我给你说说……"

这时候，秘书看到一辆英国路虎车朝这边过来，提醒说："赵总，秦院长的车到了。"赵殿楚朝那辆车看了一眼说："小夏，我还有事先走了，对了，听说你爸要去非洲？"夏方舟说："咱们国家在非洲援建铁路，调他过去，很快就走。"赵殿楚嘱咐："回去给你爸带好。小子，按规矩，你得喊我赵叔叔！路上注意安全。"说完带秘书朝路虎车那边快步走过去。

赵殿楚到 13 栋门前时，一号信箱的总指挥也从里面出来了，两个人刚说了几句，路虎车就停在了门前，两人忙上前几步。从车上下来两个人。夏方舟的目光立刻被其中一个锁住了——一袭白色连衣裙、白袜白鞋、头上束一条白色缎面发带的美丽少女，刚刚下车的她兴奋地看着周围的一切。

夏方舟目不转睛，问工作人员："她在金江？"对方笑着说："上海来的姑娘，秦院长的女儿。秦朴敏院长。听说过吧？"

夏方舟忽然回过神来，说："那位从美国回来的科学家？"对方说："没错，和两位总指挥握手的就是他。秦院长是我们国家工业建筑行业的泰斗，国家对大三线定盘子的时候，中央非常重视秦院长的意见。"

赵殿楚和一号信箱总指挥与秦朴敏握手寒暄。白衣少女躲到一边，她看到了学生装束的夏方舟，歪着头，嫣然一笑。夏方舟也笑了，有些发呆。赵殿楚他们陪着秦院长走向 13 栋，白衣少女轻盈地跟在后面。

约好的卡车到了。工作人员拍拍魂不守舍的夏方舟说："小夏，上车了。"夏方舟尴尬地收回目光，上车前再次回首。白衣少女察觉他的目光，回头嫣然一笑，给他打了一个调皮的可爱手势。夏方舟怅然若失，又发起呆来。工作人员笑起来，喊了声："小夏！"夏方舟回过神，有些狼狈，手忙脚乱地上了车。

车开动了。

白衣少女忽然独自从 13 栋跑出来，看到汽车远去，稍稍一愣，下意识地追了两步，又停下来伫立，与夏方舟一样怅然若失。

白衣少女很快就会知道，这个她只有一面之缘的夏方舟是第一个来大三线实习的大学生。夏方舟则要再过很久才能知道，白衣少女叫秦晓丹，十七岁，去年考上同济，工建专业，此番特意跟父亲来金江，体验大三线的创业维艰。

006

"他妈的！"陈国民爆了粗口。

有些时候了，陈国民肚子里一直憋着一股无名之火。从 1965 年春天的那个早上算起，他来到金江三年还拐弯。按照原来的计划，川南钢铁一期几个月前就该投产，到如今，工程进度完成了不到三成。国家的工程干成这个样，让他这个名震全系统的功勋队长满肚子的气没处撒。今天，憋了两年多的这股无名之火终于喷了出来。

原因是二号信箱指挥部突然给他下达了命令，有一项紧急任务交给他的第一施工队，为马上就要分到金江的八千名学生盖席棚子宿舍。陈国民带着徒弟林富来等几个人过来，看到地没整，坡没平，满山坡的火箭草。陈国民满肚子的气想压都压不住，说："看看，看看！这算什么！从 1966 年起，全国的大专院校、中专技校的学生都压着不分，学生们等了三年，我们盼了三年。没有年轻的工程师和技术员，社会主义建设还要不要？八千学生，国家给咱们送来的宝贝，就用席棚子宿舍对付，有这么干的吗！等学生们住进来，一个火星就火烧连营，算什么玩意儿！"

林富来看到赵殿楚来了，对陈国民说："师傅，赵总来了。"其实，陈国民刚才就看到了，只是气不打一处来，索性吐个痛快。赵殿楚到了跟前，把他拉到一边。

赵殿楚说："国民啊，你这个王牌施工队队长，手下两千多人，张开嘴就骂娘，不知道自己说话的影响有多大？现在什么形势？咱们二号信箱就靠着你这杆红旗，你给谁较劲呢？"

陈国民还是不服气，但也找不着反驳的话。赵殿楚又把他往旁边拉几步，放低了声音说："国民，我刚接到江汉那边的电话，你媳妇要来了。"陈国民愣了一下，喜上眉头，问道："批准我媳妇来金江了？"

赵殿楚笑着说："不光你。你们头一批来金江的骨干工人的家属和孩子全都过来，和分配过来的学生前后脚。你带个头，把宿舍调整一下，专门调整出一个家属区。学校和幼儿园暂时利用现有的条件，抽出时间来再建新的。"

陈国民忽然又来了脾气："这我就不明白了。怎么着，自己家属是亲人，来了住宿舍，八千学生不是亲人？来了让人家住席棚子！赵总，你比我清楚，咱们缺的就是青年技术人员！这三批学生要是能按时分配，川南钢铁已经建起来了。"

赵殿楚一叹："我说你呀！这批学生整整压了三年，突然给我们金江分了八千，总共只有一个月的接待时间，确实应付不过来。没别的办法，暂时用席棚子宿舍过渡一下。"陈国民上劲，说："赵总，席棚子只是临时过渡，你说的这话我可记住了！"赵殿楚笑着说："你这个陈国民！加快速度，学生们说到就到。"

陈国民猛不丁冒出念头，说："赵总，给你打听个人，那个夏方舟在不在这批学生里？就是三年前跟我实习的那个大学生！"赵殿楚像是不上心地说："这么多学生，我哪知道得这么具体。回头我问一下。"

送走赵殿楚，陈国民有些出神。林富来和师兄弟们凑上来说："师傅，刚才赵总说的我们听到了，师母要来咱们金江？师傅，师母肯定长得很漂亮吧？"

陈国民镇脸说："什么叫漂亮？那叫美人！等我老婆来了，让你们这群小子见识见识什么叫美人！"

九省通衢江汉。江汉钢铁厂。轧钢车间。

大型轧机前，夏方舟穿着白色的石棉工作服，戴着遮住了半个面庞的墨镜，和工人们一起挥汗如雨。火红的钢坯经过辊碾，钢花四溅，机器声轰鸣震耳。一个技术员模样的人到他身边说着什么。

夏方舟推起帽檐上的墨镜。三年前那个充满书生稚气的大学生几乎变了一个人，满是汗水的脸上线条分明，充满青春活力，再加之强悍的肌肉力量，浑身散发出男性魅力。他朝对方喊着："你说什么？大声说！"对方几乎贴在他的耳朵上，一字一顿地说："霍总叫你去他办公室！"

霍总名叫霍茂森，1966 年以前是江汉钢铁厂总工兼钢铁院院长。那一年，平地而起的疾风骤雨扫荡全国，霍茂森没能躲过。江汉钢铁毕竟是国家重器，到 1968 年，生产形势趋于稳定。鉴于霍茂森在钢铁业界的权威地位，虽然他的身份有些模糊，但是国家钢铁生产和科技终归是离不了他。他现在的职务是所谓的生产领导小组的副组长，人们还是习惯称他霍总。1966 年年初，最后一个寒假，夏方舟被江汉钢铁提前录取，并成为霍茂森的学生。

夏方舟刚听了个头就明白了，不服地说："老师，我已经被分配到江汉钢铁了，为什么又把我重新分配到金江？"

霍茂森和蔼地说："方舟，当初把你作为重大技术攻关的青年骨干，我们征求了学校的意见，他们同意。你们 1966、1967、1968 这三届学生一直没有分配，国家现在决定，三届学生统一分配，学校把你重新分配到专门为大三线组建的中国 109 冶金建设公司，保密代号金江二号信箱。"

夏方舟说："我去过，1965 年我在那里实习了三个月。老师还和我说过，你和陈国民队长关系很熟的。"霍茂森微笑着看着他，不说话。夏方舟感觉不好。

霍茂森稍沉，说："回去认真考虑，抽个时间我再找你谈。"夏方舟说："不用想，我的岗位在这里！老师，刚才在轧钢机前突然冒出个想法，我得赶紧回现场。"说着要走。

霍茂森叫住他说："等等！方舟，等我再找你的时候，去还是不去，都得给我说出你的理由。"看夏方舟还要说，霍茂森抬手打住了他。

007

昆明通往金江的盘山公路上，上千辆解放牌大卡车首尾相接，宛如长龙蜿蜒而行。车上坐满了学生和工人家属。学生们高举着毛泽东主席的画像，一路高歌。

天空碧蓝，烈日如灼。

陈国民的妻子田青妮抱着三岁的儿子陈天海，七岁的女儿陈海燕依偎在母亲身边。老师傅梁钱广的妻女也在这辆车上。他十七岁的女儿梁朝丽天生的美人胚子，逗陈天海说："海子，你们家有几口人哪？"

陈天海憨憨的，说："四口人。"梁朝丽追问他："都是谁呀，说给我听听。"陈天海认真地说："妈妈、姐姐、我，还有鸡。"车上的人都笑了起来。梁朝丽继续逗他说："海子，那你爸爸呢？你爸爸不是你们家的人？"陈天海使劲摇头。

人们再次笑了起来。田青妮也笑着说："我们海子不记得他爸。我们家老陈自从到了三线，就前年回去了一趟，那会儿，海子刚满一岁，什么都不记得。这一晃，两年多了！"车上忽然静了下来。

大山连绵，周围寂静而荒凉，不见人烟。

秦晓丹就在田青妮他们后面的车上，酷热的风吹动了她的短发，她身上散发出一种和他人不同的特殊韵味。这批学生都有同行的校友，只有秦晓丹孤单一人从上海来到昆明，被随机分到了这辆车上。

离开上海前的那个早上，在那座漂亮的白色小洋楼里，面对父母遗像，秦晓丹擦去泪水说："爸、妈，组织批准我去大三线了，马上就走。我是你们的女儿，决不会给爸爸丢脸！"她想让自己笑一笑，却是情难自禁地哭出声来。

在家门前，秦晓丹留恋地看着熟悉的花园洋房。为了将要开始的新生活，她努力使自己的外表看起来简单朴素，以掩饰家庭的烙印。毛边布鞋、雪白的袜子，还有一只开始褪色的牛皮箱。她不知道这一去什么时候回来，能不能回来。也许，这就是永别。她忍住就要破堤的泪水说："爸、妈，你们的女儿……走了！"不再给自己机会，提起牛皮箱，转身而去。

在去往金江的卡车上，泪水再一次涌了上来。秦晓丹扭过脸去，努力把思绪拉回来，一阵笑声帮了她。

这辆车上，有一群欢乐的技校生。这笑声就是来自他们。

秦晓丹看得出，此刻一边笑着一边说话的大男孩是技校生的核心。他说："我武本奇爱说实话，支援大三线，本来没我，学校把花名册搞错了，后来发现了要把我留在山东，我可不答应，我到大三线，我妹妹就不用上山下乡了，我坚决要来。"

"武本奇！"一声厉喝打断了欢乐的技校生们。秦晓丹隐约知道呵斥武本奇的人叫季成钢，西安的大学生，一路上，他的目光在她身上不时地闪过。秦晓丹一直回避，此刻不觉看了他一眼。

季成钢显然感觉到了，好似得到了某种鼓励，极具攻击性地对武本奇说："照这么说，如果不是你妹妹可以不下乡，你就不会来大三线？"武本奇直率地说："那当然了！你什么意思？"季成钢毫不客气地说："你这种人根本不配来大三线！"

武本奇火了，骂道："你算什么东西！小哥我轮不着你教训！"站起来要和季成钢动手，被身边同学紧紧拉住。季成钢根本不在乎他，刻意的平静里带出锋利，说："告诉你，分配名额中本来没有我，我写了血书才争取到的。大三线需要我们，我们更需要大三线！"武本奇被同学拉着动不了手，说："你们这些大学生，就会动嘴皮子！季成钢，我记住你了，走着瞧！待会儿停车的时候下去说话！"

季成钢微笑里带出不屑。秦晓丹对季成钢生出某种说不清的好感，对他微微一笑。季成钢忙笑着点头。武本奇撇嘴，对同学们扯着嗓门说："他就是想勾引人家。我早看出来了！"技校生们夸张地大笑起来。

秦晓丹马上扭开了脸，余光看到一直坐在后马槽的那对情侣笑着嘀咕了几句，目光在她脸上轻轻扫过。秦晓丹脸上一热，宛如桃花。

这对情侣男的叫戚光复，女的叫陆汀兰。戚光复始终抱着一架苏联产的大型手风琴，陆汀兰一路靠在他的肩头。他们公然的亲昵举止，在1968年的这个夏天是如此引人注目。但他们毫不在意，沉浸在自己的世界里。

从那些议论声里，秦晓丹得知他们也是来自西安的大学生。

008

盘山公路途中有专门为这群远道而来之人搭建的临时供给休息点。戚光复和陆汀兰把领到的干粮简单吃过，正准备就近走走，活动下身子，忽然两人的目光不约而同地朝一处甩了过去。

是个漂亮到令人惊叹的姑娘。她提着行李，急匆匆地穿过人群，焦急的目光四处寻找，看到戚光复和陆汀兰后，笑容霎时绽放，喊道："戚光复！汀兰！戚光复！汀兰！"跑了过来。

戚光复的目光对上同样吃惊的陆汀兰，说："坏了！李心梅！"李心梅来到戚光复和陆汀兰面前，把行李随手丢在地上，喘息不定地说："我总算……找到你们了，找了你们一路！"

陆汀兰问："心梅，你不是被分配到西安的医院了吗？"

李心梅快活地说："汀兰，我才不服从他们的分配呢！方舟来金江，我当然要来。使了点儿小小的阴谋，以革命的名义，坚决参加大三线建设。哎，汀兰，方舟呢？"

戚光复和陆汀兰面面相觑，一时不知说什么好。戚光复对陆汀兰说："还是告诉她吧。"陆汀兰尚在犹豫，李心梅已经紧张起来，问："怎么了？方舟他怎么了？他出事了？快告诉我！快告诉我！汀兰，你快说呀！"陆汀兰稳了稳情绪说："心梅，别着急，别着急！是这样……是那个……"她还是不知道该怎么说，看向戚光复。

戚光复干脆告诉她："李心梅，方舟没来，他留在江汉钢铁了。"李心梅愣怔片刻说："不可能！绝对不可能！我不信！不信！"又去看陆汀兰。

陆汀兰点头。李心梅突然瘫坐在地上哭起来，说："你们为什么不早告诉我！方舟不来，我为什么要来！我就是为了他才来的，我来了他怎么能不来，他凭什么不来！我要回去！"

陆汀兰小心地问："心梅，你回哪儿？"李心梅激动地说："回西安！夏方舟不来金江，我凭什么来？我不去金江，回西安。"戚光复轻喝一声："李心梅，你怎么这么糊涂！这一路全是去金江的车，你怎么回去，走回昆明去？你就是回西安也得到了金江再办手续，以为这大三线是旅馆，想来就来，想走就走的？住旅馆你也得有介绍信，且不说怎么处分你，头一顶小帽子——怕艰苦！"

李心梅泪水又涌上来，说："我不是怕艰苦，可是夏方舟他不来，我自己来这儿还有什么意思！让他们处分我好了，随他们的便！"陆汀兰赶忙说："心梅，听我说，听我说。以我对方舟的了解，说不定哪一天，他突然就从天上掉下来了。信吗？"

李心梅愣了片刻，破涕为笑，说："汀兰，你最了解方舟了，他肯定会来，是吧？"

霍茂森看着站在办公桌前的夏方舟，问："想透了吗？"

夏方舟直面导师说："依金江的客观条件，川南钢铁能不能达到设计要求，看他们现在的进度，了解情况的心里都有疑问。即便达到设计要求，也不过300万吨级。这个规模的企业，根本不足以承载中国实现钢铁大国的梦想，更不要说地处如此闭塞的环境。钢铁大国的未来，在江汉。"

霍茂森不动声色地说："谈你自己的想法。"夏方舟坚定地说："66 – 1700 轧钢机将要进入前期技术攻关。老师反复说过，这是关乎中国钢铁未来的重大项目。我要留下来。老师，我给学校打了电话，留在江汉。"

霍茂森心情复杂地叹了口气，稍沉，把夏方舟带到图板前，说："你给我画张地图，围绕着我们国家的其他国家，不用太细，把边界画出来就行。"夏方舟不明白老师的意图，但还是接过铅笔，飞快地在图板上画出围绕中国的所有国家和地区的边界地图。

霍茂森问他："从这张地图上，你能看出什么来？"夏方舟很快明白了老师的意思，说："战争？"霍茂森敛容说："针对我们的战争随时可能爆发，一旦爆发，将是一场恶战、大战，我们必须要有应对这样一场全面战争的预案。你把苏联的地图画全。"夏方舟飞快地画出了苏联地图，霍茂森又要他标出乌拉尔山脉。

夏方舟完成，又有些不明白老师的意图。霍茂森说："第二次世界大战前夕，苏联人意识到战争将要来临，把战略大工业大幅度撤退到乌拉尔山以东。到1943 年，苏联西部国土大面积沦陷，乌拉尔山以东的工业产出，是战前1940年全苏联的百分之一百五十。尽管在战争前期遭受到重大打击，但由于他们在大后方保留了战略工业，所以最终赢得了卫国战争的胜利。"

夏方舟开始明白老师的意图。霍茂森让他把大三线的位置标出来，等他画出来后，对他说："大三线就是我们的乌拉尔山以东，是时刻面临战争的中国最重要的工业战略备份。现代战争最重要的支撑工业是钢铁，一旦发生大规模战争，位于金江的川南钢铁，就是支撑中国的钢铁心脏。金江因此成为整个大三线的重中之重。"

夏方舟明白了老师的意思。霍茂森说："一个优秀的年轻人，在国家需要的时候，应该尽到自己应尽的责任，完成历史赋予的使命。"夏方舟被深深地触动，说："老师，我明白了。"

霍茂森反倒是心情复杂地说："方舟，你是我带过的学生当中最好的。说心里话，我也想把你留在江汉。可是，在国家召唤的时候，你不能缺位。"夏方舟坚定地说："我去！老师。"

霍茂森看着他说："别太匆忙了。这个项目你干了两年多，把手上的资料交接清楚。走的时候，我和你师母给你送行。"

009

季成钢在去金江路上的休息点吃完饭，好似漫无目的地在附近溜达，悄悄地向秦晓丹靠近。果然如他所期，秦晓丹同样独自一人。看到季成钢，秦晓丹稍微想了想，然后朝他走过来，坦然友好地说："认识一下。我叫秦晓丹，上海同济的。"

季成钢的落落大方其实是经过设计的，他说："季成钢，西北冶金的。"秦晓丹向他伸出手说："我是1968届。"季成钢掩饰着自己的激动之情，紧紧地握住秦晓丹的手说："我们是一届的。"

秦晓丹面带微笑地说："希望我们能够在大三线成为志同道合的战友。"季成钢响亮回应："一定会！一定会！"觉察到秦晓丹要抽回自己的手，他忙放开，徒劳地掩饰自己的狼狈。秦晓丹注意到了，微笑而过。

武本奇和几个小兄弟到处在找季成钢。武本奇说："你们都别过去，在这儿看着。"说罢自己走过去，喊道："嗨！那个叫季成钢的，咱俩的话还没说完呢！"

季成钢变了脸色，极轻蔑地说："你想干什么？"武本奇挑衅地说："别装糊涂！咱们那边单练！"季成钢对咄咄逼人的武本奇并不在乎，更不想在秦晓丹面前示弱，他猜准了秦晓丹期望的场面，说："武本奇，这是大三线！"

武本奇冷笑道："少来这一套。不敢就痛痛快快地认栽，小哥我放你一马！不当面求饶，小哥我今天绝对不放过你！"

季成钢毫不退让地说："武本奇，我不会和你动手。"武本奇挑衅地推了季成钢一把。季成钢却是微笑着说："不要以为我怕你。希望你能端正自己的态度。"武本奇一时哑口无言。

秦晓丹插到他们之间，态度亲切地伸出手说："武本奇，我叫秦晓丹。"武本奇顿时脸红，匆匆握了一下秦晓丹的手说："哦……我刚才听见了。"

秦晓丹问他："这是什么地方，知道吗？"武本奇说："这什么地方……不知道。来这儿之前，全国地图都查遍了，根本没金江那地方，更别说这地方了。"秦晓丹语气亲切地说："这是大三线。我们来自五湖四海，都是建设大三线的新军。"

武本奇明白了秦晓丹的意思，不好意思地挠头说："我这人有时候是不大是个东西，可他季成钢肯定不是什么好人！"秦晓丹微笑着说："好了好了，武本奇，今年你十八岁，没错吧？"武本奇很是吃惊。秦晓丹告诉他："1968届的技校毕业生，基本上都是十八岁。"

季成钢感觉被冷落，试图掩饰不快。秦晓丹察觉，刚好又听到工作人员招呼大家上车，便先对武本奇说："走，上车了。"然后回头对季成钢微微一笑说："走吧！"季成钢脸上的冰霜顷刻化解。

第三章

010

秦晓丹他们第一批学生到达金江时已是离开昆明的第四天下午，车停在专门为他们修建的棚子宿舍区附近的坡地上。不远处传来阵阵炮声，山上爆破引起的烟雾久久不散。他们下了车，看着眼前荒凉的情景，说不上是什么滋味，相顾皆无言。

武本奇和他的小兄弟们提着行李，站在没过了脚面的尘土里。武本奇说："这……不是说300万吨级大型钢铁联合企业吗？还有什么中国未来的西部钢都，这都哪儿跟哪儿啊，整个一野岭荒坡，没这么坑人的。"

秦晓丹注意到季成钢眼中的失望，问："不是你想象中的模样？"季成钢叹息："不是，完全不是。"秦晓丹又问："没想到这么艰苦？"

季成钢感慨："不是艰苦，是条件太好了。我希望这儿荒无人烟，由我们来开天辟地，伟大的历史从来都是属于开拓者的！"秦晓丹的内心瞬间被击穿，一时间百感交集，正不知怎么说，忽然听到有人喊："秦晓丹同学！哪位是秦晓丹同学？请答应一声……"

找秦晓丹的是二号信箱的工作人员，他告诉秦晓丹，军代表要见她。

工作人员带着秦晓丹上了楼，来到挂着"军代表"门牌的办公室外。

秦晓丹刚进门，身材高大的军代表就迎上前来，他一边伸出手，一边笑容晴朗地说："晓丹同志，自我介绍一下，我叫顾弘亮，二号信箱的军代表。以后，你叫我老顾就行。"秦晓丹握住对方的手说："军代表，你好！"

顾弘亮朗声笑着说："晓丹同志，你的情况我们都了解。秦院长对国家的战略部署做出了那么大的贡献，不幸……今天不说那些！晓丹同志，你孤身一人，坚决要求来大三线，我们都很感动！晓丹同志，你暂时住在机关招待所，一会儿让工作人员送你过去，好好休息，其他的以后再说。"秦晓丹说："军代表，我们这批学生都住席棚子宿舍，我不要特殊对待。"

顾弘亮根本没留讨论的余地，说："晓丹同志，先住下，其他的事情以后再说！我直接送你过去。走吧！"

为八千学生准备的席棚子宿舍区虽然简陋，但面积还是相当大的，简单地分为男生、女生和已婚宿舍区。

按照花名册的顺序，武本奇和王卫国等四个技校同学分到一间宿舍，四张木头棍子搭的床，每张床上有一套洗具，脸盆、毛巾和肥皂。

武本奇在狭窄的房子里走来走去，不时地拍拍这里打打那里，说："这叫什么宿舍？墙也是席的，房顶也是席的，一间连一间，还这么大一片连在一块。这要是来一把火，立刻火烧连营，那个刘备就是这么输的！"

季成钢出现在开着的门口，进来一步，冷笑着说："武本奇，你一路上口口声声，技校生当然是工人阶级，我看你，连小资产阶级都不够格！"

武本奇哑口半晌，忽然找到题目说："你打人家秦晓丹的主意，剃头挑子一头热吧。我观察了一路，人家根本看不上你。季成钢，你没戏！"季成钢不屑地说："麻雀安知鸿鹄之志！"转身离开。

戚光复和陆汀兰分到的宿舍，除了一张铺着席子的床和一张四条腿的简陋桌子，别无其他。戚光复打量着房内说："不错！有床，有桌子！汀兰，这就是咱们的新婚洞房，新生活开始喽！"这就要抱起陆汀兰。

陆汀兰做了个手势，让他听两边隔壁的声音，两边窸窣的声音和喊喊喳喳的对话立刻让戚光复明白过来。陆汀兰用手摇了摇床，四根木棍发出咯咯吱吱的声音，两边立刻静了下来。陆汀兰无言苦笑。

戚光复无声地笑着，动作很轻地把妻子抱在怀里，看着地面，笑着说："汀兰，咱们睡在地上。"

陆汀兰忽然酸楚地说："我们的新婚之夜……睡在地上……"已然有泪。戚光复安慰妻子说："汀兰，只要我们两个在一起，什么都无所谓。"陆汀兰靠在丈夫的怀里，忍不住潸然泪下。

外面传来李心梅的声音："汀兰，我来了！"话未落音，人已经推门进来。戚光复两人来不及分开，有些发窘。李心梅倒不在意，笑着说："你们是夫妻，有什么不好意思的。再说了，我是学医的，什么没见过！嗨！我住得离你们很近，随时可以过来！"

011

家属们的车进了金江，就和学生们的车分了队，直接开到了家属宿舍区。这片宿舍最初是1966年为当时要分来的大中专学生准备的，虽然也是干打垒，但比起其他宿舍，条件要好一些。后来大学生分配停滞，陈国民、梁钱广这样的高级技工和二三级单位的中层干部便被安排进来。这一次大批的家属过来，这片便被专门划分为家属宿舍区，设施也做了相应的调整。

听说车就要到了，陈国民、梁钱广和付开田这些人早早地等在路边。像陈国民的徒弟这样的青工也围成一大片。看到车开了过来，人们骚动起来。不待卡车停下来，人们就涌了上去。

田青妮坐的车是头一辆，她远远地就看到等在路边的丈夫，甜蜜地笑了。陈国民也是一眼盯个准儿，大声喊："青妮，让别人先下，你最后下，最后下！"

等车上的人都下光了，陈国民这才上去，先从妻子手上接过儿子。

陈国民看着儿子抱着的鸡说："带了只鸡来？正好，今晚上杀了下酒！"陈天海放声大哭，生怕父亲把母鸡夺了去。陈国民有些不耐烦，把儿子交给一直跟在身边的林富来说："富来，替我看着！这小子，不认他亲爹！"

陈海燕响亮地叫了声"爸"，从车上扑到父亲怀里。陈国民一把接住说："唉！还是我这闺女好，我就喜欢我们海燕！"看田青妮要自己从车上下来，陈国民忙说："青妮，等等，你等等！"田青妮不知丈夫的意思。陈国民把女儿交给身边另一个徒弟，这才把手伸给车上的妻子。

田青妮以为丈夫用手接她下来，没想到被丈夫两脚离地地紧紧抱在了怀里，顿时羞涩。工人和陈国民的徒弟们哄笑一片。

陈国民开心地笑着说："牛皮不是吹的，泰山不是垒的！让你们看看，这就是当年江汉钢铁一等一的大美人！成了我的老婆！"田青妮死死地把脸藏到陈国民的肩窝里。

在江汉，陈国民这般的高级工匠是"楼上楼下，电灯电话"，要说家境，比一个处级干部都不差。田青妮带一双儿女来金江，便是把整个家搬了过来。俗话说："破家值万贯。"照陈国民电话上的嘱咐，田青妮尽管是各种舍不得，最后还是把家具全都舍了，锅碗瓢勺大多也送了人，只是夫妻两人这些年做下的好衣裳，熊猫牌的六灯收音机，一套钢精锅，还有大大小小的过日子离不了的细碎，田青妮是无论如何都要带过来的。一家人大致把家安顿下来，马马虎虎地吃了顿饭。天早黑了。

放在金江，田青妮的新家还算得上宽敞，一大间房，门外有很小的厨房。房间里摆着两张床，一条床单隔开。外面的床上，天海和海燕睡着了。床边，小天海抱了一路的那只母鸡，也睡了。

陈国民穿着短裤光着膀子躺在里面床上，看着只穿了短裤和背心的妻子掀开床单进来，陈国民跳起来一把将妻子抱在怀里说："青妮，你和孩子们这一来，我更安心了！你睁大了眼睛仔细看着，我们不但要建起一座川南钢铁，还要把金江建成一座钢铁城市！"

夜深了。赵殿楚还在办公室处理文件。身后的墙壁上悬挂着毛泽东主席的画像。听到敲门声，头也没抬地说："进来！"

秦晓丹推开门，站在门口。赵殿楚多少有些意外地说："晓丹？三年不见，变成大姑娘了！"和顾弘亮那边一样，办公室也没有沙发，是那种木质的长排连椅。他招呼秦晓丹过来坐下。秦晓丹坐到连椅上，有些拘谨。

赵殿楚坐到斜对角的另一把椅子上，和善地说："晓丹，听说你来了，还没抽出时间来看你。顾代表都给你安排好了吧？"秦晓丹说："赵叔叔，我就为这事来找你的。我不想住在招待所，我要和大家一样住集体宿舍。"赵殿楚稍微想了一下说："晓丹，你们这批学生来得太突然了，搞得我们措手不及，临时宿舍的条件确实太艰苦了些。"

秦晓丹说："我去看了。大家都住在那儿。"赵殿楚认真地看着眼前的这个女孩，思量片刻后说："好！今天暂且再在招待所住一晚，明天我让他们给你安排。好不好？"秦晓丹笑着说："谢谢赵叔叔。哦，以后得喊你赵总了。"

赵殿楚笑了。

012

女生宿舍被安排在席棚子宿舍区一端，分成几个小的片区，每个片区有一处卫生区。所谓卫生区，就是洗漱点和厕所。洗漱点露天安装了一排水龙头，女生们排队用脸盆和牙缸接了水，到一旁用原木搭起的长条台子上洗漱。

李心梅接了水，看到在那边洗漱的秦晓丹，端着水过去，笑着说："我叫李心梅。秦晓丹，我知道你爸爸是谁，他很了不起。"

秦晓丹微笑。李心梅问她："知道这儿怎么洗澡吗？"秦晓丹摇头。李心梅比画着说："用席子圈了那么一地方，要有人偷看，什么都挡不住。"秦晓丹有些吃惊，不知说什么。

李心梅笑着说："幸亏我是学医的，不在乎这些。对了，只有凉水，从金沙江里抽上来的，冰冷刺骨。不过，冰冷的水打在身上的那种感觉也挺棒。等下午学习完了，我带你去。"秦晓丹问："男生沐浴，是在他们那边吧？"

李心梅："放心吧！男生在他们那边。我过去看了，我们这边好歹还有门，他们那边豁口大敞。"见秦晓丹很惊讶，又说："怎么啦？我是医生啊！到一个地方，先看卫生。这么多人住在一起，卫生不达标，出了麻烦就是大的。我也是爱操闲心。"说到这里，她才想过来秦晓丹吃惊的缘故，又笑着说："我去看的时候没有男生洗澡！"

男生洗澡的地方如李心梅所说，马马虎虎用席子围起一处露天空间，几排水管，江水直接从没有喷头的水管冲下来。武本奇和几个小兄弟穿着短裤进来，撒了欢地跑到冷水下，都是一声惊叫跳出来。武本奇说："这……这是洗澡的水吗？这整个是杀人陷阱！"

季成钢似乎很享受地站在冰冷的水流下，瞧着他们，面带轻蔑的冷笑，自言自语："文明之精神，野蛮之体魄。"

武本奇说："不能输给这王八蛋！"一咬牙，重新回到水流下，硬挺着接受刺骨的江水的冲击。小兄弟们相互看看，虽然有些畏惧，但还是站到了直冲而下的水流里，咬牙坚持。

季成钢在水流里舒展着肌肉并不发达的身体，不理他们，很潇洒地离开。等他一走，武本奇他们立刻从水流下跳了出来。王卫国哆嗦得说不成个："本、本、本奇……季、季成钢……那、那家伙说不定练过，咱们不和他比……"武本奇也哆嗦着说："管他练没练过，不能输这口气！"

秦晓丹和李心梅等几个女生刚洗过澡，端着脸盆，说笑着走过来。途中经过男女宿舍交界处的共同区域，路边的季成钢停下，目光投过来，琢磨着是否上前主动打招呼。秦晓丹喊一声："季成钢！"季成钢掩饰着激动说："秦晓丹。"

李心梅看出秦晓丹的心思,说:"脸盆给我。等你呀。"秦晓丹应道:"我马上回来。"说完,她把脸盆递给李心梅,快步过去。

季成钢顿时轻松,迎上前时脚下一绊,小红书从上衣口袋掉出。秦晓丹弯下身帮他捡起来。季成钢情不自禁地偷瞥了一眼秦晓丹微微敞开的领口,又赶紧收回目光,接过小红书说:"秦晓丹,这几天我一直想过去找你。"秦晓丹问他:"有事?"

武本奇和几个技校生走过,看到他们,不远不近地停下来。

季成钢关心地说:"你别介意。我觉得,你应该从招待所搬到集体宿舍来。"秦晓丹笑了,说:"我第二天就搬过来了!"季成钢很兴奋地说:"太好了!我们想到一块了。"

秦晓丹笑着说:"一个礼拜的学习马上就结束了,对分配你有什么想法?"季成钢立刻换了一副语气:"坚决服从分配!毛主席的战士最听党的话,哪里需要去哪里,哪里艰苦哪儿安家!不过……"秦晓丹等了片刻,问:"不过什么?"

季成钢斟酌地说:"我的一些想法还不太成熟。秦晓丹,你听说了吗,我们这一批学生当中,有的人拒不服从毕业分配,坚决不来大三线。"秦晓丹难以置信地问:"怎么会有这样的人?不会吧?"季成钢加重语气说:"那个人叫夏方舟,赖在江汉死活不来。"

秦晓丹脱口而出:"夏方舟?"季成钢这次是真的意外,问:"你认识他?"秦晓丹回避道:"哦……好像,在哪儿听说过这个名字。"

季成钢极为不屑地说:"他们西工大来的那些,吹捧夏方舟是什么天才工程师,整天挂在嘴上。这些人,没一个诚心诚意来大三线的。"

秦晓丹说不清怎么想的,回道:"恐怕不能一概而论吧。可能同学们喜欢他,哪个学校都有这样的学生。"季成钢正色说:"好人好马上三线!夏方舟之流不来也好,这种人来了,是对三线精神的玷污!"

李心梅在那边喊:"晓丹,还没说完呢?"秦晓丹回头看了一眼,同来的女生们都走了,只有李心梅在等她,忙对季成钢说:"等我呢,再见!"转身跑着离开了。

季成钢若有所失,呆呆地看着秦晓丹的背影。武本奇和几个技校生一直在附近,此刻,故意经过季成钢身边说:"没见过这么勾搭女生的,一套一套的。没戏!"季成钢对武本奇他们毫不在意,心思全在渐行渐远的秦晓丹身上。

秦晓丹和李心梅一路说笑,李心梅说想到她的宿舍看看。回到宿舍,憋了一路的秦晓丹忍不住问:"心梅,你听说过夏方舟吗?"

李心梅惊奇地问:"你也知道夏方舟?你是上海的呀!"秦晓丹含糊地说:"听好多人说起他。天才工程师什么的,挺夸张的。"李心梅情绪顿时提起来,说:"一点儿也不夸张!绝对是天才工程师!"秦晓丹疑惑地问:"你也认识他?心梅,你不是医学院的吗?"

李心梅说:"大二我就认识他了!我们两个学校联欢……他可真帅!"秦晓丹感觉到什么,又说不清,有些发呆地看着对方。陶醉的李心梅好一会儿才回到现实,说:"晓丹,我只告诉你一个人。我本来被分到西安了,为了他才来金江的。"李心梅微笑里带出一丝可爱的狡黠,说:"革命爱情!"

秦晓丹不确定地说:"可是……可是,听说他不服从分配,不来金江。"李心梅立刻紧盯着她问:"你听谁说的?"秦晓丹支吾着说:"啊……听别人说的。"李心梅突然丧气，片刻又振作精神说："他一定得来！一定会来！我都来了他凭什么不来！"端起脸盆，赌气出了门。秦晓丹愣了。

不一会儿，李心梅又回到门口，虽然尽量克制，但还是很激动地说："晓丹，你不要相信那些闲言碎语，说这些话的那些家伙妒忌他、污蔑他，我决不允许！决不允许！"说完转身离开了。

秦晓丹蒙了。

013

霍师母拿着一瓶酒从里屋出来，说："方舟啊，这瓶酒我存了好多年了，那年抄家都没让他们抄了去，今天拿出来给你壮行。"

夏方舟作为青年技术骨干，参与江汉 66－1700 轧机攻关，两年多的时间里提出了很多独创性的思路，尽管夜以继日，但还是用了不少日子，才把这些尚未成型的技术资料交接清楚。明天就要离开寄托着他远大理想的江汉钢铁了，老师和师母为他送行。几样精致菜肴上桌后，师母拿出了这瓶珍藏的名酒。

夏方舟看着老师。霍茂森看着他期待的眼神，禁不住轻轻叹了一口气，整理心情说："方舟，你们这批学生被分到金江，说明那边的建设逐渐走上了正轨。不出意外，完成川南钢铁一期用不了几年。冶建这一行四海为家，建起一座工程，马上就是下一项。到时候我会把你调回来。只要没有爆发战争，江汉钢铁就有望成为中国的大钢铁基地，这儿需要最优秀的工程师。"

夏方舟激动地说："老师，我等着那一天尽快到来！"

酷热难当。骄横了一天的太阳快要下山了，但威力不减。

吃过晚饭，秦晓丹在看一本很厚的英文工程书，忽然听到有人在外面喊她。听出是季成钢，秦晓丹应了一声，放下书，拿起短袖衫穿上。

席棚子宿舍区通道狭窄，季成钢背对秦晓丹宿舍的门站在路边。秦晓丹从宿舍出来，喊了声"季成钢"。季成钢回过身，愣了片刻，又赶紧收回神说："我接到分配通知了。"

秦晓丹没注意到对方神色的快速变化，问："分到哪儿?"季成钢说："二号信箱特种公司第一施工队。全国闻名的王牌施工队，工业学大庆的标杆单位，队长叫陈国民。"秦晓丹羡慕地说："真好！你具体做什么?"

季成钢说："施工队的施工员，相当于过去的施工技术员。"秦晓丹真诚地说："祝贺你！"季成钢掌握着节奏说："秦晓丹，我有个想法，我不想当施工员，我想到第一线当工人。"他故意一沉，等待对方的反应。

如他所期，秦晓丹等不及地问："为什么? 你学的不就是钢铁建筑吗?"季成钢说着烂熟于心的腹稿："秦晓丹，我是这么考虑的。作为极少的第一批接到分配通知的大学生，我深切感受到组织的信任，无上光荣，充满自豪！但是我们必须正视一个非常严重的问题，一种非常危险的倾向……"

秦晓丹被季成钢滔滔不绝的雄辩所吸引，直到对方结束一大片的言论，仍然沉浸其中。季成钢洞察，说："秦晓丹，这就是我很不成熟的一些想法，不知道是不是有一点儿道理，非常想听听你的批评意见。"秦晓丹回过神来，钦佩地说："季成钢，我支持你！"

季成钢说："能得到你的支持，我太激动了！这说明我们的想法是完全一致的！"秦晓丹真诚地说："我远远没有你想得这么深。你说的第一施工队是王牌施工队？"

季成钢加重语气说："陈国民队长是全系统的劳模。传说是四大金刚之首。他们四个是二号信箱卓越的高级技工，工人阶级的优秀代表。"

秦晓丹当即决定，也要去他的施工队。季成钢激动得不知说什么好，不断地搓手。他没有把被快速分配的关键细节告诉秦晓丹。他又一次写了血书，这次是给二号信箱安置办公室。

第一批接到分配通知的大学生确实不多，陆汀兰是其中之一。不同的是她既没有写思想汇报，更没有写血书，金江造船厂直接点了她的名。

戚光复兴奋地说："造船厂技术员！主管技术员！这儿还有造船厂，太好了！这正好是你的专业。汀兰，第一批就分到你了，可见对你多么重视！看来他们也知道，陆汀兰同学绝对是高才生！"

外面传来李心梅的声音，又是话未落音，人已经进来。李心梅："汀兰、光复，我被分配了，去二号信箱医院。单位倒是不错。可我要搬到那边去住，离你们就远了！"

戚光复顿时如释重负地说："李心梅，医院的宿舍是干打垒，比这席棚子的条件好多了！赶紧搬过去，马上搬！走，我帮你去搬家，争取弄个好床位！"陆汀兰在旁边偷偷地笑。

李心梅又问："汀兰，方舟是不是真的不来了？谣言满天飞！"戚光复把话题接过来说："李心梅，别相信那些风言风语。汀兰不是和你说了好多遍吗，她最了解方舟，说不定哪一天，方舟他咣当一声就从天上掉下来了！"

李心梅甜甜地笑了，说："光复，咱们快走。"戚光复一下没反应过来。李心梅瞪大了眼睛说："帮我搬家呀！"戚光复说："对对对！走，赶紧走！"

从席棚子宿舍区到医院，距离不近。戚光复帮李心梅在那边安顿好，再回到家，时间已不早。和妻子睡在铺在地上的席子上，戚光复还是忍不住地乐，说："李心梅终于搬走了，我真怕了她了！"

陆汀兰别有心思地说："方舟不来金江，李心梅怎么办呢？我看心梅挺好，学习也好，人又长得漂亮，西安所有的大学，公认的校花，最难得的是这份痴情。你们男的怎么想的？"

戚光复说："这和男的女的没关系。爱情得有化学反应。"陆汀兰叹了口气说："原来我赞成方舟留在江汉，现在希望他来金江。"戚光复笑着说："别叹气。方舟和我们不一样，他应该留在江汉。"

陆汀兰认真地说："这儿真的缺人，尤其是青年技术人员。就说我们单位吧，我去了就被任命为主管技术员，方舟来了，以他的才华，一定会大有作为。"

第四章

014

在第一施工队的工地办公室，陈国民打量着眼前的季成钢问："当工人？"季成钢腰杆笔直，说："陈队长，我想好了，坚决申请到第一线当工人！"陈国民不以为然地问："你叫季成钢是吧？我说季成钢，国家花了那么多钱培养你上大学，是为了让你当工程师的。不说大道理，青年工人我有的是，我需要的是年轻的工程技术人员。当工人，当什么工人？好好干你的施工员！"

季成钢坚持说："陈队长，从我们这批学生来到金江那一天起，很多人就一直在私下里抱怨，这是非常危险的倾向！大学生必须到工人师傅中间去，接受工人阶级的再教育，在艰苦的环境中磨炼自己，在精神上彻底改造自己，这样才可能成为大三线合格的建设者。陈队长，我们这批学生中，有个叫夏方舟的，拒不服从分配……"

陈国民打断他说："你等等，夏方舟怎么了？"季成钢深感意外地问："陈队长认识他？"陈国民看着他说："别问我，说他。"

季成钢一身正气地说："夏方舟拒不服从分配，坚决不来金江，如果只是他自己，不过就是一个可耻的逃兵，完全可以把他抛到垃圾堆里。问题的严重性在于，像这样的人，居然成了某些大学生私下里推崇的榜样。这更说明我们这批学生满脑子资产阶级思想，必须到一线接受劳动锻炼，接受工人阶级的教育。"

陈国民脱口骂道："混账东西！"季成钢愣了。陈国民回神说："我骂的不是你。季成钢，大学生当工人，这不是你一个人的事，我定不了。"

季成钢强烈要求说："陈队长，改造思想从我做起。给我分配工作吧，只要和工人师傅在一起，干什么都行。"

陈国民不由得重新打量季成钢，考虑再三，答复他："你先去吧！我得请示总部领导。"他完全没有注意到，季成钢的嘴角掠过一丝极难察觉的微笑。陈国民又琢磨了一番，然后给赵殿楚打了个电话。电话上说了个大概，赵殿楚要他马上过去当面谈。

赵殿楚听罢陈国民的汇报说："这个年轻人有觉悟，有想法。"陈国民说："你点了头，那我就让他当工人。"

赵殿楚说："这么大一批学生集中报到，为把他们尽快分配到合适的岗位，能调的人都调到安置办了，还是焦头烂额。季成钢给我们开了一条思路，把学生们放到一线锻炼一段时间。这样不但可以缓解分配压力，更重要的一条，可以在实践中考察他们的能力，把好苗子选出来，放到重要岗位。你说是不是？"

陈国民笑着说："领导就是比我思路开阔。"赵殿楚笑了笑说："国民，你让季成钢到我这里来一趟，我和他谈谈。这个典型要树起来，号召学生们向他学习，尽快让学生们全部到一线。"

陈国民起身说："马上办。赵总，那个夏方舟怎么回事？"赵殿楚看着他问："你听说什么了？"陈国民听出来了，说："看来领导知道，他赖在江汉不服从分配。没说错吧？"

赵殿楚故意绕个圈子说："夏方舟的情况比较特殊，1966 年初，他就被提前分配到江汉钢铁了。要不是这几年形势变化，要在那边读研的。他的导师是茂森同志，你也熟。"

陈国民说："那就是霍总不对！"赵殿楚说："乱扣帽子！人家那边毕竟是大钢铁基地，夏方舟是霍总的得意门生，年轻人有些想法很正常。你用不着瞪眼，夏方舟，他会来的。"陈国民将信将疑地问："什么时候？"

赵殿楚说："这事不谈了。先把季成钢叫我这儿来。"

015

八千学生不计专业，被快速分配到一线工地。二号信箱总部决定，在特种公司第一施工队工地现场举行誓师大会。

季成钢作为全体青年学生代表发言。他穿着崭新的蓝色帆布工作服，头戴柳条帽，脖子上挂着一条白毛巾，活脱脱宣传画里的时代形象。他意气风发地走上临时搭建的高台，振臂高呼："向工人阶级学习！向工人阶级致敬！"学生们跟随的口号振聋发聩。

季成钢踌躇满志地说："同志们、同学们，今天，我们成了大三线光荣的建设者，明天，我们要成为大三线合格的建设者！为此，我提出如下倡议：第一，我们要到火热的劳动第一线去，接受工人阶级的再教育……"

现场的声音通过大喇叭传遍了川南钢铁的整个工地。

对二号信箱的这个做法，造船厂的杨书记很不以为然。为防止军心浮动，他直接找来陆汀兰说："二号信箱把大学生放到一线基层搞什么劳动锻炼，他们家大业大，他们舍得，我可舍不得！给你交个底，咱们造船厂建起来一年多了，到现在连一条像样的船都没造出来。造船厂不会造船，丢不丢人！"

陆汀兰不好说什么。杨书记继续说："凡事问个为什么。问题的关键，是缺你这样的人才。"陆汀兰忙说："杨书记，我哪儿算得上人才。"

杨书记打个手势说："过度谦虚不是个优点。汀兰同志，你的情况我们都了解，西工大的高才生，十七岁上大学，1966 届，学生党员，1967 年第二次到山城造船厂实习，主持项目。"

陆汀兰要求道："杨书记，给任务吧！"杨书记笑了，说："这就对了！我给你把班子搭起来，你呢，要在最短的时间内拿出一个能够把船造出来的规划。"陆汀兰又有疑虑，说："杨书记，我是不是到基层锻炼一段时间？"

杨书记提高声音："汀兰同志！你是我们造船厂的主管工程师，岗位不在基层，陆工！"陆汀兰感动地说："是！一定完成任务！"

武本奇和他的技校同学，全部被分到了第一施工队。人生际遇，有时候就是机缘巧合，没别的解释。

誓师大会过去好几天了，武本奇和一帮小兄弟听着大喇叭没完没了地广播表态发言，满腹牢骚。别人不敢说的，武本奇敢说："听听，听听！季成钢这家伙还真会玩，一眨眼成了典型了！大领导亲自接见，上了大喇叭不说，还要向他学习！"正说着，看到戚光复和一群大学生来到工地。武本奇愣了一下，迎上去说："戚大学，你们也被分到一队了？怎么着，大学生都到一线锻炼？"

戚光复笑着说："本奇，干什么不是干，当工人也挺好！"武本奇说："都是让季成钢那家伙闹的。他积极，凭什么拉上我们垫背？小哥我不吃这个，我找队长去！"扭头就走，直奔工地办公室。进门后，他梗着脖子站在陈国民面前说："队长，我有意见！"

陈国民打量着闯进来的武本奇问："山东人？"武本奇机灵地说："队长，咱们是老乡，我听出来了。"陈国民正色说道："别给我嬉皮笑脸的。什么意见？"

武本奇一点儿都不怕，说："我们技校生本来就是工人阶级，干吗还要搞什么劳动锻炼？"陈国民上前一步说："人家大学生都在锻炼，你们技校生怎么就不能？特殊？"武本奇振振有词地说："他们大学生是知识分子，将来是要当工程师的，当然需要劳动锻炼；我们不一样。说大道理，国家培养我们技校生，是为了让我们成为技术工人，应该学技术。说个人方面，尽早让我们学习技术，说不定哪一天，我也能成为你这样的高级技工，未来的金刚。"陈国民不觉对这个小老乡生出特别的好感。

武本奇笑了，说："你只要给我机会，队长，我证明给你看。"陈国民厉声道："给你个屁！给我老老实实干活去！"武本奇放下狠话："队长，不是吓唬你，有你后悔的时候！"

武本奇转身就出了办公室，直冲季成钢而去。季成钢正在用大锤敲打一个钢铁部件，手上出了血泡，缠着纱布。他早就看到武本奇，不慌不忙地停下来，擦着脸上的汗水，不动声色地看着对方。武本奇挑衅地说："别以为别人看不出来，你就是假积极，装革命！"

季成钢居高临下地说："武本奇，我们都需要在劳动中锻炼自己，改造自己。"武本奇说："别我们我们的，谁跟你我们？"季成钢笑容越发亲切地说："不我们也可以。除非，你想当夏方舟第二。"

武本奇说："夏方舟第二？你有话明说，少给我兜圈子！"季成钢笑着说："大三线的逃兵。去问戚光复，他们的榜样。"

016

　　秦晓丹为了到第一施工队，大费周章，直到越过安置办直接找了军代表才有了转机。顾弘亮答应了，但是有条件，到基层可以，当工人不行。秦晓丹不高兴地说："我找赵总去。"

　　顾弘亮站起身说："站住！你找赵总指挥也没用。往严重里说，你是不服从分配。我告诉你，晓丹同志！我是军代表，铁道兵。我根本不用征求你的意见，也不用征求二号信箱的意见，能马上把你调到铁道兵部队去，你信不信？铁道兵正在修建的成昆铁路也是大三线核心工程之一，重中之重。到铁道兵部队，你还是干技术员、工程师。"秦晓丹让顾弘亮镇住了。顾弘亮缓和地说："晓丹，川南钢铁的建设急需优秀的青年技术人员，让同学们到一线锻炼，是迫不得已。这话不是我说的，赵总说的。在工作中让自己尽快地成长起来，这才是你们的方向。"

　　秦晓丹无言。顾弘亮给了她一点儿时间，过了会儿才问："想通了？"秦晓丹放弃抵抗，说："服从。"

　　秦晓丹走后，顾弘亮不放心，给陈国民打电话安排。半个小时不到，陈国民来到他的办公室说："顾代表，我想问清楚，你的意思是，这个叫秦晓丹的去我那儿干技术员，只能坐办公室，不能去工地，是不是？"

　　顾弘亮说："对。"陈国民说："凭什么？别人都在一线劳动，她凭什么特殊？施工现场的技术员没有不上工地的，这是冶建的规矩。"顾弘亮平静地说："陈队长，你当过兵，参加过抗美援朝，还是一等功臣。"

　　陈国民愣了片刻，说："听懂了，下级服从上级！"几乎是摔门而去。出门走到半道上，又返回来，一把推开了赵殿楚的办公室。

　　陈国民压不住火，说："军代表让我给那个什么秦晓丹开小灶，我陈国民伺候不了！她愿去哪儿去哪儿，我的庙小，放不下这么大的菩萨！"

　　赵殿楚笑了笑说："国民，我说个人你应该知道，秦朴敏院长。"陈国民脱口而出："这谁不知道，秦院长……"看到赵殿楚别有意味地点头，他忽然明白了，忍不住确认："她是秦院长的女儿？"

　　赵殿楚说："独生女。我们原来的想法，是把秦晓丹留在机关，可她坚决要求去基层。咱们冶建工地，你比我更清楚，施工员必须下现场，这是规矩。晓丹学的是工建，对冶建工地有个适应过程，去了就下工地，万一有个意外……晓丹是秦院长唯一的女儿，在国内，一个亲人也没有。"

　　陈国民不觉动了感情，说："三年前，秦院长到我工地上去过一回，好老头！领导放心，我一定照顾好她。"赵殿楚笑着说："不放心能交给你吗？还有个事，夏方舟来了。"

　　陈国民问："人呢？"赵殿楚说："出成都了。听说，搭的五大车队的车。"陈国民乐了，说："这小子！来了我轻饶不了他！"

秦晓丹到一队报到，陈国民一句话把她放到技术室，她再三再四地要求下工地，陈国民一味装聋作哑。第二天，秦晓丹招呼不打，自己下了工地，给季成钢做辅助工。这一下，整个工地的目光都集中到他们俩身上。

季成钢不动声色地变了称谓，说："晓丹同志，他们不让你到一线？"秦晓丹擦了把汗说："施工技术员哪有不到现场的？我才不听他们的。"季成钢爽朗地笑了起来，说："不爱红装爱武装！晓丹同志，向你学习！"

陈国民让人把秦晓丹叫到办公室，满脸严肃地说："小秦技术员，我交给你一项艰巨的任务。"秦晓丹警惕地说："队长，我不坐办公室。"

陈国民一本正经地说："听领导交代任务！秦技术员，你到工程处把我们工地的图纸全都调出来，仔仔细细地给我查一遍，看看设计上有没有问题。"秦晓丹越发警惕地说："陈队长，川南钢铁的设计经过反复论证，不可能有问题。"

陈国民慢慢布局说："不知道了吧！原来的设计，在这两年里，有不少进行了修改。我们干的这一块，就是重新设计的。"秦晓丹放松了警惕。

陈国民声情并茂地说："说起来我就生气！工程处的那个程时风处长，和我一块儿从江汉冶建过来的，三级工，上了两年业余的企业技校，当上干部了。当干部也可以，就他那两下子，能当技术干部吗？我老婆也是企业技校毕业的，到现在不还当工人？嗨！他不但当了，还成人物了，指挥部常委兼工程处处长。不是我瞧不起他，他懂什么设计，我们干的这个，是他弄了个什么三结合技术攻关小组重新整的，和原来的图纸不一样。"

秦晓丹投入地说："他们怎么能随便修改图纸？"陈国民说："他就改了，一点儿不客气！这几年呢，有那么些人，只要是专家权威干的事，他就打着各种旗号挑毛病。他不是为了工程，是冒充革命。"秦晓丹的内心被深深触动了，她轻咬红唇。

陈国民说："设计上我不懂，可心里一直不踏实。你说，这工程干完了出了问题，那不是给国家添乱吗！所以呀，这个任务很艰巨。你敢接受吗？"

秦晓丹完全被调动起来，说："队长，我接受任务！什么时候开始？"

第二天，秦晓丹带着陈国民签发的图纸调令来到工程处。

秦晓丹忙到第二天方才把全部图纸搬到工地技术室，高高兴兴地跑到办公室给陈国民汇报。陈国民过来，看着足足有一人高的图纸说："小秦技术员，我总觉得有什么问题，你仔仔细细地给我查，一个疑点都不能放过。"陈国民出了门，转过头笑着说："小秦技术员，找不出毛病，你甭想给我出办公室！"

陈国民想到工地上转转，走了没几步，看到那边季成钢心不在焉，不时朝技术室这边张望。旁边的武本奇满脸坏笑，扯着嗓子对身边的小兄弟喊："瞧瞧！季成钢那个假典型暴露出了本来面目。想勾引人家秦工，人家去办公室了。"小兄弟们跟着他坏笑。

陈国民笑着骂了一句"这小子"，回身朝办公室走去，一边琢磨着一边自言自语："夏方舟从成都出来有四天了，按说差不离该到了……"

戚光复刚好从他身边过，听到只言片语，想问，又没好意思。

017

金沙江上一片比较宽阔的沙石滩上，夏方舟苏醒过来。他呆呆地躺着，意识突然清醒，猛地站了起来，接着重重地栽倒在地。

五天前他到了成都，联系到山东车队，给老师打了个长途电话，报备自己第二天一早去金江。

原计划三天半到金江，遇到道路出状况耽误了一天。离金江还有最后一个多小时的路程时，盘山公路急转弯处，两只忽然冒出来的山羊受到了惊吓，迎着卡车冲上来。司机紧急避让。卡车的前轮在公路的边缘突然遭遇路面塌方。夏方舟最后的记忆是，金沙江水迎面扑来。

夏方舟喘息片刻，重新站了起来，很幸运，看到了不远处的司机。他忍着剧烈的疼痛跑过去。很显然，司机的伤势更重，一条腿断了。他扑过去，一连串地喊着："师傅！师傅！"

司机睁开眼，艰难地笑了笑说："小夏，咱俩的命真够大的。"夏方舟茫然四顾，问："师傅，我们在哪儿？"司机告诉他："我们被冲到了江这边，公路对面。具体的位置，不知道。"

夏方舟问："那我们朝哪个方向走？"司机说："小夏，只凭我们两个走不出去。你先别管我，在附近找一找，看看能不能找到老乡。"夏方舟坚决地说："师傅，我不能把你一个人留在这儿。我们一起走。"

司机叹口气说："小夏，我的腿断了，走不了了。你先去找老乡，带人回来救我。找不到老乡，你也走不出去。"夏方舟说："这荒山野岭的，上哪儿去找老乡。我背着你，你给我指路。"司机着急地说："小夏，我实话对你说，能不能走出去，得看咱们的造化。"

夏方舟义无反顾地背起司机上路。没走多远，司机陷入昏迷。夏方舟几乎是漫无目的地走着，没有路。夏方舟终于支撑不住，停下来，小心地把昏迷的司机放下，坐在旁边喘息。

司机醒过来，喊了声："小夏。听我的，自己走。"夏方舟说："我不会丢下你！师傅，要走一起走，要留一起留。"司机叹息："你这个小夏啊，死心眼儿！"

夏方舟也叹了口气说："要不是那两只羊……"司机明白他的意思，沉重地喘息着说："那两只羊……对山里的农民来说，是一家人一年的花销……不只是我，只要是五大车队的司机，都会做出同样的选择。"夏方舟被深深触动。

天近黄昏。夏方舟跌跌撞撞地背着司机。他不知道，一只狼在后面悄无声息地跟随着他们。夏方舟发现了什么，停下来仔细观察，发现前面隐隐约约有一条小路。他兴奋起来，身上顿时有了劲，背着司机赶了一段。确实是一条小路，不过，显然人迹罕至。夏方舟仍然兴奋地说："师傅，找到路了！找到了！"

司机没动静，陷入了深度昏迷。夏方舟的兴奋劲很快过去了，自言自语："师傅，我不知道朝那边走是不是对的，像你说的，能不能走出去，看咱们的造化。"

那只狼似乎预料到夏方舟的选择，蹲坐在他选定的方向，盯着正在接近的夏方舟他们。夏方舟的本能忽然被唤醒，他看到了那只狼。夏方舟惊慌片刻，很快稳住神，尽量步履坚定，迎着那只狼走了过去。狼躲开了。夏方舟骂了一声"胆小鬼"，不觉大汗淋漓。

天色渐暗。

那只狼并没有放弃，不远不近地跟在他们后面。夏方舟被莫名的孤独感包围，他拼尽了全力，最终还是重重地摔倒在地上。在他昏迷前的最后时刻，他看到，那只狼正在试探着接近他们。

天地间突然陷入了黑暗……

第五章

018

陈国民一上班就接到赵殿楚的电话，让他马上过来。

赵殿楚说："五天前，夏方舟在成都搭上了山东车队的卡车，能查到的最后线索是大前天晚上他们在铁道兵的兵站过夜。按说，前天就该到了。"陈国民立刻明白，路上出事了。赵殿楚接着说："还不确定。山东车队也在查。国民，你对这段路熟，和夏方舟也熟，马上带上人去找，这是车牌号。国民，我活要见人……"没说下去。

陈国民回到工地，带上林富来和七八个青工，亲自开一辆嘎斯轻便卡车沿着江边的公路且走且找。林富来眼尖，看到了江中露出一点儿后马槽的卡车，拍打着驾驶室的顶棚喊道："师傅，前面有一辆翻下去的车！"

陈国民把车停在江边。二十多米外湍急的江水中，那辆卡车只露出了小半个后马槽。大家心里都明白，已经没有什么指望，不约而同地沉重叹息。

陈国民准确地把带着绳索的抓钩掷出，抓钩抓住江中卡车的马槽板的空隙。其他人把绳索另一端固定在他们车上。陈国民给林富来挂上安全绳，扣在绳索上，说："富来，老规矩，安全第一！"

四个小时后，陈国民回到赵殿楚的办公室说："驾驶室的两个门都没了，人被冲走了。我带着人往下找了十五六公里，什么都没发现。"

赵殿楚来到窗前，背对着陈国民，良久，极其痛苦地发出一声无奈的长叹。

陆汀兰搭一辆工程车来到陈国民的工地，跳下车，不断地擦着泪，朝着戚光复他们跑过去说："光复，光复！西工大的同学们，过来，大家快过来！"陆汀兰的失态立刻引起戚光复和同学们的不安，全都跑了过来。一共有十多个人，三四个女生。陆汀兰情绪激动，浑身发软，哆嗦着说不出话。戚光复着急地问："汀兰，到底怎么啦？你说话呀！你把大家急死了！"

季成钢和武本奇他们，还有其他一些人也围了上来，保持着距离。

陆汀兰被几个女同学扶着，艰难地说："同学们，夏方舟他……他……他在来金江的路上……出车祸了！"顿时哭出了声。戚光复和同学们都惊呆了。

原来，陆汀兰自前天下午听戚光复说了陈国民念叨的那几句话后，心里一直放不下，想来想去，还是去问杨书记。把情况大体说了一下，杨书记很痛快，拿起电话拨通了二号信箱安置办，没想到，刚说出夏方舟这个名字，噩耗传来。

戚光复无法接受地说："不可能！绝对不可能！"陆汀兰哭着说："我也不愿意相信！你们这边的陈队长带着人去找他……什么都没有找到。"女生们开始掉泪了。

陈国民带着林富来他们回到工地。戚光复分开众人，冲上去，看着陈国民的脸色，声音颤抖地说："陈队长，你带人去找夏方舟了？他是我们的同学。"其他同学全都涌过来，心惊胆战地看着陈国民。

陈国民看着他们说："戚光复，你们西工大来的同学，回去休息吧！"然后，一声叹息，带着林富来他们离开了。

西工大的女生们哭出了声。秦晓丹听到外面的声音，从技术室出来，看到戚光复和西工大的同学们离开了工地，哭着远去。刚好碰到陈国民，就问："陈队长，出什么事了？"陈国民摆了摆手，没说话，进了办公室。

工地上的工人和学生们三五一群，议论着什么。只有季成钢孤单一人，看着离开的戚光复他们，嘴角带着轻蔑。

秦晓丹到他身边问："季成钢，发生什么事了？"季成钢平静地说："传说中的那个天才工程师，在来金江的路上出车祸了。"秦晓丹一下没明白。

季成钢冷淡地说："就是那个赖在江汉、坚决不服从分配的夏方舟。听说，他被上面强行命令，必须来金江。路上出了车祸。"

秦晓丹不知道说什么。季成钢轻描淡写地说："要奋斗就会有牺牲，死人的事是经常发生的。"这勾起了秦晓丹对父亲的怀念，她神色哀伤。

季成钢看到对方悲哀的神色，顿时妒火陡升，说："晓丹同志，夏方舟这种人根本配不上牺牲这个神圣的荣誉，对于他这种人，这是惩罚！"秦晓丹惊愕地看着他说："季成钢，你怎么是这样的人？太过分了！他为大三线献出了生命，这是一个人能够做出的最大牺牲。他配得上这个荣誉，当之无愧！"转身离开。

强大的季成钢忽然有些不知所措。

程时风惊愕地看着赵殿楚，问："他是夏仲霖的儿子？"赵殿楚叹了口气说："唯一的儿子。上面有个姐姐。"程时风不由顿足，说："这……这可怎么交代！赵总，你事先知道他过来，咱们派个车去接一接，即便是……也不至于现在这么被动！"

顾弘亮在旁边听了一会儿了，说："赵总、程处长，夏仲霖……听着很耳熟。"程时风说："顾代表，你不知道夏仲霖？新中国成立前是铁路上的高级工匠，为保证大军南下立过大功。社会主义建设时期著名的全国劳模，国庆大典上过天安门观礼台。后来，组织上保送他进了大学，眼下是我们援建非洲铁路项目的副总工程师。像他这样的，全国找不出几个！"

经程时风一说，顾弘亮想了起来，也急了。

程时风忽然来了点子，说："赵总、顾代表，夏方舟同志是为大三线牺牲的第一位大学生，而且是川南钢铁的第一批建设者。这样好不好，开一个隆重的追悼大会，大力宣传，号召新来的学生们学习他的牺牲精神。这是对夏方舟最好的纪念，也是我们给仲霖同志的一个交代。"

赵殿楚摇头说："你们不了解，仲霖同志为人非常谦虚，这么搞，说个不好听的，是给仲霖同志抹黑。"顾弘亮说："人家的儿子没了，咱们总得有个交代吧？"赵殿楚稍稍思忖后说："顾代表，我先征求一下霍总的意见，他和仲霖同志的关系非常好。我们这边呢，继续派人沿江寻找，就算是找到遗体，对仲霖同志也是个安慰。夏方舟是夏仲霖的儿子这事，不要对外说，就我们几个知道。你看呢？"

顾弘亮不知说什么好。

019

戚光复和同学们聚集在金沙江边，戚光复依然悲伤地说："方舟就这么走了，什么都没留下。我们得为他做点儿什么。同学们，我有个想法和大家商量一下，请示一下领导，给他开个追悼会，尽量隆重些……"有人看到跑过来的李心梅。

李心梅跑到跟前，扫过众人说："我总算找到你们了！你们这些家伙，从来不把我当自己人！你们偷偷摸摸地在干什么？"

陆汀兰说："心梅，大家心里都很难受。"李心梅流着泪说："你们是不是在为方舟安排后事？我告诉你们，方舟没有死，他活着！他还活着！"戚光复他们震惊之余，忙问："心梅，消息确切吗？快说，快说呀！"

李心梅泪流满面地说："我用不着什么消息，我和方舟有心灵感应，他不在了我肯定会感觉到，我没有感觉到，他肯定活着！你们听着，我不许你们给他开追悼会，他活着，你们不能给他开追悼会！求求你们了……"身子一软，哭倒在地。

四面透风的农舍里，夏方舟从沉沉的昏迷中醒来。他的眼前是一张少女的面孔，少女目光清澈，破旧的衣衫掩饰不住她的清纯美丽。夏方舟努力使自己的神志恢复。少女说："大哥，你醒过来了！"

一个中年男人拄着一根随手砍的拐杖从外面进来，到床前问："醒了？"夏方舟问："大叔，我在哪儿？"对方笑了，没说话，回身往外走。

这是个赤贫的山乡农家。男人从屋里出来，吩咐妻子："娃儿他妈，把那只鸡杀了，煮肉熬汤。"女人站着不动说："一家人还靠着它下蛋换盐巴呢！杀了它，盐巴都没的吃。"男人便骂："你这个婆娘，蠢货！是吃盐巴要紧还是救命要紧？"

天近黄昏。柳叶儿家的小院里弥漫着一年都闻不到的炖鸡的肉香。香味是从屋里竹子编的小矮桌上散发出来的，满满的一陶盆的鸡汤和鸡肉。

夏方舟和柳大叔面对面地坐在小矮桌前，柳叶儿拿一只小凳子坐在父亲身后。夏方舟看到柳叶儿十来岁的弟弟手上拿着甘薯，眼巴巴地看着鸡汤，心里难受地说："柳大叔，除非大家一起吃，不然我不吃。"

柳大叔问他:"夏同志,你们是公家人吧?"夏方舟说:"是。和我一块的师傅是司机,本来要去金江,路上翻了车掉进江里。"柳大叔点点头说:"金江我去过两回,国家在那儿搞建设呢,大建设。"夏方舟问:"离这儿远吗?"

柳大叔说:"从这里去金江,要翻六座山,得走整整一天。和你一起的那位同志伤得很重,怕撑不了多少时间。你伤得也不轻,说起来不能走这么远的路,要救那位公家同志,只有一个办法,明天一早你就走,坚持到地方,让你们公家的医生来救他。"夏方舟说:"柳大叔,我能坚持。路怎么走?"

柳大叔说:"我这条腿,让那条狼咬了一口,走不了远路,我们村只有十几户人家,壮劳力都到金江矿上出工了。我跟前这女娃出过一回山,让她和你一起去。"

夏方舟看了眼柳叶儿。柳叶儿对他笑。夏方舟不忍柳叶儿的弟弟眼馋,说:"柳大叔,这鸡还是大家一起……"

柳大叔骂儿子:"滚出去!"柳叶儿的弟弟委屈地出了门。见夏方舟还想坚持,柳大叔不容商量地说:"夏同志!你要是想救和你一起的那位公家同志,就把鸡肉和鸡汤全吃下去,这样你明天才有体力从山里走出去。"

夏方舟满眼是泪地说:"柳大叔,我就给他一块,行吗?"柳大叔坚定地说:"不行!鸡不是给你一个人吃的,一条人命等着你去救!"柳叶儿上来端起陶盆说:"夏大哥,快吃吧!我爸说得对。听话,夏大哥。"夏方舟接过来,泪水滚落在浓浓的鸡汤里。

第二天清晨,夏方舟拄着柳大叔特意为他砍的拐杖,和柳叶儿在村头与柳大叔告别。柳大叔嘱咐:"柳叶儿,天黑前,一定要赶到公路上,你们两个对付不了山里的狼。记住了?走吧!赶场赶早,走起!"柳叶儿快活地说:"夏大哥,走起!"

夏方舟和柳叶儿上路。走出一段,回头,柳大叔依然站在村头,夏方舟不觉眼中有泪,加快了步伐。

020

季成钢充满激情的声音通过大喇叭传遍二号信箱:"夏方舟同学,是第一位为大三线建设献出了宝贵的生命的大学生,他以自己的牺牲,为我们所有的学生做出了光辉的榜样……"

赵殿楚在办公室听着外面广播,十分不快,几番踱步,打开房门去叫他的秘书。

大喇叭里的声音继续响起:"在此悲痛的时刻,我代表被分配到金江的八千名学生庄严宣誓:我们将化悲痛为力量,学习夏方舟同志大无畏的牺牲精神,继承他的遗志,掀起川南钢铁建设的新高潮!"

陈国民的工地上,工人们和学生们都在听。

武本奇看那边秦晓丹在抹泪,稍稍合计,悄悄溜过去说:"秦工。季成钢这一套都是什么呀,一点儿真情实意都没有,口号震天。那家伙完全是个两面派,他纯粹是借机给自己捞资本。秦工,你可千万别上了他的当。"

秦晓丹勉强笑了笑说:"我不光是为他说的那些话。"武本奇奇怪地问:"那还为什么?"秦晓丹欲言又止,对武本奇点点头,转身离开了。

大喇叭里放了两首革命歌曲之后,季成钢的声音再次响起,赵殿楚越发不快,对刚刚进门的秘书说:"怎么又播起来了?"秘书忙汇报说:"赵总,我问清楚了。广播站播的稿子是季成钢主动写的,陈国民在稿上签字要求播出,程处长批的。稿子是季成钢自己念的。"

赵殿楚挥挥手说:"通知政治部,有关夏方舟的稿子一律不准播。添乱!"

夏方舟快要走不动了。柳叶儿看在眼里,说:"夏大哥,歇一会儿吧。"夏方舟担心地问:"来得及吗?"柳叶儿笑着说:"来得及!夏大哥,吃点儿东西,喝点儿水,攒攒劲。"两个人俯身在山溪边,喝了点儿水,夏方舟一屁股坐在地上。柳叶儿拿出甘薯说:"夏大哥,只有这个,吃得惯吗?"

"吃得惯!"夏方舟接过来,边吃边问,"柳叶儿,你上过学吗?"柳叶儿神色顿时有些黯然,摇摇头。夏方舟心里一颤,问:"你今年多大了?"柳叶儿又笑了,说:"十七了!夏大哥,干吗这么看着我?不像?"夏方舟看着单薄的柳叶儿说:"为什么不读书呢?"

柳叶儿说:"家里穷……也不全是,我爸想让我读书,可上学的地方离我们村太远了,去不了。"夏方舟心里难受,偏过脸去,用力撑着拐杖站起。

又一座大山翻过,夏方舟几乎精疲力竭,停下来,拄着拐杖喘息着说:"柳叶儿,还有多远?"柳叶儿给他鼓劲说:"夏大哥,我们翻过四座山了,再过两座山就到了。"夏方舟说:"柳叶儿,我快走不动了。"

柳叶儿直接把夏方舟的胳膊架到自己肩膀上,说:"夏大哥,我们一定得走出去,我们能走出去。夏大哥,走起!"

夏方舟喘不上气地说:"我走不动了,柳叶儿,听我说,柳叶儿,放下我,你去找人救他……"柳叶儿喊着:"夏大哥!你不走我也不走了,死就死在一起!"夏方舟喘息片刻,说:"走!"

太阳落山,转眼间天就黑了。夏方舟几乎是被柳叶儿扛着翻过山岗。看到山下开着大灯的汽车驶过,柳叶儿兴奋地说:"夏大哥,我们到了!看,下面那些会跑的灯。"

夏方舟顿时来了精神,说:"到了!柳叶儿,走!"他们跌跌撞撞地下山,精疲力竭的夏方舟突然倒下了。

柳叶儿跪在他身边,抱起他的头说:"夏大哥,夏大哥!"夏方舟昏迷不醒。柳叶儿强忍泪水,飞快稳住神说:"夏大哥,你等我,就在这儿等我,我马上回来,马上就回来!"柳叶儿一个人冲下山去,站在公路中间,迎着开着大灯开过来的汽车,高高地举起双手挥舞。

半个小时后,在卡车的后马槽,柳叶儿把昏迷不醒的夏方舟的头轻轻地、紧紧地抱在胸前,任一路颠簸。

021

武本奇和几个小兄弟无所事事地瞎逛。一个人提议："医院有几个小护士挺漂亮的，说不定有上夜班的。"武本奇乐了，说："过去瞧瞧。"一帮小兄弟扬长而去。

金江二号信箱医院是两层楼，尽管建筑条件比较简陋，但设备条件在省内却是数一数二的。值班室里，李心梅独自喃喃垂泪："方舟，你到底在哪儿……难道……难道你真的没有了？我不信，我坚决不信……"

武本奇正和几个小兄弟扒着窗户往里面偷看，忽然听到急刹车的声音，一辆卡车停在医院大门口。

几个大夫和护士在司机的帮助下把深度昏迷的夏方舟放到担架上。大夫问柳叶儿："姑娘，他是谁，你们老乡？"柳叶儿急切地说："他是你们公家人！他叫夏方舟！夏方舟！"

李心梅飞奔到担架前，泪水涌出，说："方舟！我就知道，你活着！"

武本奇忽然明白过来，带着小兄弟们离开。

西工大的学生都聚在戚光复家。

武本奇一头拱了进来，说："戚大学，你们那个同学，那个夏方舟他没有死！"

医院办公室里，柳叶儿得知赵殿楚是公家的大领导，说："伯伯，那个还在我们家的大叔，得赶快派人救他。夏大哥是为了救他才拼了命赶回来的。"炊事员端着饭菜进来，把米饭、炖肉和汤放到柳叶儿面前的桌上。

赵殿楚见柳叶儿看着饭菜轻轻咬紧了嘴唇，摆手让其他干部和医生都出去，亲手给柳叶儿盛了一碗饭，说："柳叶儿，饿坏了吧！吃吧！"柳叶儿忙站起来，双手接过饭说："伯伯，你不派人救那个大叔去？"

赵殿楚轻轻拍拍柳叶儿羸弱的肩膀说："放心吧！柳叶儿，坐下，吃饭。"又把炖肉放到柳叶儿跟前。赵殿楚的和蔼让拘谨的柳叶儿放松下来，她笑了笑，埋头吃饭。

赵殿楚来到另一间办公室。救援队的王队长在桌上铺开一张地图，手指在一处说："赵总，柳叶儿走了一条远路。在这儿，铁道兵新修了一座桥，车过不去，人能过去。晚上走这条路，用不了三个小时就能到。"

赵殿楚又向旁边的张院长了解情况。张院长报告说："两个男医生随时待命，身强力壮，保证能跟上王队长的人。"赵殿楚点点头，又问："夏方舟怎么样？"张院长说："马上出手术室。现在看来，可能还需要一次手术。"

戚光复他们赶到医院好一阵了，聚集在院子里，看陆汀兰和一个女生从楼里面出来，立刻围上去问："怎么样了？怎么样了？"

陆汀兰说："正在抢救。具体情况不知道。"戚光复问："李心梅呢？把她叫出来问问。"陆汀兰："心梅在急救室，我们见不着她。"

赵殿楚回到办公室，看到柳叶儿靠在椅子上睡着了，便要掩门离开，柳叶儿猛然醒过来说："伯伯！去救大叔的人你派了吗？"赵殿楚笑着点点头说："他们马上出发。"

柳叶儿马上站起来说："伯伯，我给他们带路。"赵殿楚说："柳叶儿，他们能找到。你先住下，过两天我派人把你送回去。"柳叶儿笑着说："我没事！伯伯，你别看我身子弱，我可有劲呢！伯伯，我能去看看夏大哥吗？我就看一眼。"

等在院子里的戚光复他们终于等来了好消息。李心梅冲到楼门口，一边擦着泪一边笑着说："报告西工大的同学们。夏方舟出手术室了，没有生命危险！"不等众人反应过来，反身又跑了进去。

来到医院的不光有西工大的同学，好多其他学校的同学听到消息，也赶了过来。秦晓丹和季成钢也在。看着那边男生们激动地互相拍打，女生们又哭又笑，秦晓丹感慨道："夏方舟是他们大家的骄傲，肯定有过人之处。"季成钢生出了莫名的妒意。

夏方舟被从手术室里推出来。等在走廊的张院长做了个手势，示意担架车停下来。赵殿楚对身边的柳叶儿说："柳叶儿，过去看看吧。"

柳叶儿轻轻地走到担架车旁边，夏方舟头上、身上缠满了绷带。柳叶儿的泪水流下来。

赵殿楚从身上找出二十多块钱，给身边的王队长说："我身上就这些了，给柳叶儿家带上。"王队长说："赵总，我们大家凑点儿……"赵殿楚打断他："别和我争！记住，这边的老乡非常纯朴，别当面给人家，离开的时候悄悄地给人家留下。"

李心梅从外面回来了，不觉停下步子，看着担架车旁边的柳叶儿。柳叶儿擦去泪水，俯在夏方舟的耳边，轻轻地说："夏大哥，我走了！"然后直起身，回头看着赵殿楚。

赵殿楚嘱咐王队长："路上照顾好柳叶儿。出发吧！"

从医院回宿舍的路上，季成钢装作随口说起，透露出他和夏方舟早就认识的信息。秦晓丹感到意外而疑惑，不觉停下来问："以前你怎么没说？"

季成钢说："以为不会和他再见了，觉得没必要。1966年，我们之间有场辩论。"

秦晓丹忽然警觉地问："辩论？1966年……暑假以后？"季成钢愣了一下，纠正说："不是。是年初寒假后刚开学不久。我们两个学校搞活动，谈理想。夏方舟是他们学校推出的重点发言人，口若悬河，滔滔不绝，全是成名成家那一套，口气大得很，狂妄得很。什么最优秀的冶建工程师，像詹天佑之于中国铁路，茅以升之于中国桥梁。"

秦晓丹被深深吸引，季成钢未觉，接着说："那时我大二，学校没让我发言，我在台下实在忍不住了，站起来质问他：'若国家利益和你所谓的个人梦想发生冲突，你怎么选择？'"秦晓丹问："他怎么说？"

季成钢说："狡辩，拒绝正面回答，说什么他的工程师梦想，和中国钢铁大国的梦想是完全一致的。我继续反驳他，后来会场成了自发的辩论场，最后，老师让我到台上说我的梦想。"

秦晓丹追问："你怎么说？"季成钢说："我没有梦想，只有理想。一个革命青年的理想，就是永远站在国家最需要我的地方。"

秦晓丹说："是这样。你们之后还见过吗？"季成钢断然地说："没有！不过，就那一次，我相信，我们都记住了对方。"秦晓丹沉思片刻说："你写的那篇广播稿，充满了感情。"

季成钢忽然看着秦晓丹说："我不是为他写的。晓丹同志，那是为你写的，为那些真正为大三线献出宝贵生命的前辈。"

秦晓丹猛然被触动，回避了对方火热的目光，说："那你在广播稿里说的都是假话？"季成钢稍一愣，很快说道："是真话，只不过不是为了夏方舟，他不配。"秦晓丹说："1965年他就来过金江，是第一个到大三线实习的大学生。"

季成钢没承想自己弄巧成拙。

022

陈国民哼着山东小曲回到家说："青妮，给孩子们开个水果罐头，给我弄点儿咸鱼。"

陈国民喝了口酒说："青妮，那个夏方舟，他没死，活着到了金江。"田青妮吃惊地说："还活着？喇叭上不都广播了，说他牺牲了。"

陈国民笑着说："夏方舟这小子，福大命大造化大，老话怎么说来着，大难不死，必有后福。我早就看准了，他真能成大气候。这些以后再说，今晚上这酒，是为三年前我给他打的赌，我赢了！"

午饭后，夏方舟还在昏迷中。李心梅坐在他的病床前，打了个盹，使劲揉眼。见护士长进来，李心梅站起来说："也不知道他什么时候能醒过来。"护士长察觉到什么，问："小李，你们俩？"李心梅笑着说："我们以前认识……"话没说完，她看到了门口的秦晓丹。

秦晓丹微笑着说："来看看他。能进来吗？"李心梅说："进来。"秦晓丹没认出满脸绷带的夏方舟，说："他就是你的革命的……那个？"

李心梅忙悄悄拉了一把秦晓丹，对护士长点点头。秦晓丹到院子里说："晓丹，记住啊，背地里我才叫他方舟，当面都是叫他夏方舟。"

病房里的夏方舟苏醒过来，看着周围。护士长微笑着说："夏方舟。"夏方舟还不太清醒地问："我在哪儿？"护士长说："在金江，二号信箱医院。"

夏方舟笑了，想起柳叶儿。护士长说："送你来的姑娘，昨天晚上回去了。"夏方舟瞬间完全清醒过来，忙说："她家里还有一个司机师傅！"护士长告诉他："司机师傅出了手术室，没有生命危险。放心吧！"夏方舟放心了，忽然看到了在门口发呆的李心梅。

李心梅冲到病床前，笑着流泪说："夏方舟，你醒了！"夏方舟难以置信地说："李心梅？"李心梅笑着说："是我！就是我！看到我什么心情？高兴、惊喜，对吧？"护士长笑着离开了。

夏方舟问："你怎么在这儿？"李心梅反问："我为什么不能在这儿！大三线建设，只许你来不许我来？"夏方舟再问："你不是……你不是被分配到西安了吗？"

"又是戚光复……"李心梅噘嘴嘟囔了一句，又赶快换了笑脸说，"说来话长，反正我们现在都在金江！"

第六章

023

川南钢铁工地上红旗招展，到处矗立着巨大标语：毛主席挥手我前进，高山峡谷干革命！百年大计，质量第一！工业学大庆，二号信箱学一队！

戚光复、武本奇和其他学生在工地上干杂工。陈国民开着一辆挖掘机过来，下车走到戚光复身边说："戚光复，夏方舟怎么样了？听说昨天你们又去看他了。"

戚光复兴奋地说："陈队长，他恢复得很快，完全出乎医生的预料。原来医生说还要第二次手术呢！他们根本不了解夏方舟的身体素质。"陈国民笑着说："只要说起夏方舟，你们这伙人，眉飞色舞。"戚光复提示说："陈队长，你可能见过夏方舟。1965 年他来实习过。"

陈国民说："见没见过，要见了才知道。你们这批学生，都不错，干起活来没一个偷懒耍滑的，老让你们在工地上干杂工，不合适。"戚光复说："大家愿意干，不管干什么，都是为川南钢铁添砖加瓦。"陈国民笑着点点头说："来，咱们一起干！"

夏方舟快康复了，和戚光复、陆汀兰坐在楼背的阴凉里。夏方舟说："趁着李心梅这会儿不在跟前，光复，咱们赶紧把话说清楚，你在电话上不是说她被分到西安了吗？"

戚光复辩解说："我们也是在路上碰到她的。谁想到她能追过来呀！"陆汀兰笑着说："方舟，心梅不错。"夏方舟着急地说："我没说她不好，可这……爱情是很严肃的事，需要两个人真心相爱，就像你和光复这样。我和她根本没那种感情。"

陆汀兰笑着说："你就从了吧！"夏方舟几乎喊出来："什么叫我从了！那不是骗人家吗……"看到李心梅端着饭盒拐过楼角，夏方舟说："坏了，她又来了。我把话说到前边，你们两个要是背着我搞小动作，我真跟你们急！"陆汀兰笑着说："方舟，这事关键在你。"

李心梅到了跟前说："你们真会找地方，躲到这儿来了！夏方舟，吃饭了。"夏方舟笑脸相迎，赶忙接过饭盒。

陆汀兰给了丈夫一个眼色。戚光复意会，立马站起来说："方舟，我和汀兰回去了。"夏方舟急忙说："你们先别走，我马上吃完。"

李心梅笑眯眯地看着他说："汀兰他们也得回去吃饭了。你不知道光复他们在工地上干一天多辛苦。汀兰现在是造船厂的主管技术员，正在给厂里做规划，忙得很！"

夏方舟眼睁睁地看着戚光复他们离开，只好埋头吃饭。李心梅坐到他身边，继续笑眯眯地看着他。

赵殿楚站起身，打量着面前基本恢复的夏方舟，笑着说："小子，差点儿给你开追悼会。"夏方舟也笑，说："我爸说我是属猫的，有九条命，死不了。"

赵殿楚用力拍拍夏方舟强壮的肩膀说："山东车队专门给我们发了函，让我们给你记功。要不是你，那个司机师傅很可能救不过来。人还没到，先给二号信箱立了一功，干得不错！"

夏方舟失神片刻说："赵总，这份功劳，应该记在柳叶儿和柳大叔身上。要不是他们，我这条命就没有了，更别说救别人。他们那个村太穷了，赵总，能不能帮帮他们？"

赵殿楚让夏方舟坐，自己坐在他对面说："这边的老百姓，穷，但有志气，施恩不求回报。咱们尽快把大三线建好，这是对他们最好的报答！"

夏方舟说："赵总，给我分配工作吧。我要求到一线。优秀的工程师都是在第一线成长起来的。"赵殿楚满意地点点头。

夏方舟问："赵总，陈国民队长还在这儿吗？"赵殿楚笑着说："二号信箱和三年前大不一样了，加上你们这批学生，将近七万人。陈国民的施工队，是全系统的王牌队伍，学大庆的红旗标杆单位，两千多人。"夏方舟说："我就去他那儿。"

赵殿楚说："陈国民这个人，脾气大得很，没他不敢骂的。头一阵他听说你不服从分配，就在我这儿把你骂了个狗血喷头。你敢去吗？"夏方舟笑着说："我去给他当技术员，他总不能把我撵出来吧，再说当年我跟着他实习了三个月，关系不错。"

赵殿楚思考片刻，说："嗯，当技术员。"夏方舟强调说："相当于工程师的主管技术员，不是施工员。"赵殿楚说："你们这批大学生，基本上还都在一线劳动，体力劳动。"

夏方舟争辩："赵总，我是1966届五年制本科，要不是这两年被耽搁了，我早就是江汉钢铁的工程师了。"赵殿楚笑了，说："那好，就这么定了，去陈国民的施工队，主管技术员。对了，陈国民那儿有个大学生，表现相当好，去了多向人家学习。"夏方舟保证说："一定！"

赵殿楚说："那个大学生叫季成钢。"夏方舟一愣。赵殿楚刚要说什么，程时风和顾弘亮就来了。

夏方舟忙站起身说："程处长好！"程时风和夏方舟握手说："小夏，人还没到就给我们二号信箱增光添彩。赵总对你说了吧，山东车队追着我们给你记功！"

赵殿楚向夏方舟介绍："顾代表，咱们二号信箱的军代表。"夏方舟握住顾弘亮伸过来的手说："军代表好！"

顾弘亮打量了下夏方舟，转对赵殿楚说："赵总，以前听你和程处长说，还以为是戴眼镜的白面书生，这身材，这体格，尤其是这精神面貌，到了部队都是排头兵的材料！"

夏方舟来赵殿楚这里，是给医院请了假的，李心梅要他回来马上向她销假。夏方舟走了没多久，秦晓丹来了，说："心梅，听说你的革命的……快出院了，到处都在议论他，想来看看他到底什么样。"

李心梅开心地说："你来得不巧，他去赵总那儿了。"秦晓丹试探说："他以前就认识赵总，是吧？"李心梅说："我也不知道。抢救他那天晚上，赵总就在医院，专门为他。"秦晓丹微笑，转了话题说："和他挑明了？"

李心梅沮丧地说："没有。不敢和他说……每次都鼓了很大的劲，每次都是到了嘴边，又滑到嗓子眼儿里去了……你谈过恋爱吗，晓丹？"秦晓丹使劲摇头。李心梅夸张地叹了口气说："看来，你也帮不上我。"

两人又聊了一会儿，秦晓丹起身告辞，李心梅挽留她说："见了你就明白了。他不光是帅气，更是他们西工大公认的才子！"

秦晓丹稍迟，说："他那么有才华，在这儿，他会安心工作吗？"李心梅毫不掩饰地说："对方舟来说，无所谓安心不安心，他根本不该来，这儿根本施展不了他的才华，江汉钢铁才是他实现梦想的地方。"秦晓丹心里一沉，说："他还要走？"

李心梅爽快地说："没有比我再了解方舟的，只要有机会他肯定走。他走的时候我也走，跟他一起走，一起去江汉！"

秦晓丹觉得没了意思，还是保持礼貌地说："心梅，我回去了。"

024

戚光复把手风琴抱在胸前说："在这夕阳西下的美丽时刻，西工大的同学聚在金沙江畔，祝贺九条命的猫——夏方舟同学轰轰烈烈地来到大三线！"

李心梅抗议说："还有我呢！"同学们朝着狼狈的夏方舟哄笑。

李心梅和陆汀兰悄声说："汀兰，你和光复是方舟的死党，咱们也是好朋友，对吧？你和我说真心话，汀兰，方舟他是不是喜欢别人？"

陆汀兰摇头说："绝对没有。追他的女生确实很多，但他从来没有动过心思。"李心梅笑了，说："汀兰，我过去坐到他身边。"陆汀兰忙劝她："你可别冲动！"李心梅说："我装傻！"她跑到那边，挤到夏方舟和另一个男同学之间，坐了下来。

夏方舟大窘，无可奈何。男同学们哄笑，不知谁先起了个头，大家一起跟上唱着："为什么骚动？为什么呐喊？只因为彼德留拉，来到了乌克兰！"李心梅一脸无辜地对着大家傻笑。

不远处，武本奇和几个技校同学看着欢乐的大学生说："这个夏方舟，在他们同学当中，绝对是核心人物。不过，我倒要试试，他到底有多大能耐！"王卫国提醒他说："这个夏方舟可是1966届的，五年制本科！"

武本奇冷笑道："那又怎么样？说不定，也是季成钢那一路的！"

工地上的夜灯亮了好一阵了。秦晓丹从技术室出来，看到苦行僧似的季成钢在收工后的工地上一个人干杂活。

季成钢注意到秦晓丹在注视自己，佯作不觉，此刻好像刚刚发现，继续手上的活说："晓丹同志。怎么又回工地，有事？"秦晓丹看着他说："有些人在背后议论你。"季成钢这才停下手上的活，淡淡地笑过，说："他们说我假积极。井蛙不可语于海，夏虫不可语于冰。"

秦晓丹问："井蛙、夏虫，指的谁，那些说你的人？"季成钢注意到秦晓丹的神色变化，正色说："晓丹同志，我说过多次，金江的条件远没有我想象得艰苦，所以我要自己创造更艰苦的条件。不管别人怎么想，我觉得，只有这样才能锻炼坚强的意志和强壮的体魄，成为大三线真正需要的人。"

秦晓丹转开话题说："听说了吗，夏方舟要到我们队来。"

季成钢有些失望地说："听说了。确切消息，到我们队来干主管技术员，这是他提出的下基层的条件。还特意强调，职务相当于工程师的主管技术员。"秦晓丹不太相信。季成钢说："陈队长亲口告诉我的。"

秦晓丹沉吟："他是这样的人？"季成钢不放过机会，说："晓丹同志，你见过夏方舟吗？"秦晓丹说："前几天去医院，本来想见他。听完李心梅的话，最后决定还是不见了。"

季成钢追问："李心梅说什么？"秦晓丹有些迟疑，换了一个说法说："夏方舟的同学可能觉得，川南钢铁施展不了他的才华，江汉才能实现他的梦想。"季成钢洞察，说："关键是夏方舟，他自己觉得来大三线太屈才了。"

秦晓丹点了点头，仍留有余地地说："也可能他真有过人之处，如果是那样的话，在这儿反而会耽误他。"季成钢又问："李心梅和夏方舟什么关系？"秦晓丹不想谈论别人隐私，说："我先回去了，你也早点儿休息。"

季成钢看着秦晓丹的背影，有些失望。他忽然发现技术室没有锁门，定了定神，朝着技术室走过去。

季成钢进到技术室，再次回头，确认没人。借着工地上的灯光，他快速来到秦晓丹的工作台前，打开抽屉，急速地翻找，找到了一个空白的笔记本。季成钢有些失望，正要放下，从笔记本中滑落出两张照片：一张是秦晓丹和父母的合影；另一张是十七岁的秦晓丹穿着漂亮的裙装，笑脸盈盈。

季成钢痴迷地看着照片上美丽的秦晓丹，轻轻抚摸，猛然惊醒，把照片藏到贴身的口袋里，又快速地把抽屉里的东西复原，然后定了定神，匆忙离开了。

025

第二天一早，秦晓丹来到技术室，一打开工作台的抽屉，立刻发觉了异样。她愣了片刻，急忙找出笔记本，快速地翻找，发现自己的那张照片不见了。她把抽屉的东西都翻出来，依然找不到。秦晓丹正在出神地想着什么，陈国民爽朗的笑声把她的思绪拉了回来。

在隔壁的工地办公室里，陈国民开心地笑着说："夏方舟，我们打的赌你还记得吗？"夏方舟说："你赢了，队长。"陈国民笑得越发灿烂地说："不是吹，我打赌，从来没输过。"

门外有不少人在朝里面看。秦晓丹也来到门外听着里面的谈话。

夏方舟说："队长，我不能骗你。我来金江是暂时的，迟早还要回江汉。"陈国民坏笑着说："夏方舟，到了我手下，你就走不了了！"夏方舟也笑着说："队长，到我走的时候你拦不住我。"

门口的人看到秦晓丹一副要进去的样子，让开了一条路。

秦晓丹到门口，一眼看到夏方舟，不觉愣了。夏方舟看到她，也愣了。两人都记起三年前那个夏天的匆匆一瞥。夏方舟惊喜地说："是你？"秦晓丹默默地看着他，并未答话。夏方舟上前一步说："不记得我了？三年前，13 栋。"

陈国民问："怎么，你们认识？"秦晓丹淡淡地摇摇头，一言不发地转身离开了。陈国民看着收不回神的夏方舟说："夏方舟，没这么盯着人家姑娘看的，长点儿出息。"

夏方舟回过神来，掩饰地笑了笑说："队长，分配工作吧！"陈国民镇脸说："先等等。夏方舟，你先是不服从分配，来了还不安心。"夏方舟笑着说："冶建大军四海为家，哪里需要哪里去。一个两期总共 300 万吨级的川南钢铁，可不够你这大名鼎鼎的王牌队长干一辈子。"

陈国民笑着说："给我挖坑？你来我这儿干主管技术员，欢迎，这个位子三年前就给你留好了。不过呢，你那个不服从分配的账得先给你算了，三百军棍的杀威棒就不打了，到工地上给我过劳动关。"

夏方舟轻松地笑着说："队长，我跟你实习过三个月，我能干什么你还不了解吗？"陈国民过去关上了门，然后一本正经地说："夏方舟，我得教育教育你。刚才你盯着看的姑娘，叫秦晓丹，你知道她爸爸是谁吗？"夏方舟对陈国民的教育毫不在乎地，回道："知道，秦朴敏院长。"

陈国民意外地问："谁告诉你的？"夏方舟说："队长，三年前我来实习，临走的时候见过秦晓丹一面，她和秦院长一起来的，就在 13 栋。刚才我一眼就认出她了，她不记得了。"陈国民说："别给我嘻嘻哈哈的。秦院长牺牲了你知道吗？"

夏方舟震惊。陈国民一声叹，说："20 世纪 50 年代，秦院长历尽周折，从美国回国参加社会主义建设，作为最权威的专家之一，直接参与了大三线项目的制定。去年，他亲自带队在大三线勘查现场，遭遇突发泥石流，不幸遇难，以身殉职。"夏方舟更加震惊地说："去年？刚刚一年……"

陈国民说："秦晓丹是秦院长的独生女，出生在美国，跟着秦院长回国那年八岁，回来以后一直在上海。秦院长遇难后不久，秦晓丹的妈妈就病故了，留下秦晓丹孤单单的一个人，国内没有任何亲人。就这个条件，组织上把她分配到上海，不过分吧？"

夏方舟为之动容，说："绝对不过分。她怎么到金江来了？"陈国民站到他面前说："这就是我教育你的地方。组织上把她分配到上海，可她坚决要求来大三线，到咱们二号信箱，领导打算留她在机关，人家不要照顾，坚决要求到基层。人家也算是大家闺秀，娇生惯养吧，可一点儿小姐的毛病都没有。夏方舟，比比人家秦晓丹，一个姑娘家孤身坚决到三线，我该不该教育教育你？"

夏方舟心服口服，深深地吸了口气说："应该。队长，我干什么工作？"

陈国民说："到工地上干杂活，找季成钢报到。"夏方舟听到季成钢这个名字又是不觉一愣。陈国民未觉，朝门口走去，打开门对外面喊："林富来！"

林富来应声进来。陈国民对林富来说："带夏技术员到工地，让季成钢给他分配工作，拣重的挑。"

秦晓丹站在技术室窗前，看着跟着林富来的夏方舟，心情有些复杂地喃喃自语："季成钢说对了，他真是这样的人。"

026

夏方舟跟着林富来来到季成钢面前，不等林富来说话，主动伸手，面带微笑地说："很久不见了。"季成钢早就看到他了，却并没有回握的意思，托词道："我手上都是土。"夏方舟收回手说："看来，你还记得我。"季成钢目光犀利地说："我们都记住了对方。"

夏方舟浅浅笑过，说："到队里之前就听说你了，全体大学生的榜样。"季成钢回击说："你的名气更大，大三线的逃兵。"

两人都是面带微笑，目光对峙。

武本奇带着小兄弟们强行插到夏方舟和季成钢之间说："二位，我看了半天了。嗨！你就是那个什么传说中的天才工程师？认识一下，我叫武本奇，技校生。你叫夏方舟，五年制本科，未来的工程师，有可能还是总工程师。"林富来看不好，转身朝工地办公室跑去。

夏方舟问："想怎么样？"武本奇说："小哥我今天心情不错，想拉出两个人来单挑，就怕我想找的人没那个胆儿！"夏方舟微笑着说："听说过古代的剑客吗？狭路相逢，先出剑的那一位，往往是输家。"

武本奇念叨一遍："古代剑客，先出剑的那一位往往是输家……好，今天我就让你先出剑。"夏方舟说："我不会先出剑。"

武本奇笑着说："这可由不得你。未来的夏工程师，季成钢还没给你安排活儿吧？用不着他，我安排，就看你有没有这胆！"他指着不远处的一座用跳板架起的过桥说："看见了吗？那边有个不大不小的活儿，陈队长一直不让我们干，说我们干不了。今天我想试试，你也去。"

夏方舟朝那边看了一眼问："季成钢，你同意吗？"季成钢作壁上观，笑而不语。

武本奇冷笑着说："夏方舟，不敢就认栽，别拿季成钢当梯子。你们两个，该不会是一路的吧？"夏方舟浅浅笑过，说："奉陪！"武本奇叫了声"好"，然后突然转向季成钢，挑衅道："还有你！"

季成钢一愣，显然没有料到武本奇会同时针对自己。得意的武本奇响亮地哈哈一笑，说："季成钢，别整天装什么大尾巴狼。是骡子是马，拉出来遛遛。给个痛快的，一句话，敢不敢？"季成钢回过神，胜券在握地说："好！"

武本奇说："痛快！今天咱们三个单挑。走！"

办公室那边，陈国民一边问着林富来这边的情况一边往外走。林富来跟在他后面说："看那样子，季成钢和夏方舟以前就有过结，你来我往，一句顶着一句。他们俩正将着军，武本奇又插进去了，他们三伙好像都有什么事。"

陈国民笑着说："我管他什么三伙两伙，老子倒要看看，哪个王八蛋敢在我的工地上动粗！"

秦晓丹刚才就从技术室出来了，此刻跟上了陈国民。工地上的很多人都朝那边围了过去，不远不近，各有各的心思。戚光复和西工大的同学们在一起，喊喊喳喳说着什么，笑得别有意味。

武本奇在小兄弟们的簇拥下，带夏方舟和季成钢来到挑战地点。这是一座用三条跳板架起的距离地面七八米的过桥。

武本奇指着旁边的独轮车说："这独轮车装满了石子，300多斤，从这颤颤悠悠的跳板上推过去。谁也不欺负谁，这活儿我看老工人干过，没敢试。夏方舟，你是五年制的大学生，年长为尊，先给咱们树个榜样。"夏方舟淡淡笑着说："让我先出剑？"武本奇满脸坏笑地说："跟你学的。这叫请君入瓮，对吧？"

陈国民半道停了下来，饶有兴趣地看着那边。跟在他身边的工人担心地说："队长，这活儿他们学生干不了，弄不好出了危险就麻烦了。"

陈国民笑着摇头说："下边都是松土，掉下去也出不了什么大事。不买票的好戏，干吗不看？沉住气，看他们能弄出什么花来。"

武本奇催促说："夏工，别磨蹭了，准备开始吧。给夏工把车装上，一定要装满装好，装到让夏工满意！"技校生个个满脸坏笑，把车装到不能再装。武本奇做了个骑士动作说："夏工，请！"

夏方舟回道："承让了！"他推起独轮车，来到跳板前，又身不由己地停了下来。

季成钢轻松地作壁上观。

秦晓丹紧张地看向陈国民，显然希望他能出面制止。

武本奇他们看着夏方舟停在过桥前迟迟不动，开始起哄。季成钢毫不掩饰脸上的得意和轻蔑之色。夏方舟忽然回头一笑，根本不看桥面，极轻松地把独轮车推了过去。

场面霎时静了下来。武本奇他们目瞪口呆。季成钢难以置信。秦晓丹惊叹。

夏方舟并未罢休，又把车子推了回来，稳稳停到原点，面带微笑地说："武本奇，先出剑的未必是输家。"戚光复他们发出欢呼声，上来把夏方舟围了起来。

陈国民身边的老工人感叹："队长，没看出来，夏技术员老手啊！"陈国民乐了，说："武本奇这小子自作自受。夏方舟什么底子？十三岁起跟着他爸爸在铁路上摸爬滚打，不光是这些体力活儿，咱们工地上的这些东西，没有他玩不转的。武本奇他今天要敢耍赖，我轻饶不了他！"秦晓丹听到陈国民的话，不由得对夏方舟另眼相看。

王卫国和其他技校生围着武本奇，劝他道："算了！顶多不就是认栽吗，少不了胳膊少不了腿的。"武本奇愤怒地说："都给我闪一边去！凭什么认栽？你们这些没出息的家伙！咱们技校生本来就让人瞧不起，我挑起的事，我认了栽，以后谁都敢欺负咱们！顶多断胳膊断腿，死不了人！闪开！"他分开众人，大步来到独轮车前。

夏方舟过来说："武本奇，你以前干过这活儿吗？"武本奇脖子一拧，说："以前我要干过，那是我欺负你。"夏方舟诚恳地说："我干过。从十几岁起我就在工地上，这些活儿都干过。结束了。"

技校生们顿时涌上来说："结束了，结束了！"武本奇反而来了脾气，双臂分开众人说："看笑话是不是？没门！小哥我不是孬种！"说罢推着独轮车来到过桥前，结果身不由己地急忙刹住脚，他看着下面，控制不住地心惊胆战，迟疑间汗水流下来。

夏方舟上来扶住车子说："结束了。"武本奇看着对方问："怎么个意思？"夏方舟和善地说："干这种活儿有个过程，先推几次空车来回适应一下，然后再逐渐加重。还有，有些人天生恐高，确实干不了，和胆量无关。"

武本奇很是感动，可是仍坚持说："事儿是我惹的，我不能耍无赖。断胳膊断腿，活该！"说罢，硬起头皮，摇摇晃晃地推车过桥，差点儿从跳板上掉下去。在人们发出的一片惊呼声中，他还是把车推了过去。

武本奇稍加调整，一鼓作气，再次跌跌撞撞、有惊无险地把车推了回来。英雄般地接受技校生们的欢呼。夏方舟由衷地赞了一声"好样的"。

陈国民笑骂："这小子，有种！"旁边秦晓丹松了口气。

武本奇抖擞精神，站到季成钢面前说："季成钢榜样，该你了！"季成钢极其不屑地冷冷一笑，从容地来到独轮车前。他自己也没料到，他来到跳板前，会脸色惨白，浑身发抖，冷汗淋漓，根本挪不动腿。武本奇带着技校生们围着他大肆起哄。

秦晓丹心情复杂，既担心，又不希望季成钢认输。陈国民一眼看出，说："季成钢他过不去，根本迈不开步。"林富来担心地说："师傅，季成钢下不来台，他要是硬撑呢？"陈国民说："武本奇这小子，闹得是有点儿过了。"说着，朝那边过去。秦晓丹松了一口气，同时也流露出对季成钢的失望。

夏方舟制止武本奇。武本奇说："除非季成钢认栽，当着大家的面承认自己没种！孬种！"技校生们跟着起哄。夏方舟厉声说："武本奇！出了事故你敢负责吗？你负得起吗？结束了！"

季成钢身子一软，瘫倒在跳板前，独轮车滚了下去。武本奇并不打算放过他："季成钢，你洗澡的本事呢？还什么文明之精神，野蛮之体魄。你也就那点澡堂子里的本事！小哥我早看出来了，你是装的，癞蛤蟆垫桌子腿，撑不住你硬撑……"

陈国民到了跟前，喝一声："武本奇！滚！干活去！"武本奇他们瞧着季成钢的样子，喊着："软蛋！软蛋！"个个满脸坏笑地跑了。

夏方舟扶起季成钢说："你可能有中度的恐高，和胆量无关，别介意！"季成钢回过神来，猛然甩开夏方舟说："放开我！少来这些假惺惺。"

陈国民给夏方舟使了一个眼色。夏方舟被戚光复他们簇拥着离开了。

秦晓丹感情复杂地叹息一声，转身离开。

武本奇跑出没多远，说："兄弟们，夏工，我服了！有不服的吗？"小兄弟们欢乐地说："服！绝对服！"武本奇说："从今以后，再见夏工，我喊夏大哥！"小兄弟们齐呼："夏大哥！"武本奇开怀地说："季成钢那个王八蛋，丢人丢大了！"小兄弟们起哄，哈哈大笑。

陈国民听着武本奇他们的动静，强忍住笑。看着面如死灰的季成钢说："我说你季成钢，武本奇那小子给你挖坑，你还真往里跳啊！"

第七章

027

夏方舟来戚光复家吃晚饭。戚光复说："这个季成钢啊，从到了金江的第 天起就豪言壮语，别人都下班走了，他还继续在工地上干，天天一身工作服。"

陆汀兰说："他也是为了追求秦晓丹。"夏方舟不觉停下筷子问："追秦晓丹？"陆汀兰说："从我们来的路上就开始了，每句话都是说给秦晓丹听的。好像挺有成果的，听说两个人经常在一起。"

夏方舟说："你们以前没见过季成钢？在西安。1965 年暑假过后，我们学校和他们学校搞过一个活动，谈理想，在他们学校礼堂。学校让我讲，我说什么你们都知道。当时，他代表他们学校低年级学生发言，表示向我学习。"

戚光复说："这事我们都听说过，那人就是季成钢？"夏方舟点头说："后来，1966 年秋天，我从江汉回校办毕业手续，办不下来，耽误些日子。他不知道怎么听说了，带着他们学校的一帮学生，过来找我辩论。当时场面有些乱。"

陆汀兰说："够猖狂的，带着人到咱们学校来！"夏方舟说："那时候你在山城造船厂实习还没回来，光复带着宣传队到处唱歌跳舞，你们不知道，我也没和你们说。"陆汀兰问："后来呢？"

夏方舟笑了笑说："后来的事就比较简单了。"戚光复问："动手了？"夏方舟轻描淡写地说："有点儿摩擦。"陆汀兰气恼地说："他们一群人打你一个？"

夏方舟笑了笑说："简单说吧，他们七八个人扯着我不让我走，他们能扯住我吗？反正我脱身走了。没过几天，我就去江汉了。"

武本奇在外面喊："戚大哥，夏大哥在你这儿吗？夏大哥，那个季成钢不要命了！"

月色明亮，工地上空空荡荡。

夏方舟他们过来的时候，陈国民已经得到消息，带着林富来和一些工人来到工地。秦晓丹下了班没离开，一直在技术室外看着近乎自虐的季成钢。

季成钢沉浸在孤独的自我世界，依旧脸色惨白，他绝望地站在跳板前，双腿颤抖，根本迈不开步。他扇自己耳光，骂自己："懦弱！这不是你！在你的字典里，没有障碍这个词汇!"可是，还是迈不开步。他泪流满面，不得不趴在过桥上，浑身颤抖地从跳板上爬过去，一身汗透，喘息不定。突然，他站起来，重新面对跳板，尽管浑身颤抖，终于还是顽强地走过了跳板，一身冷汗，瘫坐在地上。

夏方舟对戚光复说："这人还是挺有骨气的。"戚光复摇头说："看人你可不如我。这不能用骨气来解释。"

秦晓丹看着瘫坐在地的季成钢，心情复杂。她看得出来，围观的人大多幸灾乐祸。她有些犹豫，走到离季成钢只有十来步的地方停下来。

季成钢早就看到了秦晓丹，他假装没有看见，艰难地站起来，推起独轮车，来到跳板前，又一次控制不住地停下了。

林富来问："师傅，我去说说他？"陈国民摇头说："这是他心里的坎儿，得让他过。这个坎儿他过不去，心气就废了。"

跳板前的季成钢用余光瞟着秦晓丹。秦晓丹欲言又止，忐忑又期待。

夏方舟刚才就看到了秦晓丹，目光在她和季成钢之间流转。

季成钢横下一条心，两眼一闭，竟然顺利地推车过去了。待脚踏实地，睁开眼，难以置信。意识到自己闯了过来，顿时倒在地上，泪流满面。

武本奇失落地说："他竟然过去了？癞蛤蟆垫桌子腿，撑不住硬撑。"

秦晓丹长长地舒了口气，回技术室，故意绕了点儿路经过夏方舟，没看他。

戚光复把夏方舟掩饰不住的失落看在眼里，夏方舟看了一眼秦晓丹的方向说："走。"

工地上重新静了下来。季成钢看到技术室仍然亮着灯，嘴角闪过奇异的微笑，站起来，来到技术室窗外，看着里面的秦晓丹。

秦晓丹看到季成钢，说不清楚自己是不是在等他。她从里面出来，不觉流露出关心："季成钢，武本奇纯粹是恶作剧，本来他也不是对着你，你何必这么折磨自己……"

季成钢目光如灼地说："不是为武本奇。一个小小的跳板就把我挡在了此岸，那还有什么资格谈革命理想的彼岸？晓丹，对于我来说，所有弱点都是必须克服的！"秦晓丹察觉对方对自己称谓的变化，有些慌乱地说："我回去了。"季成钢说："晓丹，我也回去。一块儿走吧！"他要用平常的语气让秦晓丹自然而然地接受变化。

秦晓丹想起来，说"季成钢，昨天晚上我走的时候忘记锁门，你注意到有人进技术室吗？"季成钢关心地问："没锁门？我没注意。怎么，丢东西了？"秦晓丹锁上门说："没什么。走吧！"

028

李心梅到戚光复家时，夏方舟和戚光复跟武本奇刚出门一会儿。一个多小时下来，眼看着天色不早，李心梅憋不住了。

陆汀兰笑着正要向她说什么，戚光复和夏方舟进了门。她给李心梅一个眼色，然后笑着看向夏方舟说："心梅等了半天了。"

　　夏方舟这就要走，说："你们聊吧，我回去了。"李心梅站起来说："我也走。你送我回医院，这么远，我一个人害怕。"无可推脱的夏方舟向戚光复和陆汀兰求援，他们不接他的目光。李心梅快活地拉着无可奈何的夏方舟出了门去。

　　陆汀兰笑看着丈夫说："方舟飞不出心梅柔软的手掌心了！"戚光复说："汀兰，我终于明白方舟为什么不谈恋爱了。刚才在工地上，方舟看秦晓丹的那种眼神……回来路上我突然想起来，1965年他来实习，回去对咱们说，见到了一个一见倾心的白衣少女。当年那个白衣少女，就是秦晓丹。"陆汀兰琢磨了片刻，说："有这么巧的事。"

　　戚光复吟哦："有美人兮，见之不忘。一日不见兮，思之如狂。"陆汀兰叹："心疼心梅！"

　　月光如洗。

　　夏方舟陪李心梅出了席棚子宿舍区，感觉李心梅明显在靠近他。他想拉开一点儿距离，又怕伤了李心梅。正不得计较，他隐约想起哪本小说里的情节，来了主意，说："李心梅，咱们俩赛跑怎么样？"

　　李心梅笑着摇头说："不赛，我肯定跑不过你。"夏方舟自作聪明地说："我让你五十米，不，一百米！再加一百米，两百米！"李心梅忽然有了泪。夏方舟猝不及防，正不知所措，李心梅停下来对他说："方舟，在你眼里，我就那么让人讨厌？"

　　夏方舟慌乱地说："不不，不是。李心梅，你在你们同学中是最优秀的，人优秀，成绩优秀，一定会成为最好的医生。还有，同学们都说你非常漂亮，汀兰和我说过，不光你们学校、我们学校，全西安的大学里追你的男生非常多，你根本看不上……"忽然意识到自己的愚蠢，不再言语。

　　李心梅低下头说："你不用送我了，回去吧！"夏方舟呆呆地站在原地，发一阵傻。李心梅转身离开，不回头，不停步，不回答。夏方舟捶了自己一拳，跑上去说："我送你。"李心梅不说话，悄悄地咬着嘴唇笑了。

　　来到医院大门口，李心梅甜蜜地说："以前从汀兰那里回来，我自己走一趟觉得非常远，今天不知不觉就到了！爱因斯坦解释相对论，肯定深有体会。我想来回再走一次。你陪我。"

　　夏方舟窘迫地说："你真要再走一个来回？"李心梅充满柔情地说："我想一直这么走下去，多浪漫啊。你劳累了一天，我舍不得。方舟，以后叫我心梅。"夏方舟慌乱地说："哦……我走了，走了！"转身快步离开。

　　李心梅陶醉在突破的喜悦里，说："方舟，我终于看清楚了，你喜欢我……这还不够，我一定会让你爱上我，就像我爱你。"

029

　　季成钢狐疑地看着陈国民问："让我开推土机？"

　　昨天晚上，陈国民从工地回家，琢磨了一路。

　　此刻，季成钢的神色让陈国民有些看不透，便不点明，说："别看那家伙傻大憨粗的，那可是个细活，干好了不容易。给你吹一句，全国冶建系统推土机单日土方记录，到现在还是我保持的。"

季成钢说："队长，我知道这是你对我的培养，工人阶级对我的培养。可我对大家说过，要在艰苦的劳动第一线锻炼自己，我不能言而无信……"陈国民打住他："开推土机不是一线，不是劳动？"季成钢坚持说："队长，开推土机毕竟是技术工种，我需要在更艰苦的环境里磨炼自己，改造自己……"

陈国民看定他说："从你头一回见我，有句话你就没断了说——接受工人阶级的再教育，拜工人师傅为师。工人有工人的规矩，学技术活，得有师傅。"

季成钢心里陡然一惊，反应极快地说："队长，你愿意收我这个徒弟吗？"陈国民说："那你得喊师傅。"季成钢说："师傅！"

陈国民笑着说："成钢，干就干出个样来，别给当师傅的丢脸。这对你也是考验，到底能不能和工人打成一片，这个坎儿不那么好过，不比过那个跳板容易。就这一条，你未必比得了夏方舟！"

季成钢显然没想到这一层。陈国民不再拿他当外人地说："成钢，我都给你安排好了，你去林富来那儿，让他先带带你。别看他是农村来的合同工，在我这几个年轻的徒弟里，他技术最好。"

季成钢来到半露天的设备维修工棚，找到养护推土机的林富来说："林师傅！师傅让我跟你学开推土机。"

林富来高兴地说："师傅给我交代了，让我暂时带你。从今往后，咱们是一个师傅的徒弟。我年龄比你小，比你入门早了几年，占了你的便宜，算是师兄。"季成钢恭敬地喊了声："师兄。"

外面有人喊："林富来，队长叫你去他办公室！"林富来应一声："知道了！"

季成钢看着林富来离开，脸上浮现出轻蔑的冷笑说："师兄？一个满脑子小农意识的合同工，还真把自己当回事了。麻雀永远是麻雀。"

030

赵殿楚把陈国民叫到办公室，告诉他："根据中央的指示精神，大三线总指挥部决定，川南钢铁必须在献礼日出铁水。"陈国民意气风发地说："赵总，大家都听说了，耽误了这几年，总算是走上正轨了。大家都憋着一股劲呢！"

赵殿楚说："不纠缠过去，往前看。时间紧，任务重，要保证完成任务，工程进度还得提速，总部决定，掀起新一轮大会战，你这个王牌施工队带个头。"

陈国民笑着说："赵总，总部决定大会战，大家也都知道了，一个个摩拳擦掌。你打电话让我过来，我就猜着了，领导要给我加担子。我有个想法。学生们大多数还没有分配，在工地上干杂活，没多大效率不说，有时候还碍事。在我们一队搞个青年突击队，把他们合成一股力，再给他们配上些青年技术工人，你这里一声令下，我保证把大会战的气势提起来。"

赵殿楚称赞："想法不错！"陈国民抓住机会说："让季成钢当突击队队长。"赵殿楚不意外，问："他写过入党申请书吗？"陈国民说："到了队里就写了，写了好多份了。我当他入党介绍人！"赵殿楚点头说："对季成钢这样的年轻人，要重点培养。"

陈国民再进一步说："那咱就来正式的，给下个任命文件。"赵殿楚笑着说："国民啊，听说你把季成钢收入门下了。"陈国民争辩说："领导，咱把话说清楚，让季成钢当突击队队长，和我收他当徒弟没关系。你刚说了，重点培养。"

赵殿楚点着他说："你这个陈国民，精兵强将恨不能都拢到自己翅膀底下。就按你说的办，让你们特种公司下个文，正式任命。正式任命之前不要告诉他。不能因为是你的徒弟，违反组织纪律。"陈国民说："领导也太小看我了！"

赵殿楚换了话题，问："夏方舟表现怎么样？"陈国民竖起大拇指说："没的说！一个多月没让他摸图纸，毫无怨言。干起活来，别说那些学生，工人都干不过他。我手下的人对他那是赞不绝口。"赵殿楚问："你还继续把他当工人用？"

陈国民笑着说："我舍得吗？放心吧领导，我早给他预备了一副重担子！"

夏方舟还是到戚光复家吃晚饭，进门就抽鼻子说："今天什么菜？这么香！老远我就闻着了，没想到是咱们家的！青菜，新鲜猪肉，光复，你从哪儿弄的？真有本事！"戚光复说："我的本事，是娶了汀兰！"

陆汀兰笑着说："口水都流下来了！边吃边说。"

下午，杨书记来到陆汀兰的办公室，告诉她："陆工，你提出的规划班子讨论过了，一致认为你说出了问题的要害，提出了切合实际的方案。陆工，厂里决定，根据金沙江的实际情况，造一条像样的船，你当技术指挥。"陆汀兰不敢相信。

杨书记说："陆工，你只考虑技术上的事，其他的事我给你当后盾。川南钢铁献礼日出铁，二号信箱大兵团作战，咱们比不了，咱们打自己的局部战斗。献礼日，咱们的船要下水。"陆汀兰虽然感到压力，却也很兴奋，保证道："接受任务！"

杨书记说："你们夫妻和夏方舟关系好，我都听说了，夏方舟是个人物。别看咱们庙小，山不在高，你和夏方舟也比比，比比谁的贡献大。"陆汀兰跟着杨书记来到一片碧绿的菜园。

杨书记得意地说："不光这菜园子，我还有猪圈、小养鸡场。整个金江，连一号信箱都算着，咱们厂的食堂，谁也比不了。他们，一年到头，咸鱼咸肉、萝卜干加粉条子，想吃点儿新鲜菜、新鲜肉，做梦淌哈喇子去吧！咱们食堂，半个月杀一头猪，鸡蛋、蔬菜，从来就没断过！"陆汀兰笑着说："以前我还想呢，咱们食堂的菜怎么这么好。"

杨书记说："我带兵多年，抓连队首先抓食堂。金江的条件艰苦，让人留下来，安下心，扎下根，那得创造条件。他们说的那一套，我不听。陆工，从今天开始，你家的菜篮子，特供！"

此刻，陆汀兰把下午的事情说给夏方舟的时候，眼泪还是差点儿掉下来。

戚光复问夏方舟："听了汀兰说的，有什么感想？"夏方舟的兴奋点另有所在，说："汀兰，任命你为技术指挥，按过去的说法，你就是项目总工啊！太棒了！汀兰，你是咱们西工大 1966 届第一个干项目总工的。光复，我说什么来着，理科生就得像理科生……"

031

武本奇和小兄弟们坐在食堂外的石头上，皱着眉头敲打饭盒说："又是臭咸鱼渣子炖粉条，吃了半个月了，真吃够了！在咱老家，这季节正是吃东西的好时候，弄上锅带鱼红烧红烧，再弄个酱猪蹄，来根鲜黄瓜，那什么滋味，什么成色！"小兄弟们让他说得直吧唧嘴。

王卫国想起来说："本奇，陈队长今天请季成钢上他家吃饭。"王卫国说："收工的时候，季成钢那家伙这里一句那里一句的，故意演给大家看，人家是陈队长的嫡系。陈队长家肯定有好吃的。"

武本奇把饭盒往石头上一顿，说："季成钢这王八蛋花样真多！大学生、中专生，加上咱们技校生，都在工地上干杂工，结果他跑去开推土机，成了队长的徒弟。这又请他吃饭！那天我问夏大哥，这家伙到底是真是假？夏大哥说，看不透一个人的时候看他的朋友。夏大哥的话我一下没懂，季成钢哪有朋友，整个一孤家寡人！我就不明白了，领导怎么偏偏喜欢这种东西！"

陈国民下班到家，一边哼着小曲，一边把小儿子从江汉一路抱来的母鸡杀了。

陈国民笑着说："青妮，今晚家里有人来，把这只鸡好好地给我拾掇拾掇。"田青妮无可奈何地叹了口气。

陈天海跑来，猛然停住，呆呆地看着被杀了的鸡，放声大哭。陈国民骂一句："哭什么哭！没出息的东西！"陈天海害怕且委屈地哭着喊："妈……妈……"田青妮一声叹，抱起了儿子。

陈国民看着妻子在小桌上摆好一盆鸡、一盘素菜、一瓶酒和两副杯盏，说："青妮，一会儿他来了，你带着孩子到屋外头吃。"田青妮不看他说："这一会儿都说两遍了。"陈国民上火地说："瞧你那耷拉脸，给谁看呢！不就是一只鸡吗，你那宝贝儿子吃上鸡肉，什么毛病都没了……"

田青妮恼了，说："我儿子我儿子，不是你儿子啊！"陈国民有些猝不及防地说："怎么说话呢！"听到外面的脚步声，他一口忍下了。

脚步渐近，随后季成钢出现在门口。陈国民说："成钢，进来呀！青妮，季成钢，大学生，我的徒弟。"田青妮立刻换了脸色，对仍站在门口的季成钢笑着说："快进来，进来呀！你师傅等你好半天了！"

陈国民说："他头一回见你，还不好意思呢！成钢，我媳妇。进来呀！"季成钢进了门，拿不准怎么称呼田青妮，他心里不想称呼其师母。陈国民看出来了，说："叫田师傅就行！你用不着跟着林富来他们喊。"

季成钢恭敬地喊了一声"田师傅"。田青妮笑着说："和你师傅坐吧！"说完就出了门。季成钢待陈国民先坐下来，然后才坐到桌前小凳上，他看到自己面前的杯子里倒上了白酒。陈国民端起酒杯说："喝完了这杯再说话。端起来！"

季成钢端起酒杯喝了。陈国民笑着说："吃菜！拿筷子，这盘鸡来得可不容易，我儿子一路从江汉抱过来的。我杀鸡的时候，那小子哭得天昏地暗！来，吃，吃！"

季成钢没进门就闻到了弥漫了半个家属区的炖鸡的香味，料定了这只鸡是为他而杀。此刻，季成钢客气道："师傅，给孩子留着吧！"陈国民说："他们有。来，尝尝，我媳妇炖的这鸡，就是香！"他话音刚落，田青妮在外面喊："他爸，有人找你！"

陈国民刚出门，小天海就出现在门口，充满仇恨地看着季成钢。季成钢马上明白过来，对小天海笑了笑，用筷子夹起一块鸡，有滋有味地吃着，还笑眯眯地看着小天海。小天海眼里霎时充满了泪水。季成钢看着他，把鸡骨头吐到地上。小天海泪水滚了出来，反身跑了出去。季成钢不出声地笑了。

陈国民很快回来了，和季成钢喝了几杯，提起了兴致，从一直放在小桌边的文件包里拿出来任命文件说："成钢，看看这个。"季成钢接过来看了一眼，愣了片刻，飞速地反复看了两遍任命文件，还是有些不敢相信地说："师傅，任命我当青年突击队队长？"陈国民说："这是对你的信任。"

季成钢掩饰不住激动之情，猛地站了起来说："师傅，我保证……"陈国民打断他，让他坐下。季成钢重新坐下，还是激动得发抖。

陈国民正色说："成钢，就这两天，青年突击队我给你配齐人，你有相中的也可以点名。突击队建起来，搞个仪式，誓师大会之类的，把士气提起来。一条，大会战的头一把火，一定要在咱们第一施工队烧起来！"

季成钢说："师傅，我保证，决不辜负工人阶级和领导的殷切期望！师傅，你刚才说，我可以自己挑人？"陈国民说："可以！看中了谁任你挑。"季成钢说出冒出来的第一个想法："我想把夏方舟调到青年突击队。"

陈国民断然说："他不行！除了他，你谁都可以调。"季成钢试图运用他的叙事扳回，说："技术人员更需要在最艰苦的岗位锻炼意志。"陈国民笑着说："成钢，别什么都往那上边扯。"

季成钢不死心地说："大家都还在劳动锻炼。"陈国民认真地说："成钢，你记住，夏方舟和你们的情况都不一样，青年突击队放不下他。这事到此为止。"

第八章

032

夏方舟被陈国民拉进工地办公室的时候，他正在第一施工队青年突击队誓师大会的现场。

季成钢在临时搭起的台子上慷慨陈词："同志们！今天，在川南钢铁一片大好的建设形势中，二号信箱的第一支青年突击队正式成立了！这是工人阶级和上级领导对我们青年学生的极大关怀和充分信任……"

夏方舟在心里数了一下，第一施工队没有正式分配的大学生都被编进了青年突击队，武本奇他们那些技校生也被编进去了，只有他和秦晓丹例外。他还在琢磨其中的缘故，就被陈国民拉进了办公室。

陈国民说："夏方舟，在赵总那里，你说到我这儿来是当主管技术员的，还说什么……假如1966年正常毕业，你早就是工程师了。是你说的吧？"夏方舟有点儿跟不上地说："是我说的。"陈国民笑了。

夏方舟这才回过劲来，说："队长，施工流程都定了，暂时没有特别的工作非要我待在办公室。"陈国民把夏方舟按到椅子上，坐到夏方舟的对面说："咱们一队的工程，我在江汉钢铁也干过，现在的图纸，是程时风带人修改过的，和原来的图纸比起来，少了一个环节。"夏方舟吃惊地问："少了一个环节？"

陈国民说："没错！工程设计我不懂，就让秦晓丹给我弄清楚，她研究了半天说没问题。其实，我也没指望她，就是把她拴在办公室。你和秦晓丹不一样，你说没问题，那你就得负责。方舟，按说，设计上的事和我没关系，我按图纸施工，出了天大的事用不着我负责，也砸不了我这王牌队长的招牌。可我心里踏实不下来，出了问题，最后倒霉的还是国家。"

夏方舟明白了，说："我把图纸全部复查一遍。"陈国民满意地说："响鼓不用重槌敲。方舟，给你追加个任务，带带秦晓丹，让她给你当助手。"夏方舟为难地说："队长，她见了面都不正眼看我。"

陈国民说："这就是你不服从分配欠的账。你想过没有，秦晓丹对大三线什么感情？这里有她爸爸的遗志！"夏方舟显然没想过这事。

秦晓丹一直在誓师大会现场，散会后找到季成钢说："这个会开得真好！我觉得热血沸腾。"

季成钢说："可惜！晓丹，你不能参加我们青年突击队。"秦晓丹有些调皮地摇头说："那可不一定！"季成钢情不自禁地说："晓丹，你要能加入我们青年突击队就好了！"

秦晓丹说："该把夏方舟调到突击队，这样的氛围会感染他，对他转变认识有好处。"季成钢绝口不提陈国民的决定，说："晓丹，你可能误会了，不是我不让他来，不让每一个同志掉队，是我们共同的愿望。是他说自己是主管技术员。"秦晓丹轻咬红唇。

林富来走过来说："秦技术员，我师傅让你去办公室。"

秦晓丹离开办公室到技术室门口，里面的夏方舟显然是在等她。秦晓丹站在门口，不冷不热地指着一人高的图纸说："图纸都在这儿了。"夏方舟说："秦晓丹，重新检查图纸，你给我当助手，是队长安排的。"秦晓丹浅浅的笑里别有意味，说："我反复研究过了，没发现任何瑕疵。"

夏方舟被秦晓丹刺耳的话激起了才子傲气和工程师的脾气，说："秦晓丹，我是第一施工队主管技术员，按过去的规矩，是项目工程师。你刚大学毕业，还在实习期。设计有没有瑕疵，等我看过之后才能下结论。"秦晓丹不正眼看他说："想看你自己看。整个工地都在大会战，我没时间陪你坐办公室。"夏方舟眼看着秦晓丹离开，出神片刻，又赶紧调整好心情，来到图纸前。

秦晓丹抛下夏方舟，来到工地，立刻被工地火热的气氛感染。

秦晓丹把刚才的不快丢在脑后，径直走过去说："季成钢，我给你装车！"季成钢用毛巾擦着汗水说："晓丹，这活对你来说太重了，我给你安排适合你的。"秦晓丹笑着抄起铁锹说："不用！别人能干，我也能。"

开着推土机的陈国民看到秦晓丹，停下车看着那边，思考片刻后给开挖掘机的林富来打了个手势。林富来停车跑过来，陈国民说："你去给秦晓丹说，说我说的，让她去给那台检修的推土机清理油污。给她说，那是工地上最脏的活儿。"

武本奇超过季成钢说："季大队长，勾引女生你也等下了班哪。"他那帮小兄弟们哄笑而过。

陈国民在车上看到秦晓丹跟着林富来走了，笑着说："我就不信治不了你个黄毛丫头！"开动推土机。

033

李心梅一如既往地推门而入，看到只有戚光复在，问道："光复，只有你在家？方舟还在工地上？什么时候回来？"

戚光复摇头说："这就难说了，他看起图纸来，就跟咱们看小说看得放不下一样。李心梅，你可别去找他。这时候去找他，他可真烦。"李心梅闪身不见。

李心梅直接去了工地。她远远地看到第一施工队技术室的灯都亮着，不觉加快了步伐，眼看就要到了，没来由地心口一悬，停了下来，刚好站到了工地大灯的暗影里。

李心梅看到了站在门口的秦晓丹。

技术室里的夏方舟站在工作台前，上面放了很厚一沓图纸。夏方舟对着图纸凝视片刻，把图纸抽落到地上，然后第二张、第三张……

秦晓丹站在门口看了好一会儿，本来想离开，到底忍不住了，喊了声："夏方舟。"夏方舟稍定神，头没回地问："有事？"秦晓丹冰冷的语气里带着讥讽："你是在看图纸吗？你这一套蒙蒙武本奇他们也许可以。我是学工建的，虽然比不了你五年制本科，不过怎么看图纸我还是知道的。"夏方舟回过头说："我不管别人怎么看图纸，我看图纸，第一遍就这么看。"

秦晓丹冷冷一笑说："夏方舟，建设川南钢铁不缺你一个，会战工地也不缺你一个，你不愿意参加会战，用不着找借口，更用不着下了班还在这儿装样子。没人强迫你。"说完她便转身离开。夏方舟气愤地喊："秦晓丹！秦晓丹！"秦晓丹没有回头。

夏方舟和秦晓丹的对话，李心梅听得很清楚。李心梅看到秦晓丹离开技术室，朝仍然在工地上干活的季成钢走过去。

秦晓丹来到季成钢面前。季成钢一直身在曹营心在汉，此刻他停下手上的活说："晓丹，他还在里面。"秦晓丹说："没有必要和他比，他是在做样子，你是在拼命。"

季成钢说："我不是和他比，还是上次和你说的，自己给自己加码。"秦晓丹关切地说："你不是一个人，明天还要带领突击队。早点儿回去休息吧！"季成钢舒心地笑了。

陈国民家门外，海燕和天海在铺在地上的席子上睡了，付开田的儿子向东和他们睡在一起。田青妮和付嫂坐在旁边，给孩子打着扇子聊天。

屋里的林富来边比画边说："师傅！我从来没见过夏技术员这样看图纸的，一张接一张，秋风扫落叶似的。"陈国民笑着说："富来，你没见过的事多了。"林富来说："秦技术员中间去了一趟，在门口站了一会儿，说夏技术员是装样子，我看夏技术员真生气了，站在图纸前边，好半天没回过劲来。"

"这个秦晓丹，有她长见识的时候，看这架势，今晚上他要把图纸拉一遍。"陈国民不太高兴地说，又对外面喊，"青妮，青妮！"

田青妮给孩子打着扇子正出神，听到陈国民喊，猛然回神，忙起身。陈国民在里面说："青妮，你赶紧炒个菜……"田青妮进了屋说："什么时候了？孩子在外面睡着了，这就该抱进来了。"

陈国民说："不是我喝。夏方舟还在看图纸，估计得到下半夜，他撑不下来。你炒个菜让富来给他送过去，再带上半瓶酒。"

034

夏方舟从图纸上收回目光，长长地舒了口气，伸了个懒腰。不等他转身，在门口站了好一会儿的李心梅悄悄过来，用手蒙住他的双眼。夏方舟极其敏捷地脱身。李心梅开心地说："把你吓了一跳！"夏方舟有几分无可奈何地说："李心梅，现在是工作时间。"

李心梅笑眯眯地提起随身的卫生箱给他看，说："整个工地都在大会战，我们医院不能等伤病员上门，领导安排部分医生下工地巡诊，我要求来你们工地，今天一天全在这儿。不耽误你了，我到工地上看看工人师傅们去。中午，我在你们工地吃午饭。"夏方舟的心情有些复杂。

午饭由食堂直接送到工地。李心梅跟着夏方舟排队打了饭，李心梅说："方舟，咱们就在这儿吃吧！大家都在这儿，多热闹啊。"夏方舟注意到很多人在看，说："李心梅，你在这儿吧，我回技术室。"

李心梅急忙跟上，看到在另一个送饭点排队等候的秦晓丹，忙喊："晓丹，晓丹。"秦晓丹听到，笑着给她打个手势。李心梅看夏方舟走远，和秦晓丹摆摆手，急忙追上去。

季成钢在秦晓丹身边，目光控制不住地追着李心梅的娉婷腰肢，不屑地说："李心梅是夏方舟的女朋友吧？听说她是为夏方舟才来金江的，怎么还有这号人。真是林子大了什么鸟都有。瞧她，光天化日，大庭广众……"秦晓丹坚决打断他："季成钢，那是别人的私事。"

戚光复蹲在电线杆的阴影里，武本奇端着饭盒到他旁边蹲下说："戚大哥，夏大哥和李医生在谈恋爱。"戚光复一副惊奇的样子。

武本奇是真惊奇，说道："你不知道？戚大哥，都知道你和夏大哥最好了！"戚光复一脸认真地说："本奇，我真不知道。"武本奇合计了一番说："照这么看来，夏大哥没告诉你。戚大哥，李医生和夏大哥晚上一起散步。我亲眼看见的！"

戚光复满脸迷惑地说："散步就是谈恋爱？"武本奇愣了片刻说："我糊涂了，戚大哥。"

席棚子宿舍门口，陆汀兰正用一个煤油炉子烧锅。等锅烧热了，戚光复把葱花放到锅里，陆汀兰翻炒着，这才接上他刚才的话："你糊涂了，我明白了！说你们队长安排秦晓丹给方舟当助手，对不对？"戚光复说："对。"

陆汀兰说："秦晓丹拒绝当方舟的助手，还到你们青年突击队参加会战。秦晓丹喜欢季成钢那种人。"

戚光复不同意地说："不可能！别说我，连武本奇都不信。"陆汀兰自问自答："方舟自己说过他爱秦晓丹吗？没有吧！不都是你猜的。"戚光复点头说："这倒也是。"

陆汀兰说："菜好了，把饭盒拿过来。光复，你这就给方舟送过去。正好今晚我在家里加个班，你过去多陪会儿方舟。今晚上，方舟肯定要把第二遍拿下来。记住，你过去方舟只要不和你说话，你就在旁边坐着，别说话，千万不要打扰他……"

035

夏方舟终于开口了："比照新图纸，原图纸的17到34被拿掉了。拿掉的那一部分在设计上确实有些问题。"陈国民打心眼儿里舒口气说："照这么说，程时风纠正了问题？我小看这家伙了！"不料夏方舟加重语气说："程处长搞的这个新图纸，问题更严重。"

陈国民听得有点儿糊涂。夏方舟把陈国民带到工地上，指着一座巨大的工业建筑物说："程处长他们修改的设计，拿掉的就是这一块。"陈国民对他干过的所有的工程都记忆犹新，说："这项目我在江汉钢铁干过，就是少了这一块。要不我不放心呢！"

夏方舟问他："队长，江汉钢铁的施工图你还记得吗？"陈国民说："提到这事我就来气。江汉钢铁是苏联人援建的，图纸是他们出的，施工图上就缺这一环。"夏方舟问："那你们怎么干的？"陈国民更生气地说："我们根本没干。施工到这个环节，苏联人让咱们的人全撤下来，剩下的全是他们自己人干的，现场用苫布围了个严严实实，根本不让靠近。等他们干完了，我们才接着干下边的。后来，他们撤了专家，听说图纸全拿走了。"

夏方舟陷入了长久的思考。陈国民朝旁边打了个手势，招呼一直跟在后面的林富来，悄声说了几句。林富来一路小跑，朝工地大型设备维修工棚跑去。

林富来进来说："秦技术员，我师傅让你去技术室，这就过去！"

秦晓丹来到技术室外，听到里面夏方舟和陈国民的声音，停在门外，听里面谈话。

夏方舟说："实践证明，江汉钢铁设计上很成功。即便他们拿走了图纸，也可以通过逆向工程把图纸做出来。估计江汉那边应该有。就算是没有，这一块我也能还原出来。"

陈国民担心地问："方舟，你实话告诉我，问题严重到什么程度？"夏方舟说："全套图纸我看了四遍。从昨天晚上到今天上午，我反复推演了几次，按照修改后的这个设计施工，会留下很大的后患，基本上可以肯定，完工后无法正常运转。"陈国民震惊地问："有那么严重？"

夏方舟说："还不止。川南钢铁建设在如此狭窄复杂的地方，国内外没有任何先例可以借鉴，一旦工程留下后患，将来的技改会非常麻烦，最坏的结果是，影响川南钢铁的正常生产，有些关键性部位甚至可能要推倒重来。"

陈国民和门外的秦晓丹虽然都倒抽了一口冷气，心思却不同。

陈国民急切地问："有解决的办法吗？"夏方舟说："目前这个阶段，唯一的办法是先把工程停下来，重新进行设计论证。"

陈国民说："方舟，停工这事太大了。整个川南钢铁的建设都在倒计时，献礼日必须出铁，铁板钉钉。在大会战的节骨眼上把工程停下来，别说我定不了，二号信箱指挥部也下不了这个决心，除非你有实打实的证据，以及解决方案。"

夏方舟保证说："证据我能拿出来，解决方案现在拿不出来。"陈国民说："没解决方案，工程不能停。"夏方舟着急地说："没别的出路！必须先停下来，越早停工损失越小。"

陈国民坚决地说："工程绝对不能停！没讨论的余地。"夏方舟态度更加强硬地说："队长，我是工程技术员，这是我的职责所在，你做不了主，我向上面反映，工程必须马上停工。"

秦晓丹听着里面的争论，对夏方舟的态度十分不满，推门而入。陈国民看夏方舟愣了，解释说："夏方舟，是我让秦晓丹来参加的。"

秦晓丹说："陈队长，你们刚才的话我都听到了。夏方舟，川南钢铁环境复杂，牵一发而动全身，我们停下来，整个进度都会受影响，甚至整个大三线的建设速度都要受到影响。"

夏方舟毫不客气地说："秦晓丹！设计存在严重问题，停工、修改设计、重新施工才是捷径。"秦晓丹忍不住说："你不是川南钢铁的工程指挥长。"夏方舟自信地说："能力和职位没关系。东北钢铁的全部图纸我都看过，苏联几座大钢铁的图纸我也看过，江汉钢铁的图纸我虽然还没看完，但也看了大半。"

秦晓丹说："夏方舟！东北钢铁和江汉钢铁不能和川南钢铁相提并论，苏联的图纸更不能说明问题，在这么复杂的环境设计大型钢铁联合企业，全世界没有先例，完全是我们中国人设计的。"

夏方舟更不客气地说："秦晓丹，你对大三线的特殊感情我能理解。可你别忘了，你是同济工建专业的学生，四年大学不是为了培养你的感情，是为了培养你科学思考的能力。你父亲是科学家，你应该清楚，科学容不得任何私人感情。"

秦晓丹感觉被羞辱了，气愤地说："你……夏方舟，你不要强加于人！你比我更清楚，工程设计是否存在瑕疵，需要严格论证，仅仅凭着你的什么大脑推演就让工程停工，你以为自己是爱因斯坦？你太骄傲，太狂妄了！"

夏方舟说："我是不是骄傲，是不是狂妄，有没有这个能力，可以让实践来检验，我为我的结论承担责任……"

陈国民打断他们："行了行了，你们两个把我的头都吵大了！方舟，你推演的那个东西，能不能画出来，让我看得懂。"夏方舟很干脆地说："可以，很快。"随即铺开图纸，笔走龙蛇。

秦晓丹显然被夏方舟画出的推演结果惊呆了。陈国民神色严峻地说："好一个夏方舟啊！真要让你说准了，麻烦可就大了。"

夏方舟说："所以我要求停工。"陈国民还是摇头说："停工办不到。想别的办法。"夏方舟稍加思考说："队长，我能不能去一趟江汉？"

陈国民马上明白了他的意图，说："可以。定一条纪律，这件事，目前就我们三个人知道，绝对不许扩散，不能影响整个大会战的气氛。"夏方舟急切地说："一定！队长，我什么时候走？"

陈国民下定决心说："明天一早我给你联系车。秦晓丹，你和夏方舟一起去。"他没有理会秦晓丹吃惊的样子，仍然对夏方舟说："你没少说了'责任'这俩字，方舟，这次给我落到实处，快去快回，给我带着完整的解决方案回来。"陈国民这才对秦晓丹说："秦技术员，我得批评你，严厉批评！各人的能力有高有低，这没办法。比如我，二十六岁拿到七级工，全系统王牌施工队队长，全国没几个。骄傲怎么了？只要不忘了责任，该骄傲就得骄傲，这是本事。不同意别人观点，就说人家狂妄，这才是真的狂妄。别的不说，责任这一条，你得向夏方舟学习，说个不客气的，我让你看图纸的时候，先不说你有没有这个能力，你扪心自问，有没有把全部心思放进去。这次你和夏方舟一起去江汉。"

夏方舟问道:"队长,介绍信怎么办?一队的公章达不到县团级的要求。"

陈国民说:"这个不用你操心,特种公司的空白介绍信我那里常备着,就是为了应付突发事件。今天下班以前,你们两个就在这屋里给我待着。夏方舟,你把有问题的图纸拿过来,让秦技术员看看。秦晓丹,有差距不可怕,虚心学习,迎头赶上。记住,你是要干工程师的,别觉得在工地上出点儿力、流点儿汗就光荣,该干的你干不好,流再多的汗也白搭!"

秦晓丹脸上发热,说:"队长批评得对,我虚心接受。"陈国民再次嘱咐:"下班以后,直接回宿舍,别在工地停留。我再强调一遍纪律,绝对不允许扩散!"听两人都表了态,陈国民出了门去。秦晓丹忽然有些不知所措。

夏方舟主动给她台阶,说: "有问题的图纸我抽出来了。时间不多,你抓紧看一下。"

陈国民回办公室写了张纸条,到门口把林富来招呼过来说:"富来,拿我的条子去找这个人,让他给我定一辆明天一早去成都的车,两个人,最好有一个驾驶室的座。"林富来接过纸条问:"师傅,谁要出门啊?"

陈国民不瞒他说:"夏方舟和秦晓丹出趟差。他俩出差这事,你嘴上给我上封条,谁也不能说。"

第九章

036

第一天一大早，秦晓丹来到约定的地点，夏方舟和林富来已等在那里。不一会儿，陈国民为他们定的车到了，秦晓丹跟着夏方舟上了车。

秦晓丹和夏方舟的车到成都时已是第三天傍晚。途中，夏方舟就安排好了下一步行程：从成都坐直快到西安，西安没有直达江汉的快车，到郑州再换乘。全程经宝成线、陇海线、京广线，1867公里，加上换乘候车的时间，还需要将近三天。

秦晓丹做了功课的，问他怎么不走水路，先到重庆，再乘江轮到江汉，几乎是一条直线，为什么要绕一大圈。夏方舟说走水路要晚一天。秦晓丹服从了夏方舟的安排，但她在成都火车站悄悄买了一套1967年版的全国交通旅行图，仔细对照后，发现夏方舟说的时间竟是一分不差。为了证实自己的猜想，秦晓丹把全国交通旅行图拿给夏方舟看。夏方舟说不需要，全国主要的铁路和水运交通表他都能背下来。

其实，那天在技术室看到夏方舟的推演，秦晓丹几乎是被夏方舟的能力吓到了。她从来没有见过这样的人，这一路几次想向他请教，可夏方舟没给她机会。夏方舟说："你想弄明白问题出在哪儿，我思考的是解决方案。恕我直言，我们思考的不是一个层面上的问题，你的知识储备不够。我的时间很紧，见到我老师之前，我至少要拿出一个比较清晰的思路。"

就这样，在长达六天的旅途中，两个人基本上没有任何交流。

夏方舟在成都给霍茂森打了个长途电话，告知他们达到的时间。在汉口下了火车后，他带秦晓丹直接去了老师家。这是霍茂森特意安排的。

秦晓丹是第一次见到业界大名鼎鼎的霍茂森，和她想的很像：与别人一样的灰蓝色人民装遮不住钢铁博士留学过欧洲的神色气质，举手投足间处处流露出江南书香世家的儒雅谦和之气。这都让她感到特别地亲切和温暖。

霍茂森提前准备了大量废弃的图纸，让夏方舟把所有的想法都在这些图纸背面画出来。然后对秦晓丹说："我带你出去转转。"

霍茂森和秦晓丹走在林荫道上。霍茂森说："晓丹，我以为你和方舟很熟，一块儿进门就看出来了，和他不熟。这一路上你们也没交流交流？"

秦晓丹忽然有些委屈地说："我向他请教，他根本不理我。"霍茂森微笑着说："晓丹，方舟他遇到难题的时候，我在他面前都是透明的。"秦晓丹又说："霍总，他看图纸不做任何笔记，一张接一张，看得飞快，传说中的一目十行、秋风扫落叶也不过如此，他全都记在心里了？"

霍茂森说："方舟是个天生的工程师，过目不忘。"秦晓丹说实话："霍总，他号称能在大脑中完成工程推演，我不太相信。"霍茂森笑着说："这可不是号称。"

秦晓丹还是不相信。霍茂森笑着说："晓丹，成熟的工程师，很多都可以在大脑中实现对工程的推演，不过像方舟这样的非常少见，算得上天赋异禀吧。去金江之前，我让他负责1700轧钢机前期准备的一个子项，他基本上不借助笔墨和其他工具，就在现场、在大脑中推演。"秦晓丹惊愕。

霍茂森点头说："像他这样的青年才俊，川南钢铁给他提供的平台太小了。"秦晓丹脱口而出："霍总，川南钢铁需要他这样的人。"霍茂森笑了笑说："所以他去了。不过啊，晓丹，你也要知道，没有赤壁，不足以成就周瑜。年轻人的成长，是需要条件的。"秦晓丹不知该说什么。

没等霍茂森和秦晓丹回来，夏方舟就飞快地画完了图。他端着茶杯到客厅，坐到师母对面。

霍师母说："你老师见过晓丹她爸爸，秦院长。"夏方舟大感意外。霍师母说："1964年，讨论确定川南钢铁地址，你老师也去了金江，在那儿见过秦院长。要不我说他有私心呢。他参与了川南钢铁的定址，让你去帮他实现建设大三线的愿望。"

夏方舟笑着说："帮老师实现愿望，挺好！"霍师母突如其来地说："方舟，晓丹那姑娘不错。"夏方舟说："师母，你不了解，她绝对不会喜欢我。"

霍师母笑着说："我才不信！不是她不喜欢你，是你没去追。"

037

秦晓丹看到夏方舟在这么短的时间里拿出那么一大摞图纸，瞠目结舌。

霍茂森把图大约看了一下说："方舟，这样，我让睿信找几个人，你们一块儿讨论一下。"夏方舟问："老师，你不去？"霍茂森说："我去了别人就不好说话了。"

秦晓丹偷偷瞟了一眼夏方舟，内心充满期盼地问："霍总，我能参加吗？"霍茂森看看夏方舟，笑着说："晓丹，在我这儿，夏方舟说了不算，我说了算。谁敢不让你参加？"秦晓丹带着小小的挑衅，快活地看了夏方舟一眼。

霍茂森："方舟，帮你师母做饭去。"秦晓丹抢在前面说："我去吧！"她这边话没落音，夏方舟已经去了厨房。霍茂森笑着说："让他去。晓丹，告诉你个秘密，夏方舟进了厨房就完蛋了，只会给他师母添乱、被师母骂。晓丹，有个事想问问你。"

秦晓丹预感到什么。霍茂森说："我听说，你爸爸1967年最后一次去金江，是去考察一个项目，具体是什么项目，你爸爸对你说起过吗？"秦晓丹黯然。霍茂森又问："你没问过相关单位?"

秦晓丹说:"问过。我爸遇难后,我问过有关单位,他们说不清楚,听说是我爸临时决定的。和我爸爸一起去的人都遇难了。怎么,霍总?"霍茂森说:"我听到一些说法,还不能肯定。据说,是因为你爸爸听到了反映,对川南钢铁有些不放心。具体是哪方面的原因,我问过几个人,都不清楚。"

秦晓丹动了感情,说:"霍总,能查清楚吗?"霍茂森说:"我一直想把这件事弄清楚,也算完成秦院长未了的一桩心愿。"

厨房里给师母打下手的夏方舟果然是手忙脚乱,锅碗瓢盆乱碰。霍师母慈爱地打量着他健壮的身体说:"难怪你爸说你属猫的,出了那么大的车祸,一点儿后遗症都没落下。听说,是个农村的女孩子救了你?"

夏方舟有些失神,说:"师母,她叫柳叶儿,十七岁,一天书都没读过……"

柳叶儿孤零零地站在二号信箱指挥部大楼前,四顾茫然。赵殿楚的吉普车从外面回来,停在她身边。

赵殿楚问:"远远地看着就像你。柳叶儿,到金江来办事?"柳叶儿摇头,告诉赵殿楚,她是来看夏方舟的。赵殿楚虽然忙得抽不开身,但还是安排人用他的车把柳叶儿送到了陈国民的办公室。

陈国民有些难以置信地打量着柳叶儿,开口问:"是你把夏方舟救回来的?真看不出来呀!柳叶儿,就你这把小身骨,竟能架着夏方舟翻了六座山!"

柳叶儿问:"队长,夏大哥呢?自从夏大哥回到了这边,一直没他的消息,也不知道他怎么样了,我爸不放心,让我过来看看。"

陈国民挠挠头说:"柳叶儿,你来得不巧。你夏大哥出差了,就是到外地办事去了。"柳叶儿急切地问:"他什么时候回来?"陈国民支吾着说:"这个,说不准,反正回来还得有些日子。柳叶儿,还是那句话,来了就不急着回去,我这就给你安排住的地儿。"

柳叶儿极为失望地说:"队长,我回去了。你告诉夏大哥,我来看过他。"

陈国民正不得计较,看到林富来探头探脑,出门一把抓住他说:"一个劲地探头探脑,没规矩!这是柳叶儿,救夏方舟的那个姑娘。夏方舟和秦晓丹还不知道什么时候回来,她急着回家,你送她回去。"林富来立刻说:"我愿意送,我愿意。"

陈国民瞪着他说:"你小子,别给我打歪主意!"林富来笑着说:"我哪敢呢师傅。"陈国民拿出五块钱说:"带柳叶儿出去吃顿饭,点点儿好的。"林富来说:"师傅,花不了这么多钱!"

陈国民骂他:"你小子!今天怎么这么多话,犯什么病呢!吃完饭到机关食堂买五斤咸肉给柳叶儿拿上,让食堂把肉票记到我账上。"

自从赵殿楚的车把柳叶儿送到工地办公室,季成钢就盯着这边的动静。季成钢有个惊人的能力,凡是见过的人,只消一眼,过目不忘。柳叶儿一下车就被他认出,这是把夏方舟送回来的那个乡下女娃。

夏方舟和秦晓丹消失前的那个晚上，季成钢已经有所预感。第二天他的预感应验，两个人一块儿消失了。

季成钢猜测，夏方舟和秦晓丹同时消失，绝对是陈国民安排的。痛苦的是，他怎么也想不出两个人到底去了哪里。柳叶儿一出现，他就敏锐地意识到，他的机会来了。看到那边陈国民笑着把柳叶儿送出门，又给林富来交代了两句，季成钢悄悄离开了工地。

林富来和柳叶儿套着近乎，出了工地，胆子越发大起来，说："柳叶儿，我叫林富来，从咱们乡下来的，你叫我林大哥就行。"柳叶儿笑着喊了一声"林大哥"。

季成钢像从地里冒出来那样突然出现在他们面前，林富来猝不及防。季成钢意味深长地打量着柳叶儿，笑问林富来："这是？"

林富来窘迫地说："不，不是。她是柳叶儿，当初救夏技术员的就是她，她是来看夏技术员的。"季成钢微笑着问："柳叶儿，特意来看夏方舟的？"

柳叶儿不知季成钢来头，便笑着对季成钢点点头。

季成钢越发体贴地说："好不容易来一趟，没见着夏方舟就回去了？柳叶儿，来了不着急回去。师兄，师傅没说让柳叶儿住下？"

柳叶儿单纯，赶在前面说："陈队长说让我住下的，对我可好呢。夏大哥出差去了，一天半天回不来，我不住了。"

季成钢对林富来轻描淡写地说："夏方舟和秦晓丹出差了？"林富来说："那个……对了，柳叶儿还得赶路，她家离这儿不近呢！师傅让我送柳叶儿，我还得赶着回来。柳叶儿，咱们走吧，走吧！"柳叶儿对季成钢点了点头，跟着林富来走了。

季成钢看着林富来和柳叶儿的背影，笑容僵在了脸上，咬牙切齿地自言自语："林富来，你算个什么东西，也敢在我面前装神弄鬼！陈国民，我看清了，你眼里只有夏方舟！"

038

前面就是回家的山路了，柳叶儿停下说："林大哥，不用送了，回去吧，我自己走。"

林富来无奈地说："那……柳叶儿，这肉……"见柳叶儿不要，林富来劝她："柳叶儿，这是我师傅，就是队长，送你的。我都拿到这儿了，你总不能让我再拿回去吧！我拿回去，师傅会骂我的。"

柳叶儿倔强地说："我不要，林大哥，夏大哥回来，你千万告诉他，我去看过他。"

林富来看着柳叶儿的背影："柳叶儿、柳叶儿……我要娶这个妹子！"

柳叶儿转过身去，晶莹的泪水刹那流下，心声如弦："夏大哥……"

邵睿信一进门就亲热地和夏方舟握了握手，笑着拍打他的肩膀说："回江汉，到老师家了，也不告诉我一声，躲着我！"霍茂森和秦晓丹闻声从书房出来。邵睿信喊了一声

"老师"，打量着秦晓丹不知怎么称呼。

霍茂森说："方舟，你介绍吧！"夏方舟说："秦晓丹，我同事。邵睿信工程师，我学长。"

霍茂森看秦晓丹有些拘束，说："晓丹，睿信也是我的学生，比方舟高三届。对了，你们是校友，同济的。"秦晓丹顿感轻松地说："学长好！"

根据霍茂森的安排，邵睿信组织了十几位青年工程师，对夏方舟的推演结论和解决方案进行论证。这些人都是霍茂森的得意弟子，整个讨论和论证都是利用业余时间私下进行的，对外严格保密。尽管头天晚上邵睿信和大家已经熟悉、讨论了一遍，做了充分的准备，论证还是到下半夜才完成。

第三天一上班，邵睿信把书面报告放到霍茂森桌上说："老师，方舟的判断准确到位。修改后的设计和原来的设计根本不在一个水平上，原来的设计虽然存在瑕疵，技改阶段相对容易解决，现在的设计缺失的环节会造成严重后果，其中一部分将要完成的工程只有拆除返工一个选择。"

霍茂森很满意地说："你们这个讨论会，看来开得还不错。睿信，这样的工程个案，不容易碰上。"

邵睿信问："老师给我们打多少分？"霍茂森反问他："你给方舟的解决方案打多少分？"邵睿信充满信心地说："100分！"霍茂森点头，又说："睿信，晓丹参加你们的会，什么态度？"

邵睿信说："秦晓丹开始对方舟还是不信任，个性上也不太服气，后来听了我们的结论，转变很大。我看，现在她对方舟佩服得五体投地！"霍茂森说："睿信，给晓丹安排一下。她第一次来江汉，也没去过东北钢铁，对大钢铁没有身临其境的感受。带她去厂里看看。"邵睿信笑着说："明白了！"

下了班，邵睿信把秦晓丹带到厂里。钢花四溅、宏伟壮观的轧钢线让秦晓丹深感震撼。邵睿信话里有话："江汉钢铁才是真正的大钢铁。"秦晓丹说："学长，我们川南钢铁也会有这一天。"邵睿信泼冷水说："晓丹，川南钢铁即便全部完工，也不过300万，和江汉钢铁没法比，不在一个数量级上。"

秦晓丹想反驳，忍住了，笑了笑。邵睿信看在眼里，不动声色。他带秦晓丹来到高炉车间。效果出乎他意料，蔚为壮观的高炉出铁让秦晓丹陶醉感叹："不愧是大钢铁！"

邵睿信旁敲侧击地说："晓丹，等川南钢铁建起来，和夏方舟一块儿来江汉吧！晓丹，我这个老大哥说句冒失的话，方舟不错，非常不错，各个方面！"

秦晓丹顿时羞涩，慌乱地岔开话题说："学长……带我去那边看看吧！"

下午，霍茂森把自己关在办公室里，静下心来，对夏方舟的推演结论和解决方案，以及邵睿信他们给出的书面报告，进行仔细梳理。晚饭后，秦晓丹跟邵睿信去了厂里，霍茂森和夏方舟来到钢铁院花园。

方案得到老师首肯，夏方舟归心似箭，只是心里还有一个顾虑，他担心指挥部不相信自己。川南钢铁在大会战，停工这事太大了，人微言轻。

霍茂森让他放心："你回到金江之前，我给殿楚同志打个电话。方舟，说说你和晓丹的事。"

夏方舟愣怔，想起师母那天说，没去追，怎么知道她不喜欢自己，于是问："老师，你当年怎么追到师母的？"霍茂森满脸得意地说："说反了！她倒追我。我不同意，她追着我不放。"夏方舟走神片刻："那你就答应了？"

霍茂森笑着说："话怎么引到我身上来了，说你和晓丹。"夏方舟说："1965年我去川南钢铁实习，见过她，就一眼。过了三年，在金江重逢，我很惊喜，谁知道她对我一点儿兴趣都没有。若不是这次来江汉，她都不和我说话。"霍茂森几分自夸地说："告诉你个诀窍，方舟，姑娘们最喜欢我们这种才子。我们呢，看准了就要大胆表白！这一点我很有体会。你师母当年，窈窕淑女，开头她还没看上我，我是果断出击……"意识到失口，霍茂森赶紧住口。

夏方舟笑着说："不是师母倒追的老师吗？"霍茂森笑着说："牛皮吹大了！"夏方舟的笑容忽然僵在脸上，说："老师，李心梅你还记得吧，她来江汉看过我。"霍茂森说："记得，挺好的姑娘，怎么，你和她还有事？"夏方舟慌忙解释："不是……她本来被分到西安，为了我也去了金江。她人很好，对我也好，可我对她没那种感觉，怎么办？"

霍茂森严肃起来，说："方舟，这事你得处理好，不能脚踏两只船。晓丹对你有没有感觉，你得问了才知道。如果人家对你没感觉，不要纠缠，君子好逑，要有君子风度。方舟啊，听你这么一说，李心梅那姑娘，给我印象不错，非常不错！人漂亮，性格也好，又是学医的，挺好的！"

夏方舟发起呆来。

039

夏方舟和秦晓丹已经消失十三天了。季成钢调动了所有的脑细胞，仍然没有打听到蛛丝马迹。但是陈国民那副稳坐钓鱼台的样子，让季成钢坚信，这是陈国民安排的。他的怒气越来越集中到陈国民身上。

这个晚上，季成钢提着大锤站在工地上，各种念头一股脑地冲上来，胸口剧烈起伏，他试图压住怒气，可终归徒劳，把牙咬得咯咯作响说："陈国民，你算什么东西？以为我是林富来那种农村上来的合同工，非得靠着你才能出人头地？我堂堂大学生，国家干部，给你个工人当徒弟，给你当先锋，挣红旗，不过是扯你的虎皮！你我之间不过是相互利用！你太把自己当回事了，拿我当猴耍！我要让你付出代价！什么青年突击队，我不干了！我看你怎么给上面交代！"

第二天是休息日。季成钢第一次换下工作服，穿上白衬衣、蓝裤子，配一双黑色灯芯绒紧口布鞋，到金江唯一有商业设施的街道闲逛。逛了不一会儿，就觉得浑身不自在，有种逃兵的负罪感。

一个农妇蹲在路边，虽然衣衫褴褛，眉宇间却有一种掩不住的气韵。她把十个鸡蛋小心地放在面前，看到武本奇，喊："卖鸡蛋了！卖鸡蛋了！"

武本奇本来是和王卫国习惯性地满街乱逛，听到农妇吆喝声里带着某种遥远的口音，目光投过去，动了心思，上前去问："大婶，鸡蛋多少钱？"农妇满眼期盼地说："小同志，十个鸡蛋全包，三毛钱，一个三分钱。"

武本奇拿出钱说："大婶，我全要了，三毛。"

季成钢像从地下冒出来一般，抢道："四毛，我都要了。"武本奇愣了一下，打量一番对方，冷笑道："真稀罕，季大队长也有不在工地的时候。今天的太阳从西边出来了？"季成钢还之以冷笑，声音不高地说："闪开！"

武本奇一把挡在季成钢面前说："季成钢，这不是在工地，你说了不算！"回头对农妇说："大婶，我出五毛。"季成钢睥睨地说："六毛。"武本奇来火，说："季成钢，你有钱！一个月比我一个半月挣得都多。你有钱怎么了，我就不认这个邪！大婶，七毛。"季成钢冷笑道："八毛。"

武本奇喝一声："季成钢，小哥我和你摽上了！大婶，不管他出多少钱，我都会比他出得多……"

农妇看出两人不对付，此刻对季成钢说："同志，这位小同志先照顾我的，什么都有个先来后到！"再对武本奇说："小同志，鸡蛋归你了，三毛钱。鸡蛋你怎么拿？"王卫国忙摘下工帽说："大婶，放我这儿。"农妇小心地把鸡蛋捡到王卫国的工帽里，从还有些发呆的武本奇手上拿过那三毛钱说："小同志，鸡蛋拿好了，别碰了！"

武本奇愣愣地看着农妇走了，回过神，怒火喷发，说："季成钢！这算什么？算什么！比比人家大婶，这是人干的事吗！你不要脸，小哥我跟着你丢人现眼！"

季成钢回过神来，铁青着脸转身而去。

王卫国用工帽兜着鸡蛋，和怒气未消的武本奇进日用品商店。

武本奇看到了什么，停下来。王卫国顺着他的眼光看过去。

卖鸡蛋的农妇在卖盐的柜台前说："同志，我买斤盐，哦不，半斤。"女售货员翻着白眼，爱搭不理地问："到底是半斤还是一斤？"农妇赔着笑脸说："半斤，半斤。六分钱是吧？"农妇小心地从扎在腰带里的兜里往外拿钱，把钱攥在手里，又有几分迟疑。

武本奇眼睛有些湿，说："卫国，把鸡蛋给我，去打瓶酱油。"

买了酱油，两人从商店出来，王卫国追上卖鸡蛋的农妇，不由分说地把酱油瓶塞到农妇手上，回头便跑。农妇一口拒绝："小同志，我不能要！小同志……"王卫国头也不回地跑远了。

农妇看到不远处站在路边的武本奇，热泪盈眶。

季成钢坐在半露天的小摊上，就着一大碗肉，喝着酒，看到这一幕，不屑地冷冷一笑，大快朵颐。

王卫国继续拿着鸡蛋跟着武本奇乱逛，武本奇说："柳叶儿来了，队长让林富来送她，买了五斤咸肉，柳叶儿说什么都不要，原封不动地提回来了。柳叶儿救过夏大哥的命啊！和人家比，我刚才和季成钢演的那一出，算什么！"

王卫国知道他是真的难受，找话："本奇，你估计夏大哥和秦工能去哪儿呢？"武本奇说："不管他们去哪儿,回来的时候,只要他们两个好上了……你觉得,夏大哥和秦工,有没有可能?"王卫国顺着他的心思:"可能,很可能,太可能了!只要夏大哥和秦工好了,季成钢那王八蛋肯定原形毕露!这可太解气了!"

武本奇合计着笑了。

040

陈国民大咧咧地坐到赵殿楚办公桌对面,赵殿楚不给好脸地说:"谁让你坐下的?给我站起来!"陈国民坐着不动。赵殿楚又一声喝:"站起来!"陈国民起身说:"和领导说话还得站着。领导架子越来越大了。"

赵殿楚也站起来说:"你这个陈国民,胆子越来越大了,这么大的事你竟然敢瞒着我!"陈国民心里犯嘀咕,装糊涂说:"领导的话我听不明白。"赵殿楚问:"夏方舟去哪儿了?"陈国民想着坏了,继续装。

赵殿楚动气地说:"还给我装!江汉钢铁霍总的电话打到我的办公桌上了!老实说!"

陈国民知道事情闹大了,整理心情,规规矩矩地把夏方舟带秦晓丹去江汉的事如实汇报。看到赵殿楚的神色缓和,陈国民嬉笑着说:"赵总,我这么做还不是担心会影响大会战的气氛吗,我是主动为领导分忧。你得表扬我。"

赵殿楚说:"能够发现问题,主动采取措施,应该表扬;工程出现这么大的问题,不向指挥部汇报,私下采取行动,是严重错误。"

陈国民打个立正说:"接受领导批评。"赵殿楚让他坐下,正色说:"指挥部开了会,你干的这个工程项目马上停工。"陈国民说:"赵总,停工不大妥当吧?夏方舟是发现了问题,可是他没有解决方案。停了工,下一步怎么办?"

赵殿楚不慌不忙地说:"夏方舟拿出了解决方案。"

第十章

041

风景是心情的折射。坐在回金江的卡车上，夏方舟眼里的风景如诗如画。

秦晓丹一路上都在研读夏方舟的解决方案，有些担心地说："重点部位爆破拆除，大面积重新返工，这么大的工作量，不会影响工程进度？"夏方舟自信满满地说："按我的方案，不但不会延期，反而会提前完工。"秦晓丹并非怀疑地问："那么大把握？"

夏方舟认真地说："事先已留出相当大的设计冗余。不吹牛！"秦晓丹掩饰不住钦佩之情地说："谁说你吹牛了！"夏方舟感觉到了。明天就要到金江，错过机会不知又要等到何时。他鼓起勇气，小心翼翼地开口："秦晓丹，我们第一次见面，你还记得吧？在13栋。"

秦晓丹微笑嫣然。夏方舟得到鼓励，说："在这几年里，那短短的一幕，就像电影里的慢镜头，不断地在我眼前重放。"秦晓丹俏皮一笑，说："知道你一直在看我，故意猛然回头的。"

夏方舟带着回忆说："回头冲我笑，打了个手势……短短的那么一瞬间……我一直想找一个词形容那种感觉，后来找到了——惊鸿一瞥。"秦晓丹也沉入美好回忆，笑着说："那时候，你发呆的样子，有点儿傻。"夏方舟勇气倍增地说："有点儿傻？我的同学都说我很帅。"

秦晓丹笑着说："很快，我就知道你叫夏方舟。找了个机会问送你的人，他告诉我的，还说，你是第一个来金江实习的大学生。"

夏方舟感觉快要接近谜底了，说："咱们第二次见面的时候，我说的是到队里那一天，你怎么装作不认识我？"秦晓丹笑着说："你还没到金江，就听很多人说你拒不服从分配。听到夏方舟这个名字，我想，这个夏方舟是不是那个夏方舟，肯定不是。"夏方舟说："可是你见到了我，就是我呀！"

秦晓丹说："那天，你在里面说随时都会离开，不想理你。"夏方舟看着秦晓丹的笑脸有些发呆。秦晓丹问："你还是打算离开大三线吗？"

夏方舟如实回答："等到川南钢铁一期完成，为大三线建设尽了责任，我就离开。"秦晓丹另有想法，说："大三线不只是战略备份，和平年代也将成为我们国家的钢铁和军事工业基地。需要有更多的人留下来。"

夏方舟说:"是要有人留下,但不是所有的人。我们作为建设者,不会留下。完成川南钢铁建设,二号信箱整个队伍都要离开,这是冶建这一行的规律,你也会离开,除非你不喜欢冶建。"

秦晓丹显然没想到这么远。夏方舟憧憬地说:"我的梦想不在这儿。"秦晓丹问:"个人的梦想?"

夏方舟说:"一个好的工程师,他的个人梦想是和国家的未来联系在一起的。邵工给你说了吧,过不了多久,江汉1700将会正式提上议程,那是中国最重要的钢铁项目,突破性的,真正的里程碑!参与这样的项目,是每个有理想的工程师的梦想,也是真正的使命所在,就像詹天佑之于中国铁路,茅以升之于中国桥梁。"

秦晓丹近乎倾慕地看着夏方舟说:"我没想过那么远。"夏方舟说:"我是听陈队长说了,才知道你的事。我很佩服你,一个女生从上海来到金江,参加大三线建设。你很了不起!真心话。"秦晓丹有些难为情地说:"很多人都可以做到。"

夏方舟说:"秦晓丹,等完成川南钢铁项目,我们一起去江汉!"秦晓丹没听懂,微笑摇头说:"不是每个工程师都能成为詹天佑、茅以升。"夏方舟热切地说:"伟大的梦想可以激发超常的能量,不试一试怎么会知道自己不行。相信自己,把自己的潜力充分挖掘出来,我们一起实现中国的钢铁梦想!"

秦晓丹突然从夏方舟火热的目光中醒悟过来,呆了。夏方舟毫无发觉,更加热烈地说:"说定了,到时候我们一起去江汉!"秦晓丹慌乱间突然想到李心梅,越发慌乱。

夏方舟误解了秦晓丹,越发热烈地说:"这是我们的约定,一起实现梦想!"慌张的秦晓丹说:"夏方舟,你……你到下面去坐吧。"夏方舟愣了一下,问:"为什么?我们在上面挺好。"秦晓丹更加慌乱地说:"那……我去下边。"夏方舟则是更加不明白。

秦晓丹敲打驾驶室顶,车停下来。秦晓丹没和夏方舟说什么,下车去了驾驶室。

车重新上路。

驾驶室里的秦晓丹惊魂未定,喃喃自语:"心梅,我不是故意的,我没有想到他会这样,可能他不是那个意思,是我误解了。但愿是我误会了……"

在后马槽的夏方舟想起老师的话:"人家对你没感觉,不要纠缠。君子好逑,要有君子风度。"

路上的风景不再如诗如画。

042

金江依旧烈日炎炎。

陈国民把第一施工队的工长和技术骨干召集到工地上建筑物的阴影里,召开紧急会议。他刚开了个头,现场就炸了锅,众人一个个满脸错愕,议论纷纷。

"静一静,静一静,"陈国民喊了两嗓子,"夏方舟发现工程设计存在重大问题,马上向我做了汇报。当时没告诉大家,一个是考虑到不要影响会战气氛;另一条,夏方舟到底有多大把握，我心里没谱。现在，夏方舟拿出了解决方案，得到专家认可。那不是一般的专家，江汉来的都知道，江汉钢铁的霍茂森总工，咱们这一行顶级的专家，他给夏方舟的方案打了一百分。"作为青年突击队队长参加会议的季成钢完全呆了。

陈国民说："我现在宣布指挥部的决定，第一施工队的工程项目立刻停工。夏方舟的解决方案通过以后，按照新图纸恢复施工。都给我听清楚了，各位都是工长，有大班班长、技术骨干，还有青年突击队队长，手下都带着一批人，下去以后抓紧时间做好队伍的思想工作，军心不能乱，人心不能散。这个时候，谁敢给我闹出乱子，我饶不了他！有不明白的，到办公室找我。散会！"

对于季成钢来说，所有的声音都远去了。

季成钢不确定自己是何时回过神来的。灼热的阳光下，他一个人在突然静下来的工地发呆，手上是秦晓丹那张十七岁的照片。

回过神来的季成钢，浑身颤抖，痛心疾首地说："季成钢，小资产阶级情调腐蚀了你的灵魂！晓丹不过和夏方舟出了一趟差，你竟然自暴自弃！每日三省吾身，深刻教训必须牢记！晓丹，夏方舟充其量不过是个工程师！你需要的是被委以大任的强大男人——我，季成钢！"

西工大的同学们和李心梅聚集在船厂的船台上，个个都很兴奋。陆汀兰看着李心梅，学着她的神态说："汀兰，方舟和秦晓丹不见了。"李心梅笑嗔："都怪你！"

夏方舟和秦晓丹去江汉那天下午，李心梅跑到陆汀兰这边，一见面就泪眼汪汪："夏方舟不见了，秦晓丹也不见了，我在他们工地上都问遍了，谁都不知道他们两个去哪儿了。汀兰，他们两个会不会悄悄地走了？两个人同时不见了，只有一个解释，他们一起走的。"

陆汀兰故意露出破绽地说："那又怎么样？他们是同事，说不定一起出差了。"李心梅一下意识到汀兰知道他们去哪儿了。

夏方舟走之前去了一趟陆汀兰家，告诉她和光复，第二天一早，他和秦晓丹去江汉钢铁。她和戚光复立刻觉察出其中的不寻常。戚光复变着法地问，夏方舟被问不过，说："光复，去江汉这事告诉你和汀兰已经是我多嘴了，到了队里你绝对不能往外说。"戚光复仍不放过地说："不能说。让我猜猜。这几天，你一直在研究图纸……一定是设计上存在重大瑕疵！看你这神色，我猜着了。不服不行，这就是艺术家的直觉。对不对？"戚光复还要穷追不舍，被陆汀兰制止了。话说到这里，戚光复和陆汀兰都明白，此事非同小可。夏方舟又嘱咐："千万不要告诉李心梅。"这一来反倒让陆汀兰生出想法。夏方舟看她神态，慌忙分辩："不是那个意思。李心梅知道了，等于二号信箱都知道了。"他越是分辩，陆汀兰的感觉越是清晰。

此刻，陆汀兰故意问："心梅，你不担心方舟会爱上秦晓丹？"李心梅压低嗓音说："汀兰，我只告诉你，我早就把对方舟的感情告诉晓丹了。她知道我是为了方舟才来的。"陆汀兰乐了，说："好像不止她知道，二号信箱所有的人都知道。"

"那才好呢！谁也别想和我竞争！"李心梅越发开心地说，忽然又叹气，"方舟什么时候回来呀！感觉他走了一千年了！我想死他了！"

043

夏方舟和秦晓丹回到金江是第二天下午。

卡车停在二号信箱总部楼前，夏方舟从后马槽跳下车，问从驾驶室出来的秦晓丹："一块儿去吗？"秦晓丹与他保持一定距离，微笑着说："我得完成队长交给我的任务。"

他们到的时候，陈国民正在工地办公室给队里干部和技术骨干开会。这次的会没有季成钢的事。

陈国民说："从夏方舟发现设计缺陷这事上，我再一次深刻体会，他们这批学生，是咱们的宝贝！你们说是不是？大学生分配上面说了算，分给队里的技校生就是我们的人。借着这个机会，把技校生全部安排到技术岗位。这些孩子，比我们招的学徒工、合同工基础好得多，得尽快让他们成为技术能手。在座的各位都得带徒弟。我先带个头，好的留给你们挑，武本奇那个刺儿头，我要了。"一阵笑声。

这个时候，陈国民接到总部电话。接完电话他便中止了会议："夏方舟回来了，我去指挥部开会。你们也别闲着，赶紧把收徒弟这事给我落实了。说不定什么时候就复工。"

会议安排在二号信箱小会议室。赵殿楚、顾弘亮和程时风等总部领导，总部和各公司主管工程师，陈国民他们四大金刚这样的骨干队长，把会议室坐得满满当当。秦晓丹也在。

夏方舟在图板上收了笔说："这就是现在的设计中存在的重大隐患，如果不彻底纠正，将会影响整个川南钢铁未来的正常生产。"

会场鸦雀无声。很多人在看程时风。

赵殿楚提高声音问："有没有不同意见？"程时风第一个表态："我同意夏方舟同志的分析。"陈国民说："赵总，我们没意见。"赵殿楚说："好！夏方舟，问题说透了，解决方案呢？"

夏方舟显出青年才俊特有的自信，指着自己的脑袋说："在这儿。"引起了一阵笑声，众人议论纷纷。

赵殿楚说："大家静一静！夏方舟，你脑瓜子里的东西我们看不见摸不着，你现在的任务是尽快把全部图纸拿出来。条件你可以提，需要多少人我就给你多少人。只有一个要求，快！"

夏方舟目光投向坐在下面的秦晓丹，期待她的回应。秦晓丹回避了他。夏方舟瞬间流露出失望的神情。工作为重，他马上调整状态说："没别的条件，每班四个最好的描图员，连轴转，两天两夜，保证拿出全部图纸！"

下面发出一片惊叹。秦晓丹完全惊呆了。

赵殿楚满意地笑了，对顾弘亮小声说："这小子，口气就是大。"顾弘亮则摇头说："我倒不那么看。赵总，按我们部队的说法，夏方舟这是立了军令状，有气魄。"赵殿楚大声说："夏方舟，顾代表说了，你这是立军令状，明白这意思吗？"

夏方舟说："明白！完不成任务，甘愿接受任何处分！"

程时风带头鼓掌。

在工地的季成钢终于盼来了秦晓丹。他以谦虚的姿态听秦晓丹介绍完情况之后，脸色越来越难看，反驳说："我根本不相信！夏方舟真要有那么强大的能力，那干吗还要去江汉？他完全可以在金江解决问题。陈队长说了，他去江汉就是因为拿不出解决方案。"

秦晓丹说："他是在去江汉的路上完成的。"季成钢追问："有笔记吗？有演算草图吗？"秦晓丹说："他不需要这些东西，他能在脑海里完成整个工程推演。"

季成钢吃惊地问："在脑子里推演？"秦晓丹说："去江汉的路上，他不理我，当时我以为他故意让我难堪。"季成钢重启阴谋论，说："晓丹，他那是故作高深。你被他骗了。"

秦晓丹反问："他怎么骗我？"季成钢说："最大的可能，到了江汉钢铁之后，他趁你不在，从他老师那儿拿到了关键材料。他搞这一套的目的，无非是故弄玄虚，沽名钓誉。"

秦晓丹不快地说："我一直在跟前，我看到、听到的都是真实发生的。你完全想不到他的能力究竟有多强大，毫不夸张地说，夏方舟凭一己之力解决了所有的问题。如不是亲眼所见，我也不信。他天赋异禀，再加上有极其扎实的知识积累，确实太强大了。霍总说，很多主持过大项目的总工都比不了他，我们就更不用说了，和他根本不在一个数量级，他太厉害了！"季成钢琢磨着对方神色，不知说什么好。

秦晓丹轻轻叹了一声："可惜他只是大三线的过客。我问过他，他和我们不一样，他来到大三线，只为尽到责任、完成使命，之后还会回江汉钢铁，实现梦想。"

季成钢抓住机会说："晓丹，夏方舟追求的是他个人的梦想，我们追求的是国家的前途。我们的思想境界和道德高度，对他那样的人来说高不可攀，只凭这一条，我们和他，云泥之别。我们完全可以轻视他。"

秦晓丹又摇摇头说："夏方舟追求的不只是个人梦想，他的梦想和国家的未来关联，也和他的能力关联。如果你有他的能力……我也一样，哪怕只有他一半的能力……我佩服他，不希望他离开……可惜，这儿留不住他。"

季成钢妒忌得发蒙，找不着话。

二号信箱指挥部技术室灯光明亮。夏方舟站在图板前，胸有成竹，没有丝毫的停顿，飞快地画着图纸，完成一张就随手撤下，接着第二张。四个女描图员紧张地在四张台子上描图，勉强跟得上他的速度。

陈国民心疼地说："赵总，让方舟休息一下吧！他一个人顶着十二个描图员三班倒，瞧瞧那些描图员，喝水的空都没有。去江汉来回鞍马劳顿，回来接着干上了，铁打的也受不了。让他休息休息，不差这一天两天。"

赵殿楚了解爱将的心思，笑着说："是不是你的人咱们另说。除非他要求休息，否则我不给时间。我倒要看看，这个口气极大的小子，到底有多大潜力。走，到我那里喝点儿水。"

到了赵殿楚办公室，满肚子主意的陈国民寻着机会说："不是我事后诸葛亮，如果不是程时风带着人乱改图纸，到不了停工返工这一步。"

赵殿楚说："你这个国民，不能借着这个时候公报私仇。"

陈国民说："赵总、顾代表，我琢磨着，程时风他们修改的那些设计图纸，难保没有其他隐患。"

赵殿楚说："这是个问题……马上组织力量复核。顾代表，你和时风同志谈谈，不要背思想包袱，对事不对人。"顾弘亮说："好。我明天就找他。"

陈国民说："我还有个想法。这话我在队里就直说了，从夏方舟发现设计问题这事上，我有体会，这批学生是咱二号信箱的宝贝，建设大三线的生力军。"

赵殿楚点头。陈国民再进一步说："我给技校生都分配岗位了，大学生和中专生不归我管，别嫌我多嘴多舌，你们领导得赶紧把他们分配到合适的岗位，不能再让他们在一线当杂工了。我也拽个词，这是暴殄天物！"

044

第二天一上班，陈国民把武本奇叫到办公室，瞧着他松肩斜背的样子，手指点着他的额头说："瞧你这样，站没个站像！站好了！"武本奇嘿嘿笑着，脚后跟用力一碰弄出个动静说："听队长的，站好了。"陈国民憋不住笑了，说："武本奇，你不是想学技术吗，跟我当徒弟怎么样？"

武本奇机灵，立刻给陈国民鞠躬说："师傅！徒弟武本奇给师傅行礼了！师傅，晚上我去你家喝酒！"陈国民故意把脸一镇问："凭什么？"武本奇上劲，说："拜师酒都是师傅摆的。到师傅家喝拜师酒，给师母行礼。"

陈国民笑着说："你小子，这些事你倒是门清。跟我来。"两人出了办公室。武本奇听完给他安排的项目，直接顶撞道："师傅，开推土机、挖掘机算什么，修理才是真技术。"没想这话说到了陈国民的心坎上。

陈国民停下步子，又打量他一眼说："有点儿出息！你小子，有点儿像我当年那意思。当年在坦克学校，那些家伙都想当炮长，就我认定了学驾驶，学修理。坦克那东西，和咱们冶建这些大型设备，道理相通，当时我就想清楚了，老子上完了军校就复员，除了钢铁建设别的不干。有了这门技术，上岗我就是高级技工。两年我啃下了所有的俄文教材。"

武本奇惊奇地问："师傅，你还懂俄文？"陈国民得意地说："没这一手，我能二十六岁拿下七级工？"

说话间，陈国民带着武本奇到了设备维修工段的大棚，把武本奇交代给一个徒弟："学修理这一块，你先带着他。"武本奇规规矩矩鞠躬地喊了声"师兄"。对方赶忙说："本奇，咱们不用这么客气！"

陈国民越发满意，对林富来交代："推土机、挖掘机这一块，跟着你。"武本奇又是鞠躬应道。林富来也是赶忙说："本奇，咱们都是师傅的徒弟，以后一块儿跟着师傅好好干。"

陈国民笑："今天晚上，你们到我家喝酒去，武本奇要给师母行礼。我话说到前边，都给我空着手去，谁敢带个盐粒子，我当场打出去。"

武本奇说："师傅，就我和两位师兄，没别人吧？"陈国民问："你还想带谁？"武本奇说："不是想带谁，我不和季成钢做师兄弟。"

陈国民呵斥："季成钢怎么了？和他当师兄弟是抬举你！"武本奇撇嘴说："他人不地道。"陈国民训道："再敢胡说，小心我揍你！"

夏方舟和秦晓丹刚回来，李心梅就得到了消息，赶到总部大楼，夏方舟正在里面开会。工作人员告诉她，一会儿半会儿完不了。李心梅这个星期排夜班。自大会战以来，工地上的伤员大幅度增加，医院人手不足，全员两班倒，夜班晚上七点到岗，第二天办完交班，就到了上午八点。李心梅虽然急着想见夏方舟，但还是把工作上的事放在第一位，一如既往地提前半小时到岗。

晚上十点多，秦晓丹来了。李心梅高兴地追着秦晓丹问个不停。说了不一会儿，她看出秦晓丹有心事。秦晓丹说："心梅，我和夏方舟去江汉，事先没有告诉你，你不会生气吧？"李心梅体贴地说："怎么会呢！晓丹，你和方舟是去工作啊！再说了，你们走的时候还是秘密任务呢！怎么能告诉我呢！"看秦晓丹安下心来，李心梅问她："晓丹，经过这一次，对方舟有没有新的认识？"秦晓丹由衷感慨："他太强大了！"李心梅问："喜欢他吗？"秦晓丹顿时慌乱起来，说："心梅，我不是那个意思，我佩服、佩服他的能力……"李心梅本不是这意思，忙换了话题："晓丹，方舟现在干吗呢？"

秦晓丹定了神，想起她来的另一件事，说："心梅，明天你去看看夏方舟，他带着十二个描图员，连轴转四十八个小时了。他立了军令状，大家都担心他撑不下来。"

送走秦晓丹，李心梅的心就没有放下。早上下了班，拦一辆卡车直奔总部大楼。可是守在楼梯口的工作人员说什么也不让她过去。

李心梅急得团团转，忽然来了点子，说："我是夏方舟的女朋友。"见对方满脸吃惊。她装出更加吃惊的样子说："整个二号信箱的人都知道，你不知道？"

李心梅满心真情地说："他从江汉回来，我到现在还没见他，这没什么，他忙于工作。别说上边有命令，没有命令，我也不能来打扰他的工作，可我实在放心不下。我就隔着窗户看一眼，绝不惊动他，只要他没事，马上走。行吧？"

工作人员被李心梅说得心软，说："李医生，你只能隔着窗户看一眼。"

李心梅跟工作人员过去，隔窗看到夏方舟站在图板前，全神贯注，飞快地画图，毫无疲惫之色。四个女描图员忙得抬不起头。李心梅早已热泪盈眶。李心梅擦着泪水出了大楼，抓一辆卡车到造船厂，见到陆汀兰，好不容易忍住的泪水呼呼地涌了上来。

陆汀兰笑眯眯地看着她问："心梅，你公然和他们说你是方舟的女朋友？"李心梅说："我也是情急之下……方舟知道了，不会生气吧？"陆汀兰说："对方舟的身体，我不太担心。他的最高纪录是，四天三夜不合眼，下来睡了四十个小时。方舟这次下来，肯定又要大睡一场。想不想单独照顾他?"李心梅说:"你有办法!汀兰,帮帮我!求你了!"陆汀兰说:"那就直接去找程处长。"

在二号信箱楼下的院子里,程时风亲自带着几个描图员正在晒图。赵殿楚从车上下来,说:"时风同志,是夏方舟的图纸?"程时风上前,笑着说:"赵总,他提前了两个小时。"赵殿楚掩饰不住喜爱地说:"这小子!他人呢?"

程时风说:"赵总,方舟实在是累坏了,下来身体都僵硬了。为了让他好好休息,我把他安排在招待所了,开了个套间。"赵殿楚点头说:"嗯。和食堂说一下留人值班,他这一觉谁知道睡到什么时候,时刻给他准备好热饭热菜。"程时风笑着说:"赵总,我给方舟安排了最合适的人照顾他。他的女朋友,医院的小李医生,李心梅。"赵殿楚显然不知道,问:"李心梅?"

程时风说:"你可能还不知道,赵总,李心梅本来被分配到西安,为了夏方舟一路追到金江,如今在咱们医院工作。"

赵殿楚笑着说:"这个夏方舟,他还藏得挺严实的。时风同志,马上组织力量,对夏方舟的方案进行论证。"

第十一章

045

夏方舟醒来半夜了，坐起来伸个懒腰。房间的灯突然亮了，夏方舟吓了一跳。是李心梅打开了门口的开关，她站在门口，笑盈盈地说："方舟，醒了?"夏方舟慌乱地拉过毛巾被遮体，问："李心梅，你……你怎么在这儿?"

李心梅笑容甜蜜地说："足足睡了十五个小时，我进来看了好多次，你一点反应都没有。方舟，你累坏了。起来洗一洗，饭准备好了，你需要马上补充营养。快点，我在外面等你。"

满腹狐疑的夏方舟起了床，飞快地吃完饭，又问："心梅，现在能说了吧，你怎么在这儿?"李心梅微笑，歪头看着他说："领导安排我来照顾你。"夏方舟又问："我又不是病人，怎么会安排你?"

李心梅满脸无辜地说："开始我也不明白，后来领导说，我来照顾你最合适，我还问为什么，领导说，我是你的女朋友……"夏方舟吃惊地问："你是我的女朋友，领导说的?"李心梅说："是啊! 程处长亲口说的。"

夏方舟着急地说："你就承认了? 这事……心梅，我都不知道该怎么说了。咱俩不是……这么一弄……你明白我的意思，对你影响不好。"李心梅反而笑着说："我不怕……我喜欢。"

夏方舟完全晕了。李心梅说："方舟，可惜这儿没有篮球场。我陪你下去走走，活动活动。"夏方舟起身说："我睡觉了。你继续在这儿?"

夏方舟再次醒来，已快到中午了。李心梅已经离开，留一张字条："方舟: 你睡得很好，再醒来就恢复了。我先走了。起床后到赵总办公室。"夏方舟久久地拿着字条，感受到一种从未经历过的温柔。

夏方舟来到赵殿楚办公室，迫不及待地问："赵总，我的方案通过了吗?"赵殿楚笑着打量他说："昨天的会开到半夜，基本上没什么大问题，不过有些细节需要你当面做出解释，还得开个会。"夏方舟问："什么时候开?"

赵殿楚说："程处长他们准备好了，就等你了。"夏方舟说："赵总，我保证把所有的细节解释清楚。提一个要求行吗?"赵殿楚说："那得看你提什么要求。"

　　夏方舟说："我要求干项目技术员，职权相当于过去的项目工程师。"赵殿楚笑着说："你不干都不行。以为你得下午才能起来，看来，女朋友照顾得不错！找个学医的女朋友，挺有眼光！"夏方舟想解释，话到嘴边又放弃了，笑了笑。

　　陆汀兰嘱咐李心梅："心梅，方舟接下来这一阵会很忙，他这人有个毛病，忙起来最烦别人打扰。这段时间，你别和他太热乎了，明白我的意思吗？"

　　李心梅笑着说："放心汀兰，我不会黏着他，黏人的女人最容易让男人烦了，我没那么笨。以后，我们有的是时间！"陆汀兰指了指台子上大量的资料说："心梅，我还没忙完。"李心梅忽然认真地说："汀兰，你该去医院做检查了。"

　　陆汀兰为难地说："心梅，我这一阵实在太忙了，抽个时间再说吧！"李心梅正色说道："汀兰，我警告你，不能连续加班！你不好说，我找你们领导。"陆汀兰说："我们单位还不知道，我没告诉他们……"

　　李心梅着急地说："你怎么能不告诉他们呢？这事赖戚光复，我教训他！"陆汀兰忙解释："光复也不知道，我怕他担心，还没……"李心梅打断她说："你怎么能这样呢？汀兰，不是我吓唬你，出了事就是大的！"

　　陆汀兰感动地说："心梅，头一段时间确实比较忙，要把总图做出来，主要靠我。现在总图做出来了，轻松多了。以后听你的，注意休息。"李心梅把门反锁上说："给我拿张图纸，把窗户挡上，我就在这儿先给你做个检查。"陆汀兰无奈却也感动。

046

　　夏方舟的方案在论证会上顺利通过。同时，总部决定，任命夏方舟为项目技术员。消息传开，不只是二号信箱，整个金江都震动了。

　　戚光复对陆汀兰说："这个位置实际上就是过去的项目主管工程师。"陆汀兰高兴地说："不仅仅是项目主管工程师，这就是大项目总工！"戚光复笑着说："也有这么说的。怕你说我替方舟吹，减了一格。听老工程师们讲，对方舟的任命，不光二号信箱，连过去的江汉冶建算上，都是破了例的。"

　　陈国民参加了会议，回来对田青妮说："这个例就该破！我这人从来就反对论资排辈，谁有能力谁上！就说我，二十六岁拿到七级工，很多人不服气！"

　　秦晓丹问季成钢："现在相信他的能力了吧？季成钢，我们得虚心向他学习。"季成钢沉默。

　　夏方舟意气风发地说："赵总，我不赞成搞突击会战，大工业建设有自己的科学规律，百年大计，质量第一。"赵殿楚："我负责的这一大摊子，还轮不到你插嘴。技术上你负责，大事还是要听陈国民的。"夏方舟说："规矩我懂，干我该干的，绝不越权。"赵殿楚满意地说："方舟，给我拿出一个样板工程来。"夏方舟豪气地说："没问题！"

　　陈国民召开工长会说："该宣布的都宣布了，指挥部的指示也传达了，我加一条，这一仗，要打出我们王牌施工队的威风，保质保量提前完工！"季成钢站起来说："我请求，把最艰巨、最危险的任务交给我们青年突击队！请队长下命令！我们青年突击队保证完成任务！"

秦晓丹在隔壁技术室听得清清楚楚，散了会，她把季成钢喊进来问："季成钢，你干得了吗？"季成钢答非所问："爆破拆除是整个重建工程中最危险的环节，我一定要冲在前面。"秦晓丹问他："爆破拆除的流程和要求，你懂吗？"

季成钢说："只要能够得到你的支持，我的面前没有障碍。"秦晓丹直接说："季成钢，我说过了，我的能力不够，远远不够。"

陈国民那边散了会，留下的几个老工长对季成钢不放心，说道："队长，季成钢他干不了！"陈国民反问："怎么就干不了？"带头的工长说："季成钢是挺能说豪言壮语，但他有多大能力，没有比你更清楚的。"

陈国民说："能力是锻炼出来的，谁也不是生下来就会，你们这帮工长，不也是一个台阶一个台阶上来的！关键的时候给年轻人压担子，是培养他们最好的办法。"

秦晓丹还想从技术上劝季成钢不要蛮干，季成钢却说："晓丹，我需要的是你的精神支持。在危险面前，大无畏的精神力量是战无不胜的。技术上的事，夏方舟负责。"秦晓丹听出了话里的弦外之音，问："你什么意思？"季成钢扯起大旗说："为有牺牲多壮志，敢教日月换新天！"

陈国民说了半天，工长们还是不放心。陈国民笑着说："你们这可就小看了夏方舟了。项目工程师和队长什么关系，他清楚着呢！我是队长，夏方舟听我指挥，和季成钢有什么关系？这事，就这么定了！"

得到消息的夏方舟两个字打到陈国民脸上："不行！"陈国民一点不着急，笑着说："想当初，咱俩头一次见面，我就说过你，别光说不行，说理由。"夏方舟说："季成钢业务能力不行，指挥能力不够，差得远。"

陈国民话里有话："我是第一施工队队长，青年突击队负责具体施工。"夏方舟听懂了，说："季成钢得按规矩来，技术上的事情我说了算。"陈国民不含糊地说："该你管的你不管，不行！该听指挥的时候不听指挥，也不行！我是队长，我指挥！"

夏方舟放下心来。陈国民忽然想起来，说："瞧我这脑子！方舟，柳叶儿来看你了。"夏方舟惊喜地问："柳叶儿！她人呢？"陈国民说："她来的时候你在江汉，我留不住她，当天就回去了。"

夏方舟心思走远，说："不知道她现在怎么样。"陈国民感慨："一看就是好孩子，一看就是苦孩子，看着让人心疼！"夏方舟失神……

柳叶儿挑着两个沉重的粪桶来到田间，仔细地把粪水浇到地里，然后直起了腰杆，朝着某个方向眺望片刻，说："夏大哥，你回来了吗？"弟弟一路跑来，说："姐，姐，给你提亲的人来了！"

"爸，我才十七岁……"回到四面透风的家里，柳叶儿泪眼汪汪。

"柳叶儿，过了生日你不就十八了。我和媒人说了，我家女娃得过了生日才嫁。那家人家也是这心思，我才答应下来。柳叶儿，那家人家的男娃，和你有缘。说起来，这个缘分还是你夏大哥替你种下的。那家男娃，和你夏大哥一个单位。要不是你去看你夏大哥，这门亲事上不了门。柳叶儿，这不就是你夏大哥给你种下的缘分吗……"

柳叶儿站在田埂，喃喃自语："夏大哥，我爸要把我嫁人了……夏大哥，真想你……"

047

陆汀兰遇到了麻烦。李心梅想来想去，还是决定找夏方舟。她到工地的时候已经下班了。

将要爆破拆除的建筑物被挤在更大的建筑物之间，空间狭窄。夏方舟独自一人，再一次地在头脑中推演。离开他一段距离之外，依然是一身工作服的季成钢看着他。

李心梅甜蜜地看着全神贯注的夏方舟，悄悄上前，声音轻柔地喊了声："方舟。"夏方舟好一会儿才收回神说："心梅，你怎么来了？"李心梅有些慌地说："我不放心，过来看看你。你要是忙，方舟，不耽误你，我走。"

夏方舟的心被软软地触动，说："没事。在这附近走走？"李心梅笑容绽放，说："我就陪你一小会儿，绝对不耽误你的工作。"

李心梅陪着夏方舟走了一会儿，尽管仍然有些迟疑，但还是说："方舟，汀兰好像遇到了一点麻烦。具体的我也说不清楚，问了光复，他说是船坞的图纸上的事。汀兰和你们的几个同学讨论好像也没什么进展，光复不让我告诉你，汀兰不让他说。"夏方舟当即和李心梅去了造船厂。

两人到了那里，天黑了好一会儿了。夏方舟进门就说："汀兰，你为什么不告诉我？我说过，你也知道，造船我不懂，船坞的事情可以问我。"陆汀兰笑着看一眼李心梅，说："心梅，就你多嘴！"

夏方舟直接说："汀兰，你和同学们讨论的怎么样？"陆汀兰如实说："还是有个难点。真妒忌你大脑推演的能力。"夏方舟坐下说："开始。和在学校一样，今晚不解决，谁也别睡觉。"

李心梅说："汀兰，你和方舟忙，我和光复去给你们做饭，保障后勤。不耽误你们了！"李心梅开心离开。

陆汀兰笑问他："方舟，和心梅？"夏方舟进入状态，说："工作时间。图纸。"

将要爆破拆除的建筑物下，季成钢嗓音提高八度说："夏方舟，你是技术员，我是青年突击队队长。青年突击队对工程实施爆破拆除，是我的决定，你的职责是全力配合。"夏方舟浅浅一笑说："季成钢，你们青年突击队所有的人，包括你，根本不具备实施爆破的能力。"

季成钢扫一眼周围，青年突击队的人都在，戚光复他们就在旁边。秦晓丹离得远一点，更为专注。季成钢再次提高声音说："同志们！夏方舟的话大家都听到了！我想问一句，能力从哪里来？来自实践，在实践中提高。"

夏方舟直击要害地说："空话连篇！现场环境复杂，一旦发生意外，后果非常严重。工程你们可以干，爆破任务必须让爆破队的技术员到现场指挥。"季成钢说："爆破队都在为川南矿山加班加点，根本抽不出人来。"夏方舟想结束这场无谓的争论，说："暂时抽不出来，我们等。"

季成钢说："你可以等，川南钢铁不能等，大三线不能等！为了等你的设计，工程已经耽误了很多时间，现在的形势是有条件要上，没有条件创造条件也要上！"

秦晓丹显然对季成钢的话不满，微微蹙首。

夏方舟冷笑道："季成钢，喊口号解决不了实际问题。工程靠的是技术细节。"季成钢激怒对方说："技术上的事情你负责，负不起这个责任，那就明说。"夏方舟被季成钢激怒，说："我当然负得起！"季成钢冷笑道："夏技术员，那就负起你的责任。"

秦晓丹对季成钢越发不满。戚光复他们更是愤怒。

武本奇对几个小兄弟说："季成钢这工八蛋，葫芦里卖的什么药？"

夏方舟回击道："季成钢，我负责是有前提条件的，必须全部听我指挥。季成钢，提醒你，我是主管技术员，不是青年突击队的施工员。除非得到陈队长批准，否则，我不会在施工单上签字。"

季成钢微笑着说："夏方舟，我师傅批准了。"夏方舟显然很意外，朝办公室那边看过去。

季成钢胜券在握。夏方舟不想看他那张脸，说："我找陈队长核实，他批准了，马上准备施工方案。"季成钢试图施压，说："你准备！"

夏方舟嗤之以鼻地说："肯定是我准备。让你准备，你做得出来吗？"季成钢回击道："那不是我的职责。夏方舟，你做方案，出了问题你负责。"夏方舟冷笑道："要让你失望了，我的方案不会出问题。"季成钢还以冷笑，说道："奉劝你一句，别太狂妄了，结果出来之前，谦虚点好！"

秦晓丹终于忍不住，朝夏方舟微微摆摆头，自己转身先走。夏方舟明白了，跟上秦晓丹，两人走出一小段距离。

季成钢愣了。戚光复和同学们也很意外。武本奇欢快地说："嘿嘿！兄弟们，有戏看了。季成钢这王八蛋！"

秦晓丹低语："夏方舟，理论上讲，我也懂工程爆破，那不等于能够实际操作。你的设计能力我佩服，但这毕竟是现场爆破，不是你在图纸上发现问题，更不是你在脑子里推演工程。"

季成钢听不到夏方舟和秦晓丹在说什么，脸色越发难看。

夏方舟说："从上中学开始，每年暑假跟着我爸在工地上摸爬滚打，我爸是修铁路的。铁路施工的爆破量非常大，我爸专门让我跟着爆破队，他的意思是让我锻炼胆量，我好奇，很快就学会了爆破。"

秦晓丹反而更不放心地说："这是冶建，不是铁路。如此狭窄复杂的环境，一旦发生问题，后果不堪设想！"夏方舟笑着说："一直没机会和你说，1967年在江汉，老师专门安排我到爆破队干了三个月，爆破技术员，优秀的冶建工程师不懂爆破不行。"秦晓丹松了口气，仍然不轻松地说："千万不能出事。"

秦晓丹目光示意，说："别受季成钢的干扰。"夏方舟回头看一眼季成钢，对秦晓丹微笑着说："他那一套干扰不了我。"秦晓丹舒心地笑了。

季成钢看着秦晓丹和夏方舟窃窃私语间表现出前所未有的亲密，尽管试图控制自己的情绪，依然徒劳。

武本奇当然看明白了季成钢的感受，带着小兄弟们弄出哄笑的动静，说："季成钢，你没戏了！你这一套把戏演到头了，人家秦工不理你了！"

夏方舟在工地吃过晚饭，又忙了一阵才把工作处理完。下班的时候他告诉戚光复，陆汀兰那里有什么事会把电话打到办公室。戚光复一直等着，没有电话过来。夏方舟不放心，和戚光复从工地直接去造船厂，见到陆汀兰就问："今天你们厂里讨论的结果怎么样？"

陆汀兰笑着说："经过我们方舟推演的设计，还会有问题？我们杨书记说了，要请你吃饭，专门谢你！"夏方舟顿时轻松地说："嗨！汀兰，这事跟我一点关系也没有，完全是你的成绩！"

李心梅提着饭盒刚好来到陆汀兰办公室门外，忽然听到里面的对话，身不由己地停了下来。

戚光复笑得别有意味地说："今天发生了一点意外，当着整个工地的人，秦晓丹和夏方舟窃窃私语，相当亲密啊！全工地的人都看到了，起先是方舟和季成钢发生了某种冲突，接下来是秦晓丹主动把方舟叫到一边，两人窃窃私语，季成钢妒火中烧，脸色发青，浑身僵硬！"

门外李心梅的心顿时提起来。

夏方舟着急地说："汀兰，别听光复乱说。"戚光复摇着头说："相谈甚欢，秦晓丹人面桃花。"

李心梅泪水涌上来，轻咬嘴唇。

夏方舟分辩："我和秦晓丹谈的全是工程。季成钢以为下了一个套把我套进去了，秦晓丹对季成钢不满，担心出问题，听我说工程绝对有把握，她笑了。就这么点事！"戚光复微笑着问："没谈别的？"

夏方舟急得冒汗，说："除了在工程上，秦晓丹对我没任何感觉！汀兰，光复就是入错了门，这么丰富的想象力，没考艺术院校太可惜了！"戚光复说："那还不全因为老爷子！我是天生的艺术家，天才级的，同学们公认的，老爷子非逼着我学理工，我怎么办？"

外面的李心梅放下心来，长长地舒了口气，笑着擦去了脸上的泪水。

陆汀兰也放了心，说："光复，把昨晚你和我说的，告诉方舟。"戚光复顿时满面笑容地说："方舟，孩子的干爸非你莫属，赶紧把孩子的干妈定下来！"夏方舟没明白。

戚光复问他："你没发现汀兰怀孕了？快三个月了，你没看出来？"陆汀兰说："还不到三个月，看不出来。别听光复的，他也是刚知道。"夏方舟惊喜地说："让我看看，汀兰，让我看看！"

陆汀兰站起来转着身子。夏方舟兴奋地说："太好了！太好了！"戚光复笑着说："方舟，孩子的干爸有了，干妈呢？"

夏方舟信口开河："孩子的干妈说到就到。"话音未落，李心梅在外面喊了一声："我来了！"推门进来。夏方舟大为狼狈。戚光复和陆汀兰笑弯了腰。

048

吃过李心梅亲手做的夜宵，陆汀兰便把夏方舟和李心梅撵回去了。两人沿着金沙江到工地附近，李心梅停下来说："方舟，你去工地吧！我回去了。"夏方舟说："这儿离医院太远了，我再送你一段。"

武本奇喊着："夏大哥！夏大哥！我到处找你总算找到了。季成钢那家伙疯了！"

原来，武本奇和一帮小兄弟吃过晚饭，照旧是闲得难受，四处乱逛。王卫国生出点子说："本奇，季成钢今天够沮丧的，这会儿不定一个人发什么疯呢！"大家顿时来了情绪，一阵风似的朝工地方向跑了过去。季成钢果然一个人在工地上。

孤单的季成钢狠狠地抡着大锤敲打水泥块，忽然停了下来，出神片刻，来到将要爆破拆除的建筑物前，切齿冷笑道："夏方舟，你得意得太早了，真以为自己是爆破工程师了，这是我给你布下的陷阱！"季成钢再次抡起大锤，砸向建筑物。

武本奇说完加一句："夏大哥，犯不着和那家伙斗气。"夏方舟说："本奇，我不是和他斗气。我问了一下工程处，爆破队都在矿山那边，确实抽不出人来。"武本奇说："他们抽不出人来咱们就等着，那又不是你的责任。"

夏方舟说："这边也确实不能再拖了，再拖会影响整个建设进度。"武本奇感慨："夏大哥，防人之心不可无。今天他看你和秦工那边说话，脸色都变了。"说完看了眼李心梅。

李心梅微笑着说："本奇，我回避一下？"武本奇忙说："不是那意思，李医生……嗨！我这人憋不住话，李医生，你别往心里去。夏大哥，恋爱我没谈过，但听说过，忌妒心能杀人。不管你和秦工怎么回事，季成钢非要吃醋，谁也挡不住。我看他的意思，是想借着这个机会给你挖坑设套，你可千万不能上他的当。"

李心梅不安地说："方舟，本奇的担心我觉得很有可能。季成钢这种没有朋友的人，不管表面上再怎么革命，绝对心理阴暗，什么事都干得出来，你对他还是小心点。方舟，你赶紧去忙你的，别管我了。本奇，再见！"

夏方舟稍忖，说："本奇，劳你走一趟，帮我送送心梅。"武本奇答应。李心梅反复嘱咐："方舟，明天你一定要小心！一定要小心！"夏方舟说："别担心，心梅，我会。"

这个晚上，陈国民睡得很晚，本来想早点睡，到底还是把已经睡下的林富来叫了来。陈国民说："季成钢干不了这活儿。"林富来问："那……师傅怎么还让他干呢？"

陈国民说："他和夏方舟较上劲了。富来，我知道你们这帮师兄弟对季成钢有想法，可有一条，季成钢的劳动态度，你们都比不了。"

林富来说："可他干不了这活儿呀！"陈国民笑着说："不还有我吗？还有你！"林富来明白了，笑着说："我干活儿，师傅指挥，让季成钢前面站着，算他的一份功劳……师傅，夏技术员能顶了爆破工程师吗？"

陈国民点头说："说到点子上了！爆破这个活儿，不是这么复杂的环境，咱们自己就干了。夏方舟的能力都见识了，可在爆破上他有多大本事，我心里没底。"林富来知道陈国民一定是有了主意的。

陈国民交代一番，最后问："富来，我说的都记住了？"林富来说："记住了！师傅，我看今天那架势，夏技术员和季成钢斗上气了，他能听进去吗？"

陈国民有把握地说："一时斗气有可能。方舟这个人有个特别大的长处，严格遵守操作规程，话点到了，气头上他也能醒。富来，咱们再给他个台阶，我说的是夏方舟……"

第十二章

049

按照夏方舟制定的操作流程，在将要爆破拆除的建筑外画出了安全线。秦晓丹、武本奇、戚光复和很多人在安全线外，都有些莫名的紧张。他们所在的角度看不到被建筑物阻挡的爆破现场。

陈国民在最靠近现场的指挥点，季成钢和几个工长在他身边。

在里面的爆破现场，林富来和两个工人完成了埋设炸药、雷管和布线。夏方舟仔细检查。林富来对另外两人说："你们两个下去吧！"两人嘱咐他小心。林富来到夏方舟身边。

夏方舟感觉对方有话要说，问："什么事？"林富来说："夏技术员，你犯不上和有些人斗气。师傅让我给你说，没有绝对把握，你告诉我，他出来说话，停下来等爆破队的工程师。"夏方舟说："告诉队长，没有绝对把握，我会当面告诉他，马上停下来。"

林富来回到安全线外的指挥点，悄悄地对陈国民说了几句，陈国民点头。季成钢听不到林富来说什么，不快也无奈。

里面的夏方舟检查完毕，凝神思考片刻，确定无误，离开现场。秦晓丹他们看着夏方舟走出被建筑物遮挡的现场，更加紧张。陈国民盯着夏方舟问："最后问你一次，有多大把握？"夏方舟充满信心地说："百分之百。"

季成钢在旁抓住机会说："夏方舟，一旦出了问题，不管是什么问题，你都要承担全部责任。"陈国民厉声喝道："季成钢！你给我记住，工地上是有忌讳的，不能什么话张嘴就说。一边去！"季成钢黑着脸退到一边。

夏方舟说："队长，技术责任我承担，职责所在。"

秦晓丹和大学生们都悬起了心。武本奇更是紧张地说："戚大哥，我有点儿喘不上气来，总觉得要出事。"戚光复安抚他说："本奇，放心！方舟从来不打无把握之仗。"

这个世界上也许真的存在心灵感应。此刻，在医院值班的李心梅心神不宁，坐立不安，急得团团转，一跺脚，出门去。

林富来控制爆破电钮，说："报告，准备完毕！"夏方舟下令："听口令——准备！

5、4、3、2、1——起爆!"林富来按下电钮。一连串的爆炸声响起,硝烟弥漫。

武本奇不待硝烟散去,带着他的小兄弟们欢呼。秦晓丹和戚光复他们放了心,面带微笑。

陈国民笑着说:"火车不是推的,泰山不是垒的!"季成钢脸色灰暗。

就在这个时候,大家注意到夏方舟和林富来脸色异常。陈国民警觉。林富来紧张地说:"师傅,有两声哑炮。"夏方舟回应:"小林说得没错,两声哑炮。"

现场气氛顿时紧张起来。

季成钢顿时来了气势,说:"夏方舟,你要为发生的严重后果负责!"陈国民喝断他:"季成钢,你给我住嘴!哑炮和技术员没任何关系!"

秦晓丹急匆匆地冲到了夏方舟身边,问:"夏方舟,现在怎么办?"夏方舟深呼吸,说:"别无选择,派人上去排除。"秦晓丹倒抽一口冷气。

秦晓丹紧张得声音有些发颤,说:"夏方舟,两声哑炮,从概率上说,排除第一个哑炮,很有可能导致第二个发生爆炸。对不对?"夏方舟冷静地说:"两个哑炮也可能同时爆炸。"秦晓丹不觉身子一颤。

现场气氛凝固。陈国民脸色铁青。季成钢闪过念头,英勇地站出来说:"师傅,我去!"陈国民很意外更不以为然地说:"你?"季成钢坚定地说:"要奋斗就会有牺牲!越是在危险的时候,越是要发扬一不怕苦、二不怕死的大无畏革命精神,为了保证川南钢铁的建设速度,为了大三线的建设,我个人的安危算不了什么。"

夏方舟几乎无奈地说:"季成钢,这不是当英雄的时候。你懂得如何排哑炮吗?"

季成钢不退缩地说:"越是在危险时刻,人的精神力量就越发突显!只要有这样的精神,所有的艰难险阻都不在话下。师傅,我坚决要求到最危险的……"

陈国民恼火地说:"你给我住嘴!乌鸦嘴!一边待着去!"季成钢呆了。武本奇气得骂:"季成钢!这种时候了还在那里演!算什么东西!"

林富来站出来说:"师傅,老规矩,我上。"陈国民叹了口气,接着爆了粗口:"那些抓革命不促生产的八辈祖宗!雷管都敢粗制滥造!"林富来说:"师傅,我准备去了。"

夏方舟一把拉住林富来说:"小林,我去。我十三岁学会爆破,装药、布线、排爆,没有不会的。"

陈国民喝一声:"夏方舟,这不是你吹牛的时候!林富来,你上。"夏方舟厉声说:"林富来,你不要去!陈队长,我们有约在先,技术上的事情,我说了算,我负全责!小林,帮我准备防护服。"

林富来看陈国民。陈国民看着夏方舟,有顷,对林富来点点头。

全场落针可闻。

戚光复看夏方舟穿好防护服,忍不住冲上来说:"方舟,我从来不知道你会排哑炮,你有把握吗?"夏方舟笑了笑说:"说实话,得看点运气。"

秦晓丹霎时间情难自禁,喊了声:"夏方舟!"夏方舟身子微微一震,对秦晓丹微笑着说:"忘了,这个时候,有些话按规矩得说。秦晓丹,有句话一直想和你说,没机会。"秦晓丹期待却又紧张，担心地看着他。夏方舟微笑着说："大三线关乎国家安全，值得为之献身！"秦晓丹没有想到是这样一句，霎时眼泪溃堤。

戚光复热泪盈眶，紧紧地抓着他的手说："方舟，没别的办法？"夏方舟笑了笑说："总得有人上去。光复，我们之间不用说什么。万一……告诉心梅，原来，我想成为她的好朋友，最好的朋友……心梅对我那么好，我一直……对不住她！"

李心梅坐在一辆施工车驾驶室里，焦急地说："师傅，快点，求你了！再快点！"司机说："李大夫，够快了，没法再快了。"李心梅满眼泪地说："还能再快点，我知道，再快点！"司机让她抓好扶手，司机轰油门，加速的施工车剧烈颠簸。

夏方舟说："光复，我上去了。"戚光复不得已松开了他。夏方舟不再给他人，也不再给自己任何机会，神色坚毅地说："小林，我上去以后，你知道该做什么是吧？"林富来点头。

陈国民厉声说："夏方舟，你给我站住！我命令你站住！老子是队长！你给我回来，回来！"

夏方舟没有回头，不再看任何人，走向现场。

秦晓丹紧紧地盯着夏方舟，刺目的阳光下，透过如幕的泪翳，她眼中的夏方舟化作古代战场上的武士，披一件阳光斗篷，平静地走向随时会降临的死亡。

夏方舟平静地走向现场，消失在建筑物后面。林富来跟上，隐蔽在作为掩护的建筑物后边。所有人的心瞬间提了起来。

陈国民动了感情，说："我还是小看了夏方舟这家伙！"

秦晓丹的泪水在眼里团团打转，她拼命地不让它流下来，可她控制不住，转过脸去，不敢看现场。季成钢看着秦晓丹，心情复杂。

众人紧张地看着夏方舟消失的方向。时间，仿佛凝固了。众人只能听见汗水啪啪落地的声音。

夏方舟进入现场，顺着雷管电线，找到了第一枚哑炮。他沉下心来，蹲在哑炮前。烈日如灼。夏方舟的汗水顺着面颊摔落在尘埃遍地的现场，汗水迷住了他的眼睛。他深呼吸，用袖子擦去汗水，让自己完全镇定下来。

安全线外的人们紧得喘不过气来。

夏方舟小心翼翼地剪断雷管电线，然后从埋药孔里抽出雷管，再把炸药从装药孔中轻轻地抽出来。他长长地舒了一口气。

夏方舟的声音传来："林富来！"林富来高声回应："在！"夏方舟说："一号哑炮排除！"林富来对指挥点的陈国民大喊："报告，一号哑炮排除！"陈国民回应："收到！"全场发出一阵轻微的骚动。

武本奇激动地竖起大拇指说："戚大哥，夏大哥是这个，绝对是这个！"戚光复满眼泪地说："他是！他从来都是！"秦晓丹不停地擦着泪水。只有季成钢的脸色越发难看。

就在大家以为胜利在望的时候，一声巨响宛如晴天霹雳。人们惊呆了。

秦晓丹第一个冲了上去，喊着："夏方舟！夏方舟……"戚光复飞快地超过了秦晓丹。人们跟着冲了上去。季成钢愣了片刻，嘴角突然间闪过似哭似笑的复杂表情，跟着人们冲了上去。

硝烟弥漫的废墟里，不见夏方舟的身影。

施工车停在距爆破现场有一段距离的路边。李心梅跳下车，愣了一下，疯狂地朝爆破现场飞奔而去。

最先冲到现场的学生们不知所措。秦晓丹哭唤："夏方舟，你在哪儿？你在哪儿？"陈国民带着工人们冲进来，说："用手！用手！都给我用手扒！"学生们反应过来，和陈国民带领的工人们一起，一边呼喊着夏方舟，一边几乎疯狂地用手扒。

李心梅朝着爆破现场狂奔，摔倒了，爬起来，跌跌撞撞，一路狂奔。

夏方舟仍然不见踪影。

陈国民不死心，看着周围的环境，瞪着眼说："都别停下来，给我继续找，用手扒！用手扒！"

在陈国民身后，一片被人忽略的废墟轻轻震动，又停了下来。人们疯狂地用手到处扒，被忽略的废墟再一次轻轻震动、震动……在突破的瞬间，夏方舟摇摇晃晃地从掩埋他的废墟里艰难地站了起来，两只眼睛陷落在厚厚的尘土之中。

武本奇眼尖，一个愣怔，飞步冲了过去，喊："夏大哥！夏大哥！"戚光复大喊一声也冲了过去。人们呼啦啦地围了上来。

秦晓丹分开众人，冲到夏方舟面前忘情地喊："夏方舟！夏方舟……"满身尘土的夏方舟努力笑了笑，对人们说："没事，我没事。"秦晓丹泪如雨下，身子一软，瘫倒在废墟上。夏方舟接着倒在了地上。

李心梅终于冲到了，发出一声撕心裂肺的呼唤："方舟！"她扑上去，把昏迷的夏方舟抱在怀里，泪如雨下……

季成钢在痛哭的秦晓丹和把夏方舟抱在怀里的李心梅之间来回转动目光，猛然意识到什么。

050

炎热的阳光下，戚光复和同学们、武本奇他们、林富来他们，聚集在医院的院子里，翘首以盼。秦晓丹和陆汀兰靠在一起，互相搀扶。

季成钢站在所有人的后面，面无表情。

楼内的院长办公室里，赵殿楚来回踱步，几次狠狠地盯着低头坐在角落里的陈国民，强忍着才没有让自己发作。程时风在一旁，脸色严峻。赵殿楚看到张院长进来，不等对方开口，忙问："怎么样？"张院长说："赵总，没有生命危险了。"

等在院子里的人们得到了好消息，一阵欢呼。

秦晓丹身子软得站不住，俯在陆汀兰的肩窝，几乎是失声痛哭。陆汀兰抱着她，感觉到了她对夏方舟的感情，心情复杂。季成钢转身走了。

办公室里的陈国民眼中有泪，说："夏方舟这小子，属猫的，九条命……"

赵殿楚喝一声："陈国民，你给我闭嘴！张院长，会不会留下后遗症？"张院长措辞谨慎："还不好说。那么强烈的爆炸，对脑子会不会……不好说。"赵殿楚说："你们想办法，我不管你们想什么办法，我要结果。"张院长表示："我们一定竭尽全力！赵总，我先过去？"待赵殿楚点头，张院长离开。

赵殿楚给程时风眼色。程时风点点头，冷冷瞥一眼陈国民，带上房门出去了。赵殿楚怒喝："陈国民！你号称四大金刚之首，王牌施工队长，全系统劳模，技术尖子，你配得上吗？"

陈国民低着头说："不配！"赵殿楚大发脾气说："工程爆破的操作流程、技术规范、技术要求你不懂？你懂，你清楚得很！你玩忽职守，明知故犯！让青年学生冒生命危险，这是你陈国民干的事吗？我这个人从来不动粗口，今天我不骂你一句，我这口气出不来：'你混蛋！'"陈国民说："我该骂！我是混蛋！请求组织给予严厉处分。"

赵殿楚让他自己说，应该受什么处分。陈国民说："撤销职务，到一线劳动锻炼。"赵殿楚火气又上来，骂道："你混蛋！想撂挑子是不是？"

陈国民申辩："我……赵总，我不是那个意思……我戴罪立功。"

赵殿楚气消了大半，坐到椅子上，指着对面的椅子，待陈国民坐下，缓和地说："回去扎扎实实地给我拿出一个优质工程。还有一条，接受教训，有危险的项目，以后不能交给青年突击队。"

陈国民说："赵总，季成钢的出发点还是好的，主要责任还在我身上。"赵殿楚说："季成钢本质很不错，一贯表现突出，这个要肯定。年轻人，只有工作热情还不够，还要有能力，业务能力。这个责任，在你！"

病房里，缠满了绷带的夏方舟昏迷不醒。

李心梅泪眼带笑，说："方舟，你活过来了！你不会死的，不会，我知道！只要我在你身边，你不会有事的，我会一辈子守在你的身边……"

051

夜深了，陆汀兰一个人坐在床上出神。

戚光复开门进来，陆汀兰问："怎么回来了？单位不是安排你值班看护方舟吗？"戚光复坐到妻子身边说："秦晓丹去了。"陆汀兰意外，戚光复说："她一定要替我值班。"

陆汀兰说："刚才我在想，今天在医院，听到方舟救过来了，晓丹身子软得根本站不住，我抱着她，她哭得像个中学生……心梅为了这份爱情，几乎放弃了一切，方舟就是块冰，也会慢慢被她融化的。晓丹突然爱上了方舟……心梅她……我心里有点受不了……"

戚光复说："你过虑了，汀兰。今天的情景，方舟的那种视死如归、舍我其谁的气概，所有在现场的女生都会被瞬间击垮。秦晓丹和其他女生一样，会爱上一个遥远的英雄，这与生活中的爱情无关。"

陆汀兰摇头说："爱情公式，无唯一解。"戚光复说："方舟排爆之前，最放不下的是心梅。化学反应，发生了！"

病房里，秦晓丹泪眼模糊地看着昏迷中的夏方舟。李心梅在她身边说："别担心晓丹，方舟能挺过来，一定能！"秦晓丹痛心地说："心梅，你知道吗？我曾经挺讨厌他。我对他有过很多误解。他对你说起过吗？"李心梅说："没有，从来没有。方舟对我说过你爸爸，你爸爸为大三线献出了生命，你到大三线来是为了完成你爸爸未竟的事业。"

秦晓丹擦着泪说："只是因为他拒绝服从分配，我立刻对他产生了严重的成见，认为他是那样的人，没有责任，只为自己。"

李心梅坦诚地说："平心而论，晓丹，方舟和我们完全不一样，我们俩都是四年本科的1968届学生，说是四年，其实只读了两年，离开学校不说是一张白纸，也不过半本作业。到金江来，很多人说我们做出了很大牺牲，我根本不觉得有什么牺牲。方舟不一样，五年制1966届，且不说完成了全部学业，在江汉钢铁，他已经被确定为国家重大技术攻关的青年骨干，那是多少人的梦想！在那个项目的研究人员中，他最年轻，为实现理想打下了坚实的基础，来金江，他要放弃一切，他还是来了，和我们这些1968届的一样从头干起，我们所谓的牺牲，和他根本没法相提并论。"

秦晓丹摇摇头说："从江汉回来，我知道了他的一些事情，开始理解他，可心里还是有些隔阂，他不喜欢这儿，不愿意在大三线工作。今天在工地上，一个瞬间，我心头上笼罩的所有迷雾，突然被刺穿了。"

李心梅问："看到他受伤的时候？"秦晓丹说："他走向排爆现场的时候。那一刻，他背对着我们所有的人，刺目的阳光下，孤单地走向排爆现场。那情景让我想起古代的武士，披一件阳光斗篷，平静地走向时刻降临的死亡。我的心，就在那个瞬间被穿透了。"李心梅眼睛湿润了，问："晓丹，你爱上方舟了？"

秦晓丹看着李心梅，好像不明白。李心梅问："你爱他吗？"秦晓丹猛然明白过来，顿时慌乱地说："不是，心梅，不是、不是那种感情，真的不是！我虽然没有恋爱过，可我知道不是。夏方舟离我很远，就像、就像……我说不清楚……我知道了！就像看一部电影……那种史诗般的电影，我们会为银幕上的英雄感动、揪心……"

李心梅含泪微笑，手在秦晓丹手背上轻轻拍着，说："晓丹，从我爱上方舟，这个世界变得美好了很多很多。爱一个人是幸福的，爱上方舟这样的人更幸福，让我眼里的世界……比如我眼里的金江，和别人看到的不一样，他在这儿，一切都变得美好。我和你说过，如果方舟离开金江，我会随他离开。在我眼里、心里，世界是因为他才美好。"

秦晓丹喃喃："爱情……整个世界都变得美好。心梅，我想象不出来。"李心梅说："去爱一个你爱的人。"秦晓丹不解地问："心梅，你爱他，难道还希望别人爱上他？"

李心梅微笑着说："看来你真的不懂。晓丹，爱上一个没人爱的男人，那可太悲惨了！我希望所有的姑娘都爱上方舟，最后，他选择了我。"秦晓丹迷惑地问："那……那他要选择了别人呢？"李心梅坦诚地说："他选择了别人，我会难过，很难过，最终还会为他高兴。爱一个人，最大的希望不是从中得到什么，是所爱的人能够得到他希望的幸福。"

昏迷中的夏方舟，眼角有泪水滴落。

秦晓丹发觉，惊讶。李心梅用纱布轻轻为夏方舟拭去泪水。秦晓丹忽然紧张起来，问："他在听我们谈话？"李心梅微笑，摇着头说："他虽然处在深度的昏迷中，感官还在起作用，不过，苏醒之后他不会记得，即便是记起了一些片段的碎片，他也会认为是一场梦。"秦晓丹释然许多。

李心梅说："晓丹，回去休息吧！我守着他。"秦晓丹发自内心地说："心梅，和你一起守着他，心里很轻松，很温馨。说不清楚，这种感觉，好像压在心上的什么东西突然放下了，如释重负。"李心梅明白了秦晓丹，说："晓丹，你不必对方舟有歉疚感，你只是对他有过误解，没有对不起他。"

秦晓丹的心真正被触动了。李心梅体贴地说："你对大三线的感情，不是我和方舟……不是我们很多人所能体会到的，这是一份很沉重的感情。"秦晓丹霎时泪目……

052

这个晚上，孤独的季成钢坐在爆破后的废墟上，琢磨了很久，最后微微笑了，说着："李心梅……李心梅……李心梅！"

第二天一上班，季成钢把检讨书交给陈国民，说道："师傅，这是我的书面检讨。由于我的严重错误，造成了夏方舟同志受伤……"陈国民打断他："别什么事都往自己身上揽。要说责任，那也是我的责任！"

季成钢满脸痛苦地说："师傅，我知道你是爱护我，可这让我心里更加不安。不光是对不起师傅和上级领导的信任，也对不起夏方舟。师傅，我请个假，去医院看夏方舟。"

陈国民满意地笑了，说："准了！秦晓丹也在那儿，你和她说，工地上没什么要紧的事，让她帮着夏方舟的女朋友照看夏方舟。那个小李医生，真不错！"

"季成钢？"李心梅意外地看着站在面前拎着罐头的季成钢。对方语气几乎是恳求："李医生，我来看看夏方舟，可以吗？"李心梅反而有些不知所措地说："当然，当然可以。"

季成钢态度谦和地说："李医生，你可能知道，我过去对夏方舟有很多误解，这一次他受伤，我有不可推卸的责任，我担心，我去了，他对我……其实，他怎么对我都是应该的，我是担心影响到他的恢复。"

李心梅莫名感动，说："季成钢，方舟不会的……哦，我和你一块去。"季成钢满眼感激地说："谢谢李医生！"到病房门口，李心梅说："季成钢，你先在外面稍等一会儿，我和方舟说一声，免得……"李心梅抱歉地笑了笑，进了病房。

夏方舟躺在病床上，身上好几处缠着绷带。听李心梅悄声说了几句，本来有些不想见，又被李心梅柔声劝了几句，答应了。李心梅到门口招呼季成钢进门，接过他带来的水果罐头，站在夏方舟身边。

秦晓丹刚才去打水，远远看到等在病房外的季成钢，满心诧异。她等了一会儿，季成钢进去了，方才来到门外，静静地听着里面的谈话。

季成钢先把刚才对李心梅说的话对夏方舟重复了一遍。夏方舟说："这是一次意外，和你没任何关系。"季成钢诚恳地说："让我把话说出来，心里会好受些。如果不是我的固执，爆破任务不会交给青年突击队，这次事故根本不会发生，你也不会受伤。这是我不可推卸的责任！夏方舟同志，我向你郑重道歉！"鞠躬。

夏方舟身体还不能动，有些无法应付。李心梅急忙说："季成钢，你千万别这样！方舟醒过来就和领导说了，这是一次意外，和任何人都没关系。你千万别过意不去！你坐，请坐！"

季成钢坐下，稍稍平复情绪说："李医生，我和夏方舟在很多问题上有不同的看法，发生过冲突，甚至是激烈对抗，比如我说过，他是大三线的逃兵……"李心梅又忙说："那都过去了，过去的事不提了。"

季成钢说："请让我说完。李医生，我并不是说，经过了这次事故，就证明了我们谁对谁错，将来，我们还会有不同看法，甚至还会发生冲突，但是……在排爆现场，李医生，当时你还没有赶到，夏方舟同志一个人走向现场，他身上散发出来的那种大无畏的牺牲精神，甘洒热血献青春的革命英雄主义精神，深深地震撼了我们每一个在场的同志……就是从那一刻，我明白了，无论和夏方舟之间有多少不同意见，甚至是冲突，我们的目标完全一致！对不起，我太激动了。夏方舟同志，你好好养伤，尽快恢复。我回去了！"

夏方舟对季成钢如此大幅度的转变完全理不出头绪，李心梅则是被深深感动。

秦晓丹进来，眼里也是感动的泪光。季成钢其实刚才就看见了打水的秦晓丹，说："晓丹，队长说，让你在这儿配合李医生照顾夏方舟。我走了。"疾步离开。李心梅从秦晓丹手上接过暖水瓶说："晓丹，快去送送他，快去呀！"秦晓丹应一声，追了出去。

李心梅坐到病床前，充满爱意和钦佩地看着方舟。夏方舟微微摇头说："这变化也太大了。"李心梅："方舟，你太小看自己的穿透力了！想想那个场景，书生仗剑，大漠烽烟，就那一刻，很多人的心都被穿透了。就那一刻，秦晓丹爱上了你！"夏方舟不让她说。

李心梅微笑着说："方舟，我不怕别人爱上你，爱上你的人越多，越优秀，我越高兴。"

季成钢走得很快，秦晓丹在后面喊他，他装作没听见，直到秦晓丹追上来，他才停步转身，不待对方张口，先说道："夏方舟伤得这么重，需要有人照顾，李心梅还要照顾其他病人。晓丹，你去病房吧！我走了。"秦晓丹说："吃过晚饭，夏方舟的同学来接我的班。"季成钢好像没听明白地说："我回去了。"

秦晓丹站在门口，看着季成钢离开。季成钢没有回头，嘴角露出一抹微笑。

陆汀兰大感意外地问："季成钢到医院给方舟道歉？"
戚光复说："季成钢此行，正如坝上的那一出鸿门宴，项庄舞剑，意在沛公。"

陆汀兰对戚光复的话语再熟悉不过，问道："照你说，季成钢都是为了晓丹？"戚光复肯定。陆汀兰说："让我选，我喜欢心梅和方舟。"

戚光复别有心思地说："我是为秦晓丹可惜，她难逃季成钢设下的陷阱。"陆汀兰不觉一叹："晓丹，太单纯了！"

戚光复看人，确有独到之眼。在秦晓丹的宿舍外，季成钢说："晓丹，从夏方舟身上，我发现了一种力量，一种我以前根本不相信的力量，乃至于鄙视的力量。"

秦晓丹一头雾水。季成钢似乎下意识地边走边说："爱情的力量，革命的爱情！夏方舟曾是大三线的逃兵，他自己也承认。这样的人不可能成为英雄。可是，他做出了英雄的壮举。开始我想不明白，现在明白了，是李心梅。"秦晓丹听了进去，根本没意识到跟着季成钢离开了宿舍区。

季成钢不动声色地把秦晓丹带到金沙江边，说："李心梅为了爱情来金江，当时我不理解，还说过一些很不好听的话。现在我才明白，李心梅的革命爱情蕴含着巨大的能量。正是她对夏方舟的革命爱情，彻底改变了夏方舟。李心梅对夏方舟的爱情教育了我，革命的爱情和革命的理想不但不冲突，还会激励我们实现理想。这是一种多么感人、多么催人奋进的爱情！"

季成钢好像忽然意识到，问："我们怎么走到这儿来了？晓丹，天不早了，你该回去休息了。"

秦晓丹果然如他所愿，说："啊……天还不晚。"季成钢嘴角闪过一抹不易察觉的微笑。

053

夜里有些凉。

李心梅坐在病床前，甜蜜地看着入睡的夏方舟出神。夏方舟身上的绷带少多了。听到戚光复在门口叫她，赶忙把手指压在嘴唇上说："光复，小声点！打上针刚睡了一会儿，不打针还睡不着。"

戚光复进门来，李心梅忽然说："光复，你洞察天下，问你个事，你觉得，晓丹和季成钢怎么样？"戚光复闻言沉下脸说："怎么着，季成钢成了你的朋友了？"李心梅愣了一下。

戚光复压低嗓音，神色严肃地说："这事，李心梅，起码，你不要推波助澜，更别给秦晓丹提。不管怎么说，秦晓丹是你的好朋友，能把好朋友往火坑里推吗？"李心梅噘噘嘴说："知道了。"

第十三章

054

陈国民站在办公室窗前,看着工地上,秦晓丹和季成钢站在一起,拿着图纸说着什么。他满意地点着头说:"夏方舟这个榜样不错,都给我往正道上使劲了!"

武本奇悄悄地进来,凑到陈国民旁边,顺着他的目光看过去。陈国民被吓了一跳。

武本奇换个笑脸说:"师傅,你找我什么事?"陈国民问:"这两天去看夏方舟了吗?"

武本奇说:"师傅,夏大哥这一阵恢复得挺快,我就少去了两趟。"陈国民说:"去看看他,问问大夫,什么时候能出院。夏方舟不回来,程时风的人有事没事就往这儿跑,癞蛤蟆跳到脚面上,不咬人,它硌硬人!小子,合计什么呢,我说什么听见了吗?"

武本奇笑着说:"听见了,师傅,下了班我就去看夏大哥!"

李心梅笑得很得意,说:"你不能出院。这不是你的工程,你说了不算。你这次受伤,到底有没有后遗症,尤其是脑部,还需要观察。"

夏方舟被触动,努力回忆说:"心梅,我做过一个梦,记不清楚了,好像是你在说什么,我在哭……梦里的你就这样笑着……记不清了。"

李心梅明白夏方舟的梦是什么。

夏方舟看李心梅眼里忽然有了泪,忙问:"心梅,怎么了?"李心梅的泪水越发涌了上来。夏方舟着急地问:"到底怎么了,心梅?"

李心梅笑着擦泪说:"没事!我这人,平时大大咧咧、没心没肺,说不定什么时候,突然变成多愁善感、柔肠百转的病小姐。方舟,你不会烦我吧?"夏方舟内心的柔软处再次被触动,心情复杂。

主任来查房,夏方舟笑脸求告:"主任,让我出院吧!"主任不给好脸色地说:"躺下!"

李心梅快活地看着夏方舟,不出声地笑起来。

陈国民心情颇佳,不断地把肉夹到女儿和儿子的碗里,说:"多吃肉!吃肉!今天这可是鲜猪肉，稀罕！你陆阿姨厂里专门给她的，你戚叔叔给拿过来的。"

田青妮笑着说："瞧这模样，单位上又有好事了！"陈国民不慌不忙地喝了口酒说："青妮，方舟快出院了，不光是我，大家都盼着我们夏技术员归队呢！"田青妮说："他爸呀，小夏师傅不回你们施工队了。听说程处长他老婆怀上了，我过去看她，她亲口对我说的。那意思，程处长把小夏师傅夸得一朵花，和赵总指挥说了，把小夏师傅调到工程处。"

陈国民变了脸色问："赵总同意了？"田青妮说："小夏师傅的办公室都预备好了，就等他出院了。"陈国民顿时来火，说："这个程时风，上我这儿摘桃子，没门儿！"

055

阳光初上的早晨，秦晓丹跟着李心梅在山坡上寻找。秦晓丹说："心梅，你说的那种花到底什么样？"李心梅也说不清怎么形容："那种花……头几天去工地巡诊，晓丹，工地上的环境有多恶劣，你比我了解，在那么恶劣的环境里，一株我说的那种花悄悄绽放。一眼看到它，我的心好像被什么抓了一下，本来想回来时把它带回来，没想到，回来的时候已经被推土机掀翻了。这几天我一想起来就不是个滋味。"

秦晓丹问："夏方舟喜欢花？"李心梅摇头笑着说："不喜欢。除了他的工程，还有篮球，什么都不喜欢。"秦晓丹不解地说："刚才你说是给他的花。"

李心梅点头说："我要让他喜欢，悄悄地改变他。晓丹，告诉你个秘密，好的女人就像一本好书，可以让阅读她的男人潜移默化地发生变化。"秦晓丹琢磨着，说道："心梅，季成钢还想去看夏方舟，但还是不大好意思，让我陪他一块去。"

李心梅刚要答应，猛然想起戚光复对她说的话，反应飞快地说："晓丹，方舟快出院了，等他出了院，该我去你们工地看他了。"

秦晓丹问："主任不是说还要住一段吗？"李心梅笑着说："他呀，恨不得今天就出院，关不住他了。"秦晓丹又问："你和夏方舟的爱情，突破了？"

李心梅笑里带着一丝狡黠地说："还差一点点，那么一点点，在他出院之前……晓丹，看，在那儿，就是那种花！"

一种微不足道的蓝色野花绽放在升起的阳光里。

李心梅端着一株放在铁皮罐头盒里的野花问："好看吗？方舟。"夏方舟看一眼说："我对花没感觉。"李心梅说："它很顽强。"夏方舟很不以为然地说："顽强？花很娇嫩，弱不禁风。"

李心梅说："方舟，你给它起个名字。"夏方舟挠头说："心梅，我对花花草草的东西……"李心梅倔强地看着他。

夏方舟说："呃……真想不出来。心梅，要不这样，这是金沙江江边的一种花，那就叫它……金沙江畔的花。"李心梅笑出声来，说："什么呀！金沙江畔的花，亏你想得出来，这像花的名字吗？一听就是植物学地理标志。"夏方舟说："我就这水平了，反正，它和金沙江有关系。"

李心梅端详着手上的花，"金沙江……金江……小小的花朵，带一点蓝色，蓝色，梦想的颜色，憧憬梦想……金色的沙，蓝色的梦……方舟，我知道它的名字了，金沙蓝梦！怎么样？"

夏方舟好似故意地说："它很真实，一点都不像梦。"李心梅把花送到他面前，说："看它的花瓣，一抹淡淡的蓝色，想象一下。"夏方舟拒绝地说："不用想象，它很具象。"

李心梅对夏方舟和她斗嘴很开心，说："让你想象梦的颜色，蓝色是梦的颜色。左脑发达的理科生！"

夏方舟笑着顶回去："你也不是文科生。"李心梅越发开心地说："理科出身，和艺术家最接近的职业是什么？医生！"夏方舟有点印象，说："好像有这么一说。"

李心梅欢快地说："不是好像，就是。方舟，咱们俩比，我是艺术家！好了，我正式决定了，金沙蓝梦！好听吧！方舟，喜欢这个名字吗？"

夏方舟笑着说："好听，很好听，金沙蓝梦，我绝对想不出来！"李心梅笑了，把铁皮罐头盒放到窗台上，说："方舟，送给你了！这是我给你的花，我们共同命名的金沙蓝梦！你要好好照顾它！方舟，我要查房去了，好好休息！"李心梅翩然而去。夏方舟看着窗台上铁皮罐头盒里的金沙蓝梦，有些出神。李心梅在门外悄悄探回身，看到夏方舟看花的神色，甜甜地笑了，轻步离去。

056

戚光复心情愉快，踏着夜色从医院回来，进门就说："好消息！汀兰，方舟要出院了，就这两天！"陆汀兰笑着说："你晚了一步，晓丹刚走。"戚光复没想到。

陆汀兰话题跳得很快，说："方舟接受了心梅。光复，小时候过家家的事，还记得吗？"

戚光复心有灵犀，把妻子从背后抱在怀里，说："你九岁，我十岁，两个什么都不懂的小孩子，过家家，结婚拜堂，方舟更傻，一本正经地给我们俩当司仪。你一脸肃穆地说，不是同年同月同日生，将来一定要同年同月同日死！你只能娶我，不能再娶别人。还要方舟做证。一转眼，我的汀兰都快成孩子他妈了……忽然有了点沧桑感！"

陆汀兰笑着说："到了咱们俩给方舟和心梅做证的时候了。"戚光复不觉笑了，说："孩子的干妈，说到就到。我也是越来越喜欢李心梅了。"

陆汀兰说："我早看好心梅，方舟是心梅的人了！"

季成钢兴奋地看着秦晓丹说："太好了！夏方舟终于要出院了。晓丹，我喜欢强大的对手！尺有所短，寸有所长！建设大三线，就像在战场上杀敌，革命战士们的杀敌竞赛，最终为的是革命的胜利。我们和夏方舟的竞赛，最终为的是川南钢铁的建设。晓丹，夏方舟和李心梅的关系成熟了吧？"

秦晓丹由衷地说:"真为心梅高兴。"季成钢直直地看着秦晓丹说:"革命的爱情,火焰一般地绽放,一起在大三线贡献火红的青春,很羡慕他们。"秦晓丹感觉出季成钢眼里热烈燃烧的感情,顿时有些慌乱,急忙转身走了。

季成钢看着秦晓丹的背影,笑里不只是得意,自言自语:"李心梅,谢谢!不过,对不起了,我不能、更不会放过夏方舟,他是我的靶的,我会毫不手软地把他万箭射穿!不是我选择了他,是时代选择了他,这是他的宿命!"激情荡漾的他抢起铁锤,把一块水泥砸得粉碎。

在工地上的水银灯下,季成钢的脸色泛着幽幽的青蓝,激动的神情让人联想到古老神话里某个特定场景,令人不适。

陈国民带着一股旋风推开赵殿楚办公室的门,气势汹汹地说:"夏方舟是我的人,程时风摘桃子,我不同意!"赵殿楚料到他会来,笑着说:"国民啊,时风同志调夏方舟,是为了复核他原来主持的所有的技术攻关项目,人家的境界比你高!国民同志!我也给你汇报汇报工作。时风同志对我说,他过去的认识确实有严重错误,这件事让他认识到,工程设计不是什么人都能干的,还是要依靠优秀的工程技术人员。国民啊,这不是你一直坚持的吗?说是你的观点也不过分吧!"

陈国民让赵殿楚说得找不着词。赵殿楚继续说:"夏方舟这个身体素质,看上去没得说,不到一个月,天天闹着出院。我问了一下张院长,他表面上恢复得很快,但毕竟受了很重的内伤,从到咱们金江,阴阳界上走了两回了,完全恢复需要一段时间,他在医院待不住,在机关工作一段时间,也是让他调养调养身体。算我借你的,这行吗?"陈国民无话可说。

赵殿楚笑了,说:"国民,我托你个事。夏方舟和咱们医院的小李医生,知道吧?"

陈国民以为逮着机会,说:"人家小李医生对夏方舟,谁不知道,提起来,都是这个!"陈国民竖起大拇指,"人又长得漂亮,这么好的女人,哪儿找去。夏方舟这小子,还真走桃花运!"

赵殿楚笑着说:"国民,夏方舟出了院,让青妮出个面,差不多就把喜事给他们办了!夏方舟这小子,得有个人管着他,得让他有惦记的人。"

陈国民开怀地说:"赵总,这事你算找对人了!"

057

李心梅交代:"下午我去工地巡诊,你要听护士的话,按时吃药。"夏方舟故意说:"我下午出院。"李心梅坚决地说:"你不能出院!明天,我送你出院。方舟,好好睡个午觉,下午到外面走走,晚上我回来吃饭,咱们一块吃。"夏方舟点头说:"认真遵守医嘱。"

李心梅笑颜甜蜜,到门口回头说:"方舟,等我回来!还有,照顾好我们的金沙蓝梦!"夏方舟理不清楚自己到底是一种什么样的感情,他自己甚至还没发觉,现在和李心梅在一起是如此无拘无束，轻松而欢乐。

窗台上的金沙蓝梦绽放。

工地上出了伤情，李心梅刚好来到。她半跪在地上，把受伤的工人的腿架到自己腿上，脱去工人的鞋，把很脏的脚托在手上，仔细地清理创伤。

工人感动得热泪盈眶。旁边的工人们敬佩地竖起大拇指。李心梅的全部心思都在工人的伤口处理上。

这个世界上果然有心灵感应，这很可能是在相爱的人之间才发生。

夏方舟突然从午睡中惊醒："心梅！心梅！"环顾周围，喘息稍定，长长地舒了口气。窗台上绽放着金沙蓝梦。

就是在这个时候，李心梅出事了。

沿着金沙江的施工道路拐弯处突然出现滑坡，一辆大型工程车刚好经过，司机加速急打方向盘进入内道。刚刚拐过弯脱离险境，一辆敞篷美式中吉普迎面而来，车上坐着前往下一个工地的李心梅。

双方猝不及防，侧面相撞。大型工程车急停，前轮悬在公路边缘，对面的中吉普则撞向了陡壁。相撞的瞬间，中吉普上的司机被甩了出来，副驾驶座位上的李心梅则被卡在了方向盘和座位之间。

不少人赶到现场，束手无策。

中吉普上，陆汀兰把被死死卡住的李心梅抱在怀里，哭着说："心梅，坚持住，一定要坚持住！就算为了我们大家，为了方舟，千万不要放弃！已经通知医院和领导了，他们很快就到，一定能把你救出来……"

李心梅脸色苍白，却是异常平静地说："汀兰，告诉他们，快，我要见方舟，我要见方舟。"陆汀兰一连串地应着："好、好！"李心梅说："等等，还有……还有晓丹。快！汀兰，我没有多少时间，快！"

戚光复冲进工地技术室之前，秦晓丹正向季成钢解释图纸。

戚光复气喘吁吁地冲进来喊："秦晓丹！跟我走，快走！"秦晓丹有不祥的预感，忙问："光复，怎么了？是谁？"戚光复说："心梅……心梅出事了！"秦晓丹身子突然发软。

季成钢借机扶住秦晓丹，说："戚光复，李心梅怎么了？别着急，慢慢说。"戚光复看了一眼季成钢，上前一把拉起秦晓丹，说："走！快走！"季成钢怔怔地看着秦晓丹被戚光复拉走了，猛然反应过来。

中吉普车上，秦晓丹把李心梅抱在怀里，泪水止不住地流。李心梅脸上浮现出浅浅的微笑。车旁，陆汀兰靠在戚光复肩头，失声痛哭。

季成钢赶到，气喘吁吁地停下来，他还不能完全明白发生了什么。他看到了赵殿楚和顾弘亮，急忙朝那边过去。

赵殿楚所在的位置离中吉普有段距离，他压着嗓子发脾气："你们就这么干看着？你这个救援队队长是干什么吃的！干什么吃的！"救援队队长说："赵总，我们没办法……"赵殿楚不许他解释，说："没办法？没办法你们想办法！我不管你们采取什么办法，你们把人给我救出来！不把人给我救下来，我拿你是问！"

救援队队长不敢说话，看张院长。张院长说："赵总，让我解释。小李被断裂的方向盘刺进了腹部大动脉，现在看上去好像伤得不是很严重，因为血管被卡住了。不拆解车头救不出来，可一旦拆解车头，她会立刻大量失血，瞬间就会……没有办法。"赵殿楚泪水涌上来，说："那、那就这么、这么眼睁睁地……"张院长无言以对。

中吉普上，李心梅看着秦晓丹说："晓丹，我是医生，我现在的处境我最清楚。他们救不了我……"秦晓丹哭着说："心梅！求你了，别这样！他们一定能想出办法……"李心梅轻轻打断她："晓丹，方舟……"一口气憋住。秦晓丹哭着说："夏方舟在路上，心梅，他很快就会到。心梅，为了夏方舟，为了我们大家，别放弃，求你了！求你了！"

李心梅缓过一口气，断断续续地说："晓丹，听我说，听我说。晓丹，你喜欢方舟……"秦晓丹泣不成声地说："不是！不是！不是那样的……心梅、心梅，夏方舟心里只有你，没有别人，除了你没有任何人……"

李心梅说："晓丹，我要嘱咐你，我走了以后，希望你照顾方舟，他注定是干大事的人，他需要照顾，需要无微不至的体贴，我把他交给你了。"秦晓丹哭着说："心梅，我做不到，真的做不到……我没有你对他那种……心梅，你对夏方舟，没有人能取代，为了他，心梅，你不能放弃！"

李心梅满眼渴求地说："晓丹，我把方舟交给你了。答应我，晓丹。"秦晓丹说："我……心梅，我答应，我答应！"李心梅舒心地微笑。秦晓丹大哭。

戚光复看到了夏方舟，擦着泪说："方舟来了！方舟来了！"

夏方舟不看任何人，很慢很慢地来到中吉普前，强忍泪水，看着李心梅。李心梅脸上笑容灿烂。夏方舟目光不离开李心梅。

秦晓丹轻轻放下李心梅，从车上下来。其他人都退出了几步，车附近只有秦晓丹、戚光复和陆汀兰。

夏方舟像是生怕惊动了沉睡的人，轻轻地上了车，极小心地把李心梅抱在怀里，满眼泪地说："心梅，我来晚了。"

李心梅艳丽的脸上绽放出前所未有的灿烂笑容，清澈明亮的眼睛充满幸福的憧憬。李心梅抬起手，轻轻抚摸着夏方舟的脸庞说："方舟，有一句话，在我心里存了很久，另一句话，我期待了很久。"夏方舟泪水溃堤，说："心梅，我……我……"李心梅微笑着说："别！让我先说。方舟，我爱你！"夏方舟热泪滚烫，说："心梅，我爱你！"

一抹灿烂的阳光冲出乌云！

李心梅苍白的脸色刹那间变得桃红，她笑容绽放，说道："方舟，从见到你的第一眼开始，我就爱上了你。从那以后，我做了很多很多的梦，在梦里，就像这样，躺在你的怀里。在我的梦里，我想，就这样，永远躺在你的怀里，直到生命的最后时刻。现在，梦想成真……"

夏方舟抱紧李心梅说："心梅，我迟到了，全是我的错！我对不起你，心梅。"李心梅轻抚着他的脸庞说："别这么说，方舟，爱，永远不会迟到，永远不需要对不起。我爱你，方舟。"夏方舟哭得像个情窦初开的少年，说："我爱你，心梅，我爱你……心梅，别离开我，千万别离开我……求你……求你了！"

李心梅说："方舟，刚才忘了一件事，汀兰的体质比较弱，她怀着孩子，不能连续加班，你告诉光复，替我看好她，定期让她去医院检查，记住了？"

夏方舟泪水如瀑。李心梅说："方舟，我有话要交代你。"夏方舟应着："心梅，你说……你说。"

李心梅用如水的目光定定地看着心爱的人，说："方舟，只要你还在金江，把我留下来，别把我送回家，那样我会想你的。我知道，总有一天，你会离开金江，继续追求你的梦想，一定要去，别为了我放弃梦想，那会让我不安。方舟，我只有一个愿望，你离开以后，记得回来看我，别让我牵挂，别让我魂无所依。行吗？"夏方舟泪流满面，说不出话，只有点头。

李心梅脸上的血色渐渐褪去，她说："方舟，我该走了。方舟，在你的怀里结束生命，我没有任何遗憾。方舟，让他们来处理吧！"

夏方舟死死地抱着她说："不！心梅，我在这儿，谁也别想夺走你！心梅，我陪着你，谁也别想夺走你，谁也别想！"

金色的阳光再次冲破乌云，照耀着李心梅最后的美丽生命的面庞！

李心梅微微扬起头说："方舟，亲我。"夏方舟抱紧她，深吻着那清纯的双唇。

谁也没有注意到，李心梅的右手上有一把扳手，她早已把它插入了残破车头的缝隙。在夏方舟深深的爱吻里，美得不可方物的李心梅闭上了眼睛，带着收获爱情的幸福，再无遗憾。她用尽最后的力气，撬动残骸，刹那间，鲜血冲出。

夏方舟立刻明白发生了什么，可是他的泪水竟然顿时干涸，他竟不能哭，也不能喊，再次埋下头，长久地深吻着从此永远住在心里的美丽姑娘，心头铭刻在姑娘生命的最后时刻，突然激烈迸发的烈火般的初恋的感觉。

路边的岩石缝隙，一株弱小的金沙蓝梦顽强绽放。

天长地久有时尽，此恨绵绵无绝期！

第十四章

058

一座孤单单的新坟，简陋的墓碑刻着红字——李心梅烈士之墓。墓前铺满了金沙蓝梦。夏方舟半跪在坟前，几乎被彻底击垮。

秦晓丹和戚光复、陆汀兰在他身后，泪流满面。他们身边，是西工大的同学们。再远一些，武本奇和几个小兄弟默默地擦着泪水。

陈国民和田青妮离得更远一点。

最远的地方，是季成钢。没人看到他，他不想让人看到。那天黄昏，他前往清理干净的现场，面无表情地看着那株弱小的蓝色野花说："李心梅，我来送你。"

夏方舟半跪在墓前，久久不起，轻轻抚摸着粗糙的墓碑，哭不出，巨大的痛苦淤积于心，心声突破阴阳之隔："心梅，你是我永远的爱人。心梅，是我害了你，是我害了你……"

戚光复一声长叹："花开荼蘼！"别人或没有听懂，或没有注意，秦晓丹却是听到了。

晚上，陆汀兰在家里和夏方舟对面坐着，拉着他的手说："方舟，心梅是你的爱人，也是我们的朋友。大家都很难过，肯定，你的痛苦比我们所有人的痛苦加起来还要多。可是，生活还得继续。"

夏方舟没有泪水，低头不语。秦晓丹在旁小心地说："我特意问了军代表，心梅是第一个为大三线献出生命的大学生。这儿有她的遗志，振作起来，投入工作，是对心梅最好的纪念。"夏方舟大怒，几乎跳起来吼道："秦晓丹！你给我住嘴！"秦晓丹被吓得身子一震，不敢说话。

陆汀兰拉着夏方舟的手喊："方舟，方舟！"夏方舟厉声说："心梅不是为了大三线，是为了我！如果不是我，心梅根本不会来这儿。全都是因为我，是我害了她，是我杀了她！"他仍然哭不出。陆汀兰轻喝："我不允许你这么说！你这是对心梅的亵渎！"

夏方舟怒火喷发："这是真相！给心梅冠以那些冠冕堂皇的理由才是亵渎！我决不允许！"陆汀兰沉着地说："方舟，心梅是为爱情而来。但她来到以后，只是在和你谈情说爱？所有的工地都留下了她的身影，无数的工人师傅记得她。她尽心尽责，无愧使命。这是对她的亵渎吗？"夏方舟无言以对。

陆汀兰说："心梅对你的期望是什么，你比我们更清楚。她在看着你，等待着你成就梦想，别让她失望，她是那么爱你，你不能辜负了她。"

夏方舟的泪水一瞬间涌出，脸埋在陆汀兰的双手里，身体剧烈抖动。陆汀兰说："方舟，哭出来吧！"夏方舟终于哭出了声。

秦晓丹泪如雨下，听到戚光复再次长叹，声音不高："花开荼蘼。"

清晨，夏方舟独自在李心梅的墓前说："心梅，你为我而来，为我们的爱情而来，不管谁说什么，都改变不了！"巨大悲痛袭来，他半跪在地，抚摸着墓碑说："心梅，我实在受不了，受不了你孤零零地躺在这荒山野岭……"夏方舟泪如雨下。

秦晓丹远远地看着他，眼中泪光泽泽。

两个小时后，程时风吃惊地看着站在面前的夏方舟。夏方舟异常平静地说："程处长，我来报到。安排工作吧！"程时风语迟："哦……也好！方舟，我给你单独安排了一间办公室，不是对你有什么特殊照顾，你要看的图纸太多了，地方小了根本放不下。"

夏方舟问："我的办公室在哪儿？"程时风说："我带你过去！"

059

秦晓丹面对着图纸发呆。陈国民在门口喊了声："秦晓丹。"进来。陈国民问："夏方舟这段时间怎么样？"她收拾心情说："队长，我没见他。听光复说，去工程处这四五天，他每天钉在办公室复查图纸……我说不上来，是觉得，对他，工作可能是最好的恢复剂。"

陈国民摇摇头，话里有话："秦晓丹，夏方舟遭了这么大一场，过这个坎儿不容易，得有人诚心诚意地对他。"看秦晓丹愣愣怔怔的神色，不好再说什么，转身离开了。

秦晓丹想了一会儿，好像明白过来，突然有些不知所措。下了班，秦晓丹来到陵园，远远地看到夏方舟已在李心梅墓前，有些犹豫，还是下决心朝他走去。她走到近前，忽然听到夏方舟说："心梅，我决定了，我们走，我们一起离开这儿。"她惊呆了。

夏方舟心无旁骛，对永驻心中的爱人倾诉："心梅，离开前我会尽到责任，完成任务。我给老师写了信，等我把图纸看完，我带着你离开这儿，即便走遍天涯海角，也永远不再回来！"

秦晓丹震惊，几番迟疑，喊了声："夏方舟。"夏方舟听出是秦晓丹，忍住眼泪不转头说："让我和心梅单独待会儿。"秦晓丹鼓起勇气说："夏方舟，你刚才说的话，我听到了，不是故意的。"夏方舟仍然不回头，也不说话。秦晓丹有些胆怯，但心里的话憋不住："夏方舟，你不应该那么想……"夏方舟猛然回头，厉声说："秦晓丹！我不该那么想，我应该怎么想，你要我想什么？"

秦晓丹吓了一跳，说："夏方舟，心梅为大三线牺牲了生命，她永远留在了这儿，也永远留在了我们大家心里……"夏方舟愤怒地说:"秦晓丹,你睁开眼看看,金沙江畔,万壑千山,只有这一座孤零零的新坟,心梅她孤零零地躺在这儿!"

秦晓丹不敢说话了,也不敢看夏方舟。夏方舟厉声说:"你听到了?好!我告诉你,本来我就没想来这儿,心梅为我而来,我不会让心梅孤单单地留在这儿,我要带她一起离开!"夏方舟愤然而去。秦晓丹呆呆地看着夏方舟离开,身子一软坐倒在墓前,哭着喊:"心梅……"

不太远处,季成钢看到了这一切。他是暗中跟着秦晓丹一路过来的。

秦晓丹说:"心梅,方舟放不下你,爱你,都没有错,可他怎么能选择离开……心梅,如果你知道他会做出这样的选择,还会爱他吗?心梅,我决不能让他离开,决不让他离开金江!"

秦晓丹求助于戚光复。

秦晓丹恳求道:"光复,你一定要帮帮他。"戚光复长叹:"此情可待成追忆……方舟需要时间。"秦晓丹想起来,说:"光复,那天,我们一起送心梅,还有,在你家,你和汀兰劝方舟的时候,你说,花开荼蘼。"

戚光复点了点头问:"知道什么意思吗?"秦晓丹不太确定地说:"稍微知道一点。是不是指曼珠沙华,那个再没有悲伤的世界的接引使者。你的意思,心梅带着她的爱情,去了那个世界?"戚光复有些意外地看着她说:"晓丹,这个话题是犯忌的。"

秦晓丹迎着他的目光说:"我不会告诉别人。"戚光复将目光转向江水说:"你说的曼珠沙华是佛家的彼岸花,纯色如莲,是天降吉兆的四华之一,得以见此花者,恶自去除,前世的记忆,永不相忘。"秦晓丹说:"开放于彼岸的曼珠沙华,绵绵不尽的相思。"

戚光复摇头说:"我说的是另一种。荼蘼,中国古代传说中最美的一种花,也是花季最后开放的花。荼蘼花事了,尘烟过,知多少!当它艳丽绽放的时候,便是其他花的死期。荼蘼花开,肃杀至,万花凋零!"

秦晓丹悟性极高,说:"最美好的爱情和最残酷的死亡同时抵达。"戚光复长叹:"我们无从体会!"秦晓丹泪眼婆娑。

秦晓丹并没有主动和季成钢说起夏方舟的想法,下班后,季成钢叫住她,说他看到秦晓丹和夏方舟发生了冲突。秦晓丹很不高兴,直接问他:"你在暗中跟着我?"季成钢坦荡地说:"我去看李心梅。"秦晓丹被击中软肋,把那天在李心梅墓前的事和她的想法告诉了他。

季成钢听罢,沉着平和地说:"晓丹,夏方舟应该走。即便是出于革命的人道主义精神,也必须让他走。回到江汉,对他是最好的解脱。"

秦晓丹不快地说:"你怎么能这么说!心梅牺牲在这儿,夏方舟至少应该完成川南钢铁的建设,这是心梅的在天之灵所期望的。"

季成钢神色坦荡地说:"我们以前说过,夏方舟的改变是因为李心梅的爱情。李心梅惊天地、泣鬼神的壮烈牺牲,非但没有激励起夏方舟的革命斗志,反而成了他软弱的心头无法愈合的伤口。离开金江，以他的业务能力，也许，应该说很可能，他还是可以有所作为。强行把他留下来，这个人就彻底垮掉了。不是每个人都能成为钢铁战士，更不是每个人都能成为英雄。就算是为了他，晓丹，别再劝他了。我不想使用更激烈的语言，不想落井下石。但是，我必须说，对他这样的人，离开是唯一的出路。"

秦晓丹有些恍惚，没有道别，慢慢转身离开了。

季成钢看着离开的秦晓丹，冷笑道："夏方舟，我有些同情你。别以为我盼着你走，我根本不在乎你，你即便勉强留下来，也已经是行尸走肉。走吧！毫无志气的小布尔乔亚，大三线可耻的逃兵，这是你最后的作用，一个肮脏的反面教材！这一切，晓丹很快就会明白……"

060

赵殿楚把程时风叫到他的办公室问："夏方舟这段时间怎么样？"

程时风叹道："每天闷在屋里看图纸，中午我不安排人给他打饭，他就饿着，晚饭戚光复硬把他拉走，吃了又回来，天天到大半夜，就住在办公室。大家都知道，他心里的病根是李心梅，可谁也不敢提，他根本不让人说，谁敢提马上翻脸。赵总，这么下去不是个办法。"

赵殿楚点点头说："茂森同志和我通过电话了。方舟给他老师和师母写了一封长信，心梅同志的牺牲给他的打击很大，茂森同志非常担心。"程时风听出来了，问："霍总想把方舟调回去？"

赵殿楚感叹："他师母心疼啊！茂森同志没孩子，这你知道。仲霖同志和茂森同志私人关系非常好，夏方舟在上大学前，每年去他那里过一个假期，茂森同志的爱人把他当作自己的孩子。"

程时风不满地说："赵总，大三线不是想来就来想走就走的，霍总他不是不知道，这是有严格规定的，没有特别原因，绝不可以调出大三线。"赵殿楚说："茂森同志真想调方舟，他还是有办法的。人家没想那么做。"程时风说："那就是夏方舟的问题！李心梅同志牺牲了，他应该化悲痛为力量，继承烈士的遗志。这点觉悟都没有，说明思想认识差距很大。"

赵殿楚有件事没有告诉程时风。夏方舟给霍茂森写信是秦晓丹告诉他的，当时他听了，也是相当吃惊。秦晓丹流着泪恳求他，把夏方舟留下来。他这边还没想好怎么和霍茂森谈，对方把电话打了过来。

听了程时风的话，赵殿楚笑了笑说："这个帽子大了点。他们青年学生，情感方面的感受和我们不一样，心梅同志的牺牲又是那么惨烈，金江成了夏方舟的伤心地，可以理解。"正说着，听到敲门声。

秦晓丹推门进来说："赵总，我来了。程处长。"程时风对秦晓丹点点头。赵殿楚说："晓丹，你到楼下，到我车里等我。我一会儿下来。"等秦晓丹离开，对程时风说："我和夏方舟谈谈。我们过去看看。"

赵殿楚和程时风来到夏方舟的办公室，透过窗户看到里面的夏方舟全神贯注地盯着图纸，一张接一张，宛如照相一般拷贝进大脑。

程时风有些心疼地说："每天都这样，一站就是一天。换谁也受不了。"赵殿楚推开房门说："方舟啊，天气不错，跟我出去转转。走！"

赵殿楚的车一直开到山路尽头，在半山停下。夏方舟和秦晓丹跟着赵殿楚从车上下来。秦晓丹看一眼夏方舟，夏方舟不理会她。两人跟上赵殿楚。

前面就要到山顶了，赵殿楚停下，看着下面建设中的川南钢铁的全貌问："怎么样？"秦晓丹一头雾水。赵殿楚说："夏方舟，我没少听霍总替你吹，不管什么图，过目不忘。今天考考你。就在这地上，你把东北钢铁、江汉钢铁和川南钢铁的平面图给我画出来。"夏方舟揣摩对方的意思。

赵殿楚说："基本轮廓图就可以。你先画着，我和晓丹转转看看。晓丹，跟着我到最顶上去。"秦晓丹看了眼仍然把她视为空气的夏方舟，跟了上去。来到山顶，秦晓丹说："赵总，你让夏方舟画那些图干什么？"

赵殿楚问她："晓丹，你估计，夏方舟画完要多长时间？"秦晓丹说："不知道。"赵殿楚说："茂森同志对我说，二十分钟他都用不了，给他的时间够了，我们下去。"

他们从山顶下来，夏方舟图已经画完了。赵殿楚说："看来，你老师不是替你吹。夏方舟，比较比较这三个钢铁企业，从大处讲。"

夏方舟不明白对方用意，说："东北钢铁是中国钢铁的半壁江山，江汉钢铁会成为中国的新钢都，川南钢铁，如果发生战争，是战时中国的钢铁心脏。"赵殿楚说："方舟，1965年你来金江实习，有个话题我先后两次和你谈，都被打断了，还记得吗？"夏方舟说："记得。"赵殿楚问他："改变观点了吗？"夏方舟说："没有。"

秦晓丹听晕了，问："赵总，你们在说什么？"赵殿楚笑着说："夏方舟瞧不起川南钢铁，根本没放在眼里。"

夏方舟不那么平静了，说："不是瞧不起，是看和谁比。"赵殿楚说："还有个怎么比。"夏方舟反驳道："无论怎么比，川南钢铁也无法和东北钢铁、江汉钢铁相比。"

赵殿楚不慌不忙地说："咱们看图说话。东北钢铁，确实是大钢铁，谁干的？日本人打下的底子。江汉钢铁，未来的钢都，很可能，谁干的？苏联人援建的。川南钢铁，规模比不上它们，但是，只有川南钢铁是我们中国人自己设计、自己施工、自己建造的。金江既不是大平原，也没有大城市作为依托，还远离大型交通枢纽，作为一座大型钢铁联合企业，川南钢铁缺少的还不仅仅是这三个必需的客观条件，在2.5平方公里的弄弄坪山岗上，建设如此规模的大型钢铁联合企业，全世界绝无仅有，我相信，川南钢铁，注定会被写入世界钢铁建筑史。"

夏方舟听了进去。秦晓丹开始明白赵殿楚的意图。

赵殿楚继续说："不仅川南钢铁，整个大三线都深深地刻着'中国符号'，它们是中国科学家和工程师的杰作，是建设者的伟大创举，注定会载入史册。方舟，投身于这样一个宏伟的系统工程，不但是我们建设者的责任和使命，更是一种幸运，尤其是对于你们这样的年轻人。总有一天，我们中国的钢铁会迎来大发展的黄金时代，到那个时候，你们这一代，方舟，也许就像你梦想的：詹天佑之于中国铁路，茅以升之于中国桥梁。"

秦晓丹明白了赵殿楚的用意，充满期盼地看着夏方舟。夏方舟仍然不表态。

赵殿楚切入痛点，说："方舟啊，心梅同志牺牲以后，大家都很难过。茂森同志放心不下，几次给我打电话，担心你扛不住。方舟啊，灾难这个东西，来了，人是躲不过去的，人能做的，只有态度，面对灾难的态度。我相信，心梅同志希望你为大三线做出自己的贡献，别辜负她。"夏方舟满眼泪。

赵殿楚下重药，说："方舟，你真的想走，我给你办手续。只问你一句，心梅同志只是为了你才来到大三线吗？实话实说，这个问题是你师母让我问你的，心梅开始被分配到西安，你在江汉。下面的话我更想不出来，是你师母的原话：如果你不来金江，不来大三线，心梅还会爱你吗？"

夏方舟泪崩！

秦晓丹一边高兴一边擦着泪说："队长，赵总把夏方舟拉回来了！"

陈国民反而很不高兴地说："秦晓丹，这话我可不愿听！不光是你，连赵总说着，你们小看了夏方舟！心梅姑娘死在自己怀里，那个惨，那个痛，换谁也受不了。就算是这样，夏方舟他垮不了。要是自己心爱的人尸骨未寒，回头就敢说什么革命遗志、发扬光大，那不是人话，那是闹鬼！人家心里受了那么大的伤，得给人家疗伤养伤的时间。时候到了，用不着谁给他讲道理，夏方舟是有大志向的人，这道坎儿挡不住他！"

秦晓丹被陈国民说得哑口无言。陈国民意犹未尽地说："我还是那句话，夏方舟经历了这么大难，真心帮他，得诚心诚意，以心换心。这是做人！秦晓丹，常过去看看他，比什么都强。"秦晓丹听得入了心，说："可是队长，我不敢见他，他不理我。"

陈国民看她还是不开窍，又说："我说秦晓丹，图纸上再有不明白的，用不着去让什么程时风给你找人，直接去问夏方舟，诚心诚意地去问，这就是帮他。"秦晓丹明白了。陈国民笑了，说："这就对了！别说你去问他，就算季成钢拿着图纸去问他，别看他俩那么不对付，夏方舟也会耐心解答。这就是夏方舟！"

季成钢一直在工地办公室窗外听着里面的对话，腮边的肌肉微微颤抖。

<h1 style="text-align:center">061</h1>

戚光复兴冲冲地来到夏方舟办公室，推门而入，自己拉个凳子坐下，藏不住的喜色。

夏方舟问："光复，什么高兴事？"戚光复拿个式样说："好好听着，我正式分配了！"夏方舟高兴地说："谢天谢地，终于等到这一天了！分哪儿了？"戚光复卖关子说："猜猜。提示一下，往最好猜。"夏方舟琢磨："往最好处猜……不会是让你去干施工员吧？"

戚光复站起身说："我宣布，总部领导为了解决大家业余文化生活过于枯燥的问题，决定成立脱产的二号信箱文艺宣传队。注意听，我，戚光复同志，被你和汀兰这类理科生瞧不到眼里的理科生，被任命为宣传队舞蹈队副队长。没正队长，我以副代正。"夏方舟有些不敢相信地问："真的假的？"戚光复指着他说："你和汀兰一个路子，不盼着我好！"

夏方舟高兴地拍打着戚光复说："太棒了！光复，你绝对是上错了大学，学错了专业！这下好了，终于干上了热爱的事业！"

两人笑闹一阵，戚光复说："方舟，过两天我下去，恐怕时间短不了，汀兰她……交给你了。"夏方舟说："不用你嘱咐。你去哪儿？"

戚光复说："下乡招演员。知青，主要是大城市来的知青。"

赤贫的村庄。一个少女穿着宽大的军装色的外衣，裤脚高高挽起，赤裸的小腿显示出受过严格的舞蹈训练才能形成的线条，白皙的皮肤上沾满斑斑点点的污物和泥土。少女吃力地挑着一担粪水，摇摇晃晃地走过田埂。

戚光复和一个女大学生站在路边，看着她。少女走到他们身边，礼貌地嫣然一笑。戚光复等她走过去，喊了一声："乔佳丽。"少女回头。戚光复微笑着说："听说你会跳舞。"

乔佳丽立刻意识到改变命运的机会来了，把粪桶丢到一边说："我会跳舞，我是知青，公社宣传队的演员。不对，不是……我是成都来的知青，家是铁路的，小学一年级参加少年宫舞蹈队，一直是领舞，后来上了艺术学院附中，还是领舞。下乡前，我是成都所有中学总宣传队舞蹈队的主演。我，我说清楚了吗？"

戚光复微笑着说："我听清楚了。"女大学生问："乔佳丽，你都会跳什么？"乔佳丽忙说"我什么都会跳，我现在就跳给你们看！"

就在地头上，乔佳丽近乎疯狂地使出了浑身解数，甚至没有问一声对方是干什么的。一段超高难度的芭蕾舞《红色娘子军》里的独舞跳下来，乔佳丽气喘吁吁地说："我还可以再跳别的，你们说什么我就跳什么，我都会！"

戚光复从包里拿出一张表格递给她说："明天，去公社参加考试。我们是二号信箱宣传队的，来特招舞蹈演员。特招，明白吗？"乔佳丽摇头。

戚光复解释说："特招，不受知青招工名额限制，不需要通过当地政审，更不需要当地的推荐，一切我们说了算。机会难得。乔佳丽，明天我们等你！"

乔佳丽晕乎乎地点点头，直到戚光复他们离开很远，还呆站在原地。忽然之间，她醒了过来，又哭又笑地在田埂上奔跑。

陆汀兰有事求陈国民帮忙。到第一施工队工地办公室外，里面传出季成钢着急的声音，陆汀兰下意识地站住了，听里面说话。

季成钢带着火气说："师傅，戚光复他们这一批走了十几个，不能再从我这儿调人了。再调人，青年突击队的人手就不够了。"

陈国民说："成钢，人手不够，我给你补充点青工。你们大学生的岗位分配我说了不算，公司说了也不算，这是指挥部的权力。"

季成钢说："师傅，我们这批大学生，受封资修的影响很深，资产阶级思想都浸透到血液里了，在施工第一线的体力劳动锻炼时间远远不够。像戚光复，听说去宣传队，眉开眼笑，手舞足蹈。在他们眼里，施工队是地狱苦海，他们终于逃离成功。我实在看不下去。提个建议，延长所有大学生的劳动锻炼时间，至少一年。"

陈国民说："成钢，你不能要求所有的人都像你一样，都和你一样，那还需要你这个典型吗？到那时候，你这个典型就没用了！再说了，你们这批大学生，分配到合适的技术岗位上，能更好地发挥大学生的优势。说白了吧，青年突击队就是个过渡，起个提升会战气氛的作用，到了时候，你的岗位也要重新分配。"

陆汀兰从陈国民那里出来，转身到技术室，一眼看到秦晓丹工作台旁的窗台上，一株金沙蓝梦在铁皮罐头盒里，心里明白了。陆汀兰叫声："晓丹。"

秦晓丹有些意外，赶忙笑着迎上来。陆汀兰说："找你们陈队长借台设备。陈队长给了，过来看看你。"秦晓丹扶着她说："汀兰，快坐下休息休息。快生了吧？"

陆汀兰笑着说："这才哪儿到哪儿呢。晓丹，怎么不去我那儿了？"秦晓丹说："夏方舟老在你那儿。"陆汀兰看一眼窗台上的金沙蓝梦说："我可是听说，最近你常去他那儿。"

秦晓丹羞赧地说："汀兰，我是去问他图纸。每次去，图纸的事说完了，只有一句同样的话：你回去吧！我真怕了他了。"陆汀兰笑了，看着她说："光复出差，这一去时间短不了。晓丹，有空多过去陪陪我。"

秦晓丹兴奋地说："今天我就去。汀兰，光复出差，去哪儿了？"

062

乔佳丽在月光下的农村小道上飞跑，跑过一个又一个的村庄，最后敲响紧闭的房门，喊道："黄爱华、黄爱华！我是佳丽啊！"

黄爱华打开宿舍门，吃惊地看着她说："佳丽，这都什么时候了！十多里路，不怕狼吃了你！"乔佳丽兴奋地拉着她的手说："黄爱华，我们去那边说。走啊！"乔佳丽边走边把白天的事情说给她听。

两人在地头坐下，黄爱华说："那个人叫戚光复，是二号信箱宣传队舞蹈队的副队长。我也拿到了一张登记表，明天也去参加考试。"乔佳丽惊喜万分。黄爱华告诉她："周边几个公社宣传队的知青，凡是有文艺特长的，都拿到了登记表。"

乔佳丽望着夜空，憧憬未来，说："爱华，我听说二号信箱有七八万人呢，金江最大的企业，全国都数得着！我们去了那儿，不仅仅是跳出了农村，简直是一步登天。"黄爱华忧虑地说："那么大的企业宣传队，水平肯定很高。"乔佳丽自信地说："我的舞蹈，你的话剧，在成都，甚至全四川都是最好的！没人比得了我们两个！"

黄爱华给对方也是给自己打预防针说："戚队长说，他们单位单单是来自全国各地的大中专院校的学生就成千上万！先别想得那么美，要考不上呢？这一次，好几个县的知青都在他们的招考范围之内。"

乔佳丽激动地叫着："不许你说泄气话！明天我就是死，我也要死在考场上！"黄爱华说："一颗红心，两种准备。"乔佳丽跳起来说："我不！我就一种准备……我不能错过这个机会，我不想在这儿挑一辈子粪……"

两个十七岁的少女抱在一起哭了起来。

同一轮明月下，夏方舟和秦晓丹走在江边。他们是被陆汀兰赶出来的。

戚光复不在家，夏方舟为了不给汀兰添麻烦，总是吃了晚饭再去汀兰家。今天到了，看到秦晓丹也在，打过招呼，夏方舟就没了话，秦晓丹也没话。

陆汀兰故意把这尴尬的场面又拖了一阵，说："你们两个别在这儿糗着了！出去走走。"夏方舟说："你现在这样，汀兰，光复不在，我得陪着你。"陆汀兰哭笑不得："我哪样了？不就是肚子大了一点！晓丹，夏方舟有个毛病，戚光复嘱咐了他什么事，整个一根筋！拉着他出去走走。"

陆汀兰给秦晓丹使个眼色。秦晓丹笑了笑，和夏方舟出了门去。

秦晓丹找话题："嗯……指挥部交给你的那些图纸，还要看多长时间？"夏方舟简单地说："看完了。"秦晓丹吃了一惊。夏方舟轻描淡写地说："经过三结合小组修改过的图纸，全部看完了。"

秦晓丹钦佩地看着夏方舟，有些失神。夏方舟说："没别的事，我回去了。"秦晓丹喊住他："夏方舟！有问题吗？那些图纸。"

夏方舟有了话："没什么大问题，有些小的问题，现在这个阶段处理起来很麻烦，到技改阶段再处理，比较容易。我都做了标记。"秦晓丹："程处长他们乱改图纸！他们凭什么？难怪陈队长骂他！"夏方舟不同意地说："也不能那么说。他们搞的技术攻关，有一些确实精简了原设计中过分的冗余量，不但缩短了工期，也更符合川南钢铁的特殊情况。"

秦晓丹问他："图纸复核完了，还会给你安排新任务吗？"夏方舟说："我回工地。"秦晓丹兴奋地说："太好了！最优秀的工程师，都是在第一线成长起来的，你说的。"

夏方舟感觉到什么，看秦晓丹。秦晓丹慌忙说："你一个人住办公室，大家都不大放心。光复和汀兰也不放心。"夏方舟依然看着她。秦晓丹越发有些慌，找词："啊……是那……夏方舟，目前这套图纸是你设计的，我还不能完全吃透，一有问题老往你这边跑，陈队长都说了我好多次了。工地真的需要你回去。"夏方舟以为明白了秦晓丹，点了点头。

秦晓丹悄悄地松了口气问："你什么时候回去？"夏方舟说："明天我给程处长说。"秦晓丹高兴地说："太好了！夏方舟，其实，大家早盼着你回来了，我也想让你回来。等你回来，我们一起工作，你可以教给我很多东西……"

夏方舟体味着秦晓丹的话语里透露出来的意味，打断她："秦晓丹，明天你给陈队长说，我会回去。"

秦晓丹意识到夏方舟拉开的距离，还是兴奋地说："明天一上班我就给队长说……"

他们不知道，孤独的季成钢躲在暗处，满眼妒火地看着他们渐行渐远。

螳螂捕蝉，黄雀在后！季成钢不知道，武本奇和几个小兄弟也是躲在暗处，笑得合不上嘴，说："季成钢啊季成钢，死了心吧！让你这种人事事如意，那还有天理吗！"

第十五章

063

公社的小礼堂非常简陋。好在还有一个小舞台，下面是一排排的矮凳。

乔佳丽在简陋的土地舞台上展示出过人的舞蹈天赋和才华，为她伴奏的是一台同样简陋的电唱机。下面的戚光复和身边的几个人低语了几句，然后大声说："乔佳丽，可以了！"乔佳丽停下来，呆呆地看着戚光复。

戚光复给她一个手势。乔佳丽愣了片刻，哭出了声："领导，我刚才没发挥好，我再跳一段，求你了！我刚才没发挥好！"乔佳丽根本不等对方回话，近乎疯狂地展示自己的才华。

戚光复和身边的人笑，然后大声说："乔佳丽，你被录取了！"乔佳丽依然在疯狂地跳舞。戚光复站起来，再次提高声音说："乔佳丽，你被录取了！你被录取了！你被录取了！"

乔佳丽终于停了下来，呆呆地看着戚光复，突然身子一软，瘫倒在舞台上，呜呜地哭起来。

黄爱华也被录取了。两个人在礼堂外又抱又跳地说："我们离开农村了，去大三线大企业了！"她们旁边，那些没有考上的知青们在哭。

戚光复他们从里面出来，看着那些哭成一团的知青，对同来的人感慨："总觉得我们艰苦，看看他们，我们是身在福中不知福！"

"回工地？"程时风意外地看着夏方舟。

夏方舟说："处长，图纸我都看完了，两天之内，把报告交给你。"

程时风思忖片刻，说："方舟，年轻的工程技术人员，到一线去锻炼自己，在实践中成长，应该表扬，应该鼓励，这个方向是对的。方舟，我搞的那个所谓技术攻关，如果不是你及时发现，及时纠正，那是要铸成大祸的……我主持的技术攻关确实出了严重的问题，你也同时发现了原来的设计存在的瑕疵，对不对？"

夏方舟说："原来的设计确实存在瑕疵。"程时风思考着说："这段时间我一直在想，川南钢铁的整个设计，各个环节，会不会存在着类似的、乃至更大的瑕疵？有没有这种可能?"夏方舟不知道对方的意思。

程时风下决心说:"方舟,我准备让你把整个川南钢铁的全部图纸彻底检查一遍。"

夏方舟有些出乎意料地说:"让我复核全部图纸?"程时风说:"没问题当然最好,如果发现了问题,及时纠正,在投产前彻底解决,交给国家一个完美的川南钢铁!这叫防患于未然。能不能接受这个任务?"夏方舟兴奋地说:"没问题。接受任务!"

程时风叫声:"好!方舟,我给你配班子,要人给人,要钱给钱,全力支持!"

出了程时风的办公室,夏方舟还是有些不敢相信。

这一刻,工地办公室的武本奇也是一脸不敢相信地说:"我没听错吧师傅,让我当班长?"陈国民说:"没错!你那伙小兄弟,都归你管。"武本奇忽然有些胆怯地说:"师傅,从小学到技校,我连个小组长都没当过。"陈国民说:"痛痛快快一句话,当不当?"武本奇浑身一个激灵,忙说:"师傅,我当,我当!"

陈国民到他面前,敲打着他的脑门说:"小子,班长这个差事不大,但大小也是个领导。有些毛病得改改,别给我丢脸,干出个样来!"

武本奇应道:"是!师傅。"转过身,开头还想走得从容不迫,终于还是按捺不住内心的狂欢,走了没几步,撒了欢似的冲了出去。

064

下班了,工地上静了下来。季成钢依旧是再干一个半小时才去食堂吃饭。秦晓丹来到他身边,面带微笑地叫了声:"成钢。"季成钢猛地一愣,这是秦晓丹第一次这么称呼他,声音有些颤抖地说:"晓丹。"秦晓丹说:"坐一坐吧!一块坐一坐。"季成钢激动地说:"哦……好!晓丹,咱们坐那边!"

秦晓丹和季成钢对面坐下。秦晓丹问:"我们工地的图纸你能全部看懂吗?"季成钢沉默片刻,说:"我不是夏方舟。"秦晓丹耐心地说:"比起他来,我们先天不足。他是1961级,五年制本科,到1966年已经完成学业。我们是1964级,从大三开始,校园里几乎放不下一张平静的课桌。"

季成钢试图重新掌控局面,说:"复杂的环境,从另一个方面锻炼了我们。这是我们共同的经历。"

秦晓丹绕开他的话题,说:"不管怎么说,我们底子太薄了。夏方舟除了比我们多读了几年书,真正比我们强的地方就是用功。承认我们的不足,笨鸟先飞,虚心向他学习,我们一定能赶上。"季成钢避开对方期待的目光,沉默不语。秦晓丹推心置腹地说:"成钢,我说了你别不高兴,你每天自己加班加点,在工地上干这些……说真的,我很佩服你的毅力。可是,对于工程的进度,你的这种劳动,没有任何实质意义。"

季成钢转回目光,看着秦晓丹说:"对工程也许没有实质意义,对我有。对我来说,在目前这个阶段,最重要的不是能不能看懂图纸,是灵魂有没有得到彻底的改造,使自己真正成为工人阶级的一员。"

秦晓丹苦心劝道："成钢，我们毕竟是大学生，川南钢铁乃至整个国家工业化需要优秀的工程技术人员，需要我们年轻的一代顶上去。"

季成钢挑起争论，说："立场没有解决，再多的知识也用不到正地方。我要干活了。"

秦晓丹跟着站了起来，看着宛如苦力的季成钢，有些不知所措，默默地站了片刻，只好转身离开。

夏方舟下了班，没像前几天那样先去吃饭，而是一路春风得意地跑到汀兰家。门锁着，开门进去，汀兰留了一张纸条，说晚上她要加班。夏方舟顿时急了，大步如飞地赶到造船厂，说："汀兰，你不能加班！"

陆汀兰笑着说："方舟，女人怀孕是再正常不过的事，别听光复的，他吓唬你。"夏方舟上了脾气说："心梅……心梅她临走前，特别嘱咐我，说你身子弱，不能连续加班，出了事就是大的。这是心梅在最后时刻嘱咐我的……"陆汀兰赶忙说："好了好了，听你的，听心梅的。下班！行了？"

出了造船厂，陆汀兰看着还是有些发闷的夏方舟，且走且说："方舟，听说你要回工地，什么时候回去？"

夏方舟兴奋地说起程时风给他的任务。陆汀兰吃惊地问："让你把川南钢铁的全部图纸检查一遍？"夏方舟说："一个青年技术员负责复查一座大型钢铁企业的全部设计，从来没有过，无论在东北钢铁还是江汉钢铁，从来没有过，我是第一个！"

陆汀兰问："你心里有底吗？"夏方舟充满自信地说："汀兰，文学艺术我可不敢和光复比，冶建和钢铁，没有我过不去的火焰山！"

陆汀兰看着兴奋的夏方舟说："方舟，我看你有些飘飘然。从上一次你解决了工程存在的问题，你就开始有些飘飘然，感觉自己无所不能。"

夏方舟不接受地说："汀兰，我的自信心来自我的能力，我办不到的事，绝对不会狂妄自大。你不相信我的能力？"陆汀兰说："我担心你会摔跟头。"夏方舟轻松地说："不会！汀兰，你放心，没有把握的事，我不会做。"

陆汀兰想了想说："冶建我不懂，给你个建议，听听晓丹的意见。"夏方舟很不以为然地说："我需要听一个水平不过大三，好，大四，我需要听一个大四学生的意见吗？"

陆汀兰训他："你就不能稍微谦虚点？且不说三人行必有我师，晓丹的那些英美原版的专业书籍，你敢保证自己没有任何阅读障碍？冶建她肯定不如你，但她的知识面，比你宽。"

陆汀兰停下步子，看着夏方舟说："知道曼珠沙华吗？"夏方舟发个愣问："什么曼珠沙华？"陆汀兰不接话，严厉地盯着他说："方舟，如果你照这么下去，这个跟头摔了就是大的！"

王卫国一路喊着："夏大哥！夏大哥！"跑到跟前。陆汀兰微笑着说："跑得气喘吁吁的，卫国，找你夏大哥有事？"王卫国有些不好意思地说："本奇当班长了。"

武本奇的宿舍里，四张床之间多了一张用废弃的跳板搭起的桌子，饭盒和搪瓷缸子里只有两种食堂里打来的菜。武本奇和七个兄弟坐在床沿，唯一的凳子在桌子尽头，夏方舟坐在那里。

武本奇带小兄弟们端着牙缸站起来，每人的牙缸里小半缸酒。武本奇说："兄弟们，头一杯酒敬夏大哥！"夏方舟忙站起来说："本奇，慢慢喝。多聊天，少喝酒。"

武本奇把夏方舟按下说："夏大哥，你坐。兄弟们！咱们一块敬夏大哥，来，干！"武本奇和他的小兄弟们一口把酒干了。

夏方舟半开玩笑半认真地说："今天的主题是祝贺本奇当班长。你是你们这茬学生里，第一个当领导的。可喜可贺！来，本奇，为祝贺你当了领导，我敬你一杯！"只有他的酒具是碗，他端起碗一饮而尽。武本奇和小兄弟们欢呼："夏大哥真给面子！"

065

赵殿楚把顾弘亮请到办公室说："顾代表，时风同志让夏方舟复查川南钢铁的全部图纸，这事你知道吗？"顾弘亮说："好像是听他们说起过，我也不懂，也没在意。赵总？"赵殿楚说："这么大的事，他连个招呼都没打。"

顾弘亮想了一下说："赵总，时风同志是不是思想上还是没有真正转过弯来，夏方舟纠正了他搞的那个设计上的问题，如果夏方舟再能找出原来的设计本来就有问题，他的那点问题根本就不算什么问题了。"

赵殿楚点头说："有这个可能。"顾弘亮问："我找他谈谈？"赵殿楚说："放一放吧！他的位置，安排夏方舟看图纸也说得过去。有点虚荣心，不是什么原则问题，别为这点事情影响了班子团结。这对夏方舟也是个很好的学习机会。"

顾弘亮点头，转念又说："赵总，夏方舟要真找出问题呢？"赵殿楚笑着说："顾代表，夏方舟果真有这个能力，咱们对他真要刮目相看了！"顾弘亮也笑了，说："川南钢铁经过反复论证，根本不可能有问题！赵总，那我先回去，我安排了个会，要求各级军代表到一线参加会战。"

赵殿楚送走顾弘亮，若有所思。

秦晓丹从工地下来回到技术室，摘掉柳条安全帽，抽出搭在工作服领口上的白毛巾，来到工作台前。窗台上，铁皮罐头盒里的金沙蓝梦绽放。

风言风语到处传，工程处让夏方舟复查川南钢铁全部图纸，整个二号信箱都被震动了。秦晓丹忍不住去找了夏方舟。夏方舟告诉她处里已经决定了。秦晓丹问："程处长是不是在怀疑川南钢铁的整体设计？"夏方舟说："不是。上一次原设计存在的瑕疵引起了他的警觉。"秦晓丹不相信地说："我觉得程时风有别的企图。"

夏方舟反问："他能有什么企图？作为总部领导兼工程处处长，为川南钢铁的建设质量负责，未雨绸缪，是他分内的职责。再说，依我看，程处长确实接受了教训，知错改错，这并不容易。"秦晓丹的语气带出了情绪："他是什么样的人，你问问陈队长。"

夏方舟说："他们从在江汉冶建就有矛盾。"

秦晓丹劝他："夏方舟，川南钢铁的整体设计绝对不会有问题，回工地吧！工地需要你，大家都在等着你回去。"夏方舟一口回绝。

秦晓丹从夏方舟那里回来，在工地上闷着头干了一个多小时的杂工。此刻她看着窗台上的金沙蓝梦，依旧是说不清的心乱如麻，轻轻一叹，拿起旁边的玻璃水瓶浇水。

季成钢站在门口，瞟一眼那株被秦晓丹精心照顾的花，跨进门来，说："晓丹，夏方舟留在了工程处。"见秦晓丹语迟，季成钢微笑着说："我早就料到了。"秦晓丹情不自禁地说："不是他不回来，是工程处给他安排的工作。"

季成钢言如冰刃："没人给他安排，是他自己坚决要求。"秦晓丹不觉愣了一下，不愿意相信地问："你听谁说的？"季成钢微笑着说："我不需要听说，我早就知道他是什么样的人，我了解他。"秦晓丹顿时松了口气说："夏方舟会回来的。"

季成钢轻松转动话题说："晓丹，我找你是为别的事。你对我说的那些话，经过我认真思考，你是对的。"

季成钢越发谦虚地说："晓丹，下班以后，我想到技术室来看图纸，在最短的时间内，把所有的图纸全看一遍。可以吗？"秦晓丹忙说："当然可以！成钢，我和队长说一声，给你一把钥匙。"

戚光复依旧是不敲门就推门而入，一副正经模样说："方舟，我回来这段时间，汀兰一个劲地说，这段时间以来，你有些飘飘然，再不加以批评，可能发展成目空一切。汀兰极为担忧，让我找你谈谈。"

夏方舟有点着急地说："光复，你觉得我会那样吗？"戚光复笑着说："以后当着汀兰，有些话你少说，别动不动就一副'袖里珍奇光五色，他年要补天西北'的才子气派，汀兰她就放心了。记住，汀兰要问起来，和她说我认真地和你谈过了，你也认真反省了。行了，不纠缠这事了！方舟，我的舞蹈队过两天就下工地慰问演出，第一站去咱们工地。有几个节目排得不错了，跟我去看看，先睹为快。"

夏方舟不想去。戚光复说："老在这屋里憋着，有点灵感也给你闷死了！我招了个叫乔佳丽的小知青，天才的舞蹈演员，前途无量！"戚光复硬拉起夏方舟，一路把他拉到宣传队的小礼堂。

小礼堂虽然条件比较简陋，各种设施还是挺齐全。戚光复来到后台，满脸严肃地说："都注意了！今天的带妆彩排，我特别请了一个非常重要的人物来看你们的表演，这关系到你们的前途，都拿出自己的最高水平！"布置完，回到长排木凳做成的观众席，坐到夏方舟身边，笑着说了几句。

夏方舟抱怨："你这个光复，我算什么重要人物？"戚光复笑着说："吓唬吓唬她们，让她们一个个提起精神来，让你看一场最精彩的。"

后台将要出场的乔佳丽害怕地说："我们要是演砸了，会不会再次被'上山下乡'？我可不想再回去挑粪。我要留在二号信箱！"黄爱华鼓励她说："谁都比不了你！你独一无二！"乔佳丽仍然不安地说："不行，我得先看看来的什么大领导。爱华，你和我一块。"

两个人来到边幕旁，扯开一条缝隙，看到在戚光复身边的夏方舟。乔佳丽诧异地说："他就是戚队长说的重要人物？这么年轻！"

芭蕾舞剧《白毛女》中一个独舞段落的音乐响起。刚才还忐忑不安的乔佳丽立刻进入状态。

戚光复看着舞台上沉浸在舞蹈中的乔佳丽，对夏方舟赞叹："绝对上芭一级！"夏方舟听不懂，问："上芭？上芭是哪一级？"戚光复笑着说："一根筋的理科生！彻底没救了！上海芭蕾舞团，上芭。"

乔佳丽完全投入到舞蹈中，显示出极高的天赋。

066

舞台上的乔佳丽沉浸在华丽的独舞中。

这是在第一施工队的工地上临时搭建的舞台，虽然简陋，还是相当规整，上面有"慰问演出"的横幅。工人们或坐或站，看得津津有味。

秦晓丹和季成钢一起站在后面。秦晓丹的目光落在舞台上，她说："白毛女是上芭1964年创作的，我们国家的第一台民族芭蕾，我在上海看过好多次，水平很高，难度很大。她驾驭得轻松自如。"季成钢的目光转到秦晓丹脸上。秦晓丹沉浸在乔佳丽的舞蹈中，完全未觉。

季成钢的目光划过秦晓丹的面庞、胸部，他呼吸急促，不断吞咽唾液，他试图控制，却身不由己一般，一点点地靠近对方。他的手好像不受大脑的控制，颤抖着，从秦晓丹身后向着秦晓丹的腰臀部贴近过去。

热烈的掌声响起，工人们发出特有的粗犷的呼喊声。季成钢惊醒，慌忙撤出半步，热烈鼓掌。秦晓丹丝毫未觉。

舞台上的乔佳丽返场谢幕，优雅而美丽。

武本奇趁着大家不注意，朝后台踅摸过去。黄爱华看到了在幕布口探头探脑的武本奇，武本奇冲黄爱华点头笑了笑，索性进来。黄爱华说："这儿不准外人进来。"武本奇点头哈腰说："好奇！好奇！我看一眼，马上走。"黄爱华不觉笑了，说："和你打听个人？"

武本奇拍胸脯说："只要我知道的，知无不言，言无不尽！你打听谁？"黄爱华问他："你知道夏方舟吗？"武本奇拿个架子说："你问着了，那是我大哥！"黄爱华打量他说："你大哥？一点也不像。"

武本奇嘿嘿笑了，说："大哥那是尊称。要说夏工，在二号信箱是这个！"说着竖起大拇指。

演出完回到宿舍，黄爱华把打探来的夏方舟的情况说给乔佳丽。乔佳丽惊叹："这么厉害！"黄爱华说："听那个武本奇说，比这还要厉害呢，总工程师都未必比得了。"

宣传队的宿舍是干打垒的，条件比学生们的席棚子宿舍好得多，乔佳丽和黄爱华两个人一个房间。乔佳丽一字马悬空在两床之间，说："爱华，夏方舟他不光能力出众，人长得也特别帅气。"黄爱华说："嗨嗨！乔佳丽，你胡思乱想什么呢？"

乔佳丽嘴一噘说："谁呀！我绝对不在金江谈恋爱，在大三线和在乡下一样，谈了恋爱再也走不了了。金江不是我的终极梦想，我要回成都，还想去上海呢！"

席棚子宿舍透风漏光不隔音，一个房间不睡，两边都睡不好，几个房间灯不关，一大片都睡不了。时间长了便约定俗成，没特别的理由，十点钟熄灯。

熄灯好一会儿了，武本奇辗转反侧，终于悄声问："你们睡着了吗？"其他三个人立刻相应。武本奇坐起来说："我也睡不着，憋得慌。"

王卫国悄声说："那边有对刚结婚的，他们有去听的，可热闹呢！"武本奇嘿嘿坏笑着说："那还等什么？"

武本奇和几个小兄弟鬼鬼祟祟、蹑手蹑脚地摸近了夫妻宿舍区。王卫国忽然惊叫："本奇！你看那边！"

一片席棚子宿舍刚刚冒起火焰。小兄弟们惊呼："是咱们宿舍那边！"武本奇喝一声："还愣着干吗！救火去！"边跑边喊，小兄弟们跟着武本奇大喊着狂奔。

很多人被惊醒了。他们从宿舍出来，有的人立刻朝失火点跑去，有的人在看，议论纷纷。

秦晓丹跑出宿舍，随即朝着那边跑去。女生喊她："晓丹，那边都是男生！"秦晓丹没有回头。

女生们围在一起，有的庆幸，有的担忧。

大火扑灭，烧毁了几十间宿舍。人们围在现场议论纷纷。

在离人们没多远的地方，救火的武本奇和小兄弟们似乎被遗忘了，个个灰头土脸，受了一些皮外伤，只有秦晓丹一个人在为伤势最重的武本奇清洗伤处。武本奇疼得倒抽冷气，仍说："秦工，你不用管我，让我这帮兄弟来。"秦晓丹说："本奇，忍一忍，别动。"她更加小心地为武本奇清洗。

夏方舟赶来，看到秦晓丹为武本奇清理烧伤，瞬间被打动了，不觉停下来，出神地看着秦晓丹。眼前的秦晓丹仿若在工地上的心梅，脱去工人的鞋，把工人的脚托在手上，仔细地为工人清理创伤……

武本奇看到夏方舟，叫了声："夏大哥！"秦晓丹回头，对已来到跟前的夏方舟说："本奇伤得不轻，得赶快去医院。"武本奇说："秦工，别当我这么娇贵，我没事。大哥，我真没事！秦工，你赶紧起来，我真不好意思了！"

顾弘亮带着几个工作人员匆匆赶到问："谁是武本奇？"人们似乎现在才想起是武本奇他们救了火。顾弘亮过来，议论的人们也跟了过来。

夏方舟和秦晓丹把武本奇扶起来。顾弘亮到跟前问："你是武本奇？"武本奇说："是我。"顾弘亮关切地打量着他问："受伤了？"武本奇一脸不在乎地说："没事。烧了几个燎泡，擦破了点皮，几天就好了。"陈国民也赶到了现场，对武本奇显然很是满意。

顾弘亮赞许："武本奇同志，对于你这种奋不顾身、英勇救火的革命英雄主义的行为，指挥部要大力表扬，号召大家向你学习。"武本奇顶嘴："军代表，表扬有什么用？"顾弘亮愣了一下，仍然笑容和蔼地说："武本奇同志，你有什么要求？"武本奇不给面子地说："我没要求！"顾弘亮又是一愣，笑着说："有觉悟！武本奇同志啊……"

武本奇打断对方说："军代表，我这个人从来没什么觉悟，我是赶上了。着火的时候大家都睡着了，要不是我们哥几个拼命，等着大家反应过来，早就火烧连营了！我不是事后诸葛亮，这话我来的第一天就说过，没人搭理我！我还说了，那个刘备就这么输的。军代表，我们的饭票都烧没了，不光我们，着了火的这一片，饭票都没了！我们下个月吃什么？没饭吃怎么参加大会战？"

秦晓丹忍不住笑了，看夏方舟。夏方舟若有所思。

顾弘亮还是带着笑容说："武本奇同志，你提的要求，经过调查核实……"

陈国民不待顾弘亮说完，上去一把拧着武本奇的耳朵往一边提溜。

秦晓丹赶上一步说："队长，你慢点，武本奇腿上有伤！"武本奇被陈国民提溜着耳朵拽走了。

顾弘亮跟过去几步，看着陈国民没有停下来的意思，笑着摇摇头，带着工作人员过去查看受灾情况，人们也大多跟了过去。

秦晓丹笑着对夏方舟说："你看本奇，救了火，自己受了伤，什么都不在乎，还这么调皮，这么能闹，他就是个大男孩。"

夏方舟说："所有的人都在那边议论纷纷，只有你一个人为本奇清理伤口。"秦晓丹笑了笑说："我过来的时候火已经扑灭了……"忽然发觉夏方舟不同以往那般的目光，慌乱地说，"我回去了，你带本奇去医院吧！"夏方舟看着离去的秦晓丹。

陈国民提溜着武本奇躲开众人，压低了嗓子说："你小子，还真以为自己成英雄了！半夜里不好好睡觉，到处狼窜，听人家墙角，以为我不知道！歪打正着地救了个火，你还成人物了！"

武本奇分辩："师傅，我没说我成人物！"陈国民训斥："那你在这儿闹什么闹？"武本奇说："我就闹！衣服都烧没了，钱也烧没了，活该，挣了钱再买。饭票都烧没了，师傅，我们下个月吃什么？"

陈国民骂："小兔崽子，还敢顶嘴！饿不着你！"武本奇不服地说："不光我自己！"

陈国民提高嗓门说："说的就是你们！你以为领导都跟你这么浑？我把话撂这儿，谁敢饿着你们，我头一个不答应！你小子！和你那帮子小兄弟赶紧去医院，把伤口处理处理。"

第十六章

067

田青妮照顾着两个孩子吃饭，不时瞟一眼闷头喝酒的陈国民，到底还是忍不住，说："他爸，这不是个办法。"陈国民知道她说什么。

田青妮不急不火地说："领导给本奇他们解决了吃饭的事，人家孩子就没再提别的。他们不提，你们不能不提！那一片住着八千多学生，一把火真要烧了起来，那不惹出大祸来了吗？学生们不说，你们四大金刚就不能找领导说说道道？不是说工人阶级领导一切吗？"陈国民说："你以为我没找！赵总不在家，饭票是顾代表批的，生产上的事不归他管，找程时风，除了那套先生产，后生活，没别的词！我还一肚子气呢！"

田青妮不紧不慢地说："他爸，这几天，那边的学生们，天天晚上睡不好觉。天天晚上睡觉前，先把钱和饭票埋在地下，睡着了还得睁着一只眼，到处人心惶惶。咱不说别人，戚光复他们两口子，陆技术员挺着个肚子！这换了我，你能睡着觉？"

陈国民发狠地说："赵殿楚回来我就找他！当初我就说了的！"

陈国民说到做到，得到赵殿楚回来的消息，从工地立马杀到，把事情简明扼要地说了一番。赵殿楚看着他问："你说怎么办？"

陈国民把旧账翻个底朝天，说："领导，当初你怎么说的？临时过渡！不是我陈国民乌鸦嘴，到了火烧连营的那一天，你们麻烦就大了。用我徒弟的话说，那个刘备就这么输的。"

赵殿楚为难地说："国民，你不是不知道，现在工期这么紧，八千多人的宿舍推倒重建，能抽出人手来吗？先生产，后生活，不光我们二号信箱，这也是整个大三线的建设原则。国民啊，回来我就开会研究了，征求了各公司的意见，暂时实在没别的好办法，只有加强防火教育，增加巡查人员，争取防患于未然。"

陈国民愣了愣，站起来说："回去！白天干活，晚上看宣传队的演出，心情舒畅！"说完扬长而去。

赵殿楚蹙眉，复作一叹。

068

夏方舟被自己的推演结果吓着了，自言自语："难道……真的有问题？不要急于下结论，沉下心来，沉下心来，反复推演……"闭上眼睛，集中精力再次推演。

所谓工程推演，就是根据二维图纸在大脑中建立三维场景，让整个场景的所有设备运转起来，发现其中的问题。如果是简单的工程，经过训练的工程师都可以完成，但像川南钢铁如此巨大的工程，这几乎就是天才级的游戏了。

夏方舟对自己再次推演的结果感到震惊，来到铺在地上的若干张关键图纸前来回查看、思考，他试图证明自己是错的。听到敲门声，没抬头。

乔佳丽轻轻地推门，没敢进来，在门口探望，黄爱华也探出头。夏方舟听不到动静，抬头，愣了一下说："乔佳丽？"乔佳丽顿时兴奋地说："你认识我？"不过她还是没有勇气进来。

夏方舟点点头说："看过你演出，印象深刻。"乔佳丽被黄爱华猛地推进来，有些不知所措。夏方舟有些疑惑地问："你们，找我有事？"

乔佳丽支吾："没事、没事……我们走错房间了。对不起！"

乔佳丽不是走错了房门。近距离看看夏方舟的念头不是一天两天了，近些日子这个念头越来越强。在练功房压腿，念头又冒了出来，竟至出起神来。黄爱华看出来了。

黄爱华问她："乔佳丽，你不是不在金江谈恋爱吗？"乔佳丽说："谁谈恋爱呀！爱华，我听了很多很多他的事，崇拜崇拜不可以啊！爱华，我还从来没有在近处看过他，陪我去一趟吧，看一眼我们就回来！我们是好朋友。"

黄爱华拿乔佳丽没办法，和她来到总部大楼。到夏方舟办公室门前，乔佳丽又怕了。黄爱华一不做二不休，推开房门把她推了进去。

此刻，看着乔佳丽在那里不知说什么好，黄爱华兜她的底说："夏技术员，乔佳丽是特意来看你的，她崇拜你！"乔佳丽顿时面颊飞红，愣了个神，转身跑了出去。黄爱华嘻嘻哈哈地跟着跑了出去。

夏方舟摇头笑了笑，关上房门，回到图纸前，集中精力。

秦晓丹在热火朝天的工地上跟着陈国民说："队长，我算了一下，按照这个速度，我们的工程能够提前完成！"陈国民兴致很高地说："肯定提前完工！不服气不行，夏方舟就是有两把刷子，拆除返工，还能比原来提前完工！你服气吧？"

秦晓丹说："那也不都是他的功劳，首先是工人师傅干劲高！"陈国民说："工人师傅干劲高！图纸出了毛病，干劲越高，损失越大。你是技术员，这个道理该比我懂。还不服气是不是？"秦晓丹不好意思。

陈国民说："去给夏方舟说，赶紧回来，再不回来，到工程干完了记功的时候，没他的事。你就说，我说的。"

借着陈国民的吩咐，秦晓丹理直气壮地来找夏方舟，笑着说："这可是陈队长说的，我负责如实转告。"话说出来,她期待夏方舟的反应,注意到夏方舟的神色,喊了声:"夏方舟?"

夏方舟回神,问道:"秦晓丹,曼珠沙华什么意思?"秦晓丹问:"你从哪儿听到的?"夏方舟说:"汀兰给我说的,她说我的知识面没你广,遇到问题让我听听你的意见。大英汉、工建相关的专业词典,连汀兰的专业词典我也查了,没查到。这到底是哪个专业的词条?"

秦晓丹被勾起回忆,心情复杂。夏方舟另有心思地说:"看来你真的知道。"秦晓丹不解地问:"怎么了?"夏方舟说:"我遇到了问题,大问题。想听听吗?"看秦晓丹点头。夏方舟说:"川南钢铁的设计,可能存在重大隐患。"秦晓丹说:"你说的,程时风他们搞的技术攻关修改的设计没大问题,有的还做出了贡献,又发现新问题了?"

夏方舟摇头说:"不是他们搞的那些,是原来的设计可能存在重大隐患。"秦晓丹震惊地说:"不可能!"夏方舟说:"我希望如此。可是,根据我的知识能力,确实疑点重重。"

秦晓丹快速地想了想说:"其他地方的经验和书本知识,恐怕不一定适合川南钢铁,赵总说过,川南钢铁独一无二。"夏方舟说:"正因为这个独一无二……这么复杂的地理环境,建造这么一座钢铁联合企业,很多问题是世界钢铁建筑史上从来没有遇到过的,前无古人,没有经验可以借鉴,出问题的概率更大。"

秦晓丹听明白了,声音有些颤抖地问:"你有把握吗?"夏方舟说:"我希望我的判断是错的,可是我说服不了自己。"秦晓丹说:"会不会是属于局部的具体的问题,是别的什么原因影响了你的整体判断?"

夏方舟长长一叹:"我希望,能说服自己。你的意见?"秦晓丹斩钉截铁地说:"川南钢铁不可能存在重大隐患。"夏方舟话到嘴边,放弃了,岔开话题:"你回去给队长说,这边的事我需要时间。"秦晓丹也是话到嘴边改了口:"我回去了。"

夏方舟独自在金沙江边,面对满天繁星,整整一个晚上,大脑飞速运转。第二天一上班,带上推演草图来到程时风的办公室。

程时风听他说完,惊愕到下巴都要掉下来,好半天说:"方舟,我没听错吧,你说的是整个川南钢铁的设计存在重大隐患?不是局部的细节问题?"

夏方舟说:"不是。"程时风有些茫然,好一会儿才说:"方舟,你知道这事有多大吗?你……有把握?"夏方舟说:"没有绝对把握。"

程时风顿时松了口气说:"这么大的事,没把握你可不能乱说。"夏方舟说:"处长,我虽然没有绝对把握,但是其中的疑点太多了。这些是我画的推演结果的草图,你看一看。"程时风说:"好,放到我这儿我看看。方舟,这事非同小可,事关重大,不是我吓唬自己,搞不好能把天捅出个窟窿!记住,没有我的许可,严格保密。这是纪律。"

出了程时风的办公室,夏方舟下了楼,漫无目的,不知不觉来到戚光复这里。夏方舟坐到他对面的椅子上,苦闷地说:"没处去。"戚光复太了解他了,立刻意识到工程出问题了。

夏方舟叹了口气："不能说。"戚光复以答代问："你发现川南钢铁工程图纸存在大问题，重大问题。"夏方舟欲言又止。戚光复问："我这儿是第一站？"夏方舟点点头，又是沉重一叹。

戚光复说："来我这儿就对了！工程上的问题我插不上嘴，采取什么样的对策、步骤，如何使之有理有利有节，这我可以帮你参考参考，这方面是我的强项。绝对不会泄密，方舟，你还不相信我吗？"夏方舟仍然不说。

戚光复其实已经清楚了，说："看来问题不是一般的严重。不问了，既来之，则安之，我带你去看看排练，让乔佳丽给你来一段《红色娘子军》的吴琼花。刚排出来的，确实太出色了！"夏方舟郁闷一叹："我还是回去吧！"

戚光复说："我什么都不问，你什么也别说，就在这儿坐会儿，像过去那样，傻坐。"夏方舟长长地出了一口气。

乔佳丽穿着练功服，一头撞了进来，猛然看到夏方舟，稍稍愣过，叫了声："夏技术员！"戚光复一本正经地说："乔佳丽，喊夏丁。"

夏方舟很有些不好意思，却是笑了。

069

程时风没有让夏方舟等很久，下班之前把他叫到办公室说："方舟，你的图我都看了。实话实说，基本上我看不懂。但是我从这些图当中看出了一种精神，对工程认真负责的精神。川南钢铁原来的设计，可能存在重大隐患，那么多的权威也会犯错误。怀疑权威，挑战权威，不但要有知识的积累，更难得的是你这样一种大无畏的精神。知识可以积累，精神不是人人都能够具有的。方舟啊，说心里话，我也怀疑过权威，也想过挑战权威，可真到了事上，自己的心先虚了……方舟，我得向你学习！"

夏方舟说："处长，你把任务交给了我，我就要尽到责任。"程时风说出他的决定："如果，川南钢铁的设计真的存在问题，我个人的意见，宁肯牺牲时间，也要保证川南钢铁的工程质量。"夏方舟振奋地说："我也是这么想的。"

程时风说："好！如果……我是说如果，如果你真的认为有问题，那就承担起你的责任，把问题指出来，动员大家的力量，我们一起纠正它。"夏方舟感动地说："处长，我一定尽职尽责！"

夏方舟压力巨大，他需要最亲近、最信任的人的支持，和戚光复、陆汀兰吃着晚饭，他把事情和盘托出。

戚光复本已猜到，得到证实，依旧满脸错愕地问："这就是你去我那，我死活问不出来的那些事？"夏方舟说："当时，程处长要求严格保密，我不能说。"

秦晓丹来找陆汀兰，夏方舟的事情压在心里，她也需要支持，能想到的只有陆汀兰。来到门前，刚要敲门，听到里面陆汀兰说："方舟，这事太大了！你知道意味着什么吗？"夏方舟说："不意味什么，不过就是设计上存在问题。"陆汀兰说："意味着你要在某种程度上颠覆川南钢铁的设计。"

秦晓丹陡然一惊，敲门的手停在了半空。

陆汀兰说的颠覆，夏方舟显然没有想过，不觉愣了。陆汀兰问他："你有绝对把握？"夏方舟说："还没有。"陆汀兰严肃地说："没有绝对把握，方舟，断不可轻举妄动。"

夏方舟解释："汀兰，问题到底有多严重，我没把握，设计上肯定存在问题，这个把握我有。"戚光复说："方舟，这事我们从策略上考虑一下。既可以进行探讨研究，又不至于引起过分的轰动……"

陆汀兰看到了轻轻推开门的秦晓丹，秦晓丹对陆汀兰和戚光复点点头，看着夏方舟说："我想和你谈谈。"夏方舟和戚光复不约而同地看陆汀兰，陆汀兰点了点头。

从陆汀兰家出来，夏方舟和秦晓丹走了好长时间，都不说话，又似乎有某种默契，一直来到工地旁的金沙江边。两人停下来，看着收工后的工地。

秦晓丹开口："从你对我说了，我一直在想，不是怀疑你的能力，像上一次那样的局部问题，你不但能够发现，也能够纠正。这次完全不一样，你怀疑的是整个川南钢铁的设计存在重大瑕疵，完全不一样。"

夏方舟稍沉说："我们去工地，找个光亮的地方。"来到工地，夏方舟在地面上画一幅简单的推演草图说："我确实发现了问题。"秦晓丹看着图说："说真的，我看不懂，可给我的感觉，你只是在怀疑。"

夏方舟说："是有根据的怀疑。"秦晓丹另有担心地问："你是不是太武断了？这不能说明什么。"夏方舟说："我要为川南钢铁负责。"秦晓丹忍不住说："你的口气太大了！"夏方舟傲气地说："这样的话我听过很多次，后来证明我对了。"秦晓丹心里一颤，问："证明你对了？"

秦晓丹尽量缓和语气，但还是带出来态度："我说我的感受，可能不一定对，你给我的感觉，你要用颠覆川南钢铁的设计，证明自己的才华。"夏方舟不为之所动，说："才华源自兴趣，科学来自实践，证明存在的问题和表现自己的才华，两者完全可以统一。"

秦晓丹激动地说："夏方舟，你确实才华过人，但不要太高估自己，川南钢铁经过严格设计论证，那些优秀的工程师不是程时风，他们是最好的专家，是权威。"

夏方舟反而被激了起来，反驳道："专家怎么了，权威又怎么样？他们即便是巨人，也不是神。不管面对的巨人有多么高大，发现了他们的失误，必须指出来，这是一个合格的工程师起码的职责所在，我的职责所在。"

秦晓丹声音有些颤抖地说："夏方舟，你是不是觉得，颠覆权威，打倒权威，会有特别的成就感？会给你带来特别的激情？"

夏方舟直截了当地说："没想过。不过话说到这儿，确实是。普通人的错误，容易被发现，权威的错误，即便是被发现，人们也会先怀疑自己，权威怎么会犯错误呢？从这个意义上讲，颠覆权威确实会带来特别的激情。没错，我感受到了这种激情！"秦晓丹身体在颤抖，看着夏方舟说不出话。夏方舟注意到了，却不理解。

秦晓丹看着夏方舟，忽然转身而去，步履有些踉跄。

建筑物暗影里季成钢看到、听到了一切，说："颠覆权威……打倒反动学术权威……"

武本奇和他的小兄弟，也是不远不近地看到了这边发生的事情。武本奇不得其解地说："秦工怎么和夏大哥吵起来了？看这样子，好像闹翻了。好像……川南钢铁设计上的事？"

夏方舟看着不回头的秦晓丹，夏方舟问："都看到了？"戚光复点了点头说："看到了，听到了。"夏方舟求解："光复，秦晓丹怎么了？话说了一半突然走了。"

季成钢那边想明白了，脸上浮现出得意的冷笑，自言自语："打倒反动学术权威！夏方舟，祝贺你掉到井里了！"

夏方舟求解，戚光复憋了他一路。回到家，在汀兰面前，把答案抛给了他："秦晓丹爱上你了！"夏方舟觉得他莫名其妙！戚光复说："其他的我不清楚，这一点确信无疑，秦晓丹爱上了你！"

夏方舟憋了片刻，越发不快地说："光复，假当你说对了，秦晓丹爱上了我，按你的逻辑，她应该和我同心协力，一起去验证川南钢铁存在的问题，对不对？她没有！汀兰那次还说，秦晓丹的知识面比我广，还给我举了个什么曼珠沙华的例子，那个曼珠沙华到现在我也不知道是什么专业的术语……"

戚光复听到曼珠沙华，猛然一惊，看陆汀兰。陆汀兰忍不住想笑。夏方舟不觉火了，说："汀兰，我很可笑吗，你们都觉得我很可笑？"陆汀兰忙说："方舟，我不是那个意思……"

夏方舟生气地说："那你什么意思？我怀疑川南钢铁的设计存在问题，很可笑？突然之间，光复又抛出什么秦晓丹爱上我了，你们什么意思？因为秦晓丹爱我，我就应该放弃责任？别拿什么爱情当话题，直接说吧，你们站在哪一边？"陆汀兰不知说什么好。戚光复说："方舟，走，我陪你走走。"

出了家门，戚光复陪夏方舟走在路上，两个人都不说话。很久，夏方舟停下来。戚光复问他："好受点了？"夏方舟长叹一声："好多了。回去给汀兰说，我不该冲她发火。"

戚光复回到家，陆汀兰还没想明白，问："方舟怎么生了这么大的气？给我都发了脾气。"戚光复自责："这事赖我。秦晓丹确实爱上方舟了，我不该在这个节骨眼上点破他。汀兰，你不该拿曼珠沙华说事，一旦方舟明白了，会让他伤口重新流血。"陆汀兰悔之不迭地说："我……怀孕的女人确实容易变得不理智。"

第二天清晨，夏方舟去了李心梅墓地，用随身带的瑞士军刀为金沙蓝梦松土，仔细擦拭过墓碑，在墓前坐了足足两个小时，离开时决心已定。回到总部大楼，直接去了程时风办公室。

程时风听过夏方舟的简短几句，表态："方舟同志，我支持你，全力支持！打算从哪儿入手？"夏方舟说："我想直接向赵总汇报这件事。"

程时风干脆地说："完全可以！方舟，向赵总汇报之前，把准备工作做扎实。我给你打个预防针，赵总这一关不是那么好过的。"

070

陈国民和几个工长在打开的图纸前商量："行！这建议不错，再突击一下，把速度提起来。"几个工长说笑着离开。武本奇摸上来。

陈国民笑起来说："刚才我就看见你了！鬼鬼祟祟。"武本奇更加鬼祟地说："师傅，这事不能守着人说。秦工和夏工好像吵翻了。昨天晚上……具体的我没大听懂，听那意思，好像是夏工认为川南钢铁的设计存在问题，大问题。"陈国民吃了一惊，问："夏方舟说川南钢铁的设计有问题？"武本奇说："我没听懂。师傅。"陈国民着急地说："没听懂！鹦鹉还会学舌呢，你还不如个鹦鹉？"

武本奇凭着记忆，把昨天晚上夏方舟和秦晓丹的话学了一遍。说完，瞪着眼看着师傅。陈国民皱着眉头沉思不语。

陈国民拉着武本奇到人少处，掐着耳朵叮嘱："本奇，这事别到处乱说。"武本奇说："我不说人家也会说，夏工自己也会说。"陈国民敲打他："夏方舟可以说，别人也可以说，你不能说。"武本奇问："为什么？因为我是你徒弟？"

陈国民说："没错！眼下是什么时候？整个川南钢铁都在大会战，这个时候你出去乱说，川南钢铁的设计出了问题，别人会认为是我的态度，甚至是四大金刚的态度，那是会动摇军心的！"

夏方舟意外地看着门口的季成钢。

季成钢进门来，随手带上房门，单刀直入："夏方舟，你怀疑川南钢铁存在重大设计隐患。"夏方舟着实吃了一惊，问："你怎么知道的？"季成钢淡淡一笑说："晓丹告诉我的。"看着夏方舟发愣，季成钢又是浅浅笑过，大模大样地坐到夏方舟的对面说："晓丹对我无话不说。"

季成钢不慌不忙地说："夏方舟，说你动摇军心，这顶帽子小了点，安你一个破坏大三线建设的罪名，也不过分。"夏方舟冷笑道："季成钢，你来吓唬我？我会被你吓住？"

季成钢更加平静地说："如果你所谓的对川南钢铁的怀疑只是为了出出风头，哗众取宠，我建议你赶紧打住，破坏大三线建设的罪名，你顶不起，你没那个勇气。夏方舟，千万不要被那几秒钟的所谓英雄壮举的错觉蒙住了自己的双眼，李心梅曾经改变了你，没有了李心梅，你已经被打回原形，我现在就敢断言，你根本不敢坚持下去，只要上面一句话，你立刻屁滚尿流。懦夫一个！1966年我们已经交过手了。"

夏方舟声音不高："滚出去！"

季成钢义正词严地说："既然这样，我警告你，如果你胆敢破坏大三线建设，你会死无葬身之地。老老实实地认罪悔过，现在还来得及！否则，我会成为杀死你的最锋利的那把刀。"

夏方舟根本不把他放在眼里，说道："那你就试试。"季成钢微笑着说："这不是你我之间的私仇，是时代赋予的使命。"夏方舟鄙视地说："你也配谈使命？"

季成钢好像忽然被什么激怒，喊道："夏方舟，有种你就顽抗到底，死不回头！恐怕你没这个胆量。1966年你为什么不敢回来找我？胆小鬼！告辞！"

夏方舟努力控制着自己愤怒的情绪。季成钢到门口，回头微笑说："晓丹旗帜鲜明地站在我这一边。"说完扬长而去。夏方舟难以控制愤怒的情绪，却找不到发泄口。

似乎大获全胜的季成钢来到工地技术室，变作了另一个人。季成钢充满关切地说："晓丹，你和夏方舟的争论，我听说了。"秦晓丹意外。季成钢神色坦然地说："早已是满城风雨，可能整个二号信箱都听说了。"

秦晓丹怀疑地说："不可能！这件事还在保密阶段。"季成钢说："我相信，你没有扩散。"秦晓丹听懂了，仍然不愿意相信。

季成钢高深莫测地说："晓丹，这让我想起1966年发生的一些事。上海的情况我不了解，在我们那边，那些所谓打倒权威最积极的人，反而是一些原来梦想自己成名成家的人，他们打着革命的旗号，只不过是为了掩盖内心肮脏的企图。"

季成钢自问自答："川南钢铁是谁设计的？大三线是谁设计的？是中国最好的工程师和科学家，他们中的有些人为此献出了宝贵的生命！我们得承认，夏方舟取得了一点成绩，但他个人主义恶性膨胀，打着为川南钢铁负责的名义，其实是为了达到个人的目的。"

秦晓丹颤抖地问："你觉得，他是这样的人吗？"季成钢一副悲天悯人的样子说："希望不是，但愿他只是头脑发热。"秦晓丹不觉舒了口气说："我觉得也是。"

季成钢假装诚恳地说："晓丹，夏方舟现在走的还不算远，我们不能眼看着他走向悬崖，走到扰乱军心、破坏大三线建设的那一步。据我所知，已经有人借夏方舟的言论，企图整个否定川南钢铁。对此，我们需要高度警惕，这是一场严肃的政治斗争。夏方舟迷失了方向，我们得帮助他，把他拉回来。找他谈谈，推心置腹。我想，他会听你的，悬崖勒马。"

秦晓丹深受感动地说："成钢。夏方舟在哪？"季成钢不动声色地说："工程处，他的办公室。"秦晓丹说："我去找队长请假。"

陈国民问秦晓丹为什么请假，秦晓丹问他不说理由行吗？陈国民心里已经有了数。陈国民说："晓丹，我听本奇说，夏方舟想事的时候，要么在办公室，要么经常去江边的一个什么地方，那地方，石头挺多。不管遇到什么事，沉住气。"秦晓丹使劲点点头。

季成钢看着秦晓丹匆忙离去的身影，胜券在握，心花怒放。

071

夏方舟向赵殿楚的汇报变成了一场漫长的谈话。

夏方舟寸步不让地说："赵总，川南钢铁百年大计，为工程质量负责，是每一个建设者的责任。"赵殿楚耐心地说："方舟，对工程质量负责是对的，应该坚持，这没错。你说川南钢铁的设计有问题，能拿出证据来吗？"夏方舟坦承："现在我拿不出来。赵总，马上让我拿出完整的证据，我做不到。工程设计肯定存在问题，我有这个把握。"赵殿楚问他："你想做什么？"夏方舟说："对工程进行重新论证。"

见过无数大风大浪的赵殿楚也不免震惊，调整思路说："方舟，一件事情对还是不对，不能只盯着局部，要看大局。"夏方舟反问："什么是大局？"赵殿楚拉回话题："你怀疑设计上有问题，就进行大规模的重新论证，想过后果吗？"

夏方舟自信地说："如果证明我错了，我认错，我承担责任。"赵殿楚说："没那么简单！即便论证结果否定了你的怀疑，也会造成巨大的影响，至少会影响整个建设大军的会战士气，影响川南钢铁的建设速度。影响了川南钢铁的建设，就是影响了大三线的建设。这就是大局！大局不单单是个工程问题，要上升到政治的高度来认识。一个真正优秀的工程师，不但要具备强大的业务能力，还必须有高度的政治觉悟。"

夏方舟毫不退让地说："如果我的怀疑得到证实呢？"赵殿楚严肃地说："只有如果这两个字，在我这儿通不过！马上把这事停下来。"夏方舟说："我不会放弃。"

赵殿楚下令："夏方舟！你给我马上停下来。这是命令！"夏方舟起身说："赵总，我绝不会放弃！"转身而去。赵殿楚有些生气，忽然想到什么，拿起电话说："给我接顾代表。"

顾弘亮电话上要程时风去他的办公室。程时风知道会谈什么，他早已做好准备。顾弘亮说："时风同志，你没有向总部请示，就让夏方舟复核川南钢铁的设计，我知道了这件事，当时想找你谈谈，赵总没有同意。我这个人说话不兜圈子，时风同志，咱们实话实说，在这件事上，你是不是有私心？"程时风理直气壮地说："顾代表，我没有任何私心。顾代表，在这件事上我没有自己的想法。我相信夏方舟，他确实有能力，上次他纠正了我的错误，也同时发现原来的设计存在的问题。我让他复核图纸，是为了避免再出现类似的问题，确保川南钢铁的建设质量。"

顾弘亮微笑着说："我赞成从结果看动机。不带偏见，客观上讲，如果夏方舟发现了原来的设计存在重大隐患，你过去搞攻关的那点小错误，不但不是错误，坏事变好事，反而是成绩了！"

程时风嘴硬地说："我没那么想。"顾弘亮依然微笑着说："问题是你让别人怎么想。"程时风沉默片刻说："我没想到这一层。"

顾弘亮推心置腹地说："这件事已经开始影响到大局了，影响到大局那就是政治问题、原则问题了。时风同志，你一定要想清楚。"程时风意识到事态严重。

第十七章

072

夏方舟来到他常去的江边，在裸露的石头上一坐就是好半天。戚光复知道他在这儿，找过来坐到他旁边，不说话。这么坐了半个多小时，夏方舟终于憋不住，说："上面命令我停下来。"戚光复点头。夏方舟又忍了片刻，说："我决不放弃！"戚光复依然是点头不语。夏方舟也不再说话。两人就这么坐着。过了半个多小时，戚光复站起来说："晚上喝一杯。"夏方舟也站起来，点点头。

两人正准备走，听到秦晓丹喊："夏方舟。"戚光复等她过来说："晓丹，你们两个谈吧，我先回去了，单位还有事。"秦晓丹说："光复，先别走，你是他最好的朋友，他需要你的帮助。"戚光复说："恭敬不如从命。晓丹，我先说一句？上面命令方舟，对川南钢铁的设计可能存在问题的证明马上停下来。是命令。"

秦晓丹微微一震，稍稍舒了口气，充满期待地看着夏方舟。夏方舟声音不高但非常坚定："我不会放弃。"秦晓丹尽量措辞柔和："整个二号信箱都在议论这件事，说有人想借此否定川南钢铁。"夏方舟说："我没听到那样的言论。我倒是很希望，更多的工程师站出来，用数据证明我错了。"秦晓丹猛然一震，变了脸色说："果然是你扩散出去的！"

夏方舟异样地看着秦晓丹问："是季成钢让你来的吧？说呀，秦晓丹，是不是？"秦晓丹斟酌："我和他讨论过。"夏方舟完全变了脸色，说："果然！秦晓丹，下面的话你不用说了，我知道你要说什么，我和你没什么好说的。"

秦晓丹眼里突然涌上了泪水。戚光复轻喝："方舟！"夏方舟盯着秦晓丹说："我们没什么好说的。"秦晓丹泪水流下来，声音颤抖而柔和："方舟……"

夏方舟猝不及防。戚光复说："方舟，有话慢慢说，过来坐下。"夏方舟默默地坐到秦晓丹对面，目光不复刚才的凌厉。

秦晓丹擦去泪水，尽可能平和地说："方舟，知道我爸爸为什么会在大三线遇难吗？"夏方舟不知对方什么想法，点头表示知道。

秦晓丹看着他，泪水再次涌上来，说道："1966年，打倒反动学术权威的时候，我爸爸在上海遭受了激烈的攻击，那些人当中，有几个人是他以往最看重、最喜欢的学生，在他们身上，他付出了数不清的心血和关爱，可是，他们反过头来攻击他，我爸过去对他们的关心培养，反而成了我爸的罪状……我妈妈一病不起……"哭着说不下去。夏方舟被深深打动。

秦晓丹稍稍平复说："我爸爸的处境，最终引起了有关方面的注意，为了保护他，把他调到了大三线。"夏方舟一声长叹。

秦晓丹充满期待地说："方舟，我相信你不是那样的人。"夏方舟没明白。秦晓丹说："像我爸爸的那几个学生，打倒反动学术权威的急先锋。"

戚光复眼看着夏方舟思路有些跟不上，把话接过去："晓丹，方舟不是，绝对不是，他从没参与过任何类似的行动。他的老师霍总，还有他师母，也都受到了巨大的冲击。方舟的心情和你一样。"

秦晓丹用目光对戚光复表示感谢，说："方舟，我想听你说。告诉我，你不是那种人。"

夏方舟说："秦晓丹，我对川南钢铁的疑问，和1966年打倒权威那些人，绝不是同一个出发点。"秦晓丹目不转睛地说："你那天对我说，颠覆权威，会给你带来特别的激情。"夏方舟分辩："我不是那个意思！也许，是我表述不当。"

夏方舟退无可退，索性开诚布公地说："秦晓丹，我们是理科生，我们都知道，科学史上的晚辈科学家在颠覆前辈科学家的时候，都有过这样的激情，这种激情未必就是兴奋，有的时候它会是一种折磨。"秦晓丹的目光冷了下来，说："还有成就感。"夏方舟坦然地说："这用不着回避，能够证明前辈权威的错误，一定会有成就感。"

秦晓丹再次软语："我恳求你，停下来，好不好？"夏方舟坚定地说："不会！无论压力来自哪里，我都不会停下来。职责所在！"秦晓丹变色，鄙夷地说："冠冕堂皇！"

夏方舟不由得火冲九顶，说："秦晓丹，不但是季成钢让你来的，这一套也是他教给你的，我没说错吧？我劝你，不要被季成钢利用，他是什么样的人，我非常清楚！"秦晓丹忽地站了起来，神色犀利。夏方舟的目光毫不避让。忽然间，秦晓丹的泪水再次涌上来，痛切地说："方舟，你想过心梅吗？你不怕她失望，不怕她难过吗？如果心梅还在，看到你今天的样子，她会是什么心情？"夏方舟也站起来说："你当然不会知道，因为你不是心梅！别给我提心梅！"

秦晓丹陡然一震，身子摇晃。戚光复一个箭步上来，扶助几乎倒下的秦晓丹喊："晓丹，晓丹！"

戚光复怒喝："夏方舟！"夏方舟心情复杂，没说话。

秦晓丹强忍泪水，直面夏方舟，声音很轻地说："夏方舟，我看错了你……你对不起心梅……对不起心梅对你的那份爱情，无情无义！"夏方舟突然感受到秦晓丹的感情，呆了。秦晓丹她想让自己笑，流下的却是伤心的泪水，说："都结束了，还没有开始就结束了……"

夏方舟呆呆地站着。秦晓丹咬紧红唇，泪水还是不争气地流下来，她深深地吸了一口气，长长地呼出，颤抖的声音依然很轻："夏方舟，在业务能力上，我知道不是你的对手，但我还是会阻止你，尽我的全部力量阻止你！"转身挥泪而去。

夏方舟突然感觉筋疲力尽。戚光复关切地问："方舟？"夏方舟说："我想自己待会儿。晚上，不去你那儿了。"戚光复点点头，默默离开。夏方舟颓然坐倒在石头上。

戚光复回家把事情对陆汀兰说了一遍，感慨："秦晓丹对方舟的感情，超出了我的预料。在旁边看着，看着她那种挣扎，很心酸。可是，她把方舟当成那种人，像她爸爸那几个恶劣的学生。方舟的直觉很准，秦晓丹不是这样的人，她被季成钢蛊惑了。就凭这一条，方舟不可能不愤怒。"

陆汀兰抱怨他："光复，当时你在场，为什么不想办法挽救局面？"戚光复说："方舟在对感情的理解和把控上，不要说和我比，比最笨的人还慢半拍，再上来那股轴劲，如果不是我在场，还不定弄成什么局面。"

陆汀兰幽幽一叹："心梅走后，你说，能够治愈方舟心灵创伤的人，不是我，也不是你，我一直暗中促成晓丹和方舟，哪想到，却是深深伤害了晓丹。"戚光复说："还没那么糟。即便山穷水尽，也可柳暗花明。"

这个晚上，秦晓丹无法入眠，她努力地控制自己的情绪，不敢翻身，怕惊动了同屋的人，像个婴儿那样蜷身在床上，泪流满面，控制不住地要哭出声来，她把手绢死死地咬住，身体仍然阵阵颤抖。

第二天一早，戚光复把夏方舟拉到江边岩石裸露的山坡上，问他："现在相信了？"夏方舟不说话。戚光复再问："1965 年，你第一次来实习，回去对我和汀兰说的那个翩若惊鸿的白衣少女，就是秦晓丹，没错吧？"夏方舟还是不说话。

戚光复说："昨天晚上，我一夜没睡好，汀兰也是。以前，我和汀兰，尤其是我，对晓丹的看法有很大的偏差，以为是因为她爸爸，她才对大三线的感情近乎神圣。昨天晚上，在我脑海里出现的是另外的情景，妈妈去世，历尽磨难的父亲在大三线罹难，国内没有任何亲人，一个十九岁的姑娘，孤身茕影，真想不出来她怎么度过的那段悲痛时光。一年以后，她又独自打点行装，来到金江。这儿没有她的同学、朋友，只有她自己。做出这样的决定并付诸实践，得需要多么强大的内心力量和独立精神。"夏方舟仍然不说话。

戚光复发出古典话剧般的凄厉长叹："漫天飞舞的玫瑰雨，每一瓣鲜花，都挂满泪水。"夏方舟终于开口："光复，你到底要和我说什么？"戚光复看着他说："放下你锋利的阿波罗之剑，合并双手，捧起那些沾满泪水的飘零的花瓣。"夏方舟听不懂。戚光复说："理性。在古希腊神话中，阿波罗还代表理性精神。"夏方舟沉默。

戚光复给他一点时间，然后说："方舟，即便你不能接受晓丹的感情，怜香惜玉，是一个优秀的男人必备的品格。"这触碰到夏方舟的底线，他不会沉默，说道："光复，川南钢铁设计上存在的疑问我会一追到底，决不放弃！"

戚光复感慨："草色烟光残照里，无言谁会凭栏意。一场风花雪月的故事，还没有开始，就落幕了。莫道谁对谁错，只不过落花有意，流水无情！"

073

程时风向赵殿楚检讨："赵总，是我考虑不周。总觉得夏方舟是个有才华的年轻人，我们应该为他的成长创造机会，没有从大局上看问题，更没有料到这可能给队伍带来的心理上的影响，对夏方舟，也在客观上助长了他个人英雄主义的膨胀，好心办了坏事，我检讨。"

赵殿楚点点头问："下一步，你准备怎么安排夏方舟？"程时风说："顾代表找我谈了话，我马上停了方舟的工作，今天一上班，收回了在他那儿的全部图纸，资料室不允许他借阅，我当面通知他了。"赵殿楚问："他什么态度？"

程时风慨然："什么都没说。我来你这儿之前，他刚从我办公室出去，看他那神态，对他打击很大。实话实说，赵总，我心里很不是滋味，对方舟的处理是不是太严厉了？"

赵殿楚严肃地说："严厉是对他的爱护。下一步准备怎么安排他的工作？"程时风说："我还没想好。"赵殿楚说："这小子，得让他受点挫折，接受教训。"

戚光复说："还不让看图纸！这些人也不想想，夏方舟什么人呢！不管多复杂的图纸，过目不忘，根本用不着那些东西。方舟，已经这样了，什么都别想，一会儿去看看我们的排练，散散心。"

乔佳丽跑进来，兴奋地说："夏工，我看见你来了！你的事我们都听说了，一个人挑战所有的权威，我太崇拜你了！夏工，你干脆调到我们宣传队来吧！"

夏方舟哭笑不得。戚光复说："乔佳丽，新排的吴琼花那一段，嗯？我和夏工马上过去。"乔佳丽聪明地说："唉，夏工，我给你跳一段，就给你自己跳。"

戚光复把魂不守舍的夏方舟拉到小礼堂。音乐声里，乔佳丽在台上独舞，看着下面的夏方舟，有些不安。

夏方舟想起身，戚光复一把按住他说："不能走！起码你得讲点礼貌吧！乔佳丽跳完了，你表示表示感谢再走。"夏方舟无奈。

乔佳丽开心地笑了，全心全意地投入到舞蹈中。夏方舟还是安不下心来，说："光复，陪我出去走走。"戚光复无奈，给台上的乔佳丽打了个手势。乔佳丽停了下来，委屈地看着夏方舟和戚光复离开了。

田青妮在小厨房里忙着做饭。赵殿楚来了。

陈国民到门口，笑着说："领导来蹭酒，不能空手来。"赵殿楚笑着把一包东西给田青妮说："我带了点江汉的咸鱼，给我们煎煎。"

陈国民拿个样子说："赵总，你是无事不登三宝殿，带点咸鱼就打发了。"赵殿楚笑着把手上的包提起来说："还有瓶酒。能进门了吗？"陈国民笑着说："领导请！领导里边请！"

田青妮的菜很快就上来了。两人喝着酒，陈国民听赵殿楚说了一段，心里不大赞同，直说："老领导，我琢磨着，夏方舟这点事，你说得有点过了。他那些话，换了我说，肯定影响军心。这当中有个原因，我是四大金刚之首，全系统红旗施工队长，分量在这儿呢！他就是个青年技术员，放开了让他到处去说，也动摇不了军心，影响不了大局。"

赵殿楚说："国民，从他纠正了你干的这个工程存在的问题，名声在外，影响很大。我了解的情况，从他公开提出对川南钢铁的质疑，有不少人要求调图纸看，这就是受了他的影响。他呢，头脑发热，骄傲自大。"

陈国民更来劲地说："赵总，年轻人有本事，产生点骄傲情绪很正常，骄傲这个东西未必就是缺点，有的时候它反而是动力。我不就是个现成的例子吗？当初我要不骄傲，二十六岁绝对拿不到七级工。二十八岁那年，最后一次调级，领导说，组织给了我那么多荣誉，让我谦虚，晃我谦虚了一回，结果，八级工让出去了，工资调整冻结了。不谦虚那回，我八级工！我就不该谦虚。"

赵殿楚说："夏方舟太顺了，让他继续在机关工作，对他成长不利。"陈国民抓住机会说："我早就说过，把夏方舟放到程时风身边，绝对不是好主意，程时风满肚子花花肠子，好孩子也让他带坏了。"

陈国民又说："赵总，把夏方舟还给我，怎么样？人尽其才！顶着技术员的小帽子，给我干工程师的大活。"赵殿楚不接话，喝酒。陈国民忙按住对方的杯子说："领导，你说让他干什么？我听你的还不行吗？"

赵殿楚说："让他到你那儿当工人。"陈国民愣了一下，马上说："千锤百炼出好钢！是这意思吧？"赵殿楚笑着说："喝一个！"

陈国民和对方干了杯，还没拿准赵殿楚的意思，笑着说："赵总，这回我给他唱黑脸！这是我的拿手戏。"赵殿楚说："国民，你也别弄得太过，教育、锻炼、保护和培养，哪一条都不能少。"

赵殿楚吃了点菜，接着说："别让他知道内情，就让他觉得是在处理他。"陈国民再探："考验考验他？"赵殿楚微笑颔首说："给他加点压力，不怕沉。我得看看，这小子能不能经得住考验。"

陈国民心里有了底。

074

秦晓丹背对门口站在窗前，眼中噙泪。天近黄昏。季成钢在门口站了好一阵，喊了声："晓丹。"

秦晓丹突然回身说："季成钢，你别来烦我！拜托！你能不能不来烦我？夏方舟有问题，你去找他，去和他辩论，去和他斗争，去批判他，无论怎么样，我不想听，我什么都不想听！"转回身去。

季成钢微笑，这正是他希望看到的，他诚恳地说："晓丹，我和他谈过了。"果不其然，秦晓丹回头，情不自禁地流露出期待。季成钢摇摇头说："颠覆权威就不必说了，为了达到他个人的目的，即便毁掉整个会战，他在所不惜。"

秦晓丹泪水滚落，急忙转回头去。季成钢带笑的目光落到罐头盒里的野花上，花期过了，野花宛如野草。秦晓丹听季成钢走远了，离开技术室。她也不知道去哪里，漫无目的。不知不觉，竟来到夏方舟常在的江边。看到伫立江边的夏方舟，她停下来。

无处不在的武本奇和他的小兄弟们看到了两边的情况。

夏方舟走了，秦晓丹来到他刚才的地方，默默地看着江水。

武本奇发蒙，说："看糊涂了。刚才夏大哥自己在那儿站着，秦工不过来。夏大哥没看到她，走了，秦工又一个人站在那儿了。到底什么意思？"

王卫国琢磨着："我觉得这是告别。这地方肯定是夏工和秦工好的时候来过，两人掰了，这地方就成了爱情的墓地，他们的爱情埋在这儿了，各自来告别过去。"

武本奇合计说："说的挺像那么回事。为了个工程，秦工怎么能和夏大哥掰了呢！季成钢那家伙百分百会乘虚而入。"

秦晓丹默默地擦去泪水，转身离开。

武本奇吩咐："天快黑了，咱们悄悄地送秦工回去，别让她发现了。"

秦晓丹走到席棚子宿舍区外的路上时，天已经黑了好一会儿了。季成钢如同散步似的从暗影里出来，犹如巧遇一般。

暗中护送秦晓丹的武本奇骂一句："王八蛋！冲了他！"带着兄弟们快步过去。

季成钢说："晓丹，还想走走吗？还不晚！你看，很多人还没回去呢！晓丹，我正好有些想法想和你交流……"

武本奇和小兄弟们像从地下冒出来似的，武本奇好像突然发现季成钢，说："哟！季大队长怎么也在这儿？这不是你喜欢来的地方呀！"他的小兄弟们坏笑。季成钢对武本奇没什么办法。

武本奇也来个弦外之音："秦工，这一带坏人比较多，经常有些家伙躲在暗地里，偷听偷看还跟踪人家。秦工，我们送你回去吧！"秦晓丹点头，然后对季成钢说："回去了。"武本奇得意地瞟了季成钢一眼，和兄弟们簇拥着秦晓丹离开。

夏方舟来到程时风办公室，对方看着他，沉沉一叹："方舟，组织决定，把你调回陈国民施工队，今天报到。"夏方舟说："服从。"

程时风又说："方舟啊，我尽了最大努力，还是没有留下你。说心里话，到现在为止，我仍然认为你是对的，可到了这个地步，我也无能为力了。"夏方舟真心地说："处长，从我到了处里，得到你很多支持。谢谢！"

程时风有难言之处，说："到了施工队，你要有思想准备。这次和上次不同，有些话我不好说，总之，你有个思想准备，做好最坏的打算。"

夏方舟微笑着说："处长，我是在工地长大的。"

回到第一施工队，陈国民见到他就笑起来，说："转了一圈又回来了！"夏方舟也是笑着说："回来了！安排工作吧，队长。"

陈国民笑得有些为难地说："凡是从我这儿出去再回来的，老规矩，劳动关你得给我从头过，到一线当工人，没有期限。队里的情况你都熟，自己挑个单位吧！"

夏方舟平静地说："我去青年突击队。"

陈国民笑了，但却摇头说："方舟，你受伤那档子事，责任在我！人家季成钢专门到医院给你道歉了。那事过去了，别和他较劲。换一个单位，随你挑。"

夏方舟说："我不是和季成钢较劲。"陈国民有点着急地说："那你干吗非去他那儿？"夏方舟："突击队是最艰苦的地方。"陈国民说："这可是你自己挑的！"

刚才夏方舟进办公室，秦晓丹在隔壁技术室看到了，到窗前把这边的谈话听得一清二楚。夏方舟出门去了工地，秦晓丹几乎想都没想，来到办公室说："队长，夏方舟受伤以前，是我们这工程的主管技术员，现在他回来了，还应该继续干主管技术员。"

陈国民正心烦，没好气地说："秦技术员，夏方舟从机关回到队里当工人，是我能决定的吗？"秦晓丹不平地说："陈队长，我们现在干的工程是夏方舟设计的！"

陈国民说："我说秦晓丹，你不是反对他的质疑吗？"秦晓丹说："这是两码事。你们怎么能这么对待他？这是迫害！"陈国民给她一句："我不管他一码两码，别问我。我上工地！"说完，推门而去。

秦晓丹心绪难平。

075

季成钢站在大型挖掘机的履带式上，居高临下地说："夏方舟，你要记住自己的身份。你不是什么技术员，更不是什么工程师，是工人！"夏方舟微笑依然，说："多谢提醒！从现在起，牢记在心。"

季成钢看周围没人，展现出本来面目，说："夏方舟，我以为你至少会抵挡那么一阵，做做样子，好歹保住面子。没想到，就像我说你的，被领导训了一顿，乖乖地、屁滚尿流地跑到工地来了。夏方舟，就你这号的，还想让我看得起你？"夏方舟不屑地说："季成钢，别说那些没用的，分配工作吧！"

季成钢没有达到羞辱对方的目的，做出个模样说："夏方舟，对你这种懦夫，最好的办法，就是根本不把你放在眼里！用不着给你废话，给我干辅助工。知道怎么干吧？工具在后面！"看夏方舟到挖掘机后面拿工具，猛然发动，发动机浓烈的黑烟立刻笼罩了夏方舟。季成钢冷冷一笑，开动推土机。

夏方舟用袖口擦去迷了眼的烟尘，拿起工具，跟上季成钢的挖掘机。

陈国民在工地上拦住了武本奇的推土机，把他招呼下来，问他："夏方舟和秦晓丹到底怎么回事？"武本奇一头雾水。陈国民骂他："你小子！给我打马虎眼儿？你们这群小子，到处偷听偷看人家谈恋爱，以为我不知道？说，夏方舟和秦晓丹怎么回事？"

武本奇反应过来，说："你说这事啊！师傅，他俩，好像那个……师傅，不管怎么说，反正两人掰了，绝对掰了。"陈国民问："谁和谁掰的？"武本奇说："秦工和夏工掰的。"武本奇注意到季成钢那边。

季成钢开着挖掘机，故意将倾倒的土方扬起灰尘，笼罩了夏方舟。季成钢的嘴角露出轻蔑的冷笑。

武本奇顿时来气。陈国民看过去，很显然，季成钢再次故意把夏方舟笼罩在尘土里。

武本奇不忿地说："师傅，季成钢那家伙这不是报复人家夏工吗？师傅，这是你的地盘，在你的地盘上，谁敢胡作非为！你就这么眼看着不管？"

陈国民给他一巴掌说："你小子越说越来本事了，给我顶高帽子上晃我！我再说一遍，这事你别掺和。"说罢，又朝季成钢那边看了一眼。季成钢对夏方舟的折磨越发嚣张。

武本奇嘟囔："我反正看不下去。师傅，我过去收拾他！"陈国民呵斥："你少给我掺和！干活去！"武本奇憋了一肚子气，无可奈何地跳上推土机，轰的一声开走了。

陈国民琢磨着，又朝工地技术室那边看。秦晓丹正站在窗前，看着工地上季成钢对夏方舟颐指气使，心情复杂，却不知该怎么办，一团废纸在手里搓来搓去。

季成钢没有得到任何人的制止，更没有来自夏方舟的反抗，这反而让他的快感消失，他故意将挖掘机挖起的土倒在了夏方舟身上。他还是有掌握的，倒在夏方舟身上的土并不很多。

秦晓丹倒抽了一口冷气，紧盯着那边。片刻，尘土散去，夏方舟的身影显露出来。秦晓丹稍稍舒了一口气。

武本奇和他的小兄弟们一直盯着季成钢，个个都憋足了火。王卫国说："本奇，夏工是咱大哥，季成钢不光是欺负夏大哥，是欺负咱们没人呢！"小兄弟们纷纷附和。

武本奇怒火爆发，跳上推土机，朝着季成钢那边开过去，挡在季成钢的车前，跳下车来说："季成钢，没你这么欺负人的！"

夏方舟忙上前说："本奇，这事你别管。"武本奇叫着："这事我非管不可！夏大哥，别拦我！"

季成钢根本不拿他当回事，说："武本奇，先看清地方，这是青年突击队。现在是工作时间，看师傅的面子，我不和你计较。"

武本奇怒喝："别拿师傅说事！让你装，我全给你抖出来！你不就看上人家秦工了，有本事你去追，别使这种卑鄙手段，小人！什么玩意儿！"季成钢气得浑身发抖，说不出话来。武本奇气势如虹地说："我告诉你，要不是为了夏大哥，你这种东西，小哥我都懒得搭理！"

武本奇跳下车说："夏大哥，你就不给他干，看他能怎么样！我师傅要为这事再护着这王八蛋，我给我师傅干！"

夏方舟微笑着说："本奇，没事！回你那边去。"武本奇憋气。夏方舟笑着说："日子长着呢！走吧。"武本奇肚子里的气没处撒，上了自己的推土机，开走了。夏方舟对季成钢微笑着说："咱们接着干！"

怒气未消的武本奇看到秦晓丹从技术室出来，直接把推土机开了过去，跳下车说："秦工，你都亲眼看到了，季成钢绝对不是个东西！"秦晓丹问他："我听见你和队长说，队长好像不让你管？"

武本奇窝火地说："不让我掺和。我差点和我师傅翻脸……秦工，你这一问，我明白了，这事不光季成钢，上边要折腾夏大哥，肯定是上边！要不然，就我师傅那脾气，他能看着不管?"秦晓丹轻咬红唇。

工地上的一切,都在陈国民眼里。

林富来陪着他站在设备维修段的工棚前,也是看不下去,说:"师傅,就算夏技术员犯了错误当工人,也没有这么折磨人的。你看看,季成钢太过分了!"

陈国民微微摇头说:"我看的不是季成钢,是夏方舟!"林富来满脸迷惑。陈国民收回目光说:"走,看看设备什么毛病。"

乔佳丽和黄爱华她们在别的工地慰问演出结束,路过这边的工地。

黄爱华看到工地上的夏方舟,说:"佳丽,你快看,那好像是夏工!"乔佳丽看着那边说:"绝对不可能!夏工在工程处……"声音忽然弱了下去。

工地上,夏方舟跟着季成钢的挖掘机在飞扬的尘土中奔跑。

乔佳丽目瞪口呆,忽然涌上了眼泪。回到宣传队,乔佳丽一头撞进戚光复的办公室,说不出话。

乔佳丽眼里有泪,说道:"队长、队长,夏工在工地上被……被人欺负了!"戚光复喝她一声:"乱说什么呢!"乔佳丽流着泪说:"不是乱说,队长,真的,夏工真的在工地被人欺负了!"

戚光复心里一沉,问:"哪个工地?"乔佳丽说:"第一施工队,我们第一次慰问演出的工地。"

第十八章

076

收工前，季成钢集合全体突击队员，满嘴领导口气地说："我们青年突击队，每个月只有一天的休息时间，明天是休息日。"说完故意一沉。如他所期，队员们刚刚松了口气，接着又紧张了起来。

季成钢熟练地掌握着火候说："明天，大家照常休息，新来的人员必须参加义务劳动，这是青年突击队的规定。等待分配的大学生和中专生，可以自愿参加。想休息的，不需要请假。"所有人的目光都投向了夏方舟。

夏方舟从容地问："明天几点到工地？"季成钢打官腔："正常上班，正常下班。"夏方舟不卑不亢地说："青年突击队只有我是新来的，想问一下，如果只有我来参加义务劳动，明天干什么活？"

季成钢厉声呵斥："夏方舟！我从来没有休息日，明天，我陪着你！"夏方舟说："那就明天见！"说完转身走了。季成钢心里清楚，他没有宣布解散，夏方舟转身就走，是在众人面前挑战他的权威，他不着急，沉得住气地说："解散！"

秦晓丹站在技术室门口，看着工地上的人们散去，只剩下季成钢。她锁门离开，没有回应一直把目光投向她的季成钢。

季成钢却是笑了。他从贴身口袋里拿出用玻璃纸密封的那张秦晓丹十七岁的照片，有顷，又把照片小心翼翼地放回去。抡圆了铁锤把一块石头砸得粉碎，充满期待地说："夏方舟，咱们之间的直接较量才刚刚开始！"

吃着晚饭，陆汀兰问："方舟，1966 年秋天，你和季成钢到底发生了什么？"

夏方舟笑了笑说："那事早过去了。"陆汀兰说："我还是那句话，你这儿过去了，他那儿未必。当时一定发生了什么特别的事，要不然，他对你哪来的那么大的仇恨？方舟，到底发生了什么？"

夏方舟说："没什么事。就是他们几个人拦住我，不让我走。"陆汀兰以答代问："动手了。"夏方舟说："算是吧。"

陆汀兰说："我们一块长大的，方舟，你从来不会先动手，可是别人胆敢对你动手，无论对方有多少人，你绝对不会后退半步。当时和季成钢在一起的那几个人什么样，我虽然没见过，但季成钢如果是他们的头，猜也猜个八九不离十，他们肯定不是你的对手。对不对？"夏方舟说："差不多吧！汀兰，季成钢不是为当初的事。"陆汀兰问："那他为什么？"

戚光复把话接过去："季成钢把方舟当成情敌了。方舟，别给我瞪眼。秦晓丹对你产生了感情，我给你分析过了。你不接受，那就告诉季成钢，有本事他去追，别对着你使阴招。"夏方舟冷笑："就凭他？"戚光复警告："方舟，这可真不是你的强项。"

夏方舟说："我第一次见季成钢的时候，他就是一颗绿豆芽，说他四体不勤五谷不分一点都不为过，一眼就能看出来，娇生惯养，从小没干过体力活。他是到了金江才开始干体力活，按说时间不短了，如果像他自己标榜的，真心真意、全心全意地在艰苦的劳动中改造自己，锻炼自己，他身上的肌肉要比现在发达得多。"戚光复说："这点我倒没注意。经你这么一说，还真是！"

吃完饭，三个人聊到不早。夏方舟走后，陆汀兰提醒："别忘了把钱和饭票埋好了！"戚光复说："忘不了！天天晚上埋钱埋饭票，什么事啊！"

077

季成钢看着来参加义务劳动的人，拿个姿势说："来参加义务劳动的人，比我预想的要多很多，说明我们青年突击队的觉悟高，大家为了早日建成川南钢铁，主动放弃了仅有的一个休息日，这叫思想境界。某些人要老老实实地承认自己的思想差距！"

众人都看夏方舟。夏方舟微笑。武本奇带着小兄弟在旁边看。

季成钢继续说："同志们的积极性很高，不过呢，今天准备的工作量用不了这么多人。我宣布，女同志全部回去休息，青年工人全部回去休息，大学生和中专生留下。女同志和青年工人可以回去了！"

武本奇看到秦晓丹也来到附近，上前打招呼。秦晓丹微笑着说："本奇，你们来干吗？"武本奇说："看看。"

季成钢看到了秦晓丹，不朝那边看。夏方舟也不看秦晓丹。众人在底下嘈嘈杂杂地议论："秦晓丹也来了，这下更热闹了。"

季成钢看没人有离开的意思，提高嗓门说："再说一遍，女同志和青年工人离开现场。现在我布置任务。这两堆石子，是为明天的施工准备的，我们分成两队，一队把这一堆石子运到这边的搅拌机，另一队把那边那堆石子运到那边的搅拌机。大家听明白了吗？"众人答："明白了！"季成钢看夏方舟。

夏方舟平静如水。季成钢嘴角飞快地闪过一抹得意，说："夏方舟，我们两个一组。我一辆独轮车，你一辆独轮车，推石子。"

两人推车来到石子堆前，其他人飞快地给他们装上车，两人几乎是并行把车子推向搅拌机。其他推车的人分别把石子送到两台搅拌机。

秦晓丹看了一会儿，看不出名堂，回技术室了。

秦晓丹想让自己投入到专业书籍中，徒劳，来到窗前。夏方舟、季成钢和学生们看上去干劲十足。秦晓丹思考片刻，出了门，又返回来，重新坐到工作台前。

季成钢站在一台搅拌机前的石子堆上，脸上带着近乎轻蔑的冷笑说："大家都过来，都过来！"人们陆续来到他旁边。

秦晓丹在和武本奇他们相对的一个角度上看着现场。

季成钢待人到齐，笑容越发轻松地问道："大家干了一上午，感觉怎么样？"有人响应："挺好！"季成钢问："夏方舟，你也觉得挺好？"夏方舟依然推着车子，微笑不语。

季成钢轻蔑地说："看来，你也觉得挺好！还有谁感觉挺好？还有谁？"众人面面相觑，不明白怎么回事。季成钢厉声说："没人明白！对不对？告诉你们，石子的规格错了，全错了！今天下午的任务，把这些石子全部推回去！"众人惊愕。

夏方舟撂了独轮车，轻蔑地看着对方说："季成钢，你是冲着我来的，咱们俩单挑，别捎上大家。"季成钢冷笑道："夏方舟，你太把自己当人物了，我根本不拿你这号当对手！"夏方舟微笑着说："说这些没用。季成钢，今天所谓的义务劳动，从一开始你就故意设下了这个圈套。"

季成钢得意地说："现在看明白了？晚了！没错，我是故意的。为什么？我要试试，到底有没有人能看出来石子的规格错了。事实证明，没有一个人看出来，没有一个人！包括你夏方舟！这么简单的事，每个技术工人都能看出来，你们为什么看不出来？这说明，你们从来没有诚心诚意地在劳动中改造灵魂，使自己成为工人阶级合格的一员！"众人无言。

夏方舟笑着说："季成钢，别自作聪明！开始我就看出来了，也料到了你会让我们再推回去。"季成钢还之以讥笑："夏方舟，你才自作聪明。我们认识不是一天两天了，你是什么人，我很清楚。如果刚才你看出来，根本不会干。"

夏方舟说："季成钢，我一直在给你机会。我希望你抓住这个机会，主动承认错误的机会。"

季成钢说："少来这一套！夏方舟，别以为纠正了一个设计瑕疵就比别人高明，工地的基础知识，你一无所知，远不如一个最普通的技术工人！"

夏方舟讥讽地说道："季成钢，你天天第一个到工地，最后一个离开，这什么都说明不了，你心思从来没用到工程上。你知道明天的施工任务吗？"季成钢被问蒙了。夏方舟直击要害："你不知道。用你的话说，一无所知。"季成钢强词夺理："那不是我决定的，是队里决定的。"

夏方舟步步紧逼地说："不管谁决定，任何工程的施工都有其规律，队长、工长和施工员，不是拍拍脑袋就可以决定，今天干什么，明天干什么，他们要使整个工地的运转符合施工的规律，这就叫工艺流程。你在大学里学过。季成钢，你歪打正着，做对了一半。这台搅拌机明天下午需要的石料规格，是我们刚才运过来的。那台搅拌机明天上午需要的石料，就是你号称错了的规格。如果听了你的，明天上了班，整个工地都要等着你擦屁股！"季成钢完全蒙了。

武本奇惊呼："厉害呀！夏工。那个季成钢，露馅了吧！"秦晓丹长长地舒了口气，嘴角不觉闪过一丝微笑。

夏方舟完全掌握了主动，问："还有话说吗？季成钢。这就简单多了，咱们两个的事情，咱们两个解决。大家回去吧！准备的石料并不是越多越好，太多了反倒会影响工地运转。往回运这块的工作量，我和季成钢两个人就够了，大家回去吧，人多了反而影响效率。"大家都去看季成钢，脸色僵硬的季成钢毫无反应。

夏方舟再次说："我和季成钢两个人足够了！大家都走吧！明天早上，请大家和队长一块来验收我和季成钢义务劳动的成果！"哄笑着的众人不再等候季成钢的命令，笑着议论纷纷地散开了。

夏方舟说："本奇，帮个忙！"武本奇快活应道："大哥，尽管吩咐！"夏方舟说："到食堂给我和季成钢打两份午饭送过来，饭票我回头给你。"武本奇弄个动静说："没问题！季成钢，要不要加餐啊？我出钱。"

季成钢脸色铁青，控制不住地看了一眼秦晓丹。秦晓丹转身离开了现场。夏方舟推起车子，季成钢眼睁睁地看着夏方舟，别无选择，只得跟了上去。

武本奇追上秦晓丹说："秦工，夏工厉害啊！季成钢和夏工比，差远了，自己挖坑自己跳，丢人丢大了！你说是吧？"秦晓丹微微笑了笑，没接话。武本奇说："我给夏工和季成钢打饭去了。"便带着小兄弟们一哄而去。

078

海燕带着弟弟天海等几个孩子在狭窄的道路上欢笑奔跑。梁朝丽和几个年轻姑娘在一旁看着他们，说着笑着。各家的主妇都在忙着做晚饭。休息日的家属区飘荡着浓浓的人间烟火。

田青妮在厨房里忙着做饭。

屋里边武本奇嘿嘿笑着说："师傅，俩人还干着呢！"陈国民问他："你看季成钢能顶得住吗？"武本奇满脸坏笑地说："师傅，你是没在跟前，夏工轻松自如，季成钢绝对是强弩之末，癞蛤蟆撑桌子腿，在那里撑不住硬撑！"

陈国民叹一声："这个季成钢啊！他这是自己往枪眼上送，夏方舟什么水平？1965年第一次来实习，工地的施工流程理得清清楚楚，当时的流程出了点差错，他一眼就看出来了。这个季成钢啊！我说了他多少回，到底是大学生，国家培养你这么多年，为的是让你将来干工程师，不能光知道下憨力，多学点业务知识才是正事。听不进去，丢人现眼了吧！"武本奇笑着说："师傅，要是换了我，给你丢这么大的人，你还不得把我剁吧剁吧炖炖吃了！"

陈国民骂："滚蛋！本奇，季成钢到底为什么和夏方舟较这个劲？"

武本奇笑着说："师傅，季成钢看上了秦工，人家不喜欢他，他觉着是夏方舟碍了他的事，想整人家，结果自己被整了。"陈国民根本没想到，季成钢看上了秦晓丹。

陈国民说："说说我听听。"武本奇幸灾乐祸地说："这话说起来，师傅，我们来的路上，他就追了人家一路。死贴硬靠地追，满嘴的革命口号，一身的鸡皮疙瘩，肉麻！"

陈国民琢磨。

武本奇等了一会儿说:"师傅,我走了?"陈国民说:"等等!他俩那活能干完吗?都这点了,快吃晚饭了。"武本奇脑袋乱晃地说:"够呛!我估摸,恐怕得干到小半夜。"

陈国民说:"得给他们找个台阶下。"武本奇一口回绝:"师傅,这事我不干。季成钢他活该!"陈国民说:"一个巴掌拍不响。这夏方舟也不能得理不饶人不是?干活的光季成钢吗,夏方舟不也得陪着?你去找戚光复。"武本奇脑子转得快,忙说:"明白了!师傅。我这就去。"

陈国民又说:"晚上你再过来一趟,我有事问你。"武本奇应着,跑着去了。

季成钢筋疲力尽,尽管还在硬撑,显然跟不上了。夏方舟依然轻松自如。

两人空车来到装车点,各自装车。夏方舟边装车边说:"季成钢,我听光复讲过,中世纪的欧洲,有一种非常残酷的刑罚,每天早晨起来,让犯人砌一堵墙,晚上收工前,把砌成的墙彻底推到,第二天重新开始,如此周而复始,犯人的精神会彻底崩溃。你知道这个典故吗?"

季成钢脸色大变,回道:"我对你们那套西方资产阶级的东西,嗤之以鼻!"夏方舟笑着说:"不是资产阶级,是封建领主。季成钢,你和他们不谋而合。我来工地的第一天,本奇拉着我们两个过跳板,我对本奇说,先出剑的那一位,往往是输家。"季成钢颤抖着说: "夏方舟,别得意得太早!精神的力量战无不胜,你这样的懦夫根本无法理解!"

秦晓丹站在技术室窗前,看着精神抖擞的夏方舟和强撑的季成钢,不再如开始那般轻松,心绪复杂。

又是半个多小时过去了,上身穿一件红色弹力背心的夏方舟矫健如飞,像一团红色的火焰,发达饱满的肌肉隆起流畅的线条,汗泽的皮肤反射着古铜色雕塑般的高光。季成钢体力严重透支,根本跟不上夏方舟的速度,他能做到的只是拖动宽松汗衫下白皙软弱的躯体,歪歪斜斜地推动车子,坚持着不让自己倒下。

夏方舟完全掌握了这场"角斗"的主动权,推车从季成钢身边健步超过,留下一个轻蔑的微笑。秦晓丹来到技术室外,想制止这场"角斗",却迈不出关键的那一步,只能在一旁眼看着。

武本奇陪着戚光复来到工地,远远看着狼狈的季成钢,乐得合不上嘴,说:"戚大哥,看,季成钢的腿都不是他自己的了!"戚光复说:"该给他个教训。"武本奇扇风:"戚大哥说得对,得让这家伙知道马王爷长着三只眼!咱们不着急叫夏大哥回去。对吧?"

秦晓丹看到了戚光复,忙喊:"光复!光复!"戚光复过去。秦晓丹松了口气说:"你总算来了!光复,让他们赶紧停下来,季成钢不行了。"

跟过来的武本奇不以为然地说:"秦工,季成钢想整人家夏工,还把大家都捎带上,这什么人呢!搬起石头砸自己的脚,活该!除非他认输认错认栽,凭什么放他一马!"

秦晓丹不和武本奇争,期待地看着戚光复。戚光复说:"晓丹,我就是来叫方舟回去的。"秦晓丹舒了口气。戚光复并不过去，喊："夏方舟！夏方舟！汀兰叫你吃饭了！"

夏方舟听到，朝戚光复那边看了一眼，把车停在石料堆前挣扎着装车的季成钢前，微笑着问："季成钢，结束？"季成钢脸色极为难看，手停了下来，却一句话也说不出来。戚光复又喊："夏方舟，汀兰叫你回去吃饭了！"

夏方舟依然看着季成钢，季成钢说不出话，但他的身体语言表达出的渴望明确无误。夏方舟说："既然如此，我理解，你默认了？"季成钢的脸色愈加难看，却已无招架之力。夏方舟撂下车子说："按这个强度，我可以干到明天早上。季成钢，你不诚实，花拳绣腿，还挑错了对手。"说完朝戚光复走过去。

秦晓丹已提前离开了。

季成钢看着夏方舟和戚光复、武本奇说笑着离开，周围的人也都散去，再也撑不下去，像一块软面团似的瘫倒在石料堆旁，满眼是泪。

079

戚光复端起酒杯说："方舟，为了你横扫季成钢，干一杯！"夏方舟笑着和对方干杯说："说不上横扫，打仗也要看对手，他不够那个级别。"

陆汀兰给夏方舟夹菜，夏方舟心情极佳。陆汀兰问他："今天，秦晓丹一直在工地上？"

夏方舟不想谈这个话题。戚光复换个方式，把话题继续进行："方舟，今天你对季成钢一役，威风凛凛，秋风落叶，摧枯拉朽！很得意吧？今天我到了工地，你知道秦晓丹怎么和我说的？"夏方舟堵住话题："不想知道。"

戚光复轻松地驾驭话题："秦晓丹希望我赶紧让你们停下来，因为季成钢不行了。你仔细琢磨琢磨，晓丹为什么这么说？"夏方舟不觉间入彀，说："她同情季成钢，明摆着的。"戚光复笑着说："简单的理科生。"

夏方舟想了想说："你丰富。好，你说，这么简单明了的一句话，还能有什么意思？"戚光复启发："秦晓丹知道我们的关系，也知道我讨厌季成钢，为什么偏偏对我说这句话？秦晓丹在告诉我，并希望我转告你，你缺乏骑士风度。"夏方舟合计了片刻，把酒端起来干了。戚光复破题："方舟，这说明，秦晓丹还是在意你，很在意。"

夏方舟转不过来。戚光复意味深长地说："如果你放弃对川南钢铁设计的质疑……"夏方舟变了脸色，打断他："别说！"

陆汀兰把话揽过去："方舟，你决定坚持下去？"夏方舟不容置疑地说："责任所在。只要我还在这儿。"陆汀兰有些不解地问："那他们这次处理你，你怎么没做任何抵抗？"

夏方舟毫不隐瞒地说："我拿不出证据，只有怀疑。把怀疑变成证据，我需要时间，还需要那么一点运气。别无选择，只有沉下心来。"

戚光复和陆汀兰不约而同地叹息一声。

武本奇看着桌上的酒菜，抽着鼻子咽着口水。

陈国民瞧他模样，说："陪我喝一杯！"武本奇就势坐下，说着："听师傅的！"端起酒干了。陈国民说："这酒不是白给你喝的。本奇，你下午说，季成钢追求秦晓丹，我怎么没看出来。和我仔细说说。"

武本奇应声："唉！这事挺长，从哪儿说呢师傅？"陈国民说："拣要紧的说。本奇，吃菜！不着急，咱师徒俩边吃边喝慢慢说。"

武本奇喝着师傅的好酒，就着师母炒的菜，边想边说，从打昆明来金江的路上他和秦晓丹、季成钢坐一辆车，直到头几天他如何冲了半路里拦住秦晓丹的季成钢，择其要点，清清楚楚地说了一遍。

武本奇强调："师傅，我说的这些都是亲眼看到、亲耳听到的第一手资料。"陈国民点头琢磨。

武本奇来了点子，说："师傅，你说季成钢这人够阴险吧？你得警惕他，提防着他点，那家伙不是个好鸟！说不定什么时候，趁你不备，回头就喾你一口……"

陈国民喝一声："武本奇！"武本奇撇撇嘴："我就知道，只要我一说季成钢，师傅你准急。"

陈国民拿筷子敲他，说："以后别到处听人家墙角，老大不小的了。等按期出了铁水，你也满二十了，让你师母给你找一个，当师傅的亲自给你操办。"武本奇嘿嘿地笑。

<h1 style="text-align:center">080</h1>

武本奇提着个包袱，带着几分酒意，找到仍然精疲力竭地倒在工地上的季成钢说："哟，师兄，你可让我好找啊！"季成钢不理他。

武本奇坏笑着说："师兄，你说你，和夏工单挑就单挑，输了也不丢人，咱就是不如人家。你可好，拉上那么多人陪葬，结果呢，众目睽睽之下，最后输了个一败涂地、屁滚尿流、横仰八叉，丢人不说，还落了一个孤家寡人，换了我，死的念头都有！"季成钢不理他。

武本奇越发欢快地说："师兄，还没吃饭吧？哎哟，绝对是惨不忍睹啊！堂堂的突击队长，累得一摊烂泥，连个给你打饭的都没有，痛不欲生啊！师傅惦记你，让我把饭给你送过来，师母亲手做的菜，别谢我，回头给师傅磕头去！"武本奇把提来的小包袱放到季成钢面前，做个极其不屑的冷笑模样，转身离去。

季成钢满眼屈辱的泪水，无从发作。

武本奇本来出了工地，半道又踅摸回来，进了维修段的大型设备工棚，站在那台待修的大型挖掘机前，手痒难耐。武本奇自言自语："武本奇，有什么大不了，不就是个发动机吗？你跟着师傅、师兄捣鼓了不是一回两回了，师傅领进门，修行在个人！有没有这个本事，你得试试才知道。对！你说得太对了，实践出真知。"念叨了一番，又合计了一阵，借着酒劲下定决心，开工！打开了工作灯。

天蒙蒙亮，在工地上睡了一夜的季成钢醒了过来，意识忽然在一个瞬间苏醒，他猛地站了起来，看看周围，若无其事地挺起了腰杆，犹如散步。忽然，他听到了什么声音，仔细听后，朝维修工棚那边走过去。

工棚里的武本奇毫无疲惫之色，全神贯注，正在把发动机零件安装回去。

透过工棚缝隙窥视的季成钢冷笑道："武本奇，这回谁也救不了你！"返身去了技术室，拿起电话："给我接公安处……"

武本奇忽然发现天亮了，愣了个神，看着旁边大量的排列整齐的零部件说："坏了！来不及了，这回惹大了。待死待活腔朝上，你自己惹的自己担着！"他定下神来，继续安装。

季成钢放下电话，得意地笑了。忽然，他的目光落到了秦晓丹工作台上罐头盒里的野花上，他妒火中烧，不顾一切地过去，要捻碎那些过了花期的枝叶，最后关头，虽然手在颤抖，腮边的肌肉在颤抖，他还是忍住了，说："夏方舟，我要让秦晓丹亲手毁了它！"

第十九章

081

陈国民前脚刚进办公室，林富来后脚跟进来说："师傅，你可来了！公安处的人来工地抓武本奇。"陈国民吃了一惊，忙问："抓本奇？他们凭什么？"林富来说："武本奇昨天晚上把那台挖掘机的发动机拆了。"

陈国民震惊地说："这个武本奇，找死啊！"林富来眼巴巴地看着他问："师傅，怎么办？"陈国民呵斥："怎么办、怎么办，你们还不赶紧去帮他！"

林富来说："师傅，公安处的人在那边守着，谁也不让靠近，说是要保护犯罪现场，我们根本靠不上边。"陈国民快速思考，问："谁报告的？"林富来说："不知道。我到工地时，公安处的人已经到了，说等着你签了字就把武本奇带走。师傅，你得赶紧想个法子救救本奇。"

陈国民骂一声："武本奇这小子，作天的胆儿！富来，你马上去维修段给我拿个设备维修施工单……"

他这边话没说完，程时风进了门，问："陈队长，要维修施工单干吗？"陈国民脑子转得飞快，上个笑脸，说："程处长，来视察工作？欢迎！"

程时风不给笑脸地说："陈队长，我接到报告，你这儿发生了破坏大型生产设备的恶性案件，"看到林富来想溜，"林富来，站住！"林富来不敢动了，看着陈国民。

陈国民轻松地笑着说："程处长，这是个误会，误会！这个活我昨天交代下去的。大会战，坏了的设备得赶紧修好，急着用……"

陈国民这边还想挽回局面，却不知武本奇那边已经招了。

程时风打断陈国民："陈队长，咱们都不是外行，谁也蒙不了谁。要是你现在能把你签了字的施工单拿来，这事按你说的办。"

陈国民呵呵一笑说："真人面前不说假话，程处长，这个活，武本奇没经过批准。"程时风点点头说："我不为难你，你也别给组织添乱，公安处的同志是执行公务，你过去签个字。"

陈国民赔着笑脸说："别忙、别忙，程处长，你听我说完，这台发动机的故障我昨天看了，维修需要十六个工时。武本奇虽然没经过批准，他要能在规定的工时之内完成了任务,那怎么算?"

程时风说:"陈国民,你是顶尖的高手,这个都认!像林富来这些你的徒弟,也不差。那个武本奇才给你当了几天徒弟?别抱幻想了!"

陈国民抓住机会说:"有你这句话,程处长,那我就得给你较个真了!武本奇他要是干出来了呢?"

程时风看着陈国民说:"我给你个面子。中午十二点以前,干不出来,抓人!"

082

工棚里,武本奇紧张地把零部件安装回去,汗水不断。公安守在旁边,不允许其他人靠近。陈国民和几个老工长站在工棚门口,脸色焦急。

秦晓丹也来到工棚外,一样急得没有办法。

陈国民动点子,笑着说:"程处长,你看那小子那身汗,我让人给他送点水喝。行吧?"程时风说:"陈队长,我给你面子了,别得寸进尺!包庇犯罪是原则问题,闹到赵总那儿,大家脸上都不好看。"

陈国民不甘心地说:"我就让人给他送点水,一句话不说。"程时风冷了脸说:"我虽然是个三级工,这里边的道道,咱们谁也蒙不了谁。你的人谁都不能过去。"

陈国民无奈。他旁边的林富来看到那边的夏方舟,一个机灵,撒腿跑了过去。

夏方舟听林富来说了几句,回来说:"季成钢,我请个假。"季成钢不准!夏方舟说:"那就算脱岗旷工。"说完转身就走。季成钢厉声说:"夏方舟,我没有准你的假。"夏方舟回头说:"脱岗。"朝着等在那边的林富来过去。

季成钢冷笑道:"夏方舟,你救不了武本奇!这不是工程,不是图纸,也不是爆破,是你的死穴!"

武本奇明显遇到了麻烦,停了下来,那些零部件让他看得眼花,汗水在地上摔得啪啪响,眼巴巴地看着门外的陈国民。

陈国民有劲使不上,头上急出了汗。

夏方舟端着一大搪瓷缸子水过来,说:"处长,我给武本奇送点水。"程时风心中有疑,问道:"方舟,设备维修你也懂?"夏方舟笑着说:"没学过。处长,天这么热,不喝水他撑不下来。"程时风说一声:"你呀,方舟。去吧!"给守卫在里面的公安打了个手势。

陈国民偷偷地松了一口气。秦晓丹并不知情,仍然在为武本奇担心。

夏方舟端着水到了武本奇身边,说:"本奇,喝点水再干。"武本奇已经乱了方寸,说:"大哥,你怎么来了?我的脑子全乱了,哪儿还有心思喝水啊!"

夏方舟把水塞到武本奇手上,转脸看着发动机,小声说:"本奇,你一边喝水一边听我说,别看我。"武本奇不明白。夏方舟小声问他:"喝上水了吗?"武本奇还是不明白地说:"哦……我喝。"

夏方舟悄声吩咐他:"本奇,你喝完水,我在这儿站一会儿,你注意我的目光,我会用目光给你指出剩下的零部件安装的顺序，明白了吗？"

武本奇的泪水流到了缸子里。夏方舟说："本奇，只要你稳住神，时间完全来得及。准备好了吗？"武本奇的心思迅速稳定下来。

夏方舟转过身，从武本奇手上接过缸子，换作正常声音说："本奇，这些设备我都能开的动，发动机里的这些零部件，还真没留心。"目光依次落到需要安装的零部件上。武本奇跟着夏方舟的目光，突然开窍，悄声说："大哥，后边的我记起来了。"夏方舟说："本奇，水给你放这儿。这技术活，我还真帮不上你，你抓紧时间。"

武本奇拿起零部件安装，忍不住满眼的泪，假装用袖子擦汗。

陈国民看着出来的夏方舟，控制着内心的激动问："方舟，武本奇还能撑下来吗？"夏方舟说："队长，这活儿我不在行，他行不行我也说不清楚。"

程时风说："方舟，是非之地。"示意他离开。夏方舟点头走了，没看旁边的秦晓丹。秦晓丹看不出其中的消息，还在为武本奇悬心。

林富来迎上夏方舟问："夏工，怎么样？"夏方舟笑着说："用不了中午十二点。"林富来激动地问："夏工，设备维修这一块你也精通？"

夏方舟微笑着说："队长没给你说过？"林富来热泪盈眶地说："想不到啊！夏工，你可救了本奇了！夏工，我们师徒都欠你的人情！"夏方舟笑着说："这话可就见外了！我也没帮上什么忙，本奇他自己的本事。"

程时风看着动作飞快的武本奇，狐疑。陈国民得意。程时风琢磨着打量他。陈国民猛然意识到什么，赔笑脸说："程处长，我的徒弟要敢给我丢脸，不用劳你的大驾，更不用麻烦公安处，我先收拾他，照死里收拾！"

秦晓丹无法确定是否是夏方舟起了作用，禁不住回头看向工地。

夏方舟跟着季成钢的挖掘机，在飞扬的尘土里奔跑。

季成钢忽然停下车，看着维修工棚那边。秦晓丹已不在门口。程时风和陈国民笑着说了几句什么，程时风带公安处的人离开了。陈国民朝里打了个招呼，武本奇从里面出来，跟着陈国民去了工地办公室。

季成钢难以置信，忽然意识到什么，看着跟在他车后的夏方舟。夏方舟也在朝那边看着，带出了笑容。季成钢逼视夏方舟，说："我低估了你，夏方舟！"夏方舟微笑回击："你一贯如此。"季成钢说："阴险毒辣！包庇破坏大型生产设备的犯罪分子，不择手段。"

"干活吧！季成钢。"夏方舟说。

陈国民把武本奇带回办公室，手指敲打着他的头，好半天才说出来："武本奇，你是找死呢！"武本奇忍泪笑着说："师傅，好歹没给你丢脸。"陈国民动容地说："找你夏大哥磕头去！"

武本奇霎时哭了，说："师傅，你看出来了？"陈国民骂："小兔崽子！你瞒得了我？武本奇，没你夏大哥帮你，你丢不丢我的人先不说，这会儿你早进了小黑屋了！"武本奇泣不成声："师傅，我知道，是大哥救了我，以后，大哥就是我的大哥……我大哥……"

陈国民动了感情，说："本奇啊，咱们师徒欠你夏大哥的情，这一条什么时候都不能忘了！"武本奇哭着说："我忘不了，师傅，忘不了……"

门外的秦晓丹听到里面的谈话，明白了一切。

武本奇擦着泪，说着就要往外走。陈国民喝他："回来！今天这事，给我烂到肚子里！"武本奇说："师傅，夏大哥救了我，我怎么也得谢一声吧！"

陈国民教训道："你想给你夏大哥抹黑是不是？小兔崽子！你闯了什么祸自己还不明白？"武本奇打个愣说："明白了！师傅，这事传出去，那就是夏大哥包庇我，包庇我的犯罪行为。"陈国民训斥："还算你明白！"

门外的秦晓丹陡然一惊，她显然没想到这一层，不觉愣了。

陈国民嘱咐："你夏大哥对你的好，记在心里，出了这个门，对谁也不要说，包括你夏大哥，别提，就当没这档子事！"武本奇说："我记住了，师傅。"

083

陈国民锁着眉头，看着奔跑在尘土里的夏方舟，朝附近的林富来招手。林富来跑到跟前，陈国民说："去，让夏方舟到办公室。"

夏方舟来到办公室，听陈国民说了两句，打断对方："队长，你要调我去武本奇班组？"

陈国民笑着，话题一转："武本奇那小子，推土机才开了几天，发动机他都敢拆，也不知道他走的什么运，他还就给修好了！"夏方舟说："本奇聪明。"陈国民说："你就别夸他了！我看他狂得快没了样了，除了我，眼里这就要放不下人了。方舟，你过去，给他露两手，让他知道天有多高。"

夏方舟不答应："我喜欢青年突击队。你让我挑的。"陈国民骂他："你这家伙！和我犯饩是不是？夏方舟，你们俩那点心思，我说你和季成钢，以为我不知道？"夏方舟说："我哪儿做错了，队长给我指出来。"

陈国民转个思路说："方舟，我让你过去是有任务的。"

夏方舟笑着说："队长，我到武本奇班组能有什么任务？"陈国民说："你小看了武本奇！"夏方舟说："我从来没小看他。"

陈国民再绕个圈说："没错，武本奇那小子，绝顶聪明，不管什么技术活，一上手就会，比我年轻的时候还机灵，就是有点调皮捣蛋。男孩子，调皮捣蛋不是大毛病，那小子绝对是个人才！"夏方舟笑着说："青出于蓝而胜于蓝，没准儿，本奇很快能超过你。"

陈国民一叹，推心置腹地说："本奇这小子是个人才，人才归人才，好工人光有技术不行，想有大出息，工程设计的事得懂，我吃亏就在这条上。方舟，过去下功夫带带他，工程上的事多教教他，那小子造化好了，成个工人工程师，也没准儿。你觉着呢？"

夏方舟对陈国民肃然起敬。陈国民说："别这么看我！怎么着，答应了？"夏方舟说："我去！"

秦晓丹看着花期已过的金沙蓝梦，心绪复杂。

季成钢一步跨进来说："晓丹，我感到很痛心！破坏大型生产设备是严重犯罪，是破坏大三线建设的现行犯罪！"

秦晓丹不那么理直气壮地说："武本奇他……是好奇。"季成钢欲取先予，说："就算武本奇好奇，夏方舟是什么？夏方舟利用所谓的业务能力包庇犯罪，这是一种变相的教唆，是更严重的犯罪行为。"秦晓丹越发心虚地说："也许……夏方舟只是为了他和武本奇的友情……"

季成钢痛心疾首地说："友情？世界上没有无缘无故的爱，也没有无缘无故的友情，有革命的友情，也有反革命的友情。晓丹，你就在现场，你发现了疑点，却没有坚决地站出来与之进行坚决的斗争。我为你感到痛心。"

秦晓丹让季成钢说的不知如何应对。季成钢愤然而去。秦晓丹乱了心绪。

大义凛然的季成钢出了技术室，看到陈国民站在办公室门口。陈国民见他出来，说："季成钢，来一下。"

季成钢想是刚才的话陈国民听到了，索性面不改色，跟他进去。没想到，陈国民说，他把夏方舟调到武本奇班组了。季成钢毫无思想准备，憋了好一阵才找到话："师傅，为什么把夏方舟从我这儿调走？"

陈国民看着他。季成钢理直气壮地说："师傅，你给我交代的，用最艰苦的工作考验他。"陈国民有些恼火地说："让你考验他，也没让你整天把土往他身上浇呀，整个工地都看不下去了。还有那个义务劳动，你不自己找事吗？"

季成钢甩得一干二净地说："我是贯彻师傅和领导的指示，教育他，挽救他。"陈国民不耐烦地摆摆手说："行了，这事就这样了！你去吧！"

季成钢等于是被陈国民赶出了办公室，出了门一肚子气无处发泄。

武本奇的小兄弟们围着夏方舟欢呼雀跃，一个个喜形于色，煞有介事地和夏方舟握手。武本奇有模有样地说："下面，请夏大哥讲话！鼓掌！"带头鼓掌。

夏方舟笑着，等掌声停息说："本奇，派活吧！"武本奇愣了一下，说："我说大哥，你来了，我们兄弟们把你当大神供着就全齐了，你什么都不用干，我们干得不对的地方，放开了教训，干好了，夸奖两句，行了！我说得对不对，兄弟们？夏大哥，我们兄弟们都听你的！"

夏方舟等大家静下来说："本奇，我给你安排个活？"武本奇爽快地说："没问题！夏大哥，你尽管吩咐，保证听！"夏方舟问他："我们班组的作业流程图表在哪儿？拿过来，今天你别干别的，咱们俩把它捋一捋。咱们一起琢磨琢磨。"武本奇不太明白地说："听你的。夏大哥。兄弟们，该干吗继续干吗！晚上喝酒，热烈欢迎夏大哥！"

吃过午饭，武本奇把班组工作安排好，找一处建筑物的阴影，跟着夏方舟梳理作业流程。夏方舟的速度非常快，图纸和资料走一遍，在地上画出新的施工流程图，给武本奇讲解一番。

夏方舟说："本奇，按照优化之后的施工流程，我们要拿一个月评比第一名。"

武本奇激动地问:"第一施工队的第一名?"夏方舟笑着说:"本奇,你就这么点雄心壮志?整个二号信箱大会战的班组第一。"

武本奇有些发蒙,声音都发了颤:"整个二号信箱……大会战月评比……班组第一?我们?不敢想,不敢想啊!"夏方舟微笑。

就在这会儿,听到旁边有人说话:"秦技术员,大太阳底下太晒了,到背阴里你和我说。"秦晓丹说:"没关系。张工长。"张工长接着说:"秦技术员,我心里不落忍。没几步,还是过去吧!"

武本奇静了下来,看着夏方舟。夏方舟看着话音传来的方向。秦晓丹和工长拐过来,一眼看到夏方舟,愣了一下。夏方舟回避了秦晓丹的目光。

武本奇忙说:"秦工!张师傅!互不耽误,秦工,你们说你们的,不耽误!"

秦晓丹对武本奇笑了笑,先离开,没看夏方舟。张工长跟着离开了。

武本奇小心地说:"夏大哥,我看秦工她好像……"夏方舟打断他:"本奇,下班前和你的兄弟们说一声,晚饭不要喝酒,吃完饭休息一会儿,晚上都到工地来,我们开个会。"

武本奇应一声,欲言又止。

084

晚上,夏方舟和武本奇来到工地,经过技术室,里边亮着灯,夏方舟以为是秦晓丹,瞭了一眼,一看是季成钢在里面,不觉停下了步子。

季成钢站在工作台前看图纸,听到外面的脚步声,不动声色,悄悄地调整了桌面上的一面小镜子,看到了窗外的夏方舟。他佯装不觉,一副认真看图纸的架势。

夏方舟觉得奇怪,问:"本奇,季成钢怎么在这儿?"

武本奇悄声说:"夏大哥,咱们走两步,到那边我和你说。夏大哥,有段日子了,那时候你还在工程处,季成钢有天晚上假积极完了,到技术室找秦工不知道说了些什么。后来,秦工给了他一把技术室的钥匙,从那,他天天晚上在这儿。"

夏方舟脱口而出:"每天?"武本奇说:"基本上。从那以后,季成钢就不回宿舍了,天天晚上睡在工地办公室里边那个小屋。"

夏方舟心思流露,问道:"秦晓丹会来吗?"武本奇说:"有时候来……秦工来了,没和他说别的,就是和他说图纸、设计、施工什么的,没说别的,没说别的。"夏方舟说:"走。本奇,开会去。"

夏方舟给武本奇班组开的会很顺,他先把新的流程说了一遍。武本奇问大家:"夏工刚才说的,都听明白了吗?"小兄弟们齐声说:"明白了!"

王卫国举手说:"本奇,能问一声吗?"武本奇说:"问!敞开了问!"王卫国说出大家的疑虑:"夏大哥,流程的事听明白了,可这个月总共还有十二天,到今天为止,全二号信箱班组排名第一的是二公司的,咱公司这边是季成钢兼班长的青年突击队第一班组,咱们班组根本排不上名。他们那俩班组,一天干十好几个小时,一个月休息一天,赶上他们，除非天天连轴转，剩下的这十二天，咱们凭什么拿第一？"

季成钢躲在建筑的阴影里，看着夏方舟那边冷笑。他没注意到，武本奇的一个小兄弟解手，发现了他。

解手回来的小兄弟凑到武本奇耳边悄悄说了一句，武本奇顿时变了脸色说："大哥，季成钢在偷听偷看。"

夏方舟淡淡笑了笑。武本奇担心地说："让那王八蛋听见了，那不泄密了？大哥，咱们辛辛苦苦搞出来的东西，不能让那家伙偷偷学了去。"夏方舟提高声音说："季成钢的心思不在这上面，他学不会。"

躲在暗处的季成钢听到了夏方舟的话，恼怒却无从发作。

夏方舟等大家讨论得差不多了，笑了笑说："各位小兄弟！武本奇班组历来不缺的是什么？干劲，干劲冲天！缺的是什么？严格规范的作业流程。从明天开始，只要大家严格遵守重新优化的作业流程，充分利用工作时间，我给大家打个包票，不用加班加点，按时上班，按时下班。再强调一遍，严格遵守流程，充分利用工作时间，我们一定能拿到二号信箱大会战月评比的班组第一！"

武本奇大吼："有没有信心？吼一声！"众人齐吼："有！"

武本奇吼："季成钢的第一班！"众人齐吼："灭了他！"

武本奇看着季成钢的方向，笑了。

躲在阴影里的季成钢离开了，没有了冷笑，有的是紧张不安。

陈国民满意地看着武本奇班组的施工，有条不紊，组织流畅，对身旁的秦晓丹说："不一样就是不一样！不怕不识货，就怕货比货！秦技术员，武本奇那帮小子，让夏方舟这一调理，效益是噌噌地涨啊！看出点名堂来了吗？"秦晓丹说："能看出一些，大部分看不太清楚。"

陈国民语重心长地说："所以啊，秦技术员，学习很重要。向谁学习，更重要。"季成钢带着迟疑的神色过来。季成钢说："师傅，我想找秦技术员商量点事，施工的事。"

季成钢和秦晓丹一边说着，一边进了技术室，他一眼看到窗台上的金沙蓝梦不在了，顿时激动莫名，完全忘了身在何处。秦晓丹看着他，有些不快地说："季成钢，我说的你在听吗？"季成钢忙回神说："晓丹，青年突击队急切需要你的帮助！"

秦晓丹说："季成钢，根据施工要求，结合现场的实际情况，制定出最合理的作业流程，说起来容易，在实践中做到很难，所以说这是检验项目工程师能力的试金石。我们和夏方舟差距太大，根本不在一个数量级上，施工要求和具体情况之间的最佳结合点，只能慢慢摸索。"

季成钢冲动地说："输给武本奇他们那帮小痞子，是青年突击队的耻辱！"秦晓丹说："不想输，你得拿出对策。"季成钢有些忘乎所以地说："我们有忘我的革命精神，加班加点，大干苦干！我就不相信，我们的奋斗精神干不过一个资产阶级知识分子的作业流程。"

秦晓丹顿生抵触，说："资产阶级知识分子？"季成钢觉出秦晓丹的语气，意识到触碰了秦晓丹的心理防线，索性说："不是我给他扣帽子，他就是资产阶级知识分子，他所做的一切，都是为了他个人！"秦晓丹说："撬动地球需要一个支点，蛮干不是科学的对手。"

秦晓丹空前的轻蔑激怒了季成钢。季成钢说："我绝不会输给他们！"

085

兄弟们一路锣鼓喧天，把刚刚参加完表彰大会的武本奇接到工地办公室。戴着大红花的武本奇笑着说："行了，行了！兄弟们，别敲了！"小兄弟们快活地笑着，收了锣鼓。

陈国民满面春风，笑着打量他说："好小子，有出息！你破天荒，给我拿了个二号信箱的班组第一！"

武本奇嘿嘿笑着说："师傅，你小看我！全二号信箱，就我们班组有夏工，我们不拿第一，不说对不起你，首先对不起夏工！"陈国民笑骂："小兔崽子，有长进！本奇，二公司让你过去介绍经验。"武本奇有点心虚地说："师傅，我不去了吧！"陈国民说："去！争脸的好事干吗不去？不但要去，去了还得好好地说，天花乱坠地说！"

武本奇说心里话："师傅，这都是夏大哥的功劳，要去，也该夏大哥去。"陈国民说："他用不着这个！带上你这帮小兄弟，给我敲锣打鼓地去！"

武本奇风风光光地在二公司开完经验介绍会，摘了大红花，小兄弟们也收了锣鼓，一帮人在工地上到处转着。梁朝丽和几个青年女工凑在一起，嘻嘻哈哈。武本奇他们忍不住多看了几眼，从她们身边经过，反而有些狼狈。梁朝丽笑着喊了一声："武本奇！"

武本奇回头，青年女工们嘻嘻哈哈地把梁朝丽推到前面。武本奇笑着说："梁朝丽，你喊我？"梁朝丽惊喜地问："你记得我？"武本奇嘿嘿笑着说："在我师傅家里见过一回，你爸爸是梁师傅，对吧！"

小兄弟们顿时起哄："人家姓梁，她爸爸肯定也姓梁！"这回轮到青年女工们不好意思了，嘻嘻哈哈地笑着跑了。梁朝丽还是回头笑着看了武本奇一眼，别有意味。武本奇有些发呆。

他们这边正在闹着，林富来呼呼地跑来说："本奇，师傅叫你赶紧回去！"长这么大没得过这么大荣誉的武本奇不知道哪根弦一绷，忙问："师兄，我没惹什么事吧？"林富来听了，笑得喘不上气。

原来，戚光复得知武本奇拿到二号信箱大会战月评比第一，特意带上乔佳丽和黄爱华，挑几个短小精悍的节目，到第一施工队工地现场慰问演出。

陈国民亲自带人依托建筑物搭建了临时舞台，还用苫布给舞台铺面，把武本奇他们安排到在最前面的中央位置。武本奇和小兄弟们眉飞色舞。

刚刚演出完的乔佳丽在舞台一侧，快活地和夏方舟说着什么。夏方舟被她逗乐了。

武本奇若有所思，四下环顾。秦晓丹离舞台比较远，也看到了乔佳丽和夏方舟，转身离开了。季成钢比秦晓丹离舞台更远，他的脸上，闪现出让人费解的微笑。戚光复在舞台另一侧，将这一切都看在眼中，若有所思。这一切，都落到站在推土机履带上的陈国民眼中。特别有心的武本奇看了个清楚。

晚上，武本奇和他的兄弟们在工地上为夏方舟摆酒庆贺，虽然还是食堂打的菜，但心情不一样。夏方舟笑容满面，举起盛酒的搪瓷缸子说："为了武本奇班组拿到第一，小兄弟们，一块干一个！"武本奇和兄弟们嚷着："谢谢大哥！"把酒干了。

武本奇喝了酒，兴致越发高涨地说："夏大哥，出这么大的名，自从我妈生了我，这还是头一回呢！你是不知道，现如今，我到各个工地上转一转，目不转睛地盯着我的漂亮姑娘多着呢！我看都不看！"

兄弟们起哄："夏大哥，别听他吹！今天在二公司，那个叫梁朝丽的喊了他一声，他都挪不动腿了！"夏方舟和大家哈哈大笑。

武本奇毫不在意地说："夏大哥，宣传队的那个小乔，乔佳丽对你绝对有意思！大哥，乔佳丽可是咱们金江的第一美女，多少人对她那是垂涎欲滴！"夏方舟不觉有些愣神。武本奇和他的兄弟们哄笑起来。

第二十章

086

田青妮端着一盘刚炒好的菜进来，说："小夏师傅，和我们家老陈慢慢喝。"

陈国民说："方舟，今天叫你过来，不谈工作，专门谈谈你个人的事。来，先喝一杯！酒罩住脸好说话。来！"

夏方舟被吊起胃口，碰杯干了。

陈国民笑着说："方舟，和我说说，你和秦晓丹到底出了什么事，怎么连话都不说了？就咱们俩，敞开了说说吧，闷在心里怪难受的。"

夏方舟稍微想了想说："队长，我怀疑川南钢铁设计有问题，你知道。"陈国民说："我当然知道！你从工程处回到队里，不就为了这事吗？"夏方舟说："就为这事，她找我……闹翻了。"

陈国民转个思路说："这事我一直没问你，话说到这儿了，方舟，你有多大把握？"听夏方舟捡着要点说了几句，陈国民直截了当地说："方舟，别怪我说你，我看你是有些骄傲自大，有点狂妄。"

夏方舟欲分辩，陈国民打断他："看看，看看！根本不让别人说，我就说了你一句，接着你就忙不迭地解释，你若是十分有把握，用得着解释吗？"夏方舟听进去了。

陈国民说下去："自己还没有绝对把握，更拿不出证据，谁信你的？别说赵总，我也不信。依我说，什么时候拿出证据来，什么时候再说。到那时候，把证据结结实实地往桌子上啪地一摔，你不理他们，他们都得上赶着让你解释！"

夏方舟说："听你的，队长。"陈国民笑着说："这就对了！你自罚一杯！"

夏方舟干了杯中酒，陈国民话题陡转："方舟啊，宣传队的那个小乔姑娘不错啊！满工地的眼皮底下，你们俩那叫什么……相谈甚欢！"

夏方舟断然说："没那事！"陈国民说："有那事！方舟，我一眼就看出来了，小乔姑娘对你有意思。今天下午，我专门去找了戚光复，还真有那个意思！"夏方舟窘迫地说："队长，别听光复乱说，人家乔佳丽还是个小姑娘。"

陈国民教导："有什么不好意思的？小乔姑娘多漂亮啊！听我说，有本事的男人找媳妇，头一条得找漂亮的。我媳妇，当年在江汉头一份的大美人，打她的主意的，能赶上

154

灾年的叫花子！我先下手为强，到了年龄就娶进门，第二年给我生了大闺女。"

夏方舟无奈，只好说："队长，我哪能和你比啊！"陈国民替他着急地说："怎么不能和我比？夏方舟，找对象这事，千万别小瞧了自己，你这条件，放哪儿都是一等一！你自己不好意思说，我找人，到小乔那儿把窗户纸给你捅破。"夏方舟赶忙说："别别别！千万别！佳丽那女孩挺好，不过……"夏方舟不知道该怎么解释，陈国民看着他，几乎一字一顿："秦晓丹！"

吃过晚饭，秦晓丹回到宿舍，坐在床上看书。不到半小时，听着外面喊："晓丹！你在吗？"秦晓丹眼眉微蹙，稍有迟疑，还是穿上外衣，出了门。

季成钢看到秦晓丹出来，忙上前几步，态度诚恳地说："我想和你谈谈。"秦晓丹不冷不热地问："谈什么？"季成钢说："这几天晚上看图纸，遇到了一些问题。"

秦晓丹看着宿舍区的路说："她们一会儿就回来了。"季成钢乞求般地说："一块走走行吗？晓丹，没别的意思，我向你请教的问题比较多，随便走走，边走边谈。行吗？"秦晓丹有些勉强地说："就在附近吧！"

两人走了没多远，秦晓丹话在前面："季成钢，一直没机会问你，那次你搞的那个义务劳动，为什么要那么做？"季成钢冤枉地说："那是领导交给我的任务。"秦晓丹不相信地说："故意设置陷阱，也是领导交给你的任务？"

季成钢忽然大声说："晓丹，从夏方舟回到队里，你对我的态度发生了明显的变化。你看着我把挖掘机的土撒在夏方舟身上，心里不舒服。"

秦晓丹气愤地说："整个工地的人都看不下去！"季成钢突然爆发："你以为我心里舒服吗？我讨厌做这种事！我根本不把夏方舟当对手，可是领导把任务交了我，让我考验他，在最恶劣的劳动条件下考验他。"秦晓丹扭开脸。

季成钢悲愤地说："我师傅亲口交代给我的！你可以去问。我接受了任务，不止在你眼里，在所有人眼里，我利用手上的权力迫害他，侮辱他。你以为我愿意？两个男人，不管什么原因，成为竞争对手，那也应该相互尊重。那天义务劳动，我完全可以告诉他，这不是我的本意，至少，我可以回头走人。我坚持了下来，我知道很多人在看我的笑话，我还是坚持了下来！一个男人，不能低下自己的头，这是人的尊严！一个战士，死也要死在战场上，这是战士的尊严！"

秦晓丹被打动，但还是有些怀疑。季成钢拿出一身正气说："晓丹，相信我，我不是那种人！我和夏方舟的分歧是原则性的，相互间不可避免的斗争，我希望是光明磊落的斗争。就像恩格斯和杜林论战，杜林去世以后，恩格斯拒绝修改自己的著作，因为杜林已经没有反驳的机会。"秦晓丹相信了。

季成钢竟是眼中含泪大为感动地说："晓丹，谢谢你！无人理解的孤独，实在太可怕了。"

087

陈国民和夏方舟的这场酒，喝得不赶不急。陈国民说："方舟啊，和秦晓丹的关系弄成这样，你也有责任。"夏方舟试图撇清："我和秦晓丹的关系是工作关系。"陈国民说："工作关系那也不能不说话呀！都在一个单位，抬头不见低头见，这算什么！"夏方舟无言以对。

陈国民说："回到队里那天，你前脚出了办公室，秦晓丹后脚就找我了，为你鸣不平，还说我迫害你。"夏方舟完全没想到，怔怔地看着对方。陈国民稍微一沉说："秦晓丹说，工程是你设计的，你应该继续当主管技术员，我让你当工人，迫害你。我还问她来着，你不是反对夏方舟质疑川南钢铁吗？她说这是两码事。就这一条，夏方舟，你不如人家秦晓丹！"

夏方舟受到强烈震撼，无话。

屋子外面，田青妮和孩子吃完饭，和刚才过来的梁朝丽在门口聊天。梁朝丽问她："田姨，我陈叔的那个徒弟武本奇，怎么一下子成了第一名的班组组长了？"田青妮笑着说："朝丽，你也知道他？"

梁朝丽不说实情："原来班组第一名是我们公司的，没想让他比下去了，上面还让他到我们这边介绍经验。"田青妮笑着说："听这意思，你们公司还不服气？"梁朝丽笑着说："不是。田姨，我问你个事……"

屋里边陈国民说："你的怀疑现在还拿不出证据，是吧？这就好办了！听着，教你一手，守着秦晓丹坚决不提这事，就当没这事，问你也别承认，给她乱打马虎眼儿，其他的以后再说！"

夏方舟接受不了。陈国民不急不恼地说："你根本说服不了人家，凭什么让人家支持你？再一个，你在她心里的分量太轻，分量到了地步，不用你开口，她帮着你出证据！你信不信？"

夏方舟看着陈国民说："队长，你还是误会了，我和秦晓丹没那种关系。"

陈国民干脆地说："我再问你一句，你和秦晓丹没那事，是吧？"夏方舟说："没有！"陈国民盯着他说："这可是你说的。好！那你就成全了季成钢。"

夏方舟闻言有几分变了脸色，问："队长，你什么意思？"陈国民反而是笑了起来，说："瞧瞧，瞧瞧！狐狸尾巴露出来了！来来来，喝酒，喝酒！"

外面的梁朝丽扣着武本奇的话题不放松，两人正说着，林富来过来了。

林富来说："师母，你和我师傅说一声，我找他有事。"田青妮让他进去。

林富来进门说："师傅，我想请个假。家里给我说了媳妇，催我回去结婚，这一阵大会战，一直没敢张口。"

陈国民说："打算什么时候走？"林富来说："明天早上行吗？"陈国民痛快地说："行！明天不用来工地了，直接走。"

林富来笑得满脸开花，说着就要走。陈国民对外面喊："青妮！青妮！给富来拿二十块钱，他回家娶媳妇，事先也没说一声，来不及给他买别的。"林富来赶忙说："师傅，不用，不用，我还没孝敬你呢。"陈国民教训："你是我徒弟！"

田青妮到床头的席子底下拿出钱，笑着给他说："师傅给你就拿着！有你孝敬师傅的时候。"林富来接过，鞠躬。

夏方舟说:"我这不赶上了吗?随喜,随喜。小林,我身上就这五块钱的整钱,你别嫌少!"林富来推辞。

陈国民对夏方舟很满意,训林富来:"不懂规矩!谢谢!"林富来接过。

陈国民说:"方舟,别和他说这些了,回来喝他喜酒!富来,早点回去睡觉去,娶媳妇可不是个轻省活,到时候你小子就知道了!"林富来欢天喜地地跑了。

两人又喝了几杯,田青妮上了两大碗葱花挂面。吃完饭,陈国民把夏方舟送到门外,说:"方舟啊,你和秦晓丹的事,我再多说一句,就一句。听不听?"夏方舟点头。陈国民说:"回去好好琢磨琢磨,你和秦晓丹到底是怎么个关系。连季成钢说着,都在一个队里,不管你们个人之间有什么事,工作上还得齐心合力。"

夏方舟的心思被陈国民说动了。

088

无处不在的武本奇和几个小兄弟躲在暗影里,看到秦晓丹和季成钢边谈边朝这边走过来。

这里是去家属区的路,离开席棚子宿舍区已经很远,时间不早,这段路上除了谈恋爱的情侣,几乎没什么人。

武本奇琢磨不透了,说:"不能啊!卫国,男女上的事你好像比较懂,分析分析,难道秦工还真和季成钢弄到一块了?"王卫国也是乱猜地说:"看着比较像。季成钢不定又给秦工使了什么招儿。再上去给他冲了去?"武本奇说:"先观察观察,弄清楚了再说。"

秦晓丹注意到离开宿舍区很远了,停下来说:"该回去了。"季成钢答应着,两人往回走,季成钢依然是不断地找着话题走走停停。

夏方舟带着几分酒意,从家属区过来。武本奇说:"这下坏了!夏大哥走得比他们快,眼看着这就追上了。"

夏方舟看到了秦晓丹和季成钢,不觉停了下来。季成钢几乎同时发现了夏方舟,飞快地思考着停了下来,身体遮住秦晓丹的视线,说:"晓丹,有个事一直想问你。"秦晓丹浑然不觉,也停下来。季成钢好像想了想,说:"还是不问了,一个挺愚蠢的问题。"

季成钢迟疑片刻说:"你真的是在美国出生?"秦晓丹说:"在美国长到八岁。怎么了?"季成钢说:"听说,在美国出生的华人,会长的像美国白人。"秦晓丹忍俊不禁地说:"怎么可能呢!出生在美国的华人像白人……"

武本奇听不清他们说什么,但秦晓丹的笑声让他们愕然。

夏方舟也听到了秦晓丹的笑声,有些出神。季成钢神色认真地说:"听我们学校的老师说的。"秦晓丹笑着说:"可能也有点道理。记得谁说过,英语和汉语发音调动的肌肉不一样,会对面部的轮廓造成一些影响。我还真没注意。"

夏方舟绕道离开了。季成钢余光瞟了眼消失的夏方舟,脸上闪过得意的微笑。

戚光复带宣传队到其他工地慰问演出,乔佳丽的独舞照旧是掌声如雷。

武本奇溜进了苫布临时遮起的后台，显然已经混得挺熟，笑着和演员们打着招呼。他找到了戚光复。

戚光复笑着说："本奇，看演出就看演出，又溜到后台来了。"武本奇凑上来压低嗓音说："戚大哥，我找你有事。"

武本奇很有把握地说："秦工和季成钢那家伙好上了！我亲眼看见的！昨天晚上在宿舍区外边路上，俩人谈得可热乎呢。夏大哥撞上了，半路里闪开了。"

戚光复心里一动。武本奇神气地说："我亲眼看见的，戚大哥，夏大哥怎么也不能输给季成钢那家伙！你说说他，让他赶紧和乔佳丽好吧！"

戚光复让他逗笑了，说："这都哪儿跟哪儿呢！本奇，这种事你不明白。"武本奇有自己的逻辑，说："我怎么不明白！戚大哥，乔佳丽虽然比不上秦工的本事，到底是金江第一美女，她和夏大哥好了，绝对给夏大哥争脸！"

舞台上的乔佳丽光彩照人。

黄昏时分，戚光复和夏方舟沿着金沙江散步。戚光复说："方舟，以前和你说过，季成钢在来金江的路上，追了秦晓丹一路。如果不是你突然从天而降，他俩说不定已经成了。明白吗？"夏方舟不想谈。

戚光复说："两个人走到一起，未必就是爱情。有些看上去很像是爱情的东西，其实是蜘蛛的陷阱。美丽的蝴蝶从来不是丑陋的蜘蛛的对手，等蝴蝶落入陷阱的时候，已经身不由己。"夏方舟的心被狠狠地触动。

戚光复看准时机说："前天晚上你从陈队长家回来，路上遇到了秦晓丹和季成钢。"夏方舟奇怪地问："你怎么知道的？"戚光复说："我怎么知道的不重要。自己掂量吧！"

这个晚上。陈国民和妻子上了床准备睡了。田青妮说："他爸，你是看好秦晓丹和夏方舟呢，还是和季成钢？"

陈国民感叹："甭管谁，这个落实了那个就踏实了，只要不耽误工作，都一样。"

陈国民岔开话题："青妮，那天富来过来，我没得空问他，家里什么时候给他说的媳妇，你在外边问他了吗？"田青妮说："他来了就找你，都没和我说什么事。估摸着差不了，富来到底是端的铁饭碗，回农村找媳妇，还不紧着他挑！"

这个晚上。一户贫穷的川南农家，简陋的洞房，烛光摇曳。柳叶儿低着头坐在床沿。林富来也坐在床沿，往柳叶儿身边凑。

柳叶儿用手挡住凑到她身边的林富来，说："我先和你说几句话。"林富来赶忙说："你说，柳叶儿，你说。"柳叶儿不抬头地说："翻一百多里的山过来嫁给你，是因为你和夏大哥在一块。"

林富来忙不迭地说："知道，知道，柳叶儿，你救过夏工的命，对他好，惦记他。"柳叶儿抬头看着他说："你答应我两条。"林富来满口答应："柳叶儿，别说两条，多少条我都答应。"

柳叶儿说："有了娃，家里再穷，也得供他读书。"林富来真心诚意地说："这你不用担心。柳叶儿，我在外边工作这几年，深有体会，没文化可不行！咱们有了娃，一定得让他好好读书。"柳叶儿舒了口气说:"第二条,别告诉夏大哥我嫁给了你。"林富来好一阵回不过劲,说:"那……都在一个单位,人家要问起来呢?"柳叶儿坚持。林富来说:"行!柳叶儿,我答应,答应!"柳叶儿放下了挡住林富来的手。

林富来心花怒放,先过去吹灭了蜡烛。

这个晚上,陆汀兰身子越来越重了,睡觉前,仍然忘不了把钱和饭票仔细地埋在地下。

这个晚上,季成钢从技术室出来,锁上门,找了个地方坐下,拿出秦晓丹的照片,出神地看了一会儿,微笑着说:"晓丹,你挣不出我布下的天罗地网……"之后,他小心翼翼地收好,准备去工地办公室。忽然他意识到什么,猛然回头。

席棚子宿舍区着火了。季成钢一声惊呼:"失火了!"不及思索,飞跑而去。

089

火光透过透风的席子照进来,伴随着噼噼啪啪的燃烧声。陆汀兰首先被惊醒,使劲摇晃丈夫,喊着:"光复!光复!快醒醒,快醒醒!失火了!失火了!"

戚光复猛然醒来,下意识地抓起被单包在妻子身上,跳起来,不由分说,拉着妻子就往外冲。倒是陆汀兰,伸手抓起了戚光复的手风琴。

女生宿舍这边还没烧到,但被强烈的火光照亮。秦晓丹慌乱地穿着衣服,叫着同室的人:"快起来!快起来!失火了……"

女生们乱作一团。秦晓丹首先把那株罐头盒里的野花抱在怀里。

朝着大火奔跑的季成钢忽然停了下来,看着那边的火势迅速蔓延,笑着说:"烧吧!烧吧!烈火烧毁旧世界,革命开出新天地!越是艰苦的环境越能显示出你鹤立鸡群,出类拔萃。"

火势已失控,夏方舟、武本奇、戚光复和其他所有的男生仍然在拼命救火。

田青妮被杂乱的声音惊醒,坐起来,忽然感觉到什么,披起衣服到门口,一开门就看到了冲天的火光,马上返回摇醒陈国民,喊道:"他爸!他爸!学生宿舍那边失火了,失火了!"陈国民起来,一眼看到门外照过来的火光,抓起一件衣服冲了出去。

季成钢眼看着整个席棚子宿舍区被大火席卷,火烧连营,脸上的微笑忽然僵硬,自言自语:"季成钢,你猪脑子!这是千载难逢的机会,是你表现大无畏的牺牲精神的天赐良机!"他疯了一样地朝着烈火熊熊的宿舍区冲去。

陈国民冲到火场,对夏方舟喊:"夏方舟,不行了,救不了了!快撤到安全的地方!你动作快点!我到那边看看!"跑着离开。夏方舟绝望地看着失控的大火。戚光复冲过来,拉起他往外冲去。

季成钢从火场里跌跌撞撞地冲了出来,很夸张地倒在了人多的地方。周围的人纷纷涌到他身边。季成钢高声喊:"不要管我,快去救火,快去救火……"似乎昏了过去。

天亮了。

两千多间席棚子宿舍全部烧毁。惊魂未定的人们看着眼前的一片焦土，他们的家当全都没有了，男人们欲哭无泪，衣衫不整的女人们哭声一片。

技校生们聚集在一起，身上多处烧伤的武本奇大声说："我早就说过，早晚有一天火烧连营！没人管！根本没人管！要烧大家一起烧，烧光了小哥我也没意见！领导怎么不来住席棚子？"技校生们齐声大吼："找领导！找领导！"武本奇厉声高喊："兄弟们，听我说，我们不干了，我们不干了！"

秦晓丹和许多女生们在一起，无言泪下。她们多少抢出了一些东西。在秦晓丹的那只牛皮箱的旁边，罐头盒里的野花虽然花期已过，但浓翠的枝叶在焦土中越发显得郁郁葱葱。

夏方舟、戚光复和许多大学生沉默地聚在一起。戚光复看着那边身怀六甲的妻子，心情悲愤。夏方舟说："光复，你过去照顾汀兰。我们大家商量商量怎么办。"

戚光复没说话，蹲到地上，眼前有一些没有烧到的树枝，他拿起一根，轻轻地将其折断，将几根合在一起，仍然轻松折断了。夏方舟稍忖，也蹲下来，把若干树枝集中在一起，再也无法折断。

武本奇带着技校生们继续咆哮："他们说什么也白搭！这一次，咱们所有的技校生合起心来，说什么也不干了！不干了！"技校生们齐声吼："不干了！不干了！"

季成钢出现了，他身上到处是伤痕，怒喝："武本奇，你煽动闹事！"武本奇根本不在乎，骂道："去你妈的！季成钢，你算什么东西？小哥我就闹了！你能怎么样？"

季成钢声色俱厉地说："武本奇！别胡搅蛮缠！先生产，后生活，是大三线的建设原则，你煽动闹事，意图破坏大三线建设，我严正警告你，这是极其严重的，将会受到严厉惩罚！"

武本奇爆粗："滚蛋！小哥我什么政治也不懂，我只知道不能糊里糊涂地变成烤鸭子！季成钢，有本事你把我抓起来枪毙了，算你能耐！没本事滚一边去，少给小哥我上大课！"

季成钢对其他技校生说："我警告你们，现在是紧要关头，谁胆敢跟随武本奇闹事，一定会受到严厉的惩罚，最严厉的惩罚！"

武本奇厉声说："兄弟们，别听他吓唬！他算个屁！"他转向季成钢，打量着他身上的伤痕说："季成钢，你根本不住这儿，怎么还弄了一身？这把火，说不定就是你放的！兄弟们，这把火就是他放的！开他的批判会，把这个家伙批倒斗臭！"技校生们围着季成钢起哄。

夏方舟站起来，无言地看着大家，把手上的树枝扔进尚未完全熄灭的火堆，树枝燃烧。大学生们揣摩着他的意思。夏方舟环顾众人说："一场大火，可怜焦土！教训惨痛，这种席棚子宿舍，说什么不能再住了！"

学生中有人站出来说："我同意！这是我们的底线。"大学生们纷纷响应。戚光复忧虑地问："方舟，我们能扛得住吗？"

夏方舟坚定地说："必须扛。各位同学，我们来自不同的地方，不同的学校，这个时候，我们必须步调一致。请各位同学召集一下，把在本校同学中有号召力的同学召集到一起，我们大家开个会，统一认识，采取统一行动。"

四大金刚和一批老工人围在一起开会。陈国民目光扫过众人，说："不管你们怎么想，我陈国民，一定要为八千学生出头！"众金刚响应："不管到什么时候，我们四大金刚都是一股劲，一根绳！"

付开田说："陈队长，这个时候到指挥部找领导，说得严重点，是闹事，再严重点，那就是破坏大三线建设。陈队长，再考虑考虑。"

陈国民呵斥："你考虑我不考虑！愿意去的，跟我们四大金刚走！怕惹事的，留下，没人计较！"四大金刚带头，一部分老工人跟了上去。付开田和更多的工人留在了原地。

四大金刚带领着老工人走过焦土废墟，步履坚定，仿佛裹挟着一种狂风般的强大力量。学生们看着他们。

夏方舟面对着一起开会的大学生说："既然大家统一了认识，那就到指挥部表明我们的态度。"看到陈国民他们，夏方舟稍有思考说："我们走！"

四大金刚和老工人们走在前面。夏方舟带着的大学生被落下一段距离，他们加快步伐走过焦土。很多学生在观望。武本奇和技校生们还没明白夏方舟他们的意思。

秦晓丹拦在大学生们面前问："同学们，你们要干什么？"夏方舟不停步地说："去指挥部表明我们的态度。席棚子宿舍绝对不能再住下去。"

秦晓丹着急地跟着他，掩饰不住的担心里带着恳求，说道："夏方舟！你别冲动，现在是川南钢铁会战的关键时刻，你召集各个学校的学生，公然向指挥部摊牌，这意味着什么，难道你不明白？"

夏方舟依然不停步地说："我很明白！我们大家都很明白！这是我们的机会，错过了这个机会，随时可能再一次火烧连营。这不是一个人两个人的事情，这儿有我们八千学生！我们是川南钢铁建设的生力军，谁也没有权利让我们葬身火海！"秦晓丹苦劝："夏方舟，我们应该相信指挥部的领导，这件事一定会得到妥善解决。"

季成钢不失时机地冲到他们面前说："夏方舟，你不能代表我们大学生。同学们！同志们！大家不要忘了，我们是来建设大三线的，不是来贪图享受的！停下！你们停下！"

夏方舟直接推开了他，不停步。季成钢跟上，做出阻拦的姿势，说："夏方舟，我警告你！你这是带头闹事，蓄意破坏大三线建设！这是犯罪！严重的政治犯罪！"夏方舟推开季成钢，带着大学生们继续前进。

武本奇说："兄弟们，看看人家！咱们还在这里发呆发愣！有种的跟上，跟上夏大哥他们！"大批的技校生跟了上来。

季成钢站在秦晓丹身边说："晓丹，我们已经仁至义尽！他不可救药，自取灭亡！"秦晓丹绝望地看着夏方舟的背影，痛心地说："他太冲动了！"季成钢激动地说："他不是冲动，这才是他的真面目！在这关键时刻，我们一定要站稳立场，和他们进行斗争！"

季成钢极具煽动性地对其他学生说："革命的同学们，一场突如其来的大火，烧毁了我们的宿舍，但它烧不垮我们建设大三线的革命热情，打不垮我们坚强的革命意志，就算是天当房，地当床，我们也要保证川南钢铁的建设。夏方舟之流绝不能代表我们革命的大学生，我们也要去表明我们的态度，坚决和任何破坏大三线建设的人进行毫不妥协的斗争！"更多的学生聚拢过来。

季成钢振臂高呼："同学们，谁破坏大三线，我们就和他斗争到底！"很多学生跟他呼喊："斗争到底！"季成钢高喊："同学们，同志们，我们也去指挥部！"秦晓丹虽然有些犹豫，还是和很多学生跟上了季成钢。

陆汀兰和很多女生默默地看着他们。

第二十一章

090

很多人聚在陈国民家门外，围着田青妮嘈嘈杂杂。付嫂从人群里挤进来说："青妮，青妮，出事了，出大事了，不得了了！你们家陈队长，他们四大金刚冲到指挥部去了，说是替那些学生出头。"有人惊呼："哎哟！陈队长这不成了带头闹事了吗？"付嫂接上说："这可不是闹事是什么？我们家老付拦都拦不住他们！"

田青妮提高了声音说："大家伙儿都是亲眼看着的，学生宿舍的火着了不是一回两回了，那是个点着了的爆仗，到底是炸了，咱们眼睁睁地看着八千学生的家当烧了个干净。学生们自己不说，那就得有人站出来，替他们出头说话。他们四大金刚不替学生们出头，谁替学生们出头？他们该去！"众人议论纷纷，各有各的说法。

田青妮骄傲地抱起儿子说："海子，你爸爸啊，是个有胆有识、有情有义的大男人！好好地跟你爸爸学着点！"

站在人群里的梁朝丽想到了什么，回身跑了。

091

二号信箱总部大楼外，夏方舟和戚光复他们带领的大学生，站在靠楼最近的位置，更多的学生在后面，秦晓丹和季成钢他们也到了。梁朝丽也来到了人群中。

楼上传出陈国民愤怒的咆哮声："先生产，后生活，建设大三线的原则，没错，艰苦奋斗，也没错！可总得给学生们一个最基本的生活条件吧！有没有？有没有？"学生们的情绪受到强烈感染。

乔佳丽和黄爱华他们宣传队的演员们也来了，乔佳丽想挤到前面去。

陈国民他们四大金刚和部分老工人闯进会议室的时候，二号信箱指挥部领导正在开会，赵殿楚、顾弘亮和程时风，他们都在。

陈国民情绪激动地说："八千学生怀着满腔热血，响应国家号召来到大三线，他们不但是将来大三线建设的主力军，还是未来的工程师，高级技术工人，是国家的财富！席棚子的火着了不是一次两次了，你们这些当领导的找各种借口推诿敷衍，这叫麻木不

163

仁！你们不心疼学生，我们工人阶级心疼！火烧连营了你们开会了，早干什么去了！这么简单的事还用开会？一场大火，八千人！得亏是没烧死人，死了人，你们这些在座的，统统都得进监狱！现在人心惶惶，军心不稳，怎么保证川南钢铁大会战！耽误了国家按期出铁水的命令，我们工人阶级不答应！"工人们齐呼："我们工人阶级不答应！"

青年学生们静静地站在楼下。

武本奇眼含泪。梁朝丽躲在别人后面，悄悄看着武本奇，轻轻靠近他。武本奇凑到夏方舟和戚光复之间，激动地说："夏大哥，戚大哥，我师傅他们四大金刚，这才是工人阶级优秀代表！我绝对服气，跟着这样的老工人建设大三线，搭上命都值！"

夏方舟和学生们也深受感动。很多学生齐呼："四大金刚！四大金刚！"

乔佳丽和黄爱华到了夏方舟附近，挤不过来。

夏方舟没注意到她们，对戚光复和身边的几个学生说："按照我们刚才的统一意见，我们几个代表上去。"武本奇说："夏大哥，我也去。这个时候我不能当孬种！哦，对了，我是技校生的代表，我能代表他们！"

夏方舟说："你们不要上去，也不要在下面多说话。本奇，你一定要听我的！"武本奇点头说："好！夏大哥，我听你的！"夏方舟对身边的大学生说："我们上去。"

乔佳丽眼睁睁地看着夏方舟进了指挥部，然后注意到了秦晓丹和季成钢。

秦晓丹揪心地看着夏方舟他们进去，不知所措。季成钢说："晓丹，你要站稳立场！同学们，我们要给夏方舟之流充分的表演机会，让他充分地暴露丑恶的嘴脸，让我们大家彻底看清他的丑恶面貌，和他进行坚决斗争！"

季成钢胜券在握，已经带出了胜利者的笑容。秦晓丹无奈地一叹。

会议室里落针可闻。

赵殿楚站起来说："国民同志，各位金刚，工人师傅们，你们刚才进来之前，我们正在开会研究这个突发事件。"陈国民顶撞道："这还用研究？把宿舍全部建成水泥板房，彻底消除大家的后顾之忧，全心全意地投入川南钢铁的建设！"

程时风不耐烦地说："陈国民，你就是个施工队长，回去干你的活去！你知道不知道，很多事情要从全局考虑。"陈国民骂："程时风！你是个什么东西别人可能不知道，我们四大金刚知根知底！还学会打官腔了！"

顾弘亮圆场："同志们，同志们，不要吵，不要吵！有不同意见是非常正常的，完全可以通过平心静气的讨论、交流达成一致。同志们，大家静一静，静一静，我们先听赵总把话说完好不好？"

赵殿楚提高声音说："工人师傅们，席棚子宿舍是人命关天的大问题，也是关系到能不能按时出铁水的大问题。这都没错。把席棚子改造成水泥板房，这个意见是对的。现在面临的困难是人力不足，川南钢铁会战绝对不能耽误，八千多人的宿舍不是一个小工程，我们实在抽不出这么一支建设队伍。这是我们面临的实际困难，我们刚才就在研究这个问题。实话实说，到现在还没有找出两全其美的办法。如果工人师傅们有好的办法，欢迎大家提出来，我们一定采纳！"

夏方舟、戚光复和几个学生进了会场。陈国民误解了夏方舟的意图，说："夏方舟，这儿没你们的事，赶紧出去！听见了吗？快走！"夏方舟说："队长，我们有话说。"陈国民着急地说："赶紧，你给我赶紧出去！听到没有？赶紧出去！"夏方舟喊："队长！各位领导，工人师傅，我们只说几句话。"

赵殿楚也担心地说："夏方舟，你们先回去，请同学们相信，组织一定会妥善地解决大家的问题。"顾弘亮焦急地说："方舟同志，听赵总和陈队长的，你们先回去，回去吧！"

程时风反而说："赵总，顾代表，各位同志，我个人的意见，发生了这么大的事，青年同志们有想法很正常，还是让他们说出来。就算是牢骚、不满，发到当面上，总比在背后里说好。"

赵殿楚皱眉头。顾弘亮还试图拦阻。程时风态度坚决地说："夏方舟同志，你和青年同志们无论有什么想法，有什么意见，有什么不满，都可以放到桌面上，畅所欲言！我们的态度历来是言者无罪，闻者足戒！今天，正好利用这个机会，把你们所有的想法，充分地表达出来！"

会议室的对话声楼下清晰可闻。季成钢充满期待地说："夏方舟的丑恶表演就要开始了！"秦晓丹掩饰不住担忧和不安。

很多学生的心都提了起来。武本奇和其他技校生们更是充满期待。

季成钢不再掩饰他满脸得意的冷笑，说："晓丹，欲使其灭亡，先使其疯狂！这条规律从来不会错的。"

乔佳丽悄声说："那个季成钢太坏了！"黄爱华也悄声说："秦晓丹好像和他是一伙的。"乔佳丽朝那边看一眼，微微切齿。

夏方舟异常平静地说："各位领导，工人师傅们，刚才，我们一起来的部分同学开了个会，统一认识。大家达成一个基本共识——席棚子宿舍不能再住下去。继续住席棚子，谁也不能保证不会发生下一场大火，只要这种威胁存在，生命安全得不到保障，就必然会严重影响大家的心态，也必定会对会战造成严重影响。"

赵殿楚失望。顾弘亮着急。

秦晓丹近乎绝望。季成钢踌躇满志，故意在众人面前显示出特别的亲密，说道："晓丹，夏方舟的丑恶面目彻底暴露了！他的所作所为，和他企图颠覆川南钢铁的言行是一致的，这绝不仅仅是头脑发热，他是有预谋的，目的就是破坏大三线建设。"

季成钢振臂高呼："同志们，同学们！我们一定要和夏方舟之流斗争到底！"很多学生跟着呼喊："和夏方舟之流斗争到底！"

乔佳丽气得眼里有泪。

陈国民又急又气，压着嗓子说："夏方舟！这不是你说话的地方，你担不起！赶紧给我下去，听见了吗？"顾弘亮那边各种暗示："方舟同志，你的意见说完了吧？说完了回去吧！同学们，相信组织上一定会认真对待你们的意见！好了，回去吧！"他不断地给夏方舟使眼色。

程时风再次站出来说:"夏方舟同志,把你们想说的话,全部说出来!我首先表个态,对青年同志们说出的真实想法,我们各级领导同志都要正确对待!夏方舟同志,不要受干扰!"

夏方舟平静地说:"各位领导,工人师傅们,我们的话还没说完。席棚子宿舍不能住,川南钢铁建设不等人,这是一对矛盾。我们的意见,白天全体参加会战,优化流程,提高效率,进一步提高建设速度,在不影响川南钢铁建设的前提下,收工以后,号召大家进行义务劳动!我们倡议,八千学生自己动手,分单双日轮流加班,靠自己的力量建设我们的新宿舍!各位领导,工人师傅们,这就是我们的意见。说完了。"

夏方舟的话出乎所有人的预料,楼上楼下,都静了场。

楼下大部分学生完全没有料想到是这个结果,很多人回不过神来。秦晓丹惊呆。武本奇发愣。季成钢蒙了。

会议室里程时风反应极快,起身振臂高呼:"向青年同志们学习!向青年同志们致敬!"赵殿楚鼓掌,顾弘亮高举双手号召大家鼓掌。陈国民一边用力拍打夏方舟,一边用力鼓掌。全场热烈鼓掌。

武本奇动了感情,对技校生们说:"听听,听听!咱们这觉悟,和夏大哥比起来,差的不是一星半点!鼓掌!"学生们欢呼,掌声一片。

乔佳丽快活地跟着鼓掌,说:"爱华,夏工太厉害了!太厉害了!我太激动太高兴了!"

季成钢呆呆地站着。

秦晓丹闭上了眼睛,泪如雨下,说了句:"方舟,对不起!"她的反应逃不过武本奇。

季成钢忽然振臂高呼:"同学们,同志们!夏方舟同志说出了我们大家的心声,我们也有两只手,自己动手盖宿舍!"秦晓丹迷惑地看着季成钢。季成钢极为激动地说:"晓丹,夏方舟说的,正是我想说的……"季成钢忽然重重地倒在了地上,像是昏了过去。

武本奇说:"这王八蛋也太会演了!"梁朝丽飞快地跑开了。

田青妮听梁朝丽说了那边的事,舒心地笑了,说:"朝丽啊,说起小夏师傅和你陈叔,1965 年,小夏师傅到金江实习,就在你陈叔的施工队。大伙儿都散了吧!我们家大的该上学了,小的该送幼儿园了,咱们也该收拾收拾上班了!"

092

散了会,陈国民被赵殿楚留下。赵殿楚心情很好地说:"国民,今天的这场大戏,起伏跌宕,好戏!你和夏方舟商量好了的?"陈国民黑着脸说:"什么叫商量好了的?赵总,这叫默契!"赵殿楚点头,朗声笑了。赵殿楚亲手给陈国民倒了杯水,坐下来说:"这一段,夏方舟在你那儿表现怎么样?"陈国民马上说:"从来没有表现不好过。"

赵殿楚笑了笑,问:"川南钢铁设计的事,和你提过吗?"陈国民说:"从来没有!踏踏实实当工人,一句怨言没有!"赵殿楚放了心,说:"不能让他老在一线当工人,给他安排新任务。"陈国民警惕地说："等等！领导，你想要就要，想扔就扔？我话说前面，不给！"赵殿楚笑着说："人还在你那儿，给指挥部干个工程。"

陈国民回到工地办公室，武本奇跟着溜了进来。陈国民听他说了一段，有些意外。武本奇拍着胸脯说："师傅，我亲眼看到的。这次不是偷看啊，那么多人都在现场。"

陈国民说："照你这么说，秦晓丹回心转意了？"武本奇："那当然了！守着那么多的人，秦工泪流满面。师傅，秦工完全是上了季成钢的当！"陈国民稍忖，笑着点头说："盼雨来云，来得正是时候！"武本奇还有心思，问："师傅，你不修理季成钢？季成钢他鼓动斗争夏工！"

陈国民笑着说："你小子那点心思！我告诉你，带头闹事，发牢骚骂娘，竟然还号称坚决不干了，我还没处理你呢！"听着电话铃响，陈国民过去接电话。挂了电话，他叹了口气："季成钢住院了。"

武本奇撇嘴说："他没事，我伤得不比他轻。师傅，他是装的……"陈国民喝断他："他是你师兄。"

安排完工作，陈国民到了医院。外科主任对他说："这次大火，很多人都受了伤，比较起来，季成钢的伤不是太重。"

陈国民不满地说："主任同志，他人都昏倒了，还不太重？"主任解释说："陈队长，他昏倒主要不是外伤的原因，恐怕主要还是情绪的原因，可能太激动了。倒地的时候，头摔了一下，可能有些脑震荡。没多大事。"

陈国民说要过去看看，一个护士进来说："主任，季成钢走了。他醒过来就要出院，刚才一个没看着，走了。"

陈国民回来，把在工地上干活的季成钢叫到办公室，问了一番，看他样子确实没什么大问题，让他回去休息。

季成钢转身进了技术室。秦晓丹打量他问："真没事？"季成钢故作轻松地说："没事！医院给我开了半个月的假条，这个时候我能休息吗？我没事！"

秦晓丹迟疑。季成钢说："晓丹，我知道你想说什么，其实，我们的想法是一样的，我真心地希望是我们误解了夏方舟，他不但认识到了自己的错误，还站到了一个新的高度。真是这样的话，我们应该为他高兴！我去工地了。"我成钢转过身，笑容僵在脸上。

093

陈国民来到武本奇班组工地现场，笑着说："夏方舟，给你安排个新任务，坐办公室。"夏方舟也笑着说："不去。我在这儿挺好。"

陈国民说："这里不差你一个。指挥部的任务，二号信箱新建宿舍工程，任命夏方舟同志为工程技术指挥。"夏方舟意外地说："调我回工程处？"陈国民还是有点不放心地问："想不想回去？"夏方舟直截了当地说："没想。"

陈国民笑着说："想你也走不了！活儿是指挥部的活儿，干在咱们队里干。技术室给你架好台子了。指挥部要求，尽快拿出建设新宿舍的规划图纸。你那两下子我见识过，这回，我就不给你配描图员了。"

夏方舟说："队长，描图员还是得有……"

陈国民一本正经地说："本奇，你夏大哥病得不轻，去技术室的路忘了，你领他过去。"夏方舟让陈国民搞得有些发蒙。武本奇说："夏大哥，我领你过去。走吧！"武本奇不断地给夏方舟使眼色。夏方舟有些云里雾里，还是跟着武本奇走了。

陈国民朝着季成钢的方向看过去。季成钢直盯盯地看着往工地技术室走过去的夏方舟。陈国民感慨："季成钢啊，命里不该是你的，这没法子！受了吧！"

技术室里的秦晓丹志忑不安，刚坐下，又站起来，几番犹豫，下决心来到窗前，朝着工地上张望。看不到希望看到的，又回到工作台前，背对着门口。她的工作台旁边的窗台上，是那株花期已过的金沙蓝梦。

武本奇陪着夏方舟去技术室，说："大哥，我师傅先找的秦工不假，秦工当场答应的，给你当描图员。"夏方舟看着武本奇。武本奇替他着急地说："大哥，还不明白，季成钢这回彻底演砸了，弄巧成拙，丢人现眼，下不来台了，假装昏倒，脑袋瓜子自己往地上找脑震荡。我就在跟前，估计秦工也看出来了，识破他的真面目了。大哥，快去吧，秦工等着你呢！"

夏方舟来到技术室的门口，几分迟疑，敲了敲开着的门。秦晓丹回头。夏方舟同样放不开地说："指挥部决定，让我做新宿舍规划……"秦晓丹赶忙说："队长通知我了，给你当助手，工程处的资料送过来了。"秦晓丹百感交集，诚恳地说："夏方舟，对不起！"夏方舟愧疚地说："我也要向你道歉……"秦晓丹慌忙打断他说："这是工程处送来的资料。"

夏方舟看到罐头盒里的野花，心动怦然，又看秦晓丹。秦晓丹更加慌乱地避开了他的目光。夏方舟手忙脚乱地说："啊……我们开始吧！"

工地上的季成钢站在挖掘机旁边，朝着技术室方向出神。武本奇悄悄地绕过挖掘机，突然出现在季成钢身边，大声喊："季师兄！"季成钢被吓了一跳，脸色难看。武本奇正色说："季队长，我找你有正事。"季成钢声色冰冷："有话说。"

武本奇说："季班长，我的班组上个月二号信箱第一名，武本奇班组，打算和你兼任班长的突击队第一班组，展开一对一的劳动竞赛。敢不敢？"季成钢脸色越发难看地说："武本奇，作为对手，还轮不到你！"

武本奇笑着说："季班长，现在是我的班组领先，领先你一大截呢！"季成钢转身上车，猛然发动。武本奇机灵地闪开，看着季成钢那张变了形的脸，笑了起来。

食堂仍然是把午饭送到工地。

陈国民趁着吃饭时间，把工长们召集到一块，笑着说："我遇到个问题，请各位工长一块吃个工作午餐，帮我想想办法。"众人笑着说："队长，有什么任务？你金口一开，有不服从的吗？"

陈国民从饭盒里夹起一块肉，一边吃着一边说，"各位都是跟着我从江汉冶建一路打过来的，打江汉钢铁那边起，咱们就是王牌施工队，从来都是吃肉的，看不上的菜帮子工程，不干！王牌施工队就得有这脾气！不过呢，我也想吃点菜，可这菜还真不大好吃。吃不吃？"众人开始明白陈国民的意思，静了下来。

陈国民说："既然是王牌施工队，什么事都得带头。收工以后，学生们义务劳动盖新宿舍，我们这些当师傅的，当工长的，在一边看着？我反正看不下去。我呢，带个头，下班以后，参加他们的义务劳动，和他们一起建宿舍！不是任务，完全自愿，不去的不用请假。有跟着我去的吗？"

众人笑着说："队长，你换个问法？你问有不跟你去的吗？"陈国民开心地笑了起来。

094

新宿舍建设全面铺开，整个工地挑灯夜战，人声喧沸，蔚为壮观。

夏方舟干重活，一个体弱的男生和一个女生给他做小工。秦晓丹过来，跟前的那两个人相互使个眼色，闪到一边去了。

身怀六甲的陆汀兰也在工地上干些力所能及的事，说："光复，瞧那边！"戚光复停下手上的活，看向不太远处的夏方舟和秦晓丹。

夏方舟蹲在地上，边画图边和秦晓丹解说着什么，秦晓丹频频点头。

戚光复说："有点意思！大庭广众，众目睽睽，不是在办公室……"

秦晓丹站起来说："明白了！"夏方舟跟着起身，邀请道："一块干吧？"秦晓丹说："我还是去那边干辅助工，走了。"夏方舟张了张嘴，看着秦晓丹离开了。

另一边，乔佳丽在手风琴伴奏下为小憩的学生们跳舞，掌声欢呼声一片。

重建宿舍没安排宣传队。戚光复把大家召集起来说："八千学生军义务劳动盖宿舍，咱们舞蹈队不能袖手旁观。"大家纷纷表示参加。戚光复安排说："咱们还是要发挥自己的长处，多带些小节目，现场慰问。我是要参加义务劳动的，你们到了现场自己发挥。咱们的演出也属于义务劳动，大家根据自己的实际情况安排，有事的不需要请假。"

陈国民和他的工长们说到做到，带着工人义务劳动建宿舍，武本奇他们跟着师傅们干。

赵殿楚和顾弘亮来了。陈国民忙迎过来说："哟！领导们来了！"赵殿楚故意说："怎么，我和顾代表来参加义务劳动，你不欢迎？你这个陈国民！给我和顾代表派活吧！"

武本奇接到了梁朝丽的悄悄的手势，趁人不注意，悄悄溜了。

乔佳丽找到了戚光复，高兴地跑过来说："队长！陆工！我们在工地上转了半天，可找到你们俩了！队长，夏工呢？到处都找不到他。"

戚光复看了妻子一眼，陆汀兰笑。乔佳丽四下环顾，看到了夏方舟和陈国民在那边，高兴地跑了过去。

乔佳丽快活地说："夏工！陈队长好！今晚上我要帮着夏工干活！"陈国民逗她："小乔，这活你也能干得了？"

乔佳丽露出女儿娇态，说："瞧不起人！陈队长，下乡的时候，我挑那么大的两个粪桶！你要不信，咱们和夏工一起干！"陈国民笑着说："我信，我信！小乔啊，你和夏工干吧，我去那边。"夏方舟想留下陈国民，陈国民根本不回头。乔佳丽不由分说地拿起了工具。

秦晓丹和一些女生在为工程准备材料，余光看到什么，不觉停下手来看着夏方舟那边。乔佳丽边干活边欢快地和夏方舟说笑着，纯真可爱。

秦晓丹让自己笑一笑，专心干手上的活，但还是忍不住又朝那边看了一眼。弄得满脸泥巴的乔佳丽非常开心。夏方舟却把目光投向秦晓丹这边。秦晓丹笑了笑，转开了目光。

季成钢没参加建设宿舍的义务劳动，他在一队的工地。和热闹的宿舍工地相比，这边异常冷清。孤独的季成钢发了疯一样拼命加班加点。

陈国民招呼大家："收工！收工了！大家抓紧时间休息，明天早上不能耽误出工！"大家纷纷住了手，工人们回家的回家，回宿舍的回宿舍，风餐露宿的学生们各自凑堆。

陈国民走了没多远，武本奇喊着跑过来："师傅，我刚才遛了一圈，季成钢那家伙，他居然没来参加义务劳动！赵总和军代表都来了，他居然敢不来！"

陈国民黑脸训他："我就知道你小子楚摸他去了！季成钢在哪儿？"武本奇说："在工地。师傅，我看那家伙快疯了。"陈国民呵斥："赶紧睡觉去，别到处乱逛荡！"

无月夜，繁星满天。

宿舍工地上灯光大都熄了，只留下很少的照明。疲惫的学生们无论男女，和衣躺在建宿舍用的水泥板上，大多睡着了。

秦晓丹还没睡，坐在地上看着天上的星星。夏方舟过来，距离几步停下来，有些迟疑。秦晓丹回头，笑容灿烂，脱口而出："方舟。"

夏方舟的心在这个瞬间突然被击穿。秦晓丹仰头说："看，天上的星星，好像很久没看到它们了。"夏方舟出神地看着秦晓丹。

秦晓丹感觉到了，说不清的慌乱，站起来说："我去睡了，到女生那边。明天见！"夏方舟说："明天见。"夏方舟看着秦晓丹离去的背影出神。

同一片星空下，季成钢借着远处的灯光，看着秦晓丹的那张照片。良久，收起照片，出神片刻，就势躺在地上。

满天繁星，无月夜。

第二十二章

095

一家人围坐着小桌吃晚饭。田青妮吃惊地问："搬家?"陈国民喝着酒说："搬家。搬到刚建起来的新宿舍。他们都住进去了，我让他们特意给我留了一间。比这边宽绰!"

田青妮还是不情愿地说："你也不和我商量一声! 这边都是咱们江汉过来的老熟人，过去那边，和谁搭邻居?"

陈国民笑着说："你不问和谁搭邻居吗? 告诉你，戚光复和陆汀兰两口子!"田青妮这一回很是满意。陈国民嘱咐："陆技术员挺着个大肚子，戚光复带着宣传队各个工地演出，没白没黑的，没个准点儿，根本顾不上家里，青妮，你尽量照顾照顾光复他老婆。"

戚光复的新家比原来宽绰了很多，一张床和一张简陋木桌，几个小凳。陆汀兰满意地看着新家说："比原来好多了! 就是和方舟离得远了点。"

戚光复不在意地说："他那两条长腿，抬脚就到! 把家属区和单身区分开，是方舟的一大贡献! 将来，咱们的孩子会有一大群小伙伴! 汀兰，知道谁和咱们做邻居吗?"陆汀兰好奇。戚光复笑着说："陈队长!"

戚光复和夏方舟在江边散步，戚光复问："方舟，是何时孟光接了梁鸿案?"夏方舟听不懂。戚光复夸张地感慨："有时候啊，方舟，和你说话真费事!"夏方舟反驳："你专挑我不明白的说。"

戚光复笑了笑说："挑你明白的说。川南钢铁设计上可能存在重大问题，放弃了?"夏方舟说："你知道。"戚光复问："秦晓丹知道吗?"夏方舟跟不上，问："什么意思?光复，说话直来直去行不行，少用点典故行不行?"

戚光复看着夏方舟，直接问："和秦晓丹怎么回事?"

他们这边说着，秦晓丹那边进了戚光复家。秦晓丹说："汀兰，怎么你自己在家，光复呢?"陆汀兰笑得别有意味，问："晓丹，你找方舟?"

秦晓丹岔开话题："刚才我看到陈队长也搬过来了，田师傅在厨房忙活，好像他们还没吃饭呢!"陆汀兰把话引回来："方舟和光复散步去了。他们俩呀，过上些日子，就得在一块聊聊，说说心里话，老习惯了，我都不许在跟前。"

秦晓丹不接话："汀兰，过来看看你们新家。"陆汀兰笑着说："坐会儿吧！"秦晓丹笑了笑。

戚光复着急地说："说呀！我等了这半天了，到底怎么回事？"夏方舟一叹："我说不清楚。"戚光复摇头说："爱情这个东西，就是说不清楚。"

夏方舟看着戚光复。戚光复问："方舟，打算什么时候告诉秦晓丹？"夏方舟反驳："根本不是你说的，我和秦晓丹没到那一步。"

戚光复点头说："我说的不是你向秦晓丹表白，下面的话注意听——你没有放弃对川南钢铁的质疑，还在寻找证据，并且还面临重大突破。"夏方舟惊诧地问："你怎么知道的？我说的是面临突破。"戚光复骄傲地说："你瞒得了我？别回避问题，说，打算什么时候告诉秦晓丹？"

夏方舟说："目前这个阶段，我谁也不告诉。陈队长对我说的，除非拿出证据，我觉得他说的有道理。等我拿出证据……"

戚光复说："你和秦晓丹的关系立刻归零。"夏方舟又发蒙了。戚光复叹："你真是没得救了！希望是我错了。"

秦晓丹等的时间不短了，说："汀兰，我回去了。"陆汀兰挽留道："晓丹，不忙，再坐会儿……听，他们回来了。"话音未落，戚光复进门，夏方舟跟着进来，眼里闪过意外的神色。秦晓丹忙说："来看看光复和汀兰的新家。我们亲手盖的，感觉就是不一样。"

陈国民在外面喊："光复！我听着回来了！"戚光复忙开门说："队长！来，进来坐坐。"陈国民到门口说："不进去了！正好，晓丹也在，不用我再打发人叫你去了。你们几个，到我这边。"戚光复笑着说："队长，哪边不都一样吗？"

陈国民说："不一样！昨天，我那些徒弟和老哥们儿过来给我温居，今天轮到你们了，过去喝酒去，我老婆都预备好了。你们四个都去。"夏方舟说："我们什么都没预备……"陈国民打断他："我那边什么都不缺，就缺你们几个大活人！走！"陈国民给戚光复使眼色，戚光复明白了，说："方舟，咱们和队长就别客气了。"陈国民笑着说："这就对了！秦晓丹！"

秦晓丹刚才还在想什么，听陈国民点她的名，笑着说："汀兰，咱们一起喝队长的温居酒去！"

096

陈国民的新家比原来的宽绰一些，一张桌子靠在床前。凳子不够，陈国民和戚光复坐在床沿。海燕在门口带着弟弟吃饭。陈国民端起杯，开场几句话，秦晓丹把一杯酒很顺畅地直接干了。其他人看得目瞪口呆。

田青妮担心地问："小秦技术员，你以前喝过白酒吗？"秦晓丹老实说："没有，田师傅。这是第一次。喝着挺好喝的，有点甜。"田青妮笑着说："哎哟！小秦技术员，没喝过可不能这么喝，这东西喝多了可真醉人，醉了可真难受。"

陆汀兰和田青妮不喝酒，很快吃完了饭，坐在门口，说着悄悄话。在附近玩的天海忽然跑了过来，他对陆汀兰怀孕的肚子很感兴趣地说："陆姨，你的肚子怎么这么大呀？"

陆汀兰和田青妮笑起来。田青妮说："海子，陆姨要生娃娃了。"

陆汀兰问："海子，想让陆姨给你生个小弟弟，还是小妹妹呢？"天海立刻快活地说："要小妹妹！我要小妹妹！"陆汀兰问他："海子，为什么想要小妹妹？"天海大声说："我要和小妹妹结婚！"

田青妮笑骂："去！难怪你爸爸骂你没出息！那边玩去！"

陆汀兰和田青妮说了句什么，两个人笑了起来。屋里传出了笑声。两个人回头朝屋里看。

喝了些酒，气氛越发轻松活跃。陈国民夸赞："晓丹这酒厉害啊！我喝酒最怕遇到女的，女的真能喝的，平时一口不喝，端起杯来，到底能喝多少没数！来，方舟，光复，咱们三个，陪晓丹再干一杯！干了！"

夏方舟看着秦晓丹问："你还行吗？"秦晓丹面若桃花地说："没什么感觉。队长，干了！"戚光复也把酒干了，对夏方舟耳语："晓丹有酒了，英雄救美的好机会，一会儿你送她回宿舍。"

陈国民忽然一本正经地问："方舟，什么时候过来跟我和光复搭邻居啊？"

夏方舟进了坑，说："队长，我过不来。这边是家属区，我是单身。"陈国民目光在秦晓丹和夏方舟之间跳个来回，说："说你这家伙不开窍呢！把媳妇娶进门，你不就不单身了吗！"说着自己先朗声笑起来。似乎与己无关，秦晓丹笑着看夏方舟。夏方舟看着秦晓丹的笑脸有些发呆。

夏方舟送秦晓丹回宿舍，说："秦晓丹，你喝得有点多了。"秦晓丹快活地说："没有。今天晚上心情特别好！"夏方舟心动地说："我的心情也特别好！"秦晓丹停了下来，看着夏方舟，温柔地叫了声："方舟。"夏方舟心跳顿时加速，对他来说有点难，但他还是说出了口："晓丹。"

秦晓丹清澈的目光掠过夏方舟的面庞，说："方舟，我不了解你。有时候，我被你感动，舍我其谁；有时候，我崇拜你，才华横溢；有时候我会为你揪心，为你焦虑，为你哭泣；也有的时候，觉得你难以理解……大火过后的那天早上，你带着大家去指挥部，我绝对没有想到你会那么做……明白了你，我很内疚，觉得对不起你……方舟，希望有那么一天，我能像心梅那样……了解你的一切……"

夏方舟受到巨大的感情冲击，一时不知该说什么。秦晓丹柔声道："方舟，我回去了。"夏方舟说："我送你。"秦晓丹笑着点头。

秦晓丹的新宿舍很快到了，夏方舟还是放不开。秦晓丹待他转过身，喊一声："方舟！"待夏方舟重新转回身，她的璀璨笑容里，带出了当年在13栋的那种俏皮，她说道："我没喝醉……谢谢队长的酒！"她看到对方终于反应过来，笑眼若星，闪身进门去了。

夏方舟看着在秦晓丹身后带上的房门，对自己笑了笑，快活地转身离去。

秦晓丹重新打开房门，倚在门口，看着夏方舟宛如当年那个少年般快活的身影，笑眼含泪地说："方舟……今天晚上真高兴……"

正所谓有人欢喜有人愁。

季成钢在工地上越发孤独。他呆呆地看着秦晓丹的照片，忽然，愤怒地站了起来，近乎颤抖，转来转去的目光像要寻找什么，他看到了旁边的大锤，大步过去拎起来，把秦晓丹的照片放到一块水泥块上，眼中冒着火，盯着那张照片，紧紧地抓住锤柄。

良久。

季成钢充血的眼睛死死地盯着水泥块上的那张秦晓丹的照片，终于他猛地抡起了铁锤，照着秦晓丹的照片狠狠地砸下，当铁锤落下的最后时刻，内心里早有准备的季成钢转移了落点，铁锤落到了照片旁边。

季成钢呆呆地看着照片，身子突然软了下来，几乎是瘫坐在地。他把秦晓丹的照片轻轻地捧起来，眼中有泪，说道："晓丹，对不起……对不起！晓丹……你不要上他的当，我才是你需要的那个人！"

097

夏方舟久久地站在李心梅墓前，手里拿着一摞缩略草图。他坐到墓前，把缩略草图放到墓碑前说："心梅，川南钢铁的设计存在重大隐患的证据，我拿到了，它，就在你面前。要不要穷追不舍，要不要把这些证据拿出来，我犹豫过，徘徊过。如果我不在金江，如果我没有看到川南钢铁全部的图纸，只是听别人说，它可能有问题，也许我不愿意相信。即便我怀疑，也可能会假装不知道。可是我在这儿，发现了问题，找到了证据，任何一个负责任的工程师，都会像我一样，这是职责所在，良心所在。你说对吗？心梅。"

一阵小小的风掠过墓前，卷起了草屑和微尘。夏方舟盯着那风说："心梅，我知道你在听。"那阵风消失了。

夏方舟的目光落到墓碑旁秦晓丹种下的那些金沙蓝梦上，虽然花期已过，却依然枝繁叶茂。夏方舟说："心梅，本奇告诉我，你眼前的金沙蓝梦是秦晓丹送你的，你喜欢她送你的花吗……"犹如第六感，夏方舟停了下来，片刻，回过头去。

不远处，秦晓丹默默地看着他。夏方舟似自语一般："晓丹？"秦晓丹走过来说："我想心梅了，来看看她，没想到你在这儿，打扰你们了。"夏方舟说："没有。"

秦晓丹站在墓碑前说："我也常来看心梅，静静地陪她坐一会儿，怎么也放不下她，以前，不敢告诉你。"夏方舟说："晓丹，心梅一定喜欢你送她的花。"秦晓丹眼里有了泪水，说："你不知道，我怕辜负了心梅。"

秦晓丹看着他，迟疑片刻，转开了目光，一眼看到了那些缩略图，匆匆扫过一眼，她马上明白了，心里骤然一沉，尽量让自己平静，用目光询问夏方舟。夏方舟点点头。

秦晓丹声音有些颤抖地说："你一直没有放弃。"夏方舟说："没有。"秦晓丹快速整理思路，说："从工程处回到队里，你从来没说过。"夏方舟说："我想找到证据以后再告诉你。"秦晓丹已经知道答案，还是问："你找到了吗？"

夏方舟用目光示意地上的缩略图。秦晓丹问："能让我看看吗？"夏方舟说："当然。"秦晓丹再进一步问："我能带回去看吗？"夏方舟说："可以。目前，不要给别人看。"

秦晓丹顿时宽慰许多。夏方舟想解释，放弃了。秦晓丹祈求道："方舟，我想和心梅单独待一会儿，可以吗？"夏方舟点点头，仍是欲言又止，转身离开了。

秦晓丹坐在李心梅的墓前，拿起夏方舟的图纸放在腿上，目光回到墓碑上，说道："心梅，又是突如其来，我毫无准备……"

夏方舟常来的布满巨石的山坡，有着远离喧嚣的寂静。

秦晓丹说："方舟，你的图我认真看了，很多地方看不懂。"夏方舟说："那是给我自己看的，过于简略潦草，我可以给你解释。"秦晓丹说："希望你能说服我。"夏方舟迅速调整心情，在地上摊开缩略图。

第二天，相同的时间，相同的地点。

秦晓丹说："方舟，昨天你对我说的那些，从我回去到现在，我在努力消化，不带任何偏见，不掺杂任何感情因素，你没有说服我。"夏方舟说："我提出了问题，怎么解决问题，我也需要支持。"秦晓丹问："你没有把握，对吗？"

夏方舟说："我找到了证据，川南钢铁的设计确实存在问题。"秦晓丹不同意他的说法："所有的工业设计都可能存在瑕疵。"夏方舟说："这不一样。川南钢铁的设计可能存在重大隐患。"

秦晓丹切中她认为的关键点，说："对可能存在的隐患会带来什么样的后果，你没有把握。"夏方舟看问题的角度不同，说："可以肯定，川南钢铁的设计存在重大瑕疵。后果有多么严重，怎么解决它，我现在确实回答不了。"秦晓丹诚恳地说："以前我错怪过你，看了你的推演，我相信你是认真的。"

夏方舟期望地说："那就站在我这边，我需要支持。"秦晓丹说："方舟，整个大三线都在会战，川南钢铁是大三线的核心工程，是整个会战的焦点。在这样的情况下，你把对川南钢铁设计上存在问题的怀疑拿出来，会造成什么样的后果，想过吗？"

夏方舟态度明朗地说："对大会战这种形式，作为一个工程师，我从心里不赞成。大工业建设有自身的科学规律，世界上没有一个工业化国家是靠大会战走出来的。"

秦晓丹说："我们不争论。下一步你打算怎么做？"夏方舟明确地说："我会把所有的问题和我的意见、建议向赵总汇报。不会把问题随意扩散。"秦晓丹顿时松了口气，说："我支持你。"

夏方舟没听懂对方话里真正的意思，几乎是惊喜。秦晓丹说："赵总的水平是公认的，他对你的意见会做出恰如其分的评价。"夏方舟仍然没有听懂，越发兴奋地说："晓丹，我把我的想法再详细地解释一下。"

秦晓丹微微一笑说："换个话题吧！这两天你的推演都快把我累死了。走一走？我们在这儿站了很长时间了。"夏方舟愉快地说:"听你的!"

098

夏方舟口气极大地说:"赵总,程处长,我的意见,川南钢铁整个工程必须停下来,再晚了就来不及了!"程时风吃惊地看赵殿楚。

赵殿楚神色轻松地说:"夏方舟,你的口气太大了!就算你这些所谓的证据能说明一些问题,有针对性的解决方案吗?夏方舟,你老师没少在我这儿夸奖你。我看他有点言过其实,起码的常识你都不懂。"

夏方舟自信地说:"赵总,我不会犯常识性错误。"赵殿楚说服他:"就算你是技术指挥,发现了一些问题,但对后果的严重性给不出数据,更谈不上有针对性的解决方案,你能够要求我这个总指挥停工吗?"

夏方舟认真地说:"赵总,你刚才说常识,发现工程设计存在问题,组织高规格的专家,通过对原设计的重新论证,问题的解决方案是水到渠成的事。停工的同时组织论证,是最短的途径。这是工业建设的常识。赵总,我的证据放到你的桌面上了,我还可以提供更详细……"

程时风打断他说:"方舟同志,这事到此为止。"夏方舟大感意外。程时风语重心长地说:"把这些收起来,该干什么干什么。赵总对你已经是非常爱护了。"

夏方舟反而上火地说:"你这什么意思?程处长,我破坏川南钢铁建设?"程时风耐心地说:"没人给你扣帽子,但是你要明白,继续闹下去,性质就变了。"夏方舟咄咄逼人:"我对川南钢铁设计的质疑,你是支持的,程处长。"

程时风循循善诱:"只能说曾经支持过。对于这一点,我专门做了深刻检讨。方舟同志,你要明白一个基本的道理,设计有瑕疵是技术问题,技术问题可以讨论;能不能如期投产是政治问题,政治问题不能突破原则。听懂了吗?"

夏方舟说:"宁肯川南钢铁存在重要隐患也要保证如期投产?"程时风温和地说:"方舟同志,话不能那么说!你还年轻,赵总和我,都不希望看到你在这上面摔跟头。这种跟头摔下去就是大跟头,一辈子都翻不了身!这样的教训还少吗?你一定要明白,方舟,这是对你的爱护。"夏方舟问道:"这是你们的最终态度?"

赵殿楚有些生气地说:"好了!回去吧!"夏方舟猛地站起来,语气坚定且缓慢地说:"赵总指挥,程处长,川南钢铁设计上存在的问题,我如实向你们汇报了,你们置之不理,对此,我将直接向大三线总指挥部反映!我能做到!"夏方舟收起图纸,转身离去。

程时风震惊,看着赵殿楚。赵殿楚也是面露吃惊之色。程时风稍沉片刻,充满忧虑地问:"赵总,夏方舟有这个能量吗?把问题反映到大三线总指挥部。"

赵殿楚缓缓点头说:"从上大学开始,全国的钢铁企业他走遍了,加上他爸爸仲霖同志的影响,再加上霍总的关系,上上下下,他认识很多人,喜欢他的人也很多。如果他想,他做得到。据我所了解,大三线总指挥部有几个位置很高的同志和仲霖同志的关系很好，茂森同志在那边也有些很不错的关系，有些领导直接认识夏方舟，对他来说，捅上去不是什么难事。"

程时风说："方舟不会利用他爸爸的关系吧？平时，他都不愿意让别人知道自己是夏仲霖的儿子。"赵殿楚更了解情况，说："听霍总讲过，夏方舟不愿意生活在父亲的光环下，这是一方面；另一方面，他很为自己的父亲自豪。只要他认为自己做得对，就会利用他父亲的影响力。"

程时风着急地说："赵总，咱们得赶紧想想办法呀！夏方舟年轻气盛，加之才华过人，真要利用他爸爸和霍总的关系，把这事捅到三线总指，搞不好上面会认为我们在后面操纵。这不添乱吗？"

赵殿楚沉得住气地说："也添不了什么大乱。川南钢铁的设计可能存在问题，以前也有人提过，不止一个人，也不止一次。这一点，总指是了解的。问题究竟有多严重，现在谁也不好说，也没人敢下这个结论。像他这么大口气的倒是头一个。初生牛犊不怕虎啊！他就算是把这事捅上去，也不会影响川南钢铁的建设，我担心的不是这个。"程时风问："那赵总担心的是？"

赵殿楚徐徐说道："我担心的是夏方舟。一个前途无量的年轻人，如此恃才傲物，目空一切，这迟早会毁了他。"

乔佳丽在小礼堂的舞台上排练，看到了从后面进来的夏方舟，有些走神，错了节奏。

坐下台下的戚光复感觉到什么，回头看到了夏方舟。夏方舟疲惫地坐到他旁边说："我从指挥部过来。"戚光复马上明白了，说："你的证据出来了！"夏方舟说："他们根本听不进去……根本不当回事！"

台上的乔佳丽完全乱了节奏。戚光复拉起夏方舟说："去我办公室。"乔佳丽停了下来，看着离开的夏方舟，感觉到什么。

进了办公室，戚光复关上房门说："老爷子那一关你过不了。"夏方舟说出他的想法："这不是我个人的事，关系到川南钢铁的未来，甚至关系到整个大三线。打打老爷子的旗号，不让他知道。等他知道了，让他骂一顿就是了。"戚光复稍忖说："好！我支持你！到时候推我身上，让老爷子骂我。"夏方舟点头。

戚光复说："这事先不要告诉汀兰，她快生了，别让她情绪太激动。"夏方舟说："明白。我尽快把材料组织起来，拿出数据，尽量完善。"戚光复问："你需要多长时间？"夏方舟说："很快。我还想听听同学和前辈工程师的判断。"

戚光复说："你要想好了，征求其他人意见，这可比较敏感。"夏方舟决心已定。戚光复说："也好，集思广益。秦晓丹知道了？"夏方舟说："告诉她了。刚才一着急，忘了告诉你，晓丹支持我向赵总汇报。她态度坚定，心情愉快！"

戚光复摇头说："方舟，秦晓丹预见到赵总会当场否决你，没有预见到你会给赵总摊牌，她觉得，你会听赵总的。"夏方舟呆了。戚光复意味深长地说："这方面我比你强，强得多！"夏方舟明白过来，无言。戚光复问："你还坚持吗？放弃，可以得到秦晓丹的爱情，这份爱情，值得珍视。"夏方舟心有不甘地问："只有这一条路？"戚光复说：

"方舟，你尽力了，不必问心有愧。鱼和熊掌不可兼得。"

夏方舟下决心说："光复，晚上我用汀兰的办公室。"戚光复说："我给她打电话。还需要我做什么？"夏方舟说："暂时没有。在你这儿打个电话，给队里请假。"

099

秦晓丹找不到夏方舟，到办公室问陈国民。

陈国民做个样子说："怎么，他没给你请示汇报？他请假了。"

秦晓丹意外地问："请假？队长，他为什么请假？"陈国民说："夏方舟请假还能有什么事，肯定是工程上的事，他请假不用理由，他只要请，我就准。"秦晓丹想了想说："队长，我去工地了！"秦晓丹轻松快活地转身离开。

秦晓丹出了办公室，看到季成钢和一个人说着什么，本想过去，认出那人是总部姓周的文化干事，中途拐了弯。

周干事把一本小册子递给季成钢说："这是一号信箱的《会战月报》，星期一发到各单位，我提前给你捎一本过来。"

这一期《会战月报》的封面是季成钢的大幅照片。他站在挖掘机的履带上，用一条雪白的毛巾擦汗，展望前方，背景是大面积的招展的红旗，就像那些经典的宣传画。这幅照片是上个月他被评为二号信箱的先进个人，周干事专门到工地给他拍的。

季成钢激动地看着自己的照片，连声说："谢谢你！周干事，谢谢你！"周干事客气一句，问他："听说了吗？夏方舟对川南钢铁的设计提出质疑，据说还拿到了证据，赵总压都压不住他。"

季成钢敏感地问："周干事，能说得具体点吗？"周干事摇头说："具体的我也不懂。上边的态度是还是要压住，夏方舟才高气傲，也是真有本事。听工程处的人说，这事要压不住，闹起来就是大事。"

季成钢问："他能闹起什么事来？"周干事露出高深模样说："你可别小看了夏方舟！听说，他在大三线总指……"

和季成钢站在钢铁建筑的巨大阴影里，秦晓丹毫不掩饰自己的不快，说："季成钢，我的事你总能在第一时间得知。"

季成钢严肃认真地说："晓丹，这不是你的事，是夏方舟做的事。不到一天的时间，整个二号信箱都传遍了，已经造成巨大的震动，很坏的影响。"秦晓丹不相信地说："不可能。这件事没有几个人知道。"

季成钢要从秦晓丹嘴里套出相关细节，说："我希望这只是你和夏方舟之间发生的事情，如果是这样，你没对外说，谁会说？同样的事情，这已经是第二次了。有一件事我怎么也想不通，他为什么会提前告诉你？"

秦晓丹被季成钢套了进去，回忆起在李心梅墓碑前看到夏方舟绘制的缩略图的情景，说："那是个意外。我不想说。"

季成钢已经得到了他想要的，编织新的圈套说："你不用再说了，晓丹，水落石出，真相大白了！你意外发现了他的阴谋，这对他也是一个意外。他要利用你，欺骗你，利用你被欺骗的这个时间，广泛地传播他虚构的谣言，造成既成事实，给领导施加压力，制造混乱，使整个二号信箱陷入被动，乃至不惜火中取栗，他究竟要达到什么目的？"

秦晓丹反感地说："他发现了问题，为自己的责任感到不安。"季成钢痛心地说："晓丹，我们一样，希望他真正认识到了自己的错误，我甚至为执行领导对他的考验感到内疚。我们错了，他不止欺骗了你，欺骗了我们，甚至借着一场意外的火灾欺骗了领导，获得信任。还是那个问题，他究竟要达到什么目的？"

秦晓丹说："他没有别的目的，他的出发点是为了川南钢铁。"季成钢咄咄逼人地说："我也像你一样，希望他只是像他所说的，工程师的责任感。真的是这样吗？如果是，他完全可以正大光明地挑战权威。他没有！他偷偷摸摸，把自己隐身在黑暗之中，像一只见不得阳光的老鼠。只有企图隐藏罪恶目的的人才会做出如此丑陋的行径！尽管如此，我仍然希望，是我错了！"

秦晓丹说："成钢，他不是那种人。"季成钢说："晓丹，我想找他谈谈。我曾经对你说过，即便是势不两立的斗争，也应该给对方辩白的机会。我找不到他。如果他能让我相信他是对的，我会全力地支持他！"

沦陷在圈套里的秦晓丹怀着善良的希望交出了棋局。

第二十三章

100

按照秦晓丹交出的棋局，季成钢找到夏方舟常在的山坡，巨石之侧，两人相对而立。

夏方舟盯着他问："你支持我?"季成钢微笑戏弄地说："意外，吃惊，震惊，难以置信?"夏方舟轻蔑地说："没那么复杂，你我根本不是一路人。"

季成钢娴熟地玩弄语言："我支持的不是你这个人，是你的态度。"夏方舟进入了自己的弱项，问："有区别吗?"季成钢说："当然有区别，本质区别! 如果你果真是出于你所标榜的所谓工程师的责任，我坚决支持你斗争到底。"

夏方舟察觉，言简意赅："用不着!"季成钢阵脚有点乱，说："我还没说完。责任，来自对真理的坚守，如果你半途而废，那就证明你不过是一个哗众取宠的小丑!"夏方舟冷笑道："季成钢，用不着你教我怎么做。"

季成钢甩出撒手锏说："那你就不要欺骗秦晓丹!"说罢，不给夏方舟任何机会，扬长而去，直奔工地技术室。

坐立不安的秦晓丹看到季成钢进门，急忙迎上。季成钢似非常疲劳，坐到椅子上，一声长叹："晓丹，我们确实看错了他。"

秦晓丹顿时放松地说："方舟他没有个人目的。"季成钢目光严肃地说："你还对他抱有幻想。不怪你，我也曾对他抱有幻想。他第一次抛出所谓的对川南钢铁的质疑，我曾以为，他不过是像你爸爸的那几个学生，虽然有其个人的野心，也不过是企图踏着别人的身体爬上去的胆小鬼。我小看了夏方舟! 他的野心比那些人要大得多，为了达到个人目的，乃至不惜制造谣言，破坏川南钢铁的大会战!"

秦晓丹激动地说："我不信! 他不是那样的人!"

季成钢痛心地说："晓丹! 夏方舟正在酝酿更大的阴谋……本来不想告诉你。他企图利用大三线总指挥部的某种关系，绕过二号信箱，彻底搞乱川南钢铁大会战。"看着秦晓丹的震惊之色，季成钢彻底夯实，说："你可以自己去证实。"

秦晓丹仍然抱着最后的希望说："我会去。"

戚光复在他的办公室，真诚地面对秦晓丹说："晓丹，他不是故意欺骗你。我和方舟是最好的朋友、兄弟，比亲兄弟还要好。除了这份亲情，在所有的大问题上的看法，我们之间没有分歧。你和方舟的关系……一般来说，他不应该瞒着你，但是你们在一些大的问题上的看法，有很大分歧……"

秦晓丹激动地说："所以他就欺骗我！"戚光复沉静温和地说："他不是想欺骗你，晓丹，他很在意你们之间的关系……"秦晓丹难以控制地打断对方："这不是我和他之间的关系！"

戚光复说："晓丹，不掺杂任何私人感情，完全站在客观的立场上，我必须说夏方舟没有故意欺骗你，他的一些做法可能让你接受不了，我能够理解。我们都冷静一下，现在，事情已经发生了，你准备怎么处理？"

秦晓丹反问："他准备怎么处理？"戚光复坦荡地说："我不瞒你，他要把问题反映到大三线总指挥部。"秦晓丹虽然有心理准备，还是大为震惊，声音颤抖地问："他早有预谋，对吧？"

戚光复保持客观地说："他也不想这样，这是最坏的打算。"秦晓丹接受不了地说："打算？光复，已经做好了打算，难道不是预谋？"戚光复沉静地说："夏方舟光明磊落。"

带着满腔愤怒的秦晓丹见到巨石之侧的夏方舟，声音颤抖地说："阴谋家！"

夏方舟很快明白过来，说："我可以向你解释，给我一个解释的机会。"

秦晓丹尖锐地说："你还怎么给我解释？你亲口告诉我，向赵总汇报，不会把问题扩散！结果是什么？对赵总的严厉批评你不但听不进去，还肆意扩散，甚至还要把问题闹到大三线总指挥部。"

夏方舟脾气被激了起来，说："看来你知道了。那我再问你一次，假如你发现一个工程的设计存在问题，你会怎么样？保持沉默，假装没有发生？或者找借口，说自己没有能力？"

秦晓丹针锋相对地说："我也再次告诉你，所有的设计都可能存在瑕疵，这一点你比我更清楚！你不是善意地指出存在的瑕疵，而是把它最大化，以此来达到个人目的！"夏方舟压着火气问："我有什么个人目的？"

秦晓丹不让泪水流下，说："沽名钓誉，欺世盗名！"夏方舟虽然带着气，仍然想讲道理："沽名钓誉靠的是欺骗和伪装，欺世盗名的名声算不上名声！真正的名声，必须能指出问题，解决问题，需要有真才实学！"

秦晓丹疾言厉色："诋毁川南钢铁造成巨大轰动，借以成就你个人的名声！为此不惜手段，不惜代价，不惜制造混乱！你蓄谋毁掉这场会战。"夏方舟愤怒地说："你太过分了！秦晓丹！你太过分了！"

秦晓丹忽然平静下来，说："夏方舟，我很庆幸。"夏方舟不解。秦晓丹声音不高，一字一顿地说："夏方舟，你不会得逞！川南钢铁不会成为你的垫脚石！"说完转身而去。夏方舟的脑子有些乱了。

秦晓丹一路哭着从山上下来，迎面碰到武本奇和两个小兄弟，想躲已经躲不开。秦晓丹不想让武本奇看到自己的眼泪，侧脸微微点了点头，从武本奇他们身边过去。

秦晓丹从戚光复的办公室夺门而出。戚光复料到了她会来这里找夏方舟，随后出了门，拉开距离一路跟了过来。此时，他走到夏方舟身边，默默陪他站着，不说话。

夏方舟好一会儿才问："都听到了？"戚光复看着苍茫的远山说："后面的都听到了。"夏方舟问："她说，她很庆幸。什么意思？"戚光复一语点破："没有在爱情陷阱里陷得太深。"

夏方舟火了，说："谁的爱情是陷阱？我？我在布置陷阱？我是那只丑陋的蜘蛛？"戚光复平静地说："你还有机会。"夏方舟又问："机会？什么机会？"

戚光复不带任何感情地说："放弃你所做的这一切，告诉她，你之所以放弃，都是为了她。"夏方舟怔怔地看着对方。戚光复说："我是在说明你的处境，爱情和责任，你只能选一样。"夏方舟一时无言。戚光复说："你可以不急于做出决定。"

夏方舟突然激动地说："我不会放弃应该担当的责任去乞求爱情！"戚光复说："听上去很痛快。你的激动，反映出你内心的痛苦挣扎。"夏方舟发自肺腑地说："光复，你可以做证！"

夕阳西下，火烧云染红了半个天空。

戚光复回到家，陆汀兰问他："今天休息，方舟怎么没来？"戚光复不想让妻子担心，笑着说："方舟得有自己的私生活，不能整天把他圈在咱们这儿！"陆汀兰问："方舟和晓丹在一起？"戚光复笑着摇头说："不知道！"

陆汀兰沿着自己的思路说："光复，那天在陈队长家温居，陈队长说，方舟赶紧把媳妇娶过来和咱们做邻居，我在门口看得清楚着呢，晓丹笑得很开心。"

101

这段时间，杨书记对陆汀兰特别关心。前些日子，他去一号信箱开会回来对陆汀兰说："听二号信箱的赵总说，他们献礼日出铁水绝对没有问题。咱们也得加把劲。"陆汀兰说："杨书记，根据现在的进展，我给你打包票，咱们的船一定会在他们出铁水之前下水。"

杨书记听得高兴，说："好！我等的就是你这句话。陆工啊，还有一条我要嘱咐你，你不要到船坞，更不能上船台去，就在这儿指挥，不管有什么问题，让他们来找你。"陆汀兰说："杨书记，我没事，还有些日子呢！"杨书记说："不行！这是命令。陆工，你可是咱们造船厂的制胜法宝！"

杨书记给所有的干部职工下了命令，一句话，保护好陆工！

今天上了班，船台上面出了状况，陆汀兰对技术员和工长说了，他们上去还是没有解决。

陆汀兰上去，问题很快解决。人们竖起了大拇指。陆汀兰有些日子不上来了，还想再去那边看看。说着便走，脚下忽然被绊了一下。工长手疾眼快，一个箭步上前扶住儿乎摔倒的陆汀兰。陆汀兰被扭了一下，还是笑着说："我没事，没事。"

昨天晚上，陈国民吃完饭，正准备出门去梁师傅那里听段老戏，武本奇跑了来，把夏方舟和秦晓丹的事学着说了一番。开头，陈国民没太拿着当个事。

武本奇又说："我查了，查清了。师傅，听指挥部的人说，起因还是川南钢铁设计上的事，这一次，夏工找了赵总和程处长……"

陈国民听了武本奇这一番话，那就不一样了。今天一上班，陈国民把夏方舟叫到办公室说："方舟，上一次你纠正被程时风修改的图纸，发现原来的设计图纸也有问题，你当时说，如果按原来的图纸施工，完工后到技改阶段也容易解决。"夏方舟说："那个是。"

陈国民问他："这个不行吗？"夏方舟十分干脆地说："不行。那只是一个孤立的问题，现在的问题牵扯到川南钢铁的整体设计，后果会严重得多。只是我目前判断不出这个后果到底严重到什么程度。"

陈国民继续问："就为这个判断不出来的后果，和秦晓丹彻底闹翻了？"夏方舟说："不是我要闹翻。"陈国民下个结论："反正闹翻了不是？"夏方舟不再分辩。

陈国民这才把要紧的话拿出来："方舟啊，你这事让我很为难。按说，你提出来了，工程设计上存在问题，后果严重，我应当坚决支持你，百年大计，质量第一！可你现在说不出来有多严重，川南钢铁的建设到了冲关的阶段，二号信箱不可能做出停工的决定，我也没办法支持你。"

夏方舟平静地说："队长，我准备把材料整理出来，上报大三线总指。"陈国民震惊，起身去关了门，再回来嗓门都小了许多："你想过后果吗？我说的是你这么做的后果，你。"夏方舟点头说："假如我判断失误，扣一顶破坏大三线建设的帽子，进监狱。"

陈国民说："放你一天假，回去仔细想想，想透彻了回来，首先你得把我说服了。你能说服我，我和你一块署名，说服不了我，不能给会战添乱，老老实实地偃旗息鼓，该干吗干吗。"夏方舟说："队长，我已经想好了……"陈国民态度坚决地说："你想是你想，这是我让你想。什么也别说，回去，方方面面地想！"

102

田青妮正忙着在厨房做饭，看到在门外发呆的夏方舟，笑着招呼一声："小夏师傅！"

夏方舟应着，忽然发现自己在什么地方，不知怎么过来的，也不知去哪儿。田青妮说："小夏师傅，刚才我看到陆技术员回来了，厂里派车送回来的，她脸色不大好。"夏方舟这才回过神来说："哦，我去看看。"

屋里的陆汀兰倒在床上，满身大汗，痛苦异常，听夏方舟在外面叫她，她想起来，根本起不来，声音微弱地说："方舟……方舟……"

夏方舟喊了几声得不到回答，推门进来，看到陆汀兰的样子当即呆了，到她身边，完全慌了，忙问："汀兰，你这是怎么了？"陆汀兰好不容易缓过一口气说："快，方舟，快去找田师傅！"

田青妮那边刚刚摆好饭桌，和孩子们准备吃饭。夏方舟冲了进来，急得语无伦次："田师傅不好了，汀兰不知道怎么了，你快过去看看，快呀！汀兰好像不行了！"田青妮放下碗筷，说一声："海燕，和弟弟吃饭！小夏师傅，走。"

陆汀兰看到田青妮进门，像看到救星说："田师傅，我肚子疼得受不了！"田青妮到陆汀兰身边说："别怕！啊，我看看。"田青妮看到陆汀兰破了羊水，变了脸色。夏方舟还在一旁发蒙。田青妮很快镇定下来说："小夏师傅，陆技术员要早产，得赶紧送医院。"

夏方舟越发慌了。田青妮厉声说："夏方舟！别慌！你赶紧去找辆板车，越快越好！快去！快去！"夏方舟应着，跑了出去。

田青妮安慰陆汀兰："别怕，别怕，啊，有我呢！陆技术员，你们家戚队长呢？"陆汀兰说："他们今天……去铁矿慰问演出。"田青妮说："陆技术员，我和孩子交代一声，这就回来。别怕，万事有我呢！"田青妮站在门口，把海燕叫过来安排了几句，接着回了屋。

夏方舟也不知从哪里找来一辆板车，手忙脚乱地跟着田青妮在车上铺了床被子，把陆汀兰抱上去，拉着板车一路小跑。板车上的陆汀兰痛苦异常。田青妮随着车子小跑，边跑边说："夏方舟，你慢点，慢点！把人颠坏了！慢点！"夏方舟应着，稍微放慢了脚步。

陆汀兰说："田师傅，不行了……不行了……"田青妮眼看不好，喊："夏方舟，停下！停下！"夏方舟不得已停下，着急地问："为什么停下？为什么？"

田青妮和他说不清楚："别问了！你别看，把车扶好了回过头去，赶紧回过头去！扶稳车！"顾不了那么多，上车准备为陆汀兰接生。田青妮掀起被子，把陆汀兰的裤子褪下来，看了一眼变了脸色，又用手试了一下，脸色陡变。她把陆汀兰抱在怀里，厉声喝道："夏方舟，快！快！这是救命的时候！"

夏方舟一路狂奔赶到医院，已经昏迷的陆汀兰立刻被送进急救室。

彻底晕了头的夏方舟，围着田青妮团团转。田青妮安慰他："小夏师傅，沉住气、沉住气，陆技术员已经在急救室里边抢救了。"夏方舟问个不停："那我们呢？我们就在这儿干等着？田师傅，我们不能这么干等着呀，总得做点什么吧？"

田青妮看着完全没了脑子的夏方舟说："夏方舟，你在这儿没用！赶紧去找我们当家的。赶紧！你发什么呆呀，赶紧！"夏方舟还是发蒙，问："你们当家的是谁？"田青妮急得跺脚说："我们当家的是你们队长，陈国民！你去找他，让他派车赶紧到铁矿去接戚光复！快去呀！"

夏方舟终于多少回了神，飞跑着离开。

陈国民气得骂："你个夏方舟，你傻了是不是？你用得着回来吗，打个电话不就行了！"到门口喊林富来，林富来飞快地跑过来。陈国民吩咐："你马上开车去铁矿，接上戚光复直接去医院。他老婆生了，情况不太好。要快！"林富来应一声，回头便跑。

陈国民带着失魂落魄的夏方舟在工地上拦住一辆卡车，自己先上车，待夏方舟也上了车，快速启动，绝尘而去。

武本奇他们感觉到出事了！肯定出事了！

拿着图纸的秦晓丹和季成钢看着卡车扬起的尘土，相互看一眼，都没说话。

陈国民带着完全乱了章法的夏方舟疾步赶到抢救室外。田青妮跑过来说："你们可来了！戚光复呢？"陈国民说："他一会儿就到。怎么样？"田青妮摇头说："医生说，能不能救过来，大半里得看汀兰和孩子的命。"陈国民愣了片刻，急得团团转。

夏方舟呆呆地站了片刻，突然像个孩子一样蹲在墙角哭了起来。陈国民一肚子无名之火，冲夏方舟说："你哭什么哭！一个大老爷们儿，你哭什么哭！"夏方舟哭着说："你不知道，你不知道……"

陈国民一把薅起夏方舟说："我不知道，不知道，说了我就知道了！说呀！"夏方舟依然哭个不停，语无伦次："你不知道，队长，光复和汀兰都是烈士遗孤……烈士遗孤你知道吗？"陈国民愣了。

越发没了主张的夏方舟哭着说："他们俩的父母，和我爸爸原来是铁路上的工友，保证大军南下的时候，突然遭到敌机轰炸，光复和汀兰……他们的爸爸妈妈都牺牲了，两家人只留下了他们两个……"夏方舟哭得有些喘不上气。

陈国民动了感情。田青妮陪着夏方舟擦着泪。夏方舟缓过一口气说："新中国成立后，国家一直把他们培养到上大学……我们的关系比亲兄弟姐妹还要亲。从上大学开始，我爸爸……交给我最重要的任务，就是保护好光复和汀兰……"夏方舟哭得说不下去，又蹲在墙角，孩子一样地哭起来。

陈国民发了一会愣，大步离开。田青妮喊着："你去哪儿？"陈国民头也不回，带着一阵风来到张院长办公室，推门而入，说："张院长！你够清闲的！"张院长赶忙起身说："陈队长，有什么话慢慢说，慢慢说。"

陈国民几步跨到跟前说："你给我听清楚了，张院长，急救室里一对母女正在抢救，她们母女救不过来，我跟你拼命！"张院长说着往外走："陈队长，我马上过去看看。"

陈国民跟着张院长出来，猛然看到造船厂杨书记，大踏步过去，指着人家鼻子说："你还书记，有你这么当领导的吗？"

杨书记也是满脸焦急，解释道："陈队长，我刚刚得到消息，一得到消息我这不马上赶过来了吗？"陈国民不饶地说："你来了就没事了？杨书记，有你这么用人的吗？别以为我不知道，你一个小小的造船厂还搞什么会战，陆汀兰挺着个大肚子还给你加班加点！我把话撂前边，陆汀兰和孩子平安是你的造化！"

田青妮赶忙挡着丈夫，拉开杨书记说："杨书记，他急疯了眼了，别和他一般见识。你赶紧给陆技术员办住院手续，躲了他！"杨书记谢过田青妮，趁机躲开了。

戚光复急匆匆赶来，乔佳丽一路小跑紧跟着他。

陈国民迎过来说："光复，沉住气，一定沉住气。"戚光复心里虽然急得不行，礼数在先，说道："队长，我听小林说了，谢谢田师傅！田师傅，汀兰和孩子怎么样？"

田青妮宽慰他："戚队长，你别着急，啊，陆技术员她们母女俩都在里边抢救呢！张院长也进去了。戚队长，你过去看看小夏师傅，哭得跟个孩子似的，怎么劝都劝不下来。"

夏方舟看到戚光复，哭得越发厉害地说："光复，对不起……对不起……"乔佳丽立刻陪着夏方舟哭了起来。戚光复宽慰他，也是宽慰自己："方舟，别担心，汀兰和孩子不会出事的，绝对不会！"夏方舟哭个不停，戚光复也是泪水不断。

护士长从急救室出来问："陆汀兰的家属来了吗？"场面霎时静了下来，戚光复上前，心惊胆战地说："我是，我是陆汀兰的家属。"护士长笑着说："母女平安！进来吧！"戚光复一时顾不上夏方舟，急忙进去。

夏方舟愣了一会儿，突然瘫坐在地。乔佳丽一把没扶住他，情不自禁地跪在他身边，满眼泪水地摇晃着他说："夏工！夏工！夏工！陆老师没事了，孩子也没事了，没事了！"田青妮看在眼里，别有意味地看看丈夫，陈国民微微点头。

103

收了工，秦晓丹来到季成钢身边说："汀兰生了个女儿。"

季成钢揣摩着对方心思。秦晓丹说："孩子生在了半路上，若不是田师傅……我去看看汀兰。"季成钢继续揣摩。秦晓丹一声叹息："为了夏方舟，我几乎和光复都翻了脸。"季成钢立刻明白了，说："晓丹，我陪你去。"

秦晓丹和季成钢到医院的时候，西工大的同学们，还有别的学校的大学生早到了，一拨拨地进病房出病房，兴奋地围着在外面负责接待的夏方舟。

同学们看到秦晓丹和季成钢，忽然静了下来。

季成钢说："晓丹，我就不过去了。"秦晓丹点点头，自己朝这边过来。秦晓丹跟着女生进了病房，没有看夏方舟。乔佳丽敏锐地注意到了，悄悄地舒了口气。

产科病房有几张床位，只有陆汀兰一个产妇。

秦晓丹看着陆汀兰的女儿说："她真可爱！"陆汀兰笑着说："晓丹，今天多亏了方舟！回头你得好好表扬表扬他！"秦晓丹飞快地看一眼旁边的戚光复，笑了笑说："汀兰，好好休息，多多保重！我先回去了。"说着站起来。

武本奇和一帮小兄弟带着罐头来了，看到季成钢说："季大队长，难得呀！莫非太阳又从西边出来了？"季成钢根本不理会他们。

秦晓丹出病房从夏方舟眼前经过，仍然没有看他。夏方舟有些接受不了，乔佳丽又是看到眼里。

武本奇看到秦晓丹，明白了季成钢为什么会在这儿，抛下他迎过去。秦晓丹微笑点头，不等对方回应，从他们身边过去。

被晾在那里的武本奇反应极快，欢快地说："夏大哥！我们来了！"夏方舟回神，说："本奇，你们怎么也来了？"

武本奇大声说："这是显示革命立场的时候，我们当然要来！不像某些人，装模作样地陪着别人来，来了你就进去看看呀，站在那里竖电线杆子！"看秦晓丹和季成钢离开，回过头来笑了。

这一天，田青妮里里外外地忙下来，一家人吃饭的时候天都黑了。

陈国民喝口酒，感慨道："这个夏方舟啊，真是个有情有义的好男人！老话说了，男儿有泪不轻弹，只因未到伤心处！为朋友伤心到这地步，一等一的好男人！"

田青妮叹息道："这么好的男人，怎么就和秦晓丹对不了眼呢？"陈国民改了主意，说："男人得有个好媳妇才般配。就说咱俩，我有本事可脾气暴，你软和啊，把我缠绕得结结实实的，这叫般配，藤缠树！别看夏方舟哭成那样，硬汉子！硬汉子绝不能做那种没出息的事，反过头去树缠藤！"

田青妮说："我看小乔和他挺般配，人也俊！"陈国民并非完全的事后诸葛亮，说："我早就看好他们俩，那夏方舟，一根筋！"

第二十四章

104

夏方舟收拾好用过的餐具问："汀兰，还需要什么东西？"陆汀兰说："不需要了！方舟，回去休息！佳丽，你也回去吧！"乔佳丽不应声，看夏方舟。

戚光复说："方舟，你再回去拿点日用品，脸盆、毛巾、香皂什么的，明天早上就得用。另外，汀兰给孩子准备了尿布，就在屋里放着，你去了一找就能找到，今晚上也送过来。"夏方舟说着就走，乔佳丽欢快地跟着夏方舟出门。

陆汀兰抱怨："你呀！光复，我没事了，孩子也没事了，这些事你自己又不是干不了，干吗这么支使人，方舟前前后后跑了一天了！"戚光复笑着说："汀兰，你还不知道方舟！让他忙吧，他心里痛快！"陆汀兰又说："那你也不能这么使唤佳丽呀！有你这么当队长的吗！"戚光复还是笑着说："趁着这个机会，让他们俩加深加深了解。"陆汀兰疑惑。

戚光复敛容说："秦晓丹和方舟彻底崩了。要不是你突然出了事，估计他到现在都缓不过劲来。"

陆汀兰还是有些难以置信，戚光复把事情经过择其概要说了一遍，然后说："我对方舟的能力毫不怀疑，自古英雄出少年！再说了，我们都亲耳听霍总说，方舟的能力不逊于若干主持过大项目的总工。"

陆汀兰另有顾虑地说："一个人也可能被才华蒙住眼睛。"戚光复雄辩："前辈工程师即便才华出众，其设计也未必尽善尽美，这是常识，凭什么不能被质疑？"陆汀兰反而更担心起来，说："光复，你千万不能头脑一发热就给方舟乱打气，工程上的事情你根本不懂，如果方舟错了，后果有多严重，你认真过脑子了吗？那对方舟是毁灭性的，一生都可能葬送进去！"

戚光复猛醒。陆汀兰说："不行，我要和方舟谈谈，越快越好。"戚光复赶忙说："汀兰，你身体虚弱得很……这事都赖我，我找时间和他谈，他听我的。"

季成钢仇恨地看一眼窗台上罐头盒里的野花，一边观察秦晓丹。

秦晓丹心思波动，说："万一……夏方舟的判断是对的呢？"

188

季成钢说："我们就工程谈工程，连川南钢铁在内的大三线是怎么来的？是你父亲那样的科学家带领无数优秀的科技人员，反复勘察研究，然后才制定、设计的。我决不相信，那么多优秀的工程技术人员，比不上一个夏方舟。"

秦晓丹被击中了软肋。季成钢不动声色地把秦晓丹带到巨大的建筑物面前。

季成钢抒情："多么伟大的工程，多么壮观的建筑，在它们面前，我们显得如此渺小，如此微不足道。在我们的青春年华，有幸参与了如此伟大的工程，把我们灿烂的青春奉献于此，它必将成为我们一生中最值得骄傲和自豪的回忆，青春无悔！"秦晓丹被打动，季成钢掩饰不住地露出了微笑。

武本奇和他的小兄弟王卫国在暗中观察。

季成钢态度诚恳地说："晓丹，我有个想法，对夏方舟，我们应该再给他一次机会。"秦晓丹心头一热。季成钢不慌不忙地说："我多次说过，即便是势不两立，也应该给对方辩白的机会。对于夏方舟，我们应该给他说话的机会。真理总是越辩越明，如果他认识到错误，我们应该给他迷途知返的机会。我是这么想的……"

夏方舟和乔佳丽提着些日用品回医院，夏方舟说："乔佳丽，今天辛苦你了！到了医院，放下东西，我送你回去。"乔佳丽说："夏工，你送我回去，说了不许反悔的！"夏方舟忽然感觉到乔佳丽欢快的原因，有些尴尬。

乔佳丽沉浸在自己的快乐里说："夏工，你质疑川南钢铁的设计，不顾及那么多的人的反对，一个人坚决地站了出来，我特别替你感到骄傲！"夏方舟完全没想到，问："这事你也知道？"乔佳丽："大家都传开了。告诉你个小秘密，武本奇跟我和爱华的关系特别好，你们队里的事，尤其是你的事，方方面面，他打听清楚了，都会告诉我们。说跑题了！夏工，你绝对不会放弃的，对吧？"

夏方舟笑着说："对。"乔佳丽高兴地说："让他们反对你好了，他们越反对你越厉害，英雄都是这样的！"

105

赵殿楚看着秦晓丹和季成钢问："辩论？辩什么论？"

季成钢一身正气地说："赵总，夏方舟对川南钢铁的设计质疑，虽然在客观上扰乱了军心，影响了会战，但在主观上，他可能有自己的想法。通过公开辩论，把事实摆在大家面前，不但可以稳定军心，也是给夏方舟一个知错改错的机会。"

赵殿楚的语气里带出了评价："你们两个和夏方舟辩论？"敏感的季成钢听出来了，忙说："赵总，我们承认，在业务能力上和夏方舟有差距，但是我们的立场和他不同，他是站在个人立场上，我们是站在维护大局的立场上……"赵殿楚打断他："先不谈这些。你们两个怎么和他辩论？"

秦晓丹说："赵总，我们征求了一些同学和工程技术人员的看法……很多人支持我们。"

赵殿楚拿起电话打给程时风。

程时风过来，简单听了两句，直接问："秦晓丹同志，你们准备怎么和夏方舟展开辩论？"秦晓丹看一眼季成钢，季成钢接过去说："首先让夏方舟公开他的所谓质疑，然后召开辩论会。"

程时风看看赵殿楚，又问："你们征求了多少人的意见？"秦晓丹说："我们特种公司的一些人。"程时风不掩轻蔑地说："大型钢铁企业的设计你们搞懂了吗？川南钢铁设计的依据是什么，你们知道吗？凭你们，跟夏方舟辩论？说个不客气的，就算他的数据是错的，就凭你们，能挑出毛病来？"

秦晓丹不服地说："如果需要，还可以请外地的专家。"季成钢强调："三个臭皮匠，顶个诸葛亮，依靠大家的力量，我们有把握战胜他。"

赵殿楚说："我不同意你们搞辩论。"季成钢毫无准备，措手不及。秦晓丹痛心地说："赵总，我们是给夏方舟改正错误的机会！"赵殿楚再问："为了挽救夏方舟，一定得和他辩论？"

季成钢诚恳地说："赵总，夏方舟的严重错误，扰乱会战，动摇军心。通过辩论，给予坚决彻底的驳斥，使大家凝聚起来，全心全意地投入到会战中。这同时也是对夏方舟的挽救，我们不愿意看着他越走越远。"

赵殿楚打了个手势结束了这场谈话。季成钢和秦晓丹没想到是这么个结果，相互看了看，季成钢不说话，秦晓丹不服气，临走放下一句："赵总，我们也是为了挽救夏方舟！"这句话，是昨天晚上季成钢反复对她强调的。

程时风等他们出了门问："赵总，我有点琢磨不透，他们两个什么意思？"

赵殿楚说："平心而论，大钢铁设计上的事，有多少人真正搞得懂？夏方舟有不同意见，虽然有些狂妄，但还是在按照程序走，即便越级捅到大三线，也不过是影响他个人。公开辩论，懂不懂的都掺和进去，两帮两派，还怎么搞建设？不管出发点是什么，结果只有一个——干扰会战！"

程时风说："我马上找季成钢，严厉警告，决不许乱说乱动！"赵殿楚："关键不在季成钢，他出于对建设大三线的热情，头脑有些发热。和夏方舟辩论，你刚才说了，他没这个能力。秦晓丹不一样，注意到她那句话了吗？必要的话，还可以请外地专家。她可能找外援，直接和夏方舟公开辩论。"程时风惊："那可就乱了！赵总，让夏方舟闭嘴？"赵殿楚说："夏方舟才高气傲，又觉得真理在手，这小子上来那股脾气，他才不怕把事情给你闹大呢！辩论这个主意，可能是秦晓丹提出来的。必须制止他们，这个时候，不能添乱！"程时风问："那……处理秦晓丹？"赵殿楚问："凭什么？除了夏方舟，谁敢断言川南钢铁设计上确实有问题？秦晓丹维护会战大局有什么错？秦晓丹还有一个心思，她替夏方舟着急。"程时风又问："那……处理夏方舟？"赵殿楚说："质疑川南钢铁设计上存在瑕疵，夏方舟不是第一个。技术问题允许有不同意见，这也是原则。"

程时风着急地说："那怎么办？赵总，等他们闹起来，学生们再跟上去，他们跟上的可能性很大，到那一步，局面大乱，刹车都来不及了。"

赵殿楚点头思考。

在陆汀兰的病房门外，夏方舟有些难以置信地看着武本奇说："和我辩论？秦晓丹和季成钢？"

武本奇觉得事态严重，说："大哥，我亲耳听到的，昨天晚上季成钢给秦工出的主意。"夏方舟轻蔑地冷冷一笑。武本奇觉得他太轻敌了，劝道："刚才听说他们两个去指挥部了，我赶紧溜出来告诉你。夏大哥，季成钢这家伙来的这一手够狠的，打着教育挽救你的旗号，给你来场群众运动。这一手咱们都见识过，你得有个准备。"夏方舟笑了笑说："谢谢你！本奇。"

他们俩在门口的谈话，里面的人听得清清楚楚。夏方舟回来，陆汀兰问他："方舟，你老老实实给我说，你有多大把握？"夏方舟轻松地说："百分之百。"陆汀兰斥责："胡说！"夏方舟强辩："我没胡说！"

陆汀兰越发严厉地说："还嘴硬！什么叫百分之百？你不但能指出设计存在的确切问题，并且能够准确地指出将要造成的后果，还要有应对的解决方案，这才叫百分之百。你有吗？"夏方舟被陆汀兰问住了。

戚光复给夏方舟解围："汀兰，当前的主要矛盾是季成钢……"陆汀兰不让他说："光复，你别捣乱！方舟，我问你呢！"

夏方舟整理了一下思路说："汀兰，我说的百分之百，不是你说的那个层面，我百分之百保证，设计存在问题。我提的意见是组织专家论证，你说的那些，论证之后自然会启动。他们不接受我的意见，我才想把问题反映到更高层面。我做得不对？"这一次是陆汀兰被问住了。

戚光复说："汀兰，我倒是觉得，辩论是个机会，这是季成钢和秦晓丹提出来的，方舟正好可以借力发力，把问题摆到大家面前。"夏方舟赞叹："对呀！我怎么就没想到呢？正好可以借用这次辩论的机会！"

陆汀兰沉思片刻说："方舟，如果你赢得这场辩论，对晓丹将会是毁灭性的打击，扰乱军心，破坏会战的罪名，会落到她身上。方舟，你要想好了。"夏方舟主意已定，说："原则问题，不掺杂个人感情因素。"

戚光复思虑更深地说："方舟，我需要特别提醒你一下。以我对你的了解，相信你真理在手。但是，这场辩论一旦启动，走向和结局都不是你能控制的。刚才汀兰说的有可能毁掉秦晓丹，只是结局的一种；还可能有更严重的结局，全面失控，最终演变为一场混战。"夏方舟没太明白地问："什么意思？刚才你还说我可以借力发力。"

戚光复："记住，这场辩论一定要在可控的情况下才可以启动。在指挥部同意这场辩论的情况下，辩论的性质就是学术辩论，否则就是一场混战。明白了这一点，你就可以考虑如何借力发力了。"

陈国民不太相信地看着武本奇说："季成钢给秦晓丹出的主意？"武本奇瞧着他的脸色说："师傅，我骗谁也不敢骗你啊！"陈国民不快地说："添乱！"

武本奇又逮着机会说："师傅英明啊！季成钢那家伙纯粹添乱！你还不修理他？"

正说着来了电话。陈国民接起："喂……赵总……这事我刚听说……是，马上到！"陈国民指着武本奇说："你小子给我听着！秦晓丹和季成钢，他们和夏方舟有什么事，替我长个眼。"武本奇来了本事，说："这是我的拿手戏！师傅，交给我了！"

106

在医院的院子里，夏方舟看着和季成钢站在一起的秦晓丹，心情复杂。

院子里已经聚集了很多学生，有夏方舟的同学，也有季成钢和秦晓丹的支持者。乔佳丽刚好来到医院大门，看到这场面，心一下子提了起来。

季成钢面带微笑，操纵着局面说："夏方舟，干脆点，敢不敢接受挑战？"

夏方舟有所克制，仍然不屑地说："季成钢，我用得着接受你的挑战吗？"季成钢拿起姿态说："大家都听到了，夏方舟不敢接受挑战。不敢接受挑战，那就公开承认错误，我们对敢于主动承认错误的人，还是给予改正错误的机会的。"夏方舟被激怒了，说："随时恭候！和我辩论，你们会输得一败涂地。"

季成钢丝毫不恼，面带微笑地说："夏方舟，中原逐鹿，结论不要下得太早。公开辩论之前，敢不敢把你的所谓的数据和证据拿出来，公之于众，也让我们疑义相析，奇文共赏。同学们，大家说是不是？"支持季成钢的学生齐呼："夏方舟，交出来！夏方舟，交出来！"

夏方舟冷笑道："季成钢，你没有资格和我谈数据，我的数据你看得懂吗？川南钢铁设计成这么一种特殊的整体结构，为什么？你懂吗？"季成钢似乎被噎得找不着话，向秦晓丹求援。夏方舟不把对方放在眼里，又说："和我辩论，轮不到你这种人！"夏方舟的同学们笑了起来。

秦晓丹站出来说："夏方舟，我们看不懂，会有人看得懂，比你更懂。不必绕圈子，你敢不敢公布你的数据？"夏方舟对秦晓丹态度不同，说："公布也可以，只要得到指挥部的批准。"

季成钢抓住机会说："夏方舟，你心虚了！别拿指挥部当挡箭牌。我现在就可以断定，你那些所谓的证据，不过是花拳绣腿。夏方舟，给你一句忠告，现在认错还来得及，如果你继续执迷不悟，性质就变了，那将是故意破坏大三线建设！"

夏方舟掉进了季成钢的设计之中，虽然尽量控制情绪，还是近乎爆发，喝道："季成钢！想和我辩论，自己去准备材料！没这个本事，继续到工地上砸你的水泥块，挣你的表现，装你的积极去！"同学们一片哄笑。

季成钢理直气壮地说："我表现，我积极；我劳动，我光荣！夏方舟，不要偷梁换柱转移话题，我奉劝你悬崖勒马，否则，拿出你的所谓证据公开辩论，让大家来辨明是非。群众的眼睛是雪亮的！"

夏方舟有些头脑发热地说："季成钢，别说你一个，像你这样的人来多少我都不在乎！你们凭什么和我辩论！"

院子里聚集的学生越来越多。秦晓丹尽可能平静地说："夏方舟，我们讲道理，你首先提出了质疑，你先出示你的证据，这是辩论的基础。你拿不出来，要么是你根本没有拿得出手的数据，所谓的质疑不过是故弄玄虚；要么就是对自己所谓的证据没有任何信心。"

夏方舟心潮起伏，仍然对秦晓丹保持克制，不知不觉间却把打击面进一步扩大，说道："季成钢除了喊那些口号，什么都不懂。坦率地说，你虽然比他强，至多也不过刚刚入门。还有你们！我把数据拿出来，这些数据有什么意义你们都不懂，这样的辩论，除了制造季成钢渴望的轰动效应，有其他效果吗？用不着客气，科学的辩论是有门槛的，你们不配！"更多的学生为夏方舟鼓掌。

季成钢反倒是越发得意，巧妙地刺激对方说："夏方舟，辩论门槛的高低不是由你决定的，我可以负责任地告诉你，我们能够得到的支持，比你的门槛高得多！"

夏方舟冷笑，极度轻蔑地说："季成钢，你能得到这样的支持，我求之不得。你明白吗？"季成钢似乎又被问住了，看秦晓丹。支持夏方舟的同学们误解他的意图，一片哄笑："季成钢，你明白吗？秦晓丹，你明白吗？"

秦晓丹果然被激怒了，说："夏方舟，你太目中无人了！为了辩论的公平，我们可以事先提供名单。"夏方舟依然克制地说："既然如此，我可以随时公布我的数据。"

季成钢得到了他要的结果，不给对方留后路地说："夏方舟，这可是你说的，我们大家都听到了！"

秦晓丹突然有些说不清楚的痛心，夏方舟感觉到了，说："秦晓丹，恕我直言，你被季成钢操纵了，他在利用你，把你当成垫脚石。"秦晓丹愤怒地说："夏方舟，我不会被任何人操纵！"

夏方舟失控地说："你被操纵了，你们大家都被他欺骗了！季成钢是个骗子！他对川南钢铁是否存在问题根本不感兴趣，他所做的一切都是为了他自己……"

季成钢暴怒地说："你才是骗子！夏方舟，你是我见过的最无耻的骗子！你一直打着各种冠冕堂皇的旗号，欺骗秦晓丹同志，欺骗所有的人，这一切都是为了达到你不可告人的目的！"

秦晓丹痛心地说："夏方舟！季成钢为什么要和你辩论？他是为了给你一次改正错误的机会！给你一次认真反省的机会！"夏方舟怒火冲顶，说："用不着！秦晓丹，需要反省的是你！"秦晓丹愤怒地说："夏方舟，你真是不可救药！"

张院长带着几个大夫分开众人，挡在他们中间，大声说道："同志们，同学们，我奉命传达赵总指挥的指示，这儿是医院，为了贯彻革命的人道主义精神，要保证医院的安静！赵总指挥指示，立刻停止辩论，马上离开！"

季成钢反应迅速，说："同志们，同学们！我们坚决执行总部领导的指示，不要上了夏方舟的当！为了保证医院安静的环境，我们马上离开！"带头快速离开。秦晓丹愤怒地看一眼夏方舟，跟着他们那些学生离开了。

夏方舟的怒火无从发泄。一个同学站出来说："方舟，我们不给你惹麻烦。同学们，走了，走了！"这边的学生也快速离开。

秦晓丹在大门口看到了乔佳丽，微微一愣，轻轻点了点头，没说什么。乔佳丽同样没说话，仇恨地瞪了季成钢一眼，跑到夏方舟身边。

刚刚还熙熙攘攘、人声鼎沸的院子，转眼间空空荡荡，鸦雀无声。

孩子们已经睡了。

田青妮听丈夫说了些什么，感慨："哎呀！你们要这么弄，也太委屈小夏师傅了吧！他爸，依我说，这事上，你的徒弟成钢不对。"陈国民急眼，说："你怎么和武本奇那小子一个腔调呢！季成钢积极性高，劳动态度好，他是有毛病，业务上也不行，但在这事上，他相信了秦晓丹的话。"田青妮堵上一句："那就找秦晓丹啊，别这么对付人家小夏师傅。"

陈国民说："源头不还是在方舟那儿吗？下午赵总电话打到工地，让我去他办公室。去了正和我谈着呢，医院的张院长来电话，秦晓丹、季成钢和夏方舟在医院辩论上了，两边都有一拨人，人越聚越多。赵总当时就火了。我替夏方舟说话，赵总就没给我好脸，说问题是他引起的！后来赵总又和我说了一些，这个理我才转过来，他不怀疑，不什么事都没有了！"

田青妮还是不给好脸地说："就算你们说的都对，那也不能这么对人家小夏师傅啊！下手也忒狠了！"陈国民一声大叹。

107

孩子吃完了奶睡了。陆汀兰说："方舟，你和佳丽回去吧！我这儿没事，光复一会儿就来了。"夏方舟不动，陆汀兰想了想说："方舟，忍了这半夜了，说你两句？"

夏方舟认错："我太不冷静了，不该和他们在这儿辩论。汀兰，明天我晚来一会儿，去指挥部见赵总。"

戚光复提着饭盒进来说："英雄母亲的夜宵来了！"乔佳丽忙上前从他手上接过饭盒。戚光复对夏方舟变了脸："夏方舟！季成钢和秦晓丹带着人来和你辩论，你当场接招了？！"夏方舟心虚。

戚光复看了下手表说："算起来，你们开始的时候我刚躺下，到现在不到六个小时，传遍了！你怎么这么笨呢！这种野场子你也接招？到明天，季成钢半路里拦住你，你也和他辩？他立起个杆子你就往上爬！我怎么给你交代的？你根本没有听进去！一场可能的学术辩论在你的手里成一场互相攻讦的混战，这就是你想要的结果？夏方舟，你已经彻底失去了公开阐明自己观点的机会！"

陆汀兰看夏方舟被骂得抬不起头，说："光复，刚才我说他了，他也检讨了。行了！方舟，你和佳丽回去吧！"

被戚光复训得灰溜溜的夏方舟如得大赦，说："那我回去了。"乔佳丽紧接上："陆老师，队长，我和夏工一起走。"

护士进来说："夏方舟，有你的电报。"夏方舟和戚光复他们都愣了一下。护士说："好像是加急电报……夏方舟，你快去吧，指挥部送电报的人在办公室呢。"

夏方舟有些发慌。戚光复说："方舟，我和你去。"乔佳丽跟上。

电报只有五个字：父病危速归。

夏方舟拿着电报，整个身子都在发抖，说不出话。戚光复让自己尽快镇定下来，安排说："佳丽，今晚上辛苦你，在这儿陪汀兰。我陪他回去，明天早上我过来。"乔佳丽点头答应："队长，你和夏工快走吧！"

戚光复说："方舟，我们走。"夏方舟彻底乱了方寸，戚光复强拉着魂不守舍的夏方舟离开。

夜深了，陆汀兰无法入眠。是说给乔佳丽听，也是给自己一个情绪出口，她不断地擦着泪水说："方舟的爸爸，就是我和光复的爸爸。那一年我三岁，方舟也三岁，光复四岁，我们三个睡一张床，老爷子只要在家，每天晚上都过来，哄着我们闹一阵，笑一阵，直到我们睡了他才离开……我们三个一起长大，一起上学……方舟聪明过人，十六岁上了大学，我晚他一年，光复晚他两年，那是我们分开最长的一段时间。因为方舟比我们提前上了大学，老爷子觉得是他的错，想起来就说对不起我和光复的爸爸妈妈……其实，老爷子对我和光复，比对方舟好多了，小时候，有好吃的东西，总是给我和光复多分一份……我和光复后来说，我们比方舟学习差，都是让老爷子宠的……"

乔佳丽泣不成声，陆汀兰说："佳丽，明天你替我去送方舟，告诉他，到了家马上来个电报。"乔佳丽答应着。

孩子醒了。陆汀兰抱起女儿，泪水落到女儿脸上说："老爷子……还没见过他的孙女……"

乔佳丽哭得撑不住，跑了出去。

第二天清晨，陈国民早早定了一辆卡车，和戚光复、乔佳丽送夏方舟。

戚光复叮嘱："方舟，记住，到家以后，无论怎么样，先打个电报回来！实在不行，我也赶回去。"夏方舟不断地点着头。

陈国民说："方舟，火车票我回头让人在成都给你买好，这辆车直接把你送到山东车队的办事处，有人在那儿等你，从那儿直接上火车。"夏方舟依然是不断地点头。陈国民说："方舟，老爷子吉人天相，我保你一个平平安安。相信我的话。"

乔佳丽上来，依然是哭个不住地说："夏工，你自己也要多保重！我担心你……担心……"说不下去。

陈国民说："方舟，上车！赶早不赶晚。"夏方舟答应着，没别的话，提着简单的行李上了车。

车开动。戚光复大声喊："方舟，别忘了来电报！到家就来电报！"乔佳丽哭着和夏方舟挥手。

陈国民沉沉一叹。

第二十五章

108

一上班，事就传开了。武本奇和很多人聚集在办公室外。秦晓丹在旁边的技术室门外，难掩焦急之色。季成钢在她身边。

武本奇看到陈国民来到，呼呼地跑上去问："师傅，听说夏大哥爸爸病危，真的假的？"陈国民说："一早我送的他。走了。"武本奇抱怨："师傅，你怎么不和我说一声，人家出了这么大的事。"陈国民点头赞许："你小子，不错！有情有义！"同时看了眼那边的秦晓丹。

秦晓丹听到了他们的谈话，回避了陈国民的目光，低头进了技术室。季成钢下意识地想跟进去，收回念头，没有跟进去。

陈国民招呼一声："都干活去吧！武本奇，你跟我来。"进了办公室陈国民先是劈头盖脸地把武本奇骂一顿："让你给我盯紧了，你跑哪去了！四处里狼窜听人家房根你本事，让你干点正事又掉链子！"骂完了，听武本奇清清楚楚地把医院里辩论的事从头到尾说了一遍，吃惊地问："怎么着，夏方舟说给他们数据，需要指挥部的批准？"

武本奇说："没错！师傅，昨天我得到信儿的时候晚了，到了那儿早散了，怕打扰陆工休息，没进去。为了还原现场发生的情况，我问了很多人。"

陈国民又问："夏方舟那拨人是怎么回事？他带去的人不少。"

武本奇说："你弄错了！师傅，季成钢和秦工是带着人去的，夏大哥的人开头的那些都是他的同学，人家是下了班去看陆工，结着伴去的，赶上了。后来人越聚越多，夏大哥说得有理啊，支持他的人当然越来越多！"

陈国民越发懊恼地说："干活去吧！这事别到处乱说。"

陈国民待武本奇出去，长吸了一口气猛地吐出来。话是这么说着，又觉得还是没有落到实锤。武本奇到处看着季成钢膈应，借着机会编排点私货他干得出来。

没两天，陆汀兰出了院。田青妮先过去的，欢喜地抱着戚光复的女儿说："瞧瞧，多俊的闺女！瞧着就让人喜欢。"田青妮问："海子，看看妹妹，漂亮吧？喜欢吗？"天海嗓门扯得高高的："喜欢！喜欢！妈妈，我要和小妹妹结婚。"戚光复、陆汀兰和田青妮都笑了起来。

陈国民在外面喊："光复！光复！"戚光复忙上前开门。陈国民笑着说："我还是不进去了，正好有个事我想问问你，到我那边坐会儿。"

到家里，陈国民泡了壶好茶，不兜圈子，直接问那天的事。听戚光复大体上说了一遍，抓住一句要害问："夏方舟说要请示赵总？"

戚光复说："队长，季成钢是你徒弟，我还是得实话实说。开始，季成钢给方舟下了个圈套，把他套进去了。"陈国民笑了笑说："你怎么就一口咬定是季成钢？秦晓丹不也在那儿！"戚光复也是笑了笑，让一步说："不管是谁吧，反正方舟被套进去了。后来他静下来想了想，要不是那天晚上突然来电报，他准备第二天去请示赵总。他亲口对我说的。"

陈国民从开始便一边听着，一边在心里比照戚光复说的和武本奇说的，虽然说小处里各有各的情绪在里面，大的方面实打实地相互印证，仔细想过去，着实让人恼。

109

夏仲霖家在河北那座两条铁路大动脉十字交叉的枢纽城市，铁路职工宿舍大院西南角，三间普普通通的红砖红瓦的平房。

夏方舟提着简单的行李，满身风尘，拐过墙角便迫不及待地喊："妈！妈！"夏母应声从屋里出来，笑容绽放。夏方舟急切地问："妈，我爸呢？他怎么样了？"夏母高兴地上下打量着儿子，笑得合不上嘴。

夏仲霖从屋里出来，一身灰色的人民装，极为朴素，笑容谦和，如同普通老工人，笑着说："回来了！"夏方舟看父亲满面红光，根本不像有病的样子，疑窦顿生，问："爸，你没病？"夏仲霖那边还没张口，夏母拉着儿子进了屋。

三间房一明两暗，外间一张桌子，两张椅子，旁边有张长条凳子。夏方舟不满地说："爸，你可不是这样的人。"夏仲霖慈爱地笑着说："不说我病危，你小子能回来？"夏母忙问儿子："饿了吧？我给你弄点吃的，想吃什么？"

对母亲说："我在家住不了，妈，我赶第一班车回去。妈，你不知道，事很重要，我得回去。"

夏仲霖开口："你妈不知道，我知道。叫你回来，为的就是你说的大事。"夏方舟说："爸，你别唬我。我不是跟着你在工地上当小工的时候了，你说什么我信什么！"夏仲霖笑着说："听着，你怀疑川南钢铁设计上有问题，要求人家停工，赵总指挥没答应，你闹着把这事捅到大三线去。你的大事，是这事吧？"

夏仲霖直截了当地说："赵总指挥和霍总在电话上讨论你那些意见，人家很重视！霍总知道我回国休假，给我打了个电话，你老师很担心，担心你！我合计再三，我的儿子惹下的事，我这个当老子的没教育好儿子。我给赵总指挥打的电话，让你回来。"

夏方舟更加不满地说："爸！干铁路你是专家，冶建你绝对外行！川南钢铁到底出了什么问题，他们和你说了吗？反正说了你也不懂，肯定没和你说。"

夏仲霖笑着说："你小子啊，有点狂妄！冶建我不懂，有懂的呀！设计一座大型钢铁联合企业，不是哪个人随便拍拍脑袋就决定的，得集中很多优秀工程师，集思广益，这没错吧？我不信，那么多优秀的工程师，比不了你一个小毛头！"

夏方舟来精神了，说："爸，顶级的工程师，得有点天分！你儿子很可能有。这不是吹！爸，毛头怎么了？毛头是年轻人的优势，不会陷入经验主义，这是创造力的源泉。"

夏仲霖还是笑着说："就算你瞎猫碰上了个死耗子，考虑过大局吗？局部必须先服从大局，这个道理你不懂？"夏方舟质问："爸，什么是大局？你说的大局。"

夏母说话了："你们这爷俩儿，见了面牛头就顶上来！方舟，晚不了，和你爸爸慢慢顶，有时间。先洗洗脸，瞧你灰头土脸的。"一边拉着儿子到门口的脸盆架前，把水从旁边的桶里舀到脸盆里，把儿子的头摁下去。夏方舟笑着告饶："妈，轻点！洗脸，洗脸！"

洗完了脸，趁着妈妈去了厨房，夏方舟追着父亲不放："爸，说说你的大局观。"夏仲霖笑着说："儿子，不着急，你先休息休息，吃完了饭再说。"夏方舟不肯，说："吃饭还早呢！你老人家把我调回来，不就是为了说服我吗？"

夏仲霖说："好！我把你调回来的，听你的。大局，是大三线。大三线项目很多，核心工程是两个，一个是成昆铁路，一个是川南钢铁。成昆铁路试通车了，就等川南钢铁出铁。川南钢铁出了铁，宣告大三线基本建成。有了大三线这个基础，我们可以向全世界宣布，中国人不害怕任何人强加给我们的战争，这是大局。"

夏方舟反驳："大局需要局部支撑，川南钢铁设计有问题，会影响到你说的大局。"夏仲霖说："工程设计都可能存在瑕疵，很正常，即便将来发生一些问题，大局确定了，也可以比较从容地解决。"夏方舟给父亲出题："爸，假如川南钢铁建成无法正常运转，你说的大局还存在吗？"

夏仲霖被儿子问住了。夏仲霖平和慈祥地说："方舟，你妈给你预备好吃的，咱们俩外边走走去。"夏方舟笑着说："爸，别说外边走走，咱俩踩着云彩走，你也说服不了我。"

夏仲霖说："不一定。走，陪我外边走走。"

铁路职工宿舍大院基本上没什么绿化，西边院墙下有条小路连接一排排的平房，东边还有条大路，这条小路上少有人，夏仲霖和儿子就在这条小路上来回走着。夏仲霖边走边说："方舟，和你比起来，我这个所谓的高级知识分子啊，有点名不副实，实际上就是个工人底子。"

夏方舟马上堵住父亲的退路，笑着说："爸，咱们争论是非呢，都得坚持原则，不许打感情牌。"夏方舟要求平等讨论。

夏仲霖笑着说："好！我读大学的时候，东欧的一位教授讲过一个教案，想不想听听？"夏方舟笑着说："爸，看来你做足了功课。"

夏仲霖说："说服我这个骄傲自大的儿子，得有点干货。听我给你说，有一家大型企业，按设计，四条流水线同时投产。为了赶进度，决定让其中的一条提前投产。中途发现，这条流水线提前投产，另外三条流水线要延误一年，损失巨大。问题来了，你是总工程师，你怎么处理？"

夏方舟不假思索地说："把第一条流水线停下来，四条一起上。"夏仲霖笑着说："错了！"夏方舟不服气地问："错了？怎么错了？"

夏仲霖解惑："第一条流水线的产品，已经列入国家计划，数十家下游企业做好了投产准备，如果第一条流水线不能如期投产，下游企业要全部停产，这个损失，比其他三条流水线延误一年的损失，放大了四倍。"夏方舟显然没考虑过这个问题。

夏仲霖意味深长地点点头说："川南钢铁的产业位置，就是这样一个类似的上游企业对下游企业的影响，应该比那个教案中的企业更大。这也是一种局部和全局的关系，对不对？"夏方舟说："爸，你没有完全说服我。"

夏仲霖笑着说："不着急，回来了多住两天，咱们慢慢讨论。方舟啊，差不多四年没见你了。这次休完假，我还得三年才能回来。到了爸爸这个年龄，远隔重洋，想家呀！想你和你姐姐、你妈妈。趁这个机会，和我说说你这几年的进步。"

夏方舟动了感情，喊了声："爸。"夏仲霖拍拍儿子厚实的肩膀说："回家。"

110

陈国民吃惊地看着赵殿楚问："他是夏仲霖的儿子？"赵殿楚点头说："仲霖同志唯一的儿子。仲霖同志非常谦虚，不希望自己的儿子享受特殊待遇。"陈国民对夏方舟越发有好感，说："这小子，我一直以为他爸爸是铁路上的高级工匠，他竟然是夏仲霖的儿子。"赵殿楚说："夏方舟这一点是不错。"

陈国民回过劲来，说："不对啊！领导，你转移话题！我刚才说了，医院里那场辩论是场遭遇战，人家夏方舟本来要请示你的。明明是秦晓丹不对，你使出这种招折腾夏方舟，你是没看见，我送夏方舟走的那天，他人都快垮了！他前脚走了，我后脚就把事情查清了，实在是憋不住了才来找你。我要知道是这么档子事，坚决不配合！哪有拿着人家父亲说事的！"

赵殿楚说："是仲霖同志给我出的主意。对于夏方舟的质疑，我和霍总电话上讨论过，他和仲霖同志很熟，正好仲霖同志回国休假，听霍总电话上说了，担心夏方舟给会战造成麻烦，电话直接打到我桌上了。"

陈国民还是有心事，问："赵总，夏方舟的担心，到底靠不靠谱？你给我交个底。"

赵殿楚说："刚才说了，我和霍总电话上讨论过，霍总是咱们这一行最好的专家之一，他的感觉，不大可能出现很严重的后果。"

陈国民把话说出来："这样的话，夏方舟不就是提了点不同意见吗，至于这么和他过不去？老话说了，宰相肚里能撑船，你也算大领导了。"

赵殿楚说："夏方舟年轻气盛，不计后果，不考虑个人得失，是优点也是弱点。他真弄个什么报告捅上去，万一……这可真说不准，不定触到了哪个人的哪根神经，给他扣上顶破坏大三线的帽子，他将来怎么办？"

陈国民刨根问底："领导用心良苦，对夏方舟这样的年轻人要保护，川南钢铁没什么大问题。没别的了？"赵殿楚知道他想要什么，说："他们在医院的那场辩论，不管它怎么引起的，夏方舟当着那么多人公开宣称，川南钢铁的设计有严重问题，客观上造成了很大影响，扰乱军心，影响会战。秦晓丹和季成钢对夏方舟的反驳，起到了维护大局的作用。这个是非，要分清楚。"陈国民痛快地说："想通了。"

夏母忙了大半个下午，为儿子做了一顿丰盛的晚饭。夏家的家风家规，凡需要讨论，无论大事小事，父子平等；生活细节，父母子女秩序规范。晚饭落座，父母坐桌子两边的椅子，夏方舟坐下面的凳子。

夏母不断地把菜夹到儿子的碗里说："多吃菜，多吃菜！方舟，听说你们金江那边，菜都吃不上。"夏方舟笑着说："没那么严重。妈，金江那边，一年到头确实没几样菜，咸鱼炖粉条，一吃半个月的事是有，菜还是能吃上。别担心。"

夏仲霖开怀地说："咱爷儿俩干一个！"夏母插话："他爸！你这年纪了，能和方舟比吗？慢点喝！"夏仲霖请求："我就和他喝一个，喝了这杯慢点喝。"夏方舟给父亲求情："妈，我和我爸干一杯，就干一杯。"

三口人把一顿饭吃得欢声笑语。

电话铃响。夏仲霖按住想起来接电话的儿子，过去接电话："喂……哟！光复啊……是我是我……哦，我的身体……光复，这个让方舟和你说吧！"

夏方舟听出是戚光复的电话后马上意识到忘记了什么，懊悔不已，从父亲手上接过电话说："光复，赖我、赖我……嗨！老爷子的身体好着呢……这事电话上说不清楚，简单一句，因为川南钢铁的事，我回去和你解释……问老爷子、老太太好！……汀兰没事吧？……那就好！回去再说！"

原来，陆汀兰算着夏方舟今天到家，一直等不到电话，要戚光复把电话打过来。戚光复饭也没吃，跑到邮电局挂了长途电话。

夏母本来想和光复电话上说两句话，儿子已经把电话挂了，不由得抱怨："方舟，光复的电话，咋不让我和他说两句就挂了！"

夏方舟转移抱怨目标："妈！这事完全赖我爸！接到电报的时候，我正在医院照顾汀兰，汀兰生孩子差点出了大事……"

夏母惊喜地打断他："汀兰生孩子了？"夏方舟猛地用力一拍脑门说："又昏了头了！这么大的喜事也忘了告诉你们，爸、妈，汀兰生了个女儿，太可爱了！我刚才问光复了，母女平安健康！"

夏仲霖激动得热泪盈眶，说："明天一早，去烈士陵园……"

第二天一早，夏仲霖和妻子、儿子来到烈士陵园，站在两座紧靠在一起的合葬墓碑前，夫妻俩早就动了感情。夏仲霖热泪纵横地说："老战友、老兄弟、老姐妹啊，光复和汀兰有孩子了，是个千金宝贝……咱们总算是盼到这一天了！"夏母泪水涟涟地说："仲霖刚才说的，你们都听着了吧，咱们有了第三代了！"

夏方舟跪在坟前，规规矩矩地磕了三个头说："大伯、大妈，叔、婶儿，你们放心吧！我一定替你们照顾好光复和汀兰的女儿，他们的女儿，就是我的女儿！"

头天晚上，戚光复从邮电局回来不多时，陈国民把他拉到家里喝酒，说："光复，你有了这宝贝闺女，以后咱俩还有夏方舟，喝酒方便了，青妮带着孩子和陆技术员在你那边，咱们在我这边，省得小娘们儿整天抗议我的封建家规。光复，先告诉你个好消息，方舟他爸爸身体一点事都没有。"戚光复笑着说："队长，这事我提前知道了。"

陈国民意外地问："你怎么知道的？"戚光复顺口说："我去邮电局打的长途电话。"陈国民装作十分惊讶地问："哦，夏方舟家里还有电话？"戚光复忙说："哦……不是，街道上传呼的电话。"

陈国民说："街道上传呼的……夏方舟他爸爸是干吗的？"戚光复反应很快，说："铁路工人，老工人。"陈国民笑着说："夏方舟蒙我，你跟着他蒙我！夏仲霖是谁呀？"

戚光复揣测对方意思。陈国民笑着说："他是夏方舟的爸爸！以为我不知道！"戚光复松了口气，笑了，说："队长，方舟不愿意让别人知道他爸爸是谁。"

陈国民称赞："你和陆技术员也不愿意让别人知道！光复啊，你和陆技术员都是烈士遗孤，夏方舟他爸爸的养子养女，你们三个从来都没提过。为这事，我得敬你们三个一杯，来，干了！"

第二天上了班，陈国民拦在武本奇的推土机前。武本奇跳下车，陈国民说："我给你打听点事，夏方舟他爸干什么的？"

武本奇拿个架势说："你问着了师傅！夏大哥他爸，老铁路工人，高级工匠，在他们那一行，和你差不多，四大金刚一级！当然了，他比你年龄大，可能级别比你高。"

陈国民摇头说："这要是文人说话……我在坦克学校的时候，有个教官，文化人，他碰到这种场面，俩字：惭愧！知道夏仲霖吗？"

武本奇张口就来："知道！全国著名劳动模范，工人阶级的优秀代表，大产业工人的……"忽然意识到什么，武本奇的表情瞬间转成大为惊讶。陈国民说一句："本奇啊，好好地跟着你夏大哥学着点！"走了。

武本奇愣了一会儿，招呼着旁边的小兄弟，小兄弟们凑过来。武本奇学着陈国民的语气："知道夏仲霖吗？"

尽管昨天晚上说好了，到了时候，夏母还是舍不得儿子走，在里间屋里劝收拾行李的儿子："方舟啊，好不容易回来一趟，这才住了几天？在家再多待些日子，啊？你姐不是说了，后天去你姐那边。"

夏方舟说："妈，昨天我姐他们一家都来了，都见了。我得去江汉，听听老师的意见，这个问题解决不了，我安不下心。这牵扯到整个川南钢铁。"夏母又说："你爸爸回来一趟更不容易，多陪他几天。"夏方舟虽然心里难舍，仍坚持说："妈，我也想多陪陪你们，可这个假期本来就不应该，老在家里总觉得心里过不去，好像做错了什么，问心有愧……"

在外间的夏仲霖说话了："他妈，你出来一下，出来一下。"夏母抹着泪从里间出来。夏仲霖劝妻子："他妈，让方舟走吧！这小子啊，心里装的是国家的事，过不去的是心里的那一份责任。这是出息！有这样的孩子，咱们得替他骄傲，是咱们的好孩子！"

夏母收不住的泪，说："道理我懂，国家的事再小，也比咱家里的事大。可我心里实在是舍不得，你们爷儿俩见一回面，忒不容易了！"夏仲霖说："见了就行了，让他走吧！这小子啊，将来一定能有大出息！"

里屋的夏方舟泪流满面。

111

程时风听赵殿楚把事情简要地说了一下，知道该煞尾了，问："赵总，事就此刹住，人呢？"

赵殿楚说："夏方舟，我通知陈国民了，回来以后继续在一线劳动锻炼。晓丹那边，时风同志，秦院长为了大三线，遗骨都没有找到，晓丹为了继承她爸爸的遗志，主动来到金江，没几个人能做到，又是个姑娘家，别说她了。"程时风点头。

赵殿楚说下去："季成钢，你和他好好谈谈，自来到金江，应该说一直表现突出，但在这件事上，不能用热情代替理智。话可以和他说得重一点，动机是好的，客观上是在扰乱军心。等夏方舟回来，决不能再纠缠这件事。"

程时风心领神会。赵殿楚补上一句："注意掌握分寸，对季成钢这样的年轻人，保护培养是目的。"

程时风回来，打电话要季成钢马上到他办公室。季成钢来了，程时风做出听听他的想法的姿态，让他先说。季成钢果然错估了形势，口若悬河，对夏方舟上纲上线，滔滔不绝。在他自我感觉最好的时刻，程时风猛地一拍桌子站起来，疾言厉色地说："季成钢，夏方舟有他的问题，但是他有一条，按程序来，一层层地向上级反映，遵守纪律。你呢，背地里鼓动秦晓丹，搞什么公开大辩论，说得严重点儿，你这是煽动对立，搞派性活动，扰乱军心，破坏川南钢铁的大会战，和夏方舟的性质完全不一样！"被当头棒喝的季成钢哑口无言。程时风再加码："我告诉你，这不是我个人的看法！"

深深地垂着头的季成钢，身子不由得一阵剧烈颤抖。

程时风脸上闪过轻蔑的冷笑，说："季成钢，你必须深刻认识自己问题的严重性，不要以为自己是什么典型就可以胡作非为。今天你可以是正面典型，明天就可以是反面典型！今天我直接把话给你说明白，不深刻认识错误，陈国民保不了你！"

季成钢的头上渗出了大颗大颗的冷汗。

程时风彻底杀掉了季成钢的威风，接下来露出点怀柔之态，说："你觉得有什么需要辩解的，可以说。"

心惊胆战的季成钢看到了稻草，不敢妄为，试探着说："程处长，我一定深刻认识错误。只是，有件事我想说清楚。"

季成钢表面上恭敬谦卑，私下里偷偷用眼角的余光窥视对方，说道："程处长，大辩论的事，不是我鼓动秦晓丹，业务能力我远远比不上夏方舟，和秦晓丹也有不小的差距。秦晓丹坚信……她坚持没有问题，希望我能够支持她。从感情上，我接受不了夏方舟对川南钢铁的质疑，可是对大辩论这种形式，我不赞成。秦晓丹多次说服我，我勉强接受了，当时真没想到会造成严重的后果。"

程时风把季成钢的小动作尽收眼底，不动声色，语气模棱两可："是秦晓丹鼓动你？"季成钢猜不透对方的底牌，只有硬着头皮，斟酌措辞："她反复……说服我。"

程时风已经看透对方，说："这事到此为止。以后，不管秦晓丹做什么，你不能再掺和。"季成钢立马表示效忠："程处长，你的教诲我会时刻牢记在心。"程时风轻描淡写："回去吧！"季成钢应一声，倒退两步，才转过身去。

程时风待他走到门口，平和地说："季成钢。如果有什么事情觉得需要汇报，可以来找我。"季成钢一句话不敢多说，只说："是！"程时风摆摆手，看着季成钢出了门，浅浅冷笑。

在程时风的办公室里，心惊胆战的季成钢思考了一路，回工地去了技术室，进门注意到窗台上的野花不见了，假装没发现，语气好像刚刚知道："晓丹，夏方舟的父亲是夏仲霖。"

秦晓丹有些感慨："听说了，他一直说父亲是普通工人。"季成钢蛊惑地说："不要被他的表面现象所欺骗，他凭什么这么张狂，还不是仗着他父亲。有什么说什么，夏仲霖是了不起，再了不起，也比不上你父亲，晓丹，我从来没发现你利用你父亲的名望。"

秦晓丹岔开话题："听说，夏方舟的父亲根本没有病。"季成钢说："夏方舟根本不把二号信箱放在眼里，公然顶撞、威胁总部领导，碍着夏仲霖的面子，上面不好处理他，只好用这个办法，让他父亲教训他。也是没有办法的办法。"

秦晓丹不太相信地问："他怎么威胁总部领导？"季成钢说："原来我还以为他要偷偷地绕过二号信箱，后来才知道，他公开扬言通过他父亲的关系，让大三线总指挥迫使我们接受他那一套谬论，停工论证。"

秦晓丹还是有些怀疑地问："你听谁说的？"季成钢言之凿凿："程处长亲口对我说的。我刚从他那里回来。"

秦晓丹中蛊，气愤。季成钢说："他历来如此。晓丹，那棵野草，扔了？早该扔！"

秦晓丹黯然，未置可否，但是季成钢嘴角闪过的一抹微笑引起她的警觉。秦晓丹问："程处长把你叫到指挥部，专门告诉你夏方舟的想法？"

季成钢马上意识到刚才的瞬间失态，迅速调整，把话题和气氛带入他的节奏："那是一部分。他不允许我们和夏方舟进行辩论，说我们扰乱军心。"

秦晓丹惊诧。季成钢沉痛地说："程处长还认为，和夏方舟进行辩论的主谋是你，要我和你划清界限，绝对不能掺和你和夏方舟之间的事。"

秦晓丹觉得莫名其妙，说："这怎么成了我和夏方舟之间的事？"

季成钢声情并茂地说："晓丹，你放心，我永远会冲在前面，即便是用我的身体为我们共同追求的事业扫出一条道路，也在所不惜。"秦晓丹虽然感动，但还是去工地了。

季成钢看着秦晓丹离开的背影，露出了渴望已久的微笑。

第二天一早，秦晓丹去了陵园。

这里，仍然只有李心梅一座孤坟。她细心地为墓前的金沙蓝梦松土，眼中有泪，说："心梅，本来不想告诉你，昨天想了一夜，觉得还是应该告诉你……我心里也很难受……真希望他不是这样的人，可是他……"晶莹的泪水滴落在翠绿的枝叶上。

第二十六章

112

夏方舟在妈妈家就给老师打了长途电话，报告火车到汉口的时间。以往霍茂森多是让夏方舟先到家里，这次要他直接去办公室。

见了面，平日里温文尔雅的霍茂森极其严肃，头一句话："夏方舟，你险些弄出一场大乱子！"对此，夏方舟有心理准备，强辩："老师，发现了川南钢铁设计上存在问题，我不能提出来？"

霍茂森更加严厉地说："我先不给你谈技术问题。我问你，你和不同意你的观点的人进行了公开辩论，有没有这事？"夏方舟说："那是他们逼我的。我是和他们进行了辩论，不是我挑起的。"

霍茂森罕见地发了脾气："不是你挑起的就可以推卸责任？夏方舟，伤疤没好你就忘了疼！1966年以后，一直到你们分配以前，各地都发生了什么？学校、工厂、科研单位，到处是你批判我的观点，我反击你的观点，抓住一点不计其余，无限上纲，这一派那一派，从辩论开始不断升级，文斗武斗，乱作一团，生产建设没人管，科研陷于停顿……这才几天啊，你都忘了？"

夏方舟意识到问题的严重性。霍茂森不放过他说："以前你深恶痛绝的这套东西，现在你把它拾了起来，在金江搞什么大辩论！殿楚同志若是听任你们闹起来，二号信箱就让你们搞乱了！把形势搞乱了，还怎么搞生产建设？你是我的学生，这是我的学生干的事情吗！"

夏方舟低头认错。霍茂森教训："还知道你错了！我在电话上对你爸说，他太宠你了！殿楚同志那边过于爱护你，对你下不了手，换到我这儿，我决饶不了你！"夏方舟痛心疾首地说："老师，是我的错，我还曾经想利用这场辩论。我错了！老师。"

霍茂森说："思想认识解决了，技术上的问题，平等讨论。"这才让进门来就一直站着的夏方舟坐下。夏方舟认识到错在何处，头有些轰轰的乱。坐在老师面前，前所未有地拘谨，手脚都没处放。霍茂森说："把你的材料拿出来让我看看啊！"

夏方舟赶忙从旅行袋里拿出一大沓缩略草图，恭恭敬敬地放到霍茂森桌上说："老师，在金江走得太急，那一份没拿来，这是我在家里和路上画的，画得比较乱。"

霍茂森笑着说："我看得懂！"

事关重大，为防止扩散，这一次霍茂森没有让他的学生邵睿信他们集体讨论夏方舟带来的资料，一个人利用工作间隙和下班后的时间，仔仔细细地研究了一天多。

第二天吃过晚饭，霍茂森把夏方舟叫到书房说："在大脑中推演整个设计的最终结果，这个能力啊，我是远远不如你。不过，你这个推演，毕竟不能等同于真实的结果。川南钢铁的设计，存在不存在瑕疵，尤其是存在不存在重大瑕疵，我没有参加设计，仅凭你的推演结果，这个结论不好下。"

夏方舟自信地说："老师，这个结论我可以下。"霍茂森点中要点说："瑕疵的严重性有多大，你给不出结论。"夏方舟承认。

霍茂森态度严谨地说："客观地说，川南钢铁毕竟是我们中国工程师独立设计的第一座大型钢铁联合企业，又是在弄弄坪那么复杂的条件下，国内国外，没有任何现成的经验可以借鉴，设计上存在瑕疵几乎是难以避免的。"夏方舟听了进去。

霍茂森继续说："设计上有没有问题，有多大问题，有些是在图纸上能够发现的，还有一些单单在图纸上是发现不了的，必须经过实践的检验。在实践中发现问题，解决问题，是科学进步的必由之路。在技改阶段解决设计上存在的问题和瑕疵，是冶建行业行之有效的经验。"

夏方舟问："老师的意思，等到技改阶段，问题完全暴露了，再解决？"霍茂森说："我给你个建议，回去以后，方舟，踏踏实实地沉下心来，运用你能够在大脑中完成全部推演的能力，结合实践深入调查研究，确实发现了问题，找出对策，到技改阶段彻底解决问题。"

夏方舟心服口服，说："想通了。老师，我明天回去。"霍茂森说："我不留你。"

夏方舟这次来还有一个心思，问："老师，1700 轧钢机进展怎么样？"霍茂森沉沉地叹了口气说："遇到了很多非常棘手的问题，各方面的都有，到现在，没有取得实质性的突破。"夏方舟心动地问："我还能赶得上？"

霍茂森感慨："真希望川南钢铁那边尽快完工，我也早一天把你调回来。"夏方舟心花怒放地说："老师千万给我留个位置，川南钢铁完工，我插上翅膀飞回江汉。"

霍茂森笑着说："位置早给你留好了！回去以后，该做什么，该怎么做，都记住了吗？"夏方舟保证道："老师，我一定会接受教训。"

霍茂森反倒是不觉一叹。

113

夏方舟从旅行袋里往外拿东西，说："这是老太太赶了三个晚上，给咱们的宝贝女儿做的小衣服。"陆汀兰接过去说："又漂亮又软和！你也是！方舟，老太太三天赶出了两套衣服，那还不得天天晚上熬到大半夜？你怎么能让老太太这么辛苦！"

夏方舟说："她高兴！对了，老爷子问了，给孩子起名字了吗？"戚光复说："起了，我起的，叫戚芳薇。怎么样？"夏方舟念叨几遍："戚芳薇……挺好！是个女孩子的名字。"戚光复不满意地说："芳薇，芳香的花朵！到你嘴里成了是个女孩子的名字。"

夏方舟笑着说："你的强项，不和你争。汀兰，这两盒奶粉，是我师母给咱们的宝贝……给芳薇的。"戚光复接过去。

陈海燕跑进来，叫了声："夏叔叔！"夏方舟从旅行袋里拿出一包糖，抓一大把给海燕。陈海燕双手捧着说："谢谢夏叔叔！"回身跑了。

陈海燕跑回家，在小桌上和弟弟分糖。

田青妮和丈夫从外面进来，陈海燕说："妈，夏叔叔回来了，夏叔叔给我的糖。"

陈国民高兴地说："回来了！海燕，过去把你夏叔叔叫过来。"陈海燕答应着，收拾起自己的糖。

屋里，戚光复问："霍总不支持？"夏方舟说："这事不提了。"戚光复盯着他的眼睛说："你就这么放弃了？方舟，这可不是你的脾气。"

陆汀兰在旁边打住他："光复！你别给方舟撮火了！现在什么时候，川南钢铁会战的紧要关头，方舟不提这事就对了。"戚光复揣度："立场转得太快，其中必有隐情。"

陈海燕跑进来说："夏叔叔，我爸爸让你去我家。"夏方舟笑着说："海燕，让你爸过来，给他说，我还给他带了瓶酒呢！"戚光复笑着说："方舟，你去吧！陈队长不进坐月子的屋，他老规矩多着呢！"

田青妮的厨艺果真是好，夏方舟过去刚坐下，头一道菜就上了桌。陈国民干了一杯酒，边品边说："江汉这酒啊，有日子不喝了。好！"

夏方舟问他："队长，我爸没病，你早知道，是吧？"陈国民有点尴尬地说："这事我得给你解释解释，赵总事先是和我通气了，不是单单对你来的，他担心秦晓丹和你辩论。辩论这个东西，容易头脑发热，支持你的、支持她的，看热闹也受不了，不同观点闹起来，军心乱了，那咱这会战还搞不搞？"

夏方舟诚恳地说："是我的错。"陈国民有点意外，接着高兴起来，说："所以啊，赵总英明！再者呢，你爸那么大老远好不容易回来一趟……夏方舟，我一直没把你当外人，你连你爸爸是谁都瞒着我，还什么高级工匠！"

夏方舟忙端杯说："队长，喝酒，喝酒！"陈国民笑着说："一杯酒把我打发了？夏方舟，这笔账我先给你记着！"

他们这边不急不忙地喝着，那边乔佳丽进了门，一眼看到夏方舟的旅行袋，惊喜地说："方舟哥回来了！他……他人呢？"

陆汀兰笑着说："陈队长叫过去喝酒了。你也过去？"乔佳丽说："我……陆老师，我在这儿等他。"

田青妮又上了一个菜。陈国民边让夏方舟吃菜边问："到江汉去见你老师，霍总还好吧？"夏方舟说："挺好！队长，我回来给我安排什么工作？"

陈国民明白了，他从夏方舟手上把酒瓶拿过来说："这杯酒我来倒。方舟，九成把握不说十成话，这没错，话又说回来了，你即便只有三成的想法，也不要轻易放弃。不说别人，我就这么一路走过来的。"

夏方舟感动地说："队长，我敬你！"

隔壁乔佳丽那边坐立不安，表面上还假装没事。

正好陈海燕跑了进来。陆汀兰把她叫到身边，悄悄说了几句。陈海燕看了一眼乔佳丽，笑着跑了出去。

陈国民感慨："来回二十多天，就在家待了三天。时间都耽误在路上了！你走了这二十多天，队里的情况发生了一些变化，学生都分配了，青年突击队撤销了。"夏方舟问："突击队撤销了，季成钢干什么？"

陈国民说："临时放到技术室，职务上还没安排，让他干施工员，说实在的他干不了。方舟，对你和他，我一个原则，不介入。咱们的项目整体上到了收尾阶段，提前完工已成定局。我打算再搞一轮会战，尽量把完工的日期再提前。这个阶段，不能惹麻烦。"夏方舟点头说："队长放心，我还是去武本奇班组吧！"

陈海燕跑进来说："夏叔叔，小乔阿姨来了，在戚叔叔家等你。"

陈国民笑着说："今天这酒喝到这儿！方舟，人家小乔送你走的时候，你没忘了吧，哭得跟个泪人似的，我看了都心疼！你的车走得不见影了，她还在那儿呜呜地哭。别拿人家不当回事！人家送了你，你也送送人家。"

从陈国民家出来，天黑了好一会儿了。夏方舟送乔佳丽回宿舍。

一路上乔佳丽蹦蹦跳跳，一口一个方舟哥地喊着："方舟哥，你到家以后戚队长给你打电话，第二天就告诉我了，知道你爸爸没病，我心里可高兴了！难怪陈队长说呢，老爷子吉人天相，绝对不会有事的。陈队长真神了呀！"

夏方舟被她逗笑了。

夏方舟忍俊不禁地说："和我说说你为什么喜欢跳舞，记得有一次你说，四岁开始跳舞。"

乔佳丽的兴致立刻被提起来，说："方舟哥，从小我就有一种感觉，我天生是个舞蹈演员……"

114

推土机旁，武本奇站在夏方舟身边，有模有样地说："兄弟们，欢迎夏大哥重新回来给咱们当老大！"小兄弟们齐呼："欢迎夏大哥！欢迎夏大哥！"武本奇鼓动："夏大哥回来了，咱们的月度红旗得重新拿回来！有信心吗？"小弟兄们齐呼："有！"武本奇带头鼓掌。

陈国民站在办公室窗口，看着武本奇班组那边，笑起来，看季成钢还站在他身边，好像要说什么，赶在他前面说："成钢，就按我说的做。"

季成钢答应着，出了办公室，进了技术室说："晓丹，我师傅找我了。"

秦晓丹敏感地问："为夏方舟？"季成钢点头说："他说，我们工程已经到了最后的攻关阶段，他保证夏方舟不会再提对川南钢铁的怀疑，让我们也别再提和他辩论的事。"

秦晓丹问:"夏方舟放弃了?"季成钢说:"没细说,意思我听出来了,夏方舟去江汉,他那一套遭到了霍总的严厉痛斥。老实了,要求到武本奇班组劳动锻炼。"秦晓丹心情复杂地说:"希望他能接受教训。"

对于陈国民突然找他,不许他再提夏方舟的事,其中到底有什么缘故,和程时风的那番话有什么关联,季成钢还没有完全想透。看着秦晓丹仍然对夏方舟心存幻想,季成钢没多说,告诫一句:"这个人极善伪装。"

武本奇安排好班组工作,拉着夏方舟到僻静处,神色鬼祟,先看看四周,压着嗓子说:"大哥,你赶快和乔佳丽好了吧!乔佳丽多漂亮啊,金江第一美女!听兄弟一句,如今的秦工啊,完全和季成钢成了一个战壕的,我说了你别烦,他们经常在背地里说你,不是好话。你不在的这段日子,愈演愈烈呀!你别不信,大哥,我亲耳听到的!"

夏方舟把手上的书给武本奇:"本奇,这是我特意从江汉给你选的,工业建筑基础,抽时间看看,有不懂的就问我,别整天到处听人家的墙角。你师傅骂了你多少回了。"说着笑起来。

夏方舟瞟了眼在那边干杂活的季成钢说:"本奇,我自己找点活干,怎么样?"武本奇赶忙:"大哥,你什么都不用干,指挥我们干。"夏方舟别有意味地说:"我干点杂活,辅助工。"

武本奇看到季成钢明白了,说:"我的夏工夏大哥呀!青年突击队撤了,季成钢那家伙没了抓头,整天跟个没头苍蝇似的,在工地上瞎折腾,不咬人他膈应人,和他较劲不值得!"

夏方舟笑了笑说:"不是较劲。你别管了。"

陈国民站在办公室门口,看着工地上的夏方舟推着独轮车,和同样推着独轮车的季成钢走个对面,视而不见。琢磨一阵,自己念叨:"这个秦晓丹,你两头总得落实一头吧!这俩家伙你都不喜欢,也给他们敞开了说,让他们都死了这份心!你倒好,两头都弄得上不下下,没个着落。"

吃过晚饭,夏方舟说他一个人出去走走,不回来了,晚上早点回宿舍。陆汀兰以为他心里苦闷,戚光复却从细微的神色里看出他心里的秘密。

夏方舟出了门,陆汀兰喂孩子吃奶,瞧着在那里一边思考什么一边频频点头的戚光复,问道:"你干什么呢?"

戚光复收回神说:"方舟没有放弃。"陆汀兰听懂了,但是将信将疑。戚光复点头肯定地说:"川南钢铁。他瞒得了你,瞒不了我。"

陆汀兰考虑片刻说:"不行!光复,我们一定得和方舟谈谈,你不谈,我和他谈。必须让他停下来!"

戚光复说:"我们什么都不说,什么都不做,什么都不问,他需要什么我们给什么,就像我们什么都没发觉,什么都不知道。无论是对于方舟,还是川南钢铁,这是唯一的选择。"

离开光复家,夏方舟独自在江边站了一会儿,望着渐渐暗下来的天空发呆。天完全黑了下来，工地上的夜灯亮了，他折身去了工地。他先去了其他公司的工地，面对着巨大的工业建筑，依旧是那样发呆。一路上走走停停，发一阵呆，再往前走，不知不觉，来到了一队的工地。

季成钢和秦晓丹正在工地上对照工程分析图纸。季成钢说："晓丹，这个地方为什么要这么处理？我看过类似的设计，不是这么处理的。"秦晓丹微笑里带出几分满意，说："你开始进入状态了。一般情况下不会这么处理的，这是根据弄弄坪特殊的地理条件进行的特殊处理……"

走走停停的夏方舟看到他们的时候，相互间的距离已经没多远，愣个神，停了下来。

季成钢和秦晓丹凑在一起，秦晓丹对照图纸说："我给你对比一下，一般情况下应该是这样。"边说着边在地上画图。季成钢刚才就看到了夏方舟，一直佯装未觉，好像在找一个更好的角度看秦晓丹画图，不但离秦晓丹更近了，还遮住了秦晓丹的视线。然后，他悄悄地转过脸来，得意地看着夏方舟，脸上带着胜利者的微笑。

夏方舟默默地看着他。

秦晓丹感觉到季成钢的异常，下意识地闪了闪身，顺着他的目光看过去，看到了夏方舟，站了起来，直直地看着夏方舟。季成钢弄巧成拙，一时有点慌乱，跟着秦晓丹站了起来。

夏方舟也在看着秦晓丹。

秦晓丹似乎忘记了季成钢，又似乎想朝着夏方舟走过去，脚下迟疑。夏方舟收回目光，依然站了片刻，转身离开了。秦晓丹明显地流露出失望。

季成钢悄悄地松了口气，接着心生疑窦，顾不上身边的秦晓丹，目光直直地追着夏方舟的背影。夏方舟没有离开工地，而是朝另一处工地走过去，消失在巨大的建筑物的阴影里。

秦晓丹也在追着夏方舟的背影，忽然注意到季成钢的神色。季成钢似自言自语："夏方舟来工地干什么？下班以后，尤其是晚上，他从来不到工地。还有，他是从其他工地转过来的，只是经过这儿，又去了其他工地。太蹊跷了！"

115

"本奇，我到工程处去一趟，可能时间短不了。"

武本奇笑着说："夏大哥，你和我请什么假呀，想去哪儿去哪儿，想干什么干什么。"武本奇忽然鬼祟地，看看周围，压低了嗓音说："夏大哥，你回来的这段时间，还在进行你的研究，对吧？"

夏方舟很是意外，笑了。武本奇说："大哥你放心，我谁都不告诉，包括我师傅。我明白，你的研究处在严格保密的阶段。还有啊，这边你根本不用来上班，不管谁问起来，我给你顶着。"夏方舟心里着实感动。

他走了不多一会儿，陈国民过来，问武本奇怎么找不着夏方舟。武本奇大模大样地摆个谱问："师傅，你找夏大哥什么事？"陈国民笑着说："呦！怎么着，武本奇，我找夏方舟什么事还得向你汇报？"武本奇越发来本事说："当然了，他是我班组的成员。"

陈国民瞪眼："小子，成精了！好！师傅向你汇报。一公司遇到点难题，让夏方舟过去参谋参谋，他人呢？"武本奇说："去工程处了。我批准的。"陈国民这倒没想到，问："他去工程处干吗？"

武本奇一本正经地胡说："师傅，咱们队的工程快完成了，这个时候，怎么才能把重新夺回来的班组月度第一名保持住，挺困难，我让夏大哥把工艺流程再优化优化。夏大哥需要查点资料，我让他去工程处了。"

陈国民呵呵地笑着说："小子，挺会用人呢！什么时候学的？行了，一公司让他们自己忙活！我本来就没想让夏方舟过去。忙你的吧！"笑着走了。

过了师傅这一关，武本奇彻底沉住了气。推土机出了故障，他用不着维修段的人，打开发动机侧盖，很快就找着了毛病。于是跪在履带上，撅着屁股，正在捣鼓着，听到秦晓丹在叫他，忙跳下履带，用棉纱擦着手说："秦工，有事？"

秦晓丹说："本奇，我想问你个事情。夏方舟回来快两个月了，这段时间，他提过川南钢铁设计上存在问题吗？"

武本奇头摇得像拨浪鼓，说："没有，从来没有，绝对没有。打从回来，他天天在一线当杂工，劳动改造，灵魂革命，你都看见了。"秦晓丹听得出武本奇话里的弦外之音，虽然笑得有些勉强，还是平和友好地说："本奇，你替我带句话给他行吗？"武本奇痛快地说："你说，秦工。"

秦晓丹稍有斟酌，发自内心地说："告诉他，希望他真正认识错误，不希望他因此背上包袱。还有……本奇，他不该在你的班组，以他的能力，应该担负更大的责任，干更重要的工作。"

武本奇以为得机，说："秦工，能劝你一句吗？"见秦晓丹微笑颔首，武本奇决定豁出去了，说："秦工，你对季成钢那人，多个小心，那家伙不是东西。"秦晓丹愣了，怔怔地看着他。武本奇赶忙说："秦工，我这人傻傻乎乎，有心没肺，说话不走脑子。你要是觉得我说的不搭调，只当我放屁。"秦晓丹忽然有些伤感，说："本奇，谢谢你！"离开了。

武本奇叹了口气："对不住了！秦工，你的话我不能告诉夏工。夏大哥有什么错！"

夏方舟到工程处直接找程时风，开门见山地说："处长，我想看看金江全部的水文资料。"程时风问他："水文资料？看那个干吗？"夏方舟说："我想看看。"

程时风不再问，拿起电话，让资料室把所有的水文资料马上送到夏方舟原来的办公室。安排好了，放下电话说："方舟，那间办公室我一直给你留着。让你到施工队劳动，不说暴殄天物，至少是大材小用。"夏方舟心里发热，笑了笑。

程时风叹了口气："方舟啊，咱们两个人说说话。你回来不少日子了，一直没机会和你谈谈心。上次，你提出把川南钢铁可能存在的问题交大三线总指，当赵总面，我批评了你，你可能对我有意见。说心里话，我想支持你，可现在这个形势，没办法，我们都得服从大局。"

夏方舟诚恳地说:"处长,当时我考虑得太简单、太轻率,头脑发热,险些造成了混乱局面。你和赵总的批评,我虚心接受。"

程时风还是感慨:"这就好!方舟,不管你需要什么材料,不要经过别人,直接找我,我不问你什么目的,一路绿灯。"

回到熟悉的办公室,夏方舟心情有些起伏,当他看到桌上的资料时,心情变了,问:"处长,这是全部的水文资料?怎么这么少?"程时风笑着说:"这还少?方舟,够你看一阵了。"夏方舟认真地说:"处长,整个金江全部的水文资料,应该比这多得多,几十倍都不止。不会是遗漏了吧?"

程时风一声感叹:"我得说你一句,方舟啊,你对大三线的了解还真是不到位。大三线开发建设之前,金江周边这一带基本上属于不毛之地,不可能有详细的水文资料,这些资料已经是来之不易了。"

夏方舟口服心服地说:"我还真没想到……处长批评得对。"程时风笑了,把房门钥匙交给夏方舟。

116

陈国民笑呵呵地看着夏方舟问:"肉票?你要肉票干吗?"夏方舟笑着说:"那还能干什么?买肉啊!队长,我知道,你手里肉票有的是。"陈国民说:"夏方舟,你除了在食堂吃,就是在戚光复家吃,陆技术员的伙食那可是他们杨书记特批的,比我吃的都好!你买肉干吗?"

夏方舟说:"我有用处。要不了多少,给我五斤吧。"陈国民说:"狮子大开口!什么用处?不说清楚不给。"

"去看柳叶儿?"陆汀兰显得有点意外。

夏方舟说:"明天休息,我一早走。"陆汀兰来了兴趣,问:"怎么突然想起来去看柳叶儿了?"夏方舟笑了笑说:"队里的工程到了收尾阶段,没什么大事,去看看她和柳大叔。"

戚光复说:"去看柳叶儿,不能空着手去。"夏方舟说:"准备好了,从队长那里弄的肉票,在食堂买了五斤咸肉,本奇他们那帮兄弟凑了两身工作服和一双施工鞋,还有劳保肥皂,我又买了盐巴,给柳大叔买两瓶酒。差不多吧?"戚光复称赞:"不错!挺丰富。"

陆汀兰刚才就在找东西,这时拿着一方纱巾说:"方舟,这块纱巾我没用过,送给柳叶儿吧。"夏方舟高兴地说:"汀兰,我替柳叶儿谢谢你了!"陆汀兰笑着说:"方舟,你应该替我谢柳叶儿救了你,怎么成了替柳叶儿谢我了!"戚光复拿夏方舟开涮:"汀兰,没准儿啊,咱们方舟是潜在的大情圣呢!说不定早就爱上柳叶儿了!"

夏方舟笑:"说什么呢!不过,去看柳叶儿的念头一冒出来,还真挺想她!不知道她有没有长高了,长胖了点……"

秦晓丹吃惊地问："他还在搞那些东西？"

季成钢愤怒至极地说："像一只肮脏的老鼠，整日躲在黑暗的角落里，继续他见不得人的罪恶勾当！"秦晓丹疑惑地说："你不是说，队长对你说的，他在江汉受到霍总的严厉训斥，回来主动要求到武本奇班组劳动锻炼吗？"季成钢驳斥："那是我师傅说的，我说的是，这个人极善伪装。有段时间了，他根本不在工地，在哪里？在工程处！工程处仍然有他的所谓办公室，我是意外发现的，专门去资料室问过，程处长批准他调看金江的水文资料。"

秦晓丹迷惑地说："他总不至于鬼迷心窍吧？这完全是无用功。"季成钢愤怒地说："不是鬼迷心窍，是贼心不死！蛰伏于黑暗之中伺机而动，甚至是秋后算账。发展到这一步，晓丹，我们应看清了，夏方舟要颠覆的恐怕不仅仅是一个川南钢铁的设计，我们都知道，川南钢铁是大三线战略部署的重中之重，否定了川南钢铁就等于否定了整个大三线。"

秦晓丹惊呆。季成钢痛心地说："晓丹，你还对他抱有幻想。我们已经给了他很多机会，现在，到了彻底决裂的时候了！"秦晓丹心乱地说："我……我先回去了。"低头离开。

季成钢看着秦晓丹婀娜的背影说："我有足够的耐心。"

一个月一次全休日的工地，难得的安静。

第二十七章

117

　　柳大婶喜出望外，边忙着接下夏方舟带来的礼物边说："哎呀！夏同志啊，你还记得我们，能回来看看，我们高兴得不得了，还带这么多东西。"夏方舟笑着说："大婶，这是我的一点心意。"

　　柳大叔说："别啰唆了！快去烧水泡茶，赶紧做饭，小夏同志走了半天了！"柳大婶满口应着离开。夏方舟环顾周围，不见柳叶儿，话到嘴边又咽了下去。

　　两人聊了一阵，夏方舟问："柳大叔，金江这一带冬天热得像夏天，干旱少雨，从来都这样？"柳大叔说："论起来，金江那片还不是最热的，离金江五六十里路有一处地方，比金江更热。那里有一大片土林子，都说是神仙的造化。你去过吗？"夏方舟笑着摇摇头。

　　柳大叔说："我没出过远门，听外村里去过昆明的人说，那边一年四季都和春天似的，也不知道咱们这地方怎么得罪了龙王爷。"夏方舟又问："柳大叔，有没有听老一辈的人说，咱们这一带下过大暴雨？"

　　柳大叔追想："大暴雨……听说有一回，那大雨下的，像天河决了口子，把半边山都冲垮了。那山在你来的路上。"

　　夏方舟飞快地回想说："好像没注意到。柳大叔，你说的那场大雨是什么时候的事？"柳大叔回忆："什么时候……具体的年月记不准了，那时候，我爷爷还在呢，可是有年数了……"

　　柳大婶送进茶水，夏方舟忙起身。柳大婶说："夏同志，坐，坐！你和娃他爸慢慢摆，我给你们做饭去。"

　　柳大叔想起刚才漏掉的话题，说道："小夏同志，难怪你没看到被冲垮的山，不在你这次过来的新路上，在柳叶儿上回送你的那条老路上，这路通了，那条路没什么人走了。"

　　夏方舟赶忙抓住机会问："柳大叔，怎么没见柳叶儿呢？那次柳叶儿去单位看我，不巧我刚好到外地出差去了，回来队长就给我说了。大叔，柳叶儿呢？"

　　柳大叔笑了笑说："嫁人了。"夏方舟吃惊地问："嫁人了？柳叶儿才多大，怎么这么早就嫁人了？"柳大叔说："嫁人的时候过了生日，够了十八了。"

夏方舟心里有些说不清的滋味，又问："嫁的离这儿远吗？"柳大叔点头说："柳叶儿婆家，离这边百十里路，过去得翻十好几座山呢。"夏方舟心疼地说："怎么嫁了这么远？"

柳大叔无奈地说："千里姻缘一线牵啊！男家娃是你们三线上的，不知他怎么知道的柳叶儿，过来提亲，那边条件比咱们这边强，男娃也不错，年前就嫁过去了。"夏方舟难掩失望，无语。

吃过饭，夏方舟又和柳大叔坐了一会儿，告别上路。到了村头，回望这座小小的山村，从贴身的口袋里拿出陆汀兰送给柳叶儿的那条纱巾，莫名地伤感，轻轻地说了一声："柳叶儿……你还好吗？"

很多年之后他才会知道，大约就是这个时刻，在十几座大山之外的一个村庄里，身怀六甲的柳叶儿，挑着两个沉重的粪桶往地里送粪。到地头，放下粪桶稍稍喘息，仿佛心血来潮，遥望远方，喊了声："夏大哥……"片刻，目光暗淡下去，重新挑起粪桶走向田间深处……

夏方舟选择了和柳叶儿共同走过的那条老路回去，翻过两座山，看到了被山洪冲垮的半壁山。拿出随身携带的笔记本，勘察记录。做完记录，忽然意识到天色不早。他观察周围的环境，从旁边的树枝中反复试了几根，挑中了一根沉甸甸的树枝当作武器。

天很快黑了下来。夏方舟又翻过一座大山。无月夜，满天星光。狼的眼睛在沉沉夜色下闪着绿色的幽光。

生命的本能在一个刹那让夏方舟全身的汗毛陡然竖起，这让他注意到后面跟随的狼。他握紧树枝，高度警惕地沿着小路疾行，不时抬头通过天上的星座判断方位。

夏方舟突然停下来，在他前方，出现了另一双狼的眼睛。

前面的狼蹲坐在小路中央。后面的狼慢慢迫近。附近的山崖上，还有第三只狼，发出长长的号叫呼唤同类。被逼入绝境的夏方舟跑到一棵大树前，三只狼从三个方向慢慢逼近。夏方舟稳住神，突然之间，飞快地攀上大树。三只狼几乎同时扑了过来。

夏方舟找到一根坚固的树枝，对着下面的狼笑着说："各位，有本事上来呀！上来呀你们！上来呀！"三只狼围着树，看着树上的夏方舟，没有放弃的意思。

夏方舟不敢掉以轻心。

118

已是夜半时分，陆汀兰坐卧不安。听到丈夫的脚步声，几乎屏住了呼吸，盯着门口。戚光复进来，摇摇头说："所有他可能去的地方，全找遍了。"陆汀兰越发着急地说："他说天黑前一定回来的，只有三个多小时的路，来回也不过六七个小时，这都过半夜了，怎么还不回来！"戚光复沉沉一叹。

陆汀兰把侥幸当作希望，说："方舟会不会迷路了？"戚光复说："他的能力我们知道，地图过目不忘，定位感极强，况且他还带着指南针呢。"陆汀兰几乎不敢说出来："他……他……遇到野兽了？"

戚光复大叹。陆汀兰急："你光叹气有什么用？总得想办法去找呀！"戚光复也上火地说："深更半夜的，我上哪儿找他？去柳叶儿家我根本不知道怎么走！"

陆汀兰流着泪说："就这么干等着？光复我们总得做点什么！"戚光复冷静下来说："我去他宿舍，他要是回来，我马上回来。他要到了这边，他就是累死也让他过去和我说一声。"陆汀兰叮嘱："如果天亮了方舟还没回来，你得告诉陈队长，让上面派人去找他。"

天亮了。

戚光复在自己的家门口徘徊，听到陈国民家门响声，见是田青妮出来，赶忙上前两步说："田师傅！队长起来了吗？急事。"田青妮说声："我这就去叫他。"进了屋去。

野外救援，还得找勘探队。勘探队的王队长接到信儿，赶到工地办公室，让戚光复把情况说了一遍，问他："你保证夏方舟不会迷路？"戚光复说："我们一起长大的，他的方位感不是一般的强。这次他还特意带了指南针。"王队长看陈国民说："那是遇到东西了。"

林富来在门口说："师傅，我知道怎么去柳叶儿家。柳叶儿来看夏技术员那回，你让我把她送回去的，她不让我送，我怕她出事，悄悄跟了一路。"

陈国民说："王队长，你是干勘探的，外边的事比我熟，让林富来带上人沿着路去找，行不行？"

王队长说："这条路是新路，沿途铁道兵不少，路上不会有什么东西。那回柳叶儿送夏方舟回来，走的是条老路，青壮汉子也得八九个小时。现在已经废了，更不好走，不带枪不能走，到晚上，一个人根本出不来。夏方舟会不会从那条路上过去的？"戚光复肯定地说："王队长，他不是走的那条路。他看了地图，说天黑前一定会来。"

王队长思考片刻说："估计他多半是在柳叶儿家住下了。柳叶儿和她爸是夏方舟的救命恩人，感情上来，多喝两杯，住下的可能性比较大。这么算起来，他中午前后该回来。要是过了两三点钟还没回来，那就是遇到东西了，遇到东西，不一定岔到什么路上，悬崖断壁都说不准，找起来也不好找。再等等吧！"

秦晓丹在隔壁听这边的谈话，担心地问："他会不会遇到狼？"季成钢讥讽："没那么多狼！柳叶儿一个山里的姑娘都能自己来。"秦晓丹有点着急地说："他来金江时遇险，确实遇到了狼，柳叶儿的爸爸为了救他，还被狼咬了一口。"

武本奇在工地办公室急得团团转，说："师傅，这都两点多了，你还不给王队长打电话？"陈国民问："你的人都准备好了？"武本奇说："只等你一句话！"

陈国民下决心，拿起电话，忽然愣住了。武本奇忙回头，也呆了。夏方舟站在门口，衣服几乎全被撕烂了，筋疲力尽地说："队长，我迟到了！"武本奇几乎瘫坐在地上说："夏大哥，你吓死我们了！"陈国民咆哮："夏方舟你小子去哪儿了？你去哪儿了！"

夏方舟进来几乎是倒在椅子上说："队长，给点水喝。渴死了！"

隔壁的季成钢罕见地冷眼看着秦晓丹说："如我所说，夏方舟平安归来。不是我冷酷，是我对他的认识更深刻。他是故意的，时时刻刻都企图成为人们的焦点，就像上了舞台的演员，比如那个乔佳丽，习惯性表演。"

陈国民呵呵地笑着，上上下下地打量夏方舟说："狼狈之极啊！瞧瞧你这副模样，夏方舟，说说，说说，怎么回事？"

夏方舟笑了笑说："有吃的吗？队长，中午剩下的也行，我饿坏了。"武本奇马上说："夏大哥，我给你留了一份，我给你拿去。"说完，跑着离开。

夏方舟轻描淡写地说："回来晚了，迷路了，让三条狼给盯上了，在树上待了大半夜。"

陈国民嘿嘿地笑了起来说："戚光复早上还说你绝对不会迷路，又替你吹大了吧！让三条狼堵在树上，夏方舟，你也有这么狼狈的时候！"看到站在门口的秦晓丹，忙说："哟！秦技术员，进来呀！参观参观夏方舟的狼狈样。"

秦晓丹不进来，直视夏方舟说："你不会迷路，所有的地图你过目不忘。"陈国民不满地说："秦晓丹，话不能这么说，谁不打破个黑碗。瞧瞧他这一身！"秦晓丹再次："夏方舟，你不会迷路！"转身而去。

陈国民看着有些出神的夏方舟说："方舟，别和她计较，男不和女斗。这秦晓丹也是，不知道是上了哪根弦！"

戚光复目光犀利地盯着夏方舟说："你绝对不会迷路！你骗得了别人，骗不了我。你去哪儿了？"

夏方舟满脸无辜地说："我确实去柳叶儿家了。"戚光复盯着他不放，夏方舟还试图蒙混过去，说："去了解金江的水文历史资料。有一个现场，在柳叶儿当初送我回来的那条路上，我到现场做完记录，天黑了。"

戚光复稍沉，压着火说："夏方舟！本来不想点破你，也和汀兰说了，我们就当傻瓜，什么都不知道！可你！直说吧，你在采取行动！"夏方舟躲不过去，避开戚光复的目光说："是。我这次过去，除了想柳叶儿了，还想强化证据，寻找解决方案。"

陆汀兰着急地说："方舟！你命都差点搭进去！咱们不干不行吗？那么多人，为什么非得是你！知道昨天晚上我和光复怎么熬过来的？这种冒险的事，今后绝对不能再干了！"夏方舟不断点头。

戚光复也消了气，问："方舟，川南钢铁确实存在设计上的问题，对吧？"夏方舟为难地说："光复，你肚子里存不住东西。"戚光复说："好！不问了。有一条你给我听着，再遇到需要冒生命危险的事情，我陪你去！"

乔佳丽在外面急促地敲门。戚光复笑着说："进来吧！"乔佳丽风一样地冲进来，看到夏方舟，哭了出来。夏方舟自己还不明白。陆汀兰狠狠瞪他一眼说："佳丽哭了一天了！多少人替你担惊受怕！"

夏方舟有些不知所措。

119

红旗招展，锣鼓喧天，红色横幅上写着："第一施工队提前完工庆功大会"。

赵殿楚、程时风和顾弘亮等总部领导都在临时搭建的主席台上。赵殿楚说："第一施工队，不愧是我们二号信箱的王牌施工队，工业学大庆的标杆！在川南钢铁的建设中，又是第一个保质保量提前完成任务的队伍！祝贺同志们！指挥部决定，给第一施工队记集体一等功！"赵殿楚带头鼓掌。热烈的掌声中，陈国民笑着上台，从顾弘亮手中接过锦旗。

夏方舟和武本奇他们在一起。秦晓丹和季成钢站在一起。大家脸上都带着发自内心的笑容。

晚上，陈国民在家里备了一桌酒菜，只叫了两个人，他坐在中间，两边是夏方舟和季成钢。酒已经倒上了，陈国民看看他们俩说："把你们两个叫过来，没请别人。能坐到一块，算你们给我面子！"夏方舟和季成钢相互看对方一眼，都不说话。

陈国民说："我这支王牌施工队，又拿了第一，领导给记了集体一等功，工作是大家干的，荣誉是集体的。不过呢，你们两个一文一武，在你们这批学生里，贡献最大。今天把你们叫过来，不为别的，只为让你们两个喝个团结酒。"季成钢微笑着看着夏方舟，夏方舟神色平静如水。

陈国民继续说："这杯酒必须喝！领导不会让我们闲着，随时可能交给我们更重要的任务。我不管你们两个私下有什么矛盾，喝了这杯酒，工作上你们得给我齐心协力！"

夏方舟端起杯说："这杯酒我喝，为工作和私人关系划清界限！"季成钢依然面带微笑，不动杯子说："我从来就没有把工作和私人关系混为一谈。"

陈国民有些不快地说："把酒杯端起来！人家夏方舟端了半天了！"季成钢勉强端起杯。陈国民加上一句："碰了杯再喝！谁不碰杯谁没诚意。"

武本奇一头撞进来说："师傅，指挥部的电话，让你马上去指挥部！马上去。"

陈国民赶到赵殿楚的办公室，赵殿楚和程时风、顾弘亮都在等他。听几位领导把事情说了一遍，陈国民发脾气说："这都什么时候了？各位领导，他们把活干砸了，让我们给他们擦屁股，抢救性返工！他们自己的屁股自己擦去，我不干！坚决不干！"

顾弘亮笑着说："陈队长，这个艰巨的任务啊，除了你没人能接，也没人敢接。这就像战场上的千里驰援，派出去的绝对是最好的王牌队伍。王牌这两个字，你带领的第一施工队那是当之无愧！国民同志，你这支王牌施工队，工业学大庆的标杆，在这个关键时刻，得亮出王牌，打出威风！"陈国民说："顾代表，你不知道，这种活，弄不好别人的屁股没擦干净，自己坐了一屁股。谁愿干谁干，我不干。王牌施工队不是擦屁股纸。"

赵殿楚笑着说："陈国民，牢骚发完了吗？发完了提条件吧！"陈国民顶撞："你们搞突然袭击，图纸我也没看，什么工程我也不知道，怎么让我提条件？"赵殿楚说："时风同志，给他宣布决定。"

陈国民喊两声："等等，等等！什么决定？这么大的事，不给提前招呼一声，你们说决定就决定了？丑话我说到前面，你们的决定不合我的心思，这个屁股我坚决不擦。"

程时风不形于色地说："陈国民，指挥部决定，任命你为抢救性返工工程项目指挥。夏方舟为工程技术指挥，负技术总责。季成钢为第一施工队总支副书记。"

陈国民笑着说："这还差不多！行，这擦腔的活我接了。"赵殿楚正色说："你提完条件了，我也有条件——这个工程决不能拖川南钢铁按时出铁水的后腿，完不成任务，纪律处分。"顾弘亮接上说："陈队长，我们相信，你这位大将出马，一定能够圆满完成任务！总部对你有信心！"

在返工项目的工地办公室，夏方舟和陈国民俯身在工作台看图纸，秦晓丹和季成钢在旁边。陈国民问："方舟，你觉得怎么样？"夏方舟说："别的没有大问题，就是工期太紧张了。这么短的时间，完成这么大的工程量，困难很大，不是一般的大，非常大，完成任务的可能性……相当渺茫。"

季成钢插嘴说："师傅，只要把大家为大三线献身的精神激发出来，发扬连续作战的精神，取消所有的休息日，连续会战，再大的困难我们也可以克服，保证保质保量提前完成任务。"

陈国民很不满意地说："季成钢，为了上一个工程提前完成，大家已经是精疲力竭了。会战这个东西，能天天搞吗？行了行了，这里没你的事了，到工地上看看去吧！去吧！"

季成钢一口气堵在嗓子眼儿上，满脸通红，悻悻地出去了。陈国民接着又对秦晓丹说："秦技术员，我和夏技术指挥研究个方案，你还参加吗？"秦晓丹听出陈国民的话外之音。

陈国民等秦晓丹出去后说："没干扰了。方舟，咱们两个，今天一定得拿出一个基本方案来。"夏方舟说："队长，我把方案拿出来没问题。工程量太大了，按时完成任务基本上没有可能。"陈国民说："先把施工方案拿出来。"

竟然当着夏方舟和秦晓丹的面被陈国民赶出了办公室，季成钢从来没受过这样的气，真是奇耻大辱，他是上级正式任命的总支副书记！正在办公室外面的工地上憋气，看到秦晓丹也从里面出来，季成钢瞬时怒火喷发，说："夏方舟用唯技术论蛊惑我师傅，我师傅越来越相信他。再这么下去，就要被他牵着鼻子走了。"秦晓丹说："困难很大，我们也确实提不出什么建议。"

季成钢已是怒火中烧，忘记了掩饰，露出一副醉死不认酒钱的模样说："我不相信！前面的工程我们为什么能够提前完工，靠的不就是大家的奉献精神吗？夏方舟他在干什么？除了在工程处，不就是干个杂工吗！"秦晓丹客观地说："工程修改后的图纸，毕竟是夏方舟设计的，施工流程也是他制定的，都大幅度提高了效率，这是公认的。"季成钢语塞。

武本奇和他的小兄弟们也在查看新工程。王卫国说："这都快建好了出了质量问题，拆了重建，能干出来吗？"

武本奇故意把人带到季成钢这边，嗓门提得高高地说："这种擦屁股工程，要是交给那些光会喊口号、假积极的家伙，肯定干不出来。现如今，是我师傅和夏工联合掌舵，就不用咱们操心了！"

120

黄昏，田青妮和陆汀兰坐在家门口，林富来来了。田青妮问他："富来，找你师傅？小心点啊，你师傅今天心情不好。"

屋里的陈国民把图纸铺在床上，一边喝着茶一边寻思。林富来到门口，小心翼翼地喊了声："师傅。"陈国民忽然跳出什么念头，稍忖说，"富来，你赶紧把夏方舟和季成钢给我叫过来。夏方舟肯定在工程处，季成钢一准在工地，咱们新接的工地。你再找个人，分头去叫，让他们马上来！"

林富来跑到工地，秦晓丹正在对照工程研究图纸，季成钢在她旁边。林富来气喘吁吁地说："季书记，季书记，师傅让你赶紧去他家，马上去！"

夏方舟和季成钢几乎同时到了，和陈国民打过招呼，但都没和对方说话。

陈国民嘱咐青妮，"谁都不准敲我的门！听见了吗？"说着关上了房门。

夏方舟和季成钢见状，有些疑惑。陈国民把图纸从床上拿下来铺在地上说："自己拿小凳子，过来。"夏方舟和季成钢拿小凳子坐到图纸前。

陈国民不苟言笑地说："把你们急急忙忙叫过来，开个特别的小会。按以前的说法，我是项目指挥长，夏方舟是项目总工，季成钢是副书记，我们三个就是工程核心小组。"夏方舟和季成钢都有些莫名的紧张。季成钢说："师傅，有话你尽管吩咐。"

陈国民稍加犹豫说："开门见山吧！按照夏方舟的施工流程，这个坡面全部炸掉，这个平面保留，重新打桩埋到下面，这样可以节省时间，加快进度。我先问你，方舟，还有别的方案吗？"夏方舟说："可以有，把这个平面全部炸开，重新做，那样可以节省资金，代价是工程量更大，时间更不够了，根本来不及。"

忽然间，陈国民狡黠地笑着说："这下面有大量的钢筋，埋了岂不可惜了！"夏方舟迷惑不解地说："队长，我们现在首先要保证速度。再说，这些钢筋挖出来也只能报废处理，没有多大用处。"陈国民加重语气说："有用处，有大用处！把它们悄悄地起出来，悄悄地卖给废品收购站，给大家发奖金！"

夏方舟意外。季成钢则是惊呆。陈国民态度明确地说："发奖金！"

季成钢惊愕之余，恳切地说："师傅，搞物资刺激，私发奖金，这是涉及政治立场的大是大非的原则问题。"陈国民轻描淡写地笑了笑说："什么大是大非问题，别动不动就上纲上线。奖金这个东西，你们听说过，没经历过，我可是有经验。有了这个东西，工人们的积极性和点着了的火箭似的，呼呼地往上蹿！"

夏方舟回忆说："我有些印象，以前在我爸工地上，一直有奖金，具体怎么弄的不知道。队长，这东西，真有那么大的威力？"

陈国民干脆利落地说："那当然了！各尽所能，按劳分配，这话不让提了，不管别人怎么说，我觉得这个东西是对的，我有体会。就说我，七级工怎么得来的，贡献大工资就高，肯定有积极性。我说的这个积极性，和那个摸不着的什么精神，完全两码事，从心里冒出来的，拉都拉不住，这股子劲上来，谁不让你干，你和谁急！"

屋里边陈国民看着他们说："我说了这半天了，你们俩还是没态度？"夏方舟有些犹豫，季成钢低头不表态。

陈国民耐心地说："我给你们算笔账。你们大学生，一个月拿50来块，夏方舟还多拿好几块，奔着小六十，一个人吃饱了全家不饿。咱们队里的工人拿多少？别拿我当例子，我七级工，一个月98块7，青妮四级工，49块3，我们俩加起来差两块钱不到一百五，整个二号信箱没几个比得了的！他们呢？除了跟我从江汉过来的工长和骨干，基本上就是30几块，40块出头，拖家带口。像林富来他们这些合同工，不到30块，家在农村，上有老下有小，就指望他这点钱！你们都知道我这儿肉票多，哪儿来的？林富来他们这些人省下的。谁不喜欢吃肉？他们舍不得吃，没钱。这些钢筋埋在地下也废了，炸出来给大家发奖金，把大家的积极性激发起来，目的还是为了保证完成任务。"

夏方舟表态："队长，这种事我没经验，真能把大家的积极性激发起来，保质保量地完成任务，我没意见。"

陈国民看季成钢仍然不表态，声调不高，话里有话："季成钢，开头我就说了，按过去的说法，夏方舟是项目总工，只要他在施工方案上签了字，剩下的事我说了就可以算，用不着听别人的。"

季成钢听懂了，终于抬头说："师傅决定吧。"陈国民笑着说："好！那就这么定了。具体怎么操作不用你们管，这一回，让你们开开眼，奖金这个东西，到底有多大用处！"季成钢补上一句："师傅，这事一旦被上面知道了，会把咱们列为反面典型的，也确实是严重的政治问题。"

陈国民态度坚决地说："我不管他什么问题，我要的是速度和质量，保证献礼日出铁是最大的政治。谁敢把这事给我捅上去，我绝饶不了他！"

夏方舟虽然同意了，还是有些疑惑，回来和戚光复、陆汀兰说了这事。戚光复压着嗓子惊叹："陈队长可真敢干！"夏方舟说出他的疑问："我算了一下，把废弃的钢筋全部取出来，当废品卖掉，摊到人头上也没多少钱，这么点奖金，真有这么神奇的魅力？"

陆汀兰肯定地说："绝对有。咱们自己悄悄说话，我们厂的杨书记他胆子大，不声不响地干过好几回了，工人的干劲确实是呼呼地往上蹿。"夏方舟追问："那么厉害？"陆汀兰说："当然了！仔细想想，我们厂的养猪场、养鸡场，还有菜园子什么的，其实都是杨书记给大家变相发的奖金。金江各个单位，不都羡慕我们小小的造船厂？"

夏方舟说："我去工地。"戚光复问他："这么晚了，去工地干吗？"夏方舟说："全力支持陈队长，马上修改施工图纸。"

季成钢的心思则完全不同。从陈国民家出来，他回到完工的老工地上，面对眼前完成的工程，咬牙切齿地说："你和夏方舟说了算……陈国民，我看透了，你瞧不起我，从骨子里瞧不起我，拿我当猴耍，给你当枪使！那就别怪我……夏方舟，这次，我让你在秦晓丹面前百口莫辩！谢谢你，陈国民！"

第二十八章

121

夏方舟完工的时候天都快亮了。

陈国民上班先到了新工地这边，推开办公室的门，看夏方舟躺在地上睡得很沉，叫醒他。夏方舟睡眼惺忪地说："队长，图纸做出来了，在桌上。我再睡一会儿。"说着又躺下了。陈国民到桌前看了看图纸，高兴地说："方舟，你踏踏实实地睡，我到那边开个会。我把门给你锁上，中午让武本奇给你送饭。"

陈国民回到老工地，把工长和骨干都叫到办公室，关上房门和窗户，把他决定发奖金的事说了一遍，大家伙儿压着嗓门一片欢呼。陈国民的目光扫过每一个人说："先别高兴！在座的各位工长、大班班长、技术骨干，都是跟着我从江汉一路打过来的，我把底兜给你们了，有反对意见的，今天说到当面，今天不说下去搞小动作，我饶不了他！"大家伙儿纷纷表态。

陈国民正色说："这两天，有些人在底下发牢骚，还有骂娘的，不愿意干这个活。过去的事不追究。我把话撂这儿，奖金不是白给的，工程质量要上去，工程进度也得提上来，怎么样？"最年长的老工长站出来说："我表个态，队长头上顶着雷，他不是为自己，是为大家，谁给队长惹麻烦，谁就是和大家过不去！"大家伙儿跟着表示保证完成任务，决不给队长惹麻烦。

陈国民笑着说："把自己的人都给我管好了！这一回，咱们干出个样来给他们瞧瞧，什么叫工人阶级创造奇迹！"工人们快活地笑起来。

夏方舟在新工地办公室醒过来，爬起来伸个懒腰，去开门，发现门锁着。秦晓丹在外面，听到办公室门的动静，回头看。夏方舟想起来，陈国民把门锁上了，他看到了来到门外的秦晓丹。

夏方舟让她等一等，然后到桌上拿钥匙，从门缝里递给她。秦晓丹接过钥匙打开门问："你把门锁上干什么？"夏方舟说："昨天晚上把图纸重新做了一遍，没回去。早上陈队长过来，让我多睡一会儿，把门锁上了。"秦晓丹意外地问："重新做图纸？"夏方舟："修改了施工方案。"秦晓丹追问："为什么？"

夏方舟说："你自己看吧，就在桌上。"欲走。秦晓丹叫住他："你去哪儿？"夏方舟说:"去工程处,准备爆破方案。"秦晓丹疑惑地问:"爆破?施工方案我看了,没有爆破这一项。"夏方舟说:"新的施工方案上有。"

秦晓丹几分狐疑地看着离开的夏方舟,来到图纸前,看了一会儿,又想了一会儿,拿起图纸去了工地。

施工队伍还没有开进来,工地很静。秦晓丹对照工程,认真研究新施工图。季成钢不声不响地来到她身边,秦晓丹被吓了一跳,说:"夏方舟重新做了施工方案,图纸出来了,这事你知道吗?"季成钢应一声:"知道。"秦晓丹说:"我看了半天了还是不明白,新的方案比原来的工程量更大,工期已经很紧张了,为什么要这么改?"

季成钢定定地看着秦晓丹,几乎是一字一顿:"这是个阴谋,精心设计的阴谋。"秦晓丹问:"阴谋?什么阴谋?"季成钢沉沉地叹了口气,还是有些犹豫的样子。

秦晓丹感觉了到什么,说:"假如是阴谋……看来,你也参与了。"季成钢突然激动地说:"我被挟持,被他们挟持。"秦晓丹看着他,不耐烦地说:"故意卖关子?算了吧!不想说别说。"

季成钢深深地呼吸,秦晓丹等了片刻说:"我不想听了。"转身离开。季成钢喊:"等等!晓丹。"秦晓丹停下来,没有回头,听季成钢直呼他师傅的名字,吃惊地回过身。

季成钢做出决心下定的样子说:"陈国民和夏方舟,准备私发奖金。他们要搞资产阶级的那套,奖金挂帅,物质刺激。他们无耻地玷污大三线的奉献精神!妄想把伟大的工人阶级变成金钱的奴隶!"秦晓丹几乎惊呆了。

秦晓丹好一会儿才回过神来,更加想不明白。季成钢似大梦初醒一般,说:"我现在才明白,夏方舟为什么一再夸大工程的难度,这是他给陈国民布下的陷阱。陈国民堕落了,彻底堕落了,堕落到被夏方舟牵着鼻子走的可怜地步!"

秦晓丹凝神片刻,想了过来说:"你也参与了整个过程。"季成钢激动地说:"我说过了,我被他们挟持!被他们挟持!"秦晓丹不相信他的话,又说:"你没有采取任何行动,季成钢,甚至没有反对他们。"

季成钢强辩:"我没有采取行动,因为还没拿到确凿证据。这是一场尖锐的斗争,甚至是在政治思想上一场你死我活的斗争,不但要有斗争的勇气,还要有斗争的策略。相信我!我季成钢绝不会让他们的阴谋得逞!还有,晓丹,我们需要密切配合!"

显然,秦晓丹有些信不过季成钢。

陈国民盯着两个徒弟问:"富来,本奇,你们俩敢不敢?"

林富来说:"有师傅撑腰,我们怕什么?"武本奇说:"师傅,别让师兄参加了,我带着我那帮小兄弟把这事包了!"林富来和他争:"本奇,你怎么能不让我干呢?我是你师兄!"武本奇说:"师兄,不是我危言耸听,这事有点政治风险,真说不好惹出什么事来,你拖家带口的,绝对不能出事,让给我吧!"

陈国民很满意地说:"别争了,我给你们俩分分工。本奇说的有道理,这事有点政治危险。我和夏方舟商量了，爆破是头一道工序，要赶在队伍进工地之前完成。富来，带着你那帮兄弟，爆破之后，把场子给我把严实了，谁都不准进。"

林富来问："师傅，咱们队里的也不让进？"陈国民说："夏方舟可以，他要看效果。除了他，谁也不行。"林富来心里有了数。

武本奇着急地说："师傅，怎么没我的事了？"陈国民笑着说："富来，武本奇可以进。本奇，带你那帮小兄弟，趁着晚上，把炸出来的钢筋全部给我运出去。分头悄悄地卖给不同的废品收购站，别让人抓住把柄。"武本奇说："师傅，我善于干特务工作。我老感觉生不逢时，早生三十年，没准儿我是最优秀的地下党！"陈国民笑着说："先别吹，拿回钱来才算你的本事！"武本奇拍胸脯说："绝对没问题！"

陈国民严肃地说："富来，本奇，把你们兄弟们的嘴给我缝严实了，绝对不能泄密！不是我吓唬你们，出了事就是大的！咱们队里的奖金，我可就交给你们俩了！"

122

夏方舟在图板上展开图纸说："队长，爆破方案做出来了。"

陈国民大约看了下图纸："厉害！半天拿出来了，方舟，你是我见过的工程师里边手最快的。不是吹捧。"夏方舟笑了笑："什么时候开工？队长。"陈国民说："今天来不及了。明天怎么样？"

夏方舟赞同，下意识地看看外面，压低了嗓音："队长，炸出来的废钢筋怎么弄出去？数量可不少呢！"

陈国民笑得十分轻松地说："那些事不用你操心，我都安排好了，天衣无缝。咱俩分工，工程质量你把关，施工速度我负责。出了事我担着！"夏方舟说："出了事咱们一块担着。队长，我多说一句，对季成钢你还是留一手。"陈国民毫不在意地说："你们俩的事我不介入，你也别掺和我和他的事。他对我，不说忠诚不忠诚，他不敢！行了，这话不说了，你早点回去，好好休息休息！"

夏方舟出了门，想了想，去找戚光复。

夏方舟坐到戚光复身边说："到你这里来放松放松。"戚光复笑着说："由此看来，搞阴谋的心理压力还是相当大的！"夏方舟要他小声点！

戚光复笑着说："这里就咱们俩！进展如何？"夏方舟小声说："一切顺利，明天行动。"戚光复乐呵呵地说："搞得跟地下党接头似的。桃木梳子多少钱一把？"

夏方舟说："你让我放松放松行吧？"戚光复笑得别有意味地说："那就目不转睛地看着台上，窈窕淑女，天生佳丽，舞姿妖娆，秀色可餐啊！"

旋转的乔佳丽笑容灿烂。

林富来大声喊："报告，爆破准备完毕！"夏方舟厉声回应："听口令！"林富来响亮回应："明白！听口令！"夏方舟下令："5、4、3、2、1——起爆！"

林富来按下起爆电钮，巨型工业建筑物的后面，响起一连串的爆炸声。夏方舟和陈国民凝神。林富来兴奋地说："报告，没有哑炮！"

夏方舟和陈国民进入建筑物后面的爆破现场，查看效果。陈国民拾起一段钢筋说："效果不错！废钢筋基本上全出来了！这些家伙明天就变成奖金了。"夏方舟另有担心地说："队长，这么多今天晚上能清理干净吗？"陈国民着笑："说过你了！不该你操心的，别跟着瞎操心。方舟，这回我给你露一手，看我陈国民捣蛋的本事，滴水不漏！"

夏方舟笑了笑，问："队长，还有个事不太明白，钱到了手，马上发工人手里？"陈国民说："那不又成了平均主义了？这东西得根据表现、效益，一笔一笔发。不过，毕竟是特殊时期，表现一般的也得发点，别让他们闹事。别操这份心，等着看好戏吧！走，那边看看。"

现场外面，林富来和一帮青工拦住了秦晓丹和季成钢。

季成钢拿起架子，把一声"师兄"叫得极其轻蔑，然后说："我是总支副书记，秦技术员是队里的施工员，这是咱们队的工地，我们怎么不能进去！谁不让我们进去？"

林富来说："季书记，没有谁不让，操作规程不允许。爆破现场，解除警戒之前任何人不得进入。"季成钢质问："夏方舟怎么进去了？"

林富来不卑不亢里故意带出远近亲疏，说："夏工是技术指挥，技术上的事，我们都得听他指挥。那一次排除哑炮，不也是他进去的吗？季书记，你别难为我们了，你真想进去看看，等师傅和夏工出来你请示他们。"

季成钢动了个点子，把球踢给秦晓丹。秦晓丹有些挂不住地说："我们不进去了。"季成钢瞥一眼林富来，又朝里面看了看，跟上秦晓丹。

爆破现场，陈国民心情极佳地说："大大超过了预期的效果，这笔钱少不了！方舟，没事了，上我家喝酒去！"林富来跑过来说："师傅，夏工，刚才季书记和秦技术员想进来，我把他们挡回去了。"

夏方舟顿时警惕。陈国民呵呵笑着说："正常，正常！一个队里的副书记，一个施工员，想进工地看看，有什么大惊小怪的！富来，一切按我安排的办！方舟，走，上我家喝酒去！"

123

程时风担忧地说："赵总，这一期新出的战报你看了吗？陈国民的施工队简直是进展神速啊！原来担心他完不成任务，照现在的速度，他还能提前完成。"赵殿楚微笑颔首，赞许："这个陈国民，是有办法！"

程时风斟酌言辞："速度这么快，觉得有点不踏实。速度上去了，我担心质量上出问题。赵总，这个返工的工程不能再出问题了，别说大麻烦，小麻烦都受不了。我想带人过去看看。他们的速度太快了，超出了常规。"

赵殿楚说："速度是快得有点离谱，过去看看也好。时风同志，一定要注意方式方法，陈国民他是顺毛驴，千万不能挫伤他的积极性。"

陈国民看着工地上干得热火朝天，开心地问夏方舟："怎么样？"夏方舟感叹："大开眼界！"他看着那边在工地上认真检查施工的秦晓丹，心情有些复杂地说："队长，发奖金的事，秦晓丹知道吗？"

陈国民说："她不知道。我嘱咐过季成钢，绝对不能和秦晓丹说。"夏方舟还是有些担心地说："你注意了吗队长，这一段时间，秦晓丹天天盯在工地上，对每道工序检查得非常仔细。队长，听本奇说，秦晓丹经常下了班到工地来，拿着强光手电筒，检查工程质量。季成钢差不多每回都是在暗处，不知什么意思。队长，你能不能先给她安排点别的工作？"

陈国民笑着说："安排什么？我看她干得挺好！我说方舟啊，一看你小子就没干过坏事，不就偷偷发了点奖金吗，什么大不了的，又没花公家的钱。用不着天天提心吊胆，草木皆兵！等哪天有了时间，给你吹吹我干的那些事，捣蛋捣出花来！"

陈国民人没到声音先到了："程大处长，程大处长大驾光临，有失远迎！你这个人喜欢搞突然袭击！反正我也习惯了。这趟过来，什么事？"

程时风笑脸相迎，说："陈队长，你的施工队一再创纪录，破纪录，二号信箱所有的施工队都望尘莫及，赵总派我过来看看，看看陈队长有什么诀窍，总结总结经验。"

陈国民嘻嘻哈哈地带着程时风检查工地。程时风满腹狐疑地问："陈队长，你给工人灌了什么迷魂汤？"陈国民脸色有些难看地说："一样的话，怎么从你嘴里出来就变了味了！程大处长，什么叫灌汤？这是王牌施工队的积极性！"

程时风笑了笑说："这积极性，前所未有啊！我怎么听说，主动加班加点，加班费都不申请？"

陈国民认真地说："谁给你说的加班费不要？工人有积极性，他们不申请，我都记着呢！该发的加班费，少一分都不行！"

程时风打量着对方说："别给我弄这些马虎眼儿，咱俩这么多年了，谁不知道谁呀！我可把丑话放到前边，速度上去了，质量出了问题，这个责任你承担不起。"

陈国民变脸，说道："你少吓唬我！程时风，你是来我这儿总结经验的，还是来挑刺的？我看你是黄鼠狼给鸡拜年！老子不陪了！"拂袖而去。

陈国民撂下程时风，来到检查工程质量的秦晓丹身旁说："秦技术员，发现质量问题了吗？"秦晓丹老实说："没有。"陈国民少有地拿起架子说："它根本就没问题，你上哪儿发现去，鸡蛋里边挑骨头？晓丹，咱们在一块共事的时间也不短了，给你个建议，向夏方舟学习，把业务能力提起来，那才是你们大学生的正道！"

秦晓丹笑了笑，反说："那季成钢呢？他现在算副科级行政干部吧！"陈国民被秦晓丹堵得语迟片刻，笑起来说："他呀，他算个特例。你们这些大学生都像他那样，坏了！"笑着走了。

程时风审度面前的季成钢，严厉地说："陈国民不但是四大金刚之首，全系统一级劳模，王牌施工队长，还是你师傅。说起来，你是大学生，干部身份，按规矩，陈国民不会收你当徒弟。他收你当徒弟,是总部批的,为了树立大学生当工人的典型。你入了人家的师门,在工人当中,徒弟胆敢欺师灭祖,众叛亲离。"

季成钢早有准备,迎着对方的目光说:"程处长,在大是大非的问题上,即便大义灭亲我也毫不留情!至于说到我的师傅,我理解,我的师傅是工人阶级。"

程时风玩味着季成钢的话,微笑间话里有话:"很多人觉得,我和陈国民有矛盾,也有些人,想利用我们之间的矛盾,无一得逞。"

季成钢面不改色地说:"我来找程处长,不是为了个人,而是为了保持大三线精神和工人阶级的纯洁性,与歪风邪气进行绝不妥协的斗争。"

程时风浅浅笑过,突然问:"季成钢,武本奇那次私拆发动机,是你检举的吧?"季成钢稍愣,迅即镇定地说:"是我。"程时风微笑着说:"敢做敢当,好!回去吧!"

124

顾弘亮一脸惊愕地问:"陈国民私发奖金?"程时风客观地说:"他修改了施工方案,把埋在地下的钢筋炸出来,偷偷卖给废品收购站,用这笔钱私发奖金。"

顾弘亮难以置信地说:"程处长,这事你可得弄准啊,这不是一般的问题,是原则性的政治错误,大错误!"程时风十分有把握地说:"顾代表,证据确凿。"顾弘亮忍不住站了起来,说:"陈国民的胆子也太大了!你准备怎么处理?"

程时风平静地说:"这么大的事,不是我这个常委兼处长能处理得了的。我和陈国民有些矛盾,大家都知道,我不想让人觉得我挟嫌报复,公报私仇。"顾弘亮有些生气地说:"程处长,这是大是大非的原则问题!"

程时风也站起来说:"顾代表,陈国民在赵总那儿的分量,你也知道。"顾弘亮严肃地说:"你这想法我可不同意,程处长,赵总原则性很强!"程时风心平气和:"顾代表,我是说,同样的话从我嘴里说出来,效果不一样。"

顾弘亮考虑片刻说:"这样吧,你再把情况详细说说,我们一起向赵总汇报。"

听了程时风和顾弘亮的汇报,赵殿楚拍桌子说:"这个陈国民,简直是胆大妄为!"

顾弘亮说:"赵总,私发奖金,性质非常严重!如果我们不及时处理,等到上面发现了追究下来,那就被动了,太被动了!"赵殿楚点头说:"问题确实严重。不过,这事有点棘手啊!处理人容易。献礼日出铁,这是红线,是大局,所有的问题都要服从这个大局。陈国民干的这个返工工程,除了他没人敢、也没人能接手。现在干到这个程度,处理了他,谁敢接手?这个工程完不了,就不能按时出铁。"

顾弘亮干脆利落地说:"先处理他,再让他戴罪立功,完不成任务,还是要处理,和他晓以利害,完不成任务,让他进监狱!"

赵殿楚推心置腹地说:"顾代表,陈国民上来那股子驴脾气,天不怕地不怕,他撂了挑子,他进监狱,献礼日出不了铁,那就是我们的责任了!我们担得起这个责任吗?"顾弘亮被难住了。

赵殿楚问:"时风同志,拿到证据了吗?"程时风说:"还没有。现在还只是口头举报。"

赵殿楚考虑了一下说："顾代表，时风同志，你们看这样好不好，这件事先不要扩散，目前就我们三个人知道。时风同志牵头，马上组织工程技术人员，到现场考查工程质量，如果能得到保证，等工程完工再处理。如果影响到工程质量，立刻整顿，严肃处理，该撤职撤职，该进监狱就进监狱。你们看怎么样？"

顾弘亮看程时风。程时风表态："我同意赵总的意见，顾代表，按时出铁是个硬杠杠，耽误了这个大局，我们扛不起。"顾弘亮无奈。

陈国民笑着说："方舟，你把工艺流程再优化优化，再给他们加加量，争取把完成任务的时间再提前。"夏方舟笑着说："队长，你也不能太贪得无厌了，就那么几个奖金，差不多了！"

陈国民说："你还是没明白！奖金这东西不光几个钱的事，这里边有份荣誉，多劳多得，谁拿得多谁光荣！就像我，七级工，比程时风那个三级工光荣得多……"

电话铃响。陈国民接起来："喂！……哟，赵总……他就在我旁边……我马上让他去！"

挂了电话，夏方舟顿时紧张地问："赵总找我？队长，不会是咱们被举报了吧！"

陈国民解释说："明摆着的，咱们的速度太快了。程时风那家伙，一直想挑我的毛病，认为我拿质量换速度，来了一趟没找着毛病，跑到赵总那里告状。赵总不知道咱们有秘密武器，让程时风点眼药点得不放心了，你是技术指挥，他不找你找谁？"

夏方舟松了口气说："我可以给他打包票！"

"这包票你打得了吗？"赵殿楚问他。夏方舟信心满满地说："百分之百！"赵殿楚舒了口气说："坐吧！"

夏方舟怕时间长了露出破绽，忙说："没别的事我回去了，赵总，陈队长让我把流程再优化一下，完工的时间还有希望提前。"

赵殿楚让他坐下，待他坐了，说："夏方舟，陈国民私发奖金。"夏方舟蓦然一惊。赵殿楚点点头说："看来你知道。和陈国民一块商量的？"

夏方舟很快稳住情绪说："赵总，我是工程技术指挥，关心的是工程质量和施工速度。"赵殿楚直接戳破他："别给我兜圈子。工程上你算是个高手，说官话打官腔，你不入流！"夏方舟说："我没说官话。第一施工队在陈国民队长的指挥下，为保证川南钢铁按时出铁，将要完成根本不可能完成的任务。"

赵殿楚让他去把门关严实。夏方舟说："身正不怕影子歪。"赵殿楚严厉地说："去把门关严！"夏方舟过去把门关严，回来坐下。

赵殿楚久久地看着他说："方舟啊，你们给我出了个大难题，知道吗？你们队里这么高的积极性哪儿来的，我猜都猜得出来！眼下什么形势你们不明白？私发奖金是极其严重的政治事件！只要有人捅上去，陈国民顶不住！"

夏方舟毫不退缩，一语双关："赵总，当初你和我爸合谋，把我骗回去，我爸教训我，大三线按时完工是最大的政治，我回来以后，一直在服从政治。"

赵殿楚严肃地说："夏方舟，我警告你，工程处明天就组织人下去检查你的工程质量，出了问题，我首先拿你是问！"夏方舟轻松地笑了，说："赵总，工程质量我负责，你把全国的专家请了来我也不怕。"

赵殿楚再给他加磅："不是我吓唬你，一旦发现问题，这是要进监狱的！你和陈国民都得进监狱！"夏方舟越发轻松地说："我进不了监狱。"

赵殿楚放下心来，缓和了脸色说："方舟，回去以后，什么也别说。"夏方舟不答应："我得告诉陈队长。我不搞阴谋诡计。"

赵殿楚憋不住笑了，说："不搞阴谋？你私下里配合陈国民修改图纸，私发奖金是什么？"夏方舟说不过，干脆狡辩："激发大家的积极性，服从按时出铁水的大局。"赵殿楚问他："你告诉了陈国民，就他那个熊脾气，这股子发奖金激发起来的积极性，还能不能保得住？"

夏方舟想了一会儿问："不会秋后算账吧？"赵殿楚的话里大有文章："工程质量出了问题，等不到秋后。第一施工队目前的积极性跌下来，完不成任务，照样等不到秋后！"夏方舟以为听懂了，笑着说："明白了！"

赵殿楚再三叮嘱："记住我说的，回去该干什么干什么。"夏方舟痛快地答应下来："是！我走了。赵总。"赵殿楚看着夏方舟带上的房门，沉沉一声叹息……

陈国民面带笑容，看着夏方舟陪工程处派来的工程技术人员在工地检查。林富来鬼鬼祟祟地溜到他身边说："师傅，坏了，这下坏了！肯定有人告密。上面派这么多人来咱们工地找碴儿，从来没有过的事。"

陈国民嘿嘿地笑着说："让他们查！咱们技术指挥给赵总打了包票的，老子干的工程，他们想找碴儿？累死他们！"

在新工地技术室，秦晓丹和季成钢站在窗口，也在看工地上检查的情况。秦晓丹问："你检举了？"季成钢神色坚定地说："我答应过你，绝对不会让你失望。大三线的奉献精神，决不允许被玷污。这是我们共同的立场，"

秦晓丹从工地上收回目光，看着对方说："你做得对！这段时间，我还担心你和他们同流合污，对不起！"季成钢说："晓丹，即便仅仅是为了你，我也不会和他们同流合污。"秦晓丹说："别为了我。工人阶级的奉献精神不容玷污。"说着目光又转向窗外的工地。

秦晓丹从工地收回目光说："他们查不出问题。这些日子我一直盯着，工程质量，夏方舟和陈队长他们，把关把得很严，有绝对把握。成钢，这会不会对查处他们带来困难？"

季成钢说："我们现在一定要沉住气。晓丹，在上级对他们的问题做出处理决定之前，我检举他们的事必须保密，尤其不能让夏方舟发现，你千万不要在他面前流露出来。"秦晓丹问："避免他们报复你？"

季成钢煽情地说："我迟早会暴露！之所以暂时保密，是为了拿到他们私发奖金的铁证。目前这个阶段，继续让他们认为我俯首帖耳，是斗争策略。为此，我不在乎忍辱负重!"秦晓丹被触动了，忍不住又去看窗外。

检查结束了。

陈国民和夏方舟站在一起，陈国民说："走好！程大处长，不送！方舟，他们在咱们的鸡蛋里，挑出骨头来了吗?"夏方舟笑着反问："咱们的鸡蛋里有骨头吗?"陈国民开怀笑了。

第二十九章

125

程时风汇报："工程质量没有问题。不但没有问题，一致的意见，按验收标准，质量至少是优级。此外，修改后的方案还节省了大量资金。按照他们现在的速度，提前完成任务没问题。"

赵殿楚不动声色地问："那你的意见，对他们私发奖金的事怎么处理？"程时风说："任务完成得好，可以算陈国民将功折罪，从全局来看，功大于过。我个人建议不必再追究了。"

顾弘亮不同意地说："程处长，原则问题不能妥协，功是功过是过，私发奖金是严重的政治问题，不能功过不分。不能够因为生产任务完成了，政治问题上就可以放弃原则。该坚持的原则必须得坚持，这是政治态度。"

程时风辩解："除了私发奖金，陈国民在其他方面无懈可击，保质保量保速度，解决了突然出现的重大困难，比起这个贡献，偷偷地发了点奖金，实在算不了什么，虽然奖金的来路有点问题，也没多少钱。"顾弘亮严肃地说："时风同志，你的想法很危险！"程时风委屈地说："赵总，我这是从大局出发。"

赵殿楚说："时风同志，你先回去。"程时风站起来说："赵总，都觉得我和陈国民有私人矛盾，我不回避，但是在这件事上，我觉得他没什么大问题。"赵殿楚再次说："你先回去吧！"程时风出去带上了门。

赵殿楚问顾弘亮："时风同志有没有告诉你，陈国民私发奖金这事，什么人检举的？"顾弘亮说："据时风同志说是季成钢。"赵殿楚不觉愣了一下，还是不动声色地点点头说："季成钢这个年轻人，一贯表现突出，发现违反纪律的问题，眼里不揉沙子，这是个优点。顾代表，拿到确凿证据了吗？陈国民私发奖金的证据。"顾弘亮不满意地说："时风同志说他有。我让他拿给我看看，他又说材料还不全，等拿到完整的材料再交上来。我看他不想上交。季成钢检举了，他不能不汇报，内心里还是想把这事压下去。"赵殿楚点点头说："他可能有他的顾虑，毕竟，陈国民这支队伍没人顶得了。"

顾弘亮思考片刻说："赵总，季成钢这个年轻人，以前我不了解，通过这件事，我发现他政治上很敏感，而且他敢于背后检举。他检举了，我们不处理，他会不会向上级反

230

映？我看很有可能！等他反映到一号信箱，上面追查下来，那就是我们的错误了，这样的错误，赵总，我们犯不起呀！"

赵殿楚下决心说："顾代表，陈国民私发奖金的问题，一定要严肃处理。等他把工程干下来……秋后算账！"

程时风回到自己的办公室关上门，默默地坐了好一阵，禁不住自言自语："顾代表，只要你坚持原则，陈国民他这一回是在劫难逃！陈国民，你怪不到我，季成钢检举了你，不处理你，大家一身骚，赵总都顶不住！"

夏方舟在汀兰家吃完饭说："光复，你这半拉文科生给我找两本书看看，社会主义分配方面的经济学著作。我们的工程肯定提前完工。原因当然很多，奖金起到的作用绝对不可替代。这点，我是根本没料到。看看理论书籍，补补课。"戚光复说："这种书现在可不好找，都是犯忌的东西。"

陆汀兰边喂快一岁的女儿吃饭边说："方舟，明天我们杨书记请你到我们厂参加一个重要活动。我们的那艘船，明天下水。"夏方舟兴奋地说："太棒了！"

陆汀兰接着说："我们杨书记是部队下来的干部，虽说工作线条比较大，绝对是个重情重义的人。你对我们这条船做出的贡献，杨书记一直记在心里，正式邀请你参加我们隆重的下水仪式。"夏方舟说："我做什么贡献了！汀兰，我不去了，去了都不知道说什么……"陆汀兰打断他："必须去！"

第二天，夏方舟到了杨书记的办公室，对方就热烈地握着他的手说："欢迎啊夏工，欢迎！今天，是我们这个小小造船厂的大日子，到底是赶在川南钢铁出铁水之前，我们的船正式下水！陆工功劳最大！你呢夏工，是给我们造船厂做出最大贡献的外单位工程师。没有你们这些优秀的工程师，我们抢不了这个头彩！来、来，夏工，请坐、请坐！"夏方舟有些局促，不知道说什么，看看陆汀兰笑。

杨书记快人快语："夏工，你的事我听说了，别看你们二号信箱单位大，级别高，我还真不服气！有句话我常挂在嘴上，我根正苗红，扛枪过江负过伤，当了半辈子兵，不怕别人抓小辫子，搞工业建设，靠的就是工程师，没有陆工，我们造不出这艘船！"

陆汀兰忙说："杨书记，成绩还是大家的。"杨书记纠正她说："成绩是大家的，说法没错，功劳有大有小，这是真相。要不然，打仗的时候还评什么功臣不功臣，一人一块铜牌子，那倒是人人有份了，仗谁还给你打，命谁还给你卖！夏工，你同意不同意我的观点？"

夏方舟笑着不断点头，杨书记高兴地笑了起来。

戚光复进来，杨书记忙站起来和戚光复握手说："这又是沾了我们陆工的光，戚队长带着二号信箱的宣传队给我们庆功演出。多谢，多谢！今天真是个好日子！"

126

在工地临时搭起的舞台上，黄爱华致辞："光荣的第一施工队，又一次提前完成了最艰巨的任务，创造了川南钢铁大会战的又一个奇迹！今天，我们带来了几个精心准备的节目，献给第一施工队英勇的同志们！"陈国民和他的工长、老工人们坐在最前面，全场掌声如雷。

秦晓丹站在技术室窗前，看着那边的演出，若有所思，季成钢在她身边。秦晓丹说："当初队长接下这个工程，队里的很多老工长、老工人都不想干，根据他们的经验，工程量太大，根本完不成。提前完工，难道，真是那些奖金的作用？"

季成钢雄辩："绝对不是什么奖金的作用。这恰恰证明了工人阶级的无私奉献精神！"

秦晓丹疑惑，仍未回头地说："这段时间我一直在想，陈队长是全系统一级劳动模范，王牌施工队长，四大金刚之首，他难道不是工人阶级的优秀代表？"

舞台上黄爱华报幕："下一个节目，革命现代芭蕾舞剧《红色娘子军》片段。表演者，乔佳丽。"全场立刻爆发出热烈的掌声。

武本奇在后面陪着夏方舟，看着台上独舞的乔佳丽说："夏工，乔佳丽多漂亮啊！越来越漂亮了！你再不下手，她可就被别人追了去。乔佳丽后边排着队的，一个营都不止！"

夏方舟不接他的话，专心地看着台上乔佳丽的演出。

秦晓丹远远地看着舞台上的乔佳丽说："她真漂亮！舞跳得也好！"季成钢冷不丁说了一句："夏方舟在拼命地追求她。"秦晓丹不回头。

季成钢揣测对方的心思说："晓丹，你刚才说，陈国民是工人阶级的优秀代表，最初，我也这么想过，产生过激烈的思想斗争，后来我想通了。还记得当时我是怎么给你说的吗？关键在夏方舟。"

秦晓丹收回目光说："我也说过，夏方舟不可能左右陈队长。你还说了，你们三个人开会定下的这件事，陈队长先提出来的。"

季成钢亲切地说："晓丹，看来我说的话你没听进去。发奖金是陈国民提出来的，为什么？因为夏方舟夸大技术难度，把陈国民一步一步地引到他设好的陷阱里。还有，是你告诉我的，夏方舟当天晚上就把方案做出来了。说明什么？夏方舟预谋在先，陈国民上当在后。没有这个方案，陈国民想发奖金也发不了。"

秦晓丹琢磨着季成钢的话。热烈的掌声传来，秦晓丹回头，外面的演出结束了。

陈国民在家里和夏方舟喝着茶。陈国民说："方舟，当初你还怀疑，这么点奖金，能有那么大作用？现在明白了吧！这个东西，就是厉害！"夏方舟心服口服地说："从这件事上我想了很多。队长，你证明了社会主义分配原则，各尽所能，多劳多得，确实能够激发大家的积极性。"

赵殿楚身边的工作人员进来，陈国民起身说："哟，小张，你怎么来了？"工作人员说："赵总让你马上去他办公室。"陈国民笑着问："什么事？又要给第一施工队记功？"工作人员说："陈队长，我也不瞒你了，反正小夏也是当事人，你私发奖金的事，娄子捅大了。"夏方舟愣了。

陈国民反应极快，呵呵笑着说："这种造谣的话，领导也信？不和你说，我和赵总说去，根本没有的事！"

"陈国民！"赵殿楚沉着脸一声喝。

陈国民一脸轻松地说："赵总，根本没有的事！有些人啊，看着我陈国民干出点成绩来，眼里长沙子，肚子里闹虫子，胳肢窝底下他都生痱子，浑身上下的不舒服，到处找我的毛病。你可不能相信他们的胡言乱语。"

赵殿楚严肃地说："陈国民，别给我嬉皮笑脸的，严肃点！说吧！"陈国民装傻："我说什么？赵总。没有的事。"赵殿楚盯着他问："没有？"

陈国民理直气壮地说："绝对没有！赵总，我能干那种事吗？那是资产阶级干的事，我是工人阶级，能干吗？不能！所以，没有。"

赵殿楚加重语气说："陈国民，你是不见棺材不流泪啊！陈国民，你以为自己干得巧妙，神不知鬼不觉？"赵殿楚走到办公桌前，从公文夹里拿出一份账目，摔到陈国民面前。陈国民不由得心里一紧，问："这是什么？"赵殿楚厉声说："你私分奖金的明细账目。"

陈国民瞬时惊呆，马上说："不可能！我根本没这本账，你吓唬我。"陈国民打开账本，愣了片刻，飞快地翻看，神色变了。赵殿楚看着他问："你还有什么说的？"

陈国民飞快地调整思路，改变策略说："赵总，你老革命，老领导，水平比我高得多，社会主义的分配原则，说的各尽所能，按劳分配，多劳多得，我没记错吧？干多干少一个样，大家的积极性能不受影响？动不动拿着精神说事，工人阶级不是天神，是人……"

赵殿楚打断他："别给我讲这些！陈国民，你给我听着，明天早上一早，把深刻的书面检查交到我的办公桌上。"陈国民合计片刻说："让我检查，提个条件。"赵殿楚着急地说："什么时候了，你还讲条件！"

陈国民不为之所动，又问："谁揭发的我？"赵殿楚训他："你不懂组织纪律？检举人的情况能告诉你吗？"陈国民寸步不让地说："不答应我的条件，拒绝检查。"赵殿楚的急切里带出了感情："国民啊！不深刻检查你过不了关，你不明白？"

陈国民决意抵抗到底，笑了笑说："不过关就不过关。什么大不了的！"赵殿楚掏出心里话："你这个陈国民！你倒了，第一施工队怎么办？你手下的那些大将怎么办？"陈国民说："这和我手下的人没关系！好汉做事好汉当，我自己干的事，我自己扛！"

赵殿楚心急地说："国民啊，你怎么听不懂话呢！决定是你做的，你手下的那些大将全力配合，你不做检查，他们就得人人过关！你是见过大世面的人，这么简单的道理你就不明白？"

听了老领导这番掏心掏肺的话，陈国民犯了寻思。

127

在办公室，戚光复吃惊地看着夏方舟问："赵总事先找过你？"

夏方舟点头说："他们当时就知道了，当时我问赵总会不会秋后算账，他没明说，意思很清楚，只要能够保质保量，既往不咎。没想到这边刚刚完工，马上算账。整倒了陈队长，第一施工队就垮了，从江汉冶建过来的那一批工长、技术骨干，除了陈队长，谁也不在乎。"

戚光复飞快地梳理着说："程处长和陈队长是老对头了，陈队长一直瞧不起程处长。我还记得，你和我说过，程处长几次到你们工地上找碴儿。说不定，当初把这个抢救性返工的工程交给你们，就有人想借机整倒陈队长。结果呢，不可能完成的任务你们圆满地完成了，抓住了私发奖金这个把柄，那边岂肯善罢甘休？"

夏方舟悔之不迭地说："我怎么没想到这一环！"戚光复问他："你估计是谁揭发的？"夏方舟说："这不是当务之急。光复，我走了。我去找程处长。"戚光复喊他："回来你哪里也别去，马上到我这！"

夏方舟走了，戚光复越想越不对头，眼看着两个小时过去，夏方舟人影都没有，实在是在办公室坐不住，想来想去，先去陈国民家看看有什么消息。

陈国民也是没消息，只有田青妮在家。两人说了几句，田青妮听出门道，问他："小夏师傅去找程处长干吗？"戚光复了解夏方舟，说："他要把责任担过来。"

田青妮听了就急了，忍不住抱怨："戚队长，不是我说你呀，我们家老陈大风大浪经得多了，只要工程干好了，领导不能把他怎么样，就算名分上把他撤了，工作还得让他干，不是说地球离了谁就不转了，他手下的那些人，只听他的！他不答应的，哪个领导说了也没用！再说了，第一施工队是全系统的标杆单位，这面红旗倒了，二号信箱的领导扛不住。一样的事，搁到小夏师傅身上就不一样了。有些事你们没经历过，这个处分绝对轻不了。我说戚队长，他去指挥部你怎么不拦着呢？"

戚光复说："田师傅，夏方舟决定了的事，根本拦不住。"

田青妮心急火燎地说："哎呀！戚队长，我得去接孩子，你赶紧去指挥部打听打听，能见到我们当家的，和他说，千万不能让小夏师傅替他受过！"

"处长，发奖金这事是我定的。"夏方舟面对程时风。

程时风笑了笑说："方舟啊，你说这话别说我不相信，有人相信吗？"夏方舟一口咬定说："不管你们信不信，确实是我定的，我不能让别人替我背黑锅。"程时风诚心诚意地说："方舟，你想替陈国民顶缸，你顶不了。我了解他，赵总更了解，他那个人，他那脾气，能听你的？这事到此为止，回去吧！"

夏方舟沉着应对："他确实听了我的。我是工程技术负责人。"程时风笑着说："那你先给我说说看，你怎么让陈国民听你的？"夏方舟有条有理地说："按照原来的施工方案，基本上不可能按时完成。我修改了施工方案，陈队长负责施工，他必须按我的方案做。炸出来的废钢筋没什么用处，我提议给工人发奖金，激励大家的积极性。"

程时风笑着说："方舟，就算你说的都是真的，设计上的事陈国民比不了你，他听了你的。你还有一道坎迈不过去，你是1966年毕业的。"夏方舟愣了一下问："这和我哪年毕业有什么关系？"程时风笑着问他："奖金是哪一年被禁止的，你知道吗？"夏方舟被问住了。

程时风笑得越发轻松地说："你要是毕业后马上分配，还多少能赶上个尾巴。1966年你到江汉钢铁，不算正式分配，直到1968年夏天你才正式分配，奖金停了快两年了！方舟，你根本没经历过那个时期。"

夏方舟平静地说："处长，你忘了，我从十三岁起就跟着我爸在工地上摸爬滚打，铁路工地多半比我们还苦，条件差，任务重，尤其是到了攻坚战，奖金从来都是必不可少的。"

程时风不笑了，良久，痛心地说："方舟，知道这事有多严重吗？极其严重的政治错误！这个帽子一旦戴上，一辈子你都摘不下来，一生的政治前途都可能搭进去。"夏方舟说："不管多严重，事已经出了，好汉做事好汉当。"程时风叹了口气说："不管是不是你定的，这话你说出来了，我得如实汇报。方舟，我保不了你。"夏方舟心头发热，说："谢谢处长！我自作自受。"

程时风无奈一叹："那好！到你那间办公室隔壁去写个材料。把你刚才说的这些，写个书面材料。"

陈国民又换了策略，嬉皮笑脸地说："老领导，你的心情我理解，你是想保我过关。"赵殿楚呵斥："自作多情！陈国民，我心疼的是第一施工队！别给我嬉皮笑脸！一句话，检讨你写不写？"

陈国民兜圈子说："老领导，你得让我说话吧？十五岁那年，我光荣入伍，雄赳赳，气昂昂，跨过鸭绿江。我当的那兵，不是一般的兵，坦克兵，战争之神！从朝鲜回国以后，领导让我进了坦克兵学校，1957年我在东北，眼看着轰轰烈烈的社会主义建设，参加不了，那个着急！和平年代的兵，有劲使不出来，我要转业，领导不同意，我捣蛋，文工团来演出，我故意穿着满身油污的工作服，把文工团最漂亮的女演员弄了一身油。弄了女文工团员一身油，领导还是不同意。我泡病号！我有错吗？积极参加社会主义建设有什么错？老领导，为什么我一门心思要干钢铁冶建？在朝鲜有一场大战，咱们一个大部队被围住了，咱们的战士，个个都是不怕死的，可人是肉长的，头顶上敌人的飞机大炮轮番轰炸，伤亡惨重。从那我明白了，现代战争，打的是钢铁！我发誓回到地方，别的什么都不干，干就干钢铁，国家的钢铁上不去，人家就欺负你！"陈国民停下来。赵殿楚好像听进去了，说："接着说。"

陈国民越发绘声绘色地说："老领导，你说我这想法有错吗？没错吧！领导不这么想，愣说我不安心部队工作，有错！关我禁闭，让我写检查，写，要多深刻有多深刻！从禁闭室出来，我继续捣蛋。他们到底没玩过我，成功转业。剩下的你都知道了，我光荣地参加了东北钢铁、江汉钢铁建设，二十六岁拿到七级工，全系统劳模，王牌施工队长，然后又来到了大三线。整个一部光荣革命史！"

赵殿楚看着他说："说完了？检讨你是不想写了？"

陈国民认真地说："赵总，这次要是我自己的事，就算我没错，你让我认也认了，谁让你是我的老领导呢！可这不是我一个人的事，奖金我都发下去了，工人拼了命地把活干完了，我这边认了错，发下去的奖金就得收上来。这种事我不能干！所以啊，这个错，我坚决不认。"

赵殿楚对陈国民又心疼又无奈，拿起电话把身边的工作人员叫过来，指着陈国民说："带他到最头上那间，关禁闭。没我的命令，谁也不准见他！"

陈国民不急不恼，满不在乎地说："谢谢领导关心！赵总，这段时间可把我累坏了，正好借这个机会，在指挥部大楼里休息休息。这里素净！"

工作人员带走陈国民，赵殿楚眉头紧蹙，在房间里来回踱步，正苦于想不出办法，程时风来汇报："赵总，我反复地对他晓以利害，他还是坚持这么说。"

赵殿楚五味杂陈，感慨："这个夏方舟啊！"程时风请示："半路里杀出来个程咬金。赵总，这事怎么处理？"赵殿楚沉思片刻说："让他写检查，马上写。"程时风明白什么意思，还是追上一句："丢车保帅？"赵殿楚话到嘴边，化作一叹。

程时风不多说话："我去通知他。"他出了门，在楼梯口遇到了季成钢。

季成钢看见他赶紧上前两步，程时风看着他说："季成钢，你来干什么？"季成钢问："听说，陈国民被带到指挥部交代问题？上级需要的话，程处长，我可以当面做证，和他当面对质。"

程时风点点头，又摇摇头说："已经不是他的问题了，是夏方舟的问题。夏方舟坚决替陈国民顶缸，已经定性了，是夏方舟的问题。"季成钢有些回不过劲来，却马上产生了一种莫名的激动。程时风洞察，说："关键时候，就怕站错队。季成钢，你跟我来。"

季成钢从程时风办公室出来，赶回工地技术室，迫不及待地喊："晓丹，晓丹！"

秦晓丹看着他，季成钢毫不掩饰幸灾乐祸的兴奋，说："上级已经查清楚了，私发奖金的政治事件，夏方舟确系主谋。他现在在指挥部交代问题。"

秦晓丹不说话，下意识地收拾起东西。季成钢狐疑。秦晓丹收拾好东西说："我去指挥部。"季成钢追问："你去干吗？"秦晓丹说不清自己的心情："我……我去一趟。"

季成钢腮边的肌肉颤抖起来。秦晓丹到门口又停下来，回头说："成钢，你和我说过，夏方舟私下里在继续准备颠覆川南钢铁的材料，你确定？"季成钢应声作答："百分之百！"看着秦晓丹转身离开，季成钢心花怒放。

<h2 style="text-align:center">128</h2>

被关了禁闭的陈国民神态轻松，悠闲地哼着家乡的小曲："春天来了万物都发青呀，咱们庄户人家忙呀忙春耕啊，有主力呀有民兵啊保卫大春耕……"

赵殿楚身边的工作人员开门进来，陈国民笑着说："哟！小张，领导怕我孤单，派你来和我一块反省？"工作人员说："陈队长，你回去吧！"

陈国民一脸坏笑地说："别呀！你和领导说，我不写检查，需要继续反省。小张，你弄瓶酒来，咱俩一边喝着，你一边帮着我反省。"工作人员被他逗笑了，说："陈队长，没你的事了，夏方舟替你顶了。"

陈国民的笑僵在了脸上。工作人员说："夏方舟承认，他是主谋，蒙蔽你，你上了他的当。"

陈国民回过劲来说："这……这不扯淡吗！我是队长，他一个年轻技术员，我上他的当？小孩子都不信，领导也敢相信？你给他们说，这事和夏方舟一毛钱的关系都没有，完全是我的决定！我回去写检查，明天一早，我把检查交上来！"

工作人员说："来不及了陈队长，夏方舟的检查通过了，定性了。"陈国民着急地说："这……我陈国民的事凭什么安到人家夏方舟身上！"工作人员说："你早干吗呢？陈队长，你早写了检查，还轮得到夏方舟吗？"陈国民语塞。工作人员说："回家吧！"

陈国民憋了好一会儿说："我见领导。"工作人员说："赵总不见你，让你回家。陈队长，夏方舟顶了你，发下去的奖金不用收上来了，也算是帮你解了扣，稳定了队伍，保住了红旗。"

陈国民好半天找不着话，爆了粗口："扯淡！这也忒冤枉人家夏方舟了，都是我定的，根本没人家什么事！"

赵殿楚待顾弘亮从夏方舟的检讨书中抬起头说："顾代表，你看够深刻吗？"

顾弘亮找词："赵总，这个，他不是深刻不深刻的事，是这个……"赵殿楚承认："他替陈国民顶缸。"顾弘亮一拍大腿说："对呀！赵总，明摆着的，陈国民怎么会听夏方舟的呢？根本不可能的事！"

赵殿楚商量说："顾代表，事出了，必须得有人承担责任，谁来承担这个责任，有的时候，还真是个难题。你说是不是？"顾弘亮叹了口气，点头。赵殿楚说："由夏方舟来承担，也许是最坏的结果里边最不坏的唯一选择，陈国民王牌施工队的这面旗帜不能倒。"

赵殿楚主意已定。顾弘亮看无可挽回，又问："那，怎么处理他呢？"赵殿楚说："我考虑，党纪处分……"顾弘亮急忙打断他："赵总，党纪处分是不是就免了？夏方舟同志是十八岁入党的学生党员，一贯表现……最多……最多给个严重警告，好不好？"赵殿楚说"好，顾代表，党纪这一块听你的。行政方面，撤销技术员职务，行政记大过，取消干部待遇，参照刚实习期满的技校生，二级工，到一线劳动锻炼。你看怎么样？"

顾弘亮沉沉一叹："相比这个事件，确实也不能再轻了，可对一个年轻人来说，还是太重了。赵总，这毕竟不是他干的！丢车保帅，也得掌握点分寸，干部待遇能不能保留？"

赵殿楚说："以后再想办法吧！目前只能这样，要不然，上面追究下来，交代不过去。我也得写一份深刻检查交到一号信箱。那就这么定了，马上处理夏方舟，避免节外生枝。"

129

戚光复焦急地等在总部大楼外，来来回回地踱步，眼看着到了晚饭时间，终于看到夏方舟从里面出来，忙上前去。戚光复错以为事情解决了，说："接洪常青同志出狱。"

夏方舟笑着说："没那么严重！"戚光复继续追问："他们没处理你？"夏方舟笑着说："走，路上说。"

秦晓丹也等了很长时间了，远远看到戚光复等在总部外，便没有过来。此刻，看到夏方舟出来，想了想，仍然等在路旁。

夏方舟神色轻松，和戚光复边走边谈："看你这一脸的自然灾难，什么大不了的，天还没塌下来！"

戚光复不觉停下，痛心地说："方舟，撤销你技术员职务，到一线劳动对你都算不了什么，记大过进档案的，也没什么大不了的！关键是那个取消你的干部待遇，实际上是开除公职，重新录用，五年大学白上了，成了一个刚刚出徒转正的二级工，和林富来一样。你调图纸的权力都没了，你是工程师啊！"

夏方舟还是笑着说："说老实话，我也没想到会处理得这么重，以为撤了我的技术员，到一线劳动，再记个大过也就差不多了。"戚光复痛切地说："现在说什么都晚了，你不是工程技术人员了，以后的路怎么走？"夏方舟不以为然地说："林富来不照样干得挺好嘛！"看到了秦晓丹。

戚光复也看到了秦晓丹。夏方舟说："你在这儿等一会儿。"迎着秦晓丹过去。

秦晓丹看着夏方舟来到面前，百感交集，一时无从说起。夏方舟也不知从何说起。秦晓丹看着他的眼睛，声音有些颤抖："是你干的吗？"夏方舟平静地说："是我干的。"秦晓丹说："你知道我在说什么吗？"夏方舟说："知道，私发奖金的事。"秦晓丹痛心地说："根本不是你！你为什么要替别人背黑锅？私发奖金是极其严重的政治错误，你袒护犯了严重错误的人，以为是在帮助他吗？"夏方舟依然平静地说："这本来就是我做的。"秦晓丹激动地说："夏方舟！你以为我会相信？你是害人害己！"

夏方舟被激怒，生气地说："秦晓丹，你生在美国，长在上海，从小生活在优越的家庭环境中，根本不知道工人师傅们真实的生活状态，尤其是像林富来他们那些农村来的合同工，他们过着什么样的生活，你知道吗？陈队长手上有很多肉票，为什么？因为很多像林富来这样的他们吃不起！救了我的柳叶儿，家里换盐巴的钱来自两只下蛋的母鸡！我来金江的路上，司机师傅为了老乡的两只羊出了车祸！十块钱对你来说算不了什么，对我也算不了什么，但是对林富来他们，这是一大笔钱，他们在工地一个半月的生活费！他们在农村的家庭一年的零花钱！"

秦晓丹反击："工人师傅们为了大三线，不计报酬甘心奉献！"夏方舟愤然驳斥："不计报酬，不计报酬的人除非有其他的生活来源！工人师傅们是活生生的人，需要生活，需要养家糊口，需要钱！"秦晓丹上纲上线了："为了钱就可以出卖自己的灵魂？"

夏方舟愤怒地说："移梁换柱，谁出卖灵魂，你是说拿了奖金的工人？没有生活的尊严，所谓高尚的精神实质上是一种变相的欺骗，社会主义分配原则是各尽所能、多劳多得，这是对劳动者的尊重，对劳动者的劳动成果的尊重！我告诉你秦晓丹，我不但没做错什么，并且从这件事中获益匪浅，它让我重新理解了什么是劳动者的奉献，什么是劳动的尊严！你一直占据着道德制高点，把自己凌驾于劳动者之上！"

秦晓丹有些发呆地看着夏方舟。夏方舟因为心疼放缓语气："秦晓丹，所有的神话都会破灭，我们每个人都活在真实的而不是虚幻的生活中。你应该回到真实的生活中来，那样，你会理解很多人。"秦晓丹回过神说："夏方舟，我只要你一句话，这不是你干的，你不是主谋！"

夏方舟坚定不移地说："是我干的，我就是主谋。"秦晓丹盯着夏方舟的眼睛说："原来，我还有些不相信，现在相信了。你一直在秘密整理材料，企图全面否定川南钢铁的设计方案。"夏方舟有些猝不及防，回避了秦晓丹。

秦晓丹冷冷地看着他，见夏方舟欲言又止，秦晓丹冷冷地说："做了不敢承认，懦弱。"转身离开。夏方舟叫声："你站住！"秦晓丹回头，还抱着最后一丝希望，希望夏方舟能够否认。

夏方舟神态沉静，字字清晰："秦晓丹，会有那么一天，我证明给你看。我一定会做到。"秦晓丹反因绝望而安然，说："你已经证明了。夏方舟，从今以后，我们之间没什么可说的了。"

夏方舟忽然感觉极度的疲劳从内心深处漫延全身。戚光复来到他身边，默默地陪着他。

第三十章

130

　　小桌上的酒菜杯盏已经摆好。新鲜的猪肉，新鲜的小河鱼，新鲜的蔬菜，甚至还有新鲜的水果，再加上一瓶中国排名第一的好酒，在1970年的金江，这足以够得上奢侈。

　　陈国民和夏方舟相对而坐。陈国民说："我说你这夏方舟啊，你怎么能代我受过呢？你是谁，我是谁啊？你弄的这一手，让我这张脸往哪儿放？我还四大金刚之首，惹出点事来，让一个青年技术员替我顶罪，我成什么人了？"

　　夏方舟笑着说："队长，你脸往哪儿放我不管，你成什么人我也不管。咱们队里的事我可不能坐视不管。"陈国民怒喝："队里的事轮得到你管吗？"夏方舟反驳："怎么轮不着我？队长，撤了我的技术员，工作我照样干，就算是公开不能干，私下里照样干，能力在这儿呢，对吧？撤了你的队长，发下去的奖金再交上去，队里的军心就散了。"

　　陈国民火冒三丈地说："军心、军心，他们把你的干部职务都开除了，让你这堂堂的五年制大学生成了二级工，我下面的人能服气吗？我还要这个军心干什么！"夏方舟较真地说："队长，你要这样，可有点对不住我。"陈国民动了感情："今天，你不把这瓶酒给我干了，出不了我的家门！"

　　戚光复拿着一瓶酒进来说："队长，今天晚上，我和你一起收拾夏方舟！"陈国民叫声："好！来，坐！光复，今天你倒酒。"

　　田青妮进来说："你们先等等。当家的，今天，为了夏师傅，我得破你一回规矩。戚队长，给我也倒上，倒满。"陈国民不想坏了气氛，说软话："一个娘们儿家掺和什么掺和？青妮，听话！"

　　田青妮不理会丈夫，继续说："夏师傅，今天我和你喝三个酒。头一杯呢，以前，我都是叫你小夏师傅，从今以后，我改口叫你夏师傅。夏师傅，来，干了！"说完，自己先干了。夏方舟赶忙把酒干了说："田师傅，你还是叫我小夏。"

　　陈国民明白了妻子。

　　田青妮等戚光复又给她倒满酒说："这第二杯酒呢，夏师傅，你不是我们老陈的徒弟，也不是他的工人，刚才在外面听你说了，你不是为了我们老陈，是为了队里，不管你嘴上说为了谁，结的这个果，还是帮了我们老陈，顶了他的罪过，我谢谢你！"陈国民眼中有泪，说："小娘们儿说得好！"

田青妮举起酒杯自己先干了。夏方舟也把酒干了说："田师傅，你让我不好意思了。"

田青妮不慌不忙地说："还有第三杯！夏师傅，我们家老陈的规矩，不管到什么时候都得尊重知识分子，我只上过江汉钢铁的企业技校，打心眼儿里是敬重读书人的。话说回来，敬重归敬重，对你们知识分子、工程师、技术员，没有和工人的那股子亲近感。今天不一样了，夏师傅，你是咱们自己人，是个好男人，好爷们儿！"夏方舟感动地说："田师傅，这杯酒我先干！"

田青妮笑中含泪，和夏方舟碰杯干杯，然后说："你们慢慢喝，我就不陪了。夏师傅，戚队长，今天晚上你们都放开了喝一场，高高兴兴地醉上一场！"

陈国民动了感情，嘴上却是荤话："小娘们儿，看我晚上怎么收拾你！"田青妮也是笑了笑，擦着泪出去了。夏方舟满眼的泪，却是在笑。陈国民泪眼中却含着笑说："夏方舟，你跟着笑什么笑？光棍一条，你懂什么！"

戚光复说："队长，他不懂，你教教他呀！"陈国民："教了也白教！赶紧娶个媳妇，什么都懂了！"夏方舟想岔开："队长，喝酒。"

陈国民说："光复，他还不好意思了！好，今天晚上，咱们三个痛痛快快地喝他一场，一醉方休！"满嘴的玩笑，满腹的真情。

秦晓丹独自在宿舍，默默地坐着发呆，窗台上，是那株罐头盒里的野花。听到季成钢在外面喊她，回过神，有些犹豫。

季成钢坚定地等在外面，对经过的那些喊喊喳喳的女人目不斜视。

秦晓丹从里面出来，两个人都没有说话，一直走到宿舍区外面，两人才停下来。季成钢先开口："已经对他手下留情了。本来是开除公职，留用察看。"秦晓丹抬头看着天边的弯月说："他的一生，就这么毁了。"

季成钢煞有介事地说："从某种感情上说，我也为他感到可惜，可是，对敌人的仁慈就是对人民的犯罪。晓丹，你不会怪我检举他吧？"秦晓丹沉默不语。

武本奇和小兄弟一路跟踪而来躲在暗处，听到这句话，武本奇咬牙切齿地说："这王八蛋！"王卫国说："这回有证据了，就是季成钢这王八蛋揭发的！"武本奇摇头说："这还算不上铁证。到了我师傅那儿，他翻脸不认账，我师傅还是信他的。继续听。"

季成钢等了一会儿说："晓丹，你责怪我检举他？"秦晓丹依然看着天边弯弯的月亮说："没有。只是，我还是有些不相信。"季成钢急切地说："晓丹，不要再对他抱有丝毫幻想了！"

秦晓丹收回目光，转身离开。

秦晓丹来到总部大楼，看到顾弘亮办公室的灯还亮着，上了楼。

秦晓丹见到顾弘亮，开门见山说："顾代表，在这种大事上，堂堂的陈国民受夏方舟蒙蔽，上夏方舟的当，我总觉得不可能。"

顾弘亮对秦晓丹为这事来找他有些意外，考虑了一下说："晓丹，我也是今天才知道，事情没有彻底暴露之前，赵总曾经找过夏方舟，夏方舟当时既没否认，也没承认，反倒是对赵总说，不要秋后算账。"

秦晓丹近乎愕然，说："他……威胁赵总？"顾弘亮斟酌："也不一定是威胁。在当时那个情况下，组织上确实不好采取处理措施，把工程拿下来，还要靠第一施工队。晓丹，有些话我不好和你再往深处说了，你不要掺和这件事，组织已经下了结论，那就是铁板钉钉。"

秦晓丹黯然地说："夏方舟为此搭上了一生的政治前途。"顾弘亮感慨："陈国民的王牌施工队，几乎全军覆灭，教训惨痛！夏方舟的责任不可推卸，政治禁区他都敢碰。我再说一遍，晓丹，你绝对不要参与此事。"秦晓丹点头说："我……还是为他惋惜。"

顾弘亮说："这是他自己的选择。"秦晓丹没有明白这句话的弦外之音。

131

人逢知己千杯少！陈国民和夏方舟都有些浓浓的酒意，陈国民说："方舟啊，刚才，光复说，让我教教你，怎么收拾小娘们儿！人家光复两口子，孩子都一岁了，你也赶紧！小乔那姑娘多好啊！你要觉得张不开嘴，我让青妮给你介绍，怎么样？怎么着，心里还放不下秦晓丹？方舟，我是过来人，听我一句，你和她弄不到一块去，五百年前姻缘定，不是一家人，进不了一家门！别惦记她了！"

夏方舟端起杯子把酒干了。

隔壁戚光复家里，陈海燕在旁边的桌上写作业。满了五岁的陈天海极认真地端着碗，用勺子喂满了一岁的戚芳薇吃饭。

田青妮和陆汀兰坐在旁边，笑着说："陆技术员，瞧我们海子，对芳薇这股子劲，哪像个五岁的孩子。"陆汀兰也笑着说："那以后，就把芳薇交给海子了！"

乔佳丽在外面声音不大："队长，陆老师。"陆汀兰悄悄和田青妮说了一句什么，相互会心一笑。

乔佳丽进来。

田青妮笑着问："佳丽，你是来找戚队长，还是找夏师傅？夏师傅在我们那边喝酒呢，你也过去？"乔佳丽越发羞涩。田青妮拍拍床沿说："过来坐下。佳丽，正好，有个事我想问问你。"

乔佳丽坐到她们旁边，田青妮别有意味地打量着她说："佳丽，够了结婚的年龄了吧？"乔佳丽忽然紧张地说："田师傅，我不要介绍对象。"田青妮笑意盈盈地问："那要是夏师傅呢？"乔佳丽稍稍一怔，低下了头，嘴角却带出笑意。

陆汀兰和田青妮相互看了一眼，舒了口气。

戚光复搀扶着喝多了的夏方舟进来。乔佳丽第一个冲上去，焦急地问："方舟哥！队长，方舟哥他怎么了？"

田青妮看她急成这样，笑着说："没事佳丽，喝得痛快，有点多了。"

乔佳丽央求："队长，我扶方舟哥回去吧！"戚光复看了眼陆汀兰，陆汀兰点点头。

夏方舟醉意很浓地说："不用送,谁都不用送,我自己回去,我没醉。佳丽,我没事,不用送。走了。"转身摇摇晃晃地出门。乔佳丽叫着:"方舟哥、方舟哥!"跑了出去。

陆汀兰问:"光复,你怎么样?"戚光复明白妻子的意思,说:"我没事,我在后面跟着他们。"

秦晓丹正在夏方舟宿舍附近徘徊,就在准备离开的时候,看到乔佳丽搀扶着夏方舟朝这边过来,几乎是下意识地躲到了一旁。

乔佳丽吃力地搀扶着醉意愈浓的夏方舟,虽然有些歪歪斜斜,总归是有惊无险。戚光复不远不近地跟在后面,笑着摇头。乔佳丽没有看到秦晓丹,快活地说:"方舟哥,只要有我在,你绝对倒不下的,从今以后,我会永远守候在你的身边……"

跟过来的戚光复看到了退到一旁的秦晓丹,驻足。

乔佳丽搀扶着夏方舟到了宿舍门前,室友从里面出来,显然对乔佳丽来此习以为常,说笑着帮着乔佳丽把夏方舟搀扶进去。

秦晓丹转身,看到戚光复,愣了。戚光复微微点点头说:"方舟在陈队长那里喝多了,佳丽刚好在我那儿。"

秦晓丹语迟:"光复……"欲言又止。戚光复似问似答:"是来找方舟。"秦晓丹犹豫了一下说:"本来,想最后问他一次……没必要了。"转身就走。戚光复喊住她:"晓丹!"秦晓丹回身。戚光复走到她身边说:"我知道你想问什么,也许这话不该从我嘴里说。"秦晓丹看着他。

戚光复稍沉,平和而坚定地说:"关于川南钢铁的种种,且不说方舟是对是错,就算他一条黑路走到底,他也不会放弃,没有人能够挡得住他。"秦晓丹愣了,怔怔地看着对方。戚光复说:"记住我的话,谁也挡不住他。"

秦晓丹说声:"谢谢!光复。"转身离开。戚光复一叹:"可惜!"

第二天清晨,秦晓丹在李心梅墓前,把罐头盒里的金沙蓝梦移栽到墓前的地上,泪水滚落,痛心地说:"心梅,我把他还给你了……对不起……"

133

季成钢和和十几个工长被陈国民召集到巨大的建筑物下面开小会,这里视野开阔,周围的风吹草动一目了然,尽收眼底。

陈国民用犀利的目光巡视众人说:"你们估计,这事是谁干的?"工长们面面相觑,季成钢镇静自若。

陈国民强压住怒气说:"揭发我的人把明细账都捅上去了。奖金怎么发,就我们这些人开会定的,下面的人不知道这笔账。按说,我不该怀疑你们……我不怀疑你们怀疑谁?"

众人都不敢作声。老工长说:"队长,你先消消火,大家也都仔细想想,会不会哪个不小心，账让别人给偷看了？"

陈国民疾言厉色："那就给我彻底查！要不是夏方舟替我顶了，发下去的奖金，怎么吃下去的怎么吐出来。夏方舟为了大家伙儿，成了二级工，还背了一身的处分！你们下去给我仔细查，一定把这个人给我找出来！吃里爬外的白眼儿狼，王八蛋东西，我轻饶不了他！"

那边散了会，季成钢回头到技术室，对秦晓丹说："陈国民放了狠话，一定要把我查出来，直接骂上了，绝不轻饶了我这个吃里爬外的白眼儿狼，王八蛋东西。"秦晓丹担心地问："他能查到你吗？"季成钢大义凛然地说："晓丹，从决定检举的那一刻起，我就做好了最坏的打算，别说打击报复，即便为大三线献身我又何惧之有！"

秦晓丹想了想说："你应该立刻向上级汇报。"季成钢镇静自若地说："我不需要任何保护，我等着他们的猖狂反扑！晓丹，你还不相信夏方舟是主谋吗？陈国民为了他，又一次站到了前面。"秦晓丹有些黯然，下意识地瞟了一眼窗台的铁皮罐头盒。

季成钢发觉金沙蓝梦不见了，取而代之的是一种叫不上名的野草。精明如他，当即明白了其中的寓意，几乎就要控制不住地狂欢。但他控制住了，眼下有更紧迫的事情。以他对陈国民的了解，一旦被陈国民抓到证据，后果不堪设想。

"害怕了？"程时风毫不掩饰嘴角的轻蔑之色。

心急如焚的季成钢哪里还顾得上脸面，说："程处长，没比你更了解陈国民的，他不但心胸狭窄，更是把第一施工队当作他的独立王国，一旦他查到是我检举的，什么事他都干得出来。"程时风满脸瞧不起他的样子，微笑点头。急迫的季成钢已在哀求了："程处长，我和陈国民进行了坚决的斗争，他现在要打击报复我，我需要组织上的支持和保护。"

程时风冷冷地回一句："你回去吧！"季成钢猛醒，马上说："程处长，我将继续和陈国民进行坚决的斗争，决不辜负你的期望！"程时风微微笑过，不慌不忙地点了点头说："明天早上一上班，你到我这儿来。"

季成钢顿时如释重负地说："谢谢程处长！程处长，对夏方舟的处理，不会再翻盘吧？"程时风冷着脸说："季成钢，你揭发陈国民是站对了队，那是对陈国民。可你要落井下石，和夏方舟过不去，没你的好处！"

梁朝丽扭着身子娇嗔："我爸和程处长关系好怎么了？你师傅和人家关系不好，还不许我爸和人家关系好？我爸和你师傅关系也好着呢！"

武本奇脸一黑说："朝丽，我们队发奖金出事了，听说了吗？"梁朝丽说："全二号信箱都知道了。大家都说，咱工人谁不希望有个你师傅那样的队长！谁这么缺德，揭发你师傅，把人家夏工都害了。"

武本奇满意地说："嗯。立场还不错！朝丽，我告诉你，是季成钢那家伙揭发的。"梁朝丽真情反应："季成钢怎么这么坏！"武本奇高兴地说："朝丽，我越来越喜欢你了。听着，给你布置任务，让你爸请程处长喝酒，趁他喝多了，你从他嘴里把话套出来，让他亲口证实，是季成钢揭发的我师傅。"

梁朝丽说："这怎么套啊？"

武本奇教她："听我说。人耳朵软，都喜欢听好话，趁程处长有了酒，你可劲儿地吹捧他，同时贬低我师傅，说我师傅如何如何不如他，应该修理修理我师傅……"梁朝丽忍不住打断他："我怎么能说这种话呢！那是你师傅呀！"武本奇教训："这不是为了套他的话吗！笨！今天晚上，我在你家旁边等你。套不出话来，别来见我。"梁朝丽担心地说："千万别让我妈看见你，也别让邻居看见。本奇，你到咱俩上次去的地方等我吧！行吗？"武本奇满口答应："行！干活去吧！"梁朝丽抛个媚眼，高高兴兴地笑着跑开了。

机缘凑巧，梁朝丽的爸爸梁钱广早就和程时风约了到家喝酒。梁朝丽在一旁给他们倒酒，一边按武本奇教她的不断地敲边鼓。

程时风很受用地说："梁师傅，朝丽说的这些，不是一个人两个人和我说过，大家都看不下去。我是不和他那种人计较，我要和他一般见识，不说别的，季成钢检举他私发奖金的事，我能让夏方舟替他顶缸？"

梁钱广吃惊地问："怎么，季成钢检举的他？那是他徒弟啊！当徒弟的怎么能干这种欺师灭祖的事呢？"程时风笑着说："这就叫得道多助，失道寡助。自己的徒弟都站出来检举他，你说他是个什么人？他还要报复季成钢……"梁钱广赶紧把女儿撵出去。

梁朝丽说："程叔，你和我爸慢慢喝，我出去玩玩。"出了门一路飞跑，到了上次和武本奇约会的江边，忙不迭地把探来的消息告诉了等在这里的武本奇。

武本奇大喜。梁朝丽问他："本奇，你让我打听这些，到底要干什么？"武本奇说："那你就不用管了。我给你宣布一个重要决定，有史以来，我，有史以来最重要的决定，想不想听？"梁朝丽笑得很甜，说："你说我就听。"武本奇一本正经地宣布："我决定喜欢你，正式喜欢你。不信？不信算了！"梁朝丽赶忙说："我信！本奇，我信！"武本奇一把将梁朝丽抱在怀里。

他的几个躲在暗处的小兄弟憋不住笑出声来。

这天晚上，夏方舟到戚光复家已经很晚了，显得相当疲惫。

戚光复还是以答代问："准备你的应对方案。"夏方舟点头说："留给我的时间不多，我得抓紧。"戚光复这才问："方舟，现在能说了吗？问题到底严重到什么程度？"陆汀兰接上："我也想听听，方舟。"

夏方舟沉沉一叹："比我原来估计的还要严重，严重得多。"陆汀兰小心翼翼地问："总不会影响到量产吧？"夏方舟说："我得回去，把今天的笔记整理一下。"随后轻轻地亲了亲梦里的小芳薇，出了门。

134

陈国民怒斥："武本奇！你小子再敢给我乱点眼药，我揍死你！"武本奇毫不退缩地说："师傅，这回，不怕你不信，三公司的梁师傅，你去问他。"陈国民瞧他模样，动摇了。

陈国民说:"梁师傅是三公司的,他怎么知道的?"武本奇要紧处实话实说:"昨天晚上,梁师傅请程处长喝酒,程处长喝高兴了,当着梁师傅的面说的,告密的人是季成钢。"

陈国民又问:"你怎么知道的?"武本奇半真半假地说:"师傅,我得帮着你追查告密的家伙,你是我师傅!于是我采取了点地下工作者的手段。对了,季成钢还当面给程处长告你的黑状,说你要报复他!"陈国民确信,顿时火冒三丈,气得浑身发抖。

夏方舟进来,看到陈国民背面,没注意到他的情绪。武本奇说:"夏大哥,咱们奖金的事,我查出告密的那家伙了。"夏方舟一震。陈国民转过身说:"季成钢那个兔崽子!他八辈祖宗!"

随后,陈国民把工长和骨干们召集到办公室,特意让夏方舟也在场。陈国民问:"对季成钢,大家说怎么办?"众人听了,都快气炸了,纷纷表示:"听队长的!"

老工长站起来说:"我说一句。当初接了那个活,大家都觉得干不了,迫于压力,队长不得已想了这个法子。当时我说过,发奖金,队长头顶上顶着雷,他不是为自己,是为大家,谁给队长惹麻烦,谁就是和大家过不去!事到如今,话还是这个话,季成钢不是和队长过不去,他是和大家过不去!"众人怒声附和:"不能轻饶了他!"

陈国民有些迟疑地说:"有个想法,和大家商量商量,这一回,我还想再给他留条路。只要他守着大家的面认了错,道了歉,饶他一回。行不行?"

众人诧异。老工长不干了,质问道:"队长,你饶了季成钢,对得起夏技术员吗?夏技术员落到这一步,人家为的谁呀?因为季成钢是你徒弟就网开一面,别人还怎么带徒弟?"众人纷纷跟上。

夏方舟提高声音说:"各位师傅,各位师傅,让我说一句,别考虑我的因素。我把这事顶起来,主要不是为了队长,是为了咱们第一施工队。"

陈国民说出为难之处:"季成钢是我徒弟,我这个当师傅的,坚决不能饶他,保证给各位当师傅的做出样来。他还是队里的副书记,我撤不了他,为了咱们施工队,给他个认错的机会。"众人都不说话。

陈国民求告大家:"就算给我个面子,行不行?我打包票,大家放过他,我放不过。撤不了他副书记,师傅收拾徒弟,该怎么收拾怎么收拾。庆典日出了铁水,马上就会有新工程,从下一个工程开始,让他到一线干杂工,没期限,什么时候大家觉得出了气,什么时候让他回来。"

老工长妥协,虽然众人心里很不情愿,但陈国民话说到这分上,大都家表示听队长的!

陈国民抱拳:"我陈国民欠了大家的情了!今天他没过来这边,估计在那边的工地上。我让林富来去叫他了,一会儿他来了,大家先别乱,他先开口认错最好,他不说,我当面收拾他!"

季成钢在程时风的办公室,面上激动谦卑,心里的小算盘打得很精明,说:"程处长,你对我如此信任,我怎么还敢提条件。无条件!"

程时风把他看得透透的，笑着说："有想法，还是说出来。"季成钢试探："如果可以的话，程处长，我能不能把秦晓丹带过去？"程时风爽快答应。季成钢心满意足。

程时风说："你是以副代正，事实上的一把手。这个新成立的第五施工队，虽然只有两百多人，和你过去的那个突击队规模差不多，但是在级别上，和陈国民的第一施工队是一个级别，正科级。"

季成钢眼含热泪地说："程处长，我过去以后，只有努力工作，用我的工作成绩报答程处长的信任和培养！"

程时风好似语重心长地说："成钢，我对你只有一个要求。论能力，你比不了陈国民，差得不是一点半点，论规模，你更是比不了第一施工队，这是客观条件。你过去以后，发挥你的强项，在战斗精神上全面超过陈国民，在二号信箱给我竖起一面旗帜来。回去和陈国民说一声，立刻走马上任。文件马上发下去。"季成钢兴奋地说："是！程处长，我随时随地听从你的指挥！"

季成钢一路春风得意马蹄疾，回到新工地技术室，一进门就迫不及待地说："晓丹，告诉你个好消息……"

林富来突然出现，面无表情地说："季成钢，师傅让你马上去那边办公室。"

秦晓丹感觉到了，担心季成钢。季成钢笑得很夸张地说："鸠山设宴和我交朋友。晓丹，还记得吗，我和你说过，我的暴露是迟早的事，其实，我一直盼着这个时刻的到来。"秦晓丹表明立场："我和你去。"季成钢心想事成，说："晓丹，我有个好消息要告诉你，边走边说，林富来，别跟着我们！"

林富来不客气地说："季成钢，以为别人都像你这么下作呢！跟着你？老子没得那份闲心！"

135

工地办公室前聚集了大批工人，武本奇和小兄弟们都在其中。有人喊："季成钢来了！"工人们闪开了一条通道，敌对地看着季成钢。

季成钢从容不迫地经过通道，秦晓丹跟在他旁边。武本奇故意让秦晓丹听到："不明白啊！怎么秦工好人坏人都分不清了！季成钢，你装什么装，原形毕露了，等着师傅修理你吧！还装大尾巴狼！"季成钢带着轻蔑的冷笑，看都不看武本奇，从容经过。

办公室里，陈国民和工长、骨干们站成一圈，只在门口留了很小的一块地方。夏方舟站在靠近门口的地方。

季成钢来到门口，神色轻松地说："晓丹，你别进去。"秦晓丹点点头，冷冷地看夏方舟。季成钢进了屋，站在给他留出的位置上，环视周围愤怒的目光，神态自若，微笑着说："看这架势，大家都知道了。我一直等待这样一个时机，当面告诉大家，第一施工队私发奖金，是我检举的。"

陈国民狠狠地盯着他。季成钢敛容，越发镇静地说："师傅，第一施工队私发奖金，是极其严重的政治错误，是大是大非的原则问题，我必须和这种行为进行坚决的斗争。"

众人都愣了。陈国民完全没料到季成钢会是这种态度，也是愣了片刻，勃然大怒："季成钢！你太猖狂！我没你这个徒弟，滚！"季成钢理直气壮地说："我问心无愧！你不认我这个徒弟不能改变什么。我有师傅！我的师傅是工人阶级，他不是任何一个特定的对象，是被高度抽象了的工人阶级。"

陈国民被绕得发蒙，愤怒地说："抽象？老子一点也不抽象！我告诉你，我把你踢出门去，所有的老工人都不拿你当正经东西！"季成钢轻蔑地说："愚昧！你根本不配做我的师傅！你严重背离了工人阶级的优秀品格，玷污了大三线的奉献精神，我必须与之进行坚决的斗争。"

陈国民吼道："季成钢！别以为你是什么副书记，老子照样收拾你！从现在起，到一线给我干杂工！别觉得工地上没活儿，天天给我打扫卫生！"

季成钢微笑："陈国民队长，通知你一声，我被任命为第五施工队的书记兼副队长，文件马上就发下来。"

陈国民蒙了。众人也跟着蒙了。

季成钢看着夏方舟说："还有，晓丹同志和我一起调过去。"微笑彰显挑衅，夏方舟果然怔住了。季成钢话锋陡转："趁这个机会，大家都在，我想替夏方舟说句话。"

众人意外，秦晓丹更是意外。夏方舟冷冷地看着季成钢。

季成钢说："陈国民队长，组织已经做出结论，私发奖金夏方舟是主谋，必须严肃处理。我要说的是，你作为一队队长，为了保住自己的地位，一推六二五，把责任完全推到夏方舟身上，夏方舟一生的政治前途就此毁掉。是，他罪有应得，你呢？扪心自问，你就那么心安理得？你这样的人，还有什么脸面站在这么多工长和师傅面前耀武扬威、发号施令？"

陈国民气得浑身发抖，却也真有些下不来台。

夏方舟问："说完了吗？"季成钢居高临下地说："给你一句忠告，洗心革面，重新做人！在哪儿跌倒了，在哪儿爬起来，即便做一个普通工人，你也还是有前途的。"夏方舟再问："说完了？"见对方微笑点头，毫无预兆，一拳把季成钢打倒在地。所有的人都惊呆了。几个老工长先反应过来，上来死死地抱住夏方舟。

秦晓丹厉声说："陈队长，这是在你的办公室！"

季成钢站起来，擦着嘴角的血说："夏方舟，我高看了你，可怜，你不过如此！晓丹，我们走。"秦晓丹冷冷地看了夏方舟一眼，转身跟着季成钢离开了。

被工长们死死抱住的夏方舟脸色苍白。陈国民气得浑身发抖，憋了半天才发作："我早该看出来，季成钢这个欺师灭祖的王八蛋！"

夏方舟趁工长们稍有放松，挣脱出来冲了出去。武本奇反应极快，和几个小兄弟上前死死地抱住他。夏方舟挣脱不出，愤怒地看着季成钢和秦晓丹离开。

季成钢感觉到了什么，回头，得意地冷冷一笑。

武本奇不敢放松地说："大哥，大哥，这事你别管了，交给我，我一定给大哥出这口恶气！"夏方舟怒意难平。

季成钢和秦晓丹站在金沙江边，季成钢说："刚才，我之所以说那些话，除了对他感到可惜，我真不愿意相信，他是私发奖金的主谋，趁这个机会，当着陈国民的面澄清真相，甚至有可能挽回夏方舟的前途。没想到……"

秦晓丹轻轻打断他："成钢，不提他了。还疼吗？"季成钢一声长叹："这一拳，他彻底打醒了我……听你的，晓丹，不提他了！晓丹，这件事要不要向组织汇报？"秦晓丹坚定地说："肯定要汇报！"

半个小时后，季成钢在程时风面前眼含委屈的热泪，添油加醋地说："程处长，动手的虽然是夏方舟，但绝对是陈国民授意的。如果不是晓丹同志在场，他们还不知道会把我打成什么样子。"程时风表面平静地说："你不要怕他们，一个小小的施工队长，他还敢翻了天！"

季成钢无中生有地说："我不是怕他们。陈国民当着那么多人骂我狗仗人势。我受不了这种侮辱。"程时风恼怒地叫了声："季成钢。"季成钢微微一震。

程时风控制住情绪说："到了新的岗位，集中精力把工作做好，其他的事有我呢！夏方舟对你动手这事，就到我这儿。"

季成钢反应迅速："哦……我不会和他计较。"程时风说："回去马上把队伍抓起来。"季成钢说："是！程处长，我回去了。"

戚光复听武本奇说了，找到独自在那片山坡上生闷气的夏方舟，恨铁不成钢地说："夏方舟，说你傻，你不傻，可你这左右半脑就不能稍微平均一点？季成钢那番话，听起来是说陈国民的，你觉得他想把水搅浑，对不对？你要站出来，把事揽到自己身上。其实他哪一句都是冲着你来的，他就是想激你，先用秦晓丹挑起你的火，让你失去理智，一步一步跟着他走，竖起杆子让你爬，你还真就上他的当了！这不是第一回了，那次在医院你和他辩论，我就骂过你，你怎么就记不住呢？猪脑子啊！"

夏方舟被戚光复骂得抬不起头，戚光复怒气未消。

第三十一章

136

戚光复坐在舞台下面，看到上面排练的乔佳丽走神，大声说："乔佳丽！认真！这是庆典的节目！认真点！"乔佳丽置若罔闻，目光里仍然带着冰冷，不时投向戚光复后面。戚光复感觉到了，回头看到季成钢，很显然，他在这里站了一会儿了。戚光复冰着脸说："季成钢，你来这儿干吗？"

季成钢面带微笑说："戚队长，你该知道了吧，我现在是特种公司第五施工队的书记兼副队长。戚队长，我们队刚组建，都是年轻人，需要鼓舞士气。你们舞蹈队，什么时候到我们队里搞一场慰问演出，我们热烈欢迎！"

戚光复不想再搭理他，说："我们全部精力都用在为庆典准备节目，没时间。"季成钢笑着说："没关系！等以后方便的时候，我这算先打个招呼。戚队长，你们去的时候，一定带上乔佳丽，晓丹很喜欢乔佳丽的舞蹈。"

戚光复冷笑："喜欢乔佳丽的舞蹈的人多了。"季成钢阴笑着说："晓丹特别喜欢。戚队长，不打扰了！"戚光复怔怔地看着得意的季成钢扬长而去。

戚光复的这口恶气撒不出来，憋了一下午，到晚上吃饭的时候，看着狼吞虎咽的夏方舟，忽然理出了头绪。

戚光复这才说："今天，季成钢去我那儿了。怎一个得意扬扬了得呀！一口官腔，让我去给他的五队慰问演出。你们是没见着他那副小人得志的嘴脸：'你们去演出一定带上乔佳丽，晓丹很喜欢乔佳丽的舞蹈！'听听，什么东西！"夏方舟不接话。

戚光复看着他，话题跳转不形于色："遥想公瑾当年，小乔初嫁了，雄姿英发。羽扇纶巾，谈笑间，樯橹灰飞烟灭。"夏方舟听懂了，说："我回去。"戚光复发狠地说："这个一根筋的夏方舟！"

绝大部分工程都已完工，队伍休整学习，准备迎接庆典。空闲的时间宽裕起来。一队这边更轻松。武本奇陪着陈国民在办公室喝茶，给他的茶杯倒上水说："师傅，有个事我一直想不明白。师傅，你说我，没多少文化，一个技校生，又年轻，没见过多大世面，可就凭我，两年前，我怎么一眼就看出来季成钢不是个东西呢？奇了怪了，领导喜欢他，师傅，你教教我，领导怎么喜欢这种东西呢？"

陈国民瞪眼说："武本奇，你拐着弯地骂我是不是？"武本奇煽风点火还满脸无辜地说："我哪敢骂你哪师傅，我说的是领导，季成钢这王八蛋，当上书记了，我憋气！"陈国民憋了半天找不着词。

武本奇探明了陈国民的底，带上王卫国和另一个小兄弟朝着五队的工地办公室杀了过去。

季成钢踌躇满志，哼着流行的红色歌曲一路走来。武本奇带着两个小兄弟从建筑物后面闪了出来，拉着架势挡在路上。季成钢根本不在乎他，盯着他问："想干什么？"

武本奇脸色一变说："问你自己！季成钢你这东西，告师傅的恶状，污蔑陷害夏大哥，卖身求荣，你说你算个什么东西！小哥我见过不是东西的，没见过你这么不是东西的！"

季成钢冷笑道："武本奇，别在这里给你师傅丢人现眼了！嫌他丢人丢得还不够？自己干的事，惹出麻烦来了，让夏方舟替他顶缸，够丢人的了！"季成钢从容地从武本奇身边贴着身过去，稍停，回头说："武本奇，看着我当书记兼队长不舒服是吧？那是我的办公室，有本事你把它砸了。"

武本奇愣愣地看着季成钢走了。王卫国上来说："本奇，这招根本不灵，瞧他那样子，根本不在乎咱们！除非用夏大哥那一手，用不着给他废什么话，上来就是一拳！"武本奇还没回过劲来。

到了晚上吃饭，武本奇不但没消气，反倒是越来越咽不下去，和几个小兄弟在宿舍喝酒。

武本奇吼一声："我烦！你们想想，季成钢这王八蛋，从来金江的路上就他娘的找我的事，不是看着秦工的面，我当场修理他！来了这里以后，这家伙一贯地喊口号、假积极，到处制造事端，坑蒙拐骗，卖身求荣，连师傅他都敢卖！最后，他竟然得逞了，当上了书记队长，这也倒算了，老鳖死了天鼓响，算他走了王八运！可秦工明明是夏大哥的人，眼睁睁地看着让他给勾引走了！让这种王八蛋心想事成，天下还有讲理的地方吗！我说的，我得替夏大哥出这口恶气。让季成钢那王八蛋知道知道小哥的厉害！"说着，站起来就往外走。

小兄弟们试图拉住他。武本奇翻脸："谁也别拉着我！放开！放开！"待众人松了手，一个人出门而去。几个兄弟相互看了看，不约而同地跟了出去。

武本奇摇摇晃晃地来到办公室前，大声喊："季成钢，你给我出来！我知道你在这里，出来，出来呀！你给我出来！"几个小兄弟暗中看着他。

武本奇喊了半天没动静，到门前看了看，里边虽然没有亮灯，但是门没有锁。武本奇喊："季成钢，你有种给我出来！出来！你个孬种！老子不客气了！"推门进去，借着外面的灯光，看了半天，屋里没有人。愣了片刻，武本奇突然发作，拿起一把椅子，到处乱砸，把办公室砸了个乱七八糟。

几个小兄弟商议："这事惹大了！趁着季成钢没回来，赶紧撤。"小兄弟们闯进办公室，不由分说，架着身子发软的武本奇狂奔而去。

季成钢一直站在办公室外的阴影里，面带冷笑说："武本奇，你这头猪！自己送上门来……我求之不得！"

第二天早上，秦晓丹看着被砸得乱七八糟的办公室说："我去找武本奇。"季成钢拦住她说："晓丹！武本奇没这个胆子。"秦晓丹问他："你不是亲眼看着他砸的吗？"

季成钢平静地说："出头的是他，在后面指使的是陈国民。陈国民一错再错害人害己，不出意外的话，公安处应该去第一施工队抓人了。"

秦晓丹吃惊地问："公安处？你向公安处报了案？"季成钢反问："武本奇来打砸抢，我不报案，和他对着干，那不正中他人下怀吗？"秦晓丹无言以对，稍稍考虑了一下，转身就走。

季成钢看着她的背影说："晓丹，上船容易下船难！上了我的船，你回不去了！"

137

赵殿楚相当生气。

程时风庆幸感慨："幸亏把季成钢及时从一队调出来了，不然，后果不堪设想。"赵殿楚很快控制住情绪问："砸五队办公室的是什么人？"程时风说："直接出面的是武本奇，陈国民的徒弟。"

赵殿楚说："武本奇？不是表现还不错吗？拿了好几个月的大会战的班组第一名，是他吧？"程时风说："赵总，劳动生产上他表现是还不错，打砸抢是犯罪啊，更何况他是蓄意打击报复！"

赵殿楚不接话，问："公安处什么意见？"程时风说："牵扯到陈国民，公安处那边有所顾忌。季成钢昨天晚上报了案，他们今天早上才请示总部，都不敢得罪陈国民。"赵殿楚指示："通知公安处，让他们处理武本奇。"

程时风心有不甘地说："赵总，没有陈国民在后面撑着，武本奇一个青工，没这个胆子。"赵殿楚定性地说："陈国民管教不严，有责任。背后指使，他做不出来。你还不了解他？他真想动手，根本不用他的徒弟打前阵。让公安处处理武本奇，陈国民，我找他。"程时风不好再说什么。

"行！方舟啊，你只要请假，我不问你什么事！"陈国民诡秘地笑了笑，"你一直有事瞒着我，别以为我看不出来！这段日子，除了准备庆典，没什么大事，干你的事去吧，不用来上班了！"

夏方舟笑着说："那我走了，队长。"陈国民喊住他："等等！方舟，听我一句，别惦记秦晓丹了！她和季成钢那种东西弄到一块去了，还惦记她干吗？男子汉大丈夫，你长点志气！"夏方舟勉强笑了笑，走了。

陈国民给自己倒上茶，拿张报纸，自己念叨着："这清闲日子还真不好过，浑身难受。"林富来一头拱进来说:"师傅,坏了,公安又来抓本奇了!"

公安处的人不想在陈国民的工地上闹出大动静,把警车停在工地外面,带着武本奇出工地。

陈国民怒气冲冲地带着一些工人,迎面堵住朝这边过来的几个公安,怒喝:"你们给我站住!站住!"几个公安相互看看,停下来。其中一个上来说:"陈队长。"

陈国民指着对方说:"你们胆子够大的!到我的工地抓人,抓我的徒弟,招呼都不给我打一声!把人给我放了!"公安说:"陈队长,正想过去和你说一声,你过来了。"陈国民呵斥:"别废话!先把人给我放了,有什么事找我!"

公安解释说:"陈队长,人不能放。武本奇昨天晚上把第五施工队的办公室砸了。"陈国民愣了一下,反应极快:"你们怎么知道是他砸的?"公安说:"现场有目击人,人家报案了。"

陈国民马上明白了,直面厉声质问:"又是季成钢那家伙!是不是?"公安:"陈队长,不管是谁报案,我们到现场看了,那简直是一片……"陈国民喝断他:"季成钢那个王八蛋说什么你们信什么?没准儿是他自己砸的……就是他自己砸的,嫁祸于人!他什么干不出来?武本奇!"

武本奇应声:"师傅。"陈国民公然明示:"告诉他们,不是你干的!我倒要看看,谁敢抓你走!我让他出不了工地!"公安们面面相觑,干着急。反倒是武本奇不听他的,说:"师傅,是我干的!昨天晚上我喝大了,越想越气,季成钢他凭什么?师傅他都敢出卖,这世上还有他不卖的人吗?我本来想去揍他,他孬种,躲着不敢出来,我把他的办公室给砸了,砸了个稀里哗啦!痛快!"

陈国民大拇指一竖说:"砸得好!该砸!"公安好声说:"陈队长,我们也是执行任务,你多多理解。人不能放,关几天就给你放回来,我给你保证,他在里边受不了罪。陈队长,你别再拦着了,人带不回去,上边追究下来,这事不越闹越大了?到那地步,武本奇还得进去。陈队长?"

陈国民走到武本奇身边,武本奇嘿嘿笑着说:"师傅,没什么大不了的,不就让他们关几天吗!师傅,我反正替你和夏大哥出气了。是吧?"陈国民动了感情,拍打几下武本奇的肩膀,扭过头去摆了摆手。

堵住道路的工人们让开了。公安快速带着武本奇离开工地,上了警车。陈国民回头,看着被公安带上警车的武本奇,一肚子气又上来,说:"完成任务了抓我的人!会战的时候,让老子给你们擦屁股的时候,你们谁敢到老子这儿来抓人?没一个敢的!"

秦晓丹急匆匆赶到,带着武本奇的警车远去了,不由顿足。陈国民正一肚子气没处发,一眼看到她,就大步走过来。秦晓丹转身欲走。陈国民大声叫住她:"秦晓丹,你站住!"秦晓丹停下,没回头。

陈国民转到她正面说:"秦晓丹,回去给季成钢那个王八蛋说,他的办公室是我让武本奇砸的,不为别的,给夏方舟出气!有本事,让他来找我!"秦晓丹转身欲走。陈国民不放她,说:"我还没说完!秦晓丹,算我求你,你和季成钢……啊,一个战壕里的战友,你们好,赶紧好!你就放过人家夏方舟吧!行不行?"

秦晓丹屈辱的泪水顿时涌上来，死死地咬着嘴唇。陈国民有些不忍，扭脸侧过身。秦晓丹疾步离开。

秦晓丹回到五队的前一刻，季成钢正坐在一片狼藉的办公室里，面带微笑，忽然看到秦晓丹回来，迎上来，关切地问："晓丹？"秦晓丹心绪难平。

秦晓丹强忍泪水说："陈国民当面对我说，他让武本奇砸我们办公室，给夏方舟出气。这反倒让我彻底看清了夏方舟，躲在幕后的主谋，就是他！"

季成钢语气柔软："晓丹，我们出去走走。"秦晓丹泪水涌上来，说："成钢，我确实一直对他抱有不切实际的幻想，上次你说我，我嘴上说不抱幻想，心里还是希望不是他。我真糊涂！"季成钢体贴地说："晓丹，出去走走。我让他们来清理一下办公室。"秦晓丹说："稍等一会儿，我去洗洗脸。"转身出门。

季成钢前所未有的舒心，得意而轻松。

138

夏方舟独自坐在他的那片山坡上，面对着下面的川南钢铁，飞快地在笔记本上演算。乔佳丽悄悄地来到他身边，带着一个军用水壶还有干粮。夏方舟沉浸在自己的演算中。乔佳丽不打扰他，看看周围，正想找个地方坐下。

夏方舟看到了她，有点意外。乔佳丽笑颜楚楚。夏方舟问她："你怎么到这儿来了？"

乔佳丽歪头笑着说："来陪你啊！方舟哥，我给你带来了午饭和水，中午不用回去了。"夏方舟又问："你怎么知道我在这儿？"乔佳丽坦诚地说："队长告诉我的。你思考问题的时候，一定在这儿。"

夏方舟继续问："你们不是在排练吗？你是主角呀，一号！"乔佳丽说："我的排练任务早完成了。"夏方舟没得问了，只好说："佳丽，我的时间很紧。"

乔佳丽说："方舟哥，我不影响你。你忙你的，我知道，你在干大事情，关系到川南钢铁未来的了不起的大事情。"夏方舟笑了笑，收拾心情，回到自己的演算中。乔佳丽无声地坐到夏方舟身边，默默地看着他在笔记本上飞快地演算，好奇而幸福。

有的时候，时间真的过得很快。中午，夏方舟简单吃过乔佳丽带来的午饭和水，仍然沉浸在他的演算里。乔佳丽不出声，默默地和他一起吃饭。吃过饭，夏方舟接着回到他封闭的世界里。乔佳丽托着腮，默默地看着他。好像刚刚过了一会儿，看夏方舟收起了笔记本，顿生不安。

夏方舟说："回去了。"乔佳丽越发不安地说："你不是很晚才回去吗？现在还早呢！我耽误你了？"夏方舟笑着说："没有。基本上完了。"

乔佳丽十分兴奋，看到夏方舟的神色，说："你一点也不高兴。"夏方舟笑了笑说："佳丽，不是因为你。"乔佳丽冰雪聪明，说："那就是……出了很严重的问题？"夏方舟站起来说："走吧！"

九岁的海燕和五岁的天海从粮油店出来，海燕背着一小袋大米，天海提着一个油瓶子。

路边上，炮筒式的爆米花机冲着一条麻袋，发出轰的一声巨响，爆米花出炉。小贩把大米爆米花从麻袋里倒进一个盆子里，再倒进一个报纸折成的袋子里，递给旁边的孩子。

天海看着其他的孩子吃着爆米花，直咽口水，停下来不走了。海燕叫他："海子，走！"天海赖着不走说："姐，我吃爆米花。我吃爆米花，姐。"小贩趁机吆喝："香喷喷的爆米花！又香又甜！又香又甜的爆米花！"

天海不断咽着口水说："我吃爆米花，姐，我吃爆米花。"海燕经不住弟弟的纠缠，把肩上的布袋放下来，天海欢快地围着姐姐转来转去。

海燕打开布袋，拿出一小捧大米，海燕把米放到了小贩的盆子里说："多给我们放点糖精！"小贩接过陈海燕的钱说："多放糖精！多放糖精！又香又甜的爆米花马上来喽！"海燕回头把布袋口袋扎上，她的力气小，没有把布袋口扎紧。

吃上了爆米花，天海没了心事，一路屁颠地跟着姐姐。姐弟俩走到一个很陡的斜坡，海燕停下来，回头叮嘱快活地吃着爆米花的弟弟："海子，看路！把油弄洒了，爸爸又要打你！"天海一只手抱着爆米花，用嘴直接在敞开的袋口吃爆米花，顺口应着："洒不了，洒不了。"

海燕笑着说："快走！"没想到，一个跟头绊倒在地上，没有系紧的口袋里的大米顺着坡地洒了一地，消失在尘土里。海燕呆了。天海跑上来，跟着一个跟头摔出去，油瓶子摔在地上，淌了一地。

两个孩子完全吓傻了，呆呆地看着对方，绝望地坐在地上大哭起来。

田青妮在家里坐立不安，念叨着："两个孩子跑到哪里去了！急死人了！"林富来一头撞进来说："师母，你赶紧去看看吧，海燕和天海把大米和油都洒了，不敢回来，在路上哭呢！"

田青妮变了脸色，就要往外跑，又猛然喊："富来。赶紧去找你师兄弟，最好再找几个老师傅，多带些人过来。"林富来不解地问："师母，找人干吗？"

田青妮叹一声："哎呀！你师傅这两天心里窝着火发不出来，气正没处出呢，本奇又被抓了进去，他这火气就更大了。你师傅平日里最心疼粮食，孩子把米粒掉在地上都得挨他巴掌。俩孩子偏偏在这口上惹了这么大的祸，他打起来能要了孩子的命！我去找孩子，你赶紧去找人，待会儿，可千万拉住你师傅！"说着，泪已经下来。

林富来跟着着急地说："师母，你别担心，我这就去找人！本奇要在就好了！"说着跑了。田青妮擦了把泪，也跑了出去。

139

乔佳丽蹦蹦跳跳地跟着夏方舟去戚光复家，说说笑笑，不知不觉快到了，忽然想起来说："方舟哥，本奇被抓起来了，你知道吗？"

夏方舟吃惊地问："什么时候？"乔佳丽说："今天早上，企业公安处从工地上直接把他抓走了。昨天晚上，本奇把季成钢那个坏蛋的办公室砸烂了。"

夏方舟心疼地说："这个武本奇啊！愚蠢！我糊涂，本奇也糊涂！他上了季成钢的当，自己送上门去了！我给他做了个坏榜样！愚蠢透顶！我！"

乔佳丽还是反对，忽然看到前面围着很多人，说："方舟哥，你看！"

陈国民家门前聚了很多人，林富来等人都在，还有些当年和陈国民一起来金江的队里的老工人。季成钢也在附近，面无表情，冷冷地看着。

陈国民家里面传出陈国民的咆哮声，田青妮和孩子的哭声。

紧闭的屋门里面，陈国民把试图拦住他的田青妮打到一旁，拿着竹竿朝着两个根本不敢躲闪的孩子身上暴打，边打边说："我打死你们这没用的东西！一瓶子油一小袋子粮食，三百斤？老子像你们这么大的时候，一个人在山上放羊，狼都得躲着我走！没用的东西，我打死你们！"两个孩子哇哇大哭。

夏方舟快步赶过来，看了一圈，抓住林富来问："小林，怎么回事？"林富来说："夏工，还不是季成钢那家伙闹的，我师傅憋了一肚子气。刚巧，海燕和天海买粮打油，回来路上，把粮食和油都撒了，赶着我师傅气头上了。"

夏方舟说不清楚的一股气上来，勃然大怒："你们这么多人围在门口，就听着他在里边把孩子往死里打？"夏方舟脸色发青，不由分说，分开众人，走上前去。乔佳丽想上去拉住他，看他的脸色，又不敢了。

陆汀兰抱着孩子和丈夫刚好回来，乔佳丽跑到他们身边说："队长，陆老师，快拉住方舟哥！"

夏方舟猛力推门，门反锁着。

屋内两个孩子哭着喊："妈妈！妈妈！妈妈……"田青妮扑上来，死死地拉住陈国民说："你先打死我吧！你先打死我！"陈国民一把拎起妻子说："都是你惯的！"一巴掌把田青妮打到了床上。

夏方舟退出几步，冲上来，一脚把门踹开。围观的人发出一声惊呼。夏方舟冲进去，大喝一声："陈国民，住手！你给我住手！"不由分说，上前夺过陈国民的竹竿，护在孩子前面。孩子们看到了救星，躲在夏方舟后面哭："夏叔叔、夏叔叔……"

陈国民发蒙，根本没想到会有人冲到他家里。夏方舟逼前一步说："陈国民，你给我好好听着，我为你打孩子骂老婆这事，忍了你很久了！"

陈国民发威："老子打老婆打孩子，天经地义，关你屁事！滚不滚？再不滚老子先收拾你！"夏方舟一声应下："好！陈国民，咱们两个大男人出去打，别吓着孩子。"

陈国民来了劲说："就凭你夏方舟？给老子叫板！老子从朝鲜、东北、江汉一路打到大西南，战无不胜，还没人敢和老子玩单挑！"夏方舟强力回击："陈国民！你遇到对手了！"陈国民根本不把他放到眼里说："今天老子好好地教教你，什么叫满地找牙！"

夏方舟和陈国民来到外面，对面拉开了架势。众人明白过来两人要打架，想上来拉开他们。林富来插身到两人之间，不知该说什么。夏方舟喝一声："今天的事谁也别管!"陈国民接着一声:"谁敢拦着,老子先灭了他!"看着陈国民的凶神模样,众人都退了回去,眼睁睁地看着一场恶战上演。

乔佳丽受不了,泪眼汪汪地说:"我不能让他打方舟哥!"这就要冲上去。陆汀兰一把拉住她说:"佳丽,他们不是在打架。"乔佳丽急得两眼泪。

季成钢冷冷地看着夏方舟和陈国民。夏方舟和陈国都看到了季成钢,两人一样的眼中喷火。

陈国民叫板:"夏方舟,现在求饶还来得及。"夏方舟起鼓:"陈国民;不敢动手是吧?不动手我也饶不了你!"陈国民底气十足:"你饶不了我?我让你满地找牙!"扑了上去。夏方舟没有客气。

两人都是打架的高手,你来我往。乔佳丽哭着说:"陆老师,你说他们不是打架,都打成这样了,还要怎么打呀。"

秦晓丹来到季成钢身边问:"他们怎么打起来了?"季成钢腮边的肌肉颤动着说:"晓丹,仔细看,他们是在打架吗?"

夏方舟和陈国民真刀真枪。被打得满地找牙的不是夏方舟,是陈国民。陈国民仍然不服输,起来继续打。直到陈国民被彻底打倒在地上,爬起来乱晃,人们好像忽然醒过神来,想上前拉开他们。夏方舟挡开众人说:"没你们的事。"上前扶住陈国民。

陈国民对围观的众人说:"都走!走!让你们看了场不花钱的戏!"陈国民把冷厉的目光猛地扫向季成钢和秦晓丹说:"别以为白给你们看戏,有老子收钱的时候!你们等着!"和夏方舟进了屋去。

乔佳丽完全看蒙了。戚光复抱着女儿说:"回家喽!"陆汀兰拉起了乔佳丽说:"佳丽,上我那儿吃饭去。"众人在纷纷议论中散去。

季成钢切齿冷笑:"晓丹,看明白了吗,他们不是在打架,是发泄,是公然的示威,是挑衅,是威胁!"秦晓丹愤然说:"那我们就等着,看他们能怎么样!走。"

戚光复这边忙着做饭。陆汀兰笑着问乔佳丽:"现在明白了?"

乔佳丽依然泪眼汪汪,心疼地说:"可是……他们干吗要真打呀!打得那么厉害。"陆汀兰和戚光复都笑了起来。乔佳丽索性说:"我就是心疼方舟哥!我就是!"

田青妮这边已经摆上酒菜。陈国民揉着青肿的腮帮子说:"夏方舟,我居然被你打了一顿!"夏方舟笑着对田青妮说:"田师傅,以后他再这么打孩子,我还替你打他!"

陈国民抽着冷气咧着嘴笑:"嘁!你还吹上了!我今天输在过于轻敌,下一次,战略上我继续蔑视你,战术上我要对你重视起来。你等着吧!"夏方舟故意说:"队长,咱俩是继续打呀,还是喝酒?"陈国民瞪眼:"没人看了,打什么打?喝酒!"

田青妮在一旁笑着说:"海燕、海子,夏叔叔给你们报了仇、出了气了。以后啊,爸爸他再敢打你们,告诉你们夏叔叔!来,过来吃饭了!"

陈国民骂了声:"小妖精娘们儿!"和夏方舟笑了起来。

第三十二章

140

西沉的阳光铺洒下来，湍急的金江上闪动着血色般的反光。季成钢和秦晓丹站在江边，无视眼前的景象。

季成钢好似突然想起，说："看我这脑子！把大事忘了。晓丹，明天，我们第五施工队正式挂牌！献礼日马上就要到了，我们目前的任务，是以饱满的政治热情，准备参加成昆铁路通车和川南钢铁出铁的盛大庆典！"

秦晓丹感慨："忽然觉得日子过得真快。"季成钢引导说："是啊！一转眼，我们来到大三线，来到金江，马上就满两年了。晓丹，我们第一次相见的情景，好像就在眼前。"秦晓丹回忆着："我们经历了很多，成熟了很多。"

季成钢充满激情似乎又很羞涩地说："晓丹，我们是一条战壕里的战友，是志同道合的同志。我……我希望我们的关系……晓丹？"秦晓丹由衷地说："成钢，我知道你对我的关心，你也帮我认清了很多事情。"季成钢趁热打铁说："我得到了你更多的帮助，晓丹，我希望能够在你的身边，永远向你学习，成为一个你所希望的那样的人！"

秦晓丹微微摇了摇头。季成钢的心霎时间提到了嗓子眼儿。秦晓丹稍迟，神色平静地说："等到川南钢铁顺利投产的那一天，历史见证的时刻。"

虽没有从秦晓丹那里得到他所期望的激情爆发，季成钢仍然心花怒放，充满憧憬："那个伟大的时刻，我们一起热切地盼望着它的到来！"

残阳如血。千山寂寥。莫厌夏虫多。

旭日东升。万象生机。江势东南泻。

夏方舟独立江边，看着滚滚江水。季成钢来到他的身后，志满意得地说："伟大的庆典马上到了，川南钢铁顺利投产，你所谓的才华，将大白于天下，那不过是你自我编造出来欺世盗名的鬼话。"

夏方舟不回头，看着江水。季成钢惺惺作态地说："有一个好消息，真不忍心告诉你。"夏方舟不为之所动。季成钢似在宣读檄文一般："为了让你的幻想彻底破灭，我还是决定告诉你。等到高炉顺利出铁的那一天，我和晓丹将会正式确定我们必将收获的革命爱情！"

夏方舟的身子陡然一震，控制住自己的情绪，不回头。季成钢以为击中对方要害，越发得意地说："夏方舟，还有一个好消息，总指挥部下了通知，类似你这样有严重问题的人，不能参加庆典。革命群众的欢庆之日，必定是你这一类角色的痛苦之时。伟大的历史时刻，决不允许被你这样的人所玷污！"

夏方舟成功地控制住自己，默默地看着不舍昼夜的江水。反倒是季成钢恼羞成怒地说："夏方舟，不要假装镇静，你什么都不是，你已经彻底被历史的车轮抛弃了，甚至不如那个狗屁不是的武本奇！"

夏方舟神色若水，不回头。

141

林富来他们和武本奇的小兄弟们将武本奇扛在肩上，前呼后拥，宛如英雄凯旋。他们来到办公室门前说："师傅，本奇回来了！我们把本奇接回来了！"

办公室里，陈国民和工长们沉着脸站成半圈，在门口留的地方不多。武本奇进来，看着眼前的阵势，笑着挠头说："师傅，我给你惹祸了。"

陈国民黑着脸说："还知道自己惹祸了？蹲小黑屋子，长见识了？以后改了？"

武本奇嘿嘿笑着说："这个……师傅，这得看怎么说，季成钢那王八蛋！他再敢出卖你，他不光出卖你，把大家伙儿都卖了，还让夏大哥……除非他重新做人……他这种人改不了！狗改不了吃屎！这回我砸他是轻的，逮着机会，还揍他呢！"

陈国民和工长们轰的一声笑了。武本奇有点缓不过劲来，扭着脖子说："你们笑吧！我反正就这样，有什么呀，大不了再关我七天，有本事关我一个月！什么了不起的，在里边吃饱了一样不饿得慌！"

陈国民过来，敲打着武本奇的头说："小子，是我的徒弟！"武本奇笑着说："难得师傅夸奖一回！谢谢师傅！"陈国民心情大好地说："本奇啊，刚才呢，我们这群老哥们儿商量了商量，你小子表现不错，提拔你干副工长！"

武本奇这回是大吃一惊，完全不敢相信地说："副工长？师傅，副工长这官太大了，我干不了！"陈国民脸一沉说："还不赶紧谢谢各位师傅！"武本奇机灵，转着圈一连串地鞠躬说："谢谢师傅！谢谢各位师傅！谢谢各位师傅！"

笑声一片。陈国民憋着笑说："滚吧！"

武本奇屁颠屁颠地蹦了出去。林富来他们和武本奇的小兄弟们一片欢呼。

在赵殿楚的办公室，程时风气愤不已地说："武本奇出看守所，陈国民弄了一大帮子青工到公安处去接他，那架势比劳动模范还光荣呢，就差敲锣打鼓披红戴花了！这也罢了，他竟然擅自做主，把武本奇提拔成副工长，打砸抢有功，谁捣蛋谁英雄，以后的工作还怎么做？赵总，陈国民这是给组织示威！"赵殿楚点了点头，看了下手表说："我这就去找他。"

田青妮收拾着准备做饭，看到赵殿楚来了，笑脸迎上去说："赵总，你怎么来了！"

赵殿楚笑着说："怎么，小田，我不能来？"

陈国民站到门口说："哟！大领导来了，是来调查研究啊还是来体恤民情啊？"赵殿楚笑着说："来蹭你杯酒喝行不行？"陈国民不给好脸地说："青妮，领导来喝酒，用不着弄菜，弄点咸菜就行。"

田青妮赶忙把赵殿楚让到屋里，笑着说："赵总，别理他，他就这熊脾气，有嘴没心，你还不了解他？赵总，你坐，我先给你们泡壶茶，你们慢慢喝着，我这就给你们弄菜去！"

田青妮手脚麻利，菜很快就上了桌。赵殿楚和陈国民两人说着闲话，不紧不忙地喝了几杯，这才说："国民啊，你和夏方舟打得惊天动地，闹什么呢，闹我？"陈国民没好脸地说："我们俩打架，愿意，打完了我们俩喝酒，你管不着。"赵殿楚笑眯眯地说："以为我不知道，夏方舟是为你顶缸。"

陈国民顿时生气地说："知道你还处理人家？把人家往死里整！夏方舟为川南钢铁建设做出了多大贡献，你们当领导的看不到眼里？我干的头一个工程，要不是夏方舟，现在就是个烂秧子！那个返工的工程，没有夏方舟，我想发奖金都没得发，积极性提不起来，到今天也完不了工！献礼日出不了铁水，谁负责？轮不到人家夏方舟，你们这些当领导的一个个统统摘乌纱帽！还得有人进监狱！人家图什么？还不是为了川南钢铁！"

赵殿楚心平气和地说："夏方舟是个好苗子，做出的贡献谁也抹杀不了。可你私发奖金这事，政治禁区，大问题！不处理他就得处理你，还有你那帮老工长，谁都跑不了。他站出来为你顶缸，保的不是你，是保住了你这个王牌施工队的荣誉！"

陈国民无言，还是不服气，端起杯子把酒干了。

赵殿楚认真地说："国民啊，过去的事不提了，川南钢铁出铁和成昆铁路通车的庆典马上就要举行，打起精神来，你这王牌队长还要发言呢！我给你透个底，全国学大庆先进标兵，上面批了。且不论你个人荣誉，你的发言，你的照片，要上报纸，全国人民都看得到。"

陈国民说："让夏方舟也参加庆典，还要披红戴花。"赵殿楚严肃地说："你成心是不是！庆典中央首长来，总指挥部有通知，类似夏方舟这样受了严重处分的不能参加，一刀切。这是纪律。你没接到通知？"陈国民来劲，说："不让夏方舟参加，我也不去！我说得出来做得出来！"

赵殿楚动了感情说："国民啊，处理夏方舟，我不心疼？他为了顾全大局牺牲自己，我不清楚？他们这批学生，要说对川南钢铁的贡献，我负责地说，谁也比不了夏方舟。话说回来，这小子身上确实有毛病，让他多吃点苦头，对他的成长有好处！你我心里都有数，这小子将来是有大出息的！"

陈国民有了好脸，说："这还差不多！好，老领导，刚才是我不对，我先给自己倒上！老领导，敬你一杯！"赵殿楚笑着说："你这个陈国民！来，干了！"

陈国民忽然又缓过劲来，说："不对！老领导，你差点把我绕进去了！季成钢怎么回事？他检举了我，你们倒把他提拔成了书记，这就是你们选接班人的标准？"

赵殿楚推心置腹地说："这话咱在屋里说。你我是过来人，季成钢没经历过社会主义建设时期，认为奖金是资本主义，自己和歪风邪气做斗争，完全可以理解。他工作中的吃苦耐劳，他们这些大学生，有几个比得了？你给我指出一个来？"

陈国民说不过赵殿楚："那……他欺师灭祖！师傅和徒弟什么关系？工人是有工人的规矩的！他敢灭我，老工人有一个不骂他的吗？什么东西！"

赵殿楚以只有对自己人才有的口气说："不是我说你，国民，有些毛病你得好好改！不说别的，就说那个武本奇。他把五队的办公室砸了个乱七八糟，从看守所出来你就把他提拔成副工长，有你这么干的吗？这事，我就睁一只眼闭一只眼，算了！"

陈国民笑着说："领导英明！谢谢领导！再敬领导一杯！"

夏方舟的宿舍是四人集体宿舍，房间里比较乱，到处都是书籍和资料。夏方舟正在看书，戚光复进门拉着他就走，夏方舟问："去哪儿？"戚光复拉着他说："去了就知道了！走走走走，快走，再晚来不及了！"

戚光复把夏方舟带到了二号信箱新建的文艺大工棚。大棚能容纳六百多名观众，座椅虽然是长条凳，舞台已颇具规模。他把夏方舟拉到最好的位子说："方舟同志坐这儿，我陪同！"

夏方舟看着精心布置的舞台和空旷的观众席，戚光复一本正经地说："夏方舟同志！今天是庆典演出的倒数第二次带妆彩排，也是最后一次内部彩排。由于夏方舟同志不能参加庆典，故本队长决定，给予夏方舟同志最高首长待遇，提前观看演出！"

灯光亮起，音乐响起，大幕拉开，舞台上的乔佳丽倾情演出芭蕾舞《红色娘子军》吴琼花的独舞片段，曼妙动人。

夏方舟看得十分投入。戚光复微笑击节："遥想公瑾当年，小乔初嫁了……"

第五施工队的工棚里，秦晓丹和季成钢带领部分工人准备参加庆典的旗帜和标语，一派喜庆。季成钢看秦晓丹很有些出神，上前问："晓丹？"

秦晓丹神往地说："后天就是献礼日了，我们，将成为伟大历史时刻的亲历者、见证者。"季成钢十分兴奋地说："明天，中央首长率领的中央代表团到金江，还有很多军队和地方的领导同志，能够和他们一起见证这个伟大的时刻，我感觉无上荣光！真有些迫不及待了！"

秦晓丹毫无来由地说："夏方舟不能参加庆典。"季成钢一怔。秦晓丹似自问："他会吸取教训吗？"

季成钢认真地说："晓丹，我找他谈过了。希望他不要破罐子破摔，认真吸取教训。"秦晓丹几乎是急切地问："他怎么说？"季成钢愤然地说："用他的话说，庆典之日，也就是破产之时。"

秦晓丹震惊。季成钢严肃地说："还能是谁？他的原话比这恶毒得多。我没办法复述，完全够得上反动言论。"秦晓丹愤怒。

142

夏方舟独立山坡，默默地看着完成了第一阶段建设的川南钢铁。

乔佳丽喘息着跑上来，到他身边说："方舟哥，陈队长到处找你，打电话问戚队长，我们队长说你肯定在这儿，戚队长忙得抽不开身，让我来找你。方舟哥，你老师来了……"

夏方舟惊喜地问："我老师来了！他在哪儿？"乔佳丽说："在咱们二号信箱招待所。方舟哥，戚队长说，你老师是大名鼎鼎的……他……方舟哥，你老师叫什么来着？"夏方舟笑了。

找到霍茂森的房间，夏方舟进门就抱怨上了："老师，你提前让他们通知我一声，我去接你！"霍茂森笑着说："参加庆典的名单上没有我，我算是搭了个便车，搞得那么兴师动众的干什么？来，坐下。"夏方舟极为意外地问："名单没你？老师，你是国内钢铁冶建跨行业的顶级专家！"

霍茂森笑着摆摆手说："不说那些。坐下。方舟，下午国民来看我，你的事他都告诉我了，还给我说，你不能参加明天的庆典。"夏方舟真心地说："我无所谓！可是，老师，他们怎么能不邀请你呢？"

霍茂森结束这个话题："说了不说那些！本来呢，我还想给你请个假，正好，你不参加庆典，这个假也不用给你请了。"

夏方舟猜到。霍茂森点头说："方舟啊！从你提出川南钢铁的设计可能存在着重大隐患，尤其是看了你在我那儿做的那些推演，当时我让你回来顾全大局，可我这心里一直是放心不下，总想过来一趟，找不着合适的理由。这次搭个便车过来，明天的庆典我不参加，趁着工地上没人，你带我到现场去看看。"

霍茂森拉过旁边的旅行包说："你师母让我带了两瓶酒，刚才国民过来，我给了他一瓶，反正咱们俩一瓶就够了。方舟，你师母还专门给你煎了点江汉的咸鱼，你最喜欢吃的。有酒有肴，咱们俩慢慢喝。"

夏方舟从霍茂森手上接过酒和油纸包着的咸鱼，眼中已然有泪。

第一施工队参加庆典的队伍整装待发。陈国民披红戴花说："武本奇，你参加不了庆典，谁也赖不着，季成钢那王八蛋给你挖坑你就往里跳，笨！"武本奇耷拉着脸说："师傅，我无所谓！"

陈国民说："无所谓你给我耷拉着脸，好看？"武本奇分辩："我是为夏大哥不平，凭什么？"陈国民叹："是我对不起方舟！"武本奇换个脸说："师傅，今天是大喜的日子，我发两句牢骚发完就完。师傅，你该带着咱们的队伍去会场了，我在这儿看家。"

陈国民一声大叹："参加庆典！"

庆典大会规格很高，场面宏大。临时开辟的会场，参会人员有五万之众。坐在前面的是参与修建成昆铁路五个师的铁道兵指战员代表，他们后面，是以金江二号信箱为主力的川南钢铁的建设者们。大会议程完成后，接下来是中央和地方艺术团的大型慰问演出。二号信箱宣传队参加特别演出。

在临时搭起的大型舞台的后台，戚光复神色严厉地说："佳丽！你是我们的台柱子，重点中的重点！这个时候绝对不允许有私心杂念，绝对不能发生演出事故！"

乔佳丽穿着红色娘子军的服装说："只要音乐响起，我就是吴琼花。"

除了一号高炉那边，昔日机械轰鸣人声鼎沸的工地静了下来，和庆典大会那边锣鼓喧天、口号震天的气氛形成了鲜明的对照。

夏方舟和霍茂森在那些巨大的工业建筑物之间，显得如此渺小，微不足道。夏方舟不断地对霍茂森说着什么，停在一处建筑物下说："老师，我最担心的就是这个部分。"

霍茂森思忖片刻说："方舟，根据你的推演，在最极端的情况下，问题会有多严重？"夏方舟十分肯定地说："无法实现量产。"在巨大的工业建筑物之间，两个看上去那么渺小的人物继续前行。

庆典大会掌声雷动。谢幕后乔佳丽回到后台。

戚光复非常满意地迎上去说："佳丽，演出非常成功！祝贺你！"乔佳丽心思根本不在这儿，说："队长，我要去陪方舟哥。"

戚光复连哄带劝地说："佳丽，你是主要演员，代表金江的一号！一会儿首长还要接见呢！首长接见之前，你的演出任务就没有完成。对不对？"

乔佳丽忽然泪眼汪汪地说："队长，这对方舟哥太不公平了！凭什么不让他参加庆典？我要去陪方舟哥，你不同意，你也在欺负方舟哥！你们一伙人合起伙来欺负他！"

戚光复改变策略说："你呀！不是我说你，你还真不了解方舟，他根本不在乎这些！你要这样，佳丽，他永远都不会爱上你！我比谁都了解他！"乔佳丽被说的没了主张。

霍茂森跟夏方舟在另一处现场停下观察。霍茂森说："这个部分应该不会有什么问题。"

夏方舟解释说："这个部分的问题不是设计上的问题。金江一带的气象水文资料严重缺乏，川南钢铁是根据非常有限的气象记录，推算出百年不遇降雨设计的。老师，从你那回来以后，我大面积走访了周围的村民，大约七十五年前，这一带有一次非常大的降雨，如果类似的自然灾害再次发生，这个部位会受到严重破坏，也会对川南钢铁的量产带来严重影响。"

霍茂森说："对这两种可能发生的最极端的情况，你都有针对性的技改方案？"夏方舟流露出才高气傲的表情说："在我脑子里，随时可以拿出来。老师信不信？"霍茂森看着他，沉沉一叹："方舟啊！"

乔佳丽一个人在巨大的工地上飞跑。

霍茂森站在夏方舟担心的第三个部位，严肃地看着他："方舟，你认真回答我，你希望你预见的灾难发生吗？你希望证明你对设计隐患的担忧吗？"夏方舟由衷地说："我希望自己是错的。"霍茂森说："谁都希望证明自己。"

夏方舟襟怀坦荡地说："老师，需要证明的是中国工程师，我只是其中一员。今天是个非常重要的日子，成昆铁路通车，川南钢铁出铁，不光意味着大三线初步建成，它们也是近些年中国工业建设最具标志性的项目。我有种感觉，也许，一个时代正在过去，另一个时代正在到来。我希望川南钢铁能够顺利实现量产，希望川南钢铁和中国工程师的名字就此载入世界钢铁史册。比起这一点，我个人的得失不算什么。"

霍茂森极为欣慰地说："方舟啊，你有了非常大的进步。在你这个年纪，不容易！"

霍茂森查看过夏方舟提出了疑点的所有的部位，说："我还是要提醒你，方舟，一旦发生了你预料到的情况，不要急于证明自己，根据实际发生的问题，对你预备的技改方案再一、再二、再三地进行最精确计算，耐心等待时机。你一定要明白，你不是下结论的人，真的需要你的时候，历史会为你打开那扇大门。"

夏方舟受教："老师，我会铭记在心。"霍茂森说："好了，回去。"夏方舟问起一直想问的事："老师，秦晓丹爸爸遇难的事查清了吗？"霍茂森说："一步之遥。我打听到了关键人物，还没来得及见。"

乔佳丽兴奋地跑过来喊："方舟哥！方舟哥！"夏方舟和霍茂森都愣了。乔佳丽欢快地跑到跟前，看霍茂森，又看夏方舟。夏方舟忙说："佳丽，我老师。"乔佳丽对霍茂森鞠躬："霍总好！"

霍茂森微笑。夏方舟又赶忙介绍："乔佳丽，我们宣传队的主演。"霍茂森微笑颔首，观察。

夏方舟问："你怎么来了佳丽？大会结束了？"乔佳丽笑着说："没有！我们排在最前面，后面还有省团和中央团体，首长还要接见。我才不管，偷偷溜出来陪你！也来见见霍总。"说完，对着霍茂森笑。

霍茂森微笑着说："小乔，是不是？"乔佳丽脆声："是。"霍茂森笑得别有意味："嗯！好一个漂亮的小乔姑娘啊！"乔佳丽忽然羞涩，低头躲到了夏方舟身后。霍茂森似笑非笑地看着夏方舟，夏方舟明白过来，有些窘。霍茂森笑着挪开了目光。

1970年7月第一天，在阳光下，巨大的工业建筑群寂静无声，宛如沙漠上的金字塔群，反射着神圣光芒。

143

夜色降临，乔佳丽和夏方舟沿着江边散步。尽管她和夏方舟有过多次夜间相伴行走的经历，但总是有着各式各样的原因。没有任何原因，就是在晚上一起散步，这是他们的第一次。乔佳丽陶醉在欢悦里。

两个人默默地走了很久，乔佳丽看夏方舟一直在想什么，忙问："方舟哥，想什么呢？"

夏方舟下决心说："佳丽，有件事我必须和你说开。"乔佳丽直觉敏锐，飞快地抢在前面说："方舟，什么事？"听到对方突然改变了称谓，夏方舟愣了片刻，郑重其事地说："佳丽，你得喊我方舟哥！我比你大七岁！二十五岁，你刚满十八。必须叫我大哥，方舟哥！"

乔佳丽比他还要认真地说："不叫！你现在是比我大比较多，我能赶上你的！"夏方舟哭笑不得地说："佳丽，别的东西可以赶，年龄这个东西能赶上吗？你说，你怎么赶上我？"

乔佳丽说："这还不简单吗！你现在比我大……我们不说岁数，算百分比，你比我大大约百分之三十，显得挺多，再过二十年呢，再过五十年呢？你只大我百分之几，完全可以忽略不计，那我不就撵上你了！对吧？"

夏方舟不知道说什么好。乔佳丽无比快活地说："我说对了吧？咱们俩差不多大，方舟，我不会再喊你方舟哥了，你只比我大一点！一点点！"

霍茂森露出父亲般的慈祥笑容说："晓丹，你霍师母给我交代任务，过来一定要看看我们晓丹！还给你捎了双鞋，让她的学生从上海买的，说是上海最流行的式样，我也不懂。看看，晓丹，喜欢吗？"

秦晓丹忙站起身接过来说："谢谢霍师母！霍总，霍师母怎么知道我穿多大的鞋？"

霍茂森说："我也奇怪呢！她说呀，从第一眼看到你，你穿多大鞋，多少码的衣服，她都记在心里了。晓丹，坐下呀！"秦晓丹的泪水涌了上来，擦着泪水坐下。

秦晓丹和和霍茂森说了些这一年多里成长的体会心得，还是忍不住把最想问的事情说了出来："霍总，夏方舟一直在秘密准备否定川南钢铁的设计材料。"

霍茂森斟酌："否定……晓丹，你怎么知道的？"秦晓丹如实说："他对我说了。"霍茂森有些不快地说："这个夏方舟！"

秦晓丹领会到的是另一种意思，又问："川南钢铁顺利地出了铁水，他预言的严重后果还会出现吗？"霍茂森严谨地说："希望不会出现。"秦晓丹听出了弦外之音。

霍茂森说："晓丹，给我们大家一点时间，也给方舟一点时间。对于方舟来说，如果实践证明他对川南钢铁的判断是完全错误的，他必须认真总结，彻底反省。"

秦晓丹断言："他不会。光复亲口对我说，即便一条黑路走到底，谁也挡不住夏方舟，佛来斩佛，魔来斩魔。光复和夏方舟的关系，霍总也知道吧！"

霍茂森沉思片刻说："那样的话，我就没这个学生了。"秦晓丹并没有听懂霍茂森的双关语，松了口气。

第二天一早，霍茂森对来看他的夏方舟发了脾气："你离开江汉前我怎么交代的你，问题你可以去想，技改方案你可以做，前提是不要对任何人说。我说的话你根本就没听进去！"

夏方舟感到很委屈，忽然想起来，那次为了奖金的事他受了处分，戚光复到总部大楼接他，回来路上遇到秦晓丹。秦晓丹说："你一直在秘密地整理材料，全面否定川南钢铁的整体设计方案。"他说："秦晓丹，会有那么一天，我一定会证明给你看。"此刻，夏方舟把这事对老师说了，还想分辩："我没再说别的。"霍茂森严厉地说："你还需要说别的吗？"夏方舟低下了头。

霍茂森一声叹："方舟啊，坚守工程师的责任和良心，是对的，但在这么复杂的环境下，一顶帽子就可以把你置于死地，万劫不复！如果不是殿楚同志极力保护你，你现在还不知道是个什么处境。学会保护自己，不仅仅是为了保护你个人，也是保护你为国家尽到责任的机会。"

　　夏方舟愧疚。霍茂森再一番耳提面命："方舟，一会儿我就走了，再嘱咐你一遍，你一定要明白，你不是下结论的人，真的需要你的时候，历史会为你打开那扇大门。"夏方舟规规矩矩地说："老师，我记住了！"

　　霍茂森心疼地说："陪我走走。"

第三十三章

144

陈国民高兴地带着几个徒弟收拾新家，边收拾边说："川南钢铁成功出铁，咱们第一施工队大功一件，领导没忘了，分个新房子！嗨嗨！不错！"

这是一套明暗两间混砖结构的宽敞瓦房，在金江算得上最好的宿舍了。

陈天海在新房子里转来转去说："爸爸，我不喜欢新家，不喜欢！"陈国民笑着骂他："没出息的东西！房子就得住大的！没房子，你小子媳妇都娶不上！"陈天海叫着："我要和芳薇妹妹结婚！这个新家离陆阿姨家太远了，我不喜欢，就是不喜欢！"

一屋里的人都乐了。

陈国民笑骂："一群小兔崽子！笑什么笑！本奇，听到了吗？我这海子都想娶媳妇了，你还不赶紧？你师母给你介绍的对象，我听说见面了？"武本奇嘿嘿地笑。

陈国民说："这还不好意思了！这事我早许了你，川南钢铁出了铁水就给你张罗。小子，给我记住了，学一门好技术，找上个好媳妇，是男人这辈子最重要的两件事。觉得差不多，赶紧把事办了！到时候你就知道是什么滋味了。"

武本奇笑着不说话。田青妮问他："那姑娘，你觉着怎么样？"武本奇笑着挠头不语。

陈国民看出门道说："嗨！怎么着，瞧你这样，没看上！"武本奇笑着说："师傅，你常说，当年你娶师母的时候，师母那可是……嘿嘿！你怎么教育我们的？师母，我说了你别生气，那女的也太土了！我娶那么个媳妇觉得给师傅丢人。"

田青妮笑着说："哟！我们本奇的眼界高着呢！好，师母再给你找。"陈国民说："别给他找！武本奇，你小子有本事你自己抓一个给我瞧瞧！一条，只许比这个好，不能比这个差！"

武本奇来了本事说："师傅，这可是你说的。"田青妮瞧出来了，忙说："本奇，看你这意思，有了人了？"武本奇只是笑。

田青妮笑着说："那就带过来让师母看看！"

145

季成钢和秦晓丹已经有了固定的约会地点，金江边的一块巨石之侧。见了面，季成钢依然以宏大叙事启动话题："现在可以理直气壮地下结论了，川南钢铁的设计，没有问题。"

秦晓丹点点头。季成钢并不急于切入主题，反而说："晓丹，这几天我一直在想，应该再给夏方舟一个机会。现在有一种意见，当初他威胁领导，企图迫使川南钢铁停工，是蓄意破坏大三线建设。这个罪名一旦坐实，他将彻底身败名裂。弄不好，是要进监狱的。"秦晓丹说："我找他谈过了。"

季成钢神经顿时绷了起来，问："他愿意主动认错吗？"秦晓丹愤然说："何止是不认错。这段时间，他一直在工地上转来转去，我想，就像你说的，是不是应该给他一个机会，昨天晚上，我到工地……"

昨天晚上，秦晓丹和夏方舟站在水银灯下，秦晓丹说："一号高炉顺利投产，你预言的灾难根本没有出现。夏方舟，如果你再不主动认错，将会严厉追究你破坏大三线建设的罪责！难道你不明白？"

夏方舟说："随便。"

秦晓丹强压愤怒真心相劝："夏方舟，霍总来参加庆典，我去见过他。他亲口对我说，如果你面对现实还是不肯承认错误，他就没有你这个学生。"夏方舟说："他是我的老师，谁也改变不了。"秦晓丹再也忍受不了，说："夏方舟，你太自私了！"

听秦晓丹说了昨夜的事，季成钢慨叹："没有想到，恩师的话对他都毫无作用，他辜负了霍总。"秦晓丹痛苦地悔之不迭地说："我竟然还对他抱有希望，劝他主动认错，真是瞎了眼睛。"

季成钢步步为营，迂回逼近说："晓丹，我还是为他感到痛心。总觉得应该再拉他一把。"秦晓丹感动："成钢，你一再为他感到惋惜，事到如今，还在为他着想，可你知道，他怎么说你吗？成钢，你想不到，他对你……"

这是昨天晚上的最后一幕。

当时，夏方舟心潮起伏，但还是把心里话说出来："季成钢那个人，虚伪、卑鄙、阴暗，你不要被他欺骗！"

秦晓丹怒喝："夏方舟！"夏方舟不再犹豫："秦晓丹，我为你担心，季成钢在欺骗你，他一直在欺骗你！"秦晓丹怒斥："欺骗我的人是你。你不止欺骗了我，连你的老师你都在欺骗，至今，你仍然企图全面否定川南钢铁的设计，你告诉过霍总吗？"

夏方舟无从辩白。秦晓丹说："你没有！一个对自己的恩师都没有实话的人，有什么资格让别人相信你的话，有吗？"夏方舟必须守口如瓶，但是他必须说："季成钢更没有这个资格！"

秦晓丹立场鲜明地说："季成钢的业务能力，确实比你差得远，但是做人……不说别的，他一直想帮助你，挽救你……"夏方舟被彻底激怒，吼道："他恨不得我立刻下地狱！你完全被他蒙住了眼睛！"秦晓丹冷冷地看着夏方舟说："地狱，是下地狱的人自己走进去的。"转身离去。

秦晓丹以她的情绪感受讲述昨夜的事情，她不知道，她所感受讲述的并非真相。昨天晚上，就在她和夏方舟对峙的现场附近，匿身在暗影里的季成钢看到了这一切，听到了这一切，并且在她离开之后，季成钢看着夏方舟满腹的苦闷愤慨无从发泄，嘴角浮起轻蔑得意的冷笑。

不过此刻，季成钢以悲天悯人的情怀说："我真的没想到，他的心里如此阴暗。"秦晓丹决绝地说："我不想再提他了。"季成钢一声长叹："对于这种人，确实没这个必要了。"

武本奇和梁朝丽沿着江岸边走边谈，梁朝丽突然停下来说："去你师傅家？"

武本奇不高兴地说："去我师傅家怎么了？不去我师傅家怎么公开咱们的关系？"

梁朝丽赶忙解释："不是。本奇，要公开咱们的关系，也得先去我家。"

武本奇发脾气说："我家不在这里，师傅就相当于我爹，师母就相当于我妈，你就得先去我师傅家。没商量！"

梁朝丽还是犹豫。

武本奇有些不耐烦地说："我说了这半天了，朝丽，你到底去不去？我没时间和你磨蹭！"说着转身就走。

梁朝丽软声软语："我去还不行吗！"武本奇笑了，返身回来说："朝丽，我就知道你是真心喜欢我！明天下午跟着我去我师傅家。说好了，不许反悔！"武本奇搂起了梁朝丽的肩膀。

武本奇忽然看到了不太远处的季成钢和秦晓丹，停了下来。武本奇骂道："季成钢那王八蛋！朝丽，别出声，跟着我悄悄地摸过去。"

进行了充分的铺垫之后，季成钢要开镰收割了。他说："晓丹，一号高炉顺利投产出铁，我们见证了这一历史性的时刻，对吗？"秦晓丹明白他的意思，虽然回避了他炽热的目光，但还是微微点头。季成钢得到鼓励，说："晓丹，我希望在你的帮助下，成为你希望的那个人！"

秦晓丹没有体会到以往想象过的激情，却还是说："我们……互相帮助。"季成钢非常理解这种叫作革命爱情的表达，顿时激动起来，试图展臂拥抱秦晓丹。秦晓丹几乎是下意识地用双手飞快地挡住了他。季成钢不敢贸然行动，说："晓丹，我们是革命的爱情，充满炽热烈火的革命爱情！"秦晓丹双手护在胸前："成钢，你冷静一下……我们都冷静一下。"

季成钢用激情燃烧的目光表达他的期待。很久，秦晓丹说："成钢，我答应你。"季成钢激动。

秦晓丹急切地说："听我说！"季成钢不得已收敛张开的双臂："我听！晓丹，你说什么我都听你的。"秦晓丹整理思路说："我们之间将要开始一种新的关系，我们都需要重新认识对方，这需要一个过程。我希望在这个过程中，彼此之间保持一定的距离。"

季成钢被当头浇了一盆冷水，仍说："晓丹，你说得对！我会接受你所有的考验。晓丹，我会用我的实际行动证实，我对你的革命的爱情、我们共同的革命爱情，是高尚的、纯洁的！"

武本奇搂着梁朝丽躲在暗影里，看着秦晓丹和季成钢远去了，说："革命的爱情……季成钢这王八蛋竟然得手了？秦工本来是夏大哥的人！"梁朝丽说："那都是过去了。现在秦工不和夏工好了，和季成钢这坏蛋好了，你有办法？"武本奇找不着话。

146

田青妮和陈国民有些不敢相信，十分惊喜地看着站在武本奇身边的梁朝丽说："朝丽？是你！"梁朝丽羞得抬不起头。田青妮笑着看了眼丈夫，拉起梁朝丽说："来，朝丽，咱们去里屋。"

陈国民待田青妮带上了里屋的门，乐了，敲打着武本奇的头说："小了，有本事啊！朝丽这姑娘，是我们从江汉冶建过来的最漂亮的姑娘，让你抓到手里了！"武本奇笑着说："没给师傅丢脸吧？"

陈国民笑着夸赞："是我的徒弟！本奇，过来坐下。你去朝丽她家了吗？"

武本奇正事正说："没有。朝丽本来让我先去她家见她爸妈，我说了，按我们老家的规矩，女的就得先到男家。我家不在这儿，师傅就好比我爹，师母好比我妈，她得先来见你和师母。师傅，待会儿我让朝丽帮着师母做饭，她听我的。"陈国民笑得合不上嘴，说："好！本奇啊，回头我和梁师傅说说，找个好日子抓紧把你们的事办了，赶早不赶晚。抽个日子，我找梁师傅说说。"

乔佳丽正在小礼堂的舞台上练习，看到武本奇鬼祟地溜进来，笑着叫一声："本奇！来干吗，看我跳舞？"

武本奇嘿嘿地笑着说："今天不是。佳丽，我来找戚大哥。"说着，和乔佳丽打了个手势算是招呼了，就去戚光复的办公室。

见了戚光复，武本奇把前天晚上秦晓丹和季成钢的事说了一遍，瞧着对方好像不怎么走心的样子，忙说："戚大哥，我亲眼看到、亲耳听到的，那个季成钢还什么高尚的革命爱情！你不信？"

戚光复说："不是不信……"不觉一叹，"丑陋的蜘蛛！我替秦晓丹可惜。"

武本奇觉得那不重要了，说："可惜也不管用了，人家已经和季成钢那家伙好上了！戚大哥，你赶紧让佳丽和夏大哥好了吧！"

戚光复稍沉说："本奇，过段时间再说吧！方舟这段时间压力很大，非常大。"武本奇马上明白过来，有些心惊地说："我也听说了。戚大哥，那些家伙还真能给夏大哥安上破坏大三线建设的罪名？"

戚光复好不沉重地叹息。武本奇不敢问了。

吃过晚饭，夏方舟把小芳薇抱在怀里，逗得她咯咯地笑。陆汀兰欣慰地看着他们出神，又想到了什么，忍不住微发一叹。

陆汀兰欲言又止。戚光复知道妻子的心思，接过话题："方舟，高炉投产了，什么问题都没发生。你对川南钢铁设计的怀疑，是不是搞错了？"夏方舟好像没听到，继续逗着芳薇玩。

戚光复忧心地说："现在谣言不少，有的人恨不得把破坏川南钢铁建设的帽子扣到你头上。方舟，如果你错了，自己主动认错，等到别人反过来追究你的时候，那就更被动了！再给你扣上一顶故意破坏的帽子，你永无出头之日！"

夏方舟事不关己一般，不接话题，一身轻地笑着说："我是芳薇的干爸，这事咱们早说定了的。对吧？以后你们得让她喊我干爸。来，芳薇，叫干爸！"小芳薇清脆地喊："干爸！干爸！"夏方舟抱起芳薇说："宝贝心肝！乖！干爸要回去了，和干爸再见。说，干爸再见！"

看着夏方舟出了门去，戚光复和陆汀兰相视一叹。

夏方舟一路思考，拐过路口。季成钢好像从地下冒出来似的站在他面前，夏方舟停下来看着他。

季成钢上前来说："夏方舟，你怎么形容爱情？一种绽放的花？看来是。这个词不错！我和晓丹的爱情之花正在热烈绽放。很多人都看到了，武本奇也该看到了。他没告诉你？"

夏方舟冷冷地看着他，不觉间已经握紧了拳头。季成钢看到了，根本不把他放在眼里，说："我成就了事业，赢得了爱情，春风得意马蹄疾，抱得美人归！是不是应该放你一马？"夏方舟仍然冷冷地看着他，握紧的拳头却是松开了。

季成钢得意忘形地说："你猜对了！我不会放过你。我正在准备材料，你蓄意破坏大三线建设的罪证。千万不要以为这是你我之间的事，用你的话说，使命。我需要你这样的反面教材，就像电影上演的，高大的正面英雄，需要丑陋的敌人的反衬，如果没有这样的敌人，那我们就要把它制造出来。很不幸，现实选择了你。"

夏方舟平静地说："闪开。"季成钢闪开，尽情嘲弄地说："夏方舟，其实啊，我多少有点遗憾，没想到你这么快就彻底完蛋了，这也是你最后的利用价值了！"

夏方舟没有回头。

147

深沉夜，乌云压城，电闪雷鸣，天河倾。

夏方舟拿着强光手电筒冲出门来，暴雨顿时把他浇透，叫一声："不好！"一路飞跑。

倾泻而下的大暴雨愈加猛烈。在位于最上方的巨大的工业建筑之间，夏方舟拿着手电，现场仔细查看山体和土质的变化。忽然，他的脸色变了，开始发动的洪水裹挟着泥沙从他的脚下冲过。他稍稍思考，朝着更上方跋涉。

从天而降的险情霎时间激发了二号信箱的抢险机制。赵殿楚、程时风和顾弘亮都第一时间赶到现场，陈国民带领的第一施工队已经在现场直接指挥。

在暴雨带来的魔鬼般的巨大轰响中，赵殿楚嗓门提到了最高："陈国民，你的人来了多少？"陈国民应答："报告总指挥，还在陆续往这赶。我已经下了通知，所有的人必须在最短的时间全部到位！"赵殿楚下令："我命令，第一施工队作为抢险战斗队伍，陈国民任前线总指挥，必须全力保住川南钢铁！"陈国民受命说："赵总，这事都没遇到过，我们拼命就是了！"

武本奇开着大型轮式挖掘机赶到，陈国民说："把设备开上去，打通所有的通道，一定要避免发生大面积滑坡！"武本奇大喊一声："是！师傅，我这就带人上去！"陈国民喊住他："等等！武本奇，这是要命的时候，拼命的时候，明白吗？"武本奇厉声回答："明白！师傅，我保证，人在阵地在！"

就在这时，现场的照明灯光全部熄灭了，巨大的现场顿时陷入黑暗。

赵殿楚大喝："程时风，怎么回事？"程时风迅速判断："赵总，肯定是供电设备跳闸了！"赵殿楚命令："马上恢复！马上恢复！"

陈国民大声说："赵总，这么大的雨，根本恢复不了！"赵殿楚急切地问："你有什么办法？"陈国民喊："林富来！让所有的设备把灯光全部打开，对准前面的方向！"

顾弘亮注意到了上面的手电筒发出的灯光，忙说："赵总，上面有人！"

位于抢险现场的最上方，一束微弱的手电光异常顽强。

赵殿楚问："国民，谁在上面？是你的人吗？"

陈国民看着那束手电灯光片刻，说："夏方舟。"

一对接一对的灯光亮起，很快所有到场的大型设备的灯光照亮了前方。

夏方舟跌跌撞撞地来到赵殿楚他们面前。陈国民叫着："方舟！方舟！"夏方舟来不及和陈国民说话："赵总，请你马上下命令，工人必须全部撤离现场，立刻撤离……"

程时风厉声喝断他："夏方舟！这不是你下命令的地方！"陈国民怒喝："程时风，这也不是你下命令的时候！夏方舟，说！"

夏方舟报告说："赵总，工人必须立刻撤离，随时可能发生大面积滑坡！"赵殿楚震惊。

夏方舟几乎是大声喊道："赵总，地基已经发生大面积松动，滑坡随时可能发生，必须把工人全部撤出来！再晚恐怕来不及了！赵总！"赵殿楚忽然意识到什么，问道："夏方舟，你是有准备的？"夏方舟的脸上已经分不清泪水还是雨水，痛切恳求："赵总，求你！必须马上把人撤出来，请立刻下命令！"

赵殿楚问："夏方舟，我问你，高炉会不会有危险？"夏方舟说："高炉那边不会有危险，这边肯定有危险，危险随时可能发生！"赵殿楚难下决心。

陈国民急了，大吼："赵总，军代表，上面有我几百号人！那是我的兵！我的兄弟！"

夏方舟情急吼道："赵总，如果人撤下来没有发生滑坡，我进监狱！枪毙我！"

在突发的巨大灾情面前，顾弘亮保持着军人特有的冷静说："赵总，保存有生力量，不做无谓牺牲，这是战场上最重要的原则！你得下决心！"赵殿楚痛下决心："陈国民！"

陈国民高声:"到!"赵殿楚下令:"把上面的抢险队伍全部撤出来!"陈国民喊声:"是!"冲向抢险现场。夏方舟跟着他冲了上去。

暴雨更加猛烈,击打在钢铁建筑上发出巨大的响声,对面说话都要扯起嗓子喊。接到命令的抢险工人口口相传,有组织地快速撤退。

夏方舟迎上跑到跟前的武本奇问:"我们的人全部撤出来了?"武本奇贴在他耳边喊:"全撤出来了!我是最后一个!"夏方舟要他快走。武本奇喊:"那你呢?"夏方舟说:"我马上就撤!快走!武本奇!快走!走!"

武本奇喊着:"我撤!大哥,你也快点!"他从上面撤下跑到陈国民跟前,陈国民问:"我们的人全部出来了?"武本奇说:"我是最后一个……不对!"回头大喊,"夏大哥!"

在大型设备的强光里,可以清楚地看到仍然在危险地带的夏方舟。他一边观察,一边后撤,忽然,他发现了什么,停了下来。

陈国民厉声高喊:"夏方舟,你给老子快点!回来!回来!"

就在此刻,几乎毫无预兆,大面积滑坡突然发生。只在一个瞬间,夏方舟被吞没了。所有的人都惊呆了。

陈国民第一个回过神,撕心裂肺地喊:"夏方舟!夏方舟!"说着就要冲上去。武本奇眼快手快,一把抱住陈国民,陈国民给了他一拳,吼道:"你给我滚开!"武本奇不松手,林富来和其他工人冲上来死死地拉住陈国民。

陈国民挣脱不开,泪水迸发:"夏——方——舟——"

赵殿楚和顾弘亮强忍泪水,紧咬牙关。程时风扭过了头去。

电闪雷鸣,暴雨如注。

季成钢孤独地站在办公室外,一任暴雨浇淋,漆黑的暴雨夜,闪电不时照亮他没有表情的面孔。

天亮了。特大暴雨变成了丝线般的小雨。

依然浑身湿透的季成钢犹如一只被困在笼子里的孤狼,在办公室里来回地快速踱步。冒雨赶来的秦晓丹出现在门口,摘下草帽,单薄的工作服湿透了。季成钢停下来,看着秦晓丹,控制不住地扫过秦晓丹湿衣紧贴的胸部。秦晓丹心情不在这儿。

两人对视很久后,秦晓丹声音很轻:"夏方舟对了。"季成钢好像没听明白,怔怔地看着秦晓丹。秦晓丹再次说:"夏方舟对了。"

季成钢说:"这与夏方舟没有任何关系!这纯粹是自然灾害造成的意外事故,和川南钢铁的设计没有关系!没有任何关系!"秦晓丹眼中有泪,微微摇头说:"我也不愿意相信。"季成钢咆哮:"那就不要相信!不要相信!"

秦晓丹愧疚自省:"我们都是学工业建筑的,大型工业建筑设计,必须充分考虑到可能发生的自然灾害和地质条件的关联。"季成钢激愤地说:"这样的自然灾害是完全不可预见的!百年一遇,千年一遇,甚至是万年一遇!我敢保证,夏方舟他绝对不可能预见到,绝对不可能!"秦晓丹说:"我们别争了。请你马上向指挥部请战,我们五队要参加抢险。"

季成钢暴怒地说："我请战了！指挥部当场任命陈国民还有他的施工队，场地狭窄，放不下更多的人，让我们听候命令，听候命令！他们不相信我！不相信我们！我们第五施工队，在某些领导人的眼里是杂牌军，万金油！我们是后娘养的！"

秦晓丹静静地看着他，过了片刻，便转身跑去现场。季成钢呆呆地站了片刻，回过神，也跑出去。

雨停了。

陈国民亲自开着大型设备清理现场，两眼冒火。武本奇开着大型挖掘机，满眼是泪。现场险情不断，英勇的第一施工队的工人们战天斗地，舍生忘死。

赵殿楚他们都盯在现场。顾弘亮劝："赵总，你回去休息一下吧！这儿有我顶着。"赵殿楚看着前面不远处的抢险现场，不说话。顾弘亮叹了口气，不再说什么。程时风欲言又止。

大批的人被隔离在抢险现场外。乔佳丽抓着戚光复的胳膊，泣不成声："方舟……方舟……"戚光复满眼是泪，死死地咬着牙关。

维持现场秩序的工人拦住秦晓丹说："后退，后退！你不能进去。赵总的命令，谁也不能进去！"秦晓丹无可奈何。

秦晓丹听到了乔佳丽的哭声，猛然意识到是夏方舟发生了意外，分开人群冲了过去，声音颤抖："光复，是……夏方舟？"戚光复泪水不断地说："他为了了解险情，让别人撤出……他被……"秦晓丹惊呆。

乔佳丽摇晃着戚光复说："方舟绝对不会的……队长，你说呀！你说呀！"戚光复唯有泪水。

季成钢远远地看着他们。

陈国民的履带车挖到夏方舟被埋的现场附近，停下车，站在履带上，吹了几声哨子，然后说："都给我听着！其他人按我的命令继续抢险！武本奇！你的人全部跟我来！不许用任何工具，用手把夏方舟给我挖出来！"

武本奇喊声："是！"从车上跳下来，厉声叫道，"兄弟们！队长的命令都听到了吗？"众人齐吼："听到了！"武本奇大吼："都给我记住，夏大哥是为了咱们大家才……都给我上！"带着他的人跟上陈国民，拼命地在现场用双手挖。

赵殿楚脸色铁青。顾弘亮焦虑。程时风紧盯着现场。

秦晓丹、乔佳丽和戚光复，还有所有的工人们，几乎都屏住了呼吸，不敢眨眼地看着那边。

季成钢仍然远远地站着，他与所有人的心情都不同。

陈国民带领武本奇他们在夏方舟被埋的现场附近，拼命地用双手挖。突然之间，比较小的滑坡再次发生。陈国民他们被泥石流裹挟着冲出了十几米。

赵殿楚高喊："陈国民！你给我……"不知道说什么好，这就要冲过去。顾弘亮和程时风赶忙拉住他。赵殿楚怒喝："你们放开我！顾弘亮，放开！"顾弘亮不放手，厉色痛陈："赵总，三军不可无帅啊！"

陈国民他们挣扎着站了起来说："谁也不许给我当孬种！上！"武本奇眼尖，发个愣怔，喊道："师傅！师傅！你看！你看！"

刚才的滑坡移动了一大片泥石，被埋的夏方舟暴露出来，他刚好在被建筑物遮挡的位置，半身被埋在泥石流里。

陈国民难以置信地愣了片刻，大喊一声："夏方舟！"武本奇失声大喊："大哥！大哥！"

夏方舟动弹不得。武本奇他们跟着陈国民在泥潭里挣扎着来到夏方舟面前。陈国民不知是哭是笑："你小子！你小子还活着！你还活着！"武本奇泪水喷发。夏方舟艰难地笑了笑说："我……没事！"陈国民对众人大吼："还愣着！动手！"武本奇回头对赵殿楚那边大喊："赵总！顾代表！夏工他活着！他活着！"

赵殿楚顿时泪堤溃决。顾弘亮同样是忍不住地流泪说："这个方舟啊……这个方舟啊……"程时风闭上了眼睛，泪水滚落。赵殿楚叫："时风同志！车！让车赶快过来，送夏方舟去医院！"

刚才全身发软的乔佳丽宛如打了一支强心剂，泪水纵横地说："队长，我说过方舟不会有事，他不会有事……"戚光复又哭又笑："对！佳丽你说得对……方舟是属猫的，他有九条命，九条命你知道吗……"乔佳丽忽然抛下了戚光复，不顾一切地突破隔离，冲了进去。

秦晓丹呆呆地站在原地，无声落泪。

陈国民、武本奇和工人们把夏方舟从泥潭里挖了出来。陈国民含着泪骂："你小子怎么不死呢！你怎么不死呢夏方舟！"夏方舟强忍伤痛，笑着说："队长，我死不了！没事，我没事。"陈国民痛骂："混蛋！给我去医院！"

武本奇不由分说，背起夏方舟。泪流满面的乔佳丽冲到了跟前喊声："方舟！方舟！"夏方舟笑了笑说："佳丽，我没事……"昏了过去。乔佳丽顿时失声痛哭……

武本奇背着夏方舟来到准备好的大型工业卡车前，和兄弟们接手把夏方舟送到卡车上，几个人跳上卡车。

戚光复顾不上身边的秦晓丹，跑过去上了卡车。

秦晓丹默默地站在原地，前所未有的孤单。

陈国民情绪镇定下来说："赵总，顾代表，人没事！只要人没事，别的都没事！"

赵殿楚用力点头说："国民，把工作安排好，同志们顶了一夜，都累坏了！各班的时间安排好，不要连轴转。记住，安全第一！"

陈国民说："赵总，顾代表，你们也回去吧！领导们都回去吧！赵总，这些小事用不着你操心，第一施工队，什么时候给二号信箱丢过脸，从来没有！"

赵殿楚动了感情："国民啊，都是好样的！"顾弘亮情不自禁地跟上一声："同志们都是好样的！"陈国民大声说："夏方舟才是真正的好样的！"

程时风满眼的泪。

夏方舟的同学愤怒地包围了秦晓丹。有人质问："秦晓丹，你不是坚持川南钢铁的设计没有问题吗？没有问题的设计几乎杀了夏方舟！"有人痛喝："如果不是夏方舟，不知道要牺牲多少人！"

季成钢看到那边的形势，快速地悄悄溜了。

女同学更加愤怒地说："你还要和夏方舟辩论，就凭你？你和夏方舟比起来，天上地下，你不配！你算什么？你算什么！"有人怒斥："夏方舟抢险的时候，你在哪儿？"有人讥讽："你在和季成钢谈恋爱吧！"

男同学想起来说："那个季成钢呢？刚才还在这附近。头几天他到处宣扬，夏方舟蓄意破坏，现在溜了！"

女同学更加激愤地说："秦晓丹，你和季成钢沆瀣一气！说你沆瀣一气都是客气的，狼狈为奸！你还有脸在这儿站着，还不赶紧追随你亲爱的季成钢去……"

秦晓丹一动不动，闭着眼睛，泪流满面。那些声音，对于她，远去了……

148

陈国民一口把酒干了，脸上笑着，眼中是泪，说："青妮啊，你说，夏方舟这小子命大，命真大！从来金江的路上算起，死了三回了，要算上去看柳叶儿被狼围了半夜那回，四回了！居然还活着！"

田青妮擦着泪说："是啊……他爸，我这心里说不上来的滋味，你说，夏师傅这么好的男人，几回的生生死死，到现在，受了那么重的伤，身边连个体己的女人都没有……唉！老天不睁眼呢！你慢慢喝着，我去给他做点好吃的，补补身子，待会儿让本奇给他送过去。"起身离开。

第三十四章

149

夏方舟坐靠在病床上，腿上打着厚厚的石膏。乔佳丽和陆汀兰在病床旁。

夏方舟看到了出现在门口的秦晓丹，有些发愣。陆汀兰和乔佳丽顺着夏方舟的目光看过去，陆汀兰喊了声："晓丹！"

秦晓丹点点头，走进来，看着夏方舟。夏方舟张了张嘴，话还是没说出口。

两人四目相对。

陆汀兰看出秦晓丹有话想和夏方舟单独谈，拉起乔佳丽。乔佳丽明白陆汀兰的意思，很不情愿，却还是被陆汀兰拉着出去了。

秦晓丹的心思都在夏方舟身上。

乔佳丽被拉到外面，一肚子委屈和不满，说："陆老师，你干吗拉我出来，她能照顾方舟吗？"陆汀兰说："晓丹想和方舟单独待一会儿，没看出来？"

乔佳丽噘嘴："看出来了。过去她是怎么对待方舟的？季成钢欺负方舟的时候她在干什么？他们两个是一伙儿的！她……她和季成钢谈恋爱，这会儿来干什么？我不想让她来！"

陆汀兰大姐般地笑着说："佳丽啊，你到现在还是个小初中生的脾气，在方舟眼里，你就是个小孩子。"乔佳丽着急地说："我不是！我是大人了！"陆汀兰把她拉到身边说："好了！你得赶紧长大！"

秦晓丹站在病床前，定定地看着对方的眼睛问："是设计上的问题吗？"夏方舟已经坐起来，迎着对方说："这个结论我不能下。"秦晓丹追问："还有别的问题？"

夏方舟稍加斟酌："问题已经暴露，还会继续扩大，后果将会很严重。至于是不是设计上的问题，结论我不能下。"秦晓丹再问："你都预料到了？"夏方舟不正面回答："我尽我的责任。"

秦晓丹的泪水瞬间夺眶而出，说："我仍然希望是你错了，这次事故只是自然灾害造成的意外。"夏方舟说："我也希望是我错了。"秦晓丹探寻地看着夏方舟。夏方舟坦诚地说："心里话。"秦晓丹看着夏方舟清澈的目光，突然转身而去。

病房外的陆汀兰看到提着饭盒的武本奇："本奇！"

武本奇笑着到跟前说："陆工、佳丽，我师母给夏大哥熬的骨头汤。师母说大哥的腿断了，伤到骨头喝骨头汤恢复得快。"

陆汀兰告诉他晓丹来了。话音未落，秦晓丹从里面出来，满脸泪痕，谁也没有看，匆匆离开。

从医院出来，秦晓丹回到第五施工队办公室说："可以确定了，夏方舟是对的。"季成钢声音有些颤抖地说："晓丹，你……真的这么认为？还是希望？"秦晓丹异常平静地说："事实摆在了所有人的面前。"

季成钢看着秦晓丹，突然咆哮："我没有看到！晓丹，你不要被他欺骗！这纯粹是一场意外，不可抗拒的意外！夏方舟厚颜无耻，企图把灾难变成证明他所谓的才能的机会，他是个骗子！"

秦晓丹平静地看着他说："他不是骗子。"季成钢充满信心地说："夏方舟不会得逞！川南钢铁很快就会恢复，对此我坚信不疑！"

150

陈国民他们四大金刚站在停产的高炉前，神色严峻，不知说什么好。

好半天，终于有人开了口："这才出了多少铁，整个川南钢铁全停了，哥儿几个心里都有数，就这阵势，根本无法量产！从东北到江汉一路下来，咱们什么时候干过这样的工程？顶着四大金刚的名头，真不够丢人的！"

陈国民更是一肚子气地说："哥儿几个，这能赖咱们头上吗？咱们都是按图纸干的。要说自然灾害，这边根本没受什么影响，能安到自然灾害头上？骗鬼呀！"

四个人说了一阵，年纪最大的一位问："国民，夏方舟不是一直怀疑设计上有问题吗？你问问他。"

陈国民说："我怎么问？当初，人家提出怀疑，上面下面合着伙把人家硬压下去，我还让人家劳动锻炼，替上面教育人家。现在他受了那么重的伤住在医院里，还不都是让这事闹的！我去了怎么开口？等他伤好了再说吧！"

众金刚不约而同地长叹一声。

戚光复吃惊地看着腿上还打着石膏，腋下夹着一根拐杖，被乔佳丽搀扶着的夏方舟，忙问："方舟，你怎么出院了？谁让你出院的？"

夏方舟笑着说："还没出院，下班前还得尽快回医院。"

乔佳丽笑着说："队长，方舟来给你借间房子。"夏方舟接上说："在你这儿借一间房子，任何人不得进入，包括你。"乔佳丽得意地宣布："我是例外，每天中午我给方舟打饭。"

戚光复狐疑着。夏方舟反问："借不借？"戚光复沉吟片刻："我的办公室借给你。方舟，你搞什么名堂？"

宣传队大院门外，武本奇和几个兄弟把一副绘图板和很多废图纸从车上卸下来堆在路边。武本奇说："都给我记住了，夏大哥要做的这件事，对任何人都不能说，包括我师傅！"

二十分钟后，戚光复看到自己的办公室被布置成了一间设计室，图板已经架起来，废图纸码放在图板旁边。戚光复问："方舟，你到底要干什么？从明天开始，每天上午过来，下班前赶回去，计划得够周密的。"

夏方舟微笑着说："你猜着了。"戚光复又问："为什么我不能进来，乔佳丽反而可以？"夏方舟还是笑着说："你也猜着了。"戚光复指着图板说："乔佳丽看不懂，我能看得懂，对不对？"夏方舟依然笑。

戚光复点着夏方舟说："九条命的猫都能死在好奇心上，你存心折磨我？不行，这事我还得问问汀兰。她不同意，我的办公室你不能用。"

夏方舟说："汀兰答应了。光复，待时机成熟，我第一个让你看。"

戚光复笑着说："别弄得那么严肃。我就是好奇！其实，你们说对了，我根本不是理科生！没问题了，一切按方舟同志的指示办！"

乔佳丽把武本奇他们送出大门，蹦跳着跑进了院内。

武本奇看着乔佳丽俏丽的背影，突发感慨："我见犹怜！"王卫国故意说："本奇，转词呢！什么意思？你该不是看上人家乔佳丽了吧！"

武本奇变了脸色说："笑什么笑，都给我住嘴！你们给我听着，佳丽是夏大哥的人，这玩笑不能开！"小兄弟们被他镇住，武本奇却又忍不住回头看了眼消失在大门里的乔佳丽。

夜深了，病房熄灯好久了。夏方舟躺在病床上辗转反侧，索性坐了起来，拿过拐杖下床，来到窗前，看着外面。

清晨，在戚光复的办公室，夏方舟打着石膏的腿不敢用力着地，腋下夹着拐杖，站在图板前，飞快地在图板上的废图纸背面画着草图。反锁的门被从外面打开，乔佳丽进了门，呆了。

乔佳丽心疼地问："方舟，你怎么已经来了？"

夏方舟回头，笑了笑说："我在医院里躺不住，护士提前给我打了针，我搭了个便车过来了。佳丽，我这儿没事，练功去吧！中午给我打饭就行了。"他投入到图纸中，夹着拐杖的腋下垫着的纱布上渗出了血。

乔佳丽看着全部精力都投入到图纸中的夏方舟，蹑手蹑脚地退了出去，轻轻地带上了房门。

金江火车站货场上的原材料堆积如山。

赵殿楚脸上愁云密布，程时风眉头紧蹙。赵殿楚问："能不能再想想办法？"

程时风束手无策地说："能想的办法都想了，咱们自己的货场早就堆满了，四号信箱、六号信箱的货场也满了，一点不夸张，赵总，已经没有立锥之地了。"

赵殿楚商量说："再想想办法，有些原材料可以堆得再高一点。大批的原材料卸不下来，把成昆线都塞住了，这不行。让四大金刚过来想想办法。"

程时风说："货场就这么大块地方，他们能有什么办法？"赵殿楚说："让他们过来看看。"

果然就如程时风所说，四大金刚面对堆积如山的货场，也是一筹莫展。

陈国民说："这事闹大了，听说成昆线都给塞住了。"有人问他："国民，夏方舟还没出院？"陈国民说："我昨天晚上去看他，石膏拆了，还没好利索。"

年纪最长的金刚问："国民，川南钢铁出了这么大的事，他在医院里也该听说了。你不问，他也不和你说说？"陈国民摇摇头。对方感慨："看来，是伤了人家的心了！"

151

夏方舟腿上的石膏已经拆去了，站在图板前，受伤的腿一侧的腋下仍然夹着拐杖，他飞快地在图板上的废图纸背面画着草图。

乔佳丽已经为他摆好饭菜，等了好一会儿，催促说："方舟，吃饭了，吃饭了。饭都凉了，吃饭吧！"

夏方舟收了最后两笔说："好了，完工吃饭！"

饭后，乔佳丽收拾好餐具，小心试探地问："方舟，全都完了，对吧？"夏方舟很有些意外。乔佳丽说："以前你吃完了饭接着就画，一分钟都不休息，今天吃完好一会儿了，只在那儿出神。"

夏方舟笑着说："都完了。"乔佳丽惊喜，得到夏方舟的再次肯定，乔佳丽问："你画的这些都是什么呀，一点都看不懂。"夏方舟起来说："看懂这些，佳丽，你至少还得上十年学，还得学我这一行。"

乔佳丽扮个鬼脸说："我能猜出来！你别笑！方舟，你画的这些，绝对是针对川南钢铁出现的严重问题的，这是你的方案！"夏方舟惊奇。

乔佳丽快活地说："我说对了吧？你别这么看着我，我没有告诉任何人！再告诉你个秘密，本奇也猜到了！别担心，他也没对任何人说，包括他师傅！方舟，现在你都完成了，可以大展宏图了吧？"

夏方舟微微摇头，片刻，沉沉一叹："我希望……把它们付之一炬。"乔佳丽吃惊地问："为什么？这都是你的心血呀！"夏方舟笑了笑说："佳丽，去练功吧。有些东西我还得静下来仔细想想。"

赵殿楚把顾弘亮和程时风约到他的办公室说："川南钢铁目前遇到的如此严重的局面，超出了我们所有人的预料。北京都被震动了。"

顾弘亮问："赵总，通天了？"赵殿楚点点头说："我接到电话，北京抽调全国最好的专家组成专家组，给川南钢铁会诊。专家组组长是江汉钢铁的茂森同志，霍总。他们很快就到。"

顾弘亮稍沉，又说："赵总，这段时间我一直在想，川南钢铁遇到的问题，方舟同志是不是早就想到了？那天在抢险现场，你问他是不是有准备，高炉会不会有问题，他回答得都很肯定。"

赵殿楚说："我记得。"顾弘亮说："赵总、时风同志，我是这么考虑的：当初我们把他强行压下去了，有没有可能，他一直没有放弃，甚至手上有针对性的方案？"

赵殿楚频频点头说："以他的脾气，有这个可能。"

顾弘亮建议："赵总，既然方舟同志手上可能有针对性的方案，这样好不好，我们先找他谈一下，你们要是觉得不好谈，我和他谈。方舟同志手上有方案的话，我们是不是把方舟同志推荐给专家组？这样，我们把方案提出来，就会比较主动。"

赵殿楚："不合适。夏方舟有没有方案，我们说不准，问他，他未必会说。就算夏方舟他有方案，他毕竟是我们的人，专家组需要客观的工作环境。还是按程序走，等专家组的结论。"

在13栋见到霍茂森，夏方舟激动万分，迫不及待地说："老师，这一段时间，眼看着川南钢铁陷入灾难性的困境，我心急如焚。有你的话在前面挡着，我不能站出来说话，急得我天天晚上睡不着觉！"

霍茂森教导道："方舟，问题的完全暴露需要一段时间，解决问题也需要时间。你要有准备。"夏方舟舒了口气："不管怎么样，反正你们来了！老师，你出任专家组的组长，对我来说是意外惊喜！"霍茂森笑着说："我当组长，对你不是什么好消息。"

夏方舟自信地说："严师出高徒，我不怕！老师，技改方案我全做出来了，你让专家组评判评判？"

霍茂森说："这事先不着急。方舟，让我看看你的腿，站起来转两圈。"夏方舟转了两圈说："没事，受了点伤，基本上好了。老师，让专家组看看我的方案，时间不等人！"

霍茂森让他坐下，神色严肃起来，批评说："专家组首先要考察评估，结论出来以后才是技改方案。下车伊始，考察评估还没开始，你先把设计缺陷的帽子扣上了，合适吗？方舟，你是我的学生，你这个结论一出，别人会认为是我的态度，会影响结论的客观性。"夏方舟申辩："可是，老师，眼睁睁地看着川南钢铁如此局面，我没法不着急！"

霍茂森打住话头："这事先说到这儿。方舟，晓丹的爸爸遇难的事我查清了。"夏方舟心头一惊。

霍茂森教导他："方舟啊，我得批评你，你是有才华，脚踏实地，但是有些时候，你自视太高！这会害人的，首先是害你自己。你以为只有你发现了问题？川南钢铁设计上可能存在瑕疵甚至是重大隐患，很多人在不同的场合都提到过。"夏方舟说："老师，这事我想通了。"

霍茂森教训道："还是不服气！我告诉你，你想到的金江水文方面的问题，秦院长早就想到了。三年前，秦院长顶着种种压力，排除种种干扰，亲自带队进行了大面积的调查。那个时候，在那个形势下，远了不说，金江这边一号信箱的老总都自身不保，殿楚同志处境艰难，秦院长带队调查的难度比你大得多！我相信他取得了关键性的数据，可惜啊……"他复作沉沉一叹。

霍茂森问他："我批评你的话记住了？"夏方舟说："记住了！老师，我会认真反省。"霍茂森说："这段时间我会很忙，忙过这一段，抽个时间，我要见一见晓丹。你先给我说说，晓丹的情况怎么样？"

夏方舟面露难色，实话实说："老师，她的情况，我不知道。"

在五队的办公室，秦晓丹和季成钢吵了起来。

季成钢说："晓丹，我们应该坚信，川南钢铁可能存在某种瑕疵，但绝对不会是设计问题。夏方舟企图借着灾难性的机会沽名钓誉，他一直在伺机而动，这种卑鄙伎俩绝对不会得逞！"

秦晓丹厌倦地说："别再说这些了！不给别人扣帽子就不会说话了？我们有什么说什么好不好！且不说能力，即便是责任感和使命感，我们和夏方舟相比，差得太远了。"

季成钢强词夺理："就算是他怀疑过川南钢铁设计上有问题，就算是专家组最后认为存在着某些瑕疵，和夏方舟有关系吗？他有应对方案吗？"

秦晓丹恼怒地说："这么说也未免过于强人所难了，提出针对性的解决方案是一项大工程，不是他一个人能提供的。他毕竟怀疑过，我们呢？我们只有头脑发热！想当初，我们居然还要和他辩论，我们凭什么？真可笑！"

季成钢不放弃幻想地说："专家组绝对会击碎他的罪恶的美梦！"

秦晓丹生气地说："别抱幻想了！我们错了，彻底错了！"

152

陈国民把刚出院的夏方舟接到家里喝酒，问道："这么急着出院干吗？我看你这腿还是不大利索。"夏方舟笑着说："队长，喝上你的酒，就着田师傅煎的咸鱼，我这条腿不出一个礼拜，又能和你打架了。"

陈国民敛容说："方舟，我叫你来喝酒，酒倒在其次，有正事。你老师霍总带着专家组来了这些日子，金口不开，到底是设计上的问题，还是咱们施工的问题，上上下下都等得心里发毛。你给我透点风。"

夏方舟老实说："队长，专家组结论出来之前，老师什么都不会对我说，我什么都不知道。"

陈国民点点头说："我信，霍总是名不虚传啊！方舟，这儿就咱们俩，和我说实话，如今的这个局面，你是不是早就想到了？"夏方舟说："没想到会这么严重。"陈国民把夏方舟的话念叨一遍："没想到会这么严重……这么说，你还是想到了！"夏方舟点点头。

夏方舟自有难言之隐，说："队长，还是等专家组的结论吧！"

在13栋霍茂森下榻的房间，秦晓丹的心陡地悬了起来。

霍茂森徐徐道来："晓丹，有些话今天我私下里对你说，对方舟我都没有说过。川南钢铁的总图是山城设计院出的，出来不久，赶上了'设计革命'，口号是工人为主导，工程技术人员当参谋，山城设计院的总图几乎被完全颠覆。后来，二号信箱站了出来表明态度，从施工角度讲，不同意。这实际上是冶金部的态度，但是殿楚同志站出来，不容易啊！接下来，冶金部顶着巨大的压力，进行设计复查，在那样的情况下，也只能是丢车保帅，最终的总图完成后，你爸爸参与了论证，虽然冶建不是他的专业，但他对一些同志提出的不同意见极为重视。"

秦晓丹听得目瞪口呆。

霍茂森继续说："其中有些意见相当尖锐，认为川南钢铁的设计存在重大隐患。由于种种原因，话我只能说到这里，总之，进一步的论证没有进行下去。"

秦晓丹满眼泪地说："那……我爸爸也放弃了？"

霍茂森说下去："有些事情，不是你爸爸所能决定的，他也只能是尽力而为。就在这个前后，你爸爸注意到一个重要的问题，金江的水文资料极度匮乏，这直接关系到川南钢铁的设计基础，他非常不安。1967 年是什么形势，我们都记得，你爸爸在那样的情况下，排除种种干扰，亲自带队进行大面积的考察。从我得到的情况看，你爸爸已经掌握了大量的数据，并且通知了有关方面，提出川南钢铁的设计需要重新论证的意见。可惜，回来的路上遭遇突发泥石流，你爸爸，还有跟随他的同志全部遇难，遗体都没有找到。他们获得的相关数据，从此石沉大海。"

秦晓丹哭了出来。

霍茂森没有劝她，默默地陪着她，让她哭一场，使郁积已久的心情得到一些释放。待到秦晓丹的情绪渐渐平复，他把话题带入下一个重点："晓丹，从我目前得到的材料看，方舟是你爸爸之后，第一个认真对待金江水文资料匮乏这个问题的人，发现了问题之后，他尽其所能，进行了相当广泛的调查，并且得出了自己的结论，提前预见到灾害的发生。"

秦晓丹惊愕地问："他预见到了一切？"

霍茂森点头说："可以这么说。他有自己的结论。"秦晓丹受到巨大冲击，也是难以置信。霍茂森说："不只是结论，他还一直在寻求解决方案。"

秦晓丹忽然明白了，又问："霍总，他做的这些，你事先都知道？"霍茂森说："晓丹啊，上次我借着庆典来金江，你对我说，方舟试图否定川南钢铁。当时那个氛围，还来了中央首长，到处敲锣打鼓，欢庆胜利，你对方舟的一些想法和做法又比较排斥，有些话我不好和你说透了。"

霍茂森感叹："方舟这个人，政治上正派，但过于简单，处理人事关系过于单纯，既无害人之心也无防人之心，专业知识丰厚，业务能力超群，偏偏又天生一副傲骨。他去江汉，我担心他回来闯出大祸，严令他回来以后只干不说，忍辱负重。他受了很多委屈啊！晓丹，换了是我，未必能坚持下来。他不但坚持了下来，还……难得呀！"

秦晓丹理出来一些头绪说："霍总，听你的意思，他有应对方案？"霍茂森斟酌："这话怎么说呢……"秦晓丹敏感地问："你不相信我，霍总？"

霍茂森说："不是那个意思。方舟的结论未必都对，也未必全面，还要等待专家组的结论。就方舟个人来说，不带主观色彩地说，方舟他继承了你爸爸的遗志，自觉地继承了秦院长为代表的科学家的科学态度。"

秦晓丹心里最柔软处被深深触动，泪涌上来。

霍茂森强调："方舟的品格，尤其在你们这几届学生里，更显得难能可贵！"

第二天清晨，秦晓丹来到李心梅的墓前，痛心疾首地说："心梅，我错了……我是如此愚蠢无知，辜负了你的信任和嘱托……一切都晚了，人生没有办法从头再来……我对不起你！心梅……"

李心梅墓前的金沙蓝梦，正值花期。

上上下下期待已久的这场会议，在二号信箱大会议室召开。主位上的是霍茂森和北京来的高层领导，以及赵殿楚、顾弘亮、程时风等总部领导，金江其他几个重要的信箱单位的领导都在场。

霍茂森代表专家组意见的报告已到结尾："自然灾害是一个原因，关键的问题还是设计上存在重大瑕疵，即便没有这次特大暴雨造成的灾害，设计上留下的隐患很快也会暴露出来。这是我们专家组的结论。"

众人的目光投向坐在首位的北京来的高层领导，等其表态。

领导不慌不忙地说："在座的各位都是这一行的专家，我原则上表个态，强调一下，这个态度不是我个人的态度。科学允许失败，川南钢铁，毕竟是我们中国人第一次独立设计的大型钢铁联合企业，又是在弄弄坪这么特殊、这么复杂的条件下，在全世界范围内没有任何现成的经验可以借鉴，设计中存在瑕疵和缺陷难以避免，发现它们、纠正它们，恰恰证明了我们的进步。"

全场都松了一口气。

领导问："茂森同志，接下来的工作怎么进行？"霍茂森说："尽快拿出技改方案。"领导又问："需要多长时间？"

众人的目光都投向了霍茂森。

霍茂森见时机成熟，说："各位领导，同志们！有一个年轻人，从他来到大三线的那天起，一直踏踏实实地在第一线，不但出色地完成了本职工作，在有关领导的支持下，研究了川南钢铁的全部图纸，还利用业余时间，对工程设计、对金江的水文历史资料，进行了深入的调查、分析、研究。他几乎预见到了今天我们看到的一切，尤其难得的是，他准备了完整的技改方案。"

领导十分高兴地问："茂森同志，有现成的方案？"霍茂森说："还需要经过专家组的论证。"领导笑着说："你们这些专家都在，抓紧论证！"

赵殿楚已然了然，问："茂森同志，你说的这个年轻人……"霍茂森笑着说："举贤不避亲。殿楚同志，这个年轻人是我的学生，夏方舟。"

在全场一片惊叹声中，程时风坐直了腰，挺起了胸，昂起了头。

散了会，霍茂森专门到程时风的办公室说："时风同志，我得特别谢谢你呀！"程时风心中有愧，赶忙说："霍总，这是方舟的成绩，我没做什么。"

霍茂森握着他的手说："方舟都给我说了，是你给他提供了调看全部图纸的机会，没这个机会，就没有他今天的方案。希望以后多支持他。"

程时风眼睛热了，忙说："请霍总放心，我一定为方舟的成长创造条件，尽心尽力。"

第三十五章

153

陈国民开怀地说："夏方舟，连我也瞒着！头几天还在我这里装神弄鬼，待会儿摆上酒，你先自罚一杯！今天我罚你个大的！"夏方舟笑着道歉："队长，实在对不住，我老师封着我的口，什么都不让我说。"

陈国民喝一声："武本奇！听见了吗？好好学着点，看看人家方舟怎么给老师当学生的。"武本奇捧场："师傅，你的话对我来说就是圣旨！"

陈国民问："方舟，你的方案有多大把握？"夏方舟心里没底地说："说实话，队长，忐忑不安。"陈国民不以为然："忐什么忑呀，有霍总呢！那是你老师。"

夏方舟说："要是别人拿出来的方案有问题，我老师可能就给改了，我的方案不行，只要有一点问题，他绝对放不过我。"

陈国民心里佩服，说道："听见了吗武本奇？以后你再敢给我惹祸，我往死里收拾你！"武本奇撒欢儿地说："放心吧师傅！夏大哥的方案绝对没问题！别人不了解，你还不了解吗？"陈国民乐了。

武本奇又逮住机会说："师傅，我不是坏你的情绪，季成钢那王八蛋，前一阵子到处造谣，说夏大哥破坏大三线建设，想把夏大哥往死里整！"

陈国民骂一句："那个欺师灭祖的东西！不说他，不够扫兴的！本奇，今天你也别走了，一块儿在我这儿喝一杯！"武本奇说："师傅，我去叫朝丽，让她过来帮师母做菜。"陈国民高兴："算你孝顺！去吧！"武本奇撒着欢儿地跑了。

陈国民合计着说："方舟，这一回啊，秦晓丹挺没面子。不是我看笑话，你说秦晓丹，她干吗非得和季成钢那个东西弄到一块儿去！"

季成钢愤怒地说："晓丹，我们发自内心地热爱大三线，何错之有？"

秦晓丹平静地说："我们用热情和近乎狂热的精神，再加上个人的情绪取代理智，而夏方舟一直保持着高度的理性和科学态度。"

季成钢企图抓住最后的稻草说："晓丹，我深信，夏方舟的什么所谓的技改方案，在专家组绝对通不过！"

秦晓丹平静地说："夏方舟反复研究了全部图纸，做了大量的调查研究，甚至不惜冒着生命危险。那次他去柳叶儿家，回来遇到狼群，就是去做水文资料的调查。正是有了这么坚实的基础，他才能准确地预见到一切，提出针对性的解决方案。这样的方案，会通不过吗？"

季成钢无耻地说："通过了也是他老师的方案！"秦晓丹震惊，几乎不认识面前的季成钢。季成钢未觉，仍说："1966年我就知道夏方舟是什么东西！从在学校，他就靠着那些老师对他爸爸的巴结，招摇撞骗，欺世盗名。霍茂森也不例外！"

秦晓丹愤怒，季成钢猛然惊醒。秦晓丹声色俱厉："霍总光明磊落，有口皆碑。夏方舟早就准备好技改方案，专家组出结论之前，霍总一直不许他拿出来，我问霍总的时候霍总都没有告诉我，担心影响专家组的客观性。这么高尚的人，难道会为他的学生搞阴谋诡计？"

季成钢试图解释，却找不着词，语无伦次："晓丹，不是……你听我解释……我不是对霍总，是夏方舟……"

秦晓丹痛切地说："只有当自己的心灵阴暗的时候，才会认为别人同样阴暗！我说的不是你，是我自己！我希望，我们五队能够参加技改工程，给自己一个改正错误的机会。"说完转身而去。

季成钢呆了。

赵殿楚惊喜地问："一致好评？"

霍茂森也是满脸喜色地说："全票通过！咱们私下说，方舟的技改方案，出乎意料地好！"赵殿楚如释重负："太好了！太好了！"霍茂森不掩得意地说："我的学生那还能错了？"

赵殿楚争论："嗨！茂森同志，你要这么说，我得和你争一争。他是你的学生不假，可他是我的兵，我的青年将领！实践出真知，他是在我的战场上摸爬滚打成长起来的。你有意见吗？"

霍茂森故意把脸一沉说："赵总啊，不是我给你翻旧账，你都把我的学生给开除了，五年制的大学生，你给了他个二级工，我能没意见吗？"赵殿楚着急地说："茂森同志！我给你反复解释过了，陈国民捅了个天大的娄子，方舟主动牺牲自己，保全一支队伍……你把我套进去了！你那一套以为我不知道？夏方舟当初为什么不来金江，还不是因为你？你下一步的打算是等着我这边……"

霍茂森笑着打断他："赵总，你打算今天敞开了谈？"赵殿楚也笑了，说："听你的，留点悬念。霍总，你们专家组打算什么时候走？"霍茂森说："任务完成了，待不住。"

赵殿楚稍微想了一下说："霍总，趁着你们在这儿，把夏方舟在技改工程中的位置定下来？我得先开个小会，三结合！估计问题不大，尤其是你这杆大旗还在呢。霍总，不坐了，这个会我马上开！"

赵殿楚离开13栋，回到总部马上把程时风和顾弘亮叫到一起说："夏方舟的技改方案得到专家组的高度评价，工程马上就要展开。关于这个工程班子，我有个想法，我们三个先碰一下头开个小会。首先，我考虑，借着这个时机，撤销对夏方舟的所有处分。"

程时风立刻说："我完全赞成撤销对方舟同志的所有处分。"

顾弘亮高兴地说："我赞同！这本来就不是方舟同志的责任！"

赵殿楚说："好。还有个想法，破格任命夏方舟担任技改项目技术指挥，陈国民担任工程施工指挥长，你们觉得怎么样？"

程时风斟酌："按过去的说法，这就是大项目总工啊！主持这么重大的项目，方舟是不是太年轻了？"顾弘亮不兜圈子："我同意赵总的意见。搞工业我是外行，可我觉得，无论军队还是工业，用人的道理是一样的。谁能谁不能，看的不是年龄，是能力。"

程时风欲擒故纵："我不是怀疑方舟的能力，我是担心……咱们有那么多工程师年龄比他大，资历比他老，恐怕他难以服众。"顾弘亮旗帜鲜明地说："时风同志，论资排辈要不得！我军历史上不乏青年将领，也有些人当了半辈子兵，到头来还是个大头兵。赵总，我拿个态度，有人要在这上面讲条件，让他来找我！"程时风放心表态："顾代表说得对，我同意。"

154

霍茂森由夏方舟陪着来到汀兰家，进了门打量着室内说："条件是艰苦了些！"

戚光复笑着说："霍总，我们习惯了。这条件比当初住席棚子好多了。霍总，请坐，请上座！请你来吃饭，也弄不出什么好吃的来，真有点不敢请你。"夏方舟强调说："老师，为了这几个菜，光复和汀兰忙了一下午。"

霍茂森坐在小凳子上，笑眯眯地看一遍菜说："相当不错嘛！这几个菜，再配上一杯酒，神仙日子都不亏！来，都一块儿坐下。"戚光复郑重地端起酒杯说："霍总，为了方舟，我和汀兰感谢你，衷心感谢你对他的培养！"霍茂森感慨："这话说起来……不说了！光复，谢谢你和汀兰，干一杯！"

说话间，乔佳丽的声音响起："我能进来吗？"戚光复有些措手不及，忙说："哦，霍总，她是我们……"霍茂森笑着说："认识，认识！小乔，来，进来，一块儿！"乔佳丽高兴地跳进来说："霍总好！"霍茂森笑。

戚光复意外。夏方舟说："庆典大会，佳丽从会场跑出来。"戚光复明白过来，笑了。

乔佳丽自己拿个小凳子，坐到陆汀兰身边。

霍茂森笑着说："头一回看到小乔，冷不丁想起个典故：遥想公瑾当年……"戚光复接上："小乔初嫁了！"霍茂森笑着频频点头。

陆汀兰看着乔佳丽不好意思地低下头，嘴角却是掩饰不住的笑意，又看夏方舟的狼狈，笑着问："霍总，谁是周郎啊？"

霍茂森看看越发窘迫的夏方舟，开怀笑了起来。

戚光复和陆汀兰因为夏仲霖和霍茂森多年相知，十几岁上便与霍茂森和霍师母相熟，对霍茂森的生活习惯十分了解。霍茂森喜欢酒却从不多喝，不喜欢在酒桌上耽误时间，喝过三小杯酒，便把酒收了。很快吃完饭，端上了茶。

趁着这机会，陆汀兰又把心里担心的事提出来："霍总，这么大的项目，方舟能行吗？"霍茂森一句话："汀兰，你逼着我表扬他？"陆汀兰和戚光复顿时放下心来。乔佳丽倒是在旁边央求："霍总，那你就表扬表扬方舟吧！"霍茂森和戚光复他们都笑了。

霍茂森笑过，还是严肃地说："汀兰，光复，对方舟我还是有点担心。方舟谁的话都听不进去，也会听你们俩的。方舟的能力没问题，但不能让他飘起来，你们替我好好看着他，他飘起来的时候把他按下去。"陆汀兰满口应承："我替霍总好好看着他！"

乔佳丽不满地说："霍总，方舟从来都不会骄傲！霍总，我们这儿有个坏蛋叫季成钢，可坏了，头上生疮、脚底流脓的那种坏！有一次，他把挖掘机的土直接倒到方舟身上，我亲眼看到的！方舟好像没事一样，这需要多大的定力呀！这样的人会骄傲吗？"

霍茂森问："季成钢在这儿？"戚光复简直是吃惊："霍总也认识他？他还不至于这么有名吧？"霍茂森看着戚光复和陆汀兰问："方舟没和你们说？"

夏方舟显然不想谈，说："老师，那事都过去了。"霍茂森瞧着他说："现在过去了？嗯，就凭这一点，进步不小！当年你从西安到江汉，越想越窝火，要不是你师母坚决不让你走，非要回西安和他大干一场。"

陆汀兰立刻抓住不放，说："霍总，他和季成钢过去的关系，我们问他几次他不说。当时到底怎么回事？"

霍茂森神色严肃起来："让他说。"夏方舟还不说。陆汀兰坚决不放弃，又问："方舟，你是不是有什么见不得人的事？"

霍茂森忙给学生圆场："汀兰啊，这你就冤枉他了。他不说，我说。1966年秋天，这个叫季成钢的，带着一个什么战斗队，到你们学校去揪斗他……"

黄昏时刻，秦晓丹独立江边，此时天已暗了下来。武本奇离得不远不近，试探地喊了一声："秦工。"秦晓丹回头。

武本奇忙上前几步说："哦，秦工，我看你在这儿站好半天了，有点那个、那个……"秦晓丹微笑着说："我没事。"武本奇有些语无伦次："啊……秦工，我瞎操心，不是，我胡思乱想……不是……那个，秦工，你千万别往心里去！"

秦晓丹心思有动，说："本奇，陪我走走？"武本奇愣了一下，用力点头。

借着这难得的机会，武本奇把夏方舟做方案的事说了出来。秦晓丹听着停下步子，似有些不太相信地看着他问："方案是他受伤期间做出来的？他的腿骨折了呀！"

武本奇掏心掏肺地说："秦工，那时候夏大哥的腿打着石膏，图板前一站就是大半天，这边夹着拐杖，腋窝里都磨烂了，垫着的纱布上全都是血！回到医院，晚上疼得根本睡不着觉。他画图像飞一样，这你知道秦工，就这样他还画了一个多月，谁都不让说，谁都不知道。"武本奇动了感情。

秦晓丹动容："……后来呢？"

武本奇擦把泪说："后来……画完以后，佳丽猜出来了。我们知道以后，都盼着夏大哥反击那些陷害他的言论。秦工，那些人安的什么心？破坏大三线建设是什么罪名？往轻里说也要进监狱，下了重手这就是死罪！那些人这是要把夏大哥往死里整啊！夏大哥怎么说？夏大哥说，他最希望的是他的那些心血毫无用处，付之一炬。夏大哥这境界……"武本奇脸上已有擦不完的泪。

秦晓丹心潮起伏，武本奇一时也不知道再说什么好。两人默默地走了一段，秦晓丹开口："本奇，你们……你们是不是挺烦我？"武本奇否认："没那事，绝对没有。"秦晓丹停下来，看着他。

武本奇抵抗不住，说："秦工，是那个……我直说了吧！秦工，看一个人看不透的时候，看他的朋友，这是夏大哥过去和我说的。你看看那个季成钢，他有朋友吗？一个都没有，整个一孤家寡人。你怎么能和他……你不该和他在一起。"秦晓丹思绪万千。武本奇索性问到底："秦工，你不是真和他谈恋爱了吧？"

秦晓丹转过脸去，泪水涌了出来。

155

程时风不动声色，听着面前季成钢的慷慨陈词："程处长，我们第五施工队请战，坚决要求参加技改工程！请领导把最艰苦的任务交给我们，我们第五施工队保证打出威风！"

程时风不慌不忙地说："陈国民是施工指挥长，不怕他趁机收拾你？"季成钢说："我心底无私，我所做的一切都是为了建设大三线！"程时风脸一黑说："季成钢，这些口号，你找别人喊去。"

季成钢瞧着对方变了脸色，一时不知道该说什么。程时风盯着他说："你为什么要参加技改工程？说实话。明说吧，你能从中得到什么？夏方舟是技术指挥，陈国民是施工指挥长，到时候干出成绩来，论功行赏，有你的份吗？"季成钢又找不到词了。

程时风单刀直入："为了秦晓丹？"季成钢激动地说："我……程处长，我季成钢绝对不能输给夏方舟！"程时风笑着说："这还算是个拿得出手的理由。那还得看人家用不用你。给你打个预防针，就算是赵总亲自出面，你也没戏！"

果如程时风所预料，赵殿楚刚开了个头，就被陈国民毫不客气地顶回来："我用不着他！从爆破队给我调一个团，其他的活我们第一施工队全包了。谁也用不着！"

赵殿楚笑说："还记仇呢？国民同志，第五施工队是一支年轻的施工队，很有朝气，但实践经验不足，他们积极请战，给他们一个锻炼的机会，好不好？"

陈国民寸步不让："各位领导，你们想培养季成钢，行！我话撂这儿，你们培养他可以，让他过来干指挥长，我坚决听他的指挥！一个欺师灭祖的东西，到你们手上成了宝贝！"

赵殿楚装没听见，对方舟说："方舟，工程技术班子，我们给你推荐了一个名单，决定权在你手里。不在这个名单里的，你可以点将，要谁给谁。"夏方舟说："名单我看了，都没问题。名单之外，我想把秦晓丹调过来。"

赵殿楚和程时风都有些意外。陈国民很不满意，却不好当面说。

顾弘亮赶在前面说："我赞同！方舟同志这个意见好！这么重要的工程，晓丹同志应该参加，这对她是一个很好的学习提高的机会，对秦院长的在天之灵也是一个安慰！"别人都不好再说什么。

赵殿楚一锤定音："好！那就这么定了。总部马上下文，正式组建技改工程指挥部。办公地点用总部的工地办公室，已经给你们准备好了。争取尽快开工。"

作为技改工程指挥部的总部工地办公室，虽然是钢木结构的活动房子，但条件和规模都比施工队的工地办公室好得多、大得多。

从总部出来，陈国民在车上就对着夏方舟唠叨了一路，到了办公室，仍然是一肚子的气："夏方舟，别以为我看不出你那些花花肠子！我说你小子，乔佳丽多好啊，这么好的姑娘上哪儿找去，你非得在一棵树上吊死？"被骂了一路的夏方舟终于开了口："队长，我吊不死。"

陈国民越说越来气："人家是不见黄河不死心，你是见了黄河还不死心！秦晓丹眼里有你吗？她眼里只有季成钢那个东西！"

夏方舟又不说话了。陈国民瞪眼说："夏方舟，我说了这半天了，你还要把她调过来？"夏方舟说："队长，路上我不就说了吗，征求你的意见。"陈国民："征求我的意见？事先你招呼都不给我打一声，当着赵总的面你一炮打出来了，这是征求我的意见？生米做成了熟饭你问该怎么淘米？"夏方舟说："队长，你要是坚决不同意，我放弃。"

陈国民说："别把屎盆子往我头上扣！我不当这个坏蛋！我把话说到前边，你把秦晓丹调过来，她人归你管，我管不着，也不管！"

夏方舟笑着说："队长，听你的，都听你的。我过去调人了。"

陈国民大喝一声："我不管！你个夏方舟啊，有你后悔的时候！"

156

秦晓丹难掩失望地问："不让我们参加技改工程？"

季成钢气得浑身发抖说："我刚刚接到程处长的电话，赵总亲自向他们请求，希望给我们五队一个为川南钢铁做贡献的机会，被他们当面顶了回来。"秦晓丹猜到了，还是问："陈队长不同意？"季成钢怒吼："首先是夏方舟！"

秦晓丹不相信。季成钢咆哮道："就是他！子系中山狼，得志便猖狂！小人心态，卑鄙伎俩！"

秦晓丹说："我建议你静下心来，不带偏见，试着去了解别人。"

她这边话未落音，夏方舟来到五队办公室，开门见山，把他的决定告诉秦晓丹，完全无视旁边炉火中烧的季成钢，看着秦晓丹。秦晓丹迎着夏方舟的目光说："你比我更清楚，以我的能力，根本不足以参加这么复杂的技改工程。据我所知，指挥部的名单上没有我。"夏方舟说："这对你是一个重要的学习机会。"

秦晓丹话锋一转："为什么不让第五施工队参加技改工程？"夏方舟简言之："技改工程需要精兵强将。"秦晓丹把两个话题交织到一起，说道："不同意第五施工队参加技改，又专门给我开绿灯？"

夏方舟听出了其中的弦外之音，坦然地说："哪支队伍能够参加技改工程，不是我能决定的。抽调名单以外的人进技术班子，是指挥部给我的权力。调你过去，得到了指挥部的同意。"

秦晓丹看一眼旁边气得浑身颤抖的季成钢。季成钢猛然明白了秦晓丹前面那些话的用意，狼狈地回避了她。秦晓丹再转向夏方舟问："还有别的原因吗？我是说你把我调过去。"

夏方舟无视季成钢的满眼妒火，直截了当地说："希望我们彼此加深了解，消除误会。"秦晓丹平静地说："谢谢你给我这个学习的机会，我一定会珍惜。"

夏方舟毫不隐讳："不仅仅是学习的机会。"秦晓丹拉开距离说："我会珍惜这次学习的机会。"夏方舟一时无言。季成钢得到某种满足。少顷，夏方舟说："我等你尽快报到。"他根本没看旁边的季成钢，转身离开。

季成钢声音颤抖·"晓丹，你不能去！你不能去！根本不是什么学习的机会，他对你有邪恶的企图！晓丹，我们之间已经确立了纯洁的、革命的爱情关系！"

秦晓丹不为之所动，突如其来地问："第五施工队不能参加技改工程，你为什么说是夏方舟决定的？"季成钢语塞，干脆不说话。秦晓丹发自真心地说："能够参加技改工程，对于我，不只是学习的机会，也是一次救赎。"

季成钢忽然冷笑："救赎？你要救赎什么？"

秦晓丹冷冷丢下一句："你知道。"

季成钢怔怔地看着秦晓丹转身离去。突然，他来到桌前，拿起电话："给我接程时风的办公室！"片刻电话接通，他忽然意识到自己的暴怒，尽量缓和，仍然压抑不住地说："程处长，夏方舟调走了秦晓丹……程处长，你为什么不提前告诉我？"

电话另一端的程时风声音不高："季成钢，我凭什么要告诉你？我需要向你汇报工作？"挂了电话，程时风不但没有生气，反而轻松地笑了，不掩轻蔑地说："你还嫩了点儿，季成钢！"

放下电话的季成钢颓然坐在椅子上，怔怔地看着电话机。突然，他跳了起来，犹如被困的孤狼一样在房间里快速来回走动，又突然停下来，切齿地说："你们！你们都瞧不起我！我……我还没输，永远也不会输！秦晓丹，我要让你后悔，你是我的！背叛我，我要让你悔得肠子发青！"

夏方舟回到技改工程指挥部，戚光复正在等他。戚光复说："方舟，我来找你，不是来劝你，是要一个答案，关于秦晓丹，为什么？"夏方舟有几分诧异。戚光复说："有一些消息会永藏于密室，另一些就像是风。告诉我答案。"

夏方舟说："这是属于我的爱情。"戚光复问："曾经是。现在还是吗？"夏方舟说："季成钢欺骗了她。"戚光复说："欺骗的结果也是一种结果。"夏方舟坚决地说："这是属于我的爱情，我要把她夺回来。"

戚光复微微点头说："秦晓丹若能就此摆脱季成钢，我甚感宽慰！我讨厌美丽的蝴蝶被丑陋的蜘蛛纠缠。问题只在于，蝴蝶摆脱了蜘蛛，你未必就是祝英台命中的梁山伯。听懂了吗？"夏方舟执着地说："我不是梁山伯，我是夏方舟。谁也拦不住我，我一定要把属于我的爱情找回来！光复，你没在跟前，我第一步就旗开得胜，季成钢完全不是对手……"

戚光复看到了朝这边过来的秦晓丹，打断他："秦晓丹是来报到的吧！我回去。"

陈国民看着刚进门的夏方舟问："秦晓丹来报到了？"夏方舟春风满面地说："手续都办好了。"陈国民一盆冷水泼个当头："别脸上笑得一朵花似的！夏方舟，秦晓丹那儿你没戏！"

夏方舟笑着说："队长，现在是工作时间。"陈国民撇撇嘴说："别给我弄这些花狸狐、哩咯楞！我是替你着急，放着乔佳丽那么好的姑娘你不要，南墙上撞得满头疙瘩了，还往墙上撞！有你难受的时候！"夏方舟恳求："队长，工作时间咱不谈私事行吧？队长，商量个事。咱们技改工程，我想确立一个基本的原则，不搞突击会战，严格按照科学规律施工。"

这一谈起工作，陈国民的情绪也上来了，笑着说："你是总工，技术上听你的。方舟，技改工程完成前，从你开始，叫我指挥长，你这边，从我开始，让他们叫你夏总。"

夏方舟稍稍愣了一下，笑着说："队长……指挥长！喊习惯了，一下不好改。你这儿，从我开始改口，我这儿就算了。夏总，听着挺别扭，我又不是总指挥。"

陈国民非常认真地说："一点都不别扭！你这个位置，按过去的规矩，就是大项目总工，理所当然的夏总。改口不是为了你，咱们技改工程指挥部，气势上得提起来！别小看了这个称呼，对振奋军心作用大着呢！"

157

乔佳丽跑到造船厂见到陆汀兰，两眼泪汪汪地说："方舟心里只有秦晓丹，根本不把我放在眼里。"陆汀兰安慰她："佳丽，别难过了。"

乔佳丽泪眼里全是委屈和伤心地说："我难过！我没法不难过。陆老师，我想不通，季成钢欺负方舟的时候，秦晓丹在哪儿？不管发生了什么，我始终都站在他这一边，他为什么不把我放在眼里？"陆汀兰劝说："佳丽，他不是不把你放在眼里……"乔佳丽哭诉："他就是！我的心思只在他一个人身上，他明明知道的，可他根本不放在心上。"陆汀兰一时也不知如何劝她。

陆汀兰沉沉一叹，让柔肠万断的乔佳丽哭上一场，等她慢慢平息下来说："方舟知道你对他好，他很在乎，很在乎你。可是，你们年龄毕竟差得比较多，他一直觉得你是个小姑娘。他有个姐姐，把我也当成姐姐，没有妹妹，把你当作妹妹……"

乔佳丽倔强地说："我不是他妹妹！不是！不是！"

陆汀兰心疼地说："佳丽，看你这样子，我心里也不是滋味。可是，爱情是两个人的事，强求不得。她来了，水到渠成，她没来，咫尺也是天涯。佳丽，现在你经历的是成长的一部分，这一切都会过去，总有一天，你会得到真正属于你的那一份爱情。"

乔佳丽摇头，使劲擦着泪水说："陆老师，我不会再爱上别人，他注定是我这一生所爱的那个人。我会等他，一直等下去。你相信吗?"

陆汀兰心酸，把脆弱的乔佳丽揽在怀里。乔佳丽呜呜地哭了起来。

第三十六章

158

季成钢低着头，谦卑地将双手并拢身前说："程处长，请你原谅，那天我太不冷静了，请你原谅！"程时风打量着他说："为了一个秦晓丹，你至于吗？"季成钢微微抬起头来，很委屈地说："程处长，我确实不是为了秦晓丹，我是受不了夏方舟那副盛气凌人的样子，我真受不了！程处长，我来见你，是请求你给我们第五施工队安排点重要任务，别人都干得热火朝天，唯独我们第五施工队到处给人打杂，程处长，这种日子我真受不了了……"

程时风打断他，声音不高："打杂也是革命工作。"季成钢慌忙站起来，有些语无伦次："……是！程处长，我错了！我回去，安心……心甘情愿地为其他施工队做好打杂工作。我回去了！"

程时风不动声色，一直等他走到门口，喊道："季成钢。"

季成钢闻声赶忙回身，眼里是掩饰不住的期待。程时风依然声音不高地说："我没让你走。"他故意拿出颐指气使的架子，目光示意其坐下。季成钢回来坐下，小心翼翼地问："程处长？"

程时风淡淡笑过，说："季成钢，给你宣布一个我的决定。炼钢厂的建设要加速，我决定，把炼钢厂最艰苦的任务交给第五施工队……再给你加三百人。我只有一个要求，干出个样子给他们瞧瞧！"季成钢激动地站起来说："我发誓！程处长，决不辜负你对我的殷切希望！"

程时风站起来，依然不慌不忙，走到窗前，背对着他说："季成钢，你要时刻记住，什么是你的长处，什么是你的短处。发挥自己所长，避开自己所短。比如说吧，论技术，我远不如陈国民。你的业务能力，和夏方舟比，天上地下。你明白我的意思吗？"

季成钢显示出他的强项，忙说："我懂了！程处长，我懂了！"程时风神色严肃："回去，给我竖起一面二号信箱的红旗。我要的是第一名！"

季成钢回到队里，立刻召开了全员动员大会，再次展示他强大的雄辩和极强的煽动能力："同志们！上级领导把炼钢厂最艰苦的任务交给了我们，这是对我们最大的信任，最大的关怀！为了感谢领导的关怀和信任，我们第五施工队无论干部、工人、工程技术人员，全部分成两班，每班十二个小时，日夜连轴，加班加点，大干苦干，一定要提前完成任务！让他们看看，我们第五施工队，才是真正的打不垮、拖不烂的钢铁队伍！"

人们的反应并不如他所期望的，但他不在乎。第五施工队不是当初的青年突击队，如今的他，拥有了真实的权力。

159

技改工程指挥部技术室规模比工地技术室大很多。下班时间到了，根据夏方舟的要求，任何人未经批准不得加班，工程技术人员和描图员按时下班。秦晓丹像是遇到了问题，在图板前对照夏方舟的草图思考。

夏方舟在门口看了一会儿，进来到她身边问："有问题吗？"秦晓丹回神："没有。"两人犹如约定好，都避免称呼对方。夏方舟问："是我哪儿没交代清楚？"秦晓丹一边收拾东西，一边说："不是。我在想你为什么这么做。"夏方舟又问："需要我解释吗？"

秦晓丹拒人千里之外地说："有疑问我会请教其他工程师和技术员。"说话间把台面收拾整洁。夏方舟问："能留一会儿吗？"秦晓丹平静地说："你定的纪律，充分利用工作时间，没有经过批准，任何人不得擅自加班加点。"

夏方舟被噎得没词，眼看着秦晓丹不回头地离去。

郁闷的夏方舟闷着头吃饭。

戚光复用目光问妻子，陆汀兰边吃饭边喂孩子，对丈夫微微摇头。戚光复想了个点子说："方舟，听说技改工程干得很顺利？"

夏方舟没抬头说："保质保量提前完成任务没有悬念。"戚光复说："我们宣传队有个想法，就这几天吧，抽个晚上，到你们工地搞一场大型慰问演出。你点几个节目。"

乔佳丽刚好来到门外，正要敲仅掩上大半的房门，听到里面的对话，手在半空停了下来。

夏方舟停下吃饭，抬头看着戚光复。戚光复问他："你这么看着我干吗？工人师傅很辛苦，你是技术指挥，名正言顺的项目领导，关心工人师傅是你的职责。"夏方舟不说话，低头吃饭。

戚光复不放弃地说："我帮你挑几个节目。佳丽的独舞，王牌中的王牌，我们去省里汇报演出，也是第一名！工人师傅们都喜欢！"

夏方舟不抬头地说："你和陈队长去商量。白天工地不能停，晚上演出我没时间看。别人不能加班，我还是得加班，刚才我说了，今天晚上我就得过去加班。我真没时间看演出。慰问演出的时间你还是和陈队长商量。"

乔佳丽泪水夺眶而出，跑开了。

三个人都听得出这是乔佳丽的脚步声，都明白了。夏方舟低头吃饭。

陆汀兰对丈夫摇头。戚光复生气地说："夏方舟，以后吃食堂去，天天吃食堂，这儿没你的饭！"陆汀兰呵斥："光复！张开嘴就乱说，这也是方舟的家！你敢往外撵方舟，我先把你撵出去！"戚光复也闷头吃饭。

夏方舟飞快地吃完饭，要走。陆汀兰叫住他："方舟，和我出去走走。"夏方舟说："我得加班。"陆汀兰不容反驳："和我出去走走。"

陆汀兰闷了夏方舟一路，到了江边找地方坐下，话一出口便开门见山："方舟，佳丽接受不了，非常难过。你一点都不在意她？"夏方舟预料到了："我在意，我心里也很难受。"陆汀兰问："在意她还这样对待她？见都不肯见她？"

夏方舟沉默片刻说："汀兰，我很喜欢佳丽。喜欢她在我身边的那种感觉，喜欢她的单纯，喜欢她美丽的舞姿、欢快的笑声，还有那些……那些各种各样的泪水……"他沉沉一叹。

陆汀兰看着他问："这么喜欢她，为什么不能接受她？"夏方舟遇到短板，希望自己能说清楚："我觉得，喜欢……喜欢不是爱情，我不能欺骗她。佳丽对我越好，我心里就越不安，我没有办法偿还这份感情，有的时候，我甚至希望她遇到危险，我舍身去保护她，用我的生命偿还她。"陆汀兰说："生命都可以给她，为什么不去试一试，试着去爱她？"

夏方舟真情吐露："汀兰，我试过，可是每当和佳丽在一起，我总会想到晓丹，怎么也绕不过去。这给我的感觉是，在我心里晓丹是唯一的。我知道，这会伤害到佳丽，想到佳丽无助的样子，我心里也疼，疼得厉害。思前想后，长痛不如短痛，爱情容不得欺骗，我不能把同情、心疼、喜欢假装成爱情，那不仅仅是欺骗佳丽，也是自欺欺人。一个人对自己都能够欺骗，他对这个世界上的任何人都不会真诚。当一个人开始欺骗自己的时候，就做好了欺骗整个世界的准备。所有的骗子，都是从这儿开始的，这一步一旦迈了出去，再无真情。"

陆汀兰被深深打动，问他："告诉我方舟，你自己觉得，你和晓丹，会有结果吗？"良久，夏方舟说："不去想。"

160

一个三十多岁的男子来到技改工程指挥部技术室，他是第五施工队项目工程师。进门来看到作图的秦晓丹，走到她身边。

张工看看周围，压低声音说："我找你有点事，咱们队上的事。"秦晓丹注意到他的神色。

张工跟着秦晓丹来到外面工地说："秦工，季队长一味突击会战，过分追求进度，我担心迟早会出问题。"秦晓丹问他："哪方面的问题？"张工说："现在的会战速度，留给水泥的凝结时间已经达到了极限，季队长还要求提速，混凝土养护龄期不够，会造成重大质量事故。"

秦晓丹想了想问："张工，你是主管工程师，没向他反映？"

张工叹了口气："说起来，季队长也是大学毕业，可工程技术人员在他眼里就是个服务工具，必须服从他的意志，不同意见反映上去，说不定给扣一顶破坏会战的帽子。

再说了，季队长毕竟是总部树起来的典型，不是谁都敢和他对着干的。秦工，我说句不该说的，季队长听你的。你暂时调到技改这边，但毕竟还是咱们五队的人。"

秦晓丹明白了对方的心情，说："我去找他。"张工说："我先回去。秦工，你千万别对季队长说是我和你说的。"得到秦晓丹的保证，他匆匆去了。

秦晓丹心里很不是滋味，当即请了假，去五队新工地的办公室。

季成钢听她说了，前所未有地审视着她问："晓丹，你从哪儿听到的？"秦晓丹迎着对方说："别管我从哪儿听到的，你必须尊重工程技术人员。"季成钢脱口而出："有些没有改造好的资产阶级知识分子，以为有了夏方舟那个榜样，就可以为所欲为。第五施工队也有这样的人，我不会让他们得逞。"

秦晓丹反感地说："资产阶级知识分子？这话你说过一次了，记得吗？不要动不动就给别人扣帽子，五队的进展速度达到了混凝土凝结时间和养护龄期的极限，再提速，很可能会酿成重大质量事故。"

季成钢决定不再掩饰："晓丹，你离开五队短短的两个多月时间，政治觉悟已经被夏方舟那类人严重拉低了。大三线创造了那么多的奇迹，其中一个重要原因，就是不断突破资产阶级知识分子划定的那些束缚工人阶级创造力的条条框框。"

秦晓丹不想和他在办公室吵起来："你是学工的，工业建设有自身的科学规律，这是常识。"季成钢反倒更加激动地说："正因为我是学工的，他们骗不了我。所有的工业设计都留有冗余量，这些冗余量就是资产阶级知识分子的避风港，他们不敢创造奇迹，也不允许别人创造奇迹，这样才能显示出他们的高明。"秦晓丹愤怒地说："季成钢！一味蛮干，将会铸成大错！"

季成钢激情万分地说："突破那些毫无意义的冗余限制，在实践中找到时间和质量的最佳结合点，无数的奇迹就是这么创造出来的。我将创造新的奇迹！"秦晓丹近乎忍无可忍，转身离开。季成钢则是近乎咆哮："会后悔的是你！我将踢开一切拦路虎、绊脚石，创造属于我的奇迹！"

陈国民从工地上下来，夏方舟从一大堆工程图表中抬起头来。陈国民摘下柳条帽放到桌上，到夏方舟身边，别有意味地笑着说："季成钢那个东西，竟然拿了三个月度第一，我堂堂的第一施工队输给他那支杂牌军，没大有面子。你说是吧？"

夏方舟笑着说："指挥长，用你的话说，有话直说，别兜圈子。"陈国民笑着说："夏总，咱们也搞点小会战怎么样？小规模的，局部的。季成钢那两下子，我只要稍有动作，立刻甩出他十万八千里。咱得把红旗拿回来。"

夏方舟一口回绝："不行。技改工程不搞会战，严格按照工艺流程，这是一开始定下的原则。你不光是一队的队长，还是工程施工指挥长。"

陈国民被堵得无话可说。夏方舟换了笑脸说："队长，我刚好要找你。这个环节还可以再优化一下。你叫上几个老工长，到工地上一块儿商量商量。这个流程优化搞好了，保证你把红旗拿回来！"

两人说着出了门，把几位老工长召集到一起，开现场会。

顾弘亮和赵殿楚、程时风不远不近地看着他们，顾弘亮不由得赞叹："整个工地有条不紊，工程进度反而神速如驰！赵总、时风同志，我是外行，在咱们的工地上，我还从来没看到过这样的场景。"

赵殿楚频频点头说："顾代表，别说你，我也是有些出乎意料。当初若不是茂森同志给我托底，破格任命夏方舟，这个决心我还真不敢下。霍总的原话：夏方舟的能力，绝不在主持过若干大项目的总工之下。"

顾弘亮感慨："用兵之道，贵在慧眼识才啊！眼前的情景，大军从容，夏方舟指挥若定，让我想起一个词来。"赵殿楚感兴趣地问："哦？什么词？"顾弘亮一字一顿："少帅。"

顾弘亮说："那天你决定破格任命夏方舟，这个词就从我脑子里一下跳了出来，今天到了现场，目光往夏方舟身上一落，活脱脱的一位年轻的冶建少帅！"赵殿楚笑着说："顾代表，你别说，还真是挺形象的！"

顾弘亮兴致高涨地说："过去看看，赵总？"赵殿楚笑着说："顾代表，咱们别给他们添麻烦了，到别处看看吧！"

程时风抓住机会说："赵总、顾代表，季成钢的第五施工队干得相当出色！"

秦晓丹惊愕地看着张工。

张工看一圈技术室里的其他人，确信没有引起注意，声音压得更低："重大事故。秦工，我们还是到外边说吧！"

出了技术室，秦晓丹和张工急匆匆地边走边谈："季成钢知道了吗？"张工摇头说："没人敢和他说，他会把责任推到别人身上。"秦晓丹停下说："张工，你和我一起去找他，行吗？"张工深深地呼了一口气说："好。"

两人来到五队办公室，张工说了没几句，季成钢便死死地盯着他。张工看一眼旁边的秦晓丹，鼓起最大勇气，声音还是发颤："季队长，工程出现了严重质量问题。"季成钢断然说："不可能！"张工不敢说话了。秦晓丹把话接过来："技术组反复核实过了。"

季成钢发个愣怔，思路来得极快，把自己撇得一干二净，怒斥张工："你是主管工程师，工程出现重大质量问题，你要负全部责任！问题越严重，你的责任越大！"秦晓丹厉喝："季成钢！"季成钢如被当头棒喝，一下回不过神。

秦晓丹让自己的态度尽量客观："季成钢，不按规律，一味突击会战、追求进度，水泥没有足够的凝结时间，会留下重大质量隐患，我提醒过你。张工向你提出过反对意见，你说张工破坏会战。张工在施工单上做了备忘，我看了。"

季成钢愤怒地对张工说："你立刻做出书面检查，承担一切责任，到一线劳动改造，听候进一步处理！"

秦晓丹真的火了，说："季成钢！你是书记兼副队长，以副代正全权负责，这是你的责任，直接责任。第一施工队为三公司返工的工程，造成质量事故的施工队长被严肃处理。殷鉴不远。"

季成钢顿时脸色苍白，直愣愣地看着秦晓丹。

这个时候，赵殿楚、程时风和顾弘亮已经来到五队工地。

程时风边走边谈："季成钢的第五施工队，干部、工人全部分成两班，每班十二个小时，二十四小时连轴转，干劲十足啊！季成钢不愧是赵总树的典型，以身作则，身先士卒，每天工作十五六个小时，连续拿了三个月的进度第一名。那天我过去，他们表示，这杆红旗绝不能花落别家。"

赵殿楚心情不错地说："尺有所短，寸有所长，只要发挥自身的长处，都能出成绩。"程时风见时机已到，说："抽个时间，赵总、顾代表，过去给他们打打气，年轻人嘛！"赵殿楚说："抽时间不如撞时间，已经到了五队工地了，过去看看青年同志们。"

办公室里的季成钢完全变了态度，近乎哀求："张工，你听我说，晓丹同志也在，咱们商量商量，我们能不能内部消化？"张工看秦晓丹。

秦晓丹问他："你说的内部消化是什么意思？"季成钢说："我们不上报，自己返工，内部消化。"秦晓丹的怒火再次冲上来，强压怒气，仍然想给他机会，说："这事你能瞒得住吗？五队发生质量事故，现在队里都知道了，就算没人说，返工需要大量计划外原材料，要填写用料单，到头来还是瞒不住。"

季成钢慌乱地说："总会有办法的。晓丹、张工，我们再想想，想想办法。"秦晓丹冷了脸说："别心存侥幸了。希望你向总部报告，主动承担责任。如果你企图隐瞒真相，推脱责任，我一定向总部报告。"季成钢不知所措地看着秦晓丹。

秦晓丹决绝地说："我的工作关系还在五队，有这个责任，也有这个权力。"

程时风的声音传来："季成钢，赵总和顾代表来看望大家了！"

季成钢陡然一惊，先看一眼张工，对方回避了他。再看秦晓丹，秦晓丹的目光毫无妥协的余地。季成钢来不及细想，慌忙迎上去。

赵殿楚他们进了门。季成钢不等他们开口，再次飞快地看了一眼秦晓丹，快速决定，说："赵总、顾代表、程处长，我犯了严重错误！"赵殿楚他们都愣了。

季成钢大汗淋漓地说："我请求组织严厉处分！"

161

回到办公室，赵殿楚生气地说："这是重大责任事故！一定要严肃处理！"

顾弘亮旗帜鲜明地说："我同意。令不行，禁不止，队伍就没法带了。赵总、时风同志，我记得上次陈国民替三公司返工的工程，对出问题的施工队长的处罚，行政处分是撤销职务、开除公职、留用察看，党纪处分是留党察看。"

赵殿楚看了一眼程时风。

程时风明白这一眼的意思，精准地拿捏火候，分析说："赵总、顾代表，季成钢和他还不一样，那是个老施工队长，不说他明知故犯也差不多，目的就是争名争利。我觉得，季成钢的出发点还是好的，应该是业务能力不足，不是故意忽视工程质量。第五施工队是一支年轻的队伍，没有业务能力很强的技术骨干，热情高涨，但缺乏经验。"

顾弘亮非常不满地说："时风同志，这个所谓的热情不能成为理由，对季成钢不严肃处理，那等于立起来一个坏榜样，犯了错误可以拿热情当借口。"

程时风婉转地带出赵殿楚的立场："顾代表，我想，我们得允许年轻人犯错误，尤其是像季成钢这样一贯表现良好的。我建议从轻处罚，给他一个戴罪立功的机会。"

赵殿楚说："该处理还是要处理。时风同志，你准备一个处理意见。"看到程时风爽快地答应下来，顾弘亮不好再说什么。

秦晓丹拿着资料来到技改工程指挥部门口，听到里面陈国民开心爽朗的笑声，也不知心里怎么想的，停了下来。

陈国民心情极佳地说："武本奇！季成钢那个东西，靠着偷工减料拿红旗，假积极，骗先进，惹出大麻烦了，重大责任事故！"

武本奇显然已经知道，开心地笑着说："报应，他终于有今天了，该！王八死了天鼓响那种好事，不能总落到他头上。师傅，重大责任事故，那可是前有车后有辙，这一回，上边不能轻易饶了他吧？怎么处理他？撤职查办？"陈国民板着脸说："本奇，听着，总部让我给他派技术骨干，过去给他指导施工。我决定，派你过去。"

武本奇发蒙，问："我？师傅，我能行吗？"陈国民瞪起眼说："你怎么不行？武本奇，你给我记住，你不光是我徒弟，还是第一施工队的副工长，两次荣立集体一等功，拿过全二号信箱班组第一，是货真价实的青年技术骨干！"

武本奇笑着说："对呀！我绝对是青年技术骨干！师傅，我后边有你，有夏大哥，哦，夏总！我怕什么！师傅，你放心，我这回过去，好好修理修理季成钢！"

夏方舟叮嘱他："本奇，目前五队停工整顿。你过去，重新开工以后，时刻记住一条：严格按照操作规程施工。"武本奇保证："工程上的事得守规矩，没问题！"夏方舟还有些不放心地说："他们队里的张工还是相当有水平的，你过去以后，凡事多征求张工的意见，没有他的签字不能施工。拿不准的回来问队长，也可以问我。重点是依靠张工他们，遏制季成钢。记住了？"

武本奇胸脯一挺："大哥，记住了，都记住了！师傅，我什么时候走马上任？"陈国民笑着说："立马上任！本奇，给我记住了，你过去，先把季成钢那东西打一个威风扫地！"武本奇撒起欢儿来，笑着说："季成钢，小哥我来了！"

秦晓丹听到了里面的一切，心情复杂，看着武本奇从里面出来，活蹦乱跳地朝五队工地跑去，沉沉一声叹。正要离开，看到夏方舟从里面出来准备去工地，她想了想，跟上，离开办公室一段距离后喊了声："夏方舟。"

夏方舟回头，看到秦晓丹的神色，问："找我有事？"秦晓丹直截了当地说："指挥部要求派技术骨干，把武本奇派过去，合适吗？"夏方舟不回避地说："陈队长征求我的意见，我同意了。"

秦晓丹直言不讳地说："你想用这个机会羞辱季成钢。"夏方舟淡淡一笑说："我用不着！羞辱也是他自寻其辱。"秦晓丹不忿地说："你羞辱的不仅仅是季成钢，是整个第五施工队。把个人恩怨带到工作里，你真的问心无愧？"

夏方舟一时无言以对。

秦晓丹转身离开。

162

武本奇大摇大摆地到了五队办公室，坐在了季成钢面前。

季成钢还想端着架子，轻蔑地上上下下打量着他。武本奇架子比他还大，二郎腿一跷。季成钢咽不下这口恶气，说："武本奇，我犯不着和你计较，你不够格。你回去对陈国民说，总部要求第一施工队……派技术骨干。"

武本奇冷笑道："季成钢，小哥我就是一队的技术骨干，公认的。还我不够格，不和我计较？有句话说，人至贱则无敌，你还真信了是不是？我都懒得说你！就你这垃圾队伍，小哥来就是给你面子！这些都是废话，我和你根本说不着，我是队里派来的，不满意，找我师傅去，找总部去，给他们说去。看不上我是吧，我还看不上你呢！你只要说不同意，我立马走人！你有这胆儿吗？"

闯下大祸的季成钢自知处境，被武本奇骂得威风全无。

武本奇看着他无可奈何的样子，笑了笑说："不说话就是认了。季成钢，你假积极也就算了，好好的工程让你弄得一屁股屎，我来给你擦腚，你还在装大尾巴狼！算了，你们队里的张工呢，我得先去见他。夏总有安排，没张工的签字，什么活儿都不能动。张工在哪儿？"

季成钢只得回答："他在工地上。"武本奇微笑着说："季成钢，你们这边的工地我不熟悉，麻烦你高抬贵腿，前边带路。"季成钢别无选择。

武本奇效率极高，很快把五队的情况摸了个大概，赶回来向夏方舟报告："大哥，我查清了，季成钢不是主动承担责任，是秦工逼他的。"

夏方舟意外。武本奇说："百分百！张工当时在场。季成钢想把这事按住，蒙混过关。秦工挑到他脸上，季成钢不主动报告，秦工立马向总部报告，季成钢他是没办法了！"

夏方舟显然没想到，稍加考虑，叮嘱："本奇，你一定要尽职尽责，凡事多请教张工。"武本奇轻松地说："大哥，我和张工处得不错，他人挺好，就是胆子小点儿，怕季成钢。我的任务就是把季成钢的嚣张气焰打下去！哦，还有个事，我过去先把他的什么加班加点给停了，大家伙儿那是一片欢呼啊！"

下班后，秦晓丹回到五队工地。停工整顿的工地异常冷清，只有孤独的季成钢守在工地办公室。

见到秦晓丹，季成钢愤愤不平地说："我是犯了错误，他们呢？武本奇有多大能力，夏方舟、陈国民他们不知道？晓丹，我可以被他们羞辱，第五施工队也可以被他们羞辱，无所谓，但他们起码要有一点责任心吧，要为炼钢厂的工程质量负责吧！"

秦晓丹问他："你打算怎么对待武本奇？"季成钢说："忍辱负重。为了大三线建设，我受点委屈算得了什么！"秦晓丹稍稍一叹："武本奇人不坏，能力也有，希望你能不计前嫌，为五队负责。"

季成钢自以为把秦晓丹神态语气带出的内心活动看得一清二楚，趁机说："晓丹，我知道，你是为了我。"秦晓丹拉开距离说："我的工作关系在五队。希望你认真吸取教训。我回去了。"

看着秦晓丹的窈窕背影，季成钢脸上浮现出得意的冷笑，感叹一句："晓丹，你单纯得令人怜惜。"

第三十七章

163

田青妮止在门口的小厨房准备做饭，陈国民带林富来回来，心情很好地说："青妮，富来在家吃饭，多弄点肉，给他打打牙祭，补补油水，这小子一个多月不知道肉滋味了。"自己进了屋。

林富来进屋不一会儿，梁钱广裹着一阵风怒气冲冲地到了跟前，黑着脸扯着嗓门说："青妮，陈国民在家吗？"

田青妮看他来者不善，忙说："在，在屋里呢！梁师傅，他怎么惹着你了？"梁钱广不答话，进屋去。

林富来正在给陈国民倒茶，梁钱广一步跨进来大吼一声："陈国民！"拿起陈国民的茶碗摔了个粉碎。林富来吓得呆在一旁。

陈国民摸不着头脑。梁钱广火气冲天地说："好你个陈国民，少给我装糊涂！"又把茶壶摔得粉碎。陈国民恼火地说："梁师傅，我一口一个师傅地敬着你，你进了门又打又砸，张口还骂上了！这话不说清楚，咱今天还就没完了！"

梁钱广逼到面前说："你还没完？陈国民，今天我和你完不了！你徒弟干下的好事！"陈国民顶回去："我徒弟多了！哪个徒弟惹着你了，怎么惹着你了？"

梁钱广爆了粗口："他娘的！武本奇那个混账东西，是不是你的徒弟？"陈国民骂回去："谁他娘的！武本奇是我徒弟，怎么了！"梁钱广吼道："还谁他娘的！你说谁他娘的？陈国民你给我好好听着……"

这边眼见着两人就要动起手来，那边梁钱广的女儿梁朝丽正在戚光复家呜呜地哭。陆汀兰问她："多长时间没来例假了？朝丽，别光哭，说话呀，你得告诉我，你不告诉我，我怎么帮你？多长时间没来了，朝丽？"

梁朝丽抬不起头，艰难地说："陆工……有……有两个多月了……"

当爹的有些话不好直说，但陈国民还是听明白了，自己的徒弟把人家闺女肚子搞大了。梁钱广指着他的鼻子说："陈国民，你只要说一句武本奇不是你的徒弟，我不找你，我找他去！混账东西，小王八犊子！"陈国民气得浑身发抖，说不出话。

梁钱广不放过他："没话了？那混账东西是你徒弟，我不找他，找你！都说什么师傅出什么徒弟，你这个师傅怎么带的徒弟？徒弟惹出祸来，你这个当师傅的甭想一推六二五，抖个干净！今天我和你没完！"

陈国民喝一声："林富来！把武本奇那个小子给我薅到这儿来！"林富来应声就跑。

田青妮一把抓住从里面跑出来的林富来说："富来，别去找本奇！你师傅正在气头上，守着梁师傅，你师傅能打断本奇的腿。"

林富来没了主张，忙问："师母，那……那怎么办？"田青妮说："快跑！跑了就别回来，这儿有我呢！"

在戚光复家，梁朝丽泣不成声，埋怨个不停："我说不行……你非要……你非要那样……现在弄成这样了，你说怎么办……本奇，我没脸见人了，只有跳金沙江这一条路了……"

武本奇又慌又急，一边不断认错一边安慰："我不对，都是我不对，千错万错都是我的错！你别着急，朝丽，夏大哥一定会帮咱们的，他在外边正和陆工商量呢！陆工听夏大哥的……"

夏方舟和陆汀兰在门外商量："事已经出了，救人要紧，先救人。"陆汀兰很为难地说："方舟，这事不好办，需要单位开信，没信不行。"夏方舟担心："万一梁朝丽想不开，出了事就是大的，人命关天！你和医院的朋友商量商量，看看能不能通融通融……"

陈国民提着棍子过来，喊道："夏方舟，武本奇那小子是不是在这儿？"

屋里的武本奇听到外面陈国民的声音，越发慌了，说道："坏了，坏了！朝丽，我师傅来了，他肯定知道了，这可怎么办啊……"梁朝丽说："还不快跑？快跑呀！"武本奇心慌无措。梁朝丽又是心疼又是急地说："你先跑了再说呀！快跑，快跑呀本奇！"

夏方舟拦着陈国民说："队长，不管出了什么事，你先消消气，着急也不能解决问题……"陈国民发狠地说："这事你别管！武本奇这小子给我惹了这么大事，把人家姑娘的肚子……这话我都说不出口！梁师傅打上我的门，张口就骂，随手就摔，八辈祖宗都让他掘出来了！"

武本奇溜出房门，撒腿就跑。

夏方舟赶忙拉住陈国民，陈国民一把甩开他，提着棍子撵武本奇，骂道："我怎么教出了你这么个徒弟！我打死你个混账东西！"

陆汀兰见状说："方舟，我得进去陪着朝丽，女孩子身边这时候不能没人。你就在这里，哪儿也别去！"说着进了屋。

夏方舟正不得计较，得到消息的戚光复赶了回来。

屋里边梁朝丽放心不下武本奇，哽咽着说："陆工，现在……现在怎么办呢……我爸爸饶不了本奇，他能打死本奇……他要出了什么事，我也不活了……"

陆汀兰宽慰她："朝丽，别着急，你夏大哥、戚大哥正在外面想办法呢。"

夏方舟和戚光复商量："光复，这种事传得最快，很快就人尽皆知。不赶紧处理，梁朝丽有个意外怎么办？"戚光复点头说："未婚先孕，女孩子最怕这种事。方舟，你现在是总部正式任命的技术指挥，也能代表你们单位，这样，马上让汀兰带朝丽去医院，我们一块儿去，你代表单位写个东西，就算是单位证明。"

164

陈国民一气追到几里外的山坡上，实在有些跑不动了，喊着："武本奇，你小子给我站住！"武本奇停下来，仍然是随时逃跑的架势。陈国民喊："这儿没人了，赶紧给我站住，别跑了！累死我了！"

武本奇机灵，松了口气说："师傅。"陈国民赶上来，呼呼喘气："你这个混账东西！"抡起棍子照着武本奇的屁股打了一棍子。武本奇"哎哟"一声被打了个跟头，干脆趴在地上撅起屁股说："师傅，我该打！该打！你出出气！"

陈国民喘匀了几口气，举起棍子说："武本奇，我掐着耳朵嘱咐你，别给我弄出事来！你师傅的话屁都不如！把人家姑娘肚子弄大了，梁师傅打到我门上，你让我的脸往哪儿搁？"

武本奇继续撅着屁股说："师傅，我给你丢人了！你朝这儿打，手下留点情师傅，明天我还得到五队上班呢！"陈国民放下棍子说："滚起来！"武本奇果然在地上打了个滚爬起来。

陈国民问："你和朝丽的事，怎么打算的？给我说实话！"武本奇老实说："师傅，我要和朝丽结婚。实话！"陈国民气消了，说："这还差不多！好汉做事好汉当，像个爷们儿。朝丽那边呢？"武本奇瞪着眼说："朝丽愿意和我结婚。"

陈国民松了口气说："武本奇，你跟我回去，给梁师傅认错。你躲得了初一，躲得了十五？"武本奇害怕地说："师傅，梁师傅发起脾气来，还不一棍子把我打残了。"

陈国民教他："去了就给他磕头，过年的话使劲说。瞧你这样子，顶多不就揍你一顿吗！有我呢！"

梁钱广坐在屋里呼呼地生气，妻子在一旁唉声叹气。

陈国民进来说："梁师傅，我把人给你带来了！"梁钱广顿时气冲头顶："小王八犊子，混账东西他还敢来！他人呢？"梁妻两边地劝："陈队长、朝丽他爸，你们都先消消气，消消气。"

陈国民郑重其事地说："嫂子，今天我教训徒弟，场面上不好看，你先出去。"梁妻赶忙又劝："陈队长，差不多就行了，可不能真下家伙……"梁钱广不耐烦地说："啰唆什么！出去！出去！"梁妻无可奈何地出门去。

陈国民对门外喊："武本奇，进来！"

武本奇硬着头皮进门，立刻跪在地上不断磕头说："大爷，我惹你生气了，给你磕头！你老人家别和我一般见识……"

梁钱广喝断他："娘的！磕头？磕头就算完了？今天，我打死你这个小王八犊子！"

陈国民拦住梁钱广说："梁师傅，用不着你动手。今天我教训徒弟，你在旁边看着，我轻饶不了他！"他满屋里找家伙，看到门后一根手腕粗的钢筋，拿在手里掂了掂，抡起来就要朝武本奇打过去。武本奇真吓坏了，跪在地上大叫："师傅饶命啊，手下留情啊师傅……"

梁钱广急忙上前拦住说："国民，国民，你这是要出人命的！"

陈国民反倒是不依不饶地说："梁师傅，对这种东西，就得往死里打！你别拦着我，别拦我！看我不打烂他的头，打断他一条腿，下半辈子我养着他。梁师傅，我教训徒弟，你别拦着我！"

梁钱广眼看着拦不住，忙喊："武本奇，滚蛋！还不快滚！快滚！"武本奇趁机爬起来落荒而逃。陈国民反而气得呼呼直喘："梁师傅，这算哪门子事儿！我教训徒弟，你干吗拦着我！"

梁钱广怒吼："有你这么教训徒弟的？把人往死里打？他不光是你徒弟，也是单位的工人！"

陈国民一股子牛劲上来，说："他工人不工人我管不了，只要是我徒弟，给我丢人现眼，我就这个办法！今天让他跑了，跑了和尚跑不了庙，我饶不了他！"

田青妮看夏方舟进了门，忙起身问："夏师傅，朝丽怎么样？"夏方舟说："很顺利。医生说，得住几天院。"

陈国民笑眯眯地说："方舟，咱们自己人关起门来说话，你可帮了我大忙了！"夏方舟笑了笑说："多亏光复想出来的办法，我写了个东西算单位证明，要不然还真不好办。队长，朝丽住院，得有人照顾，本奇想请几天假。"陈国民满口答应："准了！本奇这小子，作归作，但敢作敢当，不要孬种！"

田青妮说："夏师傅，我给朝丽煮了鸡蛋，熬了粥，加了红糖，回头让本奇赶紧过来拿，小月子不比大月子省心，也得好好养。"

夏方舟笑着说："还是我给他拿过去吧！田师傅，我听本奇说，队长拿着36毫米的钢筋，直待往他头上抡，把本奇都吓迷糊了，他还敢来吗！"田青妮瞥一眼丈夫，笑着说："没比他演得像的！"

陈国民说："我不来那一手，梁师傅能饶了他？自己的徒弟那就是自己的孩子，当爹妈的，能不护着自己的孩子吗！"夏方舟说："队长，本奇在医院照顾朝丽，咱们是不是再给五队派个人？"陈国民说："不用，那小子几天就回来了。"夏方舟说："还是换个人过去，你挑一个老工长。让本奇过去，是有点不妥。我同意让本奇过去，说心里话，确实有借这个机会羞辱季成钢的意思。"

陈国民瞧他的样子，问："怎么着，心软了？他欺负你的时候呢，他想把咱们一队搞垮的时候呢，都忘了？大丈夫有仇必报！"

夏方舟想了想说："也罢！听你的。队长，你决定不换人，那还得再叮嘱叮嘱本奇，五队张工的能力很强，本奇只要能够起到制衡作用，充分发挥工程技术人员的能力，不让季成钢胡作非为，五队的问题自己可以解决。"

165

季成钢十分客气地问："张工，武本奇怎么没来？"张工脸上闪过一丝意外，说："啊，季队长，武本奇的女朋友怀孕了，在医院做手术，陈队长那边准了他假。武本奇来了一趟，和我说了一声。我以为你知道了。"

"哦？"季成钢立刻换脸改口，"张工，武本奇不来，我们的工程该怎么干还怎么干。你们一定要深刻吸取教训，确保质量第一。"张工低头说："是。季队长，我去工地。"

季成钢看着对方出了门，冷笑道："武本奇，我给你挖了坑，设了套，等着你往里跳、往里钻，你倒先等不及了。不过，陈国民和夏方舟既然把你这张牌打出来了，至少我也得让你物尽其用！"想了一会儿，他出门去总部大楼。

"程处长！"以为自己抓住了把柄的季成钢坐在程时风对面，有点忘乎所以，"武本奇一个技校生，他懂什么？还有，武本奇和所谓的女朋友未婚先孕，陈国民不但不处理，竟然还批准他在医院里照顾所谓的女朋友！程处长，武本奇生活腐化堕落，把工作当成儿戏，必须严肃处理！"

程时风从鼻子里笑了笑，说："处理人家什么？多大点事，不就是结婚以后的事提前了点吗！季成钢！朝丽她爸爸，梁师傅，那是我的半拉师傅。他虽然比不得四大金刚，在老工人里，也是德高望重！"季成钢忙解释："程处长，我、我真不知道。"

程时风脸一沉说："季成钢，你的处分决定下来了。"季成钢心惊肉跳。程时风不形于色地说："行政记大过。"季成钢大为意外，愣了片刻，猛然站了起来，眼含热泪："谢谢程处长！程处长，这是你对我最大的保护、爱护！我给你惹了这么大乱子，我心里明白，至少也要被撤销党内外一切职务。程处长，我永远不会忘记你的恩情！"

程时风点了点头说："自己走麦城，就别惦记人家过五关斩六将了。回去把自己的事做好，别人的事，少插嘴。"季成钢马上表忠心："是！我一定牢记处长的教导！"程时风好像忽然想起来似的说："刚才，你说武本奇是技校生？我也是技校生。"季成钢变了脸色，冷汗直流，结结巴巴地说："程处长……我……我不是那个意思……我真不是……我错了！我认错，我检讨……"

陈国民接到赵殿楚的电话，到了他的办公室，听了两句直接顶上了："武本奇是我给他放的假。朝丽在医院住着，他不去谁去？"

赵殿楚问他："季成钢的施工队怎么办？"陈国民觉得莫名其妙，一声冷笑："季成钢自己的屁股不干净他自己擦，他为了表现自己，干出个垃圾工程，凭什么让我帮他？"

赵殿楚陡然变脸说："什么你的他的我的，这是川南钢铁！第五施工队出了问题，就是我们出了问题！你手下大将如云，总部让你派骨干，你派个武本奇，让他过去折腾季成钢，给你出气是不是？"陈国民不怕，笑着说："我的气顺了，干起活来更有精神！"

赵殿楚恼怒地问："陈国民！你还有点责任心吗？"陈国民反应极快："领导，这你可说错了！我派武本奇去五队，专门征求了夏方舟的意见。夏方舟不同意，我不会派武本奇。"赵殿楚生气地说："这个夏方舟！他不对！他想看季成钢的笑话是不是？"陈国民直接顶撞："他没不对！人家根本没想看什么笑话！夏方舟说，五队张工的能力很强，季成钢不听人家的不说，还动不动就给人家扣帽子，资产阶级知识分子！我们派个人去，只要能够起到制衡作用，充分发挥工程技术人员的能力，不让季成钢胡作非为，五队的问题自己就可以解决。输血不如造血，这才是良性循环！"

赵殿楚显然没想到，很快理清思路说："夏方舟有他的道理。不过，你们把武本奇派过去还是不对。武本奇曾经为砸了五队的办公室，被公安处关了七天。陈国民，你敢说，你和夏方舟把武本奇派过去，没有一点小心眼儿？"

陈国民无处躲闪，说道："跟着你这样的领导，也烦！什么事都明镜似的，你就不能睁只眼闭只眼？"赵殿楚笑着说："把武本奇撤回来，派个你手下的大将过去。"陈国民答应了："派个工长，跟我从江汉过来的老工长，这回行了？"

赵殿楚笑着说："行了！武本奇得处分。"陈国民着急地说："凭什么？去五队又不是他自己要求去的，处分你处分我！"赵殿楚打个含混的手势说："不是说他的工作，他那事，影响很不好！"

陈国民突然问："季成钢什么处分？"赵殿楚说："行政记大过。"陈国民当即跳起来说："记大过？我说领导，有你们这么玩的吗！夏方舟当初替我顶了回缸，你们给人家把干部身份都给开除了，季成钢惹了这么大乱子，就一个行政记大过交代了？"

赵殿楚解释得很勉强："性质不一样。"陈国民不服地说："性质？夏方舟替我顶的是政治错误，是吧？季成钢的工程质量属于生产错误，性质就不恶劣，这就是领导的道理？没了生产，我看你们领导上哪儿找政治去……"

赵殿楚打断他："行了！年轻人犯错误，上帝都会原谅。这不是我说的，列宁同志说的。"陈国民看准机会说："那行，上行下效，给武本奇的处分我口头警告，说他两句。"

赵殿楚看着他，笑着说："护犊子！"

陈国民回来把这事给夏方舟说了，换人过去把武本奇撤回来。

夏方舟自省："队长，赵总批评得对，咱们确实不该让本奇过去……"陈国民打断他："行了行了，这事打住不提了！"夏方舟笑了笑，站起来，拿起桌上的一份图纸："听你的，打住。我去工地。"

夏方舟在工地上找到秦晓丹，找了一个台子铺他带来的图纸："这个施工流程是你做的？"

秦晓丹看一眼图纸问："上面有我的签字。怎么了？"夏方舟指着图纸上的点位说："这儿，你自己对照现场。"秦晓丹仔细看图纸对照现场，发现了问题。

夏方舟公事公办地说："施工流程不合理，虽然不至于影响工程质量，但会影响工程进度。我说过，不明白的地方、理解不充分的问题，可以问我，不想问我，可以问其他人。"

秦晓丹说："是我的错。"夏方舟说："重新做，今天必须做出来。需要帮忙吗？"秦晓丹平静地说："这是我的工作，我自己做。"她收起图纸，转身走了。

夏方舟兜了半天圈子，想说的话还没说出来，眼看着对方越走越远，情急之下脱口而出："秦晓丹！"喊出来才发觉，他已经很长时间很没有叫这个名字了。

秦晓丹停下来，过了好一会儿才回头。

夏方舟走过去，态度真诚地说："季成钢对发生的责任事故承担责任，是在你的压力之下，当时我不知道，后来本奇告诉我的。"秦晓丹平静地说："我的工作关系在五队，那是我的责任。"夏方舟诚恳地说："让本奇过去，主观上，我确实有羞辱季成钢的想法，客观上，也确实羞辱了五队。我道歉！"

秦晓丹突然有些不知所措，回避了夏方舟的目光，片刻，转身离开了。

夏方舟看着不回头的秦晓丹，十分沮丧。

166

趁着休息日，陈国民中午亲自上门，把梁钱广请到家里。到家的时候，田青妮已经把酒菜杯盏都在桌上摆好了，陈国民恭恭敬敬地让梁钱广上座坐了，自己坐到他的对面，郑重其事地端起酒杯说："梁师傅，今天我请你过来，摆的是赔罪酒。武本奇那个小王八蛋，弄得咱们俩脸都没处放，谁都不怨，怨我！是我教徒不严，我给你赔罪！先喝为敬！"他干了杯中酒。

梁钱广也端起酒说："国民，这事也怪我，武本奇那个小混蛋惹的事，我不该冲你发脾气，更不该骂人。我给你赔礼！"他也把酒干了。

陈国民一边给梁钱广倒酒一边说："梁师傅，你千万别这么说！你放心，武本奇那小子，我饶不了他！"梁钱广赶忙说："国民啊，你听我说。出了这档子事，我倒看出来了，那小子对我闺女还真行！听朝丽她妈和我说，那小子一天三趟往医院里跑，大小事都是他伺候的。这么说，他对我闺女是真心。"

看着陈国民满脸不依不饶的样子，梁钱广忙说："国民，这么着，我给你唱一段老戏《劝千岁》，你听我唱完，咂摸咂摸意思，听我唱了再说。来了——'劝千岁杀字休出口，老臣与主说从头……'"

梁钱广自打在东北钢铁起就是出了名的京剧票友，尤工老生。平日里，除非他高兴自己想唱，想听他的戏，那得成箩筐的好话笑脸垫着。这几年老戏成了大毒草，想听他的老戏，那就更难了。

陈国民有滋有味地听他把这马派老生的名段唱下来，直到梁钱广唱出最后两句——"我扭转回身奏太后，将计就计结鸾俦"——好像才明白过来："梁师傅，听你这意思，那等我把技改工程干下来，把他们的事办了？"

梁钱广愣了一下，笑着说："什么师傅出什么徒弟！这话再没个错的！"

田青妮倚在门口，对着身边的陆汀兰抿着嘴笑了。

听陆汀兰说了陈国民的手段，夏方舟笑得合不上嘴。陆汀兰说："方舟，别怪我唠叨你，咱们西工大的同学，就你落单了。"夏方舟不在意地说："没关系，来日方长。"

戚光复说："老太太来信了，核心意思，问你对象的事，她不放心。"

夏方舟接过信，展开看："光复、汀兰，随信寄来的小乔姑娘的照片，我很喜欢。寄给你伯伯看了，他专门打了电话，也很喜欢。方舟那孩子不懂事，你们多说说他，这就够委屈人家姑娘了，他还要怎么样？我和你伯伯年纪都大了，方舟的婚事一天解决不了，我们就一天放不下心……"

夏方舟看完信，半晌无言，最后把信放到桌上，站起来说："回去了。"戚光复喊他："夏方舟，你给我回来！"夏方舟带上门走了。

陆汀兰看着丈夫说："我说了，方舟的心都在晓丹那儿，拉不回来。"戚光复说："秦晓丹根本不和他说话，连他的名字都不叫，说不定全部的心思还在季成钢身上呢！"陆汀兰想了一会儿说："我去找晓丹。"

陆汀兰约着秦晓丹来到夏方舟经常来的山坡上。陆汀兰说："晓丹，方舟和季成钢来金江以前就有过交道，知道吗？"秦晓丹说："知道。"陆汀兰摇头说："季成钢给你说的不是实话。"

秦晓丹惊讶地说："汀兰，我还没对你说他和我说什么，你怎么知道他说的不是实话？"陆汀兰说："他们的那次交道，发生在 1966 年秋天。"秦晓丹回忆："秋天？不是年初，刚刚放完寒假吗？"

陆汀兰说："1966 年秋天那些事，各地大同小异，我们还都历历在目。"秦晓丹的声音有些颤抖："他们两个……发生了什么？"陆汀兰说："我也是前不久才知道，若不是霍总说，我和光复都蒙在鼓里。上次霍总来，到我家吃饭，说起这件事，方舟还像以往那样，不想谈。这让我觉得，方舟是不是有什么见不得人的事，可是霍总，我冤枉了方舟……"

陆汀兰重提那天晚上的事——霍茂森说："季成钢带过去十几个人，想把方舟带到他们学校开批判会，方舟的脾气你们都了解，不会跟他们走。他们把方舟围了起来，动了手。"

夏方舟接过话头说："他们有将近二十个人，动手的不过五六个。不是看不起他们，一群手不能提肩不能挑的家伙，别说一对一单挑，他们五六个也不是我的对手。要不是有人在后面下黑手，我能打得他们满地找牙。我一个人对他们一群，混战之中看不清楚。反正带头的是季成钢……"秦晓丹听陆汀兰讲到这里，怔怔地看着她问："你们一点都不知道？"

陆汀兰点头说："当时我和光复都不在校，等我们回到学校，听说发生了这么一件事情，具体是谁不知道。来到金江以后，光复看出来方舟和季成钢以前发生过什么，我们问过他几次，他一直不肯说。"秦晓丹不解："为什么？依你们三个人的关系，他为什么不告诉你们？"陆汀兰说下去："那天晚上，我也这么问他……"

时间又回到那个晚上——陆汀兰几乎发了脾气："夏方舟！问了你那么多次，每次你都轻描淡写，为什么？"

夏方舟笑着解释："当时被他们放倒了，路过的同学把我送到医院，下半夜才醒过来。在这之前我和老师定好了时间，出了院急忙去了江汉，到老师那儿，越想越窝囊，长这么大，还没被人这么欺负过，对老师和师母说，我得到他们学校去，一个对六个，重新来一回。师母教导我，不要用别人的错误惩罚自己，用错误去报复别人的错误最愚蠢。我想了一夜，师母英明。师母的教诲，改变了我很多。"

陆汀兰不罢休地问："我问的是你为什么不告诉我们！"夏方舟不再说笑："事情过去了，没必要再提。除了让你们对一个从没见过面的人产生仇恨，还有什么意义？"

戚光复不同意地说："来到金江以后，事情重新开始了。"夏方舟坦诚地说："那也不能把别人昨天的错误，当作自己今天手上的武器。"戚光复他们都没有想到是这样一个答案。

夏方舟感慨："虽然一再告诫自己，那次在工地办公室，还是没有忍住，对他动了手。光复后来骂我，该骂！"

陆汀兰对秦晓丹说完那天晚上的事情，把时间再往前提："1965 年，方舟作为全省优秀学生典型，到季成钢他们学校演讲。季成钢代表他们学校低年级学生发言，表示一定要学习方舟又红又专的精神。季成钢带人对方舟动手之前，他们只见过那一面。"

秦晓丹问："汀兰，你告诉我这些是……"陆汀兰继续说下去："还有一件事。晓丹，方舟第一次对川南钢铁的设计提出质疑，你觉得方舟像你爸爸的那几个学生，他不是。那段时间方舟在江汉，霍总和霍师母也受到很大冲击，方舟为了保护师母，被打断了两根肋骨。"秦晓丹震惊，泪水刹那间涌了上来。

陆汀兰真诚地面对秦晓丹说："话说到这儿，晓丹，我索性把话说透了。因为季成钢带人毒打方舟，霍总了解了一下。季成钢他们学院院长是霍总故交，受到的冲击很大，季成钢和他的战斗队是直接参与者。"

秦晓丹惊呆了。陆汀兰这才回答她刚才提出的疑问："晓丹，和你说这些，希望能消除你对方舟的误解，回到从前。这是我们大家都乐意看到的。"

秦晓丹泪水滚落，避开了陆汀兰，微微摇头。

天近黄昏。

167

这个季节，罕见的火烧云染红了金江半个天空。

乔佳丽看到那边夏方舟独立江边，走了过去。乔佳丽笑容灿烂，火烧云照耀着她清澈的眼眸，她的眼里闪耀着金子般的光芒。乔佳丽说："方舟哥，好长时间没见你了，知道你很忙。估计你可能在这儿，和爱华一块儿过来试试运气，你真的在这儿！"

夏方舟不知从何说起。乔佳丽笑着说："方舟哥，见到你就行了。我们回去了，再见，方舟哥！"夏方舟意识到乔佳丽对他称谓的变化，有些发愣，欣慰地看着她。

乔佳丽转回身去，满脸泪水。

夏方舟长长地舒了口气："佳丽……"

黄爱华含着泪陪着乔佳丽一直走了很远，回头再也看不到夏方舟，这才停下来问："佳丽，你放弃了？"

　　乔佳丽任泪水满面，说："我永远都不会放弃。"黄爱华质问："那你为什么要喊他方舟哥？你不知道这意味着什么？佳丽！你自己把自己甩出去了！你喊他方舟哥的时候，他的表情我都看出来了，他……他很释然。你明白吗，他很释然！"

　　乔佳丽流着泪说："爱华，他喜欢我喊他方舟哥。只要他喜欢，我什么都愿意做。"黄爱华心疼地一叹，唯有陪她掉泪。

　　西天的火烧云颜色愈发浓烈，荒凉的群山都被染红了。

第三十八章

168

陈国民新派到五队的老工长和张工配合，很快确定了返工方案。返工工程由老工长指挥，季成钢大部分权力被架空了。老工长延续了武本奇全面叫停加班加点的决定，收工后的五队工地静了下来。

季成钢独自在收工后的办公室，看着秦晓丹那张十七岁的照片。秦晓丹出现在门口，不进来，看着他。季成钢感觉到了，从容地把照片放进抽屉，站起来转过身微笑。秦晓丹问他："不加班了？"季成钢张嘴就来："该加班的时候还要加班。今天不加班。"

秦晓丹进门来，神色异常平静然而话锋陡转："来金江之前，你和夏方舟最后一次见面是1966年秋天。"季成钢猝不及防，周身一震，仍然看着她。秦晓丹表现出前所未有的强大和冷静说："关于你和夏方舟的那次见面，你还记得对我说过什么吗？我想再听一遍。"

季成钢琢磨着对方的意图："1965年，他去我们学校演讲，鼓吹个人主义，我当场和他进行了激烈的辩论。第二年……第二年刚刚过完寒假，我第二次见他，也是来金江之前最后一次见他。"

秦晓丹依然平静地说："撒谎很累。撒谎的人很难记住自己的谎言。你原来说，只见过他一次，是在1966年寒假之后，他到你们学校做报告，你和他当场进行了辩论。"

季成钢面不改色地说："我稍微有点记错了。"秦晓丹说："你忘了一件事：所有的现场都有目击者。"季成钢突然垮了，强撑着，找不到话。

秦晓丹依旧平静地说："在背后下黑手的，是你吗？"季成钢恼羞成怒，咆哮起来："他污蔑，污蔑！我没有下黑手！我没有！"秦晓丹看着他说："你很激动。"

季成钢突然冷静下来，似极为坦诚、推心置腹地说："晓丹，我犯过错误，年轻人都会犯错误，你也犯过，就说夏方舟，你在公开场合激烈地抨击过他。谁都会犯错误，谁也不会例外。这是成长的代价！我已经改变了，从来到金江，来到大三线，我完全变成了一个崭新的人！这一切，你都亲眼看到了！"

秦晓丹说："就在刚才，你还在维护自己的谎言。一个人只要还在粉饰他的谎言，他就不会改变。他说的所有的话都是欺骗。"

季成钢近乎崩溃地说:"晓丹,你给我一个机会,给我一个证明的机会,我能够向你证明……"秦晓丹用目光阻止他说:"能给你机会的,只有你自己。和你说这些,只是想告诉你,夏方舟没有把你过去的错误当作他今天的武器,他不想这么做。"季成钢近乎在乞求:"你不要相信他,晓丹,你不要相信他!"

秦晓丹目光变得凌厉,轻声问:"还记得你的院长吗?"季成钢毫无准备,完全晕了。秦晓丹越发凌厉地说:"你记得,记得很清楚。你对你们院长动手的时候,夏方舟为了保护霍师母,被打断了两根肋骨。"

秦晓丹恢复了平静的语调:"季成钢,从现在起,我们之间,没有任何关系。"她转身离去。季成钢彻底崩溃。

在秦晓丹回宿舍必经的路边,夏方舟双手捧着一株栽种在玻璃瓶子里的金沙蓝梦。这株花是他特意从李心梅的墓前移栽的。他在等秦晓丹,期待里有种说不清的紧张。

秦晓丹远远走来,风扬起了她的短发。她的心思显然在别处,没注意到前面等在路边的夏方舟。夏方舟把花藏到身后。秦晓丹看到他,迎着他走过来。

夏方舟的笑容掩不住紧张,心中默念了无数遍的两个字终于冲破了嘴唇的桎梏:"晓丹。"秦晓丹默默地点点头,看着他。夏方舟希望像变魔术那样,突然拿出花,但他有些手忙脚乱,几乎把花掉到地上,一时顾不上秦晓丹。

秦晓丹明白了。夏方舟双手捧着花,充满期待地说:"晓丹,你看。"秦晓丹平静地看看花,看着夏方舟说:"你和心梅的花,金沙蓝梦。"

夏方舟不知所措。秦晓丹平静地说:"花不能养在玻璃瓶里,把她送回去吧!"她离开,没有回头。夏方舟呆呆地站着。

没有回头的秦晓丹泪水滑落……

169

在13栋的套房里,赵殿楚和霍茂森落座。赵殿楚说:"霍总,总算把你盼来了!"霍茂森说:"赵总,我真不想来。"赵殿楚笑着说:"拿架子!不讲大道理,这是你学生的作业,你不来行吗?"

霍茂森不轻松地说:"就为这个才不想来。夏方舟是我的学生,技改方案是他做的,我这个专家组组长批准的,万一通不过验收,且不说责任,出门见人都不好意思。"

赵殿楚看着对方神色说:"不放心我的施工?我上的是陈国民的施工队,咱们这一行里王牌中的王牌,你的学生夏方舟亲自督阵。"霍茂森说:"赵总,川南钢铁的地理位置极为复杂,发生各种意外的概率非常高,一个细节想不到,牵一发动全身。北京有态度,通不过验收,要有人承担责任。夏方舟会第一个被追责。"

赵殿楚感觉到压力,点点头。

第二天一早,霍茂森带队的专家验收组进行全面检查验收,赵殿楚、顾弘亮和程时风等二号信箱总部领导全程陪同。

夏方舟和戚光复在隔离带外，说不出的紧张。秦晓丹在另一边。季成钢处在他们之间的夹角位置，冷眼看着他们，充满期待。

戚光复实在憋不住了，说："方舟，我有点喘不过气来。你觉得，能通过验收吗？"夏方舟深吸了一口气说："原来很有把握，突然，心里没底了。我还从来没这种感觉，七上八下，呼吸都有点困难。"

秦晓丹注意到了夏方舟的紧张，悬起了心。武本奇他们在附近，一样提心吊胆。

季成钢满眼炉火地说："夏方舟，你等着进监狱吧！"

"进监狱？"陈国民朗声笑说，"梁师傅，自从我在江汉冶建当上了施工队长，干了那么多工程，一直想进监狱看看，一个个工程干下来，它那个门就不朝我开，我都等得不耐烦了！我和夏方舟联手干的工程，我心里最有数。梁师傅，今天把你请过来，是和你商量孩子的婚事。"梁钱广一脸错愕地说："这时候你还有心想这个！"

陈国民笑着说："这时候我才想这个呢！梁师傅，孩子的婚事不能再拖了，咱都打年轻过来的，干柴烈火，上来那股子劲，真管不住！再弄出点什么事来，人家不说孩子，说咱教育得不好，咱丢不起这个人！"梁钱广点头称是。

陈国民商量说："我琢磨着，梁师傅，等那边验收完了，咱接着把孩子的婚事办了。你放心，梁师傅，这些年我的徒弟结婚的不少，像本奇这样，娶了咱们冶建闺女的，他是头一个。我想好了，大操大办，风风光光地把朝丽娶过来！"

梁钱广笑得合不上嘴，说："听你的，都听你的。该陪送的一点都少不了，不能亏了闺女，也是为了本奇。他家不在这儿，全仗着你这当师傅的给他操持，我也得把你的面子给足。"

陈国民双手一抱说："亲家，那我就先谢过了！"梁钱广赶忙回礼："这是咱两家的喜事，谁谢谁呀！国民，验收的事你一点都不担心？"

陈国民笑声爽朗："梁师傅，你放下心来，就等着出铁水吧！"

170

高炉出铁，滚滚铁流，金星四射！钢铁大工业特有的壮观景色，充满暴力美学的巨大魅力。

夏方舟，秦晓丹，陈国民他们四大金刚，武本奇，林富来，梁钱广和梁朝丽父女，赵殿楚、程时风和顾弘亮等总部领导，孤独的季成钢，霍茂森带领的专家组，全都在场。欢呼声和掌声响起。武本奇和小兄弟们撒了欢儿地又蹦又跳。

秦晓丹来到夏方舟身边，伸出手说："祝贺你！"兴奋中的夏方舟完全没有读懂秦晓丹，充满期望地握住对方的手。秦晓丹再次说："祝贺你！"见对方还不松开，保持距离地微笑着说："大家都在鼓掌。"

夏方舟猛然惊醒，狼狈地抽回手，和大家一起鼓掌。

响亮的掌声从高炉出铁的地方一直飞到庆功大会。

赵殿楚、霍茂森、顾弘亮和程时风他们站在台上。赵殿楚等雷鸣般的掌声平息后说："同志们，我向大家报告一个好消息，川南钢铁技改工程项目，一次验收成功，北京发来贺电，祝贺同志们！"

掌声再次响起。

陈国民和夏方舟坐在前面第一排，陈国民开怀地拍着夏方舟的肩膀。秦晓丹和武本奇他们站在旁边，激动得满眼泪花。

赵殿楚接着说："我们二号信箱取得的成绩是大家的，我要说，算功劳的话，首先是工人同志们的！我们的工人同志们又一次创造了奇迹！说到工人同志们，我要提一个人，工人阶级的优秀代表，学大庆的全国标兵，我们的王牌施工队长，陈国民同志……"

陈国民笑着站起来，大声说："领导，你就不用表扬我了，我自己表扬自己就行了！"台上台下的人都笑了。

赵殿楚继续说："在今天这个大喜的日子里，我还要特别提到一个人，工程技术人员的优秀代表，我们的技改工程技术指挥，夏方舟同志！"

秦晓丹和大家一起热烈鼓掌。

大喇叭把庆功会的掌声和欢呼声传遍了工地的每一处。

季成钢孤独地站在炼钢厂工地上，手上拎着一把铁锤。

赵殿楚待掌声平息说："说到夏方舟同志，我想引用顾代表说的一句话。顾代表说，方舟同志称得上我们二号信箱的冶建'少帅'！我觉得很形象！"热烈的掌声和欢呼声再次响起。

对于季成钢，大喇叭里传来的掌声和欢呼声在一个瞬间忽然消失，他孤零零地站在静寂的工地上。突然，他抡圆了铁锤，用足了全身的力气，把面前的一块石头砸得粉碎。又是一个瞬间，周围的寂静突然复活，大喇叭里传来芭蕾舞剧《红色娘子军》的音乐。

季成钢泪流满面。

庆功大会的舞台上，乔佳丽华丽的独舞赢得阵阵掌声，台上的她不时对台下坐在前面的夏方舟送出微笑。夏方舟也对乔佳丽微笑，笑得自然而放松。

陈国民目光回转在夏方舟和乔佳丽之间，满意地笑了。

后面的秦晓丹长长地舒了口气，默默转身离开。

远去的秦晓丹来到李心梅墓前，仔细地扫去墓碑上岁月的尘埃，为她亲手种下的金沙蓝梦松土，心情静了下来。

霍茂森和夏方舟站在山冈上，看着对面初具规模的川南钢铁说："方舟啊，能够取得这样的成绩，对于你这个年龄的工程师，是一个非常大的成绩。我要提醒你，越是在这个时候，越是要谦虚谨慎，戒骄戒躁！明天一早我就走了，给你说点正事。"夏方舟预感到下面的话题，心跳加速。

霍茂森说："江汉钢铁 1700 项目，前期技术攻关遇到了很多困难，各个方面的原因都有，迟迟不能取得突破。"夏方舟迫不及待地问："调我回去，老师？"霍茂森说："现在还不是时候。"

霍茂森交代他："川南钢铁轧钢厂很快上马，你要抓住这个机会，拓宽思路，最好能总结出一些有针对性的想法，为参加1700轧机技术攻关做好准备。"夏方舟兴奋地说："谢谢老师！"

霍茂森说完了正事，忽然笑眯眯地看着夏方舟说："方舟，你和小乔姑娘发展得怎么样了？"夏方舟愣了愣说："老师，我和佳丽没事。"

霍茂森按照自己的思路说下去："方舟，你妈妈给我写信了。你到现在连个对象都没有，你妈妈不放心，你爸爸在国外也不放心。我得告诉你，你妈妈对小乔姑娘非常满意！"

夏方舟急得直搓手，说："老师，你根本不听我解释，这真的是个误会。"霍茂森认真地看着他问："你和小乔姑娘真的没事？"夏方舟说："没有。"

霍茂森蹙着眉头想了一会儿说："干脆，让你师母在江汉给你介绍一个，两地书先谈着，反正你还得回江汉，以后在那边安家。"夏方舟说："老师，我有喜欢的姑娘。"霍茂森说："单相思！晓丹对你丝毫没有那个意思。要不是这样，我也不会反过来促成你和小乔。"

夏方舟笑着说："那是过去！老师，你别这么看着我，我很有信心！"霍茂森问他："你对晓丹表示过了？"夏方舟说："还没有，不过，我觉得她不会拒绝我。"

霍茂森摇摇头，又点点头，说："这种事，谁也替不了你，既然有感觉，那就主动一点。赶紧把对象确定下来，这是你师母交代的任务。"

顾弘亮有些吃惊地看着坐在面前的秦晓丹，问道："离开？离开金江？"秦晓丹轻轻点头。顾弘亮思考着说："晓丹，从工作上讲，川南钢铁的大规模建设正在蓬勃展开，正是你们这批学生大有作为的好时候；从生活上讲，金江现在各方面的条件，比你们刚来的时候不知道好了多少倍。怎么突然想起来这个时候离开金江，想去哪儿？"

秦晓丹说："铁道兵。"顾弘亮心里有了些眉目，又问："晓丹，你从哪儿得到的消息，张总和王总那儿？"秦晓丹点头说："张叔叔和王阿姨在信里只是说，铁道兵要特招。我还没回信。"

顾弘亮说："确有这事。你们这批大学生分配以后，部队的工程技术人员来源就断了，尤其是襄渝线上的队伍，工程技术人才青黄不接，矛盾尤为突出。副统帅突然从天上掉下来，全军建制冻结了，为了解决这个矛盾，铁道兵特招一批有工作经验的青年工程技术人才，主要补充到襄渝线。"

秦晓丹迫切地问："我能去吗？"顾弘亮稍沉说："晓丹，当初你要求来大三线，本来分配你去铁道兵，你要求到金江，这儿更艰苦。现在情况变了，金江的条件得到了很大的改善。襄渝线作为大三线的第二条大动脉，比成昆线还要艰苦，条件和金江没办法比，深山老林，那不是一般的艰苦。"秦晓丹说："我想去。顾代表，去铁道兵我能干什么？"

顾弘亮自豪地说："晓丹啊，我们铁道兵不只是修铁路，与铁路的战备作用相应的大型战略设施，也是我们修建的。比如说吧，停靠六列军列的隧道火车站，工程的科技要求非常高。到了铁道兵，只要不怕艰苦，大有作为。"

秦晓丹说："让我去吧！"顾弘亮开始有点迟疑："按说呢……嗐！我这个人啊，有军人情结，得到这个消息，我考虑过你，想来想去，你毕竟在二号信箱工作了这几年，基础打得很扎实，到了铁道兵，一切都要从头开始。出于对你负责的态度，你还是不去为好。"秦晓丹坚决地说："我去。"

顾弘亮认真严肃地说："不是一时冲动？"秦晓丹说："不是。"顾弘亮爽快地答应下来："好！晓丹，铁道兵确实需要你这样的人才。给我一点时间。"

171

武本奇来到戚光复家，满脸喜色又有些不好意思地嘿嘿笑着说："戚大哥、陆工，明天是我大喜的日子，我师傅请你们过去喝喜酒。"戚光复逗他："本奇，大喜的日子，不请你夏大哥？"武本奇说："夏大哥是我师傅当面请的，肯定去。是吧，少帅？"

夏方舟笑着说："本奇，别这么喊我，听着像个历史人物。"武本奇笑着说："这是赵总和顾代表封的，大家都觉得挺好，底下都喊开了。戚大哥、陆工，说定了，明天一定得去。"

武本奇坏笑着说："大哥，在座的咱们四个，就你是孤家寡人了。明天带一个过去？"跟着武本奇的话，戚光复和陆汀兰也都转向了夏方舟。

夏方舟笑着答应。

答应下来的夏方舟在秦晓丹那里碰了一鼻子灰。夏方舟把秦晓丹从宿舍叫出来说："明天本奇结婚。陈队长和田师傅把他当作自己的孩子，给他大操大办，明天请客，请了不少人。明天我们一起去，参加他的婚礼。"秦晓丹说："你去吧，我不去了。"

夏方舟说："本奇人不错，有点毛病，但人品很好。"秦晓丹说："我挺喜欢他。"夏方舟觉得十拿九稳了，接着说："那就一起去！我已经答应他了，我们一起去。"

秦晓丹愣了。这种事上，夏方舟的反应总是慢半拍，他更加热烈地说："晓丹，和我一块儿去吧！不只是本奇，大家都希望我们一块儿去。"秦晓丹微笑着说："替我祝福他们。我回宿舍了。"说完不等夏方舟反应，转身进了屋。

夏方舟张了张嘴，颓然无奈，其实心里还是没明白。

婚礼因陋就简，三桌酒席摆在陈国民家门外的空地上。首席上坐的是陈国民他们四大金刚，程时风和梁钱广，还有夏方舟和第一施工队的几位老工长。另一桌是戚光复、陆汀兰夫妇和青年技术员，还有几位年轻些的工长，再一桌是付开田等老工人。田青妮和梁妻、林富来等人忙活，陈海燕拉着弟弟海子和芳薇，还有付向东几个孩子快活地吃着糖跑来跑去。不少人围着看热闹。

夏方舟脸上虽然笑着，还是有些掩饰不住的失落。

武本奇穿着一身蓝色人民装，梁朝丽红褂蓝裤，两人都戴着大红花，这是时下标准的新婚服装。两人站在陈国民身旁。陈国民和探过身来的武本奇说了句什么，然后站起来说:"大家静一静,静一静了,新娘子和新郎官要给大家敬酒了,没别的,就一句,今天喝个痛快,谁也不能少喝!"

梁钱广兴头上来说:"老伙计们,该行的礼走得差不多了,孩子大喜的日子,这酒过三巡菜过五味,我得来一口,助助兴!"身边的程时风劝他:"梁师傅,听我一句,今天这么多人,还有那么多看热闹的,过去的老戏封建主义,别唱了,回头咱屋里唱。"

陈国民那边直接戗上了:"怎么就不能唱!梁师傅是老工人,四大金刚都在这儿,工人阶级想唱什么唱什么,谁敢败咱们的兴!梁师傅,来一口!"其他金刚帮腔:"梁师傅,想唱就唱,管那些呢!我们等着听呢!"

梁钱广笑着说:"程处长,国民说得没错,咱的好日子,谁敢败咱的兴!我得来一口,说来就来,来了——'今日痛饮庆功酒,壮志未酬誓不休……'"

梁钱广一出口,四大金刚叫好!程时风原来担心他唱老戏,听他唱的是革命样板戏《智取威虎山》里的段子,也跟着叫好。梁钱广越发来了兴致。

乔佳丽拉着黄爱华从看热闹的人群里挤过来,陈国民看到这边,动动脑子,喊住上菜的林富来,在他耳边悄悄说了几句,林富来笑着不断点头。

武本奇试探着问:"佳丽,你是陪夏大哥来的?"乔佳丽俏皮地歪头笑着说:"你说呢?"武本奇高兴地说:"我说……佳丽,昨天啊,夏大哥答应我了,保证不自己一个人来,问他带谁,还让我猜呢!大哥在上面坐了半天了,你到这会儿才来,罚酒!"

正说着,林富来过来,笑着说:"师傅安排了。小黄,你到戚队长那边坐,位子安排好了,坐在陆工旁边。小乔,你跟我来,来!"他带着乔佳丽到首席,夏方舟身边已经放下了一个凳子。

乔佳丽心花怒放,探过头喊:"方舟哥!"夏方舟愣了一下。乔佳丽鞠躬不断:"梁师傅好!陈队长好!程处长好!四大金刚好!师傅们好!"一桌的人都乐了。

陈国民逮住机会说:"小乔啊,这个夏方舟,他来了半天了,大喜的日子,他一直在那里耷拉着个脸,你来了他笑了。不能让他白笑,和他喝一杯!"

夏方舟明白了陈国民的意图,看着乔佳丽单纯的笑脸,笑着端起了酒杯说:"本奇和朝丽的喜酒,佳丽,干一杯!"乔佳丽不知深浅,高兴地把一杯酒干了,辣得不断地吐舌头吸冷气。

一桌的人都笑了起来,夏方舟也是忍俊不禁。

戚光复和陆汀兰都看在眼里,戚光复给妻子一个眼色。陆汀兰随口一问:"爱华,你和佳丽怎么来的,方舟专门通知佳丽带你来的?"黄爱华说:"不是,陆老师。佳丽本来说过来看看,来了看着挺热闹,拉着我就进来了。佳丽真快活!她好些日子没这么高兴了。"戚光复和陆汀兰明白了。

172

夏方舟坐在巨石山坡的岩石上,期待地看着对面正在思考的戚光复。好像过了很久,戚光复总算开口了:"我再问你一遍,你确信,秦晓丹爱你?"夏方舟虽然有些迟疑,还是说："确信！"戚光复轻飘飘来了一句："信心严重不足。"

夏方舟急着解释："光复，整个过程你都清楚，晓丹本来爱的是我，季成钢骗了她，这不是晓丹的责任，可是晓丹觉得……反正就那意思，你知道，这是你的长项！"戚光复替他找词："有点不好意思？肯定？"夏方舟确定。戚光复念念有词："子惠思我，褰裳涉溱。子不我思，岂无他人？狂童之狂也且！"

夏方舟说："又来这一套。"戚光复拿个架子说："不想听就算了。"夏方舟赶忙递上笑脸说："想听，想听。什么意思？"

戚光复解惑："一群少男少女在河边聚会，其中一个少女发现河对面的一个少年喜欢自己，隔着河对他大声说，你爱我那就……和你说这些比较费事，古人不穿裤子，把下面的衣服叫作裳。少女的意思是，你爱我就马上撩起衣服过河来追我，你不追我，追我的人有的是！你不疯狂地来追我，那就滚蛋！"

夏方舟难以置信，怀疑对方是不是在戏弄自己。"光复，我不是来听你上文学课的。"戚光复不依不饶地说："你问我是不是中国古代的诗。我刚才说的那首'不追就滚蛋'的《褰裳》，同样出自《诗经·国风》，中国最古老的诗。"夏方舟恳求："光复，求你了行不行，你就浅显易懂地告诉我吧！"戚光复觉得他简直是不开窍，无奈地说："怎么还不明白，直接进攻，大胆表白，放开了去追啊！"

夏方舟琢磨一阵说："光复，你最了解我，这方面确实太笨。我也想来着，用个什么办法，营造出一种氛围，意外惊喜之类，想不出来。光复，你得帮我。"戚光复说："鉴于你久攻不下……'狂童之狂也且'……我们给她来一次西班牙！"夏方舟又晕了。

西工大的同学们在金沙江边聚会野餐。戚光复拉着手风琴，夏方舟和同学们快活地说着笑着，轻松愉快。秦晓丹和几个女同学坐在旁边。

为了这场"西班牙"，戚光复很费了些脑子。昨天，和所有的同学打好了招呼，安排妥当，他去找秦晓丹说："晓丹，明天是星期天，我们西工大的同学搞个小范围活动，过去玩玩？川南钢铁技改工程胜利完工，大家觉得方舟给学校争了光，金沙江边搞次野餐，也不只是为方舟庆功，借这么个由头，大家聚聚。"

秦晓丹犹豫地说："光复，都是你们同学，我去合适吗？"戚光复说："有什么不合适！据我所知，明天很多学校的同学都要聚一聚，你们学校就你自己，约上你我们一块儿。不光请你，还请了些平时比较熟，在这儿也没有同学，和你情况差不多的一块儿过去。"秦晓丹婉拒："光复，谢谢你的好意，我还是不去了。"

戚光复放出撒手锏："晓丹，说实话吧！有段时间我们同学对你有误解，说了些很伤人的话。技改工程下来，大家相互理解了对方，借这个机会坐一坐，笑一笑，什么都不用说，那一页就翻过去了。"秦晓丹感动。

就这样，戚光复把秦晓丹带到了"西班牙"。万事俱备，只欠东风。戚光复在夏方舟耳边又交代一番，夏方舟还是信心不足，戚光复恨铁不成钢地说："不相信我那就取消。"夏方舟深深地吸了一口气说："听你的！"

附近，乔佳丽和黄爱华看到他们。黄爱华拉起乔佳丽说："走，咱们凑凑热闹。"

戚光复看到秦晓丹和身边的女同学们说着什么话题，笑起来。他觉得火候已到，站起来说："同学们，同学们！激动人心的时刻到来了，夏方舟同学要为大家呈现一个最精彩的节目！"说完拉响了手风琴。

男同学们笑着把夏方舟推到秦晓丹她们女生的前面。女生们相互使着眼色，都站了起来，不动声色地让秦晓丹站到前面。只有秦晓丹不知道这是一场预谋，以为夏方舟将要表演一个节目，轻松地和大家一起笑着，看着夏方舟。

乔佳丽和黄爱华已来到了旁边，乔佳丽忽然意识到什么，一把拉住黄爱华。

男同学们笑着热烈鼓掌，女同学们喊着："夏方舟！夏方舟……"起劲地鼓掌。秦晓丹完全不知就里，笑着和大家一块儿鼓掌。掌声越发热烈，同学们不断地给夏方舟加油鼓气。

夏方舟终于鼓起勇气，走上两步，声音发颤地说："晓丹，嫁给我吧！"秦晓丹笑容还在脸上，呆了，好像完全不明白发生了什么。夏方舟一旦突破，立刻有了勇气，大声喊道："晓丹，嫁给我！"

就在附近的乔佳丽泪水涌了出来。

同学们在快活的笑声里更加热烈地鼓掌。女同学们簇拥在秦晓丹身边说："晓丹，方舟表白了，该你了！快去呀！"男同学们鼓掌欢呼："秦晓丹！秦晓丹……"

秦晓丹犹如梦中惊醒，刚才僵在脸上的笑容消失了，低下了头，极力控制住自己的情绪，她没有抬头，却是朝夏方舟走过去。

戚光复的音乐停了，所有人都静下来，充满期待地等待那个欢乐的时刻。

乔佳丽不敢闭眼，不想看又没法不看。

秦晓丹走到夏方舟面前，仍然没有抬头。同学们准备欢呼。夏方舟热切地期待着。良久，秦晓丹抬起头，泪流满面地说："夏方舟，对不起！"她急转身，没有看任何人，一路走去。

夏方舟呆了，不知所措。戚光复晕了。同学们蒙了，面面相觑。

乔佳丽不知道自己是在笑还是在哭。

陆汀兰对来给她送饭的丈夫发了脾气："你怎么能想出这种损主意？"

戚光复无辜地说："汀兰，方舟说他和秦晓丹卡住了，偏巧我和他说起了《塞裳》，'狂童之狂也且'，头脑一热觉得灵感来临……"陆汀兰气恼地说："还灵感？愚蠢！你怎么不和我说一声，问问我？"戚光复也有点上火，辩白："我也没想到会弄成这样，再说了，这几天你不一直在加班吗！"

陆汀兰问："方舟呢？"戚光复耸耸肩说："在家看芳薇呢，很沮丧。"陆汀兰火气又上来，说："他还沮丧！你们有没有替晓丹想想？这会给她带来严重的伤害！"戚光复觉得还不至于。

陆汀兰厉声说："至于！川南钢铁发生事故那次，方舟受了伤，咱们同学围着晓丹说了些什么，你都忘了？当时大家都在气头上，说什么晓丹和季成钢沆瀣一气、狼狈为奸……很多话不走脑子就说了出来，那些话多伤人呢！今天你站在秦晓丹的角度上想想，她会是什么感觉？你们在揭她的伤疤，拿她示众，让她认罪悔罪！我们同学当中，男的也有暗恋过秦晓丹的，女同学暗恋过方舟的更不是一个两个，这些你不知道？你敢保证没有人想看秦晓丹的笑话？没有人幸灾乐祸？"戚光复无言以对。

此刻，秦晓丹站在李心梅墓前，百味杂陈，泪水默默地流。

此刻，回到宿舍的黄爱华不明白地问："佳丽，你难过什么？你应该高兴啊！"乔佳丽泪眼汪汪地说："方舟哥对她那么好，她还不答应。"黄爱华说："她答应了，你就彻底没希望！"乔佳丽说："宁肯我没希望，只要方舟哥高兴。"黄爱华说："乔佳丽，我看你是疯了。"乔佳丽说："我才没疯呢！看着方舟哥难受的样子，那么多人……我难过！"她哭了起来。

第三十九章

173

陆汀兰在正在建造中的船舱内对照图纸，全神贯注地思考问题，秦晓丹到了她身后她也没察觉。秦晓丹改了称谓："兰姐。"陆汀兰忙回头。秦晓丹说："知道你在加班。"

陆汀兰把秦晓丹带到船台上坐下，面对着湍急的金沙江说："晓丹，这都是光复的主意。光复那个人，一点理科生的逻辑思维都没有，头脑一热，说不定就冒出什么稀奇古怪的点子。这事赖光复，别生方舟的气。"

秦晓丹摇头说："不是。所有的人都知道将要发生什么，只有我一个人被蒙在鼓里，像傻瓜那样傻笑。突然之间，拉开了大幕，把我放到了所有目光聚焦的中心。大家都知道，我曾经答应了季成钢，对夏方舟做过很多很过分的事。我希望那是一场噩梦，可它不是。那个刹那，所有的过往都被唤醒了，历历在目，我就像被示众的海斯特·白兰，一个将终生背负着耻辱罪名的女人。"

陆汀兰说："晓丹，我能够想到这对你带来的伤害，可这不是他们的本意，至少方舟和光复不是这么想的……"

秦晓丹热泪盈眶，轻轻打断对方："兰姐，那只是我瞬间闪过的念头，即便受到这样的惩罚，也是因为我的过错。这个红字不是别人强加给我的，是我自己刻下的，它刻在了我的心里。"

陆汀兰心疼地说："晓丹，你不要这么折磨自己！"秦晓丹心存感激地说："他们的笑声充满善意，他们的笑脸充满期待，他们没有恶意，我相信他们是发自内心地希望，我和夏方舟能够回到从前……"她说不下去了。陆汀兰说："晓丹，是真的，这是我们大家的愿望。"

秦晓丹强忍泪水说："感谢他们原谅了我，更感谢你，让我看清了季成钢。那次你也对我说，希望我和方舟能够回到从前。兰姐，我回不去了，我把我自己弄丢了！"陆汀兰揽过她剧烈颤抖的肩膀说："只要我们愿意，就能重新找回迷失了的自己。晓丹，让我来帮你，好不好？"

秦晓丹心痛如刀割，说："心梅离开前，把方舟托付给我，那是她最后的嘱托，可是在心梅离开之后，我都做了些什么？我一次次地伤害方舟，最后，竟和季成钢那样的人走到一起……我也想给自己一个回到从前的借口。参加技改工程，我曾期望在这个过程中默默地完成对自己的救赎。如果方舟不在意我，根本不理会我，乃至于给我一些轻蔑、惩罚，也许我能够慢慢地找回自己，开始一段新的生活。"

陆汀兰用全部的真诚说："晓丹，方舟会等你，等你的伤口愈合，无论这个时间有多长。"

秦晓丹站起来说："我没有勇气面对方舟的感情，假装什么事情都没有发生过，重新开始……我做不到！兰姐，这样一份感情，对我来说太重了……对不起！兰姐……走了。"

陆汀兰幽幽一声长叹，泪光闪闪。

戚光复来给妻子送饭，听了妻子说的，惊讶地说："被示众的海斯特·白兰……这是我的错，我找晓丹道歉。"陆汀兰说："别去！让晓丹痛苦的不是你导演的闹剧，是刻在她心头的那个红字，这让她无法面对方舟，觉得自己承受不起这份感情。"戚光复接受不了地说："她没有任何必要为季成钢的欺骗承担责任！"陆汀兰感慨："我对她说了，很多时候善良不是邪恶的对手。"

戚光复长叹："晓丹对自己如此苛刻，她根本没办法和方舟重新开始。"陆汀兰望着奔流不息的江水说："也许，他们已经相互错过了对方，就像晓丹说的，无法回头。"戚光复沉默片刻问："那……怎么和方舟说？"

陆汀兰摇摇头。

弯月悬空，天无云。

夏方舟和戚光复坐在江边的岩石上，用一个瓶子喝酒。夏方舟问："晓丹和汀兰说了些什么？"戚光复简单回应："不知道。"夏方舟恼火地说："不知道你为什么不问问汀兰？"戚光复一股子无名之火上来，吼道："我问了！不知道！你别这么看着我，问了，问了还是不知道！"

夏方舟几乎和戚光复吵起来，用一大口酒压住。戚光复缓和口气说："听我一句，别再想秦晓丹了，忘了她。不会有结果的。"

夏方舟冷笑道："你是不是觉得，爱情首先得看到结果，才值得去追求？"

戚光复还之以冷笑："没有结果那不叫爱情，那叫单相思！俗话说，剃头挑子一头热！"夏方舟忍不住提高了嗓门："我不知道你说的爱情是什么，我知道我的爱情是什么。漫长的科学史上，很多人为了一个猜想，皓首穷经，按你的观点，他们没有得到任何结果，荒废一生！还有些人认为他们纯粹是一群疯子，一根筋的疯子。历史给出的结论恰恰相反，他们认准了的事用整个生命去追求，无论有多少阻碍坎坷，决不放弃！正是这种永不放弃的追求，成就了他们照亮后人的辉煌一生。"

戚光复不为之所动，平淡回应："很感人。人生自是有情痴，此恨不关风与月。很感人！这和爱情有关系吗？"

夏方舟说："这就是我的爱情！"说完他从戚光复手上夺过瓶子，大口大口地喝酒。

戚光复默默地看着他。

174

赵殿楚神色庄重地说："国民啊，给你发布个重要消息。从现在起，我们对外不再使用二号信箱，正式启用中国 109 冶金建设公司这个名称。你说对了，这是个重大信号，不光我们，整个国家以后都要逐步走上正轨。"

陈国民笑着说："老领导，别给我上大课了。你单独给我宣布晚了，早都传遍了，你出任中国 109 冶建公司革委会主任，没错吧？"赵殿楚说："国民，我得给你要人了，方舟不能再留在你那儿了。公司决定，夏方舟担任轧钢厂工程副总指挥长，全面负责技术工作，行不行？"陈国民高兴地说："人尽其才！没意见，立刻放人。"

赵殿楚好像忽然想起，问："国民，方舟和晓丹关系怎么样了？"陈国民撇嘴说："没戏，一点戏都没有！"赵殿楚不信地说："霍总走的时候特意嘱托我，夏方舟亲口说对秦晓丹有感觉。国民，夏方舟要求把秦晓丹调到轧钢厂工程，我同意了，没意见吧？"陈国民嘿嘿一笑说："你让我看戏，我能有意见？"赵殿楚不明白地问："看什么戏？"

陈国民怪声怪气："做梦娶媳妇，一枕黄粱！夏方舟。"赵殿楚训他："就你不盼人家好。你以为我不知道你那心思，为奖金那事，秦晓丹因为夏方舟替你顶缸，生你的气，你给人家记仇！"陈国民着急地说："那事过去了，领导，你再提我真跟你急！"

顾弘亮在办公室对秦晓丹说："我的意见，参军的手续暂时不办，你先过去看看，体会体会，手续的事以后再说。晓丹啊，我提前给你打个预防针。现在有些不正之风，很多地方当兵都要走后门。当铁道兵不用走后门，政审合格，体检达标，只要想来，大门敞着。铁道兵的兵源，主要来自贫困地区。为什么？条件好的地方，说是修铁道的兵，招兵都招不上来。到了条件好的地方，有些招兵的给人家说，铁道兵是在铁路上开装甲车的特种兵，蒙人家。"

秦晓丹被逗笑了。

顾弘亮笑不出来，又说："目前在所有的兵种里，只有铁道兵是两年服役期，为什么？太艰苦了，时间长了真的受不了。一条铁路修五年，一条隧道换好几茬的兵，两年的服役期就在巴掌大的山沟里，那可都是些十七八岁的小伙子啊！铁道兵有句粗话，当兵两年，除了天上飞过去的鸟，没见过女的，飞过去的鸟还不知道是男的女的。话虽然粗，却是铁道兵的真实写照。说句不好听的，若不是铁的纪律在头上压着，铁道兵的干部，尤其是技术干部，留不住。晓丹，我没吓住你吧？"

秦晓丹微笑着说："我不怕吃苦。"

顾弘亮笑了笑说："先别给我说大话，就按我说的，我给你批个长假，万一咱们晓丹被吓回来了，也有个台阶下。"

第二天清晨，秦晓丹换上自来到金江很少穿的裙装，来到李心梅的墓前说："心梅，你好吗？我来和你道别……"泪水不断滴落到金沙蓝梦的花叶上。

半个小时后，铁道兵金江兵站大院里。秦晓丹站在一辆挂铁道兵军牌的军用吉普车前，身旁是她从上海一路带到金江的牛皮箱。顾弘亮和她握手说："晓丹啊，一定要听我的，先到现场认真地体验、考察过了，再做决定。这边我替你保密。"秦晓丹说："也可能，很快我就回来了。"顾弘亮笑着说："回来也没什么不对，参军自愿！上车吧。"说完他为她提起牛皮箱。

陈国民打量着有心事的夏方舟问："方舟，踅摸什么呢？咱这个技改指挥部马上就要拆了，转战轧钢厂。舍不得了？"夏方舟干脆地问："队长，秦晓丹怎么没来上班？"陈国民装糊涂还故意露出破绽："这我哪儿知道！咱们有约在先，她是你的人，归你管。"

夏方舟看出来，恳求。陈国民嘿嘿地笑着说："这还差不多。秦晓丹休假了，顾代表批的，休长假！不信你去问顾代表。"

顾弘亮笑眯眯地看着他问："方舟，谁给你说的晓丹在国内没有亲人？"夏方舟发个怔，接着惊喜地问："她在国内还有亲人？"

顾弘亮说："铁道兵有七个师在襄渝线上，西指的张总和王总两位总工是夫妻，在西安，铁道兵西指的技术总部在那边。他们两夫妻，是秦院长出国前的同学，也是新中国成立后从海外回来的专家，和晓丹的爸爸妈妈关系非常好。晓丹父母去世后，他们就把晓丹当成了自己的女儿。"

夏方舟问："晓丹去看他们？"顾弘亮说："两位总工非常关心晓丹，他们之间的书信来往不断，还经常给我打电话，询问晓丹的情况。晓丹从来到金江，一直没休过假，我给她批了个长假，你有意见？方舟，给我说实话，你和晓丹除了工作，有没有那方面的事？"夏方舟支吾着："顾代表，我回去了。"说着就走。

175

铁道兵西指技术总部的宿舍大院里有一座苏式楼房，三层的高度，铺开的面积很大。张总、王总两夫妻的宿舍就在这座楼里。一梯两户，进门一段很长的走廊，主要的三个房间全在朝阳面，其中一间做客厅，有一套大型的苏式沙发。

一个月前，铁道兵金江兵站吉普车把秦晓丹送到火车站，先到成都，再转乘直达快车到西安，第一个落脚点就是两位总工的宿舍。秦晓丹坐在柔软的大沙发里，茶几上冒着热气的咖啡，唤起了秦晓丹久违的熟悉的感觉。

张叔叔问她："晓丹，当初我和你王阿姨强烈建议你当铁道兵，组织上也批准了，你却执意去金江搞钢铁建设。这次怎么同意了？"

秦晓丹品着咖啡浓烈的香味说："张叔叔，1965年我跟我爸去过金江，以为那儿是大三线建设最艰苦的地方，现在才知道，铁道兵最艰苦。"

张叔叔摇头说："顾副师长……哦，你们叫他顾代表，听他说，你们刚到金江的时候，八千多学生住在席棚子里，还着了一场大火。那里艰苦的程度，不比铁道兵差。"

秦晓丹笑着说："现在条件好多了，城市建设初具规模，金江公园都挺漂亮了。用不了多少年，金江一定会变成一座美丽的钢城。"王阿姨笑着说："我可听出来了，晓丹，刚刚离开金江没两天，你就开始怀念那儿了。"秦晓丹问："王阿姨，你们不想让我当铁道兵？"

王阿姨告诉她："铁道兵确实急需青年技术干部，我和你张叔叔也想把你放到铁道兵队伍里，有个照顾。不过，晓丹，像你这样的青年技术干部进来是要钻山沟的。襄渝线的条件，比成昆线还要艰苦，艰苦得多。是我们国家铁路建设史上地质条件最复杂、施工难度最大的铁路线，到现在工程全面展开不过一年多，已经牺牲了很多指战员。晓丹，你要有思想准备。"

一个月后，从一线回来的秦晓丹又回到这里。张叔叔问她："晓丹，下去转了这一圈，收获不少吧？"

秦晓丹说："来之前，顾副师长给我打了预防针，下去以前，你们也和我说了那么多，真到了一线，还是完全超出了我的想象，铁道兵确实太艰苦了。"王阿姨和张叔叔相互看了一眼，问晓丹："那你怎么打算？"

秦晓丹笑容灿烂地说："当兵！"

川南钢铁轧钢厂工程处在场地平整阶段。午饭时间，饭菜照样送到工地，夏方舟和工人们一起排队，用饭盒打了一份饭菜，正准备离开，刚才就等在一旁的武本奇过来喊："大哥！大哥！"

两人来到一根电线杆形成的极为狭窄的阴影里，蹲下来吃饭。夏方舟等了他一会儿问："什么事？"武本奇鬼祟地看了看周围，压低嗓音说："大哥，秦工是不是因为你走的？秦工在国内根本没有亲人，这个大家都知道，突然这么一休假，还是休长假，肯定有问题！"夏方舟没往心里去，说："就你鬼点子多！"

武本奇一本正经地说："大哥，你别拿这不当回事。据说，秦工在铁道兵有什么叔叔阿姨，就算是关系再好，在她叔叔阿姨家一待一个月？就说你，回家就守着爸妈一个月？大哥，秦工肯定去了别的地方。"

夏方舟从顾代表那里静下来的心让武本奇说乱了。接下来的几天，他在办公室怎么也待不住了，下了班也不想回宿舍，不去汀兰家。

陈国民实在看不下去，挡在夏方舟的推土机前，打着手势让他停下来。陈国民让他下来，然后打量着从车上下来的夏方舟说："你一个技术总指挥，不好好干本职工作，开个推土机在工地上瞎忙活什么？"

夏方舟闪烁其词："队长，我在办公室里待不住，你还不知道！"陈国民冷冷一笑："我什么都知道！你撅什么屁股拉什么屎我都知道！方舟，秦晓丹走了一个多月了，音信全无。"夏方舟故作轻松地说："她休假去了，休长假。"

陈国民不给他留面子地说："有这么休假的吗？成昆线转宝成线上陇海线，到西安两天，这都一个多月了，长假也该回来了。你比我清楚！方舟，心里烦，再来一回一根筋，去找顾代表问，到底怎么回事。不愿意去问，到光复那儿看看小乔跳舞。别这么折腾自己。告诉你，刚才我下了命令，下班以后，谁也不准动设备，包括你。"

夏方舟回不过神。

176

芳薇困了，陆汀兰哄女儿睡觉。听着外面敲门，是秦晓丹的声音："兰姐。"陆汀兰惊喜地说："晓丹？快进来。芳薇，晓丹阿姨来了。"话音未落，看到秦晓丹，愣住了。

秦晓丹穿着军装站在门口。芳薇兴奋地嚷起来："解放军阿姨！解放军阿姨！"

陆汀兰疑惑地问："晓丹，你当兵了？"秦晓丹点点头说："铁道兵。我属于特招入伍。"芳薇认出了秦晓丹，高兴地跳下床来，陆汀兰把女儿抱在怀里说："乖！妈妈和阿姨说话。晓丹，当了兵回来当军代表？"

秦晓丹摇摇头说："回来收拾东西，马上就走，我们师在修襄渝线。兰姐，我是来看看你和光复，还有芳薇，告个别。"

陆汀兰还没理出头绪，说："晓丹，方舟还在轧钢厂工地上。从你走了，他每天都在工地待到很晚。你去工地看看他？——你别去了，坐一会儿，我找个人把他叫回来，很快。"

秦晓丹摇头说："不了。芳薇，再见！"芳薇快活地回应："解放军晓丹阿姨再见！"秦晓丹道别："兰姐，谢谢这几年你对我的关心，走了！"

陆汀兰问她："晓丹，你去当兵，离开金江，和方舟有关？"秦晓丹浅浅地笑了笑，平静地说："没有。兰姐，走了。"转身带上了房门。

顾弘亮高兴地看着一身戎装的秦晓丹，问道："东西收拾好了？"

秦晓丹有些感慨："回来之前，觉得有些东西要收拾，真回来了，反而觉得没什么可收拾的。穿上军装，过去的衣服都穿不着了。还有一些书，不带了。顾副师长，哪天你派个人，把书放到单位图书馆吧！"

顾弘亮问："晓丹，你和我说实话。你和方舟是不是有恋爱关系？你走了没几天，方舟来问我，我心里就有疑点。这次给你办手续，赵总提起来，还问我知道不知道。我听赵总的意思，他很替方舟惋惜。晓丹，这事你得和我说清楚。"秦晓丹整理心情，把她对夏方舟的感情和他们的感情经历简要说了一遍。顾弘亮听罢，不觉感叹："原来是这样。"秦晓丹说："顾副师长，我对你说的这些，千万不要告诉方舟。"

顾弘亮说："有件事我得告诉你。这事说起来有些日子了，第一施工队私发奖金，夏方舟受到了严厉处分，你不相信夏方舟是主谋，专门来问我。我当时怎么说的，还记得吗？"

秦晓丹回答："你说他是主谋，这是严重的政治事件，叮嘱我不要参与。"顾弘亮说："我是军代表，这个身份有些尴尬，当时的环境很复杂，你的情绪也比较激动，有些话我不好对你说。现在你当兵了，你和他感情上……反正就那个意思吧！所以呢，这事我得给你说清楚，要不然，能成了我的一块心病！"

秦晓丹的声音有些发颤："顾副师长？"顾弘亮沉重地说："说夏方舟是主谋，我都不相信，你说，赵总和程时风他们能相信吗？"秦晓丹动了感情："你们领导明明都知道，为什么还要处理他，还处理那么重？如果不是后来发生的事情，他一生的前途都毁掉了！"

顾弘亮说："陈国民的施工队战功赫赫，这面旗帜不能倒……"秦晓丹忍不住打断他："为了保住这面旗帜，就牺牲夏方舟？不惜毁掉他的一生？"顾弘亮说："不是我们牺牲他，是他自己做出了牺牲。"

秦晓丹质问："这有什么不一样？"顾弘亮说："完全不一样。如果不是夏方舟站出来，不但陈国民会被撤职查办，所有的工长都要被处理，队伍就垮了，红旗就倒了。这面红旗倒了，二号信箱责任重大！晓丹啊，通过这件事，我对方舟的认识发生了很大变化，我看明白了，这是一个为了大局，为了整体，可以做出巨大牺牲的同志，完全不计较个人名利得失，难得呀！"秦晓丹满眼泪。

顾弘亮一声长叹："你这一走，你们可能这一辈子都不会再见面了。临走之前，晓丹，和他道个别吧！"秦晓丹轻轻说一声："不了。"顾弘亮说："也好！长痛不如短痛，快刀斩乱麻，不见就不见了。晓丹，用我的车送你到兵站。"

秦晓丹说："顾副师长，我带着车呢。我还想去见一个人。"她还想见的人是乔佳丽。

乔佳丽几乎是心惊胆战地看着她。秦晓丹微笑着说："佳丽，我时间不多。想和你说一句话，珍惜他！他值得用一生去爱。"乔佳丽不知道该说什么。

秦晓丹道别："佳丽，我走了。"乔佳丽问："丹姐，能告诉我吗，你爱不爱他？"秦晓丹微笑摇头。单纯的乔佳丽觉得不公平，说："丹姐，你怎么能不爱他呢？你为什么不爱他呢？"秦晓丹再次道别："佳丽，我走了。"

乔佳丽叫住她："丹姐！你怎么能不爱方舟哥呢？他爱你呀！你这么走了，他的心都会碎了！留下来吧，别让他受这种折磨。求你了，丹姐，别走！"秦晓丹强颜微笑着说："佳丽，你是个好姑娘。再见！"她转身离开。乔佳丽呆呆地站了片刻，扑倒在床上，哭出了声。

陈国民吃惊地看着武本奇问："当兵了？你看见她了？"

武本奇气喘吁吁地说："我还没。师傅，别人有看到的。他们说，秦工穿上军装可漂亮了呢，是四个兜的军装，女军官。我一听到风声，到处找，听说去了戚大哥家，可惜晚了一步。她能去哪儿呢？本来我想追到秦工宿舍，想想还是先给师傅说一声。"

陈国民问："她当的什么兵？"武本奇说："听陆工说，铁道兵。"陈国民合计："铁道兵！老子当年是坦克兵，战争之神，那才叫兵。铁道兵，钻在山沟里修铁路的兵，那也算兵？秦晓丹当一回兵，怎么当了这么个兵？"

田青妮说："他爸，秦晓丹干得好好的，怎么突然当兵去了？"陈国民摇摇头，沿着自己的思路说："那铁道兵可不是个好活，修成昆线的那些小兵，不知道死了多少，都是年纪轻轻的……金江的条件越来越好了，秦晓丹怎么又去钻山沟了？"

武本奇忽然想到什么，跳起来就跑。

夏方舟一个人坐在轧钢厂的工地上出神。武本奇飞快地跑来，一路喊着："大哥！大哥！秦工回来了！"夏方舟顿时兴奋地问："她在哪儿？回宿舍了？"

武本奇说："大哥，秦工当兵了。赶快跟我走！再晚怕是来不及了！"武本奇带着夏方舟一路狂奔，敲响了秦晓丹的宿舍。

秦晓丹的室友告诉他们："晓丹回来待了一小会儿就走了，书都不带了。"

武本奇机灵地说："大哥，你赶紧去问问顾代表，秦工在哪里他肯定知道。"夏方舟有些回过神来。武本奇接着说："大哥，别犹豫，你赶紧去见顾代表，我去找我的小兄弟，我保证，秦工离开之前，我一定替你找到她！"

已经完全回过神来的夏方舟努力控制情绪说："……顾代表，晓丹为什么突然决定参军？"顾弘亮说："方舟，来，坐一会儿。"夏方舟坐下，急切地说："顾代表，能告诉我吗？"

顾弘亮稍有斟酌："这件事……长话短说。襄渝线工程复杂，铁道兵急需青年技术干部，决定特招一批。我是铁道兵，这你知道，当然希望晓丹能去，两位总工也希望她去，又担心她受不了那个苦，我批了她长假，让她去体会体会，万一受不了再回来。晓丹亲身体验了铁道兵的艰苦，自愿应征入伍。这是好事啊！方舟，你想不想到我们铁道兵部队去？"

夏方舟不知说什么。

顾弘亮说："方舟，天不早了。"夏方舟无言，起身。

戚光复演出回来，听妻子说了秦晓丹当兵的事，说道："原以为是一眼百年，其实是若说有奇缘，如何心事终虚化？这样也好，彻底断了方舟的念头。"

夏方舟进了门，神色极其疲惫。戚光复和陆汀兰明白了。

177

夏方舟一夜未眠。天亮了，他独立在空旷的工地上，远望东山。

武本奇开着一辆卡车冲过来，几乎在夏方舟身边停下，喊一声："大哥，上车！快上车！"待夏方舟上了车，一脚油门把车速提到了极限，一路狂奔，直奔铁道兵金江兵站。

兵站大院里，秦晓丹正准备上车。武本奇的卡车呼啸着冲了进来，一个急刹车停在秦晓丹的军用卡车旁边。武本奇跳下车，几步跑过来喊："秦工！秦工！还好，赶上了！秦工，夏大哥来了。昨天晚上，他在工地上站了一夜。"秦晓丹吃了一惊，看到朝她过来的夏方舟，有些不知所措。武本奇悄悄地退到了一边。

夏方舟到秦晓丹面前，默默地看着她。

秦晓丹稳住心思，迎着他的目光。

四目相对良久，夏方舟开口了："就这么走了？"秦晓丹笑着说："没和你告别。"夏方舟近乎愤怒地说："你和大三线告别了？和川南钢铁告别了？大三线和川南钢铁建设还没有完成，这儿有你热爱的事业！你这么轻而易举地抛下它们，你的内心永远都不会安宁！"

秦晓丹平静地说："成昆线的每一公里，都是铁道兵战士的血肉之躯铺就的。那些牺牲的战士，绝大多数还不到二十岁。襄渝线是大三线的第二条大动脉，条件比成昆线更艰苦，自开建以来，每天都有铁道兵战士为之付出生命。我是去当铁道兵，没有离开大三线。"

夏方舟爆发，近乎咆哮："这儿还有我！还有我！我爱你！我爱你！"秦晓丹完全平静了下来，说："方舟。不管我们之间发生过什么，就把它当作一场生命的误会……"夏方舟打断她："这不是误会！"

秦晓丹更加冷静温和地说："方舟，不管以前发生过什么，此刻，在我心里，我们是同志、朋友。至少对我来说，我们之间的感情不是爱情。请你原谅！"夏方舟竟然无言。秦晓丹说一声："再见！"转身上车。

夏方舟眼睁睁地看着秦晓丹的卡车开出了兵站，闭上了眼睛，泪水滑落。

车离开了金江，泪水滑过秦晓丹的面庞，心声激荡："方舟，我也想回到从前，可是，那个值得你爱的姑娘，丢失了自己，无法回头。方舟，我只有离开你，才能在心里保留住这份爱情……"

山路下，江水滚滚。

江水滚滚，夏方舟独立江边。

季成钢来到他身边，对毫无察觉的夏方舟喊了一声。夏方舟慢慢地转回身，看着他。季成钢笑着说："失恋的滋味不好受吧？尤其你这种单相思，一旦幻影破灭，空虚的心灵被自虐的刀子一片一片地凌迟，痛不欲生！"

夏方舟眼中喷火，声音不高："季成钢，离我远点。"季成钢笑得越发洋洋得意，毫不在意对方的怒目而视，说："夏方舟，1966年秋天，我们交过一次手，你被打昏在地。别误会，我不是炫耀，是忏悔！那件事给了我很大的教训，我不断地反思、反省，暴徒，可耻！从那以后，我再也没和人交过手，最后的胜利者，从来不是暴徒，是智者。你要想动手，请便。"夏方舟不想再理会他，打算离开。

季成钢说："夏方舟，你认为秦晓丹爱过你，于是产生了进一步的幻觉，以为她不过是被我欺骗了，只要她识破我的真面目，就会自然而然地回到你的身边。你是这么想的吧？"

夏方舟看着装模作样的季成钢，怒气上来。

季成钢越发亲切地说："可惜，你不过是单相思，因此陷入了你想象的痛苦。我深表同情！没错，秦晓丹和我分道扬镳，形同路人，我也感到痛苦，这是另一种痛苦，毕竟我们真心相爱过，那种激情燃烧的爱情你无从体会。出于对你巨大的同情，也是为了减轻你沉溺于虚幻之中的痛苦，我打算略尽绵薄之力。给你看一样非常珍贵的东西。"季成钢小心地拿出了那张秦晓丹十七岁时的照片。

夏方舟怔住了。

季成钢笑着说："认出来了！晓丹的照片，她十七岁时的照片，美丽而单纯。晓丹送我的，爱的纪念。我们曾经心心相印，激情迸发。"

夏方舟反而冷静了下来，说："季成钢，你到底想干什么？"

季成钢亲切微笑着说:"减轻你的痛苦,这只是第一步。希望你能够醒悟,在大三线的热土上,谁将成为最后的胜利者,谁将被载入史册。我们的较量还远远没有结束。"

夏方舟鄙夷地说:"我从来不把你当对手。"

季成钢的微笑变成了冷笑:"我们是如此相似,我也曾经不把你当对手。可惜,对手不是你我所能选择的,是历史分配的。夏方舟!失去了秦晓丹爱你的幻觉,你就是一个俗人,俗不可耐的人!类似经历,你有过一次了,很快,你将会变成一具行尸走肉。"

乔佳丽愤怒的声音传来:"季成钢!"夏方舟和季成钢都愣了,他们都不知乔佳丽何时来到。乔佳丽步步逼近,单纯的明眸闪着冷厉的寒光。

季成钢轻蔑冷笑:"乔佳丽,我和你无话可说,我对空有一副皮囊的所谓漂亮女人,从来不感兴趣!"他转向夏方舟,"据说,你爱秦晓丹,据说,秦晓丹刚刚离开……祝你们亲密无间!"说完他扬长而去。

乔佳丽气得浑身发抖。

夏方舟完全镇定下来,说:"佳丽,别理他!他是故意的。"

第四十章

178

夏方舟和乔佳丽坐在巨石山坡的岩石上，默默地看着夕阳西下，晚霞满天。

很久，乔佳丽轻声说："方舟哥，我调动工作了。"夏方舟一愣，定定地看着她问："你也要离开金江？"乔佳丽笑得甜甜的，摇头说："不是。金江市歌舞团成立了，我们戚队长和我一块儿调过去。爱华也调走了，去市话剧团，她本来就是学话剧的。"

夏方舟说："你应该去，绝对应该。佳丽，第一次见你跳舞，光复就对我说，你是上芭一级的舞蹈天才。当时，什么是上芭我都不知道。"乔佳丽微微歪着头，看着他的眼睛说："方舟哥，你忘不掉丹姐。"夏方舟看着对方清澈如泉的眼睛，点了点头，调开了目光。

乔佳丽目光转向渐渐落下山去的太阳，慢慢地说："方舟哥，你别担心，我没有别的奢望。丹姐走了，也许，哪一天她会回来，也许，哪一天你们会再次重逢。我只想，在没有丹姐的日子里，你能让我静静地陪在你身边。我，会喊你方舟哥。"花一般的笑容里带出了泪光。

夏方舟感动地说："佳丽，我会做你的大哥，好大哥。"

乔佳丽轻轻地点点头，泪水落在草叶上，在赤色的晚霞映射下，犹如红色的血滴。

轧钢厂工地完成了平整阶段，马上要进入正式的建设工程。夏方舟一个人蹲在地上，一边思考，一边在地面上画着草图。陈国民走了过来，说："方舟，我找你有事。"夏方舟有预感，赶在前面说："现在是工作时间。"陈国民撇撇嘴说："夏指挥长，我管你工作时间不工作时间，田师傅有话！"

陈国民毫不客气地说："夏方舟，秦晓丹走了！你死心眼儿，非得在她那棵树上挂脖子，我也说不着，你愿意，你活该！"看着夏方舟转身要走，他一声喝，"你给我站住！以为我愿意跟你废话？我转达田师傅的话，你要是把人家小乔姑娘给耽误了，这一辈子不得安宁！你自己掂量着办！田师傅的话捎到了，我再多说你一句，瞧瞧你现在这样子，还是你夏方舟吗？"

夏方舟被陈国民骂得愣了半天。其后的日子里，竟是愈演愈烈。又是许多日子过去，陈国民又给他发了脾气。

川南钢铁轧钢车间的工程高速推进，拔地而起的巨型车间已经成型。

在建设中的巨大的轧钢机前，夏方舟正和几位工长比画着说着什么。陈国民过来，不由分说，拉着夏方舟就走。

陈国民把夏方舟拉到一边，黑着脸说："夏方舟，我真受够你了！你学谁不好，学那个季成钢！昨天晚上你干到半宿，一大早又跑回来了！有你这么干的吗？别嫌我揭你的伤疤，秦晓丹她走了半年多了，黄花菜早就凉透了！你上班下班一身工作服，整天在工地上耗着，不是学季成钢你学谁呢？"

夏方舟的心忽然静了下来。陈国民缓和脸色说："还知道好歹！今天下了班，上我那儿喝酒去！记着，换下你这身松裆尿裤，干干净净的，田师傅最烦男人腌臜！"夏方舟说："队长，我还真想吃田师傅的菜了，109冶所有的娘们儿加起来，都比不上田师傅做的菜！"

下了班，夏方舟果然里里外外换了干净衣服，整个人焕然一新，到陈国民家喝酒。陈国民和他一照脸，喜上眉头。几杯酒下肚，陈国民兜个圈子说："光复调到市歌舞团，家也搬走了，半年多了，我还没习惯过来。我那个儿子，就喜欢光复的女儿，天天和他妈妈闹，要去看芳薇妹妹。从这儿到歌舞团宿舍不近呢！方舟，你还是常过去，是吧？"

夏方舟知道对方要说什么，说："队长，田师傅的菜确实好吃。"陈国民还是笑眯眯的模样，说："小乔姑娘也住那边，你常过去，两个人常见面吧？"夏方舟不松口："好长时间不吃田师傅的菜了，越品越有滋味。"

陈国民变了脸色："敬酒不吃吃罚酒！不兜圈子了，夏方舟，你有秦晓丹的消息吗？"夏方舟情不自禁地问："队长，你有晓丹的消息？"陈国民白了他一眼，说："原形毕露！你都没她的消息，我上哪儿有消息去！夏方舟，秦晓丹人家走了不回来了，你死了这条心吧！"

夏方舟沉默片刻，端起杯子，一口干了。

<h1 style="text-align:center">179</h1>

军便装是铁道兵制式服装的一种，无论是草黄色的卡其布材质，还是式样，都很像美军的茄克制服。20世纪70年代大多数的日子里，全国各地的服装几乎都是灰蒙蒙的，千篇一律的仿军装、中山服和人民装。穿上这种铁道兵制服，再配一双高腰施工靴，即便在西安的街头，也是格外亮眼。若是女兵，那可就是百分之百的回头率。

秦岭深处，神色愉快的秦晓丹就穿着这样一套制服，带着几个全副武装的战士，测量基准点。

地势险要，行动艰难。前面是峭壁，秦晓丹擦着汗水说："你们留在这边，我过去看一下。"带班的战士劝阻："秦工，太危险了！你给我交代清楚，我去。"秦晓丹说："还是我去吧！"

战士对另外两个士兵交代："你们和秦工一块儿过去，注意保护秦工！"

峭壁之上,两个战士一前一后,提着仪器,秦晓丹在他们中间。前面的战士回头说:"秦工,小心点!脚下的石头不结实……"话音未落,他脚下的石头滑落。秦晓丹惊叫一声:"小心!"她下意识地想扑过去拉住战士,就在此刻,她自己脚下的石头也松动了,秦晓丹摔下山谷。

几个小时后,秦晓丹才被救上来,生命垂危。卫生员对她进行了最简单的战地救护,要救活她,必须尽快送到师医院。四个战士轮流抬着担架上昏迷不醒的秦晓丹,在盘山公路上等铁道兵军车。

负责押运的士兵严子山提着冲锋枪从车上跳下来,上前看了一眼昏迷的秦晓丹,问他们:"哪个单位的?"卫生员说:"咱们一个师的。我们专门等'亥2'的车。"严子山说:"上车!"战士们把秦晓丹抬上车,严子山最后上车。车上装的是炸药箱。他掀起篷布,拍拍驾驶室顶说:"开车!"

颠簸的山路上车开得很慢。护送秦晓丹的战士和卫生员嘀咕了几句,其中一个对严子山说:"麻烦你给司机说说,能不能再快点!"严子山斜眼看着对方说:"你想要多快?踏实点吧!山高路险,朝底下看看,这条路下面翻下去的,全是咱们老铁的车,跟着翻车下去的,没一个活着上来的。想和他们做伴去?"对方打量他少年般的模样,骂:"新兵蛋子,贪生怕死!"严子山张口骂回去:"你他妈的才新兵蛋子,死人我见得多了!"

部队的规矩,骂别人新兵蛋子,除非对方是当年的新兵,骂错了对象会惹出大麻烦。除非一方服软,否则接下来就是动手了。

卫生员赶忙拦住自己的战友,恳求严子山:"老兵,老兵,帮帮忙!伤得很重,再晚来不及了!"严子山这才仔细看一看秦晓丹,吃惊地问:"女的?"卫生员说:"师部的工程师,秦工。在我们团现场勘察时意外受伤,伤势非常重,必须尽快赶到师医院。老兵,帮帮忙!"

严子山掀起大篷探出身,敲打驾驶室顶说:"加速!开快点!"司机说:"已经够快了!太危险了!"严子山怒吼:"伤员是女的,快不行了!"司机撅脸:"女的怎么了!不能再快了!嫌慢,你来开!"严子山把驾驶室顶拍得砰砰作响,说:"你他妈的给我停车!我让你停车!"

司机停了车。严子山交代护送秦晓丹的战士:"这一路颠得厉害,别把伤员放到炸药箱子上,用手托着担架!"说罢他提着枪跳下车,到驾驶室,拉开门,毫不客气地挥枪对司机说:"那边坐去!"

司机是汽车兵,先客气一句:"老兵!"接着吊起脸来,"我没受伤,轮不到你开,这是纪律!"严子山怒吼道:"找打是不是?滚那边去!"司机自知资历不如他,无奈,移到副驾驶位子上。

严子山跳上车,咣的一声拉上车门,在一面绝壁一面深谷的崎岖盘山路上,把车开得惊心动魄。坐在后面的战士和卫生员惊呼不断,但仍然托着担架。

担架上的秦晓丹昏迷不醒。

一个月以后,师医院的军医端详着站在面前的秦晓丹说:"恢复得很好,没有留下后遗症。"秦晓丹祈求:"方军医,我可以出院了吧?"军医说:"出院你得接受教训。秦工,不是吓唬你,你差点没挺过来。"

听到可以出院,秦晓丹笑着说:"怎么会呢!我有很多事要做,死不了,不能死。"军医说:"鬼门关上的事可由不了你。得亏了那个送你来的小当兵的,再晚来一小时,你真挺不过来。出院以后,工作中一定要小心,安全第一,千万不能再冒险了。你说你,还去救别人,结果掉下去的是你。"

秦晓丹等对方说完,连忙问:"把我送来的那个战士,他是哪个单位的?"军医摇头说:"具体不清楚,开车的吧。听说,他把车都开疯了,把车上的人吓得半死,车上运的可是炸药。多亏了他。"秦晓丹追问:"他叫什么?"军医说:"那谁知道。他把你送到医院就走了,也没人问他。反正是我们师的'亥2'的车。"秦晓丹又问:"能不能想办法找找?"

军医笑着说:"全师开车的小战士多了去了,没名没姓的没处找。秦工,还得给你再做一次检查。"

<h1 style="text-align:center">180</h1>

军委命令,始于1967年派驻大三线的军代表完成使命,部分归建制,部分就地转业。

顾弘亮归建制。临行前,他特意把夏方舟叫到他的办公室说:"我要走了,回部队。听说了吧?"夏方舟点头。顾弘亮感慨:"随着各方面逐步走上正轨,形势越来越好,军代表的使命也完成了。在金江工作了五年多,对咱们二号信箱,如今的109冶,还是有感情,很有感情!"

夏方舟问:"顾代表,听说你这个级别的,可以选择留下?"顾弘亮笑着点头说:"金江现在的条件,留下来是个不错的选择,可我还是舍不得这身军装。不说这些了。方舟啊,临走前有两件事和你说说。季成钢这样的人,部队上也有,我看不惯,可有的领导喜欢,这就有了适合他的环境。我在这个位子上,有些话不好说。我走了以后,程时风同志将出任革委会副主任。你心里有数就行了。"夏方舟由衷地说:"谢谢顾代表。"

顾弘亮稍加斟酌:"还有件事。这事,按说呢,我不该告诉你,晓丹不让我告诉你……"夏方舟一震,急切地问:"顾代表,晓丹她……"顾弘亮有几分犹豫,最后说:"简单说吧,晓丹对你的感情不是那种感情……具体我也说不清楚,你们大学生,知识分子,感情上的事太复杂。总之一句话,无论你们之间发生过什么,都过去了。按说呢,这些话不该和你说,但我这个人心里不能有事,这次走了,能不能再见面,什么时候再见面,谁也说不准,不把这事和你说清楚,觉得对不住你。"夏方舟不想放弃,又问:"顾代表,晓丹现在怎么样?"

顾弘亮做了个收拳的手势说:"方舟,我给你说了半天了,别再纠缠了,到此打住。人不能活在历史里,你说是不是?乔佳丽很不错,一直对你很好,我们都知道,赵主任都很关心。方舟啊,晓丹不会回来了,乔佳丽等了你这么久了,抓紧把个人问题解决了!"

夏方舟勉强笑了笑说:"谢谢顾代表!"顾弘亮舒了口气说:"这就对了!方舟啊,你老师霍总,咱们赵主任,都认定了你大有前途,听我一句,尽快把个人问题解决了,不光对乔佳丽是个交代,对晓丹也是个交代,对你的工作、理想、前途那更是大有益处。年轻人的精力,主要还是应该放到工作上,个人生活总归是个人生活。工作上要进步,首先要放下包袱,轻装上阵!夏方舟再次谢谢顾代表。

顾弘亮笑了笑说:"方舟,我人走了,109冶的情报断不了,我等你捷报频传。你可别忘了,'少帅'是我头一个喊出来的,别让我后悔!"

回到部队,顾弘亮派人把刚出院不久的秦晓丹接过来,笑着说:"晓丹,我归队之前,接到你的电话,一定要找夏方舟谈清楚,这是你给我追加的任务!"秦晓丹不大放心地问:"顾副师长,你和他说了吗?"

顾弘亮干脆地说:"你电话上对我说的那些,太复杂,按你说的我说不清楚,不过核心的意思我和他说清楚了。你们俩的事,就是两条:第一条,不是那种感情;第二条,过去已经是历史了,别再纠缠,他和乔佳丽的关系,尽快落实。"

秦晓丹问:"他怎么说?"顾弘亮笑了起来,说:"这事人家能直接说吗?他听进去了,还感谢我呢!我说晓丹啊,夏方舟的问题解决了,你的问题呢?早点解决,轻装上阵。"

放下了心头重负的秦晓丹告别顾副师长,回到驻地,来到营房附近的溪水旁,呢喃:"方舟,我们的过去就像这溪水,或缓或急,一路坎坷,山前崖下,两岸风光,无论多么留恋,终究会冲出大山,不再回头。我会想你,但你一定要忘了我……"眼中不觉有泪。

181

陆汀兰在她办公室的图板前研究一份图纸,听到身后夏方舟的脚步声,没回头。夏方舟说:"想和你坐会儿。"

陆汀兰这才回头说:"今天不行。不管你遇到什么事,我今天没有时间。我手上这活你也帮不了我,全厂都在等着我。"夏方舟叹了口气:"你忙吧,汀兰,我回去。"陆汀兰不忍地说:"等会儿。外边坐一会儿吧,我也透透气。"

夏方舟跟着陆汀兰坐在船坞施工平台上说:"汀兰,那天晚上,就是我对晓丹公开求婚的那天晚上,晓丹来找你,和你说了什么?"陆汀兰问他:"都过去那么久了,还有必要知道吗?"夏方舟说:"我想知道。"

夏方舟听陆汀兰说了那天晚上她和秦晓丹的谈话,只问一句:"海斯特·白兰是谁?"又听了陆汀兰简要的介绍,他什么都没说,起身走了。

二号信箱秘密代码被取消的同时,一号信箱也被取消了,金江被正式定名为金江市,列入国家公开的行政区域。随着工业建设不断推进,金江市区初具规模。

武本奇和梁朝丽逛街，经过一个酒馆，隔着窗户，看到夏方舟一个人在里面喝酒。

梁朝丽催他："本奇，走啊，快走啊！再去晚了，商店里来的上海的新衣服又买不上了！上次就是你耽误的，那次上海来的是最时兴的款式，我天天眼看着别人穿。"武本奇说："夏大哥一个人在里面喝酒，他从来不一个人喝酒。"梁朝丽急着去商店，忙说："他在里面喝酒，和咱们有什么关系？"

武本奇变了脸色说："忘恩负义，过河拆桥！当初要不是夏大哥，有我们今天吗？没有夏大哥，你早跳到金沙江里去了，我也得跟着跳。夏大哥一个人大白天喝闷酒，那得多大的烦心事！从我认他这个大哥，快五年了，他从来没这样过。朝丽，你逛商店去吧，我陪夏大哥喝酒！别哭丧个脸，喜欢的衣服就买！"他自己进了小酒店。

武本奇来到一个人喝闷酒的夏方舟桌前说："大哥，我蹭一杯？"夏方舟回一个字："坐。"

武本奇闷着头和夏方舟喝了半天酒，试探着说："大哥，咱这酒都喝了半天了，你一句话都没有。"夏方舟不说话。武本奇不动声色地说："大哥，你心里的事和我说说，不高兴的事，两个人分担比一个人扛着强，这叫分忧不是？"

夏方舟发现酒没了。武本奇借机劝："大哥，咱别喝了，你喝了不少了。大哥，我陪着你出去走走。你要是还想喝，咱去戚大哥家，没准儿佳丽也在那儿呢，咱们去他那儿喝。"

夏方舟变了脸，说："拿酒去。"看着武本奇坐着不动，又说："拿酒去！"武本奇赶忙站起来，说："我去拿。大哥，你别生气，我去拿，拿酒去！"

第二天上了班，武本奇凑到陈国民身边，指着那边和工人一起安装轧钢机设备的夏方舟说："师傅，昨天，夏大哥一个人在街上小酒馆，我看见了，进去陪着他，瞧他那样子，我基本上就没敢动杯。从下午喝到半夜，无论我怎么问，一句话都没有。奇了怪了，他喝了那么多，就是不醉。走的时候，我不放心，一路在后边跟着，眼看着他安安稳稳地进了宿舍。"

陈国民一声叹："本奇啊，你还是年轻，男人哪，真到了难受的时候，求醉不能，想醉都醉不了，那才叫一个难受呢！"武本奇看着陈国民说："夏大哥历来心大量大，多少事都没放在心上，什么事能让他这么难受？"陈国民一字一顿："秦晓丹。"

武本奇琢磨一阵说："不能！师傅，我觉得你说得不对，秦工这走了多少日子了！夏大哥当时都没这样。"陈国民说："要不是顾代表走之前和我说了几句，我也没弄明白，夏方舟这人哪，有情有义，重情重义，好男人！就是忒死心眼儿！"

武本奇瞅着陈国民的脸色，转个点子说："师傅，顾代表走了，程时风当上了副主任，季成钢那家伙，这回又是王八死了天鼓响，他准走运。你信吧？"

陈国民瞪眼说："武本奇！什么事都有你。不该你掺和的，少掺和。"武本奇巧妙地直接顶上去："我就掺和！他欺师灭祖，我记他一辈子！"

季成钢接到电话，来到总部大楼见程时风。当上副主任的程时风搬到原来顾弘亮的办公室，那里比他原来的办公室宽大的多。

程时风让季成钢坐到办公桌对面说："不管怎么说，你算提前完成了任务。要不是那次责任质量事故……"收住。季成钢毕恭毕敬地说："程主任，我会永远记住那次惨痛教训！"程时风说："炼钢厂的工程基本上收尾了，我打算让你去轧钢厂工程。"

季成钢以为摸着了程时风的脉，说："夏方舟在那里干技术总指挥，陈国民也在那个工程上。程主任，我犯不着给他们作嫁衣。"程时风浅浅笑道："轧钢厂是目前川南钢铁最重要的工程，你不过去镀这层金，怎么替你安排岗位？"季成钢猛地站起来说："我绝不辜负程主任的期望！"

程时风不慌不忙地说："秦晓丹走了很久了，人家在部队上干得很好，不会回来了。你和夏方舟的私人恩怨也该了结了。过去以后，你和陈国民平起平坐。夏方舟那边不一样，你得规规矩矩地服从指挥，别捣鼓那些搬不到台面上的东西。"季成钢迟疑。

程时风冷笑："给我装样子？季成钢，你能不能往前走，能走多远，首先得看你怎么站队，这叫路线。站对了队，还得看你能不能老老实实地伏下身子，能屈能伸，能上能下，这叫觉悟。要说给别人作嫁衣，自己慢慢琢磨吧。"季成钢表示："程主任，我会永远牢记你的教诲！"

程时风不多话："找夏方舟给你分配任务。"

出了程时风的办公室，季成钢把最后的那几句话琢磨了一路。来到轧钢厂工地夏方舟办公室时，他态度谦卑且认真地说："夏总指挥，我们第五施工队到轧钢厂工程，保证无条件地服从你的指挥，任何人不按照你制定的工艺流程施工，立刻执行纪律。如果这个人是我，请你立刻停止我的工作，报请组织给予我严厉的处分。"

夏方舟看着完全变了一副模样的季成钢，有些难以置信。

季成钢更加谦卑诚恳地说："夏总指挥，过去，因为秦晓丹，发生了很多事情，无论谁对谁错，总归是我们之间的个人恩怨。如今，这一切都过去了，我希望……我恳求你，别让那些事情影响我们的工作关系……"

夏方舟打断了他："现在是工作时间。"季成钢应声："是！可能，我们只有工作关系，但我由衷地希望，这将是正常的工作关系。"夏方舟到工作台前打开图纸说："你们五队的任务……"

182

造船厂的杨书记热情地握住夏方舟的手说："夏总，我得好好谢谢你啊，代表我们造船厂全体干部职工谢谢你！我们陆工搞的这个攻关项目，你又给我们帮了大忙！"

夏方舟很不好意思地说："杨书记，我真没帮上什么忙……"

杨书记不让他说下去："你就别谦虚了，陆工都给我汇报了。如今我们陆工也是技术总指挥，别看没你们川南钢铁的项目大，我们这个项目，那也是要申请全系统科技攻关红旗的，取得了重大技术突破。是不是啊，陆工？"

陆汀兰笑了笑说："尽量争取。"

夏方舟惊喜地问："汀兰，你怎么没告诉我呢？"

杨书记爽朗地笑着说:"夏总,不是陆工不告诉你,是先前我不让她说。刚才我问陆工了,有了实底我才把你请过来,亲口告诉你这个好消息,谢谢你!我这个人哪,根正苗红,流血立功,不怕别人抓小辫子,该说的话就得说!搞工业建设,不依靠工程师,不对!别看你们二号信箱家大业大,我们有陆总指挥,照样拿全国红旗,你们落不下我们!"

夏方舟和陆汀兰都舒心地笑了。

川南钢铁宏伟的轧钢车间里设备安装基本完成,进入收尾阶段。

陈国民沿着长长的车间一路走过来,看到夏方舟和季成钢,不觉停下。那边的夏方舟说着什么,季成钢不断地点头。陈国民犯了嘀咕。

夏方舟看到他,和季成钢又交代了一句,过来说:"队长,找我?"陈国民看着季成钢和工人一起干活,问:"季成钢这东西,我怎么都不认得他了?从他到这边,日子不短了,见了我他还是躲着走,在你面前倒是规规矩矩的,活干得也还不错。方舟,这可不是季成钢,你得提防着他点。"夏方舟说:"我觉得他有可能真的变了,起码在工作上,可能是接受了上次的教训。"

夏方舟和陈国民出了车间,沿着巨大的工业建筑的阴影走着,夏方舟猛地拍了一下脑门,说"差点忘了!队长,明天是芳薇四岁的生日,刚好星期天,光复和汀兰没请别人,让我请你过去,晚上一块儿喝杯酒。"

陈国民感叹:"光复是好人哪,不忘本!你们刚来的时候,我没让人家干过什么好活,整天让人家在工地上打杂,还为了人家不喜欢干咱们这一行,瞧不上人家。"夏方舟笑着说:"那你得带瓶好酒。"陈国民驳回去:"还用你说!"他忽然灵光闪现,"我想明白了!"

陈国民停下来说:"方舟,我想明白季成钢他为什么变了!"夏方舟不确定地说:"可能是接受了教训吧?"陈国民不满地说:"他接受什么教训!接受教训,他得先给我低头认罪。"夏方舟笑。

陈国民较真了,说:"笑什么笑,听我说。方舟,还记得我当初怎么和你说的吗?你和秦晓丹!当初我说,你和秦晓丹赶紧落实,季成钢他就踏实了。"夏方舟已经是一头雾水,问:"这和他的变化有什么关系?"

陈国民说:"你呀,夏方舟,本事大,人际关系不行。那个时候,你和他都看上了秦晓丹。秦晓丹呢——我说当初——对你有那个意思,对他没意思。你和他,这叫什么?情敌。在他眼里,你干什么都不对,只要能得到秦晓丹的欢心,鸡蛋里他都给你挑出骨头来。后来呢,他和秦晓丹不是说都谈上了吗,那更得提防着你,你们俩就没个好!现如今,秦晓丹走了一年多了,你们俩情敌的关系没了,他可不就变回来了!"

夏方舟有些失神。陈国民拉着他说:"走。方舟,别怪我旧事重提。季成钢他踏实了,你也赶紧踏实了吧!我听说,你和佳丽处得还不错,明天给芳薇过生,她也去吧……"夏方舟打断了他:"队长,我先走了,下了班我还得去汀兰厂里一趟。"他抛下陈国民转身就走。

陈国民无可奈何地看着夏方舟的背影,骂了一句:"不知好歹的东西!"

第四十一章

183

秦岭深处，身穿军装的秦晓丹站在路边，看到一辆"亥2"开头的军车迎面过来，伸手拦车。车停在路边，后马槽上没有搭棚布。

严子山提着冲锋枪从驾驶室下来，问："去哪儿？"秦晓丹笑着说："旬阳。咱们一个师的。"严子山打量着她，忽然觉得有几分面熟，没太有把握，上前几步问："你是秦工？"秦晓丹愣了一下，笑着问："我们见过？"严子山惊喜地说："真的是你啊！秦工，你好了？"

秦晓丹对这个娃娃脸的年轻战士生出某种特别的好感，问："你到底是谁？"严子山说："我叫严子山，师后勤部仓库的，驻地在西安。你受伤那次，刚好拦住了我押运的车。"秦晓丹不想失去机会，忙问："太巧了！你认识那个开车的战士吗？"

严子山问："找他干吗？"秦晓丹解释说："听说他把车都开疯了，把你们车上的人都吓坏了。能找到他吗？"严子山顿时腼腆地说："我为那事受了一个处分，除非发生特殊情况，押运战士不允许开车，这是规定，有纪律的。"

秦晓丹反应了片刻才明白过来，兴奋地抓住他的手臂说："我找你好久了！"严子山越发腼腆起来，说："秦工，上车吧。你坐驾驶室，我坐上面。哦，车上装的是炸药，你不怕吧？"秦晓丹逗他："和你在一起，我什么都不怕。和你一起坐上面行吗？"

严子山的腼腆变成了局促，说："上面都是炸药箱，颠得厉害，很不舒服。"秦晓丹笑着走到车前，说："别愣着呀，来，帮我一把！"

卡车在狭窄的盘山公路上盘旋而上，周边风景如画。

秦晓丹饶有兴趣地打量严子山，见对方被她看得很有些难为情的样子，不由得笑了，以为他是新兵，开了个军中的玩笑："老兵？"严子山当然明白，立刻认真地说："我是老兵！干我们押运的没有新兵。"秦晓丹看着眼前这张单纯的娃娃脸，微笑着问："你多大了？"

严子山说："十八。过了十八的生日了，快十九了！"秦晓丹笑着说："十八岁的老兵，吹！"严子山着急地说："没吹！我十五岁参军，我们老铁有很多我这样的少年兵！你还别不信，我从成昆线转过来的，那时候我们仓库在燕岗，不信你可以去查！"

秦晓丹笑着微微摇头。严子山越发着急地找证据，说："我参加过成昆铁路通车和川南钢铁出铁的联合庆典，他们那儿有个二号信箱宣传队，跳芭蕾舞那个女演员很漂亮，她叫什么来着？想不起来了。她当时跳的是《红色娘子军》里的吴琼花。我在场。"

秦晓丹相信了，好感倍增，说："十八岁的小老兵！你还没问我叫什么呢！"严子山局促地说："那……那你叫什么？"秦晓丹自我介绍："秦晓丹，比你大六岁。严子山，一个十八岁的小老兵！"她舒心地笑了。

严子山跟着她笑了。

过秦岭的铁道兵军车都要在宁陕过夜。襄渝线开建之前，这是全国七个未通公路的县城之一。有个传说在襄渝线上的铁道兵中流传甚广，说宁陕的书记上任，先从西安坐安24飞到安康，再骑上半个月的毛驴才能到任。为了襄渝线的施工，铁道兵用一条简易的施工公路，打通了八百里秦川，把西安到安康的路途缩短到了两天。

这个秦岭腹地小县城，只有一条不过百米的街道，应付不了过夜的军车，铁道兵沿着相对平坦的河滩，建起了极具规模的兵站。

明月当空，大山寂静。

吃过简单的晚饭，借着明洁的月光，秦晓丹拉上严子山沿河边散步。

严子山几次欲言又止。秦晓丹发觉，停下来问："子山，想什么呢？"严子山鼓足勇气说："秦工，我……我还能见到你吗？"

秦晓丹微笑着说："别叫我秦工，叫我丹姐。"严子山终于喊了出来："丹姐。"秦晓丹的心被猛然触动，不觉靠近了严子山，几乎是凝视着月色下的大男孩，充满爱怜地说："子山，只要你想，一定能见到我。"

严子山被看得有些局促，却激动而兴奋地说："丹姐，我还想见你！"秦晓丹保证："子山，一定会的。我喜欢你！"严子山受到了巨大的冲击，发起呆来，完全不知所措。秦晓丹显然不是那种意思，快乐而轻松地说："丹姐还不想睡，再陪丹姐走一会儿好吗，子山？"严子山紧张地点头。秦晓丹轻松愉快地拉起了严子山，沿河走去。

皓月照清溪，波影如梦。

同一轮明月下，夏方舟和陆汀兰坐在船台。夏方舟问："你明天还要加班？汀兰，明天是芳薇的生日！"

陆汀兰说："方舟，和你说实话，不是我们杨书记吹，我搞的这个技术攻关真有可能拿全国红旗。"夏方舟兴奋地说："那可太棒了！你不这么说，我多少还有点觉得杨书记吹呢！提前祝贺陆总！"

陆汀兰心情很好地说："搞了两年，总算是到了出成果的时候。还有最后的几个小问题，明天是星期天，全厂休息，趁着现场没有人，我过来静下心思，结合现场，争取把这几个小问题一举拿下。"

夏方舟还想劝她："不差这一会儿半会儿……"陆汀兰不听，说道："别说我，我不让你加班的时候你什么时候听过我的？"夏方舟笑着放弃了。

陆汀兰关心地说："方舟啊，晓丹去部队那么久了，该放下了。明天佳丽过来……"

夏方舟坚决打断她："汀兰，你不是叫我过来帮你演算的吗？还说有一大堆数据，别耽搁了，咱们开始吧！"

陆汀兰赌气说："夏方舟，以后不管你了，再也不管你！你一辈子没人疼没人爱我也不管了！拉我起来。"夏方舟拉起了她。

<h1 style="text-align:center">184</h1>

陆汀兰和戚光复搬到歌舞团的新家是筒子楼，比原来水泥板平房的条件好多了。一路跟随戚光复的那架手风琴，被放在最显眼的地方，一尘不染。

陆汀兰说："光复，趁着芳薇不在，我得赶紧走。"戚光复在仅有的五斗橱里翻着找东西，陆汀兰问："你找什么呢？待会儿芳薇回来我就走不了了。"戚光复拿出了一件碎花的新衬衫说："汀兰，换上！"陆汀兰说："我去单位加班，又不是上街，不换。"

戚光复认真地说："必须换！汀兰，这件衣服我托人从上海买来半年多了，你一直没机会穿，今天必须换上，有特别的意义。"陆汀兰笑着说："小孩子的生日，什么特别意义？"

戚光复动了感情："汀兰，今天不是芳薇四岁生日，是你生芳薇四周年纪念日。自从有了芳薇，我们两个从小家庭破碎的人，生命重新变得圆满。这一切都是因为你。汀兰，我要感谢你，我们的爸爸妈妈要感谢你，老爷子和老太太要感谢你，方舟也要感谢你！汀兰，换上吧，今天是个重要的日子！"

陆汀兰心头一热，轻轻唤一声："光复。"戚光复撑开衬衣说："来，换上！"陆汀兰在丈夫的服侍下换上了新衬衣，忽然有些难为情地问："好看吗？"戚光复发自内心地说："你永远是我最美丽的新娘。"陆汀兰越发有些难为情。

戚光复把妻子拥在怀里说："汀兰，小时候过家家，我十岁，你九岁，结婚入洞房，方舟给我们当司仪。你对我说，一辈子都是我的美丽新娘，不求同年同月同日生，但求同年同月同日死……这么多年了，那一幕还历历在目。汀兰，你是我一辈子的美丽新娘。"陆汀兰也动了感情。

到了厂里，陆汀兰在更衣室换下新衬衫，仔细小心地叠好，放进属于自己的橱柜格子，换上工作服。看着那件漂亮的碎花衬衣，她出神良久。

乔佳丽在市歌舞团的大门口等夏方舟。这一年多的时间，她明显地成熟了许多，更加美丽，妩媚动人。远远看到夏方舟，她迎上去说："方舟哥！"夏方舟不解风情地问："佳丽，你在这儿干吗？"乔佳丽笑着说："等你呀！我们一起去戚团长家。"夏方舟这才回过劲来，不好意思地说："等了很久了？"

乔佳丽笑着说："刚来。算着你这个时候到。"乔佳丽蹦蹦跳跳地和夏方舟进了门。

戚芳薇看到夏方舟和乔佳丽进门来，脆声喊道："干爸！佳丽阿姨！"

夏方舟手放在背后说："芳薇，猜猜，干爸给你带了什么生日礼物？"戚芳薇摇头，坚决不猜。夏方舟没办法，从背后拿出一盒巧克力说："干爸让人从上海买的巧克力！"

戚芳薇快活地从夏方舟手上接过来说："谢谢干爸！"夏方舟说："宝贝女儿，生日快乐！"

乔佳丽的手也藏在背后，说："芳薇，阿姨的礼物要猜，不猜不给。"戚芳薇态度不一样了，动脑子说："嗯……玩具！"乔佳丽拿出一个毛绒玩具问："喜欢吗？"戚芳薇高兴地说："喜欢！谢谢佳丽阿姨！"乔佳丽揽过戚芳薇说："来，和阿姨玩。干爸和爸爸说话。团长，陆老师呢？"

戚光复习以为常地说："到单位加班去了。"乔佳丽吃惊地说："今天是芳薇的生日呀！"戚光复神色里别有意味地说："佳丽，不用管你陆老师。"说着给了她个眼色。乔佳丽明白戚光复的意思，笑看夏方舟。

夏方舟说："汀兰生芳薇那年，为了解决现场的技术难点，弄了那么大一场事，到现在整四年了。"戚光复笑着说："感慨和汀兰发去！方舟，午饭我都做好了，我给汀兰送饭去，你和佳丽在这儿吃，和芳薇一块儿。"

夏方舟应着，想起来问："光复，我刚才从陈队长那边拐过来的，他下午带着海子一块儿过来，你什么时候回来？"戚光复说："和汀兰吃完午饭马上回来，下午我还得做菜呢！"

乔佳丽问："陆老师什么时候回来？"戚光复笑着说："佳丽放心，我保证让她晚饭前回来。"夏方舟又跟上说："尽量让她早点回来。"

戚光复给个脸色说："唠叨！我得给她送饭去了。方舟，我和汀兰都不在的时候，宝贝女儿就交给你了！"夏方舟笑着说："放心吧！快去快回！"

戚光复笑着拿起饭盒，走了。

乔佳丽把戚光复做好的饭菜在小桌上摆放好，和夏方舟、芳薇吃着饭说："方舟哥，下午陈队长带着海子来了，我和芳薇、海子在这小桌上吃饭，你们在大桌上喝酒。陈队长嫌孩子乱。"

夏方舟说："他那套规矩在他家里使，到了咱们这儿由不得他。下午，咱们全家人，连芳薇都坐在大桌上，看他怎么办！给陈队长改改规矩！"但乔佳丽另有所指地说："你说，咱们全家人？"夏方舟稍稍愣住，笑了笑，回避了对方。

乔佳丽发自内心的高兴。

185

戚光复站在上面的平台朝下面探身喊："汀兰！汀兰！吃饭了！"

戚光复把陆汀兰接上来，从妻子手上接过一大本资料。陆汀兰忙叮嘱："就这一份，别弄脏了！"戚光复说："知道知道，我们陆总的宝贝！"他小心地把资料放到旁边的一个高台上。

造船厂的杨书记也在加班，到食堂打了一份饭，问："陆工的饭菜做好了？"炊事员说："杨书记，陆工的饭菜没做。戚团长来了，他给陆工带了饭，不让我做了。他还说，今天是个特别的日子。"

杨书记合计着："不行，我得去看看。"他放下饭碗走了。

船台上，陆汀兰和丈夫边吃边谈："佳丽这么早就过来了？"戚光复一副意味深长的样子说："两人一块儿来的。"陆汀兰笑着摇了摇头。戚光复说："你还不相信？"陆汀兰说："女人的直觉你们男人永远比不了。"

戚光复充满自信地说："你要相信艺术家过人的观察力。我和方舟单独在一起的时候，以前，他总会提到秦晓丹，好长时间了，他没再提过。"陆汀兰完全不以为然地说："嘴上不提能说明什么？"戚光复把握十足地说："感情的伤口逐渐愈合，心里接受了佳丽，只需要一个突破点。"陆汀兰继续摇头。戚光复笑着说："咱们骑毛驴看唱本，走着瞧！"陆汀兰笑了笑，刚要说什么，一阵毫无预兆的疾风把那本资料卷了起来，陆汀兰一把没抓住，资料被卷下了平台，落到下面的平台边上，眼看着就会掉到江里。

陆汀兰着急地说："糟糕！怎么搞的！"戚光复赶忙说："赖我，赖我！是我没放好。汀兰，你别动，别动，我马上下去给陆总拿上来。"说着起了身。陆汀兰喊住他："你别动！还是我去吧，你怕水。"戚光复还想争，陆汀兰斩钉截铁地说："在上面待着。"说完沿着梯子下去。

戚光复跟到栏杆边说："汀兰，小心点！"陆汀兰笑着说："我天天在江边，别大惊小怪。"她下到下面的平台，快步过去。

又是一阵毫无预兆的疾风，资料被卷到江中。

陆汀兰说了声："糟糕！"她想都没有想，跳到江水中。戚光复喊着："汀兰！汀兰！汀兰……"他顾不上别的，沿着梯子下去。

杨书记上了船台，叫道："陆工！戚团长！"不见回应，他只好四面看着。

江水中，陆汀兰抓住了资料，往回游，喊道："光复，别下来，你不会游泳！"戚光复焦急地站在临江的平台，伸出手喊："汀兰！汀兰！"

一股突如其来的巨浪急速而来。陆汀兰余光看到，用力把资料抛了上来："光复，接住！"戚光复接住了资料，身子却摇晃着倒向江中。

陆汀兰厉声大喊："光复，小心！光复！"戚光复在最后时刻把资料抛到了平台上，自己却落入江中，立刻被金沙江的巨浪吞没了。陆汀兰撕心裂肺地喊着："光复！光复……"她朝着戚光复落水的地方拼命游过去。

船台上的杨书记看到戚光复和陆汀兰没有吃完的午饭，喊道："陆工！陆工！"他突然意识到什么，叫了一声："不好！"朝着船台边上跑去。他来到船台边，刚好看到江中的陆汀兰。

又一个巨浪袭来，吞没了陆汀兰。杨书记凄厉地喊："陆工——陆工——"

下面的平台上，是陆汀兰和戚光复抢救回的资料。

上面的平台上，是他们没有吃完的午饭。

陈国民一边喝着茶一边说："青妮，我去光复那儿喝芳薇的生日酒，弄两个好菜我带着过去。"田青妮笑他："从昨天晚上回来，你说了三遍了！"陈国民说："提醒提醒你，别忘了！光复两口子是好人！"

田青妮说："你去戚团长家，把海子带上。"陈国民其实答应了夏方舟的，故意摆个脸色，说："大人喝酒，弄个孩子在跟前掺和什么！"田青妮好言劝他："今天是芳薇的生日！咱们海子喜欢芳薇妹妹，芳薇也喜欢她海子哥，从戚团长搬到那边，离得远了，两个孩子好些日子不见了，带着他过去，啊？"陈国民给妻子个面子，说："行！听你一回。"田青妮舒心地说："有这句话，待会儿我好好地给你鼓捣几个菜。"

武本奇哭着冲了进来："师傅，师傅，出事了，出大事了……"陈国民忽地站了起来："说！说！"武本奇大哭着说："师傅，戚大哥和陆工被江水冲走了！他俩都被冲走了！"田青妮慌乱地问："在哪儿？本奇，在哪儿？"武本奇哭着说："在陆工的造船厂那边，就在那边。"

陈国民到底是大风大浪过来的，很快稳住神，吩咐妻子："青妮，你赶快去光复家，孩子，芳薇！快去！"田青妮应着："我去，这就去！你去哪儿？"陈国民说："我去造船厂，夏方舟肯定在那儿！"他大喝一声："本奇，走！"武本奇跟着陈国民跑了出去。

他们赶到的时候，夏方舟跪在江边，双手捶地，失声大哭，凄厉地呼唤："光复！汀兰！光复！汀兰……"陈国民看着他，满眼是泪。

武本奇捶胸顿足："戚大哥……陆工……你们是我的恩人哪……"杨书记痛不欲生："陆总……我们的陆总啊……"

其他人想过去拉起夏方舟，陈国民喝一声："别过去！"众人都不敢再动，面面相觑。陈国民泪水滚落，说道："让他……让他哭吧……"

夏方舟跪在江边，说："汀兰……光复……没有你们，我怎么活下去！我怎么活下去……光复、汀兰，我们说好的，今天一起给芳薇过生日，芳薇还在等着你们回去给她过生日呢……"

在汀兰和光复的家里，田青妮把芳薇抱在怀里，擦不干的泪水。乔佳丽的身体剧烈颤抖，却又不敢放声大哭。

戚芳薇尚不知发生了什么，害怕地哭。乔佳丽再也忍不住，失声哭着冲了出去。戚芳薇哭着喊："佳丽阿姨！大妈！我害怕！"

田青妮抱紧了她，轻轻说道："芳薇，好孩子，不怕，不怕，大妈在，大妈在……"止不住的泪水从她眼中流出来。

戚芳薇突然意识到什么，哇的一声大哭起来。

陵园里新立起的墓碑上刻着红色的字：戚光复陆汀兰烈士之墓。

这已是一片很大的陵园，新坟旧坟，连绵起伏。似乎在非常遥远的地方，是陵园的第一座墓碑：李心梅烈士之墓。

夏方舟下到墓穴中，轻轻地安放下戚光复的手风琴，然后，小心地把陆汀兰那件只穿过一次的新衬衣覆盖在上面。

新坟堆了起来。夏方舟直直地跪了下去，泪水纵横。

乔佳丽跪在地上，紧紧地把幼小的戚芳薇抱在怀中。黄爱华在她身边，一边哭一边帮她照看戚芳薇。戚芳薇哭喊："我要妈妈！我要爸爸……"

陈国民动容，田青妮紧靠在他身边，泪水不断。他们旁边的武本奇和梁朝丽擦着泪，后面还有他的小兄弟们。

杨书记哭着念叨："陆总！戚团长！你们是真正的革命烈士啊，用自己的生命保护了国家珍贵的科研资料啊……陆总，我对不起你啊！我对不起你们啊……"

赵殿楚和程时风站在杨书记身边，满眼泪。西工大的同学们男的泪流满面，女的泣不成声。

季成钢站在远处，默默地看着这边，没有表情。

对于夏方舟来说，周围所有的声音都消失了。他只听到，汀兰在那个月色如水的晚上说他："夏方舟，以后不管你了，再也不管你！你一辈子没人疼没人爱我也不管了！"他还听到，光复留给他的最后一句话："方舟，我和汀兰都不在的时候，宝贝女儿就交给你了！"

夏方舟泪水不绝，双眼紧闭……

江水滔滔。

问世间情为何物，直叫人生死相许！

186

陈国民坐在外屋发呆，田青妮从里屋出来说："他爸？他爸？"陈国民回过神问："芳薇睡了？"田青妮说："睡着了。"陈国民站起来说："我去光复家……哦，去方舟那儿。"

田青妮拿起预备好的一个草编的袋子，说："这是菜和酒。"陈国民接过来说："照看好孩子。"

到了这边，陈国民看着夏方舟呆呆地坐在桌边，把袋子交给乔佳丽，坐到他对面，不知道说什么好。乔佳丽强忍泪，把陈国民带来的菜和酒，还有餐具，在桌上摆好，为他们倒上酒。陈国民说："小乔，你先回去吧。今晚，我和方舟说说心里话。"

乔佳丽点点头，转身，轻轻地带上了房门。

陈国民端起酒杯说："方舟，把酒杯端起来。"夏方舟机械地端起酒杯。陈国民说："头一杯酒，给芳薇她爸爸妈妈。来，浇奠浇奠！"夏方舟跟着他把酒洒到地面。

陈国民和夏方舟都喝了不少。陈国民说："方舟，你和芳薇她爸爸妈妈的关系，都知道，亲兄妹也到不了你们这一步。"夏方舟忍不住泪水又涌上来，把酒干了。

陈国民给他倒酒，说："光复他们两口子突然走了，你受不了，心情我懂。我二十二岁那年，老父亲突然去世，正值壮年，一点预兆都没有，倒下就没起来，说走就走了。我觉得天都塌了，好些日子回不过劲来。也就是从那时候起，我明白了一个理儿，再亲的亲人，再好的朋友，谁也不能陪谁一辈子。说句你不愿听的，光复和汀兰一块儿走了，是他俩的福气。老话不是说吗，不求同年同月同日生，但求同年同月同日死。许下这个愿的，古往今来谁知道有多少，有几个如愿的？"

夏方舟霎时泪崩，说："他俩……光复十岁、汀兰九岁时，就许了这个愿。"陈国民抓准机会说："看看不是！所以，这是光复他们两口子的福分。方舟，咱今天不谈那些大道理，什么革命理想，都不说，说大实话。不管怎么样，日子还得过，光复他两口子留下了芳薇这孩子，为了把孩子养大，你也得认认真真地活。"夏方舟点头。

陈国民说："这就好！方舟，芳薇还小，孩子的事不用你操心，放到我那儿让青妮带着。"夏方舟说："不麻烦田师傅了。"陈国民说："这有什么麻烦的！养孩子就像放羊，一个是养，一群也是养。再说了，青妮打芳薇小就喜欢这闺女，我给你打保票，芳薇在我跟前，和我的亲闺女一样，亏待不了她。"

夏方舟坚决地说："队长，不麻烦你和田师傅，芳薇我自己带。从今以后，芳薇就是我的亲女儿，我要亲手把她抚养成人。"

陈国民不和他争论："这事，再说，再说。方舟，来，一醉解千愁！"

夏方舟抱着戚芳薇等在13栋楼前，杨书记陪在他身边。

赵殿楚的车子在楼前停下。他先下来亲手打开后门，杨书记忙赶过来，接手扶夏方舟的妈妈下车，夏方舟的姐姐从另一边下了车。

夏方舟抱芳薇过来说："芳薇，喊奶奶，喊姑姑。"小小的芳薇几乎是一天就懂事了，不哭不闹地说："奶奶！姑姑！"夏母和夏姐的泪水顿时流下来。夏母从儿子手上接过芳薇，抱在怀里说道："好孩子……我苦命的亲孙女啊……"

赵殿楚和杨书记忙搀扶夏母，两人都为之动容。

夏母顾不得自己的泪，给儿子擦泪。夏母泣不成声地说："光复和汀兰这俩孩子，正是好年纪啊，他们怎么就这么狠心呢……方舟，带我去看看他们。"

不远处，乔佳丽看着这边，默默流泪。

从陵园回来天就黑了，简单吃了点东西，一家人回到房间。不一会儿，戚芳薇在夏方舟姐姐的怀里睡着了。

夏母说："方舟，你爸爸知道了光复和汀兰的事，专门打电话回来，嘱咐我一定要把烈士的孩子抚养成人。我和你姐这趟过来，一是来送汀兰和光复，再就是把芳薇接回家去。"夏方舟说："妈，我说了好几遍了，从今以后，芳薇就是我的女儿，我要亲手把她带大。"夏母又疼又急地说："你这孩子怎么这么倔呢！别说芳薇是光复和汀兰的孩子，就是你的亲生女儿，当奶奶的不能带孙女？"

夏姐劝道："方舟，你不知道带孩子的难处！现在你单身一人，还是这么大的工程副总指挥长，工作那么忙，你带不了孩子。你担心咱妈年纪大了，带孩子累，你放心，芳薇接回去我亲手带着，不让咱妈操心劳神，把芳薇养大了，还是你的女儿。这行了？"

夏方舟说："妈、姐，你们别说了。芳薇我一定要亲手带大……光复临走前，给我留下的最后一句话……他说：'方舟，我和汀兰都不在的时候，宝贝女儿就交给你了……'我答应了他，言必信。"

夏母和夏姐拿认了死理的夏方舟没了办法，不约而同地长叹一声。

过了一会儿，姐姐问他："方舟，光复和汀兰给咱妈寄过一张照片，照片里的姑娘叫乔佳丽。她还在这儿吗？我和妈想见见她。"夏方舟不同意地说："不合适。"

　　夏母点点头说："是不合适了。佳丽姑娘还年轻，按说，男比女大七岁也不算太大，可如今不是当初了，方舟非要自己带孩子，咱不能拖累人家姑娘。"

　　虚掩的门被悄悄推开。夏方舟看到站在门口的乔佳丽，忙站起叫道："佳丽。"

　　乔佳丽站在门口，热泪盈眶，看着跟着站起来的夏母和夏姐。夏母端详着她，上前几步问："是……佳丽姑娘？"乔佳丽点点头说："伯母、大姐，我愿意帮着方舟哥，帮着他把芳薇带大。"她的泪水夺眶而出。不待对方反应过来，转身去了。

　　夏母和夏姐看着夏方舟，夏方舟深深一叹。

187

　　早上，幼儿园门前，夏方舟蹲在地上，嘱咐戚芳薇："芳薇，记住，今后叫我爸爸。"戚芳薇使劲点头，脆脆地喊一声："爸爸！"夏方舟感动伴着心酸，把女儿抱在怀里片刻，说道："芳薇，在幼儿园听阿姨的话，爸爸下班来接你。"

　　戚芳薇答应。夏方舟放开女儿说："去吧！自己走。"戚芳薇说："爸爸再见！"夏方舟挥手，戚芳薇自己走向幼儿园大门。

　　又是一天上班时。轧钢机到了最后的调试阶段，进入了工作状态的夏方舟和工人们在一起，讨论什么。陈国民远远地看着他，一声长叹："这夏方舟！真重情重义……真王八蛋！"

　　幼儿园门口，乔佳丽半蹲下身子，张开怀抱喊道："芳薇！"戚芳薇快活地笑着跑向她，喊着："佳丽妈妈！"乔佳丽把戚芳薇抱起来说："芳薇，今天阿姨给你们上的什么课？"戚芳薇说："跳舞。"看到了乔佳丽身后的夏方舟，她喊了声："爸爸。"

　　乔佳丽回头，夏方舟来不及擦去泪水，点点头，假装看其他方向。乔佳丽也装作没发现，说："方舟哥，你指挥那么大一个工程，太忙了。以后，只要不到外面演出，我来接芳薇。"

　　夏方舟百感交集地说："佳丽，让芳薇自己走。"乔佳丽对孩子笑着说："听你爸爸的，自己走。"她放下戚芳薇。

　　乔佳丽说："方舟哥，走吧！"夏方舟应着。乔佳丽靠得夏方舟很近，夏方舟没有躲避，两人跟上了戚芳薇。

第四十二章

188

　　西安火车东站位于西安站以东五公里，是附近若干家大型军工企业的铁路运输基地，也是襄渝线建设物资转运基地，铁道兵的一处大型仓库就设在这里。再往东边一些，有一栋四层的苏式大楼，楼层很高，长长的走廊两侧房间一间接着一间。这是铁道兵的一座军营，负责警卫仓库和押送任务的勤务连连部在大楼三层。

　　连长热情地和秦晓丹握手说："秦工，以前老是听别人说，今天终于见到你本人了，三生有幸啊！这是我们连指导员。"指导员立刻握住秦晓丹的手说："欢迎秦工来我们连指导工作。"

　　秦晓丹有点困难地抽回自己的手说："连长、指导员，今天是星期天，我想给你们连的一个战士请个假。"连长和指导员意外地问："我们连的战士？哪个？"秦晓丹说："严子山。"

　　泛舟于唐朝兴庆宫遗址的湖上，严子山十分快活地说："丹姐，指导员亲自去我们班叫我，前所未有啊！以前，通知谁到连部，都是通讯员喊：'某某，到连部！'他还问我和你什么关系，心怀叵测！"秦晓丹逗他："你怎么说的？"严子山欢快地说："什么都不告诉他，他的脸都绿了！"秦晓丹笑说："坏小子！"

　　严子山心里的念头藏不住，问："丹姐，你这次来多久？下个星期还在吗？"秦晓丹告诉他："过两天就走，回师部。"严子山顿时有些沮丧地问："那什么时候才能再见到你？"

　　秦晓丹轻松地岔开话题："子山，我们可能很久以前就见过。"严子山不解地问："很久以前？"秦晓丹问他："成昆线通车时，你是新兵吧？"严子山说："是，第一年。"秦晓丹笑着说："那时候我在金江，也参加了庆典大会。"

　　严子山吃惊地问："你也参加了庆典大会？"秦晓丹点头说："我们隔得不远。"严子山回忆："我们铁道兵参加庆典的女的好像很少吧？我看到了几个，好像没看到你……"

　　秦晓丹说："那时候我在金江二号信箱。你说的那个跳芭蕾舞的女演员，就是我们单位的，她叫乔佳丽，特别漂亮。"严子山想了一下问："丹姐，那你为什么又来当铁道兵了?"秦晓丹笑答:"铁道兵艰苦呀!"

严子山回想了下说:"金江那地方也挺艰苦的。我们去的时候,背包往地下一放,尘土飞起来足有一人高。要是一个连命令:放背包!坐下!这个连就没了,全让尘土吃了。"秦晓丹被他逗笑了,说:"大三线所有的建设单位里,铁道兵最艰苦。"严子山点点头,又摇头说:"铁道兵不大像个兵。丹姐,我当兵的时候,还以为铁道兵是在铁路上开铁路装甲车的。"

秦晓丹想起顾弘亮说过的,忍俊不禁。严子山又说:"听着挺傻?那个接兵的家伙亲口对我说的,我真信了他的。谁想到来了以后,竟然是修铁道的兵!这算什么兵呀!我差点没有跑回去。"

秦晓丹笑着问他:"那你干吗不跑?"严子山老实说:"新兵头一年,有逃跑的心,没逃跑的胆。后来成了老兵,武装押运,全国到处跑,还挺有意思。火车押运,去的时候坐客车,回来押货车,大半个中国都跑遍了,过了新鲜劲,一天到晚,一个人憋在装满炸药的闷罐车里,挺烦的。赶到夏天,蚊子集团轰炸,身上抹满了清凉油,辣得满眼的泪,烦死了。假装写革命日记,自己骗自己,根本没用,三分钟都过不了。"

秦晓丹笑了起来。严子山兴致越来越高地说:"说起来,押运卡车挺有意思,从长安到安康、旬阳的这条路,咱们老铁开的,悬崖陡壁,塌方飞石不断,一路上山沟里翻下去的几乎都是咱们的车,一辆接一辆,数都数不过来,下去就没命了。这条线上,地方上开车的都是老师傅,老铁的司机过一年就算老兵,每次上路,都不知道自己能不能活着回来,和我一块儿当兵的,在这条线上死了六个了。"

秦晓丹有些心酸地说:"这……有意思?"严子山想了一下说:"这和打仗的感觉差不多吧!上了战场,谁知道自己能不能活着回来?惊心动魄,充满刺激,有点活烈士的感觉。"看着他脸上的笑容,秦晓丹忽然间莫名感动。

划完船,两人上岸,沿着湖边的绿荫慢慢走。秦晓丹问他:"子山,铁道兵服役期两年,你干了四年多了,该复员了吧?"严子山说:"第二年,安下心来了,想着干上三年,带个三等功回家。没想到副统帅从天上掉下来了,全军建制冻结,新兵不入,老兵不出,多干了一年,还不给记功,想要立功只好再干一年了。当时一肚子牢骚,现在没了。丹姐,他要是不从天上掉下来,我就见不到你了!"

秦晓丹问:"今年回去?"严子山说:"原来这么想的,不过我改主意了,继续干。"秦晓丹以为他想提干。严子山干脆地说:"没想!在铁道兵当干部一点意思也没有,永远成不了真正将领,到头来还是个修铁路的。当老兵好,谁也不敢管。老铁很多志愿兵,像我这样的骨干,他们巴不得我留下来。"

秦晓丹越发有兴趣地问:"你为什么要留下来?"严子山忽然局促起来,支支吾吾地说:"嗯……那个……"他看到公园的照相点,"那儿有照相的!丹姐,咱们去照张相吧!行吗?"秦晓丹笑着说:"当然行!"

两人站在花坛前,拍照人不断让他们靠近一点,再近一点……秦晓丹把局促的严子山拉到身边,笑着靠在他的肩头,严子山顿时放松,拍照的一瞬间,两人的笑容很清澈。

归建制的时间到了,严子山依依不舍地问:"丹姐,你不是后天走吗,明天再给我请个假吧！和你在一块儿，时间过得太快了。"秦晓丹微笑摇头说："子山，明天我有工作。"严子山挠挠头，看到公共汽车说："公共汽车来了。丹姐，取了照片我给你寄过去。再见，丹姐！"

秦晓丹笑容亲切地说："只要我来西安，子山，一定来找你。"严子山开心地笑应一声，转身向公共汽车站跑去。秦晓丹看着严子山矫健的身影，心里升起一股暖暖的温情，她真的喜欢这个开朗的小老兵。

189

夏方舟和乔佳丽坐在山坡上，看着自己玩的戚芳薇。两人都不说话，时而相视一笑，轻松地沉浸在舒适的环境里。

戚芳薇发现了金沙蓝梦，很兴奋地喊："爸爸！佳丽妈妈！"夏方舟和乔佳丽赶忙起身过去，夏方舟看到野花，愣了。

乔佳丽未觉，问："芳薇，怎么了？"戚芳薇说："佳丽妈妈，这是什么花呀？"乔佳丽抬头问："方舟哥，这叫什么花？"夏方舟语塞："哦……不知道。"

乔佳丽端详着野花，说："让我想想……开在金沙江江边的花，蓝颜色的花，好像是梦里的花……芳薇，我们就叫它'金沙蓝梦'，好听吗？"戚芳薇十分高兴地说："好听！爸爸，佳丽妈妈说叫'金沙蓝梦'！"

夏方舟几乎是呆了，深埋的记忆刹那间被唤醒：那一年的那一天，心梅高兴地对他说："方舟，我知道它的名字了，金沙蓝梦！怎么样，好听吗？"

乔佳丽和戚芳薇为野花筑起一个小小的花圃，夏方舟呆呆地看着她们。

不知不觉，他们来到了初具规模的金江公园。戚芳薇快活地在前面跑着。乔佳丽喊着："芳薇！慢点！小心点！方舟哥，你让芳薇慢一点。"夏方舟说："没事，让她自己跑。"乔佳丽想到什么，抛下夏方舟，笑着赶了上去。

乔佳丽不动声色地把戚芳薇带到了照相点附近。戚芳薇发现了照相的，快活地喊着："爸爸，那里有照相的，我去照相！"乔佳丽笑眼弯弯。夏方舟笑了笑说："你带芳薇去吧！"

戚芳薇不满意地喊着："爸爸你也照，我们和佳丽妈妈一起照，和佳丽妈妈一起照！"乔佳丽柔声说："方舟哥，一起照一张吧！"夏方舟还是有些犹豫。戚芳薇越发起劲地说："爸爸，爸爸，我们和佳丽妈妈一起照！"

在照相的花坛前，夏方舟笑着抱起戚芳薇，乔佳丽靠在他旁边。快门声响起的时刻，大人孩子脸上都笑容灿烂。

川南钢铁一期最后一项重大工程轧钢机开机试轧。

夏方舟和陈国民穿着石棉工作服，都站在轧机旁。试轧的钢坯过去，两人摘下巨大的护面墨镜，离轰鸣的轧钢机远一点。陈国民大声问他："方舟，你觉得怎么样？"夏方舟不把话说满："应该问题不大。"

陈国民很不满意地说："什么叫应该？绝对没问题，肯定一次验收成功！"夏方舟留有余地地说："希望如此！"陈国民笑他："你还少帅呢！对自己指挥的工程没信心？跟我学着点，该骄傲的时候就得骄傲，我陈国民干的工程，从来都是优质工程！"

夏方舟笑了，说："队长，来验收的专家组，又是我老师带队。"陈国民笑着说："我说怎么突然谦虚起来了，还是有人能治住你！"

初次试轧非常成功。

陈国民和夏方舟从车间出来，心情极佳地说："方舟，晚上带着芳薇上我那儿吃饭去。"夏方舟说："不去，我得学做饭。"陈国民停下来说："一个大老爷们儿学什么不好，学做饭！"

夏方舟认真地说："带孩子就得学做饭，芳薇不喜欢食堂的饭，总不能老让人家佳丽给芳薇做饭吧，学！"陈国民上上下下地打量着他，笑着说："学做饭，学做饭，该学，好好学！"夏方舟说："有什么好笑的！"坚持了一会儿，夏方舟终于跟着他笑了。

光复和汀兰牺牲以后，夏方舟就搬到了这边，从此这就是他和女儿的家。

下班回来，夏方舟忙活了半天，终于把菜端上了桌，目不转睛地看着女儿吃第一口菜的反应。戚芳薇很痛苦的样子，但是没有把菜吐出来，也不咽下去，喊了一声："爸爸。"夏方舟问她："不好吃？"戚芳薇嘟囔："很难吃。"

本来很有成就感的夏方舟有点不太相信，吃了一口，立刻蒟住了，赶忙把手接到女儿嘴边，说："芳薇，吐出来，吐出来！"戚芳薇这才把菜吐到夏方舟的手上。夏方舟极狼狈地笑说："爸爸把盐放多了，太多了！"他挠着头想办法。

戚芳薇想念佳丽妈妈了，夏方舟一边想着办法一边解释："芳薇，佳丽妈妈最近一段时间演出任务很重，爸爸必须得学会做菜……"夏方舟忽然来了办法，拿过暖瓶，把菜拨到女儿碗里一些，加上开水，搅和一番，然后给女儿羹匙说："芳薇，尝尝，现在好吃了吗？慢一点，别烫着。"

戚芳薇用羹匙尝了一小口，笑着说："好吃了！"夏方舟来了情绪，说："那当然！还有更好吃的！"他把米饭加到女儿碗里，"这可是上海人最喜欢吃的水泡饭，非常好吃，尝尝。"戚芳薇吃了一口说："好吃！"

戚芳薇问："爸爸，上海人喜欢吃这样的饭，你看见过？"夏方舟脱口而出："当然！芳薇，你晓丹阿姨在的时候……"他突然收住，笑容僵在了脸上。

戚芳薇追着不放，说："爸爸，说呀，晓丹阿姨怎么了？"

那天，秦晓丹告别了严子山回到张叔叔和王阿姨家的时候，顾弘亮正准备离开。他出差到西安，知道秦晓丹在两位总工家，特意抽出时间来看看她。秦晓丹料定他有话要和自己单独谈。果然，两人下了楼，在大院里找了一处地方坐下来，秦晓丹问起夏方舟的情况，顾弘亮一声长叹，欲言又止。

秦晓丹顿生不好的感觉。顾弘亮说："本来不想告诉你，但我这人心里装不住东西，还是告诉你吧！晓丹，光复同志和汀兰同志……牺牲了。"秦晓丹震惊。顾弘亮说："赵主任告诉我，他们为了抢救一份重要的科研资料，奋不顾身，牺牲得非常壮烈，为大三线建设双双献出了年轻的生命。"秦晓丹难以接受。

顾弘亮心情沉重地说："两人留下了年仅四岁的女儿……孩子名字叫……"秦晓丹眼中已然有泪，说："芳薇。"顾弘亮说："对，芳薇。光复同志和汀兰同志都是烈士遗孤，夏仲霖同志一手把他们抚养成人，这么年轻，正是干工作的好时候，就这么走了。芳薇小小的年纪，又成了遗孤……本来不想告诉你……太惨了！"

秦晓丹满眼泪地问："芳薇在哪儿？"顾弘亮说："方舟妈妈和姐姐专门去了一趟金江，意思是把芳薇带回去抚养，方舟坚决不同意，一定要亲自把芳薇抚养大。赵主任说，光复给方舟留下的最后一句话是，他和汀兰不在了，女儿就交给方舟了。无论怎么劝，方舟只认这个死理，谁都说不动。"秦晓丹说："一语成谶！"

秦晓丹内心里某处曾刻意遗失的记忆被激活了。顾弘亮慨叹："方舟这个人，一贯如此。我非常喜欢这个年轻人，品质好！"

秦晓丹失神。顾弘亮未觉地说："赵主任很担心，方舟是轧钢厂工程的副总指挥长，工作上分不开身，一个男同志，又没结过婚，带着孩子，里外两头忙，想都想得出来，焦头烂额！"秦晓丹问："顾副师长，你没问问赵总，佳丽和方舟关系怎么样？"

顾弘亮一声短叹："晓丹，小乔给我来了一封信。"秦晓丹意外。顾弘亮看着秦晓丹说："晓丹啊，若不是小乔的这封信，方舟现在的情况，可能我就不会告诉你了。"

信的内容顾弘亮没有说，秦晓丹猜到了。那一夜，她久久不能入睡，泪眼凭窗，望天边月如钩。"不知魂已断，空有梦相随。除却天边月，没人知。"

190

川南钢铁一期最后一项工程顺利通过验收，在巨大的轰鸣声中轧钢机运转，炽热火红的钢坯，钢花四溅，蔚为壮观。

霍茂森和赵殿楚热情握手说："向你们致以最热烈的祝贺啊！殿楚同志！轧钢厂一次验收成功，顺利投产，川南钢铁一期全面完工，历史性的时刻！109冶的光荣！"

赵殿楚面向大家，提高声音说："这个历史性的时刻，是川南钢铁全体建设者的光荣时刻！"程时风带头鼓掌，热烈的掌声响起。

陈国民开怀一笑说："方舟，我说什么来着？马到成功！"夏方舟泪光闪闪地说："队长，知道我想起什么了吗？"陈国民笑着说："说了我不就知道了！"

夏方舟直抒心怀："九年了！1965年我第一次来金江实习，一片荒芜，弄弄坪上到处都是火箭草，我不相信在这儿能建起一座大型钢铁联合企业，不相信你们四大金刚能把那台设备卸下来，你说，让我看看，工人阶级如何创造奇迹的。今天，就是见证工人阶级伟大奇迹的时刻！"

陈国民眼里也有了泪，说："话不能那么说！今天这个日子，刚才赵主任说，是川南钢铁全体建设者的光荣时刻！我还得加一句，知识分子居功至伟，为川南钢铁立下了大功，战功赫赫！"

夏方舟和陈国民的手腕如击掌那样撞击，陈国民说："方舟……"他提高了声音，对着全场喊道："少帅！"武本奇和林富来他们在旁边直擦泪，跟着喊道："少帅！"全场响应。夏方舟"少帅"的名号由此声震业内。

"说你多少遍了，别这么叫我。"夏方舟说武本奇。这是在"热烈庆祝川南钢铁一期胜利完工"的庆典大会上，他们两个坐在前面。

武本奇笑着说："都这么喊，那天全场都跟着我师傅喊。好，我还是叫大哥。大哥，我进行了全面、详细的调查，你是咱们全系统最年轻的大项目技术总指挥……我觉得还是叫总工程师好听！川南钢铁的一期完成，二期也快了，我肯定，等不到二期完工，你绝对是109冶的总工程师！信不信？反正我信！"

夏方舟笑着说："本奇，你就不能安安静静地看会儿演出？"武本奇看着台上的乔佳丽说："大哥，你和佳丽的事别再拖了，佳丽等了你多少年了！我们大伙儿都看不下去了，我师傅都想揍你了！"

夏方舟心情很好地说："你师傅揍不过我，我打得他满地找牙。"武本奇坏笑着说："这回，我和我师傅一起上，打得你满地找牙！"

舞台上谢幕的乔佳丽美丽动人。

孤独的季成钢没有去参加庆典大会，面对着巨大的工程，他从贴胸的兜里拿出了那张秦晓丹十七岁时的照片，往事历历在目。在来金江的路上，秦晓丹握住他的手，满脸笑容地说："希望我们能够在大三线成为志同道合的战友。"他响亮回应："一定会！一定会！"

现如今，物非人非！季成钢一声长叹："人生若只如初见！"

无比失落的季成钢很快就重新斗志昂扬。没多久，他被任命为特种公司副经理。

正式任命前，程时风把他叫到办公室说："季成钢，任命下达，你就是全系统最年轻的副处级干部，对你破格提拔，阻力很大。"季成钢站起来说："程主任，我绝不辜负你的殷切期望！"

程时风露出少有的亲切说："坐下。季成钢，上任以后，要谦虚、低调，老老实实地伏下身子，夹着尾巴做人。尤其对陈国民，要恭敬，处理不了的事情，别和他当面顶，来找我。"季成钢有了底气，说："我不怕他！"

程时风点点头说："川南钢铁二期很快上马，夏方舟将被委以重任，关系要处理好。"季成钢脱口而出："程主任放心，我对付夏方舟没问题，除了业务上有点能力，他没什么本事。"

程时风变了脸色，冷冷地盯着他。季成钢赶忙站起来，态度谦卑地说："请程主任放心，我一定处理好和夏方舟的关系！"

为季成钢的事，赵殿楚特意找来陈国民说："调季成钢到特种公司当副经理，你看怎么样？"陈国民不给好脸，说道："你们把放风的气球挂了多少日子了，我又不聋不瞎！你们都定了的事，征求我的意见？我说领导，用不着给我摆这些花架子，我陈国民就是个施工队长！"

赵殿楚笑着说："就是个施工队长，难得你谦虚一回！国民，咱们数数，你们公司的经理、书记不说，109 冶，包括我，哪个你没当面顶过？不骂娘那就是客气的了！"陈国民厉声说道："我对事不对人，说的不对我当然要顶，管你是谁！"

赵殿楚耐心地说："国民啊，季成钢从来到金江，一直表现突出，虽然出过一次质量事故，但有客观原因，也处分了他。这次安排，组织上是经过慎重考虑的。他过去，你要支持他的工作，为川南二期做好准备。"

陈国民说："我没那么小心眼儿！说起来，也不怪领导培养季成钢，他算是干出来的，这些年，第一个到工地，最后一个走，一天到晚一身工作服。"

赵殿楚说："好！不愧是王牌队长，还是有觉悟。"陈国民反而又上了劲说："领导，有些事，我也弄明白了，他就是为了秦晓丹和夏方舟掐。他和夏方舟掐，是他们俩的事，不能在背后朝着我下黑手，我是他师傅！话说到前边，工作归工作，我绝不认他这个徒弟，欺师灭祖的东西！"

赵殿楚笑着说："行了行了，事都过去了。我可是听说，方舟和小乔处得不错，轧钢厂工程，季成钢和夏方舟配合也不错，人家都没事了，你还在这里揪着不放！"

陈国民说："我不是揪着他不放……我说领导，你就不能把他调到别的公司？想起过去的事我就别扭，还要来当我的领导！"

赵殿楚岔开话题："国民，夏方舟和小乔是不是打算结婚了？"陈国民还是一肚子不快地说："不知道！走人！"

陈国民到家时，九岁的天海正在给妈妈和姐姐表演跟着乔佳丽学的舞蹈。庆典大会那天，天海对乔佳丽的芭蕾着了迷，溜进后台问乔佳丽："佳丽阿姨，我能跟你学跳舞吗？"乔佳丽摸着他的头说："放了学到歌舞团来。"这段时间，有空他就往歌舞团跑，缠着佳丽阿姨教他跳舞。

陈国民进门，不等儿子和妻子反应过来，不由分说，上去给儿子一巴掌，骂道："你个不学好的东西！"陈天海两眼泪，不敢分辩。田青妮上前护住儿子说："海子，别理你爸！海燕，快！"陈海燕拉着泪眼汪汪的弟弟出去了。

陈国民对妻子发脾气："看你把这个没出息的儿子惯的，成什么样子！整天胡蹦乱跳，一天不挨揍他浑身痒痒！"

田青妮说他："在外面生了气，别回家来给孩子使。不就是季成钢到你们公司当官去了，多大点事！你也至于。"陈国民上火地说："惹我烦是不是？再多嘴多舌我连你一块儿打！"

田青妮笑着说："幸亏不是和夏工搭邻居了，那一年的事，孩子都还记得呢！等他和小乔的事一办，我怎么着也得把他请过来，还和咱们搭邻居……"

陈国民一声喝："田青妮，我看你是屁股痒痒了！"他朝着妻子冲过去。田青妮一扭身，闪了丈夫一个趔趄，赶紧溜了。

第二天，季成钢的任命书正式下达。下班前，他来到陈国民的办公室说："陈队长，经过公司批准，我到第一施工队学习锻炼……"

陈国民打断他："季成钢，季副经理，你是公司领导，想去哪儿去哪儿，用不着和我说。"季成钢越发恭敬谦卑地说："陈队长，我到第一施工队，主要是向你学习。"陈国民没好脸地说："承受不了！到总部学程时风去，他才是你学习的好榜样。"

季成钢解释："陈队长，过去，由于我和夏方舟之间有些私人关系没有处理好，影响到了……"陈国民打断他："打住！你和夏方舟的事，等他休探亲假回来和他说去。再说了，夏总指挥不是我一队的人，你和我说不着。我这儿要下班了，麻烦你高抬贵腿，挪动挪动，别挡道。"武本奇在旁边看得直乐。

季成钢依然谦卑地说："那我先回去了。"

<h1 style="text-align:center">191</h1>

夏方舟和乔佳丽坐在山坡上，各有心思，都是几番欲言又止。

乔佳丽打破僵局，喊了声："方舟哥。你去找丹姐吧！"夏方舟愣了。

乔佳丽笑容苦涩地说："咱们天天在一起，在一起的时候都是高高兴兴的，这些是真的。可是，方舟哥，你的心不在这儿，还在丹姐那儿，对吧？"

夏方舟交心地说："佳丽，说心里话，每时每刻，我都能感受到你的感情，还有你对芳薇付出的心血和爱。我喜欢你，也努力过……可是，我对你找不到对晓丹的那种感觉，我没有办法忘记她，她还在我心里。"

乔佳丽含泪说道："方舟哥，你要真的爱她，去找她，把她找回来，丹姐只要肯回来，我会离开你，把这份感情永远珍藏。如果你不去找她，什么力量也无法把我从你身边拉开。"

夏方舟苦涩地说："我找不到她，不知道她在哪儿。"乔佳丽经历着内心的巨大挣扎，终归轻声说："我知道。"夏方舟震惊地看着乔佳丽。

乔佳丽强忍着泪水说："爱一个人却又得不到的滋味，我体会得到……方舟哥，我给顾代表写信，问丹姐的情况，等了好几个月，顾代表给我回信了。"夏方舟心中五味杂陈。乔佳丽说："丹姐也还是一个人。"

夏方舟不知该说什么。乔佳丽努力让自己保持微笑说："方舟哥，休个假，去找她。别担心芳薇，你不在的日子里，我会好好照顾她。"夏方舟感动地说："佳丽，我没有办法回报你。"

乔佳丽站起来说："不要，爱情不需要回报。方舟哥，抱抱我。"夏方舟虽有迟疑，还是张开了臂膀。乔佳丽紧紧地抱住他，泪如雨下。

黄爱华知道了这件事，在宿舍和乔佳丽吵了起来："佳丽，这么大的事，你怎么不和我商量商量再行动，咱们还是不是好朋友？秦晓丹回来和夏工结婚，你怎么办？你这么多年的感情，付之东流？佳丽，想清楚，我们不再是十七岁，我们手上不再有那么多的青春可以挥霍！"

　　乔佳丽岔开话题："爱华，你怎么还不谈恋爱？看你一点都不着急。"黄爱华不耐烦地说："说了多少次了，我不在这儿谈恋爱，我要回成都，在金江恋爱结婚那就回不去了……说你呢，别往我身上扯！"乔佳丽换好了衣服，说："我去接芳薇了。"

　　黄爱华眼看着乔佳丽出门，说道："这丫头疯了！"

第四十三章

192

夏方舟和秦晓丹后来知道，他们是在同一天请了探亲假，从不同的地方出发去了不同的地方。

夏方舟走的第二天，武本奇觉出了蹊跷，问道："师傅，你刚才在办公室提到夏大哥，我脑子猛不丁地那么一转，夏大哥这个探亲假休得有点意味深长。"

陈国民瞧着武本奇的眼神，觉得好像是有点蹊跷，问道："武本奇，怎么个意思？"武本奇神秘地说："师傅，你不觉得夏大哥休假，或许和秦工有某种关系？"

陈国民让他说得愣了一下，接着说："你小子，不扯淡你难受是吧！昨天佳丽接了芳薇，在我那儿吃的饭。你师母还问呢，她和方舟的事怎么打算的，小乔说了，等她方舟哥休完假回来就商量，"看着武本奇还不服气，决定给他当头一棒，"对了，我有个事问你，本奇，你师母昨天问我，你和朝丽还不要孩子？"

武本奇顿时有些难为情地说："哦，那个，嗨！师傅，也不知道怎么弄的，结婚前，一下就那个……你知道我的意思。这一阵子没少忙活，怎么也怀不上了。"陈国民笑了起来，说："好地种不出好庄稼，瞎忙！本奇啊，赶紧忙活自己的事吧！还有那闲心胡扯，夏方舟和秦晓丹，哪辈子的事了！"

193

王阿姨意外地看着秦晓丹，问道："晓丹，你回金江干吗？"

秦晓丹说："川南钢铁一期完成了，按照规划，二期很快会上马，二期比一期更复杂，技术含量也更高。我们这边，襄渝线试通车，大的工程都结束了，部队原地待命，没事可干。"

王阿姨听了出来，问道："晓丹，你该不是想转业吧？"秦晓丹没直接回答："先回去看看。"王阿姨看着她说："晓丹，这几年，我一直觉得你心里有个事。"

秦晓丹迟疑，还是点了点头，说起了夏方舟。王阿姨听了没多少，先是一个意外，问道："夏仲霖的儿子？"秦晓丹也意外地说："阿姨也认识他爸爸？"

王阿姨点头说："都是干这一行的。当初，成昆线和襄渝线定址，夏仲霖都参加了，我和你张叔叔见了他几次。虽然是工人出身，业务上很有水平，获得了那么多的荣誉，为人非常谦虚。你见过他爸爸吗？"秦晓丹说："没有。"王阿姨让她接着说和夏方舟的事。

秦晓丹从过去说到眼下："方舟带着光复和汀兰的女儿，到现在没结婚。他在等我。"王阿姨整个听了下来，说："晓丹，当初你就不该离开他。"秦晓丹幽幽一叹："在那种情况下，我没法面对他。到了部队，我试着忘记他，忘不掉，怎么也忘不掉。"王阿姨说："晓丹，明天你张叔叔回来，听听他的意见。"

秦晓丹答应下来，然后说："明天我去看看子山。"王阿姨想起来，说："不提差点忘了！他来过两次，打听你，很害羞，一说话就脸红。"秦晓丹发自内心地笑了，说道："子山很单纯。"

王阿姨笑着摇头说："怕是不那么简单，那个小战士是不是爱上你了？"秦晓丹没听进去，笑着说："怎么会呢，子山他多大呀！"

第二天，席地而坐的严子山刚听她说了几句，几乎是跳了起来，问道："丹姐，你要回金江？"秦晓丹笑着拍拍身旁的草地，让他坐下。

严子山坐到秦晓丹身边，目不转睛地盯着她说："你不会回去，对吧？你从来没有说过还要回去。丹姐，吓唬我。是吧？我猜着了！"秦晓丹面对他说："我要回去。"严子山着急地问："为什么？"

秦晓丹说："子山，你太年轻，很多事情你还不懂。听丹姐说。"

严子山的心提到了嗓子眼儿上。秦晓丹微微一笑说："我的男朋友在金江。"严子山发蒙。

秦晓丹笑着说："子山，你差不多还是个大男孩，丹姐不会和你说这些事。"严子山相信了，问道："是别人给你们介绍的？"秦晓丹说："我们认识很多年了。"

严子山说："相爱的人不会自己分开！你亲口对我说你自愿来当铁道兵！爱一个人会天天想着和他在一起，做梦都在想！梦到所爱的人，第二天醒了，明明知道是梦，还是会高兴很多天！我知道那种感觉！"

秦晓丹震惊，想起王阿姨的那句话："那个小战士是不是爱上你了？"她让自己尽快地镇定下来，直面来自少年的爱情，说道："子山，丹姐的男朋友叫夏方舟，我离开三年，他一直在等我。"

严子山的泪水突然涌了上来，夹杂着说不清的委屈问道："他爱你怎么会让你离开？让你离开就是不爱你！"秦晓丹为他解释："他不让我离开，是我离开了他。"严子山不接受地说："你离开了他，那就是你不爱他。"

秦晓丹摇摇头说："不是你想的那样。子山，有些事情你还不明白，丹姐离开他，不是因为不爱他……离开了，才知道爱他爱得有多深。三年了，不知道梦到他多少次……"严子山打断了她："我不信，不信！"像个受了欺负的孩子那样哭了起来。

秦晓丹心疼地看着严子山，敞开心扉："子山，从第一眼看到你，就有很奇特的感觉。我没有哥哥姐姐弟弟妹妹。见到你的第一眼……很难说清这种感觉，就好像，你是我丢失了很多年的弟弟，特别亲切。"严子山拒绝地说："我不是你弟弟。"

秦晓丹一片真诚地说："对不起！子山，直到今天，我才发现你对我的感情超出了我的感觉，是丹姐的错。在你身上，我看到了自己的过去，那些白衣飘飘的日子，那些单纯快乐的青葱岁月……我忽略了你的感受，不知不觉把你带进了感情的误区。"

单纯的严子山艰难地寻找着表达的方式，说："丹姐，我不会离开铁道兵队伍！原来我不想干了，和你说过，后来我改主意了，继续干。我改了主意，是因为遇到你。不管你去哪儿，我都不会离开！我遇到了你，我不会离开！"他擦一把少年的泪水，再不知说什么，定定地看着秦晓丹，突然飞奔而去。

晚上回去，张叔叔告诉她："我给顾副师长打了电话，他的意见，你定下来给他电话。"秦晓丹决定明天回单位，准备交接工作。王阿姨告诫她："感情上的事一定要慎重，不要听别人说什么，相信自己内心的感觉。不违背承诺当然是个优点，但是爱情与承诺无关。你要走的事告诉严子山了？"

秦晓丹黯然无言。王阿姨看在眼里，记在了心里。

这个晚上，背着冲锋枪的严子山站在哨位，紧紧地咬着嘴唇，依然是控制不住地流泪。

秦晓丹所在的单位驻于秦岭南麓，夏方舟费尽周折，用了将近四天的时间才赶到。接待他的中年军官正是秦晓丹的主管首长，看过他的单位介绍信，笑着打量他："秦工可没少提起你啊！用我们顾副师长的话说，冶建行业大名鼎鼎的少帅。"

夏方舟迫不及待地问："首长，晓丹在哪儿？"听对方说："你来晚了一步，她休假去西安了。"夏方舟这就要走。

军官告诉他："从这到西安，过秦岭要两天，中间在兵站过夜，这个点儿没车了。"听夏方舟说要去坐长途汽车，军官笑了起来，说："长途汽车！夏工，咱们的军车都要在兵站过夜，地方的车谁敢半夜过秦岭！在这儿过一夜，听秦工说了你那么多，一直想见见你，咱们聊聊！"

晚上，两人聊到不早。军官说："夏工，从看到你第一眼，我就明白了！秦工到了我们老铁，追求她的一个连都不止，暗恋她的那就没数了！对她的个人问题，首长们都很关心，先后给她介绍了不少，有些条件还是相当不错的，她一个不见，照片都不看。我们私下里还议论呢，秦晓丹到底要找个什么样的？见到你有答案了，那个人是你，她一直在等你！"

夏方舟动容地说："明天一早我就去西安。"

王阿姨打开房门，看着站在门外的夏方舟，问道："你找谁？"夏方舟礼貌地说："首长好！这是张总和王总的宿舍吗？"王阿姨打量着他，问道："你是夏方舟？"

夏方舟说："是我。王阿姨？"王阿姨点头，仔细端详着他，露出很满意的神色说："传说往往靠不住，难得有例外的时候。"夏方舟有些反应不过来。王阿姨告诉他："晓丹走了，昨天走的。"

194

程时风接到赵殿楚的电话，来到他的办公室。一进门，赵殿楚对他说："时风同志，你马上准备一下，和我去北京。明天一早。坐火车。"程时风问："有紧急任务？"

赵殿楚说："现在还不好说。我们中间在西安停一下。"程时风又问："去多长时间？"赵殿楚说："还说不准。抓紧把工作和家里的事安排一下，其他的到西安再说。"

到了西安，住进省委招待所，赵殿楚才把此行的原因告诉他。程时风惊讶地问："川南二期暂停？"赵殿楚点点头，没说话。程时风的脑子几乎一片空白，问："暂停是什么意思，下马？"

赵殿楚说："准确的消息没有。茂森同志给我电话，他得到了一些消息，约我一块去北京。这条消息目前要严格保密，去北京把情况搞清楚，还是要争取部里的支持。"听到敲门声，赵殿楚从沙发里站起来说："顾副师长来了！"

赵殿楚和顾弘亮显然是提前通了气的。见了面，寒暄几句，顾弘亮说："我们这边也没有很明确的消息，据说是经济方面的原因，可能是出了大问题，很多大项目都叫停了。我们这边的襄渝线试通车了，原来要求尽快交给地方，大部队转战青藏线。结果只派了一个先头部队过去，再没下文。大家心里都明白，实际上是原来的任务撤销了，大部队原地待命。我们现在的任务，用冶建的话说，维检技改，巩固提高，其实就是没有任务。"

赵殿楚沉重地叹了口气。程时风着急地问："顾副师长，我们金江那边，你有什么消息？"顾弘亮说："地方的事我不清楚。不过，如果109冶长期没任务，别的不说，就算我们铁道兵，长期没任务，建制恐怕也保不住。不容乐观啊！"程时风心里一团乱麻，不知说什么好。

赵殿楚问："顾副师长，你还在西安待几天？"顾弘亮说："待不住。"赵殿楚又问："晓丹怎么样？"

张总和王总给夏方舟安排了车，这让他顺利地在两天后赶回了秦晓丹单位驻地。秦晓丹住单身宿舍，钢木结构的简易活动房，一张床，一张小桌。

夏方舟坐在唯一的椅子上，笨拙地兜着圈子说："川南钢铁二期很快上马。相比一期，二期更复杂，更富有挑战性。"秦晓丹坐在床沿说："我知道。"夏方舟艰难地试图突破地说："听你们首长说，你们铁道兵暂时没有新的任务。"

秦晓丹捅破了那层窗户纸说："方舟，佳丽给顾副师长写信的事，顾副师长告诉我了。"夏方舟呆了。秦晓丹站起身说："我们出去走走。"

营区坐落在山涧附近，原始的风景让人心旷神怡。夏方舟和秦晓丹沿着河边慢慢走着，虽然心情放松了很多，可话到嘴边还是有些艰难。夏方舟问："晓丹，你能回金江吗？"

秦晓丹说："部队已经批准了。方舟，得知了光复和汀兰牺牲的噩耗，你现在的情况，我非常不安，可我说不清楚为什么要回去，我需要时间理清楚。"

夏方舟突然热情迸发地说："我们有的是时间。"秦晓丹避开了夏方舟火热的目光，问道："芳薇好吗？"夏方舟说："好。"秦晓丹似问似答："你不在的时候佳丽带着她。"夏方舟说："是。现在，就是佳丽照看她。"秦晓丹轻轻却是长长地一叹："佳丽真的是个好姑娘！"夏方舟又找不着话了。

他们来到一片树荫下，秦晓丹说："坐一会儿吧！方舟，我们第一次去江汉，回来的路上我问你，什么时候离开，你说完成川南一期。"夏方舟误读了秦晓丹的话，有些着急地说："现在二期就要上马。"

秦晓丹看着他说："江汉那边怎么样了，霍总还不把你调回去？"夏方舟越发不懂，忙问："你希望我离开？"秦晓丹平静地说："作为建设者，优秀的工程师，应该出现在最需要他的地方。"

夏方舟有些异样地看着她。

秦晓丹点点头说："这次去西安，听张叔叔说，前不久他去北京，见了一些上面的人，江汉钢铁那边可能有大项目启动。我估计，很可能是1700项目。"

夏方舟又犯了晕，问道："晓丹，你想去江汉？"秦晓丹微微笑着说："方舟，和我谈谈佳丽。"

歌舞团练功房巨大的落地镜前，乔佳丽在把杆前压腿。

黄爱华在她身边说："佳丽，我总算明白了，你让夏工去找秦晓丹，是要赌一把。"乔佳丽平静地说："我赌什么？"黄爱华自认为抓住了要点，说："秦晓丹为什么离开金江，她无法面对夏工的爱情。过去不能，现在就更不能了。只要秦晓丹不跟夏工回来，你就赢了！"

乔佳丽微微摇头说："爱华，你从来没有爱过一个人。"黄爱华反问："这和我爱不爱有什么关系？我说过三千遍了，我不想、更不会在金江谈恋爱，我要回成都！爱上了夏工的是你！"

乔佳丽说："如果你爱过，全心全意地去爱过，就会懂得，爱一个人，最大的愿望，是希望你爱的那个人得到他所期望的幸福……我该去接芳薇了。"

从幼儿园接了戚芳薇，乔佳丽带她来到公园，坐在大树的绿荫下，满眼不舍地喊了声："芳薇。"戚芳薇脆声应着："佳丽妈妈。"乔佳丽说："以后，芳薇，别再叫我佳丽妈妈，叫我佳丽阿姨。"

戚芳薇看着她，问道："为什么呢？佳丽妈妈，为什么呢？"乔佳丽问她："还记得晓丹阿姨吗？"戚芳薇努力回想说："好像……不太记得了。有点记得。"乔佳丽温和地说："芳薇，晓丹阿姨可能会和你爸爸一块回来。很快。"戚芳薇单纯地问："为什么呢？"

乔佳丽一定要让自己保持微笑，说："芳薇，你爸爸爱晓丹阿姨。"

戚芳薇忽然喊了起来："不对！不对！佳丽妈妈喜欢我爸爸，我知道！"乔佳丽泪水忍不住流下来，说："芳薇，记住，晓丹阿姨回来，不要再叫我佳丽妈妈。"戚芳薇哭了起来，问佳丽："佳丽妈妈，你不喜欢我了？"

乔佳丽把戚芳薇抱在怀里说："佳丽阿姨喜欢你，永远都会喜欢芳薇……"

赵殿楚在冶金部招待所见到比他提前进京的霍茂森，见面就说："霍总，上午我去部里，听说你们江汉钢铁那边有大动作。"

霍茂森开诚布公地说："赵主任，国家宏观层面上经济遇到了一些困难，包括川南二期、青藏线，很多大项目都停了，缩短战线，集中力量办几件大事，我们1700列为重点中的重点。"

程时风急不择言："这不是把我们的钱划到你们那边去了！"

霍茂森难掩喜色说："不能那么说吧！1700是国内钢铁行业最大、最尖端的项目，这个项目突破不了，中国的钢铁工业上不去。大三线第二条大动脉襄渝线通车了，相关的大企业、大军工都在等着我们。1700的意义，不是川南二期能比得了的。"

赵殿楚笑了笑说："大道理不说了。茂森同志，你约我来北京，说好了要帮忙的。怎么帮，我洗耳恭听。"

霍茂森说："部里让我在全系统挑施工队伍，我点了陈国民。赵主任，调陈国民施工队，我给你八千人的名额。话说到前面，我要的是精兵强将。"

程时风急了，猛地站起来说："霍总，你这哪是帮我们，这不是落井下石吗！陈国民施工队不光是109冶的王牌，也是全系统的王牌！这样的队伍，从来不要饭吃！陈国民的话，请他吃饭还得看碗里肉够不够！你把他调过去不说，再要我们八千精兵强将，我们将近八万人呢，剩下的怎么办？你这是帮忙吗？有这么帮忙的吗！"

赵殿楚一直等到程时风把满肚子的牢骚话都说完了，才看似严厉地喝了他一声："时风同志！有话坐下说。"程时风坐下，还是压不住地愤愤不平。赵殿楚对霍茂森歉意地笑了笑说："时风同志就这脾气，话说完了就没事了，霍总别往心里去！陈国民施工队，全系统确实找不出第二支！霍总调他过去，也是别无选择。不管怎么说，谢谢霍总！"

霍茂森洞察赵殿楚的心思，也是笑着说："赵主任，方舟我得调过来。"

赵殿楚早已料到了的，笑起来说："谁都可以调，夏方舟不行！不是我不给面子，霍总，109冶正处在困难时期，我手上没有最好的工程师，让我怎么主动为国家分忧？"

霍茂森同样笑着说："赵主任，好钢用到刀刃上！全国一盘棋，局部服从大局。"

赵殿楚笑着摇头说："这一回，茂森同志，小山头主义的错误我犯定了！不放！"

霍茂森使出撒手锏说："部里的调令，你总不能硬扛着吧？"

赵殿楚说："霍总，有个消息你不掌握，我也是刚接到电话确认，秦晓丹回去了，应该说回来了，回109冶，她是为夏方舟回来的。"霍茂森不觉一愣。赵殿楚笑着说："茂森同志，对他们青年知识分子的爱情，以前我不理解，这回有体会了，爱情有力量，有大力量！"

195

陈国民难以置信地问："秦晓丹回来了？"武本奇言之凿凿地说："我亲眼见到！绝对是秦工，如假包换！师傅，我从夏大哥那里出来，先到你这儿报告这个好消息！"陈国民回不过神说："她回来怎么个意思，是不走了还是怎么的？"

武本奇眉飞色舞地说："师傅，夏大哥走的时候我和你说了，他这趟休假就是为了秦工，你还不信，我说着了吧！秦工和夏大哥一块回来，路上还在成都停了一天，秦工除了身上穿的军装，没有便衣，在成都买的衣服……"

陈国民打断他："啰唆！我问你她回来干什么？"武本奇连问带答："还能干什么？和夏大哥结婚呗！"陈国民更不明白了，问道："结婚？结了婚再回去？"武本奇神气活现地说："师傅，秦工为了夏大哥，回咱们109冶了。我提前预见！嘿嘿！师傅，我绝对有一套！"

陈国民好不容易理出头绪说："她和……不对！得这么说，这夏方舟和秦晓丹结婚，乔佳丽怎么办？人家等他等了好几年，白等了？这叫什么事！"武本奇一副无所不知的神色说："据我所知，是佳丽让夏大哥去把秦工叫回来的。"

陈国民彻底蒙了。

武本奇笑着劝："师傅，其实，秦工回来和夏大哥结婚，挺替你出气的。"陈国民一肚子无名火，说道："出气，我憋气！当初她说走就走，弄得夏方舟差点成了季成钢，半年没换工作服！这回踏实了，终于是一棵树上吊死了！"

武本奇想着法子让陈国民和他一样高兴，忙说："师傅，你不是说过吗，季成钢最见不得什么？夏大哥和秦工好！"陈国民问："他还能为这事怄气？"武本奇开心地说："岂止是怄气啊！那是妒火重燃，五内俱焚，不是好滋味！"

秦晓丹回到金江，先去夏方舟那里看芳薇，见到了消息极快的武本奇，到招待所住了下来。她之后要见的第一个人是乔佳丽，武本奇替她打听好，她直接去了乔佳丽的宿舍。

乔佳丽见到秦晓丹，顿时泪目，说："丹姐，你回来了，真好！"秦晓丹直言不讳："佳丽，你爱方舟。"乔佳丽坦诚地说："丹姐，我尽了最大努力，投入了全部感情，他心里只有你。"

秦晓丹问道："佳丽，为什么给顾副师长写那封信？"三年后的乔佳丽感情成熟了许多，直抒胸臆："爱一个人是幸福的，可要把爱变成压力，强加给所爱的人，要他也来爱自己，那就不是爱了。真心爱他，会真心希望他幸福，爱他所爱的人。"

秦晓丹感动地说："佳丽，如果不是你给顾副师长写的那封信，我不会回来。现在虽然回来了，也不能预料最后的结果。"乔佳丽说："丹姐，你要不赶快和方舟哥结婚，我会和你竞争的。"

秦晓丹发自内心地说："佳丽，我真羡慕你。"

告别乔佳丽，秦晓丹独自来到李心梅墓前，刹那间便满脸泪水，说道："心梅，我来看你了！离开了金江，我才知道对方舟的爱情究竟有多深，三年里梦萦魂牵，多少回梦回金江。当他出现在我面前的时候，我惊喜，激动，可是，那些噩梦般的过往，却也同时浮现。心梅，我不知道该怎么办……"

从李心梅的墓碑看出去，眼前已经是数不清墓碑的陵园。

季成钢远远地看着秦晓丹。

这个晚上，季成钢在他的办公室里，坐在桌前，面对着秦晓丹那张 17 岁的照片，摸过桌上足有四两白酒的玻璃杯，一口将里面的酒吞了下去。

赵殿楚从北京回来，马上见了秦晓丹说："暂时住在招待所，其他的事我来安排。晓丹啊，你和方舟年龄都不小了，抓紧把事办了。"秦晓丹急忙申明，一时找不到合适的词，还是按过去的习惯称呼赵殿楚："赵总，我和方舟还没有……还没有。"赵殿楚以为她难为情，说道："晓丹啊，男大当婚，女大当嫁，有什么不好意思！"

秦晓丹还是拿不准怎么说，赵殿楚不容辩白地说："晓丹，这事你得听我的。你和方舟，众望所归，早把事办了，大家都高兴！"秦晓丹只好暂时找借口说："赵总，我的关系还在部队。"

赵殿楚不当回事地说："组织关系，我催顾副师长。其实用不着我催他，他比我还积极，用他的话说，他就替你看中夏方舟了！反过来说，我就替方舟看中你了！"说完他笑了起来。秦晓丹无从解释，只好微笑。

赵殿楚认为夏方舟和秦晓丹的事他已经解决，不再多说，神色严肃地说："川南钢铁二期下马，听说了吗？"秦晓丹说："听到一些谣传，我不了解情况，方舟不相信，他说二期绝对不可能下马，没有二期，等于把只完成一期的川南钢铁废了大半。"

赵殿楚沉沉一声叹："方舟这次错了。川南二期无限期延期，是国家层面的正式决定，这一两天就要对全体干部传达。"秦晓丹震惊。赵殿楚说："消息提前泄露，原因很多，客观上，冶金部的命令上午通知了陈国民，部里点名第一施工队带八千人建设江汉钢铁 1700 轧机工程。"

秦晓丹问："那……剩下的人呢？赵总，陈队长带过去八千人，我们 109 冶还有六万多人呢，没有任务，那我们怎么办？"赵殿楚又是一叹："晓丹啊，我们遇到了前所未有的困局，一点思想准备都没有。短时间国家财政这一块照样拨，长时间打不开局面，很可能被拆分，取消建制。"

秦晓丹惊呆了

赵殿楚说："晓丹，离开了这几年，有些情况你还不太了解，川南一期，方舟一战成名。正所谓千军易得，一将难求。如果二期正常上马，班子讨论过，夏方舟是技术总指挥的不二人选，晓丹，你能不能劝劝他？"

秦晓丹不明白地问："劝他什么？"赵殿楚说："霍总那边一定会调方舟，他肯定会走上层路线。我们 109 冶遇到了前所未有的困难，如果方舟能留下来，对我们渡过难关会有很大的帮助。"

秦晓丹想不明白，说："川南二期无限期延迟，方舟留下来能做什么？"赵殿楚说："具体的眼下还不好说，但是109冶需要他留下来。晓丹，既然回来了，一定帮我把夏方舟留下来，算我交给你的第一个任务。好不好？"

秦晓丹不知道该说什么，还是点了点头。

196

第一施工队办公室里，陈国民面对着老工长和武本奇、林富来等几个青年工长，大为开怀地说："什么叫实力？这就叫实力！冶金部点名，我陈国民带队，咱们第一施工队作为主力，建设江汉钢铁1700！"

众人一片欢腾。武本奇大吹大擂地说："这就叫火车不是推的，泰山不是堆的！"

陈国民等他们静下来说："还有个好消息！夏方舟和咱们一起去江汉。夏方舟过去也是部里点的名，从全国范围内挑出来的青年骨干，夏方舟是头牌！话说回来，夏方舟是霍总的学生，这么重要的尖端工程，当老师的能不把学生带上吗！"

武本奇说："师傅，我跟着你打遍天下！"陈国民笑着说："你就算了，老老实实在金江待着，反正工资照发，饿不着你。"武本奇较真地说："师傅，我是你得意门生，高徒！你刚才说的，霍总怎么对待自己的学生的！"

陈国民充满同情地说："本奇，不是我不想带你，你小子到现在连个孩子都弄不出来，梁朝丽能放你走吗？你老丈人梁师傅干吗？老老实实待着吧！"

武本奇急了，说："要为这个，师傅，梁朝丽敢不让我去，我马上和她离婚！"众人一片哄笑，武本奇急得跳了起来，大喝："你们笑什么笑？不信是吧，我现在就去！顶多不就让我老丈人揍一顿吗！还笑！看我笑话是不是？那我就让你们看看，小哥我是不是软蛋孬种！"这就要往外走。

陈国民叫住他："武本奇！挖个坑你就往里跳？"武本奇反应过来，说："师傅，你拿我开心。"陈国民笑着说："拿你开心就对了！你是谁？你是我徒弟，一队的工长！这样的国家重点工程，你要让老婆拉住后腿，临阵脱逃，我先打折你的前腿！"

程时风料到了季成钢会来找他，不过比他预料的时间晚了一天。季成钢进了门，没说上几句话，就憋不住地说："程主任，好像从夏方舟他们回来以后，这一两天，谣言突然冒了出来，说什么川南二期下马，109冶要解散，流言蜚语满天飞。"

程时风不形于色地问："群众什么反应？"季成钢心情沉重地说："下面的情况我还不太掌握，公司这个层面的干部都坐不住了，一个个人心惶惶，有的人已经开始想退路了。"

程时风点点头说："你怎么看？"季成钢话里含着试探："程主任，这是破坏川南钢铁建设的严重事件，必须尽快严厉打击谣言制造者。我怀疑，夏方舟是谣言的源头。"程时风冷冷地笑了，说道："季成钢，秦晓丹一回来，你老毛病又犯了！"

顶着程时风的冷笑，季成钢觉得已经探出了底，飞快地转动脑筋，把真正想说的放了出来："程主任，我要求去江汉参加1700项目。"

季成钢这句话，程时风料到了的，给他一个他没太明白的神色，问："你？你凭什么？"季成钢理所当然地说："陈国民施工队是特种公司的，我是副经理，作为公司领导带队。"程时风笑了笑说："季成钢，轮不到你，你不够格，差得远！"

季成钢强忍被轻蔑的怒火。

程时风告诉他："这次去江汉，我亲自带队。"正说着，接到赵殿楚电话，放下电话，对已经掩饰不住心态的季成钢说："你回去吧！"

程时风几乎是撵走了季成钢，到赵殿楚这边，一进门，赵殿楚便问："夏方舟找你了？"程时风点头说："一上班就来问我调令的事，我给他打马虎眼儿，说没接到通知。赵主任，调他去江汉下边都传开了，他只要给霍总打个电话，什么都清楚了。"

赵殿楚又问："给他的房子安排好了？"程时风说："按你的指示，四十岁以上的正处级待遇，两间半。"赵殿楚说："把调令给他。"

程时风表示担心地说："赵主任，两间半房子能留住他吗？夏方舟是有大想法的人。"赵殿楚说："房子是咱们的态度。晓丹的工作你打算怎么安排？"程时风有些为难地说："秦晓丹的关系还没转过来。"

赵殿楚说："顾副师长表态了，还不迟早的事。马上办！"程时风问："那就安排到工程处？"赵殿楚说："可以。晓丹在部队晋升了工程师，副营级。这些年咱们地方职称工资都没动，部队基本上还是正常进行，对晓丹的安排，要明确职务和待遇。"

程时风说："明白了，尽量高规格安排。"

第四十四章

197

武本奇的家只有一间平房。他和梁朝丽本来已经上了床，三说两说吵了起来。

武本奇试图让自己有耐心，说："我再给你说一遍大道理，好好听着！江汉1700是国家重点工程，这意义就像当年建设川南钢铁。1965年我师傅来金江，师母自己带着两个孩子在江汉！我去江汉，你爸爸妈妈都在这儿，咱们又没有孩子拖累……"

梁朝丽就等他这句话，说道："就因为我没孩子！有本事，你让我生个孩子！"武本奇一时语塞。梁朝丽越发逞起能耐，说道："武本奇，别以为我不知道，你这个花心大萝卜，满肚子的花花肠子，借着去江汉的机会，想趁机把我甩了，没门！"

武本奇变了脸色说："好你个梁朝丽，敬酒不吃你吃罚酒！你听清楚了，我师傅说了，你胆敢拉我的后腿，让我立马和你离婚！我师傅说的！梁朝丽，你再敢胡搅蛮缠，明天就离婚！"

梁朝丽惊呆了。武本奇给她个台阶下，说："老实了？老实了就老老实实睡觉！深更半夜的，闹什么闹，成心丢我的人是不是？睡觉！"梁朝丽愣了一会儿说："睡个屁！"光着屁股爬起来，手忙脚乱地穿衣服。

武本奇跳下床来，动嘴不动手，说："你干什么？干什么？你还来本事了！梁朝丽，你去哪儿？"梁朝丽憋着满眼泪说："回娘家！"拉开门跑了出去。武本奇愣愣地站了半天，喊道："有种你走了别回来！"

第二天上了班，陈国民在金江火车货站指挥大型设备装车，看着旁边耷拉着脸的武本奇直乐，问道："还真拖上后腿了？"

武本奇说："师傅，昨晚上我一夜没睡，还从来没受过这种窝囊气，这要传出去，我还怎么混？我想好了，和她离婚！"

陈国民骂他："胡说八道！我可警告你，你敢离婚，我先把你踢出门去！"看到那边装车有问题，喊着："你们给老子慢点！"赶了过去。

武本奇被晾在一边，留也不是，走也不是，蹲在地上憋气。

陈国民把武本奇晾了小半天，觉得差不多了，过来蹲在他身边，擦着汗说："本奇啊，不是光腚小公鸡的时候了，按说该懂了，女人想男人，也是想得心急火燎的。当年我从江汉过来，和你师母两年多没照面，你师母那也是……不和你说这个！本奇，女人得哄，男人该听话的时候那就得听话，听老婆的话。"

武本奇听走了音，脖子一拧，说道："师傅，我话说到前头，不带我去江汉，我不认你这师傅！"陈国民瞪眼说："你敢？还反了你了！你小子，本事着呢？一个媳妇儿都弄不了。谁让你是我徒弟呢，甭管了！"

武本奇要实底，陈国民训他说："还在这儿磨叽！先头部队三天就要出发，你跟着我头一批，还不赶紧装车去！"武本奇明白过来，满脸开花地说："谢谢师傅！"快活地跑走了。

陈国民笑骂一声："小子，是我的徒弟！"过去指挥装车。

夏方舟看着部里的调令，内心的兴奋激动溢于言表。

程时风笑着说："方舟，根据赵主任的指示，给你安排了房子，两间半，这是个什么规格，该知道吧？"夏方舟说："程主任，部里调我去江汉，用不着再给我分房子了。"程时风还是笑着，继续说："晓丹同志的工作安排了，工程处一科，副主任工程师。"

夏方舟疑惑地问："这么快就安排了？晓丹的关系还没转过来。"程时风说："晓丹同志在咱们最困难的时候回到 109 冶，工作和待遇，都要高规格安排。这是赵主任的指示。"夏方舟意识到什么。

程时风看着夏方舟出了门去，摇了摇头说："根本留不住！"

夏方舟和秦晓丹带着芳薇来到金江公园，坐在树荫下，戚芳薇和几个小朋友在附近高兴地跑来跑去。

夏方舟纠结地说："刚看到调令的时候，很兴奋，巴不得能马上过去！这一天我等了太久了，不光是我，整个钢铁行业，乃至于我们国家，等了太久了，今天终于等到它。"秦晓丹平静地说："那就去！"

夏方舟叹息道："可是静下来再想想，川南二期就这么下马了，国家对一期的巨大投入，全体建设者的血汗乃至牺牲，恐怕一大半都付之东流了。想到这些，我心里很不是个滋味。109 冶遇到了前所未有的困难，正是需要大家共克时艰的时候，我这个时候离开，从感情上说，不光是说不过去，心里也实在放不下。还有你，晓丹，你刚刚回来，我却要走了……"

秦晓丹轻轻打断他："别考虑我的因素。"夏方舟其实有个想法，说不出口。

晚上，秦晓丹看芳薇睡着了，拉上布帘，坐到夏方舟对面，微笑着问："想好了吗？"夏方舟越发纠结地说："川南二期什么时候能够重新上马，谁也不知道，起码短时间没有可能。晓丹，有句话说，当我们老了的时候，后悔的不是我们做错了什么，是我们应该去做而没有去做的那些事。1700 这个项目，我等了很多年。"

秦晓丹说："方舟，当初为了 1700，你不愿意来金江，我曾经不理解，现在理解。我们都有梦想，梦想是走向未来的动力。"夏方舟说："我心里很矛盾。我走了，晓丹，你怎么办？"秦晓丹淡淡笑了笑说："也许是命中注定，109 冶最困难的时候，我回来了。"

夏方舟终于说出他的想法："晓丹，我们一起去江汉，干完1700，我们再一起回来！"秦晓丹微微摇头说："我去不了。"夏方舟一旦说出了想法，下面就不再艰难，很有把握地说："让我老师调你！冶金部下调令，下面挡不住！"

秦晓丹摇摇头说："方舟，我的组织关系还在部队，没正式转业之前，只能暂时借调到109冶，即便霍总想让我过去，也调不动，我还是军人，去不了。"

夏方舟说："那……晓丹，你去不了我也不去了。"秦晓丹说："别为了我做出这样的决定。"夏方舟着急地喊："晓丹……"

秦晓丹轻轻打断他："去不去江汉，选择的权力在你手上，不要考虑我的因素。我等你的答案，无论答案是什么。方舟，天不早了，我先回去。"

198

陈国民把梁钱广请到家里，摆上酒，笑脸说："梁师傅，我徒弟又惹你生气了，是我教徒无方。这顿酒，给你赔礼道歉，你大人大量，别跟武本奇那小子一般见识。"梁钱广没好脸地说："别给我来这一套！"

陈国民还是一脸的笑，说道："今天我把武本奇那小子狠狠地骂了一顿，就在火车站，守着我手下的人，骂得那小子恨不能找个地缝钻进去。"

梁钱广一声叹："嗨！朝丽昨天半夜跑回来，我喝了点酒，早睡了，不知道和她妈叨咕的什么。今天早晨起来我问清楚了，当场把朝丽训了一顿。本奇去江汉是响应国家号召，参加重点工程建设，这是光荣！我说朝丽，你还是老工人的孩子，怎么能干这种拖后腿的事呢！没觉悟！我真生气了。"

陈国民踏实多了，拍马屁说："还是梁师傅觉悟高啊！我陈国民小心眼儿了。"梁钱广还是有心事，说："国民，朝丽是有不对的地方，可她和本奇到现在没个孩子……"没往下说。

陈国民有了底，说："梁师傅，说起这事我比你还急。开始我真没打算带武本奇，那孩子的脾气你知道，上来那股子邪劲，和我他都敢翻脸。我琢磨着，本奇这孩子是要求上进，这样的工程，咱都知道，一辈子赶不上几个，对他也确实是个机会。家里这边，每年的探亲假，按时让他回来，在家少待一天都不行。平时星期天不让他休息，不给加班费，攒到一块让他回来休，一年至少让他回来两趟。"

梁钱广舒心地笑了，端起酒杯说："来，国民，我敬你一杯！"

陈国民以为没事了，几杯酒下肚，梁钱广又出了题目，说道："该说的都说得差不多了，还有件事……国民，我张不开嘴。"陈国民飞快地转着脑子，问道："梁师傅，咱也算得上半拉亲家，亲家还有什么不好说的？"

梁钱广说："我给你唱一段，国民，你咂摸咂摸。说来就来——驸马爷近前看端详：上写着秦香莲她三十二岁，状告当朝驸马郎，欺君王，藐皇上，悔婚男儿招东床，杀妻灭子良心丧，逼死韩琪在庙堂……"

陈国民等梁钱广收了声，忙说："听明白了！"梁钱广看着他不说话。

陈国民先说:"梁师傅,本奇只要敢动陈世美那份心思,我把腿给他打折了!"梁钱广说:"打折了他你不如给我看好了他。"陈国民正色说:"听你的!"

梁钱广又是忽发一叹:"国民啊,我听说,夏方舟和你们一块过去?国民啊,没外人,咱们说个私房话?"陈国民干脆地说:"梁师傅,咱们自家人,有什么话你尽管说!"梁钱广边想边说:"川南二期下马,109冶这边什么信儿都没有,部里点你的名带队去江汉,还额外给你加了五千人,你带走的都是精兵强将。这阵势咱们经历过,当年咱们从江汉来金江,不就这阵势吗?我估摸,你们这一走,没准儿就回不来了。国民,真要把你们留在江汉,青妮和孩子早晚得过去,到时候让本奇把朝丽接过去。算我托付你了。"

陈国民稍忖,说:"梁师傅,就目前这阵仗,好像到不了那一步。当年,咱们来了,江汉冶建就抽空了。眼下呢,咱109冶在这儿还六万多人呢,川南钢铁不上二期,那不就废了一大半!国家不能干这种事。1700干完了,我们肯定还得回来。不过呢,谁也没长前后眼,真到了那一步,别的我不敢说,本奇和朝丽,我给你打包票!"陈国民的这番话分明弦外有音,却又是滴水不漏。

梁钱广听得明白,放下心来,笑着端起酒杯说:"喝一个!"

程时风几乎是急了眼,说:"赵主任,不是说好了的,会上也都同意了,我带队过去,怎么说变就变了?工作、家里我都安排好了,随时可以出发,怎么又不让去了?"听赵殿楚说:"这是部里的态度,我们的干部不参与1700项目。"程时风顿时心惊肉跳,声音都发了颤:"赵主任,这是要把八千精兵强将从我们109冶拆分出去。"

赵殿楚话里有话:"1700是国家工程。"程时风情急地说:"那……我们就不给他夏方舟!"赵殿楚摇摇头说:"别说气话了。我们留不住夏方舟。"

程时风不甘心地说:"赵主任,江汉1700是国家重点工程,这没错!可是调我们的人,起码也得和我们商量来吧!这么个来法,招呼都不打,肯定是霍总到部里搞的小动作!赵主任,我越想这事越不对,我们的干部一个不要,精兵强将由着他挑,当年的江汉冶建就是咱们的前车之鉴!"赵殿楚显然底气不足地说:"还不至于那么糟糕。"程时风提醒:"赵主任,咱们还是多个小心!"

赵殿楚不觉一叹。

199

站在火车货站装卸设备的阴影里,陈国民没好气地说:"夏方舟,别怪我骂你没出息,你就是没出息!"夏方舟反过来问他:"队长,将心比心。晓丹是为了我回来的,我走了,把她自己留在金江,你说我怎么办?"

陈国民嗤之以鼻地说:"嗨?还怎么办!先说大道理,国家的事重要还是你个人的事重要?你还少帅!调你参加1700技术攻关,因为你有这个能力!我给霍总打电话了,你老师对你寄予了很大期望。你过去把该你解决的问题解决了,是替国家分忧,为国家做贡献。这就像你当初来金江,不来不对,现在你不去不对,性质一样,都是当逃兵!"

夏方舟被陈国民说得哑口无言。

陈国民继续说："说完了大道理，再说小道理。你留在金江能干什么？我听到的消息，金江要搞城市建设，大部分工程给 109 冶。那种菜帮子工程用得着你吗？反正我是不干，不够丢人的！你留下来，就算你和秦晓丹结了婚，把国家需要都抛到脑后，只顾着自己生孩子、过小日子，这点出息，别说和我比，连武本奇你都不如！"

夏方舟被说得有点上火，陈国民一点面子不给地说："你就是不如！梁朝丽拖武本奇的后腿，武本奇当天晚上把她撵回娘家，离婚！"夏方舟吃惊地问："本奇要离婚？"

陈国民话里有真有假："梁师傅到我那儿给我赔礼道歉，闺女没管好，这事才让我拦住了。夏方舟，不是我夸我们家青妮，当年我来金江，她自己在江汉带着俩孩子，一句怨言没有。这次我去江汉，还是一句怨言没有，天天给我忙活！你不是担心芳薇吗？孩子放我那儿，青妮给你带着，行不行？"

夏方舟不语。陈国民瞪着他说："瞎合计什么！我不在家，没人打孩子骂老婆，没你说的那个什么家庭暴力！青妮你还不放心？"夏方舟心情复杂。陈国民等了半天说："给句痛快话，到底什么打算？"

夏方舟问："你什么时候走？"陈国民有了数，说："明天，我带先头部队出发，本奇跟我一块过去。"夏方舟说了句："给我留个位子。"转身离开。

陈国民看着夏方舟的背影，颇有些内疚地说："棒打鸳鸯散，这事弄得有点缺德……还是得服从国家需要！"

武本奇在歌舞团练功房的门口探进头来，看着穿着练功服独自一人练功的乔佳丽，不觉有些出神。乔佳丽从镜子里看到他，笑着说："本奇！不许偷看！"武本奇挠挠头，不好意思地笑了。

乔佳丽落落大方，招呼他过来说："本奇，听说你们快走了，什么时候走？"武本奇说："明天。我和我师傅是头一批。"乔佳丽歪头看着他问："专门来和我告别的？"

武本奇还是有点不好意思地说："也是。还有件事……佳丽，我只告诉你。"乔佳丽并未在意，微笑着说："什么呀？"武本奇说："夏大哥和我们一块走。"

乔佳丽愣了，说："方舟哥和你们一块走？方舟哥不和丹姐结婚了？听说你们单位都给方舟哥分房子了，领导住的大房子。"

武本奇说："计划不如变化快呀！听我师傅那意思，秦工的组织关系没解决，去不了江汉，夏大哥犹豫了，被我师傅狠狠地骂了一通……其实不是我师傅想骂他，江汉的霍总专门给我师傅打电话，我们单位不想让夏大哥走，霍总让我师傅做夏大哥的工作，1700 项目对国家很重要……夏大哥被我师傅骂了一通，当即痛下决心，决定和我们第一拨走。我师傅琢磨着，夏大哥和秦工这回又没戏了。"乔佳丽似自语："怎么会这样呢？"

武本奇神秘地说："佳丽，按我师母的话说，这就是他们的命。"乔佳丽不觉悚然。武本奇等了片刻，问："佳丽，你没放弃夏大哥吧？"

乔佳丽愣了一下，有点变了脸色，问道："本奇，你什么意思，让我拆散丹姐和方舟哥？是我把丹姐找回来的！"武本奇急忙解释："不不！佳丽，不是那个意思！"乔佳丽问："那你什么意思？"

武本奇赶紧找词："我的意思，那个……我是说他俩果真……我师母说的那意思，是吧？不说了，不说了。佳丽，明天，你去送送夏大哥吧！"

乔佳丽沉默不语。

秦晓丹和夏方舟站在那片她已经有些陌生的巨石山坡上，望着下面的川南钢铁说："方舟，完成1700需要多长时间？"

夏方舟几分黯然地说："目前暂定的工期是三年，1700轧机核心技术难题什么时候能够解决，我老师也没把握。我们都知道，科学实验九百九十九次失败，第一千次仍然可能是失败。"

秦晓丹不觉脱口而出："问君归期未有期……"夏方舟的身子一震，沉默片刻说："对不起！晓丹，你的关系还没转过来，回部队吧！"秦晓丹看着夏方舟，微笑摇头说："你放心去吧，我照顾芳薇。"

夏方舟感动而愧疚地叫了一声："晓丹……"秦晓丹说："方舟，我照顾芳薇不是因为你，是为了汀兰和光复。"夏方舟不知说什么好。

秦晓丹微笑着说："去接芳薇吧！方舟，别让她知道你明天要走，她对你的感情很深，尽量让她晚一点知道，给她一个高高兴兴的晚上。"夏方舟的泪水突然涌上来。秦晓丹转过脸去，刹那间泪水涌出，没有回头。

夏方舟定了定神，跟了上去。

200

金江火车货站红旗飞舞，锣鼓喧天。

汽笛拉响，火车待发。夏方舟、陈国民和武本奇他们上了待发的闷罐车，站在门口告别。赵殿楚和程时风等来送行的领导退到了亲属的后面。

秦晓丹拉着戚芳薇在车前，尽量让自己显得高兴，却仍然难掩失落。戚芳薇不断地哭着喊："爸爸……爸爸……"

田青妮带着女儿和儿子，脸上带着笑容，和陈国民挥手。陈天海的心思更多地在戚芳薇身上，拉着她的另一只手。

夏方舟向秦晓丹挥手，百味杂陈。秦晓丹看上去在微笑挥手，走了神。

戚芳薇突然挣脱了秦晓丹和陈天海，扑向火车喊："爸爸！爸爸……"夏方舟泪奔，几乎要跳下车来，被旁边的武本奇一把拉住。陈天海手疾眼快，扑上去死死地抱住戚芳薇。

秦晓丹猛然回神，赶忙上来想抱起哭喊的戚芳薇。田青妮上前把孩子接过去。

锣鼓喧天。列车徐徐开动。

夏方舟泪眼向天，似乎一个不经意的刹那，他看到了乔佳丽。乔佳丽站在远离人群的地方，泪眼汪汪，默默地朝夏方舟挥手。黄爱华在她身边。

红旗招展。火车消失在大山之后。

回去的路上，田青妮抱着哭个不停的戚芳薇，和孩子们走在前面。

秦晓丹落下了一段距离，怅然若失。季成钢好像突然从地里冒出来一般，语气亲切地叫了声："晓丹。"秦晓丹愣了一下，心思不在。季成钢敏锐地观察对方细微的神色变化，说道："听说你回来，一直没见到你。"秦晓丹勉强点了点头。

季成钢故意放慢脚步说："晓丹，目前的形势，说实话，我动摇过，难道我们的追求错了？你的归来让我为自己的动摇羞愧，你是我的榜样！越是在困难的时期，越是能显示出一个人真正的品质。"

秦晓丹回过神来，冷淡地说："季成钢，我没有想那么多。"季成钢不放弃地说："你做到了！晓丹，这才是真正的觉悟，它已经融化在了血液里……"

正在季成钢纠缠着秦晓丹不放的时候，赵殿楚赶上来。季成钢还想留在秦晓丹身边。赵殿楚到了跟前，对他说："我和晓丹有话说。"季成钢没辙，只得先走了。

赵殿楚和秦晓丹边走边谈："晓丹啊，这事我得给你道歉！我不该让你给方舟做工作。说实在的，江汉1700项目更需要他，应该去。我从中间插了这么一手，弄得你和方舟……霍总给我打电话，很关心。晓丹，这事是我不好！"

秦晓丹微微笑了笑说："赵主任，你误会了，我回来不是为了方舟，更没答应和他结婚。赵主任，我希望回109冶。"

赵殿楚不好再说别的："那好！晓丹，欢迎回来！"

道别赵殿楚，秦晓丹独自来到李心梅墓前，小心地把一株金沙蓝梦移栽到一个新的铁皮罐头盒里，说："心梅，也许，这样更好，既能为方舟分忧，又和他保持一些距离，我觉得踏实了许多……可是心梅，我真舍不得他离开……"泪水滴落到刚刚移栽的花朵上。

在车轮和轨道铿锵的撞击声中，火车离金江越来越远。载人的闷罐车厢里一片沉寂，没人说话。

夏方舟还在那里一个人出神。陈国民到他身边说："你们这些知识分子，还真有毛病，不说别人，就说你夏方舟吧，越长越没出息！当年来金江，见了我面你怎么说的？冶建队伍四海为家，到了时候，不光你夏方舟要走，我陈国民也得走。那叫一个意气风发！"

夏方舟没听进去，说："两码事。"

陈国民好似上了火，说："怎么就成了两码事！我家青妮还带着俩孩子呢！我要是你这点出息，也在家守着老婆不出来，别说什么觉悟，还算个大男人吗！别怪我揭你的短，我听说了，秦晓丹没答应和你结婚，人家是奔着川南二期来的。就这一条，你还真比不了秦晓丹！"

这回夏方舟听进去了，说："你少给我来这一套！"陈国民嘿嘿地笑了起来。

201

大楼门口，霍茂森非常热情地握着陈国民的手说："国民啊，欢迎回来！不容易啊，当年江汉钢铁的王牌施工队长，带着队伍回老家了！国民，你帮了我大忙！"

陈国民也是压着嗓子笑着说："你唱红脸，我给你唱黑脸，霍总，你欠我的人情。"

夏方舟上前说："老师，我来向你报到。"霍茂森喜悦地上下打量他说："少帅！"夏方舟笑着说："老师，你别这么叫我。"

霍茂森说："少帅不是白喊的，我给你准备了一副重担！国民，晚上到我家喝酒去，方舟一块去。"

见过了面，霍茂森把夏方舟带到了办公室说："方舟，1700第一课题组，组长的位子，我是专门给你准备的。"夏方舟激动地说："谢谢老师信任！"

霍茂森说："信任是一码事，你能不能完成任务，是另一码事。1700一共有八个课题组，邵睿信是二组的组长。真正的难点，到目前为止最难以攻克的疑难杂症，都在你这个组。"

夏方舟充满自信地说："老师，我喜欢挑战。"霍茂森笑着说："口气还是那么大，一点没变。"夏方舟也笑着说："我是老师的学生！"

霍茂森敛容说道："方舟啊，1700不同以往，做好长期攻关、反复失败的思想准备。成败与否，直接关系到我们国家的钢铁实力，这个项目突破了，标志着我们上了一个大台阶。"夏方舟认真地说："老师，我从哪儿开始？"

霍茂森说："任务交给你了，怎么完成任务，那是你的事。这就好比我给了你赤壁，接下来，看你能不能证明自己是周郎了！"夏方舟笑着说："老师，你对我从来没看错过。"

霍茂森变了神色，问道："方舟，和我说说你和晓丹的事，到底怎么搞的？"

顾弘亮在车上看到已经等在13栋外的秦晓丹，心里就不是滋味了。车还没停稳，秦晓丹跑上前来，给他拉开车门，喊了一声："顾副师长！"

顾弘亮说："出差绕个道来看看你。晓丹，我都听说了，不放心。"

在13栋，顾弘亮足足问了秦晓丹一个多小时，又留她吃了午饭，用自己的车把她送回去，然后来到赵殿楚的办公室说："晓丹是百般为夏方舟辩护，弄得我反而不好说什么。赵主任，我这人憋不住话，还是得说，这个夏方舟，他明明知道晓丹去不了江汉，还是把晓丹一个人抛到了金江……当然，革命工作的需要，每个人都应该服从大局。不过，我是这么觉得，两个人的感情还是不到位。"

赵殿楚也觉得可能有这个因素。

顾弘亮快人快语地说："赵主任，我这次绕这个圈过来，不说虚的，主要是为晓丹。张总和王总都很担心，倘若感情上再受一次打击，晓丹能不能受得了？赵主任，我有个想法和你商量，晓丹人在你这儿，关系还是留在部队，算是借调。如果哪一天晓丹要求归建制，让她回去。你看怎么样?"赵殿楚爽快答应:"可以。在大三线，类似的情况不少，不算特殊。"

顾弘亮舒了口气说:"我还有点时间，赵主任，用我的车，你带着我各处转转看看，对咱们二号信箱、109 冶，对金江，我还是有感情啊!"

第四十五章

202

在陈国民宽敞的工地办公室，武本奇看着刚刚悬挂起来的 1700 项目的示意图，由衷感叹："真壮观啊！"

陈国民开怀大笑，说道："那当然！全国最大、技术最复杂的轧钢工程，前所未有！国字号的大钢铁！要不然，霍总也不会点我的名。用霍总的话说，除了陈国民，交给谁都不放心！"

武本奇欢快地说："师傅，要不怎么说泰山不是垒的，火车不是推的……"

陈国民笑着说："本奇，我准备给你一个重要任务。本奇啊，现如今，你师傅我手下兵多将广，用人谁不用自己的人？这是一句。还有一句，将在外君命有所不受，中队长这一级我说了就算，上边批也得批，不批也得批。师傅我决定，专门给你组建个青年中队，管两个段，你当中队长。"武本奇惊喜之余有些底气不足地说："我……师傅，我行吗？"

陈国民镇了脸，说道："没出息！瞧瞧你夏大哥，二十九岁，第一课题组组长，总工级别！这几年，你跟着他学了不少东西，一个中队长你都不敢接，不给我争脸？"

武本奇感激地说："师傅，我一定给你干出个样来，再不济，我比季成钢那家伙强！"陈国民骂："你小子！和谁比也别和季成钢那个东西比！"

季成钢规规矩矩地坐在程时风办公桌对面，听他说："我们目前的工作，文件都传达了，主要是城建。我们毕竟是冶建队伍，川南二期迟早要上，技术不能丢。总部决定从几个公司抽调一批人，以年轻人为主，组建七公司，主要负责川南钢铁的日常维检和技改，培养人才，为二期工程打好基础。我提议你任七公司经理，通过了。"

季成钢条件反射般地站起来说："我绝不会给你丢脸！没有程主任，就没我季成钢的今天。"程时风手指轻轻一点。季成钢坐下，向前探着身子问："程主任，我能提个要求吗？"程时风看着他说："还是秦晓丹。"季成钢硬着头皮说："调她过去当公司总工。"

程时风淡淡地笑了笑说："顾副师长专门来了一趟，把秦晓丹的组织关系留在了部队……"季成钢一时情急，竟然打断了对方，说："秦晓丹不转业了？"程时风毫不在意，接着刚才的话题说："顾副师长说是担心她和夏方舟，其实人家不放心109冶。"

季成钢问："关系留在部队，那算是借调？"程时风还是淡淡地笑着说："不管借调不借调，人家秦晓丹是为夏方舟回来的。"季成钢顽强地面对程时风。

程时风还是那么笑着，说道："季成钢，秦晓丹的安排我当不了家，得赵总亲自发话。就算是赵总同意秦晓丹过去，你有戏吗？没戏！你那一套，秦晓丹三年前就看透了。"

季成钢突然问："程主任，本来不是你带队去江汉吗？"程时风顿时变了脸色，旋即稳稳地控制住，冷笑道："看我的笑话？"季成钢面不改色地说："程主任的领导组织能力，远在陈国民之上，云泥之别，只是，陈国民原来就是霍茂森的嫡系，程主任不是。"

程时风盯着对方，笑着说："有长进！那我就不瞒你了，这会儿，赵主任正在给秦晓丹谈，人家去不去，当然要看赵主任能不能说服人家，关键还不在这儿，关键在你季成钢！"

程时风没骗季成钢，赵殿楚那边正在和秦晓丹谈："晓丹，我打算让你到七公司干总工。"秦晓丹听到了一些风声，问："七公司的经理是季成钢？"赵殿楚点头说："季成钢一贯表现突出，他有他的缺点，总体上本质很好。"

秦晓丹说："赵主任，在部队三年，我想明白了很多事。当初我激烈反对方舟质疑川南钢铁的设计，其中一个原因，是我误以为方舟打着为工程负责的旗号，颠覆权威、否定科学，我的感情绝对接受不了。季成钢利用了我的感情，他擅长此道。"

赵殿楚笑了笑说："感情上的事，我和顾副师长聊起过，一说到感情，我们这些人往往就转不过弯来。晓丹，咱们换个角度谈。季成钢有他的毛病，犯了一些错误，但多数情况下他的出发点是好的。晓丹啊，揪着过去不放，耿耿于怀，那样的话，还怎么工作？你离开的这段时间，在轧钢厂工程上，季成钢虚心接受夏方舟的指挥，工作上配合得很默契。"

秦晓丹意外地看着他。赵殿楚说："晓丹，我给你个建议，和季成钢直接沟通一下，听听他对方舟的看法。季成钢在时风同志那边，时风同志也在给他谈这事。你们沟通过之后，你还是不同意，组织上一定尊重你的意见。你看好不好？"秦晓丹答应了。

在他们都曾经熟悉的那处江边的地方，季成钢语气神色极其诚恳。

季成钢指着脚下说道："就是在这儿，我对夏方舟说，1966年那件事给了我很大的教训，我不断地反思，最后的胜利者，从来不是暴徒。我向他发起新的挑战，在大三线的热土上，谁将成为最后的胜利者，谁将被载入伟大的史册，我们展开一场新的较量。"

秦晓丹闪过一丝浅浅的冷笑。季成钢捕捉到了，说："他有骄傲的资本。我有的是脚踏实地，积跬步以成千里。"秦晓丹转开目光，看着滔滔而去的江水。

季成钢调动全部肌肉表达真诚，说："晓丹，真心希望你能去我们七公司。"秦晓丹问："我什么时候去报到？"季成钢控制不住激动地说："谢谢！谢谢晓丹，谢谢！我们又在一起工作了！"

秦晓丹正眼看对方说："季成钢，我们只是工作关系。以后，请你不要叫我晓丹，要么叫我秦晓丹，要么称呼我的职务。"

季成钢脸上的肌肉一阵抽搐，喊了一声："秦总。"

203

江汉钢铁老轧钢厂的车间里钢花飞溅。

夏方舟穿着石棉工作服，待一轮钢坯过去，推起巨大的护目墨镜，到一旁一边擦着汗水，一边拿起大号搪瓷缸，大口喝水。一个年轻的女技术员端着缸子小跑着过来喊："夏工、夏工！"

众目睽睽之下，女技术员把缸子递到他面前说："夏工，我专门给你准备的绿豆汤，加了白糖的，特意给你放到那边的，提前告诉你了，你怎么不喝呢？"

夏方舟抱歉地笑着说："我忘了。对不起，小李。"说着抽身回到轧钢机前，拉下护目墨镜。

女技术员动个心思，不由得笑了，她把自己的缸子留下来，拿走了夏方舟的缸子。一边走，一边还不断地回头看轧钢机前的夏方舟。

站在车间门口的陈国民看得直乐，出门上了工程车，回工地。

陈国民的工地上巨型 1700 轧钢车间已大体成形。

下了班，夏方舟到 1700 这边，和陈国民坐在收工后的工地工件上。吃着饭盒里的晚饭，陈国民把剩下的酒一口干了，笑着说："三年的工期，我肯定保质保量提前完工，你那边呢，弄了一年多了，到现在还没找到突破点，我担心啊，方舟，你这个少帅的名声可别砸在 1700 上，这可是全国瞩目的项目。"

夏方舟扯开话题说："本奇上次探亲回来，我一直没好意思问，朝丽怀上了吗？"陈国民叹了一声："没有。我说让他带着朝丽去查查，他不去，他那点心思，怕查出来是他有毛病，那就在媳妇面前抬不起头来了！"夏方舟又问他："你不想田师傅？队长，出来一年多了，不回去看看？"

陈国民回过劲来说："嗨！我说你一个光棍儿，反倒关心起我们来了！转移话题是不是？正好，我借着说说你。乔佳丽现在对你还有没有心思，我也不知道了。秦晓丹我说不着她，人家对你没那意思！你到底怎么打算的？"夏方舟不接话。

陈国民接着说："那天我去霍总家，看你师母急的，非得让我给你介绍对象。我说夏方舟还用得着我介绍吗？轧钢厂的那帮女技术员，鲜花朵朵，天天围着他转，他忙活不过来。你别笑，有个叫小李的，天天给你鼓捣白糖绿豆汤。有这事吗？"

夏方舟告饶："咱换个话题行吧？我那边遇到了大麻烦，尝试了很多方案，到现在抓不住关键突破点，我哪有那份心思！"陈国民乐了，说："嘿嘿！露馅了吧？"夏方舟愣了一下，笑着说："给我挖坑，不够意思！"

陈国民笑着说："挖坑你就往里跳？我还真有点想小乔了，那芭蕾舞跳得，俩字儿：好看！仨字儿：真好看！"

乔佳丽已经很久不来看芳薇了，为的是减轻芳薇对她的依赖和思念。昨天团里接到市里的通知，全团去江汉慰问 109 冶参与 1700 项目的建设队伍。乔佳丽半夜辗转，一天心神不定，鬼使神差地来到了幼儿园前。她所在的地方，距离幼儿园不远也不近。

秦晓丹等在幼儿园门口，看到戚芳薇从里面出来，叫了声："芳薇！"戚芳薇欢快地朝秦晓丹跑过来。秦晓丹接住戚芳薇，牵着她的手。

戚芳薇忽然看到了乔佳丽，顿时露出了惊喜的神色。乔佳丽微笑着对她微摇头。戚芳薇很懂事，悄悄地收回了目光。

乔佳丽默默地看着她们远去，说不清是一种什么心情。无从发泄，回到团里自己一个人去了练功房。过了没一会儿，他们团的一个舞蹈演员跑进来说："佳丽！你的调令来了，省歌舞团调你的调令来了！"

乔佳丽猝不及防，软软地瘫坐在地板上。这一天，她等了多少年？又是辗转半夜，第二天，她还是带着说不清的心情，去了七公司在川南钢铁的维检工地。

秦晓丹在指挥施工。季成钢在旁边看了一会儿，上来说："秦总，你指挥若定的气质，真像一位指挥千军万马的女将军。"秦晓丹淡淡笑过，说："说什么呢！一个普普通通的维检工程，哪来的千军万马！"

季成钢满脸笑地说："工程不在大小，人员不在多少，关键是你展示出来的那种军人气质。不服气不行，部队就是锻炼人……"

乔佳丽默默地看着他们，秦晓丹和季成钢说笑着，两个人都显得很高兴的样子。乔佳丽轻咬红唇，明白了困扰自己的心情，决心下定，去找赵殿楚。

赵殿楚听她说了，很不理解地看着她说："小乔啊，据我了解的情况，你们文工团的演员，不都是想着法子去省里的文艺单位吗？有的人到处托关系、找路子、走后门，有人还找到我这儿。"

乔佳丽轻声说："他们是他们，我是我。我不想去。"赵殿楚觉得这简单，不想去就别去了。乔佳丽央求道："不服从调动，我工作单位都没了。老领导，帮我想想办法。市里的领导我都不熟悉，你兼市委副书记，能和他们说上话，帮帮我，求你了！"

赵殿楚觉出了事情不那么简单，问道："能告诉我吗，小乔，你为什么不去？"乔佳丽说："最近我们团要去江汉慰问演出。"

乔佳丽看着他不说话。赵殿楚很快明白过来干脆地说："那好！这事我给你办。"乔佳丽高兴地笑了，忙说："谢谢老领导！"

赵殿楚敛容说道："先别谢我！小乔，事我替你办了，以后你可不要后悔。"乔佳丽笑容坚定灿烂。

205

陈国民正在办公室的图板前查看进度表，武本奇跑进来，欢天喜地地说了一连串："师傅、师傅，好消息、好消息！咱们市文工团要来慰问演出！"陈国民笑了起来，说："好！晚上喝一壶！"正说着陈国民接个电话，放下电话说："霍总要过来看看，回去该干什么干什么，别弄虚张声势假积极的那一套。"

武本奇笑着说:"哪能呢!我是你徒弟!佳丽要来喽!"高高兴兴地跑着去了。

霍茂森和陈国民查看工地,说起来:"国民,金江文工团要来慰问演出,听说了吧?"陈国民笑着说:"听说了!大家都非常高兴,金江没忘了我们。"霍茂森笑得别有意味:"他们舍不得呀,舍不得你这支王牌施工队。"

陈国民马上明白了,瞧着对方说:"霍总,话里有话。"霍茂森笑着点头说:"109冶现在的情况,你该了解。"陈国民说:"霍总,这事说起来我就憋气。除了新成立的七公司,堂堂的冶建铁军天天修马路盖房子!就这样还一半的人闲着,工资照发。换了我,白拿工资不干活,伸不出手,丢不起那个人!"

霍茂森笑眯眯地看着他说:"国民,你和你的队伍,是干大钢铁的。"陈国民何等的机敏,忙说:"霍总,到我办公室喝杯茶?"霍茂森笑着说:"你这个陈国民啊,不点就透。"

到了工地办公室,霍茂森说:"拿下1700,江汉钢铁的技术和规模,全国领先。这么大的钢铁联合企业,需要自己的冶建队伍,规模未必大,但一定是全国最好的队伍。你是冶建这一行的王牌队长,什么都明白,再好的队伍,不参加最前沿的工程,荒废上几年,想拾都拾不起来。"

陈国民说出心里话:"霍总,你调我来的时候我就琢磨,除了我陈国民,总部和分公司的头儿一个不要,这和当年去金江,赵总点我们四大金刚,像是一个路数。"

霍茂森笑了,说:"国民,你心里有数就行了,不要往外说。1700建成之前,你还是109冶的人。殿楚同志抓队伍,比我强得多!这不,文工团都派来了。"

陈国民表态:"你放心!霍总,我和领导们想的不一样,首先一条,国家需要我的地方,能发挥我能力的地方,就是我陈国民该去的地方。当初去金江,如今回江汉,一个原则!"

霍茂森笑着点头说:"我对你放心,对方舟不大放心。"陈国民大包大揽地说:"霍总,这事你交给我。说起来,小乔这回来得正是时候!"

金江歌舞团的首场演出安排在1700工地,陈国民亲自指挥搭起的临时舞台不亚于专业水平,舞台的大横幅上写着:向第一施工队的英雄学习致敬!

陈国民等在舞台后台外面,前面乔佳丽的独舞惊艳四座,掌声雷动。不一会儿,带妆的乔佳丽跟着武本奇从后台出来。陈国民笑得合不上嘴,说:"小乔姑娘是越长越漂亮了!"

乔佳丽笑问:"陈队长,一年多不见了,你好吗?"陈国民说:"好好好!我好着呢!夏方舟不好。小乔,你还没见他吧?"乔佳丽说:"还没来得及。我想演出完了去找他。"陈国民一本正经地说:"在这儿说话不方便,小乔,明天你到我办公室,让本奇到招待所去接你,听完我的话之前,别去见方舟。"乔佳丽使劲点头。

第二天,武本奇把乔佳丽接到工地办公室。陈国民不兜圈子说:"小乔,我先问你一句,你对方舟?我说的是现在。"乔佳丽毫不犹豫地点点头。陈国民说:"要的就是你这个点头。这次过来,你们在江汉能待些日子?"

乔佳丽说："能待很长时间。昨天给你们一队专场慰问，接下来，给江汉钢铁的各个单位安排了好多场，我们还要在江汉市演出，至少也得待上一个月，要是受欢迎，待的时间还会长。"

陈国民有了底，说："小乔，我先给你说说周围的形势。我说的是夏方舟周围的形势。"乔佳丽又发蒙了。

陈国民说道："小乔啊，有些事你知道，比如说，秦晓丹对方舟不是那层意思，方舟这边呢，从到了江汉一直没回去，当然了，首先是工作离不开。有些事你不知道，方舟来江汉这一年多，追他的姑娘，算得上是成群结队。我亲眼看到的，下了班，三个女技术员围着他，一个比一个漂亮，个个都不放手。"说到这儿他故意收住。

乔佳丽甜甜地笑着说："方舟哥不会喜欢的。"陈国民说："我就喜欢咱们小乔这一点！可是呢，那些人天天缠着方舟，不说夜长梦多、节外生枝什么的，对他能没一点影响吗？小乔，你来了，你们两个到钢铁院，到厂里转上一两圈，那些人赶紧个人找门路去，你方舟哥心里也踏实了不是？"乔佳丽笑逐颜开地说："谢谢陈队长！"

陈国民这回认真地说："小乔，趁着现在没有干扰，抓紧！"乔佳丽笑着点头，忽然想起来说："哎呀！陈队长，差点把重要的事忘了，田师傅要来看你，放暑假了，田师傅带着海燕和海子一块来看你！"

206

霍茂森看着夏方舟在16K图纸上的推演草图问："在你脑子里推演过了？"夏方舟说："推演了很多遍了。"霍茂森点点头说："还需要验证。"

夏方舟说："我打算在老轧机上试一试。具体想法是这样。"说着又拿出另一套16K图纸上的草图，放到老师面前。

霍茂森仔细地审看了草图说："在老轧机上实验是个捷径。不过，这么做是有一定风险的。"夏方舟很有把握地说："风险不大。老师，我反复推演过了。"

霍茂森说："老轧机还担负着生产任务，在上面做手术，还是大手术，我一个人说了不算，得经过班子讨论。你给我出一套正式的图纸，开会用。"夏方舟充满信心地说："很快就出来。"

霍茂森放下图纸，问他："方舟，金江文工团来慰问演出你看了吗？我听说，小乔来了。"夏方舟脸上现出了发自内心的笑容，说："哪天，得去看看佳丽。"

回到钢铁院的办公室，夏方舟全力投入到图纸中。第二天上午，全力以赴的他正在图板前思考。听到敲门声，说了句："请进！"

乔佳丽轻轻推门进来，看着专心致志地沉浸在图纸中的夏方舟，甜甜地喊了一声："方舟哥！"

夏方舟回头，十分惊喜，迎过来说："来，佳丽，这边坐！我给你倒点水！佳丽，这几天我忙得要死，知道你来了，还没来得及过去看你，也没有去看你的演出，不怪我吧？"

乔佳丽忙站起来从夏方舟手上接过水杯，甜甜地笑着说："不会。方舟哥。永远都不会怪方舟哥！"夏方舟又高兴地打量着她说："一年多不见了，真快！这几天是我最忙的时候，忙过这一段，一定去看你演出。"乔佳丽体贴地说："方舟哥，不着急，先忙你的工作，我们在这儿待很长时间呢！这次，我们带来了整台的《红色娘子军》，演了三场，反应特别好，邀请我们的单位排着队，演出任务又增加了。"

夏方舟舒心地说："太好了！这样我的时间安排上会从容得多。佳丽，江汉很多风景和建筑都很有特点，我想办法，至少挤出一整天的时间，带你看看。"乔佳丽高兴地用力点头，然后说："方舟哥，你忙吧，我先回去。"夏方舟感受到一种特别的温暖。

乔佳丽和夏方舟从楼里出来，下意识地用一个优美的舞蹈动作，轻轻地推住了夏方舟的胸膛，近距离地微微仰视说："方舟哥，不要你送了！"

工作人员纷纷驻足，追求夏方舟的几个女技术员神色黯然。

乔佳丽亲切温柔地说："方舟哥，你要多注意身体，别让大家为你担心。再见！"夏方舟点头，追上一句："佳丽，我会尽快安排，等我通知！"乔佳丽笑应一声。

夏方舟这才注意到周围的目光，余光看了看，假装不觉，依然看着渐渐远去的乔佳丽，却与刚才不同，有些出神。

陈国民安排说："海燕，海子，跟着本奇大哥去见识见识大钢铁！"

武本奇一边拉起一个说："海燕、海子，跟着大哥去看看你爸爸带着我们建设的伟大工程！师母，我们走了！"拉着两个孩子出了办公室。

陈国民过去关上门说："青妮，你来江汉，事先不和我商量一声，打个长途电话能花几个钱？让小乔给我带口信，你打的什么算盘？"

田青妮娇声嗔怨："和你商量不让来呢？出来一年多了，人家都回去，就你不回去。"陈国民虎着脸说："你也是干冶建的，这么大的国字号重点工程，霍总点名让我干，部里下的调令，除非工程验收合格，我能走得开吗？再说了，回不去的不光我一个，夏方舟不也没回去吗？"

田青妮委屈地说："孩子们想你了！你不想孩子？除了看看你这个当爹的，也让他们看看江汉，毕竟是他们出生的地方。趁这机会，我也想看看过去的熟人。"

陈国民一把抱住妻子说："小娘们儿，说了半天，你不想我？"田青妮两脚离地挣不出，忙说："大白天的，还在办公室，赶紧放开，让人家看见了！"陈国民不但不放手，还就势探进衣服里。

207

季成钢和秦晓丹在完工的维检工程前说："秦总，这重要的维检工程，一次验收成功，你作为总工，居功至伟！"

秦晓丹冷淡地说："没那么夸张。工作是大家干的，图纸都是现成的，我不过是做了施工工程师的本职工作。"季成钢坚持说："秦总，你作为我们 109 冶最年轻的女总工……"秦晓丹打断他:"我得回去了。去接芳薇。"

季成钢好像很意外地问:"幼儿园不放暑假吗?"秦晓丹淡淡一笑说:"那么多人在外地,幼儿园放了假,孩子们去哪儿?"

季成钢要的就是这个,不失时机地说:"秦总,你对芳薇的照顾有口皆碑。不过,孩子毕竟是戚光复和陆汀兰两位烈士托付给夏方舟的,从他去了江汉一次都没回来,且不说他喜欢不喜欢芳薇,也不说烈士托孤,就是从私人关系上来说,戚光复、陆汀兰和他什么关系?就算是为了那份嘱托,也不能把孩子交给别人吧!"

秦晓丹转身离开。季成钢提高声音说:"所谓生死之交都能背叛的人,还有什么不能背叛。"秦晓丹根本没有回头。

找不着辙的季成钢,实实在在地击中了秦晓丹的软肋。和往常一样,秦晓丹到幼儿园接了芳薇,回来做好晚饭。两个人在小桌上吃着饭,没有预兆,戚芳薇突然问:"晓丹阿姨,爸爸为什么不回来看我们?"

秦晓丹还是像往常那样说:"爸爸工作忙,抽不出时间回来。对吧?"戚芳薇不接受地说:"别人爸爸都回来过了!"秦晓丹微笑着说:"芳薇,海子哥哥的爸爸也没有回来,对吧?"

戚芳薇点头说:"嗯!知道了,爸爸像海子哥哥的爸爸一样忙,想回来看我们,没有时间回来。"秦晓丹笑着夸她:"芳薇真聪明!"没想到,戚芳薇接着说:"不对!田妈妈带海子哥、海燕姐姐去看陈伯伯,我们为什么不去看爸爸?"

秦晓丹僵住了,不知道该怎么回答。戚芳薇低下了头,过了一会儿,嗫嚅道:"我知道了,晓丹阿姨工作忙,没有时间。以后、以后我不再说了。"秦晓丹急忙扭过脸去,泪水扑簌簌地滚落下来。

第四十六章

208

乔佳丽和夏方舟在江汉那座著名的大桥附近的景区散步。乔佳丽问："方舟哥，你的方案完成了？"夏方舟心情很好地说："完成了！不谈工作，今天是我到江汉的第一个休息日，任务就是陪你玩。佳丽，这儿有一种很有名的鱼，听说过吗？我们去吃那种很有名的鱼，怎么样？"乔佳丽快活地答应了。看到了景区照相点，不由分说，拉着夏方舟过去。

在那个标志性的景点前，乔佳丽抱着夏方舟的胳膊在镜头前，笑容灿烂。夏方舟看看眼眸清澈的乔佳丽，难得的轻松，也笑对镜头。

夏方舟特意找了家很有名的店，为乔佳丽点了那种很有名的鱼。

夏方舟微笑着看着她说："佳丽，找个男朋友吧！"乔佳丽摇头说："不找。只要你不结婚，我会一直等你。"夏方舟坦诚地说："佳丽，这样会让我觉得对不起你，让我心里很难受。"

乔佳丽笑着说："方舟哥，这是我的事，你不要有心理负担。"夏方舟说："我怎么会没有心理负担呢？佳丽，我喜欢你，因为喜欢你，所以我希望有一个用全部的感情爱你的人，带给你一生幸福，让你每天都过得快乐。"

乔佳丽甜甜地笑着说："我很快乐！你也吃鱼呀！这鱼确实挺好吃，就是刺比较多，吃起来有点麻烦。不过，我不怕麻烦，只要好吃！"夏方舟听出了话里的双关，心疼对方，却也无奈，还是笑了，换了话题。

武本奇跟着陈国民在工地上边走边说："师傅，这一回夏大哥确实对佳丽非常好，可他这个好不是那个好，一条'三八线'划得清清楚楚，自己不过，也不让佳丽过。那意思，他就是佳丽的大哥，佳丽不要有别的想法。"陈国民骂上了："这个夏方舟，不知好歹的东西！"武本奇继续说："佳丽她嘴上不说，心里难受，我能看出来。"

陈国民停了下来，说："没法不难受！佳丽这姑娘我看着都心疼。本奇，你有什么办法？"

武本奇两手一摊，说："我有劲使不上啊！"陈国民指点着他："好朋友不是这么处的，该骂的时候就得骂。"武本奇脑子一转说："懂了！师傅，看我的！"

天黑了有一会儿了，夏方舟从老轧钢厂车间出来，意外地看到武本奇等在路边。武本奇说："大哥，我等你半天了。我不管你忙不忙，大哥，今天你跟我走。"夏方舟笑了一下说："去哪儿？"武本奇亮一亮手上的帆布提包，说："酒和菜我都预备好了，你找个地方，附近就行，没人的地方。"

夏方舟就近找了一处僻静地方，水银灯下，两人坐在废钢铁上，一瓶酒、一饭盒菜，两只杯子。武本奇一口把酒干了，说："大哥，我实在是看不下去了！"夏方舟笑着说："本奇，你听我说……"

武本奇坚决地打断他："你听我说！今天晚上，你听我说！要不然，你揍我一顿！"夏方舟笑了笑。武本奇瞪起眼来说："大哥，省歌舞团调佳丽，她放弃了！你知道吗？"

夏方舟吃惊地说："不知道。怎么回事？"

武本奇按自己的路子说下去："现在知道了？知道了咱们就接着说。以前佳丽她天天想回成都、去上海，光复大哥活着的时候说了不是一回两回了，佳丽是天生的舞蹈演员，至少是上芭一级！她为什么放弃了，还不是为了你吗？大哥！"夏方舟受到强烈震撼。

武本奇越说越上劲："还有你不知道的！我接着说。这边的省歌舞团看了佳丽的演出，立刻和金江那边协商，给佳丽开的条件，过来就是一号。现在就等你一句话，你要是留在江汉，她马上调过来。佳丽这也没和你说吧？大哥。"

夏方舟沉默无言，端起酒一口干了，说："本奇，替我劝劝佳丽，离开金江，她有属于她的生活。告诉佳丽，我爱的不是她。"武本奇急了，说："大哥你……你怎么能这样呢？你也太不够意思了！"夏方舟转身离开。武本奇发了一阵蒙，冲着越走越远的夏方舟喊："我不当这个坏蛋！有本事你自己和佳丽说去！"

209

田青妮带着孩子到了这边，武本奇和林富来他们想着海燕和海子都大了，不能再跟着大人住，调配宿舍，专门腾出了两间工棚，一间里两张床，海燕带着海子各睡各的，陈国民和田青妮那间，把两张单人床合在一起。

这会儿，两口子上了床。陈国民说："青妮，明天你和孩子就回去了，我给你安排个任务。回去以后，你给我好好地拉拉长舌头。我听说，秦晓丹到了季成钢那个垃圾七公司，和季成钢走得挺近乎？"

田青妮说："是都这么传。这还用得着我给人家拉长舌头？"陈国民说："不是他俩，是夏方舟和乔佳丽。"田青妮一下就明白了，说："这意思，把话传过去，让那边觉着，夏工和佳丽要成了？"

陈国民笑着说："是个明白人！回去以后，你可了劲地把这舌头往长里拉，添油加醋，让109冶的都相信，夏方舟和乔佳丽，成了！"田青妮又犯了嘀咕："不行，这事我得再琢磨琢磨。他爸，你说，秦晓丹干吗非得从铁道兵队伍回来，说不定在等夏工呢！"

陈国民说:"你这娘们儿真不开窍!"起身下床去打开门朝外面看看,重新关上门。田青妮问他:"你干吗?鬼鬼祟祟的。"陈国民到了床前说:"我有要紧的话给你说。"上了床,把她拉到怀里,贴着耳朵说了几句。他这边还没说完,田青妮一声惊呼:"他爸,要把你们留在江汉?"

陈国民一把捂住她的嘴,还是压着嗓子叮嘱:"青妮,这事霍总就给我一个人说了,你听了给我烂到肚子里,不准发芽,孩子也不能说。这要让109冶知道了,能炸了锅!"

田青妮兴奋地点着头,身子贴到丈夫怀里说:"他爸,我和孩子什么时候过来?"陈国民说:"那还不早晚的事,当年你怎么去的金江!别打岔,我问你,109冶现在什么状况?"

田青妮身子一扭笑着闪开去,说:"都问了好几回了!一半的人闲着,反正工资照发,日子还行。"陈国民骂:"行个屁!别说拿钱不干活,修马路盖房子的日子我也过不了!我陈国民就是为中国的大钢铁生的,要不然,霍总不调别人,单单挑我陈国民?"田青妮又笑,说:"正说着夏工呢,自己又在这儿吹上了。"

陈国民把她拉进怀里说:"给我好好听着,下边就说到夏方舟了。这趟过来,你亲眼看到了,江汉钢铁红红火火,川南二期遥遥无期,说明什么?形势变了,中国的钢铁大业在江汉!夏方舟现在干的搁着以前就是总工。说明什么?江汉钢铁需要他。这就到秦晓丹,她对夏方舟什么心思我猜不出来,一条,她不想来江汉,就这一条,她和夏方舟能有戏吗?"

田青妮这回是真的听了进去,频频点头说:"这倒是。当家的,听你的!"

秦晓丹把戚芳薇送到幼儿园门口说:"自己去吧!下了班阿姨来接你。"戚芳薇磨蹭着不动,显然有话想说。

戚芳薇说:"我们幼儿园的阿姨说……阿姨说,佳丽阿姨要嫁给我爸爸了。"秦晓丹愣了。戚芳薇忽然有点害怕,忙说:"晓丹阿姨,我去幼儿园了。"一路小跑,进了大门,躲在大门边上偷眼看。

秦晓丹呆呆地站在那儿好半天,去办公室的路走得很沉。

窗台上,金沙蓝梦又值花期,热烈绽放。秦晓丹默默地看着它。季成钢没有敲门直接进来,大模大样地到了秦晓丹身边,一脸鄙夷地说:"一盆无名野花,我看它和野草没什么两样,至于对这种东西这么用心吗?"

秦晓丹突然发火说:"季成钢!你是不是总喜欢偷窥别人?不管它是野花还是野草,我喜欢!这和你有关系吗?和你没关系,根本用不着你做什么评价!肆意评判别人的私人爱好,是非常缺乏教养的恶劣习惯!"

季成钢悲天悯人地说:"大家都知道了,夏方舟要和乔佳丽结婚了。"秦晓丹怒火喷发:"这和你有关系吗?有吗?"季成钢一脸虔诚地说:"和我关系。夏方舟一再欺骗、利用你的感情,最后,他彻底欺骗了你,无耻地背叛了你!"

秦晓丹浑身颤抖地喊:"出去!"季成钢转身,脸上浮现出得意的冷笑,离开,带上了房门。秦晓丹突然垮了，呆呆地站了片刻，伏在桌上，身体剧烈颤抖。

门外的季成钢从门缝往里看，自鸣得意地说："晓丹，我终于击中了你的软肋！哭吧，哭吧！冬天已经降临，春天还会遥远吗？"愉快地沿着走廊离去。

下午，秦晓丹来到陵园，久久地坐在李心梅的墓前，说道："心梅，听说方舟要和佳丽结婚了，我心里有一种说不出来的疼。静下来再去想，佳丽和方舟结婚，应该是我们都希望看到的最好结果。也许，当初我不该回来……"

210

夏方舟来到霍茂森的办公室说："老师，老轧机改装完成，今天进行第一次实验。"霍茂森说："我和你一块去。"夏方舟忙说："你别去。老师。"

霍茂森瞧着他说："看来，有安全隐患。"夏方舟笑了笑说："风险总得冒一点，我保证，老师，不会出现重大安全事故。"霍茂森微笑颔首，说道："好！失败了不用通知我，成功了，第一时间给我打电话。"夏方舟笑着说："这也是我的计划。"

老轧钢厂车间的轧机运行。夏方舟和几位工人师傅穿着石棉工作服，带着巨大的护目镜在轧机前。

一块钢坯顺利通过，钢花飞溅。工人师傅们纷纷对夏方舟竖起大拇指，夏方舟也高兴地向他们竖起大拇指。

第二块钢坯过来。前面的一个工人发现了什么，凑上前去。钢坯突然发生侧移！夏方舟身敏眼快，疾步冲上去，一把将工人推开。

轧钢机发生故障，炽热的钢坯撞向一侧，把一个临时加装的部件顶起来擦着夏方舟的身子飞了出去，夏方舟沉重地倒在地上。

现场的人都惊呆了。

夏方舟躺在江汉钢铁医院的特护病房里，处在深度昏迷中，胸部缠了大面积的纱布。医生和护士在病床旁照看。

霍师母擦着泪水说："方舟，你要有个三长两短，我和你老师怎么向你爸爸妈妈交代？"霍茂森急得直搓手。邵睿信说："老师，师母，你们先回去吧！方舟这儿我都安排好了，有什么情况随时给你们打电话……"

陈国民推门进来，猛然收住步子，怔怔地看着病床上的夏方舟，声音发颤地问："霍总，方舟他怎么样？"霍茂森强忍着泪说："刚出手术室。断了五根肋骨，只差一公分就把心脏刺开了。"陈国民顿时满眼泪。

外面走廊上，武本奇、林富来和许多工人守在病房外面。乔佳丽沿着长长的走廊风一样地跑来，冲进病房。

乔佳丽扑到病床前，又不敢碰夏方舟，泪水如注，哭道："方舟哥，方舟哥，你怎么又把自己弄伤了……"霍师母擦着泪扶住哭得就要站不住的乔佳丽说："小乔，别哭，别哭。"

一个护士进来，到霍茂森身边，悄悄说了几句。霍茂森说："国民，你跟我去。他们院长要见我。"陈国民感觉有种不祥之兆，急忙扶着身子有些发抖的霍茂森出门去了。

霍茂森和陈国民在院长办公室，院长说："霍总，陈队长，夏工还没脱离生命危险，病房里不要有其他人，你们的人都回去吧，走廊上也不要留人。请相信我们，我们安排了最好的医生和护士。有什么情况，我会随时向你们汇报。"

霍茂森稍微想了想说："刘院长，我提个建议，你看行不行，让小乔留下，就是金江歌舞团那个跳芭蕾的姑娘，你看过她的演出。"院长点头说："听说她是夏工的女朋友？"

霍茂森问："让她留下来，不会影响你们吧？"院长稍加考虑说："女朋友在身边，对夏工应该有积极作用。万一……"没说下去。霍茂森和陈国民都听明白了。

陈国民回到工地，大家伙儿都得到了消息。跟了他十几年的那些老工长和老工人聚集到办公室，围着他坐了一圈，长吁短叹，好半天没人说话。

陈国民一声大叹。年纪最长的老工长得到众人的眼神，开口劝："队长，你也别太焦心了，我们大家伙儿都相信，夏总吉人天相！"众人附和。

陈国民滚滚的热泪哗哗地流，说道："我信……信！可我心里堵得慌啊！咱们眼见着方舟死了几回了？头一回，他去大三线的路上出了车祸，第二回，排除哑炮，第三回，调查金江的水文资料，第四回，为了挽救川南钢铁的隐患，那四回，都是为了事，可这一回，第五回，是为了人！他舍了命地冲上去，是为了救一位工人师傅啊！唉，我想明白了这件事，才真明白了咱们夏总！回过头去想想，季成钢那王八蛋，从到了金江那天起，口口声声接受咱们再教育，什么意思？他是告诉咱们，和咱们工人不一路！再回头看夏总，从来没把咱们当成两样人，1965年他到金江的头一天晚上，和我们四大金刚睡在装卸场！没这心思，他就不能舍了命去救一位工人！"他流着擦不完的大把的男人泪。

工人们都是满眼泪。

程时风直勾勾地看着赵殿楚，声音发颤地说："还没脱离生命危险？"赵殿楚沉重地点点头说："他们那边上了最好的医生和手段。"一声长叹。程时风飞快地想了一下："赵主任，我过去一趟，代表你，代表组织慰问方舟同志。"

赵殿楚说："我和霍总提了，茂森同志的意见，让我们等一等。方舟能不能脱离危险，明天是关键。你做好准备，两套方案，明天接到霍总的通知，你从成都直接飞过去。"

程时风说："赵主任，要不要通知秦晓丹？"赵殿楚很是为难地说："这事弄得有点复杂。正好乔佳丽在那边演出，霍总征求了医生的意见，让小乔在医院陪护方舟。"程时风不解地问："霍总怎么让乔佳丽陪护方舟？"

赵殿楚说话的头绪也有些乱："茂森同志心疼啊！方舟是他最好的学生，他和仲霖同志的私交非常好，我听霍总话里的意思，他觉得小乔是方舟的女朋友，安排小乔陪护方舟，霍总是做了最坏的打算。"

211

筋疲力尽的乔佳丽斜倚在病床旁的椅子上睡着了。

昏迷中的夏方舟渐渐睁开眼睛。新换班的护士守在病床前，轻声呼唤："夏工！夏工！"夏方舟转动眼睛。

乔佳丽猛然惊醒，喊声："方舟哥！"夏方舟看着她微笑。乔佳丽顿时热泪盈眶，顾不上和夏方舟说话，风一般地来到病房外喊："本奇、本奇，方舟哥醒了！"

原来，陈国民没听院长让他把人从医院里撤走的吩咐，让武本奇安排人在这边值班，有什么消息马上告诉他。此刻，武本奇一把拉住就要回到病房里的乔佳丽说："佳丽你再说一遍，夏大哥醒过来了？"得到确认，武本奇回身就跑，出了医院，跳上一直停在这里的施工车，直奔工地。

武本奇擦着泪说："醒了！师傅，夏大哥醒了！昏迷了三十多个小时，醒了！"陈国民眼热，张口就骂上了："夏方舟，没你这么折腾人的！你死就死个痛快，又醒了过来，你这不折腾人吗！"

霍茂森得到消息，还是先去了院长办公室，详细询问了情况，到了病房开口就训上了："夏方舟！你有九条命是不是？从你十四岁第一次在你爸爸的工地上翻车算起，你死了八回了，我都给你记着呢！你想死在我这儿是不是？"

夏方舟迫不及待地说："老师，有个好消息……"霍茂森不让他张口，说："你伤成这样，没好消息！"乔佳丽在旁边着急地说："霍总，你不要这么凶方舟哥！"

夏方舟抓住机会说："老师，我醒过来以后，在头脑中仔细还原了现场发生的情况，事故是一个部件的加工质量造成的，我们的实验是成功的，1700关键的技术难点，我们突破了！老师，让他们给我送块图板，我马上把它画出来……"

霍茂森说："你给我好好养伤！"夏方舟说："老师，不赶快画出来，我怕忘了……"霍茂森打断他："你忘不了！你那脑子，我还不知道！"霍茂森不愿意让学生看到忍不住的泪水，扭过头去说："什么也别想，好好养伤！"

昨天晚上，秦晓丹准备睡觉前，习惯性地到戚芳薇床前为她盖一盖毛巾被，忽然觉得不对，用手试了一下戚芳薇的额头，吃了一惊，仿佛不敢相信，又用额头试过，顿时变了脸色。

戚芳薇高烧不醒。秦晓丹慌了，努力地让自己镇静下来，找到手电，背起戚芳薇出了门去。

从歌舞团宿舍去109治医院，距离不近，其中一大段路依然是荒山野岭，黑漆漆一片。秦晓丹打着手电，急匆匆地背着昏迷的戚芳薇一路小跑，被坑洼不平的道路绊了一脚，摔了出去，倒下之前，为了护住背上的戚芳薇，自己的脸和胳膊都摔破了。夜色茫茫，孤立无援，秦晓丹喘息片刻，艰难地爬起来，拾起甩出去很远的手电，背着戚芳薇一路跌跌撞撞。

第二天早上，医生将守了一夜熬得两眼通红的秦晓丹叫到办公室说："秦工，芳薇是肺炎，高烧恐怕一时还退不下来，还要住几天院。"秦晓丹说："我给单位请假了，在这儿陪着她。"医生劝她："秦工，昨晚上你摔得不轻，又熬了一夜，回去休息吧！这儿有我们呢！"

秦晓丹微微摇头说："芳薇小小年纪经历了那么多，心理比较脆弱，她爸爸又不在……"正说着，一个总部工作人员进来说："秦工，赵主任让你马上去他的办公室。"秦晓丹感觉不好，问："出什么事了？"

工作人员说："车在门口等着呢，秦工，赶紧走！"秦晓丹不觉有些慌，说："大夫，芳薇先托付给你了！"

到总部，赵殿楚说："晓丹，别担心，方舟脱离生命危险了。"秦晓丹如释重负，强忍泪水。

赵殿楚告诉她："方舟为了抢救工人师傅，断了五根肋骨，事迹很突出。江汉钢铁专门给我们发电文，为方舟同志请功，我同意了。还有些同志建议，全面开展向夏方舟同志学习的活动，我没同意。"

秦晓丹忍着泪水说："他不喜欢那样。"赵殿楚尽量婉转地说："晓丹，方舟出事以后，我们和江汉那边都做了最坏的打算。没在第一时间通知你，怕你担心。别往心上去。"秦晓丹强忍的泪水夺眶而出，好半天说了句："谢谢领导的关心！"

赵殿楚把话切到题目上，问："晓丹，时风同志马上赶过去，代表组织看望、慰问，你是不是也一块去看看方舟？"秦晓丹从"是不是"这三个字里听出了赵殿楚的弦外之音，问："佳丽不是在那边吗？"

赵殿楚颇费心思地说："晓丹啊，我觉得霍总误解了，以为小乔和方舟是那种关系，特意让小乔在医院陪方舟。霍总的想法，主要是担心方舟万一挺不过来，可以理解。"

秦晓丹擦泪点头说："方舟脱离危险了，有佳丽陪他，我不去了。赵主任，芳薇还在住院。"赵殿楚借机转了话题，问："芳薇怎么样？"秦晓丹说："肺炎，烧还没退下来，大夫说得再住几天院。"

赵殿楚点点头，嘱咐她："晓丹，你也要注意自己的身体。"秦晓丹说："我没事。赵主任，我回去了。"秦晓丹出了门，赵殿楚的万般心绪化作一叹。

晚上，秦晓丹看着病床上睡着了的戚芳薇，泪水静静划过面庞，自言自语道："方舟，佳丽是个好姑娘……"

程时风坐了十几个小时的火车，到了成都，订下第二天的机票，到江汉已经是下午。从金江到江汉，这是最快的途径了。下了飞机，先去拜访霍茂森，又把周边相关的事安排妥当，饭也没吃赶到医院时，已经是晚上九点多钟。

夏方舟伤势依然很重，睡着了，乔佳丽托着腮坐在病床前。

程时风在院长的陪同下来到病房。乔佳丽有些意外，赶忙起身说："程主任。"程时风到病床前，乔佳丽怕他把夏方舟叫醒，忙说："刚睡着，打了睡觉的针才睡着的。"

程时风点点头先对院长表示歉意，然后说："小乔，别惊醒了方舟，到门口我和你说几句。"乔佳丽跟着他到门外,问:"程主任,你来出差?"

程时风说:"我代表组织过来看望慰问方舟同志,也要感谢江汉这边对方舟同志的积极救治。小乔,我到了就找你们团长,给他说了,这段时间,尽量让替你的那个演员演出,你多抽一点时间过来陪方舟。"

乔佳丽感动地说:"谢谢领导!"程时风由衷地说:"小乔啊,是我们应该感谢你!辛苦你了!明天我再来看方舟。小乔,你也要注意休息。"

乔佳丽忙叫住他:"程主任!程主任,丹姐……啊,我是说秦工,她知道方舟哥受伤的事了吗?"程时风应了一声,故意含糊其词:"那个……晓丹同志过不来。"

乔佳丽心情复杂地说:"领导放心,我会照顾方舟哥!"

九条命的夏方舟再一次显示出他惊人的生命恢复能力。在他苏醒后的第四个晚上,乔佳丽坐在病床边的椅子上,为仍然半躺在病床上的方舟扶着一个硬皮文件夹。

夏方舟继续飞快地在16K的纸张上画图,乔佳丽心疼怨嗔:"我真不该给你偷偷地去买这些东西,那你就画不了了。"夏方舟停下来说:"佳丽,1700取得突破,我们国家的钢铁产业会上一个大台阶,很多工厂、很多项目都在等着它,时间紧迫。"

乔佳丽甜甜地笑着说:"继续画吧方舟哥,疼了和我说一声,休息一下。"夏方舟应声,重新投入,继续画图。乔佳丽扶稳硬皮文件夹,着迷地看着全神贯注的夏方舟。

程时风在江汉待了三天,中间接到赵殿楚的电话,从江汉去北京,把109冶面临的困局向部里做了深入汇报。部里对他们的情况表示同情,但是国家经济面临巨大的困难挑战,希望他们自己多想想办法,主动为国家分忧。这一趟下来,半个多月就过去了。回到金江头一天上班,季成钢到他办公室。程时风听季成钢说了没几句,直接打断:"你想干什么?"

季成钢说:"原来听到夏方舟和乔佳丽的传言,总觉得夏方舟还不至于。这段时间那边不断有人把电话打回来,说夏方舟公然和乔佳丽白天黑夜在一起,晓丹同志到现在还为他带着戚光复和陆汀兰的遗孤。这对晓丹同志很不公平。"

程时风不动声色地点点头说:"不公平……你觉得该怎么处理?"

季成钢控制不住情绪地说:"程主任,你亲眼看到了,夏方舟欺骗晓丹同志,玩弄晓丹同志的感情,和乔佳丽鬼混,道德品质恶劣,生活作风败坏……"

程时风一声呵斥:"闭嘴!我说了你多少次了,还在打秦晓丹的主意!"季成钢一脸愤怒地说:"我是为晓丹同志感到不平!"

程时风喝一声:"季成钢!你给我听好了,109冶有你没你无所谓。夏方舟是109冶的少帅,没人可以取代。如果你继续在夏方舟身上动歪点子,不会有好结果!"这边没说完,程时风接到赵殿楚的电话。放下电话,又对季成钢说:"我刚才说的,你给我好好记住。否则,谁也救不了你!回去吧!"

季成钢完全晕了,头昏脑涨地出了程时风的办公室。

程时风到赵殿楚这边,赵殿楚对他说:"夏方舟对1700关键技术的突破做出了突出贡献。人还没出院,江汉那边报到部里,部里批准了,江汉钢铁任命他担任1700项目主管技术的副总指挥，没征求我们的意见。"

程时风明白了，说："他们想留下夏方舟。"赵殿楚气恼地说："他们想留下的不只是一个夏方舟。"程时风听懂了。

赵殿楚有些气不打一处来，说："陈国民带过去的八千精锐，他们早拨到自己的算盘珠上了。"程时风痛切地说："赵主任，他们这是要抽咱们的筋，我们坚决不能答应！"赵殿楚点头又摇头说："除非川南二期重新上马，否则我们争不过他们。"

第四十七章

212

沿着历史的坐标去观察，时间过得很快，犹如白驹过隙，一个瞬间，疾风骤雨的时代就结束了。

很多人已经记不起来，究竟等待了多长时间，四个现代化的标语终于重新占据了城乡的街头和铁路沿线的标语墙。

江汉钢铁 1700 巨大的车间外，四个现代化的大标语耀眼醒目，红旗招展。

车间里，夏方舟身穿石棉工作服，站在 1700 轧机的指挥位置，发出指令。

巨大的金色钢坯顺利通过 1700 轧机，钢花四溅。

热烈的掌声和欢呼声响起。

赵殿楚和霍茂森热烈握手。陈国民充满自豪。

夏方舟推起巨大的护目镜，露出胜利的灿烂笑容，接受人们的欢呼。

中央人民广播电台向全球播发了一条特大新闻评论：

"江汉钢铁 1700 轧机一次试车成功，表明我们中国人有能力驾驭现代化的钢铁骏马。同时，我们也要认识到，比起外国的先进水平，还有很大的差距。我们有信心、有力量缩小这个差距，不断攀上新的高峰，为祖国四个现代化做出更大的贡献……"

在中国 109 冶七公司总工办公室里，秦晓丹听着半导体收音机的播报，脸上是欣慰的笑容，说道："祝贺你！方舟。"门外，季成钢通过门缝看着里面的秦晓丹，腮边肌肉一阵阵颤抖地说："女人……统统都是贱货！"

赵殿楚打量着霍茂森宽大的新办公室，笑着说："祝贺茂森同志担任江汉钢铁总经理！"霍茂森也笑着说："祝贺殿楚同志担任 109 冶党委书记兼总经理！"

赵殿楚摆了摆手，几分自嘲地说："我这个没什么好祝贺的，不过是换了个叫法，算起来，都换了三回了。开始是总指挥，中间是革委会主任，现在叫总经理了，地盘还是那个地盘，摊子还是那个摊子。比不得你呀，现在是家大业大地盘大，千军万马，战将如云！"

霍茂森笑着说："赵总，咱们俩就不兜圈子了吧？"赵殿楚干脆地说："好！老规矩，参加建设的大部队我撤回去，陈国民和他的骨干给你留下，负责技改，直到 1700 正式交付。"

霍茂森说："赵总，再好的冶建队伍，几年荒废下来就彻底废了。我不光是帮你，也是为了保住这支王牌队伍的质量，暂时放到我这儿，江汉钢铁还有些周边工程，交给他们，过渡一下。"

赵殿楚笑得别有意味地说："霍总用心良苦啊！"霍茂森笑着回："这也是部里的意思。"赵殿楚痛快地说："好！那我就谢谢霍总！不过，夏方舟我得带回去。"

霍茂森胸有成竹地说："不是我调方舟，是部里调他，赵总，你挡不住。"赵殿楚不快，笑了笑说："霍总，这你可就不够意思了！调我的人，不和我打招呼，走上层路线。别以为就你能走上层路线！"霍茂森赔着笑脸说："赵总啊，消消气，消消气，晚上到我那儿喝酒。"

赵殿楚不给面子地说："少给我来这些糖衣炮弹。霍总啊，别以为你是方舟的导师就能左右他，我比你更了解他。我答应你，上边，我不找部里，下边，也用不着给夏方舟打招呼，我把话撂这儿，你留不住他！"吵架归吵架，工作上的事吵完了，朋友还是好朋友。赵殿楚说："你刚才说了啊，晚上我去你家喝酒，你得给我上瓶好酒！"

霍茂森笑着说："好酒不是白给喝的，喝完了接着吵！"

这个时候，夏方舟和陈国民正带着技术人员和工人检查处在停车状态的 1700 轧机。陈国民问他："方舟，打算什么时候回金江？"

夏方舟一本正经地说："队长，起码在目前，我不回去。"

陈天海十二岁了。他在话剧团上黄爱华给他开的表演课。九岁那年，他跟乔佳丽学跳舞，被父亲暴打了一顿，仍然不放弃。没想到，他的个头噌噌地长了起来。乔佳丽从他父母的身高判断，天海的个子会长得很高，不适合跳舞，劝他不要学了。天海只是哭，不说话。黄爱华心里不忍，把他收到了自己门下。从那开始，陈天海每天放了学都会来到话剧团。

乔佳丽和黄爱华靠在一起坐在旁边的地板上，悄声问："爱华，海子知道你走吗？"黄爱华摇摇头说："还不知道。这是我给他上的最后一堂课了。"乔佳丽有些说不上的滋味，说："你突然这么一走，他会很难过。"

黄爱华的心已经飞走了，说："佳丽，回成都，去省话剧团，这一天我等了整整八年了！二十五岁，也该谈一场轰轰烈烈的恋爱了！佳丽，你怎么打算？"

乔佳丽说："等方舟哥的决定。"

黄爱华离开前的最后一个午后，和乔佳丽来到金江公园，看着眼前初具规模的钢城，感慨万分："佳丽，真正离开的时候才知道，离开也很艰难。毕竟，这儿留下了我们不再归来的花样年华。"

乔佳丽被深深触动，说："我们不再归来的花样年华。"

213

　　季成钢又是不召而至。程时风笑得不掩玄机地说："你这消息够快的！没错，夏方舟调江汉钢铁。"季成钢长长地舒了口气说："他的目的达到了。"

　　程时风推心置腹地说："季成钢啊，你条件不错，找个好对象不难，别打秦晓丹的主意。你没戏！"季成钢毫不领情地说："我们有共同的理想。"程时风一声冷笑，说："这些东西你找别人说去。不长记性！"没想到，季成钢竟是回了他一个冷笑，转身走了。

　　季成钢径直来到秦晓丹的办公室说："秦总，你感觉到了吗，整个形势变了。"

　　秦晓丹冷冷地问："你指什么？"季成钢手指东方说："江汉钢铁热火朝天，我们这边死气沉沉。"秦晓丹说："四个现代化，国家的发展战略在调整。"

　　季成钢突然发火说："四个现代化！搞四个现代化难道大三线就应该被边缘化吗？举国之力，两千多亿的巨大投入，历时十余年之久，无数的前辈和默默无闻的建设者，把自己宝贵的生命永远地留在了这儿，他们当中，有你爸爸那样的专家权威，也有像戚芳薇的爸爸妈妈那样的青年建设者，大三线是用他们的生命换来的，谁有权力把我们的大三线边缘化？"

　　秦晓丹被唤起了往昔的记忆，有些伤感。季成钢越发激昂地说："无论形势怎么发展，无论谁抛弃了大三线，我都会永远坚守在这儿，我为大三线贡献了青春，还将为大三线贡献终生！"秦晓丹不觉去看那盆金沙蓝梦，金沙蓝梦盎然绽放。

　　季成钢开始自我感动，情绪变得无法控制地说："晓丹，难道，你还在等夏方舟？"秦晓丹转过脸，平静地看着他说："我告诉过你，不要喊我晓丹。"季成钢准备发起的攻势受挫，却不死心。他很快找到目标说："就是因为那盆野花，那盆什么也不是的野花，我知道！"

　　秦晓丹厌烦地说："你不觉得自己很无聊吗？"

　　季成钢说："我必须说！他一直在欺骗你，戴着看上去似乎很高尚、很华美的面具欺骗你！现在，他撕下了自己的伪装，可是你！还沉迷在虚妄的幻想里。夏方舟所谓的梦想不过是成名成家，留在舒适的大城市。他的目的达到了！他是个骗子，他会和乔佳丽那个轻薄的女演员在江汉过上他梦寐以求的那种生活！难道你还要心甘情愿地被他欺骗？"

　　秦晓丹决绝地说："季成钢！请你记住，我和方舟的事，与你无关。"季成钢不允许自己崩溃，说："晓丹，我可以等，可以永远等下去，直到你彻底认清他的骗子的真面目！"秦晓丹起身说："无聊！我下班了。"

　　乔佳丽被秦晓丹约来江边散步，乔佳丽知道她有话要说，可是秦晓丹迟迟不开口。乔佳丽有些不安。

　　秦晓丹停下来说："佳丽，知道心梅吗？李心梅。"乔佳丽点点头说："听很多人谈起过她。"秦晓丹回忆说："心梅是我们这批大学生里第一个为大三线献出生命的人，一晃九年了！想去看看她吗？"乔佳丽还是点点头。

这是乔佳丽第一次来到陵园，看着李心梅墓旁绽放的金沙蓝梦，一种奇异的感觉骤然袭来。秦晓丹说："这是心梅的花，她和方舟的花，心梅叫它金沙蓝梦。"

乔佳丽周身掠过一股寒气，猛然想起，那一年她和方舟带着芳薇在山坡上玩耍，芳薇看到一株蓝色的野花，她看着野花想了一会儿，说就叫它金沙蓝梦。当年她起名的金沙蓝梦，正是眼前的金沙蓝梦。乔佳丽觉得不可思议。

秦晓丹注意到乔佳丽的神色，却不知道背后的故事，以为她为心梅和方舟的过去受到震撼。停了一会儿，秦晓丹说："佳丽，去江汉吧！"乔佳丽收回神来还是愣了片刻。

秦晓丹真诚地说："佳丽，你是个天生的舞者，从第一次看你的演出我就有这种强烈的感觉。岁月虽然蹉跎，幸好改变命运的大门已经重新打开，你不应该继续留在这儿，去江汉实现梦想。方舟也会留在那儿。"

乔佳丽心惊胆战地问："方舟哥会留在江汉？"秦晓丹微微点头说："部里已经下了调令。"乔佳丽心跳得越发厉害，问道："那你呢？丹姐。"

秦晓丹目光不觉转向李心梅的墓碑，深情凝视着说："认识心梅以前，我只在小说中读到过爱情，认识心梅，才知道什么是真正的爱情。我亲眼见证了心梅和方舟的爱情，美丽而惨烈，令人炫目，让人心碎。心梅离开前，在我的怀里，把方舟托付给我，希望我像她那样去爱方舟……"说不下去。

乔佳丽等了一会儿说："丹姐，她把方舟哥托付给你？"秦晓丹看着她，眼中有泪，说："我永远忘不了那一幕……可是，我做不到。"她微微摇头。乔佳丽困惑地说："丹姐，你不爱方舟哥吗？"

秦晓丹徐徐说："在铁道兵部队三年，我曾经想要忘记他，忘不掉。刚才我说，我亲眼见证了心梅对方舟的那种生死相许的爱情，我体会不到那种感情。我又见证了你对方舟的感情，为了他，你可以牺牲自己的一切，乃至于给顾师长写了那封希望我回来的信。我也体会不到你的这种感情。"

乔佳丽依然无法解读秦晓丹话语的深奥，说："丹姐，方舟哥爱你呀！"秦晓丹说："方舟是事业心极强的人，理想高于一切。"乔佳丽听明白了，问："你怨恨他？"

秦晓丹微笑摇头说："不，他给了我一个机会。我帮他照顾芳薇，这让我不再为每每想起心梅临终前的嘱托而内疚，不再为当年对他造成的那些伤害而不安。我感谢方舟，他让我重新找回了自己。"

乔佳丽拿出全部的真诚说："丹姐，方舟哥爱的还是你，我能感觉到。"秦晓丹说："这次不一样了。我不会去江汉，只要他留在江汉，就说明他放下了，都放下了。佳丽，你应该去江汉。"

乔佳丽追问："如果方舟哥回来呢？假如。如果方舟哥回来，说明他放不下你，他爱的是你。是不是？"

秦晓丹否定了自己刚才的想法，说："佳丽，恕我直言，有些方面你可能对方舟的了解还不够深。方舟志存高远，他的梦想和国家的梦想高度关联。一个时代过去了，新时代的大门才刚刚打开，这是真正属于他的时代。佳丽，听丹姐的，去江汉实现梦想，收获爱情！你无愧于这份爱情！"

乔佳丽泪水流下来。

<h1 style="text-align:center">214</h1>

夏方舟把新整理的1700的资料放到霍茂森桌上，说："老师，1700全部交付以后，还是让我回金江吧！"霍茂森翻看着资料说："给我个理由。"夏方舟说出想了很久的话："川南二期不上马，一期的效益，勉强可以达到三分之一，这将造成巨大的浪费。这一点，我看得清楚，老师更是看得清清楚楚，难道上面会视而不见？我相信，二期一定会上马。"

霍茂森从资料里抬起头说："川南钢铁二期上马，有这个可能。对于你要求回金江，这个理由在我这，还不够。"

夏方舟思考着说："我一下说不清楚，感觉，只要川南钢铁工程没有完成，我就没有尽到全部的责任，心里总是有一种亏欠。"

霍茂森笑了笑说："方舟，我这儿还有点事，找个机会再谈。不着急。"等夏方舟走了，他稍忖，给陈国民打了个电话。

陈国民接到霍茂森的电话之前，武本奇问他："师傅，我怎么觉着，江汉这边想留下咱们？"陈国民笑问："觉出来了？"武本奇机敏地说："看来是真的！"

陈国民半藏半露地说："什么叫王牌？王牌到哪儿都受欢迎！不受欢迎，那还叫王牌吗！"武本奇兴奋地说："师傅，人家想留咱，那咱们也甭和人家客气了！"

就在这会儿，陈国民接到了霍茂森的电话。放下电话，把霍茂森的意思对武本奇说了一番，起身去了1700车间。到了地方，不由分说地拉着夏方舟就要离开噪音巨大的车间。

夏方舟在他耳边喊："队长，你没看见吗，我忙着呢！"陈国民也对他喊："我就和你说一句，晚上，到我那儿喝酒去！"夏方舟接着喊："队长，晚上我还有点事。"陈国民大声说："我管你有事没事，下了班上我那儿喝酒去！行了，忙你的吧！"夏方舟看着转身就走的陈国民，没办法，笑了笑，回到轧机旁。

下了班，夏方舟还是如约来到陈国民的宿舍。1700成功试车之后，江汉钢铁就为陈国民这批留下来技改的技术骨干全部安排了新宿舍。陈国民和他手下的老工长的宿舍全部是在当时算得上条件很好的单间楼房。

夏方舟到的时候，陈国民在食堂小灶炒的几个菜已在桌上摆好，就等着他来开酒瓶子。两人喝了没几杯，夏方舟听了出来，说："队长，我老师找你了吧？"陈国民断然否认："这和人家霍总有什么关系！"夏方舟不信地说："你劝我留下来，你的本意？"

陈国民说："冶建大军四海为家，这一课用不着我给你上。川南上不上二期谁知道？江汉钢铁扩建，已经是满城风雨。这个工程启动，那就是全国最大、最先进的钢铁工程，别说我，109冶的精兵强将肯定全都杀过来。你说你回去干吗？"

夏方舟勉强笑了笑说："我没说现在回去。"陈国民直击要害说："方舟，你和秦晓丹的事得做个了断了。"夏方舟回避了他的目光说:"晓丹在等我。"

陈国民苦口婆心地说:"你给我听着!赵总亲口对我说,你受伤的时候赵总让她来看你,秦晓丹一口回绝。你丢了半条命她看都不来看你,她等你,你做梦娶媳妇呢!"夏方舟被他说的底气不足,还给自己找证据说:"晓丹带着芳薇。"

陈国民哭笑不得地说:"你以为秦晓丹带着芳薇,是为了你?我专门让青妮问了的,秦晓丹说了,她带芳薇,是为了光复和汀兰,和你一毛钱的关系都没有!反过来再说你,从来江汉一趟都没回去,人家凭什么嫁给你?"夏方舟说:"反正,她在等我回去!"

陈国民嗤之以鼻地说:"夏方舟,我把话撂这儿,你们俩能结婚,除非我疯了!不对,除非,除非秦晓丹跟着你这个榆木疙瘩一块疯了!不说了,喝酒!"

古人说:人有千算,天只一算。所谓人算不如天算。若论主义和哲学,便是局部和全局的关系。所谓局部,非限于一地一处,也不限于基层上层。即便是权高位重,放到全局也不过是一个点,可俯瞰天下,却未必看得到风起于青萍之末之微。于是古人接着说,天若容人算,世上无穷汉。这便是智慧了。

江汉金江两边的大事小事人事情事事事胶着之际,国家计委批准了川南钢铁二期上马,形势陡变。

程时风难以置信地问:"赵总,川南二期批下来了?"

赵殿楚春风满面地说:"时风同志!跟我去北京,接受任务。"程时风几乎是瘫坐在沙发上说:"赵总,这几年真真假假的消息,把我彻底弄怕了!真的不会有变化了?"赵殿楚给他一颗定心丸说:"部长亲自给我打的电话。"

程时风憋了三年的窝囊气舒了出来,说:"二期上马,霍总得乖乖地把夏方舟和陈国民给我们送回来!"

总部里欢声笑语,陵园里寂静无声。秦晓丹立于李心梅墓前,思绪万千,说:"心梅,我该怎么办?经过了这三年平静的日子,我觉得可以面对方舟了,也一直盼着他能够回来。可是,我实在心疼佳丽,她为方舟付出了那么多。面对佳丽,我问心有愧!"

霍茂森端详着夏方舟,微笑颔首说:"看来,是留不住了。"夏方舟感恩地说:"老师,1700是我大学时代就开始做的一个梦,我会永远感激老师!"

霍茂森语重心长地说:"方舟,这次我还可以放你走,了却你一桩心愿。不过你要记住,实现四个现代化,需要强大的钢铁工业基础,1700只是个新起点,中国钢铁的黄金时代刚刚拉开大幕。建设四个现代化的新时期,一个优秀的钢铁冶建工程师,应该出现在哪个地理位置,用不着我一次次地提醒,完成川南二期以后,我希望你主动到位。"

夏方舟归心似箭,武本奇一肚子牢骚地说:"我一点也不想走!江汉多好啊,不说别的,这种馆子,江汉遍地都是,金江一家都找不出来!师傅,霍总明明让咱们留下的,你干吗回去?还有你,大哥,人家霍总都准备提拔你当副总工了,江汉钢铁的副总工啊!你回去干吗,不就一个川南二期吗!"

夏方舟笑着不接话。陈国民不理他,说:"今天牢骚让他发够。方舟,为中国的大钢铁，咱们俩得一块干！"

武本奇捣蛋地说："嗨哟！川南也算大钢铁？师傅你还是老冶建呢，说这话你不怕丢人，我还怕跟着你丢人呢！川南能和江汉比吗？"

陈国民一点也不生气，呵呵笑着说："你小子啊！我让你长点见识，一个小小的川南二期够你师傅干的吗？川南二期完成，算是咱们对大三线彻底尽了心，到时候老子带着你们杀回江汉，干大钢铁！来，一块端个杯，胜利归来！"

215

赵殿楚高兴地握着夏方舟的手说："欢迎少帅归来！我早就和你老师说过，打赌他肯定输，我们109冶的少帅，谁都甭想挖走！方舟，来，坐！"夏方舟说："赵总，安排工作吧！"赵殿楚心情极好地说："不是安排，是虚位以待！川南钢铁二期项目总工，还满意吧？"

夏方舟笑着说："战战兢兢。"赵殿楚对他的这个态度不满意地说："什么时候学得谦虚了？我可不想看你这个状态。"夏方舟保证说："不辱使命！"

赵殿楚说："这就对了！这才是咱们的少帅！方舟，有个事我得和你认真谈谈，你和晓丹、佳丽之间的关系，到底怎么回事，你得给我说说清楚。"

夏方舟想了想说："赵总，我对佳丽明确说过，我希望做她的好大哥。我心里只有晓丹，可是她怎么想的，我没把握，不知道怎么往前走。我回来，还没见她，见了面第一句话怎么说都没想好，直接到你这来了。"

赵殿楚笑着说："方舟啊，难怪陈国民骂你，这个事上你该骂！晓丹怎么想不明摆着吗！别的我不说了，听我的，速战速决。新房都给你准备好了，咱们新盖的楼，两室一厅，钥匙给晓丹一个多星期了。再给你个提示，晓丹接下这把钥匙说明什么？抓紧！"

大受鼓舞的夏方舟立刻去找秦晓丹，直到见了面，还没想好关键的那一句话怎么说，秦晓丹告诉他："方舟，我回部队一趟。"夏方舟犹如被当头浇了一盆冷水。

秦晓丹瞧他的样子，忍俊不禁地说："我的组织关系还在部队。川南二期上马，我的关系不转过来，随时都可能被部队调回去。"

夏方舟振奋起来，说："明白了、明白了！晓丹，快去快回！我们一起建设川南二期，一起、一起……一起开始我们的新生活。"

秦晓丹侧开了发红的脸，浅浅笑了笑说："我订了明天早上的车票。今晚我们和芳薇好好吃顿晚饭，坐在一起好好聊聊，分开这几年，她也需要重新熟悉你。我们回去吧！"

巨大的暖流笼罩了夏方舟。虽然如此，回去的路上，他和秦晓丹仍然保持着适当的距离。以他的想法，他和秦晓丹之间的感情需要时间，到了那个时刻，自然水到渠成，互相接纳。

陈国民他们四大金刚和梁钱广在酒馆摆上了酒，哈哈笑着说："我胡汉三又回来了！"众人大笑。梁钱广凑趣说："慢着！今天，你们四大金刚为了川南二期，重新聚首，得换大碗，老规矩，我这个老六级工伺候四位大金刚。"

陈国民叫一声："梁师傅！今天喝酒不能少了你，你那女婿，我给你完完整整地带回来了，他没当陈世美！就为这，你也得端大碗！"梁钱广高兴地笑着说："那我就不客气了，倒上！"

这场酒喝得痛快。陈国民回到家时快半夜了。

单位给他新分了房，新盖的楼房，两室一厅，厨房卫生间配套齐全。今天到了家，就被三位金刚拉去了酒馆，没来得及问。这会儿，海燕和天海睡了，他在新房的客厅、厨房、卫生间各处转了一遍，回到他和青妮的卧室说："青妮，搬了新家，这么大的事，你怎么也不写信告诉我一声？"

田青妮白他一眼说："告诉你干吗？你又回不来。"陈国民说："怎么着，埋怨我？"田青妮笑眯眼着他说："夸奖你！当家的，这栋楼是新盖的四十五岁以上的处级干部楼，赵总亲自发的话——陈国民那个王牌队长战功赫赫，给他分一套。"

田青妮笑眯眯地瞧着他说："他爸，你知道咱们楼上邻居是谁？"陈国民说："说了我不就知道了！"田青妮继续笑眯眯地看着他说："是夏工和晓丹。"

陈国民发蒙，问道："怎……怎么个意思？"田青妮笑得越发玄妙地说："夏工还没回来，晓丹先接了这把钥匙，你说什么意思？"陈国民发起愣来。

田青妮笑里带着坏劲说："当家的，我觉得，和夏工搭邻居挺好！"陈国民摸着自己的额头说："青妮，你看我疯了吗，我没疯吧？"田青妮嗔他："大半夜的，你闹什么鬼呢！"

陈国民瞪着眼说："我没疯，那就是他俩疯了，完全疯了，彻底疯了！"

这个晚上，季成钢在他的办公室，面对桌上那张秦晓丹十七岁的照片。

历来精神强大的季成钢崩溃，直接对着酒瓶子，一口灌下去半瓶，两眼发直地盯着那张照片，晃晃悠悠地站起来，拿起那张照片，提着酒瓶子进了里间。

里间是他的宿舍。自从在第一施工队他住到了工地办公室，这么多年再也没有回过宿舍。他摇摇晃晃地到了单人床前，一把将一张行军床掀翻，床下是大量的专业书籍。

季成钢又灌了一口酒，将秦晓丹的照片对着那些书籍，说道："秦晓丹！你看到了吗！你看到了！我这一切都是为了你，为了你我刻苦攻读，废寝忘食，悬梁刺股！秦晓丹，我不是废物！你为什么看不到，为什么？"突然身子一软，醉倒在地上。

两天后，季成钢来到程时风的办公室。对方一脸惊讶，上下打量着他说："我没记错吧，十年了，你从来都是一身工作服，乍换上这身新衣服，黑皮鞋，还理了发，我都不敢认你了！"季成钢没有表情地说："程总，我请假。"

程时风意外地说："请假？这可新鲜！你还从来没请过假，探亲假都没休过。这身中山装，价钱不便宜。皮鞋也是新的，小牛皮，上海产的，手表也换了，瑞士表，这衬衣头两天我在商店见过，太贵了，没舍得买。这一身，少不了七八个月的工资。打扮得这么精神，请假，去哪儿？"

　　季成钢面无表情地说："回老家，结婚。"程时风惊得好一会儿才回过神，话音里带出了同情："成钢，你的心情，我多少能够理解，这么多年……"季成钢依然面无表情，毫不客气地打断他："程总，走了！"不等对方反应，转身离开。

　　程时风怔怔地愣了片刻，一声感慨："这块石头，总算是掉下来了！"

第四十八章

216

乔佳丽来到赵殿楚的办公室说："赵总，我想离开金江。"赵殿楚并不意外，点了点头。乔佳丽请求说："老领导，能帮我去省歌舞团吗？我知道这没道理，一点道理都不讲，可是……"强忍泪水。

赵殿楚看着乔佳丽，慨然一叹："佳丽，原因我就不问你了。当初你让我帮你，不去省歌舞团，我给你留了一条退路，和省文化厅的领导达成了一个协议，那个名额，他们一直替你保留着。你什么时候想去，我给他们打电话。"

乔佳丽泪水滚落，说："谢谢赵总！"

第二天，在川南钢铁二期总工办公室，夏方舟站在巨型图板前，看着二期整体图。乔佳丽轻轻推开门，着迷地看着夏方舟，微笑着说："方舟哥。"

夏方舟回头说："来，佳丽，进来。"乔佳丽轻声说："方舟哥，跟我走。"夏方舟心怀歉疚地说："佳丽，昨天回来没来得及去看你，早上送晓丹回部队办手续，原来想下午过去看你……"乔佳丽轻轻打断他："方舟哥，不用解释。跟我走。"

乔佳丽把夏方舟带到歌舞团的内部演出的小礼堂，让夏方舟坐在观众席最好的位置，什么都没说，去了后台。夏方舟环顾四周，观众席只有他一个人，舞台上静悄悄的没有动静。

过了很长时间，足有半个小时，圆盘磁带录音机播放芭蕾舞《天鹅湖》中"天鹅之死"的音乐，乔佳丽穿着白天鹅的芭蕾舞服装，带妆独舞，全情投入，眼含泪水。

和乔佳丽相处这么久，夏方舟对芭蕾舞有了很多的理解，他看着台上化作白天鹅的乔佳丽，眼中渐渐闪出泪光。乔佳丽跳完，犹如面对满场观众，谢幕，潸然泪下。夏方舟不忍看，又不能躲避，闭上了眼睛，泪水顺着眼角流下。

两个小时后，夏方舟接到歌舞团打来的电话，半个小时前乔佳丽走了，留下话，等火车开动后，请他们给夏总打电话，请夏总原谅她没有道别。夏方舟放下电话，呆呆地站了半天，也不知道怎么想的，去了陈国民家。

陈国民已经得到了信，心疼地说："一个姑娘家，这么孤孤单单地走了，让人心里不好受啊！幸亏本奇提前听到了信，和我说了一声，追到火车站去。到这没回来，看来是追上了，他要把她送到成都。方舟啊，本奇是替你送她！"

夏方舟无言。陈国民收拾心情说："听说了吗，季成钢回老家结婚去了。"夏方舟意外地问："什么时候？"陈国民说："也是今天。中山装，黑皮鞋，白衬衣，听说还有一块瑞士表，招摇了一圈。不是冤家不碰头啊，你和秦晓丹踏实了，他彻底死了心了。说起来，这些年也难为他了！不说他，我也说不着他！方舟，小乔姑娘就这么走了，你心里不疼吗？"

开往成都的火车上，乔佳丽独自面对窗外，任泪水滑落。

武本奇沿着车厢一路找来，看到了她，脚步停下，长长地出了一口长气。乔佳丽愣了一下，擦着泪水说："本奇？"武本奇点点头，坐到乔佳丽对面，默默地看着她。

乔佳丽试图让自己微笑，问："本奇，你去哪？"武本奇反问她："你去哪？"乔佳丽转开目光说："去成都。本奇，我调走了，去省歌舞团。"武本奇动了感情说："佳丽，大家相处了这么多年，你走，招呼也不打一声，让大家送送你，总算是一份情谊吧！你就这么悄悄地走了，大家心里能好受吗？"

乔佳丽低着头说："我不想惊动大家。"武本奇几乎跳起来说："你惊动我了！"乔佳丽刚刚压下去的泪水忽地涌了上来。

武本奇一直把乔佳丽送到成都，到省歌舞团报到，都安置好了，找一家路边的茶馆，真情真意地说："佳丽，以后凡是用得着我的时候，电话电报写信都行，我保证，招之即来。"乔佳丽感动地说："本奇，你是我的好朋友，最好的朋友。"武本奇用力点头。

乔佳丽叮嘱他："本奇，我会给你写信，你也要给我回信，我们之间千万别断了联系，你随时把方舟哥的情况告诉我。"武本奇心酸地说："佳丽，还有这必要吗？"乔佳丽坚定地说："有。不论多久，我都会时时刻刻惦记他。"

武本奇试图劝她："佳丽，等秦工从部队办了手续回来，马上就和夏大哥结婚了……"看着乔佳丽的泪水涌上来，赶忙答应，"好好！佳丽，我听你的，保持联系，我随时把夏大哥的情况，还有他和秦工的情况，随时向你汇报。"

依乔佳丽的托付，武本奇回来对夏方舟说："大哥，佳丽到了省歌舞团，她挺高兴，你放心吧！"夏方舟伤感地说："听你师傅说，昨天晚上回来，朝丽和你打了一架。"武本奇生气地说："大哥，我去送佳丽，她吃醋，她吃的哪门子的醋，这和她有什么关系？不提了，提起来我就烦。"

夏方舟转了话题："今年高考快开始了，本奇，去年恢复高考，我问过你师傅，当时在江汉确实离不开人。去年录取的多是老三届，你也算老三届，这些年没少跟着我用功，基础打得很结实，去考大学吧，我替你打包票，没问题。你不是想当工程师吗？"

武本奇再发一叹："没那个命！"夏方舟猜到了，说："朝丽不让你去？"武本奇又是一声叹："瞒谁也不瞒你，大哥，昨天晚上吵架不光为佳丽，也有这事。她知道我想上大学，说我想当陈世美。"

夏方舟想了想说："我让队长做做梁师傅的工作。梁师傅听他的。"武本奇苦笑，摇头说："大哥，算了，我认了，谁让我娶了这么个老婆呢！嗨！不提这些烦心事了。大哥，秦工什么时候回来，你们的喜酒我等得都不耐烦了!"

217

秦晓丹先到了师部，升任师长的顾弘亮出差要过两天才回来，她没等他，也没有提办手续的事，去了西安。王阿姨问她："晓丹，你到底怎么想的?"

秦晓丹吐露真情："我心里很矛盾。川南二期工程重新上马，方舟放弃了留在江汉的机会，我很高兴，很激动。能和方舟一起完成这个工程，这是我当初回去的原因之一。可是，每每想到佳丽对他的那份感情，我的心就疼，为佳丽疼。"

王阿姨说："晓丹，你等了他三年多。"秦晓丹内心挣扎地说："我也矛盾。川南二期可能是大三线最后一项大工程了，我不想缺位，左右为难。"张叔叔问："那你这趟回来?"秦晓丹说："暂时离开那个环境，回部队来住一段时间，冷静下来，仔细想想清楚。"

张叔叔给王阿姨使个眼色，神色有些异常。王阿姨接过来说："晓丹，你还记得那个叫严子山的战士吗?"秦晓丹有些出神，说："不知他还在不在部队。"张叔叔沉沉一叹："他在部队。"

秦晓丹警觉地问："张叔叔，出事了，是子山?"张叔叔说："你进门前，接到你们师的电话，你王阿姨说给你打电话，严子山在你心里的分量非同寻常。你刚好回来了，说起夏方舟的事，我不知道你们到底怎么打算，有些犹豫，先不让你王阿姨把这事告诉你……"秦晓丹心急地问："张叔叔，子山出什么事了?"

张叔叔说："他们团首长亲自打来电话，严子山受了重伤，最后的愿望是能再见你一面。"秦晓丹热泪忽地涌了上来，问："子山他伤得有多重?"张叔叔神色沉重地说："他们首长用的是最后的愿望。"

第二天下午，把车开疯了的汽车兵把秦晓丹送到严子山所在的团。团长见到她十分感动地说："秦工，子山的情况我们路上说!"几乎是一分钟都没有停留，亲自陪她赶往师医院。

在颠簸的吉普车上，团长说："严子山同志主动要求，从后勤部调到我们团，下一线施工连队，多次立功。我们一直想把他提起来，他不同意，说喜欢当兵。当兵八年了，超期服役六年，一等功臣……"团长动容。

秦晓丹泪水破堤，问："团长，子山怎么出的事?"团长稍稍平复说："出事那天，暴雨、泥石流、大山移位，都赶到一块了。一座桥，两边都是隧道的一座大桥发生了情况，必须派人上去检查。天下着大雨，山沟里的阵风方向不定，忽大忽小，瞬间风力可达十级以上……"

团长的叙述把秦晓丹带入了现场。

这是一座两边都是隧道的钢结构上拱桥。大雨疾风。严子山和连长等人穿着军用雨衣，站在隧道口。严子山笑着说："叽叽起来没完，我看你别干连长了，干指导员算了!"

连长说:"不是我叨叨,子山,这风忽大忽小来回打转,太危险了!"严子山满脸坏笑说:"你都说太危险了,连长,我觉得更危险。我建议彻底放弃,违反军令,先撤职查办,然后军法处置——你!"

严子山观察说:"连长,雨小点了,风也小了,我上去。"

连长说:"抽根烟,晚不了。"连长从烟盒里抽出一支烟,打火机连续三次没打着,变了脸色,停了手说:"严子山,今天这活不干了!"

严子山不当回事。连长认真地说:"我这个打火机,都是一下着,连着三次打不着,从来没有过,不是好兆头。今天这活不能干了。子山,没你的事,让上边处分我。"

严子山笑,拿出自己的打火机,不避风雨,一下打着。说:"这才叫一下着。连长,来,点上。"给对方点烟,也给自己点着。

严子山在风雨中再次打着打火机说:"看着了?不怕风不怕雨,百发百中。送给你了,连长。"连长接过打火机说:"我先替你放着。"

两人突然都不说话了,抽着烟,看着山谷。风雨交加,雾气蒙蒙。

秦晓丹听着团长的叙述,愤懑地说:"团长,在根本不具备安全条件的情况下,为什么一定要让我们的战士拼着命上?"

团长沉重一叹:"襄渝线当时已经瘫痪了,上级命令,必须尽快打通。严子山在的这个连,赶了几十公里,到达现场后,通信线路又发生了问题,联系完全中断,只能由他们自己在现场做出决定。"

秦晓丹感觉到自己的失态,忙说:"对不起!团长,你继续说。"团长的叙述重新把她带回现场。

严子山眯着眼看着拱桥上面说:"连长,我准备上了。"连长说:"子山,虽说是不吉利,还得按规矩,留句话吧!"

严子山笑着说:"也是。没准光荣了呢!告诉我爸妈,他们这儿子调皮捣蛋,因为打架受了个严重警告的处分,还有一个记过处分……当兵八年,两个处分,送我的时候用扁担,一头一个不偏沉。不用担回去了,给我留在路边的陵园里吧。"连长动了感情,说:"子山,你是一等功臣!"

严子山依然笑着说:"连长,你比我更清楚,立功那东西,事赶上了不立都不行。别和我爸妈说那些!我爸我妈,肯定不喜欢有个短命的英雄儿子,有个调皮捣蛋的儿子多好,我还没给他们娶儿媳妇儿呢!连长,这话我只给你一个人说,我要是安全下来了,你给我烂到肚子里。"连长承应下来。

严子山稍沉,说:"秦工,原来在咱们师,叫秦晓丹,师座和她挺熟,头几年转业去了金江那地方。这事我从来没和别人说过。给你说了!秦工,我叫她丹姐。万一我下不来,想办法告诉她,除了她,我没爱过别的女的。"连长念一遍:"秦晓丹。我记住了!"

严子山了却心事,说:"好了!连长,你也往后退一退,我得沉一沉。"他脱去了雨衣,身上是军便装,往前走了两步,站在风雨中,闭上了眼睛。

听到这里，秦晓丹已是泣不成声。团长等她稍稍平静说："秦工，下面的，还说吗？"秦晓丹擦着泪点头。

团长接下来的叙述，把她带入最残酷的一幕。

大雨不断，山谷里的强阵风频频，严子山挂着安全绳，沿着上拱桥的钢结构检查，艰难地走向拱顶最高点。从上面看下去，百米深涧，令人晕眩。

连长和战士们都屏住了呼吸。在巨大的钢结构桥梁拱顶处，严子山渺小得像一片狂风中的树叶。连长下意识地不断地打着严子山给他的打火机，打着了，看一眼，关上，再打着，再看一眼，再关上……百发百中。

一阵狂风吹过，拱桥顶上的严子山一阵摇晃，险些失足。战士们发出一阵惊呼。连长手上的打火机仍然是百发百中。

严子山重新恢复平衡，终于到达了最高点，仔细观察，脸上荡漾起孩子般的笑容，然后，他朝着连长的方向，伸直胳膊竖起大拇指，左右摇晃。战士们顿时发出欢呼："十环！大桥安全！"

严子山俯身看着百米深涧，又仰面看着乌云密布的天空，笑容灿烂清澈。

忽然间，一阵疾雨狂风毫无征兆地袭来。连长手上的打火机没有打着，接着连续打几次，还是打不着。他发个愣怔，急忙抬头看向严子山。

处在拱顶最高处的严子山，像一片疾风中的树叶，被剧烈的狂风抛了起来，安全绳像一条锁链死死地拉着他，他就像一个链球，围绕着钢索划出一个完美的圆形，重重地摔在了钢铁的拱桥上，挂在半空，犹如一片轻轻的树叶。

战士们惊呆了。连长泪目失声。

听团长讲完，秦晓丹轻轻抚摸着那只打火机问："子山他现在怎么样？"团长难受地说："秦工……希望，咱们还能赶得上。"

秦晓丹的泪水似乎突然干涸，在颠簸的吉普车上呆呆地坐着。她清楚地听到严子山穿越时空的呼唤："丹姐……"每一声呼唤都不相同。

218

季成钢的故乡在陕南，家里五间堂屋，东西各有一间耳房，七间北屋加上东西两厢，院落相当宽大。所在的镇子比县城还要繁华。

他父亲是规模超过百人的五金厂书记兼厂长。厂子虽然在县里，干部管理归地委，生产任务由行署计划委员会下达，皆与县上无关，是周围三个县唯一的地方国营工厂。季氏家族势力巨大，所在的镇子多半是季氏一族。季成钢的父亲在县上是响当当的人物。

少年时代的季成钢对父亲和家庭充满骄傲，作为全县第一个大学生，他也让整个家族为之自豪。考入大学，来到西安，曾经他引以为傲的父亲和家庭让他产生了强烈的自卑，他曾经发誓，用成绩证明自己。

1966 年风暴降临，父亲受到强烈冲击。处在偏远小县的父亲对大学里的他并无实在影响，但他从中得到了深刻的教训，学习成绩将无法再证明他什么，只有最激烈的符合时代要求的行为才能给予他新的证明。

由于父亲在县里的身份独特，直到1968年三届学生统一分配前不久才得到"解放"。大三线的第一批分配名额确实没有他，他确实是写了血书。他知道其中的内幕，父亲的"解放"才使得他的政审合格。

季成钢对自己的家庭怀有极其复杂的感情。这次回来，绝对够得上荣归故里。县上多位领导得知这位中央企业的处级干部衣锦还乡，向他父亲表示，希望在县上宴请他们父子。季成钢一概拒绝，闭门谢客。

季成钢和父亲坐在大桌两边的椅子上，母亲站在他身边，拿着一张姑娘的照片给他看说："成钢，你瞧瞧这姑娘怎么样？老展家的，比你小九岁，人比照片好看，细皮嫩肉，咱这十里八乡出了名的漂亮女娃，我和你爸早替你相中了。"季父说："女娃叫展蔚玉，学医的，刚毕业，这两天就分配。"

季成钢心不在焉地拿过照片，漫不经心地看了一眼，脑中浮现出秦晓丹十七岁时的那张照片。他定了定神，仔细看，展蔚玉确实与当年的秦晓丹很有几分神似。他把照片顺手放到桌上问："这个叫展蔚玉的，同意马上结婚吗？"

季母高高在上地说："她不同意？她上的那个大学，没你爸说话，她凭什么！"季父对妻子很不以为然地说："你儿子是处级干部，和县委书记一个级别，我干了一辈子才是个副科级！成钢，你看不上，再换一家。轮不着他们家说话。"季母接上说："就是！要说不同意，只能是咱们，轮不着她说话。成钢，展蔚玉这女娃不错，你爸和我都相中了。你要是拿不定主意，先见见？"

季成钢轻描淡写地说："不用。只要她同意马上结婚。和她说清楚，马上结婚。"

季家的人和展家的人都没想到，展蔚玉竟然不同意。

展蔚玉的母亲不能理解地说："蔚玉，老季家的这个儿子，你小时候见过，一表人才，咱们十里八乡头一个考上大学的。别看他年纪轻轻，处级干部，和县长一般大的官！"

展蔚玉低着头说："管他什么县长处长，我不同意！我的婚姻我自己做主，你们不能替我包办！不管你们说什么，我反正不嫁。"

展蔚玉的姐姐变了脸色，说："看你这架势，蔚玉，你自己在外面找人了！"展蔚玉有些怕姐姐，说："姐，恋爱自由。季成钢比我大九岁，我根本不认得他。我不嫁！"

媒人把消息传到季家，季成钢黑着脸说："我没时间等。换一个，家庭什么的无所谓，上没上过大学更无所谓，两个条件，年轻、漂亮。年龄和我差得越多越好。"

媒人把这边的态度传过去，展家的人急了。展姐痛斥妹妹："嫁给那个野小子，你自己乐意了，这个家你还管不管？爸和妈你还管不管？都不管了，自己和那个野小子快活去？"展蔚玉低着头说："我没说不管。"

展姐逼问："你还管得了吗？咱是外来户，老季家是镇子里的大姓，季家老爷子是他们一族的大当家，又是五金厂书记厂长，别说镇子里的人，全公社里哪个敢不听他的？不是季家老爷子说话，上大学轮得着你？你在地里挑粪桶吧，还自由恋爱！等不到今天，随便找个男人，早把你胡乱嫁出去了！忘恩负义！"

展蔚玉开始抵抗不住了，说："我……我忘不了他老人家的恩情。"

季家这边等着那边消息，季父知道儿子心思，说："成钢，展家女娃只要你相中了，他们不敢不答应。"季成钢强调说："我只等一天。"季父胸有成竹地说："用不了一天，最迟不过明天早晨。"

季成钢脸上有了暖色，说："妈，拿个杯子，我陪我爸喝一杯。"

季成钢的父亲说的没错，展家的人绝对不会错过这场好姻缘。依然是靠展姐主打，她说道："这些年你在外边上学，吃公家饭，家里的日子，还不都是靠着老季家关照。人家凭什么关照咱？季家老爷子早就放了话，除非季成钢自己在外边找了对象，过去的账一笔勾了，只要他回来找对象，你就是老季家的人。"

展蔚玉难以抵抗。展姐发脾气说："上了个大学觉得翅膀硬了是吧，你一翅膀飞了，人家能放得过咱爸咱妈？这门亲事，你嫁也得嫁，不嫁也得嫁，由不得你！你非要嫁给那个野小子，我没你这个妹子，咱爸咱妈，没你这个女儿，让老季家把咱们一家老小从村里赶出去都和你没关系，我们一家子上辈子欠了你的，活该这一辈子还你！"说到伤心处，满眼是泪。

展蔚玉屈服了，站起来，冲进里边房间，哭出了声。

结果不出季成钢父亲所料，第二天吃过早饭，展蔚玉的母亲和姐姐带着她来到了季家。两家人见过面，其他人从堂屋里退了出去，只留下季成钢和展蔚玉。

季成钢坐在上面看着站着的展蔚玉说："我再问你一遍，你是自愿的吗？"展蔚玉不抬头，声音很轻地说："自愿的。"

季成钢嘴角掠过一抹奇异的笑容说："你这种工农兵大学生，是上一个时代的畸形产物，没什么真才实学，不可能分到什么好单位，分到公社医院，当个乡村医生也就不错了。我是中央直属企业的公司经理，和我结婚，你要做好长期两地分居的准备。"展蔚玉低头答应。

季成钢一副公事公办的口气说："明天你跟我去金江，到那边结了婚，住几天你就回来。"展蔚玉不抬头，稍迟，说："我……我明天分配，拿分配通知书。"季成钢脸一沉，说："我没时间等你。"

展蔚玉依然低着头说："等我拿了通知书，我自己过去。"季成钢说："那好吧！三天之内，最多不能超过四天，你必须到金江，到那边办结婚手续。你要去不了，这事就算了。"

展蔚玉声音不高，语气坚定地说："我能去。"仍然没抬头。

219

躺在师医院特护病房的严子山处在深度昏迷中，身上缠满了绷带，插满了管子。病床前的护士静静地观察着他。

严子山忽然睁开了眼睛，看着一个仿佛穿透时空的方向，看着那个方向说："丹姐。"护士有些发慌，不觉提高了声音喊道："严子山？严子山！"

严子山毫无反应。就在这时，军医陪着秦晓丹和团长进来，都穿着隔离服，戴着口罩。严子山失神的眼睛突然发出璀璨光芒，刹那间对准秦晓丹喊："丹姐。"

秦晓丹扑倒在病床前说："子山，子山！是我，是我！"刹那间，严子山露出灿烂的笑容说："丹姐，真的是你？"秦晓丹泪水滴落，说："子山，是丹姐，丹姐来了！"

严子山目不转睛地看着她说："这是你的眼睛。丹姐，我的手动不了，全身都动不了。"秦晓丹不知所措。严子山非常艰难地说："丹姐，如果这是梦，你千万别碰我，我不想让这个梦醒过来。如果不是梦，捅一下我的脸，我不想睡过去。"

秦晓丹还是不知所措，说："子山，不是梦，不是！丹姐来了，丹姐就在你眼前。"

严子山清澈的眼睛里流露出巨大的失望说："丹姐，你没有捅我，那就是在梦里了。丹姐，千万别碰我，就让我在这个梦里，永远不再醒过来……我喜欢这个梦……"他眼里的光彩渐渐失去，转向那个虚无的空间。

秦晓丹经过片刻的慌乱，轻轻地捧起严子山的脸说："子山，感觉到了吗？这是丹姐的手。"

严子山眼中迸发出光彩。秦晓丹的红唇接近严子山苍白的嘴唇，轻轻亲吻，有顷，微微离开说："子山，感觉到了吗，这是丹姐的嘴唇。"严子山眼中的秦晓丹笼罩着天使般的光彩，他终于笑了出来。

严子山的嘴唇恢复了血色，笑容宛如婴儿。秦晓丹轻轻抚摸着严子山苍白的脸，喊着："子山……"

病床上的严子山凝视着秦晓丹的眼睛说："丹姐，我说过，我不会离开，一直等你。我等到了你。"坐在病床边的秦晓丹抚摸着他的面庞说："子山，这一次，丹姐绝不会离开。你也要答应我，不要离开丹姐。"

秦晓丹用她的爱呼唤："子山，丹姐相信，为了丹姐，你一定能创造生命的奇迹！答应我，子山！"

严子山的目光穿透秦晓丹，定格在那个虚无的点上，喊了声："丹姐……"他想说什么，却说不出来，凝神盯着那个虚无的点。

他看到了什么？没人知道。

严子山的眼睛失去了光彩。

戚芳薇突然从噩梦中惊醒，喊着："晓丹阿姨！晓丹阿姨！晓丹阿姨！"

夏方舟还没睡，拉开隔帘过来说："芳薇，醒醒！芳薇，爸爸在！"

戚芳薇有些迷糊地说："爸爸……晓丹阿姨呢？我刚才好像看到晓丹阿姨了。"夏方舟扶着女儿躺下，说："芳薇，你做了一个梦。爸爸在这儿，好好睡吧！晓丹阿姨很快就回来了，睡吧！"戚芳薇并没有真正醒来，闭上了眼睛。

夏方舟看着女儿很快睡着了，轻轻起身，拉上隔帘，坐到桌前自言自语："晓丹，芳薇离不开你了……"

第四十九章

220

季成钢回到金江，先去见程时风，要求解决住房问题。程时风对他如此地快去快回，显然没有想到，什么都没问，说："房子好办。前段刚调整了宿舍，有空出来的旧楼，一间半，和夏方舟的不能比。你不嫌差，马上给你一套。"

季成钢说："程总，你了解我，生活条件我从来不往上比。"程时风爽快地说："我给办公室说一声，让他们把钥匙给你送过去。"

季成钢话题一转，问道："程总，我们七公司能参加川南二期吗？"程时风预料到了，点点头，看着他说："夏方舟不计前嫌，顶着各方面的压力。明白吗？"季成钢继续问："秦晓丹回来了吗？"

程时风耐着性子说："季成钢，你结婚，人家也马上结婚了，别再动那些点子。七公司是我建议组建的，你在那儿当经理，上上下下，都认为你就是个打杂的料，二期工程，给我干出点样来！行不行？"

季成钢面无表情地离开，来到二期工地指挥部的夏方舟办公室说："让我们七公司参加二期工程，我有个条件。"夏方舟一个字："说。"季成钢直视着对方说："秦晓丹是我们公司总工，她必须留在我们公司。"

夏方舟迎着他咄咄逼人的目光说："我这儿没有调她的计划。她还是七公司总工，为工程质量负责。"季成钢说："我等你的项目工程计划书。"夏方舟公事公办地说："很快会发到各施工单位。"

季成钢笑了笑说："夏方舟，恭喜！"夏方舟没忍住地问："季成钢，你不是回家结婚去了吗？这么快就回来了。"

季成钢回过身来冷冷一笑说："结婚，两个社会人，基于自然人的某种动物属性，签署一份社会契约，将其行为固定为法定义务和责任，如此而已。不是表演给别人看的艺术节目，没必要搞得兴师动众，更用不着自我陶醉。说穿了，所谓爱情，不过是丑陋的动物本能——而已。"

季成钢出门不久，陈国民进门就问："方舟，你还真让季成钢的七公司参加二期？季成钢那个垃圾公司，也就够个打杂的资格。方舟，二期比一期难得多，让他参加进来，早晚给你捅娄子。别把秦晓丹调到指挥部，让她在七公司盯着季成钢，舍得吗？"夏方舟说："队长，我没想调晓丹过来，刚才对季成钢说了。"陈国民没想到，发个愣怔，找不着话，甩手走了。

夏方舟到了工地，又被武本奇给抓住了，武本奇说："大哥，季成钢他突然结婚，是为了秦工。"夏方舟无奈地笑笑。

武本奇恨铁不成钢地说："大哥，男女这事上你还真不灵！季成钢从来金江的路上就追求秦工，十年了，别管他配不配，他对秦工百虫挠心，要是杀人不偿命，他早把你杀了，碎尸万段都未必解恨！突然之间，你和秦工要结婚了，他这人虚伪，为了表现出根本没瞧上秦工，一定要结到你前面。我敢断定，他找的媳妇必定有两点：一是年纪比他小很多；二是长得漂亮。不如此，不足以显示他对秦工的蔑视。"

夏方舟被他说得有点犯晕。武本奇话入正题："大哥，七公司那边你让秦工盯紧点，季成钢什么都干得出来，说不定什么时候，他给你和秦工栽上一赃，把自己搭进去，他都在所不惜！"

夏方舟摇头说："他还不至于。"武本奇告诫他："夏大哥，到时候别怪我和我师傅没提醒你。"夏方舟笑了笑，没听进去。

季成钢回到金江的第四天，展蔚玉如约而至，打听着找到了他的办公室。季成钢没有起身，指着办公桌对面的椅子让她坐，居高临下地说："来的还挺快的。"

展蔚玉依然低着头说："你让我三天之内必须到。"季成钢交代任务："今天下午把手续办了，不搞任何仪式，你住几天就回去。"

展蔚玉抬起头来说："我不回去了。"季成钢顿时暴怒，吼道："你必须回去！你必须接受两地分居！"展蔚玉平静地看着他说："我被分配到 109 冶医院，回不去了。"

季成钢犹如被当头棒喝，怔怔地说不出话，一身的烦躁无从发泄。

手续还是要办的。办完手续，季成钢把成为他妻子的展蔚玉带回单位分给他的宿舍。一间半的楼房，卧室比客厅面积大，简单的几样家具都是随房子一块分的，只有床上的被褥是季成钢买的。

展蔚玉坐在床沿，完全变了一个人，说："季成钢，我嫁给你是有条件的。"季成钢站在她的对面，满脸鄙视地说："展蔚玉，你也配？你算个什么东西，拿镜子照照自己！"

展蔚玉镇定地看着他，语气像在谈一桩买卖，说："季成钢，在你家和我娘家的共同逼迫下，我和初恋对象分手，答应了这桩婚事。既然答应下，我认了。我给你生孩子，头一胎是儿子，只生一个，要是闺女，再给你生一个。"季成钢轻蔑地看着她说："展蔚玉，这就是你的条件？"

展蔚玉神色如水，淡然自若地说："我还没说完。孩子跟你姓，是你们老季家的人，不是我们展家人。我们俩的工资，你养你家，我养我家。我不花你的钱，我每个月的工资，除了留下我自己的生活费，其余的全部寄回我娘家。"

季成钢火气冲顶，暴怒地喊道："滚！你给我滚出去！"

展蔚玉平静地看着他说:"季成钢,我先去医院报的到,没人知道你和我的关系,随便打听了一下,你为什么着急结婚,这里的人都知道。把我撵出去,丢人的不是我。"季成钢气得浑身发抖。

展蔚玉越发平静地说:"我娘家欠你们老季家,我人来了债就还了,你把我撵出去,是你不要我,咱们两家过去的账,一笔勾销。"

季成钢两眼冒火,突然扑了上来,一把推倒了展蔚玉。本来他想动手,下手极重,没想到一把撕烂了展蔚玉的衣服,展蔚玉的上身裸露在了他的面前。季成钢是第一次近距离地见识到女人的身体,青春洋溢的展蔚玉肌肤丰润,洁白如雪,犹如一朵初绽芯蕊的鲜花。只有一眼,季成钢的暴怒转移了,他粗暴地撕去展蔚玉所有的衣服。

展蔚玉赤裸地躺在床上,犹如一只待屠的羔羊,滚滚的泪顺着眼角流下,却是任他摆布。

221

夏方舟几番踌躇,还是来找了赵殿楚,有些难为情地说:"赵总,能联系到顾师长吗?晓丹走了二十天了,一点消息没有,我想通过顾师长了解一下。"

赵殿楚点了点头说:"有点不巧。头几天,我有事给顾师长打电话,部队上的同志告诉我他出差了,我问能不能联系到,他们说涉及军事秘密,我就不好问了。至于晓丹那边,不会出什么事的。方舟,不要耽误工作。"夏方舟没有听出赵殿楚泄露的玄机,说:"赵总,我分得清。"

又过了些日子,这天下了班,夏方舟拉着陈国民去了小饭馆。两人喝了几杯闷酒,夏方舟不说,陈国民也不问。夏方舟终于憋不住了,又一杯下肚,说:"晓丹走了一个月了。"

陈国民不慌不忙地开了口:"夏方舟,我都不记得说了你多少回了,论搞设计、弄工程,你是这个!"竖起大拇指,"对女人,你别说和我比,你连武本奇的三分之一都不如。"

夏方舟有些上火地说:"我请你喝酒,是求你帮忙,不是听你教训我的!"陈国民哼哼笑了笑说:"好!不愿听,拣你愿意听的说,秦晓丹肯定出不了事。秦晓丹去哪儿了?部队!她在部队上出了事,部队上能不通知我们单位?赵总都不知道,她能出什么事?"夏方舟还是不开窍地问:"没出事她怎么还不回来?"

陈国民镇脸说:"这可是你让我说的。"夏方舟较真地说:"我让你说的!"陈国民点了点头说:"咱们两个邻居搭不成了。夏方舟,你死了这份心吧,早死早托生!"夏方舟愣怔无言。

又是几天过去,夏方舟到工地,武本奇让他审一下施工流程,问道:"大哥,我弄的这个施工流程还行吗?"夏方舟十分赞许地说:"相当好!本奇,你不干工程师真是可惜了!工业现代化是工程师的时代。"

武本奇看他高兴,抓住机会说:"大哥,趁着你高兴,我多一句嘴,你没有对不住秦工的地方，是她对不住你……"夏方舟顿时变了脸色说："武本奇！工作时间，你不闲扯不舒服是吧？"武本奇替他着急。

夏方舟喝断他："武本奇！把材料准备好，下午在你这儿开现场会，在全工地推广你的施工流程，你介绍经验。"转身而去。武本奇叹了口气，摇着头。

对于秦晓丹的迟迟不归，越来越沉不住气的还有季成钢。季成钢说道："程总，秦晓丹走了四十天了，你和赵总知道她为什么不回来。"程时风听得清楚，季成钢不是疑问的语气，盯着对方不说话。季成钢又问道："她还回来吗？"

程时风突然发脾气说："季成钢！第一，我不知道！第二，我不想知道！第三，秦晓丹和你没任何关系，你结婚了！第四，干好你的工程，不准给夏方舟添乱！谁给夏方舟添乱，就是给川南二期添乱，给109冶添乱！"

季成钢撂下一句："我恨我自己。"不辞而别。程时风反倒发起愣来。

晚上，季成钢站在卧室门口，冰冷冷地看着床上似乎已经入睡的展蔚玉，一脸厌恶之色。他转身来到客厅的桌前，打开锁着的抽屉，拿出一本书翻开，扉页间是秦晓丹的那张照片。

展蔚玉轻轻地从床上坐起来，歪着身子看了看，有忖，重新躺下。

季成钢面对着秦晓丹的照片发呆。

222

秦晓丹回来先去了赵殿楚那儿，听说乔佳丽调走了，非常吃惊。赵殿楚告诉她："你回部队没两天，她来找我，我帮她办的。"秦晓丹一时情急，抱怨说："只要方舟在，佳丽哪儿也不想去！赵总，你为什么不留住她？"

赵殿楚叹了口气："晓丹啊，你们这个感情太复杂了！再说了，回部队突然发生了这样的事，你自己也没有料到。顾师长电话上和我说，他也没想到。你们都想不到，我上哪去想？小乔当时的那个心情，我能不帮她吗？"

秦晓丹无言，泪水却涌了上来。赵殿楚心疼也为难地说："晓丹啊，你是不是再慎重地考虑一下？"

夏方舟见到了秦晓丹，所有的坏心情一扫而空，毫无猜疑。秦晓丹约他来到山顶，看着山下颇具规模的川南钢铁和初具规模的城市，情不自禁地说："方舟，我们第一次见面，1965年，我十七岁，你也只有二十岁。天轮无歇，时光如梭，一转眼，十三年过去了。"

夏方舟陷入回忆说："第二次见面，我一眼认出了你，你假装不认识我……"秦晓丹轻轻打断他："你不记得我第二次见到你的情景。"夏方舟笑着说："怎么会！"

秦晓丹微笑着说："你真不记得。第二次见你，八千多学生几乎在同一天来到金江，你是最后一个。我不敢确定你是不是三年前那个高大帅气的大五学生，去医院想验证一下，你缠满了绷带，我没能认出你。光阴似箭，心梅离开我们，将近十年了。"

　　夏方舟百感交集地说："我不会忘记心梅。"秦晓丹感慨："我们都不会忘记，花开茶蘼，曼珠沙华。"夏方舟被勾起了回忆。

　　秦晓丹回忆说："心梅的葬礼上，光复说花开茶蘼。我以为他说的是曼珠沙华，我大约知道它是佛家的彼岸花，另一个世界的引领使者。光复告诉我，佛家的曼珠沙华纯色如莲，是天降吉兆的四华之一，得以见此花者，恶自去除，前世的记忆永不相忘。开放于彼岸的曼珠沙华，绵绵不尽的相思……"有些说不下去了。

　　秦晓丹整理情绪，说下去："光复告诉我，他说的不是曼珠沙华，茶蘼是中国古时的一种花，所有的花里最美丽的花，是整个花季最后开放的花，当它艳丽绽放的时刻，便是花的死期。茶蘼花开，肃杀至，万花凋零，最美好的爱情和最残酷的死亡，同时抵达！"

　　夏方舟感受到了刻骨的疼痛。秦晓丹眼中有泪，说："就如你和心梅，注定了一生的刻骨铭心。"

　　秦晓丹收拾心情说："方舟，记得这里吗？赵总让你画出东北钢铁、江汉钢铁和川南钢铁的概貌图，对你说很多关于川南钢铁的中国符号，说川南钢铁注定会载入世界钢铁史册。"

　　夏方舟想起来，是这儿。秦晓丹继续说："你在这儿画图，赵总领着我往那边走，无意间我看到一株心梅的花，金沙蓝梦。它几乎开放在金江所有的地方，唯独这一株，让我有一种特别的心动。第二天，我起了一个大早，带上一个铁皮罐头盒来到山上，移栽进去。它陪我好多时光！"夏方舟不知该说什么，更没去想秦晓丹为什么提起来这些往事。

　　秦晓丹收回心情说："方舟，今晚我想和你单独吃晚饭，就我们两个。"夏方舟马上答应："正好，芳薇在陈队长家，芳薇特别喜欢在田师傅家吃饭。晓丹，你想去哪？"秦晓丹说："13栋吧！我们第一次见面的地方。那里有单间。"

　　在13栋，秦晓丹和夏方舟喝的是红葡萄甜酒，秦晓丹说："方舟，我们第一次一起出门是去江汉，去霍总那儿验证你的方案。一路上你在头脑中推演，我从没见到过你这样的工程能力，以为你故意不理我，和你赌气。到了江汉，在霍总那儿，我第一次见证了你超人的才华，我想到的第一个词——才华横溢！那一刻，我对你佩服得五体投地。"

　　夏方舟有些不好意思。秦晓丹又说："我们第一次激烈争吵，为川南钢铁的设计，我把你气坏了，自己也气坏了。回过头去看，反而觉得很甜蜜。"夏方舟说："我也有这样的感觉。"

　　秦晓丹微微一声轻叹："往昔的煎熬，成长的痛苦，最后，都结出了甜蜜的果实，留给我们以后的岁月，慢慢地品味。"夏方舟怦然心动。秦晓丹控制住了刹那间流露的难禁之情。

　　季成钢见到秦晓丹之前正站在自家楼下，看着楼上窗口的灯光，咬牙切齿地说："展蔚玉，你算个什么东西！给我闹，早晚我让你净身出户！"就在这时，他的余光看到了什么。路口，秦晓丹和夏方舟走过。季成钢甚至怀疑是自己的错觉，愣个神，快步追到路口。秦晓丹和夏方舟亲密的背影就在眼前。季成钢站在那里发起呆来。

秦晓丹没看到季成钢，说："方舟，今晚我不见芳薇了，想早点睡，我累了。"夏方舟充满体贴地说："也好。晓丹，今晚你住哪儿？"秦晓丹微笑着说："你说呢？"夏方舟一语双关："新房？"秦晓丹微笑点头。

夏方舟心情舒畅地说："正好，我过去接芳薇。"秦晓丹再一次说："方舟，今晚我不见芳薇了。"夏方舟解释说："我先送你，再去陈队长家接她。"

发呆的季成钢躲在暗影里，痛苦地看着秦晓丹和夏方舟亲密走过。

秦晓丹和夏方舟站在新房门外，秦晓丹说："你去接芳薇吧！"夏方舟说："天还不晚。晓丹，我们再坐一会儿。"秦晓丹说："方舟，我很累。"

夏方舟让步。秦晓丹催他说："去接芳薇吧！"夏方舟点头，恋恋不舍，一步三回头，还是下楼去。

秦晓丹始终面带微笑，听到夏方舟在楼下的敲门声，闪身进屋，疲惫地靠在关闭的房门上，强忍泪水，自言自语："心梅，我走了，纵然是万般割舍不下……"

那盆窗台上的金沙蓝梦因为久旱，已经枯萎了。

第二天一早，夏方舟手上拿着钥匙，焦急地不断地敲门："晓丹、晓丹！开门、开门呀！是我……"田青妮出现在楼梯口，告诉他："夏工，早上天刚刚亮，我听着楼上门响，接着是下楼的动静，我听那动静，是秦工。她早早地就出门了。"

夏方舟打开房门。枯萎的金沙蓝梦上放着一个信封。他打开信封，信纸上是秦晓丹娟秀的笔迹：

"方舟，谢谢你这些年里给予我的一切！我不想解释，也不想道歉。只想对你说，佳丽是个好姑娘，她用全部的生命爱着你……"

夏方舟默默地站了一会儿，发现桌上有一瓶酒，一只酒杯。他坐下来，面对那盆枯萎的金沙蓝梦，似非常平静，仔细地把酒倒进玻璃杯里，不急不慢地喝下去，再倒上第二杯。

在川南二期第一施工队的工地办公室里，武本奇围着陈国民转来转去说："师傅，谁也没想到，秦工居然来了这么一手，我是云里雾里彻底蒙了！我看夏大哥真受不了了，班也不上，大白天把自己反锁在家里，一个人喝闷酒，我敲了半天门，敲不开。"

陈国民没好气地说："他自作自受，活该！"武本奇站到他面前说："这你可有点不大够意思。师傅。"陈国民叹了口气："你到海燕学校去一趟，让她放了学先去接芳薇，让海燕告诉你师母，芳薇今天在家里吃，家里住。"

武本奇忽发一叹："这回，又可了季成钢那家伙的心思了！"这次他说错了。

晚上，夜已深，季成钢独自坐在客厅的桌前，面对放在桌上的秦晓丹那张十七岁的照片，直接对着瓶子灌一口酒，发半天愣。

展蔚玉蹑手蹑脚从卧室出来，来到他的身后，看着桌上秦晓丹的照片。

季成钢毫无察觉，又是一口酒，含糊不清地说："晓丹，对不起！我竟然……我竟然和这样一个俗不可耐的女人结了婚，简直岂有此理！"忽然间，他感觉到什么，努力地让自己打起精神，猛然回头。

客厅里空空荡荡。

<h1 style="text-align:center">223</h1>

工程月度例会，到场的有四十多人。陈国民和季成钢都在其中。陈国民笑眯眯地看着主持会议的夏方舟。

夏方舟平静如常，精力充沛地说："今天的工程月度例会，还是老规矩，有问题说问题，没问题散会。"扫过与会人员，稍等片刻说："散会！"参会的人纷纷起身离开。

陈国民坐着没动，依然是笑眯眯地看着夏方舟。

夏方舟有些恼火地问："你笑什么笑？"陈国民继续笑，说："夏总指挥，我笑你还管得着吗？"夏方舟不想理他。

陈国民脸色一变，说："你好笑！你可笑！秦晓丹这一走，又是半年多了，你再这么晃荡下去，说老光棍儿都是夸你，整个一褪了毛的老公鸡！好看啊还是好受啊？"夏方舟上火地说："陈国民！现在是工作时间，你在我的办公室。"陈国民骂回去："不知好歹！夏方舟，我不是为了你，是为了芳薇那孩子……"

一个技术员急匆匆进来，神色紧张地说："夏总！陈队长也在。夏总，七公司工地发生重大质量事故。"夏方舟变色，问："哪方面的质量事故？"技术员汇报："七公司一味追求进度，违反操作规范，混凝土凝结时间不足，养护龄期不够，强度达不到要求。初步检查的结果，部分工程需要报废返工。"

陈国民大怒，说："夏方舟！我提醒过你，季成钢那个垃圾公司，根本不能让他上二期工程，整个就是一祸害！"

赵殿楚听了程时风的汇报，十分气愤地说："他这是第二次了！冶建这一行业他干了十来年了，再次发生如此严重的责任事故，时风同志，还能用工作热情、经验不足解释吗？"程时风说："确实说不过去。"赵殿楚指示："撤销党内外一切职务，听候进一步处理。"

程时风有些迟疑地说："赵总……"好似话到嘴边又咽了回去。赵殿楚脸色沉了下来，问："你有不同意见？"程时风说："没有。赵总，季成钢考上了研究生。"

赵殿楚吃惊，根本就是无法相信。得到程时风的再次确认，他稍微想了一下，神色严肃地说："在职人员报考研究生，需要经过单位批准。谁批准的？"

程时风说："他找我请示的。我以为对他的情况很了解，就他那个水平，别说考研究生，重新让他考一回大学都不一定能考上，批准他去，纯粹是给他个精神安慰，没想到，他居然考上了！"赵殿楚又是想了一会儿，问："季成钢考的什么大学？"程时风说："西工大，夏方舟的母校。还对我说，学成后一定会回来。"

赵殿楚思考着说："有些问题，还是要从大局去看。国家搞四个现代化，需要大批的知识分子，尤其是高级知识分子。"程时风明白了赵殿楚的心思，主动为领导竖梯子放台阶说："赵总，我的意见，让季成钢去读研究生，你看呢？"赵殿楚点头说："这个建议不错，让他去！"程时风问："那处分呢？处分还是得给吧？"

赵殿楚已经理清了头绪，说："必须处分！虽然他承担的是领导责任，毕竟是第二次了，从严处理，还是我前面说的，撤销党内外所有职务。惩前毖后，治病救人，给他保留待遇。"

程时风稍有斟酌，说："赵总，我建议处分轻一点，记大过就差不多了。至于待遇，我看算了吧……"忽然明白过来赵殿楚的用意，"明白了！严厉处分，追究季成钢的责任，足以服众。保留其待遇，除非他学成归来，待遇他带不走。"

赵殿楚不动声色地说："让他到我这儿来一趟。"

夏方舟把季成钢直接叫到他的办公室说："季成钢，你能考上研究生，却掌握不了混凝土凝结时间、养护龄期这种工业建筑的基本知识，谁能相信？"季成钢非常平静地说："听你的意思，夏方舟，我是故意破坏川南二期建设。"夏方舟目光凌厉地说："你必须做出解释，让人能够接受的解释。"

季成钢笑得异常轻松地说："总部领导没有制止我的突击会战，他们想什么，你我心知肚明。"夏方舟鄙视地说："想推卸责任？"季成钢根本不在乎地说："责任的事先放到一边。秦晓丹干脆利落地抛弃你之后，你的自尊心受到了严厉打击，我可以理解。你一贯自诩责任大于一切，那我问你，你的心思真在工程上吗？你是总指挥，我的突击会战就在你眼皮底下！"

夏方舟深感厌恶地说："你这套诛心之论还想玩多久？"

季成钢轻蔑地说："最适合玩诛心术的时代过去了，那时候，只要一句话就可以把你置于死地。你帮陈国民搞的奖金事件，你只要敢说你是主谋，就敢处理你，至于你说的真话假话根本不重要。现如今不同了，假如我对你说，我这么做的目的是在离开之前给你留下一个烂摊子。你能把我怎么样？听明白了吗？"

夏方舟凝视着对方说："你是故意的。"

季成钢本来想激怒对方，被激怒的却是自己，说道："夏方舟！我是七公司经理不是施工队长！造成质量事故的直接责任人不是我！我是要为突击会战带来的不良后果承担责任，那是领导责任！作为总指挥，你同样要为此承担责任！"

夏方舟直击要害地说："你对自己考上研究生有十分把握，你所做的这一切是有预谋的。"季成钢暴怒地说："你欲加其罪！"夏方舟冷笑："这是你的逻辑。"

季成钢愈发愤怒地说："夏方舟，你只有两点比我强：第一，你爸是夏仲霖，我爸只是一个副科级的厂长；第二，你侥幸在1966年以前读完了五年制本科。除此之外，你比我差得远！我们两个调换个位置，你什么也不是！"

夏方舟越发平静地说："季成钢，硕士学位帮不了你，品性不改，读再多的书也没用。这个世界上很多最坏的事情，恰恰是读书人干出来的。"

季成钢嚣张地说："幼稚！世界上根本没什么好事坏事，昨天的好事今天成了罪恶，今天的坏事明天可能成为功勋。好事坏事，夏方舟，你的认知水平还在学龄前。"

夏方舟盯着他说："如果我是总部领导，不会让你去读研，做错了事必须接受惩罚。"季成钢的情绪快速变化，他试图重新掌控局面，冷冷笑着说："可惜啊！你没这个权力，也得不到这样的权力！夏方舟，你这个所谓的什么总指挥，不过是替别人作嫁衣。总部领导会放我走的，不相信？还有让你更吃惊的，学成之后我会回来，重回109冶。"

夏方舟一点都不吃惊，反而说："从1965年算起，我们认识很多年了，其间发生了很多事情，我一直认为你肯定有真诚的东西，今天我才看明白，你说的话自己都不相信。"

季成钢的情绪再次失控，却并非暴怒，说："言不由衷，是我们这一代人共同的历史特征，口是心非，将来会成为我们的集体记忆，它将使我们密不可分，不分彼此，你没有机会独善其身。"

夏方舟正色说："我和你毫无共同之处！"

季成钢进入他想象中的高高在上的悲悯之中，说："共同点我们有很多，不光在大的方面，甚至在最私人化的问题上我们都一样，比如对秦晓丹，我们都被自己虚构的爱情所迷惑，到头来不过是一场既可怜又可悲的单相思，所以我非常理解你的痛苦……"

夏方舟不想和对方继续谈下去，刚好来了电话。挂了电话，对季成钢说："赵总让你去他的办公室。"

赵殿楚问季成钢："对你的处分是严厉了一些，有什么想法？"季成钢痛心疾首："作为公司经理，我负有不可推卸的责任，应该严惩。尤其是对于我，第二次犯同样的严重错误，应该加重处罚。我接受组织的处分。"

赵殿楚微微点点头说："组织还决定，送你去读研究生，保留待遇。"季成钢激动得满眼热泪，声泪俱下地说："赵总，我保证学成归来，从头做起，决不辜负领导的期望！"

表面顺从的季成钢几乎压不住内心的狂喜，所有他想要的几乎都得到了！还有最后一件，抛弃已经让他腻透了的展蔚玉。不料想，展蔚玉给了他迎头重击："季成钢，我怀孕了。妇女妊娠期间，男方无权提出离婚。"季成钢怒喝："讹诈！"

展蔚玉笑意盈盈地说："你觉得一直在采取避孕措施，别忘了我是医生。再过七个月，你就可以看到你的孩子了。"季成钢相信了，发一阵呆，愤懑地说："展蔚玉，读书的这三年间我不会回来，一次也不会。"

展蔚玉轻轻笑着说："我乐得清静！从现在起，你要为我肚子里的孩子支付营养费，这是你的孩子，你们家的人。"

季成钢咬牙切齿地说："那你就独守空房吧！"展蔚玉说："女人总比男人熬得住，更何况，我是医生。"季成钢气得浑身发抖，无计可施。

第五十章

224

在川南钢铁二期四号高炉工地上，陈国民笑得合不上嘴说："方舟啊，我闺女海燕考上大学了，拿到录取通知书了！"

夏方舟笑着说："1965 年我实习结束，临走的时候你和我说，工人的孩子，真有出息的，就得上大学。海燕实现了你的梦想，给你争气了！"陈国民高兴地说："这话我愿听！不都说大学生是天之骄子吗，那我们海燕就是天之娇女了！"

夏方舟念头一转说："队长，我听说，海子那孩子学习一般？他是你的儿子！女儿上了大学，儿子不管了？"

陈国民高兴不起来了，说："说起来我就生气！陈天海这个东西，哪像是我的儿子！天天放了学不做作业，跑到话剧团学演戏，我打了他多少回，就改不了。昨天，我好声好气地拿她姐姐上大学开导他，他还和我犯浑，我得尊重他的理想！当时我就火了，高中不让他上了，到咱们 109 冶技校，上两年出来当工人。"

夏方舟想到什么，沉沉一叹。陈国民说："你在那儿叹的什么气，又不是你的儿子！"夏方舟说："芳薇学习也不好。"

陈国民真心真意地说："不是我说你，我家海子是他不争气，你家芳薇，纯粹赖你！你说你到现在不给她找个妈，女孩子没妈……"夏方舟变脸说："陈国民，你找事是吧？"陈国民说："你先提的我儿子……好好好，不提了，不说了，行了吧？"

夏方舟说："陈国民，明天抽查你的工程质量。"

陈国民回到自己的工地办公室，一肚子没发出来的火，私下里忍不住骂："王八蛋！不知好歹的东西！"赵殿楚进来，笑着问："自己在这儿骂谁呢？"

陈国民忙笑脸相迎。赵殿楚说："该下班了，国民，跟我喝酒去。"陈国民琢磨着有事！赵殿楚笑着说："你找家馆子，咱俩慢慢地喝一壶。"

两人找了家好馆子，报了个单间，一边喝一边聊。半瓶酒下去，赵殿楚说："今天，我到二期指挥部转了一圈，四号高炉主体完成，马上就要进行设备安装，夏方舟又得忙一阵子。"陈国民等得有点耐不住了，说："领导，有话直说，咱不兜圈子行吗？"

赵殿楚不紧不慢地说："四号高炉完成后，后面还有两大工程，技术总指挥的担子还得压给夏方舟。工作上的事别人替不了他，他自己带着个孩子，三十好几的人了，不是个办法，咱们得帮帮他。"

陈国民一口回绝："这事你找别人去。"赵殿楚笑着说："找谁都不如找你。"陈国民打住说："别！别！赵总，从秦晓丹走了以后，我没少给他提，现如今是一提就变脸。下午我还和他提这事呢，他好，明天抽查我工程质量去。你进门听到那句，我骂的就是他，不知好歹的东西！"

赵殿楚不急不躁地说："头几天我去省里开会，见到佳丽了。不得了啊，在国际上拿了金奖，给国家争得了荣誉，全国没几个。咱们大三线的人，到哪儿都是人才！"陈国民关心地问："她还跳那个芭蕾舞？"

赵殿楚说："好像是什么现代化舞。"陈国民发蒙，问："跳舞也要现代化？"赵殿楚笑着说："艺术这个东西，咱俩都是大老粗。国民啊，小乔还没结婚。"

陈国民心里猛然一动，说："哎哟！小乔也不小了！她还在等夏方舟？"赵殿楚说："到了小乔这年龄，这事就比较敏感，我不好问人家。倒是她问我，夏方舟是不是还在找秦晓丹。听她话里透出来的意思，方舟的情况她很了解，了如指掌。从这点上我回过头去考虑，应该是在等夏方舟。"

陈国民说："赵总，话说到这里了，我问你件事，这话在我心里憋了好几年了，从秦晓丹走，我就想问你，你真不知道秦晓丹的情况？"

赵殿楚被问得一时有些犹豫。秦晓丹临走之前曾对他说："方舟对佳丽是有感情的，假以时日，他和佳丽能够走到一起。赵总，我离开的原因永远不要告诉方舟，也不要对其他人说，告诉了其他人，早晚会传到方舟耳朵里。就算为了方舟，也请你答应我。"当时他叹了口气，还是答应下来。

陈国民瞧着赵殿楚的神色说："看来，领导不想告诉我。"赵殿楚轻巧绕开说："国民，你不是一直觉得小乔和方舟更合适吗？"陈国民哭笑不得地说："领导，我觉得合适管用吗？又不是我结婚。"

赵殿楚说："芳薇那孩子一年年大起来了，咱们都是过来人，女孩子到了一定年龄，没妈妈不行，当爸爸的替不了。"

陈国民说："要不，我让青妮说说他？"赵殿楚反问他："青妮能说得了他吗？咱们109冶，连我在内，除了你陈国民，谁能说得了夏方舟？"

陈国民琢磨片刻说："那，我请夏方舟喝酒，领导花钱。"赵殿楚笑着说："干一杯！"

225

夏方舟笑得很是得意地说："怎么着，抽查你一次工程质量坐不住了？堂堂的第一施工队，还怕查？"陈国民一点都不嘻哈地说："请你喝酒，和你查我没一分钱的关系。"夏方舟直接回绝："下了班我得回去和芳薇吃饭，没空陪你喝酒。"

陈国民给个笑模样说:"方舟,我给海子说了,芳薇放了学,接我家去。没后顾之忧了吧?今天这顿酒,不是我请,有人出钱!"夏方舟警惕地瞧着他说:"你是想让我喊你队长呢,还是想让我叫你陈国民?"

到了饭馆,进了包间,陈国民先来一个下马威说:"夏方舟!今天你就是叫我国民陈,这话我也得给你挑开了说!我这人最见不得女人受委屈,尤其是被男人欺负。看着路不平,我就想踩踩!"夏方舟早有准备地说:"陈国民,你这一套我领教了无数次了!喝酒吧!"

陈国民突然声色俱厉地说:"听着!我告诉你夏方舟,乔佳丽到现在都没结婚,为了你!为了你这个无情无义的东西!"夏方舟震惊,拿杯子的手停在半空。陈国民动了脾气说:"夏方舟,秦晓丹她走了快三年了,你连人家一丁点的消息都没有!别给我说你不知道乔佳丽没结婚,你成心要毁了人家!"夏方舟分辩道:"我真不知道!"

陈国民连骂带说:"夏方舟,乔佳丽为了你这个东西到现在不嫁,她今年多大年龄了?你比我清楚。女人比不得男人,男人四十岁一朵花,八十岁还结个瓜呢!姑娘家到了小乔这年龄,大好的青春都给耽搁了!谁给耽搁的?你!我告诉你夏方舟,除非你马上找到秦晓丹,她嫁不嫁你另说,不嫁你也让你死了那份心!找不到秦晓丹,你自己这么上不着天下不着地,活该!生生地把人家乔佳丽一辈子耽搁了,你不是欺负人是什么?"夏方舟被陈国民说得哑口无言。

陈国民见状,缓和下来说:"明白了就好!小乔的态度我也告诉你,只要你答应,她随时准备回金江。人家小乔是获得国际金奖的,现代化舞蹈的大明星,为了你这么个无情无义的东西,人家什么都舍得。你好歹掂量掂量,你活这一辈子也就几十年,再上哪儿找这种女人去!"

夏方舟一口把酒干了,说:"你骂吧!我一定要找到晓丹。"

陈国民压住火说:"夏方舟,从今以后,我再给你提这码子事,是我犯贱,我找棵树吊死去!骂你,骂你我嫌累得慌!"夏方舟不说话。陈国民心疼地一叹,拿起酒瓶给夏方舟倒酒。

夏方舟又是端起杯子一饮而尽。

大巴车停在金江市委招待所外,省歌舞团的演员们从车上下来。等在这儿的武本奇看到乔佳丽,快步过来喊:"佳丽!佳丽!"乔佳丽光彩照人。

到了房间里,乔佳丽听武本奇说了没几句,几乎是吃惊地叫了起来:"川南二期又下马了?"武本奇痛心感慨:"四号高炉建成,设备也安装了大半,本来用不了多久就可以投产了,一点征兆都没有,说下马就下马!真不知道上边怎么想的,多少钱呢!"

乔佳丽安慰他:"本奇,肯定是暂时的。反正工资照发是吧!"武本奇摇着头说:"上次二期下马皇粮没断,一半的人闲着也是工资照发。这次不一样,上边让我们自己想办法,自负盈亏。说白了,上边把皇粮给我们掐了。"

乔佳丽着急地说:"本奇,那你怎么办?你还这么年轻,就这么耗下去什么时候是个头?"武本奇摇摇头。乔佳丽又问:"那,方舟哥呢?"

提到夏方舟，武本奇心情好了些，说："大哥肯定没问题，堂堂少帅，到哪儿都是宝贝。"乔佳丽问："方舟哥不能给109冶找条出路？"武本奇一声叹："佳丽，大哥是总工，这是他考虑的问题吗？这是赵殿楚、程时风他们考虑的问题。"

陈国民冲着赵殿楚和程时风大发脾气说："这还没卸磨呢先把驴杀了！我们109冶七八万人，拼死拼活十几年，到头来人头费都没了，有这么玩的吗？我们冶建是头一号的大产业工人，领导阶级中的领导阶级，国家不给计划、不给财政，让我们要饭去？"

程时风插话进来："赵总，陈队长说的，我觉得有道理。我们109冶为大三线建设立下了赫赫战功，堂堂的西部铁军！就算是国家政策调整，至少财政这一块不能断，工人的工资得照发。"赵殿楚轻喝："时风同志！"陈国民接着顶上来说："领导，我觉得程时风、程总！站对了立场。"

赵殿楚推心置腹地说："国民，你说的也是我们想的，会向上面如实反映。大三线企业面临困境的不止我们一家，很多企业还不如我们。这么大的摊子，解决问题需要时间，没解决之前怎么办？等，我们等不起。我给你交个实底，工资都要发不下去了。国民，总部准备派你到深圳去考察。深圳是新划的经济特区，改革开放前沿，正在大兴土木，你带人过去看看，能不能找到工程，几百人、几千人，大工程小工程都行。"

陈国民眼珠子一瞪说："要饭吃去？那地方能有什么工程？脚趾头都知道，无非平整土地、修路盖楼这些烂菜帮子，我堂堂的冶建王牌队伍干这个，不够丢人的！"

赵殿楚沉着脸说："要饭总比饿着强，烂菜帮子也比没有强。当务之急是企业生存，你这个王牌，更应该为企业分忧！"陈国民知道话说过了头，嘴上还不服气地说："分忧、分忧！我分的哪门子忧！什么时候走？"

赵殿楚说："具体的我和时风同志再研究一下，还要总部班子讨论才能定。"陈国民起身说："讨论研究，你们领导研究吧！我就是磨道里的那头驴！"转身走了。

两人都沉默了一会儿。程时风问："赵总，我是不是和陈国民他们一起到深圳看看？"赵殿楚摇头说："深圳那边，不会有什么大工程适合我们，陈国民他牢骚归牢骚，话说的没错，我们不是干那个的，作为全国冶建行业的王牌队伍，还是要争取国家计划的大项目。接下来这段时间，部里省里少不了要经常跑。"程时风叹息："赵总，说心里话，除非上边给项目，我看不到什么希望。"

有电话来，赵殿楚接起，是霍茂森打来的，聊了没几句，赵殿楚笑了，说："霍总啊，又是夏方舟……"

226

夏方舟到招待所看乔佳丽，乔佳丽拉着他来到那片他们无数次单独相处的巨石山坡，好久没说话，开了口却是毫不相干："方舟哥，川南二期下马，你留在这儿，英雄无用武之地，你还在这儿干什么？"

夏方舟却是另有心思，说："佳丽，找个男朋友结婚吧！"乔佳丽笑着摇头。夏方舟诚恳地看着她的眼睛说："这让我心理压力很大。"

乔佳丽目光清澈地说："方舟哥，千万别这么想，和你没有关系。不管别人怎么想的，对我来说，爱一个人，不意味着一定得到他，我喜欢我们现在的感觉。方舟哥，芳薇渐渐大了，她需要一个妈妈把她带进少女时代，尽快找到丹姐，给芳薇一个完整的家。"

夏方舟感动却也更加心疼地说："佳丽，有些话，这么多年我一直没有对你说……佳丽，我得告诉你。别人怎么理解爱情，怎么处理爱情，我不清楚。第一次见到晓丹那年我二十岁，她十七岁。很长时间了，我仔细地想过我们之间的关系，我和你。假如我首先见到的是你，可能结果完全不一样。人生没有假如，没有彩排，在哪个时间点上进入历史，不是我们能决定的，凡是发生的，都不可改变。"

乔佳丽默然片刻，微笑着说："方舟哥，晚上去看我演出。"夏方舟答应道："一定！这次，我每场都看！"乔佳丽自然而然地挽起他的胳膊说："下山吧！"

省歌舞团在金江演出两场，夏方舟带着芳薇看了两场。白天的时间，只要乔佳丽有空，夏方舟什么都不干，全程陪着她。第三天，他和武本奇一起送她。大庭广众，乔佳丽先是轻轻拥抱武本奇，众目睽睽之下，真情拥抱夏方舟说："方舟哥，这两天我过得很快活，很久没有这么快活了！记住我的话，去找丹姐，尽快找到她。别让我为你担心！"夏方舟的泪水忽然就涌上来，在所有人的注视下，第一次真正拥抱了佳丽！

消息传得风一样的快。赵殿楚把夏方舟叫到办公室，满脸喜色地说："方舟，听说，这两天和佳丽处得不错？"夏方舟襟怀坦荡，浅浅笑了笑说："赵总，我和佳丽不是那种关系。"

赵殿楚笑一笑，转了话题说："方舟，你老师给我打电话，让你去江汉见他。"夏方舟问："老师没说什么事？"

赵殿楚说："方舟啊，组织上本来准备任命你为总部总工，报到部里，部里同意了。接到霍总电话，我考虑再三，在可以预见的一段时间内，这边确实没有你的用武之地。冶建这一行，放下几年，可能真的拾不起来了。你老师说得对，江汉钢铁才是你的周郎赤壁。"

夏方舟没有直接去江汉。带上女儿去爷爷奶奶家休了一个长假，又带着女儿去了北京，把芳薇从小就向往的那些名胜都看了一遍。这一路，夏方舟感受到国家正在发生的剧烈变化，而这些，是在大西南丛山深处的金江所感受不到的。这让他生出来很多想法，这些想法很多都自相矛盾。一直到了江汉，他不但没有理出头绪，反而是越来越乱了。

霍茂森听了他那些想法，什么都不回答，眼下他要给夏方舟说的是："四个现代化，追赶国际先进水平，最缺的是什么？人才。科技队伍严重青黄不接，像你这个年龄段能够领军的青年骨干，凤毛麟角！方舟，我把你调过来，江汉钢铁副总工、设计院副院长，你挑一个，也可以一肩挑。"

夏方舟追着自己想法里的一点不放，说："老师，川南二期为什么下马，你肯定知道原因。"霍茂森点了点头说："你怎么看？"夏方舟再次说出自己的想法："国家政策调整，大三线被边缘化了。"

霍茂森摇摇头说："政策调整是一个原因，关键原因是技术落后。"夏方舟不服气地说："川南二期是在江汉钢铁的基础上设计的，是国内最好的。"

霍茂森加重语气说："国内最好的技术！头段时间，我加入了国家计委牵头的考察团，到发达国家参观考察，应该说是去开眼界。我们和世界先进技术隔绝的太久了，不亲眼看一看，差距到底有多大，根本想象不出来。亲眼看过，一身冷汗啊！江汉钢铁在国内是最好的，和国外同等规模的一流钢铁企业相比，我就给你说一个指标，人家员工不到我们的二十分之一，全部自动化，车间里根本看不到人。你想想，这个差距有多大！"

夏方舟大为震惊。

霍茂森说下去："下马的不只是川南二期，江汉扩建工程也下马了。追赶国际先进技术，不能再搞落后的重复建设。"夏方舟思考了一会儿说："老师，我们和国外的技术差那么多，我调过来又能干什么？"

霍茂森说："调你过来，不是有什么任务，是出于长远考虑。国家准备引进世界先进钢铁企业到我国建厂，江汉要争取成为吸收世界先进技术的领跑者。你，首先要打开眼界，让你出国考察，我暂时安排不了，你过来之后，先安排你到深圳去体验体验，什么叫改革开放。"

夏方舟心头的一个想法被触动了，继续质疑他考虑得比较深的问题，说："老师，这次回家我爸也反复和我谈，有件事始终没谈明白，当年在那么困难的情况下，几乎是举国之力建成了大三线，从今天的眼光看，即便作为战略备份，都很难说有多大实际意义，可它毕竟打下了相当完整的工业基础，它不应该只是历史，应该有它的未来。"

霍茂森点头赞许："说说看，大三线未来应该怎么发展？"夏方舟老实说："不知道。大三线作为应对全面战争的工业战略备份，当初选取的地理优势，在和平年代，成了西部产业最大的劣势。老师，我不能调过来，我得回去。"

霍茂森预料到了，说："方舟，我要认真地说说你了，你犯了一个知识分子很容易犯的毛病，自我崇高化！你为大三线付出了很多，那已经成为历史，你回去能干什么？可以预见，在相当长的一段时间内，大三线被国民经济边缘化是必然的。以后会怎么样，起码在目前，谁也不敢说。眼下国家面临的最大、最迫切的问题，不是大三线的未来，是如何解决经济的高速发展，把失去的时间夺回来。这就说到你了，你回去能干什么？"

夏方舟实话实说："我一下说不清楚，不是说不清，是想不透。不管怎么样，有一点我不服气，像109冶这样的建立过丰功伟绩的西部铁军，这么强大的工程能力，我不相信它没有未来。我要试试，我能干什么。老师刚才说，就算我调过来短时间也没什么可干，会安排我到深圳去体验。对于深圳，我完全没想明白，老师这句话点醒了我。现在109冶有个机会，陈国民带队去深圳，我可以跟他过去，也可以完成老师布置的课题。"

霍茂森略忖，说道："也好！我尊重你的选择。有一条，一定要走出去！不只是你一个人，整个109冶需要走出大山，到改革开放的前沿，在实践中历练，从思想上解决问题，先要弄清楚什么是改革开放，为什么要改革开放。把这个问题弄清楚了，再去思考国家的未来在哪里，然后才是大三线的未来在哪里。"

227

武本奇两口子在家里打了起来。

梁朝丽把锅碗瓢盆等家什摔了一地说："武本奇，你不能去深圳！"武本奇强忍着一口恶气说："梁朝丽，你发什么疯呢？我是作业队副队长，队长是我师傅，他点名让我去，我凭什么不去？"梁朝丽指到他脸上，露出无所不知的冷笑说："武本奇，咱俩这么多年了，我还不知道你！走了你就不想回来。"

武本奇说："我是想走，谁要我，谁稀罕我？你以为我是夏大哥呢？你没那福气！我武本奇这号的，也就在109冶有点脸面，出了这个门，谁认得我？像我这样的，灾年的蚂蚱，满地爬！"

梁朝丽撒泼说："武本奇，挑明了说吧，你离开金江是为了乔佳丽！"武本奇勃然大怒冷了脸说："梁朝丽，我警告你不是一次两次了，别在我面前说佳丽的坏话！"梁朝丽醋意大发，说："哎哟！佳丽、佳丽！叫得真够亲的！乔佳丽她就是个狐狸精，上面勾搭着夏方舟，下面勾搭着你！我说了，你敢把我怎么样？"

武本奇彻底冷了脸，目光冰冷犀利地说："此处不留爷，自有留爷处！走人！"摔门而去。

武本奇憋了四天，一直没对别人说。陈国民得到了信儿，在火车货站把指挥大型设备装火车的武本奇叫到跟前，笑着说："本奇，一个媳妇你都治不了，窝囊废！你在外边睡了几天了？"

武本奇哭丧脸说："四天了。她把门锁都换了。"陈国民顿时上了脾气说："这个梁朝丽，她还冶建工人的闺女，不知道干这行的规矩吗！男人在外边拼命，女人就该守在家里！还有，她和你闹腾扯人家小乔干什么？人家小乔这么多年，行得正走得直，她凭什么骂人家？骂人家小乔狐狸精，我看梁朝丽她是个河东狮子母夜叉！瞧你这没出息的样！"武本奇找不着话。

陈国民恨铁不成钢地说："算了，我豁上这张老脸，找梁师傅给你求求情，让你媳妇给你开门，深圳你别去了，老老实实在家待着喝西北风吧！"

武本奇说："我不回家了！过几天咱们装完了车，直接走人！"陈国民盯着他说："这可是你说的。"武本奇来了劲："我说的！梁朝丽她爸打上门来也是我说的！"

陈国民笑着说："还有点男人样！这几天住我家去。"

夏方舟回来先去见赵殿楚，对方高兴地笑着说："方舟啊，我是真没想到，这次你还能回来！"夏方舟直截了当地说："赵总，第一施工队的精兵强将，组成陈国民作业队到深圳，我跟他去！"

赵殿楚神色闪过某种东西，说："你现在是总部总工，过去你能干什么？"夏方舟说："我虽然学的是钢铁冶建，工建、民建都没问题。"赵殿楚又问："孩子怎么办？"夏方舟说："暂时托付给田师傅。"

赵殿楚笑了笑说："看来是都想好了。方舟，这事你得和陈国民商量，好一阵子了，我说话他也是说呛就呛。"夏方舟说："没问题！我找他。"

夏方舟到火车货站天已经黑了。陈国民和武本奇、林富来在水泥台子上刚摆上酒，席地而坐，听他说了，问道："你跟我去深圳，咱俩谁领导谁？"夏方舟说："我到你的作业队，你是队长，我是你的施工工程师。"

陈国民对俩徒弟说："富来，本奇，你俩听见了？"武本奇和林富来不知如何表态。夏方舟叫板："陈国民，绕了半天了，你到底什么意思，痛快点！"陈国民嘿嘿地笑着说："夏方舟，你上辈子肯定欠了我的！"

赵殿楚突然出现，夏方舟和陈国民他们忙站了起来。赵殿楚提着酒过来说："听说你们在这儿，我也过来掺和掺和！"

田青妮打开门，梁钱广站在门外问："国民他人呢？不在家？"田青妮打马虎眼儿说："他们不是明天走吗，他几个徒弟今晚在车站值班，他陪徒弟喝杯酒，回来可能还得待会儿。梁师傅，有事？"梁钱广说："青妮！你也给我装糊涂？"

田青妮赔个笑脸说："梁师傅，本奇这几天是住我这儿，今晚他师傅让他在车站值班。梁师傅，别怪我当师母的护犊子，这事还真不怪本奇。你老师傅，干咱们这行，做女人的，哪有不让自家男人出门干活的？"梁钱广不多说："你歇着吧！青妮，我走。"

梁钱广到火车货站的时候，陈国民那边还没散。

赵殿楚和大家席地而坐，端起碗说："天不早了，国民还得抓紧时间和青妮告个别。喝了这一杯，结束！"赵殿楚喝了酒站起来说："国民，我和方舟有几句话。明天我不送你们了。好了，不多说了。方舟，你跟我走。"和夏方舟离开了。

陈国民刚要说什么，听到梁钱广喊他："国民！国民！这边！这边！"陈国民应一声，又对武本奇说："你先别过去。"朝着梁钱广走过去。

听梁钱广把话说了，陈国民不高兴地说："梁师傅，不是我不给你面子，更不是挑你的错，武本奇他有什么错，凭什么让他回去给你闺女认错？"梁钱广央告："国民，两个孩子闹成这样，总得有一个先服软的吧？"

陈国民不让步地说："服软行，认错不行！刚才你还没过来，我给本奇说，今晚上只要朝丽来，就算是把他骂一个狗血喷头，他也得乖乖地跟你闺女回去。朝丽她来吗？"

梁钱广叹了口气，没话。陈国民说："梁师傅，这就怪不得本奇了！我徒弟的车等我呢，我先送你。"梁钱广复作一叹，看了看那边的武本奇，跟着陈国民离开。

林富来看着陈国民和梁钱广离开，叹了口气："本奇，连你老丈人都没过来和你说句话，看这架势，除非你回去跪搓衣板，你媳妇的家门，不好进了。"

武本奇不说话。

夏方舟上了赵殿楚的轿车，赵殿楚一路上没说什么要紧的话，夏方舟也未在意。停在宿舍楼路边，夏方舟下车说："赵总，到深圳那边，只要有进展，我随时给你打电话汇报，遇到大事，回来当面向你汇报。"

赵殿楚也下了车，关上车门说："方舟啊！有句话我是答应了晓丹的。"夏方舟震惊。赵殿楚说："晓丹也在深圳。深圳有一个基建工程兵师，晓丹是那个师的副总工程师。"

夏方舟明白过来，说："赵总，你早就知道。"赵殿楚不回避也不正面回答："我答应过晓丹不对你说。这话我就是多说的了，什么都别问，更别指望我，看你自己。"上了车。夏方舟呆呆地站在路边，眼看着赵殿楚的轿车走远了。

第五十一章

228

深圳，军营，秦晓丹的宿舍。楼房，单间，单人床，桌椅，图板。秦晓丹和严子山的那张照片被放大，镶在框里，摆放在床头的桌上。

秦晓丹穿着78式军装夏服，拿起照片，轻轻抚摸着永远年少的面庞说："他叫严子山，铁道兵战士，比我小六岁。第一次遇到他，我受了伤昏迷不醒。那一年他十八岁。为了救我，他违反纪律，在险象环生的盘山公路上，把车开得像飞一样，为我争取到了生存下来的机会，我的第二次生命，可以说是他给我的。"。

夏方舟说："你爱他。"

秦晓丹流着泪说："开始我不知道。最后一次见子山，是我回部队办手续，他受了重伤，最后的愿望是能够再见到我。我赶到医院，他突然从昏迷中苏醒过来……方舟，我们出去走走吧。"

来到海边，海浪拍岸，秦晓丹沉浸在痛心的缅怀里说："我再见到子山，他从昏迷中醒来，喊过我一声丹姐，重新陷入昏迷。二十天里，我日日夜夜守在他的身边……他一直处在深度昏迷中，偶尔会说一两句话，除了对他的爸爸妈妈，只有一句：丹姐，我爱你！我的心都碎了！"

夏方舟知道他方才误解了秦晓丹和严子山。

秦晓丹擦了擦泪说："我就在他身边，可无论怎样，都无法把他重新唤醒。我甚至悄悄地祈祷上帝，祈求他赐给我一个奇迹，把子山给我留下，我愿意用我的一切交换这个奇迹。就是那个时候，我明白了，我爱上了子山！子山能感觉到我对他的爱。他伤得很重，即便在重度昏迷中，依然痛苦异常。我在他的耳边轻轻地对他说：'子山，我爱你，丹姐不会离开你。'听到我的话，他就会平静下来，有时候，嘴角还会荡漾起孩子般的微笑……"秦晓丹把脸埋在双手里，双肩剧烈地抖动。

夏方舟默默地陪着她。

良久，秦晓丹抬起头，面对一排排涌来又退去的海浪，说下去："子山顽强地在生命线上抗争了整整二十个日夜，永远地睡着了。那一天，还不到他二十三岁生日。八年老兵，一等功臣……根据子山的遗愿，部队把他安葬在襄渝线铁路边的陵园，小小的陵园里都是年轻的铁道兵战士。那一天……"心疼得说不下去了。

那一天，崇山峻岭深处，一片极简陋的陵园，十几座很小很小的墓碑，靠在铁道边上。

新立起的墓碑上写着：严子山烈士之墓。

秦晓丹站在严子山的墓前，热泪纵横。严子山的师长顾弘亮、他的团长、他的连长、他的战友们和秦晓丹一起行军礼为烈士送行，一排枪声响起……

秦晓丹的情绪渐渐平复，依然泪流满面地说："子山牺牲后，我去看他爸爸妈妈，他妈妈对我说，儿子是军人，为国捐躯是军人的本分。可是，她每天晚上还是心疼得睡不着觉，子山首先是她的儿子，然后才是军人。见到了我，知道儿子生前得到了这样一份爱情，老人家觉得宽慰了许多。她说，好男儿一生有两件事要做，建立功勋，得到爱情，子山有过我的爱情，不遗憾了……"

秦晓丹停了好一会儿，才能继续说下去："这就是我和子山的爱情。子山十八岁爱上我，羞于表达，而我直到他生命的最后时刻才明白：我失去了他！方舟，我们最后一次见面，说到你和心梅，我提起光复说的那句话：花开荼蘼！与死亡同时到达的爱情，注定了将是一生的刻骨铭心。"

夏方舟百感交集地说："比起我和心梅，你和他最后的二十个日夜，更惨烈，更绝望，更刻骨铭心。如果你告诉我，我会陪着你一起度过那段艰难时光。心梅去世后，是你陪着我走过了那段艰难时光。"

秦晓丹说："方舟，经过了子山，我才知道，才知道那种疼究竟有多疼……从此生死两茫茫，不思量，自难忘。千里孤坟，无处话凄凉……料得年年肠断处，明月夜，短松冈。"

千山万水之外，铁路旁狭小的平地，小小的陵园荒芜寂静，严子山和一起永眠于此的战友们的墓碑斑驳。唯有列车隆隆驶过，拉响了向烈士致敬的汽笛……

明月夜，短松冈，赤子埋骨秋风南，铁龙过处无人烟。

天长路远魂飞苦，梦魂不到关山难，长相思，摧心肝！

夏方舟回到工地，一瓶酒，一碟小菜，和陈国民坐到很晚。

陈国民喝一杯苦酒说："是我错怪了秦工。"夏方舟的这杯酒五味杂陈。有顷，陈国民问："她怎么成了工程兵，不是铁道兵吗？"

夏方舟说："国家战略调整不止影响到我们，晓丹回部队第二年，铁道兵开始大规模撤编，他们师撤销了建制，她不想脱军装，顾师长，就是顾代表，提前调到工程兵部队，把晓丹调过去了。深圳建特区，上面命令他们师参加深圳建设。"

陈国民感叹："不是冤家不碰头！"

229

季成钢出现在程时风的办公室的时候，程时风吃惊地站起身，几乎是难以置信地打量他说："季成钢，你还真回来了。坐！"季成钢落座，微笑着说："程总，我说过，学成之后，一定会回来。"

程时风依然打量着他说："说心里话，没料到你回来。你一走三年，别说回单位来看看，展蔚玉给你生了个儿子，你都没回来看一眼。研究生也有寒暑假吧？"

季成钢平静地说："我的假期都是在钢铁企业度过的。"程时风淡淡笑过，说："这倒让我想起来，当年，夏方舟利用所有的假期，走遍了全国所有的钢铁企业。"季成钢说："时代变了。夏方舟当年不过是乳臭未干的大学生，我是有十余年工作经验的研究生，不可同日而语。"

程时风突然说："季成钢，109冶的工资都要发不下去了，你回来干什么？"季成钢沿着自己的话题说："程总，夏方舟现在是总部总工程师。"程时风笑着点了点头说："总工程师！跟着陈国民作业队去深圳快一年了。他尚且如此，你回来能干什么？"

季成钢依然不答，说："我回来了。先来看程总。"程时风不领情地说："季成钢，你该先去见赵总。当初不是赵总，你未必走得了。"季成钢继续微笑着说："据我所知，夏方舟还没结婚。"

程时风盯着他说："你和他不能比。他痴情不移，一个人带着烈士的女儿，再谈十回恋爱也没人说他。你不行，你要是想和给你生了儿子的展蔚玉离婚，那就是忘恩负义的陈世美。生活作风问题，在赵总眼里，从来都是大问题，我陪你去见赵总！"

赵殿楚见到季成钢，开门见山地说："这话可能有点不客气，除了回金江，回109冶，你没别的选择吗？"季成钢早有准备地说："学校安排我留校，我爱人的关系也可以调过去。"

赵殿楚依然审视着他说："有件事，按说我不该问，我还是要问。"季成钢胸有成竹地说："赵总是要问我，为什么三年没回家。"赵殿楚尖锐地说："你爱人生孩子你都没有回来，西安到这儿没多远。"

季成钢面不改色地说："我去读研之前，和蔚玉商量，三年读书期间不回来，利用所有的假期，到现场做课题研究。"赵殿楚问："她同意吗？"季成钢说："开始不同意。我告诉她，在第五施工队和七公司我先后犯了同样的错误，除了主观方面的原因，主要在于知识积累极不扎实。要成为四个现代化需要的科技人才，没有捷径。我得到我爱人的全力支持。在这三年里，每每想到她对我的支持和做出的牺牲，我都非常感动。我感谢她！"

赵殿楚露出笑容，站起来伸出手说："成钢同志，欢迎回来！"一边和季成钢握手一边说："时风同志，给成钢安排新宿舍。"季成钢抢在前面说："赵总，不用不用，我原来的房子足够了。我觉得有些好的传统还是应该坚持，生活上不向高标准看齐。"

赵殿楚很满意地说："房子还是要换。成钢，还没回家吧？"季成钢说："没有，下了车我直接到总部来了，先报到。"赵殿楚说："回家。马上回家。和你爱人把新家安置好。你的工作岗位，给我们一点时间。"

回到家，季成钢用自己带的钥匙打开房门，站在门口并不进去。展蔚玉听到动静，从厨房出来，站在门里。季成钢平静地看着对面的展蔚玉。展蔚玉同样平静地说："听说你回来大半天了。"季成钢说："我先去公司报到。"展蔚玉说："这就对了。进来吧！"

季成钢进门，关上房门。他两岁多的儿子从里屋悄悄地出来，看着陌生的季成钢。季成钢的心突然被触到了封闭的柔软处，看一眼展蔚玉，接着目不转睛地看着儿子，儿子受到惊吓似的躲到了母亲身后，从母亲的大腿边看他。

展蔚玉抱起儿子说："小钢，这是你爸爸。"季成钢愣了一下："小钢？这不是我给他起的名字。"展蔚玉说："我给他起的，季成钢的儿子，季小钢。我觉得挺好。"季小钢躲在母亲的怀里，不敢正眼看父亲。

时间过得很慢，好歹天还是黑了，终于到了睡觉的时间。儿子已经睡下，展蔚玉和季成钢坐在外间的桌子两边。季成钢说："那就睡吧。"展蔚玉起身说："你在这屋打个地铺。"

季成钢似乎没听明白，展蔚玉看着他平静地说："你在这屋打个地铺。"季成钢顿时火了，说："展蔚玉，这是我的家。"

展蔚玉依然平静地说："没人说这不是你的家。我得带着你儿子睡。进门的时候就给你说了，你儿子能不能接受你，你要有思想准备。"季成钢的火气突然消失了，说："明天，单位给我换房子，两室一厅。"展蔚玉说："那也是你一间，我带你儿子一间，直到他能接受你，能离开我。"

季成钢定定地看着展蔚玉。展蔚玉说："打地铺吧！你把桌椅拉到边上，我去拿铺盖。"起身去了里屋。季成钢腮边的肌肉突突地跳，却无奈。

230

这天是陈国民的休息日，秦晓丹把夏方舟接到深圳最早建成的那座花园酒店，沿着湖边的绿地散步说："头几天看到你们上报纸了，创造了新的单层楼最快建设速度记录，深圳速度。不愧是西部铁军。"夏方舟欲言又止。秦晓丹察觉。

夏方舟有些艰难，可又不得不说："晓丹，我和陈国民都不善于……你明白我的意思。我们过来两千多人，快一年了，还是打不开局面，拿不到大工程。再这么下去，说不定就得离开。你们在这边时间长，整个建制都在深圳，能不能帮帮我们？"

秦晓丹稍沉，微微一笑说："方舟，工作上的事，你从来不求人。"夏方舟沉重一叹："晓丹，留在金江大本营的那么多人，基本上没事可干，非常困难。哪怕能再带出两三千人……"又一声长叹。秦晓丹想到什么，没说出来。

秦晓丹微笑着说："方舟，顾副司令来了，约我过去吃晚饭，一块去。"夏方舟稍稍一愣说："顾副司令……顾师长？"秦晓丹点头说："他现在是我们兵部的副司令员。"夏方舟忽然有种说不清的感觉，问道："副司令……我去合适吗？"秦晓丹说："他一直惦记你，惦记109冶。看看他能不能帮帮你们。"

夏方舟跟着秦晓丹来到顾弘亮下榻的军队招待所的大套间，顾弘亮紧紧地握着他的手，非常高兴地说："少帅！有七八年不见你了吧？风采依旧啊！你什么时候来的深圳?"

夏方舟这才插上嘴:"顾司令员……"顾弘亮笑着打断他:"副司令!晓丹,你先别坐,给方舟倒杯水喝。方舟,109冶的情况怎么样,不乐观吧?你怎么到深圳来了,专门来找晓丹?看来是!你怎么知道晓丹在这边?赵总告诉你的,肯定是他!不管怎么样,来了就好!"

秦晓丹把杯子放到夏方舟面前说:"司令员,方舟一进门,你都提了一箩筐的问题了,根本没有方舟说话的机会。"

顾弘亮朗声笑了,说:"嗨!我这人快人快语。方舟,109冶的情况怎么样?"听夏方舟把情况大体上说了一遍,顾弘亮感慨地说:"方舟啊,困难的不光你们!1964年大三线启动,我们师上成昆线,1967年军管,我到二号信箱。重新回到部队,还是大三线,修襄渝线。再后来我到了工程兵部队,晓丹他们这个师,也是大三线的主力部队。前前后后,大山沟里干了十好几年,对大三线,有感情!"

秦晓丹趁机给夏方舟使眼色。夏方舟张不开嘴,摇了摇头。

顾弘亮说:"方舟,我在金江就听说你很能喝,一直没机会,今天咱们好好地喝一杯,晓丹作陪。我还有事要问你。走。"

在这个难得的休息日,武本奇百无聊赖地站在路边,四处观望,满脸是和这个刚刚崛起的城市格格不入的落寞。一辆二手的日本摩托车从他的身边经过。武本奇被吓了一跳,骂道:"一辆破摩托车,威风个屁!"

那辆摩托车突然一个急刹车停下来,开车的人戴着头盔,回头看武本奇。武本奇来气,说道:"看什么看!骂你怎么了?不服气回来!"开摩托车的人果然把车掉头开了回来,又是一个急刹车停在武本奇身边。武本奇有些莫名的兴奋,摩拳擦掌地迎上去。

开摩托车的人摘下头盔,兴奋地喊着:"武本奇!奇老大!"武本奇稍稍愣了一下,惊喜地说:"陆建国!"两个人握手拥抱,互相来了几拳,陆建国不由分说,让武本奇上了摩托车,呼啸而去。

陆建国找一家咖啡馆,你来我往,没多少时间,两人分别后的经历基本上说了个差不多。说着说着说到了深圳和金江的对比,陆建国一脸自豪地说:"本奇,深圳特区,史无前例。"

武本奇撇嘴说:"特区怎么了?我们金江是中国的第一个特区,1968年小哥我……我武本奇今后不自称小哥了,老子!老子当年到金江的时候就那特区了,正儿八经的副省级!现如今,老子是副队长,在册的副科级干部。你算个什么东西,不就骑了个日本的破摩托车吗,捯饬了一身香港衣服,装什么大尾巴狼!"

陆建国冷笑道:"本奇,上学的时候你是全校男生的老大,武老大!聪明绝顶,侠肠义胆,都服气!没想到,十来年功夫,你不过三十出头,竟然活在历史里了。可悲!本奇,说你活在历史里都是高看你了!你整个一木乃伊!"武本奇恼了,说:"陆建国,这十多年我是改了不少毛病,有一样没改,别惹我!"

陆建国拿个架势说:"我惹定你了!当我真不知道金江曾经是特区?二战模式的战

略备份，大三线，没错吧！深圳是什么，弄清楚了吗？中国改革开放的前沿阵地，试验田，向全国推广的样板！你那个大三线能当样板吗？美国人1969年上了月亮，苏联人1971年建造了空间站，这会儿头顶上看着咱俩喝咖啡呢！说句到家的话，但凡有一点出路，堂堂的109冶，至于跑到深圳来捞世界？"

武本奇被他说得哑口无言。陆建国还不放过他，又问："你这副科级领导，一个月挣多少？到了深圳，一个月六块钱的特区津贴，拿到手里恨不得数好几遍。没冤枉你吧？"武本奇被激怒，说："陆建国！不就是有几个臭钱吗！再猖狂小心我修理你！"

陆建国叫板："别不服气！武本奇，我带你去个地方，看了还不服气，回来你修理我。说走就走，这咖啡不喝了，中英街溜达一趟！"

一趟中英街走下来，武本奇变了一个人，在路边灯火辉煌的海鲜大排档，把一杯酒一饮而尽，说："建国，今天这趟，不光是让我开了肉眼，更让我开了天眼。你说的没错，我武本奇才三十出头，居然成木乃伊了！我是在大山里待的时间太长了，可咱本来是海边上长大的呀！"

陆建国说："又见当年老大本色！本奇，我敬你一杯！"武本奇伸手压住他的酒杯说："等等！建国，今天咱们在深圳撞上，这是命。可你给我上了这么一堂大课，不单单是他乡遇故知吧？"陆建国笑着问："本奇，109冶那是大名鼎鼎的西部铁军，可要国家不给任务，你们这个庞然大物，能活下去吗？"

武本奇干脆利落地说："建国，有什么话直接说，不兜圈子！"陆建国叫声："好！"接着说，"本奇，你到我的公司来干副总经理，怎么样？"武本奇重复着对方的话："我到你的公司干副总经理？"

陆建国笑着说："没错！我是总经理，你是副总经理。我负责联系项目，你负责施工。你在109冶干了这么多年，王牌施工队的副科级队长，管理施工，还不是张飞吃豆芽——小菜一碟！"

武本奇回过神，一边琢磨一边问："建国，你这公司有多少人？"陆建国说："俩，加上你，仨。"武本奇吃惊地说："两个人？两个人你也敢叫公司？"

陆建国呵呵地笑了起来，说："老大，你和时代的差距实在太大了！两个人就不能叫公司，谁规定的？看来，我还得继续给你上课。"

又是几杯啤酒下来，武本奇弄明白了，说："跳槽！建国，这事你得让我好好想想，我这一跳，等于是把前十来年扔了个干净，光着屁股从头干起。"

陆建国继续开导诱惑，还加上那么一点警告说："来深圳捞世界的大企业不止你们，都一样，现成的吃惯了，自己找项目放不下架子。不说狂话，这样的施工队我挑着拣着地用。眼下我急需你这个人，有本事有能力，还有109冶这张招牌。你可别觉得除了你这棵树我找不着上吊的地方。我等你三天，不来，你走你的阳关道；来，咱们俩联起手来闯天下、捞世界！"

武本奇心里有了主意，问："一会儿我怎么回去？"陆建国说："让我女秘书骑摩托车送你。"武本奇又吃了一惊，问："你还有女秘书？"陆建国笑着说："本奇，你未加入之前，敝公司就我和我的女秘书，她还兼会计。"

武本奇不笑，说："再来两瓶啤酒。"

231

在军队招待所的小餐厅，顾弘亮和夏方舟、秦晓丹边吃边谈："方舟，别说你们，我们工程兵也一样，没有任务，时间长了照样撤建制。铁道兵就是现成的例子，原来十五个师，几十万大军，裁了，现在只剩下五个师，这五个师都未必保得住。109 冶七万多人，国家养得起吗？"

夏方舟说："顾副司令，现代化的基础是钢铁，我们国家的大钢铁时代一定会到来，那将是冶建行业的黄金时代。"顾弘亮说："形势变化很快。调两个师的工程兵建设深圳，我领会的精神，深圳代表着方向。就算你说的黄金时代有到来的一天，你们能熬到那一天吗？"

这期间，秦晓丹不断地给夏方舟眼色，夏方舟还是张不开嘴。

顾弘亮发现了，说："晓丹，你不断地给方舟使眼色，我在跟前碍事了？"

秦晓丹笑着说："司令员，我什么事情能瞒过你？"顾弘亮目光一转说："那就是方舟有事。方舟？"夏方舟赶忙说："没事。真没事。"秦晓丹眼见指望不上，说："司令员，方舟和陈国民带着第一施工队的两千精锐，在深圳干得很棒，头几天还上报纸了呢。"

顾弘亮摇头一叹："再精锐也不过杯水车薪，解决不了根本问题。"秦晓丹趁机说："司令员，你帮帮他们。你是大人物，上层关系多。给有关方面打个招呼，帮方舟他们揽点工程。若是能过来三五千人，对 109 冶就不只是杯水车薪了吧？"

顾弘亮说："方舟从来不求人，这我知道。"秦晓丹替夏方舟解围："是我的主意。司令，咱们都是 109 冶过来的。还是有感情的。"顾弘亮稍加考虑说："工程上的事我想想办法。方舟，有个事我得问问你……"

秦晓丹急忙打断他："司令。"顾弘亮神色严厉起来，说："方舟，你还是单身？"夏方舟点点头。

顾弘亮接着问："晓丹当初为什么突然离开金江，她告诉你了吧？"夏方舟说："对我说了。"顾弘亮又问："你不在意吧？"夏方舟看了眼秦晓丹说："实话实说，有点在意。顾副司令，我在意的是晓丹当时没有告诉我，如果她告诉我，给我一个机会，陪她走过那段艰难时光，我心里会更踏实。"顾弘亮看秦晓丹，秦晓丹微笑不语。

顾弘亮明白过来，笑着说："我说你啊方舟，一个很简单的问题让你弄得这么复杂！复杂的问题我给你简单化，你和晓丹都在深圳，这事，我给你们做主……"

秦晓丹又赶忙打断他："司令，你喝多了。"顾弘亮说："晓丹，你又不是不知道我的酒量，我这才喝了多少？"秦晓丹笑着说："方舟得回去了，我也得归建制。"

夏方舟回到工地，把见到顾弘亮的事对陈国民说了。陈国民意外又惊喜地说："顾代表当上司令了？"

夏方舟说："工程兵副司令。深圳这边有他们两个兵师，他来检查工作。晓丹带我见他，让顾副司令帮我们解决几个大工程，再拉个三五千人的队伍来。"陈国民急切地问："顾代表答应了？"夏方舟笑着说："就这几天给我们消息。"

陈国民道一声："好人哪！都当上司令了还惦记咱们！秦工也是好人！这可是雪中送炭啊！方舟，你说指望咱们自己，人生地不熟的，上哪儿找活去！"

赵殿楚把程时风叫到他的办公室问："时风，季成钢的工作，你觉得怎么安排合适？季成钢虽然拿到了硕士学位，能力到底怎么样还需要检验。我的意见，给他提供一个稳定的岗位。"程时风揣测对方的意思说："稳定的岗位，那就只有负责川南钢铁维检的二公司了。"赵殿楚说："让季成钢到二公司干副经理，以副代正。"

程时风问："那，二公司的王经理怎么办？"赵殿楚说："老王年纪大了，调到总部来干总经理助理，给年轻人腾位子。"程时风不表态。赵殿楚对程时风的态度有些出乎意料，问："时风，你不同意让季成钢去二公司？"程时风忧心忡忡地说："赵总，二公司是唯一的一块旱涝保收的庄稼地了，折腾不起啊。"

赵殿楚说："从大处讲，重用青年知识分子干部是国家的长远之计。具体到咱们自己，遇到了前所未有的困难，整个队伍人心不稳，有门路的走了，没门路的找门路，季成钢本来可以留校，留在大城市，他选择了回来，这个典型要树起来。"

程时风只好说："明白了。"赵殿楚指示："那就抓紧开个会定下来，让季成钢尽快上岗。给季成钢的房子落实了吗？"程时风说："今天一上班我就让人把钥匙送过去了，估计这会儿，该是正在看房子吧！"

程时风估计得没错，季成钢拿到钥匙就到医院叫上展蔚玉去了新房子。

展蔚玉看过两室一厅的房间说："你挑一间吧。"季成钢希望挽回，问："一定要分开住吗？让别人看到算什么？"

展蔚玉笑得别有意味地说："看来你还不知道，夏总在深圳……"季成钢厉声怒喝："别给我提他！"展蔚玉笑得越发轻巧地，说："秦晓丹也在深圳。"季成钢猝不及防。展蔚玉冷笑道："看来没人告诉你。这么多年，这么大一个109冶，你一个朋友都没有。"

季成钢发起呆来。

232

武本奇跟着夏方舟在施工的楼层间查看施工细节，转着脑子琢磨话该怎么说："大哥，深圳代表着国家的未来，咱们来参加特区建设，那不就像当年参加大三线，又赶上了一个轰轰烈烈的大时代！"

夏方舟没在意，武本奇继续兜着圈子说："当初去大三线，我纯粹是被时代潮流裹进去的，一路误打误撞到如今。你不一样，你是想明白了才去的。"夏方舟不知对方心思，顺口说："咱们是一路走过来的，没什么不一样。"

武本奇进一步说："大哥，我想在深圳干出一番大事业。"夏方舟笑了笑说："干大事业需要机会、条件。本奇，告诉你个好消息，原来的顾代表，现在是工程兵的副司令员，我见到他了，他答应帮我们联系一批大工程，我们有希望带个几千人的队伍来。这就是干大事业的条件。"

武本奇一叹，摇摇头说："这就是差距啊！我们和深圳的差距。"夏方舟笑着说："没头没脑的。"

一个技术员跑上来说："夏总，秦工来电话，让你马上给她打回去。"夏方舟一边答应着，一边对武本奇说："机会来了！"跟着技术员离开。

武本奇望着他的背影说："大哥，我崇拜了你这么多年，你可别被这个大时代给落下了！"他又转一圈，趁着没人注意，到工棚换了衣服，出了工地。

他刚走不多时候，陈国民就满工地找他，问林富来："本奇那小子跑哪儿去了？满工地我都找遍了。你找着他告诉他，夏总今天晚上带回项目来，明天上午准备开会，我有事和他交代。"

林富来很快就回来了，说本奇不在工地。陈国民不信地说："不可能！违反劳动纪律，他从来没犯过。这一阵大家都累了，你再找找，他可能躲在什么地方打盹儿呢。"林富来说："师傅，有人看见他出去了，换了衣服出去的。"

陈国民骂："王八蛋！林富来，不管早晚只要他回来，薅着他来见我！"

第五十二章

233

陆建国的公司在深圳早期开发的居民楼里，两室一厅，公司兼宿舍。武本奇跟着陆建国把各个房间看了一遍，女秘书一直端着茶杯笑脸跟着。回到客厅，武本奇坐到沙发上，女秘书把茶杯放到他手边的茶几上说："武总，请喝茶！"

武本奇笑着说："建国，这就是你公司的全部家当？"陆建国笑着点头说："109冶是大象，我勉强够个老鼠吧？"武本奇笑着说："老鼠！那这就是老鼠洞了。建国，我决定了……"

陆建国打住他："先别急！本奇，先小人后君子，丑话咱们都说到前边。"武本奇说："老鼠洞我都准备钻了，还有什么丑话？"

陆建国认真地说："本奇，你可想好了，迈出这一步，就像你说的，前十来年你白干了，光着屁股从头开始。我知道你的脾气，我保证我碗里有饭你碗里也有，我没饭吃你也得跟着饿肚子，到喝西北风的那一步，也不是没这个可能，到了那一步，你可不能怪我。"

武本奇等他说完了，说："你的摩托车借我用一下。"陆建国把钥匙给他。武本奇问："晚上我住哪儿？"

陆建国大喜，说："武老大！两间卧室随你挑！"

夏方舟见到顾弘亮，得知了给他的工程，简直是大喜过望。顾弘亮却说："方舟，我只能帮你这一次。后面的工程你们能不能拿到，这就要看你这位冶建少帅的本事了。"夏方舟保证说："顾副司令，我不会让你丢脸。"

顾弘亮明显不太满意地说："丢脸可不是丢我的脸……方舟，今天不能留你和晓丹了，我给你们派辆车，让晓丹带你去办手续。"秦晓丹说："司令员，我开车过来的。"顾弘亮说："也好。方舟，明天我就回去了，给陈国民队长带个好！"

秦晓丹陪夏方舟到相关部门拿到工程手续，问他："能解决多大问题？"夏方舟很兴奋地说："可以再过来两千人，够我们干两年。深圳这边效益高，四千人抵得上当初在江汉的八千人。晓丹，你再和顾副司令说说，能帮还是得帮帮我们。"

秦晓丹微微一笑说："方舟，和顾副司令告别的时候，你让他有些失望。"夏方舟很意外。秦晓丹说："他说只能帮你一次，以后要看你的，你说不会让他丢脸。"

夏方舟迷惑不解地问："这话怎么让他失望了？"秦晓丹说："刚才你又强调了一遍，希望顾副司令继续帮你们。这一句，我完全理解了顾副司令的失望。"夏方舟分辩道："晓丹，我也不愿意求人，可我们没别的办法。"

秦晓丹说："方舟，如果你只想做一个好总工，这些事你可以不去考虑，你要为109冶寻找未来，你就必须去思考这些问题。你一直很强，可是当国家形势发生了巨大变化的时候，你没跟上来，甚至是远远地被甩到了后面。当然了，不只是你。依赖国家计划你们依赖惯了，即便到了深圳，还是希望通过顾副司令的关系拿工程。我话说得可能重了一点，你们还不如我们工程兵，知道顾副司令给你的工程是哪儿来的？"

夏方舟猜到了，但不愿意相信地说："是你们的？"秦晓丹点头说："国家给的任务我们也吃不饱，也要去自己争取项目。顾副司令给你的项目，就是我们自己找的项目，让给你，让给你们。"夏方舟受到巨大冲击。

234

武本奇回到工地，陈国民一见到他便大发雷霆地说："武本奇！上班时间你都敢脱岗，你这副队长不想干了是不是？我告诉你，用不着请示总部批准，我现在就撤了你，到一线给我当工人去，没我的批准，不能走出工地一步！混账东西！"

武本奇看着他说："师傅，你骂完了吗？这回不用你撵，我要跳槽。"

陈国民不明白地说："跳槽？你当你是骡子是马呢，还跳槽！有你跳的槽吗？武本奇，你来了才几天呢，人话都不会说了！"武本奇说："我说的跳槽，不是养马养骡子的槽，我不在109冶干了。"

陈国民有些发蒙，武本奇平静地说："师傅，什么工龄、待遇，我都不要了，自己在深圳闯天下。"陈国民回不过神。武本奇说："师傅，我回来就是和你说清楚，我不干了。"陈国民这一下信了，勃然大怒，骂道："武本奇，你要当逃兵？"

武本奇沉着冷静地说："师傅，时代变了，趁着我还年轻，我要在深圳干一番属于自己的事业。今后无论走到哪里，师傅，我忘不了你这些年对我的爱护和培养，没有你就没有我武本奇的今天。师傅，你永远都是我的师傅。"

陈国民气得浑身发抖，说："你要还知道我是你师傅，老老实实地到工地上给我干活去。"武本奇反倒是坚定地说："师傅，我和你一样，认准了的事，九头牛也拉不回来。"

陈国民大怒，心里还是舍不得，拼命地控制着自己问："你，不回头？"武本奇掷地有声："不回头。"陈国民再也控制不住，重重地连着巴掌把武本奇扇出门外，骂道："滚！滚！我没你这样的徒弟！武本奇，你给老子记住，要饭你也别要到我们门上！滚！"

办公室外聚集了很多工人，林富来也在其中，都不敢出声。

武本奇用手擦去嘴角的血，朝办公室里面的陈国民深鞠一躬说："师傅，你多保重!"陈国民在里边怒吼:"滚!给老子滚!林富来,你给我看着,谁都不准送这个王八蛋!"武本奇对众人说:"各位师傅,兄弟们,走了!"

林富来和工人们眼睁睁地看着他离开,都不敢送。武本奇的小兄弟王卫国悄悄地溜开了。

武本奇来到工地外,上了摩托车,百感交集,回望施工中的大楼工地。王卫国跑了过来喊:"本奇,本奇!"武本奇说:"你来干吗,这不找事吗!让我师傅发现了,他能饶了你?"

王卫国说:"再怎么着你是老大,当年咱们一路从山东过来的。"武本奇叹了口气:"本来还想给夏大哥说一声,没想到他不在工地。"王卫国说:"有什么话我替你转告夏总。"

武本奇掏出钢笔,撕开烟盒记了个电话号码说:"卫国,这个电话能找到我。除了夏总谁都不要告诉。"王卫国接过烟盒放到贴身的口袋里说:"放心!本奇,你等等,我去把你的行李什么的给你拿过来。"

武本奇笑了笑说:"不要了,都不要了,净身出户。"发动摩托车,绝尘而去。

到了公司,女秘书惊愕地看着他被打肿的脸,武本奇不在意地笑了笑说:"我师傅打的。"女秘书说:"他怎么能打人呢?野蛮!"

武本奇虽然是笑着,却是真心诚意地说:"没有我师傅,就没有今天的我。我要没现在这身本事,你这位陆总能看得上我?徒弟背叛师傅,不被师傅打一顿,说不过去。"

陆建国佩服地说:"还是那么仗义!十四年了,本奇,你这脾气一点都没变。"武本奇说:"建国,我人过来了,不能闲着。"陆建国说:"本奇,我们拿到手的项目急着开工,有三个施工队候选,我看不出他们的高下,就等你了。"

武本奇说:"那还等什么?走吧!"

到了工地,武本奇飞快地把图纸看了一遍,准备工作做好,陆建国约的三个单位的施工队长也到了。武本奇和他们见了面,简单寒暄几句,问:"三位都是大国企的施工队长,对吧?"一个说:"武总,我们可是正科级施工队。"另一个一脸不屑地说:"正科级!我还副处级呢!"

武本奇把他们带到地上画着三幅流程简图的地方说:"这是同一个项目的三种施工流程简图,你们看看,哪个流程最合理,得说出道理来。"

前面两位说话的面面相觑。第三位大略看了一下,指其中一幅说:"武总,我把这一幅画得再细一点?"

武本奇笑着说:"不用了。张队长,就是你了。陆总和你签合同。"陆建国忙拉着武本奇到一旁说:"本奇,就这么定了?"武本奇拿个架子问:"不相信我?"

陆建国笑得满脸开花,说:"不是不相信,我服了,真服了!"

夏方舟回到工地,听说了武本奇的事,问陈国民:"他去哪儿了?"陈国民急躁地说:"我哪儿知道!"夏方舟说:"他专门回来辞行,心里还是有你这师傅。你干吗不仔细问问他?"

陈国民后悔不已地说:"当时我火气上来下手忒重,两巴掌把他扇出去了。"夏方舟琢磨道:"本奇在深圳无亲无故,从我们来了,他离开工地也不过五六次,他能去哪儿?"陈国民心疼地说:"本奇跟了我十四年。过去也给我顶嘴,这孩子嘴上犯犟,心里没毛病。你说他一个人孤孤单单地脱离了队伍,人生地不熟,能混出什么样来?"

夏方舟感慨:"本奇太冲动了。"陈国民担心地说:"这事要让上边知道了肯定开除,辛辛苦苦十几年什么都没了,以后怎么办?方舟啊,这事咱先压下来,别给上边说,一定得把他找回来,要不然,这孩子一辈子都废了!"

夏方舟答应,然后问他:"队长,顾副司令帮我们找的工程咱们先理一理?"陈国民心烦意乱地说:"夏总!我脑子让武本奇搅成一锅粥了,什么也听不进去,你先自己理一理,我明天再听。"

陈国民回到工地办公室,把林富来叫来:"富来,把工地所有的出口入口给我把严实,工作时间不用说,下了班也都不能出工地。"林富来劝他:"师傅,把大家整天关在工地,下了班都不让出去,大家会有意见。"

陈国民说:"瞧你愁眉苦脸的样!我这是防止别有用心的人出去打电话,把武本奇的事捅上去。这是特别时期的特别手段。"

天不早了,夏方舟还在办公室对着桌上的工程项目书出神,王卫国敲门进来。王卫国到他身边,拿出那个烟盒说:"夏总,这是本奇临走的时候悄悄给我留下的电话,他嘱咐我交给你,不要告诉任何人。"

235

按照武本奇留下的电话,夏方舟联系上他,本来想去他的公司,武本奇婉拒,说公司这边不太方便,又让他约上丹姐,一块见个面。这就让夏方舟心里有些不快。秦晓丹接到他的电话,把见面的地点约到了那家花园酒店。

在湖边的茶座,夏方舟说:"本奇,就算所有的后果你都想好了,为作业队考虑过吗?你是副队长,你这么一闹,队伍的军心就乱了!"武本奇直接顶回去说:"大哥,我走了军心就乱了,那只能说明这支队伍有问题。"夏方舟有些生气地说:"本奇,这些话你和陈队长当面锣对面鼓直接说。"

武本奇脸色也变了,说:"大哥,我给你电话是信得过你!到事头上,你一脚把我踢了?"夏方舟越发严肃地说:"本奇,这不是咱们俩之间的事……"武本奇说:"就是咱们俩之间的事!"

秦晓丹一直在旁边观察,见状说:"本奇,方舟不会出卖你,这一点你相信,对吧?"武本奇拧着脖子,还是点了点头。秦晓丹拉起他说:"本奇,我们俩那边走走,让方舟冷静一下。"

武本奇跟着秦晓丹沿着湖边绿地边走边说:"丹姐,我和大哥说过,你也知道,1968年去大三线是赶上了那个大时代,不管你和大哥有多少分歧,总归是按自己心思去的。我不是,我是为了我妹妹不下乡。爸妈就我一个儿子,哪次回家,爹娘笑得合不上嘴,往回走，老两口眼泪哗哗的！我想回老家，回不去！咱没背景、没本事，一个户口、一个单位就把我卡死了。丹姐，人生有几个十四年啊！不管怎么想的，去大三线是给国家做贡献。可谁让我到了深圳呢！现在说不改革没希望，今天的深圳就是明天的中国，我们又赶上了一个大时代，这一回，我不能再稀里糊涂的，我要按照自己的心思在这个大时代里闯荡一回，就算是摔得粉身碎骨，我不后悔，这是我自己选的路。"

秦晓丹回看一眼茶座那边的夏方舟说："本奇，你在这儿坐会儿，我过去和方舟谈，无论我们吵成什么样子，你不要过去。"武本奇忙说："丹姐，为了我你和大哥吵翻了，我可担不起！"

秦晓丹微笑着说："本奇，你对你大哥就这么没信心？"武本奇有点尴尬地说："我听你的，丹姐，你也别搓他上火。"秦晓丹笑着说："这次，我就让他上火。"

夏方舟果然被秦晓丹搓起了火，气愤地："陈国民骂他逃兵，听上去难听，也不过分。他是109冶培养的青年骨干，副队长，为了自己的利益，不经批准擅自脱队，不是逃兵是什么？"秦晓丹微笑着说："方舟，你也学会扣帽子了。"夏方舟说："就事论事。当年你们不也说我是逃兵吗？"

秦晓丹正色问道："你是逃兵吗？"夏方舟被问住了。秦晓丹话当年："川南钢铁一期完成，霍总带队去验收，他和我说起过，按照原来的计划，江汉1700项目1967年上马，你会作为青年科技骨干参与项目攻关。过了很多年我才想明白，在那一年错过了1700的不光是你，还有我们的国家。我想明白了，你怎么反而陷进去了？"

夏方舟无言以对。秦晓丹继续说："在深圳这三年，我接触到很多资料。和世界发达国家相比，我们落得太远了！你觉得是什么原因造成的？"夏方舟静了下来。

秦晓丹说："关键是我们这套做法不行，大锅饭，短缺经济模式，一方面抑制生产力，一方面不计成本地创造所谓的奇迹。这套做法不改革，没有出路。所以说深圳代表着中国的未来，这是一个新时代。"

夏方舟老实承认："你说的这些，晓丹，我没往深处去想。"秦晓丹说："你和陈队长当年搞的那个奖金事件，你相信人的劳动价值体现了人的劳动尊严，必须得到肯定。本奇今天走出的这一步，意味着人的梦想应该得到尊重。梦想推动未来，无论国家还是个人。"夏方舟思考。

秦晓丹给不远处的武本奇招了招手，待他过来坐了，说："本奇，既然已经破釜沉舟，那就安下心来干出一番事业。"武本奇看夏方舟。夏方舟坦诚地说："本奇，今天，你给我上了一课。"

武本奇说："大哥，我可不敢！不过，话到这儿了，我关公面前要大刀，再多说一句。那天你说起通过丹姐让顾司令给咱们找工程，我感慨了一句，这就是差距。你没往心里去。眼下在深圳找活干的大企业，不止咱们一家，说句不好听的，不少企业和咱们一个毛病，皇粮吃惯了，要饭都端着架子，这毛病不改，没出路。"夏方舟被触动。

夏方舟忽然问道："本奇，你被单位开除了，梁朝丽会怎么样？"

武本奇说："大哥，守着丹姐，我有什么说什么。当年根本不知道什么是爱情，生活枯燥，有劲没处使，热血冲动，闹了那一出，反正是结婚了。我干不出名堂不会回去，她肯等我，这辈子就是她了。朝丽是什么人，没人比我更清楚。她不会等我。不管怎么样，我不怪她，怪我自己。"

夏方舟和秦晓丹相看无言。武本奇站起来说："大哥，丹姐，我回去了。"夏方舟叫住他："本奇，回去见见你师傅吧！"武本奇重新坐下来说："大哥，我不见我师傅了。"夏方舟劝他："不说别的，个人感情，他很心疼你。"

武本奇用力点点头说："我选了这条路，见了他再把他顶回去，他心里更难受。我要能干出点名堂，早晚有一天，我回去给他磕头。干不出名堂，一辈子不再见他，他丢不起这个人。"

夏方舟想了想说："不管你见不见他，本奇，我得把你的下落告诉他。"武本奇答应。夏方舟说："本奇，以后咱们常见面，多交流。"

武本奇动了感情说："大哥，丹姐，到什么时候我觉得真走对了路，我去找你们。果真有那么一天，丹姐，我巴望着能在大哥那里见到你。"秦晓丹微笑颔首说："本奇，我等着那一天。"

武本奇站起身，泪光闪闪地说："丹姐，大哥，你们坐着别动，给兄弟一个机会，要说贵人，大哥是我这辈子里的头一个贵人！"他深鞠一躬，"大哥，兄弟谢了！丹姐，走了。"转身疾步离开了。

236

季成钢谦卑地坐在赵殿楚办公室的沙发上，这是他第一次坐到这个位置。他说："赵总，程总，我做了点调查研究，有些不成熟的想法想给领导汇报一下，不知道合适不合适。"赵殿楚鼓励说："不要有什么包袱，大胆说。"

季成钢有条不紊地说："我们所处的困境，比我预料的严重，严重得多。一边是大量的工人闲着，只有基本生活费；另一边，同样是109冶的干部职工，我们二公司拿全额工资还有奖金。这不光不利于稳定军心，而且有失公平。"

程时风不掩不快地说："季成钢，在岗的拿全额工资，待岗的拿生活费，这也是不得已。现在不是过去，干的、不干的一样拿钱，劳动积极性从哪儿来？"季成钢不卑不亢地说："程总，我们二公司的活，其他队伍也能干，大家都想干。"

程时风质问："有那么多岗位吗？"季成钢偷梁换柱地说："所以，不是工人没有积极性，是没有那么多岗位。我准备从我开始，二公司所有的干部职工取消奖金，扣发百分之三十的工资，和109冶的全体干部职工同舟共济。"程时风意外，琢磨着季成钢的心思，看赵殿楚。

赵殿楚思考片刻说："扣发百分之三十的工资，你稳得住队伍吗？"季成钢露出杀气说："不愿干的让他走，胜任维检工程的待岗工人有的是。"赵殿楚微微点头。

季成钢拿下一城，说："另外，我还听说，陈国民和夏方舟带的施工队，拿着全单位最高的工资和奖金，还有特区补助……"

程时风赶在赵殿楚表态之前先打住他："季成钢，陈国民和夏总两千人的队伍，给我们挣回来一万多人的生活费，这个贡献谁都比不了，谁都不能和他们攀！"季成钢自恃得到了赵殿楚的支持，第一次公然顶撞说："深圳工程的效益在那儿摆着，换一支队伍不会比他们差。"

程时风琢磨透了季成钢，不说话看赵殿楚。

赵殿楚表态说："成钢，先在你们二公司搞个试点。时风同志？"程时风说："我没意见。赵总，夏总和陈国民那边千万不能动啊！"季成钢意图乘胜追击再下一城，说："赵总，程总，我相信陈国民和夏方舟有这个觉悟。"赵殿楚笑了笑，模棱两可地说："就这么定了！成钢，回去把试点给我抓好！"

春风得意的季成钢回到二公司，上了楼，梁朝丽抱着一摞材料迎面过来，笑着打招呼："季经理。"季成钢愣了一下。

梁朝丽笑着说："原来我在队里，武本奇走了以后，程总把我调到公司干资料员。季经理，有什么事你尽管吩咐。"

季成钢不把对方放到眼里，说一声："哦。忙吧！"错身而过。

陈国民开着重型卡车冲进陆建国公司的工地，停车跳下来，扯起嗓子厉声大喊："武本奇！武本奇！"一个工长模样的男人上来："嗨嗨嗨！干什么的？这是工地，谁让你进来的？"陈国民拉着架子说："他娘的少给老子废话！把武本奇给我叫出来！"

对方见来者不善，回头喊："队长！队长！"被武本奇选定的那位姓张的施工队长走过来。陈国民傲慢地打量着对方，张队长也在打量他。

陈国民牛气十足地说："把武本奇给我叫出来。"张队长笑了起来，说："看来咱们是同行，你该知道，哪有到工地来找甲方的？"陈国民喊道："少给我扯淡！老老实实把人交出来，否则，别怪老子不客气！"张队长动怒，说："听不懂人话？这是老子的地盘！"打个手势，旁边的工人围上来。

女秘书跑过来说："别动手！别动手！张队长，这事和你没关系！张队长，他找我们武总，和你们没关系。"

女秘书来个职业笑脸，说："你是陈队长吧？"陈国民拿着架子说："是我。武本奇在哪儿？"女秘书客气地说："武总很忙，没时间见你，请回吧！"

陈国民无法对年轻的女秘书动粗，忍不住问："你、你算哪一路的？"女秘书笑盈盈地说："我是武总的秘书。陈队长，请吧！"

陈国民一肚子的气没处使，气得呼呼直喘，跳上卡车回到自家工地，这一肚子的恶气全放了出来。

林富来等他发完了脾气，赶紧跑到夏方舟的办公室说："夏总，我师傅带着一肚子气回来的，进门就给总部打电话，让总部开除本奇，还要通报全 109 冶。听那意思，总部同意了。"

夏方舟预料到了，点了点头。林富来接着说："还有，我师傅下令，从今以后，除非经过他亲自批准，所有人不准离开工地，下班以后也不行。夏总，下边意见可大了，没人敢当面说，都窝在肚子里。"

陈国民的这一手大大出乎夏方舟的意料，夏方舟快速考虑一番，说："这事我和他谈。林师傅，你是工长，也是你师傅的大徒弟，下去做做工作，让大家体谅你师傅的心情。"

林富来心急地说："夏总，能做的我尽量做，可我顶不了师傅的威风。这事不赶紧处理，时间长了，不光对工作不利，对我师傅也不好。我师傅担心出现第二个武本奇，可大家不这么想，个个都觉得我师傅拿大伙出气，私底下说什么的都有。这要出大乱子的！"

夏方舟坐不住了，说："我去找他！"见了面，没说几句，陈国民先炸了，说："怎么着，武本奇那王八蛋不该开除？"夏方舟也急了，说："那你就把大家伙儿全都关起来？"陈国民暴怒，说："关起来是为他们好！"

夏方舟缓和地说："队长，你的心情我能理解，我也舍不得本奇。"陈国民也退一步，说："总算是说句人话！让武本奇这小子气糊涂了！今天赵总来了个电话，让你赶紧回去一趟。说的是赶紧！"

夏方舟问："没说什么事？"陈国民说："我也没心思问他。还有个事，季成钢那东西回来了！"夏方舟着实吃了一惊。

陈国民说："听赵总电话上说，回来就干了二公司副经理，以副代正！上任没几天，提出来从他开始，二公司所有的干部职工停发奖金，只发百分之七十的工资。"

夏方舟警觉地问："赵总特意告诉你的？"陈国民撇撇嘴说："领导那心思，他不是说给我听，是敲我的鼓！"夏方舟说："我回去把队伍带过来。队长，赵总对你说的，等我回来再商量。"

陈国民大包大揽地说："这事就不用你操心了！我带队伍，你管工程。"

夏方舟立刻给秦晓丹打了电话。秦晓丹开车过来送他，说："方舟，回去把芳薇带过来。她进入青春期了，不能老住别人家。"

夏方舟有些犹豫地说："我也不是没想过。可她过来，且不说工地的条件，上学怎么办？"秦晓丹说："我给她安排学校，让她跟着我。"

夏方舟心动了。秦晓丹笑了笑说："方舟，芳薇需要一个妈妈，带着她走过女孩子一生最关键的这个阶段。"

237

赵殿楚笑着说："你是昨天下午到的？"夏方舟也笑着说："赵总，回来我得先去看我女儿。"赵殿楚满意地点头："干咱们这一行的，就该这样，回来先回家看看！芳薇在陈国民家怎么样？"

夏方舟说："田师傅对她没的说。不过，芳薇年龄逐渐大了，这次我把队伍带过去，一块带上芳薇，跟我去深圳。"赵殿楚笑了，说："和晓丹有结果了？"夏方舟说："我们都不再年轻，不再那么冲动。晓丹愿意先当芳薇的妈妈。"

赵殿楚感慨："这就好！方舟，组织决定，调任我为金江市市委书记，很快正式宣布。我急着把你叫回来，就是为了这事。方舟，我走了以后，程时风同志接任总经理。我提议你任常务副总经理兼总工程师，部里同意了。"夏方舟说："赵总，我不适合干行政工作。"

赵殿楚说："让你干常务副总，不是让你陷进行政事务圈子，是强化你的权威，你的工作重心还是要放在总工的位子上。千军易得，一将难求，109冶能不能走出困境，将来又能够走多远，你所能起到的作用，没人能够取代。"

夏方舟表态："服从组织安排。"

赵殿楚嘱托："对国家政策的变化，我们在所处的这个位置上要保持清醒的认识。109冶这样的大型国有企业，没有国家计划任务，很难长期维持。我相信这是暂时的，国家的工业现代化，还是要靠我们。我们大三线的一个重要的财产，是培养了一支打不垮、拖不烂的钢铁队伍。像武本奇那样的人还会出现，但总是个别的。"

夏方舟趁机问："赵总，对武本奇怎么处理？"赵殿楚简单干脆地说："开除，全公司通报。文件刚刚发下去。季成钢能在这个时候回来，并且以身作则，主动减少工资，很不容易。现在就看他的能力，经过考察确有能力，应该委以重任。方舟，你们之间过去有些矛盾，都过去了，以大局为重。"

夏方舟说："赵总，我不会把个人恩怨带到工作中来。"赵殿楚很满意地说："这一点我还是了解你的！"夏方舟还想为武本奇争取一下，问道："赵总，对武本奇的处理，没有余地了？在沿海地区，像武本奇这样的情况，可以办停薪留职。"

赵殿楚本来没把这件事作为谈话题目，不过顺便一提，夏方舟一再提及，引起了他的重视，说道："方舟，武本奇出走事件影响恶劣，必须严肃处理，以儆效尤。对沿海地区的一些做法，我不妄加评论，至少我们的情况和他们不一样，当前最要紧的是稳定队伍。在这件事上不能感情用事，一定要保持清醒的认识。在这一点上，你应该向季成钢学习。"

夏方舟不好再说什么。

在季成钢的办公室里，梁朝丽慌乱地看着开除武本奇的文件，乱了方寸，说："季经理，开除了武本奇，那……我怎么办？"季成钢好像挺有兴趣地问："武本奇脱离组织和你商量过吗？"

梁朝丽以为是机会，说："武本奇去深圳我就不让他去，我料到了他去了就不回来！"季成钢面无表情地说："梁朝丽，你先回去吧！"梁朝丽不得已起身，磨磨蹭蹭地走到门口，忽然返回来说："季经理，我要和武本奇离婚！"

季成钢好似很意外。梁朝丽声泪俱下地说："季经理，你不知道，武本奇根本不是个东西，这些年，他一直惦记着那个小狐狸精，就是那个乔佳丽。他去深圳前，我把他从家里赶出去，再没让他进门，他师傅陈国民还骂我母夜叉……"季成钢打断她："行了！"

梁朝丽好像已经冷静下来，擦干泪水说："季经理，我坚决和他离婚，彻底划清界限！"季成钢点点头说："单方面提出离婚要去法院，你连他人都找不到，怎么打官司？"

　　梁朝丽听不懂，问道："他都被单位开除了，法院还不能判我和他离婚？"季成钢不动声色地说："法院判决离婚，只有一个理由，感情破裂，婚姻法规定的。"梁朝丽说："我早就和他破裂了！"

　　季成钢说："破裂不破裂，那是你们之间的事。梁朝丽，出于组织上对你的关心，给你提点参考意见，如果你坚决要和武本奇离婚，我也是听说，好像可以在报纸上公示，过三个月，被告不到庭，法院也可以判决。"

　　梁朝丽问："怎么才能让报纸公示？"季成钢很慢地摇摇头说："具体怎么弄，我不清楚，你可以去法院。这是你自己的事，组织上不会介入。我这里还有事，你回去吧！"季成钢不再抬头。梁朝丽欲言又止，走了。

　　季成钢看着关上的门，冷冷笑了。

第五十三章

238

西装革履的陆建国刚从外面回到公司，端起凉水杯咕咚喝了几口，往武本奇身边一坐，说："本奇，眼下有桩大买卖，投资人是台湾来的大人物，国民党老兵的儿子，王董。据说他爸爸还是抗日英雄，好像打过台儿庄战役，反正后来去台湾了。这王董手上的项目有的是，咱也没什么大奢望，多多少少给咱一点，就够咱们吃上个一年两年的。我托上了关系和他见了两回，工程我不懂，他什么都明白，样样门儿清，我一问三不知，人家根本瞧不起我。这可是你的强项啊，你和我一块过去。我给他说了，你是我们公司副总，这才和他约上了时间，他答应再见我一回，这是最后的机会。"

武本奇有些为难地说："我跟你去行，谈不下来别怪我，谈买卖这种事我根本没干过。"陆建国不由分说："走！先去给你买身好衣裳！"武本奇赶忙推辞："不用不用，咱俩客气什么，再说我这样习惯了。"陆建国强调说："不是客气，这是在深圳，没身好衣裳，别说谈买卖了，高档写字楼看大门的都不让你进。"

走进高档写字楼的武本奇，换上了陆建国为他仔细挑选的笔挺的西装、乌亮的皮鞋，有些不自在，眼睛都不知道往哪儿看，跟着同样西装革履的陆建国走过长长的走廊。

一位雍容华贵的五十多岁的中年妇人带着跟班迎面走过来。陆建国急忙迎上去，满脸奉承的笑意，说："太夫人好！"夫人笑着对陆建国点点头正准备错肩而过，忽然注意到旁边的武本奇，停了下来，细心打量着局促得根本不知往哪儿看的武本奇，猛然回忆起来，这就是那一年在金江街头买了她的鸡蛋送她酱油的那个青涩少年！她紧走两步，亲热地拉着武本奇的手说："小同志，不记得我了？"

武本奇仔细看着对方，想了起来，可这身份差别天上地下，断不敢贸然相认。

夫人从他眼神里看了出来，说："想起来了是不是？想起来了！小同志啊，你可知道，为了那瓶酱油，我找了你多少回啊！我到金江去了一趟又一趟，站在大街上，看着来来往往的人，可就再也没有见到你。没想到，过去十多年了，在深圳见到你了！"不觉间已然动容。

武本奇依然有些回不过神，眼里却有了泪，说："大婶。"陆建国在旁察言观色，说："太夫人，他叫武本奇，是我们公司的副总经理。原来是中国 109 冶的工程队长，绝对行家！这次过来一块见王董。"

夫人让跟班就在写字楼安排了商务吧。武本奇一路云里雾里，直到在夫人身边坐了下来，还是不知道该怎么说。

夫人慈祥地笑着说："本奇，长话短说。当年，国军兵败如山倒，我家先生跟着去了台湾，没来得及带上我，我跟着剩下的那些人，辗转到了金江那边。过去的事不多说了！改革开放，两岸一家亲，我和我家先生、儿子都团圆了。陆先生知道，我家先生在这边投资，我儿子是这边的董事长，我对大陆的情况比他们熟悉些，过来帮我儿子处理些事情。"

武本奇擦着泪说："真想不到啊！大婶，你身体还好吧？"

夫人说："好！赶上了好时候，我得健健康康地好好活！"夫人又问陆建国："陆先生，你还是来找我儿子谈项目的事？"

陆建国忙应声："是。太夫人。还请太夫人在王董那边多多关照！"夫人稍忖，面带微笑地说："陆先生，我儿子手上的项目我可以让你干，提一个条件。"陆建国满脸诚意地说："太夫人，你尽管吩咐！"

夫人微笑额首说："让本奇当贵公司总经理。"武本奇顿时慌了，说："大婶，不行不行，真不行！大婶，陆总和我是老同学，这公司是他创建的……"陆建国急忙打断他说："本奇，本奇！太夫人，从现在起，本奇就是鄙公司的总经理。"武本奇急得不知道怎么说才好，忙说："不行不行！建国，真不行！大婶，我……我……这不合适，大婶！"

夫人动了感情，拉着武本奇的手说："孩子啊！你可知道，你给我那瓶酱油之前，我十几年不知道酱油的滋味了。锦上添花，什么时候都比不得雪中送炭。好人就得有好报！"武本奇抽泣着还是不知道说什么好，只是不断地说着："大婶……大婶……"

当晚，夫人让儿子盛宴招待武本奇和陆建国，当场签下一单大合同。

回到公司，武本奇说："建国，项目咱拿到了，在大婶那边，假装我是总经理就行了……"

陆建国打住他，笑得满脸开花地说："老大，你真是贵人啊！不光是我陆建国的贵人！公司总经理非你不可。到如今，我什么都不瞒你，比起太夫人给的这单大买卖，我以前干的那些什么都不算，也就是些鸡零狗碎。那些咱不干了，转手包出去。当务之急，赶紧招兵买马，你在109冶那边的手下大将，要是能挖过来几个，咱们公司立马鸟枪换炮，眼看着就是大公司了！这居民楼咱也不租了，进写字楼！奇老大，这世界咱们铁定捞成了！"

武本奇静下心来，考虑片刻，感慨："果然是人算不如天算！建国，眼下刚好有个机会！"

239

夏方舟离开深圳的第二天，陈国民就召开了骨干会议："在座的各位，除了工长、副工长就是技术骨干，都是跟着我干了多少年的，我相信你们，不会跟着武本奇那个东西学！王卫国，你们五个，都是和武本奇一块来的，他是你们老大。"

王卫国忙说："队长，本奇和我们哥们儿归哥们儿，工作归工作。"陈国民的神色仍然保持着强大压力，说："这就好！今天把大家叫过来，宣布一个决定，从这个月起，从我开始，发百分之五十的工资，停发奖金，直到109冶走出困境。"

众人都蒙了。你看我，我看你，都不敢说话。最后，目光都落到工长里边最敢讲话的王卫国身上。

王卫国硬着头皮站了起来，小心翼翼地说："队长，为季成钢那个欺师灭祖的东西，咱们犯不上！他牺牲大家的利益出个人风头，他不历来如此吗！"陈国民脸一黑说："怎么着，觉得我和季成钢争风头？"王卫国慌忙说："队长，我不是那个意思。"缩着肩膀坐了回去。

陈国民威严地看着众人说："和你们说句掏心的话，季成钢他能在这个时候回来，回来能拿自己开刀，给自己发百分之七十的工资，我高看他一眼！各位都摸着心口想想，家里待岗的都是咱们的兄弟爷们儿，想尽一切办法帮他们一把，是咱们的本分！你们说，是不是？"众人无言。

陈国民面对冷场，脸色愈发严厉地说："都不说话？好！那我就将军了，有不同意的吗？不同意的现在就给我站出来，回金江待岗去！"无人敢应。

陈国民一锤定音，说："那就这么定了！散会！"

开完会第二天，王卫国就给武本奇打了电话，武本奇当时没表态。

当下，武本奇把电话打给了王卫国。

王卫国放下电话，把兄弟们叫到一起。他们五个都是武本奇的铁杆小兄弟。王卫国说："本奇手底下有的是工程，咱们过去起码是项目经理。"兄弟们惊叹道："那就是甲方指挥长啊！卫国，我们过去到底能挣多少钱？"

王卫国告诉他们："最低翻三倍。看个人的业绩，上不封顶。"兄弟们又是一片惊叹。王卫国让他们静下来，说："先别激动。本奇特意让我给兄弟们说清楚，净身出户，前十来年白干了。混好了是各人的福气，混砸了谁也别怪。兄弟们，从来到深圳，没白没黑地干，我从来没发过牢骚，咱不怕吃苦！两千来号人给家里一万多人挣生活费，我更没发过牢骚，都不容易！可没陈国民这么使唤人的，把人关在工地上不说，这又扣了一半的工资，还不如回金江待岗去，什么都不干也有份生活费。不管你们怎么想，我今晚就走。"

有人说："要走一起走！本奇是咱们老大，这些年都是本奇替咱们罩着！副科级人家都不要了，咱们怕什么？这一步迈出去，有本奇在前边领着，说不定就能闯一份天下！"兄弟们眼色交流，决心下定。

武本奇的这一帮铁杆小兄弟密谋于暗室的时候，办公室那边林富来正在伺候陈国民喝酒。林富来说："师傅，奖金取消就取消了，发一半的工资实在撑不住，我儿子明年上高中了，高中得住校，花销大，还不能帮着家里干活，就指望着我在外边这点工资，一半工资真撑不下来。"

陈国民说："富来，我知道你正是用钱的时候，不够花，有你师傅呢！"林富来小心劝谏："不光我一个。大家嘴上不敢说，私底下说什么的都有……"陈国民发火说："你还来本事了！"林富来说："师傅，我是给你反映情况……"

陈国民发脾气说："反映个屁！林富来，别看你是我的徒弟，你要敢带头闹事，我杀鸡给猴看，先把你打发回金江，让你待岗拿生活费去！"

夏方舟没等金江的大部队开拔，带着戚芳薇先来到深圳。

秦晓丹拉着戚芳薇的手说："芳薇，你和晓丹妈妈的新家，喜欢吗？"戚芳薇高兴地说："喜欢！只要和晓丹妈妈住在一起，怎么都喜欢！"夏方舟环顾两室一厅的房间说："晓丹，这房子是单位新分给你的？"

秦晓丹告诉他："我申请的。按我的职务待遇，可以住这个规格的宿舍。以前我没有要。芳薇是大姑娘了，应该有自己的卧室。"戚芳薇十分兴奋地说："我还从来没有过自己的卧室呢！"

秦晓丹说："芳薇，去看看晓丹妈妈为你布置的卧室。"待芳薇高高兴兴地去了卧室，秦晓丹说："方舟，陈国民作业队出大事了。"

夏方舟听秦晓丹大体说了一下，顾不上其他事，先和秦晓丹去了陆建国的公司，房间里的租户换了人，一问三不知。夏方舟心急如焚，又去他们的工地，还是找不到人，急忙赶回队里。

陈国民一见到他，满腔怒火喷了出来，说："武本奇那混账东西给老子拐走了五个人，一个工长、四个副工长，全都是最好的技术骨干！这叫什么？在战场上这就叫哗变，崩脑壳，统统枪毙！"夏方舟问他："出了这么大的事，应该向总部汇报。"陈国民却另有想法，说："汇报晚不了。你回来得正好，尽快把人给我找回来。"

夏方舟告诉他："我在晓丹那里听说这事，马上和她一起去找武本奇，他们那个公司搬了，工程转给了别人，接手的不知道他们去了哪儿。"陈国民说："武本奇带着五个人临阵哗变，把下边军心都搞乱了，年轻的一个个都想跑。我已经把工地封起来了，谁都不能离开工地。我带出来的队伍，不能毁在这个王八蛋手里！"

夏方舟不免抱怨："队长，我临走之前一再和你说，季成钢那一套能不能在这边用，等我回来仔细商量……"陈国民一肚子火转向夏方舟，说："夏方舟！你找我的毛病是不是？武本奇、王卫国他们那些王八蛋奔向资本主义没错，我提倡的工人阶级的奉献精神错了？"

夏方舟缓和语气说："队长，当务之急是稳定军心。眼下最要紧的是马上向大家宣布，撤销原来的决定，工资百分之百照发，特区津贴照发，超额完成任务，奖金上不封顶。"

陈国民愤怒地说："你还真是挑老子的毛病！我告诉你夏方舟，工地是我的地盘，我说了算！轮不着你发号施令！"

夏方舟虽然尽量平和，但语气严厉地说："陈国民，总部文件你应该接到了，程时风接任 109 冶总经理，我是常务副总兼总工……"陈国民喝断他："狗屁！什么常务副总，不就是程时风过去的那个位子吗，我从来就没在乎过！老子的作业队老子说了算，有本事你回总部使去！"

夏方舟对威风凛凛的陈国民无奈。晚上，一个人坐在工地发愁，林富来偷偷摸摸地来到他身边，忧心忡忡地说："夏总，按说我不该在背地里说师傅坏话，可这么搞真不行。要不是因为扣发工资、停发奖金，本奇那帮哥们儿跑不了，他们没有本奇那股子天不怕地不怕的劲。他们一跑，工地一下子乱了，上班的也是出工不出力，反正干多干少一个样，比在家里闲着拿生活费的多挣不了几个，谁给你拼命？"

夏方舟也想不出别的办法，只能说："林师傅，你下去和大家说，大家关心的问题一定会解决。"林富来着急地说："夏总，下午你和我师傅在办公室里，我们都在外边听着呢！原来还指望你回来解决……这事解决不了，非出大乱子不可。"夏方舟苦无对策。

一个技术员来到附近，夏方舟让他有什么事过来说。技术员过来说："夏总，秦工的电话。"

第二天一早，夏方舟出了工地。

陈国民昨天晚上得知秦晓丹来电话，让林富来安排人悄悄盯着夏方舟。林富来得到手下人报的信，赶忙告诉陈国民："师傅，来接夏总的车是军队的车。"陈国民颇有几分得意地说："秦晓丹！她和夏方舟绝对知道武本奇在哪儿，不告诉我。现在看着局面不可收拾了，找武本奇去了。"

<h1 style="text-align:center">240</h1>

在秦晓丹安排的地方，夏方舟见到武本奇，直截了当地说："本奇，队里还有你的人，对吧？"武本奇点头说："大哥，你回来和我师傅大吵了一场，我都知道了。"夏方舟说："跟你走的那五个兄弟，能不能让我见见他们？"

武本奇回绝说："他们要想见你，大哥，就跟着我来了。"秦晓丹也是替夏方舟着急，说："本奇，这个时候你得帮方舟，他是你大哥呀！"

武本奇态度诚恳地说："丹姐，我给你打电话约大哥出来见面，首先是给大哥表个态，我不给大哥添乱。我缺人，队里想到我这边来的不是一个两个十个八个，我给兄弟们说了，一个不接，可我挡得住我的兄弟挡不住别人。我这帮兄弟跳槽，深圳各大工地都传遍了，109冶是面金字招牌，出来的技术骨干，到哪个工程上都是香饽饽。"

夏方舟说："你帮我想个办法。"武本奇叫声："大哥！你是明白人啊！让丹姐开车带你到各个工地上走走看看，建设深圳的队伍五湖四海，人家来了都在搞改革，就咱们让我师傅带着走回头路，拿着那个季成钢当榜样。说个难听的，这是找死。"夏方舟受到强烈震撼。

武本奇继续说："丹姐，原来说好了的，不混出样来不见你和大哥。这次过来，实在是不忍心看着他们这么垮了。大哥，你现在是常务副总，可你管不了我师傅，他根本不听你的。再这么下去，不光是他带的这两千多人，你马上跟过来的那两千多人都保不住。大哥，我不拆你的台，不拆109冶的台，管用吗？倒了的台都是自己拆的，没有一个是别人拆的。"

夏方舟无言以对。武本奇起身说:"大哥,丹姐,话都说清楚了,别怪兄弟下手狠,这是深圳。我先走一步。"

送走武本奇,秦晓丹和夏方舟沿着花园酒店湖边绿地边走边谈:"方舟,关键的一条本奇说的没错,倒了的台都是自己拆的。眼下你得赶紧拿出对策,否则的话,用不了多久,队伍真的会彻底垮掉。"夏方舟束手无策地说:"我要陈国民立刻改正,他根本不听我的。"

秦晓丹停下脚步,坚定地看着他说:"方舟,你是常务副总!如果你只想做一个好总工,有些问题不用去想,但要带领109冶走出困境,你必须成为队伍的统帅。赵总和顾副司令,业务能力和你天地之差,但你比起他们把控全局的能力,差得太远了。不知道怎么做的时候,向别人学习,是成长的捷径。"

夏方舟思路忽然开启,说:"晓丹,我去你那儿打个电话。"秦晓丹问他:"打给谁?"夏方舟说:"程总。"秦晓丹长长地舒了口气。

程时风接到夏方舟的电话,马不停蹄地赶了过来。先见了夏方舟,和他一起给陈国民谈话。陈国民当即翻脸说:"夏方舟,有本事直接对着老子来,别拉上程时风给你撑腰!"

程时风用手势制止了夏方舟,极为严厉地说:"陈国民!夏总是109冶总部常务副总,深圳工程的总负责人。队伍出现了问题,向总部汇报是他的责任,也是他的权力。"陈国民不在乎地说:"程时风,你少来这一套,老子的队伍,老子说了算!"

程时风声色俱厉地说:"陈国民,别胡搅蛮缠!出事之前,两千人的队伍在夏总的领导下挣出了大本营一万多人的生活费,你把这支队伍带垮了,大本营一万多人的生活费没了着落,你回金江给拿不到生活费的工人说,你陈国民负责!你敢回去吗?你只要敢回去,这支队伍我就让你说了算!"陈国民找不着话了。

程时风继续说:"我告诉你,赵书记批准的季成钢在二公司的所谓试点我叫停了!从他搞了这个所谓试点,二公司劳动纪律涣散,出工不出力,一天的活两天都干不出来。你还要跟他学?"

陈国民脸上挂不住了,说:"我跟他学?他算什么!"

程时风宣布:"总部决定,深圳工程由夏总全面负责。陈国民同志未经总部许可,擅自决定扣发工人工资,造成严重后果,做出深刻检讨,全公司通报。"

陈国民大怒,说:"让老子做检讨?老子不干了!"拂袖而去。

程时风和夏方舟商量:"夏总,让陈国民回金江。"夏方舟考虑说:"我建议让他留下。程总,这支队伍是他带出来的。"程时风说:"他就是认为这是他的队伍,想怎么样就怎么样。结果呢,武本奇是他最喜欢的徒弟,王卫国他们几个都是他手下的大将,众叛亲离。"

夏方舟坚持自己的意见说:"只要他转过弯来,大家还是相信他。程总,让他留下来,工作我来做。还有,他的检讨就算了吧!说句公道话,不是赵书记给他打那个电话,他不会这么干，对自己底下的工人他是有感情的。"

程时风考虑了一会儿说："好吧，听你的。家里事多我得赶紧回去。夏总，深圳这一块好不容易打开了局面，千万不能有什么闪失，这边出了问题，咱们109冶真就不好办了。"

程时风走后，夏方舟给陈国民留了两天的思考时间，第三天晚上，到陈国民的办公室请他过去喝杯酒。陈国民嘿嘿地笑着说："鸿门宴！"

夏方舟笑着说："别管什么宴，我让工地外面的小店炒了几个菜，在我那边摆上了，喝不喝？"陈国民拿个架子说："闲着也是闲着。前边带路！"

到了夏方舟的办公室，陈国民落了座说："夏方舟，你求着我来喝酒，是要做我的思想工作！这两天我一直琢磨……说清楚！我不是怕了你和程时风，我琢磨我自己，琢磨我走过的路，琢磨我做过的事。我当年搞的那个奖金事件，你该忘不了吧？"

夏方舟笑着说："那怎么能忘了！我替你顶的缸，背了一身的处分。"陈国民镇脸说："缸是你顶的，事是我干的！评价评价，用今天的眼光回头看，大了咱就不吹了，我干的那事，有点小岗村的意思吧！农村改革那个。"

夏方舟说："有点那意思。这我就想不明白了，当年你顶着那么大的风险，现在改革开放……"

陈国民打断他："你给我打住！夏方舟，真以为我不懂改革开放？深圳这一年我白来了！改革就是按劳分配，贡献大拿得多。社会主义建设你没参加过，我是功勋队长！什么是开放，这词有点绕，换个词，就是战略突围！你没打过仗，老子是坦克兵！我说的，听懂了吗？"

夏方舟抓住突破口说："就按你说的这个改革开放，把队伍关在工地上，扣发奖金，工资发一半，军心大乱，你成心？他们跟你多少年了，林富来家里等着用钱你不知道？"

陈国民撇撇嘴说："我……开头我是让武本奇那小子气糊涂了，封工地，我是怕有人打电话告状。再后来，赵总打电话，拿着季成钢敲我的鼓，我陈国民的红旗能让季成钢拔了去？我输给谁也不能……"忽然觉得说漏了嘴，刹住。

夏方舟给对方台阶，说："说了这半天了，酒还没动。干一杯？"陈国民打出他的底牌，说："我还没说完！陈国民作业队我说了算！新来的你带着干。你是副总经理，工程你找。奖金上不封顶政策给了，比试比试，我给你玩出花来！"

夏方舟笑了，说："好！话说到这儿，队长，对本奇你也别太……"陈国民喝断他："别提他！这小子临阵哗变，把我气糊涂了不说，赵总那边乱敲鼓，季成钢那个东西又来添乱，让程时风抓住我这么大一辫子！我陈国民从来没丢过这么大的人，都是因为武本奇！以后，别在我面前提他！话说透了，喝酒！"

梁朝丽激动地站在季成钢办公桌前说："季经理，法院判下来了，我和武本奇离婚了！这是判决书，你看看！"季成钢不接手，就在梁朝丽手上扫了两眼，说："这么快！三个月了？"

梁朝丽说："这还快？都快四个月了！总算是判下来了，季经理，我和武本奇一点关系都没有了！"季成钢极为平淡地点了点头说："安心工作。去吧。"梁朝丽笑着说："谢谢季经理！"转身去了。

季成钢看着梁朝丽消失在门后，忽然有些莫名的伤感，说："夏方舟啊，你的铁杆小兄弟武本奇被他老婆蹬了，死无退路！"

241

坐在五星级大酒店商务吧里的武本奇发生了很大变化，惊讶地看着对面的乔佳丽说："佳丽，你要去美国？"因成熟和阅历，乔佳丽更加美丽。乔佳丽说："从香港飞过去。本奇，方舟哥怎么样？"

武本奇不觉一叹："我不见大哥一年多了，消息没断。去年大哥拿下两个大项目，目前在这边有一万多人，西部铁军名声赫赫。说也奇了，我师傅也成了特区的名人，大照片都上了报纸，又一次闻名全国！听他们说，大哥和过去不一样了，身上透着一股特别的劲。"

乔佳丽关心地问："他和丹姐怎么样？"武本奇说："丹姐我倒见过几回，他俩的关系我有点弄不明白。丹姐替大哥带着芳薇，赶到周末什么的，带着孩子也凑一块，看上去挺好的，可俩人就不办那事，连谈都不谈。"

乔佳丽说："本奇，我想悄悄地看看他们，不让他们看到。有办法吗？"武本奇不再问，说："我想办法！"

第二天刚好是休息日，夏方舟和秦晓丹在他们常去的地方散步，戚芳薇忽左忽右地和他们说笑着什么。

不远处的绿荫下，乔佳丽默默地看着他们。武本奇陪在她身边。

夏方舟他们远去了。

武本奇选了家大酒店的露天咖啡座，问："佳丽，去了美国还回来吗？"乔佳丽微微摇头。武本奇心疼地说："佳丽，你一个人在美国，我有劲也帮不上你，心里不是个滋味。"

乔佳丽发自内心地说："本奇，你是我最好的朋友。"武本奇点着头，不知该说什么。乔佳丽说："我会给你写信，我们不要断了联系。"武本奇眼中有泪，点头。

乔佳丽请求说："帮我一个忙，本奇。我走以后，你去见丹姐……告诉丹姐……"

武本奇把乔佳丽一直送到香港机场，航班起飞。回来后，按乔佳丽的嘱托去见秦晓丹。秦晓丹抱怨道："本奇，佳丽在深圳的时候，你怎么不告诉我一声？"

武本奇说："佳丽不让我告诉你。丹姐，佳丽在国外演出的时候，认识了现在的男朋友，男朋友在美国。佳丽又拿了一次国际金奖，得到了美国的一个什么大学……具体的我也说不清楚，反正挺有名的，全额奖学金。佳丽去美国，不回来了。"

秦晓丹伤感地说："真想她。"武本奇说："丹姐，你和佳丽的事以前我一点都不知道，这次佳丽和我说了一些才明白过来。丹姐，佳丽让我告诉你，以前她曾经答应过你，这一次希望你能答应她，大哥爱的是你，别让大哥再等了。"秦晓丹霎时间泪如雨下，喊道："佳丽……"

乔佳丽泪眼回眸，说："方舟哥，我走了，不再回来！"拉起旅行箱，孤单单地走向不可知、不可见的远方……

梦缘金沙。

离恨却如春草，更行更远还生！

第五十四章

242

海浪拍岸。

秦晓丹和夏方舟坐在海边。秦晓丹说："日子过得真快，芳薇马上放暑假了，怎么安排她的暑假？"夏方舟已经想好，说："带她去看爷爷奶奶，他们都想她了。"秦晓丹问他："你离得开吗？"

夏方舟充满信心地说："离得开。我在不在工地，队伍照常运转。"秦晓丹微笑赞许："这才是统帅。"夏方舟说："晓丹，这段时间我和深圳方面接触比较多，听他们的意思，有大工程交给我们。如果再能带来一两万人的话，单从经营效益上讲，109 冶基本上可以摆脱困境。"

秦晓丹说："方舟，我们师可能整建制转业到深圳。"夏方舟有些意外地说："整建制转业？"秦晓丹点点头说："正在谈。深圳需要大规模的建设队伍。"

夏方舟还是没有明白秦晓丹的意思，说："我们不能和你们比，你们整个建制都在。"秦晓丹微笑着说："你在这儿，方舟，这对我就够了。"夏方舟反应过来，怦然心动。

秦晓丹看着他说："佳丽去美国了。"夏方舟又反应不过来了，说："佳丽去美国？"秦晓丹点点头，调开目光，眼中有泪。

天渐渐暗了下来。

秦晓丹看着海浪说："方舟，知道我是什么时候爱上你的吗？"夏方舟突然莫名地紧张起来，问："什么时候？"秦晓丹说："1965 年，在 13 栋前。"夏方舟完全没有想到。

秦晓丹回忆说："当时，跟着我爸爸和一号老总、赵总他们进了 13 栋，不知道为什么，好像心血来潮，又跑了出来……"

那一刻，十七岁的秦晓丹从 13 栋跑了出来，夏方舟的那辆车刚刚启动，秦晓丹有些迟疑，还是飞快地跑了过去。她追不上车，呆呆地站在路边，炽热的风扬起了她白色的裙摆……

秦晓丹充满深情地说下去："我呆呆地站在那儿，眼睁睁看着那辆车把你带走了，好像，心丢了！回到上海，我几番在梦里重回那一刻。过了很多年，直到经历了和子山的感情，我才想明白，就从那一刻，我爱上了你，一个只见过一眼的少年，锁定了一生的感情归宿，一眼百年……"

天黑了。

夏方舟深情地看着秦晓丹。

秦晓丹微微仰着头迎接着他说："13栋那次之后，我对这份爱情有过犹豫、彷徨、退缩，甚至是怀疑，竟至于几乎和季成钢走到一起……是汀兰把我从那场噩梦中唤醒。我想重新找回这份爱情，可它在心梅和佳丽的爱情面前是如此微不足道。直到经历了子山那种烈火般的爱情，烈火之后，遍地焦土。我明白了，'日日思君不见君，共饮长江水'这样的爱情虽然弱小，并不卑微。爱情很单纯，爱你所爱之人，相扶相持一生。但我仍然有一道迈不过去的坎儿，那就是佳丽。"

夏方舟声音很轻地说："晓丹，我爱你。"水到渠成。

夏方舟把秦晓丹拥抱在怀。秦晓丹流着泪说："我爱你，方舟。"

夏方舟回到工地已经很晚了。他的吉普车刚停到办公室外，在此等候已久的工程师忙迎上来说："夏总，下午冶金部来电话，霍部长让你马上去北京。"夏方舟问："没说什么事？"工程师告诉他："电话是霍部长的秘书打过来的，没说别的，让你马上去，特别强调了一句，让你马上飞过去。"

第二天一大早，夏方舟和秦晓丹在海边相见。夏方舟说："晓丹，我心里有种说不出来的……我们这么多年，每一次都是在关键时刻突然发生了什么事情，晓丹，我担心，担心再一次错过。如果再一次错过，我宁可放弃一切。"

秦晓丹靠在夏方舟胸前说："方舟，你从来没有错过我，是我一再错过你。不管发生什么，我决不会再错过你。"

243

夏方舟从文件中抬起头说："二手设备？"霍茂森看着他的神色，笑着说："不以为然？"夏方舟确实不以为然，说："老师，东海钢铁不是正在建设吗？"

霍茂森说："东海钢铁的技术和建设队伍都和我们没有丝毫关系。"夏方舟说："他们把技术带过来，我们就可以学习、消化、吸收。"霍茂森笑着点点头："看来，真是没看上这套二手设备。"

夏方舟说："老师，我在深圳基础打得很好，他们很可能交给我们出乎意料的大项目，109冶可以彻底摆脱困境。"霍茂森吩咐说："深圳的事让别人做，这个项目你亲自带队。"夏方舟说："拆解二手设备，运回国内调试安装，这种活别人也干得了，我走了深圳那边很可能会出问题，一旦出问题，109冶将再次陷入困局。"

霍茂森严肃地说："方舟啊，从学生时代起，理想和责任就是你的座右铭。"夏方舟分辩："我没忘。东海钢铁上马，我的感觉，国家现代化大钢铁的时代将要来临。只要保住队伍，我有信心迎接这个大时代。"霍茂森说："技术是有壁垒的。没有知识准备，你拿什么去迎接大时代？"

夏方舟立刻意识到自己错在了哪里。霍茂森说："这套欧洲钢铁联合企业的全套设备，比起世界一流水准是差了一代，但比我们的先进得多。关键技术，人家不会把最好的卖给我们，我们要这套二手设备，要的是在这个基础上突破技术壁垒。"夏方舟态度明确地说："老师，我去！"

霍茂森要求："要带最好的队伍，让陈国民作业队跟你去。"夏方舟有些为难地说："陈国民在深圳。"霍茂森说："我知道。我安排人马上通知他回金江组班子，队伍留在那边，将来直接从深圳出发。你在北京待几天，熟悉一下情况，回去以后派个班子过来办手续。出国手续全部办下来，需要一段时间，你利用这段时间，把队伍建好。"夏方舟接受任务。

霍茂森的微笑轻松起来，说："大事定下来，说说你。方舟啊，和晓丹准备结婚了？"夏方舟有点意外地问："你怎么知道的？老师。"霍茂森又说："晓丹带着芳薇，两室一厅。"夏方舟吃惊。

霍茂森说："顾副司令比我还着急，分给晓丹的房子是给你们结婚用的。方舟，晓丹为了芳薇，没结婚先当妈，不容易啊！你出国前，抓紧把婚事办了，别让大家都替你悬着个心！"

夏方舟忽发一叹。

林富来一路小跑，兴高采烈地拿着一张报纸，没进门就喊："师傅，你的大照片又上报纸了！"陈国民春风得意地说："怎么着，又上报纸了？这还没完没了的，当名人也烦！"林富来笑着打开报纸说："师傅，你看看，这次是彩色的！"

特区报二版通栏大标题《建设者之歌》，下面配陈国民大幅彩色照片。

陈国民笑着接过报纸说："嗯，照得还不错！老子当年从东北钢铁、江汉钢铁一路杀到大三线，打遍天下无敌手！到深圳，改革开放最前沿，建设新特区，还是王牌！"

正说着，来了电话。陈国民接起来，是冶金部的。电话上也没多说，让他马上回金江准备接受新任务。放下电话，陈国民心花怒放地说："呵呵！部里又点了我的名！火车不是推的，泰山不堆的，这就是王牌！"

244

夏方舟从北京回到金江，春风满面的程时风亲自去车站接他，一见面就说："这真是计划没有变化快啊！夏总，深圳市政府正式发函，邀请我们109冶整建制进驻深圳。"夏方舟一点心理准备没有，问："什么时候的事？"

程时风说："昨天收到的函。仅仅一天的工夫，不光咱们109冶，这在整个金江搅起了轩然大波。"夏方舟很是惊喜地说："我预料深圳方面会有动作，没想到是这么大的动作，这么快。"程时风喜气洋洋地说："夏总，你带队伍在深圳打出了西部铁军的威风！"

上了车，经历过最初的惊喜之后，夏方舟快速地整理思路说："这件事，程总怎么考虑？"程时风把球踢回来说："深圳那边的情况我不太了解，夏总，你觉得这事怎么样？"

夏方舟的心情变得复杂起来，说："单就企业前途来说，够得上百年不遇的机遇。"

回到总部，夏方舟思路已经理得比较清楚，问："程总，深圳的效益都看在眼里，那边的前途更不是我们这边能比的，这个大家都清楚，群众意见应该是支持的多吧？"

程时风说："群众的意见一般来说，左中右，两头小中间大，支持的，反对的，都是少数，大多数是观望派。这次不一样，就像你说的，深圳那边的效益前途大家看得都很清楚，处理不好真可能出乱子。"

夏方舟说："这事来得太突然了。目前我们确实还离不开深圳，可是我们毕竟是干冶建的。"

程时风摸清了他的想法，说："我也是这个心情。我听说，赵书记反对。"夏方舟不太理解地问："赵书记是市委书记，他反对什么？"程时风说："正因为他是市委书记！换了我在那个位子上，金江最大的企业从我这儿撤出去，我也不同意。山头主义，本位主义，谁都免不了这个俗。陈国民这回坚决支持去深圳。"

夏方舟很意外。程时风说："陈国民接到部里的通知昨天回来的，到家听到消息就放了话，坚决去深圳，谁阻挠跟谁干到底。夏总，他在工人当中的影响力，不是你我能比的。有些事情我们恐怕得防患于未然。"

夏方舟说："陈国民不会影响大局。他的脾气我们都知道，上了那股劲谁说也不听。他在深圳取得了非常好的效益，又是深圳明星级的建设者，头脑有些发热，等他冷静下来，应该能转过来。"

程时风不赞同地说："陈国民在深圳风头出尽，怕是不那么好转。"夏方舟坚持自己的看法说："没有欧洲这个项目，他可能不好转，正好有这个项目，他毕竟是冶建的王牌队长。"

程时风不想和夏方舟争论，转换话题说："夏总，还有个事，川南钢铁的副总张建诚是你同学吧？"夏方舟点头说："是，他和汀兰一届。原来分到我们一公司，川南一期完工，我们拨给川南钢铁三千多人，他就那时候过去的。怎么？"

程时风说："昨天部里给我电话，打算把张建诚调到我们这边干副总，征求我的意见。我心里一直犯嘀咕。夏总，霍部长调你去国外干这个工程，会不会你这一走就回不来了？"

夏方舟又是很意外。程时风说出真正的忧虑："夏总，你要调走了，带着精兵强将，就算是大钢铁时代来了，咱们109冶最多也就是个打杂的。真到了那一步，放弃深圳这个机会，在109冶的干部职工中，那就是千古骂名啊！"

夏方舟态度坚定地说："程总，你放心！我一定会回来，谁也调不走我！"程时风动了感情，上来握住他的手说："夏总啊！你是咱们的顶梁柱啊！"夏方舟说："程总，我们同舟共济！"

电话铃突然响起来。程时风有些不好意思地放开夏方舟的手，稍平静情绪，接起电话。电话是赵殿楚打过来的，得知夏方舟回来了，让他马上过去。

赵殿楚打这个电话之前，刚和陈国民谈完。陈国民到他办公室，说起去深圳的事，张口说了句和夏方舟一模一样的话："这对 109 冶是百年不遇的机会！"赵殿楚不以为然。

陈国民较真地说："老领导，一点都不夸张！我陈国民作业队在深圳，明星队伍！这也是个新词，比过去的功勋队伍荣誉还高。我陈国民的彩色大照片，特区报上登着，《建设者之歌》全国多少家报纸都转载了！原版的哪天我拿来给你看看。"

赵殿楚感觉到这场谈话不轻松，说："国民，那你觉得，109 冶应该去深圳？"陈国民态度鲜明地说："那还用说吗！老领导，我在深圳那边待了这几年，比你了解情况。深圳什么地方，改革开放的前沿阵地呀！109 冶抓住了这个机会，那就是大型国企改革的弄潮儿！嘿嘿！这又是个新词。"

赵殿楚没来由地话锋一转说："武本奇怎么样？"陈国民顿时生气地说："赵书记，哪壶不开你提哪壶！武本奇那小子跟了我十四年，一直干得不错，到了深圳自己跑了不算，还带着人跑了！这小子现在混得怎么样我不知道，一条，我没这个徒弟，他要敢上我的门，我当场打他出去！"赵殿楚意味深长地说："武本奇这个教训很深刻呀！"

陈国民明白了对方的意思，敛容正色说："赵总，你是大领导、老领导，不能拿个别否定整体。武本奇那小子是不是东西和去不去深圳，两码事！我不是找领导的碴儿，当初你不拿季成钢敲我的鼓，我丢不了那么大的人。就算是有那场，怎么样，陈国民作业队照样是誉满深圳，全国闻名！"

赵殿楚话锋再一转，问："夏方舟什么意见？"

陈国民说："他不在北京吗，我还没见他呢！嗨！老领导，不见他我也知道他想什么。别看在深圳我和他有几回差点翻脸，对 109 冶，他是真上心，不服不行！我这人任务交给我，保证干得漂漂亮亮！可让我出去找工程，抹不下脸，就算我抹下脸也没处找去，深圳的工程都是夏方舟竞争来的。头一阵他和我说，有希望拿下几个大工程，带两三万人过去，109 冶彻底摆脱困局。这回是整个大部队杀过去，企业发展的大好机会，百年不遇，他能不支持吗！再说了，秦晓丹在深圳呢，人家都快结婚了！"

赵殿楚和陈国民没法谈下去了，让他回去，想了好一阵，苦无良策。给程时风打电话，原本是想把他叫过来，听说夏方舟回来了，临时改了主意。夏方舟过来，赵殿楚边问边谈，了解了他的基本想法，长长地舒了口气说："方舟，有你这个态度，我心里踏实了不少。国民那边，我没想到他会变成这样。"

赵殿楚对陈国民的看法，夏方舟有不同意见，摆上桌面说："赵书记，陈队长的想法我完全能理解，这几年在深圳，且不说他个人获得的荣誉，他的工程质量和创造的深圳速度，为我们争取到了很多项目，为缓解 109 冶陷入的困境，稳定整个队伍的军心，做出了显著贡献。目前，如果失去了深圳的工程，109 冶很可能会再次陷入困局。还有，他在工人当中的号召力，没人能够取代。"

赵殿楚多少有点尴尬，仍然掌控局面说："方舟，你说的这些我都考虑了，所以我们的工作要做细。我从不回避对 109 冶的感情，但是做事不能只带着感情，109 冶是干冶建的，是国家队。就算暂时遇到了困难，深圳不能去，国家的大钢铁还指望着我们呢！"

夏方舟直言："赵书记，我心里真的很矛盾。"

赵殿楚点头说："看着工人师傅们发不下工资，我心里也疼，能不疼吗？这支大三线的铁军创造了多少丰功伟绩，落到这一步，谁不心疼谁没良心！心疼归心疼，还是要服从大局，服从理性。你在深圳的效益那么好，你老师为什么指定你带队去欧洲？还不是为了国家未来发展的大局吗！方舟啊，关键时刻，千万不能感情用事。"

夏方舟一声长叹，没说话。

赵殿楚又不放心了。

<h1 style="text-align:center">245</h1>

夏方舟来看柳大叔。大叔家新盖了农舍，无论从大处着眼还是从小处观察，都好了很多，小院里透着一股子勃勃生机。

柳大叔年纪大了，亲热地拉着夏方舟的手说："方舟啊，你足足有五年没来了！"夏方舟充满歉意地说："柳大叔，这几年一直在外地施工，每次回来的时间都很短，没抽出时间过来看你，不怪我吧？"

柳大叔拉着他坐下说："知道，知道你忙。这趟来在我这儿住一天吧！以前不敢留你，别说没什么好吃的，连个睡觉的地方都没有。现今和过去不一样了，新盖的房，多宽敞！今天住下，好好喝一杯，摆摆龙门。"夏方舟高兴地答应。

柳大婶上了菜，夏方舟和柳大叔连着干了两杯。柳大婶在旁叹了口气说："方舟，那一年你大叔把你救回来，人都快不行了，让我给杀鸡，我舍不得。头些年你年年来看我们，回回拿着东西，吃的用的花的，大包小包，我一直想提这事，张不开嘴。"

夏方舟赶忙说："大婶，可别那么说。那些年农村实在是太穷了。"柳大叔接过话去："方舟啊，说到点子上了，人穷志短。今天我敢留你住下，还不是过上好日子了！这几年我没少琢磨，人还是那些人，地还是那些地，换了一个联产承包，眼见着一年一个样，吃饱饭了，新房子盖了，手上有钱花了，我婆娘给你杀鸡吃也不心疼了。怎么就这么大的变化，这其中一准儿有个道理。"

夏方舟问："大叔觉得这个道理是？"柳大叔说："联产承包，话说白了，自己给自己干，身上的劲从心里往外出！"柳大叔简单的话，让夏方舟十分感慨。

又喝了几杯，夏方舟得空问："大叔，柳叶儿好吗？"柳大叔笑着不断地点头："好！好着呢！头些年一年回来一趟，这几年两三年来不了一回。家里忙，离不开人。要说联产承包，有一样不好，不能偷懒耍滑。按说呢，她男人也是你们大单位上的，这几年收入也不错，柳叶儿呢是个操心下力的命，孩子上了高中，住学校，学习不错，地里的活就指望她了。"夏方舟不觉叹了口气。柳大叔看到了，端起酒杯把话岔开了。

喝完天已黑了不少，柳大叔把茶摆到了院子里说："方舟啊，我听说，你们这么大的公家企业，也困难了？"夏方舟说："大约一半下岗，只能拿基本生活费。要不是在深圳那边的工程，饭都吃不上了。"

柳大叔稍沉片刻说："这就让人不明白了，我们农民能办的，你们办不了？要我说，你们吃皇粮吃得太安逸嘞，下了岗还有生活费，放到农村，谁给你发生活费？说句难听的，不把你们逼到死路上，你们不自己找活路，还是巴望着上边给你们拨皇粮。"

夏方舟被深深触动了。

246

酒和菜已经摆上，陈国民和梁钱广对面而坐，陈国民说："梁师傅，动杯前话咱先说清楚，武本奇跑了，公司把他开除了，你闺女也把他蹬了，咱俩谁也不欠谁的，你别喝上酒来了脾气找我要人。"梁钱广抱屈说："国民，我是那不讲道理的人吗？过去的事不提了。"陈国民还不饶地说："那你提着酒来找我喝什么意思，我缺这瓶子酒？刚才青妮做菜的时候，心里直扑腾。"

田青妮笑着打横坐在他们中间说："梁师傅，你别听他的！"梁钱广笑着说："青妮，他这张嘴，我还不知道吗！国民，今天我过来，想问问你去深圳这事，这阵子上上下下的都开了锅了。"陈国民笑着说："这你问着了！梁师傅，先来一杯！"

三杯酒下肚，陈国民让田青妮拿出珍藏的特区报，亲手递给梁钱广。梁钱广看着报纸上陈国民的大照片，赞叹："国民，真气派啊！"陈国民开心地说："还行吧！"拿回报纸递给妻子说："这我得收好了！"田青妮接过去先放到旁边。

梁钱广看了报纸就明白了，说："照你这意思，咱们 109 冶得去深圳？可是，国民，咱是干冶建的呀！我这都干了大半辈子了。"

陈国民笑里带着坏地说："梁师傅，照你这么说，我错了半辈子！按你说的，我就应该至今还是坦克兵呢！想当年战争结束了，我复员转业，响应国家号召，参加社会主义建设，有错吗？"梁钱广说："没错！"

陈国民接着连说带问："早年咱们转战东北钢铁、江汉钢铁，建起了国家的大钢铁。国家一声号令，好人好马上三线，咱们又是一路杀了过来，建起了大三线。有错吗？"梁钱广说："那就更没错了！"

陈国民继续说："现在国家号召什么？改革开放！参加深圳特区建设，还是响应国家号召！怎么着，干冶建的就不该响应国家号召，干市政建设丢人？"梁钱广打开了心结，说："国民啊，经你这么一说，我心里就敞亮了！来，干一杯！"

干了杯，梁钱广问他："国民，我听说赵书记反对？"

陈国民笑着说："咱们这支队伍是赵总一手带出来的，他对这支队伍有感情。要说感情，咱们这批老人，对赵总也有感情。感情归感情，咱不能为了感情就不响应国家号召你说是吧！再说了，赵总如今是市委书记，咱们去了深圳，他不能跟着去吧？还有，咱们走了，花在这里的、往上交的那些钱，没金江的份了吧？当领导的，谁没有点本位主义的小九九啊！"

梁钱广也笑，说："你这个国民啊，看人看事没比你透彻的！夏总那边什么意见？"

陈国民不笑了，正经说事："回来我还没见他，问了一圈，他回来去柳叶儿了。霍部长点名让我跟他去欧洲，我还没想好。就算他去欧洲，把 109 冶拉到深圳，他的这个打算不是一天两天了。咱们在深圳四个作业队，不谦虚，我还是王牌，可工程都是夏方舟拉的，队伍也是他带过去的。他还有句话说得很到家，他原话是这么说的：'过去是好人好马上三线，现在是精兵强将奔市场！'听这话，你说他什么态度？"

梁钱广彻底放了心，说："国民，有夏总这态度，那就铁板钉钉了！咱们工人里边有你，上边有他，大家都明白，现在是夏总说了算，时风这个一把手，大事上也得听他的。"

正说着，季成钢出现在门口，十分恭敬地喊一声："陈队长。"陈国民不给好脸地说："哟！季大经理！这是哪阵风吹的？"季成钢又对着陈国民喊一声："师傅。"

陈国民脸一黑，说："不敢当！季经理，有什么话赶紧说。"季成钢站在门边说："陈队长，原则上我个人坚决支持去深圳，不管谁反对！可我没去过深圳，今天过来专门向师傅……向陈队长请教。"

陈国民的态度变了。季成钢更加谦卑诚恳地说："这关系到我们109冶的前途命运，我心里着急，理不出头绪。"

陈国民对季成钢的态度迅速变化，又放不下架子。田青妮看清丈夫心思，说："季经理，来了，那就一块坐下。"季成钢看陈国民。梁钱广也看明白了，给两边铺台阶说："季经理，田师傅让你坐下，你还不坐下？"

陈国民借机下台说："怎么着，给我你还端经理的架子？"季成钢感激不尽地说："谢谢师傅……谢谢陈队长！"好像仍然有些拘谨地落座。

梁钱广悄悄看一眼季成钢，笑看陈国民，他那边还拿着架子。

季成钢说："师傅……陈队长，我今天来请教，关键是一件事怎么也想不通，夏总为什么反对我们去深圳？"

陈国民吃了一惊，忙问："你说什么，夏方舟反对去深圳？"季成钢说："据我所知，夏总从北京回来就没和师傅见面，这两天他一直在征求中层干部和技术人员的意见，说是征求意见，实际上就是在做大家的工作，反对师傅的态度……"

陈国民变了脸色说："季成钢，我还没认你这个徒弟！你要敢给我胡咧咧，有你好果子吃！有笔账我还没给你算呢！你读了那个什么研究生回来，扣奖金，扣工资，让赵总敲我的鼓，给我惹了那么场大乱子！要不是你，老子早就是明星队伍了！"拿起刚才田青妮没收起的报纸说，"给我好好瞧瞧，《建设者之歌》，我陈国民！"

季成钢低头认错说："那件事，陈队长，我给你认错！"陈国民逼问："你错哪儿了？"季成钢深刻检讨说："我的思想还停留在上一个时代，我的错误不但给陈队长在深圳的队伍造成很坏的影响，也在公司造成了混乱。我深刻地反省了自己的错误，从那以后我怎么做的，梁师傅他们老工人都可以做证。"

陈国民看梁钱广，见对方点头，然后问季成钢："那你给我说说，我们为什么要去深圳？"季成钢脱口而出："改革开放关系到国家的前途命运，国家需要我们的地方，就是我们的岗位。"陈国民显然对季成钢的回答比较满意。

喝完了酒，季成钢说先回去，陈国民没留他。梁钱广和他喝茶，不动声色地婉言劝说："国民，这几年你在深圳，有些事不知道。季成钢他干得真不错。赵书记到了市委那边，在市委会议上都多次表扬他。有这么个徒弟，你当师傅的脸上也有光。晚上他对你恭恭敬敬的，该认的错也认了，你说什么是什么。杀人不过头点地，到了手下留情的时候，该留还得留。咱们工人有工人的规矩，不管怎么说，他是进了你的师门的。"

陈国民说出了心里话："梁师傅，他就是当了总经理，认不认他，也是我说了算。我还要看他的表现。在去深圳这件事上，夏方舟真要是像他说的，赵书记又反对，我看他敢不敢站出来。他和展大夫过得怎么样？"梁钱广说："人家两口子过得好着呢！算得上模范夫妻！"

人前表演模范夫妻的季成钢回到家，打开灯，展蔚玉的卧室关着门。他站了片刻，蹑手蹑脚地走到展蔚玉卧室门前，试着推了推，门反锁着。他咬牙切齿，不出声地骂了一句，进了自己的卧室。

展蔚玉在自己的卧室并没有睡，儿子在床上睡着了，她还在看书。听到外面的动静，不出声地冷冷一笑。

季成钢坐在自己卧室桌前说："陈国民，给我端架子，你以为自己是谁！"

夏方舟从柳大叔家回来，来到川南钢铁副总张建诚的办公室。张建诚用力地握着他的手说："方舟，我们老同学，都在金江，好几年不见面了。"落了座，夏方舟问他："建诚，你们这边怎么样？"

张建诚一脸无奈地说："还能怎么样！你们给我们干的二期，四号炉主体工程都完成了，设备安装也进行了大半，突然给停了，什么时候上马，谁也不知道。到现在，我们想搞点建设，还得通过你们向国家计委申请。你们都没钱，我们上哪儿弄钱去？没有二期，我们就是半个钢铁企业，好得了吗？说个笑话，行业内戏称我们'钢坯公司'，笑话我们没有型材。这笑话一点也不好笑。"

夏方舟问他："营收怎么样？"张建诚说："还不如你们。二期刚下马的时候，你们是不如我们。自从你把一万多人带到深圳，给家里解决了多大困难！"

夏方舟又问："建诚，部里打算把你调到我们那边，和你谈了吗？"张建诚点头说："还没正式谈，给我透了个风。"夏方舟再问："深圳邀请我们整建制过去，听说了吧！"张建诚说："这么大的事，满城风雨。"

夏方舟征求意见说："建诚，换了你在我这个位置上，你会怎么办？"张建诚摇头说："听到这个消息，方舟，我设身处地地替你想过，两难！听说，赵书记反对。"夏方舟点点头说："坚决反对。"

第五十五章

247

在程时风的办公室，赵殿楚笑着说："程总，夏方舟是副总，你是109 冶现任的总经理。"程时风不接对方的盘子，也是笑着说："赵书记，你了解啊，方舟同志的能力在全行业也是出类拔萃，他在干部，尤其是技术干部中的威望，我哪儿比得了！"

赵殿楚再进一步说："一把手不一定是最好的内行，态度比能力重要。"程时风还是不接，说："赵书记，有相当一部分干部职工支持陈国民，他的影响力，尤其是在工人当中，别说我，夏总也比不了。现在的情况有点两极化，据我了解，工程技术干部基本上都支持夏总。"

赵殿楚点题："季成钢什么态度？"程时风把题目推回去说："这我不清楚。他没找我。我找他谈谈？"赵殿楚摇摇头说："不用了。这一次对所有的人都是一个考验。"程时风不多说。

赵殿楚亮牌，说："霍部长给我打了个电话。"程时风仍然非常谨慎地说："霍部长有指示？"赵殿楚笑了笑，把霍茂森电话要点说了一下，然后说："程总，我给你个建议？"

程时风保持尊敬和距离说："赵书记，你指示。"赵殿楚布置说："尽快召开总部扩大会议，除了各公司经理和二级单位的领导参加，安排陈国民他们四大金刚和梁钱广、付开田这样的老工人代表与会，让各方面的观点都亮出来，问题会在会上解决。这个会我旁听一下。"程时风说："我安排。赵书记，把霍部长的意见先给大家传达一下？"

赵殿楚说："我们的问题我们解决，不要把矛盾转移到霍部长那里。"程时风再问："那霍部长的意见，赵书记你是不是和夏总提前沟通一下？"赵殿楚叮嘱说："这事你先不要告诉方舟，他老师也要考考他。"

陈国民对夏方舟变了脸色说："季成钢给我说我还不信，你还真的反对！"夏方舟断没想到，问："季成钢给你说？他说什么？"陈国民说："别管他给我说什么。夏方舟，你光说反对不行，今天给你我说清楚，为什么反对。今天你要能说服了我，我听你的。"

夏方舟充满诚意地说："队长，实话实说，我心里很矛盾。"陈国民说："矛盾，有矛盾来找我，对了！方舟，夏总！听说你去看柳叶儿了。"夏方舟说："我去看柳大叔，在那住了一夜。没见到柳叶儿，不知道她现在怎么样。"

陈国民话问得很突然，却是别有意味："印象深刻吧？"夏方舟一下没反应过来。陈国民说："农村改革的成果啊！你不亲自去看了吗？"夏方舟由衷感叹："没想到变化会这么大！柳大叔家盖了新房，昨天大婶专门给我杀了一只鸡。"

陈国民说："这就是改革的力量啊！你说，人家农民兄弟能做到的事，咱们工人阶级就做不到？中央说了，知识分子是工人阶级的一员。你也是工人阶级。"夏方舟明白了对方的用意，一时语塞。陈国民更加亲切地说："方舟啊，咱不讲大道理，就说咱们的亲身经历，你说去深圳和留金江，哪个对 109 冶有利？"

夏方舟实话实说："单就企业发展，确实是去深圳更有利。"陈国民说："这就对了！去了深圳我们能大展宏图，留在金江最多不过是半死不活。方舟，你作为 109 冶的常务副总兼总工，重任在身，要为 109 冶的前途负责。"夏方舟想解释："队长，我反对的不是去深圳，即便是把整个 109 冶拉过去我也不反对……"

陈国民不让他把话说完，嘿嘿地笑着说："看看不是，我就知道！行了，没问题了！夏总，只要你我联手，没有过不去的火焰山！别说赵总赵书记，谁都挡不住！"夏方舟坚持说："让我把话说完，我反对的不是去深圳干工程，是反对 109 冶整建制转业成为一家城建公司。"陈国民冷笑道："你这一圈绕得够大，我听懂了！你这是既要当婊……不说难听的，换个好听点的，你这是既要挣人家的钱，又要保住自己的招牌！"

夏方舟还试图说服他，换一个角度说："队长，我们是干冶建的，你是冶建行业的王牌队长！下一步我们还要一起去欧洲……"

陈国民坚决地打断他："夏方舟，你打从北京回来就躲着不见我，你干的那些事季成钢都告诉我了，你背地里搞小动作，忙活着做那些技术人员的工作。他们想什么以为我不知道？到了深圳干城市建设，他们这些搞技术的用不上了，没地位了，不就这么点事吗！我把话撂在这儿，你毁了 109 冶的前途，砸了七万多人的饭碗，别怪我翻脸不认人！"

夏方舟也变了脸色说："话说到这份上，陈队长，总部决定你总该服从吧！"陈国民紧盯着他问："你真的要毁了 109 冶？"夏方舟问心无愧地说："我们都是为了 109 冶！"

陈国民勃然大怒，说："夏方舟，你不要成为 109 冶的千古罪人！不送！"

248

总部扩大会议按赵殿楚的要求召开，地点安排在大会议室。赵殿楚到场。

陈国民不等主持会议的程时风点名，抢先站起来说："去深圳，我陈国民旗帜鲜明，这个会我先发言！先给大家看样东西。都看看，大名鼎鼎的深圳特区报，《建设者之歌》！照片上是我陈国民，这不是我个人的荣誉，是 109 冶的荣誉！也是夏总的荣誉！下边我说正题。为什么去深圳？彻底翻身！凡事得讲点大道理不是，我也讲点大道理。先声明，我下边要说的基本上都是夏方舟、夏总在深圳给我说的，我稍微加工发挥发挥。

深圳是什么？中国改革开放的前沿，去深圳是新时期给予我们的前所未有的发展机遇。咱们国家要走的路是社会主义市场经济，109冶得跟上时代步伐！当年好人好马上三线，如今精兵强将奔市场！谁敢放弃市场，谁就要被市场抛弃。夏总，这些话是你说的吧？"

夏方舟坦率地说："是我说的。"陈国民笑了，说："大家伙都听到了，不是我给夏总胡编乱造！说完了道理，再说点实际的。我和夏总带队去深圳，从两千人到现在的一万人，在深圳给金江提供了三万多下岗职工的生活费，这都是真金白银啊！说点不谦虚的，没有我们拿回来的这笔钱，109冶撑不到现在，要饭你都没处要去！"

三大金刚和梁师傅、付开田等老工人带头鼓掌，很多干部跟上。

季成钢假装低头做笔记，暗中察言观色。赵殿楚和程时风不动声色。

陈国民心情很好地说："谢谢大家的鼓励！我先说到这儿。夏总！把你那反对意见亮出来让大家伙听听！"

夏方舟站起来说："我说明一下，我反对的不是我们的队伍参加深圳建设，我反对的是把我们变成一家城建公司。我们109冶是干冶建的……"陈国民直接打断他："夏总！这事咱们撕扯过了，按你这套，我陈国民到现在还是坦克兵呢！"

夏方舟沉着平和地说："铁打的营盘流水的兵。陈队长，你从部队复员转业，新兵补充上去了，只要没有达到世界大同，国家的常备军就不会集体转业。这个道理你比我懂。我们109冶是目前全国最好的冶建队伍。当年，建设大三线，陈队长你们四大金刚，梁师傅这些老工人，我们的工程师，我们的干部队伍，还有我们这批学生，哪个不是挑了又挑、选了又选的各路英豪、青年才俊！川南钢铁不但当时是，现在也是全国最复杂、工程难度最大的钢铁企业，我们建的！江汉钢铁1700，当时国内技术水平最高的钢铁项目，我们干的！陈国民队长率领的第一施工队是绝对的主力。就这两条，国内哪一支队伍敢和我们比、能和我们比？和国际先进水平相比，我们是落后了，落后有后发优势，我们有机会迎头赶上。就在不远的将来，我们的大钢铁时代一定会到来，当它到来的时候，国家需要我们这支钢铁队伍！"

有一部分人热烈鼓掌。季成钢继续假装做笔记。

程时风看到赵殿楚眼色，说："季成钢，作为中层干部，谈谈自己的看法。"陈国民又是抢在前面说："季成钢给我表态了，坚决支持！他这个徒弟我认了！"

季成钢飞快地应付局面说："我确实说过支持队伍去深圳。师傅，你误解了我的意思，我的意思和夏总说的一样，我支持夏总。"

陈国民受了愚弄，恼怒地说："你……季成钢，你这个欺师灭祖东西！"程时风喝一声："陈国民！这是在开会！"

陈国民猛地一拍桌子说："程时风，你少吓唬我，老子不吃这一套！"转向夏方舟，"夏方舟，你那个到欧洲倒腾洋垃圾的活，老子不干了！109冶下岗的老少爷们儿，等着我陈国民给他们买米买油的生活费！"他眼中迸出泪水，摔了杯子怒然而去。四大金刚历来是共进退，其他三位金刚也当场把茶杯摔个粉碎，跟上陈国民出了会场。

全场寂静，落针可闻。

赵殿楚看程时风那边不说话，只得亲自收拾局面说："国民同志……他们四大金刚情绪有些激动，我理解。国民同志愿望是好的，希望借着这个机会，让 109 冶一劳永逸地摆脱困局，是为企业着想，对企业有感情！无论做什么事情，还是要讲大局。从大局上讲，从国家利益这个层面，我个人意见，不代表组织，我觉得，夏总讲得很好，非常好！"带头鼓掌。全场的掌声远不如他期望的热烈。

夏方舟百感交集。

散了会，送走赵殿楚，程时风跟夏方舟去了他办公室，程时风说："夏总，我看你散会的时候，心情挺复杂。"夏方舟怅然长叹："陈队长对企业，对下岗职工，有情有义，是真正大丈夫所为。"

程时风告诉他："霍部长给赵书记打了个电话，不支持我们去深圳。赵书记会前给我说了，听他话里的意思，霍部长不让提前告诉你。"

夏方舟说："老师在考我，担心我感情用事。"

程时风真心吐露："从感情上讲，我也是左右为难。陈国民的态度，有群众基础，赵书记总结的那几句说得也算到位，陈国民也确实是为企业着想。大家都觉得我和陈国民矛盾很深，有些事上，我和他是惺惺相惜。"

夏方舟说："程总，陈国民在会上给我翻了脸，欧洲他不去了，你能不能做做他的工作？"程时风不抱希望地说："陈国民那个脾气你还不知道，他说不去肯定就不去了，就算是他心里后悔，脸上他也拉不下来。夏总，让我说呢，现在跟着你的李队长不错，他的能力你亲自验证了。早在江汉就是一流的技术骨干，只不过没有陈国民的名气大。"

夏方舟说："程总，我还有个担心，原来我答应深圳方面把队伍带过去，出了这样的变局，我再走了，深圳那边的工程可能不好拿了。"程时风劝他："夏总，已经这样了，家里的事你就别费心了，静下心来，我配合你，把出国的队伍组织好。"

赵殿楚的车离开 109 冶总部，拐了个弯拉上陈国民，让他发了一路牢骚，到了办公室，才说他："国民啊，今天你在会上过分了。"陈国民火气未消地说："我哪儿过分了？不就是吼了程时风一嗓子，骂了季成钢一句！季成钢那个欺师灭祖的东西，我还骂他！"

赵殿楚笑着说："程总那儿吼就吼了，我这里你不也是说翻脸就翻脸吗！谁把你怎么样了？霍部长点名让你去欧洲，你说不去就不去了，还说什么洋垃圾，这就过分了，那是国家的战略考虑！"

陈国民不给面子地说："我就不信了！科技进步非得捣鼓洋鬼子的二手货，没洋鬼子，川南钢铁、江汉 1700 我们也干出来了！"赵殿楚耐心地说："认识上有不同意见可以讨论，讨论不下去，吵一架也没关系！吵完了工作还是要做。欧洲你必须去！"陈国民寸步不让地说："我不去！"

赵殿楚拿他没办法。陈国民问心无愧地说："赵书记，老领导！这边的情况马上就传到深圳，我再走了，那边军心就乱了。深圳拿回来的钱，都是救命的！"赵殿楚显然没考虑到这一层。

陈国民不想再谈，说着站起来就走。赵殿楚叫住他，等他转回身说："欧洲不去就不去了，深圳那边你给我抓好，不能出乱子！"

陈国民回到桌前说："我是想抓好。老领导，你现在是市委书记，且不说县官不如现管，程时风是109冶的总经理，和你一个级别，你还管不着他，人家归部里管。他看着我不顺眼，一个调令，我能硬抗着不回来？"赵殿楚说："这个我给你打包票，程总那边我和他说，你把队伍给我抓好。"陈国民顺了口气说："这还像个老领导。"

249

顾弘亮慨然一叹："还是回去了！"秦晓丹笑着问他："司令员，你不是希望我和方舟在一起吗？"

顾弘亮心情不太顺畅地说："方舟和109冶的这个决定，企业看得见、摸得着的利益和国家长远利益有矛盾，不光这个决定不好做，队伍以后也不好带。再说，晓丹，方舟那边马上就要带队出国，这一走少不了一两年吧，你们两个这些年，起起伏伏，把我都搞怕了，我不放心！晓丹，听我的，你和他尽快把结婚手续办了，人还留在深圳，其他的等他回来再说，好不好？"

秦晓丹非常感动地说："我知道你关心我，关心方舟，司令员，我若不回去方舟安不下心来。放我走吧！"顾弘亮动了感情，点了点头，什么也没说。秦晓丹也动了感情，说："谢谢司令员！这么多年，你就像我的叔叔，我永远都不会忘了。"

顾弘亮还是舍不得地说："不是为了方舟，晓丹，我是绝对不会放你走的！本来呢，我给你和方舟想了两条路，你要舍不得这身军装，跟我去北京，对方舟我不会看错眼，下面留不住他，迟早是要进京的。舍得下这身军装呢，那就留在深圳……嗨！车轱辘话又说回来了，不说了！听你的！"

程时风来到夏方舟办公室，进门就问："夏总，你找我？"夏方舟赶忙起身说："程总，你回来打个电话，我过去就是了。"程时风说："咱们两个客气什么！找我有事？"

夏方舟说："晓丹他们那个师，集体转业，落户深圳。程总，给我分套房子怎么样？"程时风顿时明白，十分惊喜地问："秦总要回来？"夏方舟笑了，说："不会不接收吧？"

程时风一拍大腿说："哎哟，我的夏总，求之不得呀！方舟啊，你和秦总修了这十几年，总算结成正果了！大家都高兴，是真高兴！这么着，日子赶紧定下来，我替你操持张罗，请赵书记过来证婚，你和秦总什么都不用操心，我保证给你办得风风光光。"

夏方舟说："不用，晓丹希望简单一点，我也是。"程时风不容置喙地说："这可由不得你！这事就到这，没商量！我记得秦总在部队是总工？"夏方舟真心地说："安排个岗位就行，晓丹不在乎。"

程时风说："我在乎！夏总，你是咱们109冶的大梁，我整天悬着个心，上边说不定什么时候就把你调走了。这下好了，秦总回来，谁也调不走你！不过，你的位子是部里定的，秦总回来，只好暂时委屈她干副总工了。"

夏方舟真诚地说:"谢谢!"

秦晓丹回到金江。第一站去了陵园。

在李心梅墓前,秦晓丹用手绢擦拭着已经斑驳的水泥和红砖砌就的墓碑,说:"心梅,我回来了……"夏方舟站在墓前,眼中有泪。

梁钱广来到陈国民家说:"听说你回来了,大白天的叫过来喝酒。国民,今天是夏总和小秦总结婚的日子,没请你?"陈国民张了张嘴,没说话。田青妮把话接过去说:"人家夏总给他发了帖子,他不去,嫌抹不下面子。"陈国民嘴硬地说:"你乱说什么呢!谁抹不下面子?我这趟急着从深圳赶回来有要紧的任务,这两天就得赶回去,哪有心思掺和他那些事!"

梁钱广和陈国民喝上了酒,梁钱广说:"国民,季成钢这个徒弟你还是认下的好。"陈国民生气地说:"我认什么认!梁师傅,你看他那天在会上,我当众认下了他这徒弟,他反过来就咬我,我误会他,他支持夏方舟。算什么东西,当面一套背后一套!"

梁钱广劝他:"那天那个阵势,他不说话赵书记和时风都盯着他。他不是你,你放了炮,赵书记还得小轿车拉上你,到市委书记的办公室给你开小灶,他说错了话,经理还当不当?你听不出他话里的意思?他心里还是支持你的。"

陈国民听出来了,问:"他找你了?"梁钱广不瞒他说:"人家找我,说明心里有你这师傅。国民,咱说句到家的话,季成钢现在是公司经理,人家不认你这师傅,你能把人家怎么样?认你这师傅就是给你认错。"陈国民琢磨。

戚芳薇欢快地推开虚掩的房门跑进来喊:"陈伯伯!梁大爷!"梁钱广一下反应不过来。陈国民见到戚芳薇很高兴,忙说:"哟!芳薇来了!青妮,芳薇来了!"

田青妮从厨房出来,还没张口,戚芳薇亲亲地叫一声:"田妈!"田青妮笑容满面地说:"咱们芳薇回来了!来,让田妈看看,女大十八变,越变越好看!芳薇长成大姑娘了!"

戚芳薇笑着问:"田妈,陈伯伯,你们怎么没去参加我爸的婚礼啊?"田青妮赶忙替丈夫解围说:"今天去的人多,都是领导和你爸爸的老同学,我们商量了商量,今天就不过去了。芳薇,婚礼热闹吗?"

戚芳薇说:"热闹!我爸可高兴了。田妈,海子哥呢?"田青妮说:"你海子哥在成都呢。"戚芳薇追问:"海子哥怎么去成都了?"田青妮拉着她的手说:"来,芳薇,咱们里屋坐。"两人进了里边房间。

梁钱广想起来说:"这是夏总家那个姑娘,一眨眼,这么大了!"陈国民另有心思,说:"梁师傅,你刚才说,季成钢他真要认我这个师傅?"

250

洞房夜。秦晓丹单臂支着身子,借着外面的灯光,甜蜜地看着熟睡中的夏方舟,忍不住轻轻地抚摸他的面庞和臂膀上强壮的肌肉。夏方舟突如其来地把秦晓丹抱在怀里。

秦晓丹被吓了一跳,娇嗔:"方舟,你吓死我了!"

夏方舟把秦晓丹揽在胸前说:"今天一天,我都好像是在梦里。"秦晓丹稍稍用力掐了掐夏方舟的胳膊,夏方舟强壮的肌肉顿时绷了起来,笑着说:"再用点力。"秦晓丹再加点力,问:"还不疼?"夏方舟笑着说:"不是在梦里……"

时间过得飞快。在那片巨石山坡,夏方舟拥妻在怀,说:"晓丹,我们蜜月都没过完,我又要上路了。"秦晓丹安慰他说:"你在北京接到任务给我打电话,不是已经做好准备了吗?两情若是久长时,又岂在朝朝暮暮。"夏方舟低头看着她说:"我觉得对不起你。"

秦晓丹轻抚夏方舟的脸庞说:"万里戎机,书生仗剑,鹧鸪千万声,唤不回。这才是我的方舟。"

夏方舟心动地说:"这不是鹧鸪的叫声,是爱人的心声。晓丹,太委屈你了。"

秦晓丹依偎在丈夫强大的怀抱里说:"成为你的妻子,打点行装送你远行,这一天我等了很多年。"夏方舟抱紧了秦晓丹。

梁朝丽显然是故意贴近季成钢,打开一摞材料,一张一张地慢慢翻着说:"季经理,这是你要的资料,你仔细看看,我没拿错吧?"扭动的屁股好像不经意碰到季成钢的手臂。季成钢呼吸急促起来,完全看不清眼前资料上的文字,余光看着梁朝丽扭动的腰肢,揣摩对方的心思。

梁朝丽宛如不觉,越发贴近对方说:"季经理,我没拿错吧?要是错了,你告诉我,我马上改。"季成钢呼吸沉重,仿佛失去控制的手臂向着梁朝丽越发紧致的丰满处滑动,成熟女人的气息充满了暧昧的空间,身体产生了剧烈的反应,不可抗拒地蠢蠢欲动。局面即将完全失控的刹那间,他极为强大的理性终于压制住行将崩溃的肉体,干涩的喉咙里艰难地发出一句话:"放这,我,待会儿看。"

梁朝丽洞察秋毫,柔声应了一声,放下文件说:"季经理,有什么事你叫我!"妖娆地扭动着腰肢,带上了房门。

良久,身体绷紧如弓的季成钢自责:"堕落……堕落!"

重新平静下来的季成钢痛切反省,何以堕落至此!他给出了结论,这都是因为展蔚玉那个下贱的女人,在夏方舟和秦晓丹新婚之夜的丑恶行为!

那个晚上,夜深了。季成钢在自己卧室里坐在桌前,把一杯酒一饮而尽。拿出从不离身的钥匙打开抽屉,发了一个愣,手忙脚乱地在抽屉里翻找,抽屉翻乱了,还是没找到要找的东西。

展蔚玉悄无声息地推开门,拿着一个笔记本说:"你找的东西在这儿呢!"季成钢猛然回头,充满血丝的眼睛恶狠狠地盯着对方说:"展蔚玉,你竟敢偷我的东西。"展蔚玉微笑着说:"夏总今天和秦晓丹结婚了,今晚是人家的洞房花烛夜,你心里不好受吧!"

季成钢站起来说:"把我的东西还给我!"展蔚玉鄙视地说:"秦晓丹这张照片,不是人家送给你的吧?"季成钢逼近说:"展蔚玉,你别逼我动手!"

展蔚玉毫不退缩,说:"你要不怕我把满楼上的人都叫起来,你就来抢。我不怕丢人!"季成钢怔怔地看着对方,无可奈何。展蔚玉轻蔑地笑了,说:"季成钢,我和你过了这么久,知道为什么吗?"

季成钢说:"你利用我的地位!"展蔚玉平静地说:"当初,你利用你父亲的势力,强行拆散了我和初恋男友,这些年,我一直等待着我所爱的人重新恢复单身,现在是时候了,他离婚了。"

季成钢毫无准备,无法相信,更是无法接受地说:"你要和我离婚?"展蔚玉微微点头。季成钢愣了片刻,腮边的肌肉颤抖着说:"展蔚玉,这种日子我习惯了,我不会让你得逞,拖死你!"

展蔚玉色冷声轻地说:"季成钢,你要想保住仅有的这点面子,让人家看来我们是好聚好散,我会给个机会。你要不珍惜这个机会,那我就不客气了,我会搞得你臭名远扬。"季成钢突然冷笑,禁不住粗俗恶毒地说:"你那可怜的初恋情人,得到的也不过是个二手的!"

展蔚玉带着报复的快意说:"骂得好,骂得痛快。季成钢你忘了,我是大夫,对付你轻而易举。当初我之所以晚来一天,就是要把自己的全部交给我的爱人。为了增加你的想象力,给你点提示,我和我的爱人,整整一天没有下床。骂我,骂对了!可惜,那个人是你。"季成钢气得浑身颤抖着说:"你……"

展蔚玉正色说:"季成钢,我不欠你的,给你生了儿子,这是我答应你的。我给你一个月的时间,顺顺当当地办完各种手续,我从109冶调走。走之前,会把它……还给你。这一切办完之前,还是放在我这儿更保险。"转身离开。

季成钢近乎痉挛般地颤抖,也只能呆呆地站着。

展蔚玉敲开秦晓丹办公室的门,站在门口。秦晓丹站起身,打量着她。展蔚玉问:"能进来吗?"秦晓丹说:"请进!我们见过吗?"展蔚玉和秦晓丹隔桌相对,说:"秦总,你不认得我。我叫展蔚玉,季成钢的……前妻。"

秦晓丹愣了一下说:"请坐。"展蔚玉坐下说:"刚刚和他办完离婚手续。我原来在109冶医院,调动手续也办完了,马上就走,回老家。"秦晓丹看着她。

展蔚玉说:"给你看样东西,秦总,这是你的吧?"

秦晓丹接过丢失了多年的照片,看了一眼,惊愕地看着对方。展蔚玉说:"我相信,这不是你送给他的。"秦晓丹很快想起来,当年,丢失照片的第二天她曾问季成钢,头天晚上她忘记锁门,他有没有看到有人进技术室。季成钢说他没注意,还关切地问她丢东西了吗。

展蔚玉见秦晓丹气得脸色苍白,身子发抖,要撕掉照片,稍稍提高声音说:"秦总,我建议你不要撕掉它。你年龄比我大,可我觉得你还是太单纯了。留着它。有些事可以忘记,有些事迟早是要清算的。"秦晓丹不解地说:"清算?"展蔚玉点点头,微笑起身说:"秦总,不耽误你时间了,再见!"

展蔚玉来到季成钢的办公室,把照片处理的结果告诉他。季成钢浑身颤抖。展蔚玉依然平静地说:"季成钢,这么重要的证据,我能还给你吗?存在秦晓丹那儿,它就是悬在你头上的达摩克利斯之剑，别想通过你的家族势力报复我。"

季成钢忽然平静下来，微笑着说："我们好聚好散。"

展蔚玉报以微笑说："走之前我要告诉你，你的儿子是喝我的奶水长大的，我给他的每一滴奶水都是对你的仇恨。提醒一下，你每天下班后的第一件事，是去幼儿园接你的儿子。季成钢，永别了！"拂袖而去。

季成钢呆呆地站了片刻，颓然倒在椅子上。

第五十六章

251

梁朝丽在季成钢的办公室故伎重演。一边为季成钢翻着资料，一边有意无意地用身体的柔软处触碰着季成钢，娇声娇气地说："季经理，我们大家都听说了，她展蔚玉一个小小的医生，哪里能配得上咱们季经理啊！就凭她，嫁给季经理，不知道修了几辈子的福呢，真是身在福中不知福，不识好歹！这样的女人就是一个字，贱！"

季成钢呼吸沉重，梁朝丽越发妖娆，季成钢似在压抑着怒火说："站到对面去，桌子对面。"

梁朝丽泄了气，无可奈何地站到桌子对面，低着头说："季经理。"季成钢看着她说："梁朝丽，你要想做我的女人，那就堂堂正正、光明正大地做我的女人。"梁朝丽惊喜到不敢相信，这就要扑上来，又被季成钢的目光吓得不敢动，声音发颤地说："季经理，你说，你说，你让我怎么做我就怎么做，我什么都听你的，你说，你说呀！"

季成钢成功地控制住肉体的冲动，犹如布置工作地说："让你爸爸托程总亲自做媒。"梁朝丽兴奋得满面桃花，说："我这就去给我爸说，这就去说！季经理，你放心，程总听我爸的，不管怎么说，我爸是程总的半拉师傅呢……我这就去，季经理，你就等着我的好消息吧！我去了啊！"

季成钢靠在椅背上，闭上了眼睛，泪水慢慢地从眼角落下。

狂喜的梁朝丽一路飞奔，冲回家里，把这天大的喜讯告诉父母，催着父亲赶紧去找程时风。梁朝丽的妈妈笑得合不上嘴，梁钱广有些不敢相信地问："朝丽，你不是剃头挑子一头热吧？季成钢那么好的条件，能相中你？"梁朝丽眉飞色舞地添油加醋，虽不明说，却让父母觉得她和季成钢有了私情。梁钱广信了，一点也不耽误，当即去程时风的办公室，请他保媒。

程时风怀疑地说："梁师傅，让我保媒，这是季成钢亲口对朝丽说的？"梁钱广满口应着："是，是！朝丽能给她妈说瞎话吗？"

程时风仔细想了想，话说到前面："你也知道梁师傅，当初季成钢和展大夫结婚，是因为他以为秦总要和夏总结婚了，面子上下不来，回老家急急忙忙找了展大夫。我从根上就没看好他俩。季成钢读研三年都没回家，展大夫给他生了儿子呀！你可想好，梁师傅，季成钢这个人哪！"

梁钱广心急地说："时风啊，我看成钢这孩子不错，他不是你一手培养的吗！再说了，朝丽是离过婚的，年龄眼见着大了起来，别说找好的，找个年龄相当大体上般配的都不容易。成钢这么好的条件，咱真是高攀啊！时风，你操操心，算我求你了！"

程时风答应下来。梁钱广舒了口气说："哎呀！时风啊，我和朝丽她妈该怎么谢你呢！"程时风笑着说："梁师傅，你这话说的！陈国民认了他这个徒弟了吗？"

在市委书记赵殿楚的办公室，陈国民黑着脸站在他面前不说话。

赵殿楚尽量缓和语气说："国民啊，你尽心了，也尽力了！"

陈国民上火地说："赵书记！我是尽心尽力，尽心尽力管用吗？当初我就说过，当老领导你的面说的，我陈国民是干活的！那以前深圳的工程都是夏方舟找的，他走了……也不光是他走了，你们反对去深圳，我们在深圳就没了信用，谁还给我们工程！"

赵殿楚只好哄着说："回来也好，家里有个照应。国民，咱们金江的城市建设也在升级，我给有关方面打招呼，有工程，优先考虑你。"

陈国民怒气冲冲地说："你赵书记不是说我们是干冶建的吗，冶建的工程呢？回来还不是干城建，我陈国民作业队在深圳好歹是全国闻名的明星队伍，建的是现代化的高楼大厦，回来给你干这些烂菜帮子！走人！"愤然而去。

赵殿楚深深地叹了口气。

252

秦晓丹追问愤怒的陈天海："海子，到底出什么事了？告诉阿姨。"戚芳薇更着急，问道："海子哥，有什么事不能和我妈妈说，不能和我说？"陈天海还是气得说不出话。

距离夏方舟出国，差不多有两年了。陈天海已长大成人，戚芳薇就要考大学了。刚才，戚芳薇去话剧团找陈天海，看他一个人坐在路边生闷气，怎么都问不出来，便拉着他回到家里，让妈妈秦晓丹问他。

秦晓丹倒杯凉开水给陈天海。陈天海一口气把水喝了，又做了几次深呼吸，稍稍平静，说："晓丹阿姨，自从我从省艺校培训回来，这一年一直是团里的主要青年演员，团里说了好多次，只要有了转正名额，第一个给我。头几天转正名额下来了，结果呢，团里一个跑龙套的，因为人家有关系，本该给我的转正名额团里给他了！"他强忍泪水。戚芳薇跟着流泪说："欺负人！太欺负人！海子哥，你才是最好的！"

秦晓丹说："海子，我去找找……找找市里的领导。"陈天海说："晓丹阿姨，我不是那意思。团里还要留我，说让我再等机会。我坚决不干了！"

第二天，秦晓丹把陈天海叫到办公室说："海子，我给你联系了我们109冶中专，开学以后你去上学。"陈天海愣了一下说："晓丹阿姨，我不想上学。当个工人用不了多少文化。我爸爸没上过几天学，还不都是在实践中学的。"

秦晓丹严肃地说："时代不一样了，新时代是知识的时代。就说你爸，他也是上了军校的。既然回来了，不能安心做一个没有知识的工人，去上学。海子，你上学这事我征求你妈妈的意见了，没和你爸说，这些年来他对你很失望。"

陈天海委屈地说："我爸从来都没指望我，要不是他让我上技校，我早该考大学了。"秦晓丹说："过去的事没法重新再来一遍，只要不自暴自弃，未来就掌握在你自己手里。现在还不晚，重新开始。"陈天海勉强答应下来。

秦晓丹启发说："海子，芳薇马上高考了，我对她很有信心，不出意外，她一定能考上。从小她一把你当大哥，可考大学这件事，她一直都不和说，为什么？"陈天海低下头说："芳薇怕伤了我的自尊心。"秦晓丹鼓励他说："那就给自己争口气。"

陈天海抬起头说："晓丹阿姨，我听你的，我会争气。也让我爸看看，我不是窝囊废！"

在工地上，陈国民和林富来坐在阴影里休息，陈国民说："富来，你儿子马上考大学了吧？"林富来应一声，很沉地叹了口气。

陈国民笑着问："叹什么气？你不整天吹你儿子学习成绩第一吗？吹炸了！"林富来说："师傅，农村比不得城里，原来说上高中住校，他住校地里的活没人干，他考上了大学，屋里屋外，就全靠娃他妈了。"陈国民称赞："你媳妇能干。"

林富来心里难受地说："师傅，这一年咱们的活有一单没一单的，一年的收入算下来，连在深圳四分之一都不到，我儿子上了大学，家里的日子更不好过，不想让他考了。"陈国民生气地说："糊涂！我说了你多少回了，再难也不能难为孩子上大学。孩子不上大学，能有多大出息？我那个儿子，你看他混成个什么样子了！"

林富来沉默片刻说："师傅，不是说后悔话，咱们真该跟着夏总出国，到国外干活挣的是双工资……"陈国民厉声喝断他："林富来！后悔跟你师傅了？"林富来赶忙解释说："师傅，你别生气，我就是这么顺口说说。"陈国民发脾气说："顺口说说？你心里就是这么想的！干活去！"

上了工地，陈国民心情不好，注意力没在工地上，看着远方的重重大山。

林富来开着推土机，有些出神，没有注意到山上的一块巨石松动。自己念叨着："斌娃子，只要你考得上，爸就供着你上大学，师傅说得对，再难不能难为孩子上学。"山上松动的巨石跳动着滚下来，速度越来越快。林富来毫无察觉，自言自语道："柳叶儿，我在外面也挣不了几个钱，咱们斌娃子上了大学，家里的事就都指望你了……"

山上滚下的巨石砸在林富来的推土机上，驾驶室被砸扁了。

工地上发出一片惊呼。陈国民惊呆了。

戚芳薇把陈天海约到金江公园说："海子哥，明天我要去学校报到了。"陈天海没想到，说："晓丹阿姨昨天不是去北京接夏叔叔了吗，应该很快回来吧！你不等他？"戚芳薇微笑里露出了一丝与年龄不符的难以察觉的凄凉，说："从小，我爸就经常在外地，不是这儿就是那儿，一走好几年，都习惯了，后天开学，我和妈妈说，不等我爸了。等他回来，忙完了他那些重要的大事情，肯定去学校看我。海子哥，明天你送我吗？"

陈天海用力点头。戚芳薇笑了。陈天海问她："芳薇，大学毕业了，你还回来吗？"戚芳薇调皮地笑着说："海子哥，我第一志愿冶金，知道为什么吗？"陈天海说："当工程师。"

戚芳薇说："是妈妈帮我选的志愿。本来我想学冶建，冶建世家，听起来就很棒！妈妈说，冶建不太适合女孩子。妈妈还说，川南二期绝对会重新上马，等我毕业了，回金江去川南钢研所。明白了？"陈天海舒心地笑了，充满憧憬地说："四年其实也挺快的。"

戚芳薇情窦突开，无限深情地嘱托："海子哥，中专毕业以后，你一定要继续读书。好吗？"陈天海神色黯然地说："我没机会了。"戚芳薇忙说："你有机会！妈妈答应我，你只要在中专学得好，毕业以后她给你安排合适的工作，让你有充足的时间读函授大学，我妈妈绝对说到做到。海子哥，你不会让我失望，对吗？"

陈天海看着戚芳薇充满期待的眼神说："芳薇，我一定努力，不让你失望。"戚芳薇笑颜如花。

253

霍茂森在他宽大的办公室里，笑眯眯地看着长沙发上靠在夏方舟身边的秦晓丹说："晓丹啊，有个话一直没机会和你说，我对不住你，你和方舟爱情长跑十多年，新婚宴尔，我就把他派到国外去了，我这个当老师的，实在是不近人情。"

秦晓丹越发难为情地说："部长，我的探亲假不是你特批的吗！"霍茂森感叹："探亲假！聚少离多，反倒是更让人感受到离别之苦。是不是啊，方舟？"

夏方舟说："老师，我想请个假，请个长假。"霍茂森意外，笑着说："请假，请长假，从我这学生口中说出来挺罕见。说说。"夏方舟说："最后一批主要设备陆续到达海港，再转内河运输，在江汉进行技术攻关的项目还要等一段时间。这段时间没有离不了我的事。给我假期，我和晓丹多聚一聚。还有，我女儿上大学了，我也利用这个时间和晓丹到她学校去拜访一下。"

霍茂森点点头说："方舟，我很想给你放个大假，就算为了晓丹，我也该给你这个假。可是呢，这个假我给不了你了。先给我说说，跟你去的李队长和他的作业队怎么样？"

夏方舟赞不绝口："相当好！我以前和李队长接触比较少，他在深圳的民建工程专业能力无用武之地，看不出来。程总给我推荐的时候我感觉没太有底，到了项目上，能力就显出来了。不光是过去的底子打得非常结实，尤其是学习能力特别强。整个项目下来，水平提高了不止一个量级。老师，我可以负责任地说，李队长的作业队，目前在国内属于顶尖的水平，作为安装调试技术攻关的主力核心队伍，毫无问题。109冶称得上藏龙卧虎！"

霍茂森感慨："陈国民太可惜了！这支全系统的王牌作业队呀！"夏方舟马上表态："老师，陈国民队长的能力还在，只要老师同意，我带他。"霍茂森另有考虑，说："陈国民的事情以后再说。方舟，这个项目的全部技术工艺细节，你都吃透了吧？"

夏方舟自信满满地说:"肯定!"霍茂森追问:"技术升级攻关有想法了吗?晓丹,你笑什么?"秦晓丹继续笑着说:"部长,你的学生出类拔萃!"

霍茂森明白过来,说:"看来是有了!方舟,尽快把想法整理成文字材料。"夏方舟还想争取一下,说:"老师,这不影响你给我放假。"

霍茂森话里有话:"为什么要你的文字材料?这个项目不用你干了,让别人干。"夏方舟和秦晓丹感觉到了,相互看一眼。霍茂森安排说:"你和晓丹在北京住一段时间,不急着回去,给你们看点东西。"

夏方舟和秦晓丹非常兴奋。霍茂森风轻云淡地说:"先别高兴,东西看完了我找你们谈!晚上,北京饭店,老师和师母补上你们的喜酒!"夏方舟和秦晓丹异口同声:"谢谢老师!"

夏方舟和秦晓丹回来之前,程时风尽管提前得到了消息,还是要听夏方舟亲口证实才能踏实下来,忙问:"夏总,东海二期上马?"

夏方舟说:"程总,建诚,我把情况先大体汇报一下。东海二期完全按照国际通行的程序操作,备选的队伍不只我们一家,所有备选的单位都会得到总图的副本,各方都要据此拿出全套的方案,包括费用。按国际惯例来说,就是招投标。到底选用哪一家,部里的意见只是一个方面,有最终决定权的是甲方,甲方的审核团队,其实就是外方的专家团队。"

张建诚感叹:"前所未有啊!市场竞争来真格的了。"夏方舟说:"哪家方案最终被采纳,哪家组建队伍。接下来最重要的任务,是组织最强的班子,拿出全套方案。"

程时风兴奋地说:"不管有多少队伍,也不管他中方外方,我们有大帅啊!我们的方案就是第一方案,谁也抢不走!工程是我们的了!"秦晓丹笑着问:"程总,你刚才说什么?"程时风顺口说:"有夏总……"猛然醒悟,"大帅!没错,我说的是大帅!夏总就是我们的大帅!"

夏方舟想制止,张建诚说:"我觉得程总说的没错!回头看过去,霍部长指定方舟去欧洲,未雨绸缪,深思远虑。大帅,东海二期,肯定是我们的!"

程时风激情澎湃地说:"东海钢铁举世瞩目,全国的一号工程,咱们干冶建的赶上这样的工程,一辈子就没白活!"

季成钢得到消息,仔细评估一番,霍茂森当初指定夏方舟去欧洲的目的,此刻就看得很清楚了。109冶建下东海二期项目是板上钉钉。他能不能去,关键不在夏方舟和秦晓丹,甚至也不在程时风。打听到陈国民刚干完了修公路的工程,回来就去了四号高炉,这是天赐良机,季成钢立刻赶了过去。

陈国民果然还没有得到消息,听他说了,一脸迷惑地问:"东海二期?什么东海二期?就是洋人在东海搞的那个钢铁厂?"

季成钢说:"国内最大的钢铁工程,世界级的先进水平。"陈国民问:"工程交给我们109冶了?"季成钢说:"能不能拿到工程,现在还难说。"陈国民说:"这有什么难说的，别人我不敢说，霍部长肯定点我！"

季成钢不管对方接受不接受，先叫声："师傅！"然后发起了精准打击，"这个项目走的是所谓的国际流程，谁上谁不上，最终甲方的外国专家团队说了算。"陈国民果然入彀，注意力完全落到季成钢后面这句话上。

季成钢不动声色地继续刺激对方，说："可以这么说。"陈国民反应激烈地说："这不成了洋奴主义了吗！"季成钢不说话，神色凄然，长长一叹。

陈国民被彻底激怒了，浑身颤抖地指着锈迹斑斑的四号高炉说："这四号高炉多少年了，扔在这里风吹日晒，眼看着就成了一堆废铜烂铁！放着自己好好的工程不干，上赶着巴结洋人，捧洋人的臭脚！这不是洋奴主义是什么？别人我说不着，夏方舟他当年的骨气呢？他没骨气，老子丢不起这个人！"

季成钢满脸伤感，默然不语。陈国民那边叫一声："成钢啊！"重新认下了他这个徒弟。季成钢表面谦恭，心中冷笑伴以狂喜，轻松拿掉了陈国民这个最大的敌对面和唯一的对手，下一步，他只需拿下程时风。对此，他充满自信。

两天后，总部向中层干部传达了相关精神，季成钢跨进了程时风的办公室。

程时风琢磨着季成钢的心思，问："你要求参加东海二期工程？"季成钢信心十足地亮出手上的牌说："程总，这几年109冶所有的队伍里，只有我们二公司干川南钢铁维检技改，没有脱离本行。"程时风表示说："二公司的队伍没问题。"

季成钢对如此轻易地达到目的反而有些不适，问："程总，你同意了？"程时风不接他的话，说："无所谓我同意不同意。你们中层干部都听了相关精神，现在是准备方案，我们能不能去，要看我们的方案能不能通过。"对方的搪塞让季成钢兴致提了起来，说："项目肯定是我们的。不是事后诸葛亮，霍部长派夏总去欧洲，就是为此做准备。"

程时风赞一句："有眼光！成钢，你不是要扎根大三线吗？"季成钢面不改色地说："东海二期是国内最大、最先进的冶建项目，需要最好的人才，最好的队伍。我们二公司是咱们109冶的精兵强将，我是二公司经理。"程时风点头说："有道理。不过……"故意收住。

季成钢对他的这套把戏早已了然于心。程时风报之以微笑说："就算是我们拿到项目，谁去谁不能去，夏总决定。"季成钢一点也不着急地说："程总，你是总经理！"

程时风说："夏总是国内冶建行业最好的总工，没有之一，堪称大帅，一言九鼎。你要真想去……这样好不好，你找夏总提前沟通一下？"

季成钢毫不掩饰轻蔑地说："程总，希望你提醒一下夏总，没我二公司，109冶拿不出能达到要求的队伍。我希望参加东海二期，但绝不乞求。"程时风称赞："我知道你的骨气。"季成钢胜券在握地说："我等总部的决定。程总，我回去了。"

程时风微微点头，面带微笑。

254

下班回到家，秦晓丹和夏方舟一起在厨房做饭，秦晓丹说："方舟，下午我刚得到一个消息，林师傅去世了。"夏方舟一下没反应过来，问："林师傅，哪个林师傅？"秦晓丹提醒他说："陈队长的徒弟，林富来。"

夏方舟难以置信地说："林师傅他这个年纪……怎么回事？"秦晓丹说："工地上发生事故，林师傅遇难了。"夏方舟伤感地说："林师傅是老工长了，陈国民最好的徒弟之一，经验丰富，怎么会发生事故！"秦晓丹说："定的是意外事故，陈队长当时也在工地上。"

夏方舟心疼地说："多好的一个人呢！林师傅有个儿子，和芳薇同年，学习成绩非常好，林师傅整天挂在嘴上，今年考大学。"秦晓丹说："林师傅的儿子没考好，总部批准了，让他来接替林师傅做轮换工。"

夏方舟问："林师傅遇难是什么时候的事？"秦晓丹说："高考之前。估计林师傅的儿子没考好和这事有很大关系。"夏方舟追问："我回来这么长时间怎么没人对我说？你也是刚刚知道？"

秦晓丹看夏方舟有些着急，解释说："我特意问了建诚。林师傅出事以后，建诚和程总觉得和我没有特别的关系，怕影响我的工作，没告诉我。你回来以后，程总觉得，你和林师傅这么多年，关系一直很好，应该给你说一声，又怕你分神，让建诚把林师傅的事对我说了，还特别说，该不该告诉你让我定。我觉得还是应该告诉你。"

夏方舟想都没想地说："我们得帮帮林师傅的儿子。"

川南大山里的一座小村落，一户没有摆脱贫困的农户之家，林富来的儿子林同斌低着头坐在母亲柳叶儿面前，泪水不断，说："妈，这些天一直没敢告诉你，我考砸了。"柳叶儿早已猜到了，还是忍不住一声叹息。

林同斌说："妈，儿子对不起你！"柳叶儿强忍泪水说："斌娃子，不怪你。开考前，你爸他在工地上遭了难，乱了你的心思。"林同斌站起来说："妈，我下地去了。"到了院子里，擦去泪水，拾起院子角落的粪桶，挑起来出了门。

柳叶儿从屋里出来，看着儿子出了门，泪流满面，遥望远方说："夏大哥，这些年来，我心里一直都记着你说的话，孩子不读书不行，督促着儿子好好地上学读书，指望他有一天也能成为你那样的人。可哪里想到啊，娃他爸的师傅和你犯顶，不去外国，到头来，一场横祸，娃他爸没了，把我儿子的前途也毁了！夏大哥，我不想认命，不想认输，咬着牙一路走下来，到了这一步，我不认命不认输又能怎么办呢？夏大哥……"她哭出声来。

林同斌挑着粪桶走在地头。乡村邮递员在地头另一边停下自行车，大声喊："林同斌！林同斌！你爸的单位给你来信了！"

林同斌看过信，粪桶撂在地头，跑回家去，把信里说的告诉母亲。柳叶儿问他："什么是轮换工？"林同斌说："看通知书上的意思，是让我顶替我爸，到109冶上班。"

柳叶儿动着脑筋思考起来。林同斌误解了，说："妈！你得让我去，我不愿在乡下当一辈子农民！大学没有考上，我就这一个机会了，这是拿我爸的命换来的机会！"柳叶儿下决心说："斌娃子，我带你去。"林同斌说："妈，你没去过我爸单位，不认识那里的人，你带我去做什么？"

柳叶儿说："妈去过，妈也认得那里的人。"

柳叶儿和林同斌来到109冶总部，给工作人员看林同斌的通知书，指名要见夏方舟。工作人员请示了程时风，把他们母子带到夏方舟的办公室。

夏方舟疑惑的目光在母子俩之间来回打量，岁月如刀，被艰难的生活压榨的柳叶儿几乎不见当年丝毫。柳叶儿声音颤抖地说："夏大哥，你不认得我了？"夏方舟猛然觉悟，喊了声："柳叶儿！"

柳叶儿的泪水顿时破堤。夏方舟握住柳叶儿粗糙的手，接着把她搂在怀里，满眼热泪，声音哽咽地说："柳叶儿，这些年你是怎么过来的？"柳叶儿唯有一哭。

夏方舟拉着柳叶儿到沙发上坐下，等她稍稍平息说："柳叶儿，自你出嫁，我多次去你家，反复追问柳大叔，他从来不告诉我你嫁到了哪里，只是说你男人是我们单位的。"

秦晓丹在门口看着他们，已然泪目。

柳叶儿把儿子叫到身边说："大哥，这是我儿子。斌娃子，这是你夏舅舅，109冶的总工，副总经理。"林同斌叫声："夏舅舅。"夏方舟看着酷似林富来的林同斌，霎时明白过来。柳叶儿说："林富来是我男人，娃他爸。"

夏方舟懂了柳叶儿这些年的心思，说："柳叶儿，你不让柳大叔告诉我，不让林师傅告诉我。"柳叶儿说："大哥，我不想让你牵挂。"夏方舟泪水止不住，说："柳叶儿！你救过我的命呢，我怎么能不牵挂你！这么多年，林师傅就在我身边，我竟然一点都不知情。"

柳叶儿哭着说："大哥，原来不想麻烦你，这次真没办法了。"夏方舟忍不住抱怨她："柳叶儿，你早就该来找我！"

秦晓丹进门来，柳叶儿不等她说话，忙起身喊一声："大嫂！"秦晓丹吃惊地问："柳叶儿，你见过我？"柳叶儿说："没见过大嫂。我家娃他爸每次回家，我都让他把大哥的事和我说一番。他也和我说起过你，所以一眼看到就知道是大嫂。"秦晓丹顿时泪涌上眼眶，拉起她的手说："柳叶儿，回家！"

吃过了晚饭，谈到很晚。夏方舟把柳叶儿的手握在手心里说："柳叶儿，你放心，我一定会把同斌培养成才！"柳叶儿说："大哥，不用你带他，孩子到了你这里，我就放心了。我知道你忙，你有多忙，我都知道。"

夏方舟忽然想起来说："柳叶儿，你先坐一会儿。我有样东西，给你的，放了十八年了！"从书桌下面的抽屉里找出一个铁盒，打开盒子，再打开一层层精心的包装，露出当年陆汀兰让他送给柳叶儿的那方纱巾。

柳叶儿不解。夏方舟说："十八年前，我第一次去看你和大叔，临走前，我女儿的亲生妈妈给我这块纱巾，让我送给你。柳叶儿，原来想着去了亲手给你戴上，大叔说你出嫁了，我就没有拿出来。这些年，我一直小心地保存着它，总觉得还会见到你。"柳叶儿俯在夏方舟的膝盖上，无声恸哭。夏方舟轻抚着柳叶儿几乎被岁月压垮的消瘦的肩头，泪水不觉流了下来。

客房里秦晓丹安排人送来的新被褥已经铺好。秦晓丹说:"同斌,以后跟着舅妈,舅妈亲手教你。柳叶儿,我和方舟只有一个女儿。我会把同斌当成自己的孩子。"柳叶儿满眼热泪地说:"大嫂,大哥,斌娃子交到你们手上,他这辈子就有指望了,他爸在天上也安心了!"

夏方舟和秦晓丹要留柳叶儿多住些日子,但第二天一早,柳叶儿执意回去,怎么也留不住。从金江到林富来家通了公路,夏方舟要亲自开车送她;柳叶儿坚决不许,夏方舟只得让司机把柳叶儿送回去。

送走柳叶儿,秦晓丹马上为林同斌安排了工作,说:"同斌,这段时间你暂时在机关当清洁工,工作量不大,每天用半天的时间打扫卫生,其余的时间就在我这儿学习。基本上可以确定,我们会去东海钢铁,那是国内最大、最重要的钢铁建设工程,到那边我再给你安排工作。"

林同斌很懂事地说:"舅妈,我现在就去打扫卫生。干完了活赶紧回来学习。"

第五十七章

255

陈国民一把推开程时风办公室的房门，拉着架子进来，一肚子气地说："程时风，我听说，你和夏方舟把巴结洋人的活儿拿下来了，正在组建队伍。这事怎么也没人给老子说一声呢？"

程时风说："我说陈国民，一样的事怎么从你嘴里说出来就这么难听呢！什么叫巴结洋人？引进国外先进科技，是国家的……"陈国民喝断他："少给我讲这些大道理！"程时风不想和他多说："陈国民，组建队伍刚刚开始，你怎么安排，夏总会给你谈。"

陈国民威风十足地说："别管谁给我谈，先问问老子什么态度。程时风，老子今天来找你有别的事。这事你办也得办，不办也得办！"

陈国民在程时风这边达到了目的，转身进了夏方舟的办公室，话不投机地说："夏方舟，柳叶儿是你救命恩人怎么了？柳叶儿说了不算！"夏方舟毫不客气地说："陈国民！柳叶儿是林同斌的妈妈！"陈国民撇撇嘴，一脸轻蔑不屑地说："她一个农村的娘们儿，她懂什么？"

夏方舟愤怒地说："陈国民！我不许你这么说柳叶儿！"陈国民瞧着他罕见的凶神恶煞模样，转了话题说："我说不着她，不说！林富来是我的徒弟，我得对我徒弟的儿子负责。"夏方舟说："你为孩子负责，首先得为孩子的前途着想。"

陈国民冷笑着说："听你这意思，当工人就没前途了？我陈国民就是工人，二十六岁拿到七级工，功勋施工队长，打遍天下无敌手！"夏方舟说："我们争这个没意思。同斌的工作安排相关程序都走完了。"

夏方舟的态度激怒了陈国民，陈国民说："夏方舟，林富来是我徒弟，你这混账东西胆敢……"夏方舟厉声喝断："你混账东西！陈国民，耍横，我奉陪到底！要想动手，我让你选地方！"

陈国民愣了一下，忽然嘿嘿地笑着说："夏方舟，你不怕我，我知道！程时风他怕我，你也该知道！把林同斌调到我的作业队，程时风批了。有本事你找程时风去！"说完扬长而去。

秦晓丹得知此事已经太迟了，气得浑身发抖地说："陈国民未免太过分了！为了自己的意气，不惜耽误孩子前途！你是没见着，方舟，同斌那孩子是哭着从我这儿走的。你为什么不制止他！"

夏方舟也无奈地说："晓丹，我问过程总了，从陈国民的角度，他也是为了林师傅，徒弟遇难，收徒弟的儿子为徒，也是工人师傅的一个传统。"

秦晓丹怒气难消地说："方舟！陈国民动不动就二十六岁七级工，功勋队长，他是坦克兵学校毕业的，苏联教官教出来的，没有这个底子，他凭什么当功勋队长！你一定要把同斌给我要回来！"

陈国民把林同斌带到他的办公室，好生安慰道："同斌，你爸是我徒弟，跟我干了二十多年。他不在了，我比你还难受。为了你爸，你这个徒弟我收下了。好好干！"

林同斌不知深浅，顶回去："我不想当工人！我想当工程师！"

陈国民语气缓和地说："谁给你灌输的这一套，夏方舟是不是？他信口胡说你就敢信他的？你一个高中生，当工程师，猴年马月啊！算了，你年轻不懂事，我不和你生气，别听那一套，老老实实地跟着我，学一手好技术，让你爸爸安心。走，我先教你开推土机。"

林同斌站着不动。陈国民火了，说："你小子想挨揍啊！告诉你，我的徒弟都是棍棒底下熬出来的，包括你爸在内。走！"林同斌打了个哆嗦，跟上了陈国民。

256

毫无悬念，109冶被东海钢铁二期工程甲方确定为中标单位。冶金部命令在109冶范围内组建东海二期建设队伍。

夏方舟和程时风商量："程总，我觉得季成钢可以去。二公司这几年在川南钢铁的维检技改工程干得很好，证明了季成钢的能力。"程时风婉转地说："这事，夏总，你是不是和秦总商量一下？"夏方舟感觉晓丹不会不同意。

程时风告诫他："季成钢这个人，为了个人目的，谁都可以出卖。看一个人，有的时候就得翻旧账。有件事只有我和赵书记知道。当年，你认为川南钢铁设计存在重大隐患，秦总要和你公开辩论，是季成钢在背后利用秦总。"夏方舟有些不以为然地说："这我知道。"

程时风继续说："背后的事你不知道。当时，赵书记和我找他，明确警告他绝不允许搞公开辩论。赵书记事先给我交代，针对他把话说得重一些，按那个时候的话说，就是上纲上线。他害怕了，狡辩说不是他想辩论，是秦总在后面鼓动他、唆使他。夏总，我说句揭伤疤的话，那是季成钢和秦总关系最好的时候，为了撇清自己，他都可以把秦总出卖了。"

夏方舟非常震惊，但还想给季成钢机会，与秦晓丹商量，不料想秦晓丹气得发抖，痛斥季成钢无耻！夏方舟劝她："晓丹，大家都犯过错误，有些错误是那个时代决定的。季成钢人品方面是有些毛病，读研回来这几年，业务能力提高得很快，东海二期需要一批有才华的工程师。"

秦晓丹没直接反驳，说："我给你看样东西，"起身到办公桌前打开抽屉，拿出那张十七岁的照片，"本来，不想给你看。"把照片给他。夏方舟只看一眼，没在意地说："我见过这张照片。"秦晓丹吃惊地说："你见过？这张照片我只有一张，从来没给你看过。"

夏方舟意外。秦晓丹追问："你怎么见到这张照片的？"夏方舟明白了，不想让秦晓丹再生气，说："过去的事，不说了吧！"秦晓丹不松口："告诉我，方舟。"夏方舟说："很多年了。晓丹，你第一次离开金江……那天我在江边，季成钢来了，拿出这张照片，说是你留给他的纪念。"

秦晓丹把展蔚玉送回这张照片的经过告诉了夏方舟，接着说："听展蔚玉说了，我当场就想把照片撕了！展蔚玉不让我撕，她说有些事情可以忘记，有些事情是一定要清算的。"

夏方舟把发抖的秦晓丹抱在怀里说："晓丹，事情过去了。"秦晓丹最过不去的坎是自己；说："我不是找他清算，是给自己清算。我竟然曾经和这样的人站到一起，简直不堪回首。"夏方舟劝慰："晓丹，都过去了！"

秦晓丹还是不同意地说："方舟，心胸宽广是一种优点，可对他这样的人，你毫不在意？以德报怨，何以报德？以直报怨，以德报德。方舟，别让他去东海，他去了肯定会制造麻烦。"

夏方舟胸襟开阔地说："我还是相信，邪恶也许会得逞一时，但最终它不是善良的对手。季成钢做过一些很不堪的事，有时代的原因，更多的是他个人的原因。也许，有一天他会直面过去，即便他做不到，内心也会备受煎熬。这是善良的力量。"

秦晓丹质问："你真要让他去东海？"夏方舟说："晓丹，还在深圳的时候你多次对我说，把109冶带出困境，我必须摆脱工程师的思维定式，主动和人打交道，和各种各样的人打交道。"秦晓丹不甘心地妥协了。

夏方舟的态度，程时风虽然不能说在预料之中，但也并不意外，反倒因此对夏方舟更加钦佩。自他出任总经理以来，一直在尽可能不动声色地清除赵殿楚留下的某些痕迹，季成钢便是其中的要点。这一次，他绝对不会给季成钢任何机会，绝不允许季成钢到东海钢铁继续兴风作浪。他手上有一张王牌，这张牌，在他答应梁钱广为梁朝丽的婚事做媒的时候就留好了。

下了班，他带了两瓶好酒到了梁钱广家。喝上了酒，说："梁师傅，我听说朝丽怀孕了。"梁钱广喜上眉梢地说："还没给你这大媒人报喜呢！四个多月了，终于盼到这一天了，要抱外孙了！"

程时风问他："梁师傅，季成钢要求参加东海工程，和你说了吗？"梁钱广没在意，说："他没和我说。程总，咱们是干冶建的，男人在外面跑免不了，成钢是二公司的经理，他不能不去吧？你担心朝丽拖他后腿？"

程时风推心置腹地说："梁师傅，我是你半拉徒弟，没这层关系，有些话我说不着。季成钢只要离开金江，就能把朝丽甩了。"梁钱广心里发毛，说："不会吧！朝丽都怀了他的孩子了，还给他养着前边的孩子。"

程时风拿事说事："梁师傅，你该还记得，展蔚玉给他生了儿子，他三年没回家。回来坐稳了二公司经理的位子，不是把人家甩了？这还不够，还逼着人家展大夫离开 109 冶回老家。"梁钱广坐不住了。

梁朝丽进了门说："爸，我回来了。哟，程叔来了！"一顿饭没吃完，梁朝丽比她爸更坐不住了，若不是程时风，恨不能立马杀回家去。程时风边劝边说，梁朝丽开了窍，回家的时候天不早了。

到了家，梁朝丽按照程时风教她的，不兜圈子，直奔主题说："成钢，你想去东海？"季成钢果然如程时风所预料的，开口说道："东海二期是全国瞩目的钢铁项目，是我们冶建的光荣，更是我们的责任。朝丽，我们又赶上了一个伟大的时代，不能辜负时代对我们的期望。"

梁朝丽听他这么说，越发有了底，直截了当地说："人家说，你去了就会把我甩了。"季成钢思路完全被打断了，半天才回过神问："谁说的？"梁朝丽柔声柔气又透着咄咄逼人之势地说："谁说的？很多人都说。还说了，当初展蔚玉给你生了儿子，你坐稳了经理的位子就把人家蹬了，还逼着人家回老家。"

季成钢无从辩白，极沉重地一声叹息。

梁朝丽换了感情牌说："成钢，我肚子里怀着你的孩子，还替你养着小钢。你走了我和孩子怎么办？"季成钢想暂且稳住她，说："他们不会让我去的。"梁朝丽逼问："他们，你指谁？"季成钢信口说道："夏方舟，还有程时风，他们。"

梁朝丽得到了高人指点，岂会就这么放过他，说："你还是想去。成钢，你不会像武本奇那样吧？"季成钢发火说："梁朝丽，别逼我太甚！我和武本奇毫无共同之处！"

梁朝丽赶忙换了笑脸，却是笑里藏刀，句句声声绵里藏针："成钢，我说的你别往心里去，武本奇怎么能和你比呢！想当初，他胆子大得很，结果呢，总部领导一句话，净身出户。我这边得到你的指点，再给他一个净身出户。不说他了，天不早了，累了一天了，成钢，早点睡吧！我收拾床去。"

季成钢待梁朝丽去了卧室，凄然长叹："等闲白了少年头，空悲切！"

257

在陈国民的咆哮声中，武本奇趔趄着从里面退出来，显然是被陈国民打了一拳。五年过去，武本奇发生了极大变化，穿着最时髦的服装，精神面貌和周围的环境极为冲突。

屋里的陈国民继续咆哮："滚！滚！老子根本没你这个徒弟！好你个混账东西，有了两个臭钱，到老子这儿来显摆！滚！给老子滚得远远的！"说着把武本奇带来的高档礼物从屋里摔出来，有些直接砸到了武本奇的身上。

武本奇不躲闪。陈国民指着武本奇的鼻子说："瞧你这身打扮，瞧你这身打扮老子就想揍你！滚！滚！再不滚老子就不客气了！什么王八蛋东西，有俩臭钱有什么了不起的！给老子显摆，轮不着你！老子有钱的时候，你小兔崽子还穿开裆裤呢！武本奇你这个畜生东西，给老子滚……"

武本奇待陈国民的咆哮暂歇，赔着笑脸说："师傅，你别生这么大气，再气坏了自己的身子。这趟回来，我是特意来看你的，你不愿意见我，我马上走。你别生气，不管怎么样，你是我师傅……"

陈国民一巴掌扇了武本奇个趔趄："我没你这种徒弟！你这种东西，也配喊我师傅！老子一辈子的脸都让你给丢尽了，滚！"

武本奇嘴角出了血，变了口气说："我被你骂了半天了，你怎么骂都行，可你这一巴掌，就把咱们的师徒情分扇没了。"陈国民骂："怎么着，想吓唬老子？武本奇，你算个屁？屁都不算！"

武本奇对田青妮深鞠一躬说："田师傅，不能叫你师母了，谢谢你那些年对我的照顾……"话未落音，又被陈国民踹了一脚，撞到墙上，勉强站住。

武本奇彻底变了脸色，说："陈队长，我武本奇闯荡五年，不客气地说，你这样的人我见多了！"陈国民有些发蒙。武本奇越发凌厉地说："醉死不认这壶酒钱，拿着过去那点老账死撑面子。陈国民！你的时代过去了。我不欠你的了！"转身下楼。

陈国民回过神，又骂："滚！有多远给我滚多远……"

陈天海在楼梯口迎住从上面疾步下来的武本奇说："大哥！大哥！"武本奇稍愣了一下，认出来海子。武本奇稳住情绪说："海子，我拿来的东西，几瓶好酒都砸了，砸了砸了吧。给你和你姐、你妈带来的衣服，还有给你妈妈的一套金首饰，让你妈妈都收拾起来，东西都很贵，别糟践了。我走了。"

陈天海追着下楼，武本奇说："海子，千万别跟你爸爸学，时代变了。话说到这儿，再多说一句，到了金江我就听说了，你爸和季成钢恢复了师徒关系，这可真是……季成钢不是好人，离他远点。留步！"下楼去了。陈天海很伤感。

夜很深了，夏方舟和武本奇还坐在沙发上喝酒，秦晓丹陪在一旁。

武本奇感慨万千："大哥，这些年，不光是深圳，整个东南沿海简直是天翻地覆。在外面闯荡了这些年，乍回到金江，落差太大了，让人适应不了。大三线这个词都成了历史了，在外边说起这边，都是说老三线。大哥，我们赶上了一个大时代，一个前所未有的大时代，可千万不能让这个大时代给落下了！"

夏方舟由衷赞叹："士别三日，当刮目相看。本奇，你已然脱胎换骨。"秦晓丹问："本奇，你还回深圳？"

武本奇说："不回去了。丹姐，我那帮兄弟在深圳干得都不错，用眼下的话说，淘到了第一桶金，有了这笔资金，可以按照自己的心思干点大事。他们都留在深圳了，我打算回老家。"

夏方舟没想到，问："回山东？"武本奇坚定地说："回山东。大哥，到底什么是改革开放，在深圳这五年，我想透了，核心就一个，思想解放。山东和东南相比，观念差距不小，后发有后发的优势，少走弯路。我带着最新的观念回去开公司，只凭思想解放这一条，就占得了先机。"

秦晓丹大赞："本奇必成大器！来，丹姐也陪你喝一杯！"喝过酒，问他，"本奇，有佳丽的消息吗？"

武本奇应声："有。大哥，说了你别怪我。当初在深圳，我从 109 冶跳出去，再到后来，和你的关系都断了，和佳丽没有，我每换一个新地址，都会告诉她，她也是一样。到现在我们都没断了联系。"

夏方舟关切地问："佳丽怎么样？"武本奇说："大学毕业了，用时下的话说，在美国发展，发展得不错。"秦晓丹另有关切地问："佳丽结婚了吗？她男朋友不是在美国吗？"武本奇挠头说："没好意思问她，这都去了几年了，该是结婚了吧！真不知道，美国那边，好像不结婚也是一样，叫同居，反正都是那意思。"

秦晓丹舒了一口气说："来，本奇，干一杯！"武本奇端起杯说："大哥，一块！"夏方舟掩饰住一闪而过的念头说："一块！祝福佳丽！"三人干杯。

武本奇说："大哥，丹姐，我怕是不会再来老三线了，这些人可能再也不见了。可是对大哥和丹姐，我忘不了。大哥，无论我走到哪里，也无论我这辈子能干成点事还是一败涂地，你永远是我的大哥！我敬你们一杯，大哥！丹姐！"满眼热泪。

夏方舟动容地说："好兄弟！"

陈天海住校，本来睡下了，不放心，爬起来回了家。陈天海问田青妮："本奇大哥拿来的东西，都收拾好了？"

田青妮心里难受地说："都藏起来了，不敢让你爸看见。本奇知道他喜欢酒，千里迢迢给他背了四瓶好酒，有两瓶是外国的，且不说值多少钱，那么大老远背了来，用的不是力，是心！他给人家摔了个粉碎。本奇给我的那一套首饰，不是你给我说，我真不知道是金的，哪见过金子呢！本奇不忘本，拿着自己的血汗钱回来孝敬他，他把人家恨不能往死里下手……"说不下去，眼里有了泪。

陈天海难过地说："我爸太过分了！"田青妮一叹："海子啊，你爸，连他们四大金刚一块说着，心眼儿越来越小了，喝上两杯酒，除了发牢骚就是骂娘。这哪还是当年威风凛凛的四大金刚啊！"

陈天海心里五味杂陈地说："用本奇大哥的话，他们的时代过去了。"

258

赵殿楚打电话把程时风叫到他的办公室说："时风同志，等不到你们干完东海的工程，我就退休了。从二号信箱算起，109 冶还从来没有这么大的队伍成建制离开金江。到了外面，一定要把队伍带好，大三线的精神不能丢，在一些大问题上，你这个班长要掌好舵。"

程时风料定赵殿楚把他叫过来另有话说，也能猜到说什么，不来不好，来了不想接话，便想抓住机会脱身，说："赵书记，你放心！没别的事，我回去了。"赵殿楚叫住他，话入正题："季成钢找我了。"程时风只得问："他找你？"

赵殿楚反问他:"二公司的主力要去东海?"程时风保持客观地说:"二公司负责的川南钢铁维检技改,其他公司也干得了,把二公司的主力调到东海,他们干的这一块再补充些过去就可以。"赵殿楚这才说:"季成钢找我的意思,想让我给你说一下,他希望留在金江。"

程时风意料之中。赵殿楚称赞:"成钢同志还是经得起考验。这个时候,都争先恐后地去东海,留在金江还有三万多人,他主动要求留下来,实属难得呀!"程时风应声:"是。"

赵殿楚提要求了:"他在二公司干的时间不短了,你和方舟都要去东海,金江还得有人镇守,你们是不是考虑一下?"程时风装听不懂说:"赵书记,金江这边,建诚是副总啊!"

赵殿楚的要求更加明确,说:"不一定是管理职务。"程时风虚与委蛇地说:"赵书记,队伍出发前,我、夏总、晓丹和建诚要去部里汇报,你的指示我们争取得到部里的支持,尽快落实。"

赵殿楚洞察,浅浅一笑说:"你给霍部长说,是我的建议。适当的时候,我会直接给霍部长打电话,问一下。"

在霍茂森的办公室,夏方舟和程时风坐在大沙发上,张建诚坐在一端的单人沙发上,霍茂森坐在另一端,靠着夏方舟,秦晓丹拿一把椅子坐在霍茂森身边。

霍茂森对他们说:"主要的人事安排,我先给你们打个招呼,方舟和晓丹不再担任109冶的职务,时风同志也要去东海,目前这段时间,还要兼任109冶总经理,建诚任常务副总,109冶的工作,建诚同志要把担子担起来。"

大家都听明白了这种安排的含义。程时风表态:"坚决服从部里的决定!"

夏方舟说:"老师,我们带到东海的这三万多人,都是109冶的精锐之师,109冶在金江还有三万多人呢,把我们剥离出来,他们怎么办?"秦晓丹提建议:"部长,要不把我的关系留在109冶。"

霍茂森知道她是和夏方舟商量过的,当即严肃地一语双关:"晓丹!这是组织决定,没条件可讲。有些事情部里还在考虑,等队伍过去以后,可能还会有些调整。建诚,方舟刚才说的,也是你心里话吧?"张建诚老实地说:"个人服从组织安排!不过,部长,夏总确实说出了我的担心。"

霍茂森神色缓和,笑着说:"牛奶会有,面包也会有,能不能吃到嘴里,我这个副部长说了不算,市场说了算。建诚,我给你出个主意,刚才说了,时风同志还要兼任一段时间,就算他不再兼任,你和方舟不还是同学吗!"

张建诚笑着说:"部长,方舟比我高一届,是我的学长。"霍茂森笑着说:"那不就更好办了吗!"大家都听懂了,笑了起来。

程时风趁着霍茂森高兴,说:"部长,有件事向你汇报一下,我们来之前赵书记专门找了我,要我们为季成钢安排位子,我和夏总、建诚商量了一下,实在没有适合他的位子,夏总的意见让他干总工,我不太同意,可再安排低了,赵书记那边不好交代。"

霍茂森深知属下在中央的条条和地方的框框之间的为难之处，说："时风，这事放到我这，也不是什么大不了的事情，别发愁，你们回去之前我给你准信。这件事就到这。方舟，陈国民那边你怎么考虑的？"

程时风见夏方舟语迟，把话接过去说："部长，我的意见是把陈国民作业队留在金江，别把金江的精锐都抽空了。夏总不太同意。"霍茂森表态："时风同志这个意见考虑得比较周全，我赞同。"

夏方舟纠结地说："老师，陈队长错过了去欧洲的机会，到东海二期，确实不能担任核心队伍。第一施工队毕竟曾经是全系统的王牌队伍，我还是想带他去东海，再错过这次机会，这支队伍可能真的跟不上了。"

霍茂森已经表明态度，细节不纠缠，说："你们看着处理吧！"

第五十八章

259

程时风一行在北京待了四天，所有的事情办妥。回到金江，又忙了两天，事情处理得差不多了，专门抽出时间，解决季成钢的问题。电话打了两次到他办公室，上班时间没人接。

程时风打电话的时候，季成钢又把陈国民领到川南钢铁的四号高炉前说："他们去北京之前，我找了赵书记，东海二期我不去。"陈国民虽然认下了他这个徒弟，但还是不太相信他的话，说："上次也是在这里，我看你那意思，是你想去人家不要你吧！"

季成钢面不改色地说："我对赵书记说，外国人搞的东海钢铁二期抽走了我们三万多精锐，109冶处在有史以来最困难的时期，我要留下来。师傅，从来到大三线那一天起，我就没有什么个人的梦想，我的责任在这里！赵书记头几天告诉我，程时风他们去北京之前，他专门找程时风说了我的态度。"

陈国民相信了，说："有点骨气！"季成钢挑拨说："师傅，据我所知，夏方舟和程时风也没有找你。"陈国民轻松地说："成钢啊，咱俩不一样，他们会找我的，这不从北京回来了吗，很快他们就会找我！"

季成钢心里正犯着嘀咕，公司办公室的人跑了来，把程时风电话里的话告诉他。这一回，陈国民犯了嘀咕。季成钢顾不上他，马上去见程时风。

程时风很是亲切地说："成钢，组织决定，由你担任109冶总部总工。"季成钢根本没想到是这么安排。程时风微笑着问："没想到？"季成钢飞快地转动脑筋，问："夏方舟呢？他怎么安排？"

程时风说："部里的文件今天到的，明天传达。夏总和秦总不再担任109冶职务。由你出任总工，是夏总向部里提议的。部里同意了。"季成钢笑得另有玄机，说："明白了！"程时风改了称谓，说："季总，总部决定，你留守金江，全面负责金江的工程项目。"

季成钢意识到被戏弄了，说："金江还有什么工程项目？"程时风的微笑越发亲切，说："季总，能不能拿到项目，那就要看你了，你是总工。你只要能赢得人家的信任，还愁拿不到工程项目？夏总就是榜样！"

季成钢变了脸色说:"程总,不是夏方舟不让我去东海,是你不让我去。"程时风的亲切变成了讥讽,说:"不是你跑到赵书记那里信誓旦旦地说坚决留守金江?"季成钢盯着对方说:"你以为我会束手就擒?"

程时风不再把他放在眼里,说:"这一趟你没白跑,昨天的季经理成了今天的季总!总部落实了赵书记的指示。"季成钢低吼:"这是我应该得到的!"程时风告诫:"没有夏总向部里推荐,季成钢,你得不到这个位置。"

季成钢彻底翻脸说:"程总,咱们打开窗户说亮话吧!论政治能力,你不比我强,可以说远不如我!论业务能力,我比你强得多,不客气地说,丝毫不亚于夏方舟。"

程时风笑里充满嘲弄地说:"做人要谦虚。你的业务能力也敢跟夏总比?"季成钢气急败坏地说:"夏方舟在政治上一窍不通,以为自己是在建功立业,其实他干得再多再好,最终都不过是在给你做嫁衣裳。你这一套把戏骗得了夏方舟骗不了我,我看得透透的,你怕我取而代之。"程时风干脆笑了起来,说:"成钢啊,心急吃不了热豆腐,长江后浪推前浪,这是自然规律。"

季成钢怒火喷发,说:"赵书记走后,你一直在压制我,现在,突然让我干总工了,这点雕虫小技,你以为能把我蒙在鼓里?程总,你的如意算盘我看得一清二楚,企图借机肢解109冶,金蝉脱壳,一去不回。你要失算了呢?金江这个舞台,你还回得来吗?等你想回来的时候,恐怕说了不算了。"

程时风不想再和对方多费口舌,冷下脸来结束谈话:"季成钢,给你一句忠告,踏踏实实地干点实事,用自己的工作证明自己。回去吧!季总!"

季成钢仍然心有不甘,欲言又止,愤然而去。

陈国民来到夏方舟的办公室,拉着架子坐在他对面说:"去东海的队伍组建得差不多了,你找我了,早干吗去了!你本来就没想让我去,你们这次去北京,霍部长亲自点了我的名!"夏方舟给他留面子说:"部长特意问起了你。"陈国民朗声笑起来说:"什么叫问起我?好好领会领导意图,问起我就是点我的名!什么叫王牌,这就是王牌!"

夏方舟说:"陈队长,我想和你推心置腹地谈谈。首先,我希望你能去东海二期。"陈国民会错了意,架子越发拉了起来,说:"要谈我们换个地方。你这办公室托得你架子太大,我不自在!"夏方舟爽快答应:"好。去哪儿谈,你定。"

陈国民把夏方舟带到了四号高炉,听夏方舟说他的作业队是二流队伍,顿时火了,说:"我陈国民作业队是二流队伍?夏方舟,你还真敢说!老子称第二,谁敢称第一!"夏方舟说:"你错过了欧洲的项目,和李队长的队伍拉开的距离太大了,完全不在一个等级上。"陈国民撇嘴说:"不就是一堆洋垃圾吗,老子根本没看到眼里!"

夏方舟仍然希望能说服他:"首先得承认落后,然后才能迎头赶上!"

陈国民不但听不进去,反过来要教训他:"夏方舟啊,当初你来到金江,有句话你说过不是一次两次,说的那话有点绕,我还是替你记住了。你说,要成为中国最好的钢铁冶建工程师,如同詹天佑之于中国铁路,茅以升之于中国桥梁。我没记错吧?"

夏方舟恳切地说:"队长,那时候的你,大名鼎鼎的四大金刚之首,无愧于全系统的王牌施工队长。可现在，你自己说……"

陈国民喝断他："我说的是你！夏方舟，你看看你现在成了什么样子？"指着四号高炉说，"我们自己的工程在这里变成废铜烂铁你视而不见，跑到东海跟在洋人后面爬！说你洋奴主义都是客气的！"

夏方舟仍然不想放弃地说："夜郎自大不是英雄！陈队长，我真心希望你去东海二期亲身体验一下，看看自己的差距到底有多大……"陈国民再次喝断他："用不着！夏方舟，去东海二期，你为什么一定要拉上我，背后的目的以为我看不清楚？和程时风肢解我们109冶！"夏方舟难以置信地说："陈队长，你怎么能听信这种谎言？你不是这样的人！"

陈国民冷笑道："夏方舟，少给我来这套，你和程时风的阴谋得逞不了！你以为109冶没了你就不转了，你太狂妄了！现如今我徒弟季成钢的能力一点也不比你差，他的政治觉悟比你高得多！没你和程时风的干扰，我们干得更好！什么东海二期，洋鬼子的东西，老子不伺候！"

夏方舟看着愤然离去的陈国民，心痛，却也悲哀。

<h1 style="text-align:center">260</h1>

上海。复兴路。花园洋房。

二十多年前，秦晓丹拎一个牛皮箱离开这儿。今天，重新归来。秦晓丹带着夏方舟走过楼上楼下一个又一个房间，每个房间的情形一如当年，最后，他们停在秦晓丹父母的遗像前。

夏方舟说："你爸爸妈妈。"秦晓丹说："你岳父岳母。"

秦晓丹把夏方舟带到花园说："这是我外公留下的房子，我跟爸爸妈妈回国以后一直住在这儿，直到去了金江。"夏方舟回忆说："你从来没对我说起过这栋房子的故事。"

秦晓丹眼神里流过岁月冲刷的痕迹，说："我以为不会再回来了。1966年我爸爸受到强烈的冲击以后，有些人曾经想霸占它，上面以军队的名义接管保护起来，直到落实政策。这些年，我爸爸的一些学生一直精心地照看它，让它一直保持着我刚刚离开的样子。方舟，以后，这是我们的家。"

夏方舟体味着这个词。

随着队伍到位，东海钢铁二期工程全面展开，他们的家也跟着安顿下来。秦晓丹很快适应了自小熟悉的生活环境。一个下午，她和夏方舟在二楼的露台喝茶，秦晓丹说："方舟，把同斌抓紧调过来吧！这件事不能再拖了。"夏方舟有些担忧地说："我也想啊！程总说过，工人有工人的规矩传统，强行把同斌调过来，搞不好就和陈国民彻底闹翻了。"

秦晓丹坚持说："方舟！我答应了柳叶儿，一定把同斌带出来。已经拖了这么长时间，趁着现在程总还兼任109冶的老总，抓紧把这事办了。等到程总把整个关系转了过来，建诚对付不了陈队长，到那时候想办也办不了了。不只是为了柳叶儿，我们得为孩子的将来着想!"

夏方舟下决心说:"我抓紧办!"

林同斌拿到了总部的调令,兴冲冲地跑到川南钢铁的维检工地,毫不掩饰兴奋地说:"队长!我的调令来了。"

陈国民一下子回不过神。林同斌充分表现着胜利之情,说:"总部调我去东海。到那边,夏总给我安排工作。"陈国民顿时上来脾气开骂:"你他娘的小王八羔子!来本事了,还反了你了!林同斌,老子是你师傅,当师傅的不开口,你小兔崽子走不了!"

林同斌不再怕他,针锋相对地说:"陈队长,你少吓唬我,有总部的调令你拦不住我,你说了不算!我根本用不着和你打什么招呼。临走之前专门过来是想让你知道,我不想天天听你骂娘,我妈含辛茹苦把我养这么大,不是给你骂的!若不是看在我爸的份上,你敢骂我妈我就敢跟你动手。还有,我不想当一个没文化的工人,不想给你当徒弟,我根本没有认你做师傅,是你强逼的我。我爸怕了你一辈子,我不怕你!"转身而去。

陈国民气得浑身发抖,骂道:"夏方舟!你王八蛋!"

秦晓丹第一时间得到消息,中午从工地食堂打了饭,高高兴兴地把饭带到夏方舟的工地办公室,满脸喜色地说:"方舟,打饭前程总给我打了个电话,同斌的事情办好了,很快就过来了!"

夏方舟有些心不在焉,顺口应着。

秦晓丹注意到了,问:"方舟,你想什么呢?"夏方舟说:"老师来电话,让我尽快去北京。"秦晓丹似有预感地问:"没说什么事?"夏方舟说:"没有。"秦晓丹思索着说:"情况会有变化?"

夏方舟说:"我有种感觉……"欲言又止。秦晓丹敏锐地说:"把我们从109冶彻底剥离出来。"夏方舟点头。秦晓丹沉思片刻,说出她的想法。

第一次出远门的川娃子林同斌一刻都没耽误,夏方舟去北京的第二天他就赶到了上海。跟着秦晓丹来到东海二期宏伟的工地,他兴奋无比地说:"太壮观了!比我想象的还要壮观,这才是大钢铁的气派。舅妈,你们走了这么久,把我急坏了,以为你们不管我了。我还天天被陈队长骂娘,他嫌我不安心工作,我就是不安心。"

秦晓丹满心喜悦地问:"高兴吗?"林同斌恨不能跳起来说:"太激动了!舅妈,我干什么?"秦晓丹告诉他:"你舅舅去北京前把你的工作安排好了,到一线当工人。"

林同斌委屈地说:"舅妈,我不想当工人。"秦晓丹耐心引导说:"同斌,这一关你必须过。边工作边学习,学习利用业余时间。你和我们住到一块,我保证你业余时间不受干扰。无论工作还是学习,遇到问题,随时可以问舅妈。你要有思想准备,这会很苦。"穷孩子有穷孩子的悟性,林同斌保证说:"舅妈,我不怕吃苦。"

秦晓丹很欣慰地说:"等你拿到成人高考的文凭,重新给你分配工作。"林同斌高兴起来,说:"舅妈,我可能会让你吃惊。我的学习不是一般的好,主要得益于我妈妈的遗传,我妈妈虽然没文化,但绝对聪明。"

秦晓丹笑了,说:"同斌,还有个事,除了在家里,到了外面,包括在我和你舅舅的办公室，不能喊舅舅、舅妈。"林同斌懂事地说："记住了！在外面喊夏总、秦总！"秦晓丹宽心地说："走！跟我去你的工作单位。"

<h1 style="text-align:center">261</h1>

霍茂森非常满意地说："数万大军迅速就位，工程开展得有条不紊，外国专家团说是出乎意料，开了个好头！难怪他们现在叫你大帅了，有点那个意思。"夏方舟笑着说："老师，你把学生召到北京，不是为了吹你的学生吧？"

霍茂森话入正题："好，开门见山。部里决定，以你们这支队伍为主，组建东海冶建。"夏方舟虽然有思想准备，还是忍不住问："从109冶剥离出来？"

霍茂森强调："彻底剥离。部里准备任命你为东海冶建党委书记兼总经理、总工，晓丹干副总工。程时风同志能力差了一些，这支队伍他毕竟带了多年，熟悉情况，让他给你当助手，任副书记兼副总经理。"

夏方舟非常意外地问："我当一把手？"霍茂森说："没条件可讲。"

夏方舟说："老师，这段时间我一直在想，东海钢铁二期建设，不但意味着中国百年梦想的大钢铁时代的到来，更意味着改革开放的中国进入了高速发展的时期。相对于快速起飞的东南沿海，东西部的差距会越拉越大。不止一个109冶，甚至不只是那些陷入困境的老三线企业，东部上去了，西部怎么办？"

霍茂森赞赏地说："知我者谓我心忧，不知我者谓我何求！方舟啊，饭要一口一口地吃，有些事情只能一步一步地来。我们和发达国家的差距到底有多大，你去了欧洲，又到了东海，亲眼看到、亲身体会到了。我们目前的任务是让经济快速起飞，这个阶段国家战略重点在东南沿海，在前进的过程中，有些东西不得不暂时搁置或放弃。"

夏方舟说："道理我明白，可是在感情上……老师，我还在想一件事，对知识分子的态度，展现了社会的文明程度，这些我们经历过。时代变了，可能会有那么一天，对农民和工人的态度，会成为考验我们良心的标准。"

霍茂森赞同地说："说得对！"夏方舟说："老师，我服从组织决定。能不能把晓丹的关系留在109冶？"霍茂森并不是很意外地问："你和晓丹商量过吗？"

夏方舟说："上次我们来北京接受任务，部里的决定晓丹有所预料。那时候就和我商量，把她的关系留在109冶，你当时没让她继续说。这次我来之前，她让我向部里转达她的要求。"

霍茂森感慨："晓丹啊！这事我还要给晓丹打个电话，部里也要研究，这样的人事安排还从来没有先例。这事放一放。方舟啊，这次叫你过来还有件事，你在欧洲带回来的项目，有几个子项准备在江汉上马攻关，你感觉，要说实话，109冶干得了干不了？"

夏方舟、秦晓丹、程时风和张建诚一同到江汉拜会江汉钢铁王总经理。

王总说到正题，毫不客气地说："几位老总都过来了，更难得大帅和秦总特意从东海赶过来。感谢归感谢，该说的还是得说到当面上。这一次不同以往，借鉴东海二期的经验，作为甲方，部里给了我们一项权力，我们选择队伍。大帅，你比程总、张总客观，我们这个项目，109冶干得了吗？"

经历过深圳历练的夏方舟处理这类谈判滴水不漏，说："整体上来说，109冶是王总能够找到的最好的队伍。实事求是，109冶的队伍，比东海冶建的核心队伍，是有差距。可我抽不出队伍来给你干。"

张建诚全力争取，说："王总该知道，陈国民作业队的整个建制都在我们109冶，这支队伍曾经是冶建行业王牌作业队。他就是从你们江汉出去的。"王总很不以为然地说："陈国民作业队，四大金刚……我有个同学是农机部的，他出国考察回来给我说了一件事，讲给各位老总听听？"

程时风他们相互看了看说："洗耳恭听。"

王总笑着说："班门弄斧，各位老总当故事听。五十年代，苏联援建了两个拖拉机制造厂，号称是最尖端的技术，我们信了，不信也不行，没见过呀！两个厂子建起来，其中一个厂，八年都没造出一台拖拉机。感慨啊，人家提供的技术太高级了，太尖端了！结果怎么样？我同学到美国和加拿大考察，最好的拖拉机技术在人家那儿。我同学去了看蒙了！苏联援建我们的是美国二十年代淘汰的技术，这到了苏联是最好的，五十年代他们淘汰了给了我们，直到前不久还是国内的主力产品，和世界上最好的技术差了整整五代！"

众人感叹。

王总话归正题："陈国民作业队、四大金刚，我们江汉钢铁都了解，他们曾经是国内是最好的，鼎鼎大名，实际上和当时的国际水平已经差了几代。我们这个项目，比东海钢铁差一代，比陈国民他们的技术能力高了不止一代。这个技术壁垒，他们过得去吗？他要有这个能力，大帅，你不会不带他去东海吧？"

夏方舟解释说："王总误会了，不是我不带陈队长，他不去。原因很多，我就不细说了。其中一条，他想为109冶保留一支核心队伍。你们这个项目只要有一位好总工，109冶干得了。"

王总抓住要害说："说到点子上了。千军易得，一将难求！张总，你们的那位总工季成钢季总，他干得了吗？"张建诚没把握，一时无言。

秦晓丹把话接过去说："王总，你觉得我干得了吗？"王总笑起来说："秦总开玩笑！这个项目的资料是你和夏总做的，大家都知道。你再干不了，我总不能让大帅来干吧！霍部长还不骂死我！"秦晓丹说："王总，你知道，我兼任109冶总工艺师，我给你兜底。"

王总有些拿不准地问："大帅，霍部长同意吗？"夏方舟微笑着说："109冶干得了！"

为了帮助109冶拿到江汉的工程，夏方舟和秦晓丹专门同程时风和张建诚去江汉的消息传遍109冶，项目能不能拿下来还不知道，大多数工人师傅都觉得夏方舟不但没忘了109冶，还处处为109冶着想，都念他的好。到陈国民家喝酒的梁钱广就是这个态度。陈国民不以为然地说："梁师傅，你还信他的？"

梁钱广说："国民，你对夏总的偏见大了点。"陈国民说："我一点也没偏见！梁师傅，没有比我再了解夏方舟的！从他来实习就是跟着我。"梁钱广问他："那你说，秦总把组织关系留在了咱们109冶，人家夏总图什么？"

陈国民找不着话，对旁边的季成钢说："成钢，你说！"季成钢并不喝酒，脱口而出："晓丹……秦总和夏方舟不一样，对大三线的感情没人比得了！秦总把关系留在109冶，不能说明夏方舟什么。"

陈国民撇嘴说道："季成钢，不是我守着你老丈人揭你的短，你那点心思！对人家秦晓丹你到现在还痴心妄想！"季成钢面不改色地说："我敬重她。"

梁钱广说："你这个人啊，国民，有个毛病。"陈国民顺嘴说："我没毛病！"又问，"我什么毛病？"梁钱广不客气地说："醉死不认这壶酒钱！"

262

拿下江汉的工程，夏方舟回东海。程时风不再担任109冶总经理，要办理手续交接工作，秦晓丹帮张建诚组建队伍，他们一起回到金江。

让季成钢带队去江汉，张建诚还是不放心地说："晓丹，我过来几年了，季成钢这个人我一直猜不透他想什么。"秦晓丹说："建诚，我和季成钢过去的那些事你也知道，让109冶去江汉，我不是为了季成钢。"

张建诚说："你和方舟都是为了咱们109冶，让季成钢带队去江汉，我心里打鼓。一旦他把项目干砸了，109冶的招牌就彻底毁了！谁敢再用我们？"秦晓丹说："建诚，不说了吗，我给你兜底。"

张建诚慨然一叹："晓丹，你和王总说了，你是东海冶建副总工，也是咱109冶的总工艺师。感谢霍部长，给我们留下了秦总！可是晓丹啊，大家都对季成钢没把握，我的意思，还是别让他去了。他在赵书记那里也表态了，坚决留守金江，咱们给他来个顺水推舟。你看这样好不好，我带队去江汉，项目上遇到什么问题，让咱们的两个副总工到东海请教你，实在有过不去的坎了，你过来指导一下。这样，万无一失。"

让不让季成钢带队，秦晓丹也是考虑了很久，说："建诚，109冶得培养自己的队伍，季成钢是总工，他必须去。"张建诚追问："他要真干砸了呢？"

秦晓丹说："方舟认为季成钢还是有能力的，关键看他用不用到正道上。他要还像过去那样，不用等到他把项目干砸，你是总经理，杀伐决断，该处理就处理。一旦出现这种情况，我到江汉全面负责项目。这也是霍部长把我的关系留在109冶的一个考虑。"

张建诚舒了口气说："这我就放心了！"

程时风交接工作之前，把季成钢叫到他的办公室说："我在这个位置上，这是我们最后一次谈话了。"季成钢坐在他面前说："你终于达到目的了！"程时风笑看着他说："有什么话，今天放开了说。"

季成钢突如其来地问："你为什么对我恨之入骨？"程时风说："对你，我至于吗？

有些事情，你我心知肚明，我给你留点面子，过去的事不提了。"季成钢变脸，说："程时风，你用不着给我留面子，把你心里想的都说出来。"

程时风淡淡一笑，刀刀见血地说："该留的面子还是得留，不过呢，你想听我就说两句。季成钢，你从来没想留在大三线，从来到金江的第一天起，你的目的就是爬上来，跳出去。你为什么读研之后会回来，因为赵书记给你保留了待遇，这个待遇你离开了109冶毫无用处，你以为回来会成为赵书记的接班人。后来，你为什么反对去深圳，不是不想去，因为赵书记反对，你当场出卖了陈国民！"看着季成钢的脸色越来越难看，程时风适可而止地说："话就说到这儿吧！不管怎么样你我共事多年，该留的面子还是得留，你我心里有数就行了。"

季成钢冷笑一声说："程时风，你是给我留面子吗？你是怕我当面戳穿你，给你自己留面子。反问一句，搞阴谋、耍伎俩，你比我差吗？"程时风微笑。

季成钢凌厉地说："我这个典型是赵书记亲手树起来的，培养我的也是赵书记。这么多年你一直企图利用我，起初是为了搞垮陈国民，后来赵书记对我的器重，成了你心头上的一块病，怕我取而代之，不择手段、不惜一切代价要把我搞下去，可惜，你屡屡不能得逞，所以，你对我恨之入骨。"

程时风冷笑道："没错，曾经有那么一段时间，我是想利用你。从什么时候开始的你忘不了，从你到我这儿来检举揭发陈国民私发奖金。陈国民是你什么人？你师傅！你欺师灭祖，拿着陈国民当见面礼，卖身投靠，无非是想利用我和陈国民的矛盾，另换山头。"

季成钢试图强力反击，说："程时风，我另换山头用不着投靠你这个小山头，和赵书记比起来你算什么？"

程时风轻蔑地说："还真把自己当回事了！就说赵书记吧，你以为他真的欣赏你？1968年，你们八千学生来到金江，你是第一个被赵书记亲手树起来的典型，为什么？那个畸形的时代需要你这种畸形的典型。你读研回来，赵书记又是亲自出面把你树为典型，是为了稳定军心。为什么是你？因为你为了达到个人目的，什么都做得出来。这一次，赵书记又为你要求职务，还是为了稳定军心。他看你看得透透的，有些时候，就需要你这样的人，厚颜无耻地站出来。"

季成钢浑身颤抖地说："厚颜无耻，彼此彼此！"程时风反唇相讥："季成钢，你太客气了！我和你不一样。"季成钢咆哮："不客气！你比我更无耻！"

程时风笑了起来，摇摇头说："这种谈话，一辈子都难得碰到一回，比什么不好，比无耻。季成钢，我和你最大的差别，我做人有底线，你没有。比如，我敬重夏总，当年的少帅迟早会成为大帅，我深信不疑。你呢？根本不知道天高地厚。再说一条，我这人不出卖朋友。你呢？不止出卖了陈国民，你和秦总关系最好的时候把秦总卖了，为了保护你自己！可惜啊，机关算尽，你太聪明了！"

季成钢脸色难看，却是连招架之功都没有了。

程时风申斥："季成钢，别装了，演了半辈子，也该累了，消停消停吧。临走前我给你一句忠告，江汉的项目人家信不过你，夏总和秦总不计前嫌，是秦总为你兜底担保，你才有机会主持这样的项目。过去把项目干好，对得起 109 冶的金字招牌，对自己也是个交代。你来到金江那天起，就没有安心大三线，只是没有机会。你喊的那些震天响的口号自己都不信。把这个项目干好了也是你的机会。这样的机会，你盼了很久了。"

季成钢为自身辩护："冶建大军本来就是四海为家。"程时风嘲笑道："有这个认识，很好！"季成钢一步步掉进坑里，终于原形毕露，说："你们一个个冠冕堂皇地走了，凭什么我就不能走？夏方舟现在是东海冶建的一把手！"

程时风鸣金收兵，说："别妒忌夏总，夏总的能力和心胸远在你我之上，我心服口服。部里调我任东海冶建副书记兼副总，给夏总当助手，是我的荣幸！别说金江留不住夏总，东海照样留不住，夏总迟早是要进京的。千万别以为人家不懂政治，人家是不屑于和你，有时候也包括我，玩你所谓的这种政治小伎俩。那是大智慧，你学不了！季成钢，好自为之！"

第五十九章

263

季成钢把陈国民叫到他的办公室，说了没几句，陈国民恼火地说："季成钢！不让老子去江汉，你他娘的又想欺师灭祖是不是！"季成钢镇定自若地说："师傅，不是我不让你去，是江汉提出的要求，四十岁以上的工人一个不要。"

心情迫切的陈国民压着火气，极为罕见地说了软话："成钢，你是带队的总工，乙方指挥长，谁去谁不去，你说了算。他们说不要就不要？在江汉谁不知道我陈国民，王牌施工队长！江汉的工程，我一定要参加。再不干冶建工程，光吃过去的那点老底子，你师傅就废了！成钢！"

季成钢表示无能为力地说："师傅，能说的话我都说了，江汉是甲方，用什么队伍什么人是人家的权力，部里给的。"陈国民不觉生疑，说道："季成钢，你给我搞小动作！"季成钢抱屈地说："师傅，你去问张总，确实是江汉提出来的。"

陈国民信了，越发愤怒。

季成钢为他惋惜似的悔之不迭地说："师傅，当初你应该跟夏方舟去欧洲，那样的话，就算是你不去东海二期，江汉的项目，他们敢不让你去吗？"

陈国民怒喝："少给我提夏方舟！不让老子去江汉，凭我陈国民，到哪儿都饿不着！"愤然转身，到门口，回头指着季成钢说，"别在我这里装模作样，你也不是什么好东西！"

季成钢看着陈国民没有关上的门说："陈国民，你的时代过去了。"

夏方舟来到秦晓丹的工地办公室，秦晓丹从文件中抬头，甜蜜地笑了笑。夏方舟坐下来说："刚才我接了个电话，建诚来的。他和季成钢去江汉，江汉方面提了一个要求，工人只要四十岁以下的。"

"四十岁以下。陈队长去不了？"秦晓丹问。夏方舟点了点头。秦晓丹又问："建诚就答应了？"夏方舟说："建诚还是想争取，季成钢倒是很爽快地答应了。"秦晓丹想了一下，说："不要四十岁以上的工人，不会只是针对陈队长吧？"

夏方舟说："当年，好人好马上三线，二号信箱的主力就是江汉冶建。这些年他们一直想重建自己的冶建队伍，我去干1700的时候，老师也想把我和陈国民留下。眼下，除了我们东海冶建，109冶仍然是数一数二的队伍。"

秦晓丹忧虑地问："陈队长他们怎么办？"夏方舟说："放下建诚的电话，我给程总打了个电话。程总那边的工作都交接了，他对109冶的感情很深，看上去他和陈国民斗了这么多年，其实心里非常在意陈国民作业队。他说他去找建诚，陈国民本人去不了江汉，陈国民作业队我们这边坚决不放，把川南钢铁的维检和技改交给陈国民。"秦晓丹略感宽慰地说："也只好这样了。"

时间过得飞快。

半年后的这天，吃过晚饭，夏方舟和秦晓丹又来到灯火辉煌的建设工地。夏方舟说："晓丹，同斌学习怎么样？"秦晓丹很高兴地说："非常好！出乎意料的好！从同斌身上看，柳叶儿要不是出生在那么贫穷的大山里，一天学都没上，肯定是完全不同的另一番命运。她被知识抛弃了。"

夏方舟犹如自语："知识改变命运。晓丹，头几天程总给我说了件事，他女儿程辛瑞从咱们109冶技校毕业了，成绩非常好，全校第一，想上大学，问我能不能帮帮忙。"秦晓丹说："这事恐怕不好办。"

夏方舟说："有段时间了，我思考了一些以前没想过的问题。就说109冶吧，把我们带来的人彻底剥离出来，江汉那边又过去近一万人，两支精锐之师北上东进，作为主力建设国内最先进的钢铁项目。看上去这对留在大本营的三万多干部职工过于残酷无情，他们曾为大三线做出了无私奉献，如今却陷入重重困难。换一个角度，从全局来看，这些看上去无情的措施，却让西部铁军的核心队伍成为中国大钢铁时代的主力军。"

秦晓丹顺着夏方舟的思路思考开去。

夏方舟继续说："这是一个方面，还有另一个方面。老三线边缘化是多方面的，现在大学生的分配基本上不考虑老三线企业。企业的未来在于人才，尤其是青年高端人才。没有新的大学生源源不断地补充进来，未来的工程师、管理人员从哪儿来？用不了很多年，再过上几年，还是以109冶为例，等到川南二期重新上马，没有新生力量，这支昔日的西部铁军，还能上得去吗？"

秦晓丹由衷赞美："大帅！"

夏方舟笑了笑，接上刚才的话题："说具体的，为程总女儿的事，我和我的母校联系了一下，他们告诉我，西北冶金学院有定点培养生。针对目前老三线企业分不到大学生的局面推出的针对性举措。单位出钱，单位挑选学生，可以函授，鼓励脱产学习，原则上哪里来哪里去，毕业以后回原单位。"秦晓丹称赞："这是个办法！方舟，这事我去办。"

夏方舟说："和程总商量一下，抓紧办。让同斌陪你去。"秦晓丹说道："海子今年中专毕业了。"夏方舟点头说："中专出来是干部身份，比辛瑞这样的技校生条件好得多，他愿去吗？"

264

在 109 冶技校的教室里，讲台上的秦晓丹对着下面的陈天海、付向东、程辛瑞等几十个学生说："你们是 109 冶第一批定点培养的大学生，肩负着 109 冶的未来和希望。希望大家珍惜这次得来不易的学习机会，牢记职责，不辱使命，为 109 冶撑起明天的天空！"

学生们欢快地热烈鼓掌。只有陈天海闷闷不乐。秦晓丹注意到了，散会以后单独留下了他。

陈天海很难过地说："晓丹阿姨，你知道，我爸从来瞧不上我，听说了单位送我们上大学这事，骂我上了大学也是废物，说我有口饭吃就不错。不让我去。"秦晓丹问他："海子，你想读大学吗？说心里话。"陈天海恳切地说："想。我和芳薇约好……"没说下去。秦晓丹说："晚上我去你们家，我和你爸谈。"

秦晓丹到陈国民家之前，陈国民已经吃完饭，倒了杯酒干喝，问季成钢："夏方舟这一手，到底什么意思？我琢磨不透。为了程时风的女儿程辛瑞，也不至于搞得这么兴师动众，把我那个不争气的儿子都拉上了。"

季成钢说："他们挑的技校生是成绩最好的，海子和付向东他们是中专生里边的优等生，这批学生进了大学，还会回金江吗？想当年，别看金江好几万人的工人队伍，若是把你们四大金刚抽走了，恐怕工人队伍的主心骨就没了。"

陈国民入套，说："这么说，夏方舟要断我们 109 冶的后？"季成钢说："海子中专毕业，师傅放心的话，我带他去江汉干技术员。"陈国民高兴地说："承蒙你抬举！那小子，够这块材料？"季成钢说："实践出真知。"

秦晓丹和林同斌到了陈国民家楼下，陈天海在等他们，说："晓丹阿姨，季总回来休假，在我家呢。"秦晓丹很意外，说："没关系！你们两个在下面等我。"

田青妮打开门看到秦晓丹，十分惊喜。

秦晓丹进屋，面带微笑说："陈队长！"陈国民带着酒意站起来说："哟嗬！秦总！稀客呀！今天是哪阵风吹的？"季成钢也站了起来，掩饰不住的紧张。秦晓丹略点头，然后说："陈队长，来和你谈谈海子上学的事。"

田青妮对丈夫不满，也没办法，赔着笑脸说："秦总，这边坐下。我给你倒水。你坐！"季成钢希望秦晓丹会看他，秦晓丹没有如他所愿，只得说："师傅，秦总，你们谈，我回去了。"出门去。

陈国民的心思根本不在季成钢身上，说："秦总，你这大驾降临寒舍，有什么大道理，说吧！"田青妮端过茶水，给秦晓丹眼色，意思是别理会陈国民。

秦晓丹微笑接过茶水，单刀直入地说："陈队长，你为什么不让海子读大学？"陈国民要横地说："不为什么，老子就不让他上，你管得着吗！"

陈天海和林同斌站在楼门口。季成钢从里面出来，没注意到他们。

楼上家里，陈国民带着酒气对秦晓丹耍起威风说："给109冶培养接班人，说的比唱的都好听！夏方舟他黄鼠狼给鸡拜年，没安好心！他带着109冶的两三万人跑了，109冶出了几个学生他都不放过！秦晓丹，我给你说不着，回去告诉他，他这一套老子受够了！什么东西！"

秦晓丹异常平静地说："陈队长，你骂完了吗？"陈国民被秦晓丹平静的目光看得下不来台，说："我、我骂谁了，我讲理！"秦晓丹一句话堵住他："你要讲理，就让海子读大学。"

陈国民又觉得抓住了话把，说："上大学，上大学了不起，比别人多一个头？老子就没上过，怎么样？老子二十六岁就七级工，王牌队长！"秦晓丹揭他的痛处说："陈队长，我刚来金江的时候在队里给你当施工员，我们干的那个工程，你明知道其中有问题，问题出在哪儿，你就是看不出来。"陈国民憋了半天说："你、你大学毕业，照样没看出来！"

秦晓丹微笑着说："方舟两天就看出来了。陈队长，有句话你以前老挂在嘴上，工人的孩子要有大出息，就得上大学，你吃亏就吃亏在没上大学。海子可以弥补你的遗憾。陈队长，海子上大学这事，两年前我就答应他了，这事我一定要管到底。你不让他去，你当不了这个家。我不用通过你，直接送他去学校。你信不信？"陈国民没了辙，只好骂儿子："陈天海，你个没出息的废物东西！"

田青妮悄悄地松了口气。秦晓丹站起来，微笑着说："田师傅，我回去了。陈队长，再见！"陈国民干瞪眼。田青妮趁着送秦晓丹跟了出去。

到了外面楼道，田青妮眼里有泪，说："秦总，为了我们家海子，你听着他骂了这半天，我在旁边坐也不是站也不是，可他那脾气……秦总，对不住你了！"

秦晓丹笑着说："没事。为了海子，让他骂两句就骂两句吧！田师傅，回去吧！你回去晚了他又要朝你发飙了。海子和同斌在下面等我呢。田师傅，回去吧！"田青妮点点头，央求说："秦总，他胡言乱语的那些话，千万别给夏总说啊。"秦晓丹答应。

秦晓丹下了楼，把结果告诉陈天海，嘱咐他："海子，机会来之不易，一定要珍惜。就算为自己争口气，也要把书读好。"陈天海兴奋地说："晓丹阿姨，我不会让你失望。"

非常善于在阴影里藏身的季成钢一直等在路边。

林同斌和秦晓丹边走边谈，季成钢突然出现在他们面前，喊了声："秦总。"

林同斌迅速地护在秦晓丹面前，秦晓丹示意他让开。林同斌闪开，还是高度警惕地盯着季成钢。秦晓丹看着对方问："有事吗？"

季成钢为难地说："秦总，有件事，想和你单独解释一下，展蔚玉给你的那张……请给我个单独解释的机会。"秦晓丹说："不必了！同斌，我们走。"

林同斌锐利地看了季成钢一眼，护着秦晓丹离开了。

季成钢咬牙切齿地说："一个合同工的儿子！"

265

季成钢升任总工以后换了新房，三室一厅。

夜深了，季成钢坐在卧室的沙发上出神。梁朝丽穿着睡衣进来，春意盎然地说："成钢，孩子们都睡了。"季成钢点点头，坐着不动。梁朝丽想了想，坐到季成钢对面的床沿上说："你还真把天海带到江汉？"季成钢看着妻子不说话。

梁朝丽觉得他操闲心，说："他上大学就上去呗，咱操那个心干吗？天海那孩子，他爸都瞧不到眼里，能有什么出息。再说了，陈国民这几年的脾气越来越大，和你闹翻了不是一回两回了，不定什么时候又反过来怪咱们耽误了他的孩子。你是总工，犯不着给他整天赔着笑脸。"

季成钢面无表情地说："我不是为了陈国民。江汉会把我留下。"

梁朝丽一下没明白，愣了片刻忽然反应过来，接着变了脸色说："你走了，我和孩子呢？"季成钢说："正式把我调过去，到时候全家都过去。"梁朝丽惊喜万分，挤到季成钢坐的单人沙发里说："成钢，什么时候走啊？"

季成钢依然面无表情地说："不要对外面说。你爸那边也不能说。"梁朝丽连口应着："不说，我不说！成钢，什么时候走啊？"季成钢说："睡觉。"

学生们读大学的事情安排妥当，秦晓丹就要回上海了，走过一个个房间，最后回到客厅，环视着熟悉的家出神。林同斌开门进来，秦晓丹收拾心情说："准备走了。"

林同斌告诉她："刚才碰到天海哥，他说不去西安上大学了。他说季成钢要带他去江汉。"

秦晓丹不觉顿足，说："这孩子！跟季成钢去江汉干什么？"林同斌说："我也这么劝他。天海哥说，不光他自己，他们这一届和上一届中专生，凡是这次没有被大学录取的，季成钢全都带到江汉去安排岗位，以工代训。"

秦晓丹又吃了一惊。

林同斌说："总部已经决定了，季成钢把他们全部带到江汉。我直接说天海哥，为了一个岗位，就把读大学的机会放弃了，绝对是因小失大。他说到了江汉边工作边读函授。他还说，舅舅有一句名言，优秀的工程师都是在一线成长起来的。"

回到上海的家里，秦晓丹告诉夏方舟："听同斌说了，我抓紧时间去找了建诚，问到底是怎么回事。建诚说季成钢和他商议过，他觉得是件好事。我们 109 冶的中专生基础不错，能够到江汉的项目上得到锻炼，比在川南钢铁干维检好得多，毕竟接触到了先进技术。"

见夏方舟微微点头，秦晓丹说下去："建诚还说，我对季成钢的成见是不是深了些，季成钢别的方面他说不好，这一次，他是在为 109 冶培养后备队伍。建诚还想把近几届中专生全部送到江汉。"

夏方舟深以为然地说："晓丹，这一次，季成钢确实走到了我们前面。建诚说得不错，能够参加江汉的项目，对这些学生是难得的学习机会。回头和程总商量一下，把建诚请过来，中专生去了江汉，近几届的技校学生，能离岗的，全部调到我们这边培训。"

秦晓丹不这么想，说："方舟，我总觉得事情没那么简单。季成钢这个人给我的教训太深了，他不只是什么事情都做得出来，他极善伪装，有时候真是看不透他，防不胜防。"

江汉钢铁的王总经理情绪高涨地说："季总啊，你这事办得太漂亮了！新时期最大的竞争是人才竞争！现如今呢，不光是大学生，中专生也是到处都在抢啊！109冶的中专，在冶建这一行里是数得着的，这样的学生有多少我要多少！"

季成钢微笑不语。王总继续说："季总，我们商议过好几次了，江汉钢铁希望有自己的冶建队伍，这支队伍规模不一定大，但一定是一支面向未来的青年队伍。千万不要小看年轻人，大名鼎鼎的陈国民成名的时候也不过二十六七。你带过来的中专生，就是我们面向未来的有生力量。"

季成钢说出他的担心："王总，有句话一直想问，用我带过来的人组建江汉冶建，这事能瞒得住吗？"王总胸有成竹地说："你我达成默契，目前这个阶段，项目是我的项目，队伍还是109冶的队伍，等条件成熟了，把生米煮成熟饭，部里不会不同意。"季成钢提醒他："霍部长毕竟是夏方舟的老师。"

王总说："季总，我给你透个实底吧，把你们调过来，就是为江汉冶建做准备的。四十岁以上的工人一个不要，我们怎么考虑的，上边明白着呢！大帅是109冶的顶梁柱，不也被调到东海干老总去了！109冶这支王牌队伍，不上项目，没有工程，放在大山里那不就白白耽搁了！"

季成钢赞叹："王总高瞻远瞩！"王总笑着说："我哪有什么高瞻远瞩，不过是领会上级意图。有些事只能干不能说，要不然，那边还不炸了锅！季总，把项目干好！"

季成钢打包票。

266

秦晓丹在工地现场铺开图纸，看几位作业队队长他们遇到的问题，林同斌在她身边。

程时风和夏方舟站在不远处看着他们，程时风说："夏总，同斌拿到文凭了？"夏方舟十分欣慰地说："我也没想到，两年半拿下来了，第一名！同斌这孩子聪明好学，能吃苦。"程时风说："也多亏他有秦总这么好的老师。"夏方舟点头说："晓丹很喜欢他。"

程时风感慨："不知不觉，下一代长起来了！"夏方舟笑着说："程总，我们还没老……"

一个年轻人跑过来，气喘吁吁地说："夏总，109冶张总来电话，让你尽快给他打回去。这是张总留的电话，他在江汉。"

夏方舟一惊。

第二天，张建诚和总部张副总工火速飞抵上海。这位张副总工曾经是季成钢第五施工队的主管工程师。

在夏方舟的办公室里，张副总工汇报说："整个项目基本上可以说是按夏总整理的资料干的，尤其是技改升级方面，完全是夏总的思路。项目一直进行得很顺利，到了调试阶段，开始进行得也很顺利，后来不知道哪里出了问题，一下卡住了，整个系统完全不运行，我们想了很多办法，还是不行。"

夏方舟问他："季总认为问题出在哪里？"

张副总工一如当年的谨言慎行，欲言又止，看张建诚。

程时风有些不耐烦地说："你是总部副总工，工程技术问题，有什么说什么。"

张副总工又看了一眼张建诚，斟酌说："我觉得，季总的心思乱了。"程时风有些上火地说："建诚，夏总在电话上说得很清楚，让季成钢过来，他怎么不来？"张建诚说："程总，季总的心情可以理解。"

程时风越发不快地说："怎么就可以理解！季成钢是总工，乙方指挥长，出了这么大的问题他不来，让你这总经理来，怎么理解？"

夏方舟用手势示意他压压火，然后问："建诚，部里知道了吗？"张建诚说："这么大的事，想瞒也瞒不住。"夏方舟说："程总，我过去一趟……"秦晓丹打住他说："方舟，我去。"夏方舟有点迟疑。

秦晓丹说："当初我们和王总谈的时候，我答应了我来兜底。"张建诚和张副总工顿时舒了口气。夏方舟还是有些迟疑。秦晓丹微笑着说："怎么，大帅信不过我？"

程时风说："夏总，我的意见还是让秦总过去吧！恐怕不是一天两天能解决的问题，你过去时间长了，得在部里备案。"

夏方舟答应了，嘱咐秦晓丹："让同斌跟你过去，有什么问题随时给我打电话。"

王总等在江汉钢铁招待所楼前，秦晓丹轿车刚刚停下，他亲自打开车门，待秦晓丹下车，紧紧握住她的手说："秦总大驾光临，我这颗心啊立刻落地。"秦晓丹微笑着说："履行承诺，应该。"

秦晓丹说："王总，我去现场。"王总说："坐了十几个小时的车，总得先吃点饭吧！"秦晓丹坚持说："车上吃过了。王总，咱们不客气，我去现场。"

秦晓丹和张建诚到工地指挥部换了工装来到现场，季成钢和张副总工等工程技术人员已经在车间外一段距离迎候。

季成钢主动上前向秦晓丹伸出手说："对不起！秦工。"秦晓丹看了看周围的人，和季成钢简单握了一下手。季成钢强调说："我是真诚的。"秦晓丹微微点了点头说："技术攻关遇到困难，出现问题，都很正常。当初方舟参与攻关 1700 也失败了很多次。"说着向其他人走过去。

267

夏方舟在办公室里转来转去，几番犹豫，拿起电话，还是放下了。程时风敲门说："夏总！"夏方舟应声："程总，请进！"

程时风进门就说："夏总，我刚才给王总和秦总分别打了个电话，我知道这电话你不好意思打，还是我打。"

夏方舟迫不及待地问："怎么样？"程时风说："不卖关子！秦总说，就是一张窗户纸的事！"

夏方舟长长地舒了口气。

程时风笑看着他问："放心了？"夏方舟笑着说："本来也没不放心。"程时风知道他的心情，说："就是担心秦总别太劳累了！也是。秦总在我们这边，没白没黑的在工地上，到了那边，我也担心！这个季成钢啊！"

季成钢穿着石棉工作服，站在指挥台位置，看着那边的秦晓丹和张建诚、王总一起说着什么。

王总紧张地说："秦总，不会再有什么问题吧？我心里揣着个小兔子似的。"张建诚说："我也有点紧张。这么大的项目在现场，我还是第一次。"

秦晓丹轻松地笑着说："两位老总，我虽然没有大帅那个能力，但这一次，我有百分之百的把握。"工作人员跑过来说："秦总，一切准备就绪，听候你的命令！"秦晓丹平静地说："开始吧！"

工作人员对着指挥位置的季成钢打了一个手势。季成钢朝这边回了个手势，按下按钮。

轧钢机正式试车。

巨大的金色钢坯顺利通过轧机，钢花四溅。

现场响起热烈的掌声和欢呼声。

王总激动地和秦晓丹、张建诚握手。

陈天海赞叹："晓丹阿姨真帅啊！"林同斌笑着说："我也觉得！"

唯有季成钢心情复杂。

王总把秦晓丹、张建诚接到他的办公室，坐了没一会儿，秦晓丹说任务完成她要回东海，王总坚决不同意，秦晓丹说："不能再耽搁了，王总，我得走了。"

王总眼看留不住，着急地说："秦总，咱们说好了的，试车成功，把大帅请过来，我好好地谢谢你们！要是因此耽误了东海的建设，让部长骂我！"

秦晓丹抱歉地说："王总，大帅确实过不来。我不回去他不放心。我们程总不断地给你打电话，还不是大帅不好意思给你打电话。体谅大帅的心情，让我走吧！"

王总陪着秦晓丹、张建诚来到停在楼下的车前，好像忽然想起来似的说："秦总，我看季总的能力实在是一般啊！没什么真才实学。"张建诚顿时有些紧张起来，看着秦晓丹。

秦晓丹笑着问："王总，我们109冶的总工就这么不堪？"王总说："定项目的时候，大帅和你们几位老总都过来了，当时我以为109冶干不了，秦总打了兜底的包票。到头来，还真是让秦总过来兜底。一样的事，季总带着人越搞越没头绪，秦总过来，轻而易举地搞定。你让我怎么说？"

秦晓丹说："在此之前，王总，不客气地说，真正把全套项目吃透了的，只有我们大帅。没有大帅给我开小灶，我也吃不透。有些技术壁垒啊，看上去高深莫测，其实就是一层窗户纸，捅破这层纸，眼界打开了，举一反三，一通百通。季总过了这一关，其他的问题都不是问题。"旁边的张建诚舒了口气。

王总点着头说:"这么说,季总还是有能力的。"秦晓丹笑着说:"毕竟是我们109冶的总工!"王总说:"这我就放心了!秦总,张总,请上车!"

张建诚对秦晓丹投过来感激的目光。秦晓丹冲他微微一笑。

得到消息,程时风和夏方舟都大大地松了口气。程时风说:"秦总过去,轻松解决,一次试车成功。我听王总电话上说,季成钢过去的时候,给人家拍着胸脯保证没问题!结果弄成一个烂摊子,丢人现眼!"

夏方舟反倒是为季成钢可惜,说:"他要是主动过来问我和晓丹,不至于这么被动。"程时风很不以为然地说:"他那心思啊!以小人之心度君子之腹!夏总,闹了这么一出,就算是江汉想搞自己的冶建队伍,他们还会用季成钢吗?"

夏方舟说:"季成钢能力还是有的。"

程时风说:"就是不用到正道上。"

第六十章

268

戚芳薇大学毕业，被分配到江汉钢铁设计院。她先回上海父母家，夏方舟和秦晓丹很忙，让林同斌陪她。在楼下大客厅，两人聊到林同斌的学业，戚芳薇很吃惊地说："同斌，你在读第二个文凭？"林同斌得意地说："会计。再有一个学期，肯定拿下！"

戚芳薇大为惊叹："厉害啊！大学我上了四年，而你在业余时间，要拿第二个文凭了。"林同斌笑着说："薇姐，你们正规大学学习再久也不能提前毕业吧？当然，我也确实比较聪明。"戚芳薇心里生出一种说不清道不明的滋味，说："说你胖你还喘上了！要不在我爸妈身边，你能取得这么好的成绩？"

林同斌真心说："舅舅和舅妈对我太好了。他们工作那么忙，几乎每天回来都很晚，但不管多晚，舅妈一定检查我的功课。舅舅更厉害，有段时间我成绩有点下降，舅妈替我遮掩，被舅舅发现了，先训了我一顿，又让我把一个学期的功课重新做了一遍。"

戚芳薇不觉黯然，说："他们真疼你。"林同斌竟还不觉，说："舅舅和舅妈太疼我了，下了班什么都不让我干。"戚芳薇忽然说："我妒忌你。他们从来没对我这么严格过。"

林同斌顿时不安起来，说："薇姐，你在舅舅和舅妈心里的位置绝对没人可以取代，他们天天念叨你，你毕业那天打电话过来，他们高兴得晚上两点多还没睡呢。"

戚芳薇笑着说："和你开玩笑呢！"林同斌挠头笑着说："薇姐，你什么时候回金江？我两年没休探亲假了，舅舅说，你回金江的时候，放我假，先送你回金江，我再回家看我妈妈。薇姐，舅舅还是更疼你吧！"

戚芳薇说："同斌，你休探亲假吧！我先不回金江。"

戚芳薇去了江汉，找到陈天海所在的工地。

陈天海正在现场带着一群青年工人施工。戚芳薇远远地看了一会儿才过去，但仍然保持一段距离，大声喊着："海子哥！海子哥！"陈天海看到她，一时有些发呆。与自己青梅竹马的戚芳薇已经是漂亮时髦的青春美人，陈天海兴奋地叫道："芳薇！"戚芳薇站原地不动。陈天海扔掉工具跑过来，惊喜地打量她问："芳薇，你怎么来了？"

戚芳薇调皮地笑着说："我怎么不能来？海子哥，想我吗？"陈天海有些难为情。戚芳薇追着不放。陈天海腼腆地说："想。"戚芳薇甜甜地笑了。

陈天海当即请了假，陪着戚芳薇游览江汉。戚芳薇告诉他："我被分到江汉钢铁设计院了。我爸的老师，霍部长，原来就是这儿的院长，大名鼎鼎啊！"陈天海有些失落地说："不是说，我说当初，你上大学前，说毕业后去川南钢研院。"

戚芳薇说："我申请了，可学校根本不往老三线那边分配毕业生。不服从分配，工作单位都没有了。"

陈天海有些黯然。戚芳薇问他："海子哥，你还回金江吗？"陈天海说："肯定得回去。我们这批中专生，是总部特意安排过来培训的，安排岗位，以工代训。这边的项目干完了，整个队伍都要回去。"

戚芳薇说得很干脆："海子哥，只要你回金江，我也回。反正，你在哪里我就在哪里。海子哥，这边有一种鱼，据说很有名的，我还没吃过呢！"陈天海说："我带你去吃！"

陈天海找了一家小饭店。戚芳薇快活地吃着鱼，说："海子哥，听同斌说，你们这批西北冶金定向生，除了你，全都脱产去了西安。"陈天海点头说："我们这批学生，原则上鼓励脱产学习。那些年的明星梦让我错过了太多时间，我得把错过的时间赶回来。你爸有句名言——最好的工程师都是在一线成长起来的。"

戚芳薇还是惋惜地说："在职读函授太辛苦了！别人都脱产，只有你在职，全日制和在职学习，别的方面不说，单单在时间上你吃亏就太大了，这不公平。"陈天海说："我绝对不会被他们落下。"戚芳薇想了想说："坚决相信海子哥！海子哥，你请个假，我们一起回金江。同学、朋友都在那边呢！我好几年没回去了。海子哥，我现在还没正式报到，上了班请假就麻烦了。你请假，我们一起回去。"

269

夏方舟和秦晓丹在工地食堂的单间小餐厅吃午饭。夏方舟说："晓丹，你有心事。"秦晓丹回过神，笑了笑说："什么都瞒不过你。我给芳薇报志愿，原来的想法是她能分到川南钢研院。"夏方舟不同意她的想法，说："目前这个情况，芳薇去川南钢研院，能做什么？"

秦晓丹说出刚才走神的缘故："江汉钢铁设计院是个好单位，虽然芳薇专业不太对口，但对她的前途更有利。我想的是那些大三线企业，你也多次说过的，现在学生都不往那边分配，那些大三线企业的未来到底在哪里？"

夏方舟不由一叹。秦晓丹又说："川南二期一直是你的心病，我们这边都快要完工了，那边还是没有消息，技术升级换代的问题应该解决了呀！"夏方舟默然无语。

秦晓丹收住话："不说这些，惹大帅不高兴了！一转眼，孩子长大了！光复和汀兰看到芳薇的今天，该多高兴啊！"夏方舟说："晓丹，抽个时间我们一起回去一趟。"秦晓丹说："我也这么想。心梅，光复和汀兰，我们该去看看他们了。"

吃过午饭，秦晓丹又回到工地上，和李队长讨论一个施工细节，李队长说保证没问题。秦晓丹笑着说："话说前边，我随时可能抽查你。"李队长跟她干了四年，很了解她的规矩，说："大家都说，不怕秦总来，就怕秦总不来。秦总，你天天盯在工地上，一天十来个小时，大家都心疼，你也得注意身体，到底不是年轻的时候了。"秦晓丹不当回事地说："你知道，我喜欢在一线。"

一个年轻人跑来说："秦总，有你的电话。"秦晓丹叹了口气说："怎么给你交代的？我在工地不接电话。"年轻人说："秦总，我是给那人这么说的，他说只要告诉你他叫武本奇，你肯定接他的电话。"

秦晓丹顺口说："谁的电话也不接……"忽然意识到，"打电话的人是谁？"年轻人告诉她："他说他叫武本奇。"

秦晓丹和夏方舟取消了所有的安排，把武本奇接到家里。秦晓丹对武本奇的俗称"大哥大"的移动电话很好奇，拿在手上把玩着说："听说这东西好几万元呢。本奇，有了它，不管你在哪儿都能找到你吧？"

武本奇嘿嘿地笑着说："丹姐，这东西一点都不好用，说话都听不清楚，得扯嗓子喊，到了没信号的地方，就是一块砖头。我拿着它，纯粹是打肿了脸充胖子，用我们家乡话说，屎壳郎掉到磨眼里——冒充大黑豆。"夏方舟和秦晓丹都笑了起来。

秦晓丹放下"大哥大"，打量着一身高档名牌西装的武本奇说："本奇，别人都是越长越老，你反倒是越长越帅了！吃什么仙丹了？"武本奇笑着说："嗨！丹姐，人靠衣裳马靠鞍，都是让这身行头闹得！"夏方舟和秦晓丹再次被逗笑了。

武本奇说："大哥，丹姐，笑归笑，我可不是金玉其外，败絮其里。沂蒙钢铁你们都知道，在我们老家，当初是小三线里最大的钢铁联合企业，随着形势发展，也鸟枪换炮了。他们的升级扩建工程，我的公司拿下了一大块！现如今，在我们那边，我是实力最强的民营冶建公司！和你们东海冶建是没法比，可109冶，说不定哪天我就超过他们了！我不是看109冶的笑话，听说，他们现在连工程都拿不着。"

夏方舟点点头说："日子过得很难。"武本奇感慨："堂堂的西部铁军，当年是何等的威风！"夏方舟和秦晓丹都是不觉一叹。

武本奇又说："大哥，我斗胆说你一句，这话说起来有些年数了，你说过不是一次两次，你说工业现代化是工程师的时代，你说得不对，真正的工业现代化是企业家的时代。"夏方舟看一眼秦晓丹，对武本奇说："说得对。如果不是晓丹，我至今可能还是见物不见人的总工思维。"秦晓丹赞叹："本奇已成大器！"

夏方舟生出念头说："本奇，抽个时间去你的公司看看？"武本奇笑着说："求之不得！这次不行。这次我是路过，我去美国。去一趟，长长见识。"

秦晓丹问："本奇，你还和佳丽有联系吗？"武本奇毫不讳言："那当然，我们联系一直没断。"秦晓丹终归有块心病未了，问："佳丽好吗？"武本奇答应得非常痛快："好，非常好！"

夏方舟追问："本奇，这么多年，你没去看过佳丽？"武本奇忽然有些难为情地说：

"大哥，我混不出个模样来，一副癞蛤蟆样，我敢去吗？就现在，在佳丽眼里，我可能还是个癞蛤蟆。"

秦晓丹笑着说："本奇，你这句话怕是把天下的男人都骂了。和我说实话，本奇，佳丽是单身？她一直没结婚？"武本奇认真地说："结婚了，早结婚了！"秦晓丹仍然不放过地问："什么时候？"

武本奇说："丹姐，上次咱们在金江见面的时候，我说过没好意思问她，后来憋不住，问了。其实那时候佳丽就结婚了，俩人都是艺术家，过得好着呢！"秦晓丹微笑着，话里还是有话："那你去见佳丽，还在乎什么癞蛤蟆？"

武本奇嘿嘿地笑着说："丹姐，我琢磨着，你和大哥早看出来了，我暗恋佳丽无数年。虽说名花有主，我去美国看她，也得混出点模样来不是？要我还是在金江那副模样，就算佳丽不在乎，在她先生面前，不给佳丽丢人吗？"

秦晓丹彻底放下心来，高兴地说："方舟，今天咱们请本奇吃饭。"夏方舟也放下了心，说："一定得找家好馆子。"武本奇笑着说："别别别别！丹姐，今天我请你和大哥，我不是装大款，我确实是大款……嗨！见了你和大哥，我高兴糊涂了，反正你和大哥也不怪我。上海最好的馆子是哪一家？"

270

乔佳丽的家是一独栋别墅。私家花园树荫下，乔佳丽微笑地看着武本奇表演复杂的茶道。

武本奇把小茶杯端给乔佳丽说："佳丽，品品我的茶道功夫。"乔佳丽接过茶杯，小呷一口，用力点头。武本奇很有些显摆地笑着说："就这点事，我跑到武夷山学了三天！"

乔佳丽微笑着说："本奇，和我说说方舟哥和丹姐。"武本奇择其概要说："大哥和丹姐在东海二期干了四年，项目很快完工了。他们俩还是放不下 109 冶，丹姐的组织关系一直留在那边。佳丽，大哥不得了啊，人称大帅！大帅！国内冶建这行的领军人物，霸气！丹姐呢，我想想，英姿飒爽，差不多这个意思。"

乔佳丽依然微笑着说："说说他们俩。"武本奇提炼一下说："他们俩，我从来没见过这样的夫妻，传说中的神仙眷侣也未必比得上。两个人那种心有灵犀，心心相印，真让人羡慕。"乔佳丽失神片刻，说："真想他们！"

武本奇鼓起勇气说："佳丽，有句话，在我心里压了很多年了，一直不敢说出来，今天，我……我说了你别生气……"

乔佳丽轻轻打断他："本奇，别说。什么也别说。"武本奇失去了勇气，说："佳丽，我……我听你的。"

乔佳丽的起居室展现着一个现代艺术家的风格品位，有明显的单身特征。天已不早，乔佳丽蜷坐在大沙发上，和斜对角沙发上的武本奇慢慢品着洋酒，亲切地说："本奇，今晚住在我这儿。"

武本奇眼中闪出异样的光芒。乔佳丽微笑颔首说："住在客房。来美国这么多年，你是第一个在我家过夜的先生。"武本奇有点失去了判断力，可是又有着某种祈望。

乔佳丽放下手中的杯子说："去看看你的房间。"从沙发中起身，轻如精灵。武本奇晕头涨脑地跟着乔佳丽。乔佳丽推开一间卧室的门说："本奇，来。"

武本奇进了房间。房间里最醒目处，挂着放大的那张当年乔佳丽和夏方舟在江汉景区的合影照片。武本奇一眼看到，顿时清醒过来。

乔佳丽说："从我买下这处房子就装修了这个房间，从没让人进来过。"武本奇魂魄归位，说："佳丽，对不起！别生我的气。"乔佳丽用柔和清澈的目光亲切地看着他说："别这么说。本奇，你是我最好的朋友，最好，没有之一。天还早，咱们再喝一点，好好聊聊。走。"极自然地拉起有些尴尬的武本奇的胳膊。

第二天上午，接武本奇的车来了。

乔佳丽把武本奇送到门外，真诚地拥抱着他说："本奇，回去和那个追了你五年多的女孩儿结婚吧。"武本奇眼中有泪说："我听你的。佳丽。"乔佳丽把头埋在武本奇的肩窝。

武本奇轻拥乔佳丽，凄凉地望着天空说："佳丽，你就这么孤单单的一个人在海外漂泊下去？"乔佳丽重新抬起头，眼中也有泪，说："别担心我，到我该回去的时候，我会回去。"乔佳丽轻吻武本奇腮边，片刻，放开了他说："走吧！"

武本奇叮嘱他："佳丽，千万别失去联系，只要你需要我，无论什么事，一个电话。"乔佳丽点头。武本奇强忍泪水作笑。乔佳丽强颜作笑，点头。武本奇放开怀中的乔佳丽，急转身，快步上了等在门外的轿车。

乔佳丽流着泪说："本奇，我知道你对我好。我的心很早以前就被方舟填满了，再放不下第二个人。"泪眼遥望东方。

271

陈天海、戚芳薇、程辛瑞和付向东坐在金江公园的树荫下，每个人手上都拿着一瓶玻璃瓶的汽水。陈天海问："向东，辛瑞，马上毕业了，怎么想的？"付向东一声感慨："外面的世界很精彩，山里的世界很无奈！"陈天海问他："不想回来了？"

付向东笑了笑说："109 冶都成什么样子了！不光咱们，老三线根本看不到任何前途。你在江汉亲身体会了，差距太大了！回来能干吗？你要是没去江汉留在金江，不说别的，有你的岗位吗？"

陈天海提醒他说："我们这批定向生，你们脱产学习的，必须回原单位。"付向东不在乎地说："顶多不就赔偿学费、净身出户吗！寒假的时候我去了本奇大哥的公司，在他老家。当初 109 冶把本奇大哥开除了，反面典型，你爸还和人家断绝了师徒关系。现如今，武总！那气派！没法比呀！"

众人一时无语。付向东转向程辛瑞说："你爸程总落在上海了，他肯定把你调过去！"程辛瑞直接反击说："付向东，你不回来别扯上别人垫背。我生在金江，长在金江，这儿才是我的家。不过，芳薇是回不来了！"戚芳薇笑着摇头说："那可不一定。"程辛瑞较真地说："你分在江汉了，怎么回来？江汉钢铁设计院，那可是好单位！"

付向东笑着把话接过去说："程辛瑞，天海说不定就留在江汉了，两个人朝夕相处，甜蜜蜜！"戚芳薇笑而不言。程辛瑞明白过来，说："笨！我早该看出来！郎骑竹马来，绕床弄青梅。同居长干里，两小无嫌猜。"

吃过晚饭，戚芳薇和陈天海又回到金江公园，靠在一起并肩坐着。戚芳薇问："海子哥，向东下午说的，你回来能干什么？"陈天海坦诚地说："我也不知道。"戚芳薇说："那就别回来，我们一起留在江汉。"

陈天海说："工程完工，总部肯定调我们回来。"戚芳薇幽幽一叹："海子哥，我们好像有些生不逢时。"陈天海说："我反倒觉得，我们这一代，可能充满了机会。"

陈天海又说："上一代人希望回到过去的日子，比如像我爸他们四大金刚，他们最怀念的是计划经济时代。属于他们的时代过去了，我们的时代才刚刚开始。我在一本书上看过，大概意思，年轻人手上握有大把的青春，如果给他们机会，他们就可能改变这个世界。他们没有历史，历史正等待他们去书写。所有的变革，都意味着对现有格局的打破，越是前途未卜的变革，对年轻人就越具有号召力，越是不能预测的前途，就越是具有无限的可能性，对于年轻人来说，所有的危机都可能变成机会。芳薇，这是我们的时代，我们的历史机遇。我们要做的，就是抓住机会。"

戚芳薇痴迷地看着陈天海说："站起来，海子哥。"陈天海误解了她的意思，说："芳薇，天还不晚，我们……"戚芳薇猛地抱住陈天海，火热的嘴唇堵住了他没说完的话。陈天海顿时觉醒，紧紧地抱住了戚芳薇。

月朗星稀。青春激情绽放。早上的太阳重新升起。

陈天海和戚芳薇坐在山坡上。陈天海问："芳薇，夏叔叔会同意我们的关系吗？"戚芳薇很坚决地："这是我们两个人的事。"陈天海担忧地说："我有种不祥的预感，夏叔叔不会同意。"戚芳薇在所不惜地说："那又怎么样？"

陈天海又告诉她："我爸爸也不同意，还威胁要和我断绝父子关系。"戚芳薇感到无法理解。陈天海说："我也不知道。反正凡是我自己做的决定，他都反对，多少年了一直这样。好像我不是他的儿子。"

两人一时无言。看远山重重。

戚芳薇变了称谓说："海子，假如他们都反对，你怎么办？"陈天海明白这个变化意味着什么，说："只要你不怕，我什么都不在乎。"戚芳薇追问："包括不惜和你爸爸决裂？"陈天海坚定地说："不惜一切代价！"

戚芳薇自己的决心早已下定，说："海子，有个办法让他们所有的反对失效。我们马上结婚，把生米煮成熟饭，看他们怎么办。"陈天海看着她。戚芳薇问："你敢吗？"陈天海说："敢！我们结婚！"陈天海拥紧了戚芳薇。

秦晓丹埋头在一堆资料里，林同斌着急地在外面敲门。秦晓丹很是意外问他："怎么这么快就回来了？在办公室要喊秦总。"林同斌顾不上了，说："舅妈，薇姐要和陈天海结婚了！"

秦晓丹一惊。

林同斌说："我到了金江就听到风言风语，薇姐和陈天海恋爱什么的，当时也没怎么往心里去。我回家住了两天，越想越不对，马上回金江到109冶，这才知道大家都传开了，说他们两个要结婚。我赶忙找薇姐，薇姐说马上要和陈天海领结婚证。我也不知道说什么好，怕在电话上说不清楚，又怕你和舅舅担心，急着赶回来了。"

秦晓丹来不及细想，接着去了夏方舟的办公室。夏方舟听了，断然否决："不行！绝对不行！"秦晓丹没意识到严重性，说："方舟，你冷静一下，孩子长大了，感情问题我们不要介入。"

夏方舟情绪激动地说："这事我一定得管！天海这孩子我们看着他长大的，人不坏，问题是他不求上进。他们那批学生，别人都去西安上学，只有他不去，说不定到现在还满脑子的明星梦！"

秦晓丹说："方舟，天海中专成绩很好！"夏方舟听不进去，说："那是因为他上过技校，等于比别人多学了两年！"秦晓丹据理力争地说："一样的道理，他没有读高中。"夏方舟越说越激动："中专成绩不错，更说明他浅尝辄止，不思进取。同斌马上拿第二个文凭了，他到现在连个函授文凭都拿不下来，他的心思根本没用在学习上。"

秦晓丹试图说服对方："天海的工作表现很好，我到江汉专门和他谈过，有上进心，有想法……方舟！即便像你说的，天海有些方面不尽如人意，就是一个普通青年，那又怎么样？爱情就是爱情，和其他无关。不是每一个人都能成大器，绝大多数人都是平平常常地度过一生。方舟，冷静一下！"

夏方舟已经是在发怒，说："我没法冷静！芳薇大学刚刚毕业，单位都没有去报到，回到金江没有几天，突然要和陈天海结婚，简直岂有此理！芳薇从来没有给我们透露过这方面的想法，肯定是陈天海！"

秦晓丹意识到严重性，说："方舟！芳薇是成年人了！"夏方舟怒喊："晓丹！芳薇不光是我们的女儿，她是光复和汀兰的亲生女儿，如果光复和汀兰还活着，他们能同意吗？"秦晓丹说："我想，他们不会干涉孩子的感情。"

夏方舟几乎在咆哮："我和汀兰、光复一起长大，他们从来没有吵过架。陈国民的家庭暴力，当着孩子他都打老婆，光复和汀兰对他这套极端大男子主义极为反感，单就这一条，如果光复和汀兰在的话肯定不会同意。不行！这事我一定要管，我要为芳薇的一生负责，为她的亲生父母负责！"

秦晓丹眼见无法说服对方，只得用缓兵之策说："方舟，你先冷静一下，让同斌过来陪你。我给建诚打个电话。"

秦晓丹和张建诚两个电话一来一去，中间隔了些时间，也是有意拖延，让夏方舟冷静下来。重新回到夏方舟办公室，已经过了一个多小时，夏方舟的情绪已不像刚才那么激烈。秦晓丹给林同斌使个眼色，待林同斌悄悄退出去，对夏方舟说："建诚的想法，这种事情他不好直接插手。找个年轻的女同志去找芳薇，让芳薇把电话打过来。他们找到芳薇了，电话就能很快打过来。"

夏方舟不说话,点了点头。秦晓丹劝说:"芳薇电话过来,方舟,你一定要心平气和。记住一条,对孩子的爱情生活,我们当参谋,不当裁判。"夏方舟沉重地叹了口气。

电话铃响了。

秦晓丹拿起电话说:"你好……芳薇!你爸在……让你爸接电话,"捂住话筒,"方舟,一定要冷静!"把电话交给夏方舟。

张建诚也不知道,他安排的女办事员之所以那么容易地找到戚芳薇,是因为这个年轻的办事员知道戚芳薇去了哪里,不光她知道,很多年轻人都知道。她找到戚芳薇的时候,戚芳薇和陈天海刚从婚姻登记处出来。

戚芳薇打开结婚证,端详着上面的照片,满脸幸福地说:"海子,现在谁也挡不住我们。"陈天海还是有些担忧地说:"我爸倒无所谓,我担心夏叔叔。"戚芳薇加强语气说:"这是我们的爱情!"

这个时候,女办事员来到他们身边。

戚芳薇听女办事员对她说了,把给夏方舟打电话的地方选在了109冶总部的一间办公室,虽是临时起意,却是决心所致,只要谁站出来反对,她就把事情闹大。

戚芳薇选的这间办公室是好几个人办公的地方,到她打电话的时候,虽然室内只有她自己,但开着门。

戚芳薇在电话上和父亲翻了脸,说:"爸,这是我和海子的事,只要我们两个相爱,和谁都没有关系……你没有权力干涉我的爱情……你这是封建主义!我是大人了,不是孩子,我自己的事情我做主!你管不着!"不等对方回话,愤怒地挂了电话,气得满眼是泪。

办公室外,偷听的年轻职员们面面相觑。

这种事情传得最快,不过半天,109冶传遍了,金江传遍了。三人成虎,传言从开始的戚芳薇为了爱情和夏方舟在电话上翻脸,再到夏方舟粗暴干涉女儿的婚姻,传到后来,有了各式各样的版本,最客气的是夏方舟和戚芳薇断绝父女关系,不客气的就没法听了。

272

陈国民对儿子大发雷霆:"你个不长出息的东西!三条腿的蛤蟆难找,漂亮的姑娘有的是,除了夏方舟的闺女,你找不到对象?一路上赶着巴结!他闺女打电话的事109冶都传遍了,你不嫌丢人,老子还嫌丢人呢!陈天海,你要是个争气的东西,立马把夏方舟的闺女给我蹬了,一脚踢出门去,让她丢人现眼!"

田青妮也上了火,说:"他爸,你咋什么事都往自己身上扯呢?咱们海子和芳薇一块长大的,两小无猜,好不好都是两个孩子的事,你凭什么棒打鸳鸯!"陈国民不讲理地说:"夏方舟看不起我!我要让他的闺女丢人!"

田青妮真生气了,说:"让人家闺女丢人,你儿子不丢人?男人把女人蹬了,这还算个男人吗?有你这么教育儿子的吗?男人斗气,拿人家闺女出气,你还算个大老爷们儿吗？我都替你害臊！"陈国民哑口无言。

陈天海先劝一句："爸，妈，你们先别急，听我说。爸，夏叔叔不同意不是因为你，是因为我，他对我不满意。"陈国民气不打一处来说："瞧你这熊样！换我闺女，我也不让她嫁给你这没出息的东西！"

陈天海拿定主意说："你和夏叔叔都没把我放在眼里，我不在乎！"陈国民拉着架子站起来说："哟嗬！小兔崽子，来本事了！"陈天海毫不退缩地说："爸，我和芳薇的事，你们管不着！谁也别想拦着我们！"

陈国民不由得打量起儿子来，说："夏方舟凭什么瞧不上你？你哪一点比他闺女差？"陈天海说："可能，我没有大学文凭。"陈国民来了脾气说："没大学文凭怎么了？老子就没上过大学！二十年多前，老子就是全系统的劳模，功勋队长！夏方舟那时候什么都不是！海子，你要还算个男人，把夏方舟的闺女给我娶进门来，为了你爹，你也得争这口男人气！"陈天海大为意外地说："你同意了，爸？"

陈国民说："夏方舟闺女娶不进门，你也别进我的门了！"

夏方舟坐立不安地说："不行，晓丹，我得回去一趟，马上飞回去。"秦晓丹好言相劝："方舟，我们说了这半天了，尽管我不同意你的一些想法，你已经向芳薇表明了态度，尽到了责任。"夏方舟不容置喙地说："我必须得回去！"

秦晓丹换个方式说："大帅！工程到了收尾阶段，你离得开吗？为了自己孩子的事情，抛下工程你不管了？"夏方舟又喊起来："晓丹！我心乱如麻，根本静不下来。我不能对不起光复和汀兰，我不能对不起他们的在天之灵！"

程时风在外面敲门，说："夏总！秦总！是我。"秦晓丹本不想让他进来，又不好拒绝，有些无奈地对夏方舟做了个手势，说："程总，请进！"程时风进来，掩上房门说："我听说了，同斌告诉我的。孩子没别的想法，他看你们着急，为夏总担心。"

秦晓丹叹了口气。

程时风沉了沉说："我听同斌说了，不由得想起光复和汀兰，思绪万千啊！秦总，我理解夏总的心情，他是得回去一趟，他心里对光复和汀兰得有个交代。这边，我和你咱俩盯着。"秦晓丹叹了口气说："也好！方舟，让同斌陪你回去。"

第六十一章

273

金江的这个晚上，天很黑。川南钢铁释放的烟尘飘散在半空，无风的夜晚已难得见到满天繁星。

陈天海站在夏方舟家楼下，抬头望着上面的窗户，心神不宁。楼上夏方舟家里，客厅的门关着，林同斌不安地在其他房间来回踱步。

客厅里，坐在夏方舟对面的戚芳薇挺直了身子说："爸，你的爱情经历充满了痛苦，给你带来了严重的心理伤害，我可以理解。但这不能成为你把爱情的痛苦强加给我的借口，我有权利追求自己幸福的爱情生活。"

夏方舟嘴唇颤抖地说："芳薇，你……你怎么能这么揣测爸爸？"戚芳薇毫不留情地说："你粗暴地干涉我的爱情，让我怎么揣测？我能怎么揣测？"夏方舟尽可能地让自己的情绪平静下来，说："芳薇，爸爸都是为了你好！为了你，爸爸什么都可以舍弃，我是你爸爸！"

戚芳薇给他一个选择，说："假如，假如你说的是心里话，那就尽到一个做爸爸的责任，参加我和海子的婚礼，衷心地祝女儿幸福。"夏方舟无法接受地说："芳薇，婚姻大事不是儿戏，要听爸爸的意见，我不是和你商量，你必须听爸爸的意见！"戚芳薇泪水渐渐流下来说："我要不听呢？"

夏方舟拿出长辈的权威说："我是你爸爸！"戚芳薇看着夏方舟，片刻，泪水破堤，声音不高地说："你不是我爸爸。"夏方舟一口气被憋住，他直瞪瞪地看着戚芳薇。

戚芳薇站起来，满眼是泪，声音颤抖，斩恩绝情地说："你不是我爸爸！你不是！亲生爸爸绝不会这么对待自己的亲生女儿！你不是我爸爸，秦晓丹也不是我妈妈！我的名字叫戚芳薇，我爸爸是戚光复，我妈妈是陆汀兰！你不是我爸爸，晓丹阿姨不是我妈妈！不是！你没有任何权利干涉我的生活！"拉开客厅门冲了出去。

夏方舟被瞬间击垮，呆呆地坐着，两眼发直。

林同斌试图拦住戚芳薇，戚芳薇怒喊："闪开！"夺门而去。林同斌急忙去客厅，看着脸色惨白的夏方舟，焦急地喊："舅舅！舅舅！"

夏方舟缓过一口气，泪水纵横。

陈天海把和夏方舟断绝了父女关系的戚芳薇带回了家，这让陈国民心情极佳。陈国民说："海子，长这么大，头一回干了一件让老子高兴的事！夏方舟嫌我的儿子没文凭，干涉女儿婚姻自由，他闺女私奔到我陈国民家，我看他那张脸往哪里搁！嗨嗨！"

陈天海心情并不轻松地说："没想到会是这么个结果。挺对不住夏叔叔。"陈国民骂他："没用的东西！还不如芳薇，芳薇都敢私奔到咱们家！"陈天海沉沉一叹。

陈国民忽然说："不对！芳薇不能住在家里。你和她还没结婚，让她住在家里算什么，未婚同居，传出去我丢不起这个人。"陈天海说："我和芳薇领结婚证了。芳薇的主意，提前把结婚证领了。结婚证在芳薇的包里。"

陈国民稍琢磨，顿时开怀地说："好！好！好！选日子不如撞日子，明天，就明天，海子，你爹我给你大操大办，趁着夏方舟在这儿，让他眼瞧着自己的闺女成了我的儿媳妇，让我儿子风风光光地娶进门来！青妮，你出来，赶紧出来！"

第二天一早，梁钱广登门说："国民，仗着这张老脸，我得说你两句。"陈国民把话放到前边："梁师傅，今天是我老陈家大喜的日子，大早晨起来的，你可别扫我的兴。"梁钱广自己坐下来说："一大早晨起来，风刮得到处都是。我过来不说孩子的事，谁没年轻过！我要说的是你。"

梁钱广接着说："国有国法，家有家规。做人还得有做人的礼义。你知道我祖上闯关东，上去几辈子咱是老乡。按着咱们老家的老礼儿，你该备上礼，上门和亲家坐下来，该说的话说到，该尽的礼数尽到，他硬是不同意，那就不是你的事，婚姻自由！你倒好，人家夏总就在金江，你面都不见，大张旗鼓地放帖子摆酒宴，以后你们这亲家怎么处？"

陈国民嘴硬地说："爱处不处！他瞧不起我儿子，我凭什么巴结他！"梁钱广沉了脸说："这叫什么话！想当年，你那个徒弟武本奇做下那档子事，你怎么上的我的门？将心比心，你替夏总想过吗？夏总为什么这么不放心，你是真糊涂还是装糊涂？当年陆工生芳薇的时候你是在跟前的！"

陈国民有点发虚。梁钱广通情达理地说："夏总人家不放心，不光是为了芳薇这孩子，人家还得对得起芳薇她亲爹亲妈！人家得对得起烈士托孤！"

陈国民强词夺理："这……这又不是我强拉着他闺女和我儿子结婚，两个孩子自由恋爱，你怎么扯到我头上了！梁师傅，你话说清楚，我陈国民有什么事对不起光复和汀兰？"

梁钱广说："自己合计吧！今天的喜宴我就不去了。"

274

从昨天晚上到今天一天，夏方舟闭门谢客，饭也不吃，觉也不睡，就这么呆呆地坐着。林同斌陪着他一天一夜，压在心头的火越烧越烈。天渐晚，估计那边的婚宴早该散了，林同斌带着一团火气出门去，敲响了陈国民家的门。

陈天海打开门，看着站在门口的林同斌，有些意外。林同斌说："天海哥，我想给薇姐说几句话。我想单独和薇姐说几句。"陈天海说:"进来吧!"

婚房里的戚芳薇见到林同斌,充满敌意地说:"有什么话,说吧!"林同斌尽力压着火气说:"薇姐,你做得太绝情绝义,对不起舅舅和舅妈对你的恩情,你一辈子都报答不了!你伤害了他,狠狠地伤害了他!"

戚芳薇冷冷一笑说:"舅舅、舅妈!喊得真亲!他是你舅舅吗?我不知道他和你妈什么关系,我只知道他对我从来没像对你这样,从来没有!"

林同斌努力控制,但是改了称谓说:"戚芳薇,你侮辱了舅舅和我妈……我不是来和你吵架的,我来,是想告诉你,舅舅和舅妈结婚以后,很多人劝他们要一个自己的孩子,我妈也劝过他们。我妈亲口对我说,她劝他们的时候,想要还来得及,再晚了怕是就来不及了!我妈苦口婆心地劝,没用!他们担心,担心再要一个自己的孩子会伤害你。为了你,舅妈和舅舅放弃了生一个自己的孩子,为了你!"

戚芳薇惊呆了。站在外面听着里面谈话的陈天海热泪盈眶,没注意到母亲在他身边。戚芳薇回过神,嘴上不饶地说:"他们不是为了我!他们眼里根本没有家庭,只有所谓的事业!不是为了我,不是!"

林同斌恼火地说:"戚芳薇,为了你亲生父母的托付,从你四岁起,直到把你养大成人,舅舅对你比亲生女儿还要亲!你和天海哥的事,就算舅舅做得再不对,你也不能这么对他,做人得有起码的良心!你没有,你没有!我和你没什么可说的了!"拉门而去,没等陈天海回过神,林同斌已经出门去了。

陈天海回头看到了田青妮。

田青妮忍不住流泪,说:"我都听见了。今天这场喜酒,你爸喝得也不顺畅,总共也没喝多少就醉成这样。海子,你和芳薇累了一天了,这是你们的新婚夜,进去好好陪着芳薇。我去看看夏总。今儿晚上,他不好熬啊!"

林同斌回到家,夏方舟还是那般坐着,林同斌急得满眼泪水,想不出办法,只好陪着他坐着。

不知过了多久,听到敲门声,林同斌看看夏方舟,对方没什么反应,稍有犹豫,还是起身出了客厅。打开房门,看到站在门口的田青妮,林同斌不知如何应对。

田青妮提着一个包说:"同斌,我进去陪他坐会儿。"林同斌有些迟疑,还是答应了,让田青妮进了屋。

田青妮走到客厅门口,看着里面呆呆出神的夏方舟,眼中有泪。田青妮进了客厅,也不说话,坐到夏方舟对角的沙发上。夏方舟这才发现田师傅。

田青妮从带来的包里一样样地拿出带来的菜和一瓶酒,还有筷子、酒杯。田青妮端起杯子说:"夏总,今晚上和谁都没关系,和什么事都没关系,论年龄我比你虚长了几岁,就让我这做姐姐的陪你坐上一会儿,什么也不说。喝一杯吧!"

夏方舟点点头,端起杯子,喝了。田青妮把酒也干了,又为夏方舟和自己倒满酒,田青妮劝他:"多少吃点,动动筷子。我特意为你做的。你喜欢吃我做的菜。"夏方舟拿起筷子,多少吃了一点。

一瓶酒倒光了。田青妮端起杯子说:"就这一杯了,我再喝就多了。"夏方舟端起杯子,点点头。两人似乎心有默契,还是没有碰杯,把酒干了。

田青妮看着没动几筷子的菜,把饭盒、酒杯和筷子,还有已经喝空了的酒瓶都装进带来的包里,脸上带着微笑说:"夏总,我回去了。"夏方舟点点头。田青妮扭过脸来,泪水霎时破堤。

田青妮擦着泪水,轻轻一叹,声音很轻地说:"同斌,你舅舅心里的疼,那是真疼啊!比刀子刺、锥子扎还疼。谁也替不了他,他就得自己忍着。他这苦,是说不出的苦啊!十七八年的心血,捧在手里怕摔了,含在嘴里怕化了,娇着惯着,就这么着……人心都是肉长的,将心比心,不管换了谁,都受不了!好好照顾他,哪怕就陪他坐着。"

客厅里,夏方舟依然呆呆地坐着。

天还不亮,张建诚带着七八位西工大的老同学敲响了房门。夏方舟和林同斌到了金江,秦晓丹一直没接到电话,实在放心不下,昨天晚上给张建诚电话。张建诚放下电话,把西工大的老同学们找到一起,商量来商量去,终于想出一个办法。进了门来,什么都不说,扶起身体已经僵硬的夏方舟,叫上林同斌,把他搀扶到戚光复和陆汀兰合葬的墓前。

张建诚站在墓前,含着泪说:"光复,汀兰,我们和方舟来看你们了!方舟有话对你们说!"

发了两天呆的夏方舟终于泪水涌了上来,说:"光复,汀兰,对不起!你们的女儿长大了,不认我这个爸爸了,对不起!好在,她长大了,我和晓丹,把她还给你们了!"

张建诚说:"方舟,你和晓丹,还有过去佳丽在的那几年,这些年里你们怎么抚养芳薇的,我们这些留在金江的老同学,都看在眼里。我们相信光复和汀兰在天有知,他们比我们大家的心更疼。"

夏方舟泪如雨下。

夏方舟哭出来了,同学们稍稍放了心。接下来,一刻也不停留,同学们把夏方舟和林同斌拉到火车站,张建诚一直把夏方舟和林同斌送到成都机场,送他们上了飞机。这也是大家商量好的,夏方舟只有回到上海,回到秦晓丹身边,回到东海钢铁工地,才能恢复过来。

秦晓丹自己开车到虹桥机场,把夏方舟和林同斌带回家。

回到家,夏方舟躺在床上,身心憔悴地说:"晓丹,我把芳薇还给了光复和汀兰,我是不是做错了?"秦晓丹坐在床沿握着他的手说:"方舟,别去想那些了。你累了,太累了,好好睡一觉。"

夏方舟睡着了。

守在客厅的林同斌看到秦晓丹从楼上下来,起身问道:"舅舅睡了?"秦晓丹点点头,过来坐到沙发上。林同斌心里难受地说:"四天四夜,他都没有合眼。"

秦晓丹泪水流下来,说:"别说你舅舅,我也受不了。芳薇不是孩子了,纵然你舅舅有一百个错,她也不该说出那么绝情的话。这么多年,你舅舅为了芳薇,什么都能舍得。"

林同斌说:"舅妈,前年,你和舅舅把我妈接到这边住了那些日子,我妈临走之前,把你和舅舅为什么不要孩子,都告诉我了。这次过去,我把这些都对戚……对薇姐说了。"

秦晓丹擦着泪水嘱咐:"你舅舅明天就会去工地,他心里难受的时候,只有工作能缓解他的痛苦。接下来的这段时间,只要你舅舅去工地,一定要跟在他身边,时时刻刻。"

林同斌说:"舅妈,你放心!"

275

梁朝丽到江汉探亲。季成钢单独住一间条件简陋的宿舍,用两张单人床临时拼成一张大床。梁朝丽差不多是半光着身子,上上下下地忙活着收拾铺床,对坐在简易沙发上纹丝不动的季成钢抱怨:"成钢,光在那里坐着看着,过来伸伸手帮我收拾收拾,人家来的头一晚上!"

季成钢依然不动,似自言自语:"陈天海和戚芳薇结婚了。"梁朝丽说:"哟!忘了告诉你了,这事在金江闹得沸沸扬扬。你这消息够快的,我从家里出来头一天刚办的喜事。"季成钢风轻云淡地说:"消息快不快,不就一个电话的事?夏方舟回去了,陈国民没和他见面。"

梁朝丽坐到床头说:"成钢,你那个师傅事做得实在是有些过了,娶人家的闺女,别说和人家商量,面都不见就把婚事办了,哪有这样的!我爸看不下去,上门说他,没用。我爸也不和他生气,没给他脸面,不喝他的喜酒。"

季成钢沿着自己的思路说:"陈天海想留在江汉,这我倒没想到。"梁朝丽听得发蒙。季成钢淡淡地笑了笑说:"戚芳薇分配到江汉,除非夏方舟和秦晓丹亲自出面,戚芳薇要调动工作想都别想。一场婚事闹得戚芳薇和夏方舟、秦晓丹断绝了关系,陈天海目的达到了。没看出来,陈天海这孩子,心计够深的!我原来以为,陈天海会坚决回金江,没有想到他把目的隐藏得够深,为了达到目的,这种手段他都使得出来,够得上无耻无赖。他们这批中专生,他是头儿!他这么一闹,好办多了!"

梁朝丽又听蒙了。季成钢面无表情地说:"后生可畏!陈天海精准地击中了夏方舟的软肋和短板。收拾床,睡觉!"

陈天海回来的当天,季成钢得到消息,来到施工的车间外,让人把陈天海叫出来。季成钢不形于色地说:"天海,你的工作调整一下,去施工科干副科长。"陈天海愣了,没想到竟是这样,一时猜不透,不知道该说什么。

陈天海想了想,试探地说:"季总,我还没拿到大学文凭。"季成钢平静地说:"文凭不重要,能力重要。我记得你们这批定向生马上考试了,没信心?"陈天海相信了这不是陷阱,兴奋地说:"有信心!"

季成钢略点头说:"到施工科报到。好好干!给你爸争口气。"陈天海申明:"我为我自己争气。"

季成钢笑了笑，好像忽然想起来，又转回身说："天海，你结婚这事我事先不知道，你回来同志们对我说了才多少了解了一点。"陈天海语迟："嗯……处理得比较匆忙。"

季成钢不深问，充满关切地说："天海，你和芳薇都在江汉，她刚刚参加工作，单位不可能给她分房子。我让办公室从我们宿舍给你们调剂了一间，条件简陋了些，总归是有个私人空间，等以后条件好了再给你调整。"

陈天海感动地说："谢谢季总！"季成钢点点头说："你先到施工科报到，然后去办公室，让他们带你去看看房子。"

事情的进展，比季成钢预料的还要快。不到三个月，他一个电话又把梁朝丽叫到江汉，更难得地亲自开车到火车站，把梁朝丽接到他刚刚分到的三室一厅的宿舍。新宿舍宽大敞亮，不但桌椅板凳、双人床单人床这一类常用的家具配置齐全，还有当下最流行的一个两米高带穿衣镜的大衣橱。

季成钢笑了笑问："房子还行吗？"梁朝丽连声说着："太行了！太好了！二十多年了，终于回到了出生的地方，还有这么好的房子……真想大哭一场。"

季成钢坐到椅子上说："你抓紧回去。回去以后，把风放出去，怎么高兴怎么说，动静越大越好。"梁朝丽狐疑地问："你不是不让我说吗？到现在我都没敢告诉我爸。"季成钢说："文件和调令下来了，很快宣布。"

梁朝丽忽然有些莫名的紧张，蹲在他的身边仰脸看着他说："成钢，他们提拔你了吧？"季成钢平平淡淡地说："算不上。江汉冶建常务副总兼总工。"梁朝丽高兴得跳起来，抱住季成钢的脖子一通乱亲。

季成钢说："回去就做好搬家的准备。再说一遍，回去就把风给我放出去，把动静给我煽起来！"

梁朝丽住了两天就赶了回去，逢人便说，说得天花乱坠。仅半天的时间，整个109冶都轰动了。

这么大的动静，陈国民想不听都不行。下了班吃完饭，在家里待不住，上了梁钱广的门。梁钱广泡一壶茶，笑眯眯地看着他说："国民，这事别人说得着，你说不着。"

陈国民不给笑脸地说："我怎么就说不着？他是你女婿不假，还是我徒弟呢！夏方舟和你那半拉子徒弟程时风，带着109冶的队伍到东海另立山头，好歹是部里定的。季成钢怎么回事，头几天还是109冶的，工程刚完工，成了江汉冶建的副总了，还常务！"

梁钱广开心地说："这也是部里的决定。要不然，他想去可去得了？"

陈国民愤愤地说："梁师傅，别看我和夏方舟不对付，到现在我也没认他这亲家！说句到家的话，你这女婿比夏方舟差远了，不说别的，秦晓丹的组织关系还在咱们这里呢！季成钢他从来到金江那天起，口号喊得震天响，一辈子扎根大三线。扎根，扎根，他一头扎江汉去了。你说，梁师傅，我怎么就说不着？"

梁钱广笑着说："国民，喝口茶，消消气。当初，你和夏总带队去江汉干1700，要不是川南二期上马，你和你的施工队，早就满心欢喜地留在江汉了，没错吧？"

陈国民被噎得直撇嘴，找不着话。梁钱广又说："这一回，你儿子天海不也留在江汉了，都当上副科长了。"陈国民找了半天才找着话："那个没出息的东西！副科长也是瞎混！"

梁钱广笑眯眯地说："喝茶。"陈国民把茶一饮而尽，说："梁师傅，咱不能弄点解渴的？我心里堵得慌！"

276

风尘仆仆的秦晓丹刚进门，张建诚顾不上别的，说："晓丹，急急忙忙地打电话把你请回来，实在是没有办法了，整个109冶上上下下已经炸了锅了，焦头烂额！"秦晓丹说："建诚，季成钢带走的队伍很可能回不来，方舟和程总他们很早就预见到了，你也有思想准备吧？"

张建诚火气又冒了上来，说："全国一盘棋，理解，充分理解！109冶作为冶建行业的王牌队伍，憋在大山里没有工程可干，时间长了队伍就荒废了！道理谁都可以讲，可事情不能这么办呀！说的是过去干项目，项目完工，上边一个文件发下来，队伍成了他们的，我们怎么办？大本营还有三万多人，这些年我们一直为国家主动分忧！"

秦晓丹说："接到你的电话，我和大帅商量这事怎么办，他也很悲观，部里的决定，我们扛不住。"张建诚心急如焚地说："那我们109冶怎么办！东海、江汉两大工程，109冶的精兵强将全被上面抽走了，中国的大钢铁时代来临了，没有队伍，谁会给我们项目？"

这个时候，夏方舟和程时风也在商量怎么应对。夏方舟说："回头看过去，程总，你当初给建诚说，陈国民不能去江汉，他的作业队绝对不能放，堪称远见卓识！陈国民他们技术上确实落后了，他们四大金刚，陈国民手下的那些老工长，身上有一种大工匠精神，精神是可以传承的，只要这个精神在，工人队伍垮不了。"

程时风说："夏总，你和秦总都忽略了一件事。季成钢绝对和江汉方面有默契。"夏方舟说："我意料到了。"

程时风摇摇头说："我们给109冶培训了将近500名技校生，他们接触到了最先进的冶建工程，回去就是青年工人技术骨干。有了骨干工人，青年技术干部从哪儿来？季成钢带走将近两百中专生，打的旗号是给109冶培养人才，实际上是他给江汉的投名状！"

夏方舟醒悟过来，说："程总，这是要害！我马上给建诚打电话，这时候他应该和晓丹在一起。"

程时风说："夏总，这个电话我来打。"

张建诚接到程时风打来的电话，按下免提。这个电话打了不少时候，他们通话的时候，秦晓丹一边听一边思考。

秦晓丹问他："建诚，我们这批学生现在怎么样，你了解吗？"张建诚收拾心情说："说起来呀，晓丹，还得感谢你和大帅。自从有了陈天海他们那批定向生以后，学生们都看到了方向，目前他们很多人都在读函授，我们也做了一些工作……晓丹，季成钢带走的这两百学生我们一定得要回来！大学生不往我们这边分，这批学生是在大帅的项目上成长起来的，陈天海他们这批定向生，全都拿到了文凭，是我们自己培养的大学生，是我们的宝贝！"

秦晓丹拿定主意说："我去一趟。"张建诚说："我和你一起去。"秦晓丹说："你别去。你是老总，你去了弄不好两家关系就搞僵了。"张建诚说："我去了谁也不找，就找季成钢！"

电话铃又响起来。张建诚还以为是程时风打过来的，接起电话却是赵殿楚打过来的。赵殿楚本来要和他谈别的事，得知秦晓丹回来了，就在他身边，改了主意。张建诚挂了电话，对秦晓丹说："赵书记知道你回来，让你去他那一趟。具体没说什么事。"

秦晓丹说："好，我马上过去。建诚，马上给我和同斌定今天的卧铺票。"

赵殿楚和秦晓丹谈过的第二天，把陈国民叫到他的办公室说："晓丹从东海急急忙忙地赶回来，一天都没休息，接着去江汉，这事你知道吧，国民。"陈国民说："老领导，我又不聋不瞎，这么大的事，我能不知道吗！"赵殿楚让他说说自己的看法。

陈国民没好气地说："我的看法！我的看法管用吗？我的看法要是管用，我们现在是深圳的大公司！我的看法要是管用，川南二期就不能下马，四号高炉就不能在那里风吹日晒变成一堆废铜烂铁！"

赵殿楚笑了笑，话题一转："你儿子在江汉。听说在那边干得不错！他有没有和你说过，还想回来吗？"

陈国民越发没了好脸说："老领导，我的儿子那个没出息的东西，我都不搭理他，109冶谁不知道？他想不想回来，我上哪儿知道去！"

赵殿楚还是笑了笑说："头一阵子，你儿子和方舟女儿的婚事闹得沸沸扬扬，这种事情我不好说什么，也不好说谁对谁错……你借着这个事，到处说夏方舟瞧不起你，怎么瞧不起你了？"

陈国民强词夺理地说："怎么瞧不起我？他就是瞧不起我！嫌我儿子没文凭，跟他门不当户不对，不就是嫌我儿子他爹是个工人吗？不是瞧不起我是什么？"

赵殿楚说："晓丹去江汉是从我这儿走的，专门给我说了一件事，对109冶面临的困难，方舟说你们四大金刚，还有你的那些老工长，身上有一种大工匠精神，只要这种精神传承下去，109冶的工人队伍就垮不了。陈国民，方舟同志有个很大的优点，不把个人恩怨带到工作中，不因为个人感情影响对同志的评价。就凭这一点，你差得远！"

陈国民叫板："领导，你到底想让我干什么，让我找夏方舟赔礼道歉？不是我对老领导不恭敬，要说道歉，也是他先来找我道歉，让我找他，没门儿！"

赵殿楚态度缓和下来，劝道："国民，方舟的态度我给你说了，他对109冶的工人队伍放心，晓丹去江汉干什么，你说了，你知道，争取把咱们的两百学生要回来。你能不能配合一下晓丹的工作？听建诚说，天海在他们这批学生中很有号召力，天海听你的，你给他做做工作，让他主动写报告，要求回109冶。"

陈国民说："我那个没出息的儿子，他回来能干什么？"赵殿楚说："做个榜样。"陈国民一声冷笑，说："领导，我儿子什么东西我知道，还榜样！江汉钢铁怎么做的，我经历过，季成钢绝对和那边事先勾结。要榜样，季成钢！你亲手树起来的好榜样！季成钢只要回来，两百学生肯定要得回来，我儿子也跑不了！季成钢他回来吗？"

赵殿楚被陈国民问得无言可对。

第六十二章

277

秦晓丹到江汉，首先拜见王总。一番接触下来，对方滴水不漏。秦晓丹在招待所的大套间客房住下，让林同斌先把陈天海找来。林同斌陪陈天海回来，自己去了里面的房间。

陈天海听秦晓丹说了没几句，话虽留有余地态度却很明确地说："目前我还不想回去。"秦晓丹问："因为芳薇在这边？"陈天海说："是一部分原因。"

秦晓丹点了点头。陈天海分辩说："我暂时不想回去不是因为只想过个人生活！109冶不需要我。"秦晓丹说："总部当初派你们过来，是为109冶培养未来。这一点你清楚。"

陈天海自问自答："我回去能干什么？109冶目前和冶建有关的只有川南的维检，技术陈旧落后，我爸他们干起来得心应手。在这边，我干的是仅次于东海钢铁的项目，大钢铁时代到来了，我不想被时代落下。"

秦晓丹换一个角度说："1968年，大帅也是在江汉，那时候，江汉钢铁的技术水平处在国家钢铁工业的前沿。他有句话传得很广，他要成为中国最好的钢铁冶建工程师，像詹天佑之于中国铁路，茅以升之于中国桥梁。后来，他还是去了金江。"

陈天海不为之所动，秦晓丹觉得再这么谈下去没有意义。

送走陈天海，秦晓丹让林同斌找来季成钢。

一见面，季成钢便激动地说："金江，109冶，有很多人在诋毁我，无所谓，我习惯了。扎根大三线，我们很多人都喊过这个口号。当年喊出的口号，我是真诚的，我相信秦总也是真诚的。我调离金江，成了虚伪的骗子，夏总调到东海，成了人人称颂的大帅。这公平吗？"

秦晓丹气定神闲却带出俯视的姿态说："季总，你调任江汉冶建，大帅认为部里的安排是合适的。我来找你，不是谈你的工作，而是为了那两百学生。"

季成钢腹稿打得烂熟，说："我把这批学生调过来，是为109冶培养下一代青年骨干，他们来了以后，我为他们安排了岗位，并且配合张建诚让他们很多人上了函授大学。我希望有一天我能带他们回去，为109冶重塑辉煌。部里决定，以我带的队伍为班底组建江汉冶建，这批学生也被留下了。这是我没想到的。从 109 冶的角度，我好心办了坏事。尽管如此，我仍然问心无愧！"

秦晓丹看着他说："我听到一些不同的说法。开始我就告诉你了，我和王总见过面了。"季成钢失控地说："为自己开脱几乎是每个人的人性之恶！"秦晓丹微笑着说："此情此景，挺贴切。"

季成钢重新控制住自己的情绪，说："我提一个问题，把这两百学生送回 109 冶，他们能干什么，有他们的岗位吗？我把他们留在江汉，是在为我们国家的冶建行业培养有用之才，让他们在适合的岗位上做出贡献，实现梦想，而不是为了某种固化的执念把他们送回大山，荒废他们的专业知识，浪费他们的青春！顽固地躲避在大山里的 109 冶没有机会了，我不能让一批有才华的年轻人为一个没有任何前途的企业陪葬，我没这个权利！"

秦晓丹声音不高、目光犀利地说："听懂了。"

季成钢忽然意识到自己说了什么，旋即反击说："东海有将近五百名 109 冶的技校学生，经过培训，他们已经是优秀的冶建工人，你会让他们在没有任何技术含量的工地上浪费才华吗？"

秦晓丹说："用崇高的语言掩饰内心真实的想法，你擅长此道。"季成钢怒吼："我提出问题！"秦晓丹说："我听到的不是问题，是谎言者对自己进行的辩护。"

季成钢的态度突然间软了下来，说："晓丹，我们之间……"秦晓丹果断地打断他："季总！"季成钢下意识地看了一眼卧房的门口。林同斌同他过来，就去了里面。季成钢调整情绪说："我们……我们之间存在着太多的误解，这其中很大一部分是我造成的，我希望我们有机会单独谈一谈。"

秦晓丹拒绝。秦晓丹结束谈话："这里，曾经是大帅年轻时代的梦想所在。季总，也希望你在这里实现梦想。"

季成钢犹如当年那般几乎喊起来："我没有个人梦想！"

秦晓丹起身送客，季成钢不得已站起，几番挣扎，终归欲说还休，只一句："告辞！"

赵殿楚和张建诚相对无言，好一阵子才想起来把张建诚叫过来要问什么，说："晓丹和江汉钢铁的王总谈得怎么样？"张建诚说："王总接待热情，说话客气，答应只要部里下文，他那边一定放人。"赵殿楚不快地说："官场上的话谁都会说。"

张建诚无言。赵殿楚再也忍不住了，说："大三线建设时期，我们从二号信箱到 109 冶，艰苦创业，无私奉献，团结协作，勇于创新，在那么艰苦的情况下，从无到有，建起了川南钢铁，建起了金江，创造了足以彪炳青史的英雄业绩！改革开放新时期，全国水平最高、规模最大的两个钢铁项目，又是我们的队伍顶上去干出来的！钢铁之师，丰功伟业啊！"张建诚内心澎湃，无言。

赵殿楚动了感情说："建诚啊，有些事情不是我们能决定的，能走的同志，放他们走吧，到哪里都是为国家做贡献。"

张建诚说："我不认这个账，不服这口气，西部铁军不能垮在我的手上！"

278

东海钢铁二期工程全面通过验收，顺利交付。

秦晓丹和夏方舟并肩站在一起，远远地看着那些巨大宏伟的钢铁建筑，秦晓丹说："方舟，我喜欢这些宏伟的大家伙，不只是因为我们亲手建造了它们，更因为它们拥有一种暴力美学的特别韵味，像充满了阳刚之气的男人，像你，大帅。"

夏方舟说："川南二期要上马了。"秦晓丹惊喜地问："霍部长告诉你的？"夏方舟说："学长邵睿信给我打的电话。"秦晓丹问："学长现在不是山城设计院的院长吗？"夏方舟说："他们出总图。设计领先国内普遍水平差不多二十年。是一个重大突破。"秦晓丹急切地问："用哪支队伍？"夏方舟说："学长也是这么问我。我说我们干得了，队伍去不了，东海三期很快就会上马。"

沉浸在惊喜中的秦晓丹这才看出夏方舟的心事，问："109冶还有机会吗？"夏方舟微微摇头说："这么高水平的工程，部里不会交给109冶。"秦晓丹问："你告诉建诚了？"夏方舟沉沉一叹："没有。这对他们不是好消息。"

回到家里，秦晓丹在大沙发上靠在夏方舟身边，看着思绪远去的丈夫，微笑着叫一声："大帅。"夏方舟沉浸在自己的思绪里说："我喜欢上海这座城市，有着蓝色基因的东方大都会。其视野、观念、接受新生事物的能力，领先大西南很多年。"

秦晓丹等了片刻。夏方舟说："对于大三线……老三线，不再像当初那种责任感、使命感，越来越像一种乡愁，愈久愈浓。"秦晓丹不再等，微笑着说："我替你说吧，你想去主持川南二期。"

夏方舟笑不出来，说："知我者晓…………"秦晓丹用手指轻轻地按住了他的嘴唇说："知我者谓我心忧，不知我者谓我何求。部里不会同意你回109冶，你老师也不会同意。我没猜错的话，东海三期你都干不了，肯定会另有安排。"这正是夏方舟笑不出来的缘故，他不想离开工地。

秦晓丹说："方舟，我是109冶的总工艺师，你帮我争取机会，我替你了却乡愁。"夏方舟把秦晓丹揽在怀里说："我不会再让你离开我。"秦晓丹靠在夏方舟怀里说："我也不想。"

戚芳薇和陈天海坐在花园绿荫下的休息椅子上。看着心不在焉的丈夫，戚芳薇说："自从和……谈话以后，好些日子了你一直心绪不宁。"自从与夏方舟彻底翻脸之后，她尽量避免提及夏方舟和秦晓丹。

陈天海看着她说："芳薇，我想回去。"戚芳薇预料到了，说："天海，你想过吗，回去能干什么？"陈天海老实说："想过，想不出来，不知道。"戚芳薇追问："那你还要回去？你要成为最好的工程师！"

陈天海还不能完全理清思路，说："我说不太清楚。就比如，江汉是我出生的地方，可是我觉得金江才是我的故乡，那里才是我的家，我的城市。回去，也许我再也成不了大帅那样的工程师。不过，和109冶共渡难关，我心里会安定很多。"

戚芳薇退一步问："你回得去吗？"陈天海告诉她："不只是我想回去。自从秦总来过，我们这批学生很多都想回去，我们本来就是109冶的培训生。我想给109冶和这边，写请调报告。"戚芳薇声音有点发颤地问："你都想好了？"

陈天海看着她，良久，点点头。戚芳薇泪水渐渐涌了上来，说："我说过，你在哪我到哪，原来，这不难办到。可是……我和……和他们断绝了关系，秦……秦总这次来，其实我想让她来见我，她没见我。调动的事他们不会帮我，我走不了。"陈天海心疼："芳薇，我放不下的就是你。"

戚芳薇擦去泪水说："海子，干你想干的事！"

第二天，陈天海把请调报告交到季成钢手上。季成钢飞快地看了一眼，打量着站在面前的陈天海说："秦总做了你的思想工作。"陈天海说："一部分原因。"

季成钢想了一下说："问你个私人问题，想说就说，不想说就不说。听设计院那边的同志讲，芳薇和秦总、夏总的关系……秦总过来，没有见芳薇。你知道我在说什么。"陈天海点点头。

季成钢话入正题："天海，你在这边，我不能说你前途无量，那要看你的努力。回金江，且不说你是不是自毁前程，有你的岗位吗？109冶的总经理是张建诚，这没错，夏总在109冶的影响力人所共知，重大问题，张总都要征求夏总的意见。你明白我的意思吗？"

陈天海说："明白。"季成钢说："这份请调报告先放到我这儿，你回去再想一想。"陈天海说："季总，这份报告我已经寄给了109冶总部。"

季成钢观察对方说："天海，你是不是听到什么风声了？"陈天海不明白地说："风声，什么风声？"季成钢说："不管你听到什么风声，109冶没有机会。"陈天海愈发不明白地说："季总，我听不懂。"

季成钢不相信他。季成钢说："川南二期要上马了。"陈天海呆呆地想了好一会儿，不敢相信这是真的。季成钢淡淡一笑说："109冶没有机会。"

279

夏方舟和秦晓丹在露台喝着咖啡。夏方舟问："他毕业考试成绩怎么样？"秦晓丹赞不绝口："他们那批学生，别人都是脱产学习，考试成绩，天海最好。"夏方舟自省："看来，我对天海的成见太深了。他这个时候回109冶，不容易。对他们那批学生，有很好的示范作用。"

秦晓丹搅动着咖啡说："大帅，帮个忙，给王总打个电话，你开了口，他肯定给面子。"夏方舟没商量的余地说："不行，这电话我不能打。"秦晓丹央求："方舟，上次我过去，王总问我芳薇的婚事，我给他说了。这种事瞒也瞒不住，你的地位在那儿呢。"

夏方舟提醒她："晓丹，我打这个电话，别人会觉得我在报复芳薇。"秦晓丹说：

"这我倒没想到。大帅，天海的事情你不要管了，我来办。"放下这件事，秦晓丹还有事，笑着说："大帅，求你件事，你陪我去部里一趟，怎么样？"夏方舟没猜透。

秦晓丹笑着说："想来想去，只有大帅带我去部里，才有希望争取到项目。"夏方舟明白了她的意思，不想答应，说："晓丹，你去了我怎么办？部里不会同意我去109冶，你说的。"秦晓丹继续娇声求他："大帅啊！这个项目我们盼了很多年了，我第一次从铁道兵部队回金江，就是想和你一起干川南二期，方舟，你肯定会支持我！对吧？完成这个工程，是我们共同的愿望。"

夏方舟抵抗不住地说："我们一起去？"秦晓丹顿时笑逐颜开。

赵殿楚高兴得坐不住，在办公室里走来走去说："建诚啊，这可真是天大的好消息啊！好消息就像好酒，得慢慢地品。先说小的，再说大的。别看陈国民嘴上不时地乱说话，有时候够得上胡说八道，办起事来还是靠得住。上次我让他做做儿子的工作，天海的请调报告就打过来了！"

张建诚说："赵书记，陈天海请调回来和陈国民没有关系。开始我也以为是陈国民做了工作，没想到他把儿子骂了一顿。"

赵殿楚稍忤，转了话题说："你给晓丹打电话，晓丹什么意见？"张建诚说："尽快协调，调回来重用。"赵殿楚这才注意到对方的情绪不对，说："建诚啊，这么大的喜事，我看你怎么高兴不起来呢？"

张建诚叹了口气说："川南二期上马，我也提前听到了消息。本来想问一下夏总，他没给我来电话，我就感觉不太好，也不好问。今天借着天海的事给晓丹打电话问起来，晓丹说这对川南钢铁是好消息，对金江是大喜事，对我们109冶不是好消息。夏总判断，这么高水平的工程，部里不会交给109冶，技术壁垒挡在前面，我们干不了。"

赵殿楚犹如被当头泼了一盆冷水，好一阵回不过劲。赵殿楚思考片刻说："以方舟如今在冶建这一行的地位，他的判断，很可能就是部里的态度。部里有态度，我们更要有态度，只要有一点希望，我们就要努力争取。技术壁垒……晓丹的组织关系为什么留在109冶，这是她和方舟给部里提出来的，我相信他们想到了这一天。"

张建诚不断点头说："方舟说过多次，川南二期一定会上马。"赵殿楚头绪理得越来越清晰，说："方舟肯定来不了，只要晓丹回来，有方舟在后面支持，还有什么技术壁垒！建诚，晓丹的位置要重新安排。"张建诚快速思考说："副总兼总工……常务副总！"

赵殿楚大为赞同："好！建诚啊，晓丹的工作安排，你们给部里准备个文，先不要交上去。这事我再多方面核实一下，再给霍部长联系联系，到时候我陪你去部里。"

季成钢得知王总决定放陈天海走，立刻赶到他的办公室说："王总，我们不能放陈天海回去，不是他有多么重要，而是这对其他学生会有示范效应。"

王总说："上次秦总过来，要那两百学生，我说她拿到了部里的文，我给。这次秦总给我电话，就要一个陈天海，这个面子我不能不给。不管陈国民那边什么态度，陈天海是大帅和秦总的女婿啊！"

季成钢说："王总，109 冶我们不能不防啊，他们肯定也在打川南二期的主意！"王总说："季总，我知道你想干川南二期，当然了，我也想拿过来。国内能干得了这个项目的队伍没几支。首屈一指的当然是大帅的东海冶建，他们又去不了。"

季成钢志在必得地说："那就是我们的！"王总笑了，说："掰着指头算算，能让部里放心的队伍，也就我们了！我们的队伍规模小了点，小归小，精兵强将！东海冶建去不了，核心工程除了我们，还有谁能拿下来？109 冶忙也是白忙，顶多也就是给我们打个下手。我们吃肉，他们喝点汤。"

季成钢振奋地说："扬眉吐气！"

王总有些别有意味地笑了。

280

上面为如何拿下川南二期绞尽脑汁，下面疯传的消息则是非我莫属，整个 109 冶振奋的情绪几乎到了燃爆点。茶馆里，陈国民说了一句："我们四大金刚终于等到了这一天！"众金刚开怀大笑。

陈国民扬眉吐气地说："这话我说了多少年了，川南钢铁不上二期，就是个半拉子！全国的钢铁企业都在笑话川南，钢坯公司，算什么钢铁联合企业！四号高炉风吹日晒，眼看着就成了一堆废铜烂铁。我说着了吧，二期上了！国家英明！"

陈国民忽然变了脸色说："该谦虚的时候咱也得谦虚谦虚。世界先进水平，有些活咱们可能是落后了点，还真有可能干不了。"各位金刚面面相觑。

陈国民瞧着他们说："吓住了？老哥儿几个，咱干了一辈子冶建了，二期先上什么，肯定是四号高炉！别的活咱们可能得边干边学，一个高炉都干不了，那还叫四大金刚吗！自己吓唬自己！我们上不去，谁上？你们说。"

有的猜："东海冶建？"陈国民一本正经地说："没错！技术水平关键是设备，东海冶建全国第一，他们来得了吗？来不了，那边还要上三期呢！除了他们，还有谁？"

有的说："你那个徒弟季成钢那边，这么肥的肉，他不流口水？"陈国民极轻蔑地说："我那个徒弟！老账不算，偷走了咱们两百多学生，这账上上下下都给他记着呢！肉肥了他流口水，凭他？上回他干的项目，要不是人家秦晓丹……秦总！要不是人家秦总过去，他根本收不了场！有个话本来不想说，还是说了！夏方舟说，咱们四大金刚，身上有股子大工匠精神！"

金刚们相互看看，问："夏总说的？"

陈国民上了认真劲说："那还有假？赵书记亲口对我说的。夏方舟说，只要把这股子大工匠精神传承下去，咱们 109 冶的工人队伍还是国内一流！"

众金刚振奋，纷纷议论。

陈国民打住说："大工匠精神，不是谁说出来的，是咱们干出来的……咱们嘴边上的肥肉，季成钢流口水，吃肉轮不到他！再说了，金江什么地方？是咱们的地盘！"金刚们开心地笑了起来。

陈国民站起来说:"换场子!今天,喝个痛快!"

陈天海、戚芳薇、付向东和程辛瑞四个人坐在金沙江边。付向东笑着说:"天海,我们去西安的同学刚毕业,你带着副科长的头衔从江汉杀了回来,工作、学习、升官、结婚样样通吃,人生赢家啊!"陈天海揭他的短,问道:"向东,你不说不回来吗,怎么又回来了?"

付向东说:"天海,咱是发小。遥远的1968年,一辆车拉着咱们俩家人,从江汉来到了金江。"陈天海以为他对金江还是有感情。付向东不以为然地说:"感情归感情,我回来可不是为了感情。"

程辛瑞不给他卖关子的机会,说:"川南二期!"付向东赶紧把话接上:"听说是世界水平!学了这几年,赶上了这么好的机会,以后就算是像本奇大哥那样杀出去,也得有点真才实学的底子!"

陈天海告诉他们:"我听到了一些消息,川南二期,我们109冶很可能上不去。江汉冶建磨刀霍霍,季总志在必得。论实力,他们比我们强得不是一点半点。"付向东泄气地说:"川南二期我们要是上不去,留在金江真没什么必要了。"

戚芳薇问:"向东,你还想走啊?"付向东说:"我走不走是以后的事,起码等消息落实了再说。芳薇,这话你好像说不着我吧!你不是已经走了,这次陪天海回来住不了几天吧!"戚芳薇有些黯然。

陈天海为妻子解围,忙说:"辛瑞,你去上海看你爸爸,见到夏总和秦总了?"程辛瑞得意地说:"肯定见到了。"陈天海问:"他们还好吗?"

程辛瑞来了精神说:"夏叔叔,大帅,威风八面,那气场,走路都带着风!晓丹阿姨,指挥那么大的工程,气定神闲,大将风度,太让人崇拜了!我们109冶缺少的是年轻的工程师,好不容易分来几个大学生,看了一眼就走。他们走了正是我们的机会,以川南二期为起点,我一定要成为晓丹阿姨那样的女总工!"

<h1 style="text-align:center">281</h1>

夏方舟和秦晓丹到了部里,一如既往,首先拜见老师。霍茂森笑眯眯地看着他们说:"怎么,在东海干了四年,还留不住心?晓丹,别老替方舟想,上海可是你的老家啊!"秦晓丹微笑着说:"择一人白头,择一城终老。"霍茂森笑着点头说:"咱们的总工里边,晓丹的文学修养是最好的。"

霍茂森话题一转:"晓丹,东海还有三期,很多人想干呢!"秦晓丹微笑着说:"有那么多人选,正好我和方舟可以离开了。"霍茂森笑着说:"看来是商量好了来的。"

秦晓丹惊喜地说:"部长答应了?部长,方舟不在乎职务。"霍茂森较真地说:"他不在乎我在乎,部里在乎。"秦晓丹退一步说:"部长,方舟去不了,给我一次机会行吗?"

霍茂森说:"不打哑谜了!晓丹,川南二期诸事,部里正在研究,你要求去109冶,可以。方舟不能去，他的工作另有安排。晓丹，方舟去不了109冶，你还坚持要回去吗？组织上会充分尊重你的意见。"

秦晓丹看看夏方舟，坚定地说："我去！"霍茂森严肃地说："军中无戏言。方舟准备好回去交接工作，时风同志接任你的职务，马上会宣布。晓丹的工作也要做好交接。"夏方舟说："老师，到底安排我干什么？透露一点。"霍茂森说："方舟，你不光是我的学生，你是党员。能说的都说了。"

秦晓丹提出她关心的问题："部长，川南二期交给109冶了？"霍茂森笑了笑说："晓丹，这个可以说，川南二期上哪支队伍，我说了不算，部里也打算把权力交出去。"秦晓丹不解地问："交出去，交给谁？"

霍茂森说："市场。"

回到上海，夏方舟和程时风订了家川菜馆的雅座，慢慢地喝着小酒，把这一趟北京之行说了一遍。

程时风琢磨着，说："川南二期水平高，难度大，109冶干不了，部里没必要把秦总调回去，以109冶现在的能力，就算是秦总过去，能干得了？我估计，部里可能有别的打算。当年大三线，建设川南钢铁从全国抽调精兵强将，除了我们的工人干部，还有三支部队，为了统一指挥，成立了二号信箱，内部正式称呼是冶金建设指挥部。川南钢铁早期也在二号信箱下面挂牌。"夏方舟还是不太明晰。

程时风说："大帅，我是这么琢磨的，建设队伍从各单位抽调一批，比方我们东海冶建去一部分，江汉那边也去一部分，再加上109冶，联合作战。"

夏方舟稍加考虑说："不可能。大三线建设是会战模式，这次是交给市场。"

程时风说："市场也得要有统一指挥啊！甲方乙方各路诸侯，听谁的？还有个因素，你和秦总经历了那么多风风雨雨，芳薇又是……不说孩子的事。大帅，你的情况，部领导都清楚，霍部长又是你的老师，他们能忍心让你和秦总两地分居？"夏方舟听了进去，觉得也有可能。

不知不觉，两人都有了一点酒意。

程时风说："组织上这次安排，看来是要我在上海退休了。我就辛瑞这一个宝贝女儿，她说什么也不来上海，立志要成为秦总那样的女总工。大帅，我女儿就托付给你了。"

夏方舟稍有犹豫地说："我能不能回去……晓丹是肯定回去了，程总，你放心！"程时风断定地说："大帅，部里一定有安排，你回去就是当年赵总的位置。但凡有需要我和东海冶建的，你和秦总一句话，必办！"

夏方舟端起酒杯说："程总，借你的吉言！来，干一杯！"

在家里的露台上，林同斌抱怨："舅妈，你调回109冶，怎么到现在才告诉我？"秦晓丹给他解释："当时能不能回去，我也没把握。"林同斌说："现在确定了，舅妈，把我也调回去吧！"

　　秦晓丹告诉他:"同斌,能调到上海工作,是很多年轻人梦寐以求的。东海二期完工了,以后还会上三期。你同事都在这边,工作环境很好,程总会接任你舅舅。我和你舅舅商量,把你留在上海,更有利于你的成长。"

　　林同斌强烈要求:"舅妈,我跟你回去。"秦晓丹说:"109冶那边的情况你也清楚,和这边没法比。"林同斌说:"比起你和舅舅到大三线的时候,好得太多了!"秦晓丹欣慰地问:"真的要跟我回去?"林同斌说:"坚决跟舅妈回去!"

　　秦晓丹微微笑着,忽然一叹:"不知道组织上对你舅舅的工作是怎么安排的,舅妈有点担心。"

第六十三章

282

霍茂森的车到市委时，赵殿楚已经等在楼下，见了面热情地握住他的手说："茂森同志，盼了这么多年，总算把你这个大财神爷给盼来了！"霍茂森笑着说："殿楚同志，这次我可不是来当财神爷的。"赵殿楚说："不当财神爷当什么，催命判官？"

赵殿楚把霍茂森接到办公室，寒暄过后，赵殿楚迫不及待地步入正题。霍茂森先对他说了对夏方舟的工作调整。赵殿楚听罢，直言不讳："茂森同志，部里这么用干部，我觉得，若是其他的党务行政干部，工作需要，该调整就调整，党员干部头一条就是服从组织安排。方舟的情况不一样啊，他还是技术权威啊！这么大的调整，事先不打招呼，不征求一下个人意见，我觉得，是不是有点不太妥当？"

霍茂森说："部里是想和他谈谈，听听他的想法，尊重他的意见。我投了反对票。你刚才说方舟是技术权威，他这个权威在业内的地位，远远超过我，人称大帅啊！这次工作调整，他的这个权威的地位用不上了，对他是一次很大的考验。"赵殿楚理解了对方的用意，说："你这个当老师的就给他出了这道考题？"

霍茂森说："这一次，还不光是工作调整，更大的考验是项目操作。"霍茂森择其概要，把项目情况和下一步的安排向赵殿楚做了介绍。赵殿楚听得非常仔细，感慨道："这个力度，前所未有啊！"霍茂森说："是啊！要不然，部里也不会酝酿那么久，下这么大决心。"

赵殿楚说："霍部长，你给他们几个开的这个小会，我也过去旁听旁听。"霍茂森笑了，说："赵书记，为什么过来先见你呀！川南二期要想取得成功，需要得到市委市政府领导的关心指导和全力支持。新班子我和他们不熟，你得帮我们多做工作啊！"

赵殿楚表态："当仁不让！茂森同志啊，你了解我，川南二期不完工，川南钢铁的建设就没有完成，我这个二号信箱总指挥就没有完成任务，死不瞑目啊！"

霍茂森说："老赵，你对大三线这片热土的感情深啊！"赵殿楚有些自嘲地笑了笑说："年纪大了，说话容易动感情。茂森同志啊，不知不觉，年轻的一代成为国家栋梁了！"

从上海过来的夏方舟和秦晓丹，比从北京来的霍茂森晚到了一班车，被张建诚接到109冶。张建诚惊喜地说："方舟，绝对没有想到你能来！晓丹回来已是大喜过望了，堂堂的大帅回来，超出了预料！方舟，我全力配合你的工作，做好你的助手！晓丹，还是托了你的福啊！你们坐着别动，先来一杯咱们金江的茶！"

夏方舟告诉他："建诚，部里没安排我回109冶。"张建诚愣了一下，继续沏茶说："别和我开玩笑！晓丹的职位部里已经下文了，常务副总兼总工，你不回109冶干老总，在金江这块地盘上，所有的地方找遍了，往哪里放你？"

秦晓丹说："建诚，方舟真的没安排。问不出来。霍部长就一句话，我的安排明确了，让方舟陪我过来，别的什么都不说。"

张建诚把两杯茶端过来说："听这个意思，让方舟陪你过来，安顿好你，他还得走？方舟，是这个意思？"夏方舟说："不知道。老师电话上什么都不说，就让我陪晓丹过来。"张建诚忧心起来，说："这么看，川南二期我们拿不下来。"

秦晓丹充满信心地说："川南二期肯定是我们的，要不然调我回来干吗？我可以骄傲地说一次，冶建所有的大项目总工，除了大帅，哪位比我强？"

张建诚说："晓丹，你有所不知。霍部长比你们早到了几个小时，没给我们通知，直接被市里接走了，确切地说，被赵书记接走了。到现在我都没见上面。调你回来，肯定是项目总指挥长，用哪支队伍，传言很多，其中一个说法，核心队伍从东海、江汉抽调，我们109冶打下手。说白了，人家吃肉，我们喝汤。"

秦晓丹看看夏方舟，对张建诚说："程总也是这么对大帅分析的。"夏方舟不同意地说："我觉得不可能。我的工作肯定是另有安排，这个可以确定。另外我得加上一句，部里能不能把项目给109冶，我没有晓丹那么有信心。"

283

在张建诚的办公室里，赵殿楚和霍茂森坐在大沙发上，夏方舟和张建诚分别坐在两端的单人沙发上，秦晓丹拿一把椅子坐在夏方舟身边。

霍茂森开场说："今天不算正式的会议，把你们三个叫到一起谈谈，事情和你们有直接关系，包括晓丹。"夏方舟很平静，秦晓丹和张建诚都有些莫名的紧张。霍茂森开门见山地说："先谈谈方舟的工作安排吧。部里决定，由夏方舟同志担任川南钢铁党委书记兼总经理。"

秦晓丹和张建诚大吃一惊，相互看看，难以置信地看着霍茂森，又不约而同地看夏方舟。夏方舟显然完全没有想到。赵殿楚那边不动声色。

霍茂森继续说："建诚，方舟没干过钢铁企业的主要领导，你在川南工作的时间比较长，情况比较熟悉，干部队伍也熟，部里决定，你在109冶的职务和组织关系不动，兼任川南钢铁党委序位第一的副书记，暂定半年，主要是协助方舟了解情况，展开工作。"

夏方舟、秦晓丹和张建诚满脸错愕。

霍茂森对着秦晓丹说道："晓丹同志的职务明确了，常务副总兼总工，109 冶日常工作晓丹主持，重大事情还是要向建诚同志请示汇报，在党委会和总经理会上决定。"秦晓丹看看其他人，最后看看夏方舟，不知道说什么。

张建诚飞快地整理出思路说："霍部长，霍部长，我服从组织决定。可是对于……部长，方舟是国内冶建行业的顶级权威，部里怎么能把他调到川南钢铁？我想不通！"

霍茂森问："晓丹？"秦晓丹反问："工程怎么干？"霍茂森说："市场化运作。川南钢铁是甲方，丙方是山城设计院，丙方指挥长是你学长邵睿信。至于乙方，甲方自己决定，部里不干涉。"

秦晓丹继续追问："部长，我能这么理解吗，大帅是甲方指挥长，他选择乙方。"霍茂森说："可以这么理解。不过，他要承担后果。"秦晓丹舒了口气说："109 冶会向部里交出一份漂亮的答卷！"张建诚也觉得明白了，精神振奋地说："请部领导放心，我们保证完成任务！"

霍茂森一盆冷水泼下来说："不是部里放心不放心，而是川南二期的建设资金，国家提供不超过百分之十的启动资金，其余百分之九十，甚至超过百分之九十，由川南钢铁通过市场自筹。"

秦晓丹和张建诚惊呆了。夏方舟还沉得住气，不说话。

赵殿楚和霍茂森相互看一眼，说："方舟，说说你的想法？"

夏方舟直截了当地说："完全没有思想准备，没法回答。个人得失无所谓，事关重大，我要为国家利益负责。我需要好好想想，想好之前，我不接受不服从不表态。提一个要求，希望部里给我一个解释，为什么是我。"

霍茂森说："不着急，我这次过来要住一段时间。"

张建诚办公室里发生的事，很快传开。四大金刚和梁钱广、付开田几位老工人，提着暖瓶带着茶具在停建的四号高炉的阴影里摆上茶，说了半天，都是一头雾水。

陈国民说："川南二期上马，大家都高兴！可这夏方舟……咱这么说吧，夏方舟是咱们看着成长起来的，当年川南钢铁设计技改工程他就是技术指挥长，二十多岁！江汉1700，我和他一起干的，国家重大攻关项目，第一课题组组长，江汉要留他当副总工，他还不到三十岁。到现在，冶建这一行，他说第二，谁敢说第一！就算上边人看他不顺眼，让人家回 109 冶干老总，这总行吧！没这么用人的！"众人皆叹。

陈国民又说："还什么自筹资金，说白了不就是借钱吗！就现在这川南钢铁，钢坯公司，养活自己都难！它要借钱谁借给它？这个先不说，咱们都懂，从建厂到完工再到盈利，那是有时间的，一个二期工程下来，五年七年是它，十年八年也是它，得挣了钱才能还钱。什么时候挣钱？"

付开田合计着说："国民这么一分析，我怎么觉得有人给夏总挖坑呢？"

陈国民看着众人问："你们觉得，我该不该找夏方舟谈谈？这差事他不能接！"

不但陈国民他们想不通，赵殿楚仔细考虑了两天，也没想通。赵殿楚晚上来到霍茂森下榻的市委招待所说:"霍部长,咱们两人私下说话,部里对方舟的这一次任命,我不太赞同,不是我对冶建有特殊感情,是方舟在这一行里可大有作为啊!"

霍茂森推心置腹地说:"说心里话,赵书记,我也很矛盾。万一干砸了,就把他毁了!"赵殿楚问:"不能再调整一下?"霍茂森摇头说:"部里也是反复研究,最后定的他。"

赵殿楚对夏方舟的事不好再说话,只得说:"茂森同志,还有一点,我有不同看法。其他大钢铁企业都是国家投资,到了川南二期成了自筹资金。钢铁企业的产品,走市场,我赞成。国营大钢铁企业的建设,还是应国家投资为主吧?"

霍茂森说:"这一点啊,殿楚同志,话我可能说的重一点。过去的国家投资方式你最有发言权。从大三线建设时期开始,直到这次之前,国家对川南钢铁的所有投资,都是划拨到你们的账上,开头是二号信箱,后来是109冶。川南钢铁无论是建设还是技改维检,花的每一分钱都得从你们账上走。谁管钱谁有权,项目怎么干,钱怎么花,川南钢铁得看你们的脸色。生产企业花钱都说了不算,他的企业自主性从哪儿来?"

赵殿楚说:"这个问题我思考过,霍部长,你说的我赞同。部里怎么考虑我不了解,我的感觉,这个问题解决起来不是很困难,国家投资直接划到他们的账上,他当甲方,问题不就解决了?"

霍茂森说:"上面说的是一个方面,改革势在必行。另一个方面,大型国有企业改革,重要的一条,得逼着他们进市场。夏方舟有句话很有名:'过去是好人好马上三线,现在是精兵强将奔市场'。当初如果不是那种情况把他逼到深圳去,而是等着国家给项目给投资,他能总结出这句话吗?投资国家大包大揽,收不回投资,企业不承担责任,产品进市场,也没动力。业内笑话川南钢铁是个钢坯公司,这不是个笑话,别说在国际上,在国内,川南钢铁的良品率倒数第一。改革的路到底怎么走,理论家还在那里争来争去。有一条是明确的:往前走,一边走一边摸索,不往前走,退回去,无路可走。"

284

夏方舟和秦晓丹重新来到那片巨石山坡,远眺川南钢铁,良久无言。秦晓丹打破沉默说:"方舟,我不想让你干这事。管理一家大型钢铁企业,你能做得很好。作为甲方指挥长更是轻而易举。还没有看到总图,估算二期总投资应在两百亿上下,借贷投资这么大的工程,不但是我们的盲点,国内也没有先例,没有经验可以借鉴。"

夏方舟微微点头。秦晓丹说出了她真正的忧心:"方舟,你不在乎个人得失,我在乎。你是我丈夫,我最爱的人,你是大帅!我不能眼看你在陌生的领域失败。"夏方舟说:"我想听听建诚的意见。"

张建诚陪着夏方舟深入川南钢铁,说:"方舟,作为109冶的总经理,我希望你来。作为老同学,老朋友,我不赞成你来。"夏方舟问他:"川南钢铁面临的最大困难是什么?"

张建诚说:"班子问题,管理问题,都是大问题,这些问题如果换了帅,都不难解决。真正的大麻烦是人才严重流失。原来的计划一期完成接着上二期，从我们二号信箱过来三千多，加上从江汉和东北抽调的，总共有五千多名技术骨干，在几家大钢铁培养了大批熟练青年工人。二期第二次下马，大量技术骨干和工程师都要待岗，原单位借机要回去一批，还有很多通过各种关系去了几大钢铁，也有的什么都不要直接走人。这次二期技术领先国内，效益应该很好，可是岗位没人顶得上去呀，怎么生产，怎么盈利，怎么还贷？"

夏方舟犹如自语："人才。"张建诚提醒他说："现在不是计划经济了，技术人才、熟练工人各个企业都在抢，谁都不会放人，即便开出优厚条件有人想来也来不了，单位不放，这是个死扣。"

夏方舟有了想法，说："建诚，钢研院那边咱们的同学还都在吧？"张建诚说："都在，称得上没给学校丢脸！钢研院够得上惨淡经营。不少同学在科研项目上都有想法，没有条件，落不了地。要是有条件，钢坯公司这顶帽子早把它扔到太平洋里去了！"

夏方舟说："把同学们召集一下，不要搞座谈会，我这些年的体会，最没效率的就是座谈会，帽子一戴，大家的思路都给卡死了。咱们就像光复在的时候那样，大家聚到一块，海阔天空，什么都可以说。聊高兴了，喝点酒，接着聊。"

张建诚答应下来。夏方舟又说："不是我们学校的，想坐到一块聊聊的，不管想说什么，有想法谈想法，有牢骚发牢骚，想骂娘也行。来了就是给我们面子。"

张建诚问："方舟，你准备接手了？"

陈国民来到秦晓丹办公室，秦晓丹赶忙起身，笑脸相迎说："哟！陈队长。来，快请坐！"陈国民说："我坐不住！秦总啊，那个……那个……"

秦晓丹微笑着说："陈队长，坐吧！我给你沏杯茶。"陈国民继续推辞说："真坐不住！这个……秦总……嗨！照直说，夏方舟呢？我找了他两天，人影都没见着。"秦晓丹问："陈队长，你找方舟有什么事，能告诉我吗？"

陈国民忙说："秦总，你千万别误会，我来不是为了私事。我找夏方舟就一句话：上边给他安排的这个差事，他不能干！"

陈国民竹筒倒豆子，接着说："人要是倒了霉啊，唉，秦总，都能被马蹄子印里那点水呛死！夏方舟在冶建这一行，都大帅了，千万不能毁在这个川南钢铁马蹄子印里！这不是我陈国民自己的看法，四大金刚，梁师傅那些老师傅，都这意见。行了，你把这话捎给他，我不见他了。见了面，他看我不顺眼，我看他别扭，说不定打起来。说完了，心里没事了，走人！"

秦晓丹很受感动，还想挽留。陈国民已经出门去了。

晚上，秦晓丹把陈国民的话告诉了夏方舟。夏方舟点点头，另有心思，说："明天我找老师谈，你和我一块去。"秦晓丹问："明天邵院长过来，不要我去接待一下？"夏方舟说："我得先和老师谈，该说的必须谈透。学长不会怪罪。"

285

霍茂森看夏方舟和秦晓丹进了门，笑着说："方舟啊，我等了你三天了，架子够大的！还好，总算来了。"夏方舟不笑，说："三天的时间对我来说，已经很紧张了。老师，恕学生不恭，我的头一个问题，还是那天说的，为什么是我？"霍茂森早有准备，让他们坐下，从容不迫地说："为什么是你？我们钢铁企业的总经理们，能吃透冶建的，不客气地说，一个没有。你是权威。川南二期不只是单纯的二期，还有对一期的整体升级改造。自筹资金，利息本金，压着你尽快见效益。甲方指挥长不能只听设计院的，得能提得出要求。你能提得出。我们的总经理们拿着产品到市场上竞争，让他们从冶建开始走市场，这个步子还迈不出去。深圳那四年的经历对你是一个很大的提高，在市场里摸爬滚打，冲浪呛水，跟头不是白摔的，水不是白喝的，这一步你迈得出去。我得表扬一下晓丹，没有晓丹，你现在还是总工思维。"

秦晓丹明白霍茂森要缓和下气氛，笑着说："部长，稍微表示一下抗议，没有我，方舟也会成为大帅。"霍茂森笑了，说："在晓丹眼里啊，我这个学生没一点缺点，晓丹，这夏方舟还不表态！睿信来了半天了，等着见我。方舟，有什么问题，说！"

夏方舟开口说："部里决定让我干，我要求部里给政策。"霍茂森笑了，说："总算听到这句话了。"夏方舟一条条铺开说："原来有些担心和设计院的关系，虽然学长是总师又是院长，毕竟是两家单位。老师刚才说乙方丙方必须按甲方的要求做，这个担心没有了。设计施工的问题解决了，川南钢铁面临的最大难题是缺人。我要边建设边生产，尽快见到效益，所有的关键岗位上我得有人。除了这些岗位，我还要医生，让职工安心生产，我还要教师，让川南钢铁的学生能够考得上大学。"

霍茂森告诫："川南钢铁人才流失的问题部里了解。现在不是大三线建设时期，企业有自主权，从其他企业给你调人，少量可以，大部分你要自己解决。"

夏方舟提出了他的条件："这几天我和不少人谈过，大家也都给我出了不少主意。人才流动不了关键是三样东西：户口、粮食关系、人事档案。原单位卡住这三条中任意一条，我需要的人想来也来不了。我要求部里给我一个政策，不要户口，不要粮食关系，不要档案，人来了，我重新给他们建。"

霍茂森显然没有想到。

夏方舟摊牌说："老师，给我政策，人的问题我自己解决。不给政策，又不能调人给我，我干不了！不服从组织决定，接受组织处分。"

霍茂森顿感为难地说："方舟啊，你给我出的这个题目……"

夏方舟稍等片刻，说道："老师，我在深圳的时候，广东那边的打工妹、打工仔，这三样他们什么都没有，那些农村来的年轻人，最多只有生产队的一个证明信。乡镇企业、民营企业、合资企业都可以这么做，我们为什么不行？比起那个时候，现在每个人都有身份证，到我这里可以证明身份，原单位不放人，身份证卡不住他们。"

霍茂森思考片刻说："方舟，给我一点时间。"夏方舟不让步地说："老师，恕难从命！我这边走马上任，问题你带到部里反复研究，到后来政策给不了，不是我骑虎难下不难下的事，我得为川南钢铁负责。"

霍茂森没法正面回答夏方舟，说："方舟，我们先谈到这儿。晓丹，你有什么要求？"

秦晓丹说："江汉给我们培训的两百学生，我得要回来。"霍茂森又为难地说："是有点麻烦。给109冶培训的这批学生，划归江汉冶建是经部里同意的。"秦晓丹有些着急地说："部长，你刚才说109冶做出了很大牺牲，不能再欠账不还！"

霍茂森笑着说："晓丹，轻易看不到你着急。陈国民的儿子你不是调回来了？我给你出个主意，若是那批学生他们要求回来，那就好办了！"

秦晓丹笑着说："谢谢部长！"

286

邵睿信从霍茂森那里回到张建诚这边，见到等在这里的夏方舟和秦晓丹，笑着说："方舟，听老师讲，你态度强硬，上面不给政策，你不干。"夏方舟说："没人我怎么干？"

邵睿信还是笑着说："那就是说到目前为止，你还不是甲方指挥长，连个办公室你都没有，我和你谈什么谈！你们说是吧，张总，晓丹？"秦晓丹和张建诚也笑了。夏方舟却说："学长，你的设计思路，我免费给你咨询。"邵睿信愈发地笑起来，说："这倒是个很不错的借口！听听咱们大帅的意见！"

夏方舟说："学长，这个设计思路得改。"邵睿信还是很轻松地说："怎么改，为什么？"

夏方舟思路清晰，有条不紊地说："有些事情我们都知道，该说的还得说。川南矿山是目前已知世界上最大的钒钛磁铁矿，含铁量只有百分之二十多一点，当年被苏联专家判为'呆矿'。全球这类铁矿都被认为没有开采价值。大三线会战的时候，著名的一百单八将先后在河北和川西攻关，用普通高炉冶炼钒钛磁铁矿的铁。改革开放，国外的优质铁矿进来，最高的含铁量百分之八十。沿海的钢铁企业，用国外的优质矿石，一顿矿石出一吨铁水，川南出一吨铁要用五吨矿石，冶炼成本高昂，在市场上没有竞争力。你现在的设计思路，先给我上四号高炉，就算你给我的技术是世界级的，铁水成本还是高，拿不出有竞争力的钢材，我拿什么还钱？"

邵睿信感觉到了压力，问："你想要什么？"

夏方舟胸有成竹地说："目前国际同行对钒钛磁铁矿的认识发生了很大变化，钢材里面加入一定量的钒钛，品质会有显著的提升。那天我和建诚、钢研院的同学叫上了一批有想法的研究员谈了一天，他们对国际上的动态跟得很紧。目前国内急需的产品是重轨，只要拿出加入钒钛成分的重轨，国内市场定会供不应求。钒钛，是川南钢铁未来的前途所在。学长，我现在就要一条重轨生产线，和四号高炉同时上马。"邵睿信赞叹："大帅就是大帅啊！"夏方舟追问："学长，行不行？"

邵睿信说:"方舟,你说的这些,我们不是没考虑过,当然,没有从你这个角度考虑。你要的,设计上我们能做出来,但有两条我帮不了你:一个是关键设备国内产不了,进口你要有外汇;第二条,张总,晓丹,我先说声抱歉,这个项目施工、安装、调试,要求非常高,难度非常大,即便东海冶建过来,也未必能够顺风顺水。"

张建诚有些不以为然地说:"邵院长,东海冶建不就是大帅和晓丹吗!"邵睿信反驳他:"有总工你还得有队伍。不客气地说,张总,你们109冶这支队伍干不了。"

秦晓丹见张建诚有些尴尬,把话接过去直接叫板:"邵院长,我打包票,只要你这位总设计师拿出图纸,我就干得了。退一步说,即便是遇到点麻烦,我还有大帅这靠山呢!总不至于大帅也干不了吧?"

场面一时紧张起来。

邵睿信欲言又止,突然收住话题,笑着说:"休息一下放松放松,晓丹,你第一次跟着方舟去江汉,我这老大哥给你和方舟当红娘,还记得吗?当时你还不好意思,羞红了脸。"秦晓丹配合邵睿信,缓和一下紧张的气氛说:"学长,我听懂了。我欠学长老大哥一顿喜酒。"

赵殿楚听霍茂森说了夏方舟的要求,仔细思考了好一阵子说:"我觉得,方舟要的这个政策,确实是解决之道。"霍茂森说:"若是真能够解决了,受益的不只是川南钢铁啊,对人才流动有很大的示范效应。"

赵殿楚感慨:"方舟很有想法,这个问题,我们两个都没想到。"霍茂森赞同:"这是个大题目!有些方面,几乎可以说,对现在的用人制度,有点颠覆性的意思。"赵殿楚的思考再深入一步,说:"茂森同志,你在北京,和上面接触得多。你估计,上面会是什么态度?这恐怕不是部里自己能定的吧!"

霍茂森说:"用人制度的改革,牵扯到方方面面。方舟要的这个政策,流程走起来恐怕是比较复杂,粮食关系、户口这两条都是地方管理的。要是部里不明确支持,也不表示反对,市里面……"霍茂森说到这里收住了话。

赵殿楚笑着说:"老霍,你还试探我?我们俩打了多少年的交道了!"霍茂森说出担心:"老赵,这事,有风险。"赵殿楚做个下决心的手势说:"解放思想,就是冒风险。市里的工作我来做,只要上面不明确反对,方舟招来的人,来多少我们要多少!对我们大三线企业,对金江这个仅有的诞生于大三线的城市,想振兴想发展,人才还怕多吗!"

霍茂森振奋地说:"殿楚同志有远见啊!上面的态度,我就在金江等!"赵殿楚称赞:"茂森同志有魄力!"

两人朗声笑了起来。

第六十四章

287

晚上九点多了，霍茂森在他下榻的大套间的客厅里，和陈国民隔着小桌对面而坐，几样小菜，两只小酒杯，一瓶酒。霍茂森品了一口小菜说："青妮做的这菜啊，有滋味，江汉的滋味。"

陈国民心情极好地说："霍总，青妮听说你要单独见我，晚上见我，高兴！我说霍总出来办公，饭桌上从来不喝酒，我得和霍总喝点。青妮说你在江汉工作了那么多年，很喜欢江汉的菜，专门给你做的，忙活了小半天呢！"

霍茂森说："国民，事情都落实了，明天我就回去了。"

陈国民有些迟疑，还是说出来："霍总，按着规矩，领导决定的事，又是部里定的，轮不着我多嘴多舌。可那个……夏方舟是你的学生啊。霍总，你真把他放到川南钢铁去？"

霍茂森反过来问他："国民，你和方舟关系一直很好，这几年闹得，话都不说了？"

陈国民解释不清："我和他这个，开始是在深圳，后来是为了去不去深圳，再后来又是去欧洲……事太多，主要是为了孩子结婚。霍总，这些事不能都赖我吧，他没责任？"

霍茂森笑着说："不谈那些，不谈那些！清官难断家务事。你不是问我，为什么要把方舟放到川南吗？这里边，我还是有点私心。这几年，109冶三万多精兵强将，最好的设备，都被东海冶建和江汉冶建抽走了，留下的同志们日子不好过呀！方舟给我说过一句话，有那么一天，对农民和工人的态度，会成为考验我们良心的标准。他还说，留在109冶的三万多职工干部，很多人为大三线无私奉献，到了新时期，为顾全大局，又做出了巨大牺牲，不能对不起他们。"

陈国民动了感情说："这话我信！"霍茂森说下去："这次川南二期，定的是甲方选定乙方，部里绝不横加干涉。客观地说，就目前109冶的技术、装备等各方面的能力，换了别人做甲方指挥长，109冶能不能拿到项目，很难说。方舟到这个位置上，无论多困难，他一定盘活109冶。这就是我的那点私心。"陈国民感动。

霍茂森举起小酒杯说："就着青妮的菜，我们边喝边聊。来，国民，干一杯！"

秦晓丹端杯牛奶到书房，对埋头在文件堆里的夏方舟说："喝杯牛奶。"夏方舟把牛奶放到桌上，休息一会儿。

秦晓丹坐到他身边说："方舟，部长要回北京了，专门抽出时间来见陈国民队长，别人都不见。"夏方舟说："老师对陈国民和他的作业队，很有感情。"秦晓丹有些担心地说："陈国民和他的作业队，核心工程上不去。"

夏方舟明白她的心情，说："你是乙方指挥长。"秦晓丹微笑，又问："同斌的工作怎么安排？他有点着急。"夏方舟说："放到109冶那边吧！让他跟着你。"

秦晓丹说："我也这么想。方舟，这段时间一直忙得不可开交，我想明天去陵园，告诉心梅、光复和汀兰，我们回来了。"

第二天一早，他们来到陵园。又值花期，李心梅墓前的金沙蓝梦灿烂绽放。夏方舟为花松土。秦晓丹擦拭斑驳的墓碑说："心梅，我和方舟来看你了。"

告别心梅，他们来到光复和汀兰的墓前，细心收拾之后，久久伫立墓前。秦晓丹说："方舟，我有个感觉，金江留不住你，我会跟随你走遍天涯。我感觉……"一种说不清的奇特感觉一闪而过，秦晓丹追上它说，"我感觉，无论我们走到哪里，最终我们会回来，和心梅、光复、汀兰在一起。"

夏方舟把妻子轻揽在怀。秦晓丹问他："方舟，你能原谅芳薇吗？"夏方舟说："芳薇没有做错什么，她是光复和汀兰的女儿。她长大了。"秦晓丹忽然忍不住流泪，靠在夏方舟的肩头……

288

陈天海接到通知，立刻来到秦晓丹的办公室。进了门，秦晓丹对他说："天海，合同签下来了，我们拿到了川南二期。你怎么想？"陈天海回答："和大家一样，铆足了劲儿，就等着工程开工了。"秦晓丹又问："你爸呢？"陈天海说："更激动。据称，要再现辉煌。"

秦晓丹接着问："你觉得呢？你爸他们。"陈天海很干脆地说："他们的时代过去了，这是我们的时代。"秦晓丹再问："你在江汉的同学，他们想回来吗？"

陈天海说："我回来的时候，有些同学也想回来，不是很多。我们拿到了川南二期，消息传得飞快，同学们都想回来，大家心里都明白，这样的工程，是真正属于我们的第一次机会。"

秦晓丹很满意地说："天海，我想让你去一趟江汉。"

陈天海到江汉，首先到江汉冶建和同学们见面，把秦晓丹交代的事情告诉给大家，同学们欢呼雀跃，很多人都等不及了。这边的事办完，回到他和戚芳薇的小家。特意把夏方舟在川南钢铁施行的人才政策告诉她，戚芳薇很吃惊地问："粮食关系、户口、档案都不要，这么说，谁都可以去？"

陈天海说："只要是川南钢铁需要的人才。"戚芳薇有些怀疑地问："有人去吗？"陈天海告诉她："这还不到一个月，去的人比预料的多得多，川南钢铁专门成立了一个班子。听说，不少工人、工程师、管理干部在原单位不受重用，要么论资排辈，要么僧多粥少人浮于事，夏总的人才计划，给他们提供了机会。"

戚芳薇还是觉得金江和川南的条件，比起几大钢铁企业，差距还是比较大的。陈天海说："川南钢铁将来会是什么样，去的都是明白人。"

戚芳薇问他："海子，你这次过来待多久？"陈天海说："待不住。按照秦总的交代，同学们把请调报告交上去，不用等待这边批准，直接回去。川南二期和东海钢铁处在一个技术等级，比现在的江汉钢铁高了一代，大家都知道这意味着什么，谁也不想错过这个机会，都有些迫不及待。明天我打电话给秦总汇报请示一下，不出意外，很快就走。这次我是领队，我得和大家一起走。"戚芳薇点了点头。

陈天海说："芳薇，你想过回去吗？夏总的'三不要'政策，你也可以。"戚芳薇神色黯然。

如陈天海接受任务时向秦晓丹汇报的情况一样，得到 109 冶的保证，同学们的请调报告雪片一般飞进江汉钢铁的人事部门。

王总把季成钢叫过去说："季总啊，这批学生我们是留不住了。"季成钢沉默不语。王总自我调解说："其实啊，季总，当初留下这批学生是为他们好，回到当时的 109 冶，不就把这些年轻人荒废了吗！现在放他们回去，也是为了他们，赶上这样的工程，对他们的成长大有好处！你说是不是？"

季成钢前功尽弃地说："只怕人家不这么想。"

王总说："他们怎么想，我们问心无愧！这一回又见识了，夏总真的是有大帅的魄力！贷款干这么大的工程，我和几家大钢铁的老总们通电话，都觉得风险太大了。吃这个螃蟹，除了大帅，真没人敢。还有他那个'三不要'的人才方略，顶着政策红线，部里一直没表态，他就大张旗鼓地搞起来了。真出了事，谁也替不了他。大家是又佩服，又忌妒，也有等着看笑话的。不管别人怎么想，我看好大帅！季总觉得呢？"

季成钢没接话。

回到自己的办公室，季成钢像一匹被困的孤狼，在房间来回踱步，忽然间停了下来，沉重地坐到沙发上，片刻，闭上了眼睛。他的眼前，昔日川南钢铁建设的场景，风暴般地闪过。良久，他睁开眼，看着空中某个虚无的点，眼中渐渐有泪光，说了声："晓丹！"

陈天海圆满完成任务，向秦晓丹报到。秦晓丹非常满意地说："一个不少地带回来了，天海，干得不错！"陈天海笑着说："我没干什么，是大家想回来。大家都急着等秦总分配工作，希望尽快到一线。"秦晓丹说："不会让大家闲着。你和办公室说一声，让他们安排一下，我和同学们见个面，给大家鼓鼓劲儿。这是我们 109 冶的青年才俊，栋梁之材！"

陈天海欲言又止。秦晓丹察觉，陈天海说："季总也回来了，和我们一趟车。他要回我们 109 冶。"秦晓丹完全没想到。

陈天海说："秦总，我想调整一下工作。"秦晓丹问他想去哪儿。陈天海说："我这个施工科的副科长，是季总为了把我们留在江汉给我的职务，他内心里其实看不起我。我请求组织免去我的职务，让我到一线。"

秦晓丹对陈天海越发满意地说："天海，你的工作我正在考虑。先回去吧！"陈天海走后，秦晓丹陷入了思考……

289

川南钢铁总经理办公室里的夏方舟沦陷在各种材料中，有些焦头烂额。听到敲门声，抬头看过去，愣了一下。季成钢站在门口，不卑不亢地说："夏总，能进来吗？"夏方舟站起来，审视对方，让他进来。

季成钢进来顺手带上房门，坐到夏方舟大办公桌的对面，直截了当地提出此行的目的，他要借助夏方舟的"三不要"政策回金江。

夏方舟直接拒绝说："季总，我这儿没有适合你的岗位。"季成钢说："夏总，我没想到你这里来。我想回109冶。"

夏方舟果然又是一愣，马上回复他："109冶的事情我说了不算，建诚是老总，晓丹是常务副总兼总工，我想你都知道。"季成钢说："我来找你，希望你能给我提供一个跳板。"夏方舟明白了他的意思。

季成钢说："我要求调回109冶，江汉不同意，我想部里也不会批准。希望你能给我一个机会，用你的'三不要'政策把我调到川南，我从你这里回109冶。"

夏方舟认真打量对方，季成钢挑起话题："我考研离开之前，我负责的七公司发生责任事故，在金沙江边我们有一场对话，你还记得吗？有些事对你过去了，对别人，对我，还没有过去。"

夏方舟想尽快结束谈话。季成钢强行把谈话带入自己的节奏，说："当时你说我满嘴谎言，我说的话自己都不相信。我说，言不由衷是我们这一代人共同的历史，口是心非会成为我们共同的集体记忆，你没有机会独善其身。你说，你和我毫无共同之处。我说，我们的共同点很多，譬如大三线不但是我工作的地方，也是我心灵唯一的归宿，这就是我们的共同点。程总离开前，和我有过一次长谈，他称之为我要和他比谁更无耻的谈话。他说我从来到金江的那一天起就没想留下，喊口号，表演，去江汉是我盼望已久的机会。你们去了东海，是为钢铁事业，无上荣光，我去江汉就是逃离？你回来是责任、是贡献，人人称颂。你重回金江放弃了很多，我回来同样要放弃很多！同样为了川南二期，为什么我需要说出一个为什么？"

夏方舟说："希望你能有一个实在的理由，不是雄辩，不是空话。"季成钢愤然地说："你任职川南钢铁，有人给你要过理由吗？"夏方舟不想和他争论。

季成钢重新控制住情绪说："川南二期——我回来的理由。"夏方舟直截了当地说："简洁明了，你要做什么？"季成钢认为时机成熟，说："109冶总经济师。目前109冶没有设置这个职务。"

夏方舟打住说："去109冶，找张总或晓丹。他们若是同意，我给你办手续。"季成钢无可奈何，话到嘴边又咽了回去，起身走了。

他刚走不一会儿，张建诚从秦晓丹那边听到消息，来到夏方舟这边说："季成钢这个时候突然要回来，有什么意图？这个人城府太深，我根本猜不透他，反正我不放心。如果他找我，一言回绝。"

夏方舟心思已不在季成钢的事上，说："先别管他了，如果他还想谈，让晓丹给他谈。说说贷款的事吧，建诚，我们遇到了大麻烦！"

陈国民他们四大金刚不远不近地看着四号高炉，感慨万千："没想到啊，二期工程头一仗，是要拆除这个大家伙。看来啊，它是落后了，老了，旧了，没用了！"其中一人问他："国民，头一阵子部长来，谁也不见，和你喝了小半夜的酒，到底和你说什么了？都问了好几回了。"

陈国民得意地说："霍总和我，那是交情，多少年的老交情！俩人喝个小酒，闲聊不行啊？"又一位凑趣说："一准儿是点你的名了！没错吧！从咱们在江汉，凡是霍部长抓的项目，一句话——陈国民施工队！"

陈国民找回了当年的自豪，说："那当然！交给别人霍总不放心。别套我话，霍总点我的名也得等到项目落地，又说了，霍总人家都部长了，这些小事还用得着他操心吗！见我就是态度，聊什么不重要。没准儿啊，我还给霍总说点私房话呢！"众人开心地笑了起来。

有人发现了季成钢，陈国民看过去说："还真是他！走，过去！"

季成钢在锈迹斑斑的四号高炉区，仰望着巨大的钢铁建筑说："季成钢，为了这一刻，你等了很多年……"陈国民的声音从身后传来："季成钢！"季成钢闪过一丝惊诧，很快让自己稳定下来，喊声："师傅！"然后对其他金刚打招呼，几位金刚都没有回应。

陈国民不慌不忙地走上前说："想起我这个师傅来了！季成钢，听说你要回109冶？你不喊我师傅我说不着你，你是江汉冶建的副老总兼总工。你喊我师傅，我就说得着你。这些年你干的那些欺师灭祖的事，犯不上给你一件件地数落，我陈国民不使小心眼儿，一回回上你的当。今天我说你最后一回。当初夏方舟联系学校，让秦晓丹回来安排孩子上大学，你怎么给我说的？"

季成钢不说话。

陈国民剥皮揭底地说："当时，你绕着圈子，甩着花词，我跳进了你的坑里，说了那句丧良心的话，说人家夏方舟要断我们109冶的后！你打着给我们109冶培训青年骨干的幌子，把这两百学生，连同我那个混账小子，当成了你拜码头的磕头礼！现如今，两百学生我们要回来了，你这套坑蒙拐骗在那边混不下去了，想到109冶了。季成钢，今天我不骂你，你自己摸着胸口想一想，这些年你为109冶做过什么，109冶有一个人待见你吗？你还有脸回来！"

季成钢脸色惨白，浑身颤抖地说："师傅，你说完了？"陈国民怒气未消地说："依我的脾气，说起来就没个完！你我好歹师徒一场，就算为了我陈国民这张脸，别在这里丢人现眼，赶紧走人！"

290

秦晓丹把食堂打来的饭菜摆放在茶几上说："建诚不想和他谈？"办公桌那边的夏方舟说："建诚说他城府太深，信不过他。我说，他要还想谈的话，让他找你。"秦晓丹回过神来，说："吃饭了。方舟！"夏方舟不抬头，说："我这儿还有点小尾巴，马上完。"

秦晓丹着急了，说："大帅！再忙你也得吃饭啊！忙起来就不吃饭，光复在的时候骂了你多少回。这些年你改了不少，怎么又转回去了！方舟，吃饭！"

夏方舟赔着笑脸说："吃饭，吃饭！"放下手头的文件，到沙发这边坐下吃饭，一边吃着一边说："晓丹，来不及提前和你说，我得去北京，今晚就得走。在北京待多长时间，定不了。"秦晓丹关切地说："出事了？"夏方舟说："大麻烦！我和建诚能想的办法都想了，这道坎就是过不去了。"

秦晓丹说："先吃饭。吃完饭你忙你的，我回家给你准备行装。"夏方舟心头一热，秦晓丹又说："什么也别说，吃饭！压力再大，先吃好饭。"夏方舟大口吃饭。

秦晓丹心疼地看着丈夫，不断地把菜夹到夏方舟的碗里。

孤独的季成钢无处可去，到了岳父家，梁钱广摆上酒说："成钢啊，我这人当了一辈子工人，六级工，从1956年工资改革，一定级我就是六级工，一个月八十三块五毛，当年比科级干部拿得都多。几十年了，一动没动。我没多少文化，从来不认大道理，只认小道理。陈国民有他的毛病，可你呢，你从来没在心里把他当师傅敬着。和夏总、秦总比起来，你读的书不比人家少，怎么就不如人家呢？不是你比人家笨，是你心思没用到该用的地方。成钢，到了你这个年纪，有些事是来不及了，有些事还来得及。不管怎么说，你是我女婿。不管109冶有没有人待见你，我待见你；不管谁不理你，我理你。咱们是一家子，你和朝丽的孩子身上，也淌着我的血。"

季成钢难得真诚地流泪。梁钱广说下去："这事儿啊，你当真想做，听我一句，谁也别找，去找秦总，你心里怎么想的，打算干什么，怎么个干法，敞亮地说出来。人家过得了过不了，那是人家，咱自己的心尽到了。"季成钢像个孩子似的不断点头。

梁钱广有些心酸地说："成钢，来，咱爷儿俩干一杯，提起精神来！"

第二天，季成钢来到109冶总部大楼，负责接待工作的年轻姑娘隔着桌子对他说："季总，你来得不巧，秦总正在开会。秦总的会刚开始。"季成钢岂不知对方的意思，不动声色地说："我等她会议结束。"

并非这姑娘故意为难季成钢，秦晓丹在小会议室给陈天海、林同斌、付向东和程辛瑞开小会。秦晓丹说："今天把你们叫来，谈谈你们的工作安排。"陈天海他们没有思想准备，纷纷看林同斌。林同斌也没想到，悄悄摇头。

秦晓丹说："我们定向培养的大学生，脱产学习的毕业后都回来了，送到江汉培训的中专生也都回来了，这是他们对总部的信任。大家都在等着岗位分配，对未来充满了期待。我们要让同学们看到，总部同样对大家充满了信任和期待。"

秦晓丹接着说下去："读大学之前，陈天海和付向东中专毕业，付向东脱产学习，陈天海在职，江汉培训四年，完成学业，有岗位职务。程辛瑞从技校上的大学。林同斌原是 109 冶轮换工，拿到第一个文凭前，是东海冶建合同工，调回 109 冶之前，有岗位职务。你们四个身份经历各不相同，很有代表性。总部选定你们四个人首先安排岗位，让所有同学的希望落到实处。"

陈天海他们紧张得有些喘不过气来。

季成钢独自坐在空无一人的接待室，闭目沉思。

小会议室里，秦晓丹继续说："川南二期工程正式开工还需要一段时间，在这之前，唯一的工程项目是拆除四号高炉。总部决定成立项目指挥部，向总部工程部直接负责。总部任命：陈天海项目经理、指挥长，付向东项目副经理，林同斌项目监督，程辛瑞项目工程师。"

年轻人激动得想跳起来，但大气都不敢喘，只是互相看看。秦晓丹接着宣布："陈国民作业队负责施工，陈国民队长向项目指挥部负责。"这次年轻人的反应各不相同，有一条是相同的，谁都没想到。

小会议室里，秦晓丹对年轻人提要求："今天不需要你们表态，我不听豪言壮语。回去仔细想想清楚，能不能干，能怎么干，拿出一个书面报告交到工程部。如果谁觉得干不了，或者不想干，也写一份书面报告交到工程部……"听到谨慎的敲门声，她停下来，提高声音说："进来！"

接待处的姑娘进来，到秦晓丹身边，轻声耳语几句。

秦晓丹起身说："今天就到这儿。"

陈天海他们等秦晓丹身后的房门关上，顿时跳了起来。程辛瑞手舞足蹈地说："太激动了！做梦都没有想到！秦总太伟大了！"

陈天海想得更远，说："向东，只要把这个项目拿下，我们就是新一代的中流砥柱！"付向东笑着给他当头一棒："天海，我们都是一身轻，你得先过你爸那一关。"陈天海早已想好，说："男人的成长首先是战胜父辈！"

程辛瑞注意到，同斌好像不激动。林同斌说："完全没想到，秦总会这么重用天海哥。"

陈天海他们都听懂了林同斌的潜台词。程辛瑞起了心思，她断定大帅肯定不知道。陈天海和芳薇对大帅的伤害太深了！

292

在秦晓丹办公室，她和季成钢隔桌相对。秦晓丹说："季总，你对方舟说的，基本的意思他都告诉我了。那些话，说服不了我。"季成钢有些艰难地叫了出来："晓丹……请允许我这么称呼你，仅此一次。不这么称呼你，有些话我说不出来。有些话，一旦套上了官场的称呼，没办法说出来。"秦晓丹看着他说："说吧。"

季成钢沉下心，从头道来："当年我们来到大三线，我是写了血书来的，这不是谎言。来了就没想回去，也没想到能够回去，来了就是一辈子。这是我来到大三线的初衷。不只是我，当时的环境氛围，我相信很多人都是这么想的。夏方舟是个例外，他比我们看得更远，也更了解钢铁冶建。来了以后，我做错了很多事，说过很多谎话，欺骗了你很多次，这些都是真的，我来大三线的初衷也是真的，不是谎言。后来，情况变了，大三线不再是当初想象的样子了。陈国民希望我们去深圳，也是我希望的，那是我第一次认真地思考离开金江，那是历史的机遇，对 109 冶，对我们每一个人都是。我站出来不敢支持他，是怯懦。怯懦来自内心的自知，很多人都瞧不起我，包括赵总。有些看上去扶持我的人，只不过想利用我的弱点，包括赵总。你们去了东海，我清楚地看到大钢铁时代的来临，我不能被困在这里！不是事后诸葛亮，如果陈国民跟夏方舟去欧洲，他也会去东海，那他很可能仍然是第一流的王牌，威风不减当年。他错过了那扇打开的门，我不能错过。去江汉，是机遇，也是精心谋划。两百学生，带走他们的时候就没想让他们回来，并非都是私心，我不想看着他们错过机会。绝对有私心，我希望他们成为我的将士，我将拥有一支可以和夏方舟抗衡的冶建铁军。我心里清楚，这只是一个梦，一个执念无休止地纠缠着我，我不敢，也不能从梦里醒来。"季成钢让自己激动的心情尽可能地平息下来。

秦晓丹等他片刻，说："我还是得问，你为什么要回来？"

季成钢激动地说："为了另一个梦，年轻时代的梦。来到金江的初心犹如赤子，离开是梦想破灭，大三线被抛弃了。川南二期，唤醒了曾经破灭的梦想，那个激情燃烧、青春热血的梦想，大三线将凤凰涅槃！我想过，如果我拿下这个工程，把你们淘汰出局，将是何等地扬眉吐气！命里注定，我拿不到，夏方舟不会把我当作对手，他不需要，他没有对手。"

秦晓丹等他平静下来，以答代问："那你还是要回来。"季成钢说："给自己一个交代。"秦晓丹道出他的想法："青春时代的那些梦想，来到大三线的初衷。"

季成钢突然热泪盈眶地说："等我老了的时候，可以问心无愧地对自己说，那不是梦，它真实地发生过，我经历了，做了该做的事。"

秦晓丹说："喝点水吧！"季成钢用力点点头，端起茶杯喝两口水，渐渐控制住情绪。秦晓丹问："具体，你想做什么？"

季成钢前所未有地开诚布公地说："川南二期，百分之九十以上的投资需要贷款，国内没有先例，据我掌握的情况，除了夏方舟，没人敢为这个天下先，谁也不知道会发生什么。我回来，期许自己能够为 109 冶、为川南钢铁……也为你、为夏方舟分担一点，共渡难关。"

秦晓丹给了他足够多的时间，详细听取了他的想法和打算，最后问他："季总，你的这些想法和打算，和朝丽交流过吗？"季成钢承认："没有。"秦晓丹追问："你觉得她不会同意？"

季成钢说："不知道。我们之间，几乎没有交流。这次回金江，没有报丝毫希望，不过是博上颜面试试看。提前告诉她没什么意义。"秦晓丹说:"如果朝丽同意你回来,带她来我这儿,剩下的事交给我。"季成钢毫无准备,怔怔地看着秦晓丹。

秦晓丹认真承诺:"只要朝丽来我这,我让方舟给你办手续。"季成钢泪水顿时涌上来,说:"谢谢!谢谢……我今天回江汉。你忙吧!"起身。秦晓丹起身说:"季总,我送送你。"

第六十五章

293

夏方舟情绪有些激动地说："老师，这不是难关，是横在面前的火焰山！"霍茂森不慌不忙地说："火焰山唐僧还是过去了。"夏方舟反驳道："那是孙悟空拿到了铁扇公主的芭蕉扇。我呢，铁扇公主的家在哪儿我都不知道。"霍茂森笑着说："铁扇公主的家在哪里，你不知道？"

夏方舟明白霍茂森此处所指，说："老师，晓丹开始不赞成我接任这个职务，这是我们知识和经验的盲点。我低估了晓丹的警告，到任之后才逐渐发现，不只是我，整个班子、财务部门，相关所有单位和人员全遇到了同样的盲点。我和建诚仍然低估了问题的严重性，以为拿出完整的项目阐述报告，银行会相信我们的偿还能力。他们看不懂，我们的财务和工程专业班子向他们解释，我和建诚一个个地拜访行长，全是在做无用功。后来我们明白了，他们不想纠缠这些问题，关键在于没有先例，没有参照系数，无法评估风险，出了问题谁也担待不起，这是要进监狱的。我不怪银行的同志，他们遇到了同样的盲点。如此巨额贷款，除非有国家部委担保，不然没人敢放。"

霍茂森问："你来北京，是要求部里为川南担保？"夏方舟冤枉地说："老师，你的学生没那么愚笨！部里担保，川南钢铁不承担任何风险压力，实质上是变相的国家投资，企业改革没有启动就认输了。我来见老师，是因为我们遇到的麻烦不是一个企业能解决的。"

霍茂森直言不讳："方舟啊，坦率地说，我们同样低估了改革的难度，原来以为找到了一个敢于改革、有能力的企业领导人，所有的问题都会迎刃而解。实践证明，事情远远没有这么简单。我们也在争取上面的支持，和各方面协调，这条路走起来，不是一天两天。"

夏方舟给老师施加压力说："拿不到贷款，我的二期无法开工。"霍茂森不为之所动，极沉得住气地说："方舟，你在北京多待两天。"夏方舟着急地说："老师，家里那么多事，件件火烧眉毛，我待不住。"

霍茂森说："有个情况，还不好和你细说，我再核实一下，就这几天。"夏方舟对老师的说话习惯很了解，意识到有机会，说："稍微透露一点。老师？"

霍茂森说："有一笔没人敢要的钱，美元。"

三天后，霍茂森再次把夏方舟叫到他的办公室，心情很不错地说："方舟，这几天在北京等急了吧？"夏方舟说："还好。和一些老朋友见了见面，谈谈改革开放的宏图大业。"霍茂森又问："家里怎么样？"夏方舟说："四号高炉拆除工程启动了，109冶动作很快，上的是陈国民作业队。"

霍茂森越发不慌不忙地说："陈国民，我去金江见他，他对我说，错过了两次机会，若不然以他的能力，现在还是王牌。后悔啊！你说得对，技术能力上他落后了，可他身上的那种大工匠的劲头、精神，照样是不输别人。现代化工业大国、强国，没有现代科技不行，没有大工匠，也不行！方舟，你这个观点对我很有启发。"

夏方舟抗议地说："老师，这话题说过两次了，圈子能兜得小点吗？"霍茂森笑了，说："说正题。上次和你说有一笔美元没人敢要，这事核实了。相关部委从国际银团争取到了一笔2.5亿的定向美元贷款，用于大型国有企业技术升级改造，现在还在账上，没人敢要。"夏方舟不解地问："怕什么？"

霍茂森举例说："比方说你，不要这笔钱，川南二期开不了工，企业是国有的，国家不给投资，你有什么办法？责任可以推得一干二净。拿这笔钱，用川南钢铁资产抵押，到时候还不上款，川南钢铁，至少一部分不是我们的了。这个责任是你夏方舟的，谁也替不了你。"

夏方舟的思路不觉间远去，霍茂森注意到了。夏方舟收回思绪说："那年去看柳大叔，说起我们的困难，他说我们皇粮吃惯了，不把我们逼到绝路上，我们不会自己找饭吃。柳大叔说得毫不客气。我们那么多企业老总，权高位重，认识竟然比不上一个没有上过多少学的农民，不是他们认识不到，是他们不想接受。"

霍茂森对学生很满意地说："天不错！方舟啊，陪我出去走走。"

夏方舟和霍茂森沿着街边公共绿地走了一会儿，坐到树荫下的连椅上时，夏方舟主意已定，说："老师，这笔美元贷款，我要了。"霍茂森不急于表态。

夏方舟说："一旦造成国有资产流失，进监狱都不冤枉我。老师说的大国有企业的这次改革，就像突围。突围，就得有人顶上去，在最前面冲锋陷阵，风险总是少不了的。"霍茂森警示他："一旦冲不出去，把自己搭进去了呢？"

夏方舟充满自信地说："老师，风险对于你的学生来说，就是个胆量，就是敢还是不敢。我提出的'三不要'的人才计划，已经大见成效，二期分阶段投产，我的生产可以得到充分保障。睿信学长按照我们甲方的要求修订设计，有晓丹在，109冶施工不会出大的问题，除非国内市场发生不可预料的突变，国内贷款我偿还起来没有丝毫压力。原来就是人家不给我们，并不是我还不起。拿下国际银团的贷款，就像拿到了咒语，国内银行芝麻开门。除了东海钢铁，我会让川南钢铁至少保持十年的技术领先。"

霍茂森笑着说："我这个学生啊，口气就是大！"夏方舟感谢老师说："铁扇公主的家在哪儿，老师告诉了我。"霍茂森笑眯眯地看着他说："方舟，《西游记》里边，铁扇公主的家，谁告诉孙悟空的？"夏方舟不知道。霍茂森笑着说："孙悟空本来就知道铁扇公主的家在芭蕉洞。"夏方舟笑着认输。

霍茂森话题回到工作上："贷款的事抓紧办，动作慢了，说不定第二个夏方舟半路杀出来。你不要回去，北京有些人你得见，有些事你得亲自去谈。明天我安排人通知建诚，准备资料，带人过来。"夏方舟说："听老师的。"

霍茂森又笑着摇头说："我也得给殿楚同志打个电话。这个老赵啊，从你来北京，他天天给我电话，让我带着你找银行。"夏方舟不好说什么，笑了笑。

霍茂森把这事放过去，说："方舟，今晚去我家吃饭。"夏方舟笑着说："老师想喝酒了。"霍茂森抱怨："你师母管得太严了，一次就让我来这么一小杯。你去了，你师母还是亲自下厨，你帮她弄几个菜，哄她高兴，咱们俩趁机多喝几杯！"夏方舟笑着说："老师的小阴谋！"霍茂森起身说："走！回家喝酒去！"

294

在四号高炉拆除工地上，陈国民对一个手下的老工长瞪眼说："你说什么？再说一遍。"

工长重新说："总部为咱们干的这工程，专门成立了项目指挥部，指挥长是你儿子天海，我们作业队归你儿子指挥。这回我说清楚了吧？队长。"

陈国民勃然大怒，说："陈天海小混账东西，他指挥老子？他懂个屁！没出息的东西，儿子指挥老子！老子像他这么大的时候，王牌队长，他算什么！"工长劝他："队长，这是总部的决定，我们得服从啊！"

陈国民气得发抖地说："总部个屁！老子就去总部！"说着便走了。

张建诚接待带着一身暴风的陈国民，满脸赔笑地说："陈队长，你消消气，消消气，你先坐，我给你沏杯茶。"

陈国民拉着架子坐到沙发上说："张总！你今天把话给我说清楚。"张建诚把茶杯放他面前，坐到对面，满脸带笑地说："陈队长，你二十六岁拿到七级工，功勋施工队长，全系统顶级劳模，大名鼎鼎，战功赫赫！我没说错吧？"陈国民不吃这一套。

张建诚话题顺势一转说："陈队长，天海今年多大，你比我清楚。他技校毕业参加工作……"陈国民怒声喝断对方："少来！他那也叫工作？在话剧团里整天蹦蹦跶跶，胡言乱语，没出息的东西！"

张建诚让步说："好！那不算。他中专毕业以后，别人脱产学习，他在职读函授，四年学习期间干了两年工长，半年副科长，大学毕业。他们这一茬儿，哪个比得了？陈队长，你二十六岁就功勋队长了，天海干一个项目指挥长，不过分吧？"

陈国民说："不对！我说的是你们为什么让陈天海指挥我？"张建诚笑着说："目前开工的就这一个项目，上你的作业队，天海是指挥长，他不指挥你指挥谁呢？陈队长，对的是事，不是人。"陈国民一时找不着话。

陈国民突然缓和了口气说："张总，这不是你决定的。我没说错吧？"张建诚说："是总部决定的。"

陈国民怒喝："夏方舟！对不对？"张建诚觉得莫名其妙，说："这……陈队长，这和夏总有什么关系？"陈国民逼视着他说："和他有什么关系，你心里清楚！今天我把话撂这儿，陈天海愿意指挥谁指挥谁，老子不干了！"甩袖就走。

陈国民一身的火，烧到了赵殿楚的办公室。赵殿楚耐着性子听完，有些气恼地说："陈国民！你胡联系，这和方舟有什么关系？夏方舟培养你儿子有什么错？"陈国民听不进去，说："培养我儿子？他拿我儿子糟践我。"赵殿楚生气地问："怎么就糟践你了？"

陈国民说："夏方舟别的事不会记恨我，他女儿……光复和汀兰的女儿戚芳薇和他断绝父女关系，他铁定认为是我捣的鬼，记恨我。他能拿我怎么样，他没办法！我什么脾气没比他了解的，从年轻时候起，我的工地上谁能指挥我？没有！把我那个没出息的儿子安到我的工地上，指挥我，我这脸往哪里放？他不是糟践我是什么！"

赵殿楚觉得又好气又好笑，说："国民，你、你让我怎么说你！"陈国民直接呛回来："不知怎么说那就别说！"只一个瞬间，巨大的伤感涌上来，说，"看出来了，我陈国民在你们这些领导眼里，过气儿了，没用了！"强忍泪水，转身而去。

赵殿楚心里有些不是滋味，想了一下，给秦晓丹打电话。秦晓丹放下电话来到张建诚这边。张建诚听她说了，问："赵书记说什么了？"秦晓丹说："没说什么，就是问一下。"张建诚知道赵书记不会是简单问了一下，便问："晓丹，你怎么考虑？"

秦晓丹态度明确地说："想到他会有情绪，以为会来找我。陈队长这个脾气，年轻的时候就这样。等他几天，脾气过去也许就明白过来了。实在不行，换队伍。不能只迁就他，培养年轻一代刻不容缓。"

就在这时，张建诚接到部里电话，准备材料，马上进京。

吃过晚饭，梁钱广带上一瓶酒，进了陈国民的家门。田青妮赶忙为他们弄两个小菜，两个人坐在小桌上，不紧不慢地小口喝着。正闲聊着，梁钱广突然开口说："国民，今天当着青妮问你一句，这话在我心里可不是闷了一年两年、十年八年了。"陈国民警惕地说："你想问什么，梁师傅？"

梁钱广说："我不给你拐弯抹角，国民，你是不是觉得青妮年轻的时候有对不住你的事？"坐在旁边的田青妮霎时泪如雨下。陈国民打个愣怔，说："梁师傅，你这话从哪儿说起？"

梁钱广不放过他，继续说："从江汉咱们就搭邻居，青妮行得正，走得直，为你、为这个家操劳了这么多年！你还大老爷们儿，四大金刚，凭什么对人家犯小心眼儿？今天咱把话挑明了，你给我说实话，青妮到底有什么地方对不住你？"

陈国民回避地说："我没那小心眼儿！"梁钱广直击要害说："照么说，我就不明白了，天海这孩子怎么就入不了你的眼呢？"陈国民急着地说："我……不，梁师傅，这和青妮没关系，我是嫌这孩子没出息！"梁钱广说："有出息没出息，他是你的儿子，给你养老送终的是他。"

陈国民被噎得找不着话。梁钱广规劝："青妮给你生养了这么大一儿子，你有什么不知足的？我就朝丽一个闺女，我知足！国民，这是咱自己的孩子！"陈国民无言以对，田青妮似乎有擦不完的泪。

梁钱广引入正题："青妮的事说完了。国民，秦总、夏总到这没认天海这个女婿，没和你通亲家。孩子结婚，夏总是有不对的地方，以前我也是这么说。可到底是你娶了儿媳妇，人家的心伤得透透的。秦总不计较，培养你儿子，你反过头来骂人家夏总，还有天理吗？"

陈国民说："梁师傅，谁让你来的？"梁钱广不瞒他说："赵书记亲自找的我。他看你这样，心疼。"陈国民还不服气地说："这事儿啊，梁师傅，面上是秦晓丹定的，背后里一准儿是夏方舟！他不同意，秦晓丹能不听他的？"

梁钱广用手指头点着他说："你以为都和你这样的，家里家外什么都得你定盘子？不是我揭你的短，你和夏总去深圳那会儿，说你们失魂落魄不为过吧？人家秦总那时候就是队伍上的总工，没秦总帮忙，连夏总说着，你们活儿都找不着。谁听谁的？你是真糊涂啊还是装糊涂？"陈国民被说的没了脾气。

田青妮在旁抹着泪，陈国民耷拉着头没话。气氛有些沉闷。

夏方舟在北京办完国际银团的美元贷款手续，火速赶回109冶。吃过晚饭，和秦晓丹来到书房说："晓丹，刚才吃饭的时候，你说对陈天海和同斌他们的安排，同斌在跟前，这个话我没说。这事不大，但也不是小事。晓丹，你处理得有些不妥。"

秦晓丹辩白："方舟，我必须为109冶的未来负责。"夏方舟说："我说的是处理方法。先说年轻人，同斌我放心。陈天海是不是真的过了工地这一关我不清楚。辛瑞和付向东这一关没过。冶建这一行，工地这一关必须过，不能上来就坐办公室。我们就这么一路走过来的。"秦晓丹答应："这没问题，我安排他们上工地。"

夏方舟接着说："再说陈国民……"秦晓丹轻轻打断他："方舟，陈队长的技术能力确实落后了。"夏方舟说："这一点他很清醒，他亲口对老师说过。我还是得说，陈国民他们身上一丝不苟、精益求精的大工匠精神要传承下来，不只是青年工人，陈天海他们也一样。晓丹，不说别人，我们两个从他身上学到了多少！"

秦晓丹意识到自己的问题出在哪里，说："我找陈队长道歉。"夏方舟笑着说："别给他道歉，他那个人！晓丹，给你个建议，陈天海他们的安排不用动，指挥长让陈国民干。总部正式发个文。"秦晓丹心悦诚服地说："大帅，听你的。"

295

夜深了。梁朝丽抱着双腿坐在床头，看着坐在简易双人沙发上的季成钢说："成钢，你说的那些道理、那些想法，我都信。我，能问你一句吗？你想回金江，也是有还秦晓丹的情债的那个意思，是吧？"

季成钢毫无预料，不知如何作答。梁朝丽起身下床，来到沙发前，坐到他的身边说："成钢，结婚时间也不短了，咱们两个人从来没有交过心，首先是我不对。"季成钢看着妻子，仍然不知道该说什么。

梁朝丽犹如自言自语："从来没对你说过我恨不恨武本奇，也恨过。他去深圳我没想和他离婚，哪料着他被开除了。那时没了单位，可不就成了盲流，名声也坏了，日子怎么过？我恨他，离了婚。后来明白了，我真心爱过他，爱他的时候满世界里只看着他一个人的好。爱，只要是真的，亲身经历过的，有什么错？干吗一定要恨谁？不恨了也就放下了，有时候还在心里惦记，他身边的人可知疼知热？"泪水滚落。

季成钢直愣愣地看着妻子，心却被触动了。梁朝丽擦一把泪，抬起头看着丈夫说："成钢，你爱秦晓丹爱了那么多年，到现在心里也放不下她，这不是错，爱一个人有什么错？错的是你对她做错了事，欠下了一份情债。我没多少文化，就像我爸常说的，做人用不着那些大道理，小道理就够了。这世上最沉的债，莫过于情债。不躲着，不绕着，欠债还债，没什么说不出口的，更没什么丢人的，堂堂正正的大男人就该这样。"季成钢霎时泪奔。

梁朝丽用手绢为丈夫擦着泪水说："我琢磨，你还有一份心思，年轻时错过了和夏大哥、秦晓丹一起做一番大事的机会，回去不光是还了那份情债，也是把年轻时错过的机会找回来。成钢，我猜到你心里去了吗？"

季成钢大泪无言，平生第一次用全部感情把妻子拥抱在怀。梁朝丽泣不成声地说："成钢，咱们带上孩子，回家。"季成钢紧紧拥抱着妻子说："回家……朝丽，咱们……回家！"

在四号高炉拆除工地的办公室里，陈国民端着架子打量着陈天海他们四个人。陈天海说："指挥长，我们来向你报到。"陈国民又瞪眼说："你喊我什么？"陈天海沉着地说："指挥长。这是工作场合。"

陈国民回过劲来，呵呵地笑着说："指挥长就对了！还懂点规矩。"陈国民黑着脸，一个个地点着说："陈天海、付向东、林同斌，你们三个小子，都不是什么好东西！"到程辛瑞换了笑脸，"辛瑞，好姑娘！大学毕业，先到一线！这话说起来，秦晓丹来到大三线，也是到我的工地，上海来的姑娘，女大学生，坚决下一线。一转眼的工夫，秦总了！辛瑞啊，我看好你，秦总就是你的榜样！"

程辛瑞说："指挥长，你在背后说大帅的坏话，我对你有意见！"陈国民一点也不恼，笑着说："小姑娘家，大人的事少掺和！都过来，一块研究研究，工程咱们怎么干！"年轻人相互看着，不出声地笑了。

下了班，陈国民刚回到家，心情不是一般的好，说："青妮，准备俩好菜，晚上有好戏看。梁师傅说，夏方舟听秦晓丹的，我也该听你的。嘿嘿！我打听清楚了，是夏方舟提议……不对，他是川南钢铁的老总，109冶的事不归他管……这么说吧，夏方舟批评秦晓丹，你这事干得不对，让陈国民当指挥长。你说，谁听谁的？"

田青妮笑着说："谁说得对听谁的呗！"陈国民嘿嘿地笑着说："今晚上我把梁师傅请过来，好好和他理论理论。小事上男女平等，到大事上还是得听男人的！夏方舟和我一样！"田青妮笑着嘲讽他："哎哟！什么事都能往你那一套上扯，也是本事！"

陈国民开心地说："我高兴！大丈夫就是大丈夫，夏方舟和我一样！"田青妮其实也替男人高兴，给他沏上茶。陈国民喝着茶，忽然一声叹。

陈国民说："青妮，你说，我不能老是不见夏方舟吧，见了说什么，装傻充愣，就当什么事都没有？那也不是人干的事啊！可要是说，话从哪儿说呀？"田青妮也不由得一声叹。

<h2 style="text-align:center">296</h2>

夏方舟家还没吃晚饭，三人坐在客厅里，林同斌学着陈国民的架势说："你们三个小子，都不是什么好东西！辛瑞，我看好你，秦总就是你的榜样！"听到敲门声，林同斌前去开门，看到站在门口的武本奇，惊喜地叫了声："本奇叔叔！"急忙把武本奇迎进门，从他手上接过简单的行李。

夏方舟和秦晓丹闻声从客厅出来，异口同声："本奇！"武本奇笑着说："丹姐！大哥！"秦晓丹情不自禁地和武本奇拥抱，笑里有泪。武本奇也是动了感情。秦晓丹嗔怨："来也不事先打个招呼！来，见你大哥。"武本奇激动地握住夏方舟的手说："大哥！"夏方舟同样激动地说："本奇！"

到客厅坐了下来，很快就说到了正题上。

武本奇说："我心里到底怎么想的，也是琢磨。第二次川南二期下马，跟着大哥和我师傅去了深圳，就算是彻底离开了。头些年没怎么去想，后来想起来，总觉得有点遗憾，到底遗憾什么也说不清。这次听说二期上马了，大哥和丹姐回来两头主事，念头一下子蹦出来了，年轻的时候有件大事没干完！翻过来覆过去，怎么也放不下！来了。"

夏方舟笑着说："你说年轻的时候有件大事没干完，还是想过来干点事？"武本奇说："大哥，你和丹姐给109冶培养了五十名大学生，在江汉冶建培训了两百名中专生，在东海冶建培训了五百名技校生，和我一样的出身，人才不缺，关键是有丹姐把舵，队伍不成问题。丹姐，有了精兵强将，没有好枪好炮，打胜仗也难。109冶的好设备、大型设备，都让东海和江汉抽走了，说实在的，那些设备留下也没多大用处，都过时了，你们在东海用的大型设备不都是进口的？你们急缺一样大型设备，150吨长臂坦克吊。"秦晓丹惊奇地问："本奇，你从哪儿弄到的这些情报？"

武本奇笑了，说："丹姐，当年弄那奖金，我给师傅说，如果早生三十年，我绝对是超级地下党！我有进口的最顶尖的技术。送给109冶我可舍不得，借给丹姐。"秦晓丹有些眼热，看看夏方舟说："本奇，这人情太大了，我还不起！你是民企呀！"

武本奇好似话题一转，说："丹姐，大哥，你们还记得王卫国吗？卫国在外面闯荡了几年，还是想干冶建，现在是我的副总。我的坦克吊明天到金江，他派人一路押送过来。另外还有二十个人，高级技工，工程师，项目管理……王卫国带队。丹姐，让他们跟着你干两年，帮我带带他们，也算是你付我的租金。成吗？"

秦晓丹眼中有泪。夏方舟说："今天，破一回规矩。同斌，你去食堂，川南钢铁的食堂，让他们给我做八个菜，拣最好的做，送到家来。"林同斌应声而起。

夜深了。吃过晚饭，秦晓丹见夏方舟和武本奇意犹未尽，在客厅里重新为他们摆上酒，夏方舟和武本奇就着茶几上的一碟花生米，边喝边谈。

武本奇心有余悸地说："大哥，他要是再把我打出来骂出来呢？"夏方舟觉得不会，说："其实啊，本奇，在深圳后期，他心里已经认了你，和我说过几次，想悄悄地见你，不让别人知道。没这份心思，那年为 109 冶去不去深圳，他不至于在会上当场和我翻了脸。"武本奇还是心里没谱，说："那我那年来看他，对我那样！"

夏方舟解释说："你那次回来，几个事都赶到一块了，一个是东海，再有为同斌的事，和我、你丹姐关系闹得很紧张，另外还有他和程总，总之是憋了一肚子火，你正好撞上。再有呢，他那脾气你知道，你那么风风光光的回来，他面子上下不来，借机发威。"

武本奇说："我还是有点发怵。"秦晓丹问他："本奇，真想见他？"武本奇真情实意地说："丹姐，有些事，就像这酒，时间越长越香。年纪渐长，有些东西体会到了。那些年，师傅他对我……恩情！就是这俩字。师傅和师母，就像我爹妈……我这趟回来，其中一项就是为了他。"

秦晓丹说："我给你出个主意。"

第六十六章

297

　　川南二期大型工地上的空旷处，巨型坦克吊长臂高耸，引来很多人围观、赞叹。

　　陈国民仰望设备，身边是王卫国和他带来的几个人，还有几个工长，稍远一点是陈天海、林同斌、程辛瑞和付向东他们。陈国民喃喃自语："武本奇你小子，好你个混账东西，还真不忘本！"眼中有泪，揉眼假装若无其事，喊道："王卫国，我听说，武本奇那小子来了，他怎么不来见我，不敢是不是？"王卫国满脸的笑，说："队长，本奇来见你，你不又把他打出去了？"

　　陈国民两眼一瞪说："我打他骂他怎么了！徒弟背叛师傅，你说，该怎么对付？他敢来，我照样把他打回去、骂回去！你甭给我堆这一脸笑模样，我根本不想见他！"忍不住又去看坦克吊。

　　秦晓丹来到他的身边仰望吊车长臂，点点头。陈国民掩饰不住地夸赞："这大家伙，就这架势，那就是大钢铁的气派。你别说，这大家伙还真是救了咱们的急，及时雨啊！你说是吧，秦总？"秦晓丹依然仰望吊臂，轻描淡写地说："陈队长，有人来看你。"

　　武本奇的声音从身后传来："师傅！"陈国民陡然一震，慢慢转过了身。武本奇扑通跪地，满眼泪地说："师傅，徒弟给你磕头了！"

　　陈国民浑身颤抖，嘴唇哆嗦着说不出话。武本奇说："师傅，徒弟对不起你！"再磕头。陈国民哆嗦着紧上两步，想拉起武本奇，说："本奇……本奇啊……快起来，快起来呀！起来，起来……"

　　武本奇跪地不起，说："师傅，徒弟想你了！"陈国民浑身发软使不上劲，拉不起武本奇，急得直跺脚，带着哭腔说："帮帮忙，帮帮忙啊！把本奇给我扶起来……"

　　秦晓丹已经到站在附近的夏方舟和张建诚这边，感慨万分地说："事前我还有点担心，怕陈队长……根本想不到……他动了这么大的感情，平日里他那么英雄的人。"张建诚感动地说："师徒两人，都是重情重义的男人。"

　　夏方舟说："一对山东好汉子！"

　　陈国民带武本奇回到家里，田青妮拉着武本奇泣不成声。武本奇满脸泪水地喊：

"师母！"陈国民也是满眼的泪，训斥："哭起来没个完！赶紧弄菜去！"

田青妮很快上了菜，陈国民还是习惯和武本奇在小桌上喝酒，田青妮陪在旁边。千言万语都在这酒里。武本奇抓住一个话题说："师傅，你和夏大哥这么僵着不是个办法，也不对呀！"陈国民着急上火地说："本奇，说起这事我就急。"武本奇忙说："师傅，你着急冲着我来。"

陈国民赶紧给他解释："不是这个急！本奇啊，我和你夏大哥以前那是什么关系？你都亲眼见的。后来有些工作上的事，那个好说，说清楚就过去了，我和你夏大哥都不是那种算计的人。现在呢，弄成了个死扣。海子和芳薇结婚，你夏大哥不同意，也难怪人家不同意，海子那时候，别说夏大哥，我看着他都没出息。为这，芳薇和你夏大哥撕破了脸，断绝了父女关系。是你师傅不对，不该让他俩急着结婚。可事已经成了呀！芳薇不认你夏大哥是她爸，我怎么和他通这个亲家？不通亲家，我不能见了他。你问你师母，我俩为这事愁得……"

武本奇琢磨着说："这个扣，在芳薇身上。"陈国民应道："是啊！本奇，你心眼儿多，脑子转得快，帮师傅师母想个办法。"

298

人才接待办公室主任向夏方舟汇报："夏总，你的'三不要'人才方略，成效显著啊！最新的数字，有意向的六千多人，已经落实了两千多人。看来四千人这个名额上限，我们得精挑细选，要不然还压不住。"

夏方舟说："严格把关，尽快落实。所有的人提前到岗，有些关键岗位的人才还要送到东海、东北、江汉几家大钢企培训。"主任显得有些迟疑，说："夏总，还有件事，本来这事不该惊动你……"欲言又止。夏方舟让他说。

主任说："一对夫妻，两个医学硕士，年纪也好，医院那边一谈，马上报上来了，坚决要。可这女的提了个条件，她要见你。"夏方舟很意外地问："说什么原因了吗？"主任说："问了，她不说，只说把她的名字告诉你，你一准儿见她。"

夏方舟问："什么名字？"主任说："展蔚玉。"夏方舟稍稍一怔，说："马上请！"

展蔚玉过来之后，夏方舟听了她提的条件，当场表态说："展大夫，你提的没有无理要求，全部落实！有一件事，非常私人化，也比较敏感，我还是得对你说。"展蔚玉点头说："夏总，你请说。"

夏方舟说："季成钢季总，他本来调到了江汉冶建任常务副总兼总工。不清楚你是否了解，这一次他也回来了。他放弃了常务副总，到109冶任职总经济师。我不知道这对你有没有影响。"

展蔚玉感激地说："多谢夏总体谅！季成钢的儿子也是我的儿子……我儿子小钢，今年十一岁了。我不亏欠季成钢，他也不亏欠我，我亏欠我的儿子。"

夏方舟起身伸出手。展蔚玉忙起身握住对方的手。夏方舟说："展大夫，欢迎来到川南钢铁！"展蔚玉说："谢谢夏总！"

戚芳薇从江汉钢铁设计院办公楼出来，见到武本奇，惊喜地跳起来说："本奇叔叔！"

武本奇把戚芳薇带到江汉顶级的西餐厅，慢慢吃着，亲切地说："芳薇，小时候的事还记得吗？上学以前。"戚芳薇回想说："有些记得，很多都忘了。"

武本奇回忆说："那一年，你不到五岁。你晓丹妈妈在部队，帮……帮我夏大哥带你的是佳丽妈妈。佳丽妈妈演出任务不重的时候，接送你去幼儿园，给你做饭吃。我夏大哥那时忙得一塌糊涂，佳丽妈妈演出任务重的时候，他带你吃食堂。你吃惯了佳丽妈妈的饭菜，不喜欢食堂的饭菜。我夏大哥决定学做饭。我师傅嘲笑他，一个大男人学做饭！有一次，我们听他说，他把菜做得齁咸齁咸的，把你齁着了……"

戚芳薇的泪水涌了上来。说不清为什么，在她关于童年的记忆中，那是印象最深刻的一个瞬间，至今历历在目。

戚芳薇擦着泪说："本奇叔叔，最近你见过……见过他们吗？"

武本奇告诉她："芳薇，我是从金江过来的。回去见了大哥，丹姐，还有我师傅。我师傅重新认了我这徒弟，师母拉着我不放手，哭得像个泪人……大哥和丹姐，忙啊！川南二期马上就开工了，那么大的工程，那么高的技术要求，两个老总接下来还要更忙。芳薇，他们想你啊！你也知道，我大哥很少掉泪，那天他和丹姐对我说起你，两个人的泪……"说不下去。擦泪。

戚芳薇泣不成声。武本奇控制住情绪，把戚芳薇的一只手握住说："芳薇，你长大了，有些事过去就过去了，也有些事，这一辈子都不能忘了。"戚芳薇哭得抬不起头。

299

二期工程三方会议在川南钢铁办公大楼小会议室举行。夏方舟、秦晓丹、季成钢、张建诚和邵睿信等三方老总全都到场，余下的还有其他三方工作人员。

秦晓丹首先发言："今天这个会，是我们乙方向甲方、丙方说明我方有关工程预算的情况。对不起啊大帅，没提前和你私下沟通。也向学长邵院长表示道歉！毕竟有三方合同制约，我们得按规矩来。工程预算是我方总经济师季总主持的，请季总向两位指挥长和同志们通报。"

季成钢从容开口："夏总，邵院长，贵方的同志们，完整的文件已经放到了贵方具体负责的同志的桌面上，我在这里先简单说一下。我方认真研究了甲方提供的全部文件和资料，认真研究了丙方根据甲方要求修改后的总图。经过我方认真测算，我方把甲方的工程预算压缩了百分之三。如果超出了我方提供的预算案，我方承担责任。这是第一个要点。"停下来，看两方反应。

果然如他所料，夏方舟和邵睿信都是有些意外。

邵睿信说："张总，晓丹，贵方报告是季总主持的，有问题，我们就直接问季总了。季总，夏总指挥长主持的甲方预算报告，我方也进行了认真的评估测算，我方的基本意见，简单说，扎实、可信、可行、可靠。贵方在这个基础上再消减百分之三，我的问题是，贵方能够在规定的工期内保质保量完成工程，达到设计要求吗？"

季成钢胸有成竹地说："川南二期工程，甲方承受着巨额贷款利息的沉重压力，在我方没有提供标书的情况下，指定我方作为乙方，这是对我方的最大信任。主动为甲方分担压力，是我方应有的态度和责任。接下来我向贵双方着重说明几个要点……"

这一次是陈国民在家吃完晚饭，带一瓶酒到梁钱广家。两人小酒就着小菜喝了没几口，陈国民说："梁师傅，你那女婿把二期的工程款降低了百分之三，细算起来，109 冶差不多帮川南钢铁顶了小一半的利息，咱们这边，川南钢铁那边，到处沸沸扬扬，说什么的都有。他怎么个意思？"

梁钱广反问他："总部文件精神你没听啊？人家相信咱，咱也得替人家分忧。"

陈国民根本不信，说："季成钢这东西……不骂！说事。他好搞幺蛾子，心里不定打什么主意。梁师傅，你别给我瞪眼。那回我骂你女婿做得有点过，给你赔个不是！咱接着说。这些日子我一直琢磨，秦晓丹为什么把季成钢调回来，还是夏方舟给办的手续。琢磨来琢磨去，梁师傅，人家是为了你。你和嫂子虽说退休了，工资关系、医疗关系、粮食关系、住房，都在这边。你就朝丽这一个闺女，老两口搬去江汉和女婿住，他三室一厅，住得下。可你这工资、粮本，尤其看病报销，没法转过去吧？109 冶什么时候有过总经济师啊，不就是给季成钢设了个虚位子吗！他在那边混得猪八戒照镜子里外不是人，待不下去了！秦总也罢，夏方舟也罢，让他回来是为了你，朝丽回来，你身边有个照应。你说，我说的在理不在理？"梁钱广让陈国民说的找不着话。

陈国民一个圈子兜下来，这才说："梁师傅，今天我过来，绕了这半天，其实就为一句话，梁师傅，掐着你女婿的耳朵好好地嘱咐嘱咐，千万别搞什么幺蛾子！弄出事来，咱 109 冶丢不起这个人！你老师傅一辈子了，脸上也挂不住啊！他要是好好干，我重新认下他这徒弟，我脸上不也有光吗！你说我说的在不在理？"

梁钱广被说动了心思，说："在理，在理！"

<h2 style="text-align:center">300</h2>

夏方舟特意把秦晓丹叫到办公室，和她斜对面坐在沙发里，郑重其事地说："晓丹，季成钢修订的预算报告，我们仔细研究了，今天，正式报告到了我的办公桌上。我给学长打了个电话，他们的结论和我们一样，出奇地好。我和学长有个共同疑问，他怎么做到的？"

秦晓丹笑着说："大帅，你和邵院长怀疑是我做的？"夏方舟不相信地问："真是他做的？"秦晓丹认真地说："我做的最后审查，除了个别外文资料，基本上没有修改。"夏方舟说："难以置信。晓丹，你有事没告诉我。"

秦晓丹笑得有些调皮地说："大帅，你不同意让季成钢回来，若不是我求你，即便换了建诚求你，你也会当面顶回去。"夏方舟不回避地说："我对他不放心。"

秦晓丹把严肃的问题轻松地说:"对他的过去,我们都了解,即便不牵扯到个人品质,单就工作而言,他也是说得多,做得少,大话连篇,眼高手低。他第一次来,有一样说动了我,我想给他个机会试试。我不敢在你这里把话说得太满,万一砸了,大帅还不得训我呀!我问他最后一个问题,他为什么要到109冶做总经济师?我们没这个职位……"

当时,季成钢听了秦晓丹的提问,不掩锋芒地说:"不止109冶,国有企业都没有这个职位。不用客气!不做成本核算,想做又不懂得怎么做,到目前为止是国有企业的通病。现在有些企业,搞了些所谓的成本核算,基本上是花拳绣腿,最好的也不过沾了点皮毛。只计投入不计产出这个毛病不改,国有企业,尤其是大国有企业的改革就是一句空话。"

秦晓丹受到震撼。季成钢看着秦晓丹说:"抱歉!我还是要说到夏方舟,不然说不清我的心情。"秦晓丹同意了。

季成钢说:"从夏方舟来到金江第一天起,我就把他视为竞争对手,其中的原因我们共同经历过,不用再说。很快答案就出来了,他没有对手。我试图利用当时的政治环境,最终枉然。后来我去读研,仍然是想要超过他。一直到去江汉,接手他从欧洲带回来的项目,我做的只是其中的一个子项目,他整理的那些技改的资料,不仅是我,江汉的高工们很多地方照样看不懂。梦醒了,在国内冶建领域,夏方舟一骑绝尘,即使跨界到钢铁和设计,也很少有人能出其右。人生需要对手,我不想输。我发现了国有企业的通病,几乎把所有的精力都放到了这上面。资本主义国家的企业怎么做到的?我甚至派人去武本奇的企业深入考察,他白手起家,短短几年做成这么大的企业,他到底怎么做到的?去年,我爸当厂长的那个小工厂,地方国营,活不下去了,这给了我实践的机会。一个探亲假,我用他厂里的人做了一个成本核算。一个季度扭亏增盈,到年底,盈利百分之三十。"

秦晓丹接受了他,问:"那你想回到109冶?"季成钢开诚布公地说:"就个人关系而言,一方面,我会在工程费用上赢过夏方舟。另一面,希望能和你、夏方舟共同完成一桩伟业,了却夙愿。"

秦晓丹把此前没有告诉夏方舟的事情说完,看着沉思的他说:"大帅?"夏方舟思考着说:"选择强大对手,绝不服输,把这当作人生动力,正相关动力。"秦晓丹舒了口气说:"这次他说到了,做到了。"

夏方舟感慨:"晓丹,在很多方面、很多事情上我还是要向你学习,特别在识人用人上,我和你差距巨大,你还要当我的老师。"秦晓丹笑着说:"大帅,不许你这么说!告诉你个小秘密,女人是需要偶像的。"

夏方舟正要说什么,听到异常谨慎的敲门声。两人忙收拾心情,回到工作状态。门开了,人没有进来。夏方舟有些不快,正要站起来。

秦晓丹用手压住他的腿,轻声说:"看来是知道我在这儿,我去看看。"起身到门口,看到来人,立刻愣住了。秦晓丹飞快地看一眼夏方舟,笑着对来人说:"芳薇,进来,快进来呀!"夏方舟陡然一震,猛地站了起来,竟然是挪不动脚步,直直地看着那边。

戚芳薇进门，局促地站在门口，几番话到嘴边，却是叫了声："秦总。"夏方舟听到这一句，疲惫地坐在沙发上。秦晓丹飞快地掩饰住失望，依然笑着拉起戚芳薇的手，把对方带进门来，顺手掩上房门。

夏方舟直直地看着戚芳薇，她一直不抬头。秦晓丹拉着她的手到沙发前说："芳薇，坐。"戚芳薇仍不抬头，迟疑片刻，喊了声："夏总。"夏方舟再受重击，良久说了句："坐吧！"戚芳薇坐到距离夏方舟最远的沙发上。

秦晓丹柔声细语地问："芳薇，你来是看夏总，还是有事要办？"戚芳薇吞吞吐吐地说："我想……我想回来，单位不放……'三不要'政策，我符合吗？"秦晓丹满口应下："芳薇，想回来随时都可以。想去哪个单位？"

戚芳薇仍然不抬头地说："我想回来去钢研院。行吗？"秦晓丹先看看夏方舟，然后说："芳薇，头几天大帅去钢研院，和大家座谈，钒钛的提炼，尤其是钛的提炼，是世界性的难题，下一步在钢研院建立钒钛所。这样有深度的课题值得为它付出长久的努力。芳薇，你能回来，太好了！"

楼下，陈天海不安地来回徘徊，不时驻足朝上面看过去。

戚芳薇仍不抬头地说："我，可以去办手续吗？"说着站起来。夏方舟跟着站了起来，几乎是最后的期待。戚芳薇仍然没有抬头，转过身，慢慢地走向门口。

秦晓丹看着悲痛欲绝的夏方舟，泪水霎时溃堤，说："芳薇，请等一等！芳薇，无论大帅对你做错了什么，也无论你心里怎么想的，我无权干涉你的选择，只想告诉你一件事。有时候我夜半醒来，大帅大睁着眼睛，看着空荡荡的天花板，一遍一遍地念着你的名字。我不敢惊动他，假装没有醒，能够让他保持对你的思念，对他也是莫大的安慰……"秦晓丹说不下去了。

戚芳薇早已泪崩，浑身颤抖，突然跪倒在秦晓丹面前，抱住秦晓丹，泣不成声地喊："妈妈……妈妈……"秦晓丹猝不及防，手忙脚乱地说："芳薇，起来……"

夏方舟像一个沙袋沉重地倒在沙发上。秦晓丹顾不得戚芳薇，几步奔过去，把没有知觉的夏方舟抱在怀里，泪如雨下，大喊："方舟、方舟、方舟……大帅、大帅……"戚芳薇反应过来，爬过来，哭喊："爸爸！爸爸！爸爸……"

夏方舟憋住的一口气缓了过来。秦晓丹看着他，戚芳薇紧张地屏住了呼吸。夏方舟还不是很清醒。秦晓丹把夏方舟抱在怀里哭着说："方舟，你吓死我了！"夏方舟望着秦晓丹说："刚才好像做了个梦，女儿回来了……"

戚芳薇哭喊："爸爸！爸爸！"秦晓丹泪眼带笑地说："方舟，不是梦，是真的！我们的女儿回来了！"扶正了身子发软的丈夫。夏方舟渐渐清醒过来，说："芳薇，真的是你？"戚芳薇跪身在夏方舟面前，附身在父亲腿上，放声大哭。

夏方舟霎时泪流满面。

　

陈国民和夏方舟并肩站在一起，看着将要建设的工地，慨叹："眼前这情景，让我想起了当年的大会战，那时候是人山人海，眼下是机械化。不服气不行啊！"夏方舟看着工地不说话。陈国民不满地说："我感慨了这半天了，你也说说！马上就要全面开工了，你这个总指挥长没态度不行。"

夏方舟不看他，喊声："陈国民。"陈国民条件反射一般，问："你……你干吗？"夏方舟还是不看他，喊声："陈国民。"陈国民从他身边拉开两步说："你当面叫我陈国民就没什么好事！你到底想干吗？"夏方舟仍然不看他，喊了声："陈国民。"陈国民服气了，回到他身边说："我求你了！有什么事你开开金口！"

夏方舟这才看着他说："我女儿你就这么娶过去了？我和晓丹，新娘爸妈，你的亲家，婚宴上的位置在哪儿呢？"陈国民顿时如释重负，开心地笑起来说："我觉着吧，咱们亲家，那个词叫什么来着？冰释前嫌，一好百好……不！怪我，怪我！方舟，你什么都不用管，我重新来过，大操大办，风风光光地把你的宝贝女儿娶进门来！亲家公，这事，就这么定了！"

301

大红色的鞭炮炸响。

红色横幅上写着：川南钢铁四号高炉荣获鲁班奖庆典大会。

大型舞台上的慰问演出正在进行。陈国民和夏方舟在离舞台很远的地方，周围人不多。陈国民说："还记得吧，第一个叫你夏总的是我。我让你叫我指挥长，我叫你夏总，没忘吧？"

夏方舟说："就在眼前。一转眼，孩子们挑大梁了。听晓丹说，天海要干二公司经理了，大有前途！"陈国民心生感慨："方舟啊，我是不是年纪大了，遇事总想发点感慨。"夏方舟笑着说："别把自己说得这么可怜，你没那么老！整个二期干下来，你还是王牌！"

陈国民不买账地说："又晃我！这回干二期，你那边我说不着。我们这边，该回来的，能回来的，都回来了。远了不说，我徒弟季成钢干得不错。本奇那小子，自己来不了，支援了设备，也算是回来参加了。方舟啊，我想起个人来，还挺想她。你知道我说的是谁。"夏方舟明白，说："我和晓丹都很想她。"陈国民说："那我就叨叨两句。听本奇说……"

这边话没说完，秦晓丹、武本奇、张建诚和邵睿信他们陪着赵殿楚朝这边走过来，夏方舟和陈国民赶忙迎上去。

赵殿楚笑着说："你们俩亲家，方舟呢，给金江立了大功，头一功非你莫属！国民呢，宝刀不老！文武英雄俩亲家！"众人鼓掌喝彩。赵殿楚招呼大家："来，都来，都来，照个相！"

庆典照片飞跃重洋到了乔佳丽手上，同时抵达的还有武本奇的书信：

"佳丽，大哥和丹姐指挥的川南四号高炉获得了中国建筑工程最高奖——鲁班奖。挑了一些庆典大会的照片给你寄过去……"

乔佳丽端详着其中一张夏方舟和秦晓丹穿着工装的照片，不知不觉热泪盈眶……

秦晓丹正在五十米重轨设备安装现场布置工作，程辛瑞说："秦总，大帅来了！"秦晓丹工作时间不接电话的规矩还在，夏方舟到工地找她肯定有事，对陈天海他们安排几句，迎上前去。夏方舟说："我老师来了个电话，让我马上去北京，特意嘱咐你一起去。具体什么事，不说。"

夏方舟和秦晓丹火速赶往北京，霍茂森在冶金部的办公室接见他们，说："退下来两年多了，这间办公室他们还给我留着。"夏方舟笑着说："老师闲不下来。钢铁和冶建，都需要老师把脉。"霍茂森说："不听你吹捧。晓丹，你们那边怎么样？"

秦晓丹夸赞丈夫："老部长，你的学生跨了界，还是大帅。当初修改总图方案，提前上重轨，够得上生死攸关的决策。重轨产品一出来，川南钢铁的形势马上变了，川南的重轨是含钒的合金钢，品质独特，效益好得不得了，谁还敢说川南是钢坯公司！现在，金江的姑娘梳头都朝着川南钢铁。"霍茂森好奇地问："这有什么说法？"秦晓丹笑着说："想嫁到川南啊！"

霍茂森也笑了，说："晓丹，不说他，说你那边。"秦晓丹回答："我们现在干五十米重轨线，世界级，国内独此一家。方舟打算等时机成熟，还要上百米线，那就更不得了！"霍茂森："急急忙忙地叫你们过来，方舟，国家正在酝酿西部开发战略。"夏方舟激动地说："国家准备开发西部了？"

霍茂森用词严谨地说："准确地说，还在酝酿阶段。如果能实现，那将是国家发展方向的重大战略调整。方舟，你有这想法不是一天两天了。"夏方舟急切地问："老师，我能做什么？"霍茂森告诉他："有个规格很高的会议，听取各方面一流专家的意见，方舟啊，我推荐了你。"

夏方舟无须思考地说："从今天的眼光看过去，当年大三线建设改变了中国的工业布局，西部开发，老三线企业是一笔极其重要的资源。就其地理位置，比之东南沿海，确有其先天不足。中国是一个幅员辽阔的大国，仅仅依靠东南沿海的发达，不会成为世界一流强国，从某种意义上说，西部强则中国强！老三线从过去的战略备份，转化形成了今天完整的工业体系，为国家开发西部奠定了坚强的战略基石，现在到了国家下决心开发西部的时候了，这个战略确定下来，昔日的大三线必将凤凰涅槃，成为中国强国梦想的坚强支撑。"

夏方舟去参加的高规格会议，连续开了几天。这天下午，秦晓丹陪着霍茂森在街边的公园散步，有些说不出的担心："老部长，方舟的意见能引起重视吗？"霍茂森点点头，说："晓丹啊，家国情怀，天下胸襟！这是我们中国知识分子追求的最高境界。我有个预感，方舟能为整个老三线企业和国家西部的开发找到结合点，成为这个伟大事件的支点。知识分子的良心，是国家的支点。"秦晓丹由着这句话思考出去，不觉陷入沉思。

霍茂森说："晓丹，这次让你和方舟一块过来，有个任务，他参加完会，你和他一起去东海。川南二期的成功经验起到了很好的示范效应，东海三期自筹资金的报告到部里了，很快上马。你和方舟过去，和他们交流交流，时风同志那边你重点谈。"

302

夏方舟和秦晓丹去东海的第三天，程辛瑞得到了消息，晚上和林同斌找了一家小饭店，对林同斌说："同斌，大帅和秦总去东海，恐怕不那么简单。"但林同斌没觉得。

程辛瑞告诉他："我给我爸打电话了。"林同斌问："你爸说什么了？"程辛瑞几乎是一字一顿地说："东海，想留下大帅和秦总。"林同斌还是觉得不可能。

程辛瑞问他："怎么不可能？大帅如今是身跨两界的大帅，秦总是冶建领域顶级的总工，女总工！东海自筹资金上三期，我们成功的经验在先！我要是东海老总，你说我会怎么做？"林同斌笑着说："辛瑞，你会成为女总工，不会成为老总。"程辛瑞不但不服气，还极为自信地说："那要看我想不想。同斌，假如大帅和秦总去东海，你去不去？"

林同斌好似回避地说："你肯定不去。"程辛瑞说："我问你！"林同斌深情地看着她说："我和你在一起。"程辛瑞甜甜地笑了。林同斌接上刚才的话题："辛瑞，放心吧，舅舅和舅妈绝对不会去东海！"

以秦晓丹为主的 109 冶领导班子，和程时风率领的班子谈了整整三天。公事谈完，程时风选了一家川菜馆，不带别人，只有他们三人。

酒过三巡，程时风的一个话题令夏方舟极为意外："同斌和辛瑞恋爱了？"程时风更是意外地问："你不晓得？"夏方舟去看秦晓丹。秦晓丹微笑着说："同斌让我先不要告诉你。"

夏方舟很有些不快地说："为什么？怕我干涉他？"秦晓丹笑嗔："大帅，你想哪里去了！同斌和辛瑞的想法，等拿下五十米重轨，给你一个意外惊喜，双喜临门。"夏方舟释怀，笑着说："这小子，回头我找他算账。"

程时风说："刚才吓我一跳！喝杯酒压压惊！"夏方舟喝过酒，认真起来，说："程总，同斌的家庭条件和你可是没法比。"程时风叫声："大帅！不让我巴结是不是？你和秦总对同斌，就是亲生父母也未必能到这地步！辛瑞嫁给同斌，也算你半个儿媳妇呢！秦总，你评评理。"

秦晓丹笑着说："我很喜欢辛瑞！"程时风接着说："辛瑞昨天晚上给我打电话，我没走心冒了一句，东海想留下你和大帅，辛瑞那边急得直哭，电话里朝我嚷，说什么也不能让大帅和秦总留在东海。我再怎么给她解释都听不进去。"

夏方舟和秦晓丹都笑了。程时风动了感情说："秦总，辛瑞就托付给你和大帅了！"秦晓丹说："程总，你放心！辛瑞很有前途！"

明天就要回金江了，秦晓丹和夏方舟坐在露台，慢慢地品着茶说："方舟，西部开发的战略能上升到国家层面吗？"

夏方舟直言不讳："各种声音都有，分歧很大。有些针对我的观点，说我心里只有那些老三线企业，格局狭隘。无论反对意见有多大，我会竭尽全力推动这个伟大的时刻尽快降临。"秦晓丹忧虑地说:"西部上不去,东南沿海再发达,中国也只是跛足巨人。"夏方舟以天下为己任,说:"事关国运,义不容辞。"

片刻,秦晓丹忽然说:"方舟,我有种感觉,我们回不来了。"夏方舟肯定地说:"不会!我们回去做川南二期,你对老师说,择一人白头,择一城终老。老师说我听不懂,我听懂了。等我们做完该做的事,回来颐养天年。"

秦晓丹说:"方舟,你会去北京。"夏方舟并不很意外地问:"老师对你说什么了?"秦晓丹笑着摇头说:"无论去哪,最后我们会回到那里,择一城终老,我们一生的归宿。方舟,有时候我会想子山,大山深处,有没有人会给他扫墓?"秦晓丹起身,朝夏方舟伸出手说:"来,方舟。"

秦晓丹拉着夏方舟走过房间、花园、院落,述说着一段段在这里度过的那些岁月。美好的少女时代,去大三线前决绝的告别,还有和夏方舟在这共同度过的美好时光!

很多事情往往在事后人们才能领悟,有些看起来是一念之间的所作所为、所思所想,竟是命运安排的最后的心灵告别。

第六十七章

303

重轨车间。设备安装调试遇到了问题，陈天海、林同斌、程辛瑞和付向东，和其他许多人围在秦晓丹身边。面带倦容的秦晓丹结合图纸为他们进行解说。

车间门口，夏方舟伫立良久，一声长叹，转身而去。

张建诚看到刚进门的夏方舟，忙起身说："哟，大帅，你怎么过来了！有什么事你打个电话，我过去就是了。"夏方舟着急地说："建诚，你得说说晓丹，不是简单说说，你得管管她！"张建诚困惑地问："晓丹怎么了？"

夏方舟发脾气说："她怎么了？你不知道？这段时间她连轴转，有时候连续几天只睡几个小时，她身体受得了吗？我说她，一个笑脸就把我顶回来。你是老总啊，你不管她谁管她？"

张建诚解释："大帅，我没少说晓丹。情况你都知道，关键设备全是进口的，按照合同，对方必须提供技术支持，但是突然要制裁我们，说变脸就变，不提供了。晓丹根本不信这个邪。陈天海这个青年班子又是晓丹一手带起来的……"

夏方舟打住他，发火说："建诚！我不听你说这些！你管不了你的副总是不是？好，我要检查你们的施工质量，马上给我停工！"张建诚赶忙劝他："大帅！大帅，别着急，我理解，理解……让我想想办法，"

重轨车间。秦晓丹把图纸放在一个临时的案子上说："今天我们把所有的问题汇总一下。谁先说？"程辛瑞举手说："秦总，我有问题……"

陈国民大步过来，远远的一声怒吼："秦晓丹！"众人皆是一惊。陈国民到跟前，指着陈天海、林同斌他们，直接开骂："你们这群小王八崽子，都给我滚！你们这群小黄毛丫头，我不骂你们，给我走远点！"

秦晓丹也不明白陈国民哪来的这么大的火气，做了个手势，让大家离开些距离。陈国民待人们散开，不等秦晓丹开口，拉着她走了几步，压低了嗓音："晓丹啊，你要把自己累死啊！"秦晓丹明白了，心头一热。

陈国民拉着秦晓丹再走出几步，还是压着嗓子说："晓丹，跟谁比也别跟夏方舟那家伙比，他什么体质，九条命的猫！夏方舟也不是当年了，当年他那个连轴转，放到今天，他这个老猫照样死在台子上！方舟心疼你，说不了你，跑去给张总发脾气，要停我们的工。方舟他是那种乱发脾气的人吗？张总拿你也没辙，想来想去，我陈国民这张脸在你这里有点面子。什么也别说，去我工地办公室，别嫌不干净，不干净也得跟我走，去睡个午觉，三个小时。"

秦晓丹还想争取。陈国民当即变了脸色，说："不去是不是？那好！我今天就在这儿不走了，看谁敢靠你的边，骂他们我是轻的，惹急了我，我跟他们动手！我看谁敢给我还手！"秦晓丹感动地说："队长，听你的！"

陈国民舒了口气，仍然不放心地拉着她，边走边说："晓丹，就算是为了方舟……别，咱不为他！晓丹啊，不为别的，就算我这个老队长求你，为了咱们109冶，你也不能把身体搞垮了呀……"

夏方舟接到陈国民的电话，急忙到了他的工地办公室。陈国民和他在窗外朝里边看，秦晓丹在里面的简易行军床上，盖一条毛巾被侧身睡着了。陈国民压着嗓子说："刚睡着。"

夏方舟长长地舒了口气说："欠你一顿酒。"陈国民讲价："两顿。"夏方舟还价："三顿。"陈国民压着嗓子说："没你这么讲价的！门从外面锁上了，人我也安排好了，在外面守着，谁也不敢惊动她。忙你的去吧！"

夏方舟动容地说："以后，不叫你队长了，也不叫你陈国民。"陈国民了解对方心思，故意逗他："那你叫我什么？"夏方舟认真地说："国民兄。"陈国民笑着说："这就对了！咱俩是亲家，我是你大哥。咱俩别嘚嘚了，让晓丹好好睡一会儿。走。"夏方舟又从窗口看了一眼熟睡中的秦晓丹，和陈国民离开了。

在陈国民办公室里侧身而睡的秦晓丹，泪水顺着眼角流下来。

早上的阳光透过乳白色的窗帘，照到睡梦中的秦晓丹的脸上，她醒了，却不想醒来。夏方舟悄声进来，看到妻子的第一眼，不觉呆了。人生中的有些时刻，时光确实是会倒流的。这一刻，所有的岁月痕迹都消失了，时光逆转，青春重来。

夏方舟坐到床边，看着妻子。秦晓丹感觉到了，睁开眼睛。秦晓丹微笑。夏方舟说："晓丹，你真美。"秦晓丹娇声说："不想起床。"夏方舟说："那就再睡一会儿。这段时间你太累了。"秦晓丹说："亲亲我。"夏方舟刚刚俯下身子，秦晓丹抱着他的脖子就势坐起来说："不能贪睡，必须起床！"又亲亲夏方舟。

自从调任东海，回到上海的家中，秦晓丹便重拾起她熟悉的精致生活。每天早饭都是亲自下厨，从小养成的习惯，早餐她更喜欢西餐。夏方舟的胃似乎无所不容。今天的早餐仍然是西餐，式样丰富而制作简单。餐桌上，摆放着一小盆热烈绽放的金沙蓝梦。

夏方舟劝她："晓丹，上午休息一下，不是下午才试车吗！"秦晓丹伸出杯子说："再给我加杯咖啡。"夏方舟一边给她倒咖啡一边说："第三杯了！昨晚你好歹睡了四个多小时，前几天都是三个小时不到，就靠咖啡撑着。"

秦晓丹笑着说："大帅！这几天同斌和天海他们都是在工地上睡的，辛瑞她们几个女孩子也睡在工地。我可是睡在你身边的呀！"夏方舟再劝："你能和他们比吗？他们年轻。"秦晓丹说:"今天一定会试车成功!以后我乖乖地听大帅的,好好休息一段时间,每天好好睡觉。"

夏方舟退两步进一步,说:"要不这样,上午我和你过去,再检查一遍。"秦晓丹忙打住他说:"你别去!大帅,你是甲方总指挥长!大帅,下午你准点到,站在我身边,像一棵大树,强壮伟岸,让大家都看到,我是你百般宠爱的娇妻……"

304

川南钢铁二期工程重轨车间。一切准备就绪。

夏方舟站在秦晓丹身边。张建诚、季成钢等人也在他们旁边。

程辛瑞跑过来说:"秦总,准备就绪,听候你的命令!"秦晓丹安之若素,说:"开始。"程辛瑞朝指挥位置的陈天海打了一个手势。陈天海点点头,发出指令。

五十米重轨轧机正式试车。年轻人们屏住了呼吸,充满紧张和期待。陈国民他们胸有成竹,很是放松。

金色的五十米重轨顺利通过轧机,钢花四溅。热烈的掌声和欢呼声响起。陈国民笑着说:"瞧瞧,瞧瞧这些年轻的,没见过世面,还是咱们四大金刚!109冶的工程,它就没有不成功的!"

秦晓丹靠在夏方舟身边,仰脸看着丈夫,笑颜如花。夏方舟充满深情地说:"真想把你抱起来!"

毫无预兆!秦晓丹身子突然一软,倒了下去。夏方舟眼疾手快,在秦晓丹倒地之前抱住了她,半跪在地,大惊失色地喊:"晓丹!晓丹!晓丹!"张建诚也是大惊失色,半跪在秦晓丹身边。

季成钢眼看着秦晓丹倒下,浑身颤抖,竟是不能出声。

陈国民惊愕地问:"怎么回事?"

陈国民首先赶到,说:"散开,散开!大家散开,不要围着!"指向陈天海,示意他停车。又对身边人说:"发什么愣!快去叫车!"张建诚醒过神来,站起身高声喊道:"按陈队长说的,马上停车!大家不要围着!赶快叫车!"

季成钢的泪水涌出。

巨大的设备紧急停车。车间里静了下来。

夏方舟把秦晓丹抱在怀里,满眼泪,声声呼唤:"晓丹!晓丹……"

戚芳薇同样上不了前,哭着喊:"妈妈……妈妈……"陈天海来到了戚芳薇身边,扶住几乎站不住的妻子说:"芳薇,妈妈不会有事,绝对不会……"

秦晓丹慢慢睁开了眼睛,惨白的脸上霎时间光彩照人,叫了声:"方舟。"夏方舟预感不祥,忙说:"晓丹,我在,我在。"

全场静了下来,所有人都屏住了呼吸。

秦晓丹目光璀璨,说:"方舟,还记得……曼珠沙华吗?"夏方舟大泪如瀑,厉声说:"不!晓丹,没有曼珠沙华,没有!我不允许!你在我的怀里,晓丹,谁也夺不走你！"

秦晓丹笑容灿烂地说："听我说。方舟，择一人白头，我失信了，对不起！"夏方舟央求："不！不要说，不要说！我求你了，我们约好，择一人白头，我们一起白头到老……"秦晓丹自知时间不多，轻轻打断他："方舟，听我说。方舟，择一城终老，我不会失信。我会在这儿，和心梅一起，亲眼见证西部开发，我们共同的梦想。记住，方舟，无论走多远，一定要回来，我和心梅，等你。"夏方舟哭求："晓丹，求你，求你！别放弃，别离开我，你不能离开……"秦晓丹依依不舍地喊："方舟，我爱你！一眼……百年……"身子突然一软，两行辞世的泪水滑落眼角。

夏方舟不肯认命地喊："晓丹！晓丹！"他怀里的秦晓丹没有任何反应。夏方舟无法接受，把秦晓丹紧紧拥抱在怀。秦晓丹依偎在夏方舟宽广的怀里，仿佛静静地睡着了。

在场的人无不流泪。

陈国民心疼得跺脚，不忍看。季成钢双目紧闭，泪两行。

林同斌哭着大喊："舅妈——我不相信——"

戚芳薇和陈天海双双跪地，撕心裂肺地喊："妈妈——"

夏方舟紧紧地把秦晓丹抱在怀里……

在川南钢铁医院的院长办公室里，赵殿楚满眼泪水地说："过劳死？"

展蔚玉为他解释："赵书记，过劳死，国际上称之为'Karoshi'，这个词源自日语。患者长时间劳累过度，身体和精神都处于承受能力极限，当积累到一个阈值，或者遇到某种外来的刺激，或者像秦总心情突然放松，患者的器官会毫无预兆地突然衰竭，从而导致猝死。"

赵殿楚泪水破堤，说："猝死，猝死！你们这些大夫，就不能用个别的词吗？冰冷无情！"展蔚玉不敢说话。院长说："赵书记，秦总太累了。"

滚滚江水。

赵殿楚和张建诚站在金江第一座横跨金沙江的大桥上。这座曾经显得那么高大宏伟的跨江大桥，如今在那些拔地而起的巨型钢铁建筑面前，显得如此单薄弱小。

赵殿楚浑身颤抖地说："建诚，不听他们大夫的，你给我说一句，让我心里好受点！"张建诚流着泪，说："晓丹英年早逝，天妒红颜，天妒英才！"

赵殿楚带着哭腔说："嗯！建诚，我的意见，晓丹是牺牲在工作岗位上的，要追认为烈士，谁不同意，我这个冶建老兵，曾经的金江冶金建设指挥部的总指挥长，金江市委卸任的老书记，我去找他理论！"

张建诚说："赵书记，你放心，我们落实！"

一座新坟。

墓碑上写着：秦晓丹烈士之墓

墓碑前是花期正盛的金沙蓝梦。

张建诚搀扶着赵殿楚，旁边是邵睿信。该到的人几乎都到了。

夏方舟半跪在墓前，闭上了眼睛，泪水流下。透过阴阳之隔，他看到听到：

夕阳如血。

秦晓丹穿着美丽的白色长裙，走过空旷的钢铁工地，风乍起，长裙飞扬。蓦然回首，笑容灿烂地说："方舟，我走了！"

血色夕阳，白裙飘飘，长发飞扬，秦晓丹远去了……

天涯地角有穷时，只有相思无尽处！

这天晚上。陈国民一杯苦酒下肚，止不住地流泪说："晓丹，秦总……到这我还记得头一回见她的样子……上海来的姑娘，一身洋气，到了工地上，什么苦都吃得了……"田青妮抱怨他："今天秦总下葬，你不去，怎么还不让我去？公家的事不说，那是咱亲家啊！"

陈国民哭出了声说："我不敢去啊！青妮！好端端的一个人，眼睁睁地看着就没了！去了我怕心里装不下，受不了，我不敢去啊！"田青妮擦不完的泪水。

这天晚上。季成钢在秦晓丹墓前，将一杯酒浇奠在墓碑前说："晓丹，无论我做过多少对不起你的事，都把它忘了吧！我不敢祈求你的宽恕……今夜，我为你守灵，这是我唯一能为你做的事情……"

305

成都机场。国际航班到达。岁月无痕的乔佳丽拉着简单的旅行箱，步履轻盈，引人注目。

武本奇等候在闸口，助理在他旁边。

金江的陵园。武本奇和乔佳丽站在铺满了金沙蓝梦的秦晓丹的墓前。他的助理把一大束鲜花送到乔佳丽手上，退到一边。武本奇泪目，说："丹姐，佳丽回来看你了。"

乔佳丽泪流满面，把鲜花摆放在墓碑前说："丹姐，这一生有幸认识了你，也有幸曾经和大三线的传奇同行！丹姐，没有人能够取代传奇，你独一无二！"

巨石山坡依旧。武本奇和乔佳丽远眺今非昔比的川南钢铁，武本奇说："佳丽，好不容易回来一次，见一见大哥吧！"

乔佳丽微微摇头说："不了。方舟的心还在流血，丹姐驾鹤未远。在这个时候去见方舟，不只是对他的伤害，也是对丹姐的亵渎。这次回来，专为送别丹姐。本奇，我们走吧！"

晚霞满天。

306

在夏方舟下榻的酒店套房里，霍茂森生气地用拐杖敲打地板说："夏方舟，快两年了，上面三番五次地调你来北京，你找各种理由不服从调动，我说你更是听不进去。这一回，你到了北京干脆躲着我不见了！你不见我，我老头子来见你！"

夏方舟解释："老师，不是故意惹你生气，这次到北京，从落了地，上面找我谈话谈了两天，还没来得及去看你和师母。"

霍茂森心软了，说："方舟啊，到了你这个位置，不计较名利是个很大的优点，过了头就是孤芳自赏，卓尔不群。国家经济高速发展，我们要成为真正的钢铁强国，需要你这样的人站出来，担当更大的责任。在更大的平台上，你可以做出更大的贡献。对老三线的责任和使命不能成为挡箭牌！"

夏方舟坦诚地说："老师，我的体会是，责任和使命最后会回归到简单的感情，我对那片土地，那儿的人，还有那些过往……"沉沉一叹。霍师母问："方舟，想晓丹了。"夏方舟点点头。

霍茂森亦是一声长叹："我也想晓丹！冶建这一行里，晓丹不但是最好的女总工……想起来我就心疼！"夏方舟一阵心酸袭来，说："老师，师母，你们知道曼珠沙华吗？"霍茂森显然不知道。

夏方舟说："晓丹告诉我，曼珠沙华是佛家的彼岸花，纯色如莲，得以见此花者，前世的记忆，永不相忘，对所爱的人，都化作了不尽的相思，无论多么久远，绵绵不绝……晓丹离开前，在我的怀里，问我，还记得曼珠沙华吗……"热泪盈眶，说不下去。

霍师母接上他的话："曼珠沙华是佛家说的一种花，关于它说法比较多，其中一种说法，是引领使者。方舟啊，你年少成名，人称少帅，但你有今天，成为业内的领军大帅，晓丹起的作用没有人可以取代。曼珠沙华，晓丹她好比就是你完成这个转变的引领使者。"夏方舟用力点头。

霍茂森继续批评他："曼珠沙华我不知道，晓丹对你的期望有多高，你比我清楚。"夏方舟说："老师，这次，我服从组织调动。"霍茂森宽慰地说："总算听到这句话了！"霍师母说："方舟，跟我回家！"

有些话，即便至亲之人，也只有在家里才能放开了说。回到家，霍师母说："方舟，我知道你放不下晓丹，可你这样不行。你正值盛年，以后的路还很长，要干的事情很多，身边没有人不行。晓丹离开两年了，你要拿起勇气来，开始新生活。我和你老师不放心！"夏方舟其实没听明白，说："师母别担心，我能照顾好自己。再说，我还有芳薇和同斌。"

霍师母引导他说："话不能这么说，你这不叫生活。我和你老师没有孩子，我们不觉得遗憾，不是因为你老师桃李满天下，有你们这些才华出众的学生，是因为他有我，我有他，一路磕磕绊绊，相互扶持到老。这世间，所有的亲情都比不了相互扶持的爱情。有一句老话，儿孙满堂，不如半路夫妻。听上去这话好像不那么美好，但这才是生活的真相，也是爱情的真相。"

霍茂森着急地说："哎呀！你这圈子兜得比我都大，别看他什么大帅，他这个脑子，有的地方过人，有的地方短路。别给他绕了，直接给他说。"

霍师母说："方舟啊，你老师说的没错，有些事，你迷糊！不和你绕了。方舟，武本奇和你关系很好，是吧？"

夏方舟应答："是。我们关系非常好，他从109冶出去的，现在是山东一家大企业的老板。"霍师母告诉他："头两个月，你老师去美国参加一个学术交流会，我也去了。武本奇作为中国的企业家参加，他认得你老师，你老师不太记得他了。武本奇请我们去看了一场演出，我和你老师也没想到，我们在那儿见到了小乔，佳丽姑娘。"

夏方舟呆住了。

霍茂森回忆说："我还记得，那一年川南一期技改，光复和汀兰都还在，在他们的那个小家，不记得是我说起还是光复说了起来：遥想公瑾当年，小乔初嫁了……"

张建诚把季成钢请到办公室说："季总，组织上对我的工作要进行调整。"季成钢似问似答："金江市委书记。"张建诚笑着说："听到风声了。"季成钢说："听到了一些，不确切。"

张建诚说："本来，省里的意见，首选是大帅。对 109 冶的干部安排，大帅建议我向组织推荐你，我也赞同你接任我的职务。"

季成钢没想到，问："夏总推荐我？"张建诚点头说："季总，我代表组织征求你的意见。"季成钢诚心诚意地说："如履薄冰，战战兢兢。如果秦总还在，她是最佳人选。"张建诚沉沉一叹："一转眼，晓丹牺牲快两年了。即便晓丹还在，我们也留不住。真想她呀！"季成钢几乎控制不住自己的感情。

张建诚收拾心情说："季总，你觉得谁干常务副总比较合适？"季成钢说："征求我的意见，我推荐陈天海。"张建诚点头。季成钢接着说："请组织放心，我明白自己的位置，让年轻一代尽快扛起大任，是我的使命。"张建诚感慨："长江后浪推前浪！季总，大帅的工作也要调整。"

季成钢一点都不感到意外说："去北京。"张建诚很意外地问："这你也听到风声了？"季成钢说："没有。程总很早就说过，夏总哪儿都留不住，迟早要进京的。"

张建诚这才回到季成钢方才提到的问题上，说："上面本来的调整意见，是我接任大帅，大帅任市委书记。北京不同意。虽说都知道留不住他，大家心里还是舍不得大帅啊！"

307

刚刚完工的川南二期轧钢厂工地，显得异常空旷。夏方舟和武本奇站在巨大的工业建筑前，不远处停着一辆越野车。武本奇告诉他："大哥，佳丽回来过一次，是丹姐去世后不久。我得到消息，给佳丽打电话，她放下手上所有的事，立刻飞回来。我在成都接下她，陪她到金江，去陵园送别丹姐。她谁都没有见，也不让我告诉你。"

夏方舟百感交集，无言。武本奇说："大哥，佳丽来了。"夏方舟吃惊地问："佳丽来了？"武本奇头转向越野车的方向说："大哥，你看"。夏方舟转过身，看到站在越野车前的乔佳丽，似喃喃自语："佳丽。"

乔佳丽像一阵轻柔的风吹了过来，扑到夏方舟的怀里，紧紧地抱住他，脸埋在他的肩头，一句话也说不出来，身体剧烈颤抖。片刻，夏方舟肩头的衣服已经被泪水浸透了。

武本奇满眼泪，转过了脸。

回到下榻的酒店，武本奇向夏方舟道歉说："大哥，没经过你同意，陪佳丽过来，别怪我。"夏方舟说："本奇，有些事你早该告诉我。"

武本奇慨叹："大哥！佳丽的心里只有你，这么多年，她心里再也放不下第二个人。当年去美国，她相信自己是最好的舞蹈演员，希望有一天登上国际舞台，可更多的还是因为你和丹姐，你和丹姐走到一起，是佳丽最大的愿望。她没有男朋友，孤零零一个人漂洋过海。佳丽曾经以为，距离可以减轻痛苦，事业可以让她忘记爱情。作为舞蹈家，她错过了最好的年华。在美国读完大学，她去了一家有名的舞蹈团做总监。远隔重洋，事业繁忙，她还是放不下你！我第一次去美国，问她，为了大哥和丹姐，这么多年，一个人在海外，难道不想家吗？佳丽的泪，当时就流下来了……她就那么看着我，好半天只说了一句话：窗含西岭千秋雪，门泊东吴万里船。"

武本奇对夏方舟说下去："我知道这首诗，是杜甫在成都草堂写的，东吴万里船这一句，写的就是乡情。佳丽的家是成都的，她想家呀！可她还是为了你和丹姐，一个人飘在海外……以前，佳丽之所以不回来，是因为她担心自己回来会控制不住对你的感情……"有些说不下去。

夏方舟心如刀割。

武本奇稍稍平息，说："佳丽回来送别了丹姐，回到美国，过了半年我就劝她，该回来了。以前，她担心控制不住对你的感情，丹姐走了以后，她又觉得不能越过丹姐对你的感情。电话上我怎么劝都劝不了。真的是苍天看不下去了，霍部长和老夫人去美国，老太太人生看得透彻啊，一番话，说醒了佳丽。老太太要了我的电话，她在北京和你谈了之后，给我电话，一句话，佳丽该回来了。"

夏方舟被深深触动。

武本奇说："大哥，我算是见过世面的人，大风大浪不如你，可我亲身体验过的人情冷暖，恐怕只比你多不比你少。佳丽孤身在大洋彼岸，守护着一份永远看不到头的毕生之恋，我不知道当今这世上还有没有第二个人。"

乔佳丽和夏方舟来到他们的巨石山坡。乔佳丽说："方舟，我不想取代丹姐，丹姐在你心里，谁也无法取代。我知道你需要时间，无论这个时间有多长，我会等，一直等，哪怕是一生。"夏方舟说："佳丽，你太难为自己。"

乔佳丽一往情深地说："我爱你，这就足够了。方舟，我还要回美国去处理一些事情，需要一段时间，比较长的一段时间。我会不会回来，能不能回来，由你决定。等我再次回来，将毕生跟随，即便只是作为你的朋友，也不会再离开你，再也不会。"

山坡上，乔佳丽谈起当年："方舟，还记得吗，很多年前我说过，我不比你小多少，我会慢慢地赶上你。"夏方舟点头。乔佳丽说："方舟，无论你做出什么决定，我都不会抱怨。也无论我在哪里，这份感情对于我：山无棱，江水为竭，冬雷震震，夏雨雪，天地合，乃敢与君绝！"

夏方舟突然有泪。

上午，陈国民听田青妮说小乔回来了，很是吃惊。田青妮说："都是这么传，有人在刚完工的轧钢厂那边看到，佳丽从车上下来，一阵风般地到了夏总的怀里。"

陈国民说："看来是真的了！照这么说，小乔姑娘自打去了美国，这些年一直没找对象，更没结婚，为了对方舟的那份感情，这守护了半辈子啊！本奇那年，没给我说实话。"

田青妮又想起来，说："海子他爸，还有说，是本奇陪着佳丽一块回来的。我就寻思这风传得有点虚，本奇来了，能不来看你？"陈国民说："那就看夏方舟了。"田青妮不解地问："这话怎么讲？"

陈国民说："这回，方舟答应了小乔，本奇不用说，小乔一准儿来。夏方舟这个一根筋还是不答应，本奇和小乔，我们谁都见不着。"田青妮不觉有泪，说："佳丽用情用到这份上，老天爷也该睁睁眼了！"

下午，田青妮瞅着陈国民在外面转了小半天，进门就不是个脸色。陈国民气得直想摔东西，说："本奇给我打电话，我没接着，让接电话的给我捎话，这次不能来看咱们了，还让我别生气。"田青妮明白了，佳丽走了。

陈国民气得浑身发抖地说："你说这夏方舟，他惦念晓丹，放不下晓丹，有情有义，有始有终，这都没错！可日子还得过吧，他工作还得干吧！人家小乔姑娘为了他，守了这么多年，从美国回来，一句话把人家赶回去了，这叫有情有义吗？无情无义！这叫有始有终吗？有始无终！整个一死脑筋，刀枪不入！你说说，青妮，我怎么有这么个亲家！这个夏方舟！"

308

二十二年后的一个下午，蓝天白云，一架大型客机在蔚为奇观的金江高山机场降落。

在此前的岁月里，发生了很多事情。川南二期完成之后，川南钢铁走上了快速发展之路。但对于伟大的开拓者、建设者，109冶这支战功赫赫的西部铁军再次陷入危局。2003年，109冶的账面上只剩下不到30万现金，身居重位的夏方舟没有施以援手，告诫他们，金江的金丝笼里放不下他们这样一个庞然大物，唯一的出路，是走出大山，在市场竞争中杀出一条血路。

西部大开发的国家战略已全面启动。将要成为西部核心大都会的成都的郊县开发建设全面展开。财力雄厚的武本奇挥师西进。

在2003年的那个春天，陈天海作为董事长，和林同斌、付向东、程辛瑞组成的少壮派团队，在都江堰开了三天三夜的会。最后决定，将109冶本部留在金江，总部迁往成都，与各路豪杰展开竞争。他们最强大的竞争对手，是武本奇的财团。109冶上下动员，以集资垫付的BT工程为代价，拿下成都郊县开发建设分量最重的工程。武本奇也没有输掉竞争，拿下了仅次于109冶的份额。

以后的事情就比较简单了。109冶这支大三线的王牌队伍浴火重生，凤凰涅槃。在其后若干重大国际工程中，打出了威风，中国铁军声名赫赫。武本奇的公司没有这么多显赫的名头，却一直是 109 冶最大的竞争对手和最好的战略伙伴。事情有的时候就是这样，最强大的对手才会成为最好的朋友。

夏方舟此次从北京来金江，先在成都落地。根据他的安排，没有安排其他人接机，只通知了陈国民夫妇。武本奇和陈天海、林同斌与他同行。

飞机平安降落。

精神矍铄的陈国民，一眼看到同来的乔佳丽，哪里还顾得上夏方舟，加快脚步迎上去说："哎哟！我的小乔！"岁月无痕的乔佳丽动了感情，说："队长，你好吗？"陈国民合手把她伸过来的手握在掌心里，当下动容，说："好！好！什么都好！整整四十四年了！小乔啊，你这老哥哥想你啊！"乔佳丽流泪说："我也想队长。"陈国民问："小乔啊，听本奇说，你和方舟有孩子了，是个闺女，小名叫娇娇，孩子呢？"乔佳丽告诉他："娇娇上大学了，放假过来。"

身体硬朗的田青妮见丈夫把亲家晾到一边，赶忙上来，握住夏方舟的手，仔细端详着他说："夏总，二十多年了，身板还这么好！"夏方舟不觉动容，说："田师傅，你都好吧！"田青妮拉着他的手，感动地说："夏总啊，院士了！自打听说你选上了院士，不光是咱们自家人啊，凡是和咱们一道过来的，都觉得脸上有光啊！心梅姑娘，戚团长和陆工，秦总，他们在那边，也高兴啊！"

陈天海和林同斌都是笑着，却有擦不完的泪水。

住下后，夏方舟没带别人，只让武本奇陪他和乔佳丽去了陵园。去年，武本奇捐资重新修整陵园。

他们首先来到李心梅墓前。崭新的黑色花岗岩墓碑上，有着红色刻字"李心梅烈士之墓"，以及李心梅的黑白照片。李心梅笑容灿烂，青春永驻。墓碑前，金沙蓝梦热烈绽放。

乔佳丽的声音突破两界之隔："心梅姐，你是为川南钢铁建设牺牲的第一位烈士，大家都没有忘记你，方舟更没有忘记你，他想你。虽然我没有见过你，丹姐和我感谢你，你给了方舟第一份爱情，金沙蓝梦。"夏方舟泪眼蒙眬。

同样的黑色花岗岩墓碑，红色刻字"戚光复陆汀兰烈士之墓"，照片上是戚光复和陆汀兰当年新婚的合影留念。

夏方舟亲手把一大束菊花放到墓碑前，声音颤抖地说："光复，汀兰，一别四十五年，我和佳丽、本奇来看你们。你们还好吗？"乔佳丽哭出了声。

同样的黑色花岗岩墓碑，红色刻字"秦晓丹烈士之墓"，黑白照片上秦晓丹微笑的目光摄人心魄。

武本奇哭着说："丹姐，每一次来看你都不知道说什么，我就是想你！没有你和大哥，就没有我的今天！佳丽说得对，你是传奇，我们曾有幸和传奇同行！我想你啊，丹姐！"

夏方舟从乔佳丽手上接过一张大幅照片说："晓丹，你离去匆匆，心里有一个放不下的未了愿望，没有来得及对我嘱咐，希望这张照片，能减轻一些你的遗憾。"他把照片放到秦晓丹的墓碑前。

铁路边简陋的小小的陵园，几十座小小的斑驳的墓碑，人迹罕至。所有的墓碑前都摆满白色的菊花。严子山的墓前，是一束红色的玫瑰，还有一张秦晓丹和严子山的合影照片。列车驶过。仿佛能听到鸣笛致敬。

天高云淡。江水滔滔。风猎猎。

"夏方舟院士报告会"安排在中国三线建设博物馆。

听众中有许多他熟悉的面孔，比如季成钢和张建诚，还有些曾经熟悉的面孔已经永远离开，比如赵殿楚和梁钱广。更多的是陌生的年轻的面孔，他们眼中闪耀着当年的他们曾经闪耀过的青春的光芒。

夏方舟和他的听众一同走过从前："1965年初，功勋施工队长陈国民师傅和几位工程师，开一辆嘎斯车翻山越岭，在金沙江边弄弄坪下，搭起一顶帐篷，三块石头支起一口锅，拉开了金江钢铁建设会战的序幕。好人好马上三线，建设者们从全国各地来到金江，其间经历了数不清的艰难困苦，很多人为之献身。我们走过弯路，但从未放弃探索。历史证明，大三线不但建立了新中国完整的战略备份，更是为后来西部开发的国家战略奠定了强大的工业基础。这是一个奇迹，中国奇迹！"

掌声响起。那么骄傲的陈国民几乎是孩子样地哭出声来。

夏方舟待掌声渐渐平息，接着说："什么是大三线精神？艰苦创业，无私奉献，团结协作，勇于创新。我个人觉得应该加上几句，当年那些平凡的建设者们，为了国家的强盛和民族的复兴，在任何艰难险阻面前，挺身而出，承担责任，不辱使命，成就了伟大的事业！大三线精神，是中国精神，中华民族精神。在今天实现民族伟大复兴、百年梦想的新的时代，让大三线的精神薪火传承，是我们这代人交给后来者的一笔重要的财富。"

掌声再次响起，年轻人们用他们特有的方式向英雄前辈表达崇高的敬意。

夏方舟说下去："所有的过往都已成为历史，今天也会成为明天的历史，历史不会消失，就如同我们和我们的后代，一脉相承。我们赞颂伟大的史诗，热爱平凡的幸福。在千山万壑的大山深处，在金沙江边长满火箭草的山岗上，两代人的不懈努力，成就了这座美丽的太阳之城，它是我们这代人灵魂的归宿，是我们子孙后代的温馨家园。它正张开热情的怀抱，恭请天下之宾！"

在热烈的掌声里，夏方舟满含热泪地说："天轮无歇，理想永存！青春可去，年华不老！这是我们走过的历史，这是我们向往的未来。这是我们的大三线，这是我们的家园，这是我们的城市，这是我们的国家。"

在热烈的掌声中，夏方舟的思路远去了——他们走过的历史；他们的丰功伟业；他们所爱的人；他们永不凋谢的壮丽年华。

金沙江水天上来，奔流入海不复还！

图书在版编目（CIP）数据

火红年华/革非著.—济南:山东文艺出版社,
2021.10
ISBN 978－7－5329－6453－6

Ⅰ.①火… Ⅱ.①革… Ⅲ.①长篇小说—中国—当代
Ⅳ.①I247.5

中国版本图书馆 CIP 数据核字(2021)第 194342 号

火红年华

革 非 著

主管单位	山东出版传媒股份有限公司	
出版发行	山东文艺出版社	
社 址	山东省济南市英雄山路 189 号	
邮 编	250002	
网 址	www.sdwypress.com	

读者服务	0531－82098776(总编室)	
	0531－82098775(市场营销部)	
电子邮箱	sdwy@ sdpress.com.cn	

印 刷	山东新华印务有限公司	
开 本	710 毫米 ×1000 毫米 1/16	
印 张	37	
字 数	880 千	
版 次	2021 年 10 月第 1 版	
印 次	2021 年 10 月第 1 次印刷	
书 号	ISBN 978－7－5329－6453－6	
定 价	68.00 元	